Die Liebenden von Leningrad

V

PAULLINA SIMONS

Die Liebenden von Leningrad

Tatiana und Alexander –
Eine unvergessliche Liebe

ROMAN

Aus dem Englischen
von Theda Krom-Linke

Weltbild

Die Originalausgabe erschien 2001 unter dem Titel
The Bronze Horseman
bei William Morrow, New York

Besuchen Sie uns im Internet:
www.weltbild.de

Genehmigte Lizenzausgabe für Verlagsgruppe Weltbild GmbH,
Steinerne Furt, 86167 Augsburg

Übersetzung: Theda Krom-Linke
Umschlaggestaltung: Atelier Seidel, Teising
Umschlagmotiv: Mauritius Images
(© mauritius images / Boris Lehner), Mittenwald
Gesamtherstellung: GGP Media GmbH, Pößneck
Printed in the EU

ISBN 978-3-8289-9196-5

2011 2010 2009 2008
Die letzte Jahreszahl gibt die aktuelle Lizenzausgabe an.

Für meine geliebten Großeltern, Lev und Maria Handler, die alles überlebt haben: den Ersten Weltkrieg, die Russische Revolution und den Russischen Bürgerkrieg, den Zweiten Weltkrieg, die Belagerung von Leningrad und die Evakuierung, Hungersnöte und Säuberungsaktionen durch Lenin und Stalin, und, in der goldenen Abenddämmerung ihres Lebens, sogar noch zwanzig Sommer in New York ohne Klimaanlage.

Gott segne euch.

Buch eins

Leningrad

Teil eins

Weiße Nächte

Das Marsfeld

1

Die Morgensonne schien durch das Fenster und machte das Zimmer hell. Tatiana Metanowa schlief den Schlaf der Unschuldigen, den rastlos frohen Schlaf der warmen, weißen Juninächte in Leningrad, die vom Duft des Jasmins erfüllt waren. Vor allem jedoch schlief sie den tiefen Schlaf sorgloser Jugend.

Jetzt allerdings bewegte sie sich.

Als ein Sonnenstrahl über das Fußende von Tatianas Bett glitt, zog sie sich die Decke über den Kopf. Die Zimmertür wurde geöffnet und sie hörte die Dielen knarren. Ihre Schwester Dascha kam herein.

Daria, Dascha, Daschenka, Daschka.

Tatiana liebte sie über alles.

In diesem Augenblick jedoch hätte sie Dascha am liebsten verwünscht. Dascha versuchte nämlich, sie aufzuwecken, und leider gelang ihr das auch. Mit ihren kräftigen Händen schüttelte sie Tatiana heftig und zischte: »Psst! Tania! Wach auf. Wach auf!«

Tatiana stöhnte. Dascha zog ihr die Decke weg.

Nie war der Altersunterschied von sieben Jahren offensichtlicher als in diesem Moment, da Tatiana schlafen wollte und Dascha …

»Hör auf«, murrte Tatiana und angelte vergeblich nach ihrer Decke. »Siehst du nicht, dass ich schlafe? Du bist schließlich nicht meine Mutter.«

Erneut öffnete sich die Tür. Auch diesmal knackten die Dielen. Das *war* ihre Mutter. »Tania? Bist du wach? Steh sofort auf!«

Im Unterschied zu Daschas Stimme war an der Stimme ihrer Mutter nichts Harmonisches. An Irina Metanowa gab es überhaupt nichts Weiches. Sie war klein, resolut und sprudelte schier über vor Energie. Sie trug ein Kopftuch, um ihre Haare aus der Stirn zu halten, und sie hatte in ihrem blauen Sommerkittel offenbar schon auf den Knien gelegen, um das Gemeinschaftsbadezimmer zu putzen. Für sie hatte der Sonntag mit Arbeit begonnen.

»Was ist, Mama?«, fragte Tatiana, ohne den Kopf zu heben. Daschas Haare kitzelten sie am Rücken. Sie hatte eine Hand auf Tatianas Bein gelegt und beugte sich über ihre Schwester, um ihr einen Kuss zu geben. Zärtlichkeit stieg in Tatiana auf, aber bevor Dascha etwas sagen konnte, ertönte Mamas raue Stimme. »Steh rasch auf. In ein paar Minuten gibt es im Radio eine wichtige Ankündigung.«

Tatiana flüsterte Dascha zu: »Wo warst du heute Nacht? Du bist erst im Morgengrauen nach Hause gekommen.«

»Kann ich etwas dafür, dass das Morgengrauen schon um Mitternacht begann?«, wisperte Dascha augenzwinkernd. »Ich bin ganz brav um Mitternacht nach Hause gekommen.« Sie grinste. »Ihr habt alle schon geschlafen.«

»Um *drei* hat es gedämmert und da warst du noch nicht zu Hause.«

Dascha schwieg. »Ich werde Papa sagen, dass ich nicht mehr über den Fluss gekommen bin, als sie um drei die Brücke hochgezogen haben.«

»Ja, tu das. Und dann erklär ihm, was du um drei Uhr morgens auf der anderen Seite des Flusses getan hast.« Tatiana drehte sich um.

Dascha sah heute Morgen bezaubernd aus. Sie hatte lockige dunkelbraune Haare und ein lebhaftes, rundes Gesicht mit dunklen Augen, in denen sich ihre Gefühle widerspiegelten. Im Moment zeugten sie von fröhlicher Erschöpfung. Auch Tatiana war erschöpft – allerdings nicht so fröhlich wie ihre Schwester. Sie hätte gern weitergeschlafen.

Sie warf ihrer Mutter, die einen angespannten Eindruck machte, einen Blick zu. »Was für eine Ankündigung?«

Ihre Mutter nahm das Bettzeug vom Sofa.

»Mama! Um was für eine Ankündigung geht es denn?«, wiederholte Tatiana.

»In ein paar Minuten gibt die Regierung etwas bekannt. Mehr weiß ich nicht«, erwiderte ihre Mutter kopfschüttelnd, als wolle sie sagen: *Was ist denn daran nicht zu verstehen?*

Tatiana rieb sich die Augen. Ankündigung ... Es war ein seltenes Ereignis, wenn die Musik einmal von einer Regierungsnachricht unterbrochen wurde. »Vielleicht sind wir ja wieder in Finnland einmarschiert.«

»Still«, wies Mama sie zurecht.

»Oder vielleicht sind sie bei *uns* einmarschiert. Seit die Finnen letztes Jahr ihre Grenze opfern mussten, wollen sie sie schließlich zurückhaben.«

»Wir sind da nicht einmarschiert«, sagte Dascha. »Letztes Jahr haben wir uns *unser* Stück Land zurückgeholt, das wir im Großen Krieg verloren haben. Und du solltest aufhören, die Gespräche der Erwachsenen zu belauschen.«

»Wir haben kein Land verloren«, erwiderte Tatiana. »Genosse Lenin hat es freiwillig und wissentlich weggegeben. Das zählt nicht.«

»Tania, wir befinden uns nicht im Krieg mit Finnland. Und jetzt steh auf.«

Aber Tatiana stand nicht auf. »Dann Lettland oder Litauen? Weißrussland? Haben wir uns die nach dem Hitler-Stalin-Pakt nicht auch angeeignet?«

»Tatiana Georgiewna! Hör auf!«

Immer wenn die Mutter Tatiana klarmachen wollte, dass mit ihr nicht zu spaßen war, nannte sie ihre Tochter beim Vor- und Nachnamen.

Tatiana tat ganz ernst. »Was gibt es denn sonst noch? Die Hälfte von Polen haben wir doch schon.«

»Ich sagte, hör auf!«, rief Mama aus. »Genug geplappert!

Steh endlich auf. Daria Georgiewna, hol deine Schwester aus dem Bett!«

Dascha rührte sich nicht.

Murrend verließ Mama das Zimmer.

Dascha drehte sich rasch zu Tatiana um und flüsterte verschwörerisch: »Ich muss dir etwas erzählen.«

»Etwas Schönes?« Tatianas Neugier war erwacht. Dascha erzählte für gewöhnlich kaum etwas von ihrem Erwachsenenleben. Tatiana setzte sich auf.

»Etwas Großartiges!«, erwiderte Dascha. »Ich habe mich verliebt.«

Tatiana verdrehte die Augen und ließ sich zurück aufs Bett fallen.

Dascha warf sich auf sie. »Es ist ernst, Tania.«

»Ja, ja, schon gut. Hast du ihn gestern kennen gelernt, als die Brücken schon hochgezogen waren?« Sie lächelte.

»Gestern haben wir uns zum dritten Mal gesehen.«

Kopfschüttelnd blickte Tatiana Dascha an, deren Freude ansteckend wirkte.

»Kannst du bitte von mir runtergehen?«

»Nein, kann ich nicht«, erwiderte Dascha und kitzelte sie. »Erst wenn du sagst: ›Ich bin glücklich, Dascha‹.«

»Warum sollte ich das sagen?«, rief Tatiana lachend aus. »Ich bin gar nicht glücklich. Hör auf damit! Warum sollte ich glücklich sein? *Ich* bin doch nicht verliebt. Lass es sein!«

Mama kam mit einem Tablett zurück ins Zimmer, auf dem sechs Tassen und ein silberner Samowar standen. »Ihr zwei hört jetzt sofort auf! Schluss!«

»Ja, Mama«, antwortete Dascha und kitzelte Tatiana ein letztes Mal.

»Aua!«, schrie Tatiana. »Mama, ich glaube, sie hat mir die Rippen gebrochen.«

»Ich werde dir gleich etwas ganz anderes brechen. Ihr seid beide schon viel zu groß für solche Spielchen.«

Dascha streckte Tatiana die Zunge heraus. »Wirklich, sehr

erwachsen«, sagte Tatiana. »Unsere Mamuschka weiß gar nicht, dass du erst zwei bist.«

Dascha streckte ihr abermals die Zunge heraus und Tatiana griff danach. Dascha quiekte und sie ließ wieder los.

»Was habe ich gesagt?«, donnerte Mama.

Dascha flüsterte Tatiana ins Ohr: »Warte erst mal, bis du ihn kennen lernst. So einen gut aussehenden Mann hast du noch nie gesehen!«

»Du meinst, er sieht besser aus als Sergei, mit dem du mich so gequält hast? Hast du mir über den nicht auch erzählt, er sähe so gut aus?«

»Hör auf!«, zischte Dascha und kniff Tatiana ins Bein.

»Natürlich.« Tatiana grinste. »Und war das nicht erst letzte Woche?«

»Das wirst du nie begreifen, weil du eben noch ein Kind bist.« Noch ein Knuff. Als Mama plötzlich losbrüllte, hielten die beiden Mädchen inne.

Tatianas Vater, Georgi Wassiliewitsch Metanow, kam herein. Er war ein kleiner Mann in den Vierzigern und seine schwarzen, vollen Haare zeigten einen ersten leichten Anflug von Grau. Dascha hatte die lockigen Haare von Papa geerbt. Er trat an das Bett heran und blickte auf Tatiana, die immer noch zugedeckt war. Dann sagte er: »Tania, es ist Mittag. Steh auf oder es gibt Ärger. In zwei Minuten will ich dich angezogen sehen.«

»Das ist leicht«, erwiderte Tatiana, sprang aus dem Bett und zeigte ihrer Familie, dass sie immer noch Bluse und Rock von gestern trug. Dascha und Mama schüttelten zwar die Köpfe, aber Mama lächelte dabei.

Papa blickte zum Fenster hinaus. »Was sollen wir nur mit ihr machen, Irina?«

Nichts, dachte Tatiana, nichts, solange Papa immer wegschaut.

»Ich muss endlich heiraten«, sagte Dascha, die immer noch auf dem Bett saß. »Damit ich endlich ein eigenes Zimmer habe.«

»Du machst Witze«, erwiderte Tatiana und hopste auf dem Bett auf und ab. »Du wirst mit deinem Ehemann hier wohnen. Ich, du, er – wir alle werden in einem Bett schlafen, und Pascha wird zu unseren Füßen liegen. Romantisch, nicht wahr?«

»Heirate nicht, Daschenka«, erwiderte ihre Mutter geistesabwesend. »Zumindest dieses Mal hat Tania Recht. Wir haben keinen Platz.«

Ihr Vater sagte gar nichts, sondern stellte das Radio an.

In dem langen, schmalen Zimmer gab es das Doppelbett von Tatiana und Dascha, ein Sofa, auf dem Papa und Mama schliefen, und ein niedriges Eisenbett für Tatianas Zwillingsbruder Pascha. Es stand am Fußende des Bettes der Mädchen und Pascha bezeichnete sich selbst immer als ihren kleinen Schoßhund.

Tatianas Großeltern, Babuschka und Deda, wohnten im Zimmer nebenan, das mit ihrem durch einen Flur verbunden war. Ab und zu schlief Dascha auf dem kleinen Sofa im Flur, wenn sie spät nach Hause kam und ihre Eltern nicht stören oder keinen Ärger bekommen wollte. Das Flursofa war nur anderthalb Meter lang und somit eher für Tatiana geeignet, denn sie war noch nicht so groß. Aber Tatiana brauchte nicht im Flur zu schlafen. Sie kam im Gegensatz zu Dascha selten spät nach Hause.

»Wo ist Pascha?«, fragte Tatiana.

»Er frühstückt gerade«, erwiderte Mama. Sie konnte nicht still stehen. Während Papa bewegungslos auf dem alten Sofa saß, wuselte Mama geschäftig um ihn herum, räumte leere Zigarettenschachteln weg, rückte Bücher auf dem Regal gerade und wischte mit der Hand über den kleinen Tisch. Tatiana stand immer noch auf dem Bett und Dascha saß neben ihr.

Die Metanows hatten Glück. Sie bewohnten zwei Zimmer und ein Stück des Gemeinschaftsflurs. Vor sechs Jahren hatten sie am Ende des Korridors eine Tür eingesetzt und dadurch besaßen sie beinahe eine eigene Wohnung. Die Iglenkos am anderen Ende der großen Wohnung schliefen zu sechst in einem Zimmer – direkt neben dem öffentlichen Flur. *Das* war wirklich Pech.

Die Sonne schien durch die weißen Gardinen, die sich im Wind bewegten.

Tatiana wusste, dass ihr nur ein kurzer Moment blieb, sich die Möglichkeiten des Tages auszumalen. Gleich würde alles vorüber sein. Und doch … die Sonne, die ins Zimmer schien, das ferne Rumpeln der Busse, das durch das offene Fenster drang, der leichte Wind …

Das war der Teil des Sonntags, den Tatiana am meisten liebte: der Anfang.

Pascha kam mit Deda und Babuschka herein. Obwohl er Tatianas Zwillingsbruder war, sah er ihr überhaupt nicht ähnlich. Er war ein stämmiger, dunkelhaariger Junge, eine kleinere Ausgabe seines Vaters. Er nickte Tatiana kurz zu und formte lautlos mit den Lippen: »Hübsche Frisur.«

Tatiana streckte ihm die Zunge raus. Sie hatte sich die Haare weder gekämmt noch zusammengebunden.

Pascha setzte sich auf seine niedrige Liege und Babuschka kuschelte sich neben ihn. Weil sie die größte der Metanows war, fragte die ganze Familie sie in allen Angelegenheiten um Rat, außer, wenn es um Moralfragen ging. In diesem Fall wandte man sich besser an Deda. Babuschka war eine silberhaarige, ernste und imposante ältere Frau. Ihr Mann Deda hingegen war dunkelhaarig, lieb und demütig. Er setzte sich neben Papa auf das Sofa und murmelte: »Es ist etwas Großes, Sohn.«

Papa nickte besorgt.

Mama fuhr nervös fort, Ordnung zu schaffen.

Tatiana sah zu, wie Babuschka Paschas Rücken streichelte. »Pascha«, flüsterte sie und rutschte ans Fußende des Bettes, »wollen wir nachher in den Taurischen Garten gehen? Heute schlage ich dich beim Kriegspielen!«

»Träum weiter«, erwiderte Pascha. »Du schlägst mich nie im Leben.«

Aus dem Radio drangen klickende Geräusche. Es war 12.30 Uhr am 22. Juni 1941.

»Tania, sei ruhig und setz dich«, befahl Papa seiner Tochter. »Sie fangen an. Irina, setz dich auch hin.«

Genosse Wjatscheslaw Molotow, Joseph Stalins Außenminister, begann:

»Männer und Frauen, Bürger der Sowjetunion – die sowjetische Regierung und ihr Präsident, Genosse Stalin, haben mich angewiesen, Folgendes bekannt zu geben. Um vier Uhr morgens haben deutsche Streitkräfte den Krieg in unser Land gebracht, ohne dass der Sowjetunion irgendeine Begründung oder Kriegserklärung übermittelt wurde. Kiew, Sebastopol, Kowno und andere Städte wurden bombardiert. Der Angriff gegen die Sowjetunion wurde trotz der Tatsache unternommen, dass zwischen Deutschland und Russland ein Nichtangriffspakt besteht, der von uns bis in die kleinsten Einzelheiten in verantwortungsvoller Weise eingehalten wurde. Wir sind angegriffen worden, obwohl die deutsche Regierung nicht die geringste Beschwerde darüber geäußert hat, dass die UdSSR ihre Verpflichtungen nicht erfüllt habe ... Die Regierung fordert euch, Männer und Frauen der Sowjetunion, auf, euch noch stärker der glorreichen bolschewistischen Partei, der sowjetischen Regierung und unserem großen Führer, dem Genossen Stalin, zu verpflichten. Unsere Sache ist gerecht. Wir werden den Feind zermalmen. Der Sieg wird unser sein.«

Im Radio wurde es still und die Familie saß schweigend und wie erstarrt da.

Schließlich sagte Papa: »Oh, mein Gott.« Er starrte Pascha an. Mama sagte: »Wir müssen sofort unser Geld von der Bank holen.«

Babuschka Anna sagte: »Nicht schon wieder eine Evakuierung! Noch mal überleben wir das nicht. Wir sollten besser in der Stadt bleiben.«

Deda sagte: »Ob ich wohl noch einmal eine Stelle als Lehrer bekomme? Ich bin fast vierundsechzig. Es ist eher Zeit zu sterben, als schon wieder weiterzuziehen.«

Dascha sagte: »Die Garnison in Leningrad zieht nicht in den Krieg, nicht wahr? Oder müssen sie auch in den Krieg?«

Pascha sagte: »Krieg! Tania, hast du das gehört? Ich melde mich freiwillig. Ich kämpfe für Mütterchen Russland.«

Bevor Tatiana antworten konnte, sprang ihr Vater auf und schrie Pascha an: »Was denkst du dir? Wer soll dich denn nehmen?«

»Ach, komm, Papuschka«, erwiderte Pascha lächelnd. »Gute Männer werden im Krieg immer gebraucht.«

»Gute Männer ja, aber keine Kinder«, fuhr Papa ihn an und kniete sich auf den Boden, um unter Daschas und Tatianas Bett zu schauen.

»Krieg! Das ist doch nicht möglich«, sagte Tatiana langsam. »Hat Genosse Stalin nicht einen Friedensvertrag unterzeichnet?«

Mama schenkte Tee ein und erwiderte: »Tania, es ist die Wahrheit. Es ist wirklich wahr.«

Tatiana versuchte, die Begeisterung in ihrer Stimme zu unterdrücken, als sie fragte: »Werden wir … *evakuiert?*«

Papa zog einen alten, schäbigen Koffer unter dem Bett hervor.

»So schnell schon?«, fragte Tatiana.

Sie kannte die Evakuierung aus den Geschichten, die Deda und Babuschka ihr von den unruhigen Zeiten während der Revolution von 1917 erzählt hatten, als sie in den Ural in ein Dorf gezogen waren, dessen Namen sich Tatiana nie merken konnte. Wie sie mit all ihren Habseligkeiten auf den Zug gewartet, sich hineingedrängt hatten und schließlich mit einem Boot über die Wolga gefahren waren …

Die Aussicht auf Veränderung gefiel Tatiana. Das Unbekannte reizte sie. Sie war erst einmal in Moskau gewesen, und da auch nur kurz, mit acht Jahren – zählte das überhaupt? Moskau war nicht besonders exotisch. Es war nicht Afrika oder Amerika. Es lag ja noch nicht einmal im Ural. Es war einfach nur Moskau. Abgesehen vom Roten Platz gab es da nichts, nichts, das besonders schön war.

Die Metanows hatten ein paar Tagesausflüge nach Zarskoje Selo und Peterhof gemacht. Die Sommerpaläste der Zaren waren von den Bolschewisten in großzügige Museen mit Parkanlagen verwandelt worden. Während Tatiana durch die Gänge in Peterhof wandelte und vorsichtig über den kalten, geäderten Marmorboden schritt, konnte sie sich kaum vorstellen, dass es einmal eine Zeit gegeben hatte, in der Menschen inmitten dieser Pracht gelebt hatten.

Aber danach war die Familie wieder nach Leningrad in ihre zwei Zimmer zurückgekehrt, und bevor Tatiana in ihr Zimmer gelangte, musste sie an den sechs Iglenkos vorbei, deren Tür zum Flur hin offen stand.

Als Tatiana drei war, hatte die Familie auf der Krim Urlaub gemacht, genau in dem Gebiet, das jetzt von den Deutschen angegriffen worden war. Von dieser Reise war ihr nur eins in Erinnerung geblieben: wie sie zum ersten Mal in ihrem Leben – und auch zum letzten Mal – eine rohe Kartoffel gegessen hatte. Außerdem hatte sie Kaulquappen in einem kleinen Teich beobachtet. Damals hatte sie nur mit einer dünnen Decke in einem Zelt auf dem Boden geschlafen. Vage erinnerte sie sich an den Geruch von Salzwasser. An einem kühlen Apriltag hatte Tatiana im Schwarzen Meer eine Qualle gespürt, die an ihrem kleinen, nackten Körper entlanggeglitten war und sie vor erschrecktem Entzücken hatte aufkreischen lassen.

Der Gedanke an die Evakuierung erfüllte Tatiana mit großer Aufregung. Sie war 1924, im Jahr von Lenins Tod, zur Welt gekommen, *nach* der Revolution, *nach* dem Hunger, *nach* dem Bürgerkrieg. Sie hatte die schlimmen Ereignisse nicht miterlebt, aber was jetzt bevorstand, war gewiss nicht weniger schrecklich.

Deda blickte sie mit seinen schwarzen Augen prüfend an und fragte: »Taneschka, was denkst du gerade?«

Sie versuchte, gleichmütig zu wirken. »Nichts.«

»Was geht in deinem Kopf vor? Es ist Krieg. Verstehst du?«

»Ich verstehe.«

»Irgendwie habe ich das Gefühl, das tust du nicht.« Deda schwieg. »Tania, das Leben, wie du es kennst, ist jetzt vorbei. Denk an meine Worte. Von diesem Tag an wird nichts mehr so sein, wie es mal war.«

Pascha rief aus: »Ja! Wir werden die Deutschen zur Hölle jagen, wo sie hingehören!« Er lächelte Tatiana an, die sein Lächeln erwiderte. Papa und Mama sagten gar nichts.

Papa fragte schließlich: »Ja. Und was dann?«

Babuschka setzte sich auf das Sofa neben Deda. Sie legte ihre große Hand auf seine und nickte mit geschürzten Lippen.

Durch diese Geste wurde Tatiana klar, dass Babuschka Dinge wusste, die sie lieber für sich behielt. Auch Deda wusste davon. Doch für Tatiana war das nicht von Belang. Das ist schon in Ordnung, dachte sie. Sie verstehen nicht. Sie sind nicht mehr jung.

Mama brach das Schweigen. »Was willst du tun, Georgi Wassiliewitsch?«

»Wir haben zu viele Kinder, Irina Fedorowna. Zu viele Kinder, um die man sich Sorgen machen muss«, erwiderte er trübsinnig und mühte sich mit Paschas Koffer ab.

»Ach, tatsächlich, Papa?«, sagte Tatiana. »Über welches deiner Kinder möchtest du dir denn lieber keine Sorgen machen?«

Papa antwortete nicht, sondern zog Paschas Schublade im Schrank auf, in dem sie alle ihre Sachen aufbewahrten. Er begann, die Kleider des Jungen in den Koffer zu packen.

»Ich schicke ihn weg, Irina. Ich schicke ihn in das Ferienlager in Dohotino bei Tolmachewo. Er sollte ja sowieso nächste Woche mit Wolodja Iglenko dorthin fahren. Jetzt fährt er eben ein bisschen früher. Wolodja fährt mit ihm. Nina wird froh sein, wenn sie ihn eine Woche früher loswird. Du wirst schon sehen, alles wird gut.«

Mama wiegte nachdenklich den Kopf. »Tolmachewo? Glaubst du, dass er dort in Sicherheit ist?«

»Absolut«, sagte Papa.

»Absolut nicht«, warf Pascha ein. »Papa, der Krieg ist ausgebrochen. Ich fahre nicht ins Ferienlager. Ich melde mich freiwillig.«

Gut, Pascha, dachte Tatiana, aber Papa fuhr herum und funkelte seinen Sohn finster an. Tatiana hielt die Luft an und plötzlich verstand sie alles.

Papa packte Pascha an den Schultern und schüttelte ihn. »Was sagst du da? Bist du verrückt? *Freiwillig melden?*«

Pascha versuchte, sich aus seinem Griff zu lösen, aber Papa hielt ihn fest.

»Papa, lass mich los!«

»Pavel, du bist mein Sohn und du wirst mir zuhören. Zuerst wirst du aus Leningrad verschwinden und dann reden wir darüber, ob du dich meldest. Aber jetzt müssen wir den Zug bekommen.«

Diese Auseinandersetzung in dem kleinen Zimmer, in dem sich so viele Menschen aufhielten, war Tatiana unangenehm.

Sie versuchte wegzuschauen, aber das war nicht möglich. Ihr gegenüber saßen ihre Großeltern, hinter ihr war Dascha, neben ihr standen ihre Eltern und ihr Bruder. Sie blickte auf ihre Hände und schloss die Augen. Dabei stellte sie sich vor, sie läge ganz allein auf einer Sommerwiese und äße süßen Klee.

Wie hatte sich nur alles innerhalb von Sekunden ändern können?

Blinzelnd öffnete sie die Augen. *Eine Sekunde*. Sie blinzelte noch einmal. *Noch eine Sekunde*.

Noch vor Sekunden hatte sie geschlafen.

Vor Sekunden hatte Molotow gesprochen.

Vor Sekunden war sie noch fröhlich gewesen.

Vor Sekunden hatte Papa gesprochen.

Und jetzt ging Pascha.

Deda und Babuschka schwiegen diplomatisch, wie immer. Deda zog es generell vor zu schweigen. Babuschka war diesbezüglich ganz anders, aber in diesem besonderen Moment hatte sie offensichtlich beschlossen, seinem Beispiel zu folgen. Vielleicht lag es auch daran, dass Deda jedes Mal fest ihr Bein drückte, wenn sie den Mund öffnete, um etwas zu sagen.

Dascha, die keine Angst vor ihrem Vater hatte und von der Aussicht auf Krieg gar nicht beunruhigt war, sagte: »Papa, das ist doch verrückt. Warum schickst du ihn weg? Die Deutschen sind doch überhaupt nicht in Leningrad. Du hast doch gehört, was Genosse Molotow gesagt hat. Sie sind auf der Krim. Das ist Tausende von Kilometern weit weg.«

»Sei still, Daschenka«, erwiderte Papa. »Du hast keine Ahnung von den Deutschen.«

»Sie sind nicht in Leningrad, Papa«, wiederholte Dascha mit ihrer kräftigen Stimme, die keinen Widerspruch duldete. Tatiana wünschte, sie könnte auch mit solchem Nachdruck reden wie Dascha.

»Daria! Ich werde mit *dir* nicht darüber streiten!«, rief Papa aus. »Dein Bruder bleibt nicht in Leningrad. Pascha, zieh dich an. Nimm eine Hose und ein hübsches Hemd.«

»Papa, bitte.«

»Pascha! Ich sagte, zieh dich an. Wir haben keine Zeit zu verlieren. Ich garantiere dir, dass diese Ferienlager in einer Stunde völlig überfüllt sein werden, und dann kriege ich dich nicht mehr untergebracht.«

Vielleicht war es ein Fehler von Papa gewesen, Pascha von seiner Befürchtung zu erzählen, denn Tatiana hatte ihren Bruder noch nie so langsam gesehen. Er brauchte über zehn Minuten, bis er sein einziges Hemd fand. Sie wandten alle die Blicke ab, als er sich anzog. Tatiana schloss erneut die Augen und stellte sich ihre Wiese vor, den angenehmen Geruch des Sommers nach gelben Kirschen und Nesseln. Sie bemerkte auf einmal, dass sie ein wenig hungrig war. Gern hätte sie jetzt ein paar Blaubeeren gehabt. Sie öffnete ihre Augen und blickte sich im Zimmer um. »Ich will nicht weg«, beklagte sich Pascha.

»Es ist ja nur für kurze Zeit, mein Sohn«, erwiderte Papa. »Eine reine Vorsichtsmaßnahme. Im Ferienlager bist du in Sicherheit. Du bleibst vielleicht einen Monat, bis wir wissen, wie es mit dem Krieg weitergeht. Dann kommst du zurück, und wenn wir evakuiert werden, verlassen wir mit dir und deinen Schwestern die Stadt.«

Ja! Das gefiel Tatiana.

»Georgi«, sagte Deda leise.

»Ja, Papuschka?«, erwiderte Tatianas Vater respektvoll. Niemand liebte Deda mehr als Papa, noch nicht einmal Tatiana.

»Georgi, du kannst den Jungen nicht vor der Einberufung bewahren. Niemals.«

»Natürlich kann ich das. Er ist erst siebzehn.«

Deda schüttelte den grauen Kopf. »Genau – siebzehn. Sie werden ihn nehmen.«

Ein Schatten von Furcht huschte über Papas Gesicht. »Sie werden ihn nicht nehmen, Papuschka«, erwiderte er rau. »Ich weiß nicht, wovon du redest.« Was er wirklich empfand, konnte er nicht sagen: *Mischt euch nicht ein und lasst mich versuchen, meinen Sohn zu retten.* Deda lehnte sich zurück in die Sofakissen.

Tatiana wollte ihrem Vater helfen. »Wir sind noch nicht ...«, setzte sie an, aber Mama unterbrach sie. »Pascheschka, nimm einen Pullover mit, Liebling.«

»Ich nehme keinen Pullover mit, Mama!«, rief er aus. »Es ist Hochsommer!«

»Vor zwei Wochen hatten wir noch Frost.«

»Und jetzt ist es heiß. Ich nehme keinen mit.«

»Tu, was deine Mutter sagt, Pawel«, sagte Papa. »Die Nächte in Tolmachewo sind kalt. Nimm einen Pullover mit.« Pascha seufzte tief. Widerwillig nahm er den Pullover und warf ihn in den Koffer. Papa schloss ihn. »Hört alle zu. Mein Plan lautet so …«

»Was für ein Plan?«, entgegnete Tatiana leicht verärgert. »Hoffentlich hat er auch was mit Essen zu tun. Weil …«

»Ich weiß, warum«, fuhr Papa sie an. »Und jetzt sei still und hör zu. Das betrifft auch dich.« Er erklärte ihnen, was sie tun mussten.

Tatiana sank aufs Bett zurück. Wenn sie nicht *sofort* evakuiert würden, wollte sie gar nichts mehr hören.

Pascha fuhr jeden Sommer in das Ferienlager der Jungen – nach Tolmachewo, Luga oder Gatschina. Am liebsten war Pascha in Luga, weil man dort am besten im Fluss schwimmen konnte. Tatiana fand es auch besser, wenn er in Luga war. Dort war er näher an ihrer Datscha, ihrem Sommerhaus, und sie konnte ihn besuchen. Das Ferienlager in Luga war nur fünf Kilometer von ihrer Datscha entfernt. Von Tolmachewo bis Luga dagegen waren es zwanzig Kilometer. Die Betreuer dort waren streng und verlangten, dass die Jungen bei Sonnenaufgang aufstanden. Pascha sagte, es sei wie in der Armee. Nun, dann war es für ihn ja jetzt fast wie eine Einberufung, dachte sie, ohne ihrem Vater zuzuhören. Dascha kniff sie fest ins Bein. »Aua!«, sagte sie absichtlich laut, damit ihre Schwester zurechtgewiesen würde. Aber niemand kümmerte sich darum. Die anderen sahen sie noch nicht einmal an. Alle Augen waren auf Pascha gerichtet, der verlegen in seiner braunen Hose und seinem verschlissenen, beigefarbenen Hemd mitten im Zimmer stand. Sie liebten ihn so sehr. Und er wusste es.

Er war das Lieblingskind, der Lieblingsenkel und Dascha und Tatiana liebten ihn ebenfalls abgöttisch. Er war eben der einzige Junge in der Familie.

Tatiana stand vom Bett auf und trat neben ihren Bruder.

Sie legte ihm den Arm um die Schultern und sagte: »Freu dich doch. Du hast Glück. Du fährst ins Ferienlager. Ich fahre nirgendwohin.«

Er rückte leicht von ihr ab. Nicht, weil ihm ihre Berührung unbehaglich war, das wusste Tatiana. Es lag wohl daran, dass er sein Glück nicht erkennen konnte. Ihr war klar, dass ihr Bruder unbedingt Soldat werden wollte. Er wollte nicht in ein albernes Ferienlager fahren. »Pascha«, sagte sie fröhlich, »zuerst musst du *mich* beim Kriegspielen schlagen. *Dann* kannst du dich melden und gegen die Deutschen kämpfen.«

»Halt den Mund, Tania«, sagte Pascha.

»Halt den Mund, Tania«, sagte Papa.

»Papa«, erwiderte Tatiana, »kann ich auch meinen Koffer packen? Ich möchte auch ins Ferienlager.«

»Pascha, bist du fertig? Dann lass uns gehen«, sagte Papa, ohne Tatiana eines Blickes zu würdigen. Für Mädchen gab es keine Ferienlager.

»Ich habe einen Witz für dich, lieber Pascha«, sagte Tatiana, die nicht aufgeben wollte und sich vom Verhalten ihres Bruders nicht abschrecken ließ.

»Ich will deine dummen Witze nicht hören, Tania.«

»Dieser wird dir gefallen.«

»Das denke ich nicht.«

Papa sagte in bestimmtem Ton: »Tatiana, jetzt ist nicht die Zeit für Witze.«

Deda mischte sich ein. »Georgi, lass das Mädchen doch.«

Tatiana nickte Deda zu und begann: »Ein Soldat wird zu seiner Hinrichtung geführt. ›Es wird gleich regnen‹, sagt er zu seinen Wachen. ›Jetzt hört euch den mal an‹, erwidern sie. ›*Wir* müssen den gleichen Weg wieder zurück.‹«

Niemand rührte sich. Niemand lächelte.

Pascha zog eine Augenbraue hoch, kniff Tania und flüsterte: »Netter Versuch, Tania.«

Sie seufzte. Irgendwann würde sich ihre Stimmung gewiss heben, dachte sie, aber nicht mehr heute.

2

»Tatiana, du brauchst dich nicht so umständlich zu verabschieden! Du siehst deinen Bruder in einem Monat wieder. Komm mit nach unten und halt uns die Haustür auf. Deiner Mutter tut der Rücken weh«, sagte Papa zu ihr, als sie sich daranmachten, Paschas Gepäck samt den Taschen voller Essen für das Ferienlager hinunterzutragen.

»Gut, Papa.«

Die Wohnung hatte die Form eines Zuges – ein langer Flur, von dem neun Zimmer abgingen. Es gab zwei Küchen, eine vorne und eine hinten, woran die Badezimmer mit Toiletten angrenzten. In den neun Zimmern wohnten insgesamt fünfundzwanzig Personen. Vor fünf Jahren waren es sogar dreiunddreißig gewesen, aber acht Menschen waren weggezogen oder gestorben oder einfach verschwunden.

Tatianas Familie lebte im hinteren Teil der Wohnung. Die hintere Küche war die größere und von dort aus führte eine Treppe hinauf aufs Dach und hinunter in den Hof. Tatiana schlich sich gern über die Hintertreppe hinaus, weil sie dann nicht am Zimmer des verrückten Slawin vorbei musste.

Außerdem stand in der hinteren Küche ein größerer Herd als in der vorderen und das Bad war ebenfalls größer. Und die Metanows mussten sich diese Räume mit nur drei anderen Familien teilen – den Petrows, den Sarkows und mit dem verrückten Slawin, der aber weder kochte noch badete.

Als Tatiana durch den Flur zur Wohnungstür ging, kam sie an dem gemeinsamen Telefon vorbei. Petr Petrow telefonierte gerade und Tatiana kam in den Sinn, welch großes Glück es doch war, dass ihr Telefon funktionierte. Ihre Kusine Marina lebte in einer Wohnung, in der das Telefon ständig kaputt war. Es war schwierig, sie zu erreichen, und meistens musste Tatiana ihr schreiben oder direkt zu ihr gehen. Das tat sie nicht oft, denn Marina wohnte am anderen Ende der Stadt, am gegenüberliegenden Ufer der Newa.

Als Tatiana auf Petr zukam, sah sie, dass er äußerst erregt war. Offenbar wartete er auf eine Verbindung, und obwohl die Schnur nicht so lang war, dass er auf und ab gehen konnte, bebte er doch am ganzen Körper. Er bekam genau in dem Augenblick Anschluss, als Tatiana in dem engen Flur an ihm vorbeiging, denn plötzlich schrie er ins Telefon: »Luba? Bist du das? Bist du das, Luba?«

Tatiana stieß vor Schreck an die Wand. Unwillkürlich lauschte sie auf seine Worte.

»Luba, kannst du mich hören? Die Verbindung ist so schlecht. Alle versuchen zu telefonieren. Luba, komm sofort nach Leningrad zurück! Hast du gehört? Der Krieg ist ausgebrochen. Nimm alles mit, was du tragen kannst, den Rest lässt du da, und dann nimmst du den nächsten Zug. Luba! Nein, nicht in einer Stunde, auch nicht morgen – *sofort*, verstehst du? Komm sofort zurück!« Er schwieg. »Vergiss unsere Sachen, sag ich dir. Hörst du mir überhaupt zu, Weib?«

Tatiana drehte sich um und warf einen Blick auf Petrs verkrampften Rücken.

»Tatiana!« Papa funkelte sie zornig an, als ob er sagen wollte: *Wenn du nicht sofort hierher kommst …*

Aber Tatiana wollte noch mehr hören. Ihr Vater schrie durch den Flur: »Tatiana Georgiewna! Komm her und hilf uns!« Genau wie ihre Mutter nannte auch ihr Vater sie bei ihrem vollen Namen, wenn er ihr klarmachen wollte, wie ernst er es meinte. Tatiana eilte zu ihm, wobei sie sich fragte, warum Petr Petrow sich so aufregte und warum ihr Bruder die Tür nicht selbst öffnen konnte.

Wolodja Iglenko ging mit den Metanows die Treppe hinunter. Er war in Paschas Alter und fuhr mit ihm in das Ferienlager in Tolmachewo. Er trug seinen Koffer selbst und machte sich auch selbst die Tür auf. »Pascha, ich zeige es dir«, sagte Tatiana leise. »So geht es. Leg deine Hand um den Griff und zieh daran. Dann geht die Tür auf. Du gehst hinaus. Und hinter dir schließt sie sich wieder. Lass uns doch mal sehen, ob du es schaffst.«

»Mach einfach die Tür auf, Tania«, erwiderte Pascha. »Kannst du nicht sehen, dass ich meinen Koffer in der Hand habe?«

Draußen auf der Straße blieben sie einen Moment lang stehen.

»Tania«, sagte Papa, »kauf uns von den hundertfünfzig Rubel, die ich dir gegeben habe, etwas zu essen. Aber trödel nicht wie sonst immer. Hörst du?«

»Ja, Papa. Ich gehe sofort.«

Pascha schnaubte. »Du kriechst bestimmt gleich wieder ins Bett«, flüsterte er ihr zu.

Mama sagte: »Kommt, lasst uns lieber gehen.«

»Ja«, erwiderte Papa. »Komm, Pascha.«

»Bis dann«, sagte Tania und knuffte Pascha in die Seite.

Statt einer Antwort grunzte er nur unglücklich und zog sie an den Haaren. »Bind dir die Haare zusammen, bevor du auf die Straße gehst!«, forderte er. »Du erschreckst sonst die Passanten.«

»Halt den Mund«, erwiderte Tania lässig. »Sonst schneide ich sie ganz ab.«

»Kommt schon«, drängte Papa und zog Pascha am Arm.

Tatiana verabschiedete sich von Wolodja, winkte ihrer Mutter zu, warf dem zögernden Pascha einen letzten Blick zu und ging wieder nach oben.

Deda und Babuschka hatten sich mit Dascha auf den Weg zur Bank gemacht, um ihre Ersparnisse abzuheben.

Tatiana war ganz allein zu Hause. Mit einem Seufzer der Erleichterung sank sie auf ihr Bett.

Sie und Pascha waren erst spät in diese Familie hineingeboren worden. Sie wäre besser schon 1917 zur Welt gekommen, wie Dascha. Nach ihr hatte es noch andere Kinder gegeben, aber sie waren nicht lange am Leben geblieben: zwei Jungen, die 1919 und 1921 geboren wurden, starben an

Typhus. Ein Mädchen, das 1922 zur Welt kam, starb 1923 an Scharlach. Als Lenin 1924 starb, konnte Stalin seine Macht ausweiten. In diesem Jahr gebar eine sehr müde, zweiunddreißigjährige Irina Fedorowna im Abstand von sieben Minuten Pascha und Tatiana. Die Familie hatte mit einem lang ersehnten Jungen gerechnet. Tatiana kam völlig überraschend. Kaum jemand bekam Zwillinge. Und die Metanows hatten keinen Platz für zwei weitere Kinder. In den ersten drei Jahren ihres Lebens teilten sich Tatiana und Pascha ein Kinderbettchen. Danach schlief Tatiana mit Dascha zusammen.

Trotz dieses notdürftigen Arrangements war es sehr eng in dem kleinen Raum. Dascha konnte nicht heiraten, weil Tania dort schlief, wo Daschas zukünftiger Ehemann eigentlich liegen sollte. Dascha hatte das Tatiana schon oft vorgeworfen. Sie sagte immer: »Wegen dir werde ich noch als alte Jungfer sterben.« Und Tatiana gab dann immer zurück: »Hoffentlich bald. Dann kann ich wenigstens heiraten und meinen Mann neben mir schlafen lassen.«

Nachdem Tatiana im letzten Monat die Schule abgeschlossen hatte, hatte sie begonnen zu arbeiten. Sie wollte nicht schon wieder einen ganzen Sommer in Luga damit zubringen, müßig in den Tag hineinzuleben, zu lesen, zu rudern und alberne Kinderspiele auf der staubigen Straße zu spielen. Tatiana hatte alle Sommer ihrer Kindheit in der Datscha in Luga und am nahe gelegenen Ilmensee in Nowgorod verbracht, wo die Eltern ihrer Kusine Marina eine Datscha besaßen.

Früher hatte Tatiana sich immer auf die Gurken im Juni, die Tomaten im Juli und die Himbeeren im August gefreut, sie war ganz erpicht darauf gewesen, Pilze und Heidelbeeren zu sammeln und im Fluss zu angeln. Aber dieser Sommer würde anders werden.

Tatiana merkte, dass sie es leid war, ein Kind zu sein. Andererseits wusste sie aber auch nicht, wie sie es ändern sollte, deshalb nahm sie die Stelle in den Kirow-Werken im Süden von Leningrad an. Dort zu arbeiten hatte schon etwas sehr Erwachsenes. Außerdem las sie jetzt jeden Tag die Zeitung, schüttelte den Kopf über Frankreich, über Marschall Pétain, über Dünkirchen und über Neville Chamberlain. Sie versuchte, sich ernsthaft zu geben, und nickte bedächtig zu den Krisen in den Niederlanden und dem Fernen Osten. Das waren Tatianas Konzessionen ans Erwachsensein – Kirow und die *Prawda*.

Sie mochte ihre Arbeit bei Kirow, der größten Fabrik in Leningrad und wahrscheinlich der ganzen Sowjetunion. Tatiana hatte gehört, dass irgendwo in der Fabrik Panzer gebaut wurden. Aber sie war skeptisch. Sie hatte noch keine gesehen.

Sie arbeitete in der Silberwarenabteilung. Ihre Aufgabe war es, Messer, Gabeln und Löffel in Schachteln zu packen, und damit war sie das vorletzte Glied in der Kette der Produktherstellung. Das Mädchen neben ihr klebte die Schachteln zu. Sie tat Tatiana Leid, das Zukleben war wirklich langweilig, während sie doch zumindest mit drei verschiedenen Dingen umgehen musste.

Die Arbeit bei Kirow den ganzen Sommer über würde Spaß machen, dachte Tatiana, als sie auf ihrem Bett lag, allerdings nicht so viel Spaß wie eine Evakuierung.

Sie hätte jetzt gern ein paar Stunden gelesen. Sonst war sie nie allein zu Hause. Sie hatte gerade mit Michail Sostschenkos lustigen Kurzgeschichten über die ironische Realität des sowjetischen Lebens begonnen, aber die Anweisungen ihres Vaters waren sehr deutlich gewesen. Sehnsüchtig blickte sie auf ihr Buch. Was sollte die ganze Eile? Die Erwachsenen benahmen sich, als sei Feuer ausgebrochen. Die Deutschen waren doch noch zweitausend Kilometer weit entfernt. Genosse Stalin würde nicht zulassen, dass dieser Verräter Hitler tiefer ins Land eindränge.

Als ihr klar geworden war, dass die Evakuierung nicht unmittelbar bevorstand, fand sie den Gedanken an den Krieg schon weit weniger spannend. Aber Sostschenkos Geschichte »*Banya*« – Das Badehaus – über einen Mann, der in ein sowjetisches Badehaus ging, dort auch seine Kleider wusch und dabei die Garderobenmarke für seinen Mantel verlor, war dagegen lustig. *Wo soll ein nackter Mann die Garderobenmarke aufbewahren? Während des Bades wurde sie weggespült und nur der Aufhänger blieb übrig. Der Mann gab ihn an der Garderobe ab. Der Garderobenwächter dort nahm sie nicht an. Jeder Genosse kann einen Aufhänger abschneiden, sagte er. Hier hängen nicht so viele Mäntel. Warte, bis die anderen Badegäste gegangen sind, dann gebe ich dir den Mantel, der übrig geblieben ist.*

Da sie zunächst offenbar nicht evakuiert wurden, las Tatiana die Geschichte zweimal. Sie lag auf dem Bett, stützte sich mit den Beinen an der Wand ab und lachte sich auch beim zweiten Mal noch kaputt.

Aber ein Auftrag war ein Auftrag. Sie musste endlich einkaufen gehen.

Heute war Sonntag und sonntags ging Tatiana ungern hinaus, ohne sich fein gemacht zu haben. Sie lieh sich einfach Daschas hochhackige rote Sandalen aus, in denen sie umherstakste wie ein neugeborenes Kalb mit zwei gebrochenen Beinen. Dascha konnte besser darin laufen, sie war viel mehr daran gewöhnt.

Tatiana bürstete ihr langes, blondes Haar, wobei sie sich wieder einmal wünschte, so dicke, dunkle Locken wie der Rest der Familie zu haben. Ihr Haar war gerade und langweilig blond. Sie trug es immer entweder zu einem Pferdeschwanz oder zu zwei Zöpfen geflochten. Heute band sie es zu einem Pferdeschwanz zusammen.

Tatiana zog das einzige Sonntagskleid an, das sie besaß, vergewisserte sich, dass ihr Gesicht, ihre Zähne und Hände vor Sauberkeit blitzten, und verließ die Wohnung.

Hundertfünfzig Rubel waren eine gewaltige Summe. Tatiana wusste nicht, woher ihr Vater das Geld hatte, aber es war auch nicht ihre Sache, ihn danach zu fragen. Sie sollte nur zurückkommen mit – was hatte ihr Vater gesagt? Reis? Wodka? Sie hatte es schon wieder vergessen.

Mama hatte ihm noch gesagt, er solle sie nicht schicken, weil sie nichts behalten konnte. Und Tatiana hatte zustimmend genickt. »Sie hat Recht, Papa. Schick lieber Dascha.«

»Nein!«, hatte Papa ausgerufen. »Ich weiß, dass du es kannst. Nimm eine Tasche mit, geh einfach in den Laden und komm zurück mit ...«

Was hatte er noch gesagt? Kartoffeln? Mehl?

Tatiana ging am Zimmer der Sarkows vorbei und sah Zhanna und Zhenya Sarkow in Sesseln sitzen, Tee trinken und lesen. Sie wirkten so entspannt, als sei ein ganz normaler Sonntag. Was sie doch für ein Glück haben, dachte Tatiana, dass sie so ein großes Zimmer für sich ganz allein besitzen. Der verrückte Slawin war nicht im Flur. Zum Glück.

Es war fast so, als sei Molotows Rede vor zwei Stunden nur eine geringe Irritation an einem ansonsten normalen Tag gewesen. Tatiana zweifelte beinahe schon daran, dass sie den Genossen Molotow richtig verstanden hatte, bis sie auf die Straße kam und beim Grecheskij Prospekt um die Ecke bog. Eine Traube von Menschen bewegte sich in Richtung des Newskij Prospekts, der Hauptgeschäftsstraße von Leningrad.

Tatiana konnte sich nicht erinnern, jemals solche Menschenmassen auf Leningrads Straßen gesehen zu haben. Rasch drehte sie sich um und ging in die andere Richtung zum Suworowskij Prospekt, um der Menge ein Schnippchen zu schlagen. Wenn alle zu den Geschäften am Newskij Prospekt liefen, dann würde sie eben in den Läden am Taurischen Garten einkaufen.

Ein Mann und eine Frau gingen vorbei, musterten Tatiana und lächelten. Sie schlug die Augen nieder, lächelte aber ebenfalls.

Tatiana trug ihr prächtiges weißes Kleid mit roten Rosen.

Sie besaß es seit 1938, als sie vierzehn geworden war. Ihr Vater hatte es bei einem Markthändler in Polen gekauft. Er war dort auf einer Geschäftsreise für die Leningrader Wasserwerke gewesen und hatte sich in Warschau und Lublin aufgehalten. Tatiana hatte ihren Vater damals für einen Weltreisenden gehalten. Dascha und Mama hatte er Schokolade aus Warschau mitgebracht. Die war natürlich längst schon aufgegessen, während Tatiana ihr Kleid aus dicker, schneeweißer Baumwolle mit den roten, aufgestickten Rosen immer noch trug. Die Rosen waren voll aufgeblüht. Es war ein perfektes Sommerkleid, ohne Ärmel, mit dünnen Schulterträgern. Um die Taille saß es eng und es hatte einen weiten, fließenden Rock, der kurz über dem Knie endete. Wenn Tatiana sich schnell um die eigene Achse drehte, bauschte sich der Rock auf wie ein Fallschirm.

Das einzige Problem war nur, dass ihr das Kleid im Juni 1941 zu klein geworden war. Die gekreuzten Satinbänder auf dem Rücken, die Tatiana früher ganz fest zuziehen konnte, musste sie nun immer weiter stellen.

Es ärgerte Tatiana, dass sie langsam aus ihrem Lieblingskleid herauswuchs. Ihr Körper war zwar schlank geblieben, aber ihre Brüste waren größer geworden und da lag das Problem.

Tatiana liebte das Kleid, sie mochte das Gefühl der Baumwolle auf ihrer Haut und der gestickten Rosen unter ihren Fingern, aber es gefiel ihr natürlich nicht, dass es mittlerweile so eng saß, dass es ihr beinahe die Luft abschnürte. Sie zehrte immer noch von der Erinnerung an den Sonntag, als sie das Kleid als dünne Vierzehnjährige zum ersten Mal getragen hatte, und aufgrund dieser Erinnerung hatte sie es jetzt auch wieder angezogen, an dem Tag, als die Deutschen in die Sowjetunion einmarschierten.

Tatiana liebte das Kleid auch aus einem anderen Grund: Auf einem kleinen Schildchen stand *Fabriqué en France.*

Fabriqué en France! Es war ein beglückendes Gefühl, etwas

zu besitzen, das nicht in schlechter Qualität in der Sowjetunion hergestellt worden war, sondern das in Frankreich hervorragend gearbeitet worden war. Wer war schon romantischer als die Franzosen? Die Franzosen waren die Meister der Liebe. Alle Nationen hatten unterschiedliche Eigenschaften. Die Russen waren großartig im Leiden, die Engländer in ihrer Zurückhaltung, die Amerikaner in ihrer Lebenslust, die Italiener in ihrer Liebe zu Christus und die Franzosen in ihrer Hoffnung auf die Liebe. Und deshalb steckte Tatianas Kleid voller süßer Verheißungen. Die Franzosen hatten es gemacht, um ihr zu sagen: Zieh es an, *chérie*, in diesem Kleid wirst du geliebt werden. Zieh es an und die Liebe gehört dir.

In diesem Moment jedoch ging Tatiana eingezwängt in ihr enges Kleid den Suworoskij hinunter.

Es war ein warmer Tag und plötzlich kam ihr zu Bewusstsein, dass an diesem sonnigen, schönen, verheißungsvollen Tag Hitler in die Sowjetunion einmarschiert war. Kopfschüttelnd ging Tatiana weiter. Deda hatte diesem Hitler nie vertraut und hatte das auch von Anfang an gesagt. Als Genosse Stalin 1939 den Nichtangriffspakt mit Hitler unterzeichnet hatte, hatte Deda gemeint, dass Stalin sich mit dem Teufel einlasse. Und jetzt hatte der Teufel Stalin betrogen. Warum fanden das alle so überraschend? Hatten sie etwa erwartet, dass sich der Teufel ehrenhaft verhalten würde?

Tatiana hielt Deda für den klügsten Mann der Welt. Seit Hitler 1939 in Polen einmarschiert war, hatte Deda behauptet, er würde auch in die Sowjetunion kommen. Vor ein paar Monaten, im Frühling, hatte er plötzlich damit begonnen, Lebensmittel in Dosen mit nach Hause zu bringen. Zu viele Dosen für Babuschkas Geschmack. Sie sah es nicht ein, einen Teil von Dedas Monatseinkommen für etwas auszugeben, das nur eventuell gebraucht wurde. Sie hatte mit ihm geschimpft. Was redest du da über Krieg?, hatte sie gefragt und finster auf den Schinken in der Dose geblickt. Wer soll das alles jemals essen? Ich bringe dieses Zeug jedenfalls nicht hinunter. Warum gibst du dein gutes Geld für diesen Müll aus? Kauf doch lieber marinierte Pilze oder Tomaten. Und Deda, der Babuschka mehr liebte als alles auf der Welt, hatte nur demütig den Kopf gesenkt und nichts erwidert. Im Monat darauf jedoch hatte er noch mehr Dosen mit Schinken mit nach Hause gebracht. Er hatte auch Zucker, Kaffee, Tabak und Wodka gekauft. Mit diesen Dingen hatte er jedoch weniger Glück: Zu jedem Geburtstag, Jahrestag und zum ersten Mai wurde der Wodka leer getrunken, der Tabak geraucht, der Kaffee getrunken und der Zucker für Brot, Kuchenteig und Tee verwendet. Deda brachte es nicht übers Herz, seiner Familie etwas zu verweigern, sich selbst dagegen gönnte er nichts mehr. So weigerte er sich sogar an seinem eigenen Geburtstag, die Wodkaflasche zu öffnen. Babuschka allerdings verbrauchte immerhin den Zucker, um ihm Blaubeerkuchen zu backen. Der einzige Vorrat, der jeden Monat um ein oder zwei Dosen wuchs, war der Schinken, den keiner mochte.

Glücklicherweise war Tatiana inzwischen eingefallen, was sie einkaufen sollte: so viel Reis und Wodka wie möglich. Das stellte sich jedoch als äußerst schwierig heraus.

In den Läden auf dem Suworowskij gab es keinen Wodka mehr. Dort gab es nur Käse. Aber Käse hielt sich nicht besonders gut. Brot gab es ebenfalls, aber Brot verdarb auch zu schnell. Salami war ausverkauft, genauso wie sämtliche Konserven. Und Mehl gab es auch nicht.

Immer schneller ging Tatiana den Suworowskij hinunter, insgesamt elf Blocks entlang, das war über einen Kilometer, aber in keinem Laden gab es haltbare Lebensmittel. Dabei war es erst drei Uhr. Tatiana kam an zwei Banken vorbei. Beide waren nicht geöffnet. Auf hastig mit der Hand gekritzelten Schildern stand *Heute geschlossen*. Das überraschte sie. Warum hatten die Banken zu? Geld konnte doch in Banken nicht ausgehen.

Tatiana war mittlerweile klar geworden, dass sie zu lange

gewartet hatten. Sie hätten sofort einkaufen gehen müssen, stattdessen hatten sie zuerst Paschas Koffer fürs Sommerlager gepackt. Und Tatiana hatte sogar noch gelesen. Sie hätte eine Stunde früher aufbrechen müssen. Wenn sie doch nur zum Newskij Prospekt gegangen wäre, dann würde sie jetzt dort in der Schlange stehen!

Obwohl es aussichtslos war, auch nur eine Schachtel Streichhölzer aufzutreiben, genoss Tatiana die warme Sommerluft. Sie schien von lauter schönen Dingen erfüllt zu sein. Ob ich mich wohl immer an diesen Tag erinnern werde?, dachte Tatiana und atmete tief ein. Früher hatte sie sich oft gesagt, dass sie diesen oder jenen Tag nie vergessen werde, aber schließlich hatte sie doch alle vergessen. Ich werde mich immer daran erinnern, wie ich meine erste Kaulquappe gesehen habe. Wie ich im Schwarzen Meer zum ersten Mal Salzwasser geschluckt habe. Ich werde mich daran erinnern, wie ich mich zum ersten Mal im Wald verirrt habe.

Ich habe noch nie einen echten Krieg erlebt, dachte Tatiana jetzt. Daran werde ich mich gewiss erinnern.

Sie lief zu den Geschäften am Taurischen Garten. Sie mochte diesen Teil der Stadt, der etwas abseits vom geschäftigen Treiben auf dem Newskij Prospekt lag. Hier waren die Bäume hoch und üppig und es gab weniger Menschen. Tatiana gefiel die Einsamkeit.

Nachdem sie in drei oder vier Lebensmittelgeschäfte hineingeschaut hatte, hätte Tatiana am liebsten aufgegeben. Sie überlegte ernsthaft, ob sie nicht nach Hause gehen und ihrem Vater sagen sollte, dass sie nichts bekommen hatte. Aber allein der Gedanke daran machte ihr Angst. Also ging sie weiter. Vor dem Laden an der nächsten Ecke wartete eine lange Schlange von Menschen auf der sonst leeren Straße. Pflichtbewusst stellte sich Tatiana hinten an.

Das Warten schien stundenlang zu dauern. Sie trat von einem Fuß auf den anderen, fragte nach der Zeit, wartete weiter. Die Schlange bewegte sich um einen Meter. Seufzend fragte Tatiana die Frau vor sich, weshalb sie eigentlich anstanden. Die Frau zuckte unwillig mit den Schultern und drehte sich von Tatiana weg. »Weshalb schon«, grummelte sie und drückte ihre Einkaufstasche fester an sich, als ob Tatiana sie berauben wollte. »Stell dich einfach an, wie jeder andere auch, und stell keine dummen Fragen.«

Tatiana wartete. Die Schlange bewegte sich um einen weiteren Meter nach vorn. Sie fragte noch einmal nach der Uhrzeit.

»Zehn Minuten später als eben«, bellte die Frau.

Tatiana horchte auf, als eine junge Frau, die vor der mürrischen Dame stand, das Wort »Bank« aussprach.

»Es gibt kein Geld mehr«, sagte die junge Frau zu einer älteren Frau, die neben ihr stand. »Wussten Sie das? Die Banken haben nichts mehr. Ich weiß nicht, was die jetzt machen wollen. Ich hoffe, Sie haben wenigstens Geld in der Matratze.«

Die ältere Frau schüttelte besorgt den Kopf. »Ich habe nur zweihundert Rubel, das sind all meine Ersparnisse. Die habe ich jetzt auch bei mir.«

»Nun, dann kaufen Sie, kaufen Sie alles, was Sie können. Dosen sind besonders ...«

Die ältere Frau schüttelte den Kopf. »Ich mag keine Dosennahrung.«

»Nun, dann kaufen Sie eben Kaviar. Ich habe erlebt, wie eine Frau bei Elisey auf dem Newskij zehn Kilo Kaviar gekauft hat. Was macht sie mit dem ganzen Zeug? Aber es geht mich ja nichts an. Ich kaufe Öl. Und Streichhölzer.«

»Kaufen Sie auch Salz«, riet ihr die ältere Frau umsichtig. »Sie können zwar Tee ohne Zucker trinken, aber Haferbrei ohne Salz können Sie nicht essen.«

»Ich mag keinen Haferbrei«, entgegnete die jüngere Frau. »Hab ihn noch nie gemocht. Er ist so schleimig.«

»Dann kaufen Sie Kaviar. Kaviar mögen Sie doch, oder?«

»Nein. Vielleicht etwas Wurst«, entgegnete die junge Frau nachdenklich. »Eine schöne geräucherte *kolbasa*. Hören Sie, seit über zwanzig Jahren ist das Proletariat jetzt an der Macht. Ich weiß mittlerweile, was wir zu erwarten haben.«

Die Frau vor Tatiana schnaubte so laut, dass sich die beiden Frauen vor ihr umdrehten.

»Sie wissen überhaupt nicht, was Sie zu erwarten haben!«, sagte die Frau laut.

»Wer hat Sie denn gefragt?«

»Krieg, Genossinnen! Willkommen in der Wirklichkeit, die wir Hitler zu verdanken haben. Kaufen Sie sich Ihren Kaviar und Ihre Butter und essen Sie es heute Abend auf. Denken Sie an meine Worte, für Ihre zweihundert Rubel werden Sie im nächsten Januar noch nicht einmal mehr einen Laib Brot bekommen.«

»Halten Sie doch den Mund!«

Tatiana senkte den Kopf. Sie mochte keinen Streit, weder zu Hause in der Familie noch auf der Straße unter Fremden.

Zwei Leute kamen mit Papiertüten beladen aus dem Geschäft. »Was ist da drin?«, fragte sie höflich.

»Geräucherte *kolbasa*«, sagte der Mann mürrisch und eilte davon. Er machte den Eindruck, als habe er Angst, Tatiana könne hinter ihm herlaufen und ihn seiner dämlichen *kolbasa* berauben. Tatiana wartete weiter in der Schlange. Sie mochte überhaupt keine Wurst.

Nach einer halben Stunde ging sie schließlich.

Da sie ihren Vater nicht enttäuschen wollte, lief sie zur Bushaltestelle. Sie wollte zum Elisey am Newskij Prospekt fahren, da es dort zumindest Kaviar gab.

Aber dann dachte sie: Kaviar? Wir müssen ihn bestimmt im Laufe der nächsten Woche aufessen. Kaviar hält doch nicht bis zum Winter. Aber war das überhaupt notwendig? Brauchten sie Essen für den Winter? Das konnte doch gar nicht sein, bis zum Winter dauerte es noch sehr lange. Die Rote Armee war unbesiegbar, das hatte Genosse Stalin selbst gesagt. Bis September würden die deutschen Schweine wieder fort sein.

Als sie an der Ulitsa Saltykow-Schtschedrin um die Ecke

bog, riss das Gummiband, mit dem sie ihre Haare zusammengebunden hatte.

Die Bushaltestelle lag auf der anderen Straßenseite am Taurischen Garten. Für gewöhnlich fuhr Tatiana von hier aus mit dem Bus 136 zu ihrer Kusine Marina. Heute würde sie der Bus 22 zum Elisey bringen, aber sie wusste, dass sie sich beeilen musste. So wie die Frauen geredet hatten, würde auch der Kaviar bald ausgehen.

Direkt vor sich erspähte Tatiana auf einmal einen Kiosk, der Eis verkaufte.

Eiscreme!

Ein Mann saß auf einem Hocker unter einem kleinen Sonnenschirm und las die Zeitung.

Tatiana beschleunigte ihre Schritte.

Hinter sich hörte sie Motorengeräusche. Sie drehte sich um und sah in einiger Entfernung ihren Bus kommen. Wenn sie rannte, konnte sie ihn leicht erreichen. Sie schickte sich an, die Straße zu überqueren, doch dann blickte sie zum Kiosk hinüber, schaute erneut dem Bus entgegen und dann noch einmal zum Kiosk hinüber. Schließlich blieb sie stehen.

Tatiana wollte *wirklich* gern ein Eis.

Sie biss sich auf die Lippen und ließ den Bus vorbeifahren. Ist schon in Ordnung, dachte sie. Der nächste kommt ja bald und in der Zwischenzeit kann ich an der Bushaltestelle sitzen und mein Eis essen.

Sie trat zu dem Kiosk und fragte eifrig: »Hier gibt's doch Eis, oder?«

»Hier steht *Eis* – oder etwa nicht? Und ich sitze schließlich hier. Was willst du?« Der Mann hob den Blick von seiner Zeitung und sein Gesichtsausdruck wurde freundlicher, als er Tatiana sah. »Was möchtest du denn, Liebes?«

»Haben Sie ...« Sie zitterte ein wenig. »Haben Sie Karamell?«

»Ja.« Er öffnete die Tiefkühltruhe. »Eine Waffel oder einen Becher?«

»Eine Waffel, bitte«, erwiderte Tatiana aufgeregt.

Überglücklich reichte sie ihm das Geld, sie hätte ihm auch die doppelte Summe gegeben. Voller Vorfreude auf das Vergnügen lief Tatiana auf ihren hohen Absätzen über die Straße zu der Bank unter den Bäumen. Dort würde sie ihr Eis in Ruhe essen können, während sie auf den Bus wartete, der sie zu Elisey bringen sollte.

Sie entfernte das weiße Einwickelpapier, warf es in den Abfalleimer neben der Bank, roch an dem Eis und leckte ganz vorsichtig mit der Zunge an der süßen, cremigen, kalten Karamellmasse. Glücklich lächelnd schloss Tatiana die Augen und wartete darauf, dass das Eis in ihrem Mund schmolz.

Zu gut, dachte sie. Einfach zu gut.

Der Wind zerzauste ihr die Haare und sie hielt sie mit einer Hand zurück, während ihre Zunge immer wieder um die glatte Kugel fuhr. Sie schlug die Beine übereinander, legte den Kopf zurück, leckte an ihrem Eis und summte dabei das Lied, das gerade jeder sang: »Eines Tages treffen wir uns in Lvov, mein Liebster und ich.«

In dem Augenblick gab es für sie keinen Krieg, sondern nur einen prachtvollen Junisonntag in Leningrad.

Als Tatiana aufblickte, sah sie, dass ein Soldat sie von der anderen Straßenseite aus anstarrte.

Einen Soldaten zu sehen war in einer Garnisonsstadt wie Leningrad nicht weiter bemerkenswert. Soldaten waren im Straßenbild so normal wie alte Damen mit Einkaufstaschen, Warteschlangen oder Bierlokale. Normalerweise hätte Tatiana auch gar nicht auf ihn geachtet, aber der Soldat blickte sie mit einem Gesichtsausdruck an, den Tatiana noch nie zuvor gesehen hatte. Sie hörte sogar auf, an ihrem Eis zu lecken.

Ihre Straßenseite lag bereits im Schatten, aber er stand noch im hellen Nachmittagslicht. Einen Moment lang starrte Tatiana zurück und etwas rührte sich in ihr. Es war kaum wahrnehmbar und doch hatte sie das Gefühl, als ob ihr Herz plötzlich schneller schlüge und das Blut rascher durch ihre Adern flösse. Sie spürte, wie ihr der Atem stockte.

Der Bus kam und versperrte Tatiana die Sicht. Fast hätte sie aufgeschrien und wäre aufgestanden, jedoch nicht, um in den Bus einzusteigen, sondern um über die Straße zu laufen und weiter den Soldaten sehen zu können. Die Bustüren öffneten sich und der Fahrer sah Tatiana erwartungsvoll an. Sie hätte ihn beinahe angefahren, er solle ihr aus dem Weg gehen.

»Steigst du jetzt ein, junge Dame? Ich kann hier nicht ewig warten!«

Einsteigen? »Nein, ich will nicht einsteigen.«

»Warum zum Teufel sitzt du dann hier?«, brummelte der Fahrer und schloss die Türen wieder.

Tatiana wich zurück und sah, wie der Soldat um den Bus herumrannte.

Er blieb stehen.

Sie blieb stehen.

Die Bustüren gingen wieder auf. »Wollen Sie mitfahren?«, fragte der Fahrer.

Der Soldat blickte Tatiana an, dann den Busfahrer.

»Um Lenins und Stalins willen!«, brüllte der Fahrer und schloss zum zweiten Mal die Türen.

Tatiana stand wieder vor der Bank. Sie wich noch weiter zurück und setzte sich rasch.

Achselzuckend sagte der Soldat: »Ich dachte, es sei mein Bus.«

»Ja, ich auch«, krächzte sie.

»Dein Eis schmilzt«, stellte er fest.

Tatsächlich tropfte das Eis durch die Waffel auf ihr Kleid. »Oh nein!«, sagte Tatiana und wischte darüber, wodurch sie es noch mehr verschmierte. »Na toll«, murmelte sie. Sie bemerkte, dass ihre Hand zitterte.

»Wartest du schon lange hier?«, fragte der Soldat. Seine

Stimme war voll und tief und erinnerte sie an etwas ... Sie konnte jedoch nicht sagen, woran. Er ist jedenfalls nicht von hier, dachte sie mit gesenktem Blick.

»Noch nicht *sehr* lange«, erwiderte sie leise. Mit angehaltenem Atem hob sie den Kopf, um ihn besser betrachten zu können. Er war groß.

Er trug eine Ausgehuniform und vorne auf der Mütze prangte ein emaillierter roter Stern. Seine breiten Schulterklappen waren aus grauem, durchbrochenem Metall. Sie sahen beeindruckend aus, aber Tatiana hatte keine Ahnung, was sie bedeuteten. War er Gefreiter? Er trug ein Gewehr. Aber hatten Gefreite Gewehre? Links auf der Brust hing eine Goldmedaille.

Er war jung und hatte dunkles Haar. Es steht ihm gut, dachte Tatiana, als sie schüchtern in seine Augen blickte, die karamellfarben waren – eine Spur dunkler als ihr Karamelleis. Waren das die Augen eines Soldaten? Es waren friedliche und lächelnde Augen.

Tatiana und der Soldat blickten sich lange an. Fremde sahen einander normalerweise kaum mit einer derartigen Intensität an, bevor sie die Augen wieder abwandten. Tatiana hatte das Bedürfnis, ihn mit Namen anzusprechen. Sie war erhitzt und ihr war ein wenig unbehaglich zumute. Sie sah schnell weg.

»Ihr Eis schmilzt immer noch«, sagte der Soldat.

Tatiana errötete und erwiderte hastig: »Oh, diese Eiscreme. Ich habe sowieso keinen Appetit mehr.« Sie stand auf und warf den Rest Eiscreme mit Nachdruck in den Abfalleimer, wobei sie wünschte, sie hätte ein Taschentuch, um ihr beschmutztes Kleid abzuwischen.

Tatiana konnte nicht sagen, ob der Soldat in ihrem Alter war; er wirkte eher ein wenig älter. Sie errötete wieder und starrte auf den Boden zwischen ihren roten Sandalen und seinen schwarzen Armeestiefeln.

Ein Bus kam. Der Soldat drehte sich um und ging darauf

zu. Tatiana beobachtete ihn. Seine Schritte waren sicher und lang und irgendwie kam ihr dies alles so vertraut vor, als würde sie ihn schon ewig kennen.

In wenigen Sekunden würden die Türen des Busses aufgehen, er würde hineinspringen, ihr zum Abschied zuwinken und sie würde ihn nie wiedersehen. *Geh nicht!*, schrie Tatiana innerlich auf.

Während sich der Soldat dem Bus näherte, wurde er immer langsamer und schließlich blieb er stehen. In der letzten Sekunde wich er zurück und schüttelte verneinend den Kopf. Der Busfahrer machte eine frustrierte Handbewegung, schloss die Türen und fuhr los.

Der Soldat kam zurück und setzte sich auf die Bank.

Die beiden schwiegen. Wie können wir uns anschweigen?, dachte Tatiana. Wir haben uns doch gerade erst kennen gelernt. Nein, eigentlich haben wir uns noch gar nicht kennen gelernt.

Nervös blickte sie auf die Straße. Plötzlich kam es ihr so vor, als müsse er hören, wie heftig ihr Herz klopfte. Das Geräusch war so laut, dass es sogar die Krähen aus den Bäumen hinter ihr aufgescheucht hatte. Mit lautem Flattern waren sie aufgeflogen.

Jetzt sollte ihr Bus kommen. Jetzt sofort.

Natürlich hatte sie schon früher gut aussehende Soldaten gesehen. Ein- oder zweimal letzten Sommer hatte sie sogar einige gut aussehende Soldaten kennen gelernt. Einer, dessen Namen sie schon wieder vergessen hatte, hatte ihr ein Eis gekauft.

Es lag also nicht an der Uniform des jungen Mannes und auch nicht an seinem Aussehen. Es musste daran liegen, wie er sie von der anderen Straßenseite aus angestarrt hatte, über zehn Meter Asphalt, einen Bus und die Oberleitung der Straßenbahn hinweg.

Er zog ein Päckchen Zigaretten aus seiner Uniform. »Möchtest du eine?«

»Oh, nein, nein«, erwiderte Tatiana. »Ich rauche nicht.«

Der Soldat steckte die Zigaretten wieder ein. »Ich kenne keinen, der nicht raucht«, sagte er.

Sie und ihr Großvater waren die Einzigen in der Familie, die nicht rauchten, das wusste Tatiana. Sie konnte nicht die ganze Zeit schweigen, das war wirklich peinlich. Sie öffnete den Mund, um etwas zu sagen, aber alles, was ihr einfiel, kam ihr so dumm vor, dass sie ihn einfach wieder schloss und im Stillen darum betete, dass der Bus endlich kommen möge.

Aber das tat er nicht.

Schließlich ergriff der Soldat wieder das Wort. »Wartest du auf den Bus 22?«

»Ja«, erwiderte Tatiana mit blecherner Stimme. »Ähm, nein.« Sie sah einen Bus mit drei Ziffern näher kommen. Es war die Nummer 136.

»Ich nehme diesen«, erklärte sie ohne nachzudenken und sprang rasch auf.

»Einhundertsechsunddreißig?«, murmelte er hinter ihr.

Tatiana nahm fünf Kopeken aus der Tasche und stieg ein. Nachdem sie bezahlt hatte, ging sie nach hinten durch und setzte sich hin, nur um zu sehen, dass auch der Soldat eingestiegen war und nach hinten kam.

Er setzte sich auf der gegenüberliegenden Seite eine Reihe hinter sie.

Tatiana rutschte zum Fenster hinüber und versuchte, nicht an ihn zu denken. Wohin wollte sie mit diesem Bus eigentlich fahren? Ach ja, das war ja der Bus, der zum Polustrovskij Prospekt fuhr, zu Marina. Dort würde sie aussteigen und bei Marina klingeln.

Aus den Augenwinkeln konnte Tatiana den Soldaten sehen. Wo mochte *er* wohl hinfahren?

Der Bus passierte den Taurischen Garten und bog in den Litejnyj Prospekt ein.

Tatiana strich ihr Kleid glatt und fuhr die Umrisse der gestickten Rosen mit den Fingern nach. Bei jedem Halt hoffte sie, dass der Soldat noch nicht aussteigen würde. Nicht hier, dachte sie, nicht hier. Und hier auch nicht. Er durfte einfach nicht vor ihr aussteigen. Und der Soldat stieg auch nicht aus. Ganz ruhig saß er da und blickte aus dem Fenster. Gelegentlich drehte er den Kopf und dann merkte Tatiana, dass er sie ansah.

Der Bus fuhr über die Litejnyj-Brücke und weiter durch die Stadt. Die wenigen Geschäfte, die Tatiana sehen konnte, waren entweder geschlossen oder von langen Menschenschlangen belagert. Nach und nach wurden die Straßen leerer – helle, verlassene Leningrader Straßen.

Und sie fuhren immer weiter in den Norden der Stadt.

Plötzlich merkte Tatiana, dass sie schon seit langem am Polustrovskij vorbeigefahren waren. Sie wusste nicht einmal mehr, wo sie sich befanden. Unruhig rutschte sie auf ihrem Platz hin und her. Einfach aussteigen konnte sie nicht. Auch der Soldat machte keinerlei Anstalten, die Glocke zu läuten.

Worauf hoffte sie eigentlich? Beobachten zu können, wo er ausstieg, um dann an einem anderen Tag mit Marina noch einmal hierher zu kommen? Tatiana zitterte nervös.

Es war albern. Eigentlich suchte sie nur nach einer unauffälligen Möglichkeit, wieder nach Hause fahren zu können.

Immer mehr Leute stiegen aus. Schließlich saßen nur noch Tatiana und der Soldat im Bus.

Tatiana wusste nicht mehr, was sie tun sollte. Der Soldat stieg nicht aus. In welche Situation habe ich mich da nur gebracht?, dachte sie. Sie beschloss, endlich auszusteigen, aber als sie die Glocke betätigte, drehte sich der Fahrer um und fragte: »Du willst hier aussteigen, Mädchen? Hier ist nur Industriegelände. Bist du hier mit jemandem verabredet?«

»Äh, nein«, stammelte sie.

»Na, dann warte. Die nächste Haltestelle ist Endstation.«

Verlegen sank Tatiana auf ihren Platz zurück.

Der Bus bog in einen staubigen Busbahnhof ein. Der Fahrer rief: »Endstation!«

Tatiana stieg aus. Sie wagte es nicht, sich umzudrehen. Sie legte die Hand auf die Brust, um ihr heftig klopfendes Herz zu beruhigen.

Was sollte sie jetzt tun? Sie konnte nur den Bus zurück nehmen. Langsam ging sie ein Stück von der Haltestelle fort.

Nachdem sie tief Luft geholt hatte, traute sie sich endlich, sich umzusehen, und da war er und lächelte sie fröhlich an. Er hatte ganz weiße Zähne – ungewöhnlich für einen Russen. Unwillkürlich erwiderte sie sein Lächeln. Wahrscheinlich sah er ihr die Erleichterung an.

Doch nicht nur Erleichterung, sondern auch Misstrauen, Angst und noch etwas anderes standen ihr deutlich ins Gesicht geschrieben.

Grinsend sagte der Soldat: »Na gut, ich gebe auf. Wohin gehst du?«

Was sollte Tatiana ihm darauf antworten?

Sein Russisch war korrekt, aber er hatte einen ganz leichten Akzent. Woher mochte er kommen? Aus Georgien vielleicht? Armenien? Auf jeden Fall von irgendwo am Schwarzen Meer.

»Entschuldigung?«, sagte Tatiana schließlich.

Der Soldat lächelte wieder. »Wohin gehst du?«

Während Tatiana ihn anblickte, bekam sie beinahe einen steifen Hals. Sie war klein und der Soldat überragte sie deutlich. Das musste sie ihn unbedingt auch fragen, wenn sie endlich ihre Sprache wiedergefunden hatte – wie groß er war.

Sie waren dummerweise mitten auf der verlassenen Straße stehen geblieben. Es war nicht viel los auf dem Busbahnhof, an einem Sonntag im Sommer, an dem der Krieg ausgebrochen war. Statt auf Busse zu warten, standen die Leute vor den Geschäften Schlange, um Lebensmittel zu kaufen.

»Ich glaube, ich habe meine Haltestelle verpasst«, murmelte Tatiana. »Ich muss zurückfahren.«

»Wohin wolltest du denn fahren?«, fragte der Soldat höflich, wobei er sich nicht von der Stelle rührte.

»Wohin?«, wiederholte sie. Ihre Haare sahen furchtbar aus. Tatiana schminkte sich nie, aber jetzt wünschte sie, sie hätte wenigstens etwas Lippenstift benutzt. Irgendetwas, damit sie sich nicht so hässlich vorkam.

»Lass uns von der Straße gehen«, sagte der Soldat. »Möchtest du dich setzen?« Er wies auf eine Bank. »Hier können wir auf den nächsten Bus warten.« Sie ließen sich nieder. Er saß viel zu nahe neben ihr.

»Weißt du, es ist schon komisch«, begann Tatiana, nachdem sie sich ausgiebig geräuspert hatte. »Meine Kusine Marina wohnt am Polustrovskij Prospekt – ich wollte dorthin fahren …«

»Das war aber schon vor ein paar Kilometern. Mindestens vor zwölf Haltestellen.«

»Wirklich?«, entgegnete Tatiana verwirrt. »Ich muss es einfach verpasst haben.«

Er machte ein ernstes Gesicht. »Mach dir keine Sorgen. Wir fahren einfach zurück. Der Bus kommt in ein paar Minuten.«

Sie blickte ihn an und fragte: »Wohin wolltest … du denn fahren?«

»Ich? Ich bin bei der Garnison und bin heute auf Stadtpatrouille.« Seine Augen blitzten.

Oh, na großartig, dachte Tatiana und wandte den Blick ab. Er war nur auf Stadtpatrouille und sie war seinetwegen so weit gefahren. Was war sie doch für eine Idiotin! Verlegen und mit rotem Kopf spürte sie auf einmal, dass ihr schwindlig wurde. Sie blickte auf ihre Schuhe. »Außer dem Eis habe ich den ganzen Tag noch nichts gegessen«, sagte sie kläglich.

Der Soldat legte seinen Arm um sie und sagte mit seiner ruhigen, festen Stimme: »Nur nicht ohnmächtig werden!«

Sie wollte gar nicht sehen, wie er sie prüfend anblickte. Er roch angenehm und männlich, nicht nach Alkohol oder Schweiß wie die meisten Russen. Woran lag das? An seiner

Seife? An einem Eau de Cologne für Männer? Die Männer in der Sowjetunion parfümierten sich nicht. Nein, es war sein eigener Geruch.

»Es tut mir Leid«, sagte Tatiana und versuchte aufzustehen. Er half ihr. »Danke.«

»Keine Ursache. Geht es dir wieder besser?«

»Ja. Ich bin wahrscheinlich nur hungrig.«

Er hielt immer noch ihren Oberarm fest. Seine Hand war groß und kräftig. Leicht zitternd richtete Tatiana sich auf und er ließ sie los.

»Erst die lange Busfahrt, dann das Sitzen in der Sonne ...«, sagte der Soldat besorgt. »Es wird dir gleich besser gehen. Komm, da ist unser Bus.«

Der Bus wurde von demselben Fahrer gelenkt. Er blickte die beiden mit hochgezogenen Augenbrauen an, sagte aber nichts.

Dieses Mal setzten sie sich nebeneinander – Tatiana ans Fenster, der Soldat mit dem Arm über der hölzernen Rückenlehne neben sie.

Sie konnte ihn immer noch nicht ansehen, jetzt, wo er so nahe neben ihr saß.

»Ich werde normalerweise nicht ohnmächtig«, sagte sie und blickte aus dem Fenster. Das war eine Lüge. Sie fiel ständig in Ohnmacht. Man musste ihr nur einen Stuhl gegen das Knie schieben und schon lag sie bewusstlos auf dem Boden. Die Lehrer in der Schule schickten sie wegen ihrer Ohnmachten regelmäßig nach Hause.

Endlich blickte sie den jungen Mann an.

Lächelnd fragte er: »Wie heißt du überhaupt?«

»Tatiana«, erwiderte sie und betrachtete den Hauch von Bartstoppeln in seinem Gesicht, die scharfe Linie seiner Nase, seine schwarzen Augenbrauen und die kleine, graue Narbe auf seiner Stirn. Seine Zähne waren unglaublich weiß.

»Tatiana«, wiederholte er mit seiner tiefen Stimme. »Tania? Taneschka?«

»Tania«, erwiderte sie und gab ihm die Hand. Er ergriff sie, bevor er ihr seinen Namen nannte. Ihre kleine, schmale Hand verschwand in seiner riesigen, warmen Pranke. Sie hatte das Gefühl, er müsse ihren Herzschlag durch ihre Finger, ihr Handgelenk, die Adern unter ihrer Haut spüren.

»Ich bin Alexander«, sagte er.

Er hielt ihre Hand fest.

»Tatiana. Ein schöner russischer Name.«

»Alexander auch«, sagte sie und senkte die Augen.

Langsam entzog sie ihm ihre Hand. Seine Finger lang und kräftig mit kurz geschnittenen Nägeln.

Tatiana blickte auf die Straße. Das Fenster des Busses war schmutzig. Sie fragte sich, wer es wohl putzen mochte und wie oft. Sie musste sich ablenken. Trotzdem hatte sie das Gefühl, als ob er darauf wartete, dass sie ihn ansähe, als ob er gleich ihr Gesicht mit den Händen zu sich drehen würde. Lächelnd wandte sie sich ihm zu. »Möchtest du einen Witz hören?«

»Schrecklich gern.«

»Ein Soldat wird zu seiner Hinrichtung geführt«, begann sie. »›Es wird gleich regnen‹, sagt er zu seinen Wachen. ›Jetzt hör dir den an‹, erwidern sie. ›*Wir* müssen wieder zurückgehen.‹«

Alexander lachte so laut und spontan und sah sie dabei so fröhlich an, dass in Tatiana etwas zu schmelzen begann.

»Der ist lustig, Tania«, sagte er.

»Danke.« Sie lächelte und fügte rasch hinzu: »Ich kenne noch einen Witz: ›General, was halten Sie von der bevorstehenden Schlacht?‹«

Alexander erwiderte: »Den kenne ich. Der General antwortet: ›Gott weiß, dass sie verloren wird.‹«

Tatiana fuhr fort: »›Warum sollen wir dann überhaupt kämpfen?‹«

»›Um herauszufinden, *wer* der Verlierer ist.‹«

Sie lächelten beide und wandten dann den Blick ab.

»Deine Bänder sind aufgegangen«, sagte der junge Mann auf einmal.

»Meine was?«

»Deine Bänder. Hinten an deinem Kleid. Sie sind aufgegangen. Dreh dich mal um. Ich binde sie wieder fest.«

Sie wandte ihm den Rücken zu und spürte, wie er an den Satinbändern zog. »Wie fest soll ich sie ziehen?«

»So ist es gut«, erwiderte sie heiser und hielt den Atem an. Er konnte sicher den Ansatz ihres Hinterns sehen. Plötzlich fühlte sie sich unbehaglich und verlegen.

Als sie sich wieder umdrehte, räusperte sich Alexander und fragte: »Möchtest du am Polustrovskij aussteigen? Um deine Kusine Marina zu besuchen? Oder soll ich dich nach Hause bringen?«

»Polustrovskij?«, wiederholte Tatiana, als hörte sie das Wort zum ersten Mal. Dann begriff sie. »Oh, du meine Güte.« Sie schlug sich mit der Hand vor die Stirn und sagte: »Oh nein, du wirst es nicht glauben, aber ich kann nicht nach Hause gehen. Ich werde furchtbaren Ärger bekommen.«

»Warum?«, fragte Alexander. »Kann ich dir irgendwie helfen?«

Warum hatte sie nur das Gefühl, dass er es ernst meinte? Und warum war sie auf einmal so erleichtert und hatte gar keine Angst mehr davor, nach Hause zu kommen?

Sie erzählte ihm von den Rubeln in ihrer Tasche und ihren vergeblichen Bemühungen, etwas einzukaufen, und schloss mit den Worten: »Ich weiß nicht, warum mein Vater gerade mich damit beauftragt hat. Ich bin die Unfähigste aus der ganzen Familie.«

»Mach dich nicht schlechter, als du bist, Tatiana«, erwiderte Alexander. »Außerdem kann ich dir helfen.«

»Wirklich?«

Er sagte, er könne mit ihr zu einem der Armee-Geschäfte gehen, zu denen nur Soldaten Zutritt hatten, den so genannten *Voentorgs,* und dort könnten sie die Dinge kaufen, die sie brauchte.

»Aber ich bin doch kein Soldat«, erwiderte sie.

»Nein, aber ich.«

»Wirklich?«

»Ja«, sagte er. »Alexander Below, Leutnant. Beeindruckt?«

»Skeptisch«, erwiderte sie. Alexander lachte. Tatiana gefiel es nicht, dass er schon alt genug war, um Leutnant zu sein. »Wofür hast du den Orden bekommen?«, fragte sie und blickte auf seine Brust.

»Militärische Auszeichnung«, entgegnete er und zuckte gleichgültig mit den Schultern.

»Oh.« Ihre Mundwinkel verzogen sich zu einem schüchternen, bewundernden Lächeln. »Und was hast du militärisch Wertvolles getan?«

»Nichts Besonderes. Wo wohnst du, Tania?«

»In der Nähe des Taurischen Gartens – an der Ecke Grecheskij und Fünfter Sowjet«, erwiderte sie. »Weißt du, wo das ist?«

Alexander nickte. »Ich patrouilliere durch die ganze Stadt. Wohnst du bei deinen Eltern?«

»Natürlich. Ich wohne mit meinen Eltern, meinen Großeltern, meiner Schwester und meinem Zwillingsbruder zusammen.«

»Alle in einem Zimmer?«, fragte Alexander erstaunt.

»Nein, wir haben zwei!«, rief Tatiana fröhlich. »Und meine Großeltern stehen auf der Liste für ein weiteres Zimmer. Aber das kriegen sie erst, wenn eins frei wird.«

»Und wie lange stehen sie schon auf der Liste?«, fragte Alexander.

»Seit 1924«, erwiderte Tatiana und sie mussten beide lachen. Die Busfahrt schien ewig zu dauern.

»Ich habe noch nie jemanden kennen gelernt, der ein Zwilling ist«, sagte Alexander, als sie ausstiegen. »Seid ihr euch nahe?«

»Eigentlich ja, aber Pascha kann einem auch auf die Nerven gehen. Er glaubt, immer gewinnen zu müssen, nur weil er ein Junge ist.«

»Und du findest das nicht?«

»Natürlich nicht«, sagte Tatiana und wich Alexanders neckendem Blick aus. »Hast du auch Geschwister?«

»Nein«, erwiderte Alexander. »Ich war das einzige Kind meiner Eltern.« Er blinzelte und fuhr dann rasch fort: »Wir haben eine große Runde gedreht, was? Zum Glück sind wir nicht mehr weit von dem Geschäft entfernt. Möchtest du lieber laufen oder auf den 22er Bus warten?«

Tatiana musterte ihn prüfend. Hatte er gerade gesagt, *war*? Hatte er gesagt, ich *war* das einzige Kind meiner Eltern?

»Wir können zu Fuß gehen«, erwiderte Tatiana langsam, wobei sie ihn prüfend ansah. Seine Knochen zeichneten sich deutlich unter seiner Haut ab und ihren neugierig forschenden Augen kam es so vor, als sei sein Gesicht im Moment wie in Stein gemeißelt. Vorsichtig fragte sie: »Woher kommst du eigentlich, Alexander? Du hast einen leichten ... Akzent.«

»Tatsächlich?«, erwiderte er und blickte auf ihre Füße. »Kannst du in den Schuhen auch wirklich gehen?«

»Aber ja«, antwortete sie. Warum wollte er das Thema wechseln? Der Träger ihres Kleides war von der Schulter gerutscht. Alexander griff danach und zog ihn mit dem Zeigefinger wieder hoch, wobei er mit der Fingerspitze über ihre Haut strich. Tatiana wurde rot. Sie hasste das. Immerzu wurde sie ohne jeden Grund rot.

Alexander starrte sie an. Seine Gesichtszüge wurden weich – und was war das in seinen Augen? Es schien fast so, als sei er verwirrt. »Tania ...«

»Komm, lass uns gehen«, sagte Tatiana, die sich der fortgeschrittenen Tageszeit und dem merkwürdigen Klang seiner Stimme nur allzu bewusst war.

Ihre Füße schmerzten in den Sandalen, aber das wollte sie

ihm gegenüber nicht zugeben. »Ist das Geschäft weit von hier entfernt?«

»Nein«, entgegnete er. »An der Kaserne werden wir allerdings kurz anhalten. Ich muss mich abmelden. Für den Rest des Weges muss ich dir dann die Augen verbinden. Du darfst ja schließlich nicht wissen, wo die Soldatenunterkünfte sind, oder?«

Tatiana traute sich nicht, Alexander in die Augen zu blicken, um festzustellen, ob er einen Scherz machte.

»Ach«, sagte sie und versuchte, so beiläufig wie möglich zu klingen. »Jetzt sind wir schon die ganze Zeit zusammen und wir haben noch nicht über den Krieg geredet.« Sie setzte ein ernstes Gesicht auf. »Alexander, was denkst *du* denn über Hitlers Vorgehen?«

Warum sah er sie nur so amüsiert an? Hatte sie etwas so Lustiges gesagt? »Willst du wirklich über den Krieg reden?«

»Natürlich«, beharrte sie. »Es ist ein wichtiges Thema.«

Verwundert blickte er sie an. »Es ist eben Krieg«, erwiderte er. »Es war unvermeidlich. Wir haben schon lange darauf gewartet. Lass uns hier entlang gehen.«

Sie liefen am Ingenieurschloss vorbei und über die kleine Brücke am Fontanka-Kanal, wo der Fontanka- und der Mojka-Kanal zusammenflossen. Tatiana liebte die leicht geschwungene Granitbrücke und manchmal kletterte sie aufs Geländer und balancierte darauf. Heute tat sie das natürlich nicht. Heute benahm sie sich nicht wie ein Kind.

Dann gingen sie am westlichen Ende des Sommergartens vorbei auf die riesige Rasenfläche des Marsfeldes zu. »Wir können dieses Land Hitler überlassen oder wir können ihm entgegentreten und für Mütterchen Russland kämpfen«, sagte Alexander. »Aber das wird ein Kampf auf Leben und Tod.« Er streckte den Arm aus. »Dort drüben ist die Kaserne.«

»Auf Leben und Tod? Tatsächlich?« Tatiana blickte auf und verlangsamte ihre Schritte. Sie hätte sich gern die Schuhe ausgezogen. »Gehst du denn auch an die Front?«

»Ich gehe dorthin, wo sie mich hinschicken.« Alexander wurde ebenfalls langsamer, dann blieb er stehen. »Tania, warum ziehst du nicht einfach die Schuhe aus? Das ist bestimmt bequemer für dich.«

»Ist schon in Ordnung«, erwiderte sie. Woher wusste er, dass ihre Füße sie beinahe umbrachten? War das so offensichtlich?

»Mach schon«, drängte er sie sanft. »Dann kannst du auf dem Gras leichter laufen.«

Er hatte Recht. Mit einem Seufzer der Erleichterung bückte sie sich und streifte die Sandalen von den Füßen. Dann richtete sie sich wieder auf, blickte Alexander an und sagte: »So ist es besser.«

Er betrachtete sie schweigend. »Du bist wirklich winzig«, sagte er schließlich.

»Ich bin nicht winzig«, gab sie zurück. »Du bist nur riesengroß.« Errötend schlug sie die Augen nieder.

»Wie alt bist du, Tania?«

»Älter, als du denkst«, erwiderte Tatiana. Sie hätte gern erwachsen und reif geklungen. Die warme Brise blies ihr die blonden Haare ins Gesicht. Da sie die Schuhe in der einen Hand hielt, versuchte sie, mit der anderen die Haare aus dem Gesicht zu streichen. Sie wünschte, sie hätte ein Gummiband, um sich einen Pferdeschwanz zu binden. Alexander stellte sich vor sie und strich ihr die Haare zurück. Seine Augen glitten von ihren Haaren zu ihren Augen und dann zu ihrem Mund.

Hatte sie noch Eiscreme an den Lippen? Ja, wahrscheinlich. Wie peinlich! Sie leckte sich über die Lippen und an den Mundwinkeln entlang. »Was ist los?«, fragte sie. »Habe ich Eis ...«

»Woher willst du wissen, für wie alt ich dich halte?«, fragte er. »Sag mir, wie alt du bist.«

»Ich werde bald siebzehn«, erwiderte sie.

»Wann?«

»Morgen.«

»Du bist noch nicht einmal *siebzehn?«*, staunte Alexander.

»Morgen werde ich siebzehn!«, wiederholte sie empört.

»Siebzehn. Na gut. Sehr erwachsen.« Seine Augen blitzten.

»Und wie alt bist du?«

»Zweiundzwanzig«, sagte er. »*Gerade* erst zweiundzwanzig.«

Ihr entschlüpfte ein enttäuschtes »Oh«.

»Ist das sehr alt?«, fragte Alexander, wobei er ein Grinsen nicht unterdrücken konnte.

»Uralt«, erwiderte Tatiana, die ebenfalls lächeln musste.

Langsam schlenderten sie über das Marsfeld, Tatiana barfuß, die roten Sandalen in der Hand.

Als sie auf dem Pflaster angekommen waren, zog Tatiana die Sandalen wieder an und sie gingen auf ein hässliches, braunes vierstöckiges Gebäude zu, das sich von den anderen dadurch unterschied, dass es keine Haustür hatte. Ein dunkler Gang führte hinein. »Das ist die Pawlow-Kaserne, wo ich stationiert bin«, sagte Alexander.

»*Das* ist die berühmte Pawlow-Kaserne?« Tatiana blickte an dem schäbigen Gebäude empor. »Das kann doch gar nicht sein.«

»Was hast du erwartet? Einen Palast mit Zwiebeltürmen?«

»Darf ich hinein?«

»Nur bis zum Tor. Ich gebe mein Gewehr ab und melde mich ab. Du wartest dort, in Ordnung?«

»Ich warte.« Sie gingen den Gang entlang bis zu einem Eisentor. Ein junger Wachtposten hob grüßend die Hand. »Gehen Sie durch, Leutnant. Wer ist bei Ihnen?«

»Tatiana. Sie wartet hier auf mich, Feldwebel Petrenko.«

»Natürlich«, erwiderte der Wachtposten und beäugte Tatiana verstohlen, jedoch nicht unauffällig genug, so dass sie es bemerkte. Sie schaute Alexander nach, der hinter dem

Eisentor einen Hof überquerte. Er begrüßte einen großen Offizier, blieb dann stehen und plauderte kurz mit ein paar rauchenden Soldaten. Dann lachte er laut auf und ging weiter. Nichts unterschied Alexander von den anderen, außer dass er größer war, dunklere Haare und weißere Zähne hatte, breitere Schultern und einen längeren Schritt. Und er wirkte so lebhaft im Gegensatz zu den stillen Männern!

Petrenko fragte Tatiana, ob sie sich setzen wolle.

Sie schüttelte den Kopf. Alexander hatte ihr gesagt, sie solle hier warten, und sie würde sich nicht von der Stelle rühren. Und ganz bestimmt würde sie sich nicht auf den Stuhl irgendeines anderen Soldaten setzen, auch wenn sie sich gern einen Moment ausgeruht hätte.

Während Tatiana wartend am Garnisonstor stand, kam es ihr vor, als flöge sie auf einer Wolke dahin. Das Schicksal hatte ihr einen schier unglaublichen Nachmittag beschert – erfüllt von Verlangen, Verlangen nach dem Leben.

Einer von Dedas Lieblingssprüchen war: »Das Leben ist so unvorhersehbar! Das mag ich am wenigsten daran. Wenn es doch wenigstens so klar wäre wie die Mathematik.«

An diesem Tag jedoch konnte Tatiana ihm gar nicht zustimmen.

Ein Tag wie dieser war tausendmal schöner als ein Tag in der Schule oder in der Fabrik. Ein Tag wie dieser war bestimmt der schönste in ihrem Leben.

Sie trat auf den Wachtposten zu und fragte: »Sagen Sie, dürfen Zivilisten tatsächlich nicht hinein?«

Lächelnd und augenzwinkernd erwiderte Petrenko: »Nun, das hängt davon ab, was der Wachtposten dafür bekommt.«

»Das reicht, Feldwebel«, sagte Alexander, der sich in diesem Moment wieder näherte. »Lass uns gehen, Tania.« Er hatte sein Gewehr nicht mehr dabei.

Gerade als sie durch den Gang auf die Straße treten wollten, sprang aus einer versteckten Tür, die Tatiana nicht bemerkt hatte, ein Soldat auf sie zu. Er erschreckte sie so sehr, dass sie aufschrie. Alexander legte ihr die Hand auf den Rücken und sagte kopfschüttelnd: »Dimitri, warum machst du das?«

Der Soldat lachte laut. »Um eure Gesichter zu sehen, darum!«

Tatiana gewann die Fassung zurück. Irrte sie sich, oder hatte Alexander sie wirklich beschützen wollen? Wie unnötig!

Lächelnd sagte der Soldat: »Also, Alex, wer ist denn deine neue Freundin?«

»Dimitri, das ist Tatiana.«

Dimitri schüttelte Tatiana heftig die Hand und wollte sie nicht mehr loslassen. Doch sie entzog sie ihm freundlich.

Dimitri war durchschnittlich groß, aber verglichen mit Alexander war er klein. Er hatte typisch slawische Gesichtszüge. Seine Nase war breit und verlief leicht nach oben gebogen und seine Lippen waren extrem schmal. Am Hals hatte er sich beim Rasieren mehrmals geschnitten. Unter seinem linken Auge entdeckte Tatiana ein kleines, schwarzes Muttermal. Seine Mütze hatte keinen emaillierten, roten Stern wie die von Alexander und seine Schulterklappen waren auch nicht aus Metall, sondern aus Stoff. Und er trug keinen Orden.

»Freut mich, dich kennen zu lernen«, sagte Dimitri. »Wohin geht ihr beiden denn?«

Alexander sagte es ihm.

»Wenn ihr wollt, helfe ich euch gern dabei, die Einkäufe zum Haus zu tragen«, erwiderte Dimitri.

»Das können wir schon allein, Dima, danke«, sagte Alexander.

»Nein, nein, es macht mir überhaupt keine Mühe.« Dimitri lächelte. »Es wäre mir sogar ein Vergnügen.« Dabei blickte er Tatiana an.

»Und wie hast du unseren Leutnant kennen gelernt, Tatiana?«, fragte Dimitri. Er ging bereits neben ihr her, während Alexander sich im Hintergrund hielt. Tatiana drehte sich zu ihm um und registrierte, dass er sie besorgt anblickte. Kurz darauf trat er neben sie. Der *Voentorg*-Laden lag direkt um die Ecke.

»Ich bin ihm im Bus begegnet«, sagte Tatiana zu Dimitri. »Ich hatte mich verfahren. Er hatte Mitleid mit mir und hat mir seine Hilfe angeboten.«

»Na, da hattest du aber Glück«, erwiderte Dimitri neckend. »Niemand hilft einer Dame in Bedrängnis lieber als unser Alexander.«

»Ich bin wohl kaum eine Dame in Bedrängnis«, murmelte Tatiana, während Alexander sie in den Laden führte und damit das Gespräch beendete.

Tatiana blickte sich erstaunt um. Es gab keine Menschenschlange und in dem Raum stapelten sich Säcke und Tüten. Es roch nach geräuchertem Schinken und Fisch, nach Zigaretten und Kaffee.

Alexander fragte sie, wie viel Geld sie dabeihabe, und sie glaubte, die Höhe der Summe werde ihn in Erstaunen versetzen. Aber er zuckte nur mit den Schultern und sagte: »Wir könnten es alles für Zucker ausgeben, aber das wäre wohl kaum richtig vorgesorgt.«

»Ich weiß nicht, was ich einkaufen soll. Wie soll ich denn vorsorgen?«

»Kauf so viel, als würdest du nie wieder etwas von diesen Waren sehen«, erwiderte Alexander.

Ohne nachzudenken reichte sie ihm ihr Geld.

Er kaufte für sie vier Kilo Zucker, vier Kilo weißes Mehl, drei Kilo Hafermehl, fünf Kilo Gerste, drei Kilo Kaffee, zehn Dosen mit eingelegten Pilzen und fünf Dosen Tomaten. Sie erstand außerdem noch ein Kilo schwarzen Kaviar und von den paar Rubeln, die übrig blieben, zwei Dosen Schinken, um Deda eine Freude zu machen. Zu ihrem eigenen Vergnügen kaufte sie eine kleine Tafel Schokolade.

Lächelnd erklärte ihr Alexander, dass er die Schokolade von seinem Geld bezahlen würde, und orderte fünf Tafeln.

Außerdem schlug er vor, sie solle Streichhölzer kaufen. Tatiana verzog das Gesicht und wies ihn darauf hin, dass man Streichhölzer nicht essen könne. Als Nächstes riet er ihr, auch Benzin mitzunehmen. Sie erwiderte, sie hätten kein Auto. Er bestand darauf, dass sie es trotzdem kaufte, aber sie wollte partout nicht auf ihn hören. Sie wollte das Geld ihres Vaters nicht für so etwas Dummes wie Benzin und Streichhölzer ausgeben.

»Aber Tania! Wie willst du denn mit dem Mehl etwas Gescheites anfangen, wenn du keine Streichhölzer hast, um Feuer zu machen? Dann wird es schwierig sein, Brot zu backen.«

Sie gab nach, als sie feststellte, dass die Streichhölzer nur ein paar Kopeken kosteten, kaufte aber trotzdem nur eine Packung mit zweihundert Stück.

»Vergiss das Benzin nicht, Tania.«

»Nur wenn ich ein Auto habe, kaufe ich auch Benzin.«

»Und wenn es im Winter kein Kerosin mehr gibt?«, fragte Alexander.

»Was dann?«, entgegnete sie. »Wir haben doch elektrischen Strom.«

Er verschränkte die Arme. »Kauf es!«, wiederholte er.

»Hast du ›im Winter‹ gesagt?« Tatiana machte eine wegwerfende Geste. »Wovon redest du überhaupt? Es ist Juni. Im Winter kämpfen wir nicht mehr gegen die Deutschen.«

»Sag das mal den Engländern«, erwiderte Alexander. »Oder den Franzosen, den Belgiern, den Holländern. Sie haben gekämpft ...«

»Wenn man das, was die Franzosen machen, kämpfen nennen kann ...«

Lachend sagte Alexander: »Tatiana, kauf das Benzin. Du wirst es nicht bereuen.«

Sie hätte gern auf ihn gehört, aber die Stimme ihres Vaters in ihrem Kopf war stärker. Sie ermahnte Tatiana, sein Geld nicht zu vergeuden. Also weigerte sie sich.

Sie bat den Verkäufer um ein Gummiband und flocht ihr

Haar ordentlich zusammen, während Alexander bezahlte. Tatiana fragte, wie sie die ganzen Einkäufe nach Hause schleppen sollten.

Dimitri verkündete: »Mach dir keine Gedanken. Deshalb bin ich ja mitgekommen.«

»Dima«, sagte Alexander, »ich glaube wirklich, dass wir allein zurechtkommen.«

»Alexander«, warf Tatiana ein, »wir haben so viel zu ...«

»Dimitri, der Packesel«, sagte Dimitri. »Ich freue mich, euch zu Diensten sein zu können, Alexander.« Er grinste.

Tatiana registrierte es und erinnerte sich daran, dass Dimitri genauso überrascht gewesen war wie sie, einen Laden zu betreten, den eigentlich nur Offiziere nutzen durften.

»Bist du mit Alexander in der gleichen Einheit?«, fragte sie Dimitri, nachdem sie ihre Einkäufe in Holzkisten gestapelt und das Geschäft verlassen hatten.

»Oh, nein, nein«, entgegnete Dimitri. »Alexander ist Offizier und ich bin nur einfacher Gefreiter. Nein, er steht um einige Ränge höher als ich. Was ihm erlaubt, mich nach Finnland an die Front zu schicken«, fügte er hinzu.

»Nicht nach Finnland«, verbesserte Alexander ihn, »und nicht an die Front, sondern nur zur Überprüfung der Befestigungen nach Lisiy Nos. Worüber beklagst du dich eigentlich?«

»Ich beklage mich ja gar nicht. Ich preise deine Weitsicht.«

Tatiana warf Alexander einen verstohlenen Blick zu. »Wo ist Lisiy Nos?«, fragte sie.

»An der karelischen Meerenge«, erwiderte Alexander. »Kannst du laufen?«

»Natürlich.« Tatiana konnte es kaum erwarten, nach Hause zu kommen. Ihre Schwester würde in Ohnmacht fallen, wenn sie mit zwei Soldaten auftauchte. Sie trug die leichteste Kiste, in der sich der Kaffee und der Kaviar befanden.

»Ist das zu schwer für dich?«, fragte Alexander.

»Nein«, erwiderte sie. Eigentlich war die Kiste ziemlich

schwer und sie wusste nicht, wie sie es bis zum Bus schaffen sollte. Sie gingen doch hoffentlich zum Bus? Oder hatten die beiden Männer etwa vor, zu Fuß zu gehen?

Der Bürgersteig war schmal, deshalb liefen sie hintereinander. Alexander schritt voran, dann kam Tatiana und Dimitri bildete das Schlusslicht.

»Alexander«, keuchte Tatiana, »gehen wir etwa ... zu Fuß nach Hause?« Sie war bereits jetzt außer Atem.

Alexander blieb stehen. »Gib mir die Kiste«, sagte er.

»Nein, ich kann sie gut tragen.«

Doch er stellte seine Kiste ab, packte ihre darauf und hob dann beide Kisten auf. »Deine Füße müssen in diesen Schuhen schrecklich wehtun. Komm, lass uns weitergehen.«

Der Bürgersteig wurde jetzt breiter und Tatiana konnte neben Alexander herlaufen. Dimitri ging links von ihr. »Tania, glaubst du, wir bekommen einen Wodka für unsere Mühen?«

»Ich denke, mein Vater wird auf jeden Fall einen Wodka für euch übrig haben.«

»Also, Tania, erzähl mal«, forderte Dimitri sie auf. »Gehst du viel aus?«

Ausgehen? Was für eine seltsame Frage. »Nicht oft«, erwiderte sie schüchtern.

»Warst du jemals im *Sadko?*«

»Nein«, sagte sie. »Aber meine Schwester geht oft dorthin. Sie sagt, es sei ganz nett.«

Dimitri rückte ein wenig näher. »Möchtest du nächstes Wochenende mit uns ins *Sadko* kommen?«

»Mmmh, nein, danke«, erwiderte sie und schlug die Augen nieder.

»Ach, komm«, sagte Dimitri. »Das wird bestimmt lustig. Hab ich Recht, Alexander?«

Alexander antwortete nicht.

Wenn andere Fußgänger auf sie zukamen, trat Dimitri zurück, um sie vorbeizulassen.

Tatiana fiel auf, dass er das nur widerwillig tat, als ob er dadurch dem Feind Terrain überließe. Zuerst glaubte sie, er sei einfach unhöflich, aber dann erkannte sie, dass es Alexander war, den er als Konkurrenten empfand.

Leise fragte Alexander: »Bist du müde?«

Tatiana nickte.

»Möchtest du dich ein bisschen ausruhen?« Er stellte seine Kisten ab.

Dimitri tat es ihm nach, dann blickte er Tanja durchdringend an. »Wohin gehst du denn, Tania, wenn du dich vergnügen willst?«

»Vergnügen? Ich weiß nicht. Ich gehe in den Park. Oder wir fahren in unsere Datscha nach Luga.« Sie wandte sich an Alexander und fragte: »Verrätst du mir eigentlich endlich, wo du herkommst, oder muss ich raten?«

»Ich glaube, du musst es erraten, Tania.«

»Du kommst bestimmt vom Meer.«

»Hat er es dir etwa noch nicht gesagt?«, warf Dimitri ein.

»Er gibt mir einfach keine klare Antwort.«

»Na, das ist ja eine Überraschung.«

»Gut geraten, Tania«, erwiderte Alexander. »Ich bin aus Krasnodar am Schwarzen Meer.«

»Warst du schon mal da?«, erkundigte sich Dimitri.

»Nein«, erwiderte sie. »Ich war noch nie weiter weg als in Luga.«

Alexander nahm seine Kisten wieder auf und sagte knapp: »Lasst uns weitergehen.«

Sie kamen an einer Kirche vorbei und überquerten den Grecheskij Prospekt. Tatiana war so mit dem Gedanken beschäftigt, wie sie Alexander wiedersehen könnte, dass sie an ihrem Haus vorbeilief. Sie waren schon ein paar Meter weiter gegangen, als sie plötzlich stehen blieb.

»Möchtest du noch eine Pause machen?«, fragte Alexander.

»Nein«, entgegnete sie. »Wir sind an unserem Haus vorbeigelaufen.«

»Vorbeigelaufen?«, rief Dimitri aus. »Wie kann denn so etwas passieren?«

»Es ist eben einfach passiert«, sagte Tatiana. »Ich wohne dahinten an der Ecke.«

Alexander senkte lächelnd den Kopf. Langsam gingen sie zurück.

Als sie durch die Haustür traten, sagte Tatiana: »Ich wohne im dritten Stock. Schafft ihr das?«

»Haben wir eine andere Wahl?«, fragte Dimitri. »Gibt es einen Aufzug? Natürlich nicht«, fügte er hinzu. »Wir sind hier schließlich nicht in Amerika, nicht wahr, Alexander?«

»Ich denke nicht«, gab Alexander zurück.

Sie stiegen vor Tatiana die Treppe hinauf. »Danke«, flüsterte Tatiana hinter Alexander.

»Bitte«, erwiderte er, ohne sich umzudrehen.

Als sie die Tür zu ihrer Wohnung öffnete, hoffte Tatiana inständig, der verrückte Slawin möge nicht mitten auf dem Flur liegen, aber diesmal erfüllte sich ihr Wunsch nicht. Slawins Oberkörper lag im Flur, die Beine in seinem Zimmer. Er stank erbärmlich und sein fettiges, graues Haar fiel ihm ins Gesicht.

»Slawin hat sich wieder die Haare ausgerissen«, flüsterte Tatiana Alexander zu.

»Ich glaube, das ist das geringste seiner Probleme«, flüsterte er zurück.

Grollend ließ Slawin Tatiana vorbeigehen, griff aber hysterisch lachend nach Alexanders Bein.

»Genosse«, sagte Dimitri und stellte seinen Stiefel auf Slawins Handgelenk, »lass den Leutnant los.«

»Ist schon gut, Dimitri«, beruhigte Alexander ihn und schob ihn weg. »Ich werde schon allein damit fertig.«

Slawin quietschte vor Entzücken und packte Alexanders Stiefel fester. »Unsere Taneschka hat einen hübschen Soldaten mitgebracht«, kreischte er. »Entschuldigung ... *zwei* hübsche Soldaten. Was wird dein Vater dazu sagen, Taneschka?

Billigt er das? Ich glaube nicht. Er mag es nicht, wenn du Jungen mit nach Hause bringst. Er wird sagen, zwei sind zu viel für dich, Taneschka. Gib einen deiner Schwester ab, meine Süße.« Slawin lachte wild auf. Alexander zog sein Bein weg.

Slawin streckte die Hand nach Dimitri aus, als er jedoch dessen Gesicht sah, ließ er sie wieder sinken. Er schrie: »Ja, Taneschka, bring sie mit nach Hause. Bring sie alle mit – denn in drei Tagen werden sie tot sein. Tot! Erschossen vom Genossen Hitler, der ein so *guter* Freund vom Genossen Stalin ist!«

»Er war in einem Krieg«, erklärte Tatiana, erleichtert, dass sie an ihm vorbeigekommen waren. »Wenn ich allein bin, nimmt er gar keine Notiz von mir.«

»Das kann ich mir kaum vorstellen«, bemerkte Alexander.

Errötend sagte Tatiana: »Das stimmt aber. Wir langweilen ihn, weil wir ihn nicht beachten.«

Alexander beugte sich zu ihr und fragte: »Ist gemeinschaftliches Wohnen nicht großartig?«

Überrascht erwiderte sie: »Welche Möglichkeit gibt es denn sonst?«

»Gar keine. Diese Art zu wohnen wird unsere eigensüchtigen, bourgeoisen Seelen heilen.«

»Das sagt Genosse Stalin auch immer!«, rief Tatiana aus.

»Ich weiß«, gab Alexander zurück und bemühte sich, ernst zu bleiben. »Ich zitiere ihn gerade.«

Tatiana unterdrückte ein Lachen und führte ihn zu ihrer Zimmertür. Sie blickte Alexander und Dimitri an und sagte nervös seufzend: »So, wir sind da.« Dann öffnete sie die Tür, betrat den Raum und verkündete lächelnd: »Komm herein, Alexander.«

»Darf ich auch hereinkommen?«, fragte Dimitri.

»Ja, bitte, Dimitri.«

Tatianas Familie saß in Babuschkas und Dedas Zimmer

um den großen Esstisch. Tatiana steckte den Kopf durch die Tür. »Ich bin wieder da!«

Niemand blickte auf. Mama fragte gleichmütig: »Wo warst du?«

»Mama, Papa! Seht euch die Lebensmittel an, die ich gekauft habe!«

Papa blickte kurz von seinem Wodkaglas auf. »Sehr schön, Tochter«, sagte er. Genauso gut hätte sie mit leeren Händen zurückkommen können. Leise seufzend warf sie Alexander, der noch im Gang stand, einen Blick zu. Zeigte er etwa Mitleid? Nein, das traf es nicht ganz. Es war mehr als das. Sie flüsterte ihm zu: »Stell die Kisten hin und komm mit mir herein.«

»Mama, Papa, Babuschka, Deda«, sagte Tatiana, wobei sie sich vergeblich bemühte, die Begeisterung in ihrer Stimme zu unterdrücken, »ich möchte euch Alexander vorstellen …«

»Und Dimitri«, warf Dimitri rasch ein, bevor Tatiana ihn vergessen konnte.

»Und Dimitri«, fügte Tatiana hinzu.

Alle blickten ungläubig auf Alexander und dann auf Tatiana. Mama und Papa blieben am Tisch sitzen, vor sich eine Flasche Wodka und zwei Gläser. Deda und Babuschka setzten sich auf das Sofa, damit die Soldaten am Tisch Platz nehmen konnten. Tatiana fand, dass ihre Eltern traurig aussahen. Tranken sie wegen Pascha?

Papa stand auf. »Das hast du sehr gut gemacht, Tania. Ich bin stolz auf dich.« Er machte eine einladende Geste zu Alexander und Dimitri. »Kommt, trinkt ein Glas Wodka mit uns.«

Höflich schüttelte Alexander den Kopf. »Nein, danke. Ich habe nachher noch Dienst.«

»Aber ich sage nicht nein.« Dimitri trat vor.

Papa schenkte ihm stirnrunzelnd ein Glas ein. Alexander mochte ja seine Gründe haben, die Gastfreundlichkeit ihres Vaters abzulehnen, aber Tatiana wusste ganz genau, dass ihr

Vater diese Haltung nicht billigte. Es war nur eine Kleinigkeit, aber ihr Vater würde es nicht vergessen. Dennoch mochte Tatiana Alexander lieber.

»Tania, du hast wahrscheinlich keine Milch gekauft, oder?«, fragte Mama.

»Papa hat gesagt, ich solle nur haltbare Lebensmittel kaufen.«

»Woher kommen Sie?«, fragte Tatianas Vater Alexander.

»Aus der Gegend um Krasnodar«, erwiderte er.

Papa schüttelte ungläubig den Kopf. »Ich habe in meiner Jugend in Krasnodar gewohnt. Es hört sich nicht so an, als wären Sie von dort.«

»Nun, es stimmt aber«, entgegnete Alexander sanft.

Um das Thema zu wechseln, fragte Tatiana: »Alexander, möchtest du lieber einen Tee? Ich kann dir einen Tee kochen.«

Er rückte näher zu ihr heran und sie hielt den Atem an. »Nein, danke«, sagte er freundlich. »Ich kann nicht lange bleiben, Tania. Ich muss zurück.«

Tatiana zog ihre Sandalen aus. »Entschuldigt«, sagte sie. »Meine Füße sind …« Sie lächelte. Die Blasen an den großen und kleinen Zehen schmerzten entsetzlich. Sie bluteten bereits.

Alexander blickte kopfschüttelnd auf ihre Füße. Dann schaute er sie an und wieder erschien dieser seltsame Ausdruck in seinen Mandelaugen. »Barfuß läuft es sich besser«, sagte er leise.

Dascha kam ins Zimmer und blieb abrupt stehen, als sie die beiden Soldaten bemerkte.

Sie sah gesund und strahlend aus, viel zu gesund und strahlend nach Tatianas Geschmack, aber bevor sie etwas sagen konnte, rief Dascha aus: »Alexander! Was machst du denn hier?«

Tatiana schaute Alexander fassungslos an und fragte: »Du kennst …?« Mitten im Satz brach sie ab, denn sie registrierte, wie er im Moment des Erkennens unglücklich das Gesicht verzog.

Tatiana blickte von Dascha zu Alexander. Sie wurde blass. *Oh nein,* hätte sie am liebsten gesagt. *Oh nein, wie ist das nur möglich?*

Mittlerweile war Alexanders Gesichtsausdruck undurchdringlich geworden. Er lächelte Dascha an und antwortete, ohne Tatiana anzuschauen: »Ja. Dascha und ich kennen uns.«

»Das kann man wohl sagen«, erwiderte Dascha lachend und zwickte ihn in den Arm.

Tatiana sah sich im Zimmer um, als wolle sie sich vergewissern, dass die anderen mitbekommen hatten, was hier gerade geschah. Dimitri aß gerade eine Gurke. Deda hatte die Brille aufgesetzt und las die Zeitung. Papa trank noch einen Wodka. Mama öffnete eine Schachtel mit Plätzchen und Babuschka hatte die Augen geschlossen. Offenbar hatte niemand etwas bemerkt.

Mama sagte: »Die Soldaten haben Tatiana begleitet. Sie haben Lebensmittel gebracht.«

»Tatsächlich?«, erwiderte Dascha und blickte Alexander neugierig an. »Woher kennst du meine Schwester?«

»Ich kenne sie gar nicht«, sagte Alexander. »Ich habe sie nur im Bus getroffen.«

»Du hast meine kleine Schwester im Bus getroffen?«, fragte Dascha. »Unglaublich. Das ist ja wie eine Fügung des Schicksals!« Sie zwickte ihn abermals leicht in den Arm.

»Setzen wir uns«, schlug Alexander vor. »Ich glaube, jetzt möchte ich doch etwas trinken.« Er trat zum Tisch, während Dascha und Tatiana an der Tür stehen blieben.

Dascha beugte sich vor und flüsterte ihr zu: »Er ist der, von dem ich dir erzählt habe!«

»Was?«

»Heute Morgen«, zischte Dascha.

»Heute Morgen?«

»Warum bist du denn so begriffsstutzig? Er ist es!«

Endlich verstand Tatiana. Sie war nicht begriffsstutzig. Für sie gab es keinen Morgen. Es gab nur die Bushaltestelle und die Gewissheit, dass sie Alexander kennen gelernt hatte.

»Oh«, erwiderte sie betont gleichgültig. Dabei war sie vollkommen fassungslos.

Dascha setzte sich auf den Stuhl neben Alexander. Mit einem traurigen Blick auf seinen Rücken machte sich Tatiana daran, die Lebensmittel wegzuräumen.

»Taneschka!«, rief ihre Mutter ihr nach, »räum die Sachen gleich richtig ein, nicht so wie sonst.«

Tatiana hörte Alexander sagen: »Gießen Sie mir einfach das Glas voll.«

»Na bitte«, erwiderte Papa und schenkte ihm ein. »Prost! Auf die neuen Freunde.«

»Auf die neuen Freunde«, wiederholten alle.

Dimitri sagte: »Komm, Tania, trink auch mit uns.«

Tatiana trat näher, aber Papa erlaubte ihr nicht, Wodka zu trinken, weil sie noch so jung war. Dimitri bat für seine Voreiligkeit um Entschuldigung und Dascha sagte, sie würde für sich und ihre Schwester trinken. Papa erwiderte: »Als ob du das nicht schon die ganze Zeit tätest!«

Alle lachten, außer Babuschka, die ein Schläfchen halten wollte, und Tatiana, die das Ende dieses Tages sehnlichst herbeiwünschte.

Während sie die Kisten nacheinander in die Küche brachte und ausräumte, vernahm sie Bruchstücke der Unterhaltung.

»... wir müssen die Arbeit an den Befestigungsanlagen beschleunigen ...«

»... Truppen an die Grenzen geschickt werden ...«

»... und dann die Flughäfen in Ordnung bringen. Die Geschütze sollten so schnell wie möglich in Position gebracht werden.«

Kurz darauf hörte sie Papa sagen: »Oh, unsere Tania arbeitet bei Kirow. Sie hat gerade ihren Schulabschluss gemacht – ein Jahr zu früh! Nächstes Jahr, wenn sie achtzehn wird, möchte sie an die Leningrader Universität gehen. Man sollte es nicht meinen, wenn man sie so sieht ... Das Examen ein ganzes Jahr früher ... Habe ich das schon erwähnt?«

Tatiana musste lächeln.

»Ich weiß nicht, warum sie unbedingt bei Kirow arbeiten wollte«, warf Mama ein. »Es ist so weit weg, praktisch außerhalb von Leningrad. Sie kann noch nicht allein auf sich aufpassen«, fügte sie hinzu.

»Wie sollte sie auch, wo du dich ihr ganzes Leben lang immer um alles gekümmert hast?«, giftete Papa.

»Tania!«, rief Mama. »Spül das Geschirr vom Abendessen, ja?«

In der Küche räumte Tatiana gerade die restlichen Einkäufe weg. Als sie die Kisten wieder hinaustrug, warf sie erneut einen Blick auf Alexanders Rücken. Ihr gingen tausend Dinge durch den Kopf. *Karelien, die Finnen und ihre Grenzen, die Panzer und die Übermacht der Waffen, die sumpfigen Wälder, in denen man sich so schwer zurechtfand, und der Krieg mit Finnland im Jahre 1940 und ...*

Sie war gerade wieder in der Küche, als Alexander, Dascha und Dimitri aus dem Zimmer nebenan kamen. Alexander sah sie nicht an.

»Tania, verabschiede dich«, sagte Dascha. »Die beiden wollen gehen.«

Tatiana wäre am liebsten unsichtbar geworden. »Auf Wiedersehen«, sagte sie leise und wischte sich die Hände an ihrem weißen Kleid ab. »Noch einmal danke für eure Hilfe.«

Dascha hatte sich bei Alexander eingehakt. »Ich bringe dich hinunter, ja?«

Dimitri trat zu Tatiana und fragte sie, ob er sie noch einmal besuchen dürfe. Ob sie ja gesagt hatte, ob sie genickt hatte, sie konnte es anschließend nicht mehr genau sagen. In diesem Augenblick war sie viel zu weit weg mit ihren Gedanken.

Alexander warf ihr einen Blick zu und sagte: »Es war schön, dich kennen zu lernen, Tatiana.«

Tatiana blieb allein in der Küche zurück. Mama trat zu ihr und sagte: »Der Offizier hat seine Mütze vergessen.«

Tatiana nahm die Mütze, aber noch bevor sie auf den Flur laufen konnte, war Alexander schon zurückgekommen. »Ich habe meine Mütze vergessen«, sagte er.

Tatiana gab sie ihm wortlos und ohne ihn anzusehen.

Als er die Mütze entgegennahm, ließ er seine Finger einen Moment auf ihrer Hand ruhen. Sie blickte ihn traurig an. Was taten Erwachsene in einem solchen Fall? *Sie* hätte am liebsten geweint. Aber sie konnte nur den Kloß in ihrem Hals hinunterschlucken und sich zusammenreißen.

»Es tut mir Leid«, sagte Alexander so leise, dass Tatiana schon dachte, sie habe sich verhört. Dann drehte er sich um und ging.

Ihre Mutter blickte sie stirnrunzelnd an. »Was soll das?«

»Sei froh, dass wir Lebensmittel haben, Mama«, sagte Tatiana ausweichend und begann, sich etwas zu essen zu machen. Sie strich Butter auf eine Scheibe Brot und biss geistesabwesend hinein. Dann sprang sie auf und warf den Rest weg.

Sie konnte nirgendwohin gehen. Weder in die Küche noch in den Flur noch in das zweite Zimmer. Sie hätte so gern ein eigenes kleines Zimmer gehabt, in das sie sich zurückziehen und Tagebuch schreiben konnte!

Aber Tatiana hatte kein eigenes Zimmer. Also besaß sie auch kein Tagebuch. Tagebücher waren etwas sehr Persönliches und enthielten nur die intimsten Gedanken. Dafür war jedoch in Tatianas Welt kein Raum. Man musste alle persönlichen Gedanken im Kopf behalten, während man dicht neben einer anderen Person lag, auch wenn diese Person die eigene Schwester war.

Leo Tolstoi, einer ihrer Lieblingsschriftsteller, hatte als Junge, als Heranwachsender und als junger Mann Tagebuch geführt. Dieses Tagebuch war dazu bestimmt gewesen, von

Tausenden von Menschen gelesen zu werden. Solch ein Tagebuch wollte Tatiana nicht führen. Sie wollte ein Tagebuch, in dem Alexanders Name stehen konnte, ohne dass es jemand lesen würde. Sie wollte ein eigenes Zimmer haben, wo sie seinen Namen laut aussprechen konnte, ohne dass es jemand hören konnte.

Alexander ...

Sie ging ins Zimmer ihrer Eltern, setzte sich neben ihre Mutter und aß ein Plätzchen.

Ihre Eltern redeten davon, dass es Dascha nicht gelungen war, Geld von der Bank zu holen. Außerdem sprachen sie über die Evakuierung, aber mit keinem Wort erwähnten sie Pascha. Und Tatiana sprach natürlich nicht von Alexander. Ihr Vater redete über Dimitri und was für ein netter junger Mann er offenbar sei. Tatiana saß schweigsam am Tisch. Als Dascha zurückkam, forderte sie Tatiana auf, mit ihr in das gemeinsame Schlafzimmer zu kommen. Pflichtbewusst folgte Tatiana ihrer Schwester und Dascha fragte: »Und, was denkst du?«

»Worüber?«, fragte Tatiana müde.

»Tania, von ihm! Was hältst du von ihm?«

»Er ist nett.«

»Nett! Ach, komm. Was habe ich dir gesagt? Es gibt niemanden, der besser aussieht als er.«

Tatiana rang sich ein kleines Lächeln ab.

»Hatte ich nicht Recht?«, drängte Dascha lachend.

»Du hattest Recht, Dascha«, erwiderte Tatiana.

»Ist es nicht unglaublich, dass du ihn kennen gelernt hast? Was für ein Zufall!«

»Ja, nicht wahr?«, entgegnete Tatiana teilnahmslos. Sie stand auf und wollte aus dem Zimmer gehen, aber Dascha versperrte ihr den Weg. Dascha war sieben Jahre älter. Sie war kräftiger, klüger, lustiger, attraktiver. In allem war sie die Bessere. So war es immer schon gewesen. Tatiana kam nicht gegen sie an. Sie sank wieder auf das Bett.

Dascha setzte sich neben Tatiana. »Was ist mit Dimitri? Magst du ihn?«

»Schon möglich. Hör mal, mach dir keine Gedanken um *mich,* Dasch.«

»Wer macht sich denn hier Gedanken?«, erwiderte Dascha und zerstrubbelte Tatianas Haare. »Gib Dima eine Chance. Ich glaube, er mag dich wirklich«, sagte sie, als ob dieser Umstand sie erstaunte. »Es muss an deinem Kleid liegen.«

»Ja, wahrscheinlich. Hör mal, ich bin müde. Es war ein langer Tag.«

Dascha legte den Arm um Tatiana. »Ich mag Alexander wirklich, Tania«, sagte sie. »Ich mag ihn so sehr ...«

Tatiana lief ein Schauer über den Rücken. Da sie den ganzen Tag mit Alexander zusammen gewesen war, verstand sie nur zu gut, dass Dascha diese Beziehung nicht nur als einen vorübergehenden Flirt ansah.

Tatiana zweifelte nicht daran, dass ihre Schwester es dieses Mal ernst meinte. »Du brauchst nichts zu erklären, Dascha«, sagte Tatiana.

»Tania, eines Tages wirst du es verstehen.«

Tatiana warf ihrer Schwester von der Seite einen Blick zu und öffnete den Mund, aber sie brachte keinen Ton heraus.

Sie hätte Dascha gern gesagt, dass Alexander auf *sie* zugekommen war, als er sie auf der anderen Straßenseite erblickte.

Er ist wegen mir in den Bus gestiegen und wegen mir durch die ganze Stadt gefahren.

Aber all das konnte sie ihrer älteren Schwester nicht erzählen.

Sie hätte ihr am liebsten entgegengeschleudert: *Du hast doch schon so viel gehabt! Du findest jederzeit wieder einen Neuen. Du bist bezaubernd und klug und schön und alle mögen dich. Aber ihn möchte ich für mich haben.*

Und sie hätte gern gefragt: *Was ist, wenn er mich lieber mag als dich?*

Aber Tatiana schwieg. Sie wusste auch gar nicht, ob es gestimmt hätte. Vor allem der letzte Satz. Wieso sollte Alexander Tatiana lieber mögen? Man brauchte sich Dascha doch nur anzusehen, mit ihren wunderschönen Haaren und ihrer atemberaubenden Figur … Vielleicht hätte Alexander ja auch wegen Dascha die Straße überquert. Tatiana verzog das Gesicht. Welch Zeitverschwendung, welch schlechter Scherz das alles gewesen war.

Dascha musterte sie prüfend. »Tania, Dimitri ist ein Soldat … ich weiß nicht, ob du für einen Soldaten schon bereit bist.«

»Was meinst du damit?«

»Nichts, nichts. Aber vielleicht sollten wir dich ein wenig aufpeppen.«

»Aufpeppen?«, fragte Tatiana. Das Herz schlug ihr bis zum Hals.

»Ja, du weißt schon, ein wenig Lippenstift, und wir sollten mal miteinander reden …« Dascha zog Tatiana an den Haaren.

»Vielleicht. Aber ein andermal, ja?«

Tatiana rollte sich in ihrem weißen Kleid mit den roten Rosen auf dem Bett zusammen und drehte sich zur Wand.

3

Alexander ging raschen Schrittes den Ligowskij hinunter.

Ein paar Minuten lang schwiegen die beiden Männer, dann sagte Dimitri außer Atem: »Nette Familie.«

»Sehr nett«, entgegnete Alexander ruhig. Er war nicht außer Atem. Und er wollte auch nicht mit Dimitri über die Metanows reden.

»Ich kann mich an Dascha erinnern«, sagte Dimitri, der mit Alexander kaum Schritt halten konnte. »Ich habe sie ein paar Mal im *Sadko* gesehen, kann das sein?«

»Ja.«

»Ihre Schwester ist auch ganz nett, oder?«

Alexander antwortete nicht.

Dimitri fuhr fort: »Georgi Wassiliewitsch hat gesagt, Tania sei fast siebzehn.« Er legte den Kopf schräg. »Siebzehn! Weißt du noch, wie es war, als wir siebzehn waren, Alexander?«

Alexander ging weiter. »Nur zu gut.« Dimitri redete immer weiter. Alexander musste sich aus seinen Gedanken reißen. »Wie bitte? Ich habe dich nicht verstanden.«

»Ich fragte, ob du glaubst, dass sie eine junge Siebzehnjährige oder eine alte Siebzehnjährige ist?«, entgegnete Dimitri geduldig.

»Auf jeden Fall zu jung für dich, Dimitri«, erwiderte Alexander kühl.

Dimitri schwieg. »Sie ist sehr hübsch«, sagte er schließlich.

»Ja. Und trotzdem zu jung für dich.«

»Was kümmert dich das denn? Du hast doch was mit ihrer älteren Schwester. Ich werde mich an die jüngere heranmachen.« Dimitri kicherte. »Warum nicht? Wir könnten einen flotten Vierer bilden, findest du nicht? Zwei Freunde, zwei Schwestern ... das passt doch prima ...«

»Dima«, sagte Alexander, »was ist denn mit Elena? Sie hat mir gesagt, dass sie dich mag. Ich kann euch nächste Woche miteinander bekannt machen.«

Dimitri machte eine wegwerfende Geste und erwiderte: »Hast du wirklich mit Elena geredet?« Er lachte. »Nein, solche wie Elena kann ich dutzendweise bekommen. Aber Tatiana ist nicht wie die anderen.« Lächelnd rieb er sich die Hände.

In Alexanders Gesicht bewegte sich kein Muskel. Er ging nur immer schneller die Straße entlang.

Dimitri begann zu laufen. »Alexander, warte doch! Wegen Tania ... ich wollte doch nur sichergehen ... dir macht es doch nichts aus, oder?«

»Natürlich nicht, Dima«, erwiderte Alexander gleichmütig. »Warum sollte es mir etwas ausmachen?«

»Genau!« Er schlug Alexander auf den Rücken. »Du bist ein guter Mann. Noch eine Frage – soll ich irgendeine Unterhaltung arrangieren für …«

»Nein!«

»Aber du hast die ganze Nacht lang Wache! Komm schon, wir amüsieren uns wie immer.«

»Nein, heute Abend nicht.« Er schwieg. »Nicht schon wieder.«

»Aber …«

»Ich komme zu spät«, sagte Alexander. »Ich laufe schon mal vor. Wir sehen uns in der Kaserne.«

Wechsel der Gezeiten

1

Als Tatiana am nächsten Morgen aufwachte, sah sie als Erstes Alexanders Gesicht vor ihrem inneren Auge. Sie sprach nicht mit Dascha und versuchte, sie nicht anzusehen, als diese ihr zum Abschied alles Gute zum Geburtstag wünschte.

»Ja, Taneschka, herzlichen Glückwunsch«, sagte auch Mama im Hinauseilen. »Vergiss nicht, abzuschließen.«

Papa küsste sie auf den Scheitel und sagte: »Dein Bruder wird heute auch siebzehn.«

»Ich weiß, Papa.«

Papa arbeitete als Ingenieur bei den Leningrader Wasserwerken. Mama war Näherin in einer Schneiderei für Uniformen. Dascha war Sprechstundenhilfe bei einem Zahnarzt. Seit sie vor zwei Jahren die Universität verlassen hatte, arbeitete sie dort. Anfangs hatte sie eine Affäre mit ihrem Chef gehabt, aber das war schon seit einiger Zeit vorbei. Dascha blieb dort, weil sie die Arbeit mochte. Sie wurde gut bezahlt und sie brauchte nicht viel dafür zu tun.

Tatiana ging zu Kirow, wo sie den ganzen Vormittag in Versammlungen verbrachte und patriotischen Reden lauschte. Der Leiter ihrer Abteilung, Sergei Krasenko, fragte, ob jemand der Armee der Freiwilligen beitreten wolle, um im Süden des Landes zum Schutz gegen die verhassten Deutschen Gräben auszuheben.

Heute waren die Deutschen verhasst. Gestern wurden sie noch geliebt. Was würde morgen sein?

Gestern hatte Tatiana Alexander kennen gelernt.

Krasenko sprach weiter. Die Befestigungen nördlich von Leningrad, entlang der alten Grenze zu Finnland, mussten in Ordnung gebracht werden. Die Rote Armee vermutete, dass die Finnen sich Karelien zurückholen wollten. Tatiana horchte auf. *Karelien, Finnland* ... darüber hatte Alexander gestern gesprochen. *Alexander* ... Tatiana versank wieder in ihre Grübeleien.

Die Frauen lauschten Krasenko aufmerksam, aber keine sprang auf, um sich freiwillig zu melden. Niemand, außer Tamara, die eine noch niedrigere Position hatte als Tatiana. »Was habe ich schon zu verlieren«, flüsterte sie.

An diesem Tag erhielten sie vor dem Mittagessen Schutzbrillen, ein Netz für die Haare und einen braunen Kittel. Nach dem Mittagessen musste Tatiana nicht mehr Löffel und Gabeln verpacken. Stattdessen kamen kleine zylindrische Metallkugeln über das Band gefahren. Immer je zwölf fielen in kleine Pappkartons und Tatianas Aufgabe war es, die Kartons in große Holzkisten zu stapeln.

Um fünf zog Tatiana ihren Kittel aus und nahm die Kopfbedeckung und die Schutzbrille ab. Sie spritzte sich Wasser ins Gesicht, kämmte ihr Haar und verließ das Gebäude. Sie ging den Prospekt Stachek entlang und an der berühmten Kirow-Mauer vorbei, einem sieben Meter hohen Betongebilde, das fünfzehn Blocks lang war. Nachdem sie drei dieser Blocks passiert hatte, erreichte sie die Bushaltestelle.

An der Bushaltestelle wartete Alexander auf sie.

Als sie ihn erkannte, begannen ihre Augen zu leuchten. Sie blieb einen Moment lang stehen und griff sich ans Herz. Er lächelte ihr zu und errötend ging sie ihm entgegen. Er hielt seine Offiziersmütze in der Hand. Tatiana wünschte, sie hätte sich das Gesicht gründlicher gewaschen.

In ihrem Kopf wirbelten so viele Gedanken durcheinander, dass sie nicht in der Lage war, sich ungehemmt mit ihm zu unterhalten. »Was tust du hier?«, wagte sie schließlich schüchtern zu fragen.

»Wir sind im Krieg mit Deutschland«, sagte Alexander. »Ich sollte also gleich zur Sache kommen.«

»Oh«, erwiderte Tatiana.

»Herzlichen Glückwunsch zum Geburtstag.«

»Danke.«

»Hast du heute Abend etwas Besonderes vor?«

»Ich weiß nicht ... Heute ist Montag, da werden alle müde sein. Es gibt ein Abendessen und etwas zu trinken.«

Sie seufzte. In einer anderen Welt hätte sie ihn vielleicht an ihrem Geburtstag zum Abendessen eingeladen, aber nicht in dieser Welt.

Sie verharrten stumm nebeneinander. Um sie herum erblickte Tatiana lauter bekümmerte Gesichter. Sie selbst war ganz und gar nicht trübsinnig, aber sie fragte sich, ob sie normalerweise wohl auch so aussah, wenn sie auf den Bus wartete.

Werde ich den Rest meines Lebens so aussehen?

Und dann fiel ihr wieder ein, dass Krieg war. *Wie wird der Rest meines Lebens überhaupt aussehen?*

»Woher wusstest du, dass ich hier bin?«

»Dein Vater hat mir gestern erzählt, dass du bei Kirow arbeitest, und da habe ich mir gedacht, dass du vielleicht mit dem Bus nach Hause fährst.«

Sie errötete.

Der Bus Nummer 20 kam und hatte noch Platz für zwei Dutzend Leute. Drei Dutzend quetschten sich hinein. Alexander und Tatiana blieben unschlüssig draußen stehen.

»Komm, lass uns zu Fuß gehen«, sagte Alexander schließlich und ergriff sanft ihren Arm.

»Wohin?«

»Zu dir nach Hause. Ich möchte mit dir reden.«

Sie blickte ihn zweifelnd an. »Mein Zuhause ist acht Kilometer von hier entfernt.« Sie sah auf ihre Füße.

»Hast du denn heute bequeme Schuhe an?« Er lächelte.

»Ja, danke«, erwiderte sie und verfluchte sich innerlich wegen ihrer mädchenhaften Verlegenheit.

»Weißt du was? Wir laufen bis zur Goworowa Ulitsa und

nehmen von dort die Straßenbahn Nummer eins«, schlug er vor. »Kannst du einen Block weit laufen? Wir nehmen einfach die Straßenbahn.«

Tatiana überlegte. »Ich glaube nicht, dass eine Straßenbahn bis zu mir nach Hause fährt«, entgegnete sie schließlich.

»Nein, das nicht, aber du kannst am Warschauer Bahnhof in die Sechzehn umsteigen, die bis zur Ecke Grecheskij und Fünfte Sowjet fährt, oder du kannst mit mir in die Zwei umsteigen, die in der Nähe meiner Kaserne und am Russischen Museum hält.« Er schwieg. »Oder wir können ganz zu Fuß gehen.«

»Ich laufe keine acht Kilometer«, sagte Tatiana. »Ganz gleich, wie bequem meine Schuhe sind. Lass uns zur Straßenbahn gehen.« Sie wusste schon jetzt, dass sie nicht an irgendeinem Bahnhof aussteigen und eine weitere Straßenbahn nach Hause nehmen würde.

Als die Bahn auch nach zwanzig Minuten noch nicht gekommen war, erklärte sich Tatiana damit einverstanden, ein paar Kilometer bis zu einer Haltestelle der Linie Nummer sechzehn zu laufen. Die Goworowa mündete in der Ulitsa Skapina und schlängelte sich dann Richtung Norden bis zum Ufer des Obvodnoj-Kanals.

Tatiana wäre am liebsten gar nicht mit der Straßenbahn gefahren. Sie wollte auch nicht, dass Alexander in seine Linie einstieg. Sie wollte einfach mit ihm an dem Kanal entlanglaufen. Wie sollte sie ihm das nur verständlich machen? Ständig suchte sie nach den richtigen Worten, und weil sie die nicht fand, schwieg sie lieber – eine Eigenart, die ihr von anderen oft als Schüchternheit oder Arroganz ausgelegt wurde.

Dascha hatte dieses Problem nie. Sie sagte einfach, was ihr gerade in den Sinn kam.

Tatiana wusste, dass sie ihrer inneren Stimme mehr Vertrauen schenken sollte. Sie war deutlich genug.

Sie wollte Alexander gern nach Dascha fragen. Aber er begann: »Ich weiß nicht, wie ich es dir sagen soll. Du hältst mich vielleicht für anmaßend, aber …« Er brach ab.

»Wenn ich dich für anmaßend halte, dann bist du es vielleicht auch«, erwiderte Tatiana sanft.

Er schwieg.

»Sag es mir trotzdem.«

»Du musst deinem Vater sagen, Tatiana, dass er deinen Bruder aus Tolmachewo zurückholen soll.«

Das hatte Tatiana nicht erwartet. Sie hatte etwas anderes hören wollen. Stattdessen sprach Alexander über Pascha, den er noch nicht einmal kannte.

»Warum?«, fragte sie schließlich.

»Weil die Gefahr besteht, dass Tolmachewo in die Hände der Deutschen fällt«, sagte Alexander nach einer Weile.

»Wovon redest du?« Sie verstand überhaupt nichts und wollte auch gar nichts verstehen. Sie wollte sich nicht ärgern. Sie hatte sich so gefreut, dass Alexander sie aus freien Stücken abgeholt hatte! Und jetzt sprach er ausschließlich über Pascha, Tolmachewo und die Deutschen. War er nur zu Kirow gekommen, um sie zu warnen?

»Red mit deinem Vater, damit er Pascha aus Tolmachewo herausholt. Warum hat er ihn überhaupt dorthin geschickt?«, fragte Alexander jetzt drängend. »Um ihn in Sicherheit zu bringen?« Er erschauerte und ein Schatten glitt über sein Gesicht. Aufmerksam forschte Tatiana in seiner Miene nach einer weiteren Erklärung. Aber er sagte nichts mehr.

Tatiana räusperte sich. »Dort sind jetzt die Sommerlager. Deshalb hat Vater ihn dorthin geschickt.«

Alexander nickte. »Ich weiß. Viele Leningrader haben ihre Söhne gestern dort angeblich in Sicherheit gebracht.« Sein Gesicht war ausdruckslos.

»Alexander, die Deutschen sind auf der Krim«, sagte Tatiana. »Das hat Genosse Molotow selbst gesagt. Hast du nicht seine Rede gehört?«

»Ja, sie sind auf der Krim. Aber unsere Grenze zu Europa ist zweitausend Kilometer lang. Hitlers Armee steht an jedem einzelnen Meter dieser Grenze, Tania, von Bulgarien bis nach Polen.« Für einen Augenblick schwiegen sie beide. »Im Moment ist Leningrad auf jeden Fall der sicherste Ort für Pascha. Wirklich!«

Tatiana war skeptisch. »Woher willst du das wissen?«, fragte sie aufgebracht. »Warum verkünden sie denn im Radio ständig, dass die Rote Armee die stärkste auf der ganzen Welt ist? Wir haben Panzer, Flugzeuge, Artillerie, Gewehre ... Im Radio behaupten sie etwas völlig anderes als du, Alexander.« Aus ihrem Mund klang es fast wie ein Vorwurf.

Er schüttelte den Kopf. »Ach Tania ...«

»Was, was, was?«, erwiderte sie und brachte ihn damit fast zum Lachen. Sie selbst hätte trotz ihres ernsten Gesichts auch beinahe gelacht.

»Tania, wir leben in Leningrad schon viele Jahre mit der unsicheren Grenze zu Finnland. Sie ist schließlich nur zwanzig Kilometer weit entfernt. Wir haben versäumt, den Süden zu schützen. Und von dort kommt jetzt die Gefahr.«

»Wenn das stimmt, warum schickst du Dimitri dann nach Finnland, wo doch deiner Meinung nach alles ruhig ist?«

Alexander schwieg. »Aus Dankbarkeit«, erwiderte er schließlich. Tatiana spürte, dass er ihr nicht alles sagen wollte. »Ich gehe davon aus«, fuhr er fort, »dass wir all unsere Streitkräfte auf den Norden konzentriert haben. Aber im Süden oder Südwesten steht keine einzige militärische Einheit. Verstehst du, was ich damit sagen will?«

»Nein«, entgegnete sie abweisend.

»Red mit deinem Vater über Pascha«, wiederholte er.

Schweigend gingen sie nebeneinander durch die stillen Straßen.

»Hör zu«, sagte Alexander schließlich, »wegen gestern ... es tut mir Leid. Was hätte ich machen sollen? Deine Schwester und ich ... Ich wusste nicht, dass sie deine Schwester ist. Wir hatten uns im *Sadko* kennen gelernt ...«

»Ich weiß. Natürlich. Du brauchst mir nichts zu erklären«, unterbrach Tatiana ihn. Zumindest hatte er das Thema angeschnitten ... Das bedeutete ihr sehr viel.

»Doch, ich will es dir erklären. Es tut mir Leid, wenn ich dich ... verärgert habe.«

»Nein, überhaupt nicht. Es ist alles in Ordnung. Sie hatte mir von dir erzählt. Sie und du ...« Tatiana fand nicht die richtigen Worte, deshalb wechselte sie schnell das Thema. »Wie ist denn Dimitri? Ist er nett? Und wann kommt er aus Karelien zurück?« *Wollte sie das wirklich wissen?*

»Ich kann es dir nicht sagen. Wenn seine Mission dort beendet ist. In ein paar Tagen.«

»Ich werde langsam müde. Können wir jetzt mit der Straßenbahn fahren?«

»Sicher«, erwiderte Alexander zögernd. »Lass uns auf die Nummer sechzehn warten.«

Erst als sie sich in die Straßenbahn setzten, begann er wieder zu sprechen. »Tatiana, zwischen deiner Schwester und mir ist nichts Ernstes. Ich werde ihr sagen ...«

»Nein!«, rief sie aus.

Zwei Männer vor ihnen drehten sich um und sahen sie fragend an. »Nein«, wiederholte sie leiser, aber genauso nachdrücklich.

»Alexander, das ist unmöglich.« Sie legte die Hände vors Gesicht und ließ sie dann wieder sinken. »Sie ist meine ältere Schwester. Verstehst du?«

Ich war das einzige Kind meiner Eltern. Sie hatte seine Worte noch im Ohr.

Sanfter fügte sie hinzu: »Sie ist meine *einzige* Schwester.« Sie schwieg. »Und sie meint es ernst mit dir.« Musste sie noch deutlicher werden? Eigentlich war damit alles gesagt, aber dann bemerkte sie sein düsteres Gesicht. »Es wird noch andere Jungen geben«, fügte sie schließlich mit kokettem Achselzucken hinzu. »Aber eine andere Schwester werde ich nicht bekommen.«

Alexander erwiderte nur: »Ich bin kein Junge.«

»Dann eben ... Männer«, stammelte Tatiana. Langsam wurde ihr das alles zu kompliziert.

»Wie kommst du darauf, dass es andere Männer geben wird?«

Tatiana zuckte mit den Schultern. »Weil ihr die Hälfte der Weltbevölkerung ausmacht. Aber ich habe nur eine Schwester.«

Als Alexander nicht antwortete, fragte sie: »Du magst Dascha doch, oder?«

Leise erwiderte er: »Natürlich, aber ...«

»Na, siehst du«, unterbrach Tatiana ihn. »Dann ist doch alles geklärt. Wir brauchen nicht mehr darüber zu reden.« In Wirklichkeit war ihr ganz anders zumute. Sie seufzte schwer.

»Nein«, erwiderte Alexander, ebenfalls seufzend. »Wahrscheinlich nicht.«

»Also gut.« Tatiana blickte aus dem Fenster.

Immer wenn sie über ihr zukünftiges Leben nachdachte, fiel ihr der Großvater ein. Wie würdevoll er doch sein einfaches Leben führte! Wenn jemand sie fragte, was sie einmal werden wolle, dann sagte sie sofort: »Ich möchte werden wie mein Großvater.«

Und Tatiana wusste, was Deda in ihrem Fall tun würde. Er würde seiner Schwester niemals das Herz brechen.

Die Tram fuhr den Grecheskij entlang. Alexander bat Tatiana, mit ihm am Grecheskij-Krankenhaus, ein paar Haltestellen vor der Fünften Sowjet, auszusteigen. »In diesem Krankenhaus bin ich geboren«, sagte Tatiana und wies auf das rote Ziegelgebäude, als sie auf den Bürgersteig sprang.

»Tania, sag mir, magst du Dimitri?«

Tatiana ließ sich mit der Antwort Zeit. Was wollte er hören? Hatte Dimitri ihn gebeten, sie zu fragen, oder wollte er es selbst wissen? Und was sollte sie ihm sagen? Wenn er im Auftrag von Dimitri fragte und sie behauptete, sie würde ihn nicht mögen, dann verletzte sie Dimitris Gefühle, und das wollte sie nicht.

Wenn jedoch Alexander es wissen wollte und sie erklärte, Dimitri würde ihr gefallen, kränkte sie Alexander. Aber er gehörte doch zu Dascha! Schuldete Daschas jüngere Schwester ihm da eine aufrichtige Antwort?

»Nein«, erwiderte sie schließlich und sah an seinem Gesicht, dass sie ihm die Antwort gegeben hatte, die er hören wollte.

»Dascha meint allerdings, ich solle ihm eine Chance geben. Was denkst du?«

»Ich bin dagegen«, erwiderte er, ohne zu zögern.

Sie waren an der Ecke Zweite Sowjet und Grecheskij Prospekt stehen geblieben. Die Kuppel der Kirche gegenüber ihrem Haus leuchtete in der Ferne. Tatiana wollte sich noch nicht von Alexander trennen. Sie ahnte, dass sie ihn danach nie mehr allein sehen würde.

»Alexander, sind deine ... Eltern noch in Krasnodar?«, fragte sie leise und blickte ihn forschend an.

»Nein«, erwiderte er, »sie sind nicht mehr in Krasnodar.«

Sie blickte ihn unverwandt an. »Tania, ich kann dir so vieles nicht erklären ...«

»Versuch es doch«, entgegnete Tania leise und hielt den Atem an.

»Was gerade in der Roten Armee passiert – die Verwirrung, die Tatsache, dass jegliche Vorbereitung und Organisation fehlt – nichts davon ist nachzuvollziehen, wenn man nicht die Ereignisse der letzten vier Jahre kennt. Verstehst du?«

Tatiana stand ganz still. »Nein. Was hat das mit deinen Eltern zu tun?«

Alexander trat ein wenig näher, um sie gegen die untergehende Sonne abzuschirmen. »Meine Eltern sind tot. Meine

Mutter starb 1936, mein Vater 1937.« Er senkte die Stimme. »Erschossen. Vom NKWD – dem Volkskommissariat für Innere Angelegenheiten. Ich muss jetzt gehen.«

Tatianas entsetzter Gesichtsausdruck hielt ihn zurück. Er tätschelte ihr den Arm und sagte grimmig lächelnd: »Mach dir keine Gedanken. Manchmal geht es eben nicht so aus, wie wir es uns erhoffen. Ganz gleich, wie genau wir etwas planen oder was wir uns wünschen. Habe ich Recht?«

»Ja, das stimmt«, gab Tatiana zu und schlug die Augen nieder. Sie war sicher, dass er nicht nur auf seine Eltern anspielte. »Alexander, möchtest du …«

»Ich muss jetzt wirklich gehen«, unterbrach er sie. »Wir sehen uns.«

Sie hätte ihn gern gefragt, wann das sein würde, aber sie brachte kein Wort mehr heraus.

Tatiana stand nicht der Sinn danach, nach Hause zu gehen. Überall wäre sie jetzt lieber gewesen, nur nicht in der Wohnung – ohne ihn.

Im Treppenhaus blieb sie noch für eine Weile stehen. Geistesabwesend malte sie Achten auf das Geländer. Dann stieg sie schweren Herzens die Treppe hinauf.

2

Als Tatiana die Wohnung betrat, sprach ihre Familie gerade über den Krieg. Es gab zwar kein Geburtstagsessen für Tatiana, dafür aber Unmengen zu trinken. Und viele laute Streitgespräche. Was würde mit Leningrad passieren?, fragten sich alle. Ihr Vater und ihr Großvater stritten über Hitlers Absichten – als ob sie ihn beide persönlich kennen würden. Mama wollte wissen, warum Genosse Stalin nicht persönlich zum Volk geredet hatte. Und Dascha interessierte nur, ob sie weiter arbeiten gehen sollte.

»Was sonst?«, giftete ihr Vater gereizt. »Sieh dir Tania an. Sie ist kaum siebzehn und *sie* fragt nicht, ob sie weiter arbeiten soll.«

Alle blickten Tania an.

Tatiana stellte ihre Tasche ab. »Seit *heute* bin ich siebzehn, Papa.«

»Ach ja!«, rief Papa aus. »Natürlich. Der Tag war so chaotisch. Lasst uns auf Paschas Gesundheit trinken.« Er schwieg. »Und auf Tanias.«

Das Zimmer schien merkwürdigerweise geschrumpft zu sein, seit Pascha nicht mehr bei ihnen war.

Tatiana lehnte sich an die Wand und fragte sich, ob jetzt wohl ein guter Zeitpunkt war, um die Sprache auf Tolmachewo und ihren Bruder zu bringen. Kaum jemand achtete auf sie, außer Dascha, die sagte: »Iss doch etwas Hühnersuppe. Sie steht in der Küche auf dem Herd.« Tatiana füllte sich einen Teller mit Suppe. Dann setzte sie sich in der Küche auf die Fensterbank und starrte in den Hof, während die Suppe neben ihr kalt wurde. Sie konnte jetzt nichts Heißes essen. Sie hatte im Inneren das Gefühl, zu verbrennen.

Als Tatiana ins Zimmer zurückkehrte, sprach ihre Mutter gerade tröstend auf ihren Vater ein: »Dieser Krieg dauert bestimmt nicht bis zum Winter. Bis dahin ist alles vorbei.«

Papa schwieg und strich über die Falten seines Hemdes. Dann sagte er: »Weißt du, auch Napoleon ist mit seinen Armeen im Juni in die Sowjetunion gekommen.«

»Napoleon!«, rief Mama. »Was hat denn Napoleon damit zu tun, Georgi Wassiliewitsch? Ich bitte dich!«

Tatiana öffnete den Mund, um etwas über Tolmachewo zu sagen, aber dann fiel ihr ein, dass sie wahrscheinlich erklären müsste, woher sie ihr Wissen hatte, und so schwieg sie.

Papa saß neben Mama und blickte in sein leeres Glas. »Komm, wir trinken noch etwas«, sagte er traurig. »Lass uns auf Pascha trinken.«

»Wir sollten nach Luga fahren!«, rief Mama. »Lass uns auf unsere Datscha fahren.«

Jetzt musste Tatiana aber etwas sagen! »Vielleicht«, presste sie hervor, »vielleicht sollten wir Pascha aus dem Sommerlager holen.«

Papa, Mama, Dascha, Deda und Babuschka blickten Tatiana verwirrt und vorwurfsvoll an. Ganz so, als ob sie sich wunderten, dass sie überhaupt sprechen konnte. Als ob sie bedauerten, Erwachsenenangelegenheiten in Gegenwart eines Kindes besprochen zu haben.

Mama begann zu weinen. »Wir sollten ihn wirklich zurückholen. Mein Gott, er hat heute Geburtstag und ist ganz allein.«

Ich habe auch Geburtstag, dachte Tatiana. Sie stand auf und beschloss, ein Bad zu nehmen.

»Wohin gehst du?«, rief Papa ihr nach.

»Mich waschen.«

»Nimm wenigstens ein paar Teller mit in die Küche!«, schimpfte Mama.

Dascha wollte an diesem Abend ausgehen. Tatiana fragte nicht, wohin. Wahrscheinlich wollte sie sich mit Alexander treffen. Tatiana hielt nichts von Selbstmitleid. Das würde sich auch jetzt nicht ändern, auch wenn sie das Gefühl hatte, ihr würde das Herz aus dem Leib gerissen. Sie zwang sich, ein paar Geschichten von Tschechow zu lesen, die für gewöhnlich eine beruhigende Wirkung auf sie hatten. Nach sieben Geschichten legte sie das Buch zur Seite.

Sie hörte Deda und Papa weiter über den Krieg streiten. Deda sagte, viele Leute sähen ihn gar nicht als Tragödie an. Die Vorstellung, dass Krieg herrschte, war schrecklich, aber konnte er ihnen nicht vielleicht auch die Freiheit bringen? Konnte er Russland nicht möglicherweise von der drückenden Last der Bolschewiken befreien und dem Volk die Chance geben, ein neues, normales und menschliches Leben zu führen?

Papa antwortete mit wodkageschwängerter Stimme: »*Nichts*

befreit Russland von den Bolschewiken. *Nichts* bringt uns ein normales Leben.«

Tatiana fand Papas Meinung zu pessimistisch. Offenbar versetzte ihn der Wodka in eine düstere Stimmung.

Irgendetwas musste ihnen doch zu einem neuen Leben verhelfen! Aber was? Über diesen Gedanken schlief sie ein.

Um Viertel vor zwei in der Nacht erwachte sie durch ein Geräusch von draußen, dass sie noch nie zuvor gehört hatte. Das Heulen einer Sirene durchbrach die Stille der Nacht. Tatiana schrie auf.

Ihr Vater trat an ihr Bett und sagte beruhigend, sie solle sich keine Sorgen machen, das sei nur eine Luftalarmsirene. Sie fragte, ob sie aufstehen müsse. Bombardierten die Deutschen sie bereits?

»Schlaf weiter, Taneschka, mein Liebes«, beruhigte Papa sie, aber wie konnte sie schlafen, wenn die Sirenen heulten und Dascha noch nicht zu Hause war?

Nach ein paar Minuten verstummten die Sirenen wieder.

3

Am nächsten Tag wurde Tatiana und ihren Kolleginnen bei der Morgenversammlung bei Kirow gesagt, dass der Arbeitstag wegen des Krieges bis auf weiteres bis sieben Uhr dauern würde. Bis auf weiteres hieß, bis der Krieg zu Ende war, vermutete Tatiana. Krasenko teilte den Arbeitern mit, dass er und der Parteisekretär aus Moskau die Produktion der KV-1 steigern wollten. Er sagte, sie würden Leningrad mit so viel Panzern, Munition und Artillerie verteidigen, wie sie in Kirow herstellen könnten. So würde Stalin keine Waffen von der Südfront abziehen müssen.

Nach dieser Versammlung meldeten sich so viele Arbeiter freiwillig für die Front, dass Tatiana befürchtete, die Fabrik müsse im Gegenteil eher geschlossen werden. Aber das war nicht der Fall. Sie und eine andere Arbeiterin – eine verhärmte Frau mittleren Alters namens Zina – kehrten ans Fließband zurück.

Am Ende des Tages ging die Nagelmaschine kaputt und Tatiana musste die Nägel, mit denen die Kisten verschlossen wurden, mit dem Hammer hineinklopfen. Als es endlich sieben Uhr war, taten ihr der Arm und der Rücken weh.

Tatiana und Zina gingen an der Kirow-Mauer entlang und sie waren noch nicht an der Bushaltestelle angelangt, als Tatiana schon Alexanders schwarzen Haarschopf erblickte.

»Ich muss gehen«, sagte Tatiana und beschleunigte ihre Schritte. »Bis morgen dann.«

Zina murmelte irgendetwas.

»Hallo«, begrüßte sie Alexander mit klopfendem Herzen. »Was machst du hier?« Sie war zu müde, um ihre Freude zu verbergen, und strahlte ihn an.

»Hallo, ich wollte dich abholen. Hattest du einen schönen Geburtstag? Hast du mit deinen Eltern geredet?«

»Nein«, erwiderte Tatiana.

»Nein zu beiden Fragen?«

»Ich habe nicht mit ihnen geredet, Alexander«, sagte Tatiana, der Frage nach dem Geburtstag absichtlich ausweichend. »Vielleicht sollte Dascha mit ihnen reden? Sie ist viel mutiger als ich.«

»Ach ja?«

»O ja, sehr viel mutiger«, versicherte Tatiana. »Ich bin ein Feigling.«

»Ich habe versucht, mit ihr über Pascha zu reden. Sie macht sich noch weniger Sorgen als du.« Er zuckte mit den Schultern. »Es geht mich ja nichts an. Ich wollte nur tun, was ich kann.« Er blickte auf die Schlange der wartenden Menschen. »Im Bus werden wir niemals Platz finden. Möchtest du wieder laufen?«

»Höchstens bis zur Tram«, erwiderte Tatiana. »Ich kann mich kaum noch bewegen. Ich bin so müde.« Sie schwieg und band sich ihren Pferdeschwanz neu. »Hast du schon lange gewartet?«

»Zwei Stunden«, antwortete er und Tatianas Müdigkeit war plötzlich verflogen. Überrascht blickte sie Alexander an. »Du hast zwei Stunden lang gewartet?« Eigentlich wollte sie fragen: *Du* hast zwei Stunden lang auf *mich* gewartet? »Sie haben die Arbeitszeit bis sieben Uhr verlängert. Es tut mir Leid, dass du so lange dort gestanden hast«, fügte sie leise hinzu.

Sie überquerten die Straße und gingen zur Ulitsa Goworowa.

»Warum hast du das dabei?« Tatiana wies auf Alexanders Gewehr. »Bist du im Dienst?«

»Ich habe bis zehn Uhr frei«, sagte er. »Aber ich habe den Befehl, mein Gewehr die ganze Zeit bei mir zu tragen.«

»Die Deutschen sind doch noch nicht hier, oder?«, fragte Tatiana.

»Noch nicht«, erwiderte er knapp.

»Ist das Gewehr schwer?«

»Nein.« Er schwieg und lächelte sie an. »Möchtest du es mal tragen?«

»Gern«, sagte sie. »Ich habe noch nie ein Gewehr in der Hand gehalten.« Als sie es entgegennahm, war sie überrascht, *wie* schwer es war. Sie musste es mit beiden Händen festhalten. Sie trug es eine Zeit lang, dann gab sie es Alexander zurück. »Ich weiß nicht, wie du es schaffst, das Gewehr und auch noch all die anderen Sachen zu tragen«, sagte sie.

»Ich trage es nicht nur, Tania, ich schieße auch damit. Ich laufe, falle zu Boden und springe wieder auf, und das mit dem ganzen Gepäck auf dem Rücken.«

Die Straßenbahn kam und sie stiegen ein. Tatiana überließ ihren Platz einer älteren Dame. Alexander wollte sich ohnehin nicht setzen. Er hielt sich an einem der Haltegriffe fest, während Tatiana die halb verrostete Metallstange umklammerte. Jedes Mal, wenn die Bahn um die Kurve fuhr, stieß Tatiana gegen Alexander und jedes Mal entschuldigte sie sich. Sein Körper war so hart wie die Kirow-Mauer.

Tatiana hätte sich gern allein mit ihm irgendwohin gesetzt und ihn nach seinen Eltern gefragt. In der Straßenbahn ging das natürlich nicht. Und war es überhaupt gut für sie, etwas über seine Eltern zu erfahren? Würde sie sich ihm dadurch nicht nur noch näher fühlen, obwohl sie sich eigentlich von ihm fernhalten wollte? Tatiana schwieg die ganze Fahrt über, bis sie am Wosnesenskij Prospekt in die Tram Nummer zwei Richtung Russisches Museum umstiegen.

»Nun, ich muss jetzt nach Hause«, sagte Tatiana zögernd.

»Möchtest du dich nicht noch eine Minute hinsetzen?«, fragte Alexander. »Wir können uns eine Bank im Italienischen Garten suchen.«

»In Ordnung«, gab Tatiana nach, wobei sie bemüht war, sich ihre Freude nicht anmerken zu lassen. Als sie nebeneinander auf der Bank saßen, spürte Tatiana deutlich, dass ihn etwas bedrückte. Doch offensichtlich fiel es ihm sehr schwer, darüber zu sprechen. Hoffentlich ging es nicht um Dascha.

»Alexander, was ist das für ein Gebäude dort drüben?«, fragte Tatiana und wies über die Straße.

»Oh, das ist das Hotel *Europa*«, erwiderte Alexander. »Das und das *Astoria* sind die besten Hotels in Leningrad.«

»Es sieht aus wie ein Palast. Wer darf dort wohnen?«

»Ausländer.«

Tatiana sagte: »Mein Vater war vor ein paar Jahren mal auf Geschäftsreise in Polen, und als er zurückkam, hat er uns erzählt, dass in seinem Hotel in Warschau Polen aus Krakau gewohnt haben. Kannst du dir das vorstellen? Wir haben ihm das zuerst gar nicht geglaubt. Wieso sollten *Polen* in Warschau in einem Hotel übernachten dürfen?« Sie kicherte. »Das wäre ja so, als würde ich drüben im Hotel *Europa* übernachten.«

Alexander blickte sie amüsiert an und erklärte: »Es gibt tatsächlich Länder, wo die Leute verreisen dürfen, wie sie wollen.«

Tatiana machte eine abwehrende Geste. »Wie in Polen vermutlich«, erwiderte sie.

Sie schluckte und räusperte sich. »Alexander ... das mit deinen Eltern tut mir so Leid.« Sie berührte ihn sanft an der Schulter. »Erzähl mir doch bitte, was passiert ist.«

Alexander seufzte. »Dein Vater hat Recht, weißt du.«

Einen Moment lang schwieg er. »Ich komme nicht aus Krasnodar.«

»Nein? Woher denn dann?«

»Hast du jemals von einer Stadt namens Barrington gehört?«

»Nein. Wo ist das?«

»In Massachusetts.«

Tatiana glaubte, sie habe sich verhört. »Massachusetts«, keuchte sie mit aufgerissenen Augen. »In *Amerika?*«

»Ja. In Amerika.«

»Du bist aus Massachusetts in *Amerika?*«, fragte sie ungläubig nach.

»Ja.«

Ein oder zwei Minuten lang konnte Tatiana nicht sprechen. Das Herz schlug ihr bis zum Hals. Angestrengt bemühte sie sich, den Mund geschlossen zu halten.

»Du neckst mich doch nur«, sagte sie schließlich. »So leicht kannst du mich nicht hereinlegen.«

Alexander schüttelte den Kopf. »Nein, ich necke dich nicht.«

»Weißt du, warum ich dir nicht glaube?«

»Ja«, erwiderte Alexander. »Du fragst dich, wer freiwillig hierher in dieses Land kommt.«

»Genau das denke ich.«

»Nun, wir waren am Anfang voller Illusionen«, sagte Alexander. »Wir – zumindest mein Vater – sind voller Hoffnung hierher gekommen. Wir hatten nicht damit gerechnet, dass es noch nicht einmal Duschen gab.«

»Duschen?«

»Ach, das ist jetzt nicht wichtig. Und es gab auch kein heißes Wasser. In der Pension, in der wir wohnten, konnten wir überhaupt nicht baden. Habt ihr fließendes heißes Wasser?«

»Natürlich nicht. Wir machen Wasser auf dem Herd heiß und geben es dann zu dem kalten in der Wanne dazu. Jeden Samstag gehen wir ins öffentliche Badehaus, um uns zu waschen. Wie alle Leute in Leningrad.«

Alexander nickte. »In Leningrad, in Moskau, in Kiew, in der ganzen Sowjetunion.«

»Wir haben noch Glück. In den großen Städten gibt es wenigstens fließendes Wasser. Auf dem Land haben sie noch nicht einmal das. Deda hat es so über Molotow erzählt.«

»Er hat Recht.« Alexander nickte. »Aber selbst in Moskau funktioniert die Toilettenspülung höchstens sporadisch. Die Badezimmer stinken. Irgendwie haben meine Eltern und ich uns daran gewöhnt. Wir haben über offenem Feuer gekocht und uns vorgestellt, wir seien die Familie Ingalls.«

»Wer?«

»Die Familie Ingalls hat Ende des 18. Jahrhunderts im amerikanischen Westen gelebt. Allerdings war das eine Art sozialistischer Utopie. Wir aber waren hier, in der Sowjetunion. Hier war der wirkliche Sozialismus. Einmal habe ich zu meinem Vater gesagt, er habe Recht, hier sei es viel besser als in Massachusetts. Ich meinte das natürlich ironisch. Er hat erwidert, man könne den Sozialismus nicht ohne Kampf aufbauen. Eine Zeit lang hat er es wahrscheinlich wirklich geglaubt.«

»Wann bist du hierher gekommen?«

»1930, direkt nach dem Börsenkrach von 1929.« Alexander registrierte Tatianas verständnislosen Gesichtsausdruck und seufzte. »Egal. Ich war elf und eigentlich wollte ich gar nicht weg aus Barrington.«

»Du Armer«, flüsterte Tatiana.

»Das Kochen auf dem kleinen Primusherd mit Kerosin war furchtbar lästig. Und dann die unsauberen Gerüche ... Meine Mutter hat zu trinken begonnen. Na ja, warum auch nicht? Schließlich trank jeder hier.«

»Stimmt«, sagte Tatiana. Auch ihr Vater trank.

»Und wenn sie betrunken war und die Toilette von anderen Ausländern, die in unserem Moskauer Palast wohnten, besetzt war, dann ging meine Mutter in den Park und erleichterte sich dort auf den öffentlichen Toiletten – einem einfachen Loch im Boden.« Er erschauerte bei seinen Worten und auch Tatiana lief es kalt über den Rücken. Wieder berührte sie Alexander leicht an der Schulter. Und weil sie unter dem schützenden Laubdach der Bäume saßen, weil er nicht von ihr abrückte und sonst keine Menschenseele zu sehen war, ließ Tatiana ihre schlanken Finger auf seiner Uniformjacke liegen.

»Am Samstag gingen mein Vater und ich – wie du, deine Mutter und deine Schwester – ins öffentliche Bad und standen oft zwei Stunden lang in der Schlange, um eingelassen zu werden«, fuhr Alexander fort. »Meine Mutter ging immer freitags. Wahrscheinlich hat sie sich in dem Moment eine Tochter gewünscht, dann hätte sie nicht immer allein gehen müssen. Und sie hätte später wegen mir nicht so gelitten.«

»Sie hat wegen dir gelitten?«

»Sehr sogar. Im Anfang war es nicht so schwierig, aber mit der Zeit machte ich ihnen Vorwürfe wegen des Lebens, das wir hier führen mussten. Damals wohnten wir in Moskau. Wir waren eine Gruppe von siebzig Idealisten, mit Kindern, und wir lebten so wie du, teilten uns drei Toiletten und drei kleine Küchen auf einer Etage.«

»Hmm«, sagte Tatiana.

»Wie gefällt dir dieses Leben?«

Tatiana überlegte. »Wir sind nur fünfundzwanzig auf unserer Etage. Aber ... na ja, was soll ich sagen? Ich mag unsere Datscha in Luga lieber.« Sie blickte Alexander an. »Dort sind die Tomaten frisch und die Luft riecht so sauber.«

»Genau!«, rief Alexander aus, als sei *sauber* das Zauberwort.

»Und ich bin nicht gern ständig mit so vielen Leuten zusammen«, fügte sie hinzu. »Ich hätte lieber ein bisschen ...« Sie brach ab, weil ihr das richtige Wort nicht einfiel.

Alexander blickte sie eindringlich an.

»Du weißt doch, was ich meine, oder?«, fragte Tatiana.

Er nickte. »Ja, Tania.«

»Sollten wir uns also tatsächlich darüber freuen, dass die Deutschen uns angegriffen haben?«

»Damit tauschen wir einfach nur Satan gegen den Teufel.«

Kopfschüttelnd erwiderte Tatiana: »Lass das bloß niemanden hören.« Aber neugierig war sie doch. »Und welcher ist dann Satan?«

»Stalin, weil er eine Spur weniger wahnsinnig ist.«

»Du und mein Großvater ...«, murmelte Tatiana gedankenverloren.

»Was? Dein Großvater ist auch meiner Meinung?« Alexander lächelte.

»Nein.« Sie erwiderte sein Lächeln. »Du bist der gleichen Meinung wie mein Großvater.«

»Tania, mach dir nichts vor. Hitler mag zwar vielen Leuten, vor allem denen in der Ukraine, vorkommen wie ihr Befreier, aber du wirst sehen, wie schnell diese Illusionen zerschlagen werden. Genauso wie in Österreich, der Tschechoslowakei und in Polen. Aber ganz egal, wie dieser Krieg für die Welt ausgehen wird, hier in der Sowjetunion wird danach wieder alles beim Alten sein.« Alexander suchte nach den richtigen Worten. »Bist du eigentlich ... von deiner Familie abgeschirmt worden?«, fragte er. »Ich meine, vor den Dingen, die hier passiert sind.«

Tatiana drückte ihm die Finger in die Schulter und sagte: »Wir hatten kaum eigene Erfahrung damit.« Sie wollte nicht gern darüber reden, weil ihr dieses Kapitel der russischen Geschichte Angst machte. »Ich habe einmal gehört, dass jemand bei Papas Arbeitsstelle verhaftet worden ist. Und ein Mann und seine Tochter aus unserer Wohnung sind vor ein paar Jahren verschwunden und stattdessen sind die Sarkows gekommen.« Sorgfältig wählte sie ihre Worte. Ihr Vater war fest davon überzeugt, dass die Sarkows Informanten des NKWD waren. »In gewisser Weise haben sie mich abgeschirmt, ja.«

»Nun, mich hat niemand abgeschirmt«, erwiderte Alexander. Er zog eine Zigarette und ein Feuerzeug aus der Tasche. »Überhaupt nicht. Und deshalb muss ich ständig an meine Eltern denken, die mit so vielen Hoffnungen hierher gekommen sind und so durchdrungen waren von ihrem Glauben an eine bessere Welt.« Er zündete die Zigarette an. »Hast du etwas dagegen, wenn ich rauche?«

»Überhaupt nicht«, entgegnete Tatiana und blickte ihn versonnen an. Sie liebte sein Gesicht. »Warum sind sie denn hierher gezogen?«, fragte sie.

Eine Weile lang rauchte Alexander schweigend. Dann sagte er langsam: »In den zwanziger Jahren – dem roten Jahrzehnt – galt der Kommunismus bei den Reichen in Amerika als schick.«

Alexanders Vater, Harold Barrington, wollte, dass Alexander, als er zehn wurde, der kommunistischen Jugendbewegung beitrat. Die Gruppe sei winzig, hatte Harold gesagt, und sie bräuchte Verstärkung. Alexander weigerte sich. Schließlich sei er doch schon bei den Pfadfindern, erwiderte er seinem Vater. Barrington war eine Kleinstadt im östlichen Massachusetts, die nach den Barringtons benannt worden war. Sie lebten dort seit den Zeiten Benjamin Franklins. Ein Vorfahr von Alexander hatte im Revolutionskrieg gekämpft. Im neunzehnten Jahrhundert stellten die Barringtons vier Bürgermeister und drei von Alexanders Vorfahren waren im Bürgerkrieg gestorben.

Alexanders Vater wollte seinen eigenen Weg gehen. Alexanders Mutter, Gianna, war um die Jahrhundertwende mit achtzehn Jahren aus Italien eingewandert. Sie änderte ihren Namen in Jane, heiratete Harold Barrington und wurde aus vollem Herzen Amerikanerin. Auch sie hatte in Italien ihre Familie verlassen, um ihren eigenen Weg zu gehen.

Zuerst waren Jane und Harold Mitglieder einer radikalen Gruppierung, danach schlossen sie sich den sozialistischen Demokraten an. Schließlich wurden sie Kommunisten. Sie lebten in einem Land, in dem ihnen das alles gestattet wurde. Als moderne, fortschrittliche Frau wollte Jane Barrington keine Kinder haben und Margaret Sanger, die Begründerin der Geburtenkontrollbewegung, unterstützte sie dabei.

Elf Jahre später beschloss Jane, doch noch Kinder zu bekommen. Sie hatte mehrere Fehlgeburten, aber dann kam Alexander zur Welt. Er wurde 1919 geboren, als Jane fünfunddreißig und Harold siebenunddreißig war.

Alexander sog die kommunistische Lehre sozusagen mit der Muttermilch ein. In seinem komfortablen amerikanischen Heim mit dem offenen Kamin und ausreichend warmer Kleidung sprach Alexander Wörter wie Proletariat, Gleichheit, Manifest, Leninismus, bevor er überhaupt wusste, was sie bedeuteten.

Als er elf war, entschieden sich seine Eltern dafür, ihre Überzeugung aktiv zu leben. Harold Barrington wurde ständig verhaftet, weil er gewalttätige Demonstrationen auf den Straßen von Boston anzettelte, und schließlich ging er zur American Civil Liberties Union und bat dort um Hilfe. Er wollte in der UdSSR um Asyl nachsuchen. Dafür war er sogar bereit, auf seine amerikanische Staatsbürgerschaft zu verzichten. In der Sowjetunion konnte er eins sein mit dem Volk, das keine sozialen Klassenunterschiede kannte. Keine Arbeitslosigkeit. Und keine Vorurteile.

Harold und Jane Barrington gaben ihre Pässe ab, und als sie in Moskau ankamen, wurden sie wie königliche Hoheiten gefeiert und bewirtet. Nur Alexander schienen der unangenehme Geruch in den Badezimmern, die Unsauberkeit und die zerlumpten Bettler aufzufallen, die sich vor den Fenstern ihres Restaurants versammelten und auf die Küchenabfälle warteten. Das betrunkene Gegröle in den Bierlokalen, in die Harold Barrington Alexander mitnahm, war so deprimierend, dass Alexander ihn schließlich nicht mehr begleitete, obwohl er eigentlich gern mit seinem Vater zusammen war.

In der Pension, in der sie wohnten, wurden sie bevorzugt behandelt, zusammen mit anderen Ausgebürgerten aus England, Italien und Belgien.

Harold und Jane bekamen ihre neuen sowjetischen Pässe und wurden so Staatsbürger der Sowjetunion. Da Alexander noch zu jung war, bekam er seinen Pass erst, als er sechzehn war und für den Militärdienst gemustert wurde.

Alexander ging zur Schule, lernte Russisch und fand zahlreiche Freunde. Langsam gewöhnte er sich an sein neues Leben. 1935 erklärte man den Barringtons, dass sie ihre mietfreie Wohnung verlassen und ab sofort für sich selbst sorgen müssten. Die sowjetische Regierung könne sie nicht weiter unterstützen. Das Problem war jedoch, dass in Moskau kein Zimmer zu bekommen war. Die Barringtons zogen nach Leningrad, und nachdem sie wochenlang von einem Wohnungskomitee zum anderen gewandert waren, fanden sie schließlich zwei Zimmer in einem heruntergekommenen Gebäude am Südufer der Newa. Harold bekam Arbeit in der Izhorsk-Fabrik und Jane trank immer mehr. Alexander konzentrierte sich auf die Schule.

Im Mai 1936, als Alexander siebzehn wurde, änderte sich plötzlich alles.

Jane und Harold Barrington wurden vollkommen unerwartet verhaftet – aber das war normal in der Sowjetunion.

Eines Tages kam Jane vom Einkaufen nicht mehr nach Hause. Harold wollte Alexander unbedingt eine Nachricht zukommen lassen, aber sie hatten sich zwei Tage zuvor gestritten und sich seitdem nicht mehr gesehen.

Harold wusste nicht, dass die Kommissare für Innere Angelegenheiten bereits bei Alexander gewesen waren.

Vier Tage nach dem Verschwinden seiner Frau klopfte es um drei Uhr morgens an Harolds Tür.

Ein Mann namens Leonid Slonko verhörte Jane. »Was Sie doch für lustige Sachen sagen, Genossin Barrington«, sagte er zynisch. »Nur habe ich leider geahnt, dass Sie genau das sagen würden.«

»Sie kennen mich doch gar nicht«, erwiderte Jane.

»Ich kenne Tausende wie Sie.«

Ach tatsächlich, Tausende, hätte sie am liebsten geantwortet. Kommen wirklich Tausende von uns aus den Vereinigten Staaten?

»Ja, Tausende«, bestätigte Slonko, als könne er ihre Gedanken lesen. »Sie müssen Ihr bourgeoises Gehabe ablegen und uns als veränderte sowjetische Frau gegenübertreten und nicht als Amerikanerin.«

»Ich habe mein bourgeoises Gehabe längst abgelegt«, erwiderte Jane. »Ich habe mein Heim, meinen Job, meine Freunde, mein ganzes Leben hinter mir gelassen. Ich bin hierher gekommen und habe ein neues Leben begonnen, weil ich daran glaubte. Sie hätten mich nur nicht betrügen dürfen.«

»Wieso haben wir Sie betrogen? Indem wir Sie ernährt, eingekleidet, Ihnen Arbeit und eine Wohnung gegeben haben?«

»Und warum bin ich dann hier?«, fragte sie.

»Weil Sie uns betrogen haben«, sagte Slonko. »Sie haben vor ein paar Wochen Ihre Verachtung für unser Land kundgetan, indem Sie bei der amerikanischen Botschaft in Moskau anriefen. Darf ich Sie fragen, Genossin Barrington, ob Sie vielleicht vergessen haben, dass Sie keine amerikanische Staatsbürgerin mehr sind? Den Amerikanern ist es gleichgül-

tig, ob Sie leben oder tot sind.« Slonko lachte. »Wie dumm ihr alle seid! Ihr kommt aus euren Ländern hierher und beklagt euch über deren Regierungen, ihre Sitten, ihre Lebensart. Doch beim ersten Problem nehmt ihr sofort wieder Kontakt zu ihnen auf.« Slonko schlug auf den Tisch. »Seien Sie versichert, Genossin, dass sich die amerikanische Regierung nicht einen Deut um Sie schert. Sie hat Sie völlig vergessen. Die Akte über Sie, Ihren Mann und Ihren Sohn wurde versiegelt und befindet sich in einem Keller. Sie gehören jetzt uns.«

Es stimmte. Jane war zwei Wochen vor ihrer Verhaftung zur amerikanischen Botschaft in Moskau gegangen. Sie war mit Alexander mit dem Zug dorthin gefahren und offensichtlich war man ihr gefolgt. In der Botschaft hatte man sie eisig empfangen: Die Amerikaner hatten kein Interesse daran, ihr oder ihrem Sohn zu helfen.

»Ist man mir gefolgt?«, fragte sie Slonko.

»Was glauben Sie?«, fragte er. »Sie haben gezeigt, dass Ihre Treue auf schwachen Füßen steht. Wir haben recht damit getan, Sie zu beschatten. Wir hatten Recht, Ihnen nicht zu trauen. Und jetzt werden Sie nach Artikel 58 der Sowjetischen Verfassung wegen Verrat angeklagt. Auch das wissen Sie. Sie wissen, was Ihnen bevorsteht.«

»Ja«, erwiderte Jane. »Ich wünschte nur, es würde schnell vonstatten gehen.«

»Wozu sollte das gut sein?« Slonko war ein großer, imposanter Mann fortgeschrittenen Alters, der sehr kräftig wirkte. »Sie können sich doch denken, welchen Eindruck Sie auf die sowjetische Regierung machen? Sie haben mit Ihrem Heimatland gebrochen, haben das Land bespuckt, das für Sie und Ihre Familie gesorgt hat. In Amerika ist es Ihnen sehr gut gegangen, sehr gut – bis Sie beschlossen haben, Ihr Leben zu ändern. Sie sind hierher gekommen.

Wir haben Sie wohlwollend empfangen. Doch wir waren davon überzeugt, dass Sie alle Spione waren. Wir beobach-

teten Sie, weil wir vorsichtig sind. Wir wollten, dass Sie auf eigenen Füßen stehen. Wir versprachen, uns um Sie zu kümmern, aber wir brauchten Ihre unerschütterliche Loyalität. Nichts weniger erwartet – nein, fordert – Genosse Stalin.« Er machte eine kurze Pause.

»Doch dann gingen Sie zur Botschaft, weil Sie Ihre Meinung über uns geändert haben, so wie Sie Ihre Meinung über Amerika geändert haben. Dort sagte man zu Ihnen: Tut uns Leid, aber wir kennen Sie nicht. Nun, wir sagen: Tut uns Leid, aber wir wollen Sie nicht ... Was können Sie also noch tun? Wohin sollen Sie gehen? Die Amerikaner wollen Sie nicht, wir wollen Sie nicht. Sie haben uns gezeigt, dass man Ihnen nicht vertrauen kann. Was bleibt da noch?«

»Der Tod«, erwiderte Jane. »Aber ich bitte Sie, verschonen Sie meinen einzigen Sohn.« Sie senkte den Kopf. »Er war noch ein kleiner Junge, als wir hierher kamen. Er hat seine amerikanische Staatsbürgerschaft nicht aufgegeben.«

»Er hat sie aufgegeben, als er in die Rote Armee eintrat und sowjetischer Bürger wurde«, entgegnete Slonko.

»Aber das State Department führt keine Akte über irgendwelche subversive Tätigkeiten meines Sohnes. Er war in Amerika nie bei den Kommunisten. Ich bitte Sie ...«

»Ach was, Genossin, er ist der Gefährlichste von Ihnen allen«, sagte Slonko.

Jane sah ihren Mann noch ein einziges Mal vor der Gerichtsverhandlung, der Slonko vorsaß. Nach einem Schnellverfahren wurde sie mit dem Gesicht zur Wand von einem Exekutionskommando erschossen.

Bis zu seiner Verhaftung hielten sich Harolds Sorge um seinen Sohn und die Verzweiflung über seine enttäuschten Träume die Waage.

Er war schon früher mehrmals im Gefängnis gewesen, die Haft machte ihm nichts aus. Für ihn war es eine Auszeich-

nung, für seine Überzeugung im Gefängnis zu sitzen, und in Amerika war er stolz darauf gewesen. »Ich habe in den besten Gefängnissen in Massachusetts gesessen«, pflegte Harold immer zu sagen. »In Neuengland gibt es niemanden sonst, der für seine Überzeugungen so viel gelitten hat.«

Die Sowjetunion hatte sich leider nur als ein Land der Suppenküchen herausgestellt. Der Kommunismus funktionierte in Russland nicht so, wie Harold es erwartet hatte. In Amerika würde er besser funktionieren, dachte er. Das war das richtige Land für kommunistische Ideen. Harold wäre gern wieder zu Hause gewesen. Zu Hause.

Die Sowjetunion war nicht seine Heimat und die sowjetischen Kommunisten wussten das. Sie waren es leid, ihn zu beschützen, auch wenn er sich das nur widerstrebend eingestand. Und jetzt war er sogar ein Volksfeind. Er hatte sie verstanden.

Harold verachtete Amerika wegen seiner Oberflächlichkeit und falschen Moral. Er war der Meinung, dass nur Idioten an die demokratische Idee glauben konnten. Aber jetzt, da er in einer sowjetischen Gefängniszelle saß, wollte Harold zumindest seinen Jungen nach Amerika zurückschicken. Um jeden Preis!

Was habe ich meinem Sohn angetan?, dachte Harold. Was habe ich ihm hinterlassen? Harold wusste plötzlich nicht mehr, was Kommunismus überhaupt bedeutete. Er sah nur Alexanders bewunderndes Gesicht vor sich, als er, Harold, an einem Samstagnachmittag an einem Rednerpult in Greenwich, Connecticut, gestanden und wüste Beschimpfungen von sich gegeben hatte.

Wer ist eigentlich dieser Junge, den ich Alexander nenne? Und wenn ich es schon nicht weiß, woher soll er es dann wissen? Ich habe meinen Weg gefunden, aber wie wird er seinen finden – in einem Land, das ihn nicht akzeptiert?

Während der endlosen Verhöre, den Leugnungen, flehenden Bitten und der Verwirrung war Harold nur von einem

Gedanken beseelt: Er wollte Alexander noch einmal sehen, bevor er starb. Deshalb appellierte er an Slonkos Menschlichkeit.

»Lassen Sie meine Menschlichkeit aus dem Spiel«, erwiderte Slonko. »So etwas besitze ich gar nicht. Außerdem hat Menschlichkeit nichts mit Kommunismus zu tun. Wenn man eine höhere, gesellschaftliche Ordnung erschaffen will, Genosse, braucht man Disziplin, Durchhaltevermögen und eine gewisse Distanz.«

»Aber Ihr Verhalten hat nichts mit Distanz zu tun«, sagte Harold, »es ist unmenschlich.«

»Ihr Sohn wird Sie nicht besuchen«, entgegnete Slonko. »Ihr Sohn ist tot.«

Sprachlos saß Tatiana neben Alexander und streichelte ihm mit beiden Händen über die Arme. »Es tut mir so Leid«, flüsterte sie. Am liebsten hätte sie sein Gesicht berührt, aber das wagte sie nicht. »Alexander, hörst du mich? Es tut mir so furchtbar Leid.«

»Ich habe es gehört.« Er lächelte. »Es ist schon gut, Tania«, sagte er und stand auf. »Meine Eltern sind tot, aber ich lebe noch. Das ist doch wenigstens etwas.«

Sie konnte sich nicht bewegen. »Warte, Alexander, warte. Wieso hast du denn aus ›Barrington‹ ›Below‹ gemacht? Und was ist mit deinem Vater geschehen? Hast du deine Eltern wirklich nie wiedergesehen?«

Alexander blickte auf seine Uhr. »Die Zeit verfliegt immer, wenn ich mit dir zusammen bin«, murmelte er. »Ich muss mich beeilen. Das alles sparen wir uns für einen anderen Tag auf.« Er reichte ihr die Hand, um ihr aufzuhelfen.

Ihr Herz machte einen Sprung. *Dann würde es also einen anderen Tag geben?* Langsam verließen sie den Park. »Hast du Dascha jemals davon erzählt?«, fragte Tatiana.

»Nein, Tatiana«, antwortete Alexander, ohne sie anzusehen.

»Ich bin froh, dass du es *mir* erzählt hast«, sagte sie.

»Ja, ich auch.«

»Versprichst du mir, dass du mir eines Tages auch noch den Rest berichtest?«

»Eines Tages, das verspreche ich dir.« Er lächelte.

»Ich kann gar nicht glauben, dass du aus Amerika kommst, Alexander! Das ist für mich das erste Mal, dass ich jemanden aus Amerika kennen lerne.« Sie errötete, als sie das sagte.

Er beugte sich vor und küsste sie sanft auf die Wange. Seine Lippen waren warm und seine Bartstoppeln kitzelten. »Pass auf, wenn du nach Hause gehst«, bat er. Tatiana nickte. Ihr tat das Herz weh, als er sich von ihr entfernte.

Plötzlich drehte sich Alexander noch einmal um. Tatiana stand ganz unbeweglich da. Er winkte. Glühend wünschte sie sich, entspannter reagieren zu können, und gelobte sich, das noch zu lernen. Dann hob sie die Hand und winkte ebenfalls.

4

Dascha war zu Hause auf dem Dach. Für jedes Gebäude waren schon Luftschutzhelfer bestimmt worden, die zunächst die Speicher leer räumen und dann vom Dach aus nach deutschen Flugzeugen Ausschau halten mussten.

Dascha saß auf der Teerpappe, rauchte eine Zigarette und unterhielt sich laut mit den beiden jüngsten Iglenko-Brüdern, Anton und Kirill. Neben ihnen standen Eimer mit Wasser und schwere Sandsäcke.

Als Dascha Tatiana entdeckte, stand sie auf und sagte: »Hör mal, ich muss weg. Kannst du das hier für mich übernehmen?«

»Natürlich, Dascha. Anton wird mich schon beschützen.« Anton war Tatianas engster Freund.

Dascha strich ihrer Schwester über das Haar. »Bleib nicht zu lange hier oben. Bist du müde? Du kommst jetzt immer erst so spät nach Hause. Warum besorgst du dir nicht eine Stelle bei Papa? Dann bist du in einer Viertelstunde hier.«

»Mach dir keine Sorgen, Dasch. Mir geht es gut.« Tatiana lächelte, als müsse sie ihre Worte unterstreichen.

Nachdem Dascha weg war, versuchte Anton Iglenko, Tatiana aufzuheitern, aber sie hatte keine Lust, sich mit jemandem zu unterhalten. Sie wollte nur für eine Weile nachdenken und sich darüber klar werden, was sie eigentlich empfand.

Doch schließlich gab sie nach und spielte mit ihm das Geographiespiel. Sie legte sich die Hände über die Augen und Anton drehte sie im Kreis. Wenn er aufhörte, musste sie in eine Richtung zeigen und sagen, welches Land dort lag. Zum Beispiel Finnland, Krasnodar, Ural oder – *Amerika*.

Anschließend war Anton an der Reihe.

Sie benannten so viele Länder, wie ihnen einfielen, und als sie fertig waren, zählten sie ihre Punkte zusammen. Normalerweise hüpfte Tatiana, wenn sie gewonnen hatte, vor Freude auf und ab, doch an diesem Abend setzte sie sich nur schwerfällig hin. Sie konnte nur an Alexander und an Amerika denken.

Anton, ein dünner, blonder Junge, sagte: »Schau doch nicht so finster. Im Grunde ist doch alles sehr aufregend.«

»Ach ja?«, murmelte sie.

»Ja! In zwei Jahren kann ich mich auch melden. Petka ist gestern schon gefahren.«

»Wohin?«

»An die Front.« Er lachte. »Falls es dir noch nicht aufgefallen sein sollte, Tania: Wir haben Krieg.«

»Doch, es ist mir aufgefallen«, entgegnete Tania erschauernd. »Hast du etwas von Wolodja gehört?« Wolodja war mit Pascha in Tolmachewo …

»Nein. Kirill und ich wären am liebsten auch gefahren.

Kirill kann es gar nicht erwarten, siebzehn zu werden. Er sagt, wenn er siebzehn ist, nehmen sie ihn bei der Armee.«

»Stimmt, die Armee nimmt ihn, wenn er siebzehn ist«, bestätigte Tatiana und stand auf.

»Und wer nimmt dich, wenn du siebzehn bist?« Anton grinste.

»Wahrscheinlich niemand«, erwiderte sie. »Wir sehen uns morgen, Anton. Sag deiner Mutter, ich habe etwas Schokolade für sie, wenn sie will. Sag ihr, sie soll morgen Abend vorbeikommen.« Tatiana ging nach unten. Ihre Großeltern saßen lesend auf dem Sofa. Die kleine Lampe war an. Tatiana kuschelte sich Schutz suchend zwischen die beiden.

»Was ist los, Liebes?«, fragte ihr Großvater. »Du musst keine Angst haben.«

»Deda, ich habe keine Angst«, erwiderte Tatiana. »Ich bin nur sehr, sehr verwirrt.« Und ich kann mit niemandem darüber reden, dachte sie.

»Wegen des Krieges?«

Tatiana überlegte, ob sie es ihnen erzählen sollte. Aber das ging natürlich nicht. Stattdessen fragte sie: »Deda, du hast doch immer gesagt, dass noch so viel vor mir liegt und dass ich geduldig sein soll. Denkst du das immer noch?«

Ihr Großvater antwortete nicht sofort und deshalb drängte sie: »Sag schon, Deda!«

»Ach, Tania«, erwiderte er und legte den Arm um sie, während ihre Großmutter ihr das Knie tätschelte. »Alles hat sich auf einmal grundlegend verändert.«

»So sieht es aus«, sagte Tatiana.

»Vielleicht solltest du lieber *weniger* geduldig sein.«

Sie nickte. »Ich glaube, Geduld wird als Tugend sowieso überschätzt.«

»Deswegen darfst du allerdings nicht weniger moralisch sein«, sagte Deda. »Und auch nicht weniger rechtschaffen. Denk an die drei Fragen, die du dir selbst stellen musst, damit du weißt, wer du bist.«

Ihr wäre es lieber gewesen, Deda hätte sie nicht daran erinnert. Heute Abend hatte sie keine Lust, sich diese drei Fragen zu stellen. »Deda, in dieser Familie nimmst du die ganze Rechtschaffenheit für dich in Anspruch«, sagte Tatiana. »Für uns andere bleibt da nichts übrig.«

Ihr Großvater schüttelte den grauen Kopf. »Tania, es ist das Einzige, was überhaupt noch bleibt.«

Später lag Tatiana still in ihrem Bett und dachte an Alexander. Er hatte ihr von seinem Leben erzählt. Sie hatte ihm atemlos zugehört und das Gefühl gehabt, er teile seinen Kummer mit ihr. Er brauchte jemanden, der sein schweres Leben mit ihm trug.

Er brauchte *sie*.

Tatiana hoffte, dass sie dazu bereit war. An Dascha vermochte sie im Moment nicht zu denken.

5

Als Tatiana am Mittwochmorgen auf dem Weg zu Kirow war, kam sie an Feuerwehrleuten vorbei, die neue Wassertanks errichteten und Geräte aufbauten, die aussahen wie Hydranten. Bereitet sich Leningrad auf so große Brände vor?, fragte sie sich. Würden die deutschen Bomben die Stadt in Brand setzen? Sie konnte sich das gar nicht vorstellen. Es war beinahe so unvorstellbar wie Amerika.

Arbeiter verhüllten die große Auferstehungskathedrale und das Smolnyj-Kloster, die man in der Ferne sehen konnte, mit Netzen. Anschließend tränkten die Männer die Netze mit Tarnfarben. Was würden sie wohl mit den Gebäuden machen, die schwerer zu verbergen waren, wie die Admiralität und die Peter-Paul-Kathedrale?

Bevor Tatiana am Abend ihre Arbeitsstelle verließ, schrubbte sie sich Hände und Gesicht so lange, bis sie glänzten. Dann stellte sie sich vor den Spiegel in ihrem Spind und bürstete sich das Haar, das sie offen trug. An diesem Morgen hatte sie einen Rock mit Blumenmuster und eine blaue Bluse mit kurzen Ärmeln und weißen Knöpfen angezogen. Als sie sich danach im Spiegel musterte, fand sie, dass sie schrecklich kindlich darin aussah. Bitte, warte heute auf mich, dachte sie, bevor sie nun aus dem Fabrikgebäude eilte.

Schnell lief sie zur Bushaltestelle – und da stand Alexander, die Mütze in der Hand, und wartete auf sie.

»Deine Haare gefallen mir, Tania«, sagte er lächelnd.

»Danke«, murmelte sie. »Ich wünschte, ich würde nicht so nach Petroleum riechen. Nach Petroleum und Öl.«

»Oh nein«, erwiderte er und verdrehte die Augen. »Du hast doch nicht etwa schon wieder Bomben gebaut?«

Sie lachte.

Sie sahen auf die müde Menschenmenge, die auf den Bus wartete, blickten dann einander an und fragten beide gleichzeitig: »Tram?« Kurz darauf überquerten sie die Straße.

»Zumindest arbeiten wir noch«, sagte Tatiana leichthin. »In der *Prawda* steht, dass es in deinem Amerika im Moment mit Arbeit nicht so gut aussieht. Hier in der Sowjetunion haben wir Vollbeschäftigung, Alexander.«

»Ja«, erwiderte er und ging ganz dicht neben ihr her. »In der Sowjetunion oder in ... gibt es keine Arbeitslosigkeit – und zwar aus dem gleichen Grund.«

Tatiana lächelte ihn an und hätte ihn am liebsten als Subversiven bezeichnet, aber sie tat es nicht.

Während sie auf die Straßenbahn warteten, sagte Alexander: »Ich habe dir etwas mitgebracht.« Er reichte ihr ein Päckchen in braunem Packpapier. »Ich weiß ja, dass du am Montag Geburtstag hattest. Aber ich bin erst jetzt dazu gekommen ...«

»Was ist es denn?« Überrascht ergriff Tatiana das Päckchen. Sie hatte einen Kloß im Hals.

Leise erwiderte er: »Bei uns in Amerika gibt es einen Brauch. Wenn du etwas zum Geburtstag geschenkt bekommst, musst du es auspacken und dich bedanken.«

Nervös blickte Tatiana auf das Geschenk. »Danke.« Sie hatte noch nie ein Geschenk bekommen. Und es war auch noch eingepackt!

»Nein, zuerst aufmachen! Dann darfst du dich bedanken.«

Sie lächelte. »Was muss ich tun? Das Papier abmachen?«

»Ja. Du musst es aufreißen.«

»Und dann?«

»Dann wirfst du es weg.«

»Das ganze Geschenk oder nur das Papier?«

Langsam antwortete er: »Nur das Papier.«

»Aber du hast es so hübsch eingepackt! Warum sollte ich es wegwerfen?«

»Es ist doch nur Papier.«

»Wenn es nur Papier ist, warum hast du das Geschenk dann darin eingewickelt?«

»Würdest du jetzt bitte mein Geschenk öffnen?«, bat Alexander.

Eifrig riss Tatiana das Papier ab. Drei Bücher kamen zum Vorschein – ein dickes Buch von Alexander Puschkin mit dem Titel *Der eherne Reiter und andere Gedichte* und zwei kleinere Bücher, eins von einem Mann, dessen Namen sie noch nie gehört hatte. Sein Name war John Stuart Mill und das Buch hieß *Über die Freiheit*. Es war auf Englisch geschrieben. Das dritte Buch war ein englisch-russisches Wörterbuch.

»*Englisch*-Russisch?«, wunderte sich Tatiana lächelnd. »Das nutzt mir noch weniger, als du vielleicht glaubst. Ich spreche kein Englisch. Ist es dein eigenes Wörterbuch?«

»Ja«, sagte er. »Und ohne das Wörterbuch kannst du den Mill nicht lesen.«

»Vielen Dank für all die Bücher«, sagte sie.

»*Der eherne Reiter* hat meiner Mutter gehört«, erklärte

Alexander. »Sie hat ihn mir ein paar Wochen, bevor sie sie abgeholt haben, geschenkt.«

Tatiana wusste nicht, was sie sagen sollte. »Ich liebe Puschkin«, flüsterte sie.

»Das dachte ich mir. Alle Russen lieben ihn.«

»Hast du jemals Puschkin gelesen?«, fragte sie ihn leise.

»Ja«, erwiderte Alexander. Er nahm ihr das Papier aus der Hand und warf es weg. »*Der eherne Reiter* ist mein Lieblingsgedicht.«

»Meins auch!«, rief Tatiana aus und schaute Alexander erstaunt an. »›*Entsetzlich war es seinerzeit, noch kann sich mancher gut entsinnen ... Davon will ich, ihr Freunde mein, euch zu berichten nun beginnen, und mein Bericht wird traurig sein.*‹«

»Tania, du zitierst aus Puschkin wie eine echte Russin.«

»Ich *bin* eine echte Russin.«

Ihre Straßenbahn kam.

Am Russischen Museum fragte Alexander: »Möchtest du ein Stück laufen?«

Sie gingen zum Marsfeld.

»Arbeitest du eigentlich jemals?«, fragte Tatiana Alexander. »Dimitri ist in Karelien – musst du nicht auch irgendetwas tun?«

»Ja. Ich halte mich im Hintergrund«, erwiderte Alexander grinsend, »und bringe den übrigen Soldaten bei, wie man pokert.«

»Pokert?«

»Das ist ein amerikanisches Kartenspiel. Vielleicht bringe ich es dir eines Tages auch mal bei. Außerdem bin ich der Offizier, der für die Rekrutierung und Ausbildung der Freiwilligen zuständig ist. Ich habe Dienst von morgens sieben bis abends um sechs. Und jeden zweiten Abend von zehn bis Mitternacht halte ich Wache.« Er schwieg.

Tatiana wusste genau, dass Dascha ihn dann immer besuchen kam.

Alexander fuhr rasch fort: »Dafür habe ich an den Wochenenden frei. Ich weiß allerdings nicht, wie lange das noch so geht. Vermutlich nicht mehr lange. Ich bin hier in Leningrad stationiert, um die Stadt zu beschützen. Aber wenn wir nicht mehr genug Männer an der Front haben, werden sie mich auch dorthin schicken.«

Und dann wärst du nicht mehr hier bei mir, dachte Tatiana. »Wohin gehen wir eigentlich?«

»Zum Sommergarten. Aber warte.« Alexander blieb nicht weit entfernt von seiner Kaserne stehen. Auf der anderen Straßenseite, entlang dem Marsfeld, standen ein paar Bänke. »Setz dich dahin. Ich hole uns etwas zu essen.«

»Zu essen?«

»Ja, wegen deinem Geburtstag. Wir machen ein Geburtstagsessen.« Er fragte sie, ob er Brot und Fleisch holen solle. »Vielleicht bekomme ich auch etwas Kaviar.« Er lächelte. »Als echte Russin magst du doch Kaviar, oder?«

»Hmm«, sagte sie. »Und wie ist es mit Streichhölzern?«, fügte sie neckend hinzu. »Brauche ich vielleicht auch Streichhölzer?«

»Wenn du unbedingt Feuer machen willst, dann zünden wir die ewige Flamme auf dem Marsfeld an. Wir sind letzten Sonntag daran vorbeigegangen, weißt du noch?«

»Ich kann diese Flamme nicht anrühren«, sagte sie erschrocken. »Das wäre ja beinahe ein Sakrileg.«

Alexander lachte. »Manchmal kochen wir während der Nachtwache *Schisch Kebab* darauf. Ist das auch ein Sakrileg? Ich dachte, es gäbe keinen Gott.«

Tatiana warf ihm einen unsicheren Blick zu. Machte er sich jetzt über sie lustig? »Das stimmt. Gott gibt es nicht.«

»Natürlich nicht«, erwiderte er. »Schließlich befinden wir uns im kommunistischen Russland. Wir sind alle Atheisten.«

Tatiana fiel dazu ein Witz ein. »Genosse eins sagt zu Genosse zwei: ›Wie ist die Kartoffelernte dieses Jahr?‹ Genosse zwei erwidert: ›Sehr gut, sehr gut. Mit Gottes Hilfe wird sie bis an Seine Füße reichen.‹ Genosse eins entgegnet: ›Genosse! Was sagst du da? Du weißt doch, dass die Partei sagt, Gott gibt es nicht.‹ Genosse zwei erwidert: ›Es gibt ja auch keine Kartoffeln.‹«

Alexander lachte. »Du hast Recht mit den Kartoffeln. Es gibt keine. Und jetzt hör zu«, fuhr er sanft fort. »Warte bei den Bänken auf mich. Ich bin gleich zurück.«

Tatiana ging über die Straße und setzte sich auf eine Bank. Sie fuhr sich durch die Haare und tastete dann in ihrer Tasche nach den Büchern …

Was tat sie hier eigentlich? Sie war so müde, dass sie nicht mehr klar denken konnte. Alexander sollte eigentlich nicht mit *ihr* hier zusammen sein.

Er sollte mit *Dascha* hier sein. Wenn Dascha mich fragt, wo ich gewesen bin, dachte Tatiana, kann ich es ihr nicht sagen. Sie stand auf und ging eilig weg, aber da rief Alexander schon nach ihr. »Tania!«

Außer Atem kam er angelaufen. Er trug zwei Papiertüten in der Hand. »Wohin gehst du?«

Sie brauchte nichts zu sagen, er las es an ihrem Gesicht ab.

»Tania«, sagte er liebevoll, »ich verspreche dir: Wir essen nur etwas zusammen und dann lasse ich dich nach Hause gehen. In Ordnung?« Er nahm die Tüten in eine Hand und legte die andere auf ihr Haar. »Zu deinem Geburtstag. Komm! Bitte!«

Sie konnte einfach nicht weggehen. Wusste Alexander das? Wusste er, was für ein Aufruhr in ihr tobte?

Sie gingen über das Marsfeld zum Sommergarten. Unten an der Straße glänzte die Newa in der Sonne, obwohl es schon beinahe neun Uhr abends war.

Nirgendwo gab es eine leere Bank. Tatiana lief mit gesenktem Kopf neben Alexander her. Schließlich fanden sie ein freies Fleckchen neben der Statue des Saturn.

Alexander hatte Wodka, gekochten Schinken und Weißbrot mitgebracht, außerdem noch etwas Kaviar und eine Tafel Schokolade.

Tatiana war auf einmal recht hungrig. Alexander bot ihr ganzen Kaviar an, aber nachdem sie mehr als die Hälfte mit einem kleinen Löffel verspeist hatte, hielt sie ihm die Dose hin. »Bitte«, sagte sie, »iss du ihn auf. Ich bestehe darauf.«

Sie trank einen Schluck Wodka aus der Flasche und schüttelte sich unwillkürlich. Sie hasste Wodka, wollte Alexander das aber nicht sagen. Er lachte, nahm ihr die Flasche ab und trank selbst einen kleinen Schluck. »Du musst das nicht trinken. Ich habe ihn nur mitgebracht, um auf deinen Geburtstag anzustoßen, aber ich habe leider die Gläser vergessen.«

Er saß ganz dicht neben ihr und jedes Mal, wenn Tatiana atmete, berührten sich ihre Körper. Tatiana war viel zu überwältigt, um etwas zu sagen.

»Tania?«, fragte Alexander sanft. »Tania, schmeckt dir das Essen?«

»Ja.« Sie räusperte sich und fügte hinzu: »Ich meine, es ist sehr gut. Danke.«

»Möchtest du noch etwas Wodka?«

»Nein.«

Sie wich seinem lächelnden Blick aus.

»Hast du eigentlich schon einmal zu viel Wodka getrunken?«

»Hmm.« Sie nickte, blickte aber nicht auf. »Ich war zwei und habe ein ganzes Glas getrunken. Ich musste in die Kinderklinik.«

»Und seitdem nicht mehr?« Seine Beine berührten wie zufällig die ihren.

Tatiana errötete. »Nein, seitdem nicht mehr.« Sie zog ihr Bein weg und brachte das Thema auf die Deutschen. Alexander seufzte und erzählte ein wenig darüber, was im Moment in der Garnison vor sich ging. Tatiana konnte ihn in Ruhe betrachten. Sie blickte auf seine dunklen Bartstoppeln und hätte ihn am liebsten gefragt, ob er jemals sauber rasiert war. Um seinen Mund herum waren die Stoppeln am ausgeprägtesten und die dunklen Schatten betonten seinen schönen Mund.

»Alexander ... sprichst du eigentlich noch englisch?«

»Ja. Ich spreche englisch. Ich kann es allerdings nur noch selten anwenden, seitdem meine Eltern ...« Er brach ab.

Tatiana murmelte: »Es tut mir Leid, ich wollte nicht ... Ich wollte nur wissen, ob du noch ein paar Worte weißt, die du mir beibringen könntest.«

Alexanders Augen strahlten sie so fröhlich an, dass Tatiana das Gefühl hatte, alles Blut aus ihrem Körper müsse in ihre Wangen strömen. »Welche Worte soll ich dir denn auf Englisch beibringen, Tania?«, fragte er langsam.

Aus Angst zu stottern antwortete Tatiana nicht gleich. »Ich weiß nicht«, brachte sie schließlich hervor. »Wie wäre es mit ›Wodka‹?«

»Oh, das ist einfach«, erwiderte er lachend. »Das heißt ›Wodka‹.«

Alexander hatte ein schönes Lachen, ein aufrichtiges, tiefes, männliches Lachen, das ansteckte. Er ergriff die Wodkaflasche und schraubte sie auf. »Worauf sollen wir trinken?«, fragte er und hob die Flasche. »Es ist dein Geburtstag – also trinken wir auf dich. Auf deinen Geburtstag nächstes Jahr. *Salut*. Hoffentlich wird er schön.«

»Danke. Darauf trinke ich auch einen Schluck«, sagte sie und griff nach der Flasche. »Ich möchte gern meinen nächsten Geburtstag wieder mit Pascha zusammen feiern.«

Alexander blickte auf den Saturn. »Eine andere Umgebung wäre für unser Picknick besser gewesen, findest du nicht auch?«, sagte er. »Mir bleibt das Essen im Hals stecken, wenn ich sehe, wie Saturn eines seiner Kinder verschlingt.«

»Wo hättest du denn sonst gern gesessen?«, fragte Tatiana.

»Ich weiß nicht. Vielleicht dort drüben neben Marc Aurel.« Er blickte sich um. »Glaubst du, es gibt auch eine Statue von Aphro...«

»Können wir gehen?« Tatiana stand abrupt auf. »Ich möchte mich nach all dem Essen ein bisschen bewegen.« Was tat sie eigentlich hier?

Als sie aus dem Park in Richtung Fluss gingen, hätte Tatiana gern gefragt, ob man ihn jemals anders als bei seinem richtigen Namen gerufen hatte, aber sie schwieg. Der abendliche Spaziergang am Flussufer entlang war schon wunderbar, da musste sie nicht auch noch nach Alexanders Kosenamen fragen.

»Möchtest du dich noch einmal setzen?«, fragte Alexander.

»Nein danke, mir geht es gut«, erwiderte Tatiana. »Es sei denn, du möchtest dich setzen.«

»Ja, das wäre schön. Komm, setzen wir uns noch etwas hin.«

Sie ließen sich auf einer der Bänke an der Newa nieder. Auf der anderen Seite des Flusses sah man die goldene Kuppel der Peter-Paul-Kathedrale. Alexander nahm fast die halbe Bank ein. Er hatte die Beine gespreizt und die Arme über die Rückenlehne gelegt. Tatiana achtete sorgfältig darauf, dass ihr Bein das seine nicht berührte.

Alexander strahlte Sorglosigkeit und Selbstbewusstsein aus. Er bewegte sich mit einer Lässigkeit, als ob ihm überhaupt nicht klar sei, welche Wirkung er auf eine schüchterne Siebzehnjährige hatte.

Ich weiß, wer ich bin, sagte er mit jeder Bewegung seines Körpers.

Tatiana hatte vergessen zu atmen. Jetzt holte sie tief Luft und blickte auf die Newa.

»Ich liebe es, auf diesen Fluss zu schauen«, sagte Alexander leise. »Vor allem in den weißen Nächten. In Amerika gibt es so etwas nicht, weißt du.«

»Vielleicht in Alaska?«

»Vielleicht«, erwiderte er. »Aber das hier – der Fluss, die Stadt an seinen Ufern, die Sonne, die hinter der Leningrader

Universität untergeht und vor Peter und Paul aufgeht ...« Kopfschüttelnd brach er ab. Sie schwiegen.

»Wie hat es Puschkin in *Der eherne Reiter* gesagt?«, fragte Alexander. »›*Wo, dass nicht decken dunkle Schatten der Himmel goldgetönte Pracht* ...‹« Wieder brach er ab. »Den Rest bekomme ich nicht mehr zusammen.«

Aber Tatiana kannte *Der eherne Reiter* auswendig. Sie fuhr fort: »›*Sich Abendrot und Frührot gatten und kaum ein Stündchen bleibt der Nacht* ...‹«

Alexander sah sie an. »Tania ... woher hast du eigentlich so viele Sommersprossen?«, fragte er leise.

»Ich ärgere mich auch darüber. Es liegt an der Sonne«, erwiderte sie errötend und fuhr sich mit der Hand übers Gesicht, als wolle sie die Sommersprossen wegwischen. Bitte, sieh mich nicht so an, dachte sie.

»Und was ist mit deinen blonden Haaren?«, fuhr er genauso leise fort. »Ist da auch die Sonne schuld, dass sie so hell sind?«

Tatiana spürte auf einmal überdeutlich, dass sein Arm hinter ihr auf der Rückenlehne der Bank lag. Wenn er gewollt hätte, hätte er ihre Haare ganz leicht berühren können. Aber das tat er nicht.

»Weiße Nächte sind etwas Besonderes, findest du nicht auch?«, fragte er, wobei er sie weiter unverwandt ansah.

Sie murmelte: »Sie entschädigen einen auf jeden Fall für den Winter in Leningrad.«

»Ja, der Winter hier ist ganz schön hart.«

»Manchmal, wenn im Winter die Newa zufriert, gehen wir mit dem Schlitten auf das Eis. Selbst im Dunkeln. Unter dem Nordlicht.«

»Du und wer noch?«

»Pascha, ich und unsere Freunde. Manchmal auch Dascha und ich. Aber sie ist ja viel älter und ich unternehme nicht mehr so viel mit ihr.«

Warum wies sie eigentlich ständig darauf hin, dass Dascha

viel älter war als sie? Halt doch einfach den Mund, schalt Tatiana sich.

»Du musst sie sehr lieben«, sagte Alexander. »Bist du ihr genauso nahe wie Pascha?«

»Nicht genauso. Pascha und ich ...« Tatiana brach ab. Pascha und sie aßen zusammen von dem gleichen Teller. Dascha war diejenige, die ihnen das Essen kochte und ihnen den Teller brachte. »Meine Schwester und ich schlafen zusammen in einem Bett. Sie sagt mir immer, dass ich nie heiraten kann, weil sie nicht will, dass mein Mann auch noch bei uns im Bett schläft.«

Sie konnten die Blicke nicht voneinander wenden. Tatiana hoffte, dass Alexander in der goldenen Abendsonne nicht sah, wie rot sie geworden war.

»Du bist zu jung, um zu heiraten«, entgegnete Alexander.

»Ich weiß«, sagte Tatiana. »Aber nicht zu jung ...«

Wofür eigentlich?, fragte sie sich verwirrt. Und im gleichen Moment hakte Alexander auch schon nach: »Nicht zu jung für *was?*«

Sie hielt seinen bohrenden Blick kaum aus. Was würde Dascha jetzt wohl sagen?

»Nicht zu jung, um in der Freiwilligen-Armee zu dienen«, entgegnete sie schließlich. »Vielleicht sollte ich mich melden? Und du bildest mich dann aus.« Sie lachte verlegen.

Alexander zuckte leicht zusammen, sagte aber: »Du bist sogar zu jung für die Freiwilligen. Sie nehmen dich erst, wenn ...« Er beendete den Satz nicht und sie blickte fasziniert auf seine bebenden Lippen. In der Mitte seiner Unterlippe war eine kleine Einkerbung ...

Auf einmal hatte Tatiana das Gefühl, nicht eine Sekunde länger auf seinen Mund blicken zu können. Sie sprang auf. »Ich muss jetzt nach Hause. Es ist schon spät.«

»Na gut«, sagte Alexander und erhob sich ebenfalls, allerdings viel langsamer. »Es war ein sehr schöner Abend.«

»Ja«, stimmte sie zu, ohne ihn anzusehen.

Sie gingen am Fluss entlang.

»Alexander, fehlt dir dein Amerika?«

»Ja«, erwiderte er.

»Würdest du wieder dorthin zurückgehen, wenn du könntest?«

»Vermutlich«, sagte er gleichmütig.

»Könntest du das denn?«

Er blickte sie an. »Wie sollte ich das schaffen? Sie würden mich doch gar nicht einreisen lassen. Ich habe keinen Anspruch mehr auf meinen amerikanischen Namen.«

Tatiana hätte am liebsten seine Hand ergriffen, ihn berührt, seinen Schmerz irgendwie gelindert. »Erzähl mir über Amerika«, bat sie. »Warst du jemals am Meer?«

»Ja, am Atlantik, und er ist gewaltig.«

»Ist er salzig?«

»Ja, und kalt und riesig und es gibt Quallen und weiße Segelboote.«

»Ich habe auch einmal eine Qualle gesehen. Welche Farbe hat der Atlantik?«

»Grün.«

»Wie die Bäume?«

Er blickte auf die Newa und die Bäume, dann sah er Tatiana an. »So ein ähnliches Grün wie die Farbe deiner Augen.«

»Also ein schmutziges Grün?«

Alexander schlug vor, durch den Sommergarten zurückzugehen.

Tatiana willigte ein, doch dann fielen ihr die Liebespaare ein. »Lass uns lieber woanders langgehen. Gibt es einen schnelleren Weg?«

»Nein.«

Als die Sonne hinter ihnen versank, warfen die großen Ulmen lange Schatten.

Sie traten durch das Tor und schritten den schmalen Pfad mit den Statuen entlang.

»Der Park sieht abends anders aus«, stellte Tatiana fest.

»Warst du abends noch nie hier?«

»Nein«, gestand sie, fügte jedoch rasch hinzu: »Aber ich bin abends schon woanders gewesen. Einmal ...«

Alexander blickte sie an. »Tania, soll ich dir etwas sagen?«

»Was?«

»Je weniger du abends ausgegangen bist, desto besser gefällt es mir.«

Sprachlos stolperte sie neben ihm her.

Er passte seinen langen Soldatenschritt ihren kleinen Schritten an, damit sie nebeneinander blieben. Es war ein warmer Abend und zweimal streifte ihr bloßer Arm den rauen Stoff seiner Uniform.

»Das ist die schönste Zeit, Tatiana«, sagte Alexander. »Willst du wissen, warum?«

»Ja.«

»So eine Zeit wird es nie wieder geben. So einfach, so unkompliziert ...«

»Nennst du das unkompliziert?« Tatiana schüttelte den Kopf.

»Natürlich.« Alexander schwieg. »Wir sind einfach nur Freunde, die miteinander in der lichten Dämmerung durch Leningrad spazieren.«

Sie trennten sich an der Fontanka-Brücke. »Ich habe um zehn Uhr Wache«, sagte er. »Sonst würde ich dich nach Hause bringen ...«

»Nein, nein, ist schon in Ordnung. Mach dir keine Sorgen. Danke fürs Essen.«

Es war ihr nicht möglich, Alexander anzuschauen. Sie blickte auf seine Uniformknöpfe.

Er räusperte sich. »Erzähl mir schnell noch, was sie zu dir sagen, wenn sie dich nicht Tatiana oder Tania nennen wollen?«

Ihr Herz machte einen Satz. »Wer *sie?*«

Alexander schwieg.

Tatiana entfernte sich ein paar Schritte von ihm, dann drehte sie sich wieder um. Sie wollte nur noch einmal in sein wundervolles Gesicht sehen. »Manchmal nennen *sie* mich Tatia.«

Er lächelte. »Du bist wunderschön, Tatia«, sagte Alexander.

»Nicht …«, sagte sie unhörbar. Ihre Beine gaben nach.

»Wenn du willst, kannst du mich Shura nennen«, rief er ihr nach.

Shura! Das war ein wunderschöner Kosename. Ich würde dich schrecklich gern Shura nennen, hätte sie am liebsten geantwortet. »Wer nennt dich denn Shura?«

»Niemand«, erwiderte Alexander und winkte ihr nach.

Tatiana ging nicht nach Hause, sie flog. Ihr wuchsen leuchtend rote Flügel und mit ihrer Hilfe schwebte sie durch den Leningrader Abendhimmel. Als sie sich jedoch ihrem Haus näherte, stiegen Schuldgefühle in ihr auf und die Flügel verschwanden. Sie band sich die Haare zusammen und vergewisserte sich, dass die Bücher ganz unten in ihrer Tasche lagen. Eine Zeit lang blieb sie noch unten an der Treppe stehen und presste die Fäuste an die Brust.

Dascha saß am Esstisch und neben ihr hockte überraschenderweise Dimitri.

»Wir warten schon seit drei Stunden auf dich«, nörgelte Dascha. »Wo bist du gewesen?«

Tatiana fragte sich, ob sie wohl riechen konnten, dass sie neben Alexander durch Leningrad gegangen war. Roch sie nach dem duftenden Sommerjasmin, nach der Sonne auf ihren bloßen Armen, nach Wodka, Kaviar und Schokolade? Konnten sie sehen, dass sie mehr Sommersprossen auf der Nase bekommen hatte? *Ich bin unter den Lichtern des Nordpols spazieren gegangen. Ich habe mein Gesicht in der Sonne gewärmt.* Sahen sie all das in ihren Augen?

»Es tut mir Leid, dass ihr warten musstet. Wir müssen momentan bis spätabends arbeiten.«

»Hast du Hunger?«, fragte Dascha. »Babuschka hat Koteletts und Kartoffelpüree gemacht. Komm, iss was.«

»Ich bin nicht hungrig, ich bin nur müde. Dima, entschuldigst du mich bitte?«, bat Tatiana und ging hinaus, um sich zu waschen.

Dimitri blieb noch zwei Stunden. Als die Großeltern um elf in ihr Zimmer wollten, gingen Dascha, Dimitri und Tatiana noch aufs Dach und saßen dort bis weit nach Mitternacht im schwindenden Licht. Tatiana konnte nicht viel sagen. Dimitri war freundlich und gesprächig. Er zeigte den beiden Mädchen die Blasen in seiner Hand. Er hatte zwei volle Tage lang Gräben ausgehoben. Tatiana merkte, dass er sie verstohlen anblickte, Augenkontakt suchte und lächelte, wenn sie ihn ansah.

»Dima, bist du eigentlich sehr eng mit Alexander befreundet?«, erkundigte sich Dascha.

»Ja, Alexander und ich kennen uns schon sehr lange«, erwiderte Dimitri. »Wir sind wie Brüder.«

Tatiana blinzelte, um sich auf Dimitris Worte zu konzentrieren.

Lieber Gott, betete Tatiana, als sie sich später im Bett zur Wand gedreht hatte, *wenn es dich wirklich gibt, dann hilf mir zu verbergen, was ich niemals zeigen darf.*

6

Den ganzen Donnerstag über dachte Tatiana an Alexander, während sie an den Flammenwerfern arbeitete. Und nach der Arbeit wartete er auf sie. Dieses Mal fragte sie nicht, warum er gekommen war. Und er erklärte auch nichts. Er hatte keine Geschenke dabei und auch keine Fragen. Er war einfach da. Sie redeten kaum, nur ihre Arme berührten sich und einmal, als die Straßenbahn kreischend zum Halten kam, verlor Tatiana das Gleichgewicht und Alexander legte ihr schützend den Arm um die Taille.

»Dascha hat mich gebeten, heute Abend vorbeizukommen«, sagte er leise.

»Oh, das ist schön«, erwiderte Tatiana. »Meine Eltern freuen sich bestimmt, dich wiederzusehen. Sie waren heute Morgen sehr gut gelaunt. Gestern ist Mama am Telefon zu Pascha durchgekommen, es geht ihm offenbar sehr gut …« Sie brach ab. Auf einmal war sie zu traurig, um weiterzusprechen.

So langsam sie konnten, gingen sie zur Haltestelle der Nummer 16. In der Bahn standen sie schweigend Arm an Arm, bis sie am Grecheskij-Krankenhaus angekommen waren.

»Bis dann, Leutnant.« Sie hätte gern *Shura* gesagt, aber sie traute sich nicht.

»Bis dann, Tatia«, erwiderte Alexander.

Später an diesem Abend trafen sich Tatiana, Dascha, Alexander und Dimitri zum ersten Mal zu viert an der Fünften Sowjet und machten einen Spaziergang. Sie kauften Eiscreme und Bier und Dascha hing an Alexanders Arm wie eine Klette. Tatiana hielt einen höflichen Abstand zu Dimitri und bemühte sich, nicht zu oft zu Alexander und Dascha hinüberzuschauen.

Alexander wirkte so locker und zufrieden wie jeder Soldat, wenn er ein Mädchen wie Dascha im Arm hatte. Er sah Tatiana kaum an. Tatiana fragte sich, ob die beiden besser zueinander passten als sie und Alexander. Sie fand keine Antwort. Alles, was sie wusste, war, wie sie sich gefühlt hatte, als sie mit Alexander zusammen war.

»Tania!« Dimitri redete mit ihr.

»Entschuldigung, Dima. Was ist?«

»Tania, ich habe dich gerade gefragt, ob du nicht auch findest, dass Alexander mich von der Infanterie irgendwoandershin versetzen sollte. Vielleicht zu den motorisierten Einheiten …«

»Geht das denn? Musst du denn bei den motorisierten Einheiten nicht Panzer fahren können?«

Alexander lächelte. Dimitri sagte nichts.

»Tania!«, rief Dascha aus. »Was weißt du denn darüber, was man bei den motorisierten Einheiten können muss? Halt lieber den Mund! Alex, wirst du auch über Flüsse hinweg stürmen und den Feind stellen?« Sie kicherte.

»Nein«, sagte Dimitri. »Zuerst schickt er mich vor. Um sicherzugehen, dass ihm nichts passiert. Erst dann geht er selbst. Und wird wieder befördert. Stimmt's, Alexander?«

»So in der Art, Dima«, erwiderte Alexander, der neben ihm herging.

Tatiana konnte kaum zuhören. Sie konnte es kaum ertragen, Dascha so nahe an Alexanders Seite zu sehen. Und was hatte Alexander gerade gesagt?

»Tania!«, rief Dimitri schon wieder. »Tania, hörst du mir überhaupt zu?«

»Ja, natürlich«, erwiderte sie. Warum musste er nur ständig so laut reden?

»Du kommst mir so abwesend vor!«

»Nein, überhaupt nicht. Es ist ein schöner Abend, nicht wahr?«

»Möchtest du dich bei mir einhängen? Du siehst so aus, als würdest du gleich zusammenbrechen.«

Dascha warf Tatiana einen lieblosen Blick zu und sagte: »Pass auf, gleich fällt sie wieder mal in Ohnmacht.«

Als Tatiana an diesem Abend im Bett lag, zog sie sich die Decke über den Kopf und tat so, als schliefe sie sofort ein. Als Dascha neben ihr ins Bett schlüpfte, rüttelte sie Tatiana an der Schulter und flüsterte: »Tania, Tania, schläfst du schon? Tania?« Doch Tatiana wollte mit Dascha keine Vertraulichkeiten im Dunkeln austauschen. Sie wollte nur einmal seinen Namen laut sagen können. *Shura*.

7

Am Freitag stellte Tatiana fest, dass fast niemand mehr bei Kirow arbeitete. Es waren lediglich noch die ganz Jungen und die Alten da. Die wenigen verbliebenen Männer waren alle über sechzig oder in leitenden Positionen.

In den ersten fünf Tagen des Kriegs hatte es verdächtig wenig Nachrichten von der Front gegeben. Im Radio wurden zwar ständig sowjetische Siege verkündet, aber es drangen keinerlei Informationen über die militärische Stärke der Deutschen oder über ihre Position in der Sowjetunion durch. Es war auch keine Rede von einer Gefahr für Leningrad oder gar von einer drohenden Evakuierung. Das Radio lief den ganzen Tag über, während Tatiana dickflüssiges Petroleum und Nitrozellulose in ihre Flammenwerfer füllte. Durch die offenen Doppeltüren konnte sie die Metall verarbeitende Maschine sehen, die Hülsen unterschiedlicher Größe auf das Fließband schüttete.

Tatiana konnte an nichts anderes als an den Feierabend denken. Sehnsüchtig wartete sie darauf, dass es endlich sieben Uhr wurde.

In der Mittagspause wurde im Radio bekannt gegeben, dass ab der kommenden Woche wahrscheinlich die Lebensmittel rationiert würden. Zur gleichen Zeit teilte Krasenko dem schwindenden Grüppchen der Arbeiter mit, dass sie ab Montag vermutlich militärische Übungen machen müssten und dass die Arbeitszeit bis acht Uhr abends verlängert würde.

Bevor Tatiana die Fabrik verließ, schrubbte sie sich zehn Minuten lang die Hände, um den Petroleumgeruch loszuwerden, aber es gelang ihr nicht. Als sie mit Zina durch das Fabriktor eilte und die Kirow-Mauer entlangging, hätte sie gern jemandem von ihren zwiespältigen Gefühlen und ihren Ängsten erzählt.

Aber dann bemerkte sie, dass Alexander auf sie wartete,

und sie vergaß all ihre Sorgen. Sie musste sich förmlich zwingen, ihm nicht entgegenzurennen. Gemeinsam überquerten sie die Straße und steuerten auf die Ulitsa Goworowa zu.

»Lass uns ein Stück laufen.« Tatiana konnte es kaum glauben, dass sie nach ihrem langen Arbeitstag einen solchen Vorschlag machte. Aber in seiner Gegenwart spürte sie die Erschöpfung nicht. Sie wusste jedoch, dass sie ihn am Wochenende keine Minute für sich allein haben würde.

Langsam schlenderten sie durch die verlassenen Straßen. Rechts von ihnen lagen Eisenbahnschienen und Felder, die Industrieanlagen von Kirow erhoben sich zu ihrer Linken. Die Sonne strahlte vom Himmel herab und weder Luftschutzsirenen noch Flugzeuge störten die Idylle.

»Alexander, warum ist Dima eigentlich nicht auch Offizier, so wie du?«

Alexander antwortete nicht gleich. »Er wollte auch Offizier werden. Wir haben zusammen die Offiziersanwärterschule besucht.«

Das hatte Tatiana nicht gewusst. Sie gab Alexander zu verstehen, dass Dimitri ihr das nicht erzählt hatte.

»Das würde er auch nie tun. Wir gingen davon aus, dass wir die Ausbildung zusammen abschließen würden, aber leider hat Dimitri es nicht geschafft.«

»Was ist passiert?«

»Nichts ist passiert. Er konnte nur nicht lange genug unter Wasser bleiben, ohne Panik zu bekommen. Er konnte nicht lange genug den Atem anhalten. Außerdem verlor er die Nerven, wenn geschossen wurde. Beim Tausendmeterlauf war er nicht schnell genug und er konnte keine fünfzig Liegestütze auf einmal machen. Er hat es einfach nicht geschafft. Aber er ist ein guter Soldat. Ein ziemlich guter sogar«, fügte Alexander hinzu. »Er ist nur nicht dazu geschaffen, Offizier zu sein.«

»Nicht so wie du«, sagte Tatiana bewundernd.

Amüsiert blickte Alexander sie an und schüttelte den Kopf. »Ich bin ein viel zu wütender Kämpfer«, bekannte er.

Die Straßenbahn hielt direkt vor ihnen und sie stiegen ein.

»Wie kommt Dimitri damit zurecht?«

Tatiana vermied es nicht mehr, Alexander anzustoßen, während die Straßenbahn dahinrumpelte. Mittlerweile legte sie es geradezu darauf an. Und er fing sie jedes Mal auf, indem er ihr um die Taille fasste.

Heute Abend ließ er seine Hand auf ihrer Taille liegen. Er nickte ihr aufmunternd zu, damit sie weitersprach, aber sie war dazu nicht in der Lage.

Also zog er die Hand weg. »Was meinst du?«, kam er auf ihre Frage zurück. »Dass er kein Offizier geworden ist?«

»Ja, und vor allem damit, dass du es geschafft hast.«

Die Straßenbahn hielt an. Damit sie nicht umfiel, ergriff Alexander Tatianas Arm. Sie bekam am ganzen Körper eine Gänsehaut.

»Ich glaube«, sagte er, »Dimitri hat oft das Gefühl, dass mir alles zu leicht fällt.«

»Wie meinst du das?«, fragte Tatiana.

»Ich weiß nicht. Ganz allgemein. Die Armee, das Schießen ...« Er brach ab.

Sie blickte ihn an und wartete gespannt. Was wollte er als Nächstes sagen? Was fiel ihm wohl sonst noch leicht?

»Nichts ist dir in den Schoß gefallen, Alexander«, sagte Tatiana schließlich. »Du hast ein schweres Leben gehabt.«

»Und es hat kaum erst begonnen«, sagte er leise. »Dimitri und ich kennen uns schon lange. Und wie ich Dima einschätze, wird er dir bald Dinge über mich erzählen, die du wahrscheinlich nicht glauben willst. Es überrascht mich, dass er es noch nicht getan hat.«

»Wahre Geschichten oder Lügen?«

»Das kann ich nicht beantworten«, erwiderte Alexander. »Manches ist bestimmt wahr und anderes wiederum ist gelogen. Dimitri hat die Gabe, Lügen mit Wahrheit zu mischen.«

»Na, das ist aber eine großartige Gabe«, sagte sie. »Und wie soll ich dann erkennen, was richtig ist?«

»Das kannst du nicht.« Alexander blickte sie an. »Wenn du die Wahrheit wissen willst, dann frag mich.«

»Und du wirst mir immer die Wahrheit sagen?« Sie erwiderte seinen Blick.

»Ja.«

Tatiana hielt den Atem an. Ihr Herzschlag schien für einen Moment auszusetzen.

»Hast du denn eine Frage an mich, Tania?«, fragte er sanft.

Am liebsten hätte sie ihn gefragt: Liebst du mich? Das war das Einzige, was sie interessierte.

»Nein«, erwiderte sie stattdessen und schlug die Augen nieder.

»Wir sind da«, sagte Alexander, als sie am Obvodnoj-Kanal ausstiegen.

Sie nahmen nicht wie sonst die Tram Nummer zwei, sondern gingen die fünf Kilometer bis zu Tatianas Wohnung zu Fuß.

Sie traten durch das Eisentor.

Dahinter lag die Tür.

Alexander wies darauf und sagte: »Solche Tore und Türen haben Ohren, immerzu wirst du belauscht, durch Wände hindurch beobachten sie dich, sei es bei Kirow oder wenn du im Bett liegst …«

»Du machst Witze. Hinter dieser Tür sind irgendwo meine Großeltern. Du willst doch nicht etwa andeuten, dass sie Informanten sind?«

»Das sage ich ja gar nicht.« Er schwieg. »Ich warne dich nur … man kann niemandem vertrauen. Hier ist niemand sicher.«

»Niemand?«, fragte Tatiana neckend und sah ihn an. »Noch nicht einmal du?«

»Vor allem ich nicht.«

»Du bist nicht sicher?« Sie lächelte ungläubig.

Er erwiderte ihr Lächeln. »Ich bin nicht sicher.«

»Aber du bist doch Offizier der Roten Armee!«

»Ach? Sag das mal den Offizieren der Roten Armee von 1937 und 1938. Sie wurden alle erschossen. Deshalb will auch jetzt niemand Verantwortung für diesen Krieg übernehmen.«

Nach einer Weile fragte Tatiana: »Bin ich denn sicher?«

»Tatiana«, flüsterte er ganz dicht an ihrem Ohr, »wir werden verfolgt, immer und überall. Eines Tages wird vielleicht plötzlich jemand vor dir stehen und dann wirst du zu einem Mann gebracht, der wissen will, was Alexander Below auf dem Heimweg zu dir gesagt hat.«

»Du hast mir schon viel zu viel erzählt, Alexander Below«, erklärte Tatiana und rückte von ihm ab. »Warum hast du das getan, wenn du denkst, dass ich deinetwegen verhört werde?«

»Ich brauchte jemanden, dem ich vertrauen konnte.«

»Warum hast du es denn nicht Dascha erzählt und *ihr* Leben in Gefahr gebracht?«

Alexander schwieg für eine Weile, bevor er antwortete: »Weil ich *dir* vertrauen wollte.«

»Du kannst mir vertrauen«, sagte Tatiana fröhlich und schubste ihn leicht. »Aber tu mir einen Gefallen, erzähl mir nichts Wichtiges mehr, ja?«

»Dazu ist es schon zu spät«, erwiderte er und schubste sie ebenfalls.

»Willst du damit sagen, dass wir sowieso bereits dem Untergang geweiht sind?«, fragte sie lachend.

»Auf ewig«, erwiderte Alexander. »Darf ich dir ein Eis kaufen?«

»Ja, bitte.« Sie strahlte.

»Karamell, richtig?«

»Genau.«

Sie setzten sich auf eine Bank, während Tatiana das Eis aß. Auch anschließend blieben sie noch sitzen und redeten miteinander, bis Alexander auf die Uhr blickte und aufstand.

Als sie an der Ecke Grecheskij und Zweite Sowjet, drei

Blocks von ihrem Haus entfernt, stehen blieben, war es fast schon zehn Uhr.

Tatiana seufzte. »Du kommst gleich zu Besuch, nicht wahr? Dascha hat es erzählt.«

»Ja.« Auch er seufzte. »Mit Dimitri.«

Tatiana blickte ihn schweigend an. Er war so nahe, dass sie ihn riechen konnte. Tatiana hatte noch nie jemanden gekannt, der so gut und sauber roch wie Alexander.

Sie hatte das Gefühl, als wolle er etwas sagen. Er hatte den Mund geöffnet und sich stirnrunzelnd vorgebeugt. Sie wartete angespannt. Einerseits wollte sie unbedingt hören, was er zu sagen hatte, und andererseits auch nicht. Sie verabscheute ihre hässlichen braunen Arbeitsstiefel und wünschte, sie trüge die roten Sandalen. Sie dachte daran, dass sie Dascha gehörten, dass sie selbst gar keine hübschen Schuhe besaß, und am liebsten hätte sie barfuß vor ihm gestanden. Tatiana wich einen Schritt zurück.

Auch Alexander entfernte sich ein Stück von ihr. »Geh jetzt hinein«, sagte er, »ich sehe dich dann heute Abend.«

Als sie ins Haus lief, spürte sie seine Blicke im Rücken. Sie drehte sich um und stellte fest, dass er ihr wirklich nachschaute.

8

Alexander und Dimitri kamen erst nach elf Uhr. Draußen war es noch immer hell. Dascha war noch nicht zu Hause. Ihr Chef ließ sie Überstunden machen, weil er vielen Leuten das Gold aus den Zähnen nehmen musste. In Krisenzeiten besaßen die Menschen gern Gold statt harter Währung, denn Gold behielt seinen Wert. Dascha musste jeden Tag länger arbeiten und sie fand es schrecklich. Es wäre ihr am liebsten gewesen, wenn das Leben in Leningrad genauso weitergegangen wäre wie bisher. Sie wünschte sich einen Sommer wie die Jahre zuvor – ein wenig träge, warm, staubig und voller junger Verliebter.

Tatiana, Dimitri und Alexander standen verlegen in der Küche herum. »Na, was ist mit euch beiden los?«, fragte Dimitri.

»Nun, *ich* bin müde«, sagte Tatiana. Das war nur die halbe Wahrheit.

»Und ich habe Hunger«, fügte Alexander hinzu und blickte Tatiana an.

»Tania, lass uns spazieren gehen.«

»Nein, Dima.«

»Doch. Alexander kann ja hier auf Dascha warten.« Dimitri lächelte. »Die beiden brauchen uns nicht. Sie würden bestimmt schrecklich gern allein sein. Habe ich Recht, Alexander?«

»Da werden sie hier nicht viel Glück haben«, murmelte Tatiana. *Zum Glück.*

Alexander trat zum Fenster und blickte in den Hof.

»Ich will wirklich nicht«, protestierte Tatiana. »Ich bin ...«

Dimitri packte Tatiana am Arm. »Komm schon, Taneschka. Du hast doch schon gegessen, oder? Lass uns gehen. Wir kehren auch bald wieder zurück, ich verspreche es dir.«

Tatiana blickte auf Alexanders gestraffte Schultern. Am liebsten hätte sie ihn in diesem Augenblick mit seinem Kosenamen angesprochen. »Alexander, sollen wir dir etwas mitbringen?«, fragte sie.

»Nein, Tania«, erwiderte er und blickte sie über die Schulter hinweg an. Einen Moment lang sah sie in seinen Augen, wie unglücklich er war, aber er hatte sich schnell wieder unter Kontrolle.

»Warum gehst du nicht zu den anderen? Babuschka hat Fleischpiroggen gemacht. Geh und iss welche. Es gibt auch Borschtsch.«

Dimitri zerrte Tatiana bereits den Flur hinunter. Sie stiegen über Slawin, der ruhig auf dem Boden lag. Es sah beinahe so aus, als kämen sie ohne Zwischenfall an ihm vorbei, doch dann packte er Tatiana am Knöchel.

Dimitri trat ihm grob auf das Handgelenk und Slawin schrie auf. Jammernd blickte er Tatiana an. »Bleib zu Hause, liebe Taneschka, es ist schon zu spät, um auszugehen. Bleib zu Hause!« Dimitri, der ihm fluchend noch einmal auf das Handgelenk trat, nahm er gar nicht zur Kenntnis.

Auf der Straße bot Dimitri an, ihr ein Eis zu kaufen. Eigentlich wollte Tatiana keins, willigte dann aber doch ein. »Ja, gut. Vanille, bitte.« Unglücklich leckte sie an ihrer Eiscreme, während sie die Straße entlangschlenderten. Der Abend war warm und Tatiana hatte nur eins im Kopf.

»Woran denkst du?«

»An den Krieg«, log sie. »Und du?«

»An dich«, erwiderte er. »Ich habe noch nie jemanden wie dich kennen gelernt, Tania. Du bist ganz anders als die anderen Mädchen.«

Tania verzog das Gesicht und bedankte sich murmelnd.

»Ich hoffe, Alexander isst etwas«, sagte sie. »Dascha kommt wahrscheinlich erst in einer Stunde nach Hause.«

»Tania«, entgegnete Dimitri, »möchtest du wirklich darüber reden? Über Alexander?« Seine Stimme war kühl geworden.

»Nein, natürlich nicht«, erwiderte sie hastig. »Ich wollte nur Konversation machen.« Rasch wechselte sie das Thema. »Was hast du heute getan?«

»Noch mehr Gräben ausgehoben. Die Frontlinie im Norden ist fast fertig. Nächste Woche sind wir für die Finnen bereit.« Er grinste. »Tania, du hast dich bestimmt gefragt, warum ich nicht auch Offizier bin wie Alexander.«

Tatiana schwieg.

»Warum hast du noch nie davon angefangen?«

»Ich weiß nicht.« Ihr Herz schlug ein wenig schneller.

»Es kommt mir fast so vor, als wüsstest du es bereits.«

»Ich? Nein!« Am liebsten hätte sie den Rest ihrer Eiswaffel in den Abfalleimer geworfen.

»Hast du mit Alexander über mich gesprochen?«

»Nein«, antwortete sie.

»Warum hast du mich dann nicht gefragt, warum ich ein einfacher *frontovik* bin?«

Darauf hatte Tatiana keine Antwort. Es war ihr langsam zu dumm. Sie hasste es zu lügen, also schwieg sie lieber.

»Alex und ich wollten ursprünglich beide Offizier werden.«

Tatianas Hände begannen zu zittern. Sie wollte nicht abends allein mit Dimitri draußen sein. Sie fühlte sich nicht sicher.

Sie hatten mittlerweile den Taurischen Garten erreicht. Obwohl der Park bereits im Dunkeln lag, waren es immer noch dreißig Grad.

»Möchtest du ein bisschen durch den Park spazieren?«, fragte Dimitri.

»Wie spät ist es?«

»Ich weiß nicht.«

»Ich muss jetzt wirklich nach Hause.«

»Das stimmt nicht.«

»Doch, Dimitri. Meine Eltern sind nicht daran gewöhnt, dass ich abends lange ausgehe. Sie werden sich aufregen.«

»Ach was, sie mögen mich doch.« Er rückte näher an sie heran. »Dein Vater mag mich sogar sehr. Außerdem sind deine Eltern viel zu sehr mit ihren Gedanken an Pascha beschäftigt, um überhaupt zu merken, wann du kommst und gehst«, behauptete er.

Tatiana blieb stehen und drehte sich um. »Ich gehe jetzt zurück.« Sie begann, den Suworowskij entlangzulaufen.

Er griff nach ihrem Arm. »Tania, lauf nicht weg!« Ohne sie loszulassen, fügte er hinzu: »Komm, setz dich mit mir auf die Bank dort drüben unter den Bäumen.«

Sie rührte sich nicht. »Dimitri«, sagte sie nachdrücklich.

»Ich setze mich nicht mit dir unter die Bäume. Würdest du mich bitte loslassen?«

»Komm mit mir in den Park!«

»Nein, Dimitri, lass mich *sofort* los!«

Er packte sie noch fester. Seine Finger gruben sich in ihre Haut. »Und wenn ich dich nicht loslassen *will,* Taneschka? Was machst du dann?«

Tatiana bewegte sich nicht. Er legte ihr den anderen Arm um die Taille und zog sie an sich. »Dima«, sagte Tatiana unerschrocken. »Was tust du da? Hast du den Verstand verloren?«

»Ja«, entgegnete er und beugte sich über sie, um sie zu küssen. Mit einem leisen Aufschrei drehte Tatiana das Gesicht weg.

»Nein! Lass mich los, Dimitri!«, rief sie.

Abrupt löste er sich von ihr. »Es tut mir Leid«, sagte er mit bebender Stimme.

»Ich muss jetzt sofort nach Hause«, erklärte sie und lief eilig los. »Dima, du bist zu alt für mich.«

»Nein. Nein, bitte. Ich bin erst dreiundzwanzig.«

»Ich bin zu jung für dich. Ich brauche jemanden, der ...« Sie schwieg nachdenklich. »... der weniger erwartet«, beendete sie den Satz.

»Wie meinst du das?«

»Jemanden, der *nichts* erwartet.«

»Es tut mir wirklich Leid, Tania«, sagte er. »Ich wollte dir keine Angst einjagen.«

»Dann ist es ja gut«, erwiderte sie, ohne ihn eines Blicke zu würdigen. »Ich gehöre einfach nicht zu den Mädchen, die nachts mit jungen Männern in den Park gehen.« Mit *dir,* durchfuhr es sie und das Herz tat ihr weh, als sie an den Sommergarten dachte.

»Das weiß ich ja jetzt. Deshalb mag ich dich wahrscheinlich auch so sehr. Ich kann mich manchmal einfach nicht benehmen.«

»Du musst respektvoll und geduldig sein.«

»Gut, ich werde so geduldig wie Hiob sein.« Dimitri beugte sich zu ihr hinunter. »Weil ich nämlich nicht die Absicht habe, dich in Ruhe zu lassen, Taneschka.«

Sie liefen den Suworowskij entlang.

Plötzlich sagte Dimitri: »Ich hoffe, Dascha mag Alexander.«

»Ich glaube schon.«

»Weil *er* sie wirklich gern hat.«

»Ach ja?«, fragte Tatiana leise. »Woher weißt du das?«

»Er ist plötzlich so vernünftig geworden und gibt sich nur noch mit einem Mädchen ab. Das darfst du aber natürlich nicht Dascha erzählen, es könnte ihre Gefühle verletzen.«

Tatiana hätte ihm am liebsten entgegengeschleudert, dass sie keine Ahnung habe, wovon er redete, aber sie wollte seine Erklärung gar nicht hören.

Als sie nach Hause zurückkehrten, saßen Dascha und Alexander auf dem kleinen Sofa im Flur, lasen Sostschenkos Kurzgeschichten und lachten. Tatiana konnte ihre schlechte Stimmung nicht verbergen. Beleidigt fauchte sie: »Das ist mein Buch!«

Aus irgendeinem Grund fand Dascha das sehr lustig und sogar Alexander musste lächeln. Als Tatiana an ihm vorbeiging, wäre sie fast über seine ausgestreckten Beine gestolpert, und er hielt sie im letzten Moment fest. Doch gleich darauf ließ er sie wieder los.

»Tania«, sagte Alexander, »was hast du da am Arm?«

»Was? Oh, das ist nichts.« Sie murmelte hastig, sie sei müde, sagte gute Nacht und verschwand im Zimmer ihrer Großeltern. Dort zwängte sie sich zwischen Deda und Babuschka auf das Sofa und lauschte mit ihnen zusammen dem Radio. Leise unterhielten sie sich über Pascha und bald fühlte sich Tatiana schon besser.

Als sie sich später an diesem Abend in ihrem Bett bereits zur Wand gedreht hatte, flüsterte Dascha: »Tania!«

Tatiana drehte sich um. »Was ist? Ich bin müde.«

Dascha küsste sie auf die Schulter. »Tania, wir reden gar nicht mehr miteinander. Seit Pascha weg ist, haben wir nicht mehr miteinander geredet. Er fehlt dir, nicht wahr? Er kommt ja bald zurück.«

»Ja, er fehlt mir. Und du hast so viel Arbeit. Lass uns morgen darüber reden, Daschenka«, sagte Tatiana.

»Ich bin verliebt, Tania«, flüsterte Dascha.

»Das freut mich für dich, Dascha«, flüsterte Tatiana zurück. Dann drehte sie sich wieder zur Wand.

Dascha gab ihr einen Kuss auf den Hinterkopf. »Ich glaube, dieses Mal ist es ernst. Oh, Taneschka, ich weiß gar nicht, was ich mit mir anfangen soll.«

»Hast du es schon einmal mit Schlafen versucht?«

»Tania, ich kann an nichts anderes denken. Er macht mich verrückt. Er ist so ... undurchschaubar. Heute Abend war er gut gelaunt, entspannt und lustig, aber an anderen Abenden ... ich werde einfach nicht schlau aus ihm.«

Tatiana schwieg.

Dascha fuhr fort: »Ich weiß, dass ich nicht alles auf einmal erwarten kann. Es ist schon ein Wunder, dass er überhaupt endlich hierher gekommen ist. Vor dem letzten Sonntag, als er uns mit Dima besucht hat, habe ich ihn nicht dazu bringen können.«

Tatiana hätte sie am liebsten darauf hingewiesen, dass Alexander nicht wegen Dascha zu Besuch gekommen war, aber sie sagte natürlich nichts.

»Ich glaube, er mag unsere Familie. Wusstest du, dass er aus Krasnodar ist? Er war nicht mehr dort, seit er in die Armee eingetreten ist. Er hat keine Geschwister und über seine Eltern redet er nicht. Er ist ... Ich kann es nicht erklären. So verschlossen. Er spricht nicht gern über sich.« Sie schwieg. »Mich fragt er allerdings immer aus.«

»Wirklich?«, war alles, was Tatiana herausbrachte.

»Er hat gesagt, er wünschte, es wäre kein Krieg.«

»Nun«, erwiderte Tatiana, »das wünschen wir alle.«

»Aber das klingt doch hoffnungsvoll, oder nicht? So, als ob mit ihm ein besseres Leben möglich sei, wenn der Krieg erst einmal vorbei ist. Tania«, flüsterte Dascha in Tatianas Haare. »Magst du Dimitri?«

Tatiana hatte kaum Gewalt über ihre Stimme. »Ich habe ihn ganz gern«, flüsterte sie.

»Er mag dich wirklich.«

»Nein, das stimmt nicht.«

»Doch. Du verstehst noch nichts von diesen Dingen.«

»Ich verstehe schon etwas davon und ich weiß, dass er mich im Grunde nicht gern hat.«

»Möchtest du mit mir reden, mich etwas fragen?«

»Nein!«

Gekränkt erwiderte Dascha: »Tania, du darfst nicht so schüchtern sein. Du bist schließlich schon siebzehn. Warum kannst du denn nicht ein bisschen nachgeben?«

»Dimitri gegenüber?«, flüsterte Tatiana. »Niemals!«

Kurz bevor sie einschlief, wurde Tatiana klar, dass sie den Krieg viel weniger fürchtete als die Verwicklungen in Liebesdingen.

9

Am Samstag ging Tatiana in die Leningrader Bibliothek und lieh sich ein russisch-englisches Wörterbuch aus. Mit dem seltsamen Alphabet war sie schon ein wenig vertraut, da sie es in der Schule gelernt hatte. Fast den ganzen Nachmittag über versuchte sie, ein paar der Sätze laut zu sprechen. Die *Ths,* die *Ws* und die weichen *Rs* waren sehr schwierig.

Am Sonntag kam Alexander wieder vorbei. Er nagelte Holzleisten an ihre Fenster, damit sie bei möglichen Bombendetonationen nicht zerbrachen, und verklebte sie zur Verdunklung mit Papierstreifen. »Alle müssen ihre Fenster sichern«, sagte er. »Bald werden Patrouillen in ganz Leningrad unterwegs sein, um das zu kontrollieren. Es gibt einfach keine neuen Glasscheiben.«

Die Metanows sahen ihm interessiert zu. Mama lobte ihn, weil er so schnell und gut arbeitete, und wollte wissen, wo er das gelernt habe.

»Aber Mama, er ist doch in der Roten Armee«, sagte Dascha unwirsch.

»Haben sie dir in der Roten Armee beigebracht, sicher auf der Fensterbank zu stehen, Alexander?«, fragte Tatiana.

»Ach, halt doch den Mund, Tania!«, rief Dascha lachend. Alexander lachte ebenfalls. Sein Lachen jedoch war warm und freundlich.

»Was für ein Muster hast du da auf unsere Fenster geklebt?«, fragte Mama.

Tatiana, Dascha, Mama und Babuschka betrachteten die weißen Papierstreifen auf der Glasscheibe. Alexanders Werk sah aus wie ein Baum. Ein dicker Stamm, leicht zu einer Seite geneigt, mit langen schmalen Blättern, die aus der Spitze herauswuchsen.

»Was ist das, junger Mann?«, fragte Babuschka energisch.

Alexander antwortete: »Das, Anna Lvovna, ist eine Palme.«

»Eine *was?«*, fragte Dascha, die neben ihm stand. *Musste sie immer so dicht neben ihm stehen?*

»Eine Palme.«

Tatiana beobachtete die anderen von der Tür aus.

»Eine Palme?«, fragte Dascha.

»Es ist ein tropischer Baum. Er wächst zum Beispiel in Nord- und Südamerika und im Südpazifik.«

»Hmm«, brummte Mama. »Eine seltsame Wahl für unsere Fenster, findet ihr nicht?«

»Besser als irgendein blödes Zickzackmuster«, murmelte Tatiana.

Alexander grinste ihr zu und sie antwortete mit einem scheuen Lächeln.

Später gingen Alexander und Dascha aus und ließen Tatiana bei den übrigen schlecht gelaunten und erschöpften Familienmitgliedern zurück. Also ging Tatiana abermals in die Bibliothek und verbrachte Stunden damit, sich die seltsamen englischen Laute vorzusprechen. Sie fand alles an dieser Sprache äußerst schwierig: sie zu sprechen, zu schreiben und zu lesen. Wenn sie Alexander das nächste Mal sah, würde sie ihn bitten, ein paar Wörter zu artikulieren, damit sie hören konnte, wie sie klangen. Sie dachte bereits an das nächste Wiedersehen, als sei es selbstverständlich. Vielleicht sollte sie ihn morgen bitten, sie nicht mehr abzuholen. Als sie an diesem Abend im Bett lag, mit dem Gesicht zur Wand gedreht, nahm sie es sich fest vor. Aber dann griff sie nach dem Buch, das Alexander ihr geschenkt hatte. Sie hatte es zwischen Bett und Wand sorgfältig versteckt. Vielleicht sollte sie es ihm besser an einem anderen Tag sagen. Wenn er ihr etwas auf Englisch vorgetragen hatte, wenn er ihr vom Krieg erzählt hatte, wenn er …

In der Nacht gab es wieder einmal Fliegeralarm. Tatiana wurde wach, als Dascha lange danach erst nach Hause kam und ins Bett schlüpfte.

10

Am Montag rief Krasenko Tatiana in sein Büro. Er teilte ihr mit, dass sie zwar gute Arbeit leiste, dass sie jedoch ab sofort in die Panzerproduktion versetzt würde. Er habe aus Moskau erfahren, dass in Kirow fortan 180 Panzer pro Monat produziert werden müssten, ganz gleich, wie viele Arbeiter zur Verfügung standen.

»Und wer wird die Flammenwerfer herstellen?«

»Das wird sich schon finden«, antwortete Krasenko und zündete sich eine Zigarette an. »Du bist ein nettes Mädchen, Tania. Geh und iss in der Kantine eine Suppe.«

»Glauben Sie, dass die Freiwilligen mich nehmen würden?«, fragte sie ihn.

»Nein!«

»Ich habe gehört, dass sich schon fünfzehntausend Personen von Kirow gemeldet haben, um die Gräben an der Front bei Luga auszuheben. Stimmt das?«

»Das hat dich nicht zu interessieren. Sie nehmen dich nicht. Und jetzt verschwinde.«

»Ist Luga in Gefahr?« Pascha befand sich in der Nähe von Luga.

»Nein«, erwiderte Krasenko. »Die Deutschen sind noch weit entfernt. Es handelt sich nur um eine Vorsichtsmaßnahme. Und jetzt geh endlich!«

In der Panzerproduktion arbeiteten viel mehr Leute als in der Flammenwerferherstellung und die Arbeitsschritte waren viel differenzierter. Tatiana hatte die Aufgabe, die Kolben in die Zylinder zu stecken, die unter dem Dieselmotor eines Panzers angebracht waren.

Die Fabrikhalle hatte die Größe eines Flugzeughangars. Es war grau und dunkel darin.

Am Ende des Tages war der Panzer fertig, die Ketten waren aufgezogen und das Gehäuse war fest verschraubt. Im Inneren unterschied er sich nicht von anderen schweren Fahrzeugen. Es gab allerdings noch keine Instrumente, Armaturen oder gar Waffen. Aber anders als in ihrer alten Abteilung hatte Tatiana hier das Gefühl, dass sie etwas geleistet hatte, beinahe so, als habe sie den KV-1 ganz allein gebaut. Krasenko hatte ihr am Nachmittag erzählt, dass die Deutschen nicht in der Lage seien, einen so wendigen, gut ausgerüsteten Panzer zu bauen.

»Tania, du hast hervorragende Arbeit geleistet. Vielleicht solltest du Mechanikerin werden, wenn du erwachsen bist«, schlug er ihr begeistert vor. Tatiana war stolz auf dieses Kompliment.

Um acht Uhr am Abend lief Tatiana mit sauber gewaschenen Händen und sorgfältig gebürstetem Haar durch das Fabriktor. Eine diffuse Angst ergriff sie, dass Alexander heute nicht auf sie warten würde.

Aber er stand da. Er blickte ihr jedoch sehr ernst entgegen.

Außer Atem hielt Tatiana vor ihm inne. Am liebsten hätte sie ihm gezeigt, wie glücklich sie über seine Anwesenheit war.

Jemand rief ihren Namen. Zögernd drehte Tatiana sich um. Es war Ilya, ein sechzehnjähriger Junge, der neben ihr am Fließband arbeitete. »Nimmst du den Bus?«, fragte er und betrachtete Alexander, der schweigend daneben stand.

»Nein, Ilya. Wir sehen uns morgen.« Tatiana überquerte mit Alexander die Straße.

»Wer war das denn?«, fragte Alexander.

Verwirrt blickte Tatiana ihn an. »Wer? Ach, nur ein Junge, mit dem ich zusammen arbeite.«

»Belästigt er dich?«

»Wie bitte? Nein, nein.« In Wahrheit ging Ilya ihr tatsächlich ein wenig auf die Nerven. »Ich habe heute in einer neuen Abteilung angefangen. Wir bauen Panzer für die Front in Luga«, erzählte sie stolz.

Nickend fragte er: »Wie schnell könnt ihr sie bauen?«

»In meiner Abteilung wird alle zwei Tage einer fertig«, antwortete sie. »Das ist gut, oder?«

»Um den Männern an der Front in Luga tatsächlich zu helfen, müsstet ihr zehn pro Tag bauen.«

Sie blickte ihn prüfend an. »Geht es dir gut?«

»Ja.«

»Was ist dann los?«

»Nichts.«

Die Menschen standen rauchend an der Straßenbahnhaltestelle. Niemand sagte etwas. »Möchtest du nach Hause laufen?«, fragte Tatiana schüchtern.

Alexander schüttelte den Kopf. »Ich hatte den ganzen Tag über Militärübungen.«

Neckend erwiderte Tatiana: »Ich dachte, du seist schon beim Militär.«

»Bin ich auch. Die Übungen waren nicht für mich, sondern für die anderen. Manöver, Gewehrtraining, Übungen im Luftschutzbunker ...« Irgendwie klang er niedergeschlagen. Sie kannte die verschiedenen Nuancen seiner Stimme schon sehr gut.

»Was ist los?«, fragte sie noch einmal.

»Nichts!«, wiederholte er.

Aber dann ergriff er ihren Arm und schob ihren Ärmel ein wenig hoch, so dass die blauen Flecken auf der Unterseite zum Vorschein kamen. »Tania, was ist das?«

»Nichts.« Sie versuchte, ihren Arm wegzuziehen. Aber er ließ sie nicht los.

»Es ist wirklich nichts Schlimmes!«, sagte sie nachdrücklich und wich seinem Blick aus. »Mir geht es gut.«

»Ich glaube dir nicht«, beharrte Alexander. »Ich habe dir doch gesagt, du sollst dich nicht mit Dimitri einlassen.«

»Ich habe mich nicht mit ihm eingelassen!«, empörte sich Tatiana. »Wirklich, es ist nichts, Alexander. Er wollte mich nur dazu bringen, mit ihm zu gehen.«

»Wenn er dich noch einmal so hart anpackt, musst du es mir sagen.« Alexander ließ sie los.

»Dima ist ein netter Mann. Er ist wahrscheinlich nur eine andere Sorte von Mädchen gewöhnt.« Tatiana hustete. »Ich komme schon damit klar. Es wird sicher nicht noch einmal passieren.«

»Ach ja?«, fragte Alexander. »So wie du damit klargekommen bist, mit deiner Familie über Pascha zu reden?«

Tatiana schwieg. Dann sagte sie: »Du wusstest, dass es schwierig für mich ist, dieses Thema anzuschneiden. Du kannst ja noch nicht einmal meine vierundzwanzigjährige Schwester dazu bewegen, es zu tun. Warum versuchst du es nicht einmal selbst? Komm zum Abendessen vorbei, trink mit Papa ein wenig Wodka und sprich ihn auf Pascha an. Dann werde ich ja sehen, wie man so etwas angeht. Ich kann es jedenfalls nicht.«

»Du bist nicht imstande, mit deiner eigenen Familie über deinen Bruder zu reden, aber du kannst dich gegen Dimitri zur Wehr setzen?«

»Genau«, erwiderte Tatiana. Unglücklich fragte sie sich, warum sie eigentlich stritten.

Sie ergatterten einen Platz in der Straßenbahn. Tatiana hielt sich an der Bank vor ihr fest. Alexander hatte die Hände im Schoß gefaltet. Er schwieg und sah sie nicht an. Irgendetwas ärgerte ihn. War es die Sache mit Dimitri? Trotz des Disputs saßen sie nahe beieinander, Arme und Beine aneinander gedrückt. Tatiana bewegte sich nicht. Sein Bein fühlte sich ganz hart an.

Um das Gespräch wieder in Gang zu bringen, fragte Tatiana: »Wo ist jetzt eigentlich die Front, Alexander?«

»Sie bewegt sich in nördlicher Richtung.«

»Das ist aber noch weit weg, oder? Weit weg von ...«

Er blickte sie nicht an. »Wir besitzen zwar große militärische Streitkräfte, aber immerhin führen wir nicht alle Tage einen Krieg.« Er schnaubte. »Unsere albernen Manöver, unsere Übungen, unsere schwerfälligen Flugzeuge, unsere jämmerlichen Panzer ... Wir wussten nicht, mit wem wir uns da eingelassen haben.«

Tatiana lehnte sich schüchtern bei ihm an. »Alexander, warum zögert Dimitri, in den Kampf zu ziehen? Ich meine, immerhin geht es doch darum, die Deutschen aus unserem Land zu vertreiben.«

»Die Deutschen sind ihm egal. Ihm geht es nur um eins ...« Er brach ab.

Tatiana wartete.

»Du musst Folgendes über Dimitri wissen, Tania: Selbstschutz ist für ihn ein unveräußerliches Recht.«

Sie blickte ihn fragend an. »Was ist ... unveräußerlich?«

»Ein persönliches Recht, das einem keiner nehmen kann.«

Tatiana dachte nach. »Wie kommt er darauf? Haben wir ein solches Recht überhaupt? »

»Wen meinst du mit *wir?*«

Sie senkte die Stimme. »Ich meine die Menschen, die in der Sowjetunion leben.«

»Du hast Recht, Tania, hier gibt es ein solches Recht nicht.« Alexander schwieg. »Und dennoch besteht Dimitri darauf.«

»Unveräußerlich ... Ich habe dieses Wort noch nie zuvor gehört«, sagte Tatiana nachdenklich.

»Nein, wie solltest du auch?«, erwiderte er. »Wie hast du denn den restlichen Sonntag verbracht? Und wie geht es deiner Mutter? Sie sieht immer so aus, als würde sie jeden Moment zusammenbrechen.«

»Nun, Mama hat in der letzten Zeit zu viele Sorgen.« Tatiana drehte sich zum Fenster. Sie wollte nicht schon wieder über Pascha sprechen. »Weißt du, was ich gestern getan habe? Ich habe ein paar englische Wörter gelernt. Willst du sie hören?«

»Sehr gern, sobald wir ausgestiegen sind. Irgendwelche besonderen Wörter?«

Sie wusste nicht genau, was er meinte, und errötete.

Sie verließen die Bahn. Am Warschauer Bahnhof sah Tatiana eine Menschenmenge stehen: Frauen mit Kindern und alte Leute mit Gepäck. Sie schienen alle auf etwas zu warten.

»Worauf warten sie?«, fragte sie.

»Auf einen Zug. Sie sind schlau, sie verlassen die Stadt«, erklärte Alexander. »Tania ... du solltest auch verschwinden.«

»Wohin sollte ich denn gehen?«

»Irgendwohin. Nur weg von hier.«

Warum hatte sie noch vor einer Woche den Gedanken an

eine Evakuierung so aufregend gefunden? Jetzt kam es ihr so vor, als würde ihr Todesurteil gesprochen.

»Laut meiner Informationen werden die Deutschen uns geradezu überrennen«, fuhr Alexander fort.

»Mach dir keine Sorgen«, erwiderte Tatiana mit aufgesetzter Fröhlichkeit. »Morgen haben wir immerhin schon wieder einen neuen Panzer.«

»Wir können uns nur noch auf unsere Soldaten verlassen, Tania. Ganz egal, was sie so fröhlich im Radio verkünden.«

»Ja, die Sprecher klingen immer so optimistisch«, stimmte Tatiana ihm zu.

»Denk an meine Worte: Die Deutschen werden Leningrad stürmen. Die Stadt ist nicht mehr sicher. Du musst fort von hier!«

»Aber meine Familie!«

»Dann geh ohne sie.«

»Alexander, was redest du da?«, rief Tatiana lachend. »Ich war noch nie in meinem ganzen Leben irgendwo allein! Ich kann nicht einfach weggehen. Wohin denn auch? In den Ural oder dorthin, wohin sie die Leute evakuieren? Oder vielleicht nach Amerika? Ob ich dort sicher wäre?« Tatiana kicherte. Es war einfach unvorstellbar.

»Wenn du nach Amerika gehen könntest, wärst du bestimmt in Sicherheit«, bestätigte Alexander grimmig.

Als Tatiana an diesem Abend nach Hause kam, sprach sie mit ihrem Vater über eine mögliche Evakuierung und über Pascha.

Papa hörte ihr so lange zu, bis er dreimal an seiner Zigarette gezogen hatte. Dann stand er auf, drückte die Zigarette aus und fragte: »Taniuscha, wo zum Teufel hast du diese Gedanken her? Die Deutschen kommen nicht hierher und ich gehe nicht von hier weg. Pascha ist in Sicherheit. Das weiß ich! Hör zu, wenn es dich beruhigt, ruft Mama ihn morgen an, um sich zu vergewissern, dass alles in Ordnung ist.«

Deda sagte: »Tania, ich habe darum gebeten, in den östlichen Ural nach Molotow evakuiert zu werden. Einer meiner Cousins lebt dort.«

»Er ist seit zehn Jahren tot, Wassili«, sagte Babuschka kopfschüttelnd. »Seit der Hungersnot von 1931.«

»Seine Frau lebt aber noch.«

»Sie ist 1928 an der Ruhr gestorben.«

»Das war seine zweite Frau. Seine erste Frau, Naira Michailowna, lebt noch.«

»Aber nicht in Molotow. Weißt du das denn nicht mehr? Sie wohnt da, wo wir auch einmal gewohnt haben, in diesem Ort namens ...«

»Frau!«, unterbrach Deda sie. »Willst du mitkommen oder nicht?«

»*Ich* komme mit, Deda«, erklärte Tatiana. »Ist es schön in Molotow?«

»Ich komme auch mit, Wassili«, schnaubte Babuschka. »Aber tu nicht so, als würden wir in Molotow jemanden kennen. Wir könnten genauso gut nach Chukhotka gehen.«

Tatiana warf ein: »Chukhotka ... ist das nicht in der Nähe des Polarkreises?«

»Ja«, antwortete Deda.

»Und in der Nähe der Beringstraße?«

»Ja«, sagte er wieder.

»Nun, vielleicht sollten wir dann wirklich nach Chukhotka gehen«, schlug Tatiana vor. »Wenn wir schon fort müssen.«

»Chukhotka! Was soll ich denn da?«, rief Deda aus. »Glaubst du, dort kann ich Mathematik unterrichten?«

»Tania ist wirklich ein Dummkopf«, sagte Mama.

Tatiana schwieg. Sie dachte nicht an Dedas Mathematik. Sie dachte über ganz andere, viel banalere Dinge nach. Beinahe hätte sie laut aufgelacht.

»Wie kommst du denn jetzt ausgerechnet auf die Beringstraße, Tania?«, fragte Deda.

»Sie kommt ständig auf irgendwelche absurden Dinge«,

warf Dascha ein. »Sie hat eben ein kompliziertes Innenleben.«

»Ich habe überhaupt kein kompliziertes Innenleben, Dascha«, fuhr Tatiana sie an. »Was liegt auf der anderen Seite der Beringstraße?«

»Alaska natürlich«, erwiderte Deda. »Warum?«

»Hört jetzt endlich auf damit«, sagte Mama.

Am nächsten Abend kam Tatianas Vater mit Lebensmittelkarten nach Hause. »Ist es zu glauben?«, fragte er. »Jetzt sind schon die Lebensmittel rationiert. Na ja, wir schaffen das schon.« Arbeiter bekamen achthundert Gramm Brot am Tag und einmal in der Woche ein Kilo Fleisch und ein halbes Kilo Getreide. Es konnte ausreichen.

»Mama, hast du versucht, Pascha anzurufen?«, wollte Tatiana wissen.

»Ja«, erwiderte sie. »Ich bin sogar zum Telefonbüro auf der Bolschaja Konjuschennaja Ulitsa gegangen, aber ich bin nicht durchgekommen. Ich versuche es morgen noch einmal.«

Die Meldungen von der Front waren widersprüchlich. Die Kriegsbulletins, die man überall in Leningrad an Holzpfosten lesen konnte, waren vage formuliert. Im Radio hieß es, die Rote Armee sei siegreich, aber die deutschen Streitkräfte gewännen trotzdem an Boden.

Wie konnte die Rote Armee siegreich sein, wenn die Deutschen an Boden gewannen?, fragte sich Tatiana.

Ein paar Tage später sagte Deda, die Chancen stünden gut, dass sie nach Molotow evakuiert würden, und er schlug vor, das Nötigste zusammenzupacken.

»Ich gehe nicht ohne Pascha«, giftete Mama. »Außerdem nähe ich in der Uniformfabrik jetzt Uniformen für die Rote Armee. Sie brauchen mich dort«, fügte sie etwas ruhiger hinzu. »Der Krieg wird bald vorbei sein. Ihr habt es doch auch im Radio gehört. Die Rote Armee ist siegreich, sie verjagt den Feind.«

Deda schüttelte den Kopf. »Oh, Irina Fedorowna«, stöhnte er. »Die Deutschen sind die bestbewaffneten, bestausgebildeten Feinde, die man sich vorstellen kann. Hast du es nicht gehört? England kämpft schon seit achtzehn Monaten gegen sie und hat sie noch nicht geschlagen.«

»Aber Papuschka«, warf Papa ein, um seine Frau zu verteidigen, »jetzt sind die Nazis in einen *echten* Krieg verwickelt und nicht nur in einen Luftkrieg. Die sowjetische Front ist massiv. Die Deutschen werden es mit uns schwer haben.«

Mama wiederholte: »Ich gehe nicht.«

Und Dascha unterstützte sie.

Darauf hätte ich wetten können, dachte Tatiana.

Sie alle saßen in dem langen, schmalen Zimmer, Papa und Mama rauchten, Dascha nähte.

Tatiana hielt sich ein wenig abseits und hatte sich schon damit abgefunden, dass sie in Leningrad bleiben würde.

Sie hatte sich ihre eigene Welt geschaffen und die hieß Alexander. Sie konnte jetzt nicht fortgehen. Sie lebte allein für die Abendstunden, die in ihr Gefühle weckten, die sie weder ausdrücken noch verstehen konnte. *Freunde, die miteinander durch die weißen Nächte gingen.* Mehr konnte sie nicht von ihm haben und mehr wollte sie im Moment auch nicht. Nichts als diese eine Stunde am Ende des Tages, in der ihr Herz wie verrückt schlug, in der ihr der Atem stockte und sie glücklich war.

Zu Hause fühlte sich Tatiana geborgen, gleichzeitig aber zog sie sich von ihrer Familie zurück.

»Mama, hast du endlich Pascha angerufen?«

»Ich bin durchgekommen, aber niemand hat abgehoben«, erwiderte Mama. »Ich versuche es morgen noch einmal. Alle versuchen im Moment zu telefonieren, wahrscheinlich sind die Leitungen überlastet.«

Mama versuchte es immer wieder, aber sie erreichte Pascha nicht. Von der Front gab es keine guten Nachrichten und es wurde auch niemand evakuiert.

Alexander kam nun abends nicht mehr zu Besuch. Dascha arbeitete lange und Dimitri hielt sich an der finnischen Grenze auf.

Aber jeden Tag nach der Arbeit bürstete sich Tatiana das Haar und rannte nach draußen. Bitte, lass ihn da sein, flehte sie und jeden Tag nach der Arbeit stand Alexander am Tor und wartete auf sie, die Mütze in der Hand. Er bat sie aber nicht mehr, mit ihm in den Sommergarten zu gehen und dort auf der Bank unter den Bäumen zu sitzen.

Erschöpft und langsam gingen sie jedes Mal von der Straßenbahn zum Kanal und wieder zurück und trennten sich zögernd am Grecheskij Prospekt, drei Blocks entfernt von Tatianas Wohnung an der Fünften Sowjet.

Auf ihren Spaziergängen unterhielten sie sich über Alexanders Heimat oder über sein Leben in Moskau und gelegentlich auch über Tatianas Sommer in Luga und am Ilmensee. Bisweilen war der Krieg ihr Gesprächsthema, allerdings zunehmend seltener. Tatianas Sorge um Pascha wuchs und sie wollte nicht zu oft daran erinnert werden. Es kam auch vor, dass Alexander Tatiana ein wenig Englisch beibrachte oder dass sie sich gegenseitig Witze erzählten.

Manchmal schwiegen sie einfach nur. Ein paarmal balancierte Tatiana auf dem Geländer am Obvodnoj-Kanal, wobei sie Alexanders Gewehr benutzte, um das Gleichgewicht zu halten. »Fall nur nicht ins Wasser, Tania, ich kann nämlich nicht schwimmen«, sagte er einmal.

»Wirklich nicht?«, fragte sie ungläubig und wäre fast ausgeglitten.

Alexander packte das Ende seines Gewehrs, um sie festzuhalten, und grinste. »Lass uns das lieber nicht ausprobieren. Ich möchte nicht gern meine Waffe verlieren.«

»Schon gut«, erwiderte Tatiana lachend. »Ich kann hervorragend schwimmen. Ich rette dann dein Gewehr für dich. Sollen wir es mal ausprobieren?«

»Nein, danke.«

Wenn Alexander ihr etwas erzählte, bemerkte Tatiana zuweilen, dass sie ihn fasziniert anstarrte. Sie wusste gar nicht, wohin sie zuerst schauen sollte: in seine karamellfarbenen, blitzenden Augen, deren Ausdruck so rasch wechseln konnte, oder auf seinen wunderschön geschwungenen Mund. Sie sog den Anblick seines Gesichts förmlich in sich auf, als hätte sie Angst, ihr könnte auch nur ein Detail entgehen.

Es gab Dinge in Alexanders Leben, die er für sich behielt. Er redete nicht über das letzte Zusammentreffen mit seinem Vater, nicht darüber, wie aus ihm Alexander Below geworden war, und gab auch nicht preis, wofür er seinen Orden bekommen hatte. Tatiana machte sich nichts daraus und sie drängte ihn auch nicht, es ihr zu erzählen. Sie war dankbar dafür, dass er ihr vertraute, und wartete geduldig darauf, dass er ihr irgendwann einmal auch seine übrigen Geheimnisse offenbarte.

11

»Manchmal wollen die Tage gar nicht enden«, sagte Tatiana eines Freitagabends zu Alexander und lächelte müde. »Wir haben heute einen ganzen Panzer fertig bekommen! Mit einem roten Stern und der Nummer sechsunddreißig. Kannst du einen Panzer fahren?«

»Ich kann sogar mehr als das«, erwiderte er. »Ich kann ihn befehligen.«

»Was ist der Unterschied?«

»Befehligen heißt: Ich gebe den Befehl, auf Menschen zu schießen.«

»Und das soll besser sein?«, murrte sie. »Ich möchte lieber

in der Bäckerei arbeiten. Statt Panzer zu bauen, backen ein paar Glückspilze dort Brot.«

»Je mehr, desto besser«, sagte Alexander.

»Panzer?«

»Nein, Brot.«

»Sie haben uns allen eine Prämie versprochen, wenn wir über unser Plansoll hinauskommen. Stell dir das mal vor! Eine Prämie!« Tatiana kicherte. »Das verstößt gegen alles, was man uns seit unserer Geburt beigebracht hat.«

»Ja, in der Tat, Tania«, bekräftigte Alexander. »Sie üben erst wieder Druck auf dich aus, wenn du selbst für ein paar Rubel extra nicht mehr so hart arbeiten willst.«

»Sei nicht so rebellisch!« Sie lächelte. »Kein Wunder, dass du hier nicht sicher bist. Auf jeden Fall bringt die harte Arbeit Zina beinahe um. Sie wollte sich schon zu den Freiwilligen melden, weil das auch nicht schlimmer sein kann als der Druck in der Fabrik.«

Nachdenklich ging Alexander neben Tatiana her. Der Bürgersteig war breit, aber sie blieben trotzdem so dicht beieinander, dass sich ihre Arme berührten. »Zina hat Recht«, sagte er schließlich. »Mach bloß keine Fehler. Du kennst doch die Geschichte von Karl Ots, oder?«

»Von wem?«

»Er war Fabrikdirektor bei Kirow, als das Ganze noch Putilow-Werke hieß. Karl Martowitsch Ots. Als Kirow 1934 ermordet wurde, versuchte Ots, die Ordnung aufrechtzuerhalten und seine Arbeiter vor – in Ermangelung eines besseren Ausdrucks – Vergeltung zu schützen.«

Tatiana hatte von ihrem Vater und Großvater etwas über Sergei Kirow gehört. »Er wurde wirklich ermordet?«, fragte sie.

Alexander nickte. »Ja. Eines Tages wurde ein T-28-Panzer inspiziert und man stellte fest, dass ein Bolzen fehlte. Der Panzer sollte gerade an die Armee ausgeliefert werden. Es gab natürlich einen Skandal und eine hektische Suche nach den ›feindlichen Saboteuren‹ setzte ein.« Alexander holte tief Luft. Tatiana wartete geduldig.

»Ots wusste, dass es sich nur um einen dummen Fehler handelte, dass ein Mechaniker aus Versehen vergessen hatte, den Bolzen anzuschrauben – nicht mehr und nicht weniger. Und da er das wusste, weigerte er sich, eine Hexenjagd zu veranstalten.«

»Lass mich raten!«, sagte Tatiana. »Er hatte keinen Erfolg.«

»Er hätte sich genauso gut mitten in einen Tornado stellen und ihn für einen leichten Wind erklären können.«

»In einen Tornado?«, fragte Tatiana nach.

Alexander fuhr ungerührt fort: »Hunderte von Menschen verschwanden aus der Fabrik.«

Tatiana senkte den Kopf. » Auch Ots?«

»Hmm. Mit ihm verschwanden sein Stellvertreter, die Leiter der Buchhaltung, die Leiter der Panzerproduktion, der Personalabteilung, der Werkzeugabteilung, ganz zu schweigen von früheren Putilow-Arbeitern, die Karriere gemacht hatten und irgendwo in hohen Positionen in der Regierung saßen. Oh, und nicht zu vergessen der Bürgermeister von Leningrad. Er verschwand auch.«

Tatiana war tief in Gedanken versunken. Schließlich fragte sie: »Du meinst also, ich soll vorsichtig mit den Bolzen sein?«

»Genau.«

»Zina hat Recht. Wir halten diesen Druck nicht viel länger aus. Sie ist erschöpft. Sie möchte am liebsten nach Minsk zu ihrer Schwester fahren.« Minsk war die Hauptstadt von Weißrussland.

Alexander rieb sich die Augen und rückte seine Mütze gerade. »Sag ihr, sie soll Minsk vergessen und sich auf die Panzer konzentrieren«, erwiderte er gepresst. »Wie viele müsst ihr jetzt pro Monat bauen?«

»Hundertachtzig. Das schaffen wir aber nicht.«

»Sie verlangen zu viel von euch.«

»Warte mal!«

Tatiana legte ihm spontan die Hand auf den Arm und nahm sie dann schnell wieder weg. »Warum soll Zina Minsk vergessen?«

»Minsk ist vor dreizehn Tagen an die Deutschen gefallen«, antwortete Alexander ernst.

»Was?«

»Ja.«

»Vor *dreizehn* Tagen? Oh nein ... nein!« Tatiana schüttelte den Kopf. »Alexander, das kann nicht stimmen. Minsk ist nur ein paar Kilometer südlich von ...« Tatiana konnte es nicht aussprechen.

»Nicht nur ein paar Kilometer, Tania, viele Kilometer«, sagte er tröstend. »Hunderte von Kilometern.«

»Nein, Alexander, so viele sind es auch wieder nicht«, entgegnete Tatiana und die Knie wurden ihr weich. »Warum hast du mir das nicht gesagt?«

»Tania, das sind geheime Armeeinformationen! Ich erzähle dir schon so viel ich kann, aber ... Ich hoffe ja immer noch, dass du irgendwann etwas im Radio hörst, das der Wahrheit nahe kommt. Minsk ist schon sechs Tage nach Kriegsbeginn in die Hände der Deutschen gefallen. Selbst Genosse Stalin war überrascht.«

»Warum hat er es uns nicht mitgeteilt, als er letzte Woche seine Ansprache im Radio hielt?«

»Er hat euch doch seine Brüder und Schwestern genannt, oder etwa nicht? Er wollte, dass ihr euch voller Zorn erhebt und kämpft. Was hätte es da genutzt, wenn er euch gemeldet hätte, wie weit die Deutschen inzwischen in die Sowjetunion vorgedrungen sind?«

»Und wie weit sind sie bisher gekommen?«

Als Alexander nicht antwortete, fragte sie gepresst: »Was ist mit Pascha?«

»Tania!«, sagte er laut. »Ich verstehe nicht, was du von mir willst. Ich habe dir von Anfang an gesagt, ihr sollt ihn aus Tolmachewo herausholen.«

Tatiana wandte sich ab und kämpfte mit den Tränen. Sie wollte nicht, dass er sie weinen sah.

»Sie sind noch nicht in Luga«, sagte Alexander leiser. »Tolmachewo haben sie noch nicht erreicht. Versuche, dir nicht allzu viele Sorgen zu machen. Aber ich will dir noch eins sagen: Wir haben am ersten Tag des Krieges zwölfhundert Flugzeuge verloren!«

»Ich wusste gar nicht, dass wir überhaupt zwölfhundert Flugzeuge besitzen.«

»Es sind ungefähr so viele.«

»Und was tun wir jetzt?«

»*Wir?*«, fragte Alexander und blickte sie schweigend an. »Ich habe es dir doch schon gesagt, Tania: Verlasse Leningrad.«

»Und ich habe dir gesagt, dass meine Familie nicht ohne Pascha geht.«

Schweigend liefen sie nebeneinander her.

»Bist du müde?«, erkundigte er sich schließlich. »Willst du nach Hause?«

Ich bin müde. Aber ich will nicht nach Hause.

Als Tatiana nicht antwortete, schlug Alexander vor: »Wir können zur Palastbrücke gehen. Ich glaube, am Fluss verkaufen sie Eiscreme.«

Als sie ihr Eis gegessen hatten, gingen Tatiana und Alexander in westlicher Richtung an der Newa entlang, direkt in den Sonnenuntergang hinein. Gegenüber lag die grün-weiße Pracht des Winterpalasts. Plötzlich erblickte Tatiana auf der anderen Straßenseite einen Mann. Sie blieb sofort stehen.

Ein großer, dünner Mann mittleren Alters mit einem langen, grauen Bart stand mit betrübtem Gesicht vor der Eremitage.

Tatiana fragte sich, warum er so niedergeschlagen aussah. Er verharrte vor einem Militärlastwagen. Junge Männer beluden ihn gerade mit Holzkisten, die sie aus dem Winterpalast holten.

»Wer ist das?«, fragte sie.

»Der Kurator der Eremitage.«

»Warum sieht er so traurig aus?«

Alexander erwiderte: »Die Kisten enthalten die einzige Leidenschaft seines Lebens. Er weiß nicht, ob er sie jemals wiedersehen wird.«

Tatiana starrte den Mann mitleidig an. Am liebsten wäre sie zu ihm hinübergegangen und hätte ihn getröstet. »Er sollte mehr Vertrauen in die Zukunft haben, oder?«

»Ja, du hast Recht, Tania.« Alexander lächelte. »Er sollte etwas mehr Vertrauen haben. Nach dem Krieg wird er seine Kisten wiedersehen.«

»So wie er sie ansieht, wird er sie nach dem Krieg eigenhändig wieder zurückholen«, sagte Tatiana überzeugt.

Vier graue Lastwagen parkten vor dem Museum. »Was, glaubst du, geht da vor sich?«

Alexander antwortete nicht, blieb aber stehen und wies hinüber. Vier Männer traten aus den breiten grünen Türen und trugen weitere Holzkisten die Rampe hinunter. In die Kisten hatte man Löcher gebohrt.

»Sind das Gemälde?«

Er nickte.

»Vier Lastwagen voll mit Gemälden?«

»Das ist noch gar nichts, das ist nur ein kleiner Teil.«

»Alexander, warum holen sie die Gemälde aus der Eremitage?«

»Weil wir im Krieg leben.«

»Sie schaffen also die Kunstwerke fort?«, fragte Tatiana empört.

»Ja.«

»Wenn sie so viel Angst haben, dass Hitler nach Leningrad kommt, warum bringen sie denn dann die Menschen nicht weg?«

Alexander lächelte sie an und am liebsten hätte sie ihre Frage zurückgenommen. »Tania, wer soll denn gegen die Nazis kämpfen, wenn die Menschen weg sind? Gemälde können das nicht.«

»Aber die Bewohner von Leningrad sind doch gar nicht geübt im Kämpfen.«

»Nein, aber *wir*. Deshalb bin ich ja hier. In unserer Garnison sind Tausende von Soldaten stationiert. Wir errichten Barrikaden und kämpfen. Zuerst schicken wir die *frontoviks* ...«

»Du meinst Soldaten wie Dimitri?«

»Ja. Er wird mit einem Gewehr auf die Straße geschickt. Wenn er tot ist, muss ich losziehen, mit einem Panzer wie dem, den du gebaut hast. Wenn ich tot bin, wenn alle Barrikaden niedergerissen und alle Waffen und Panzer verloren sind, dann schicken sie dich mit einem Stein.«

»Und wenn ich tot bin?«, fragte Tatiana.

»Du bist die Letzte in der Verteidigungslinie. Wenn du tot bist, marschiert Hitler in Leningrad ein, so wie er in Paris einmarschiert ist. Kannst du dich daran noch erinnern?«

»Das ist nicht fair. Die Franzosen haben nicht gekämpft«, sagte Tatiana finster. Im Moment wäre sie gern überall gewesen, nur nicht hier vor der Eremitage, wo Männer Kunstschätze in Armeelaster verluden.

»Sie haben nicht gekämpft, Tania, aber *du* wirst kämpfen. Um jede Straße und um jedes Gebäude. Und wenn du verlierst ...«

»Dann sind zumindest die Kunstwerke in Sicherheit.«

»Ja, genau«, erwiderte Alexander. »Und ein anderer Künstler wird ein prächtiges Bild malen, mit dem er dich unsterblich macht. Er wird festhalten, wie du mit einem Stock in der Hand auf den deutschen Panzer zurennst, der über dich hinwegrollt. Im Hintergrund sieht man die Statue Peters des

Großen auf seinem Bronzepferd. Dieses Bild wird in der Eremitage hängen, und wenn der nächste Krieg anfängt, wird der Kurator wieder auf der Straße stehen und seinen Kisten nachweinen.«

Tatiana beobachtete, wie die Männer erneut hinter den grünen Türen verschwanden und kurz darauf mit weiteren Kisten herauskamen. »Bei dir klingt das so romantisch«, schwärmte sie. »So, als ob es sich lohnen würde, für Leningrad zu sterben.«

»Lohnt es sich etwa nicht, Mütterchen Russland vor Hitler und für den Genossen Stalin zu bewahren?«, fragte Alexander.

»Vielleicht ist es ja gar nicht so übel unter den Deutschen. Wir würden natürlich nicht frei sein. Aber was soll's? Wir würden zu essen haben und am Leben sein. Ein freies Leben ist zwar schöner, aber besser überhaupt leben als tot sein, oder nicht?«

Als Alexander sie nur schweigend anblickte, fuhr Tatiana fort: »Wir könnten natürlich nicht in andere Länder reisen, aber das dürfen wir ja jetzt auch nicht. Und wer will auch schon in die heruntergekommenen Elendsviertel der westlichen Welt fahren, wo Fremde einander für fünfzig – wie heißt das? – *cents* umbringen? Das bringen sie uns doch in der Schule bei. Weißt du, vielleicht würde ich wirklich lieber mit einem Stein in der Hand vor dem ehernen Reiter sterben und dafür einem anderen das freie Leben erkämpfen, von dem ich nicht einmal träumen kann.«

»Ja«, sagte Alexander rau. »Du würdest das tun.« Und mit einer zärtlichen und zugleich verzweifelten Geste legte er seine Hand auf Tatianas bloße Haut direkt unterhalb ihres Halses. Seine Handfläche war so groß, dass sie von ihrem Schlüsselbein bis zum Brustansatz reichte, und ihr Herz machte einen Satz.

Tatiana blickte ihn hilflos an. Er beugte sich zu ihr, aber in diesem Moment trat eine uniformierte Wache an den Straßenrand und schrie ihnen zu: »Weg da, ihr zwei! Weg da! Was steht ihr da und gafft? Hier gibt es nichts zu sehen. Verschwindet!«

Alexander löste sich von Tatiana, drehte sich um und funkelte die Wache finster an. Der Mann zog sich murrend zurück.

Als sie sich ein paar Minuten später voneinander verabschiedeten, redeten sie nicht über den Vorfall, aber sie konnten einander nicht in die Augen blicken.

Das Abendessen zu Hause bestand aus kalten Kartoffeln und kalten gebratenen Zwiebeln. Tatiana aß rasch, dann stieg sie aufs Dach und suchte den Himmel nach feindlichen Flugzeugen ab. Aber eigentlich sah sie nur Alexanders leidenschaftliche Augen vor sich und spürte seine Hand auf ihrem Herzen.

Irgendwann in diesen Wochen verlor Tatiana ihre Unschuld – und zwar deshalb, weil sie Dascha ständig täuschte. Aufrichtig war allein, was Tatiana für Alexander empfand.

Wenn ich doch immer mit ihm durch Leningrad gehen könnte, in jeder weißen Nacht, wenn das Morgengrauen und die Dämmerung miteinander verschmelzen, dachte Tatiana, während sie sich unruhig im Bett wälzte. *Alexander. Bald wirst du dich von mir trennen und ich werde wieder allein sein. Ich werde weiterleben und jemand anderen lieben, so wie es jeder tut.*

Aber meine Unschuld ist für immer verloren.

12

Zwei Tage später, am zweiten Sonntag im Juli, besuchten Alexander und Dimitri Tatiana und Dascha in Zivilkleidung. Alexander trug eine schwarze Leinenhose und ein weißes, kurzärmeliges Hemd. Tatiana hatte ihn noch nie zuvor in einem kurzärmeligen Hemd gesehen. Seine Unterarme waren muskulös und gebräunt. Sein Gesicht war sauber rasiert. Das hatte sie bisher auch noch nie gesehen. Bis zum Abend waren Alexander immer Bartstoppeln gewachsen. Tatiana fand jedenfalls, dass er unglaublich gut aussah.

»Wohin möchtet ihr denn gehen? Lasst uns mal was Besonderes unternehmen«, schlug Dimitri vor. »Wie wäre es mit Peterhof?«

Sie packten etwas zu essen ein und gingen zum Warschauer Bahnhof. Mit dem Zug fuhr man ungefähr eine Stunde nach Peterhof. Sie gingen ein Stück am Obvodnoj-Kanal entlang, wo Alexander und Tatiana jeden Abend spazieren gingen. Tatiana schwieg. Einmal, als Alexander sie mit Dascha auf dem engen Bürgersteig überholte, streifte sein Arm Tatianas nackten Arm.

Im Zug sagte Dascha: »Tania, erzähl Dima und Alexander, wie du Peterhof nennst. Los, erzähl es ihnen!«

Tatiana schreckte aus ihren Gedanken auf. »Was? Oh, ich nenne es das Versailles der Sowjetunion.«

Dascha erklärte: »Als Tania kleiner war, wollte sie eine Königin sein und in dem großen Palast wohnen, nicht wahr, Taneschka?«

»Hmm.«

»Wie haben die Kinder in Luga dich immer genannt?«

»Ich kann mich nicht mehr erinnern, Dascha.«

»Es war so lustig! Die Königin des ... die Königin des ...«

Tatiana sah Alexander an, der ihren Blick erwiderte.

»Tania, was wäre denn deine erste Amtshandlung als Königin gewesen?«, fragte Dimitri.

»Ich hätte die Monarchie wieder eingeführt«, sagte sie. »Und jeden geköpft, der sie nicht anerkennt.«

Alle lachten. Dimitri sagte: »Du hast mir wirklich gefehlt, Tania.« Alexander, der ihr schräg gegenüber saß, hörte auf zu lachen und starrte aus dem Fenster. Auch Tatiana blickte angestrengt nach draußen.

Dimitri fasste nach ihrem Pferdeschwanz und fragte: »Tania, warum trägst du deine Haare eigentlich nicht offen? Ich habe dich erst einmal so gesehen. Es sah so hübsch aus!«

Wegwerfend erklärte Dascha: »Vergiss es, Dimitri, sie ist zu eigensinnig. Wir fragen sie ständig, wozu sie eigentlich so lange Haare hat, wenn sie gar nichts damit anfängt. Aber nein, sie trägt es nie offen, nicht wahr, Tania?« Dascha lächelte.

»Genau, Dascha«, erwiderte Tatiana. Sie sehnte sich nach einem Platz an der Wand, damit sie ihr gerötetes Gesicht vor Alexanders Blicken verbergen konnte.

»Nimm das Gummi aus deinem Pferdeschwanz, Taneschka«, forderte Dimitri. »Komm, mach schon!«

»Mach schon, Tania«, unterstützte Dascha ihn.

Langsam zog Tatiana das Gummiband aus den Haaren und wandte sich zum Fenster. Bis sie ausstiegen, sagte sie kein Wort mehr.

In Peterhof schlossen sie sich nicht der Führung an, sondern spazierten durch den Palast und den Park, bis sie schließlich ein lauschiges Plätzchen auf dem Rasen unter den Bäumen fanden, wo sie ihr Picknick veranstalten konnten. In der Nähe plätscherte der große Kaskadenbrunnen.

Mit Appetit aßen sie die hart gekochten Eier, das Brot und den Käse. Dascha hatte sogar Wodka mitgebracht. Sie, Alexander und Dimitri tranken aus der Flasche und rauchten anschließend eine Zigarette. Tatiana wollte nichts trinken und rauchte auch nicht.

»Tania, du rauchst nicht, du trinkst nicht«, sagte Dimitri, »was tust du eigentlich?«

»Sie schlägt Rad!«, rief Dascha aus. »Stimmt's, Tania? In Luga hat Tania allen Jungen das Radschlagen beigebracht.«

»*Allen* Jungen?«, fragte Alexander.

»Gab es überhaupt Jungen in Luga?«, fragte auch Dimitri.

»Sie sind wie die Fliegen um Tania herumgeschwirrt.«

»Was redest du da, Dascha«, protestierte Tatiana verlegen.

Dascha zwickte sie in den Oberschenkel. »Tania, erzähl Dima und Alex, dass diese wilden Bestien dich nie in Ruhe gelassen haben.« Sie lachte. »Du hast sie angezogen wie Honig die Bären.«

»Ja, erzähl es uns, Tania!«, bat Dimitri.

Alexander sagte nichts.

Tatiana war knallrot geworden. »Dascha, da war ich vielleicht sieben! Wir waren eine ganze Gruppe, Jungen *und* Mädchen.«

»Ja, und alle schwirrten um dich herum.« Dascha warf Tatiana einen stolzen Blick zu. »Unsere Tania war so ein süßes Kind! Sie hatte runde Knopfaugen und winzige Sommersprossen und dann diese weißblonden Haare! Sie lief durch Luga wie der Sonnenschein. Keine der alten Damen konnte die Finger von ihr lassen.«

»Nur die alten Damen?«, wollte Alexander wissen.

»Schlag mal ein Rad«, ermunterte Dimitri sie und legte Tatiana die Hand auf den Rücken. »Zeig uns, was du kannst.«

»Ja, Tania!«, stimmte Dascha mit ein. »Komm, das ist der perfekte Platz dafür, findest du nicht auch? Hier vor dem majestätischen Palast, vor den Brunnen, den Rasenflächen und den blühenden Gardenien ...«

»Die Deutschen sind in Minsk ...«, sagte Tatiana versonnen und versuchte, Alexander nicht anzusehen, der auf seinen Ellbogen gestützt auf der Decke lag. Er sah so entspannt aus, so vertraut ...

Und zugleich vollkommen unerreichbar.

»Vergiss die Deutschen«, maulte Dimitri. »Hier ist ein Ort für die Liebe.«

Genau davor hatte Tatiana Angst.

»Komm schon, Tania«, sagte Alexander leise. Er setzte sich auf und kreuzte die Beine. »Zeig uns dein berühmtes Radschlagen.« Er zündete sich eine Zigarette an.

Dascha drängte: »Du schlägst doch sonst bei jeder Gelegenheit ein Rad.«

Heute hätte Tatiana es lieber nicht getan.

Seufzend erhob sie sich von der alten Decke. »Gut. Obwohl ich ehrlich gesagt nicht genau weiß, was das für eine Königin sein soll, die Räder für ihre Untertanen schlägt.«

Tatiana trug ein Kleid, zwar nicht *das* Kleid, aber ein rosafarbenes, ebenso dünnes Sommerkleid. Sie entfernte sich ein paar Meter und fragte: »Seid ihr bereit?« Alexander verschlang sie mit den Augen.

Sie stellte den rechten Fuß vor, hob die Arme und begann, in perfekten Bögen herumzuwirbeln. Ihre Haare flogen, und ohne auch nur einmal Luft zu holen, schlug sie ein Rad nach dem anderen.

Als sie mit gerötetem Gesicht und zerzausten Haaren zur Decke zurückkam, warf sie einen verstohlenen Blick auf Alexanders Gesicht. Alles, was sie wissen wollte, war dort zu lesen.

Lachend ließ sich Dascha auf Alexander fallen und sagte: »Was habe ich dir gesagt? Sie hat verborgene Talente.«

Tatiana schlug die Augen nieder und setzte sich.

Dimitri strich über Tatianas Rücken und sagte: »Na, Tania, was hast du denn sonst noch alles in deiner Trickkiste?«

»Mehr nicht«, erwiderte sie kurz angebunden.

Ein wenig später fragte Dimitri: »Dascha, Tania, wie würdet ihr die Liebe definieren?«

»Was?«

»Wie würdet ihr Liebe definieren? Was bedeutet euch die Liebe?«

»Dima! Wer will das schon wissen?« Dascha lächelte Alexander an.

»Es ist ja nur eine Frage, Dascha.« Dimitri schenkte sich einen weiteren Wodka ein. »Es ist ein schöner Sonntag und dieser Platz hier eignet sich besonders für eine solche Frage.« Er grinste Tatiana an.

»Ich weiß nicht ... Alexander, soll ich sie beantworten?«, fragte Dascha.

Alexander zuckte mit den Schultern. »Wenn du willst.«

Die Decke ist zu klein für uns alle vier, dachte Tatiana. Sie saß im Schneidersitz, Dima lag links neben ihr auf dem Bauch und Alexander und Dascha lagen vor ihr. Dascha lehnte sich an Alexander.

»Na gut. Liebe ... lasst mich mal überlegen«, sagte Dascha. »Hilfst du mir, Tania?«

»Dasch, das kannst du schon allein.« Tatiana verkniff sich zu erwähnen, dass Dascha schon reichlich Feldforschung betrieben hatte.

»Hmm ... Liebe. Liebe ist ... wenn er vorbeikommt, wie er es versprochen hat«, sagte sie und stieß Alexander leicht an. »Liebe ist, wenn er zu spät kommt, aber sagt, dass es ihm Leid tut.« Sie lächelte. »Liebe ist, wenn er keine anderen Mädchen außer mir ansieht.« Sie schubste Alexander noch einmal. »Wie findest du das?«

»Sehr gut, Dascha«, sagte Alexander.

Tatiana hustete.

»Tania! Bist du etwa nicht damit zufrieden?«, fragte Dascha.

»Nein, nein, es ist sehr gut.« Aber das Zögern in ihrer Stimme war deutlich zu hören.

»Was ist los, Schlaubergerin? Was habe ich vergessen?«

»Oh, nichts, Dasch. Für mich hat es sich nur so angehört, als ob du beschreibst, wie es ist, geliebt zu *werden.*« Sie schwieg und die anderen sagten auch nichts. »Ist Liebe nicht eher das, was man *gibt,* und nicht das, was man *bekommt?*

Gibt es da nicht einen Unterschied? Oder liege ich völlig falsch?«

»Völlig«, erwiderte Dascha und lächelte Tatiana an. »Was weißt du schon davon?«

»Nichts«, sagte Tatiana mit gesenktem Blick.

»Taneschka, was glaubst du denn, was Liebe ist?«, erkundigte sich Dimitri.

Tatiana hatte das Gefühl, in der Falle zu sitzen.

»Tania? Sag es uns! Was bedeutet Liebe für dich?«, wiederholte Dimitri.

»Ja, komm schon, Tania«, drängte Dascha. »Sag Dimitri, was Liebe für dich bedeutet.« Und mit neckender, liebevoller Stimme fügte sie hinzu: »Für Tania bedeutet Liebe, einen ganzen Sommer lang allein zu sein, damit sie in Ruhe lesen kann. Liebe ist für sie – lange zu schlafen. Das ist ihre größte Liebe. Für Tania heißt Liebe … Karamelleiscreme. *Das* ist die Nummer eins. Tania, sag die Wahrheit: Wenn du den ganzen Sommer über lange schlafen, Karamelleis essen und lesen könntest, das wäre doch für dich die höchste Wonne!« Dascha lachte. »Liebe für sie ist … oh, ich weiß: Deda! *Er* ist die Nummer eins. Außerdem dieser prächtige Palast. Und uns alberne Witze zu erzählen und uns zum Lachen zu bringen. Liebe ist für sie Pascha – ich glaube, er ist *eindeutig* die Nummer eins. Und eine weitere Liebe ist … nackt Rad zu schlagen!«, rief Dascha fröhlich aus.

»Nackt Rad schlagen?«, fragte Alexander, der Tatiana unverwandt anblickte.

Dimitri hakte sofort ein. »Können wir *das* mal sehen?«

»Oh Tania, sie sollten das wirklich sehen! Am Ilmensee hat sie sich fünfmal hintereinander direkt ins Wasser katapultiert.« Daschas Gesicht glühte vor Entzücken. »Warte! Genau, die Kinder haben dich die Radschlag-Königin vom Ilmensee genannt!«

»Ja«, erwiderte Tatiana ruhig. »Und nicht die *nackte* Radschlag-Königin vom Ilmensee.«

Alexander unterdrückte nur mit Mühe ein Lachen.

Dascha und Dimitri wälzten sich vor Vergnügen auf der Decke.

Hochrot im Gesicht warf Tatiana ein Stück Brot nach ihrer Schwester und sagte empört: »Damals war ich sieben, Dascha!«

»Jetzt bist du auch noch sieben.«

»Halt den Mund!«

Dascha drückte Tatiana auf die Decke und warf sich auf sie. »Tania, Tania«, quietschte sie und kitzelte ihre Schwester. »Du bist so ulkig!« Ganz dicht über Tatianas Gesicht gebeugt staunte sie: »Sieh dir bloß deine Sommersprossen an!« Dann gab sie ihr einen Kuss. »Sie sind förmlich aufgeblüht. Anscheinend bist du häufig an der frischen Luft. Du gehst doch nicht etwa von der Arbeit zu Fuß nach Hause?«

»Nein. Und jetzt geh von mir herunter. Du bist viel zu schwer«, keuchte Tatiana und stieß ihre Schwester weg.

Dimitri warf ein: »Tania, du hast die Frage noch nicht beantwortet.«

»Ja«, sagte Alexander. »Tatiana soll die Frage beantworten.«

Tatiana brauchte ein paar Sekunden, bevor sie wieder zu Atem kam. »Liebe ist ...«, begann sie langsam und blickte nur Dascha an. »Wenn er hungrig ist und du ihm zu essen gibst. Liebe ist zu wissen, wann er Hunger hat.«

Dascha entgegnete: »Aber Tania, du kannst ja noch nicht einmal kochen! Er würde bei dir wahrscheinlich verhungern.«

Dimitri kicherte. »Und was ist, wenn er geil ist? Was tust du dann?« Er lachte so sehr, dass er einen Schluckauf bekam. »Ist Liebe auch, wenn man weiß, wann er geil ist?«

»Zum Teufel noch mal, hör auf damit, Dimitri«, befahl Alexander.

»Dima, du bist so ordinär!«, empörte sich Dascha, »du

hast einfach keine Klasse!« Lächelnd drehte sie sich zu Alexander um und sagte eifrig: »So, und jetzt bist du an der Reihe.«

Tatiana, die reglos im Schneidersitz verharrte, blickte an Alexander vorbei zum Großen Palast und dachte an das vergoldete Thronzimmer und an all ihre Kinderträume, die hier in Peterhof ihren Ursprung hatten.

»Liebe ist, wiedergeliebt zu werden«, verkündete Alexander.

Tatiana blickte unverwandt zum Sommerpalast Peters des Großen. Ihre Unterlippe bebte.

Dascha schmiegte sich lächelnd an ihn. »Das ist hübsch, Alexander.«

Erst als sie aufbrachen, bemerkte Tatiana, dass niemand gefragt hatte, was für Dimitri Liebe bedeutete.

Als sie sich an diesem Abend zur Wand drehte, hatte Tatiana heftige Gewissensbisse wegen ihrer Verbindung zu Alexander. Sie hatte etwas Unrechtes getan: Sie hatte Dascha hintergangen. Das bedeutete, dass ihr Leben von nun an aus Täuschungsmanövern bestehen würde.

Wie sollte sie mit dieser Schuld weiterleben, zumal sie auch noch jede Nacht neben ihrer Schwester schlafen musste? Ihre Schwester war diejenige gewesen, die sie in Luga vor zwölf Jahren zum Pilzesammeln mitgenommen und ihr beigebracht hatte, dass man dazu immer nur einen Korb und nie ein Messer bei sich haben sollte. »Damit die Pilze keine Angst bekommen«, hatte sie ihr augenzwinkernd erklärt. Ihre Schwester hatte sie mit fünf Jahren gelehrt, sich die Schnürsenkel zu binden, Fahrrad zu fahren und süßen Klee zu essen. Sie hatte sich in jedem Sommer um sie gekümmert, für sie gekocht, ihre Zöpfe geflochten und sie gebadet, als sie klein war. Sie hatte Tatiana abends mitgenommen, als sie mit ihren Verehrern ausging, damit Tatiana beobachten konnte, wie junge Männer mit jungen Frauen verkehrten. Tatiana hatte verlegen am Newskij Prospekt an einer Mauer gelehnt und ihr

Eis gegessen, während sich die älteren Jungen und Mädchen geküsst hatten.

All diese Erinnerungen bestärkten Tatiana in der Gewissheit, dass sie nicht einen Tag lang so weitermachen konnte.

Sie musste Alexander bitten, sie nicht mehr bei Kirow abzuholen.

Tatiana liebte ihn, so viel stand fest. Aber sie musste ihre Gefühle beherrschen. Das wurde ihr immer mehr bewusst.

Tatiana drehte sich um und strich ihrer Schwester zärtlich über die dicken, dunklen Locken.

»Hmm, das ist schön, Taneschka«, murmelte Dascha.

»Ich liebe dich, Dascha«, flüsterte Tatiana und ihre Tränen tropften auf das Kopfkissen.

»Hmm, ich liebe dich auch. Schlaf jetzt.«

Und während Tatiana weiter über das begangene Unrecht sinnierte, wisperte sie leise seinen Namen: Shu-ra, Shu-ra, Shu-ra.

13

Am Montag darauf stand ein lächelnder Alexander vor dem Fabriktor. Tatiana indes war sehr ernst, als sie ihm entgegenging. »Alexander, du kannst nicht mehr hierher kommen!«, verkündete sie entschlossen, noch bevor sie ihn begrüßte.

Das Lächeln verschwand aus seinem Gesicht und er stand schweigend vor ihr. Schließlich brachte er hervor: »Komm, lass uns ein bisschen laufen.«

Sie gingen den langen Block Richtung Goworowa entlang.

»Was ist los?« Er blickte zu Boden.

»Alexander, ich kann das nicht mehr aushalten. Ich kann es einfach nicht!«

Er schwieg.

»Ich schaffe es nicht«, sagte Tatiana. Das Pflaster unter ihren Füßen verschaffte ihr Sicherheit. Sie war froh, dass sie sich fortbewegten und sie ihn nicht anzusehen brauchte. »Es ist zu schwer für mich.«

»Warum?«, wollte er wissen.

»Warum?« Die Frage traf sie unvorbereitet und sie schwieg. Sie konnte keine ihrer Antworten laut aussprechen.

»Wir sind doch nur Freunde, Tania, oder nicht?«, fragte Alexander leise. »*Gute* Freunde. Ich komme dich abholen, weil ich weiß, dass du müde bist. Du hattest einen langen Tag, du hast einen langen Heimweg und noch einen langen Abend vor dir. Ich komme, weil du manchmal lächelst, wenn wir zusammen sind, und ich glaube, dass du glücklich bist. Stimmt das etwa nicht? Deshalb komme ich. Es ist nichts Besonderes.«

»Alexander!«, rief sie aus. »Es stimmt, wir reden uns ein, dass nichts Besonderes dahintersteckt.« Sie holte tief Luft. »Aber warum erzählen wir Dascha dann nichts davon? Warum trennen wir uns jeden Abend drei Blocks vor unserem Haus?«

Langsam erwiderte er: »Dascha würde es nicht verstehen. Es würde ihre Gefühle verletzen.«

»Natürlich! Das sollte es auch!«

»Aber, Tania, das hat doch nichts mit Dascha zu tun.«

»Doch, Alexander, es hat mit Dascha zu tun. Ich kann nicht jede Nacht neben ihr im Bett liegen und ein schlechtes Gewissen haben. Bitte, versteh mich doch!«, flehte sie.

Sie erreichten die Straßenbahnhaltestelle und Alexander baute sich vor Tatiana auf. »Tania, sieh mich an!«

Sie drehte den Kopf zur Seite. »Nein!«

»Sieh mich an!«, wiederholte er und ergriff ihre Hände.

Sie blickte Alexander an. Seine großen Hände fühlten sich so wunderbar an. Sie bekam kaum noch Luft.

»Tatia, schau mich an und sag: Alexander, ich möchte nicht mehr, dass du kommst.«

»Alexander«, flüsterte sie, »ich möchte nicht mehr, dass du kommst.«

Er ließ ihre Hände nicht los.

»Nach dem gestrigen Tag willst du nicht mehr, dass ich komme?«, fragte er mit schwankender Stimme.

Tatiana konnte ihn nicht ansehen, als sie antwortete: »Gerade jetzt!«

»Tania!«, rief er plötzlich aus. »Wir sollten es ihr sagen!«

»Was?« Sie glaubte, sie habe sich verhört.

»Ja! Wir sagen es ihr!«

»*Was* wollen wir ihr sagen?«, entgegnete Tatiana. Sie erschauerte in ihrer ärmellosen Bluse.

»Tatiana, bitte!« Alexanders Augen blitzten. »Wir sagen ihr die Wahrheit und leben mit den Konsequenzen. Wir sind aufrichtig ihr gegenüber, das hat sie verdient. Ich werde mit ihr Schluss machen und dann …«

»Nein!« Tatiana versuchte, ihre Hände wegzuziehen. »Bitte nicht! Das überlebt sie nicht!« Sie schwieg.

»Und was ist mit uns?« Er drückte ihre Hände. »Tania«, flüsterte er. »Was ist mit dir und mir?«

»Alexander, bitte …«

»Sag nicht immer bitte!«, fuhr er sie an. »Ich bin das alles so leid! Und all das nur, weil du nicht ehrlich sein willst.«

»Was bedeutet schon Ehrlichkeit, wenn man andere Menschen dabei verletzt?«

»Dascha wird darüber hinwegkommen.«

»Und Dimitri?«

Als Alexander nicht antwortete, wiederholte Tatiana: »Und Dimitri?«

»Um Dimitri kümmere ich mich schon, einverstanden?«

»Aber du irrst dich. Dascha wird nicht darüber hinwegkommen. Du bist ihre große Liebe!«

»Da irrt *sie* sich. Sie kennt mich ja noch nicht einmal richtig.«

Tatiana ertrug dieses Gespräch nicht mehr. Heftig entzog sie ihm ihre Hände. »Sei still!«

»Tania, ich bin Soldat in der Roten Armee. Ich habe keinen normalen, ungefährlichen Beruf und ich lebe in der Sowjetunion. Vielleicht sind das die letzten Tage, die wir zusammen verbringen können. Meinst du nicht, dass wir die genießen sollten?«

Tatiana murmelte: »Im Moment möchte ich mich am liebsten verkriechen …«

»Nun, dann verkriech dich doch mit mir!«, rief er aus.

Tatiana schüttelte hilflos den Kopf. »Wir können doch nirgendwo hingehen …«, flüsterte sie.

Alexander trat ganz dicht an sie heran und umfasste mit beiden Händen ihr Gesicht. Mit zitternder Stimme sagte er: »Das schaffen wir schon, Tatiascha, ich verspreche es dir, irgendwie werden wir …«

»Nein!«, schrie sie entsetzt.

Er ließ die Hände sinken.

»Du … du hast mich missverstanden«, stammelte sie. »Ich habe doch gemeint, dass wir das unmöglich tun können!«

Er schlug die Augen nieder.

»Sie ist meine Schwester«, sagte Tatiana. »Warum verstehst du das denn nicht? Ich will meiner Schwester nicht wehtun.«

Alexander trat einen Schritt zurück und erwiderte kalt: »Ist schon in Ordnung, das hast du mir ja schon einmal gesagt: Es wird andere Jungen geben, aber nie mehr eine andere Schwester.« Wortlos drehte er sich um und ging.

Tatiana lief ihm nach. »Alexander, warte!«

Er lief weiter.

Tatiana konnte nicht mit ihm Schritt halten. »Bitte, warte!«, rief sie. Sie lehnte sich an die Wand eines gelb verputzten Gebäudes und flüsterte: »*Bitte,* komm zurück.«

Alexander kehrte um. »Lass uns gehen«, sagte er gepresst. »Ich muss in die Kaserne zurück.«

Tatiana blieb stehen. »Hör mir zu! Wenn wir jetzt aufhören, braucht Dascha nichts zu erfahren …«

»Tatiana!« Alexander trat so plötzlich auf sie zu, dass sie

taumelte und fast gefallen wäre. Er packte sie an den Armen. »Wovon redest du?«, fragte er wütend. »Der Betrug ist bereits geschehen. Warum glaubst du eigentlich, es sei alles erledigt, wenn wir ihr nichts davon sagen?«

»Hör auf!«

»Glaubst du etwa, es sei in Ordnung, wenn du es nicht wagst, mich anzusehen, weil du Angst hast, jemand könnte etwas merken? Dass dein Gesicht strahlt, wenn du von deiner dummen Arbeit kommst? Dass du dein Haar offen trägst und deine Lippen beben? Ist das nicht auch schon ein Betrug?« Er atmete schwer.

»Hör auf damit!«, bat sie und versuchte vergeblich, sich ihm zu entziehen.

»Tatiana, in jeder Minute, die du mit mir verbracht hast, hast du deine Schwester belogen.«

»Alexander«, flüsterte Tatiana, »hör jetzt bitte auf!«

Er ließ sie los.

Keuchend sagte sie: »Du hast Recht. Aber es geht nicht so weiter.« Sie schwieg. »Bitte ... ich will mich nicht mit dir streiten. Und ich will Dascha nicht verletzen. Ich habe nicht die Kraft dazu.«

»Fehlt dir die Kraft oder ist dein Gefühl für mich nicht groß genug?«

Sie streckte ihm flehend die Hände entgegen und sagte: »Du weißt die Antwort doch längst! Aber ich habe in meinem ganzen Leben noch nie jemanden hintergangen.« Tatiana errötete vor Verlegenheit. Tapfer fuhr sie fort: »Du hast keine Ahnung, was es mich kostet, meine Gefühle vor Dascha zu verbergen.«

»Oh doch, das weiß ich«, erwiderte er. »Ich bin der Einzige, der die Wahrheit kennt. Deshalb möchte ich dieses Versteckspiel ja auch beenden.«

»Und dann?«, rief Tatiana wütend aus. »Hast du dir überlegt, was dann passiert? Ich muss doch mit Dascha weiter zusammenleben!« Sie lachte bitter auf. »Was denkst du dir denn? Glaubst du, du kannst mich besuchen kommen, nachdem du mit ihr Schluss gemacht hast? Glaubst du, du kannst einfach zum Abendessen kommen und mit meiner Familie plaudern? Und was ist mit mir, Alexander? Sollen wir zusammen in die Kaserne gehen? Verstehst du denn nicht, wie eng ich mit meiner Familie zusammenlebe? Und dass ich sonst nirgendwo hingehen kann?« Mittlerweile schrie Tatiana. »Versteh doch, du kannst machen, was du willst, du kannst auch mit Dascha Schluss machen, aber wenn du das tust, kannst du mich nie mehr wiedersehen.«

»Droh mir nicht, Tatiana!«, erwiderte Alexander genauso laut. »Ich habe die Situation wohl falsch eingeschätzt.«

Tatiana stöhnte auf. Sie war den Tränen nahe.

Leiser sagte er: »In Ordnung, reg dich nicht auf!« Er strich ihr über die Arme.

»Dann hör auf, mich anzugreifen.«

Er nahm die Hände weg.

»Bitte lass alles beim Alten«, sagte Tatiana. Sie schlug die Augen nieder. »Dascha ist die Richtige für dich. Sie ist eine Frau und ich bin …«

»Blind!«, rief Alexander aus.

»Ach, Alexander«, entgegnete Tatiana verzweifelt. »Was willst du von mir …«

»Alles«, flüsterte er heftig.

Tatiana schüttelte den Kopf und ballte die Fäuste.

Alexander streichelte ihr über die Haare und sagte: »Tatia, ich frage dich zum letzten Mal …«

»Und ich sage es dir zum letzten Mal.« Ihre Stimme versagte. Sie trat auf ihn zu und legte ihm sanft die Hand auf den Arm. »Shura … Ich will Daschas Leben nicht zerstören, nur um mich und dich glücklich zu machen …«

»Es ist schon gut«, unterbrach er sie und zog seinen Arm weg. »Du hast es mir ja sehr deutlich gemacht. Ich habe mich in dir geirrt. Aber ich sage dir etwas: Ich werde mich von Dascha trennen und du wirst mich nicht wiedersehen.«

»Nein, bitte …«

»Geh jetzt!«, forderte Alexander sie auf und wies die Straße hinunter. »Geh nach Hause. Geh zu deiner Dascha!«

»Shura …«, flehte sie.

»Nenn mich nicht so!« Seine Stimme war kalt und er verschränkte die Arme vor der Brust. »Geh, habe ich gesagt. Geh endlich!«

Tatiana blinzelte. Jeden Abend, wenn sie sich getrennt hatten, hatte sie den Schmerz beinahe körperlich gespürt. Wenn er nicht da war, hatte sie sich leer gefühlt. Sie war froh gewesen, zu Hause von vielen Menschen umgeben zu sein. So hatte sie nicht ständig an ihn denken müssen. Aber jeden Abend war sie ihrer Schwester unweigerlich nahe gewesen. Dann hatte sie sich zur Wand gedreht und gebetet, dass sie die Kraft bekäme, die Sache am nächsten Tag zu beenden.

Ich schaffe es schon, dachte sie jetzt. Ich habe die gesamten siebzehn Jahre meines Lebens mit Dascha verbracht und nur drei Wochen mit Alexander. Ich schaffe das!

Tatiana machte kehrt und lief davon.

14

Alexander hielt Wort. Als er sich das nächste Mal mit Dascha traf, machten sie einen kurzen Spaziergang. Er erklärte ihr, er brauche Zeit für sich, um über bestimmte Dinge nachzudenken. Dascha weinte. Er hasste es, wenn Frauen weinten, und konnte ihr Flehen kaum ertragen. Aber er gab nicht nach. Er konnte Dascha schließlich nicht erzählen, dass er wütend auf ihre kleine Schwester war. Wütend auf ein schüchternes, junges Ding, dessen Kopf in seine Handfläche passte, das aber keinen Fußbreit nachgab, auch nicht für ihn.

Ein paar Tage später war Alexander fast froh, dass er Tatiana nicht mehr sah. Er fand heraus, dass die Deutschen nur noch achtzehn Kilometer von der kaum befestigten Front bei Luga entfernt waren. Die Front wiederum lag nur achtzehn Kilometer vor Tolmachewo. Die Freiwilligentruppe hatte jedoch gerade erst damit angefangen, in Luga Schützengräben auszuheben. In der Garnison erfuhr man, dass die Deutschen die Stadt Nowgorod in nur wenigen Stunden eingenommen hatten. Das war der Ort, wo Tatiana damals in den Ilmensee gesprungen war.

Da man fälschlicherweise die Finnen als die größte Bedrohung angesehen hatte, hatte man alle Waffen und die gesamte Munition in den Norden von Leningrad geschafft. Die finnisch-sowjetische Frontlinie in Südkarelien war die bestverteidigte in der Sowjetunion – und die ruhigste. Dimitri freut sich bestimmt, dachte Alexander. Hitlers plötzlicher Vorstoß südlich von Leningrad dagegen hatte die Rote Armee überraschend getroffen. Verzweifelt mühte sie sich ab, eine Verteidigungslinie an der Luga zu errichten, die ungefähr hundertfünfundzwanzig Kilometer lang vom Ilmensee bis nach Narva reichte. Ein paar Schützengräben, ein paar Gewehrstellungen und einige Panzergräben wurden ausgehoben, aber das war nicht annähernd genug. Als die Befehlshaber in Leningrad merkten, dass sie schnell handeln mussten, ließen sie die Panzersperren aus Karelien auf Laster verladen und nach Luga schaffen.

Die ganze Zeit über wurde die Rote Armee zurückgedrängt. In heftigen Kämpfen schob sich das deutsche Heer vor, ohne auf allzu große Gegenwehr zu stoßen, denn die wenigen Panzer der Roten Armee reichten bei weitem nicht aus. Mitte Juli kämpften beinahe ausschließlich Soldaten mit Gewehren gegen die deutschen Panzereinheiten, gegen die mobile Artillerie, die Flugzeuge und die Infanterie. Den Sowjets gingen die Waffen und die Männer aus.

Alle Hoffnung, die Front bei Luga zu verteidigen, konzentrierte sich jetzt auf die Armee der Freiwilligen, die weder ausgebildet waren noch Waffen trugen. Alte Männer und junge Frauen bewaffneten sich mit allem, was ihnen in die Hände fiel. Einige waren mit Schaufeln und Äxten ausgestattet, andere hatten noch nicht einmal das. Und so wollten sie Hitlers Armee begegnen.

Rauch und Donner

1

Tatiana gehörte jetzt stets zu den Letzten, die die Fabrik verließen. Doch wenn sie langsam aus dem Tor trat, schaute sie sich noch immer erwartungsvoll um, in der Hoffnung, seine Gestalt vielleicht doch zu erblicken.

Dann ging sie an der Kirow-Mauer entlang bis zur Bushaltestelle, setzte sich dort auf die Bank und wartete auf ihn. Nach einer Weile ging sie die acht Kilometer bis zur Fünften Sowjet zu Fuß und hielt die ganze Zeit nach ihm Ausschau. Überall meinte sie ihn zu sehen. Wenn sie dann gegen elf oder später nach Hause kam, war das Abendessen kalt. Ihre Familie lauschte angespannt den Radioberichten, aber niemand berührte das Thema, das all ihre Gedanken beherrschte – Pascha.

Einmal kam Dascha in Tränen aufgelöst nach Hause und erzählte Tatiana, dass Alexander sich von ihr trennen wolle. Sie weinte heftig, während Tatiana ihr tröstend den Rücken tätschelte. »Aber ich gebe nicht auf, Tania. Ich nicht!«, verkündete Dascha entschlossen.

»Er bedeutet mir viel zu viel. Er macht wahrscheinlich nur eine schwierige Phase durch. Er hat Angst vor einer Bindung, wie die meisten Soldaten. Aber ich gebe nicht auf. Er hat gesagt, er braucht Zeit zum Nachdenken. Das bedeutet ja schließlich nicht, dass es für immer ist. Bestimmt nur so lange, bis er sich alles überlegt hat, oder?«

»Ich weiß nicht, Daschenka.«

Kurz darauf kam Dimitri zu Besuch. Tatiana war ein wenig überrascht, dass er nicht öfter vorbeischaute. Er wirkte zerstreut. Über die Position der Deutschen in der Sowjetunion wusste er nichts. Als er sie am Ende des Abends auf die Wange küsste, empfand sie nichts als eine große innere Leere.

Auf dem Dach hielten die Kinder aus dem Haus Ausschau nach Brandbomben, die sie löschen konnten. Es war still und außer dem Lachen von Anton und seinen Freunden hörte Tatiana nur das Klopfen ihres eigenen Herzens.

Dort oben dachte Tatiana über den Abend nach, die Minute, in der sie aus dem Fabriktor trat, nach links blickte und Alexanders Gesicht in der Menschenmenge suchte. Die Minute, in der sie die Straße hinuntereilte, ihm entgegen, und lächelte.

Nachts drehte sie sich immer noch zur Wand und wandte dem leeren Platz neben sich den Rücken zu. Dascha kam mittlerweile immer später nach Hause.

Eines Morgens vernahmen die Metanows in den Radiomeldungen, dass die Deutschen weiter vorgerückt waren und trotz aller Gegenwehr der heroischen Sowjetsoldaten schon beinahe Luga erreicht hatten.

Was würde aus Tolmachewo werden, wenn die Deutschen Luga niederwalzten? Was würde mit ihrem Sohn, ihrem Enkel, ihrem Bruder geschehen?

Tatiana versuchte, die anderen zu trösten. »Pascha geht es bestimmt gut.« Als diese Worte nicht wirkten, versuchte sie es mit einer anderen Taktik: »Wir erreichen ihn schon. Ach, Mama, wein doch nicht! Ich kann spüren, dass ihm nichts passiert ist. Er ist mein Zwillingsbruder. Es geht ihm gut, ich sage es dir.« Doch all ihre Beruhigungsversuche scheiterten.

Und obwohl Tatiana so tapfer tat, wuchs ihre Angst um ihren Bruder.

Im örtlichen Sowjetbüro, das Tatiana zusammen mit ihrer Mutter aufsuchte, bekamen sie auch keine zufrieden stellende Antwort.

»Was soll ich Ihnen sagen?«, fragte eine strenge Frau mit Schnurrbart. »In der Meldung heißt es nur, dass die Deutschen in der Nähe von Luga sind. Von Tolmachewo ist überhaupt keine Rede.«

»Warum erreichen wir dann dort niemanden?«, wollte Mama wissen. »Warum funktionieren die Telefone nicht?«

»Bin ich Genosse Stalin? Was weiß ich!«

»Können wir nach Tolmachewo fahren?«, fragte Mama.

»Was soll das heißen? Wollen Sie etwa an die Front, Genossin? Wollen Sie mit dem Bus zur Front fahren? Na, dann viel Glück!«

Der Schnurrbart der Frau zitterte, als sie in Lachen ausbrach. »Natalia, komm mal her, das musst du dir anhören!«

Tatiana wollte etwas Grobes erwidern, hatte aber nicht den Mut dazu. Sie wünschte, sie hätte ihre Eltern früher überreden können, Pascha zurückzuholen.

An diesem Abend lag Tatiana neben Dascha mit dem Gesicht zur Wand und tat so, als ob sie schliefe. Doch sie hörte ihre Mutter leise schluchzen. Ihr Vater gab ein tröstendes »Sch, sch« von sich, aber dann begann auch er zu schluchzen und Tatiana wäre am liebsten weit weg gewesen. Sie hörte ihre Eltern miteinander flüstern.

»Vielleicht geht es ihm ja gut«, sagte ihre Mutter.

»Vielleicht«, erwiderte ihr Vater.

»Oh, Georgi! Wir können doch nicht unseren Pascha verlieren.« Sie stöhnte. »Unseren Jungen.«

»Unseren Lieblingsjungen«, fügte Papa hinzu. »Unseren einzigen Sohn.«

Mama schluchzte wieder.

Tatiana hörte die Bettdecken rascheln. Ihre Mutter schniefte. »Was ist das für ein Gott, der ihn uns wegnimmt?«

»Es gibt keinen Gott. Komm, Irina«, erwiderte Papa tröstend, »und sei nicht so laut. Du weckst die Mädchen auf.«

Mama schrie leise auf. »Das ist mir egal! Warum konnte Gott nicht eins der Mädchen nehmen?«

»Irina, sag so etwas nicht! Das meinst du doch nicht ernst.«

»Warum nur, Georgi, warum? Ich weiß doch, dass du genauso empfindest. Würdest du nicht auch Tania für unseren Sohn hergeben? Oder sogar Dascha? Tania ist so schüchtern und schwach, sie wird es nie zu etwas bringen.«

»Was hat sie denn hier auch für Möglichkeiten, ob schüchtern oder nicht?«, fragte Tatianas Vater.

»Bestimmt nicht solche wie unser Sohn«, sagte Mama.

Tatiana zog sich die Decke über die Ohren, damit sie nichts mehr hören musste. Dascha schlief weiter. Nach einer Weile schliefen auch Mama und Papa ein. Aber Tatiana blieb wach und die Worte hämmerten in ihrem Kopf. *Warum konnte Gott nicht Tania nehmen statt Pascha?*

2

Am nächsten Tag ging Tatiana zur Pawlow-Kaserne. Sie konnte es kaum glauben, dass sie den Mut dazu aufbrachte. Sie erkundigte sich bei dem lächelnden Feldwebel Petrenko nach Alexander und wartete dann mit zitternden Knien.

Ein paar Minuten später trat Alexander durch das Tor. Nur für einen Moment verschwand der angespannte Ausdruck aus seinem Gesicht. Er hatte Ringe unter den Augen. »Hallo, Tatiana«, sagte er kühl und hielt einen höflichen Abstand zu ihr. »Ist alles in Ordnung?«

»Ja«, erwiderte Tatiana. »Und bei dir? Du siehst ...«

Blinzelnd antwortete Alexander: »Mir geht es gut. Wie ist es dir in den letzten Tagen ergangen?«

»Nicht so gut«, gab Tatiana zu, wobei sie sofort die Angst beschlich, er könne denken, *er* sei der Grund für ihren Kummer. Sie bemühte sich, ihre Stimme fest klingen zu lassen. Sie hatte Angst um Pascha, aber da war auch noch etwas anderes. Sie wollte nicht, dass Alexander es merkte.

»Alexander, könntest du dich für uns nach Pascha erkundigen?«

Er blickte sie mitleidig an. »Oh Tania«, sagte er. »Wozu soll das gut sein?«

»Bitte. Könntest du das tun? Meine Eltern sind verzweifelt.«

»Es ist besser, wenn sie nichts wissen.«

»Bitte! Mama und Papa müssen die Wahrheit erfahren. Wie auch immer sie lautet – sie werden damit umgehen können.« Tatiana blickte Alexander nicht an, während sie sprach. »Aber diese Ungewissheit macht sie verrückt.« Als Alexander nicht antwortete, fügte sie hinzu: »Wenn sie Bescheid wüssten, würden Dascha, ich und vielleicht auch Mama mit Deda und Babuschka nach Molotow gehen.«

Alexander zündete sich eine Zigarette an.

»Versuchst du es, Alexander?« Sie war so froh, seinen Namen laut aussprechen zu können! Am liebsten hätte sie seinen Arm berührt. Glücklich und unglücklich zugleich, ihn endlich wiederzusehen, hatte sie das unbändige Bedürfnis, ihm ganz nahe zu sein. Er trug nicht seine volle Uniform. Wahrscheinlich kam er geradewegs aus seinem Quartier, denn sein Hemd war offen und hing halb aus der Hose.

Er rauchte schweigend und sah sie dabei unverwandt an. Tatiana rang sich ein klägliches Lächeln ab.

»Dann fährst du also nach Molotow?«, fragte Alexander.

»Ja.«

»Gut«, erwiderte er ohne Zögern. »Tania, ganz gleich, ob ich etwas über Pascha herausfinde oder nicht – du *musst* auf jeden Fall gehen. Dein Großvater hat das Glück, dass er dort eine Stelle bekommt. Die meisten Leute werden nicht evakuiert.«

»Meine Eltern meinen, hier in der Stadt sei es immer noch am sichersten. Sie sehen ja, das Tausende von Menschen vom Land nach Leningrad kommen«, erklärte Tatiana.

»Kein Ort in der Sowjetunion ist sicher«, entgegnete Alexander nachdrücklich.

»Sei vorsichtig«, bat sie leise.

Alexander beugte sich zu ihr hinunter und Tatiana verschlang ihn mit den Augen. »Was willst du sagen?«, flüsterte sie, aber bevor er antworten konnte, kam Dimitri aus dem Tor gestürmt.

»Hallo«, sagte er stirnrunzelnd zu Tatiana. »Was machst du denn hier?«

»Ich wollte dich besuchen«, erwiderte Tatiana rasch.

»Und ich rauche gerade eine Zigarette«, sagte Alexander.

»Und zufälligerweise muss er gerade dann rauchen, wenn du mich besuchen kommst«, sagte Dimitri lächelnd. »Nett von dir. Ich bin gerührt.« Er legte den Arm um sie. »Ich bringe dich nach Hause, Taneschka«, bestimmte er und führte sie auf die Straße. »Sollen wir noch irgendwo hingehen? Es ist ein schöner Abend.«

»Bis dann, Tania!«, rief Alexander ihr nach. Tatiana wäre beinahe in Ohnmacht gefallen.

Alexander suchte Oberst Michail Stepanow auf. Er hatte im Krieg gegen Finnland unter ihm gedient, als der Oberst noch Hauptmann war und Alexander Leutnant. Der Oberst hatte Aussicht auf zahlreiche Beförderungen bis hin zum Generalmajor gehabt, aber er hatte es vorgezogen, seinen Rang zu behalten und die Garnison in Leningrad zu führen.

Oberst Stepanow war ein großer Mann, fast so groß wie Alexander. Er war schlank und hielt sich äußerst aufrecht, aber seine Bewegungen waren geschmeidig und in seinen blauen Augen lag eine tiefe Traurigkeit, sogar wenn er lächelte.

»Guten Morgen, Genosse Oberst«, grüßte Alexander und salutierte.

»Guten Morgen, Leutnant«, erwiderte der Oberst und kam hinter seinem Schreibtisch hervor. »Stehen Sie bequem, Soldat.« Sie schüttelten einander die Hände. Dann setzte sich Stepanow wieder hinter den Schreibtisch. »Wie geht es Ihnen?«

»Sehr gut, Genosse Oberst.«

»Wie kommen Sie mit Major Orlow zurecht?«

»Es ist alles in Ordnung, Genosse Oberst. Danke.«

»Was kann ich für Sie tun?«

Alexander räusperte sich. »Ich hätte gern eine Information von Ihnen.«

Alexander verschränkte die Hände hinter dem Rücken. »Die Freiwilligen, Genosse Oberst ... was geschieht mit ihnen?«

»Die Freiwilligen? Das wissen Sie doch, Leutnant Below. Sie haben sie doch ausgebildet.«

»Ich meine diejenigen bei Luga und Nowgorod.«

»Nowgorod?« Stepanow schüttelte den Kopf. »Die Freiwilligen dort waren in Kämpfe verwickelt. Die Lage in Nowgorod ist nicht gut. Unausgebildete sowjetische Frauen werfen Granaten auf Panzer. Manche haben lediglich Steine.« Oberst Stepanow blickte Alexander aufmerksam an. »Warum wollen Sie das wissen?«

»Oberst«, setzte Alexander an und schlug die Hacken zusammen. »Ich versuche, einen siebzehnjährigen Jungen zu finden, der sich in einem Sommerlager in der Nähe von Tolmachewo aufhält. In den Lagern ist niemand zu erreichen und seine Familie ist außer sich vor Angst.« Alexander blickte den Oberst schweigend an. »Ein Junge, Genosse Oberst. Sein Name ist Pawel Metanow. Er ist in einem Sommerlager in Dohotino.«

Stepanow musterte Alexander ein paar Minuten lang schweigend und sagte schließlich: »Nehmen Sie Ihren Dienst wieder auf! Ich sehe zu, was ich herausfinden kann. Ich kann Ihnen aber nichts versprechen.«

Alexander grüßte. »Danke, Genosse Oberst.«

Später am Abend kam Dimitri zu dem Quartier, das sich Alexander mit drei anderen Offizieren teilte. Sie spielten gerade Karten. Alexander hatte eine Zigarette im Mundwinkel und mischte den Stapel. Er drehte kaum den Kopf, um Dimitri anzusehen.

Dimitri hockte sich neben Alexanders Stuhl und räusperte sich.

»Grüßen Sie Ihren vorgesetzten Offizier, Chernenko«, befahl Oberleutnant Anatoli Marasow, ohne von seinen Karten aufzublicken. Dimitri stand auf und grüßte Marasow. »Genosse Leutnant«, sagte er.

»Stehen Sie bequem, Gefreiter.«

»Was ist los, Dima?«, fragte Alexander.

»Nicht viel«, erwiderte Dimitri und ging erneut in die Hocke. »Können wir irgendwo ungestört reden?«

»Wir können hier reden. Ist alles in Ordnung?«

»Es gibt Gerüchte, dass wir hier in der Falle sitzen.«

»Wir sitzen nicht in der Falle, Chernenko«, sagte Marasow. »Wir sind hier, um Leningrad zu verteidigen.«

»Die Finnen sind in den Krieg eingetreten«, schnaubte Dimitri verächtlich. »Wenn sie sich mit den Deutschen zusammentun, sind wir so gut wie tot. Dann können wir uns auch gleich aufhängen.«

»Das ist die richtige Einstellung«, sagte Marasow. »Below, hast du mir diesen Soldaten empfohlen?«

Alexander wandte sich an Dimitri. »Leutnant Marasow hat Recht, Dima. Deine Einstellung überrascht mich.«

Dimitri lächelte verschlagen. »Alexander, das ist nicht das, was wir uns erhofft hatten, als wir in die Armee eintraten, was?«

Als Alexander nicht antwortete, fuhr er fort: »Den Krieg meine ich.«

»Nein, Krieg habe ich mir nicht erhofft. Wer tut das schon?« Alexander schwieg.

»Du weißt, wie ich darüber denke. Aber ich hatte weitaus geringere Wahlmöglichkeiten als du.«

»Hattest du überhaupt eine Wahl, Below?«, fragte Marasow.

Alexander legte seine Karten auf den Tisch, drückte seine Zigarette aus und stand auf. »Ich bin gleich zurück«, wandte er sich an die anderen Offiziere und ging hinaus. Dimitri folgte ihm. Im Flur hielten sich viele Offiziere auf, also gingen sie die Treppe hinunter und traten durch die Seitentür hinaus auf den gepflasterten Hof. Es war bereits nach ein Uhr morgens und der Himmel war noch immer nicht ganz dunkel.

Ein paar Meter von ihnen entfernt standen drei Soldaten und rauchten. Alexander sagte: »Dima, du musst mit dem Unsinn aufhören. Ich hatte auch keine Wahl. Glaub das doch endlich! Was soll ich denn für eine Wahl gehabt haben?«

»Zum Beispiel, irgendwo anders hinzugehen.«

Alexander antwortete nicht und Dimitri fuhr fort: »Finnland ist im Moment zu gefährlich für uns.«

»Ich weiß.« Alexander hatte keine Lust, über Finnland zu reden.

»Es stehen zu viele Männer auf beiden Seiten. Um Lisiy Nos herum ist alles voller Truppen und Minen. Es ist überhaupt nicht sicher dort. Ich weiß nicht, was wir tun sollen. Glaubst du, die Finnen kommen aus Vyborg nach Lisiy Nos?«

Alexander rauchte schweigend. Schließlich sagte er: »Ja. Irgendwann bestimmt. Sie wollen ihre alten Grenzen zurück.«

»Was können wir bloß tun?«, fragte Dimitri. Als Alexander nicht antwortete, fuhr er fort: »Ob das Leben wohl jemals wieder normal wird, Alex?«

»Ich weiß nicht, Dima. Wir müssen einfach abwarten.«

Dimitri seufzte. »Nun gut. Kannst du mich in der Zwischenzeit wenigstens aus dem Ersten Infanterieregiment herausholen?«

»Dima, ich habe dich schon aus dem Zweiten Infanteriebataillon geholt.«

»Ich weiß, aber ich bin immer noch möglichen Angriffen ausgesetzt. Marasows Männer stehen in der zweiten Linie. Ich möchte lieber in der Putzschwadron sein oder Nachschub liefern.« Er schwieg. »Für Nachschub zu sorgen ist wahrscheinlich das Beste, meinst du nicht auch?«

»Du willst Nachschub liefern? Munition für die Truppen an vorderster Front?«, fragte Alexander überrascht.

»Ich dachte mehr an Post und Zigaretten für die Truppen in den hinteren Linien.«

Alexander lächelte. »Nun, ich werde sehen, was ich tun kann.«

»Na, komm«, forderte Dimitri ihn auf und trat seine Zigarette auf dem Pflaster aus. »Sei doch mal ein bisschen fröhlicher! Was ist in der letzten Zeit mit dir los? Noch ist doch alles in Ordnung. Die Deutschen sind noch nicht hier und wir haben einen großartigen Sommer.«

Alexander schwieg.

»Alex, ich möchte gern noch über etwas anderes mit dir reden ...«, fuhr Dimitri fort. »Über Tania. Sie ist so ein nettes Mädchen ...«

»Wie?«

»Tania. Sie ist ein nettes Mädchen.«

»Ja.«

Dimitri hielt inne. »Und ich möchte auch, dass es so bleibt. Sie sollte wirklich nicht hierher kommen. Und vor allem nicht mit dir reden.«

»Da stimme ich dir zu.«

»Ich weiß, dass wir alle gute Freunde sind, und sie ist die kleine Schwester deiner Braut, aber ehrlich gesagt möchte ich nicht, dass dein Ruf auf mein nettes Mädchen abfärbt«, sagte Dimitri. »Schließlich ist sie nicht eine deiner Garnisonsnutten ...«

Alexander trat einen Schritt auf Dimitri zu und sagte laut: »Das reicht!«

Dimitri lachte. »Ich habe doch nur einen Witz gemacht. Ich war in der letzten Zeit nur selten bei den Metanows. Tania arbeitet wie verrückt. Kommt Dascha dich immer noch besuchen?«

»Ja.« Dascha tauchte jeden Abend auf und versuchte alles, um ihn zurückzugewinnen. Aber er hatte keine Lust, Dimitri von seinen Problemen zu erzählen.

»Nun ja, ein Grund mehr, warum Tania nicht hierher kommen sollte. Es würde Dascha unnötig aufregen, wenn sie es herausfände, oder nicht?«

»Da hast du bestimmt Recht.« Alexander blickte Dimitri an. »Hast du noch eine Zigarette?«

Sofort griff Dimitri in die Tasche seiner Khakihose. »Aber gern. Ein Leutnant bittet einen niedrigen Gefreiten um einen Glimmstängel. Mich freut es immer, wenn ich dir etwas Gutes tun kann.«

Alexander nahm schweigend die Zigarette entgegen.

Dimitri räusperte sich. »Wenn ich es nicht besser wüsste, würde ich sagen, dass du etwas für die kleine Taneschka empfindest.«

»Aber du weißt es besser, oder?«

Dimitri zuckte mit den Schultern. »Wahrscheinlich. Aber so, wie du sie ansiehst ...«

»Vergiss es«, unterbrach Alexander ihn. »Das bildest du dir nur ein.«

Dimitri stieß einen Seufzer aus. »Ich weiß, ich weiß«, sagte er. »Was soll ich sagen? Ich habe mich heftig in das Mädchen verliebt.«

In Alexanders Fingern brannte die Zigarette langsam herunter. »Tatsächlich?«, fragte er schließlich.

»Ja. Ist das so eine Überraschung?« Dimitri lachte. »Findest du, dass ein Kerl wie ich nicht gut genug ist für ein Mädchen wie Tania?«

»Nein, keineswegs«, erwiderte Alexander. »Aber nach dem, was ich gehört habe, hast du deine Aktivitäten bei *Sadko* nicht eingestellt.«

Dimitri zuckte mit den Schultern. »Was hat das denn damit zu tun?« Bevor Alexander antworten konnte, trat Dimitri ein wenig näher und flüsterte: »Tania ist noch jung und hat mich gebeten, langsam vorzugehen. Ich respektiere ihre Wünsche und bin geduldig mit ihr.« Er zog die Augenbrauen hoch. »Sie ist aber trotzdem wirklich entgegenkommend ...«

Alexander warf den Zigarettenstummel weg und drückte ihn mit dem Absatz seines Stiefels aus. »Na gut«, sagte er. »Genug jetzt.« Er ging auf das Gebäude zu.

Dimitri lief ihm nach und packte ihn am Arm.

Alexander wirbelte herum und riss sich los. »Fass mich nicht an, Dimitri!« Er blitzte ihn an. »Ich bin nicht Tatiana.«

Dimitri trat ein paar Schritte zurück und sagte: »Schon gut, schon gut. Du solltest wirklich etwas gegen deine Wutausbrüche unternehmen, Alexander *Barrington.*« Lächelnd wich er noch weiter zurück. Mittlerweile war es dunkel geworden und Dimitri wirkte auf einmal kleiner, seine kleinen Zähne wirkten spitzer und gelber, seine Haare waren fettig und seine Augen hatten einen verschlagenen Ausdruck.

3

Am nächsten Morgen ging Tatiana voller Hoffnung zur Arbeit. Sie hatte gelernt, die allgegenwärtigen NKWD-Truppen, die mit ihren mächtigen Gewehren an den Toren von Kirow standen oder durch die Flure marschierten, zu ignorieren. Ein paar Männer starrten sie ernst und ausdruckslos an. Zum ersten Mal in ihrem Leben wünschte sie sich, noch kleiner und unauffälliger zu sein.

Damit die Arbeiter sich nicht langweilten und deshalb nachlässig wurden, stellte man sie alle zwei Stunden an einen anderen Platz. Von dem Flaschenzug, der das Panzergehäuse auf die Ketten hievte, wechselte Tatiana zu der Stelle am Band, wo der rote Stern auf die fertigen Panzer aufgemalt wurde. Und nicht nur das: Auch die Worte *Für Stalin!* sprühte sie in Weiß auf die glänzende grüne Farbe.

Ilya, der dünne Junge mit den struppigen Haaren, ließ Tatiana nicht mehr in Ruhe, seitdem Alexander abends nicht mehr kam. Er stellte ihr alle möglichen Fragen und sie war zu höflich, sie nicht zu beantworten.

Doch nach einer Weile wurde sogar Tatiana ungeduldig. Ich werde ihm sagen, dass ich mich auf meine Arbeit konzentrieren muss, nahm sie sich vor. Sie fragte sich, wie er es immer fertig brachte, den Platz neben ihr zu besetzen, ganz gleich, wie oft am Tag sie ihre Position wechseln musste. Auch in der Kantine setzte sich Ilya mit seinem Teller neben sie und Zina, die ihn nicht leiden konnte und ihm das auch freimütig zu verstehen gab.

Heute jedoch hatte Tatiana Mitleid mit ihm. »Er fühlt sich eben einsam«, sagte sie und steckte sich ein Stück Kotelett in den Mund. »Vielleicht hat er niemanden. Bleib ruhig hier, Ilya.« Und Ilya blieb.

Tatiana konnte es sich leisten, großzügig zu sein. Sie vermochte kaum abzuwarten, dass der Arbeitstag vorbei war. Sie war sich sicher, dass Alexander sie heute Abend abholen würde. Sie trug ihren hellsten Rock und eine ebenso helle, weiche Bluse.

Nach getaner Arbeit lief sie mit offenen, gebürsteten Haaren und sorgfältig geschrubbtem Gesicht aus der Fabrik. Atemlos hielt sie nach Alexander Ausschau.

Er war nicht da.

Tatiana saß bis weit nach neun Uhr auf der Bank. Dann stand sie auf und ging nach Hause.

Es gab noch immer keine Nachricht von Pascha und Mama und Papa waren ganz elend vor Sorge. Sie weinten den ganzen Abend. Dascha war nicht zu Hause. Deda und Babuschka packten langsam ihre Habseligkeiten zusammen. Tatiana ging aufs Dach hinauf und beobachtete die Zeppeline, die wie weiße Wale am nördlichen Himmel dahinschwebten. Mit halbem Ohr lauschte sie Anton und Kirill, die *Krieg und Frieden* lasen und von ihrem Bruder Wolodja redeten, der in Tolmachewo vermisst war. Tatiana dachte an Pascha, den das gleiche Schicksal ereilt hatte.

Alexander war nicht gekommen. Also wusste er auch nichts Neues. Oder er hatte schlechte Nachrichten und mochte sie ihr nicht überbringen. Tatiana kannte die Wahrheit. Er war nicht gekommen, weil er nichts mehr mit ihr zu tun haben wollte. Mit ihr, mit ihrer kindischen Art, mit diesem Abschnitt seines Lebens. Sie waren Freunde gewesen. Sie waren im Sommergarten miteinander spazieren gegangen, aber er war ein *Mann,* und nach den Verwicklungen der letzten Zeit war die Sache für ihn zu Ende.

Er hatte natürlich Recht. Und sie hatte beschlossen, sich nicht gehen zu lassen.

Aber jeder Tag ohne ihn und ohne Pascha schmerzte sie. Hinzu kamen die harte Arbeit bei Kirow und die Schrecken des Krieges. All das erfüllte Tatiana mit einer verzweifelten Leere, die sie am liebsten laut hinausgeschrien hätte.

Eins brauchte sie jetzt am dringendsten: den Bruder, der siebzehn Jahre lang dieselbe Luft wie sie geatmet hatte, der in derselben Schule, derselben Klasse gewesen und in derselben Umgebung aufgewachsen war.

Während sie in der zunehmenden Dunkelheit auf dem Dach saß, hatte sie das Gefühl, sie könne Pascha spüren. Ihrem Bruder durfte einfach nichts passiert sein! Er wartete bestimmt darauf, dass Tatiana zu ihm kam. Und sie würde ihn finden! Sie wollte nicht wie die anderen Familienmitglieder einfach nur rauchend und redend dasitzen und die Hände in den Schoß legen. Tatiana wusste genau, dass sie sofort den letzten Monat vergessen würde, wenn sie nur fünf Minuten mit Pascha zusammen sein konnte.

Sie würde auch Alexander vergessen. Und das war dringend nötig!

Als alle zu Bett gegangen waren, lief Tatiana hinunter und schnitt sich mit einer Küchenschere die blonden Haare ab. Teilnahmslos sah sie zu, wie die langen Strähnen in das Spülbecken fielen. Als sie sich anschließend in dem kleinen, fast blinden Spiegel betrachtete, stellte sie fest, dass ihre Augen noch grüner wirkten als zuvor und ihre Sommersprossen noch deutlicher hervortraten. Was würde Alexander wohl davon halten, dass sie ihre schönen langen Haare geopfert hatte? Sie wusste, was er denken würde. Shura ...

Als die Dämmerung anbrach, zog Tatiana die einzige beigefarbene Hose an, die sie finden konnte, packte ihre Zahnbürste und etwas Backsoda und Peroxyd für die Zähne und Paschas Schlafsack ein, hinterließ ihrer Familie eine kurze Nachricht und machte sich zu Fuß auf den Weg zu Kirow.

An diesem Morgen war Tatiana für die Dieselmotoren eingeteilt. Sie schraubte die Zündkerzen ein. Sie leistete an diesem Abschnitt des Fließbands gute Arbeit, denn sie hatte schon so oft dort gearbeitet, dass sie nicht mehr über die Abläufe nachzudenken brauchte.

Mittags ging sie mit Zina zusammen zu Krasenko. Sie teilten ihm mit, dass sie beide der Freiwilligen-Armee beitreten wollten. Zina hatte schon seit über einer Woche davon gesprochen.

Krasenko erklärte Tatiana, dass sie zu jung dazu sei.

Sie widersprach ihm.

»Warum bist du so hartnäckig, Tania?«, fragte Krasenko freundlich. »Luga ist nichts für ein Mädchen wie dich.«

Sie entgegnete, dass sie über die hoffnungslose Lage dort im Bilde sei. Am schwarzen Brett hingen zahlreiche Aufrufe: »Auf nach Luga – zu den Schützengräben!«. Sie sagte, sie wisse, dass vierzehn- und fünfzehnjährige Jungen und Mädchen dort auf den Feldern Schützengräben aushoben. Sie und Zina wollten alles tun, um die Soldaten der Roten Armee zu unterstützen. Zina nickte schweigend. Tatiana war klar, dass sie eine Sondergenehmigung von Krasenko einholen musste. »Bitte, Sergei Andrejewitsch!«, flehte sie.

»Nein«, sagte er.

Doch Tatiana gab nicht nach. Sie erklärte Krasenko, vom nächsten Tag an würde sie den Urlaub nehmen, der ihr zustand, und sie würde so oder so nach Luga fahren, ob mit oder ohne seine Hilfe. Tatiana hatte keine Angst vor Krasenko, sie war sicher, dass er sie mochte. »Sergei Andrejewitsch, Sie können mich nicht aufhalten. Wie sieht es denn aus, wenn Sie Freiwillige davon abhalten, ihrer Heimat und der Roten Armee zur Seite zu stehen?«

Krasenko stieß einen schweren Seufzer aus. Schließlich stellte er den beiden Passierscheine aus, damit sie Kirow verlassen konnten, und stempelte ihre Pässe. Als sie sich zum Gehen wandten, stand er auf und wünschte ihnen Glück. Tatiana hätte ihm am liebsten erzählt, dass sie ihren Bruder finden wollte. Aber sie befürchtete, dass er ihr davon abriet. So beließ sie es dabei, sich zu bedanken.

Die beiden Frauen begaben sich in eine dunkle Halle, in der sie nach einer ärztlichen Untersuchung mit Hacken und Schaufeln ausgestattet wurden. Die Geräte waren sehr schwer, wie Tatiana feststellte. Schließlich wurden sie mit dem Bus zum Warschauer Bahnhof gebracht, wo die militärischen Sondertransporte nach Luga abfuhren.

Tatiana fragte sich, ob es sich dabei wohl um gepanzerte Militärlastwagen handelte, wie sie sie an der Eremitage gesehen hatte, aber es waren nur einfache Lastwagen in Tarnfarben.

Tatiana beobachtete, wie die Soldaten Kisten auf die Laster verluden, auf denen anschließend sie und vierzig weitere Personen Platz nahmen. »Was ist da drin?«, fragte sie einen der Soldaten.

»Granaten«, erwiderte er grinsend.

Also blieb Tatiana lieber stehen.

Sieben Lastwagen fuhren im Konvoi aus dem Warschauer Bahnhof hinaus und bogen auf die Straße nach Luga ein.

In Gatschina mussten sie aussteigen und den Rest der Strecke mit einem Militärzug zurücklegen.

»Zina, wie gut, dass wir mit dem Zug fahren!«, sagte Tatiana zu ihrer Freundin. »So können wir in Tolmachewo aussteigen, nicht wahr?«

»Bist du verrückt?«, erwiderte Zina. »Wir fahren nach Luga.«

»Ich weiß. Aber wir beide steigen aus und fahren dann auf einem anderen Weg nach Luga.«

»Nein.«

»Doch, Zina. Bitte! Ich muss doch meinen Bruder finden!«

Zina starrte Tatiana ungläubig an. »Tania! Als du mir erzählt hast, dass Minsk gefallen ist, habe ich dich da gebeten, mit mir zu kommen, um meine Schwester zu suchen?«, stieß sie hervor.

»Nein, aber ich glaube auch nicht, dass Tolmachewo schon an die Deutschen gefallen ist.«

»Ich steige nicht aus«, beharrte Zina. »Ich fahre nach Luga und helfe unseren Soldaten, wie alle anderen auch. Ich will nicht vom NKWD als Deserteurin erschossen werden.«

»Zina!«, rief Tatiana aus. »Warum sollst du denn eine Deserteurin sein? Du bist doch eine Freiwillige! Bitte, komm mit!«

»Ich steige nicht aus, das ist mein letztes Wort«, erwiderte Zina und wandte den Kopf ab.

»Gut«, sagte Tatiana. »Aber *ich* steige aus.«

4

Ein Unteroffizier steckte den Kopf in Alexanders Quartier und rief, Oberst Stepanow wolle ihn sehen.

Oberst Stepanow schrieb gerade in sein Protokollbuch. Er sah noch erschöpfter aus als drei Tage zuvor. Alexander wartete geduldig. Der Oberst blickte auf und Alexander registrierte die tiefen Ringe unter seinen blauen Augen und die harten Falten um seinen Mund.

»Leutnant, es tut mir Leid, dass es eine Weile gedauert hat. Ich fürchte, ich habe keine allzu guten Nachrichten für Sie.«

»Ich verstehe.«

Der Oberst blickte wieder auf sein Berichtheft.

»Die Lage in Nowgorod war verzweifelt. Als die Rote Armee bemerkte, dass die Deutschen einen nahe gelegenen Ort umzingelt hatten, haben sie die jungen Männer aus den Sommerlagern um Luga und Tolmachewo rekrutiert. Sie sollten rund um die Stadt Schützengräben ausheben. Eines dieser Lager war Dohotino. Ich habe keine Einzelheiten über einen Pawel Metanow erfahren …«

Der Oberst räusperte sich. »Wie Sie wissen, sind die Deutschen weitaus schneller vorgerückt als erwartet.«

Alexander schien es, als hörte er einen beschönigenden Radiobericht. »Oberst? Was ist wirklich geschehen?«

»Die Deutschen überrollten Nowgorod.«

»Was ist mit den Jungen aus den Lagern passiert?«

»Leutnant, außer dem, was ich Ihnen bereits gesagt habe, weiß ich nichts.« Er schwieg. »Wie gut haben Sie den Jungen gekannt?«

»Ich kenne seine Familie gut, Genosse Oberst.«

»Es ist also ein persönliches Interesse?«

Alexander blinzelte. »Ja, Genosse Oberst.«

Oberst Stepanow spielte schweigend mit seinem Stift und blickte Alexander nicht an, als er schließlich sagte: »Ich wünschte, ich könnte Ihnen etwas Besseres mitteilen, Alexander. Die Deutschen haben Nowgorod mit ihren Panzern überrollt. Erinnern Sie sich an Oberst Janow? Er ist tot. Die Deutschen haben wahllos Soldaten und Zivilisten erschossen, sie haben die Stadt geplündert und dann niedergebrannt.«

Alexander blieb ganz ruhig stehen und sah Oberst Stepanow unverwandt an. Dann sagte er: »Soll das heißen, die Rote Armee hat minderjährige Jungen in die Schlacht geschickt?«

Stepanow stand auf. »Sie wollen uns gewiss nicht vorschreiben, wie wir unseren Krieg zu führen haben, Leutnant!«

»Ich wollte nicht respektlos sein.« Alexander schlug die Hacken zusammen, grüßte, bewegte sich aber keinen Zentimeter. »Aber es ist unter militärischen Gesichtspunkten absoluter Wahnsinn, unausgebildete Jungen zusammen mit kampferprobten, befehlsgewohnten Offizieren den Nazis auszusetzen.«

Oberst Stepanow verharrte hinter seinem Schreibtisch. Die beiden Männer schwiegen. Schließlich sagte der Oberst mit brüchiger Stimme: »Sagen Sie der Familie, dass ihr Sohn im Kampf um Mütterchen Russland gefallen ist. Er starb im Dienst unseres großen Führers, des Genossen Stalin.«

Später an diesem Morgen wurde Alexander ans Eingangstor gerufen. Während er die Treppe hinunterging, fürchtete er, Tatiana könne dort auf ihn warten. Er konnte ihr jetzt noch nicht gegenübertreten. Er wollte sie am Abend von Kirow abholen. Aber es war nicht Tatiana, sondern Dascha. Sie wirkte angespannt und durcheinander.

»Was ist los?«, fragte er und nahm sie beiseite, wobei er hoffte, dass sie ihn nicht auch nach Tolmachewo und Pascha fragen würde. Aber sie drückte ihm lediglich einen Zettel in die Hand und sagte: »Sieh dir das an! Sieh dir an, was meine verrückte Schwester getan hat!«

Er faltete das Blatt auseinander. Zum ersten Mal sah er Tatianas Handschrift. Sie war rund, klein und ordentlich.

> *Liebe Mama, lieber Papa,*
> *ich schließe mich den Freiwilligen an, um Pascha zu suchen und ihn zu euch zurückzubringen.*
> *Tania*

Nur mit Mühe gelang es Alexander, ein gleichmütiges Gesicht zu machen. Er gab Dascha den Brief zurück und fragte: »Wann ist sie aufgebrochen?«

»Gestern Morgen. Als wir aufstanden, war sie schon weg.«

»Dascha, warum bist du nicht sofort zu mir gekommen? Seit *gestern* ist sie schon weg?«

»Wir hielten das Ganze für einen Witz. Wir dachten, sie käme bald zurück. Tatiana hat manchmal solche verrückten Ideen. Ich weiß ehrlich gesagt nicht, was in ihrem Kopf vor sich geht. Sonst kann sie nicht einmal selbstständig einkaufen gehen, und jetzt fährt sie allein an die Front! Mama und Papa sind außer sich. Sie haben sich solche Sorgen um Pascha gemacht, und jetzt auch noch das!«

»Machen sie sich Sorgen oder sind sie wütend?«, fragte Alexander.

»Sie sind außer sich. Sie haben schreckliche Angst um Tatiana. Sie ...« Dascha brach ab. Tränen standen in ihren Augen. »Lieber«, sagte sie und drückte sich an Alexander, aber sein Gesicht blieb unbewegt, auch, als sie die Arme um ihn schlang. »Alexander, ich wusste nicht, an wen ich mich wenden sollte! Hilf uns, bitte! Hilf uns, meine Schwester wiederzufinden! Wir dürfen meine Tania nicht verlieren ...«

»Ich weiß«, sagte Alexander.

»Bitte, Alexander!«, flehte Dascha. »Tust du das ... für mich?«

Alexander tätschelte ihr den Rücken und trat einen Schritt zurück. »Ich werde sehen, was sich machen lässt.«

Alexander umging seinen direkten Vorgesetzten, Major Orlow, und begab sich direkt zu Oberst Stepanow. Er bekam die Genehmigung, in einem Panzerlastwagen mit zwanzig Freiwilligen und zwei Feldwebeln Munition an die Front nach Luga zu transportieren. Alexander wusste, dass die Front dringend Verstärkung brauchte. Er versicherte Stepanow, dass er in ein paar Tagen wieder zurück sei.

Bevor er Alexander entließ, sagte Stepanow: »Kommen Sie heil zurück! Und bringen Sie die Männer gesund wieder, Leutnant!« Er machte eine kleine Pause.

»Ich werde mein Bestes tun, Genosse Oberst«, erwiderte

Alexander und salutierte. Nicht viele Freiwillige waren in die Kasernen zurückgekehrt.

Bevor Alexander aufbrach, suchte er Dimitri auf und bot ihm einen Platz in der Schwadron an. Dimitri lehnte ab. »Dima«, sagte Alexander, »du solltest aber mitkommen!«

»Ich schwimme doch dem Hai nicht direkt in den geöffneten Rachen!«, entgegnete Dimitri. »Hast du nicht gehört, was in Nowgorod passiert ist?«

Alexander steuerte den Panzerlaster selbst. Er war voll beladen mit Männern, mit fünfunddreißig Nagant-Gewehren, fünfunddreißig nagelneuen Tokarew-Gewehren, zwei Kisten mit Handgranaten, drei Kisten mit Feldminen, sieben Schachteln Munition und einem Fässchen Schießpulver für die Granatwerfer. Wie gut, dass es sich um einen gepanzerten Lastwagen handelte!

Als Alexander Gatschina erreichte, konnte er schon den fernen Donner der Artillerie hören. Die Männer, die hinter ihm saßen, begannen zu zittern. Er vernahm den lauten Knall zahlreicher Bombenexplosionen, und auf einmal sah er das Gesicht seines Vaters vor sich, der von ihm wissen wollte, warum er sich in die Nähe des Todes begab, bevor seine Zeit gekommen war. Er sagte leise: »Dad, ich bin auf der Suche nach *ihr!*«

Feldwebel Oleg Kaschnikow, ein junger Soldat, fragte: »Was haben Sie gesagt, Leutnant?«

»Nichts. Manchmal rede ich mit meinem Vater …«

»Aber, Leutnant, Sie haben doch nicht russisch gesprochen!«, erwiderte Kaschnikow. »Es klang wie Englisch …«

»Es war kein Englisch, es war nur Unsinn …«, antwortete Alexander.

Als Alexander und seine Männer in Luga anhielten, war der Artilleriedonner schon längst kein fernes Grollen mehr. Das Land war eben und am Horizont sah man Rauch aufsteigen.

Einmal, am vierten Juli, war Alexanders Familie in Amerika zum abendlichen Grillfest auf das Meer bei Nantucket hinausgesegelt. Vom Schiff aus konnten sie ein Feuerwerk beobachten. Der siebenjährige Alexander blickte zum Himmel, ganz verzaubert von den regenbogenfarbigen Lichtern, die laut über seinem Kopf explodierten. Etwas Schöneres als diese strahlenden Farben, die den Himmel erleuchteten, konnte er sich nicht vorstellen.

Direkt vor dem Standort der Soldaten lag der Zugang nach Luga. Links erstreckten sich Felder und rechts ein Wald. Alexander erblickte zehnjährige Kinder, die aufsammelten, was von der diesjährigen Ernte übrig geblieben war. Am Rand der Felder hoben Soldaten und ältere Männer und Frauen Gräben aus. Sobald die Felder abgeerntet waren, würden sie vermint werden.

Alexander packte sein Gewehr fester und wies seine Männer an, beim Lastwagen zu bleiben, während er sich auf die Suche nach Oberst Pjadischew machte, der die Verteidigungslinie entlang des Flusses befehligte. Pjadischew war erfreut über die zusätzlichen Waffen, ließ sie sofort von seinen Soldaten abladen und machte sich daran, sie zu verteilen. »Nur siebzig Gewehre, Leutnant?«, wandte er sich an Alexander.

»Mehr haben wir leider nicht, Genosse Oberst«, erwiderte Alexander. »Aber es kommt weiterer Nachschub.«

Anschließend brachte Alexander seine zwanzig Männer näher ans Flussufer, wo sie Schaufeln bekamen und ein paar Stunden lang gruben. Mit einem Fernglas suchte Alexander den Wald auf der anderen Seite des Flusses ab und stellte fest, dass die Deutschen zwar nahe herangerückt waren, aber noch keine Angriffsposition eingenommen hatten.

Er wies die Männer an, die Konserven zuzubereiten, die sie mitgebracht hatten. Wasser nahmen sie aus dem Fluss. Dann übergab Alexander den Befehl über die Truppe seinen beiden Feldwebeln Kaschnikow und Schapkow und machte sich auf die Suche nach der Gruppe von Freiwilligen, die vor vier Tagen hier angekommen war.

An diesem Tag fand er niemanden mehr, am nächsten Tag jedoch stieß er auf Zina. Sie stand auf dem Feld, erschöpft auf ihre Schaufel gestützt. Sie grub Kartoffeln aus und warf sie ungereinigt in einen Korb. Alexander schlug ihr vor, die Kartoffeln vorher zu säubern, damit mehr in den Korb hineinpassten. Zina warf ihm einen finsteren Blick zu und wollte schon etwas Unhöfliches erwidern, als sie seinen roten Stern sah. Also hielt sie den Mund. Alexander stellte fest, dass sie ihn nicht erkannte. »Ich suche Ihre Freundin«, sagte er zu Zina. »Ist sie hier bei Ihnen? Ein junges Mädchen, Tatiana.«

Zina blickte ihn angstvoll an. »Ich habe sie länger nicht gesehen«, erwiderte sie. »Vielleicht ist sie da drüben.« Vage wies sie mit dem Arm in eine Richtung.

Wovor hat sie Angst?, fragte sich Alexander und seufzte gleichzeitig erleichtert auf. »Also ist sie hier. Wo genau?«

»Ich weiß nicht. Wir wurden getrennt, als wir aus dem Zug stiegen.«

»Wo war das?«

»Ich weiß nicht.« Zina war offensichtlich nervös. Ihre Schaufel verfehlte den Korb und die Kartoffeln fielen zu Boden. Ohne sie einzusammeln grub sie weiter.

Alexander stieß zweimal mit seinem Gewehr auf den Boden. »Genossin Atapora! Richten Sie sich auf! Stehen Sie gerade!« Zina gehorchte rasch. »Erkennen Sie mich?«

Ängstlich schüttelte sie den Kopf.

»Wundern Sie sich nicht, dass ich Ihren Namen kenne?«

»Sie können solche Sachen doch herausfinden«, murmelte Zina.

»Ich bin Alexander Below«, sagte er. »Ich habe Tatiana immer von Kirow abgeholt. Daher weiß ich Ihren Namen. Erinnern Sie sich jetzt?«

Erleichterung machte sich auf Zinas schmutzigem Gesicht breit.

»Tatianas Familie macht sich große Sorgen um sie. Wissen Sie, wo sie ist?«

In Zinas Erleichterung mischte sich Abwehr. »Hören Sie«, sagte sie laut. »Sie wollte, dass ich mit ihr aussteige, aber ich habe es nicht getan. Ich bin keine Deserteurin!«

»*Wo* mit ihr aussteigen? Außerdem können Sie keine Deserteurin sein«, erwiderte Alexander. »Sie sind doch eine Freiwillige.«

Offenbar wollte Zina ihn nicht verstehen. »Na ja, wie auch immer ... Ich habe sie schon seit Tagen nicht mehr gesehen. Sie ist nicht mit uns nach Luga gefahren. Sie ist in Tolmachewo aus dem Zug gesprungen.«

Alexander wurde blass. »Aus dem Zug gesprungen ...«

»An einer Weiche ist der Zug ein bisschen langsamer geworden und da ist sie abgesprungen. Ich habe gesehen, wie sie den Hügel hinuntergerollt ist.« Zina schüttelte den Kopf.

Mühsam beherrscht fragte er: »Warum haben Sie sie nicht aufgehalten?«

Mit lauter Stimme entgegnete Zina: »Ich habe ihr noch gesagt: Tu es nicht! Und sie wollte auch noch, dass ich mit ihr gehe!« Sie lachte. »*Ich* sollte aus dem Zug springen! Warum hätte ich das tun sollen? *Ich* suche nicht nach meinem Bruder. Ich bin hierher zu der Freiwilligen-Armee gekommen. Für Mütterchen Russland.«

Alexander wandte sich von ihr ab. Zina fuhr fort zu graben. Dabei murmelte sie: »Ich bin nicht vom Zug gesprungen. Ich bin keine Deserteurin!«

Rasch ging Alexander zu seinen Männern zurück. Kurz darauf fuhr er mit Kaschnikow und fünf Freiwilligen die achtzehn Kilometer lange Strecke nach Tolmachewo. Der Ort war fast völlig verlassen. Sie streiften durch die leeren Straßen, bis sie schließlich auf eine Frau stießen, die ein Kind und einen Beutel trug. Die Frau erklärte ihnen, Dohotino läge drei Kilometer weiter westlich. »Aber Sie werden dort niemanden finden«, sagte sie. »Da ist keiner mehr.«

Sie fuhren trotzdem hin. Die Frau hatte Recht gehabt: Alle Hütten standen leer und viele waren völlig ausgebombt und niedergebrannt. Trotzdem suchte Alexander nach Tatiana. »Tania!«, rief er immer wieder. »Tatiana!«

Er blickte in jede einzelne Hütte, sogar in die ausgebrannten. Auch seine Männer sahen sich nach Tatiana um. Ihr Name klang aus dem Mund der anderen fremd in seinen Ohren. Kaschnikow war ein guter Feldwebel. Er stellte Alexander keine Fragen. Die Männer waren froh, ihm helfen zu können.

»Tania! Tania!«

Aber sie fanden niemanden. Nur Reste von Decken, Rucksäcken, Zahnbürsten.

Außerhalb von Dohotino gab es ein Schild mit einem Pfeil: *Sommerlager Dohotino*. Über einen Pfad gelangten die sieben Männer zu einer Wiese, auf der an einem großen Teich zehn verlassene Zelte standen.

Alexander durchsuchte die Zelte und die Umgebung und stellte fest, dass es ursprünglich elf Zelte gewesen sein mussten. Eins war abgebaut worden. Am Boden sah man noch, wo die Heringe herausgezogen worden waren. Alexander ließ auch die übrigen zehn Zelte von seinen Männern abbauen. Sie waren groß und aus solider Leinwand und sie konnten sie gut gebrauchen.

Die Feuerstelle war kalt, als habe sie seit Wochen schon nicht mehr gebrannt. Und es gab keine Spur von Lebensmitteln oder Abfall.

Spät am Abend kehrten sie nach Luga zurück. Alexander und seine Männer schlugen die Zelte am Wald hinter dem Armeelager auf. Er lag mit seinem Mantel zugedeckt auf dem blanken Boden. Lange Zeit konnte er nicht einschlafen.

In Amerika, bei den Pfadfindern, hatte er auch immer in Zelten im Wald geschlafen und Beeren und Fische gegessen. Abends hatten sie ein Lagerfeuer entzündet. Dann hatten sie ihre Dosen mit Schinken geöffnet, Marshmallows geröstet, Pfadfinderlieder gesungen und waren bis tief in die Nacht wach geblieben. Tagsüber hatten sie gelernt, wie man im Wald überlebt. Die Sommermonate im Pfadfinderlager waren bei weitem die beste Zeit seiner ganzen Kindheit gewesen.

Wenn Tatiana sich nicht den Hals gebrochen hatte, als sie vom Zug gesprungen war, hatte sie das verlassene Lager bestimmt gefunden. Wenn sie klug war, hatte sie das fehlende Zelt mitgenommen. Aber was würde sie als Nächstes tun? Würde sie nach Leningrad zurückfahren?

Alexander glaubte das nicht. Wenn sie so fest entschlossen war, Pascha zu finden, würde sie nicht nach Leningrad zurückkehren, ohne etwas über seinen Verbleib erfahren zu haben. Wohin aber war sie gegangen?

Eine andere Möglichkeit als Luga gab es nicht. Sie war gewiss nach Luga gegangen, weil sie annahm, dass Pascha dort beim Aufbau der Frontlinie mitgeholfen hatte.

Voller neuer Hoffnung schlief Alexander ein.

Am nächsten Morgen hörte er schon bei Sonnenaufgang das ferne Dröhnen von Flugzeugen. Er hoffte, dass es sowjetische Flieger waren.

Aber so viel Glück war ihnen nicht beschieden. Deutlich sah man von unten das schwarze Hakenkreuz. Sechzehn Flugzeuge in zwei Formationen flogen über sie hinweg und er beobachtete, wie sich etwas von ihnen löste. Ringsum hörte er panische Schreie, doch es waren keine Bomben. Weiße und braune Blätter segelten wie Fallschirme zu Boden. Eins landete vor seinem Zelt. *Sowjetische Männer!*, stand darauf. *Das Ende ist da. Kommt auf die Seite der Sieger – und ihr werdet leben! Ergebt euch – und ihr werdet leben! Der Nazismus ist dem Kommunismus überlegen. Ihr werdet zu essen haben, ihr werdet Arbeit haben, ihr werdet frei sein! Jetzt!*

Das andere Blatt Papier war ein gültiger Pass, womit die Frontlinie überquert werden konnte. Alexander schleuderte beides zu Boden und ging, um sich zu waschen.

Gegen neun Uhr morgens kamen weitere Flugzeuge, alle mit dem Hakenkreuz gekennzeichnet. Sie flogen nur ein paar hundert Meter über dem Boden. Die schweren Maschinengewehre in den Flugzeugen knatterten. Die deutschen Flieger schossen auf die Menschen, die auf den Feldern arbeiteten.

Diese rannten um ihr Leben und suchten Schutz unter den Bäumen. Eins der Zelte fing Feuer. Die Nazis werfen hier keine Bomben, dachte Alexander, während er sich seinen Helm aufsetzte und sich in einen Schützengraben flüchtete. Nein, sie sparen sich ihre kostbaren Bomben für wichtigere Ziele auf. Doch kurz darauf fielen Splitterbomben, die in der Luft explodierten. Alexander hörte erstickte Schreie.

Er blickte sich im Schützengraben nach seinen Männern um, sah aber niemanden, den er kannte. Die Bombardierung dauerte ungefähr eine halbe Stunde, dann drehten die Flugzeuge ab, nachdem sie eine weitere Ladung Flugblätter abgeworfen hatten. *Ergebt euch oder ihr müsst sterben!*, stand dieses Mal darauf.

Ergebt euch oder ihr müsst sterben.

Um Alexander herum sah es aus wie nach der Apokalypse. Leichen trieben auf der Luga. Am Flussufer wanden sich Verletzte auf dem Boden. Alexander fand Kaschnikow, der zwar am Leben war, aber einen Teil seines Ohres verloren hatte. Aus der Wunde blutete es heftig auf seine Uniform. Schapkow war unversehrt. Den Rest des Morgens verbrachte Alexander damit, die Verwundeten ins Feldlazarett zu schaffen, und dann machte er sich daran, ein Massengrab auszuheben. Er und sechzehn seiner Männer gruben eine tiefe Grube am Wald, in die sie die Leichen der dreiundzwanzig Personen legten, die an diesem Morgen umgekommen waren. Elf Frauen, neun Männer, ein alter Greis und zwei Kinder unter zehn Jahren. Keiner von ihnen war Soldat.

Alexander blickte jeder der weiblichen Leichen ins Gesicht, und jedes Mal setzte sein Herzschlag beinahe aus.

Dann ging er die Reihen der Verwundeten ab, aber auch dort fand er Tatiana nicht. Er hielt auch Ausschau nach Pascha. Er hatte einmal ein Bild von ihm gesehen, auf dem er als zwölfjähriger Junge in Badehose neben Tatiana stand und sie an den Zöpfen zog.

Schließlich suchte er Oberst Pjadischew auf. Nachdem er salutiert hatte, sagte Alexander: »Es ist schwer unter diesen Bedingungen, nicht wahr, Genosse Oberst?«

»Nun, Leutnant«, erwiderte Pjadischew, ein grüblerischer, fast kahlköpfiger Mann, »welche Bedingungen meinen Sie? Die des Krieges?«

»Nein, Genosse Oberst. Ich meine die Tatsache, dass wir so schlecht auf einen dermaßen unnachgiebigen Feind vorbereitet sind. Ich wollte Ihnen nur mein Mitgefühl für die bevorstehende Schlacht ausdrücken. Morgen werden wir weiter daran arbeiten, die Frontlinie zu befestigen.«

»Leutnant, Sie werden schon heute Abend daran weiterarbeiten, bis es dunkel ist! Glauben Sie etwa, morgen ist für die Nazis ein Feiertag? Glauben Sie, sie werden uns nicht wieder bombardieren?«

Auch Aexander war sicher, dass sie wieder Bomben abwerfen würden.

»Leutnant Below«, fuhr Oberst Pjadischew fort, »Sie sind gerade erst hier angekommen ...«

»Ich bin vor drei Tagen gekommen, Genosse Oberst«, unterbrach Alexander ihn.

»Vor drei Tagen, na gut. Nun, die Deutschen bombardieren die Frontlinie schon seit *zehn* Tagen. Sie haben uns gestern bombardiert – ich weiß nicht, wo Sie zu dem Zeitpunkt waren – und vorgestern auch. Wir können jeden Morgen die Uhr danach stellen. Von neun bis elf. Zuerst werfen sie Flugblätter ab, um uns auf ihre Seite zu ziehen, dann bombardieren sie uns. Den Rest des Tages bringen wir damit zu, die Leichen zu begraben und weitere Schützengräben auszuheben. Die deutschen Haupteinheiten nähern sich uns mit einer Geschwindigkeit von fünfzehn Kilometern pro Tag. Sie haben uns unten in Minsk überrollt, in Brest-Litowsk und zuletzt in Nowgorod. Jetzt sind wir hier an der Reihe.

Sie haben Recht, wir haben keine Chance. Aber wenn Sie mir erzählen wollen, wir seien schlecht vorbereitet, dann muss ich Ihnen widersprechen. Wir tun, was wir können, und dann sterben wir.« Mit zitternden Händen zündete sich Pjadischew eine Zigarette an und lehnte sich an seinen kleinen Tisch.

Alexander salutierte. »Auch wir werden weiterhin alles tun, was wir können.«

Solange es noch hell war, schritt Alexander mit dreien seiner Männer die Frontlinie um das Lager ab. Als er an den Hunderten von Soldaten vorbeiging, die auf die Deutschen warteten, Karten spielten und Zigaretten rauchten, registrierte er überrascht, wie viele der Männer Rangabzeichen trugen. Jeder zehnte von ihnen war Offizier. Viele waren Leutnant, aber es gab auch Hauptleute und zahlreiche Majore, die bereit waren, dem Feind an der Frontlinie entgegenzutreten. *An der Frontlinie* ... Wer sollte die Truppen befehligen, wenn die Majore tot waren? Alexander wollte lieber nicht darüber nachdenken.

Er durchkämmte sorgfältig die Felder und sah jedem, der dort arbeitete, ins Gesicht. Aber Tatiana war nicht dabei.

Anschließend ging er zurück zu Pjadischew. »Noch eine Frage, Genosse Oberst. Vor fünf Tagen sind einige Freiwillige aus den Kirow-Werken in Leningrad hierher gekommen. Könnte es sein, dass sie woanders arbeiten als hier? Haben Sie vielleicht einige weiter nach Osten geschickt?«

»Ich befehlige diese zwölf Kilometer hier am Fluss und über den Rest weiß ich nichts. Diese zwölf Kilometer bilden die letzte Verteidigungslinie bis Leningrad. Danach kommt nichts mehr. Dann bleibt uns nur noch der Rückzug. Oder wir ergeben uns.«

»Wir werden uns nicht ergeben, Oberst«, erwiderte Alexander mit fester Stimme. »Bevor wir uns ergeben, sterben wir.«

Der Oberst blinzelte. »Fahren Sie zurück nach Leningrad,

Leutnant Below. Fahren Sie zurück, solange Sie noch können. Und nehmen Sie Ihre Freiwilligen wieder mit. *Retten Sie sie.*«

Als Alexander am nächsten Morgen noch einmal mit Pjadischew sprechen wollte, sah er, dass sein Zelt über Nacht abgebrochen worden war. Die Löcher, in denen die Heringe gesteckt hatten, waren aufgefüllt worden. Immer mehr Soldaten erreichten den Fluss. Die Front war in drei Abschnitte unterteilt, von denen jeder seinen eigenen Befehlshaber hatte. Es war klar, dass so viele Truppen nicht nur unter einem Kommando stehen konnten. Das Zelt des neuen Kommandanten stand fünfzig Meter von Pjadischews alter Lagerstätte entfernt. Der neue Befehlshaber wusste weder, wo Pjadischew sich aufhielt, noch kannte er ihn überhaupt. Es war der dreiundzwanzigste Juli.

Um Punkt neun Uhr begann die Bombardierung erneut. Dieses Mal allerdings hielt sie bis zum Mittag an. Die Deutschen versuchten, die Frontsoldaten zu töten, bevor sie mit ihren Bodentruppen angriffen. Alexander vermutete, dass in ein paar Tagen Teil zwei des Blitzkriegs beginnen würde. Entweder fand er Tatiana noch rechtzeitig oder er musste sich in Luga den deutschen Panzern entgegenstellen.

Schweren Herzens ging er am Fluss entlang und suchte nach ihr. Die Überlebenden hoben Schützengräben aus. Einige hatten Gewehre bekommen. Man hatte ihnen gesagt, dass es ein schweres Verbrechen sei, sich von seiner Waffe zu trennen. »Das Gewehr zu verlieren ist ein Verbrechen gegenüber dem Heimatland!« Aber beim nächsten Luftangriff sah er, dass drei seiner Männer ihre Gewehre fallen ließen, als sie panisch in Deckung gingen. Als der Angriff vorüber war, lächelten sie Alexander verlegen zu. Erschöpft erwiderte er ihr Lächeln und schüttelte den Kopf.

Ein weiterer Tag verging. Der Druck auf Alexanders Brust verstärkte sich.

Pascha war nicht aufzufinden, so viel war klar. Aber wo war Tatiana?

5

Tatiana sprang vom Zug und rollte mühelos den Abhang hinunter. Das war ein Kinderspiel verglichen mit dem, was sie sich früher in Luga gewagt hatten. Dort hatten sie Anlauf genommen und waren den steilen, kiesbedeckten Abhang zum Fluss hinuntergesprungen. Im Vergleich dazu war der grasbewachsene Hügel angenehm weich. Nur die Schulter tat ihr ein bisschen weh.

Es erschreckte Tatiana, dass das Sommerlager in Dohotino verlassen war, und einen Tag lang blieb sie in einem der Zelte, weil sie nicht wusste, was sie tun sollte. Sie schwamm im Teich und aß Blaubeeren. Sie hatte sich zwar ein wenig getrocknetes, geröstetes Brot mitgenommen, aber das sparte sie sich auf.

In ihrer Kindheit waren sie und Pascha in der Luga um die Wette geschwommen. Pascha war damals ein wenig größer und stärker als Tatiana, aber sie besaß mehr Ausdauer. Beim ersten Wettschwimmen gewann er. Beim zweiten Mal auch. Aber beim dritten Mal endlich gewann sie. Tatiana musste lächeln, als sie daran dachte, wie Pascha vor Enttäuschung aufgeschrien hatte.

Sie würde die Suche nach ihrem Bruder nicht aufgeben. Vielleicht waren Pascha und die anderen Jungen in der Nähe von Luga zu den Freiwilligen gegangen. Sie beschloss, nach Luga zu gehen, um dort nach Pascha zu suchen. Vielleicht würde sie ja bei der Gelegenheit auch Zina wiederfinden.

Als sie jedoch am nächsten Morgen gerade losmarschieren wollte, bombardierten die deutschen Flugzeuge Dohotino. Tatiana versteckte sich in einer der Hütten. Plötzlich fiel eine kleine Brandbombe durch das Dach und setzte die Holzwand vor ihr in Brand. Gerade noch rechtzeitig registrierte sie die alte Kerosinlampe. Wie eine Verrückte rannte sie los. Sekunden später explodierte die Hütte und auch drei weitere Hütten und ein Stall in der Nähe. Jetzt besaß sie nichts mehr – kein Zelt, keinen Schlafsack und nicht einmal mehr das Brot.

Tatiana warf sich in die Büsche hinter den Hütten, kroch bäuchlings durch die Nesseln und verbarg sich unter einer umgestürzten Eiche. Der Ort und das nahe gelegene Tolmachewo wurden noch ungefähr eine Stunde lang bombardiert. Die Bomben fielen auch in den Wald, in dem sich Tatiana versteckt hielt, und ständig stürzten brennende Äste zu Boden.

Sie dachte: Jetzt sterbe ich. Allein an diesem Ort, unter einer Eiche. Niemand wird mich je finden. Wer aus meiner Familie wird schon nach mir suchen? Ich werde hier allein in diesem Wald sterben und zu Hause werden sie eine Flasche Wodka öffnen und auf mich trinken.

Als die Bombardierung vorbei war, blieb Tatiana noch lange unter der Eiche liegen. Ihr Gesicht und ihre Arme waren durch die Brennnesseln rot und geschwollen. Aber das war immer noch besser als der Bombenhagel. Sie war dankbar dafür, dass sie in weiser Voraussicht den von Krasenko abgestempelten Pass in die Tasche ihrer Bluse gesteckt hatte. Ohne Ausweis wäre sie nicht weit gekommen.

Tatiana ging zurück nach Tolmachewo und klopfte an die Tür eines Hauses, wo sie um etwas zu essen bat. Die Familie ließ sie bei sich übernachten. Kurz nachdem sie am nächsten Morgen aufgebrochen war, traf sie auf einen Militärlaster. Sie zeigte ihren Ausweis und bat darum, nach Luga mitgenommen zu werden. Der Laster brachte sie zum östlichsten Abschnitt der Verteidigungslinie nahe Nowgorod.

Am ersten Tag grub Tatiana Kartoffeln aus und dann hob sie auf dem abgeernteten Feld Schützengräben aus. Da sie nirgendwo Gruppen von Jungen in Lageruniformen sah, fragte sie den Feldwebel nach den Freiwilligen aus dem Sommerlager. »Die Freiwilligen aus dem Sommerlager sind nach Nowgorod geschickt worden«, murmelte er und ließ sie stehen.

Nach Nowgorod? Am Ilmensee? Ob Pascha wohl dort war? Sollte sie vielleicht dorthin gehen? Tatiana wusch sich im Fluss und schlief in der Nähe eines Baumes auf dem Boden.

Am nächsten Morgen warfen die deutschen Flugzeuge Bomben auf die Felder.

Tatiana hatte schreckliche Angst vor den Splitterbomben. Sie musste unbedingt weg von diesem Ort. Gerade überlegte sie noch, wie sie wohl am günstigsten nach Nowgorod gelangte, als drei Rotarmisten auf sie zukamen, sie fragten, ob sie verletzt sei, und sie zum Lazarettzelt begleiteten. Zögernd folgte sie ihnen. Sie verstand, was sie mit ihr vorhatten: Sie sollte die Sterbenden pflegen! Und es gab viele Sterbende. Soldaten, Zivilisten, Kinder aus dem Ort, alte Leute.

Tatiana war dem Tod noch nie zuvor so nahe gewesen. Sie schloss instinktiv die Augen. Am liebsten wäre sie nach Hause gefahren, aber die Zelteingänge wurden von NKWD-Soldaten bewacht und sie konnte nicht einfach fortlaufen.

Tatiana wappnete sich und biss die Zähne zusammen. Sie lernte, Blutungen zu stillen, indem sie sterilen Mull daraufdrückte. Die Blutung hörte zwar auf, aber meist starb der Verwundete kurze Zeit später. Bluttransfusionen gab es im Lazarett nicht. Es ließ sich auch nicht verhindern, dass sich die verletzten Gliedmaßen entzündeten, und Schmerzmittel konnte Tatiana nicht verabreichen. Der Arzt weigerte sich, den Sterbenden Morphium zu geben. Das war den weniger schwer Verletzten vorbehalten, die wieder an die Front zurückkehren sollten.

Die Hilflosigkeit, die Tatiana in dieser ersten Nacht im Lazarett empfand, war noch schlimmer als das Gefühl der Ohnmacht in Bezug auf Pascha.

Am nächsten Morgen fragte sie einer der schwer verletzten Soldaten, ob sie ein Junge oder ein Mädchen sei.

»Ich bin ein Mädchen«, sagte sie traurig.

»Beweis es«, forderte er, aber kaum hatte er es ausgesprochen, war er schon tot.

Im Radio, das in der Nähe der Offizierszelte stand, hörte Tatiana, wie eine Stimme mit starkem deutschem Akzent sie aufforderte, nach Deutschland zu kommen. Die Deutschen warfen weiterhin Pässe ab, damit die Russen die Grenze überqueren konnten. Danach kehrte Ruhe ein, bis zum Abend, und dann begannen die Bombenangriffe erneut. In der Zwischenzeit wusch Tatiana die Sterbenden und verband ihre Wunden.

Am folgenden Nachmittag lief sie endlos weit über die Felder, um eine Kartoffel zu finden, die sie essen konnte. Sie hörte die Flugzeuge, noch bevor sie sie sah, und warf sich sofort ins Gebüsch. Als die Flugzeuge wieder fort waren, rannte Tatiana zum Lazarettzelt zurück. Es brannte lichterloh. Verwundete kamen stöhnend herausgekrochen.

Hunderte von Überlebenden bekamen Helme, Eimer und Tassen in die Hand gedrückt und liefen so schnell sie konnten zum Fluss hinunter, um Wasser zu schöpfen und das Feuer so zu löschen. Die Aktion dauerte bis weit in den Abend hinein. Es gab nun kein Zelt mehr für die Verletzten. Sie lagen unter freiem Himmel, auf Decken oder auf der Erde. Tatiana konnte niemandem helfen. Alles, was sie tun konnte, war, eine Frau zu trösten, die ihr Kind bei dem Angriff verloren und selbst eine schwere Bauchverletzung erlitten hatte. Sie lag vor Tatiana im Gras und weinte um ihr kleines Mädchen. Tatiana ergriff ihre Hand und hielt sie fest, bis das Schluchzen verebbte.

Dann stand sie auf, ging zu den Bäumen hinüber und legte sich dort auf den Boden. Ich bin die Nächste, dachte sie. Ich spüre es. Ich bin die Nächste.

Wie sollte sie bloß nach Nowgorod kommen?

Als sie am Morgen aufwachte, erblickte sie am anderen

Flussufer die deutschen Panzer. Ein Unteroffizier, der neben ihr geschlafen hatte, befahl ihr und ein paar anderen, sofort nach Luga zurückzukehren.

Tatiana nahm ihn beiseite und fragte ihn leise, ob sie stattdessen nicht nach Nowgorod gehen könne. Der Unteroffizier stieß ihr sein Gewehr vor die Brust und schrie: »Hast du den Verstand verloren? Nowgorod ist in deutscher Hand!«

Tatianas Gesichtsausdruck ließ ihn innehalten. »Genossin – wie ist dein Name?«, fragte er ruhiger.

»Tatiana Metanowa.«

»Genossin Metanowa, hör mir zu! Du bist zu jung, um hier zu sein. Wie alt bist du, fünfzehn?«

»Siebzehn.«

»Bitte, kehr sofort nach Luga zurück. Von dort aus fahren immer noch Militärzüge nach Leningrad. Bist du aus Leningrad?«

»Ja.« Sie wollte vor einem Fremden nicht weinen. »Ganz Nowgorod ist in deutscher Hand?«, fragte sie mit erstickter Stimme. »Was ist denn mit unseren Freiwilligen dort?«

»Was interessiert dich Nowgorod!«, fuhr der Unteroffizier sie an. »Hast du nicht gehört, was ich gesagt habe? Es gibt keine Sowjets mehr in Nowgorod. Und bald wird es auch keine mehr in Luga geben. Also, verschwinde von hier. Gib mir deinen Pass!«

Sie gehorchte.

Als der Mann ihn ihr zurückgab, sagte er: »Geh zurück zu Kirow! Geh nach Hause!«

Aber wie sollte sie ohne Pascha nach Hause zurückkehren? Das konnte Tatiana dem Unteroffizier natürlich nicht erzählen.

In Tatianas Gruppe waren neun Personen. Sie war die kleinste und jüngste. Sie brauchten den ganzen Tag für den zwölf Kilometer langen Marsch nach Luga.

Sie erreichten den Bahnhof dort um halb sieben und warteten auf den Zug.

Er kam nicht, doch stattdessen hörte Tatiana gegen sieben Uhr die deutschen Flugzeuge. Die Freiwilligen drängten sich in dem kleinen Bahnhofsgebäude zusammen, das so stabil wirkte, als könne es den Bomben standhalten.

Während des Angriffs jedoch bekam eine Frau solche Angst, dass sie schreiend nach draußen rannte, wo sie sofort niedergeschossen wurde. Die anderen acht sahen entsetzt zu und bald war allen klar, dass die Deutschen den Bahnhof dem Erdboden gleichmachen wollten. Tatiana saß mit angezogenen Knien auf dem Boden, schloss die Augen und zog sich den grünen Helm tief ins Gesicht.

Die Flugzeuge verschwanden erst, als das kleine Gebäude nicht mehr stand. Der Bahnhof war in sich zusammengesunken wie nasses Papier. Tatiana kroch unter den brennenden Balken hervor, aber sie wusste nicht, wohin sie sich wenden sollte. In dem dichten Rauch ertastete sie andere Körper um sich herum. Zunächst hörte sie noch Geräusche und Schüsse, aber dann war es auf einmal still.

6

Alexander begann die Hoffnung zu verlieren. Er konnte von ferne beobachten, wie die Deutschen am anderen Flussufer ihre Truppen und Panzer sammelten. Es waren Bataillone schießbereiter, angriffslustiger und hervorragend ausgebildeter Soldaten, die sich durch nichts aufhalten lassen würden, schon gar nicht durch ein Häuflein Freiwilliger mit Schaufeln.

So weit er sehen konnte, gab es nur zwei sowjetische Panzer. Auf feindlicher Seite hingegen standen mindestens dreißig Panzer. Alexanders Einheit war von zwanzig Männern auf zwölf zusammengeschrumpft und zwischen ihm und Leningrad lagen jetzt Dutzende von Minenfeldern. Drei seiner Männer waren gestorben, als sie eine Mine legten. Sie hatten keine Erfahrung mit Minen. Die Gewehre waren den Männern abgenommen worden und nur Alexander und seine beiden Feldwebel hatten ihre behalten dürfen.

Am späten Abend rief der neue Oberst Alexander in sein Kommandozelt. Alexander fand ihn bei weitem nicht so sympathisch wie Oberst Pjadischew.

»Leutnant, wie viele Männer haben Sie noch?«

»Nur zwölf, Genosse Oberst.«

»Also ausreichend.«

»Ausreichend wofür?«

»Die Deutschen haben gerade den Bahnhof in Luga bombardiert«, sagte der Oberst. »Jetzt können die Züge, die mit Männern und Munition aus Leningrad kommen, die Front nicht mehr erreichen. Sie und Ihre Männer müssen die Schienen frei räumen, damit sie repariert werden und wir weitermachen können.«

»Es wird schon dunkel, Genosse Oberst.«

»Ich weiß, Leutnant. Ich wünschte, ich könnte für Tageslicht sorgen, aber das kann ich nicht. Die weißen Nächte sind vorbei und das hier duldet keinen Aufschub!«

Alexander wandte sich bereits zum Gehen, als der Oberst beiläufig bemerkte: »Noch etwas – ich habe gehört, dass Freiwillige in dem Bahnhof waren, als er zerbombt wurde. Entfernen Sie sie bitte!«

Am Bahnhof in Luga entzündeten Alexander und seine Männer Kerosinlampen, um den Schaden zu betrachten. Das Steingebäude war eingestürzt und die Schienen waren im Umkreis von fünfzig Metern mit Schutt übersät.

Alexander rief: »Ist darunter noch jemand? Antwortet!«

Niemand antwortete.

Er trat einen Schritt näher und rief noch einmal: »Ist dort jemand?«

Er glaubte, ein Stöhnen gehört zu haben.

»Sie sind offenbar alle umgekommen, Leutnant«, stellte Kaschnikow fest. »Sehen Sie sich das an!«

»Ja, aber hören Sie doch …«

»Ist da jemand?« Mit bloßen Händen begann Alexander, die Steine wegzuräumen. »Helfen Sie mir!«

»Wir sollten uns zuerst um die Schienen kümmern, damit die Ingenieure sie reparieren können«, mahnte Kaschnikow.

Alexander richtete sich auf und warf ihm einen kühlen Blick zu. »Schienen vor Menschen, Feldwebel?«

»Auf Befehl des Obersts, Leutnant«, murmelte Kaschnikow.

»Nein, Feldwebel, hier gilt mein Befehl. Und jetzt bewegen Sie sich!« Alexander schob Balken, Fenster- und Türrahmen beiseite. Er konnte kaum etwas erkennen, so dunkel war es. Seine Hände wurden schmutzig und er schnitt sich an einer Scheibe, aber er spürte den Schmerz kaum.

Alexander vernahm abermals ein Geräusch. »Hören Sie das auch?«, wollte er wissen. Es war ein leises Stöhnen.

»Nein, Genosse Leutnant«, erwiderte Kaschnikow und sah ihn besorgt an.

»Kaschnikow, sind Ihnen die Hände abgefallen? Schneller!«

Sie arbeiteten rascher.

Schließlich fanden sie unter den Steinen und den angekohlten Balken die ersten Leichen. Und dann stießen sie auf mehrere Leichen, die, wie Alexander fand, viel zu ordentlich aufeinander lagen. Diese Menschen konnten unmöglich so gestorben sein. Er lauschte angestrengt. Da war das Stöhnen wieder. Er begann, die Leichen beiseite zu räumen. Abermals ertönte das Stöhnen.

Und dann fand Alexander Tatiana.

Sie lag mit dem Rücken zu ihm und auf ihrem Kopf saß ein Armeehelm. Er erkannte weder die Kleider, die sie trug, noch den Helm, aber er wusste sofort, dass sie es war. Es war unverkennbar ihre zarte Gestalt, die er so oft aufmerksam betrachtet hatte.

»Tatia …«, flüsterte er ungläubig.

Er schob die restlichen Balken und Leichen fort und drehte sie um. Im gelben Schein der Kerosinlampen wirkte sie wie tot, aber sie war nur bewusstlos. Sie stöhnte. Er hatte die ganze Zeit über *ihr* Stöhnen gehört.

Ihre Kleider, ihre Haare, ihre Schuhe und ihr Gesicht waren mit Staub und Blut bedeckt. »Tania, werd wach«, flehte er, kniete sich neben sie und rieb ihre Wange. Sie war warm. Das war ein gutes Zeichen.

»Ist das *die* Tania?«, erkundigte sich Kaschnikow.

Alexander antwortete nicht. Er überlegte, wie er sie am besten hochheben konnte, denn er vermochte nicht zu erkennen, wo sie verletzt war.

»Ich glaube, sie stirbt«, sagte Kaschnikow.

»Ach, sind Sie vielleicht Arzt?«, schnappte Alexander. »Sie stirbt nicht! Hören Sie auf, so zu reden! Bleiben Sie mit den Männern hier, um die Schienen frei zu räumen. Sie brauchen Ihre Hilfe. Ich gebe Ihnen das Kommando, Feldwebel! Danach fahren Sie so schnell wie möglich nach Leningrad zurück. Verstehen Sie mich? Schaffen Sie das? Wir haben den anderen unsere Waffen und acht von unseren Männern gegeben und ich habe Tania gefunden. Unsere Mission in Luga ist beendet. Also beeilen Sie sich!« Vorsichtig hob er Tatianas schlaffen Körper hoch. Sie stöhnte immer noch.

»Was ist mit den Verwundeten, Leutnant?«

»Hören Sie noch irgendwelche Geräusche? Sie haben ja noch nicht einmal *ihr* Stöhnen gehört und jetzt machen Sie sich auf einmal Sorgen? Die anderen sind tot. Überprüfen Sie es doch selbst, wenn Sie wollen! Ich bringe Tania zum Sanitäter.«

»Soll ich mit Ihnen kommen? Sie braucht eine Trage«, sagte Kaschnikow.

»Nein«, erwiderte Alexander. »*Ich* trage sie.«

Gegen elf Uhr am Abend traf Alexander mit Tatiana auf den Armen im Lager ein und suchte nach dem Sanitäter. Er fand jedoch nur dessen Assistenten, Michail, der in einem der Zelte schlief.

»Der Sanitäter ist tot«, sagte Michail. »Eine Splitterbombe hat ihn in zwei Teile gerissen.«

»Gibt es noch einen anderen Sanitäter?«

»Nein«, erwiderte Michail. »Ich mache die Arbeit.«

»Dann tun Sie was!«

Der Assistent warf einen Blick auf Tatianas blutgetränkte Kleider und sagte: »Sie hat zu viel Blut verloren. Lassen Sie sie draußen.« Er legte sich wieder auf sein Feldbett.

»Sie hat nicht viel Blut verloren«, widersprach Alexander. »Ich glaube nicht, dass es ihr Blut ist.« Offensichtlich wollte der Mann seine Ruhe haben, aber Alexander ließ nicht locker.

»Bei der Dunkelheit ist es schwer zu sagen«, behauptete Michail. »Wenn sie morgen früh noch lebt, schaue ich sie mir an.«

Alexander rührte sich nicht von der Stelle. »Obergefreiter, Sie sehen sie sich *jetzt* an!«, befahl er.

Michail setzte sich seufzend auf. »Leutnant, es ist schon zu spät.«

»Zu spät wofür? Haben Sie ein Laken oder ein Bett für sie?«

»Ein Bett? Was glauben Sie, was das hier ist? Ein Hotel? Ich hole Ihnen ein Laken.«

Michail legte ein weißes Laken auf die Erde. Alexander kniete sich hin und ließ Tatiana vorsichtig zu Boden gleiten. Michail untersuchte sie gründlich. Als er ihr Bein hob, wurde Tatianas Stöhnen lauter.

»Ah«, sagte Michail. »Haben Sie ein Messer?«

Alexander reichte ihm seins.

Tatiana trug eine lange Hose und Michail schnitt beide Hosenbeine auf. Ihr rechter Knöchel und das Schienbein waren schwarz und angeschwollen. »Gebrochenes Schienbein«, stellte der Sanitäter fest. »Es ist allerdings ein komplizierter Bruch, an mehreren Stellen. Ich sehe mir das Mädchen mal gründlich an.« Er knöpfe ihre Bluse auf, zerschnitt ihr weißes Unterhemd und tastete ihren Brustkorb und ihren Bauch ab.

Tatianas schmächtiger Körper war von Blutflecken übersät. Alexander hätte am liebsten den Blick abgewandt.

Michail seufzte. »Ich kann nicht erkennen, ob es ihr Blut ist oder nicht. Aus dem Bein blutet sie jedenfalls nicht.« Er berührte ihren Bauch. »Sie hatten Recht. Sie fühlt sich nicht kalt an.«

Alexander trat schweigend einen Schritt zurück.

»Sehen Sie hier? Sie hat drei gebrochene Rippen auf der rechten Seite. Wo haben Sie sie gefunden?«

»Im Bahnhof von Luga. Unter Schutt und Leichen.«

»Nun, das erklärt alles. Sie hat Glück gehabt, dass sie am Leben geblieben ist.« Michail stand auf. »Im Lazarettzelt habe ich kein Bett für sie. Morgen früh kümmert sich jemand um sie.«

»Ich werde sie nicht bis morgen früh auf dem Boden liegen lassen.«

»Was wollen Sie eigentlich? Ihre Verletzungen sind weniger schwer als die der anderen.« Michail schüttelte den Kopf. »Sie sollten die anderen Verwundeten erst einmal sehen.«

»Ich bin Offizier der Roten Armee, Obergefreiter«, sagte Alexander. »Ich habe schon genügend verwundete Männer gesehen. Sind Sie sicher, dass Sie nicht doch irgendwo ein Feldbett für sie haben?«

Michail zuckte mit den Schultern. »Sie hat keine lebensbedrohlichen Verletzungen. Ich werfe doch nicht jemanden mit einer Bauchwunde aus seinem Bett, nur um Platz für diese Frau zu machen.«

»Natürlich nicht«, lenkte Alexander ein.

»Ich weiß noch nicht, was wir morgen mit ihr machen«, fuhr Michail fort. »Sie muss in ein Krankenhaus. Ihr Bein muss sofort gerichtet und eingegipst werden und hier können wir das nicht.«

Alexander schüttelte den Kopf. Die Bahngleise waren zerbombt und die Armee hatte ihm seinen Lastwagen weggenommen. »Machen Sie sich wegen morgen keine Gedanken«, sagte er. »Haben Sie noch ein paar Handtücher und Verbandsmull für mich?« Alexander wickelte Tatiana in das Laken und hob sie hoch. »Und noch ein Laken?«

Zögernd trat Michail an seine Sanitätertasche.

»Wie ist es mit Morphium?«

»Nein, Leutnant.« Er lachte. »Ich habe kein Morphium für sie. Nicht für ein Mädchen mit ein paar gebrochenen Knochen. Die Schmerzen wird sie schon ertragen müssen.«

Michail gab ihm drei Handtücher und etwas Verbandsmull und Alexander trug Tatiana zu seinem Zelt.

Er legte sie hin, zog ihr Hemd über der Brust zusammen und ging zum Fluss, um Wasser zu holen. Als er zurückkam, zerschnitt er ein Handtuch, tauchte einen der Lappen in das kalte Wasser und begann, ihr Gesicht und ihre Haare abzuwaschen. Er säuberte ihre Stirn, ihre Wangen, ihre Augen und ihren Mund. »Tatia«, flüsterte er. »Was bist du nur für ein verrücktes Mädchen!« Sie schlug die Augen auf. Schweigend blickten sie einander an. »Tatia«, flüsterte er noch einmal.

Sie hob die Hand zu seinem Gesicht. »Alexander?«, sagte sie mit schwacher Stimme. »Träume ich?«

»Nein«, erwiderte er.

»Ich muss ...« Ihre Stimme erstarb. »Ich habe gerade geträumt ... von deinem Gesicht. Was ist geschehen?«

»Du bist in meinem Zelt. Was hast du am Bahnhof in Luga gemacht? Er ist von den Deutschen zerstört worden.«

Es dauerte einen Moment, bis Tatiana antwortete. »Ich wollte nach Leningrad zurückfahren, glaube ich. Was machst *du* denn hier?«

Er hätte lügen können, aber die Wahrheit war viel einfacher. »Ich habe nach dir gesucht.«

Tränen traten ihr in die Augen. »Was ist geschehen? Warum ist mir so kalt?«

»Es ist nichts«, erwiderte er hastig. »Der Assistent des Sanitäters musste deine Hose aufschneiden und deine ...«

Tatiana hob die Hände und fühlte über ihren Körper. Alexander wandte den Blick ab. In Leningrad war es ihm noch gelungen, die Distanz zu wahren, aber nachdem er sie hier in diesem Zustand gefunden hatte, konnte er einfach nicht mehr so tun, als bedeute sie ihm nichts.

Sie hob die Hand vor ihr Gesicht und starrte auf das Blut. »Ist das mein Blut?«

»Ich glaube nicht.«

»Was fehlt mir denn? Warum kann ich mich nicht bewegen?«

»Deine Rippen sind gebrochen ...«

Sie stöhnte.

»Und dein Bein.«

»Mein Rücken«, flüsterte sie. »Irgendetwas stimmt mit meinem Rücken nicht.«

Besorgt fragte Alexander: »Was ist los?«

»Ich weiß nicht. Er brennt.«

»Das hat wahrscheinlich mit den gebrochenen Rippen zu tun«, erwiderte er. »Ich habe mir letztes Jahr im Winterkrieg auch eine Rippe gebrochen. Es fühlt sich an, als stünde man in Flammen.«

»Es blutet.«

Alexander blickte sie scharf an. »Tania, kannst du mich verstehen?«

»Hmm.«

»Kannst du dich aufsetzen?«

Tatiana versuchte es. »Nein«, wisperte sie. Mit den Händen hielt sie ihre zerrissene Bluse zusammen.

Alexander half ihr ein wenig hoch. »Ich muss dir die Kleider ausziehen. Sie sind völlig blutdurchtränkt. Du kannst sie nicht anlassen.«

Sie schüttelte den Kopf.

»Ich muss sie dir ausziehen«, wiederholte er. »Ich will mir deinen Rücken ansehen und dann wasche ich dich. Du sollst doch keine Infektion bekommen! Ich wasche dir das Blut ab und dann verbinde ich dir die Rippen und das Bein. Danach wird es dir viel besser gehen.«

Sie schüttelte wieder den Kopf.

»Hab keine Angst, Tania«, beruhigte Alexander sie. Er hielt sie fest, und als sie schwieg, zog er ihr vorsichtig die Bluse und das Unterhemd aus. Klein und schwach lehnte sie mit nacktem Oberkörper an ihm. Ihre Haut war warm. Sie braucht mich so sehr, dachte Alexander. Und ich brauche sie. »Wo tut es weh?«

»Dort, wo du mich berührst«, flüsterte sie. »Direkt unter deinen Fingern.«

Er betrachtete ihren Rücken. Das Blut trocknete bereits. »Es ist wahrscheinlich ein Schnitt. Ich wasche deinen Rücken, aber ich glaube, es ist nichts Ernstes.« Alexander drückte ihren Kopf an seine Brust und küsste sie auf die feuchten Haare.

Danach legte er sie wieder auf das Laken. Sie bedeckte ihre Brüste mit den Händen und schloss die Augen. »Tatiascha, ich muss dich waschen«, sagte Alexander.

Sie hielt die Augen geschlossen. »Das kann ich selbst tun«, flüsterte sie.

»Aber du kannst ja noch nicht einmal allein sitzen«, wandte er ein.

»Gib mir ein nasses Tuch.«

»Tatia, lass mich dich doch pflegen!« Er holte tief Luft. »Bitte! Hab keine Angst! Ich würde dir nie wehtun.«

»Das weiß ich«, murmelte sie, ohne die Augen zu öffnen.

»Ich habe eine Idee. Bleib so. Ich … ich wasche …drum herum.«

Er wusch ihre Arme, ihren Bauch und den oberen Teil ihres Brustkorbes im flackernden Licht der Kerosinlampe. Tatiana stöhnte laut auf, als er an die Rippen kam.

Als sie sauber war, flüsterte Alexander: »Irgendwann wirst du mir erklären, was du während der Bombardierung in dem Bahnhof gemacht hast, ja? Du hast so viel Glück gehabt! Heb deine Arme ein bisschen hoch. Wenn ich dich abgetrocknet habe, bandagiere ich deine Rippen. Sie wachsen von allein wieder zusammen. Danach bist du so gut wie neu.«

Tatiana hielt die Augen geschlossen und wandte das Gesicht ab. Alexander zog ihr die zerschnittene Hose aus, so dass sie nur noch ihre Unterhose anhatte, und wusch ihr die Beine. Als er an ihr gebrochenes Schienbein kam, zuckte sie zusammen und verlor das Bewusstsein. Er wartete, bis sie wieder zu sich kam.

»Tut es sehr weh?«

»Es ist ein Gefühl, als ob es abgeschnitten würde«, murmelte Tatiana. »Hast du etwas gegen die Schmerzen?«

»Nur Wodka.«

»Ich mag nicht so gern Wodka.«

Als er ihren Bauch abtrocknete, flüsterte Tatiana: »Bitte, sieh mich nicht an.« Ihre Stimme brach.

Alexander erwiderte leise: »Ist schon gut, Tatiascha.« Er beugte sich über sie und küsste ihre Brust. »Ist schon gut.« Einen Moment lang verweilten seine Lippen auf ihrer Haut, dann richtete er sich auf. »Ich muss dich umdrehen, um auch den Rest zu waschen.«

Er säuberte ihren Rücken mit der gleichen Sorgfalt und Vorsicht wie die anderen Körperteile. »Dein Rücken ist bis auf ein paar Schnittwunden in Ordnung. Was so brennt, sind die Rippen.«

Das Gesicht gegen das Laken gedrückt, murmelte Tatiana: »Was soll ich denn anziehen? Etwas anderes habe ich nicht.«

»Mach dir keine Sorgen. Wir finden morgen schon etwas für dich.« Er bandagierte ihre Rippen, und als er den Verband unter den Armen befestigte, hätte er sie am liebsten auf die Schulter geküsst. Aber er beherrschte sich.

Anschließend bedeckte er Tatianas Oberkörper mit einer Decke und verband ihr Bein, das er mit einem Holzstab stabilisierte. »Und jetzt halt dich an mir fest!« Sie konnte kaum die Arme heben.

Alexander trug sie neben seinen Mantel, auf dem er schlief, und als er sie dort absetzte, ließ Tatiana ihre Arme ein wenig länger als nötig um seinen Hals liegen. Dann deckte er sie mit einer Decke zu.

Sie zog sich die Decke bis zum Hals und sagte: »Warum ist mir so kalt? Muss ich sterben?«

»Nein«, entgegnete Alexander, während er die Laken und die Handtücher zusammenräumte. »Du wirst wieder gesund.« Er lächelte. »Wir müssen dich nur bald in die Stadt bringen.«

»Ich kann doch nicht laufen! Wie sollen wir das denn schaffen?«

Alexander tätschelte leicht ihr gesundes Bein und sagte: »Solange ich bei dir bin, brauchst du dir keine Gedanken zu machen. Ich kümmere mich um dich.«

»Ich mache mir keine Gedanken«, erwiderte Tatiana und blickte ihn unverwandt an.

»Vielleicht sind ja bis morgen die Schienen repariert. Das sind nur drei Kilometer von hier. Ich wünschte, ich hätte noch meinen Lastwagen, aber den hat die Armee genommen. Sie braucht ihn dringender als ich.« Er schwieg. »Wir müssen morgen früh zeitig aufbrechen.« Er rückte ein wenig näher an Tatiana heran. »Wo warst du, bevor du zum Bahnhof gegangen bist?«

»Flussabwärts. Da haben die Deutschen auch Bomben geworfen.« Tatiana schluckte. »Sie sind auf der anderen Seite des Flusses.«

»Ich weiß. Morgen oder spätestens übermorgen werden sie auf dieser Seite sein. Wir müssen im Morgengrauen aufbrechen. Ich habe einen Gaskocher vor dem Zelt. Ich hole jetzt noch einmal Wasser, wasche mich und dann koche ich uns einen Tee. Und geh nicht weg!« Alexander grinste. Dann zog er eine Flasche Wodka aus seinem Rucksack und setzte sie an Tatianas Lippen.

»Ich ...«

»Bitte, trink einen Schluck! Du wirst starke Schmerzen haben und der Alkohol lindert sie ein bisschen. Hast du dir schon jemals etwas gebrochen?«

»Den Arm, vor Jahren«, antwortete Tatiana und trank schaudernd einen Schluck.

»Warum hast du dir die Haare abgeschnitten?«, fragte Alexander. Er musste einen Moment lang die Augen schließen, weil er es kaum ertragen konnte, sie so nahe vor sich zu sehen.

»Ich wollte nicht, dass sie mir im Weg sind«, sagte sie. »Gefällt es dir nicht?« Sie blickte ihn verschämt an.

»Doch, es gefällt mir«, erwiderte Alexander rau. Am liebsten hätte er sie geküsst. Er legte sie auf seinen Mantel und verließ das Zelt, um wieder zur Besinnung zu kommen. Ihre Hilflosigkeit und Verletzlichkeit hatten all seine verdrängten Gefühle für sie wieder an die Oberfläche gebracht. Er wusch sich am Fluss, dann kochte er Tee und ging zurück ins Zelt. Tatiana war nur halb bei Bewusstsein. Er hätte gern etwas Morphium gehabt.

»Ich habe Schokolade für dich. Möchtest du ein Stück?«

Sie drehte sich auf ihre gesunde Seite und lutschte an einem Stück Schokolade, während Alexander neben ihr hockte.

»Möchtest du nicht auch ein Stück?«

Er schüttelte den Kopf. »Warum hast du so etwas Verrücktes getan, Tania?«

»Um meinen Bruder zu finden.«

»Warum bist du nicht einfach in die Kaserne gekommen und hast mich gefragt?«

»Ich war ja schon einmal da und ich dachte, wenn du etwas wüsstest, hättest du mich abgeholt.« Sie blickte ihn an. »Hast du ...«

»Es tut mir Leid«, sagte Alexander. Ihr rundes Gesicht wurde blass. Sie versuchte, tapfer zu sein. »Tania, es tut mir wirklich Leid, aber sie haben Pascha nach Nowgorod geschickt.«

»Oh nein«, wimmerte Tatiana erstickt. »Bitte, sag nichts mehr! Bitte!« Sie begann zu zittern. »Mir ist so kalt«, klagte sie und legte ihre Hand auf seinen Stiefel. »Kannst du mir einen Schluck Tee geben?«

Alexander hielt ihren Kopf und setzte die Tasse an ihren Mund.

»Ich bin müde«, flüsterte sie, nachdem sie getrunken hatte, und sank auf die Decke zurück. Sie sah ihn unverwandt an. Genau wie früher.

Alexander rückte von ihr ab, aber da flüsterte sie: »Wohin gehst du?«

»Nirgendwohin. Ich bleibe hier«, sagte er. »Ich schlafe hier und morgen früh gehen wir nach Hause.«

»Es ist zu kalt für dich auf dem Gras«, flüsterte sie. »Komm her!«

Alexander schüttelte den Kopf.

»Bitte, Shura«, hauchte Tatiana mit ihrer süßen Stimme und streckte die Hand nach ihm aus. »Bitte, komm zu mir!«

Selbst wenn er all seine Kraft zusammengenommen hätte – er hätte nicht nein sagen können. Er löschte die Lampe, zog sich die Stiefel und seine verschmutzte Uniform aus, holte ein sauberes Unterhemd aus seinem Rucksack und legte sich neben Tatiana auf den Mantel. Dann deckte er sie beide mit der Wolldecke zu.

Es war stockdunkel im Zelt. Er lag auf dem Rücken und sie lag auf der linken Seite in seiner Armbeuge. Alexander hörte das Zirpen der Grillen und Tatianas leises Atmen. Er spürte ihren warmen Atem auf seiner Schulter und seiner Brust. Und er fühlte ihren nackten Körper auf seinem Arm. Er bekam beinahe keine Luft mehr.

»Tania?«

»Ja?«, fragte sie mit bebender Stimme.

»Bist du zu müde, um zu reden?«

»Nein.«

»Erzähl mir ganz genau, was passiert ist!«

Nachdem sie ihm alles berichtet hatte, schwieg er für eine Weile und fragte dann ungläubig: »Du bist unter die Leichen gekrochen, nachdem der Bahnhof eingestürzt war?«

»Ja«, antwortete sie.

Alexander schwieg. »Nettes militärisches Manöver, Tatia.«

»Danke.«

Sie schwiegen beide, und dann hörte er sie weinen. Er drückte sie an sich. »Das mit deinem Bruder tut mir Leid.«

»Shura«, sagte Tatiana so leise, dass er sie kaum verstand. »Weißt du noch, wie ich dir erzählt habe, dass Pascha und ich immer an den Ilmensee bei Nowgorod gefahren sind?«

»Ja, ich erinnere mich, Tania.« Er strich ihr über die Haare.

»Meine Tante Rita und Onkel Boris und meine Kusine Marina ...«

»*Die* Kusine Marina?«

»Wie meinst du das?«

»Die Kusine, die du mit dem Bus besuchen wolltest?« Er lächelte in der Dunkelheit und spürte, dass sie ihn leicht anstieß.

»Ja. Sie hatten eine Datscha und ein Ruderboot auf dem See und wir ruderten immer abwechselnd, Pascha und ich. Ich bis zur Hälfte des Sees und er dann die andere Hälfte. Na ja, eines Tages stritten wir uns darüber, wo die Hälfte eigentlich ist. Pascha wollte mich einfach nicht rudern lassen, er schrie mich an und schließlich sagte er: ›Du willst das Ruder haben? Hier, du kannst es haben!‹ Und er holte damit aus und traf mich, so dass ich ins Wasser fiel.« Tatiana lachte leise. »Mir war nichts passiert, aber ich wollte, dass er dachte, er habe mich verletzt. Ich hielt also den Atem an und tauchte unter das Boot. Pascha geriet in Panik und schrie meinen Namen und plötzlich sprang er ins Wasser, um mich zu retten. Ich schwamm auf die andere Seite des Bootes, zog mich hoch, kletterte hinein, ergriff das Ruder und pfiff nach ihm. Und als er sich umdrehte, schlug ich ihm das Ruder über den Kopf.« Tatiana wischte sich über das Gesicht. »Na ja, bei dem Glück, das ich immer habe, wurde er bewusstlos. Er hatte allerdings eine Schwimmweste angezogen ...«

»Du nicht?«

»Ich nicht. Ich sah ihn mit dem Gesicht nach unten im Wasser treiben und dachte, er mache sich auch einen Spaß mit mir. Ich wollte sehen, wie lange er die Luft anhalten konnte, aber ich war davon überzeugt, dass er es nicht so lange konnte wie ich. Also ließ ich ihn eine Minute lang treiben, dann noch eine Minute. Schließlich sprang ich ins Wasser und zog ihn ins Boot. Ich weiß nicht mehr, wie ich ihn hineinbekommen habe. Dann bin ich ganz allein zum Ufer zurückgerudert, während er dalag und stöhnte, ich hätte zu fest zugeschlagen. Oh, wie haben meine Eltern mich verprügelt, als sie die Beule auf Paschas Kopf sahen! Und nachdem ich meine Strafe bekommen hatte, hat er jedem erzählt, er habe nur so getan und eigentlich sei er die ganze Zeit über bei Bewusstsein gewesen.« Tatiana begann wieder zu weinen. »Weißt du, wie ich mich jetzt fühle? Als ob Pascha jede Minute aus dem Wasser steigen müsste, um mir zu sagen, es sei alles nur ein Scherz gewesen.«

Mit zitternder Stimme sagte Alexander: »Tatiascha, die verdammten Deutschen haben bei ihm wirklich zu fest zugeschlagen.«

»Ich weiß«, flüsterte sie. »Ich bin so traurig, weil er allein war, als ...«

Sie schwiegen beide und Alexander lauschte auf ihre Atemzüge, die langsam wieder regelmäßig wurden. Dass er ohne *dich* war, Tatiana, dachte Alexander.

Er hörte, wie ihr Atem stockte, als ob sie etwas sagen wollte. Sanft streichelte er ihr über die Haare. »Was ist, Tatia?«

»Shura ... Du hast mir so gefehlt ... als du nicht mehr zu Kirow gekommen bist. Darf ich das sagen?«

»Du hast mir auch gefehlt«, erwiderte Alexander und drückte seine Lippen auf ihr seidiges Haar.

»Und du darfst alles sagen.«

Sie schwieg wieder, nur ihre Hand streichelte unablässig seine Brust. Er drückte sie an sich. Ein Schmerzenslaut entfuhr ihr.

Minuten vergingen, Stunden ...

»Shura, schläfst du?«

»Nein.«

»Ich wollte nur sagen ... danke.«

Alexander starrte in die Dunkelheit und versuchte, sich Augenblicke seines Lebens, seiner Kindheit vorzustellen. Er beschwor die Gesichter seiner Eltern herauf, dachte an Barrington. Aber er sah nichts. Er spürte nur Tatiana, die in seinem mittlerweile tauben Arm lag und seine Brust streichelte. Dann legte sie die Hand auf sein Herz, drückte ihre Lippen leicht auf sein Hemd und schlief ein. Und schließlich schlief auch er ein.

Beim ersten Schimmer des blaugrauen Tageslichts wachte Alexander auf. »Tania?«, sagte er.

»Ich bin wach«, antwortete sie. Ihre Hand lag noch immer auf seiner Brust.

Er löste sich von ihr und ging hinaus, um sich am Fluss zu waschen. Dort war es noch dunkel. Auf der anderen Seite des Wassers waren noch keine Aktivitäten zu erkennen. Die Kanonen der Deutschen waren auf die schlafenden Sowjets gerichtet, die ihre Maschinengewehre umklammert hielten.

Alexander kehrte mit frischem Wasser ins Zelt zurück, half Tatiana, sich aufzusetzen und sich zu waschen, und gab ihr dann etwas Brot und Tee.

»Wie fühlst du dich heute Morgen?«, erkundigte er sich lächelnd. »Munter?«

»Ja«, erwiderte sie schwach. »Ich glaube, ich kann sogar auf meinem gesunden Bein hüpfen.« Er sah ihrem Gesicht an, dass sie schreckliche Schmerzen hatte.

Alexander weckte den Sanitäter, um ihn um etwas zum Anziehen und um ein paar Tabletten zu bitten.

Michail hatte keine Tabletten, aber er fand ein Kleid, das einer der Krankenschwestern gehört hatte, die vor ein paar Tagen umgekommen war. »Obergefreiter, ich brauche ein lausiges Gramm Morphium!«

»Ich habe nichts«, gab Michail wütend zurück. »Man wird erschossen, wenn man Morphium stiehlt. Für ein gebrochenes Bein gibt es kein Morphium. Wollen Sie, dass ich es eher ihr gebe als einem Soldaten der Roten Armee?«

Alexander antwortete nicht. Er kehrte in sein Zelt zurück und zog Tatiana vorsichtig das Kleid über den Kopf.

»Du bist ein guter Mann, Alexander«, sagte sie und legte ihm die Hand auf die Wange.

»Aber in erster Linie ein Mann«, erwiderte er leise und drückte sein Gesicht gegen ihre Hand. »Dein Bein muss schrecklich wehtun. Trink noch einen Schluck Wodka, das wird die Schmerzen lindern.«

»In Ordnung«, gab sie nach. »Ich tue alles, was du sagst.«

Er reichte ihr die Flasche, dann fragte er: »Bist du bereit aufzubrechen?«

»Lass mich hier«, sagte Tatiana. »Geh allein und lass mich hier. Sie haben bestimmt im Lazarettzelt noch Platz für mich. Wenn einer stirbt, wird ein Bett frei.«

»Nie im Leben werde ich dich hier zurücklassen.« Er packte seine Sachen zusammen. »Komm, ich helfe dir. Kannst du auf einem Bein stehen?«

»Ja ...« Sie stöhnte. Schwankend hielt sie sich an Alexander fest. »Gib mir deinen Rucksack«, bat sie. »Dann ist es leichter für dich.«

Er gehorchte und sagte dann: »Tania, ich hocke mich jetzt vor dich hin und du schlingst die Arme um meinen Hals. Halt dich gut fest, hörst du?«

»Ja. Was ist mit deinem Gewehr?«

»Das halte ich in der Hand«, gab Alexander zurück.

Er nahm sie huckepack. »Fertig?«

»Ja.«

Als er sie stöhnen hörte, fragte Alexander: »Tut es sehr weh?«

»Nein. Es ist nicht so schlimm.«

Alexander trug Tatiana auf dem Rücken bis zum Bahnhof von Luga, wo die Schienen jedoch entgegen aller Hoffnung noch nicht repariert waren. »Was jetzt?«, fragte sie ängstlich.

Alexander ließ sie zu Boden und gab ihr einen Schluck Wasser. »Jetzt gehen wir durch den Wald zum nächsten Bahnhof.«

»Wie weit ist das?«

»Ungefähr sechs Kilometer«, erwiderte er.

Sie schüttelte den Kopf. »Alexander, nein. Du kannst mich nicht noch einmal sechs Kilometer weit tragen.«

»Hast du einen anderen Vorschlag?«, fragte er und bückte sich zu ihr hinab. »Lass uns gehen!«

Sie befanden sich gerade auf dem Waldweg, als sie auf einmal das Geräusch von Flugzeugen vernahmen. Alexander wäre weitergegangen, aber mit Tatiana auf dem Rücken wollte er das nicht riskieren.

Sie würde als Erste getroffen werden.

Also schlug er sich in die Büsche und setzte sie nahe einem umgestürzten Baum ab. »Leg dich hin und dreh dich auf den Bauch«, befahl er. Als sie sich nicht rührte, sagte er: »Du brauchst keine Angst zu haben, Tania.«

»Warum sollte ich Angst haben?«, entgegnete sie und blickte ihn an. Sie legte ihm die Hände auf die Brust. »Oh Shura ...« Alexander hielt es nicht mehr aus. Er beugte sich über sie und küsste sie.

Ihre Lippen waren so weich und voll, wie er es sich vorgestellt hatte. Tatianas ganzer Körper zitterte, als sie seinen Kuss mit einer solchen Zärtlichkeit, einer solchen Leidenschaft erwiderte, dass Alexander unwillkürlich aufstöhnte.

Ihre Hände umklammerten seinen Kopf und ließen ihn nicht los. »Oh Gott ...«, flüsterte er.

Das Krachen der Bomben über ihnen trieb sie auseinander. Die Spitze einer Tanne fing Feuer und brennende Äste fielen auf den feuchten Waldboden. Alexander drehte Tatiana auf den Bauch und legte sich neben sie, wobei er sie mit seinem Arm und dem halben Körper deckte.

Als die Bombardierung aufhörte, sagte Alexander: »Lass uns weitergehen. Wir müssen den Zug erreichen. Wir sollten uns beeilen.«

Er hockte sich mit dem Rücken zu ihr hin und sie hielt sich an ihm fest. Dann trug er sie weiter.

»Ich bin so schwer ...«

»Nicht schwerer als mein Rucksack«, erwiderte er keuchend. »Halt dich einfach fest. Wir sind bald da.«

Ab und zu schlug sein Gewehr gegen ihr gebrochenes Bein und Alexander spürte, wie sie sich vor Schmerz verkrampfte, aber sie gab keinen Laut von sich. Einmal sank ihr Kopf gegen seinen Rücken und er hoffte, dass sie durchhielt.

Unter einem schwarzen, rauchigen Himmel trug Alexander Tatiana auf seinem Rücken durch den brennenden Wald bis zum nächsten Bahnhof. Es fielen keine Bomben mehr, doch überall waren noch Explosionen und Schüsse von Maschinengewehren zu hören.

Am Bahnhof setzte Alexander Tatiana ab und sank neben ihr zu Boden. Sie rückte ganz dicht an ihn heran.

»Müde?«, fragte sie ihn sanft. Er nickte.

Der Bahnhof war voller Menschen – Frauen mit Säuglingen, alte Leute, alle mit ihren Habseligkeiten bepackt. Alexander nahm den letzten Kanten Brot aus dem Rucksack und teilte ihn mit Tatiana.

»Nein, du musst es allein essen«, bat sie. »Du brauchst es nötiger als ich.«

»Hast du denn gestern etwas gegessen?«, fragte Alexander. »Nein, natürlich nicht!«

»Ich habe die Schokolade gegessen, die du mir gegeben hast.« Sie legte den Kopf auf seinen Arm und schloss die Augen.

Alexander legte den Arm um sie. »Du wirst wieder ganz gesund«, versprach er und küsste sie auf die Stirn. »Du wirst schon sehen. Bald geht es dir wieder gut.«

Der erste Zug, der kam, hatte nur Viehwaggons, in denen man nicht sitzen konnte. »Möchtest du auf den Personenzug warten?«, fragte er.

»Nein«, entgegnete Tatiana schwach. »Mir geht es nicht gut. Je schneller ich nach Leningrad komme, desto besser. Lass uns fahren. Ich kann auf einem Bein stehen.«

Alexander hob sie auf die Plattform und sprang dann selbst hinauf. Der Waggon war überfüllt von Menschen. Während der Fahrt standen sie ein paar Stunden lang eng aneinander gedrückt. Tatiana hatte den Kopf an Alexanders Brust gelegt und er tat sein Bestes, um sie zu stützen, obwohl er sie wegen der gebrochenen Rippen nicht allzu fest anfassen konnte. Einmal spürte er, wie sie zusammensackte. »Nein, bleib stehen! Bleib stehen!«, flüsterte er eindringlich und hielt sie fest.

Die Türen des Waggons blieben während der Fahrt offen, für den Fall, dass jemand abspringen wollte. Der Zug fuhr an Feldern und schmutzigen Landstraßen vorbei, auf denen Ströme von Flüchtlingen mit Handkarren und ihrem Vieh entlangzogen. Alexander betrachtete Tatianas düsteres Gesicht.

»Was denkst du, Tatia?«

»Warum schleppen diese dummen Menschen all ihre Habe mit? Wenn ich weggehen müsste, würde ich nichts mitnehmen.«

Er lächelte. »Und was ist mit all deinem Besitz? Es gibt doch Dinge, an denen du hängst, oder?«

»Ja. Aber ich würde trotzdem nichts mitnehmen.«

»Nicht einmal meinen *Ehernen Reiter*? Das Buch solltest du doch zumindest immer bei dir haben.«

Sie blickte ihn lächelnd an. »Ja, das vielleicht. Aber entweder will ich mich retten oder ich mache es dem Feind leicht, indem ich mich so vollpacke und nur langsam vorankomme. Meinst du nicht auch, dass man sich genau fragen sollte, was das Ziel ist? Beginnt man ein neues Leben? Oder will man nur das alte irgendwo anders fortsetzen?«

»Das sind gute Fragen.«

Gedankenverloren blickte sie über die Felder.

Alexander beugte sich hinunter, rieb seine Wange an Tatianas kurz geschorenen Haaren und drückte sie ein wenig fester an sich. Ihm war nur noch eins aus seinem früheren Leben geblieben und darüber hinaus existierte Amerika nur noch in seiner Erinnerung.

»Ich wünschte, ich hätte meinen Bruder gefunden«, flüsterte sie.

»Ich weiß«, erwiderte Alexander verständnisvoll. »Ich wünschte, *ich* hätte ihn für dich gefunden.«

Tatiana seufzte schmerzerfüllt und schwieg dann.

Am frühen Abend fuhr der Zug in den Warschauer Bahnhof ein. Sie setzten sich auf die Bank am Obvodnoj-Kanal und warteten auf die Straßenbahn Nummer 16, die sie zum Grecheskij-Krankenhaus in der Nähe von Tatianas Wohnung bringen würde. Als die Tram kam, fragte Alexander: »Möchtest du einsteigen?«

»Nein«, antwortete sie.

Die nächste Bahn kam.

»Jetzt?«

»Nein«, sagte sie.

Auch die dritte Straßenbahn ließ Tatiana vorbeifahren. Sie legte den Kopf an Alexanders Schulter.

Vier Bahnen kamen und fuhren ab und immer noch saßen sie schweigend dicht nebeneinander auf der Bank.

»Mit der nächsten Bahn bringst du mich zurück in mein altes Leben«, sagte Tatiana schließlich.

Alexander blieb stumm.

Leise aufschluchzend flüsterte Tatiana: »Was sollen wir nur tun?«

Er schwieg.

»An diesem Tag bei Kirow, als wir uns gestritten haben, hattest du ... hattest du da einen Plan?«, wollte sie wissen.

Er hatte sie aus Leningrad fortbringen wollen, weil sie in der Stadt nicht in Sicherheit war. »Eigentlich nicht.«

Die nächste Bahn kam und fuhr weiter.

»Shura, was soll ich meiner Familie über Pascha sagen?«

Er streichelte ihr Gesicht. »Sag ihnen, dass du dein Bestes getan hast.«

»Aber wenn er vielleicht noch irgendwo am Leben ist?«

»*Du* bist nicht irgendwo«, gab Alexander zurück. »Du bist bei mir!«

Tatiana schluckte, bevor sie fortfuhr: »Ja, aber bis gestern war auch ich ... irgendwo.« Sie blickte ihn hoffnungsvoll an. »Vielleicht ...?«

Alexander schüttelte den Kopf. »Ach Tania.«

»War es schwer für dich, mich zu finden?«

»Nicht besonders.« Er wollte nicht zugeben, dass er in Luga jeden Meter nach ihr durchkämmt hatte.

»Aber woher wusstest du denn, dass ich in Luga war?«

»Ich habe auch in Tolmachewo nach dir gesucht.«

»Aber woher hast du denn überhaupt gewusst, wo ich war?«, fragte Tatiana.

Alexander ertrug die Hoffnung auf ihrem Gesicht nicht länger. »Dascha hat mich gebeten, nach dir zu suchen.«

»Oh!« Tatiana blickte ihn enttäuscht an. »Oh.« Sie rückte von ihm ab, bis sie sich nicht mehr berührten.

»Tatia ...«

»Da kommt eine Tram«, sagte sie und versuchte, allein aufzustehen. »Lass uns gehen!«

Alexander ergriff sie am Arm. »Ich helfe dir.«

»Es geht schon«, murmelte sie und hüpfte auf einem Bein, wobei sie vor Schmerzen aufstöhnte.

Die Türen der Tram öffneten sich. »Bleib stehen«, bat Alexander. »Lass mich dir helfen.«

»Ich habe gesagt, es geht schon!«

Verärgert seufzend stellte er sich vor sie. »Hör auf zu hüpfen. Das kann für deine Rippen nicht gut sein. Halt dich an mir fest, dann trage ich dich hinein.«

Als sie in der Bahn saßen, fragte Alexander: »Warum bist du denn so aufgebracht?«

»Ich bin nicht aufgebracht.«

Nach einer Weile legte er den Arm um sie. Tatiana blickte reglos aus dem Fenster.

Während der fünfzehnminütigen Fahrt zum Krankenhaus sprachen sie kein Wort. Alexander trug sie ins Gebäude und sie bekam sofort ein Bett. Die Krankenschwestern zogen ihr einen sauberen Krankenhauskittel an und gaben ihr etwas gegen die Schmerzen.

»Ist es nicht viel besser mit Morphium?« Er lächelte. »Der Arzt kommt gleich. Er wird dein Bein richten und es in Gips legen. Dann wirst du schlafen. In der Zwischenzeit sage ich deiner Familie Bescheid und kümmere mich um meine Männer.« Er seufzte. »Sie stecken bestimmt noch in Luga fest.«

Tatiana lag in den Kissen und erwiderte kühl: »Danke, dass du mir geholfen hast.«

Alexander setzte sich auf die Bettkante. Tatiana drehte den Kopf weg. Er legte zwei Finger unter ihr Kinn und zwang sie, ihn anzusehen. Sie hatte Tränen in den Augen. »Tatia«, sagte er. »Warum bist du so wütend? Wenn Dascha nicht zu mir gekommen wäre, hätte ich mich gar nicht auf die Suche nach dir machen können.« Er zuckte mit den Schultern. »Ich weiß nicht warum, aber es musste wohl so sein. Du bist wieder zu Hause, es geht dir gut.« Er streichelte ihre Wange. »Du hast in der letzten Zeit zu viel mitgemacht, zu viel ist zerbrochen ...«

Schniefend versuchte sie, ihren Kopf wieder wegzudrehen, aber er ließ es nicht zu. Zärtliche Gefühle für sie überwältigten ihn. »Schscht ... komm her«, sagte er und zog sie sanft in die Arme. »Tania, welche Fragen du auch immer an mich hast, die Antwort auf alle ist *ja*«, flüsterte er und küsste sie auf die Haare.

»Ich habe keine Fragen an dich«, erwiderte sie gleichmütig. »Sie sind alle beantwortet. Du hast es für Dascha getan. Sie wird dir sehr dankbar sein.«

Alexander schüttelte den Kopf und lachte ungläubig auf. Er ließ Tatiana aufs Kissen zurücksinken und fragte: »Habe ich dich auch für Dascha geküsst?«

Sie wurde rot.

»Tania«, sagte er leise. »Lass uns nicht so miteinander reden! Nicht nach dem, was wir durchgemacht haben!«

»Du hast Recht. Wir sollten überhaupt nicht miteinander reden.«

»Oh doch. Nur nicht darüber!«

»Geh, Alexander. Geh und sag meiner Schwester, dass du mich für sie gerettet hast!«

»Ich habe dich nicht für sie gerettet«, erwiderte er und stand auf. »Ich habe dich für mich gerettet. Das ist nicht fair von dir, Tania.«

»Ich weiß.« Sie nickte traurig und starrte an die Decke. »Nichts an alldem ist fair.«

Alexander ergriff Tatianas Hand. Er musste sich zwingen, sie nicht zu küssen. Er wollte ihr und sich selbst nicht noch weitere Schmerzen zufügen. Aber schließlich presste er seine Lippen doch auf ihre Handfläche. Dann ging er hinaus.

Zwischen den Fronten

1

Tatiana hätte am liebsten geweint, als Alexander gegangen war, aber ihre Rippen schmerzten zu sehr. Als Vera, die Krankenschwester, hereinkam, legte sie den Arm übers Gesicht. Vera sagte: »Na, na, es wird doch alles wieder gut. Deine Familie kommt gleich. Wein nicht, dann werden die Schmerzen nur noch schlimmer! Warum schläfst du nicht ein bisschen? Ich gebe dir etwas, damit du schlafen kannst.«

Tatiana schlief tatsächlich ein. Als sie die Augen aufschlug, saß ihre Familie um ihr Bett herum. Alle blickten sie liebevoll und entsetzt zugleich an. Dascha hielt ihre Hand. Mama tupfte ihr Gesicht ab. Babuschka klopfte besorgt auf Dedas Hand und Papa blickte sie vorwurfsvoll an.

»Tania, du warst vier Tage weg«, sagte Dascha und strich ihr über die Haare.

Mama streichelte ihre Hände. »Was hast du dir bloß dabei gedacht?«, jammerte sie immer wieder.

»Ich wollte Pascha holen«, sagte Tatiana und drückte die Hand ihrer Mutter. »Es tut mir Leid, dass ich es nicht geschafft habe.«

»Tania, was redest du nur für einen Unsinn?«, rügte Papa und trat ans Fenster.

Mama schluchzte: »Taneschka, du bist doch unser kleines Mädchen, unser Engelchen. Was hätten wir denn gemacht, wenn wir auch dich verloren hätten? Wie hätten wir weiterleben sollen?«

Papa befahl Mama, keinen Unsinn zu reden. »Wir haben Pascha nicht verloren! Ständig kommen Freiwillige zurück von der Front. Also haben wir noch Hoffnung.«

»Erzähl das mal Nina Iglenko«, erwiderte Dascha. »Immer, wenn man auf den Flur geht, hört man sie um ihren Wolodja weinen.«

»Nina hat vier Söhne, die alle an die Front müssen, wenn dieser Krieg nicht bald vorüber ist«, sagte Papa unbeeindruckt. »Sie gewöhnt sich am besten schon einmal an den Gedanken, sie zu verlieren.« Er senkte den Kopf. »Aber wir haben nur einen Jungen und deshalb darf ich die Hoffnung nicht verlieren.«

Wenn Tatiana die Kraft dazu gehabt hätte, hätte sie sich abgewendet. Sie war nicht in der Lage, ihnen zu erzählen, was sie in Luga gesehen hatte. Wenn sie ihnen sagte, dass sie Leichen versorgt hatte, dass direkt vor ihr Menschen gestorben waren, dass sie verbrannte und verstümmelte Gliedmaßen gesehen hatte, hätte ihre Familie ihr nicht geglaubt. Tatiana glaubte es ja selbst kaum.

»Du bist völlig wahnsinnig, Tania«, sagte Dascha. »Uns so in Angst und Schrecken zu versetzen und das Leben meines armen Alexander aufs Spiel zu setzen! Er hat sich gegen den Willen seines Kommandanten auf die Suche nach dir gemacht, weil ich ihn darum gebeten habe.«

»Tatiana, er hat dir das Leben gerettet«, sagte Deda.

»Ja?«, fragte sie mit schwacher Stimme.

»Ach, du armes Ding«, sagte Mama und rieb ihr die Hand. »Du erinnerst dich nicht. Georgi, sie erinnert sich an gar nichts mehr. Was musst du nur durchgemacht haben!«

»Hast du es denn nicht gehört, Mama?«, fragte Dascha. »Der Bahnhof ist über ihr zusammengestürzt. Alexander hat sie ausgegraben.«

»Dieser Mann, Daschenka!«, rief Papa aus. »Wo hast du ihn bloß aufgetan? Er ist Gold, pures Gold wert! Halt ihn bloß fest!«

»Das habe ich vor, Papa.«

In diesem Moment betrat der Mann aus purem Gold mit Dimitri das Zimmer. Die ganze Familie stürzte auf ihn zu.

Papa und Deda schüttelten ihm heftig die Hand. Mama und Babuschka umarmten ihn. Dascha zog ihn zu sich heran und küsste ihn auf den Mund.

Sie hörte gar nicht mehr auf, ihn zu küssen.

»Jetzt ist es genug, Daria Georgiewna«, erklärte Papa. »Lass den Soldaten endlich zu Atem kommen.«

Dimitri trat zu Tatiana und legte den Arm um sie. Besorgt und amüsiert sah er sie an. »Nun, Taneschka«, sagte er und gab ihr einen Kuss auf den Scheitel. »Offenbar hast du Glück, dass du noch am Leben bist.«

»Tatiana, ich glaube, du hast Leutnant Below etwas zu sagen«, bemerkte Papa feierlich.

»Unser Leutnant bekommt schon wieder eine Ehrenmedaille verliehen«, schnaubte Dimitri. »Nachdem er Tatiana ins Krankenhaus gebracht hat, ist er zu seinen Männern zurückgekehrt und hat elf von zwanzig wieder nach Leningrad zurückgebracht. Und die meisten dieser Männer waren noch nicht einmal ausgebildet. Das war sogar noch besser als in Finnland, was, Alex?«

Alexander trat ans Bett und fragte: »Tania, wie geht es dir?«

»Warte, was ist denn in Finnland passiert?«, wollte Dascha wissen, die an Alexanders Arm klebte.

»Wie geht es dir, Tania?«, wiederholte Alexander.

»Großartig«, erwiderte Tatiana, ohne ihn anzusehen. Sie lächelte ihre Mutter an. »Mir geht es gut, Mama. Ich komme bald nach Hause.«

Dascha, noch immer bei Alexander eingehakt, fragte erneut: »Was war in Finnland?«

»Ich möchte nicht darüber reden«, erwiderte Alexander.

»Ich erzähle es euch!«, rief Dimitri fröhlich. »Aus Finnland hat Alexander nur vier von dreißig Männern zurückgebracht, aber es ist ihm irgendwie gelungen, diese Niederlage in einen Sieg zu verwandeln. Eine Ehrenmedaille und eine Beförderung hat er dafür eingeheimst. Nicht wahr, Alexander?«

Ohne Dimitri zu antworten, fragte Alexander Tania: »Was macht dein Bein?«

»Es wird bald wieder so gut wie neu sein«, antwortete sie.

»Nicht bald!«, rief Mama aus. »Im September erst. Du behältst den Gips bis September, Tania! Wie soll das nur gehen?« Schniefend schüttelte sie den Kopf. »Nein, wirklich, Georgi, Alexander hat sie auf dem Rücken getragen, auf dem Rücken!« Sie ergriff Alexanders Hände und sagte: »Wie können wir Ihnen nur jemals danken?«

»Sie brauchen mir nicht zu danken«, erwiderte Alexander und lächelte Tatianas Mutter an. »Kümmern Sie sich nur gut um Tania.«

»Alex, welch ein Glück, dass unsere Tania nur drei Kilo wiegt«, kicherte Dascha.

»Bedank dich bei ihm, Tania!«, befahl Papa. »Bedank dich bei dem Mann, denn er hat dir das Leben gerettet!«

Mit dünnem Lächeln gelang es Tatiana, Alexander direkt anzusehen und zu sagen: »Danke, Leutnant.«

Bevor er antworten konnte, hing Dascha schon wieder an seinem Hals. »Alexander, wie kann *ich* dir nur jemals dafür danken, was du für unsere Familie getan hast?« Lächelnd schmiegte sie sich an ihn.

Glücklicherweise kam in diesem Moment die Krankenschwester ins Zimmer und scheuchte sie alle hinaus.

Dimitri, der die ganze Zeit über Tatianas Hand festgehalten hatte, beugte sich über sie und drückte mit seinen rauen Lippen einen Kuss auf ihren Mundwinkel. »Gute Nacht, Liebes«, sagte er. »Ich komme dich morgen wieder besuchen.«

Sie hätte am liebsten laut geschrien.

Dascha blieb noch zurück, um Tatianas Decke aufzuschütteln und ihr ein Kissen unter das Bein zu schieben. Sie wirkte aufgewühlt wie schon seit Wochen nicht mehr. »Tania, wenn es einen Gott gibt, so danke ich ihm für dich«, flüsterte sie. »Nachdem Alexander dich zurückgebracht hatte, haben wir uns lange unterhalten. Ich war so dankbar, weil er dich gefunden hat, und konnte ihn überreden, uns noch einmal eine Chance zu geben. Was haben wir schon zu verlieren, wo der Krieg vor der Tür steht?, habe ich ihn gefragt. Ich habe gesagt: Sieh doch, Alexander, was du für mich getan hast! Wenn du nichts für mich empfinden würdest, hättest du diese Anstrengung doch nicht unternommen. Und er hat geantwortet: Dascha, ich habe nie behauptet, nichts für dich zu empfinden.« Dascha küsste Tatiana auf den Scheitel. »Danke, meine Süße, danke, dass du so lange am Leben geblieben bist, bis er dich gefunden hat.«

»Bitte«, erwiderte Tatiana müde. Wenn Alexander wieder in Daschas Leben getreten war, würde er auch in ihrer Nähe sein.

»Tania ... denkst du, Pascha ist noch am Leben?«

»Ich glaube es nicht«, verkündete Tatiana und schloss die Augen. Sie spürte, dass Pascha für immer verloren war.

Als sie eine Stunde später die Augen wieder aufschlug, saß Alexander an ihrem Bett. Wie hatte er nur so geräuschlos ins Zimmer kommen können?

»Was machst du hier?«, fragte sie.

»Ich wollte sehen, wie es dir geht.«

»Kommst du gerade von Dascha?«

Er nickte. »Ich bin auf dem Weg zur Kaserne. Ich habe Dienst bis eins. Vorher ist Petrenko an der Reihe. Er ist ein guter Mensch und deckt mich, wenn ich ein bisschen zu spät komme.«

»Was willst du hier?«, wiederholte Tatiana.

»Ich wollte mich nur vergewissern, dass es dir gut geht. Und ich wollte mit dir über Dascha reden ...«

»Mir geht es blendend, wirklich. Und du solltest nicht einfach so vorbeikommen. Dascha hat Recht. Ich habe schon genug angerichtet. Du kommst zu spät zu deinem Dienst.« Sie funkelte ihn finster an. »Du bist ein richtiger Held, Alexander. Meine Familie findet, Dascha hätte es nicht besser treffen können.« Sie schlug die Augen nieder.

»Tatia …«

»Sie hat mir gesagt, dass ihr zwei wieder zusammen seid«, erklärte Tatiana mit aufgesetzter Fröhlichkeit. »Warum auch nicht? Schließlich steht der Krieg vor der Tür und was habt ihr schon zu verlieren? Das Fiasko in Luga hat alles wieder in Ordnung gebracht.«

»Tatia …«

»Nenn mich nicht Tatia!«, giftete sie.

Alexander seufzte. »Was soll ich tun?«

»Lass mich einfach in Ruhe, Alexander!«

»Wie könnte ich das, Tatiana?«

»Ich weiß nicht. Aber du solltest dir etwas überlegen. Hast du gesehen, wie eifrig sich Dimitri um mich bemüht hat? Die Geschichte hat seine besten Eigenschaften zum Vorschein gebracht«, sagte Tatiana. »Ich wusste gar nicht, dass er so nett sein kann.«

»Ja, er hat dich nett geküsst«, entgegnete Alexander finster.

»Er *ist* sehr nett.«

»Und du lässt es zu.«

»Na, zumindest weise ich ihn nicht ab.«

Alexander zog scharf den Atem ein. Tatiana schluckte. Sie konnte kaum glauben, was sie da von sich gab.

»Du stellst dir also eine Zukunft mit ihm vor?«, fragte er schneidend.

Sie schwieg.

Eine Krankenschwester öffnete die Tür, damit etwas frische Luft hereinkam.

Als sie wieder allein waren, sagte Alexander: »Tania, ich weiß nicht, was du von mir erwartest. Ich habe dir von Anfang an gesagt, dass wir uns nicht auf dieses Spiel einlassen sollten. Aber jetzt ist es zu spät. Jetzt ist Dimitri …«

Kopfschüttelnd brach Alexander ab. »Jetzt ist es doppelt schwierig geworden.«

Alles, was sie wollte, war, dass er sie noch einmal küsste.

»Das veranlasst mich, dich zum dritten Mal zu fragen: Was machst du eigentlich hier?«, erkundigte sie sich stattdessen.

»Sei nicht wütend!«

»Ich bin nicht wütend!«

Alexander hob die Hand, um ihr Gesicht zu berühren. Sie wandte den Kopf ab.

»Oh«, sagte er und stand auf. »Von *mir* wendest du dich ab.« Er war schon an der Tür, als er sich noch einmal umdrehte. »Nur zu deiner Information«, brummte er, »Dimitri kannst *du* ohnehin nicht verletzen.«

Vera überbrachte Tatiana die Nachricht, dass sie bis Mitte August im Krankenhaus würde bleiben müssen. Erst dann seien ihre Rippen wieder so weit verheilt, dass sie auf Krücken herumhumpeln könne. Ihr Schienbein war an drei Stellen gebrochen und steckte von oben bis unten in Gips.

Die Familie brachte Tatiana zu essen und sie aß mit Genuss. Piroschki mit Kohl, Hühnerschnitzel, Frikadellen und Blaubeerkuchen.

Zuerst besuchten Mama und Papa sie jeden Tag. Dann jeden zweiten Tag. Dascha schaute am Arm von Leutnant Alexander Below vorbei, strahlend, gesund und fröhlich. Sie küsste Tatiana auf den Scheitel und zwitscherte, sie könne nicht lange bleiben. Auch Dimitri kam sie besuchen, setzte sich aufs Bett und legte den Arm um sie. Doch schon bald verließ er sie zusammen mit den anderen.

Eines Abends, als die vier Karten spielten, um sich die Zeit zu vertreiben, erzählte Dascha Tatiana, dass ihr Zahnarzt evakuiert worden sei. Er hatte Dascha gebeten, ihn nach Swerdlowsk auf der anderen Seite des Urals zu begleiten, aber Dascha hatte sich geweigert und sich stattdessen Arbeit in Mamas Uniformfabrik gesucht. »Jetzt kann man mich nicht mehr evakuieren. Ich bin nicht abkömmlich«, sagte Dascha und zeigte zahlreiche Goldzähne, als sie Alexander anlächelte.

»Wo hast du die denn her?«, fragte Tatiana.

Dascha erwiderte, sie habe sie als Bezahlung von den Patienten bekommen.

»Du hast ihre Goldzähne genommen?«, fragte Tatiana überrascht.

»Das war meine Bezahlung«, gab Dascha verständnislos zurück. »Es können nicht alle so zimperlich sein wie du!«

Tatiana wollte sich nicht in Daschas Angelegenheiten einmischen. Also wechselte sie das Thema und sprach über den Krieg. Alexander verkündete, die Front bei Luga könne jeden Tag fallen. Es kam Tatiana unwirklich vor, dass sie im Krankenhaus lag. Sie war eingesperrt in vier graue Wände mit einem Fenster und hatte lediglich Kontakt zu wenigen Leuten. Sie erfuhr nichts, wenn sie nicht danach fragte. Und vielleicht war der Krieg schon vorüber, wenn sie aus dem Krankenhaus entlassen wurde.

Wie wird es dann sein?, fragte sich Tatiana.

Wie immer, gab sie sich selbst Auskunft. Ich werde das Leben führen, das ich vorher geführt habe. Ich arbeite wieder bei Kirow. Nächstes Jahr gehe ich vielleicht zur Universität, wie geplant. Ja, ich gehe zur Universität, studiere Englisch und lerne einen Jungen kennen, einen netten russischen Studenten, der Ingenieur wird. Wir heiraten und leben mit seiner Mutter und seiner Großmutter in ihrer Gemeinschaftswohnung. Und dann bekommen wir ein Kind.

Tatiana konnte sich dieses Leben beim besten Willen nicht vorstellen. Sie konnte sich gar nichts mehr vorstellen, das jenseits ihres Krankenbettes lag. Die Aussicht aus dem Fenster auf den Grecheskij Prospekt, die Hafergrütze zum Frühstück, die Suppe zum Mittagessen und das gekochte Huhn zum Abendessen – all das schien tief in ihrer Vergangenheit zu liegen. Sie sehnte sich danach, dass Alexander sie allein besuchen kam. Sie wollte ihm sagen, dass sie nicht das Recht gehabt hatte, sich so schlecht zu benehmen. Sie wollte ihn wieder ganz nahe bei sich spüren.

Tag für Tag lag Tatiana in ihrem Zimmer. Die Zeit wurde ihr lang und nachts konnte sie nicht schlafen. Die Tränen in den Augen ihrer Mutter schnitten ihr ins Herz, ebenso wie das Schweigen ihres Vaters. Es belastete sie, dass sie es nicht geschafft hatte, Pascha zu finden und zurückzubringen. Aber am meisten schmerzte sie, dass Alexander nicht mehr zu Besuch kam.

Zuerst tat es ihr nur weh. Dann war sie wütend auf ihn, danach wandte sich ihr Zorn gegen sich selbst. Zugleich war sie verletzt. Und schließlich resignierte sie.

Und genau an diesem Tag betrat Alexander direkt nach dem Mittagessen ihr Zimmer und brachte ihr ein Eis.

»Danke«, sagte sie leise.

»Bitte«, erwiderte er genauso leise. Er setzte sich auf den Stuhl neben ihrem Bett. »Ich bin auf Stadtpatrouille«, erklärte er. »Ich gehe durch die Straßen, kontrolliere, dass alle Fenster verklebt sind und dass nichts Ungewöhnliches passiert.«

»Allein?«

»Nein«, erwiderte er und verdrehte die Augen. »Mit einer Gruppe von siebenundvierzigjährigen Männern, die noch nie in ihrem Leben ein Gewehr in der Hand gehalten haben.«

»Dann bring es ihnen bei, Alexander! Du bist bestimmt ein guter Lehrer.«

Er blickte sie an und sagte: »Wir haben gerade den ganzen Morgen damit zugebracht, Panzerbarrikaden auf dem Moskau Prospekt Richtung Süden aufzubauen. Jetzt fahren dort keine Straßenbahnen mehr.« Er schwieg. »Aber bei Kirow wird noch gearbeitet. Sie produzieren weiter Panzer. Sie überlegen allerdings, ob sie die Produktion nicht weiter nach Osten verlegen sollen. Andere kleinere Firmen verlassen bereits nach und nach die Stadt.« Er schwieg wieder.

»Tania? Hörst du mir überhaupt zu?«

»Was?« Sie schreckte auf.

»Wie schmeckt das Eis?«

»Sehr gut. Ein unerwarteter Leckerbissen!«

»So sollte man über die meisten Dinge im Leben denken«, erwiderte Alexander und erhob sich. »Ich muss jetzt gehen.«

»Nein!«, bat Tania rasch. »Warte!«

Alexander setzte sich wieder.

»Wegen neulich ...«, stammelte sie. »Es tut mir Leid. Ich ...«

Alexander schüttelte den Kopf. »Vergiss es!«

»Warum bist du erst jetzt gekommen?«

»Wie meinst du das? Ich komme doch jeden Tag vorbei!«

Sie schwiegen beide und vermieden es, einander anzusehen.

»Ich wäre ja allein gekommen«, sagte er schließlich. »Aber ich dachte, dass es wenig Zweck hat. Weder dir noch mir wird es dadurch besser gehen.«

Vor Tatianas innerem Auge tauchte ein Bild auf. *Er beugte sich über sie, wusch Blut von ihrem nackten Körper.* Sie konnte nur mit Mühe atmen. Ein weiteres Bild entstand ... *Sie schlief in seinen Armen, die Lippen auf seine Brust gepresst, ihre Hände berührten ihn.* Tatiana wandte das Gesicht ab. »Du hast Recht«, flüsterte sie.

Alexander stand erneut auf und diesmal hielt Tatiana ihn nicht zurück. »Bis später«, sagte er und drückte einen Kuss auf ihr Haar.

Als er bereits an der Tür war, fragte sie: »Kommst du wieder? Nur wenn du Zeit hast, nur für ein paar Minuten!«

Er erwiderte: »Tania ...«

»Ich weiß ... komm besser nicht!«

»Tania, die Krankenschwestern hier ... eines Tages machen sie deiner Familie gegenüber eine Bemerkung über meine Besuche. Es wäre nicht gut.«

»Ja, das ist wahr«, gab sie zu.

Als er gegangen war, hing Tatiana selbstquälerischen Gedanken nach. Sie hatte immer geglaubt, sie sei eine gute Schwester, aber bisher hatte sie das noch nie beweisen müssen. Und nun hinterging sie Dascha in solch schamloser Weise.

2

Eine Woche später wachte Tatiana eines Nachts davon auf, dass ihr jemand über das Gesicht streichelte. Sie war sich zunächst nicht sicher, ob es sich nicht um einen Traum handelte. Sie wollte die Augen aufschlagen, aber es gelang ihr nicht. Sie hatte starke Medikamente genommen.

Es war ein Mann mit großen Händen. Er hielt inne und sagte: »Tatia?«

Es ist wirklich ein schöner Traum, von Alexander mitten in einer Augustnacht gestreichelt zu werden, dachte Tatiana. Endlich schlug sie die Augen auf.

Es war tatsächlich Alexander. Er trug keine Mütze und hatte diesen zärtlichen Blick in seinen Augen, den Tatiana so liebte. Sogar im Dunkeln konnte sie das erkennen.

»Habe ich dich geweckt?« Er lächelte.

Sie setzte sich auf. »Ja. Ich glaube schon.« Sie berührte seinen Arm. »Es kommt mir so vor, als sei es mitten in der Nacht.«

»Das ist es auch«, erwiderte er. »Es ist ungefähr drei Uhr.«

»Was ist los?«, wisperte sie. »Geht es dir gut?«

»Ja. Ich wollte nur nachsehen, ob bei dir alles in Ordnung ist. Ich denke ständig an dich. Bist du traurig? Oder einsam?«

»Ja, beides«, antwortete Tatiana. Sein Atem roch nach Wodka. »Hast du getrunken?«

»Hmm. Zum ersten Mal seit langer Zeit. Ich hatte heute Abend frei, deshalb sind Marasow und ich ausgegangen, um etwas zu trinken.« Er schwieg. »Tatia …«

Tatianas Herz klopfte. Atemlos wartete sie darauf, dass er weitersprach. Ihre Hände lagen auf der Decke. »Shura«, sagte sie leise und einen kurzen Moment lang war sie überglücklich.

Alexander flüsterte: »Ich finde nicht die richtigen Worte. Ich dachte, wenn ich genug trinken würde …«

»Alles, was du sagst, ist richtig«, murmelte Tatiana. »Was ist denn?«

Alexander ergriff ihre Hände und drückte sie an seine Brust. Er hielt den Kopf gesenkt und schwieg.

Jedes andere Mädchen hätte bestimmt gewusst, was jetzt zu tun war. Aber sie war wie betäubt. Dabei wünschte sie nichts mehr, als in diesem kostbaren Moment, allein mit ihm in der Dunkelheit, das Richtige zu tun.

Sie wollte ihn so gern küssen ... Impulsiv beugte sie sich vor und drückte einen Kuss auf sein Haar. Es roch nach Seife und Rauch. Alexander blickte auf. »Ich bin glücklich, dass du gekommen bist, Shura«, flüsterte sie.

Alexander umarmte sie und küsste sie auf den Mund. Sie schlang die Arme um seinen Hals und erwiderte seinen Kuss leidenschaftlich. Ihr stockte der Atem.

Ein süßer Schmerz durchfuhr sie und Tatiana stöhnte auf. Alexander umschloss ihr Gesicht mit beiden Händen. »Du Süße«, murmelte er. »Ich weiß nicht, was ich tun soll, Tania.« Er küsste ihre Lippen, ihre Augen, ihre Wangen, ihren Hals. Tatiana stöhnte wieder und drückte sich an ihn. Ihr Körper schien sich aufzulösen. Sie sank zurück aufs Bett.

Alexander hielt sie fest. Er streichelte ihren Rücken. Langsam löste er die Bänder des Nachthemds. Er saß auf ihrer Bettkante und fuhr fort, sie zu küssen, während er ihr das Nachthemd auszog. Tatiana erschauerte.

Alexander flüsterte leidenschaftlich: »Tania, das ist furchtbar für mich. Nirgendwo kann ich mit dir zusammen sein.« Er schlang erneut die Arme um sie.

»Shura, was geschieht mit mir? Was ist das?«, wisperte sie.

Alexander umfasste ihre Brüste und streichelte sie. Mit der Handfläche strich er über ihre Brustwarzen. Tatiana stöhnte. Er blickte auf ihre Brüste und murmelte: »Oh Gott, du bist so schön ...« Er nahm eine Brustwarze in den Mund und saugte vorsichtig daran. Das Gefühl überwältigte Tatiana. Sie packte seinen Kopf und stöhnte so laut, dass er ihr leicht die Hand über den Mund legte. »Schscht! Sie können dich draußen hören!«, flüsterte er. Mit der anderen Hand fuhr er fort, ihre Brust zu streicheln. Tatiana stöhnte erneut. »Schscht!«, wiederholte er lächelnd und außer Atem.

»Shura, ich sterbe!«

»Nein, Tatia.«

Ungestüm küsste sie ihn. Seine Hände auf ihren Brüsten bereiteten ihr eine solche Lust, wie sie es nie für möglich gehalten hätte. Alexander rückte ein wenig von ihr ab. Keuchend saß Tatiana, nackt bis zu den Hüften, im blauen Licht und krallte die Hände in die Bettdecke.

»Tania«, sagte Alexander zärtlich. »Wie kannst du nur in deinem Alter noch so unschuldig sein?«

»Es tut mir Leid«, flüsterte sie. »Ich wünschte, ich hätte mehr Erfahrung.«

Er zog sie an sich. »Mehr Erfahrung?«

»Ja. Ich ...«

»Du machst Witze, oder?«, flüsterte Alexander heftig. »Verstehst du nicht? Es ist gerade deine Unschuld, die mich verrückt macht.«

Er streichelte sie liebevoll. Tatiana drückte sanft seinen Kopf nach unten. »Bitte!«, stieß sie hervor.

Lächelnd stand er auf, um die Tür abzuschließen. Doch es gab keinen Schlüssel, deshalb schob er einfach sein Gewehr unter die Klinke. Er drückte Tatiana aufs Bett und liebkoste sie, bis sie dachte, sie müsse jeden Moment ohnmächtig werden. Sie zitterte am ganzen Körper und stöhnte erstickt in seine Hand.

»Oh Gott, geht es noch weiter?«, keuchte sie.

»Hast du das schon einmal erlebt?«, fragte Alexander, ebenfalls schnell atmend. Tatiana blickte ihn an. Sollte sie ihm die Wahrheit sagen? Anlügen wollte sie ihn nicht. Also schwieg sie.

Er setzte sich auf und zog sie an sich. »Sag mir die Wahrheit! Bitte! Ich muss es wissen! Hast du schon einmal so etwas erlebt?«

»Nein«, erwiderte sie. »Noch nie!«

Voller Verlangen und Sehnsucht blickte Alexander sie an. Dann senkte er den Kopf und sagte: »Tania, was sollen wir tun?«

»Shura ...«, flüsterte Tatiana. Sie ergriff seine Hände und zog sie an ihre Brüste. »Bitte, Shura, bitte lass es uns jetzt tun!«

»Hier ist es unmöglich!«, erwiderte er leise.

»Wo dann?«

Er blickte sie nicht an und Tatiana erkannte, dass er keine Antwort wusste. »Was ist mit dir?« Sie weinte fast. »Willst du es nicht auch?«

»Natürlich will ich!« Seine Stimme war rau.

»Was soll ich also tun?«

Leise lächelnd erwiderte er: »Was kannst du mir denn anbieten?«

»Ich habe keine Ahnung.« Schüchtern legte Tatiana ihre Hand auf seinen Oberschenkel. »Aber ich tue alles, was du willst.« Sie küsste ihn auf den Hals. »Alles. Sag mir nur, was ich tun soll!« Bebend ließ sie ihre Hand ein wenig höher gleiten.

Alexander stöhnte auf. Er packte ihre Hand und sagte: »Tania, warte ... willst du es wirklich?«

»Ich weiß nicht.« Stöhnend fuhr sie mit der Zunge über seine Lippen. »Ich will ...«

Plötzlich fiel ein Lichtstrahl unter der Tür hindurch. Von draußen erklang die Stimme einer Krankenschwester. »Tatiana? Geht es dir gut? Was ist mit der Tür los?«

Rasch zog Tatiana ihr Nachthemd an. Alexander schaltete das Licht an, ergriff sein Gewehr und öffnete die Tür.

»Es ist alles in Ordnung«, sagte er beruhigend. »Ich bin nur gekommen, um Tatiana gute Nacht zu sagen.«

»Gute Nacht?«, kreischte die Krankenschwester. »Sind Sie wahnsinnig? Um vier Uhr morgens ist keine Besuchszeit!«

»Schwester! Sie vergessen sich«, erwiderte Alexander und

erhob ebenfalls die Stimme. »Ich bin Leutnant der Roten Armee.«

Ein wenig ruhiger sagte die Krankenschwester: »Ich habe jemanden schreien gehört und dachte, es sei etwas passiert.«

»Mir geht es gut«, versicherte Tatiana mit krächzender Stimme. »Wir haben nur gelacht.«

»Und ich wollte gerade gehen«, fügte Alexander hinzu.

»Sie werden noch die anderen Patienten aufwecken«, murrte die Schwester.

»Gute Nacht, Tatiana«, sagte Alexander und blickte sie eindringlich an. »Ich hoffe, deinem Bein geht es bald besser.«

»Danke, Leutnant«, erwiderte Tatiana. »Kommen Sie bald wieder!«

»Nur nicht um vier Uhr morgens«, sagte die Krankenschwester und trat ins Zimmer, um nach Tatiana zu sehen. Hinter dem Rücken der Schwester drückte Alexander seine Finger an die Lippen und schickte Tatiana einen Kuss. Dann war er fort.

An Schlaf war in dieser Nacht nicht mehr zu denken. Tatiana ließ sich zweimal von Vera baden und putzte sich den ganzen Tag über ständig die Zähne, damit ihr Atem rein war. Sie trank nur Wasser und aß nichts außer einem kleinen Stück Brot.

Tatiana hatte erwartet, dass Schuldgefühle sie plagen würden, aber das war nicht der Fall. Ständig rief sie sich wieder ihr Zusammensein mit Alexander ins Gedächtnis.

Durch nichts war sie auf ein solch starkes Gefühl vorbereitet gewesen. Ihr Leben hatte sich zwischen der Schule und den Ferien in Luga bewegt.

Dort besaß Tatiana viele Freunde und sie hatte endlose Sommer voller Abenteuer verbracht. Es hatte nur die selbstvergessenen Spiele der Kindheit gegeben, gemeinsam mit Pascha, ihrem Gefährten.

Natürlich hatte Tatiana ab und zu bemerkt, dass Paschas

Freunde sie länger als gewöhnlich anstarrten oder sich ein wenig zu dicht neben sie stellten. Aber sie hatte nie darauf reagiert.

Bis sie Alexander kennen gelernt hatte.

Im Nachhinein war ihr aufgefallen, dass sie sofort miteinander vertraut gewesen waren.

Sie hatten viele Gemeinsamkeiten: Mitgefühl für andere, Verständnis, sie empfanden Freundschaft und Zuneigung füreinander. Sie waren zwei Menschen, die in der Bahn nebeneinandersitzen, sich berühren, sich gegenseitig zum Lachen bringen konnten, die einander brauchten.

Und den ganzen Tag über, während sie sich hingebungsvoll pflegte, hörte das Pochen in ihrem Bauch nicht auf.

Bevor Vera sie an diesem Abend allein ließ, bat Tatiana sie um einen Lippenstift.

Als Dascha, Alexander und Dimitri zu Besuch kamen, bemerkte Dascha: »Tania, ich habe dich noch nie mit geschminkten Lippen gesehen!«

Dimitri trat an ihr Bett und sagte lächelnd: »Ja, seht euch das an!«

Nur Alexander äußerte sich nicht. Tatiana konnte seine Reaktion nicht überprüfen, denn sie wagte es nicht, ihn anzuschauen. Sie fürchtete, nach der vergangenen Nacht nie wieder in der Lage zu sein, ihn in Gegenwart anderer direkt anzusehen.

Die Besucher blieben nur kurze Zeit, da Alexander bald verkündete, er müsse zurück. Die anderen begleiteten ihn.

Tatiana saß wie erstarrt in ihrem Bett, bis es an der Tür klopfte und Alexander erneut ins Zimmer trat. Er setzte sich auf die Bettkante und wischte ihr mit einer zärtlichen, besitzergreifenden Geste den Lippenstift ab. »Was ist denn das?«, wollte er wissen.

»Die anderen Mädchen tragen auch alle Lippenstift«, protestierte Tatiana und fuhr sich rasch über den Mund. »Auch Dascha.«

»Ich möchte nicht, dass du dein hübsches Gesicht schminkst«, bestimmte er und streichelte ihr sanft über die Wange. »Du hast es wirklich nicht nötig.«

»Gut«, willigte sie ein und legte sich erwartungsvoll in die Kissen zurück. Ernst blickte sie ihn an.

Alexander schwieg. Schließlich sagte er seufzend: »Tania, wegen gestern Nacht …«

Sie holte tief Luft.

»Hör zu, du kannst das nicht tun«, erklärte er.

»In Ordnung«, erwiderte sie rau und ergriff ihn am Ärmel. Sie fuhr mit den Fingern seine Lippen nach. »Shura …«

Alexander wandte den Kopf und stand auf. Verwirrt blickte Tatiana ihn an. »Es tut mir Leid wegen gestern«, sagte er kühl. »Ich war betrunken. Ich habe dich missbraucht …«

»Nein, das hast du nicht!«, widersprach sie.

Er nickte. »Doch! Es war ein schrecklicher Fehler. Ich hätte nicht hierher kommen dürfen, das weißt du.«

Sprachlos schüttelte Tatiana den Kopf.

»Ich weiß, wie du dich fühlst, Tania«, beteuerte Alexander mühsam beherrscht. »Aber wir tun etwas Unmögliches. Wo sollen wir …«

»Hier«, flüsterte sie errötend.

Die Krankenschwester kam herein, sah nach Tatiana und warf Alexander einen strengen Blick zu. Sie schwiegen, bis sie wieder hinausgegangen war.

Dann sagte Alexander: »Hier? Die Krankenschwestern stehen ständig vor der Tür! Dieses Risiko für eine Viertelstunde … Ist es das, was du willst?«

Tatiana antwortete nicht und hielt den Blick gesenkt.

»Gut«, sagte Alexander und stieß einen Seufzer aus. »Wo sonst?«

»Ich weiß nicht«, erwiderte sie und biss sich auf die Lippen, um nicht zu weinen. »Wie machen es denn die anderen?«

»Andere machen es auf der Straße, gegen die Mauer gelehnt!«, rief Alexander aus. »Auf Parkbänken und in der Kaserne und in Gemeinschaftswohnungen, wo die Eltern nebenan auf dem Sofa schlafen!« Er wandte den Blick ab. »Die anderen sind nicht du, Tatiana.«

Sie wandte sich von ihm ab.

»Du hast etwas Besseres verdient.«

Sie wollte nicht, dass er ihre Tränen sah.

»Ich bin hier, um mich bei dir zu entschuldigen und dir zu sagen, dass es nicht wieder vorkommen wird.«

Sie schloss die Augen und versuchte, ruhig zu bleiben. »In Ordnung.«

Alexander ging um das Bett herum und stellte sich vor sie. Sein Gewehr ließ er nicht los. Tatiana wischte sich über das Gesicht. »Tania, bitte weine nicht«, bat er sie zärtlich. »Gestern Nacht war ich bereit, alles zu geben, um das brennende Verlangen zu befriedigen, das ich in mir spüre, seit ich dich kennen gelernt habe. Aber Gott hat über dir gewacht und hat uns daran gehindert, es zu tun. Vor allem mich hat er aufgehalten und jetzt bin ich nicht mehr so verwirrt …« Alexander schwieg. »Doch mein Verlangen nach dir hat nicht nachgelassen.« Er holte tief Luft und blickte auf sein Gewehr.

Tatiana konnte nichts sagen.

Alexander fuhr fort: »Du und ich …« Dann brach er kopfschüttelnd ab. »Aber es ist nicht die richtige Zeit.«

Sie drehte sich auf den Rücken und legte einen Arm über ihr Gesicht. »Hättest du dir das nicht überlegen können, bevor du zu mir gekommen bist?«, entfuhr es ihr.

»Du ziehst mich einfach magisch an«, erwiderte er. »Gestern Nacht war ich betrunken. Aber heute Abend bin ich nüchtern. Und es tut mir Leid.«

Tränen schnürten Tatiana die Kehle zusammen. Aber sie sagte kein Wort.

Alexander ging, ohne sie zu berühren.

3

Luga hatte gebrannt, Tolmachewo war gefallen, die Männer des deutschen Generals von Leeb zerstörten die Eisenbahnlinie zwischen Kingisepp und Gatschina und trotz Tausender von Freiwilligen, die unter Lebensgefahr Schützengräben aushoben, hielt keine der Frontlinien stand.

Und Tatiana lag noch immer im Krankenhaus. Sie konnte noch nicht laufen und sie konnte noch immer nicht die Augen schließen, ohne dass sie jemand anderen sah als Alexander.

Mitte August, ein paar Tage bevor Tatiana aus dem Krankenhaus entlassen werden sollte, kamen Deda und Babuschka zu Besuch, um ihr mitzuteilen, dass sie Leningrad verlassen würden. Babuschka sagte: »Taneschka, wir sind zu alt, um während des Kriegs in der Stadt zu bleiben. Wir würden die Bombardierung, die Kämpfe oder eine Belagerung nicht überleben. Dein Vater möchte, dass wir gehen, und er hat Recht. In Molotow sind wir besser aufgehoben. Deinem Großvater ist eine gute Stelle als Lehrer angeboten worden und den Sommer über bleiben wir in ...«

»Was ist mit Dascha?«, unterbrach Tatiana sie hoffnungsvoll.

Deda erklärte, dass Dascha Tatiana nicht allein lassen wolle.

Nicht *mich* will sie nicht allein lassen, dachte Tatiana.

Deda war der Meinung, dass sie, Dascha und vielleicht auch ihre Kusine Marina auch nach Molotow kommen sollten, sobald der Gips von Tatianas Bein entfernt worden war.

»Also bleibt Marina auch in Leningrad?«

»Ja«, erwiderte Deda. »Deine Tante Rita ist sehr krank und Onkel Boris ist in Izhorsk. Wir haben sie gefragt, ob sie mit uns kommen will, aber sie hat gesagt, sie ginge nicht ohne ihre Mutter und sie könne auch ihren Vater nicht im Stich lassen, da er doch gegen die Deutschen kämpfen muss.«

Marinas Vater, Boris Razin, arbeitete als Ingenieur in Izhorsk, in einer ähnlichen Fabrik wie Kirow. Da die Deutschen immer näher rückten, bereiteten sich die Arbeiter, die Panzer und Tellerminen bauten, auf den Kampf vor.

»Marina sollte wirklich mit euch gehen«, fand Tatiana. »Sie ...« Tatiana versuchte, es vorsichtig auszudrücken. »Sie ist nicht besonders stark.«

Deda erwiderte: »Ja, das wissen wir. Aber wie immer hält die Liebe zur eigenen Familie die Menschen davon ab, sich selbst zu retten.«

»Denk immer daran, Taneschka«, bat Babuschka und tätschelte Tatiana durch die Decke. »Deda und ich lieben dich sehr. Das weißt du, nicht wahr?«

»Natürlich, Babuschka«, beteuerte Tatiana.

»Wenn du nach Molotow kommst, stelle ich dich meiner Freundin Dusia vor. Sie ist alt, sehr religiös und sie wird dich bestimmt mögen.«

»Wunderbar«, murmelte Tatiana und lächelte müde.

Deda küsste sie auf die Stirn. »Vor uns allen liegen schwere Zeiten. Vor dir besonders, Tania. Vor dir und Dascha. Seit Pascha nicht mehr da ist, brauchen eure Eltern euch mehr denn je. Kopf hoch und lass dich nicht unterkriegen!«

Babuschka zog ihn am Arm und sagte: »Jetzt ist es genug! Tania, du wirst es schon schaffen. Wir erwarten dich nächsten Monat in Molotow.«

»Hör immer auf dein Herz, Enkeltochter«, befahl Deda, während er aufstand und Tatiana umarmte.

»Laut und deutlich, Deda«, erwiderte Tatiana und drückte ihn an sich.

Als Dascha später an diesem Abend mit Alexander und Dimitri vorbeikam, erwähnte Tatiana Dedas Vorschlag. »Das wird nicht möglich sein. Im September werden keine Züge mehr fahren«, wandte Alexander ein.

Für gewöhnlich vermied er es, das Wort in Gegenwart der

anderen an Tatiana zu richten, und hielt eine vorsichtige Distanz.

Tatiana hätte ihm gern geantwortet, aber ihre Gefühle waren noch zu sehr in Aufruhr und sie hatte Angst, sich zu verraten. Also sagte sie nichts.

Dascha fragte: »Was soll das heißen?«

»Es heißt, dass keine Züge fahren«, antwortete Alexander. »Im Juni hättet ihr reisen können, auch im Juli noch, aber da hat sich ja Tatiana das Bein gebrochen. Im September, wenn sie wieder gesund ist, wird kein einziger Zug mehr Leningrad verlassen, es sei denn, es passiert ein Wunder.«

»Was für ein Wunder?«, fragte Dascha hoffnungsvoll.

»Dass sich die Deutschen unvermutet ergeben«, entgegnete Alexander. »Doch seit wir Luga verloren haben, ist unser Schicksal eigentlich besiegelt. Wir werden sicherlich versuchen, die Deutschen aufzuhalten, damit sie nicht nach Mga gelangen. Das ist der zentrale Punkt für Zugreisen innerhalb ganz Russlands. Die Eisenbahn darf auf keinen Fall in die Hände der Nazis fallen.« Alexander senkte die Augen. »Aber ich bin sicher: Es wird doch geschehen und im September fährt kein Zug mehr.«

Tatiana hörte den Unterton in seiner gleichmütigen Stimme. *Tania, ich habe dir immer gesagt: Verlass diese verdammte Stadt! Du hast nicht auf mich gehört und jetzt ist es zu spät!*

4

Tatianas Leben im Krankenhaus war ein Zuckerschlecken gegen das, was ihr bevorstand, als sie Mitte August nach Hause kam. Als sie mehr schlecht als recht auf Krücken in die Wohnung humpelte, kochte Dascha gerade das Abendessen für Alexander. Der saß fröhlich mit Dimitri am Tisch, scherzte mit Mama, unterhielt sich mit Papa über Politik, rauchte und machte einen entspannten Eindruck.

Unglücklich saß Tatiana am Tisch und brachte kaum einen Bissen hinunter.

Wann würde er endlich gehen? Es war schon sehr spät. Hatte er heute denn keinen Dienst?

»Dimitri, um wie viel Uhr hast du Dienst?«

»Um elf«, gab Dimitri zurück. »Aber Alexander hat heute Abend frei.«

Tatiana konnte es nicht fassen.

»Tania, hast du schon gehört? Mama und Papa schlafen jetzt in Dedas und Babuschkas Zimmer«, erzählte Dascha lächelnd. »Wir beide haben jetzt ein Zimmer ganz für uns allein. Kannst du das glauben?«

Daschas Stimme hatte einen Klang, der Tatiana nicht gefiel. »Nein«, entgegnete sie. Wann ging Alexander endlich?

Dimitri brach zur Kaserne auf. Kurz vor elf wollten Mama und Papa zu Bett gehen und Mama flüsterte Dascha zu: »Er kann nicht über Nacht bleiben, hast du verstanden? Dein Vater würde sehr zornig werden …«

»Ich habe verstanden, Mama«, flüsterte Dascha zurück. »Er geht gleich, ich verspreche es dir.«

Die Eltern gingen schlafen und Dascha zog Tatiana beiseite und wisperte: »Tania, kannst du auf dem Dach noch ein wenig mit Anton spielen? Bitte! Ich möchte nur eine einzige Stunde mit Alexander allein sein – in einem *Zimmer*, Tania!«

Tatiana ließ Dascha mit Alexander in ihrem Zimmer allein.

Sie ging in die Küche und erbrach sich in die Spüle. Aber die Übelkeit ließ nicht nach, auch nicht, als sie aufs Dach ging und sich dort zu Anton setzte, der Nachtwache halten musste. Anton war kein guter Himmelsbeobachter: Er schlief, kaum dass Tatiana neben ihm saß. Glücklicherweise war alles ruhig. Selbst aus der Ferne hörte man keine Kriegsgeräusche. Tatiana begann zu weinen.

Es ist meine Schuld, dachte sie. Es ist alles meine Schuld. Ich kann niemandem einen Vorwurf machen.

Hätte sie nicht beschlossen, Pascha eigenhändig wieder nach Hause zu holen, hätte sie sich nicht das Bein gebrochen und sie und Dascha wären mit Deda und Babuschka nach Molotow gefahren. Und das Undenkbare würde nicht jetzt gerade in ihrem Zimmer passieren.

Sie saß so lange auf dem Dach, bis Dascha kam und sie hereinholte.

Am nächsten Abend erklärte Mama Tatiana, dass sie von jetzt an das Essen für die Familie zubereiten müsse, schließlich könne sie nicht den ganzen Tag untätig zu Hause herumsitzen.

Solange Tatiana denken konnte, hatte Babuschka gekocht. Nur an den Wochenenden war Tatianas Mutter für die Mahlzeiten zuständig gewesen. Manchmal bereitete auch Dascha das Essen zu. An den Feiertagen, wie Neujahr, kochten sie alle gemeinsam, bis auf Tatiana, die immer nur aufräumte oder abspülte.

»Das täte ich gern, Mama«, verkündete Tatiana. »Wenn ich nur wüsste, wie es geht.«

Verächtlich sagte Dascha: »Kochen ist doch nicht schwer!«

»Genau«, stimmte Alexander lächelnd zu. »Kochen ist nicht schwer. Mach etwas Leckeres, Kohlkuchen zum Beispiel!«

Warum nicht, dachte Tatiana, sie musste schließlich ihre Hände beschäftigen, während ihr Bein heilte. Sie würde es versuchen. Sie wollte nicht mehr den ganzen Tag nur herumsitzen und lesen oder an Alexander denken.

Die Krücken hatten sie zu sehr behindert, deshalb benutzte Tatiana sie nicht mehr. Sie humpelte zum Einkaufen. Ihr erstes Gericht würde Kohlkuchen sein. Gern hätte sie Pilzkuchen gebacken, aber im Laden gab es keine Pilze.

Nach mehreren Versuchen und fünf Stunden Arbeit hatte

Tatiana es geschafft: Der Kohlkuchen war fertig. Dazu kochte sie eine Hühnersuppe.

Alexander kam zusammen mit Dimitri zum Abendessen. Tatiana befürchtete, dass ihr Gericht Alexander nicht schmecken könnte. Neckend sagte er: »Um nichts in der Welt würde ich deinen ersten Kohlkuchen verpassen wollen!«

Sie aßen und tranken und unterhielten sich über den Tag und über den Krieg. Papa sagte: »Tania, der Kuchen ist ein bisschen salzig!«

Mama sagte: »Und es sind zu viele Zwiebeln darin. Warum hast du nicht versucht, etwas anderes als Kohl zu bekommen?«

Dascha bemerkte: »Tania, die Karotten musst du das nächste Mal ein bisschen länger in der Brühe kochen. Und du hast das Lorbeerblatt vergessen!«

Dimitri warf lächelnd ein: »Für einen ersten Versuch ist es nicht schlecht, Tania.«

Alexander hielt Tatiana seinen Teller hin und sagte: »Es ist großartig! Kann ich bitte noch von dem Kohlkuchen haben? Und noch etwas Suppe, bitte!«

Nach dem Essen schubste Dascha Tatiana in die Küche und flüsterte flehend: »Kannst du mit Dimitri ein bisschen aufs Dach gehen? Heute Abend wird es nicht so spät. Alexander muss gleich in die Kaserne zurück. Bitte!«

Auf dem Dach spielten ständig Kinder aus den anderen Wohnungen, so dass Dimitri und Tatiana nicht allein waren. Dascha und Alexander hingegen waren allein.

Tatiana vermochte den Anblick der beiden einfach nicht mehr zu ertragen. Am liebsten wollte sie Alexander nie mehr sehen. Und am Ende des Sommers würde sich Daschas Verliebtheit bestimmt verflüchtigt haben. Nichts überstand den kalten Leningrader Winter.

Und dennoch: Alle anderen konnte sie belügen, aber nicht sich selbst. Obwohl sie sich um Abstand bemühte, hielt sie den ganzen Tag über immer wieder den Atem an, bis sie am Abend endlich Alexanders Schritte auf dem Flur vernahm. Und sie konnte ihm nicht in die Augen schauen, ohne dass sie zu zittern begann.

Mit zusammengebissenen Zähnen versuchte sie immer wieder, Alexander aus ihren Gedanken zu verbannen. Sie wusste, dass es besser war, ihm aus dem Weg zu gehen. Und dennoch musste sie Abend für Abend mit ihm zusammen am Tisch sitzen und ihre Gefühle verbergen.

Im Laufe der Zeit wurde Tatiana klar, dass ihr das nicht gelang. Sie befürchtete, dass man ihr all ihre Emotionen an den Augen ablesen konnte.

Sie vermied es, Alexander anzusehen, damit Dimitri nichts bemerkte. Aber gerade dadurch verriet sie sich.

Dimitri schien misstrauisch zu werden. Sein prüfender Blick ruhte ständig auf Alexander und Tatiana.

Tatiana war sicher, dass Alexander seine wahren Empfindungen besser im Zaum halten konnte.

Die meiste Zeit über benahm er sich ihr gegenüber vollkommen unverfänglich. So, als verbinde sie nichts weiter als eine lockere Freundschaft. Wie machte er das bloß?

Vielleicht lag es wirklich am Alter. Alexander war ihr so nahe gewesen ... Und nun ließ er sich nicht das Geringste anmerken. Machte diese Gabe das Erwachsensein aus?

Oder hatte ihm jener magische Moment am Ende gar nichts bedeutet?

Tatiana wusste es nicht und sie fühlte sich gedemütigt.

Manchmal senkte sie den Kopf und wünschte sich weit fort. Doch ab und zu warf ihr Alexander einen Blick zu und sie sah die Wahrheit in seinen Augen.

Dennoch war es schwer, seine Gegenwart zu ertragen, vor allem dann, wenn sie sich zufällig berührten. Einmal, als sie gerade allein im Zimmer waren, sagte Alexander mit breitem Lächeln: »Hallo, Tania! Ich bin zu Hause!« Unwillkürlich musste sie lachen. Und als sie aufblickte, sah sie, dass auch er lautlos lachte.

Als Alexander eines Abends ihre Käse-*blinchiki* probierte, sagte er: »Tatiana, ich finde, das ist das Beste, was du bisher gekocht hast.« Diese Bemerkung hob ihre Laune schlagartig. Dascha gab Alexander einen Kuss und rief aus: »Taneschka, du bist wirklich ein Geschenk für uns alle!«

Tatianas Lächeln erlosch. Dimitri beobachtete sie scharf. Später, als Dascha und Alexander zusammen auf dem Sofa saßen, sagte Dimitri: »Dascha, ich muss feststellen, ich habe Alexander noch nie so glücklich gesehen wie mit dir.« Alle lächelten, auch Alexander, der dabei Tatianas Blick auswich.

Tatiana verwandte nun ihre gesamte Energie aufs Kochen, weil sie merkte, wie gern Alexander ihre Speisen aß.

»Weißt du, was ich auch gern mag?«, fragte er einmal.

Tatianas Herzschlag setzte einen Moment lang aus.

»Kartoffelpfannkuchen.«

»Ich weiß nicht, wie man sie macht.«

»Kartoffeln, Mehl, Zwiebeln. Salz.«

»Ist das ein Rezept aus …«

In diesem Augenblick betrat Dascha den Raum.

Am nächsten Tag buk Tatiana Kartoffelpfannkuchen mit saurer Sahne. Alle Familienmitglieder versicherten, sie hätten noch nie etwas so Köstliches gegessen. »Wo hast du denn *das* gelernt?«, fragte Dascha.

Das Kochen entwickelte sich zu Tatianas einziger Freude. Am schönsten war die Vorfreude auf Alexanders begeisterte Miene. Für den weiteren Verlauf des Abends gab es zwei Varianten und beide waren gleich schlimm für Tatiana: Entweder musste Alexander in die Kaserne zurück oder Dascha beanspruchte, mit ihm allein zu sein.

Wo waren sie wohl früher hingegangen, als Dascha noch kein eigenes Zimmer hatte? Dascha sprach mit ihr nicht darüber. Sie redete überhaupt nicht mehr mit Tatiana.

Tatiana hatte niemanden, dem sie sich anvertrauen konnte.

Eines Abends, als sie alle auf dem Dach versammelt waren, wollte Anton das Geographiespiel spielen. Tatiana erwiderte, dass sie sich auf einem Bein wohl kaum drehen könne.

»Ach, komm schon, versuch es doch!«, drängte Anton. »Ich halte dich fest.«

»Na gut«, willigte Tatiana ein, die sich nach ein wenig Ablenkung sehnte. Mit geschlossenen Augen hüpfte sie auf ihrem gesunden Bein umher. Anton hielt sie an den Armen fest und sie lachte hysterisch, weil sie alle Länder fürchterlich durcheinander brachte. Als sie die Augen wieder öffnete, sah sie, dass Alexander sie finster anblickte. Ihr stockte der Atem. Schweigend setzte sie sich neben Dimitri. Anscheinend hatte er sich doch nicht immer im Griff.

»Das ist ein lustiges Spiel, Tatiana«, sagte Dimitri und legte den Arm um sie.

»Wann wirst du je erwachsen, Tania?«, stöhnte Dascha.

Alexander schwieg.

Tatiana war dankbar dafür, dass sie wegen ihres gebrochenen Beins mit Dimitri keine Spaziergänge machen konnte. Sie war auch froh, dass sie angesichts der vielen Leute in der Wohnung nicht mit Dimitri allein sein musste. Aber als sie an diesem Abend in die Wohnung zurückkehrten, stellte Tatiana entsetzt fest, dass ihre Eltern in der milden Augustnacht zu einem Spaziergang aufgebrochen waren.

Tatiana registrierte Dimitris viel sagendes Lächeln. Dascha fragte: »Bist du müde, Alexander?«

Alexander kam Tatiana zu Hilfe. »Nein, Dascha«, entgegnete er. »Ich muss gehen. Komm, Dimitri!«

Dimitri, der Tatiana unverwandt ansah, erwiderte, er wolle noch nicht gehen.

»Doch, Dima«, sagte Alexander. »Leutnant Marasow will dich heute Abend vor der Wache noch sprechen. Lass uns aufbrechen!«

Als Mama und Papa von ihrem Spaziergang zurückkamen, bat Tatiana sie leise, nie wieder am Abend die Wohnung zu verlassen.

Tagsüber humpelte Tatiana durch die Straßen, um in den Läden in der Nähe einzukaufen. Ihr war bereits aufgefallen, dass es weder Rindfleisch noch Schweinefleisch gab. Sie bekam noch nicht einmal die zweihundertfünfzig Gramm Fleisch pro Woche, die jedem zustanden. Nur gelegentlich gab es Hühnchen.

Lediglich Kohl, Äpfel, Kartoffeln, Zwiebeln und Karotten waren noch zu bekommen. Butter war rar und das wirkte sich auf die Qualität ihrer Kuchen aus. Alexander aß sie jedoch nach wie vor mit Begeisterung.

Am Nachmittag legte sie sich für eine Weile aufs Bett und studierte englische Wörter, bevor sie das Radio einschaltete.

Tatiana hörte jeden Nachmittag Radio. So konnte sie ihrem Vater am Abend immer die neuesten Nachrichten von der Front überbringen. Nur seine dringlichste Frage konnte sie ihm nicht beantworten: Gibt es Nachrichten von Pascha?

Tatiana fühlte sich verpflichtet, wenigstens etwas über die Position der Roten Armee oder das Vorrücken der deutschen Truppen in Erfahrung zu bringen. Und meist gab es auch Neuigkeiten von der finnisch-russischen Front.

»Die finnischen Armeen gewinnen rasch alle Gebiete zurück, die sie im Krieg von 1940 verloren haben.«

»Die Finnen rücken weiter Richtung Leningrad vor.«

»Die Finnen sind in Lisiy Nos, ungefähr zwanzig Kilometer vor der Stadtgrenze.«

Dann folgten in der Regel ein paar Sätze über den deutschen Feldzug. Der Sprecher las langsam und führte die Nachrichten breit aus, damit niemand bemerkte, dass sie eigentlich inhaltslos waren. Tatiana suchte die von den Deutschen besetzten Städte im Atlas.

Als sie realisierte, dass Zarskoje Selo in deutscher Hand war, war sie schockiert. Zarskoje Selo war wie Peterhof ein

Sommerpalast der Zaren gewesen, das Schlimmste jedoch war, dass es nur zehn Kilometer südöstlich von den Kirow-Werken entfernt lag, die sich an der Leningrader Stadtgrenze befanden. So nahe standen die Deutschen bereits?

»Ja, so ist es«, bekannte Alexander an diesem Abend.

Die Stadt hatte sich verändert, während Tatiana im Krankenhaus gelegen hatte. Die goldenen Türme der Admiralität und der Peter-Paul-Kathedrale waren nun grau. Auf den Straßen sah man überall Soldaten und NKWD-Milizen in ihren dunkelblauen Uniformen.

Jedes Fenster in der Stadt war verdunkelt. Manchmal setzte sich Tatiana auf eine Bank gegenüber der Kirche und beobachtete die Menschen, die durch die Straßen eilten. Am Himmel erblickte sie zahlreiche Flugzeuge. Die Lebensmittelrationen wurden schließlich noch weiter eingeschränkt, aber Tatiana bekam immerhin genug Mehl. Und außerdem brachte Alexander oft seine Rationen mit.

Dimitri ging mit Tatiana aufs Dach, während Dascha und Alexander in der Wohnung blieben. Er legte seinen Arm um sie und sagte: »Tatiana, ich bin so traurig! Wie lange soll ich denn noch warten? Erlaubst du mir heute Abend ein bisschen mehr als sonst?«

Tatiana legte ihm die Hand auf den Arm und fragte: »Was ist denn los?«

»Ich brauche nur ein wenig Trost«, bat er und umarmte sie. Er versuchte, sie auf den Mund zu küssen.

Tatiana fand es widerlich. »Dima, bitte«, flüsterte sie, wich zurück und winkte Anton, der sofort zu ihnen trat. Dimitri resignierte und verschwand.

»Danke, Anton«, sagte Tatiana.

»Ich helfe dir jederzeit«, erwiderte er. »Warum sagst du ihm nicht einfach, er soll dich in Ruhe lassen?«

»Ob du es glaubst oder nicht: je häufiger ich es ihm sage, desto heftiger versucht er es.«

»Ältere Männer sind eben so«, erklärte Anton in einem Ton, als ob er etwas von diesen Dingen verstünde. »Weißt du das denn nicht? Du musst ihnen nachgeben, dann lassen sie dich in Ruhe.« Er lachte.

Auch Tatiana musste lachen. »Wahrscheinlich hast du Recht.« Sie bemühte sich weiterhin, Dimitri abzulenken. Mit Wodka funktionierte es besonders gut. Dimitri neigte dazu, zu viel zu trinken, und schlief oft auf dem Sofa im Flur ein. Dann zog Tatiana sich die alte Strickjacke ihrer Großmutter über und ging hinauf aufs Dach. Dort setzte sie sich neben Anton und dachte an Pascha und an Alexander.

Wenn die Kinder alle ins Bett gegangen waren, blieb Tatiana noch auf dem Dach sitzen und sagte sich im Schein der Kerosinlampe englische Wörter aus dem Lexikon vor. Gern hätte sie Alexander vorgeführt, was sie schon alles gelernt hatte.

Eines Abends dachte Tatiana darüber nach, wie sie ihr Leben wieder in Ordnung bringen könnte.

Am 22. Juni war auf einmal alles durcheinandergeraten. Durch den Ausbruch des Krieges hatte sie ihre Sorglosigkeit eingebüßt. Allein Tatianas Begegnung mit Alexander und ihre allabendlichen Spaziergänge waren wunderschön gewesen.

Tatiana vermisste diese täglichen Höhepunkte mehr, als sie sich selbst gegenüber zugeben wollte.

Es war zwei Uhr morgens. Tatiana fror, doch sie wollte nicht zurück in die Wohnung. Die sorgenvollen Mienen ihrer Eltern erinnerten sie ständig daran, dass sie Pascha verloren hatten. Und sie war es leid, ständig von Dascha aus dem Zimmer geschickt zu werden.

Wenn ich bei einem Bombenangriff auf unser Haus umkäme, würden die anderen um mich trauern? Und was würde Alexander tun?, fragte sie sich.

Er hatte sich mit Sicherheit alles anders vorgestellt. Aber gab es denn eine Alternative? Wo sollten sie sich treffen, wenn Dascha über ihre Beziehung Bescheid wüsste?

Nichts brachte Tatiana Erleichterung, denn weder Alexanders Gleichgültigkeit noch seine düstere Stimmung beeinträchtigten ihre Liebe zu ihm.

Plötzlich hörte sie ein fernes Grollen. Über den Himmel glitten die Luftschiffe.

Irgendetwas musste sie tun.

Tatiana ging in die Wohnung hinunter. Sie bereitete sich einen Tee zu, um ihre kalten Hände zu wärmen, und setzte sich erschöpft auf das Fensterbrett. Aus den Augenwinkeln sah sie Alexander an der Tür vorbeigehen. Er blieb stehen und einen Moment lang schwiegen sie beide.

»Was machst du hier?«, fragte er leise.

Kühl erwiderte sie: »Ich warte darauf, dass du gehst, damit ich endlich mein Zimmer wieder betreten kann.«

Zögernd trat Alexander einen Schritt auf sie zu.

Sie blickte ihn finster an.

»Ich bleibe selten so lange«, sagte er.

Sie zuckte mit den Schultern.

Schuldbewusst und verständnisvoll erwiderte Alexander: »Tatiascha, es ist sehr schwer für dich, ich weiß. Es tut mir Leid. Es ist meine Schuld. Ich hätte in jener Nacht nicht ins Krankenhaus kommen dürfen!«

»Ach, was war denn zuvor anders?«

»Es war auf jeden Fall besser als jetzt.«

»Ja, vielleicht hast du Recht.« Tatiana wäre ihm am liebsten um den Hals gefallen. Stattdessen sagte sie: »Sag mal, bist du dafür verantwortlich, dass sich Dima in Leningrad aufhält? Er bedrängt mich jeden Abend.«

Alexanders Augen blitzten wütend. »Mir hat er gesagt, du hättest nichts dagegen und er sei bei dir schon zum Zuge gekommen!«

»Tatsächlich?« War Alexander deshalb so kühl gewesen? »Was genau hat er gesagt?« Tatiana war zu müde, um wütend auf Dimitri zu sein.

»Vergiss es!«, erwiderte Alexander gequält.

»Und du hast ihm geglaubt?«

»Stimmt es denn nicht?«

Sie schwang die Beine vom Fensterbrett und stellte ihre Tasse ab.

Alexander trat näher.

»Tu mir einen Gefallen und halte dich von mir fern, ja?«

»Ich versuche mein Bestes«, erwiderte er und trat einen Schritt zurück.

»Nein, das tust du nicht«, entgegnete Tatiana. »Warum kommst du immer noch hierher? Hör auf, Dascha etwas vorzumachen!« Sie seufzte tief.

»Kämpfe in deinem Krieg und nimm Dimitri mit! Er lässt sich durch mein Nein nicht abschrecken und ich bin es langsam leid ...«

»Ich kann jetzt nicht fortgehen. Die Deutschen sind schon zu nahe. Deine Familie wird mich brauchen.« Er schwieg. »*Du* wirst mich brauchen.«

»Nein! Ich komme ohne dich zurecht. Bitte, Alexander ... es ist einfach zu schwer für mich. Kannst du das nicht verstehen? Sag Dascha Lebewohl und nimm Dimitri mit. Bitte verlass die Stadt!«

»Tania«, wandte Alexander fast unhörbar ein. »Ich muss dich sehen!«

Sie blinzelte.

»Wer soll mir denn mein Essen machen?«

»Na, das ist ja wunderbar«, erwiderte sie aufgebracht. »Ich koche dir Abendessen und halte mir deinen besten Freund vom Leib, während du mit meiner Schwester schläfst. Das ist großartig für dich, was?«

Alexander drehte sich auf dem Absatz um und verließ die Küche.

Am nächsten Morgen ging Tatiana zu Vera ins Grecheskij-Krankenhaus. Während die Krankenschwester ihre Rippen untersuchte, fragte Tatiana: »Vera, gibt es hier etwas für mich zu tun? Kann ich vielleicht im Krankenhaus arbeiten?«

Vera blickte sie prüfend an. »Was ist los? Du siehst so traurig aus. Ist es wegen deinem Bein?«

»Nein. Ich ...« Vera war so freundlich, dass Tatiana ihr beinahe das Herz ausgeschüttet hätte. »Nein, es ist alles in Ordnung. Aber ich langweile mich. Ich würde gern etwas Sinnvolles tun.«

Nachdenklich erwiderte Vera: »Wir könnten schon Hilfe gebrauchen.«

Sofort hakte Tatiana ein. »Und was könnte ich machen?«

»Es gibt so viel zu tun! Du könntest Schreibarbeiten erledigen oder Essen servieren, Wunden verbinden oder Temperatur messen. Vielleicht kannst du sogar eine Schwesternausbildung machen.«

Tatiana strahlte. »Vera, das wäre fantastisch!« Dann runzelte sie die Stirn. »Aber was sage ich meinem Chef bei Kirow? Er will bestimmt, dass ich zurückkomme und wieder Panzer baue, sobald ich die Schiene nicht mehr tragen muss. Wann ist es denn so weit?«

»Tatiana! Die Front verläuft gerade dort entlang!«, rief Vera aus. »Du gehst nicht mehr zu Kirow. Sie drücken dir ein Gewehr in die Hand und zwingen dich, Schießübungen zu machen, bevor sie dich wieder an die Arbeit lassen. Du bist gerade noch rechtzeitig dort weggegangen. Aber hier ist das Personal immer knapp. Zu viele haben sich als Freiwillige gemeldet.« Sie lächelte. »Nicht jeder hat so viel Glück wie du und wird von einem Offizier ausgegraben.«

Tatiana wäre am liebsten nach Hause gerannt, so glücklich war sie.

Beim Essen konnte sie ihre Begeisterung kaum im Zaum halten. Sie verkündete, sie habe eine Arbeit in der Nähe der Wohnung gefunden.

»So ist es richtig!«, freute sich Papa. »Dann kannst du ja dort essen.«

»Tania kann noch nicht arbeiten«, sagte Alexander. »So wird ihr Bein nie heilen und sie wird ihr Leben lang humpeln.«

»Aber sie kann auch nicht weiterhin untätig sein. Dann bekommt sie nämlich nur eine Kinderration an Lebensmitteln!«, rief Papa laut. »Wir können sie nicht länger durchfüttern. Ich habe gehört, dass die Rationen schon wieder gekürzt werden.«

»Ich gehe arbeiten, Papa«, erwiderte Tatiana unverdrossen. »Und ich esse weniger, in Ordnung?«

Alexander blickte sie finster an und spießte eine Kartoffel auf.

Papa warf seine Gabel hin. »Tania, du hättest mit deinen Großeltern fortgehen sollen«, platzte er heraus. »Es wäre für uns viel leichter ohne dich und du würdest hier nicht dein Leben aufs Spiel setzen.« Er schüttelte den Kopf.

»Papa, was redest du da?«, fragte Tatiana. Ihre Fröhlichkeit war wie weggeblasen und sie sprach lauter als gewöhnlich. »Ich konnte Leningrad wegen meines Beins nicht verlassen, das weißt du doch!«

»Schon gut, Tania«, sagte Dascha und legte ihr die Hand auf den Arm.

Auch Mama warf ihre Gabel hin. »Tania, wenn du nicht diese idiotische Reise gemacht hättest, hättest du dir auch nicht das Bein gebrochen!«

Tatiana riss sich von Dascha los und wandte sich an ihre Mutter. »Und wenn du nicht gesagt hättest, dass besser *ich* an Paschas Stelle gestorben wäre, dann wäre ich auch nicht losgefahren, um ihn zu suchen!«

Mama und Papa starrten Tatiana sprachlos an. Auch alle anderen im Zimmer schwiegen. »Das habe ich nie gesagt!«, schrie Mama und sprang auf. »Niemals!«

»Ich habe dich gehört!«

»Nie würde ich so etwas sagen!«

»Warum konnte Gott nicht stattdessen unsere Tania nehmen?, habt ihr gesagt. Erinnert ihr euch etwa nicht mehr?«

»Tania, bitte«, flehte Dascha mit zitternder Stimme. »Sie haben es nicht so gemeint.«

»Komm, Taneschka«, mischte sich Dimitri ein und streckte die Hand nach Tatiana aus. »Beruhige dich!«

»Tatiana!«, brüllte Papa. »Wag es nicht, so mit uns zu reden! Alles ist ohnehin nur deine Schuld!«

Tatiana versuchte, tief Luft zu holen, aber es gelang ihr nicht. »Meine Schuld?«, schrie sie hysterisch. »Es ist *deine* Schuld! Du bist derjenige, der Pascha in den Tod geschickt hat …«

Papa stand abrupt auf und schlug ihr so fest ins Gesicht, dass sie vom Stuhl fiel.

Alexander sprang auf und schob Tatianas Vater beiseite. »Das dürfen Sie nicht!«, sagte er.

»Hinaus!«, donnerte Papa. »Das geht nur meine Familie etwas an. Verschwinden Sie, verdammt noch mal!«

Alexander half Tatiana aufzustehen. Sie verharrten zwischen dem Sofa und dem Esstisch. Dascha schlug die Hände vors Gesicht. Sie und Dimitri waren die Einzigen, die noch saßen.

Tatianas Nase blutete. Sie drückte sich an Alexander und hielt sich an seinem Ärmel fest. Außer sich vor Zorn kreischte sie: »Du kannst mich gern schlagen! Du kannst mich auch umbringen, wenn du willst. Aber das bringt Pascha auch nicht zurück!«

Papa ging erneut auf Tatiana los, aber Alexander hielt ihn zurück.

Jammernd eilte Dascha zu ihrem Vater. »Papuschka, Papuschka, bitte nicht!« Dann wirbelte sie zu Tatiana herum und schrie: »Sieh nur, was du angerichtet hast!« Sie versuchte, sich an Alexander vorbei zu Tatiana zu drängen, aber es gelang ihr nicht.

»Was hast du vor?«, fragte er ruhig.

Verständnislos starrte Dascha ihn an. »Du verteidigst sie auch noch? Du siehst doch, was sie angerichtet hat!«

Mama weinte. Papa schrie so laut, dass sein Gesicht feuerrot anlief. Dimitri starrte schweigend auf seinen Teller. »Sie hat überhaupt nichts getan«, stellte Alexander sachlich fest. »Wenn ihr damals auf Tatiana gehört hättet, hättet ihr Pascha noch zurückholen können und er wäre vielleicht noch am Leben. Aber jetzt ist es zu spät. Und deshalb lasst Tatiana in Ruhe!«

Dann wandte er sich an Tatiana: »Alles in Ordnung?« Er reichte ihr eine Serviette. »Drück sie gegen deine Nase, damit sie nicht mehr blutet!«

»Georgi Wassiliewitsch, ich verstehe, dass Sie großen Kummer und Zorn verspüren«, fuhr er dann fort. »Aber lassen Sie Ihre Wut nicht an Tania aus!«

Papa warf sein Wodkaglas zu Boden und taumelte fluchend in das andere Zimmer. Mama folgte ihm und schlug heftig die Tür hinter sich zu. Tatiana hörte sie schluchzen. »So ist es immer«, sagte sie mit bebender Stimme. »Sie weint, bis man sich bei ihr entschuldigt, auch wenn sie mit dem Streit begonnen hat.«

Dascha blickte Alexander finster an. »Ich kann es nicht fassen, dass du dich gerade gegen mich gestellt hast!«

»Red keinen Unsinn, Dascha!«, erwiderte Alexander laut. »Ich wollte lediglich verhindern, dass du Tania schlägst.«

»Was bildest du dir ein?«, schrie Dascha und versuchte, ihn zu ohrfeigen.

Er ergriff ihre Hand und hielt sie fest. »Du weißt ja nicht, was du tust, Dascha!«, sagte er. »Ich gehe jetzt.«

Dimitri, der kein Wort gesagt hatte, stand auf und verließ mit Alexander den Raum.

Kaum waren sie zur Tür hinaus, da stürzte sich Dascha auf ihre Schwester. Tatiana fiel gegen den Esstisch.

»Da siehst du, was du angerichtet hast!«, kreischte Dascha.

Die Tür flog auf und Alexander kam wieder herein. Er packte Dascha am Arm und sagte: »Tania, entschuldigst du uns bitte eine Minute?«

Tatiana gehorchte und ging auf den Flur hinaus. Sie drückte noch immer die Serviette an ihre blutende Nase.

Sie vernahm, wie Alexander und Dascha sich anschrien. Sie und Dimtri blickten schweigend zu Boden. Schließlich bemerkte er achselzuckend: »So ist er eben. Manchmal bekommt er solche Wutausbrüche.«

Tatiana hatte Alexander bis heute noch nie so erlebt. Dimitri sagte: »Er sollte sich da heraushalten! Das geht doch nur eure Familie etwas an. Meinst du nicht auch? Morgen ist bestimmt alles wieder in Ordnung!«

Aus dem Zimmer ertönte Alexanders Stimme: »*Du* vertreibst mich – durch dein Verhalten! Nicht Tatiana! Wie kannst du nur deine Schwester schlagen?«

Dascha antwortete irgendetwas.

»Dascha, hör auf mit deinen blöden Entschuldigungen! Ich will sie nicht hören.« Es entstand eine Pause. »So kann es mit uns nicht weitergehen!«

Dascha begann hysterisch zu schluchzen. »Bitte, Alex, bitte geh nicht! Es tut mir Leid, du hast ja Recht. Was soll ich tun? Soll ich mich bei ihr entschuldigen?«

»Dascha, wenn du deine Schwester noch einmal anrührst, mache ich auf der Stelle mit dir Schluss«, hörte Tatiana Alexander sagen. »Hast du mich verstanden?«

»Ich werde sie nie wieder schlagen«, versprach Dascha.

Dann herrschte Schweigen.

Tatiana stand da wie erstarrt. Sie blickte Dimitri an. »Nicht mal zum Streiten ist man hier allein«, sagte sie und glitt zu Boden.

Dimitri hob sie auf und setzte sie auf das Sofa im Flur. Er wischte ihr das Gesicht ab und tätschelte ihr den Rücken. »Geht es dir gut?«, fragte er immer wieder.

Die Sarkows klopften an die Tür und erkundigten sich, ob alles in Ordnung sei. Ein Streit in der Gemeinschaftswohnung konnte nicht verborgen bleiben.

»Es ist alles in Ordnung!«, beteuerte Tatiana. »Nur ein kleiner Streit.«

Dascha trat aus dem Zimmer und entschuldigte sich mürrisch bei Tatiana. Dann ging sie wieder zu Alexander hinein und schloss die Tür hinter sich. Tatiana bat Dimitri zu gehen und humpelte dann auf das Dach hinauf.

Nach einer Weile gesellte sich Alexander zu ihr. Tatiana unterhielt sich gerade mit Anton und tat so, als bemerke sie Alexander nicht. Anton machte Tatiana auf ihn aufmerksam. Seufzend wandte sie sich Alexander zu. »Was ist los?«, fragte sie unglücklich.

»Gib mir deine Hand!«, flüsterte er.

»Nein!«

»Gib mir deine Hand!«

Laut sagte sie: »Anton, du erinnerst dich doch sicher an Daschas Freund Alexander? Gib ihm die Hand!«

Anton gehorchte. Alexander bat ihn, sie für einen Moment allein zu lassen.

Zögernd rückte Anton ein Stück zur Seite, blieb aber immer noch so nahe, dass er alles hören konnte.

»Komm, wir setzen uns dort drüben hin!«, schlug Alexander vor.

»Es fällt mir noch schwer zu laufen. Ich sitze hier ganz gut.«

Ohne ein weiteres Wort hob Alexander Tatiana hoch und ging mit ihr auf die gegenüberliegende Seite des Daches, wo sie ungestört waren.

»Reich mir deine Hände, Tania!«

Unwillig folgte Tatiana. Ihre Hände zitterten. »Geht es dir wieder gut?«, fragte er leise. »Kommt es oft vor, dass Dascha dich schlägt?«

»Es geht mir gut. Und es kommt ab und zu vor.« Sie schüttelte den Kopf. »Warum hast du mir geholfen?«

»Ich werde nie zulassen, dass dir jemand etwas antut«, erwiderte er.

»Aber was hat es gebracht? Jetzt sind alle wütend auf mich. Ich bin für sie der Abschaum!«

Alexander blickte sie voller Liebe und Mitgefühl an. »Ich lasse es nicht zu, dass sie dir wehtun. Mir ist es egal, ob Dascha das mit uns herausfindet oder ob Dimitri ...« Er brach ab und fuhr so leise fort, dass Tatiana ihn kaum verstand: »Mir ist es egal, ob alle mit dem Finger auf uns zeigen.« Er blickte sie prüfend an. »Und das weißt du auch.«

»Ach, was verstehst du schon davon?«, fragte Tatiana leise. »Hier in Russland schlagen Eltern eben ihre Kinder und die Kinder nehmen es hin. Große Schwestern schlagen ihre kleinen Schwestern und die kleinen Schwestern akzeptieren das. So ist es eben.«

»Ich verstehe«, sagte Alexander. »Aber du bist so ... schutzlos! Dein Vater trinkt zu viel und das macht ihn launisch. Du musst sehr vorsichtig sein, wenn er in der Nähe ist!«

Alexanders Hände waren warm und beruhigend. Tatiana schloss die Augen und dachte auf einmal nur noch an eins. Mit einem stummen Schrei öffnete sie die Lippen.

»Liebste Tania, tu das nicht«, sagte Alexander und drückte ihre Hände fester.

»Shura, ich weiß nicht, was ich machen soll! Ich fühle mich so verloren ...«, klagte Tatiana.

Plötzlich zog Alexander seine Hände fort und verdrehte die Augen. Dascha kam die Treppe hoch.

Sie blieb bei ihnen stehen und sagte: »Ich wollte nach meiner Schwester sehen. Ich wusste nicht, dass du noch hier bist. Du hast behauptet, du müsstest gehen!«

»Ich muss jetzt auch gehen«, erwiderte Alexander und erhob sich. Er gab Dascha einen raschen Kuss auf die Wange. »Wir sehen uns bald. Und du, Tania, lass deine Nase untersuchen! Vergewissere dich, dass sie nicht gebrochen ist!«

Tatiana nickte kaum merklich.

Als er gegangen war, setzte sich Dascha neben sie. »Was wollte er?«

»Nichts Besonderes. Er wollte nur wissen, ob es mir gut geht.« Auf einmal verspürte Tatiana das Bedürfnis, Dascha auf der Stelle alles zu erzählen, doch bevor sie dem nachgeben konnte, sagte sie: »Weißt du was, Dascha? Du bist meine Schwester und ich liebe dich. Morgen früh wird wieder alles in Ordnung sein. Manchmal denke ich zwar, dass ich viel zu oft nachgebe, aber so ist es nun mal. Ab morgen will ich das auch gern wieder tun, aber jetzt im Moment möchte ich nicht mit dir reden. Ich möchte einfach nur allein sein und nachdenken.« Tatiana schwieg und fügte nach einer Weile mit Nachdruck hinzu: »Also, bitte, Dascha, geh jetzt!«

Dascha rührte sich nicht. »Es tut mir Leid, Tania, wirklich. Aber du hättest zu Papa und Mama nicht so unverschämt sein dürfen! Du weißt doch, wie traurig sie wegen Pascha sind und dass sie sich Vorwürfe machen!«

»Dascha, ich will deine verlogenen Entschuldigungen nicht hören!«

»Was ist nur in dich gefahren?«, fragte Dascha. »Du hast doch sonst nie so geredet!«

»Bitte, Dascha, geh endlich!«

Tatiana saß bis zum Morgen auf dem Dach. Ihre Beine und ihr Gesicht waren eiskalt.

Es erstaunte sie, dass die Nähe zu Alexander noch immer so groß war. Und das, obwohl sie kaum Gelegenheit gehabt hatten, ungestört miteinander zu reden. Er war so distanziert gewesen und es waren bittere Worte zwischen ihnen gefallen. Und doch zweifelte sie keinen Moment daran, dass er immer für sie da war. Diese Überzeugung hatte ihr auch die Kraft gegeben, Papa die Meinung zu sagen.

Dimitri, der seine Gefühle für Tatiana ständig zur Schau stellte, hatte in dieser Situation untätig dagesessen, aber das hatte sie nicht überrascht. Er war feige.

Tatiana wusste genau, dass sie zu Alexander gehörte. Warum versuchte sie bloß mit aller Macht, ihre Gefühle zu unterdrücken?

Anfangs hatte sie geglaubt, sie könne sich Alexander aus

dem Herzen reißen, sie könne ihr Leben auch ohne ihn fortführen. Aber sie war eines Besseren belehrt worden.

Das war keine vorübergehende Verliebtheit. Tatiana war sicher: Sie und Alexander waren füreinander bestimmt.

5

Als Alexander sein Quartier betrat, stellte er befremdet fest, dass Dimitri in seinem Bett lag.

»Was ist los?«, fragte Alexander müde.

»Das wollte ich von dir wissen«, erwiderte Dimitri.

»Haben wir uns nicht gerade erst gesehen? Ich möchte jetzt schlafen. Ich muss morgen früh um fünf Uhr aufstehen.«

»Dann komme ich direkt auf den Punkt«, erklärte Dimitri und sprang aus der Koje. »Ich möchte nicht, dass du mit meinem Mädchen flirtest!«

»Wovon redest du?«

»Kann ich nicht wenigstens eine Sache für mich allein haben? Du führst doch ein gutes Leben, oder nicht? Du bist Leutnant in der Roten Armee. Du befehligst eine Kompanie von Männern, die dir ergeben sind. Ich bin nicht in deiner Kompanie …«

»Nein, aber in meiner, Gefreiter«, sagte Anatoli Marasow und sprang aus der Koje, die neben Alexanders lag. »Es ist schon spät und wir haben morgen alle einen langen Tag vor uns. Sie sollten hier nicht so herumschreien. Es ist ohnehin eine Ausnahme, dass Sie sich hier aufhalten dürfen.«

Dimitri salutierte.

Alexander stand schweigend daneben.

»Stillgestanden, Gefreiter!«, befahl Marasow und baute sich vor Dimitri auf. »Als Sie hierher kamen, dachte ich, Sie wollten sich nur ein wenig ausruhen und auf Ihren Freund warten.«

»Es geht nur um eine Kleinigkeit zwischen mir und dem Leutnant«, sagte Dimitri.

»Es ist nur dann eine Kleinigkeit, Gefreiter, wenn ich dafür nicht aus meinem dringend benötigten Schlaf geweckt werde. Und jetzt, stehen Sie bequem!« Marasow schritt nur mit einer langen Unterhose bekleidet vor Dimitri auf und ab und fragte: »Kann das nicht bis morgen warten?«

Alexander warf ein: »Leutnant, gewähren Sie uns noch ein paar Minuten?«

Marasow unterdrückte ein Lächeln und neigte den Kopf. »Wie Sie wünschen, Leutnant.«

»Wir gehen auf den Flur.«

Sie traten auf den Korridor und Alexander schloss die Tür hinter sich. »Dima, du bringst dich noch in Schwierigkeiten. Was ist dein Problem?«

»Das weißt du genau! Du bist wohl unersättlich!«, zischte Dimitri. »Du kannst doch jedes Mädchen auf der Welt haben. Warum willst du unbedingt meins?«

Alexander wandte all seine Kraft auf, um Dimitri nicht dieselbe Frage zu stellen. »Ich habe keine Ahnung, wovon du redest. Ich habe ihr nur geholfen.«

Dimitri fuhr fort: »Ich bin bloß ein einfacher Soldat. Ich befolge Befehle und wühle im Dreck. Sie ist die Einzige, die mich wie ein menschliches Wesen behandelt.«

Sie behandelt alle so, das hat nichts mit dir zu tun, dachte Alexander insgeheim. Laut entgegnete er: »Aber Dima, du bist am Leben! Denk doch nur daran, was dir erspart geblieben ist! Man hat dich nicht in den Süden geschickt, wo unsere Männer von den Deutschen massakriert worden sind. Marasows Einheit bleibt so lange hier, bis die deutschen Truppen die Stadt erreicht haben. Dafür habe ich gesorgt. Um dir zu helfen!« Er schwieg. »Weil ich dein Freund bin. Ich bin doch immer gut zu dir gewesen. Was ist nur mit unserer Freundschaft passiert?«

»Die Liebe ist uns dazwischengekommen«, erwiderte Dimitri gereizt. »Tatiana ist mir jetzt wichtiger. Ich möchte diesen verdammten Krieg überleben – für *sie!*«

»Oh Dimitri«, seufzte Alexander. »Wer hindert dich denn daran?«

Dimitri flüsterte: »Das ist bestimmt nur die alberne Verliebtheit eines unreifen Mädchens! Wie könnte es anders sein? Sie weiß ja noch nicht einmal, wer du bist.« Dimitri schwieg. »Oder weiß sie es?«

Alexanders Herzschlag setzte einen Moment lang aus. Er blickte Dimitri finster an. »Natürlich nicht«, gab er schließlich zurück. »Sie weiß absolut nichts!«

»Wenn sie etwas wüsste, Alexander, dann könnte es sehr gefährlich werden, meinst du nicht auch? Für uns beide!«

Alexander trat einen Schritt auf Dimitri zu, der abwehrend die Hände hob und zurückwich. »Dimitri, spiel keine Spielchen mit mir!«, knurrte Alexander. »Ich habe dir doch gesagt: Sie weiß nichts.«

»Ich will niemanden verletzen«, erwiderte Dimitri kleinlaut. »Ich möchte nur bei Tania eine Chance haben.«

Mit zusammengebissenen Zähnen wandte Alexander sich ab und ging ins Zimmer zurück.

Marasow, der mit hinter dem Kopf verschränkten Armen im Bett lag, fragte beiläufig: »Alexander, möchtest du, dass ich mich um Chernenko kümmere? Macht er dir Schwierigkeiten?«

Alexander schüttelte den Kopf. »Mach dir keine Gedanken! Ich werde schon mit ihm fertig.«

»Wir könnten ihn versetzen.«

»Er ist bereits viermal versetzt worden.«

»Ach, und weil niemand ihn will, teilst du ihn mir zu?«

»Nicht dir, sondern Kaschnikow.«

»Ja, und Kaschnikow gehört zu mir.«

Marasow zog eine Flasche hervor, trank einen Schluck Wodka und reichte ihn Alexander. »Wir haben nicht genug Männer, um Hitlers Panzer aufzuhalten. Wir werden uns ergeben müssen.«

»Ohne mich«, verkündete Alexander. »Wenn es nötig sein sollte, werden wir sogar mit Steinen nach den Deutschen werfen.« Er lächelte.

Marasow salutierte auf seinem Bett und sank dann in seine Kissen zurück. »Leutnant Below, in der letzten Zeit habe ich außerhalb des Dienstes nicht viel von dir gesehen. Du glaubst nicht, welche Mädchen jetzt im Club verkehren!« Er grinste.

Alexander erwiderte das Grinsen und schüttelte dann den Kopf. »Das ist nichts mehr für mich.«

Marasow hob überrascht den Kopf. »Ich habe zwar gehört, was du eben gesagt hast, Leutnant, aber ich verstehe es nicht. Was in Teufels Namen ist los mit dir?«

Als Alexander nicht antwortete, sagte Marasow: »Warte, warte! Du bist doch nicht etwa … oh nein!« Er lachte. »Jetzt weiß ich, dass du verloren bist!«

»Na, zumindest kann ich nicht schlafen«, stellte Alexander fest.

»Wen von den anderen soll ich zuerst aufwecken? Das kann ich nicht für mich behalten!«

Er beugte sich aus seiner Koje und schlug dem Soldaten im Bett unter ihm mit einem Kissen auf den Kopf. »Grinkow, wach auf! Du glaubst nicht, was …«

»Lass mich in Ruhe«, knurrte Grinkow. Er warf das Kopfkissen zu Boden und drehte sich um.

Alexander lachte. »Hör auf, du verrückter Hund!«, forderte er. »Hör auf, bevor ich *dich* versetzen lasse!«

»Wer ist es?«

»Ich weiß nicht, wovon du redest«, erwiderte Alexander und zog sich die Decke über den Kopf.

»Es ist garantiert das Mädchen, von dem du ständig im Schlaf sprichst!«

Alexander schlug die Decke zurück und blickte ihn überrascht an. »Ich rede nicht im Schlaf!«

»Oh doch, das tust du!«, beteuerte Marasow. »Und wie. Grinkow, was sagt Below immer, wenn er schläft?«

»Du sollst mich schlafen lassen, verdammt«, knurrte Grinkow wieder.

»Nein, das sagt er nicht. Er nennt den Namen eines Mädchens. Es ist ... Alexander, es ist gemein, dass du die Geschichte vor deinen Freunden geheim hältst!«

»Ich weiß, aber du bist einfach zu redselig«, erwiderte Alexander und drehte sich um.

Marasow klatschte in die Hände. »Die will ich kennen lernen«, verkündete er. »Ich muss das Mädchen kennen lernen, dass unserem Alexander das Herz gestohlen hat!«

Als Alexander später schlaflos in seinem Bett lag, war ihm klar, dass er sein Herz tatsächlich verloren hatte. Er musste unbedingt bald wieder mit Tatiana sprechen.

Offenbar war ihre Zeit einfach noch nicht gekommen. Aber für sie würde er die Sterne vom Himmel holen!

6

Am nächsten Morgen fragte Mama: »Bist du jetzt zufrieden mit dem, was du angerichtet hast?« Tatiana schwieg betreten.

Als alle gegangen waren, machte sie sich bereit für die Arbeit im Krankenhaus. Da klopfte es, und als sie öffnete, stand Alexander vor der Tür.

»Ich kann dich nicht hereinlassen.« Tatiana wies auf Zhanna Sarkowa, die im Flur stand und sie misstrauisch beäugte.

»Mach dir keine Gedanken!«, erwiderte Alexander und trat einfach ein. »Auf mich wartet vor dem Haus eine ganze Einheit. Wir errichten Barrikaden in den Straßen im Südosten der Stadt.« Er schwieg. »Es gibt schreckliche Nachrichten. Mga ist gestern an die Deutschen gefallen.«

»Oh nein, nicht Mga!« Tatiana fielen Alexanders Worte über

die Bedeutung Mgas für den gesamten Zugverkehr in Russland ein. »Was heißt das für uns?«

Alexander schüttelte den Kopf. »Das ist das Ende. Ich wollte mich nur vergewissern, dass es dir wieder gut geht. Und dass du nicht arbeiten gehst!«, sagte er nachdrücklich.

»Doch, das tue ich.«

»Tatia, nein!«

»Doch, Shura!«

»Nein!« Er hob die Stimme.

Tatiana blickte auf den Flur hinaus und sagte: »Diese Frau wird meiner Familie garantiert erzählen, dass du hier gewesen bist.«

»Gib mir meine Mütze zurück, die ich gestern bei euch vergessen habe! Ich habe heute früh beim Appell deswegen bereits einen Verweis bekommen. Das ist ein vortrefflicher Grund dafür, dass ich hierher gekommen bin.«

Tatiana ließ die Tür offen und Alexander holte seine Mütze aus dem Schlafzimmer.

»Bitte, geh nicht ins Krankenhaus!«, bat er, als er wieder herauskam.

»Alexander, ich werde hier verrückt. Im Krankenhaus sehe ich wirkliches Leid. Das wird mich ablenken.«

»Dein Bein wird nie heilen, wenn du den ganzen Tag herumläufst. Es dauert noch ein paar Wochen, bis der Gips abgenommen wird. Dann kannst du immer noch arbeiten gehen.«

»Wenn ich noch länger hier zu Hause bleibe, kann man mich in die Nervenheilanstalt einweisen!«

»Läge Kirow nicht an der Frontlinie, könntest du dort weiter arbeiten«, sagte Alexander leise. »Und ich könnte dich jeden Tag abholen.« Er schwieg und lächelte sie an. »Wie früher, weißt du noch?«

Tatianas Herz klopfte heftig. Aber Zhanna Sarkowa stand immer noch im Flur und sah neugierig herüber.

»Ich habe es satt!«, verkündete Alexander und schloss die Tür.

»Oh nein, tu das nicht!«, flehte sie. »Wir bekommen nur noch mehr Probleme.«

Er machte einen Schritt auf sie zu. »Wie geht es deiner Nase?«

»Sie ist nicht gebrochen.«

»Woher willst du das wissen?« Er trat näher.

Sie hob abwehrend die Hände. »Shura, bitte!«

Laut wurde an die Tür geklopft. »Taneschka, alles in Ordnung?«

»Ja, danke!«, rief Tatiana.

Die Klinke bewegte sich und Zhanna Sarkowa öffnete die Tür. »Ich wollte nur fragen, ob ich dir etwas zu essen machen soll.«

»Nein, danke, Zhanna«, erwiderte Tatiana mit unbewegter Miene.

Die Nachbarin musterte Alexander finster. Er wandte Tatiana das Gesicht zu und verdrehte die Augen. Tatiana platzte fast vor Lachen.

»Wir wollten gerade gehen«, erklärte sie.

»Oh, wohin geht ihr denn?«

»Nun, ich gehe arbeiten ...«

Alexander flüsterte: »Nein, das tust du nicht!«

»... und Leutnant Below errichtet Barrikaden in der Stadt.«

Alexander drehte sich zu Zhanna um.

»Barrikaden, Genossin Sarkowa. Wissen Sie, was das ist? Das sind hohe Wälle, die sich entlang der Stadtgrenze erstrecken.«

Zhanna Sarkowa wich zurück.

»Und jede Barrikade ist ausgestattet mit Maschinengewehrnestern, Stellungen für Panzerabwehrwaffen, Granatwerfer und Maschinengewehre.«

»Oh!«

»So schützen wir unsere geliebte Stadt«, sagte Alexander und schlug ihr die Tür vor der Nase zu.

Tatiana stand kopfschüttelnd hinter ihm und lächelte. »Gut

hast du das gemacht!« Sie ergriff ihre Tasche. »Lass uns gehen, Barrikadenbauer!«

Sie gingen hinaus und sperrten die Tür ab.

Am Ende des langen Flurs ergriff Alexander Tatianas Hand, um ihr die Treppe hinunterzuhelfen. Tatiana entzog sie ihm. »Alexander …«

»Nein!« Er umarmte sie stürmisch.

Tatiana wurde heiß vor Aufregung. »Weißt du was?«, fragte sie. »Ich werde Vera bitten, mich für die Krankenhauskantine einzuteilen. Vielleicht kannst du ja zum Mittagessen kommen!« Sie lächelte. »Dann bediene ich dich.«

Alexander schüttelte den Kopf. »Es gibt nichts, was ich lieber täte«, verkündete er. »Aber wir sind heute zu weit im Süden. Ich schaffe es bestimmt nicht bis zum Mittagessen ins Krankenhaus …«

Er gab ihre Hand nicht frei und ahnungsvoll fragte sie: »Was ist los?«

Alexander zögerte und sah sie traurig an. »Tania, ich muss mit dir reden!« Er seufzte. »Ich muss mit dir über Dimitri reden.«

»Was ist mit ihm?«

»Jetzt nicht. Ich muss in Ruhe und vor allem allein mit dir reden. Komm heute Abend in die Isaakskathedrale!«

Tatiana schlug das Herz bis zum Hals. »Alexander, ich kann doch kaum die drei Blocks bis zum Krankenhaus laufen! Wie soll ich denn zur Isaakskathedrale kommen?« Aber ihr war klar, dass sie es versuchen würde, und wenn sie dorthin kriechen musste.

»Ich weiß«, gab Alexander zu. »Ich will auch nicht, dass du den ganzen Weg ohne Hilfe zurücklegst.« Er streichelte ihr Gesicht. »Hast du nicht jemanden, der dich begleiten kann?«, fragte er. »Nicht Anton! Vielleicht besser eine Freundin, der du vertrauen kannst? Sie könnte dich dorthin bringen.«

Tatiana schwieg. »Und wie soll ich wieder nach Hause kommen?«, wollte sie wissen.

Alexander zog sie lächelnd an sich. »Wie immer«, erwiderte er. »Ich bringe dich nach Hause.«

Sie starrte auf die Knöpfe seiner Jacke.

»Tania, bitte sag ja!«, drängte er.

»Na gut.«

»Wirst du kommen?«

»Ich versuche es. Und jetzt geh!«

Tatianas Lippen näherten sich seinem Gesicht. Sie küssten sich leidenschaftlich. »Hast du eigentlich die leiseste Ahnung, was ich empfinde?«, flüsterte Alexander und streichelte ihre Haare.

»Nein«, erwiderte Tatiana und klammerte sich an ihm fest. »Ich weiß nur, was ich empfinde!«

An diesem Tag geschah ein Wunder: Das Telefon von Tatianas Kusine Marina funktionierte! Tatiana bat Marina hastig, zu Besuch zu kommen. Marina erschien gegen acht Uhr. Tatiana umarmte sie innig. »Marinka, ich habe dich so vermisst!«, rief sie aus. »Wo bist du gewesen?«

»Wo ich gewesen bin?«, erwiderte Marina lachend. »Wo bist *du* denn gewesen? Ich habe von deinen Eskapaden in Luga gehört ...« Sie blinzelte. »Es tut mir Leid wegen Pascha.« Doch schnell hellte sich ihre Miene wieder auf und sie fragte: »Warum siehst du eigentlich aus wie ein Junge?«

»Ich habe dir so viel zu erzählen!«

»Offensichtlich.« Marina setzte sich an den Esstisch. »Habt ihr etwas zu essen? Ich habe großen Hunger.«

Marina hatte breite Hüften und kleine Brüste. Ihre Augen und ihr kurz geschnittenes Haar waren dunkel und ihr Gesicht war übersät von Sommersprossen. Sie war neunzehn Jahre alt und besuchte seit einem Jahr die Leningrader Universität. Sie war normalerweise Tatianas engste Vertraute. Marina, Tatiana und Pascha hatten gemeinsam viele Sommertage in Luga und in der Umgebung von Nowgorod verbracht und der Altersunterschied zwischen ihnen war erst im letzten Jahr deutlich geworden. Marinas Clique bestand hauptsächlich aus ihren Bekannten von der Universität. Mit ihnen hatte Tatiana nichts gemeinsam.

Tatiana servierte hastig etwas Tee, Brot und Käse und sagte dann: »Marina, beeil dich bitte! Ich möchte spazieren gehen. Du siehst übrigens hübsch aus in diesem Kleid. Wie hast du den Sommer verbracht?«

»Wir können nicht spazieren gehen. Du kannst doch gar nicht richtig laufen! Lass uns hier reden!« Mama, Papa und Dascha waren nebenan und hörten Radio. Seit dem Tag zuvor sprachen sie nicht mehr mit Tatiana. Marina musterte ihre Kusine aufmerksam. »Also, erzähl! Was hast du mit deinen Haaren gemacht? Und warum trägst du einen so langen Rock?«

»Meine Haare habe ich abgeschnitten. Und der Rock verdeckt den Gips. Los, steh auf! Lass uns nach draußen gehen!« Tatiana zog Marina am Arm. Sie hatte es eilig. Alexander hatte sie gebeten, nach zehn Uhr zu kommen. Jetzt war es schon beinahe neun Uhr und sie war immer noch zu Hause. Sollte sie Marina alles erzählen, damit sie ihr half?

»Aber du kannst ja kaum humpeln! Warum können wir nicht hier bleiben?«

»Ich möchte lieber hinausgehen. Wie sehe ich aus?«

Marina hörte auf zu kauen und betrachtete Tatiana eingehend. »Was hast du gerade gesagt?«

»Ich habe gesagt: Lass uns gehen!«

»Na gut«, lenkte Marina ein. Sie wischte sich den Mund ab und stand auf. »Was ist hier eigentlich los?«

»Nichts. Warum?«

»Tatiana Metanowa! Ich weiß, dass irgendetwas nicht stimmt!«

»Wovon redest du?«

»Tania! Ich kenne dich seit siebzehn Jahren und du hast mich noch nie gefragt, wie du aussiehst!«

»Vielleicht hätte ich das getan, wenn dein Telefon etwas

häufiger funktioniert hätte. Willst du mir die Frage nun beantworten oder nicht?«

»Dein Haar ist kurz, dein Rock zu lang und deine Bluse ziemlich eng – was zum Teufel geht hier vor?«

Endlich gelang es Tatiana, Marina zur Tür hinauszuschieben. Langsam schlenderten sie kurz darauf über den Grecheskij Prospekt zum Auferstehungsplatz. Dort nahmen sie die Straßenbahn Richtung Admiralität. Tatiana stützte sich auf Marinas Arm. Das Gehen beanspruchte ihre ganze Energie und so fiel es ihr schwer, sich gleichzeitig mit Marina zu unterhalten.

»Tania, warum bist du von einem fahrenden Zug gesprungen? Hast du dir dabei das Bein gebrochen?«

»Nein«, sagte Tatiana. »Und was den Zug angeht ... ich ... ich musste es einfach tun.«

»Ach, und die Ladung Ziegelsteine ist wohl auch auf dich gestürzt, weil es so sein musste, wie?«, schnaubte Marina.

»Ja. Hör jetzt bitte auf!«

Marina lachte. »Es tut mir Leid wegen Pascha, Taneschka«, sagte sie dann ernster. »Er war ein toller Junge!«

»Ja«, stimmte Tatiana zu. »Ich wünschte, ich hätte ihn gefunden ...«

»Ich weiß.« Marina schwieg. »Das war kein besonders guter Sommer für dich. Ich habe dich seit Kriegsausbruch nicht gesehen.«

Tatiana nickte. »Beinahe hätte ich dich besucht ...«

»Warum bist du denn nicht gekommen?«

Tatiana hätte Marina am liebsten alles anvertraut – ihre Gefühle und ihr schlechtes Gewissen, ihre Angst und Verwirrung. Stattdessen erzählte sie ihr von Dascha und Alexander, von sich und Dimitri, von Luga und von Alexanders Suche nach ihr. Sie brachte die Wahrheit einfach nicht heraus.

Mittlerweile waren sie am Park der Admiralität angelangt, der am Ufer der Newa zwischen Palastbrücke und Isaakskathedrale lag. Jetzt war sie nicht mehr weit von Alexander entfernt. Tatiana lächelte. Die Kronen der großen Ulmen warfen ihren Schatten auf die Bänke und Wege, genau wie im Sommergarten. Nur war sie dort mit *ihm* spazieren gegangen.

»Tania, gibt es einen Grund, warum wir hier sind?«, erkundigte sich Marina.

»Nein«, erwiderte Tatiana. »Wir sitzen einfach hier und reden.« Sie hatte keine Uhr. Wie spät mochte es wohl sein?

»Ich bin früher oft in diesen Park gegangen«, erzählte Marina. »Einmal habe ich dich mitgenommen. Weißt du noch?«

»Ja ... ich erinnere mich.«

Marina sagte: »Ich habe die Zeit sehr genossen. Aber jetzt kommt es mir alles so fern vor ... Glaubst du, es wird wieder wie früher?«

»Bestimmt, Marinka«, versicherte Tatiana. »Ich baue darauf, schließlich möchte ich noch etwas erleben ...« Sie grinste ihre Kusine errötend an.

Marina lachte. »Hast du mit Dima noch nichts erlebt?«

»Natürlich nicht!«, empörte sich Tatiana.

Marina legte den Arm um sie. »Sei nicht traurig, Tania! Irgendwie wirst du aus dieser Stadt herauskommen.«

Tatiana schüttelte den Kopf. »Nein, die Züge fahren nicht mehr, Marinka. Mga ist gefallen.«

Marina schwieg. »Wir haben seit drei Tagen nichts mehr von Papa gehört«, sagte sie dann. »Er kämpft in Izhorsk. Das ist doch in der Nähe von Mga, oder nicht?«

»Ja«, erwiderte Tatiana leise.

Marina zog Tatiana näher an sich heran. »In Wahrheit glaube ich nicht, dass noch jemand aus der Stadt hinauskommt«, sagte sie. »Meine Mama ist krank. Mein Papa ist ...«

»Ich weiß«, unterbrach Tatiana sie und tätschelte ihr Knie. »Wir schaffen das schon, Marina! Wir müssen stark sein.«

»Ja, vor allem du«, sagte Marina kopfschüttelnd. »Erzählst du mir nun, warum wir hierher gekommen sind?«

»Nein.«

»Tania …«

»Nein! Es gibt nichts zu erzählen.«

Marina kitzelte Tatiana am Arm. »Tania, erzähl mir von Dimitri!«

»Da ist nichts.«

Marina kicherte. »Ich kann es gar nicht fassen, dass gerade du dich mit einem Soldaten triffst.« Sie blickte Tatiana streng an. »Oh nein – du bist doch nicht etwa hier mit ihm verabredet?«

»Nein!«, rief Tatiana heftig. »Dima und ich sind nur gute Freunde!«

»Ja, sicher. Soldaten kennen nur *eine* Art Freundschaft …«

Jetzt war es an Tatiana, ihre Kusine streng anzublicken. »Was redest du da?«

»Weißt du noch, wie ich letztes Jahr mit einem Soldaten ausgegangen bin?« Marina schnalzte verächtlich mit der Zunge. »Ich sah, wie er lebte, und sagte mir: Nichts für mich! Ich wollte nichts damit zu tun haben. Aber diesen Sommer habe ich einen netten Mann kennen gelernt, einen Studenten. Dann hat er sich für die Front gemeldet und ist nach Fornosovo gekommen. Ich habe nie wieder von ihm gehört.«

»Wie meinst du das?«, fragte Tatiana. »Womit möchtest du nichts zu tun haben?«

»Mit den Frauen.«

»Den Frauen?«, fragte Tatiana leise.

»All die Frauen, die in die Clubs, die Bars und die Kasernen kommen und sich den Soldaten anbieten … Immer, wenn die Männer dienstfrei haben, nehmen sie sich eine Braut.« Marina schüttelte den Kopf. »Ich weiß nicht, wie du dir Dimitri vom Leib halten kannst. Für einen Soldaten ist es gleich, welche Art Frau er vor sich hat – es geht nur ums Erobern.«

Entsetzt entgegnete Tatiana: »Was redest du da, Marinka? Das ist doch nur im Westen so, in Amerika. Aber doch nicht in Leningrad!«

Marina brach in Lachen aus. »Tania, ich liebe dich!«, rief sie und legte ihr den Arm um die Schultern. »Wirklich, du bist einfach ...«

»Alexander ist nicht so«, murmelte Tatiana erschüttert.

»Wer? Oh, du redest von Daschas Freund. Frag doch Dascha! Wie hat er sie denn deiner Meinung nach kennen gelernt?«

Dascha hatte Alexander im *Sadko* getroffen. »Du willst doch nicht behaupten ...«

»Frag Dascha, Tania!«

»Du weißt ja nicht, was du redest!« Inzwischen tat es Tatiana Leid, dass sie Marina überhaupt angerufen hatte.

Als Tatiana schwieg, fuhr Marina fort: »Sieh mal, ich will dich doch bloß vor einem Soldaten wie Dimitri warnen. Sie erwarten bestimmte Dinge, und wenn sie sie nicht bekommen, dann nehmen sie sie sich. Verstehst du?«

Tatiana war geschockt. Wie waren sie überhaupt auf dieses Thema gekommen?

»Bist du immer noch mit Anton Iglenko befreundet? Er ist ein netter Junge und er hat dich wirklich gern.«

»Marina!« Tatiana schüttelte den Kopf. »Anton ist mein *Freund.*« Sie holte tief Luft. »Er hat mich nicht gern!«

Marina lächelte und wuschelte Tatiana durch die Haare. »Du bist hinreißend, Tania. Und blind wie immer. Kannst du dich noch an Mischa erinnern? Weißt du noch, wie verliebt er in dich war?«

»Wer?« Tatiana dachte nach. »Du meinst Mischa aus Luga?«

Marina nickte. »Drei Sommer lang konnte Pascha ihn nicht von dir fernhalten!«

»Du bist verrückt!« Tatiana und Mischa waren zusammen auf Bäume geklettert. Sie hatte ihm das Radschlagen beigebracht.

Marina fragte: »Tania, hast du jemals mit Dascha über diese Dinge geredet?«

»Um Gottes willen, nein!«, rief Tatiana aus und versuchte aufzustehen.

Marina half ihr. »Nun, das solltest du vielleicht einmal tun. Sie ist immerhin deine ältere Schwester und sie weiß Bescheid. Sei vorsichtig mit Dimitri, Tania! Du möchtest doch sicher nicht eine seiner zahllosen Trophäen sein!«

Tatiana dachte an Alexander. Sie kannte nur einen Teil von ihm. Sie erinnerte sich daran, wie er sie sanft auf die Brust geküsst hatte, als sie in seinem Zelt lag.

Sie schüttelte den Kopf. Was Marina da beschrieb, traf nicht auf Alexander zu.

Doch dann kam ihr Dimitris Bemerkung über Alexanders Aktivitäten in den Sinn. Ihr wurde übel. »Lass uns nach Hause gehen!«, sagte sie unvermittelt. Langsam gingen sie auf die Straßenbahnhaltestelle zu. Tatiana erklärte, sie könne allein nach Hause fahren. »Ich schaffe das schon. Vom Auferstehungsplatz schaffe ich es zu Fuß. Ehrlich! Dein Bus muss jede Minute kommen. Mach dir keine Gedanken um mich!«

Marina wollte Tatiana nicht mitten in der Nacht allein lassen. Aber Tatiana hatte keine Angst. »Alexander hat gesagt, dass es seit Kriegsausbruch kaum noch Gewaltverbrechen gibt.«

»Tja, wenn Alexander das gesagt hat …« Marina musterte Tatiana prüfend. »Geht es dir gut?«

»Großartig. Nun geh schon!«, drängte Tatiana. Sie bemerkte, dass Marina zögerte, und streichelte ihr über die Wange. »Wer erwartet dich zu Hause, Marina?«, erkundigte sie sich leise.

»Niemand«, erwiderte Marina genauso leise. »Mama ist im Krankenhaus, Papa ist fort. Unten wohnen die Lublins …«

»Dann komm doch zu uns! Wir haben jetzt Platz. Deda und Babuschka sind fort. Du kannst bei Dascha und mir schlafen.«

»Wirklich?«, fragte Marina.

Tatiana nickte. »Natürlich!«

»Tania, willst du nicht erst deine Eltern fragen?«

»Das brauche ich doch nicht. Pack einfach deine Sachen und komm! Deine Mutter ist die Schwester meines Vaters. Er wird bestimmt nicht nein sagen.«

Marina umarmte Tatiana. »Danke«, flüsterte sie. »Ich habe mich ohne Mama und Papa so allein gefühlt ...«

Tatiana strich ihr über den Arm. »Ich weiß. Da kommt dein Bus.«

Marina winkte Tatiana zu und lief dann schnell über die Straße, um ihren Bus zu erreichen. Tatiana setzte sich auf die Bank und wartete auf ihre Straßenbahn.

Ihr war noch immer übel.

Als die Bahn kam, machte sie keinerlei Anstalten einzusteigen.

Sie musste Alexander einfach sehen!

Also stand sie auf und humpelte auf die Isaakskathedrale zu.

Zwei Soldaten kamen ihr entgegen. Sie blieben vor Tatiana stehen und fragten sie nach ihrem Ziel.

Einer der Soldaten teilte ihr mit, dass die Isaakskathedrale um diese Zeit geschlossen sei. Sie wolle zu Leutnant Below, erklärte sie. Die Soldaten kannten ihn und ihre ernsten Gesichter entspannten sich. Einer der Soldaten sagte: »Und wer sind Sie?«

»Ich bin seine Kusine aus Krasnodar«, erwiderte Tatiana.

»Oh, die Kusine«, wiederholte der Soldat. »Na, dann kommen Sie mal mit! Wir bringen Sie zu ihm. Ich weiß allerdings nicht, wie Sie mit Ihrem Gips auf die Säulengalerie kommen wollen! Man muss zweihundertzweiundsechzig Stufen hinaufsteigen.«

»Das schaffe ich schon«, versicherte Tatiana.

Die Isaakskathedrale war gar nicht weit entfernt und dennoch erschien Tatiana der Weg endlos. Als sie dort ankamen, keuchte sie und ihr Bein pochte vor Schmerz. Aus der Ferne erkannte Tatiana die Umrisse der Statue Peters des Großen – den ehernen Reiter. Er war von Katharina der Großen zu Ehren von Peter dem Großen errichtet worden. Heute Abend jedoch war nur wenig von dem schwarzen Pferd oder dem majestätischen Reiter zu sehen. Sandsäcke sollten die Statue vor den Angriffen der Deutschen schützen.

Der Soldat, der sich inzwischen als Viktor vorgestellt hatte, sagte: »Morgen wird eine Ausgangssperre über die gesamte Stadt verhängt. Nächtliche Spaziergänge sind dann nicht mehr möglich. Also nutzen Sie Ihr Treffen mit Leutnant Below!«

Die Männer begleiteten Tatiana in die riesige Halle. An der schmalen Öffnung zur Wendeltreppe fragte der Wachposten Viktor, ob Tatiana Waffen bei sich trage.

»Ich glaube nicht. Sie hat jedenfalls keine Bombe bei sich.«

»Hast du sie durchsucht?«

»Lass mich das machen!«, wies Viktor ihn an. Er fuhr mit den Händen über Tatianas Rippen und sie verzog das Gesicht. Der Gedanke, mit drei Soldaten in einem dunklen Gebäude allein zu sein, erfüllte sie mit einer unbestimmten Furcht. Von Alexander war nichts zu sehen. Viktors Hände glitten zu ihren Hüften hinunter. Er packte sie ein wenig fester. »Vielleicht kann einer von Ihnen hinaufgehen und ihm sagen, dass ich hier bin«, sagte sie und versuchte, sich den Händen zu entwinden. Sie holte tief Luft. »Ich habe noch eine bessere Idee: Ich gehe zurück. Sie können ihm ja sagen, dass ich da war.«

Von der Treppe befahl plötzlich eine Stimme: »Lasst sie los!« Alexander erschien in der Öffnung. Tatiana atmete erleichtert auf.

Viktor ließ sie rasch los. »Wir haben sie nur auf Waffen durchsucht, Leutnant. Sie sagt, sie sei Ihre Kusine aus …«

»Gefreiter!« Alexander baute sich vor Viktor auf. »Es gibt Regeln in der Roten Armee, Gefreiter! Diese Regeln erlauben uns nicht, junge Mädchen anzufassen. Wenn Sie kein Disziplinarverfahren angehängt bekommen wollen, sollten Sie sich nicht noch einmal von mir erwischen lassen!« Er legte die Hand auf Tatianas Rücken und sagte zu seinen Leuten: »Ihr beide geht zurück auf die Straße! Feldwebel, Sie bleiben hier, bis Sie von Petrenko und Kapow abgelöst werden!«

»Jawohl, Genosse Leutnant!«, sagten die drei Soldaten im Chor. Der Feldwebel nahm seinen Posten an der Tür ein.

Alexander unterdrückte ein Lächeln. »Es ist ein anstrengender Aufstieg«, kündigte er an und schob Tatiana zur Treppe. »Komm!« Als sie die erste Biegung hinter sich hatten, strahlte er sie an. »Tania … ich bin so glücklich, dass du da bist!«

»Ich auch!«, seufzte Tania leise.

»Haben sie dir Angst eingejagt? Sie sind aber ganz harmlos«, sagte er und streichelte ihr über die Haare.

»Wenn sie so harmlos sind, warum bist du dann heruntergekommen?«

»Ich habe eure Stimmen gehört. Du hast verängstigt geklungen.« Er betrachtete sie auf eigenartige Weise.

»Was ist los?«, fragte Tatiana schüchtern.

»Nichts!« Alexander hockte sich vor sie. »Leg die Arme um meinen Hals. Weißt du noch, wie das geht?«

»Willst du mich etwa zweihundert Stufen hinauftragen?«

»Das ist doch das Mindeste, was ich tun kann, nachdem du den ganzen langen Weg hierher gekommen bist. Kannst du mein Gewehr halten?«

Er hielt sich am Geländer fest und begann den beschwerlichen Aufstieg. Tatiana drückte heimlich einen Kuss auf seine Uniformjacke.

Alexander brachte sie in eine runde, verglaste Arkade mit Säulen, die teilweise den Blick auf den Himmel verdeckten. Er setzte Tatiana ab und lehnte das Gewehr gegen die Wand der goldenen Kuppel. »Auf dem Balkon ist die Aussicht noch besser.« Er lächelte. »Wir sind hier sehr hoch oben. Du hast doch keine Höhenangst, oder?«

»Nein«, gab Tatiana zurück.

Sie traten auf einen schmalen Balkon hinaus, der um die Kuppel herumlief. Er hatte ein niedriges Eisengeländer. Der Blick von hier oben wäre fantastisch gewesen, wenn nicht alle Lichter erloschen gewesen wären. In der dunklen Nacht konnte Tatiana noch nicht einmal die Luftschiffe erkennen, die geräuschlos am Himmel entlangsegelten. Die Luft war kühl und roch angenehm frisch.

»Na, wie findest du die Aussicht? Ist es nicht schön hier oben?«, fragte Alexander und trat neben sie.

»Hmm«, erwiderte sie und spähte ins Dunkel. »Was machst du hier oben so ganz allein, Nacht für Nacht?«

»Nichts Besonderes. Auf dem Boden sitzen, rauchen, nachdenken …«

Alexander zog sie an sich. Er drückte seine Lippen auf ihren Nacken und flüsterte ihren Namen.

Wie sehr hatte sie sich nach seinen Umarmungen gesehnt! Am liebsten wäre sie einfach zu Boden gesunken. »Shura, warte!«, bat sie und ihre Stimme klang heiser. Tatiana schloss die Augen und murmelte: »Ich kann gar keine Flugzeuge sehen.«

»Ich auch nicht.«

»Werden sie überhaupt kommen?«, hauchte sie.

»Ja. Der Feind steht vor den Toren.« Er küsste sie immer wieder auf den Nacken.

»Glaubst du, wir haben noch eine Chance, hier herauszukommen?«

»Nein, dafür ist es endgültig zu spät.« Sein heißer Atem und seine feuchten Lippen ließen sie erschauern.

»Alexander, du hast gesagt, du wolltest mit mir reden …«

»Reden?«, fragte Alexander verständnislos und drückte sie fest an sich.

»Ja, erinnerst du dich nicht mehr?«

Er zog ihre Bluse herunter und küsste sie aufs Schulterblatt. »Deine Bluse gefällt mir«, flüsterte er, die Lippen dicht an ihrer Haut.

»Hör auf, Shura, *bitte!*«

»Nein«, entgegnete er und seine Lippen streiften ihren Rücken. »Ich kann nicht.« Er atmete in ihre Haare.

Alexanders Hände glitten zu ihren Brüsten hinunter und unwillkürlich stöhnte Tatiana auf. Er zog sie noch dichter an sich heran, küsste ihren Hals und flüsterte: »Psst, du darfst keinen Laut von dir geben! Unten kann man alles hören.«

»Dann musst du mich loslassen«, wisperte Tatiana. »Oder mir den Mund zuhalten!«

»Dann halte ich dir lieber den Mund zu«, verkündete er und küsste sie erneut leidenschaftlich.

Tatiana hatte das Gefühl, sie müsse jeden Augenblick ohnmächtig werden. »Shura, wir müssen aufhören«, keuchte sie.

»Nein«, sagte er und küsste sie weiter.

»Ich meine etwas anderes. Ich meine unsere gesamte Situation! Ich kann doch nicht meine Tage damit zubringen, immer nur an dich zu denken. Ich kann meine Gefühle nicht ständig vor den anderen verstecken.«

Alexander blickte sie an. »Ich möchte dir zeigen, wie wir Erlösung finden, Tania.« Er presste sich an sie.

Tatiana fielen Marinas Worte ein. *Für einen Soldaten bist du nur eine Eroberung*. Und obwohl sie wusste, dass Alexanders Gefühle für sie aufrichtig waren, gewann die Angst die Oberhand. Sie schob ihn weg.

»Was ist denn los?«, fragte er überrascht.

Tatiana suchte nach den richtigen Worten. Sie wollte ihn auf keinen Fall verletzen.

Zärtlich liebkosten seine Hände ihren Körper. »Tania, sag mir, was los ist!«

Sie trat einen Schritt zur Seite. »Hör einfach auf, ja?«

Sie setzte sich ein paar Meter entfernt von ihm auf den Boden und zog die Knie an die Brust.

»Erzähl mir von Dimitri«, bat sie erschöpft.

»Nein.« Alexander verschränkte die Arme. »Erst, wenn du mir sagst, was dich quält.«

Tatiana schüttelte den Kopf. Sie konnte es ihm nicht sagen und lächelte mühsam.

»Es ist nichts.«

»Das glaube ich dir nicht!«

Tatiana blickte auf ihren langen braunen Rock, unter dem ihre Zehen hervorlugten. Sie holte tief Luft. »Shura, es fällt mir sehr schwer, darüber zu sprechen.«

»Versuch es trotzdem!«, ermunterte er sie und hockte sich ebenfalls auf den Boden.

»Es gibt so viele wichtige andere Dinge, die wir besprechen müssen …« Tatiana warf ihm einen raschen Blick zu. Er musterte sie mit einer Mischung aus Neugier und Sorge. »Ich kann es nicht fassen, dass ich unsere kostbare Zeit mit solchen Banalitäten verschwende …« Sie brach ab. »Also, meine Kusine Marina hat mich heute hierher begleitet.«

Alexander nickte. »Gut. Aber was hat das mit uns zu tun?«

»Sie hat mir einige Dinge über Soldaten erzählt …« Tatiana blickte ihn an. Über Alexanders Gesicht glitt ein Schatten. Er wirkte zugleich verärgert und schuldbewusst.

»Sie wollte mich warnen. Sie hat gesagt, Soldaten sähen alle Mädchen nur als Trophäe an.« Tatiana brach ab. Sie wunderte sich, dass sie es fertig gebracht hatte, Alexander davon zu berichten.

Alexander rückte ein Stück näher, achtete aber darauf, dass er sie nicht berührte.

»Und was möchtest du jetzt wissen?«, wiederholte Alexander so sanft, dass es plötzlich aus Tatiana heraussprudelte: »Shura, bin ich nur eine Trophäe für dich?« Sie blickte ihn ängstlich an.

Alexander nahm sie in die Arme und drückte einen Kuss auf ihr Haar. Er flüsterte: »Tania, wie kommst du nur darauf?« Er umfasste ihr Gesicht mit beiden Händen. »Tatiascha«, sagte er innig. »Ich hätte schon oft die Möglichkeit gehabt, dir näher zu kommen, oder etwa nicht?« Er blickte sie eindringlich an und fuhr fort: »Und du wärst dazu bereit gewesen. Hast du vergessen, dass ich es war, der sich im Krankenhaus zurückgehalten hat?«

Tatiana schloss die Augen.

Alexander hielt ihr Gesicht immer noch fest in beiden Händen. »Komm, mach deine Augen auf und sieh mich an!«

Verlegen schaute sie ihn an. »Tania, bitte glaub mir! Du bist keine Trophäe für mich. Ich wünschte, du würdest mir vertrauen!« Er küsste sie leidenschaftlich. »Spürst du denn nicht, was ich für dich empfinde?«, flüsterte er.

Tatiana schloss die Augen und stöhnte. Er hatte Recht. Sie hätte sich ihm nicht nur in jener Nacht im Krankenhaus hingegeben, sie würde sich ihm jederzeit hingeben, auch hier auf dem kalten, harten Boden.

Tatiana räusperte sich. »Weißt du, was Marina mir noch gesagt hat?«

»Nein, was denn?«, seufzte Alexander und rückte ein wenig von ihr ab.

Tatiana umschlang ihre Knie. »Sie hat mir gesagt, *alle* Soldaten trieben es ständig mit Garnisonsnutten.«

»Du liebe Güte!« Alexander schüttelte den Kopf. »Diese Marina hat ja eine merkwürdige Vorstellung von uns. Wie gut, dass du damals nicht aus dem Bus gestiegen bist, um sie zu besuchen!«

»Da stimme ich dir zu«, sagte Tatiana und ihre Züge entspannten sich bei der Erinnerung an jenen Sonntag im Juni.

»Also – hör mir zu! Ich wollte dir nichts davon erzählen, aber ...« Alexander holte tief Luft. »Als ich in die Armee eintrat, habe ich schnell begriffen, dass es sehr schwierig ist, feste Beziehungen zu Frauen zu unterhalten. Das Leben in der Sowjetunion ist in vieler Hinsicht äußerst eingeschränkt. Die meisten Menschen haben kein Zimmer oder keine Wohnungen für sich allein, es gibt keine Hotels, die Männer und Frauen aufsuchen können. Willst du wirklich die Wahrheit hören? Hier ist sie. Aber ich will nicht, dass du deswegen Angst vor mir hast.« Tatiana nickte stumm.

»Es stimmt, dass wir am Wochenende ausgehen und dass es immer junge Frauen gibt, die … nun ja, die bereit sind, mit Soldaten zu schlafen.« Alexander brach ab.

»Und hast du … auch mit ihnen geschlafen?« Tatiana hielt den Atem an.

»Ein- oder zweimal«, antwortete Alexander. Er vermied es, sie anzusehen. »Aber reg dich bitte nicht auf!«

»Ich rege mich nicht auf«, entgegnete Tatiana leise.

»Wir wollten alle nur ein bisschen Spaß haben. Ich habe mich sehr zurückgehalten. Bisher habe ich feste Bindungen gehasst …«

»Was ist mit Dascha?«

»Was soll mit ihr sein?«, gab Alexander müde zurück.

»War Dascha …?« Tatiana konnte die Worte nicht aussprechen.

»Tatia, bitte!«, sagte Alexander kopfschüttelnd. »Denk nicht über diese Dinge nach. Frag Dascha, wie sie die Sache sieht! Bei mir bist du da an der falschen Adresse.«

»Aber Alexander, das mit Dascha ist doch eine feste Beziehung!«, rief Tatiana aus. »Sie ist doch nicht irgendein Mädchen. Sie liebt dich doch!«

Er schwieg. Tatiana seufzte. Es fiel ihr zu schwer, über Alexander und ihre Schwester zu reden. Da war es schon leichter, wenn Alexander von Mädchen erzählte, die ihm nichts bedeuteten.

Alexander legte seine Hand auf ihr Knie. »Ich kann spüren, dass du Angst hast.« Leise fügte er hinzu: »Tania, ich bitte dich – lass diese dummen Geschichten nicht zwischen uns stehen! Es ist alles schon kompliziert genug!« Er schwieg.

»Ich werde es versuchen, Alexander.«

»Wovor hast du denn Angst?«

»Ich habe Angst davor, mich in dir zu irren«, flüsterte sie.

»Aber warum nur?« Frustriert ballte Alexander die Fäuste. »Verstehst du denn nicht, dass ich dich brauche? Ich war so einsam …«

Tatiana drückte die Hände an ihre Brust. »Ich bin auch einsam.«

Sie lehnte sich gegen die Wand und sagte: »Shura, wir haben nie mehr Gelegenheit, miteinander zu reden, so wie wir es früher getan haben ...«

»Tatiana, seit ich dich kennen gelernt habe, hat sich alles für mich geändert. Es gibt nur noch eine für mich, und das bist du! Ich würde dir immer alles erzählen!«

Tatiana lächelte ihn an. Die Übelkeit war verschwunden. Sie wollte, dass er zu ihr kam und sie in die Arme nahm. »Es tut mir Leid, Alexander«, flüsterte sie. »Es tut mir Leid, dass ich an dir gezweifelt habe. Vielleicht bin ich noch zu unerfahren.«

»Ja, vielleicht«, stimmte er zu. »Es ist wirklich schrecklich, dass wir so selten ungestört sind!«

Tatiana dachte daran, wie sie im Sommergarten spazieren gegangen waren ... Wie wunderbar wäre es, wenn sie jeden Tag miteinander verbringen könnten ... Sie ergriff seine Hände.

Alexander rückte näher und umschlang sie von hinten mit seinen Beinen. »Tania, wann können wir uns wieder treffen?«, fragte er und blickte sie forschend an.

»Ich weiß es nicht.«

»Wann darf ich dich das nächste Mal küssen?«

»Küss mich jetzt!«, flüsterte sie.

Aber Alexander sagte nur grimmig: »Vielleicht ist dies das letzte Mal! Die Deutschen dringen bald in die Stadt ein. Weißt du, was das bedeutet? Das Leben, das du bisher geführt hast, ist vorüber.«

»Aber es ist doch schon lange nicht mehr so, wie es war«, sagte sie nachdenklich.

»Ja, das stimmt«, bestätigte er. »Aber bisher haben wir lediglich aufgerüstet. Jetzt ist Krieg! Leningrad wird bald ein Schlachtfeld sein. Und wie viele von uns werden am Ende übrig bleiben?«

Alexander seufzte. »Jedes Mal, wenn ich dich treffe, habe ich Angst, es könnte das letzte Mal sein.«

Tatiana schluckte. »Warum ... warum hast du Dimitri eigentlich immer im Schlepptau, wenn du zu Besuch kommst?«, fragte sie.

Alexander antwortete nicht sofort und Tatiana forschte in seinen Augen nach einer Erklärung. »Erzähl mir von Dimitri, Shura!«, forderte sie ihn leise auf. »Schuldest du ihm etwas?«

Alexanders Blick schweifte unruhig umher.

»Dimitri kennt mein Geheimnis, Tatiana!«, gab Alexander tonlos zurück.

»Oh nein!«, stieß sie hervor.

»Ich weiß nicht, ob ich es dir auch erzählen soll«, sagte Alexander unsicher.

»Erzähl es mir!«

Alexander stand auf. Er setzte sich ihr gegenüber und streckte die Beine aus. Tatiana spürte, dass er damit eine Distanz schaffen wollte. Sie zog einen Schuh aus und fuhr mit ihrem bloßen Fuß über seinen Stiefel.

Alexander begann: »Nachdem meine Mutter verhaftet worden war, kam der NKWD zu mir.« Er wandte den Blick ab. »Man warf mir vor, ich hätte als Vierzehnjähriger in Moskau kapitalistische Propaganda verteilt. Also wurde ich verhaftet und direkt ins Gefängnis nach Kresty gebracht. In Spalerka, dem Umerziehungslager, hatten sie gerade keinen Platz für mich frei. Sie machten sich noch nicht einmal die Mühe, mich zu verhören. Ich war den Aufwand wohl nicht wert. Ich wurde zu zehn Jahren in Wladiwostok verurteilt. Kannst du dir das vorstellen?«

»Nein«, bekannte Tatiana.

»Weißt du, wie viele schließlich in dem Zug saßen, der nach Wladiwostok fuhr? Tausend! Ein Mann erzählte mir, das Lager würde achtzigtausend Menschen fassen. Achtzigtausend, Tania! In einem einzigen Lager! Ich konnte es nicht glauben.« Er fuhr fort: »Irgendetwas musste ich tun. Ich wollte schließlich nicht zehn Jahre meiner Jugend im Gefängnis verbringen!«

Tatiana war sprachlos.

»Weißt du, ich war immer davon ausgegangen, dass mir ein gutes Leben vergönnt sei. Meine Eltern glaubten an mich, ich war selbstbewusst …« Er brach ab. »Gefängnis kam in meinem Lebensplan nicht vor. Ich habe nie etwas gestohlen oder sonst etwas Kriminelles getan. Wir fuhren also über die Wolga. In der Nähe von Kasan passierten wir eine dreißig Meter hohe Schlucht. Und mir war klar: Das war meine Chance, den Zug zu verlassen. Also sprang ich direkt in den Fluss.« Alexander lachte. »Sie hielten noch nicht einmal an. Sie waren der festen Überzeugung, ich sei direkt in den Tod gesprungen.«

»Sie wussten nicht, mit wem sie es zu tun hatten«, sagte Tatiana. In diesem Moment hätte sie am liebsten die Arme um ihn geschlungen.

»Hattest du Papiere oder Geld dabei?«

»Nein. Das war im Sommer 1936. Nachdem ich entkommen war, schlug ich mich in südlicher Richtung durch, immer an der Wolga entlang, auf Fischerbooten, zu Fuß oder auf Pferdewagen. Von Kasan nach Uljanowsk, wo Lenin geboren ist – eine interessante Stadt übrigens. Dann nach Saratow, weiter flussabwärts. Schließlich landete ich in Krasnodar am Schwarzen Meer. Ich wollte in den Süden nach Georgien und von dort aus in die Türkei. Ich hoffte, irgendwo im Kaukasus die Grenze überqueren zu können.«

»Aber du hattest doch kein Geld!«

»Nein«, sagte Alexander. »Allerdings habe ich unterwegs ein wenig verdient. Und ich hoffte, mein Englisch würde mir in der Türkei vielleicht nützlich sein. Aber in Krasnodar schlug das Schicksal zu.« Er blickte Tatiana an. »Es war ein bitterkalter Winter und die Familie, bei der ich wohnte, die Belows …«

»Die Belows?«, rief Tatiana erstaunt.

Alexander nickte. »Eine nette Bauernfamilie: Vater, Mutter, vier Söhne, eine Tochter.« Er räusperte sich. »Kurz darauf wurde der ganze Ortsteil – das waren dreihundertsechzig Einwohner – vom Typhus heimgesucht! Achtzig Prozent der Dorfbevölkerung starben, darunter auch die Belows. Der Gemeindevorsteher von Krasnodar brannte mit Hilfe der Polizei den ganzen Ort nieder, aus Angst, dass sich die Epidemie auf die Stadt ausbreiten könnte. All meine Kleider wurden verbrannt und ich wurde unter Quarantäne gestellt. Ich wurde wieder gesund. Und der Ortsvorsteher stellte mir neue Papiere aus. Ohne eine Minute zu zögern gab ich an, ich sei Alexander Below. Da kaum einer aus dem Ort überlebt hatte, gab es niemanden, der meine Angaben widerlegte.«

Tatiana schwieg betreten.

»Ich bekam also einen neuen Pass und eine neue Identität. Ich war der Waise Alexander Nikolajewitsch Below, geboren in Krasnodar.«

»Und wie lautet dein vollständiger amerikanischer Name?«, erkundigte sich Tatiana leise.

»Anthony Alexander Barrington.«

»Anthony!«, rief sie aus.

»Anthony heiße ich nach dem Vater meiner Mutter. Aber alle haben mich Alexander genannt.« Er zog eine Zigarette aus dem Päckchen hervor. »Du hast doch nichts dagegen?«

Tatiana schüttelte den Kopf. »Natürlich nicht.«

»Ich kehrte schließlich nach Leningrad zurück und wohnte bei Verwandten der Belows. Ich musste einfach dorthin …« Alexander zögerte. »Ich erzähle es dir später. Ich wohnte bei Tante Mira und ihrer Familie in Vyborg. Sie hatten ihren Neffen zehn Jahre lang nicht gesehen, es war ideal!« Er lächelte. »Ich beendete die Schule und dort lernte ich Dimitri kennen.«

»Alexander, ich kann gar nicht glauben, was du alles durchgemacht hast!«

»Ich bin noch lange nicht fertig. Dimitri war einer der Jungen, mit denen ich in der Schule spielte. Er war dünn und bei den anderen unbeliebt. Wenn wir Krieg spielten, war er immer derjenige, der gefangen genommen wurde …«

»Bitte, erzähl weiter!«

»Irgendwann fand ich heraus, dass sein Vater als Gefängniswärter in Spalerka arbeitete.« Alexander hielt inne.

Tatiana stockte der Atem. »Lebten denn deine Eltern noch?«

»Das wusste ich eben nicht«, antwortete Alexander. »Also beschloss ich, mich mit ihm anzufreunden. Ich hoffte, dass ich durch ihn vielleicht meinen Vater oder meine Mutter noch einmal sehen könnte. Ich wollte sie wissen lassen, dass es mir gut ging.« Er schwieg. »Vor allem meine Mutter …«

Mühsam beherrschte er seine Stimme. »Wir … wir standen uns sehr nahe.«

Tatiana hatte Tränen in den Augen. »Und dein Vater?«

Alexander zuckte mit den Schultern. »Wir hatten in den Jahren zuvor öfter einige Konflikte gehabt. Das Übliche: Er wusste immer alles besser und ich wollte nicht auf ihn hören.«

»Shura, deine Eltern müssen dich sehr geliebt haben.« Tatiana schluckte.

»Ja«, erwiderte Alexander und nahm einen tiefen Zug aus seiner Zigarette. »Sie haben mich geliebt.«

Tatiana rang um ihre Fassung.

»Nach und nach gewann ich Dimitris Vertrauen und wir wurden enge Freunde«, fuhr er fort. »Dima schmeichelte es sehr, dass ich ihn zu meinem besten Freund erkoren hatte.«

»Du musstest Dimitri also anvertrauen, wer du warst!« Tatiana schlang einen Arm um ihn. Er legte den Kopf auf ihre Schulter.

»Ja. Ich hatte keine andere Wahl. Ich wollte schließlich meine Eltern wiedersehen.«

Alexander blickte auf seine Hände. »Allerdings war mir von Anfang an unwohl bei dem Ganzen. Mein Vater hatte mir beigebracht, niemandem zu trauen, und meine Erfahrungen hatten dies bestätigt. Aber es ist schwer, danach zu leben. Ich brauchte Dimitris Hilfe. Außerdem war ich sein Freund. Ich schwor ihm ewige Freundschaft, wenn er mir diesen Dienst erweisen würde.« Alexander zündete sich eine weitere Zigarette an. Tatiana wartete geduldig.

»Dimitris Vater, Viktor Chernenko, fand heraus, dass meine Mutter bereits tot war.« Alexanders Stimme brach. »Mein Vater lebte noch, aber offenbar stand seine Hinrichtung unmittelbar bevor. Er war schon seit fast einem Jahr im Gefängnis. Chernenko nahm Dimitri und mich mit nach Spalerka. Uns wurde gestattet, dem ausländischen Infiltrator Harold Barrington einen kurzen Besuch abzustatten. Mein Vater und ich durften selbst in diesen fünf Minuten nicht allein sein.«

Tatiana ergriff Alexanders Hand.

Alexander starrte vor sich hin. »So war es«, sagte er betont gleichmütig.

In einer kleinen grauen Betonzelle traf Alexander seinen Vater wieder. Harold Barrington sah Alexander an, er rührte sich nicht von der Stelle. Eine einzelne Glühbirne hing von der Decke.

Dimitri wandte sich an Harold: »Wir haben nur eine Minute Zeit, Genosse.«

Harold drängte die Tränen zurück. »Danke für euren Besuch. Es freut mich, euch zu sehen. Wie ist dein Name?«, fragte er an Dimitri gewandt.

»Dimitri Chernenko.«

»Und dein Name?« Zitternd blickte Harold Alexander an.

»Alexander Below«, antwortete Alexander.

Harold nickte.

Der Wärter sagte: »Der Gefangene hat jetzt genug geschwatzt. Gehen wir!«

Dimitri erwiderte: »Warten Sie! Wir wollten dem Genos-

sen noch sagen, dass wir ihn trotz seiner Verbrechen gegen unsere Gesellschaft nicht vergessen werden.«

Alexander schwieg und sah seinen Vater unverwandt an.

»Wir werden ihn wegen seines Verbrechens gegen unsere Gesellschaft nicht vergessen«, korrigierte der Wärter.

Harold starrte Alexander und Dimitri unvermindert an.

»Popow, darf ich ihnen die Hände schütteln?«, fragte er schließlich.

Der Wärter zuckte mit den Schultern und trat einen Schritt vor. »Meinetwegen, aber ich werde Sie beobachten. Und beeilen Sie sich!«

Alexander sagte: »Ich habe noch nie jemanden englisch sprechen hören, Genosse Barrington. Können Sie für uns etwas auf Englisch sagen?«

Harold trat auf Dimitri zu und schüttelte ihm die Hand. »Danke«, sagte er zu ihm auf Englisch.

Dann gab er auch Alexander die Hand und drückte sie fest. Alexander nickte beruhigend mit dem Kopf.

Auf Englisch flüsterte Harold dann: »Oh wäre ich doch für dich gestorben, o Absalom, mein Sohn, mein Sohn!«

»Hör auf!«, warnte Alexander, unhörbar für die anderen.

Harold ließ Alexanders Hand los und machte einen Schritt zurück, wobei er sich sichtlich bemühte, seine Tränen zu unterdrücken. »Ich sage euch etwas auf Englisch«, erklärte er dann. »Ein paar Zeilen von Kipling.«

»Es reicht«, unterbrach ihn der Wärter. »Ich habe keine Zeit mehr.«

»Auch wenn du nicht erträgst, wie Schurken deine Wahrheit verdrehen, damit die Narren ihnen in die Falle gehen …«, zitierte Harold mit durchdringender Stimme. Tränen rollten über seine Wangen. »… oder wie sie das zerstören, für das du dein Leben hingabst …« Jetzt flüsterte er nur noch. »Sohn! – Beuge dich zum Schein und bau mit stumpfem Werkzeug wieder auf.« Harold schlug ein Kreuz über Alexanders Kopf.

»Schluss jetzt!«, donnerte der Wärter.

»Ich liebe dich, Dad!«, formten Alexanders Lippen lautlos.

Dann gingen sie hinaus.

Tatiana weinte. Alexander legte den Arm um sie. »Ach, Tania ...« Er wischte ihr die Tränen ab. »Ich habe mich damals so verzweifelt bemüht, nicht die Beherrschung zu verlieren, dass mir dabei ein Stück meines Zahns abgebrochen ist. Hier, siehst du?« Er zeigte ihr seinen oberen Eckzahn. »Jetzt weißt du alles. Ich habe meinen Vater noch einmal gesehen, bevor er starb, und ohne Dimitri hätte ich das nie geschafft.« Seufzend entzog er ihr seinen Arm.

»Alexander, du hast etwas Unglaubliches für deinen Vater getan«, sagte Tatiana und schmiegte sich an ihn. Ihre Lippen bebten. »Du hast ihm vor seinem Tod Trost gegeben.« Überwältigt von ihren Gefühlen, ergriff sie Alexanders Hand und küsste sie. Dann räusperte sie sich und errötete.

Liebevoll blickte Alexander sie an.

Nach einer Weile brach er das Schweigen. »Es gibt noch mehr zu erzählen.«

Sie nickte. »Den Rest kann ich mir zusammenreimen.« Tatiana ergriff Alexanders Zigarettenpäckchen und holte eine Zigarette heraus. Mit zitternden Händen steckte Tatiana Alexander die Zigarette in den Mund und zündete sie ihm mit seinem Feuerzeug an. Als er inhalierte, küsste sie ihn auf die Wange.

»Danke«, sagte Alexander.

»Lass *mich* die Geschichte zu Ende erzählen! Du und Dimitri, ihr habt zusammen die Universität besucht und seid in die Armee eingetreten. Ihr seid zusammen auf die Offiziersschule gegangen, aber Dimitri war den Anforderungen nicht gewachsen.« Sie senkte den Kopf. »Zuerst hat ihm das nichts ausgemacht. Ihr seid weiterhin die besten Freunde geblieben. Er wusste ja, dass du alles für ihn tun würdest.« Sie schwieg. »Doch dann begann er, dich um Vergünstigungen zu bitten.«

»Du weißt ja schon alles«, seufzte Alexander.

»Was will er von dir, Shura?«

»Das kannst du dir doch denken!«

Sie sahen einander nicht an.

»Er verlangt, dass er nicht versetzt wird, dass er besondere Privilegien bekommt.«

»Ja.«

»Sonst noch etwas?«

Alexander schwieg. Tatiana glaubte zunächst, er habe ihre Frage nicht verstanden. Sie wartete geduldig. Schließlich sagte Alexander: »Manchmal hat er gefordert, dass ich ihm Mädchen beschaffe. Man sollte doch meinen, es gäbe genug für alle. Aber ab und zu war ich mit einem Mädchen zusammen, das auch Dimitri begehrte. Er gab mir das zu verstehen und ich zog mich zurück. Ich habe mir dann eben ein anderes Mädchen gesucht.«

Tatiana blickte ihn nachdenklich an. »Alexander, Dimitri hat dich immer nur um Mädchen gebeten, die dir gefielen, oder?«

»Wie meinst du das?«

»Er hatte es nur auf die abgesehen, die dir etwas bedeuteten.«

Alexander überlegte. »Ja, vermutlich hast du Recht.«

Langsam sagte Tatiana: »Als er irgendwann sein Interesse an mir bekundete, hast du dich zurückgezogen.«

»Nein, ich habe den Gleichgültigen gemimt, in der Hoffnung, er würde dann von dir ablassen. Leider ist die Rechnung nicht aufgegangen.«

Tatiana nickte, dann begann sie zu weinen. »Er wird mich nicht in Ruhe lassen.«

Alexander zog sie in seine Arme. »Er hat sich in dich verliebt.«

Tatiana drückte sich an ihn. »Shura, ich muss dir etwas sagen.«

»Ja?«

»Dimitri hat sich nicht in mich verliebt.«

Alexander ließ sie los.

Sie schüttelte den Kopf. »Nicht im Geringsten, glaub mir!«

»Woher willst du das wissen?«

»Ich weiß es eben. Alles, was Dimitri will, ist Macht! Momentan hat er Macht über dich. Ich bin nur Mittel zum Zweck.«

Alexander blickte sie skeptisch an, aber sie fuhr fort: »Er beneidet dich. Du bist beliebt, erfolgreich, hast viele Talente. Er hingegen ... Er führt wirklich ein armseliges Leben. Eigentlich kann er einem Leid tun.«

»Leid tun?«, rief Alexander. »Auf wessen Seite stehst du nur?«

»Das weißt du doch! Außerdem wird er mit seinem Benehmen nicht durchkommen.«

»Ich weiß nicht ... Er wird nicht lockerlassen.« Alexander schüttelte den Kopf. »Und er hat mich in der Hand. Wenn ich dich nicht ihm überlasse, wird er mich beim NKWD anzeigen. Er wird meine Vergangenheit aufdecken und dann verschwinde ich für immer in einem sowjetischen Gefängnis.«

Tatiana nickte traurig und sagte: »Die Gefahr besteht natürlich.«

»Er wird immer mehr von mir fordern.«

»Nein, jetzt irrst du dich, Shura. Denn wenn du nicht nachgibst und deshalb irgendwann nicht mehr da wärst, verlöre er alles«, flüsterte sie.

Alexander blickte sie an. »Nun, dann sucht er sich eben jemand anderen, den er ausnutzen kann.«

Tatiana flüsterte: »Wo bleibt deine Entschlossenheit?«

Alexander rührte sich nicht.

»Shura?«

»Tania, hör auf. Lass uns nicht mehr davon sprechen!«

Ihre Hände zitterten. »All das steht zwischen uns und dennoch kommst du immer bei jeder Gelegenheit, um mich zu sehen.«

»Ich habe dir doch gesagt, dass ich es nicht aushalte, dir fernzubleiben«, erwiderte Alexander.

Traurig sagte Tatiana: »Vielleicht sollten wir einander vergessen, Shura. Vielleicht sind wir doch nicht füreinander bestimmt.«

»Ach nein?« Alexander lächelte. »Ich verwette mein Gewehr darauf, dass du keineswegs grundlos auf jener Bank ausgeharrt hast.«

Er hatte Recht. Tatiana dachte daran, wie sie absichtlich den Bus verpasst hatte.

»Selbst wenn wir uns voneinander fernhalten, werden sich unsere Wege wahrscheinlich erneut kreuzen.«

Tatiana schluchzte leise auf. »Da bin ich mir sicher. Ich werde nie vergessen, dass ich dir mein Leben verdanke. Ich gehöre zu dir!«

»Das klingt schön«, flüsterte Alexander und zog sie enger an sich.

»Zieh dich zurück, Shura«, wisperte Tatiana. »Dimitri muss glauben, dass du dir nichts aus mir machst, dann wird er irgendwann das Interesse verlieren. Du wirst schon sehen. Willst du das versuchen?«

»Ich werde mein Bestes tun. Ich werde mein gleichgültigstes Gesicht aufsetzen, wenn ich zu Besuch komme.«

Tatiana nickte und rieb ihre Wange an seinem Arm. »Du kannst dich auf mich verlassen, Alexander, ich werde dich nicht verraten.«

Alexander gab ihr einen Kuss neben die Nase. »Habe ich dir eigentlich jemals gesagt, dass ich deine Sommersprossen hinreißend finde?«, murmelte er.

Sie rieb ihr Gesicht an seinem Mund.

»Tatiascha …?«, flüsterte Alexander. »Du hast wunderbare Lippen … Du weißt gar nicht, wie schön du bist!«

Sie kuschelten sich enger aneinander.

Ich liebe dich, Alexander, dachte Tatiana, aber sie wagte nicht, es auszusprechen.

Plötzlich sprang Alexander auf. Auch Tatiana vernahm ein Geräusch. Feldwebel Petrenko betrat die Galerie und verkündete, es sei Zeit für die Wachablösung.

Alexander trug Tatiana auf dem Rücken die vielen Stufen hinunter. Es war nach zwei Uhr morgens. Beide waren hellwach. Während sie Arm in Arm durch die dunklen Straßen von Leningrad gingen, hing jeder seinen eigenen Gedanken nach.

7

Als Tatiana am nächsten Abend von der Arbeit nach Hause kam, saß ihre Mutter schluchzend auf dem Sofa. Auch Dascha weinte. Die Metanows hatten ein Telegramm vom Kommandanten in Nowgorod bekommen. Ihnen wurde mitgeteilt, dass der Zug, in dem sich Pawel Metanow und Hunderte anderer junger Freiwilliger befunden hatten, am 13. Juli 1941 von den Deutschen in die Luft gesprengt worden war. Es gab keine Überlebenden.

Tatiana war wie betäubt. Was hatte sie an dem Tag gemacht, als ihr Bruder starb? Sie konnte sich nicht entsinnen. Aber sie hatte die ganze Zeit über gespürt, dass er nicht mehr am Leben war. Trotzdem hatte sie so gelebt wie immer, war zur Arbeit gegangen, hatte geträumt und geliebt …

Sie konnte nicht umhin, sich Vorwürfe zu machen. Warum nur hatten sie Pascha fortgeschickt? Er hätte in Leningrad bleiben können, zumindest so lange, bis er eingezogen worden wäre. Sie hätten ihn bei sich gehabt, hätten sich in Ruhe von ihm verabschieden können. Und womöglich wäre er eines Tages gesund aus dem Krieg heimgekehrt.

Papa lag betrunken auf dem Sofa und Mama putzte vor lauter Verzweiflung wie besessen. Tatiana bot ihr ihre Hilfe an, aber Mama schob sie beiseite. Tatiana hörte Dascha in der Küche wimmern, wo sie das Abendessen zubereitete. Tatiana beschlich eine namenlose Angst vor der Zeit, die vor ihr lag. Jetzt, wo ihr Zwillingsbruder tot war, war alles möglich.

Sie ging Dascha zur Hand und sagte: »Dasch, vor einem Monat hast du mich gefragt, ob ich glaube, dass Pascha noch am Leben ist, und ich habe geantwortet …«

»Als ob ich auf dich hören würde, Tania«, schnappte Dascha.

»Warum hast du mich denn dann gefragt?«, wollte Tatiana überrascht wissen.

»Ich habe gedacht, du würdest mir irgendetwas Tröstendes sagen. Ich will jetzt nicht darüber reden. Du magst ja gut damit zurechtkommen, aber wir anderen stehen unter Schock!«

Als Alexander zum Abendessen kam und die traurige Stimmung wahrnahm, zog er fragend die Augenbrauen hoch. Tatiana erzählte ihm von dem Telegramm.

Niemand aß von dem Kohl mit Dosenschinken, den Dascha gekocht hatte, außer Alexander und Tatiana. Seit ihren Erlebnissen in Luga hatten sie sich im Grunde bereits mit dem Gedanken abgefunden, dass Pascha tot war.

Papa blieb auf dem Sofa liegen und Mama hockte stumm neben ihm.

Dascha ging in die Küche, um den Samowar anzustellen. Alexander und Tatiana saßen allein am Tisch.

Er flüsterte: »Kopf hoch, Tania!«

Lächelnd nickte sie ihm zu. Er erhob sich, öffnete leise die Tür und verließ die Wohnung.

Sie ging hinauf aufs Dach. In der kalten Leningrader Nacht hielt sie Ausschau nach Flugzeugen. Der Sommer war endgültig vorüber, der Winter stand vor der Tür.

Teil zwei

Die grimmige Umarmung des Winters

Eingeschlossen und belagert

1

Von dem Moment an, in dem Tatiana erwachte, bis zu dem Augenblick, in dem sie wieder in einen bleiernen Schlaf fiel, kam eine Lüge nach der anderen über ihre Lippen.

Das Schlimme war, dass sie sich selbst gegenüber nicht aufrichtig war. Sie hielt sich vor Augen, dass es besser sei, wenn Alexander nicht mehr vorbeikäme. Dass es eine Tragödie sei, wenn er die Beziehung zu Dascha abbräche. Wie stolz sie darauf sei, dass sie dem Treffen in der Isaakskathedrale kein weiteres mehr folgen ließ. Dass es ihr nichts ausmache, wenn es keine innigen Momente mit Alexander mehr gab. Aber mit all diesen Gedanken verfolgte sie nur den einen Zweck, die Distanz zu Alexander zu ertragen.

Alexander verhielt sich ihr gegenüber kühl. Kein Muskel zuckte in seinem Gesicht, wenn sie sich sahen. Tatiana sagte sich, dass seine Fähigkeit, sich zu verstellen, von unschätzbarem Wert sei. Aber in Wahrheit war sie enttäuscht.

Seit Anfang September herrschte in Leningrad abends Ausgangssperre und die Lebensmittelrationen wurden weiter reduziert. Alexander kam nicht mehr jeden Tag vorbei. Einerseits war Tatiana erleichtert, nicht ständig mit seiner Anwesenheit konfrontiert zu werden, aber zugleich vermisste sie ihn.

Wenn er kam, war er besonders zärtlich zu Dascha, vor allem in Gegenwart von Tatiana und Dimitri. Das war vortrefflich für den Plan, Dimitri auf eine falsche Fährte zu bringen. Dennoch litt Tatiana unsäglich.

Sie setzte ein tapferes Lächeln auf und wandte ihre gesamte Aufmerksamkeit Dimitri zu.

Dabei hatte sie das Gefühl, eine eiserne Faust presse ihr Herz zusammen. Aber sie spielte mit.

Sie liebte Alexander. Das war die einzige Wahrheit, an die sie sich klammern konnte.

Nachdem sie erfahren hatten, dass Pascha tot war, arbeitete Papa nur noch sporadisch, da er oft betrunken war. Seine ständige Anwesenheit machte es Tatiana schwer, die Hausarbeit zu verrichten und sich überhaupt in der Wohnung aufzuhalten. Nur die Stunden auf dem Dach verschafften ihr eine gewisse Ruhe. Aber in ihrem Innern herrschte ein maßloses Chaos.

Wenn sie auf dem Dach saß, schloss sie die Augen und stellte sich vor, wie sie mit Alexander spazieren ging. Sie liefen den Newskij Prospekt entlang bis zum Palast. Sie schlenderten über die Fontanka-Brücke, durch den Sommergarten und zurück zum Ufer.

Im Geiste ging sie immer wieder alle Straßen entlang, die sie während ihres gemeinsamen Sommers passiert hatten, und vernahm dabei den Widerhall von Schüssen und Explosionen. Es war ein winziger Trost, dass sie dem Artilleriefeuer nicht so unmittelbar ausgesetzt war wie damals in Luga. Aber auch Alexander war nun weit entfernt von ihr ...

Seine Besuche wurden immer seltener. Tatiana vermisste ihn und wünschte sich, wieder einmal wenigstens für einen Moment mit ihm allein zu sein. Sie wollte sich vergewissern, dass der Sommer 1941 keine Illusion gewesen war, dass es wirklich eine Zeit gegeben hatte, in der sie über die Kanalmauer balanciert war, während er ihr lachend zusah.

In der letzten Zeit hatte sie nichts mehr zu lachen.

»Die Deutschen sind doch noch nicht hier, nicht wahr?«, erkundigte sich Dascha bei Alexander, während sie Tee tranken. »Werden wir von Leeb zurückdrängen?«

»Ja«, erwiderte Alexander. Tatiana hingegen wusste es besser.

Finster beobachtete sie, wie Dascha Alexander liebkoste. Sie wandte die Augen ab und fragte Dimitri: »Hey, willst du einen Witz hören?«

»Was? Nein, jetzt nicht! Ich bin nicht in der Stimmung.«

»Na gut, dann eben nicht«, erwiderte sie.

Marina hatte sich noch nicht wieder gemeldet. Tatiana wusste nicht, was aus ihren Plänen, zu ihnen zu ziehen, geworden war. Vera und die anderen Schwestern im Krankenhaus wiederum hatten große Angst wegen des Krieges. Die gesamte Stadt schien den Atem anzuhalten.

Vier Abende hintereinander bereitete Tatiana das Abendessen zu. Das Öl wurde immer knapper.

»Was zum Teufel kochst du da für uns, Tania?«, wollte Mama wissen.

»Nennst du das etwa Kochen?«, bemerkte Papa.

»Wo ist denn eigentlich das Öl? Ich kann noch nicht einmal mein Brot tunken.«

»Es gab keins«, erwiderte Tatiana.

Im Radio verlasen die Sprecher lauter deprimierende Nachrichten. Nachdem Mga Ende August gefallen war, hatten die Deutschen Dubrowka unter Beschuss genommen. Das war eine schlimme Meldung, denn Tatianas Großmutter mütterlicherseits, Babuschka Maya, lebte dort. Es war ein ländlicher Ort auf der anderen Seite der Newa.

Am 6. September schließlich fiel Dubrowka.

Doch obwohl die Deutschen den Ort niederbrannten, gelang es Babuschka Maya zu entkommen. Nun wollte sie bei der Familie ihrer Tochter wohnen.

Babuschka bekam das Zimmer, das die Großeltern bewohnt hatten. Mama und Papa zogen wieder zu Dascha und Tatiana. Der Vorteil für Tatiana bestand darin, dass Dascha sich ab sofort nicht mehr mit Alexander zurückziehen konnte.

Babuschka hatte ihren ersten Mann um die Jahrhundertwende geheiratet und mit ihm eine Tochter, Tatianas Mutter, bekommen. Nachdem er im Krieg von 1905 verschollen war, heiratete sie nicht wieder. Sie lebte aber dreißig Jahre lang mit Michail zusammen, der an Tuberkulose erkrankte. Tatiana hatte sie einmal gefragt, warum sie Michail nicht heiratete. Babuschka Maya hatte geantwortet: »Und wenn mein Fedor zurückkommt, Taneschka? Dann hätte ich ein Problem!« In ihrer Jugend begann Babuschka zu malen und studierte Kunst. Ihre Bilder wurden vor der Revolution in Galerien ausgestellt. Nach 1917 verdiente sie sich ihren Lebensunterhalt mit der Illustration von Propagandamaterial für die Bolschewiken.

Babuschka erzählte ihrer Enkelin, dass sie aus ihrem brennenden Haus nichts mehr habe retten können. »Aber mach dir keine Gedanken, Taneschka, ich kann ja wieder neue Bilder malen.«

Tatiana erwiderte: »Vielleicht könntest du mir ein Bild von einem Apfelkuchen malen? Es ist nämlich jetzt die Jahreszeit für Apfelkuchen.«

Am folgenden Abend, am 7. September, tauchte kurz vor dem Abendessen plötzlich Marina auf. Marinas Vater war in einer der Schlachten um Izhorsk gefallen. Die Metanows hatten Onkel Boris sehr geliebt und sein Tod war ein entsetzlicher Schlag, zumal sie den Verlust von Pascha noch nicht verkraftet hatten. Der Zustand von Tante Rita hatte sich weiter verschlechtert und sie lag nach wie vor im Krankenhaus.

Papa blickte fragend auf Marinas Koffer. Tatiana sagte: »Komm, Marinka, ich helfe dir auspacken!«

»Hast du vor, hier einzuziehen?« Papas Stimme klang überrascht.

»Papa, ihr Vater ist tot und deine Schwester liegt im Sterben! Marina kann doch wohl eine Zeit lang bei uns bleiben, oder nicht?«

»Tania, hast du Onkel Georgi etwa nicht gesagt, dass du

mich eingeladen hast?« Marina sah Tatiana vorwurfsvoll an.

»Ich habe auch meine Lebensmittelkarte mitgebracht, Onkel Georgi.«

Papa nickte zögernd. Er konnte das einzige Kind seiner Schwester nicht vor die Tür setzen. Aber die Aussicht, dass nun noch weniger Platz zur Verfügung stand, war nicht gerade erfreulich.

»Komm, lass uns auspacken, Marina!«, wiederholte Tatiana.

An diesem Abend geschah etwas Seltsames. Die Mädchen hatten das Essen einen Moment lang unbeobachtet auf dem Herd stehen lassen, und als sie wieder in die Küche zurückkamen, stellten sie fest, dass die Bratkartoffeln mit den Zwiebeln und der kleinen Tomate verschwunden waren. Auf dem Herd stand lediglich noch die leere, schmutzige Bratpfanne. Dascha und Tatiana blickten sich ungläubig in der Küche um. Dann gingen sie ins Esszimmer in der Hoffnung, jemand anderes habe die Mahlzeit bereits aufgetragen.

Aber das war nicht der Fall. Die Kartoffeln blieben verschwunden. Dascha zerrte Tatiana hinter sich her, klopfte an jede Tür der Gemeinschaftswohnung und fragte nach dem Essen.

Zhanna Sarkowa öffnete ihnen ungewaschen und ungekämmt die Tür.

»Ist alles in Ordnung bei Ihnen?«, fragte Tatiana höflich.

»Nein!«, bellte Zhanna. »Mein Mann ist verschwunden! Ihr habt ihn nicht zufällig gesehen, oder?«

Tatiana schüttelte den Kopf.

»Ich fürchte, er ist irgendwo verwundet worden ...«

»Wo?«, erkundigte Tatiana sich vorsichtig.

»Woher soll ich das wissen? Und lasst mich mit euren blöden Kartoffeln in Ruhe!« Sie schlug ihnen die Tür vor der Nase zu.

Slawin lag wie immer vor seiner Tür auf dem Boden und

brabbelte vor sich hin. Sein kleines Zimmer stank erbärmlich.

»Was isst er eigentlich?«, fragte Tatiana, als sie über ihn hinwegstiegen.

»Das ist doch nicht unser Problem«, erwiderte Dascha barsch.

Die Iglenkos waren nicht zu Hause. Seitdem sie wussten, dass Wolodja tot war, verbrachte Petr Iglenko Tag und Nacht in der Fabrik, wo Metallschrott für Munition eingeschmolzen wurde. Sie hatten zudem gerade erfahren, dass Perka, ihr ältester Sohn, in Pulkowo gefallen war. Jetzt waren ihnen nur noch ihre beiden jüngsten Söhne geblieben, Anton und Kirill.

»Arme Nina!«, seufzte Tatiana, als sie zu ihrer Wohnung zurückgingen.

»Arme Nina!«, äffte Dascha sie aufbrausend nach. »Was redest du da, Tania? Sie hat doch immer noch zwei Söhne. *Glückliche* Nina!«

Als sie an ihrer Tür angelangt waren, schnaubte Dascha: »Und außerdem lügen sie alle!«

An diesem Abend aßen die Metanows nur Brot. Lautstark schrie Papa die Mädchen an, weil sie mit seinem Abendessen so unachtsam gewesen waren.

Tatiana schwieg und dachte an Alexander, der ihr geraten hatte, sich vor Papa in Acht zu nehmen.

Nach dem Essen räumten Mama und Babuschka alle Vorräte von der Küche in ihre Zimmer, sie stapelten sie dort in die Ecken und im Flur hinter das Sofa. Mama sagte: »Was für ein Glück, dass wir wenigstens unsere eigene Korridortür haben!«

Als Alexander später am Abend zu Besuch kam und von dem Vorfall erfuhr, riet er den Metanows, die Hintertür zur Küche stets verschlossen zu halten.

Dascha stellte Alexander Marina vor. Sie schüttelten einander die Hände und blickten sich länger als üblich an.

Schließlich trat Marina verlegen einen Schritt zurück und schlug die Augen nieder. Alexander legte lächelnd den Arm um Dascha. »Endlich lerne ich deine Kusine einmal persönlich kennen, Dascha«, sagte er. Marina hatte es die Sprache verschlagen.

Später in der Küche erkundigte sich Marina: »Tania, warum hat mich Alexander eigentlich so angesehen, als würde er mich kennen?«

»Ich habe keine Ahnung.«

»Er ist hinreißend!«

»Findest du?«, fragte Dascha, die an den Mädchen vorbei ins Badezimmer eilte. »Lass bloß die Finger von ihm!«, fügte sie fröhlich hinzu. »Er gehört mir.«

»Findest du ihn nicht auch umwerfend?«, flüsterte Marina Tatiana zu.

»Er ist ganz nett«, entgegnete Tatiana. »Hilfst du mir bitte, die Pfanne zu spülen?«

Währenddessen stand Alexander in der Tür, rauchte und grinste Tatiana an.

Papa war noch immer ungehalten über den Familienzuwachs. Marinas Studentenrationen waren so gering, dass sie davon kaum satt werden würde. Letztlich würden sie Marina mit durchfüttern müssen.

2

Am nächsten Tag, dem 8. September, war es schon früh am Morgen unruhig in der Stadt. Im Radio wurde ständig Fliegeralarm gemeldet. Die deutschen Flugzeuge zogen hoch über der Stadt ihre Kreise.

Bei der Arbeit packte Vera plötzlich Tatianas Hand und rief: »Hörst du den Lärm?«

Die beiden liefen zum Haupteingang des Krankenhauses

am Ligowskij Prospekt. Man vernahm ein fernes Donnern. Es schien nicht näher zu kommen, jedoch wurde es immer häufiger. Ruhig sagte Tatiana zu Vera: »Veruschka, das sind nur die Mörser. Sie machen das Geräusch, wenn sie die Granaten abschießen.«

»Granaten?«

»Ja. Sie stellen diese Maschinen auf die Erde ... wie es funktioniert, weiß ich auch nicht genau. Jedenfalls feuert man damit alle Arten von Bomben ab. Die Splitterbomben sind die schlimmsten«, erklärte Tatiana. »Aber die Deutschen haben auch diese ganz kleinen Bomben, von denen Hunderte auf einmal abgefeuert werden.«

Vera blickte Tatiana erstaunt an. Tatiana zuckte mit den Schultern. »Luga ...«, sagte sie knapp. »Sag mal, kannst du mir nicht mein Bein absägen?«

Sie gingen wieder hinein. »Vielleicht sollte ich dir einfach nur den Gips entfernen. Ich glaube, es wäre übertrieben, dir gleich das ganze Bein abzusägen.« Vera zwinkerte Tatiana fröhlich zu.

Zum ersten Mal seit über sechs Wochen sah Tatiana ihr Bein. Sie hätte ihre Wade gern ein wenig ausführlicher betrachtet, aber sie registrierte plötzlich, dass alle Krankenschwestern hektisch nach oben liefen. Tatiana humpelte hinter ihnen her. Ihr Bein schmerzte furchtbar, wenn sie es belastete.

Vom Dach aus konnte sie verfolgen, wie zwei Formationen mit je acht Flugzeugen über ihre Köpfe hinwegflogen. Am anderen Ende der Stadt gab es Detonationen, gefolgt von Feuer und schwarzem Rauch. Jetzt ist es so weit, dachte Tatiana. Die Deutschen bombardieren Leningrad!

In der Luft lag ein bitterer, beißender Geruch. »Ich gehe nach Hause zu meiner Familie!«, rief sie Vera zu.

Am Nachmittag erfuhr sie, was es mit dem Geruch auf sich hatte. Die Badajew-Lagerhäuser, die Leningrad mit Lebensmitteln versorgten, waren von den Deutschen bombardiert worden. Der beißende Gestank war durch den brennenden Zucker verursacht worden.

»Papa, was passiert jetzt mit Leningrad?«, fragte Tatiana, während sie ernst am Esstisch saßen.

Darauf wusste Papa auch keine Antwort. »Vermutlich geschieht mit uns nun das Gleiche, was mit Pascha passiert ist.«

Mama begann zu weinen. »Rede nicht so!«, flehte sie. »Du machst den Kindern Angst.«

Die Luftangriffe dauerten bis in den späten Nachmittag.

Als sie vorbei waren, kam Anton zu Besuch und stieg mit Tatiana aufs Dach hinauf.

Alexander hatte Recht, dachte sie. Alles, was er vorausgesagt hat, ist eingetroffen. Ihr Herz machte einen Sprung bei dem Gedanken an ihn und sie nahm sich vor, von nun an jeden seiner Ratschläge zu beherzigen.

Beim Anblick des dichten, schwarzen Rauchs über Leningrad hatte Tatiana so etwas wie eine düstere Vorahnung bezüglich der Zukunft ihrer Familie.

Ihr kam nämlich plötzlich in den Sinn, was Alexander noch prophezeit hatte: dass auf den Straßen der Stadt ein Kampf auf Leben und Tod stattfinden würde.

Anton zupfte an ihrem Ärmel. »Tania!«, rief er. »Weißt du was? Ich habe gestern mit dieser Konstruktion ganz viele Funken ausgeschlagen!« Er wies auf den Stock in seiner Hand, an dessen unterem Ende etwas befestigt war, das wie ein Soldatenhelm aussah.

Anton hüpfte auf und ab, reckte die Faust zum Himmel und schrie: »Ich bin bereit für euch!«

»Anton, du bist genauso verrückt wie Slawin!«, lachte Tatiana.

»Bestimmt noch viel verrückter«, erwiderte Anton fröhlich.

In diesem Augenblick erkannte Tatiana, dass es unten am Fluss brannte.

Da steckte auch schon Mama ihren Kopf durch die Tür und schrie: »Tatiana Georgiewna! Bist du wahnsinnig? Komm sofort herunter!«

»Ich kann nicht, Mama. Ich habe Dienst.«

»Ich sagte, komm herunter!«

»In ungefähr einer Stunde komme ich, Mamuschka. Geh wieder nach unten!«

Mama lief laut schimpfend die Treppe hinunter. Doch nach zehn Minuten erschien sie erneut im Türrahmen, diesmal mit Alexander und Dimitri im Schlepptau.

Tatiana schüttelte den Kopf. »Mama, hast du Verstärkung mitgebracht?«

»Tatiana, komm mit uns herunter!« Alexander trat zu ihr.

Als Tatiana sich nicht bewegte, runzelte Alexander die Stirn. »Tania, sei vernünftig!«

Seufzend erwiderte sie: »Ich kann Anton doch nicht allein lassen.«

»Das ist schon in Ordnung, Tania!«, rief Anton und schwenkte seinen Stock. »Ich bin bereit für den Feind.«

»Setz besser deinen Helm auf, Soldat!«, sagte Alexander an Anton gewandt.

»Tania, du solltest wirklich nicht bei Fliegeralarm auf das Dach gehen!« Dimitri klang besorgt.

»Ich wollte eben ein bisschen braun werden.«

»Für ein Sonnenbad ist das wohl kaum der richtige Zeitpunkt!«, schnappte Alexander. »Tania, was denkst du dir eigentlich? Dimitri hat Recht. Willst du deinen Eltern noch mehr Kummer machen? Nicht alle Bomben sind Brandsätze und landen zu deinen Füßen wie abgeschossene Tauben. Hast du vergessen, was du in Luga erlebt hast? Die Explosionswelle ist gewaltig. Warum haben wir wohl alle Fenster in der Stadt gesichert? Was glaubst du denn, was passiert, wenn dich eine Bombe trifft?«

»Tja, was passiert dann wohl?«

»Sei nicht so unverschämt!«, rief Dascha aufgebracht. »Du

machst nur Ärger. Noch einmal lasse ich dich nicht von unseren tapferen Soldaten ausgraben!« Sie drückte sich an Alexander.

»Auf diesen Titel kann ich leider keinen Anspruch erheben«, kommentierte Dimitri mit blitzenden Augen.

»Tania, weißt du was?«, warf Mama ein. »Geh und bereite schon einmal das Abendessen zu und lass uns Erwachsene in Ruhe reden! Marina, hilfst du Tatiana bitte?«

Tatiana kochte Kartoffeln mit Butter und ein paar Bohnen und Karotten.

Das reicht wirklich nicht für alle, dachte sie. Daher briet sie noch etwas von Dedas Dosenschinken, den eigentlich niemand mochte.

»Die Soldaten sind sehr besorgt um dich. Vor allem Alexander«, bemerkte Marina.

»Er kümmert sich um jeden«, behauptete Tatiana. »Kannst du mir noch ein bisschen mehr Butter geben?«

Das Essen verlief in gedrückter Stimmung. Alle scheuten sich, die Dinge beim Namen zu nennen: Die Deutschen waren in ihrer Stadt und Dimitri und Alexander mussten an die Front. Tatiana wusste, dass Alexander nicht wie Dimitri an vorderster Front kämpfen würde. Aber das tröstete sie nur wenig. Sie hatte große Angst, dass ihm etwas zustoßen könnte.

Trotzdem gelang es ihr, beherzt nach dem weiteren Vorgehen zu fragen, während sie ihren Tee tranken.

»Benutzt bitte zukünftig alle den Luftschutzkeller unten im Haus!«, wies Alexander sie an. »Seid froh, dass ihr überhaupt einen habt, viele Gebäude besitzen nämlich keinen. Und Dascha, pass bitte auf, dass deine Schwester nicht mehr auf dem Dach herumturnt!«

»In Ordnung, Liebling.«

Tatiana überhörte seine Anweisung geflissentlich.

»Alexander, waren in den ausgebrannten Lagerhäusern noch viele Lebensmittel?«, wollte sie wissen.

Alexander zuckte mit den Schultern. »Zucker und Mehl. Es hätte vielleicht noch für ein paar Tage gereicht. Aber darum sollten wir uns keine Sorgen machen. Entscheidend ist, dass die Deutschen die Stadt eingekesselt haben!«

Dascha sagte: »Ich kann es gar nicht glauben, dass sie hier in Leningrad sind! Den ganzen Sommer über schien es, als würden sie nicht bis hierher vordringen.«

»Aber jetzt sind sie hier! Der Kreis um Leningrad hat sich fast geschlossen.«

»Ein Kreis sieht aber anders aus«, warf Tatiana ein.

»Wer zum Teufel bist du, dass du einem Leutnant der Roten Armee widersprichst?«, schrie ihr Vater, der wieder einmal getrunken hatte.

Alexander versuchte, beruhigend auf ihn einzuwirken, und zwinkerte Tatiana zu.

Sie unterdrückte ein Lächeln.

Alexander fuhr fort: »Leider kommt den Deutschen die Topographie Leningrads zugute. Die Gegend hier ist von Wasser umgeben.«

Dimitri rückte dichter an Tatiana heran, legte ihr fest den Arm um die Schultern und fuhr ihr durch die Haare. »Deine Haare werden langsam wieder länger, Taneschka«, sagte er. »Lass sie wieder lang wachsen, ja? Mir haben sie so gut gefallen!«

Was auch immer Alexander Dimitri vorspielt, dachte Tatiana, es wird ihn nicht überzeugen. Wie lange soll das bloß noch so weitergehen? Vielleicht sollten wir aufhören, so oft in Gegenwart der anderen miteinander zu reden. Als hätte Alexander Tatianas Gedanken gelesen, rückte Alexander mit seinem Stuhl näher an Dascha heran.

»Die Deutschen stehen doch wohl nicht entlang der gesamten Länge der Newa, oder?«, fragte Dascha.

»Sie befinden sich an dem Abschnitt, der durch die Stadt fließt, und weiter den Fluss hinauf bis zum Ladogasee und bis Schlüsselburg.«

Schlüsselburg war eine kleine Stadt an der Spitze des Ladogasees.

»Ist Schlüsselburg denn schon von den Deutschen besetzt?«, fragte Dascha.

»Nein«, erwiderte Alexander seufzend. »Aber morgen wird es so weit sein.«

Tatianas Mutter fragte: »Wie wird die Stadt denn jetzt mit Lebensmitteln versorgt, wo doch die Lagerhäuser niedergebrannt sind?«

Dimitri sagte: »Es geht nicht nur um Lebensmittel, sondern auch um Kerosin, Benzin und Munition.«

»Zuerst einmal müssen wir die Deutschen davon abhalten, in die Stadt einzumarschieren, dann kümmern wir uns um alles andere«, erklärte Alexander.

Dimitri lachte bitter. »Sie können jederzeit hier einmarschieren. Jedes größere Gebäude in Leningrad ist vermint. Jede Fabrik, jedes Museum, jede Kathedrale, jede Brücke. Wenn Hitler die Stadt betritt, wird er in ihren Trümmern umkommen. Wir können ihn nicht aufhalten, aber wir werden mit ihm sterben.«

»Nein, Dimitri, wir werden die Deutschen daran hindern, in die Stadt einzudringen.«

»Was wird nur aus uns?«, fragte Tatiana ängstlich.

Niemand antwortete.

Kopfschüttelnd sagte Alexander schließlich: »Dimitri und ich fahren morgen nach Dubrowka. Wir werden tun, was wir können.«

»Warum müssen wir das eigentlich tun?«, rief Dimitri aus. »Warum können wir Leningrad nicht einfach aufgeben? Minsk hat doch auch aufgegeben und Kiew und Tallinn auch. Die ganze Krim hat sich ergeben. Und die Ukraine!« Er redete sich in Rage. »Warum lassen wir all unsere Männer umbringen, nur damit Hitler nicht hierher kommt? Soll er doch kommen!«

»Aber Dima, wir leben doch hier! Was soll denn mit uns

geschehen, wenn die Deutschen einmarschieren?«, protestierte Mama.

»Das stimmt, Dima«, sagte Alexander sachlich.

»Hast du denn nicht gehört, was die Deutschen mit den Frauen in der Ukraine gemacht haben?«, fiel Dascha ein.

»Ich habe es nicht gehört«, sagte Tatiana. »Was haben sie denn mit ihnen gemacht?«

»Nichts, Tania«, erwiderte Alexander sanft. »Kann ich bitte noch etwas Tee haben?«

Tatiana stand auf.

Mit einer auffälligen Geste blickte Dima in seine leere Tasse. »Ich bringe dir auch noch Tee, Dima«, beeilte sich Tatiana zu sagen.

»Sie sind nicht aufzuhalten«, sagte Dimitri. »Wir haben drei jämmerliche Armeedivisionen. Das wird nie und nimmer ausreichen!«

Alexander erhob sich und verabschiedete sich von allen. »Das war das Schlusswort«, sagte er ironisch. »Wir müssen gehen.« Dann wandte er sich an Dimitri und sagte: »Auf, Gefreiter, lass uns unsere Mission erfüllen.« Er vermied es, Tatiana anzusehen.

Dimitri war blass und schwieg.

Dascha klammerte sich weinend an Alexander. »Versprichst du mir, lebend zurückzukommen?«

»Ich werde mein Bestes tun.« Er warf Tatiana einen verstohlenen Blick zu.

Tatiana reichte Dimitri die Hand und ignorierte das Flehen in seinen Augen. Als die beiden Männer gegangen waren, griff sie betont gleichgültig in die Keksdose.

Marina sagte: »Ich mag Dima, Tania. Er ist ehrlicher als alle anderen Soldaten. Mir gefällt das.«

Verwirrt blickte Tatiana ihre Kusine an. »Welcher Soldat will denn schon gern kämpfen? Du kannst ihn haben, Marina.«

3

Am nächsten Morgen hörten die Metanows im Radio, dass eine Brandbombe das Dach eines Hauses in der Sadowaya Ulitsa in Brand gesteckt hatte. Die Dachpatrouille hatte sie nicht rechtzeitig löschen können. Sie war explodiert und dabei waren neun junge Menschen umgekommen.

Mein Bruder war auch jung, dachte Tatiana, während sie ihre Schuhe anzog. Ihr Schienbein schmerzte.

»Siehst du? Was habe ich dir gesagt?«, klagte Mama. »Es ist gefährlich auf dem Dach!«

»Wir leben in einer belagerten Stadt, Mama«, erwiderte Tatiana. »Es ist überall gefährlich!«

Wie jeden Morgen um acht Uhr begann die Bombardierung. Tatiana hatte noch nicht einmal ihre Lebensmittelration abholen können.

Die ganze Familie ging hinunter in den Luftschutzkeller. Unruhig trommelte Tatiana mit den Fingern auf ihr Knie. Nach einer Stunde war es vorbei.

Papa gab Tatiana seine Lebensmittelmarken und bat sie, auch seine Rationen abzuholen. »Taneschka, bring meine auch gleich mit«, verlangte Mama. »Ich habe vor der Arbeit noch so viel zu tun. Ich nähe doch zusätzliche Uniformen für die Armee.« Sie lächelte. »Eine Uniform für unseren Alexander, zehn Rubel für mich.«

Tatiana forderte Marina auf, sie zu begleiten, aber Marina hatte keine Lust. Also ging Tatiana allein zu einem großen Laden am Fontanka-Kanal neben dem Theater. Um sieben Uhr sollte an diesem Abend Shakespeares *Sommernachtstraum* gegeben werden.

Die Schlange vor dem Laden reichte fast bis zur Uferpromenade. Als Tatiana an der Theke angelangt war, erfuhr sie, dass die Rationen noch weiter gekürzt worden waren. Papa bekam ein Pfund Brot auf seine Karte, die anderen erhielten dreihundertfünfzig Gramm und Marina und Babuschka sogar nur zweihundertfünfzig Gramm. Zusammen waren das ungefähr zwei Kilo Brot pro Tag. Tatiana gelang es, ein paar Karotten, Sojabohnen und drei Äpfel zu ergattern. Zudem kaufte sie hundert Gramm Butter und einen halben Liter Milch.

Zu Hause angekommen, berichtete Tatiana ihrer Familie von den reduzierten Rationen. Die anderen reagierten gelassen. »Zwei Kilo Brot?«, fragte Mama und legte ihr Nähzeug beiseite. »Das ist mehr als genug. In Kriegszeiten brauchen wir uns doch nicht so vollzustopfen. Wir können uns ruhig ein wenig einschränken. Außerdem haben wir ja immer noch unsere Vorräte. Wir kommen schon aus!«

Tatiana teilte das Brot in zwei Portionen – eine war fürs Frühstück, die andere fürs Abendessen. Daraus machte sie jeweils sechs kleinere Portionen. Papa gab sie die größte und sich selbst die kleinste.

Im Krankenhaus war nicht mehr die Rede von einer Ausbildung. Tatiana musste die Toiletten und Badezimmer putzen und die schmutzige Bettwäsche waschen. Sie servierte den Patienten das Mittagessen und dabei fiel immer auch für sie selbst etwas ab. Manchmal besuchten Soldaten die Kantine. Tatiana freute sich, wenn sie sich mit ihr unterhielten. Wenn sie dann sogar noch erfuhr, dass sie in der Pawlow-Kaserne stationiert waren, schlug ihr Herz ein wenig schneller.

An diesem Abend hatte Tatiana genug Zeit, um das Abendessen zuzubereiten und aufzuräumen, bevor um neun Uhr die Sirenen heulten. Während des Tages hatte es immer wieder Fliegeralarm gegeben und nun saß sie erneut stundenlang im Luftschutzkeller. Tatiana fragte sich, wie viele solcher Aufenthalte sie wohl noch erdulden müsse.

Der Luftschutzkeller war lang und schmal und nur zwei Kerosinlampen gaben spärliches Licht für die über sechzig Menschen, die auf den Bänken saßen oder an der Wand lehnten. »Papa, was glaubst du, wie lange es noch dauert?«, fragte Tatiana ihren Vater.

»In ein paar Stunden ist es vorbei«, erwiderte er müde. Tatiana roch den Wodka in seinem Atem.

»Ich habe den Krieg gemeint. Wie lange dauert er noch?«, hakte Tatiana nach.

»Woher soll ich das wissen?«, gab er zurück und versuchte aufzustehen. »Wahrscheinlich bis wir alle tot sind!«

»Mama, was ist mit Papa los?«, fragte Tatiana entgeistert.

»Wie kannst du nur so dumm sein! Es ist natürlich wegen Pascha!«

»Ich bin nicht dumm!«, murmelte Tatiana. Aber wir sind schließlich auch noch da, dachte sie im Stillen. Seine Familie brauchte ihn. Warum konnte er sich nicht ein wenig zusammennehmen?

Beim nächsten Alarm nahm Tatiana etwas zu lesen mit, damit ihr die Zeit nicht so lang wurde.

Am nächsten Tag, als die anderen Familienmitglieder in den Luftschutzkeller eilten, blieb Tatiana ein wenig zurück und lief dann aufs Dach hinauf, wo Anton und Kirill den Himmel beobachteten. Es war ihr gleichgültig, ob die anderen ihre Abwesenheit bemerken würden.

Das Krachen der Detonationen und das Pfeifen der Bomben waren Furcht erregend. Während der zwei Stunden schlug jedoch keine einzige Bombe in der Nähe ein.

Von Alexander oder Dimitri hörten sie nichts. Die Mädchen waren außer sich vor Angst und stritten ständig miteinander. Nur Babuschka Maya blieb unerschütterlich ruhig und malte.

»Babuschka, woher nimmst du deinen Seelenfrieden?«, fragte Tatiana eines Abends, während sie Babuschka die langen Haare bürstete, die gerade erst begannen, grau zu werden.

»Ich bin zu alt, um mich zu ängstigen, Sonnenschein«, erwiderte Babuschka. Sie lächelte. »Ich habe schon den größten Teil meines Lebens hinter mir.« Sie streichelte Tatianas Wange.

»Babuschka, sag doch nicht so was!« Tatiana umarmte ihre Großmutter. »Was ist denn, wenn Fedor zurückkommt?«

Babuschka Maya strich Tatiana über das Haar und sagte: »Ich habe nicht gesagt, dass ich nicht mehr leben will!«

Tatiana machte sich Sorgen um Marina. Sie war den ganzen Tag in der Universität und besuchte danach ihre Mutter im Krankenhaus. Abends kam sie völlig erschöpft nach Hause und ging früh schlafen.

Die Abende verliefen immer gleich: Mama nähte, Papa trank so lange, bis er bewusstlos auf dem Sofa zusammensackte. Zuvor schrie er seine ganze Wut und Trauer hinaus. Dascha und Tatiana hörten sich währenddessen ungerührt die Nachrichten im Radio an. Während der Luftangriffe schlich Tatiana aufs Dach hinauf.

Auch tagsüber ertönten ständig die Sirenen. Es war nie völlig still in Leningrad.

Tatiana arbeitete, holte die täglichen Rationen für die Familie ab und versuchte ansonsten, ihr Leben zu führen, wie sie es bisher auch getan hatte.

Die Zimmerverteilung hatte sich ein wenig geändert. Babuschka Maya hatte ein Zimmer für sich allein. Mama schlief auf dem Sofa und Papa auf Paschas Liege. Tatiana, Marina und Dascha schliefen zusammen im selben Bett. Tatiana war fast dankbar für den Puffer zwischen ihr und Dascha. So musste sie ihrer Schwester nicht allzu nahe kommen.

Eines Nachts kletterte Dascha einfach über Marina hinweg und schlang die Arme um Tatiana. »Tania, Liebes, schläfst du schon?«

»Nein. Was ist?«

»Glaubst du, sie werden sterben?«, fragte Dascha in der Dunkelheit.

»Mädels, ich muss morgen früh aufstehen«, maulte Marina. »Schlaft jetzt!«

Tatiana hörte Dascha leise wimmern.

»Vielleicht sind sie ja schon tot«, klagte sie und hielt Tatiana fest umklammert.

Tatiana holte tief Luft. »Nein, es geht ihnen bestimmt gut!« Sie wollte mit Dascha nicht über Alexander reden. Sie versuchte, ihre Schwester abzulenken. »Dascha, mach dir lieber Gedanken um unser Leben! Im Krankenhaus haben sie mich übrigens gefragt, ob es mir etwas ausmachen würde, statt in der Küche bei den Bombenopfern zu helfen. Ich habe zugestimmt, aber dann habe ich gesehen, was von ihnen übrig geblieben ist. Es war furchtbar!« Tatiana schwieg. »Hast du gesehen, dass heute am Ligowskij Prospekt ein Haus eingestürzt ist?«

»Nein.«

»Ein siebzehnjähriges Mädchen ist dabei …« Tatiana verstummte.

»So alt wie du …« Dascha drückte sie.

»Ja – sie war unter den Trümmern verschüttet. Ihr Vater hat den Feuerwehrleuten geholfen, sie auszugraben. Den ganzen Tag haben sie geschuftet. Als ich um sechs aus dem Krankenhaus kam, haben sie sie gerade herausgeholt. Aber sie war schon tot. Ein Loch in der Stirn …«

Dascha erwiderte nichts.

Plötzlich schaltete sich Marina ein: »Tania, hast du gerade gesagt, dass du um sechs aus dem Krankenhaus gekommen bist? Da war doch Fliegeralarm! Bist du nicht in den Luftschutzkeller gegangen?«

»Marinka, sie ist unverbesserlich«, warf Dascha ein. Sie flüsterte in Tatianas Haar: »Wenn du nächstes Mal nicht in den Keller gehst, dann verpetze ich dich!«

In dieser Nacht weckten die Sirenen sie um drei Uhr früh. Tatiana drehte sich zur Wand und hätte weitergeschlafen, wenn die anderen sie nicht aus dem Bett gezerrt hätten. Alle Hausbewohner drängten sich unter der Treppe und Tatiana hatte das Gefühl, es keine Sekunde länger aushalten zu können.

4

Alexander und Dimitri kamen am Abend des 12. September nach Leningrad, dem ersten Tag, an dem keine Bomben gefallen waren. Sie waren nur für einen Abend aus Dubrowka gekommen, um mehr Männer und Artilleriewaffen aus der Garnison zu holen.

Alexander betrat die Wohnung und Dascha, die vor lauter Erleichterung in Tränen ausbrach, ließ ihn fortan keine Sekunde mehr los. Sie weigerte sich sogar, bei der Zubereitung des Abendessens zu helfen. Dimitri klammerte sich an Tatiana, aber während Alexander es fertig brachte, Daschas Umarmung zu erwidern, stand Tatiana stocksteif da und ihr Blick schweifte Hilfe suchend im Zimmer umher.

»Schon gut, es ist ja alles gut«, sagte sie und vermied es verbissen, Alexander anzusehen. Trotz der unangenehmen Situation war sie glücklich, dass Alexander unversehrt zurückgekommen war.

Dimitri ging hinaus, um sich zu waschen, und Dascha beeilte sich, bei den Nachbarn ein wenig Tee aufzutreiben. Marina wandte sich an ihre Kusine: »Weißt du, Tania, du könntest ruhig ein bisschen freundlicher zu dem Mann sein, der für dich an der Front kämpft!«

Tatiana ignorierte ihre Bemerkung, während ihr Blick auf Alexander ruhte.

»Deine Kusine hat Recht, Tania«, sagte Alexander und grinste sie an. »Ich verhungere! Was gibt es denn zum Abendessen?«, fragte er lächelnd und legte ihr für einen kurzen Moment den Arm um die Schultern.

Als Tatiana auf die Küche zusteuerte, begegnete sie Marinas forschendem Blick.

Tatiana briet zwei Dosen Schinken und ein wenig Reis, den Alexander mitgebracht hatte. Als Alexander die Küche betrat, hielt Tatiana den Atem an. Er spähte in alle Töpfe. »Hmm, Schinken und Reis!«

Sie hätte gern seinen gesenkten Kopf gestreichelt.

»Du glaubst nicht, wie hungrig ich bin, Tania«, klagte Alexander und sah sie eindringlich an. In diesem Augenblick kam Marina in die Küche. »Alexander, Dascha hat mich gebeten, dir ein Handtuch zu bringen. Du hast es vergessen.«

»Danke, Marina«, sagte Alexander, ergriff das Handtuch und verschwand. Tatiana starrte angestrengt in den Topf, während sie unermüdlich rührte.

Marina trat neben sie und blickte ebenfalls in den Topf. »Gibt es da irgendetwas Interessantes zu sehen?«

»Nein, überhaupt nicht.« Tatiana richtete sich auf.

»Mmm ...« Marina schaute sie skeptisch an.

Während des Essens fragte Dascha: »Wie ist es an der Front?«

Alexander erwiderte kauend: »Das kann man nicht so einfach beschreiben. In den ersten zwei Tagen war es schlimm, nicht wahr, Dima? Dima hat zwei Tage lang im Schützengraben gelegen. Die Deutschen wollten offenbar sehen, wie lange wir durchhalten. Als wir uns nicht verzogen, unterbrachen sie die Angriffe. Unsere Kundschafter berichteten, es sähe so aus, als ob sie Gräben und Bunker aus Beton bauten.«

»Wozu denn?«, wollte Dascha wissen.

Langsam erwiderte Alexander: »Es bedeutet, dass sie wahrscheinlich nicht in Leningrad einmarschieren werden.«

Alle freuten sich über diese Nachricht. Nur Tatiana bemerkte ein Zögern in Alexanders Stimme, als wolle er ihnen nicht die volle Wahrheit sagen. Sie biss sich auf die Lippe und fragte vorsichtig: »Bist du denn nicht froh darüber?«

»Natürlich«, erwiderte Dimitri sofort.

»Ich nicht«, antwortete Alexander. »Ich dachte, wir würden kämpfen ...«

»Und sterben«, unterbrach ihn Dimitri und schlug mit der Faust auf den Tisch.

»Ja, und sterben, wenn es sein muss!«

»Na ja, du hast eben diese Meinung. Mir ist es lieber, wenn die Deutschen zwei Jahre lang in ihren Bunkern sitzen und versuchen, Leningrad auszuhungern, statt uns zu bombardieren.«

Alexander legte sein Besteck beiseite. »Dieses untätige Herumliegen in den Schützengräben – ist das nicht entsetzlich zermürbend? Ich finde es feige!« Er warf Dimitri einen kühlen Blick zu, wischte sich den Mund ab und griff nach der Wodkaflasche.

»Das ist überhaupt nicht feige«, erklärte Dimitri. »Im Gegenteil. Es ist klug. Du wartest so lange, bis der Feind geschwächt ist. Dann schlägst du zu. Das nennt man Strategie!«

Mama stocherte nervös in ihrem Essen herum. »Dima, du hast das doch bestimmt nicht wörtlich gemeint, als du sagtest, dass die Deutschen Leningrad aushungern wollen, oder?«

»Nein, nur im übertragenen Sinn«, erwiderte Dimitri.

Tatiana musterte Alexander, der gar nichts mehr von sich gab. »Ist noch Wodka da?«, fragte Dimitri und hob die fast leere Flasche an. »Ich glaube, ich werde mich heute Abend betrinken.«

Alle sahen zu Papa hinüber, der reglos auf dem Sofa lag, und wandten dann rasch den Blick wieder ab.

»Alexander«, sagte Tatiana mit ihrer fröhlichsten Stimme. Sie genoss es, seinen Namen laut auszusprechen. »Nina Iglenko ist heute vorbeigekommen und hat uns um etwas Mehl und Schinken gebeten. Wir haben so viel, dass ich ihr etwas abgegeben habe. Sie bereut es schon jetzt, dass sie nicht auch so vorausschauend war wie wir …«

»Tania«, unterbrach Alexander sie und sie lehnte sich auf ihrem Stuhl zurück. Sie hatte Recht gehabt: Er wusste mehr, als er sagte. »Gib kein einziges Gramm eurer Lebensmittel ab, hörst du? Egal, wer dich darum bittet!«

»Wir haben schon einmal eine Lebensmittelrationierung

erlebt, Alexander. Das war im letzten Jahr. Wo warst du während des finnischen Feldzugs?«

»Ich habe gegen die Finnen gekämpft«, antwortete er grimmig. Tatiana fragte sich, warum Dascha den Krieg nie beim Namen nannte.

Sie sagte immerzu *Feldzug* oder *Konflikt*.

Mit dieser Ausdrucksweise hätte sie für den Rundfunk arbeiten können …

»Ich sage es euch noch einmal: Haltet eure Vorräte fest, als ob sie euer wertvollstes Gut wären!«, wies Alexander sie an.

»Warum musst du immer so pessimistisch sein?«, maulte Dascha. »Wo bleibt dein Sinn für Humor? Gerade in solchen Zeiten haben wir den nötig. Wir werden schon nicht verhungern. Die Regierung wird irgendwie Lebensmittel beschaffen.«

Alexander zündete sich eine Zigarette an. »Dascha, tu mir einen Gefallen, beherzige meinen Rat!«

»Na gut, Liebster. Ich gebe dir mein Wort darauf.« Sie küsste ihn.

Alexander wandte sich an Tatiana. »Und du auch, Tania!«

»In Ordnung.« Liebster, dachte sie bei sich. »Ich verspreche es dir.«

»Alexander, wie lange wurde London im Sommer 1940 bombardiert?«, erkundigte sich Dascha.

»Vierzig Tage und Nächte.«

»Glaubst du, hier wird es auch so lange dauern?«

Diese Frage hatte auch Tatiana beschäftigt. Gebannt lauschte sie Alexanders Worten.

»Länger«, erwiderte er knapp. »Die Bombardierung wird so lange dauern, bis sich Leningrad entweder ergibt oder fällt. Oder die Nazis zurückdrängt.«

»Wir sollten uns auf keinen Fall ergeben!«, befand Dascha. »Ich kämpfe gegen die Nazis, wenn es sein muss.«

Tatiana musste unwillkürlich lachen. Wie vermeintlich tapfer Dascha daherredete ... Als habe sie nicht in Wahrheit die schlimmsten Ängste vor einer solchen Eskalation.

Kopfschüttelnd erwiderte Alexander: »Du wirst nicht gegen sie kämpfen, Dascha. Ein Straßenkrieg ist entsetzlich, und zwar nicht nur für die Belagerten, sondern auch für die Angreifer. Ungeheuer viele Menschen verlieren ihr Leben. Unser großer Führer mag kein besonderes Interesse an dem einzelnen Menschen haben, aber Hitler ist ganz besessen davon, die arische Rasse zu erhalten. Ich glaube nicht, dass er seine Männer für Leningrad opfern wird.« Er blickte Tatiana an. »Ich glaube, Dimas Wunsch wird letztendlich in Erfüllung gehen«, schloss er mit kaum verhohlener Verachtung.

Tatiana sah Dimitri an. Er lag inzwischen sturzbetrunken auf dem Sofa und schlief.

»Wird es so ähnlich wie in London verlaufen?«, fragte Dascha und warf ihre Locken zurück. »London ist zwar bombardiert worden, aber die Leute haben trotzdem so gut es ging weitergelebt. Wir haben Bilder gesehen.« Sie lächelte Alexander an und streichelte ihm übers Bein.

»Dascha, du lebst *hier,* nicht in London!«, wies Alexander sie zurecht und schüttelte den Kopf.

Dascha verzog missmutig das Gesicht.

»Außerdem drohte London keine Belagerung! Verstehst du denn nicht den Unterschied?«

Mama, Dascha, Marina und Babuschka hingen an Alexanders Lippen. Tatiana hatte sich erhoben, um das schmutzige Geschirr abzuräumen. Sie sagte: »Die Deutschen haben uns eingekreist. Und du hast es ja gehört: Sie werden nicht das Leben ihrer eigenen Leute aufs Spiel setzen. Sie werden uns aushungern, nicht wahr, Alexander?«

»Für heute Abend reicht es! Jedenfalls dürft ihr eure Vorräte auf keinen Fall weggeben!«, entgegnete Alexander unwirsch.

Mama hakte nach: »Alexander, eins muss ich noch wissen: Stehen die Deutschen wirklich schon bei Peterhof?«

»Weißt du noch, wie wir in Peterhof waren, Liebling?«, murmelte Dascha und ergriff seine Hand. »Das war so ein schöner Tag! Es war der letzte sorglose Tag, den wir miteinander verbracht haben!«

»Ja«, bestätigte Alexander, ohne Tatiana anzusehen.

»Seit diesem Tag ist nichts mehr so, wie es einmal war«, sagte Dascha traurig.

Alexander wandte sich an Mama und erklärte: »Peterhof ist tatsächlich in deutscher Hand. Die deutschen Soldaten haben die Teppiche aus dem Palast geholt und legen ihre Schützengräben damit aus.«

»Vielleicht hat Dimitri ja Recht«, überlegte Dascha. »Es leben ungefähr drei Millionen Menschen in Leningrad. Die kann man doch nicht alle opfern!« Sie schwieg. »Hat der Befehlshaber von Leningrad schon einmal davon gesprochen, sich zu ergeben?«

Alexander musterte Dascha schweigend.

»Ich meine, wenn wir uns ergeben ...«

»Ja, was dann?«, unterbrach Alexander sie gereizt. »Dascha, hast du gelesen, was die Deutschen mit der ukrainischen Landbevölkerung gemacht haben?«

»Nein, ich will darüber gar nichts hören!«

»Aber ich habe es gelesen ...«, sagte Tatiana leise.

Alexander fuhr fort: »Dimitri hielt es eine Zeit lang für eine gute Sache, Kriegsgefangener in einem deutschen Lager zu sein. Bis er erfuhr, dass die Deutschen die Gefangenen erschießen, die Orte plündern und niederbrennen, das Vieh abschlachten und die Frauen und Kinder umbringen.«

»Zuerst machen sie aber mit den Frauen etwas anderes«, warf Tatiana ein. Dascha und Alexander blickten sie fassungslos an.

»Vielleicht solltest du nicht alles glauben, was du hörst, Tania«, fügte Alexander leise hinzu.

Dascha fragte: »Wie kommen denn nun in Zukunft Lebensmittel nach Leningrad?«

»Wir haben doch erst mal genug. Wir haben so viele Vorräte!«, schaltete Mama sich ein.

»Ach, Mama, wer weiß, wie lange die Blockade dauern wird? Ich glaube, ich bin Dimitris Meinung. Wir sollten uns ergeben ...«

Alexander schüttelte traurig den Kopf und blickte Tatiana an. »Nein!«, beharrte er. »Nicht wahr, Tatiana? ... *Wir werden nicht wanken und weichen. Wir werden den Weg bis zu Ende gehen ... Wir werden auf den Meeren und Ozeanen kämpfen ... In der Luft werden wir unsere Insel verteidigen, koste es, was es wolle.«*

» Wir werden an den Stränden kämpfen«, fuhr Tatiana fort und blickte dabei Alexander direkt an. *» Wir werden auf den Feldern und in den Straßen kämpfen ... Wir werden in den Hügeln kämpfen.«* Ihr Hals war wie zugeschnürt. *» Wir werden uns nie ergeben«,* schloss sie. Sie merkte, dass ihre Hände zitterten. »Churchill.«

Mit einem ungeduldigen Seufzer fragte Dascha: »Kannst du uns vielleicht noch einen Tee kochen und für einen Moment Churchill vergessen?«

Marina folgte Tatiana in die Küche, um ihr beim Aufräumen zu helfen, und flüsterte: »Ich habe noch nie in meinem Leben jemand Dümmeren und Starrköpfigeren getroffen als deine Schwester.«

Tatiana war ganz blass geworden und schwieg.

Ein paar Tage später inspizierten Dascha und Tatiana die Vorräte. Die meisten hatte Tatiana mit Alexanders Hilfe am ersten Tag des Krieges gekauft.

Das schien schon eine Ewigkeit her zu sein. Tatiana kam es vor, als hätte sich ihr Leben seitdem vollständig verändert.

Zum gegenwärtigen Zeitpunkt besaßen die Metanows noch dreiundvierzig Kilo Schinken, neun Dosen eingemachte Tomaten und sieben Flaschen Wodka. Entsetzt stellte Tatiana fest, dass noch vor einer Woche elf Flaschen Wodka im Schrank gestanden hatten. Offensichtlich trank Papa mehr, als sie alle wussten.

Des Weiteren besaßen sie zwei Kilo Kaffee, vier Kilo Tee und einen großen Sack mit zehn Kilo Zucker, der in dreißig kleinere Plastiksäcke aufgeteilt war. Tatiana zählte zudem fünfzehn kleine Dosen mit geräucherten Sardinen, und dann waren da noch mehrere Säcke Gerste, Hafer und Mehl und die vielen Packungen Streichhölzer.

»Wie lang muss das Ganze wohl reichen?«, überlegte Dascha laut.

»Alexander hat gesagt, dass man es nicht weiß«, erwiderte Tatiana.

Laut Mamas Auskunft besaßen sie neunhundert Rubel in bar, genug also, um Lebensmittel auf dem Schwarzmarkt zu kaufen. »Lass uns gleich welche kaufen gehen, Mama«, schlug Tatiana vor.

Die Schwestern suchten mit ihrer Mutter einen großen Laden auf, der im August in der Nähe der Nikolaus-Marine-Kathedrale eröffnet hatte. Sie brauchten über eine Stunde, um dort hinzugelangen, und dann starrten sie ungläubig auf die Preise, mit denen die wenigen Produkte in den Regalen ausgezeichnet waren. Es gab Eier, Käse, Butter und Schinken und sogar Kaviar. Der Zucker kostete siebzehn Rubel pro Kilo. Mama strebte sofort wieder dem Ausgang zu, aber Tatiana ergriff ihren Arm. »Hör zu, Mama! Wir sollten die Lebensmittel kaufen!«

»Lass mich los!«, erwiderte Mama grob. »Für wie dumm hältst du mich, dass ich ein Kilo Zucker für siebzehn Rubel kaufe? Sieh dir den Käse an – zehn Rubel für hundert Gramm! Das kann doch nicht wahr sein!« Laut rief sie an den Verkäufer gewandt: »Wollen Sie uns auf den Arm nehmen? Deshalb gibt es hier keine Schlangen vor dem Laden wie in anderen Geschäften! Wer kauft denn schon Lebensmittel zu diesen Preisen!«

Der junge Mann schüttelte lächelnd den Kopf. »Kauft etwas oder verlasst das Geschäft!«

»Wir gehen«, beschloss Mama. »Kommt!«

Aber Tatiana rührte sich nicht von der Stelle. »Mama, hast du vergessen, was Alexander gesagt hat?« Sie zog das Geld hervor, das sie von ihrem Verdienst bei Kirow und im Krankenhaus gespart hatte. Viel war es nicht. Sie bekam momentan nur zwanzig Rubel in der Woche und zehn davon gab sie zu Hause ab. Es war ihr jedoch gelungen, hundert Rubel zur Seite zu legen, und von diesem Geld kaufte sie nun einen Sack mit fünf Kilo Mehl, vier Pakete Hefe, einen Sack Zucker und eine große Dose Schinken. Drei Rubel blieben übrig und Tatiana fragte den Verkäufer, was sie dafür noch bekäme. Der Angestellte bot ihr eine Schachtel Streichhölzer, fünfhundert Gramm Tee oder altes Brot an. Tatiana überlegte sorgfältig und entschied sich dann für das Brot.

Den Rest des Samstags verbrachte sie damit, das Brot in kleine Stücke zu schneiden und es im Backofen zu rösten, während Mama und Papa und sogar Dascha sie auslachten. »Wie kann man nur drei Rubel für trockenes Brot ausgeben? Du glaubst ja wohl nicht, wir würden das essen!« Tatiana ignorierte sie.

Als Alexander an diesem Abend von der Geschichte erfuhr, sagte er: »Sie sollten besser jede Kopeke Ihrer neunhundert Rubel für trockenes Brot ausgeben!«

Im Stillen dankte Tatiana ihm für seine Unterstützung. Gern hätte sie ihn berührt. Aber sie beherzigte ihre Absprache und blieb ihm fern.

Mama machte eine wegwerfende Handbewegung. »Ich bin dazu erzogen worden, sparsam zu sein. Nicht wahr, Georgi?«

Aber ihr Mann schlief bereits – wie jeden Abend um diese Zeit.

»Habe ich Recht, Mama?«, wandte sie sich an Babuschka.

»Ja, Irina, das stimmt«, erwiderte sie. »Aber vielleicht solltest du trotzdem auf Alexander hören.«

5

Die Sirenen heulten jeden Abend um fünf Uhr.

Die Bombenangriffe auf Leningrad waren entsetzlich. Für Tatiana aber war es beinahe noch schlimmer, mit der ständigen Angst um Alexander zu leben. Papa war jetzt schon am frühen Morgen betrunken. Das machte die Situation noch schwieriger. Mama hatte sich in ihre Arbeit vergraben und Babuschka malte unverdrossen. Marina war sehr still, denn sie machte sich große Sorgen um ihre Mutter. Dascha blieb von alldem unberührt: Sie schwärmte immerzu von Alexander.

Deda und Babuschka waren in Molotow in Sicherheit. Tatiana hatte gerade einen Brief von ihnen bekommen.

Dimitri kam nur noch selten vorbei. Wenn er da war, saß er oft nachdenklich am Tisch und es schien, als wolle er seine Sorgen mit Wodka hinunterspülen. Eines Abends folgte er Tatiana in die Küche. Er umarmte sie stürmisch und drückte sie gegen die Wand neben dem Fenster. Tatiana wusste nicht, wie sie sich wehren sollte.

Glücklicherweise kam in diesem Moment Dascha herein und Dimitri ließ verlegen von ihr ab.

Tatianas einzige Lichtblicke waren die Stunden mit Anton auf dem Dach und die Besuche von Alexander.

Als sie einmal auf das Dach kam, hüpfte die kleine Mariska wie immer fröhlich umher, sie schien sich geradezu über die vielen Flugzeuge am Himmel zu freuen. Die Siebenjährige winkte und quietschte vor Entzücken.

Auch Anton stand wieder bereit, um mit seiner eigenartigen Konstruktion Funken auszuschlagen. Tatiana ließ sich auf der Teerpappe nieder und zog ein Stück getrocknetes Brot hervor. »Was machst du denn, wenn dir eine Bombe auf den Kopf fällt? Da nützt dir der Stock gar nichts.«

Aber Anton hatte keinen Sinn für die Gefahr. Für ihn war das alles ein großes Abenteuer.

Mariska kam auf Tatiana zugelaufen und fragte: »Taneschka, was isst du da?«

»Nur trockenes Brot«, erwiderte Tatiana. »Möchtest du auch etwas?«

Mariska nickte heftig und riss Tatiana das Stück Brot aus der Hand. Rasch hatte das kleine Mädchen es hinuntergeschlungen. »Hast du noch mehr?«

Tatiana bemerkte erst jetzt, wie mager Mariska geworden war. Sie stand auf und ergriff die Hand des Mädchens. Während sie mit Mariska auf die Treppe zusteuerte, fragte sie: »Wo sind dein Papa und deine Mama?«

Achselzuckend erwiderte das Kind: »Ich glaube, sie schlafen.«

Anton rief Tatiana nach: »Tania, lass sie!«

Aber Tatiana ignorierte ihn und ging mit ihr hinunter in das Zimmer, wo Mariska wohnte. »Mama, Papuschka, seht mal, hier ist Besuch für euch!«, verkündete das Mädchen.

Aber die Eltern rührten sich nicht. Sie lagen mit den Gesichtern nach unten in den schmutzigen Kopfkissen. Im Zimmer roch es unangenehm, Tatiana erinnerte es an den Gestank auf der Gemeinschaftstoilette. »Komm mit mir nach oben, Mariska!«, sagte sie rasch. »Ich gebe dir etwas zu essen.«

Am nächsten Morgen stand Tatiana um halb sieben gewaschen und angezogen am Bett ihrer schlafenden Schwester.

»Daschenka, bitte steh auf. Lass uns noch einmal in den Laden gehen!«

Dascha bewegte sich kaum. »Tania, du kannst doch auch allein gehen.«

»Kommt schon!«, drängelte Tatiana und zog Marina und Dascha die Decke weg. »Ihr könnt ruhig einmal früh aufstehen.«

Die Mädchen rührten sich nicht.

Unwillkürlich musste sie an Alexander denken. Vielleicht war er ja in Leningrad und kam heute Abend vorbei. Sie sehnte sich danach, mit ihm zu reden, ihm ihre Sorgen mitzuteilen. Eigentlich gab es sonst niemanden, der ihr zuhörte. Alle schienen nur ihren eigenen Gedanken nachzuhängen. Tatiana knöpfte sich den Mantel zu und eilte über die Nekrasowa zu dem Geschäft, um noch mehr Lebensmittel zu erstehen.

Alexander kam am Abend tatsächlich zu Besuch. Er brachte seine Lebensmittelrationen und einen äußerst schlecht gelaunten Dimitri mit. Dicht gedrängt saßen alle in dem kleinen Zimmer. Tatiana ging in die Küche und begann, ein Abendessen aus Bohnen und Reis zuzubereiten. Alexander folgte ihr und ihr Herz schlug schneller. Aber dann betraten auch Zhanna Sarkowa und Petr Petrow den Raum und schließlich kamen Dascha und Marina, um ihr zu helfen. Alexander ging wieder hinaus, ohne ein Wort mit Tatiana gewechselt zu haben.

Während des Abendessens richtete sie zwar einige Fragen an Alexander, aber in Wahrheit brannten ihr ganz andere Dinge auf der Seele. Sie vermied es, ihn anzusehen. Konzentriert blickte sie auf ihren Teller.

Bei der Unterhaltung drehte sich alles darum, wie schlecht die sowjetische Armee ausgerüstet war. Alexander setzte ihnen auseinander, dass es unmöglich für sie war, das Land gegen die Deutschen zu verteidigen.

»Vor zwei Tagen stand mein Bataillon an der oberen Newa, direkt bei Schlüsselburg, um Schützengräben auszuheben. Alles, was wir tun konnten, war, ein paar Mörsergeschütze aufzustellen.« Er senkte die Stimme. »Selbst der allgegenwärtige NKWD war dort kaum vertreten.«

»Sie können doch nicht überall zugleich sein«, bemerkte Tatiana. »Sie haben so viele Einsätze – als Grenztruppen, als Fabrikwachen bei Kirow, als Straßenmiliz …«

Tatiana und Alexander lächelten einander verstohlen zu. Ihr Wunsch, ihn zu berühren, wurde übermächtig. Sie erhob sich und begann, den Tisch abzuräumen. Als sie neben ihn trat, drückte sie einen Moment lang ihre Hüfte an seinen Ellbogen und ging dann rasch weiter.

»Wenn die Deutschen in den ersten beiden Septemberwochen angegriffen hätten, dann hätten sie den Sieg in der Tasche gehabt«, fuhr Alexander fort. »Wir hatten ja weder Panzer noch Geschütze. Nur ein paar kaum bewaffnete Freiwillige standen zur Verfügung.« Er schwieg. »Wie gut ausgebildet waren eigentlich die Freiwilligen in Luga, Tania? Wie wir wissen, besitzt ja nicht jeder während einer Bombardierung so viel Geistesgegenwart wie Tania.«

Dascha unterbrach ihn: »Warum redest du eigentlich mit ihr über den Krieg? Sie interessiert sich doch gar nicht dafür. Sie hat nur die Gedichte von Puschkin im Kopf oder macht sich Gedanken übers Kochen.«

Mit ernstem Gesicht sagte Alexander: »Tania, wie sieht es aus? Wollen wir uns über Puschkin unterhalten?«

Verlegen erwiderte Tatiana: »Warte mal! Da wir gerade vom Kochen oder vielmehr vom Essen reden: Welcher Laden liegt für mich am günstigsten? Ganz gleich, wo ich hingehe, um unsere Rationen abzuholen, überall bin ich dem Bombenhagel ausgesetzt. Ich ... habe solche Angst ...«

»Am besten gehst du nirgendwohin. Bleib im Luftschutzkeller, da bist du sicher«, riet Alexander.

Niemand sagte ein Wort.

»Ich möchte ja nur wissen, von wo aus die Stadt am heftigsten beschossen wird«, fuhr Tatiana hastig fort, damit Dascha nicht wieder dazwischenreden konnte.

»Aus den Hügeln von Pulkowo«, erwiderte Alexander. »Die Deutschen brauchen noch nicht einmal in ihre Flugzeuge zu steigen. Ist dir nicht aufgefallen, dass wir vergleichsweise wenige Flugzeuge sehen?«

»Nein, heute Nacht waren es ungefähr hundert.«

»Ja, nachts fliegen sie, weil es da schwieriger für uns ist, ihre Flugzeuge abzuschießen. Aber sie wollen ihre kostbare Luftwaffe nicht vergeuden. Sie sitzen bequem in den Hügeln von Pulkowo und ihre Bomben reichen bis nach Smonyj. Du weißt doch, wo Pulkowo ist, oder, Tania? Direkt bei Kirow.«

Sie errötete. Er musste damit aufhören. Nein, er sollte nicht aufhören. Sie brauchte diese Worte wie die Luft zum Atmen. Mama, die gerade aus der Küche kam, sagte: »Na ja, zum Glück arbeitest du nicht mehr bei Kirow, Taneschka.«

Alexander schlug vor, Tatiana solle wegen ihrer Rationen nicht mehr zum Suworowskij Prospekt gehen. Tatiana beteuerte: »Ich gehe immer zu einem Laden an der Fontanka, Ecke Nekrasowa. Ich bin jeden Morgen um sieben da. Stimmt's, Dascha?«

»Das weiß ich nicht«, erwiderte Dascha. »Ich bin ja nicht dabei.«

»Geh bloß nicht durch Straßen, die von Norden nach Süden verlaufen«, sagte Alexander.

Dascha lachte. »Aber Liebling! Die Bomben fallen doch überall hin!«

»Woher willst *du* das denn wissen?«, wies Tatiana sie zurecht. »Du gehst ja immer erst auf die Straße, wenn die Bombardierung vorbei ist.«

Dascha schlang die Arme um Alexanders Hals und streckte Tatiana die Zunge heraus. »Weil ich eben Verstand habe!«

»Und du, Tania?«, fragte Alexander leise und schob Daschas Arme fort. »Du gehst doch hoffentlich auch nur auf die Straße, wenn nicht bombardiert wird?«

Dascha sagte: »Machst du Witze? Sie hat kein bisschen Verstand. Frag sie doch einmal, wie oft sie in den Luftschutzkeller geht.«

Alle schwiegen. Alexanders Augen blitzten.

»Oh«, sagte Tatiana verlegen, »ich bin oft dort. Gestern habe ich unter der Treppe gesessen.«

»Ja, drei Minuten lang. Alex, sie kann einfach nicht still sitzen.«

»Sie war doch nicht etwa auf dem Dach, oder?«

Niemand sagte etwas. Um Alexanders Blick auszuweichen,

beschäftigte sich Tatiana mit der Nähmaschine. »Kann ich denn über den Newskij Prospekt gehen?«, fragte sie ihn, ohne aufzublicken.

»Bloß nicht! Dort fallen die meisten Bomben. Die Deutschen bemühen sich allerdings sehr, das Hotel *Astoria* nicht zu treffen. Du weißt doch, wo das *Astoria* ist, Tania. Direkt an der Isaakskathedrale.«

Tatiana wurde knallrot.

Alexander fuhr hastig fort: »Na ja, ist ja auch egal. Hitler hat auf jeden Fall vor, dort seine Siegesfeier abzuhalten.«

Tatiana schwieg. »Wann soll die denn stattfinden?«, fragte sie schließlich.

»Im Oktober«, erwiderte Alexander. »Hitler glaubt, dass die Einwohner von Leningrad bis Oktober aufgegeben haben. Aber ich bin sicher, es wird länger dauern.«

»Was würden wir nur ohne deine Informationen tun, Alexander?«, warf Marina ein.

Dascha schlang besitzergreifend die Arme um ihn und blickte Marina herausfordernd an. »Hör auf, mit Alexander zu tuchteln! Du kannst ja Dimitri um den Finger wickeln.«

»Ja, Marina, nur zu«, murmelte Tatiana und blickte zu Dimitri hinüber, der bewusstlos auf dem Sofa lag.

Marina entgegnete: »Was hast du gesagt, Tania? Soll ich das wirklich tun?«

Tatiana zuckte mit den Schultern. Als sie später dabei war aufzuräumen, wachte Dimitri auf, packte Tatiana am Handgelenk und zog sie zu sich heran. »Taneschka«, murmelte er.

Tatiana wehrte sich, aber er hielt sie fest. »Tania«, flüsterte er. »Wann kommst du endlich zu mir?« Sein Atem stank furchtbar. »Ich kann es nicht mehr erwarten.«

»Dima, lass mich los!«, keuchte Tatiana. »Ich habe noch die Tassen in der Hand.«

»Er hat wieder zu viel getrunken«, sagte Mama missbilligend.

Tatiana spürte, dass Alexander direkt hinter ihr stand. Er stieß Dimitris Arme weg und half Tatiana beim Aufstehen. »Er trinkt wirklich zu viel.« Verstohlen drückte er ihren Arm und ließ sie dann los.

»Was ist bloß los mit ihm, Tania?«, fragte Mama. »Er kommt mir in der letzten Zeit so mürrisch und schweigsam vor. Und er ist dir gegenüber gar nicht mehr so aufmerksam.«

»Er ist nicht mehr an mir interessiert«, erwiderte Tatiana. »Ich glaube, er hat Angst vorm Sterben.« Dann drehte sie sich um und ging, ohne Alexander eines Blickes zu würdigen, in die Küche. Marina und Babuschka sahen ihr prüfend nach. Dascha hatte von dem Vorfall nichts mitbekommen. Sie war im Nebenzimmer und kümmerte sich um Papa.

6

Tatiana hatte geglaubt, sie könne alles ertragen. Eines Abends jedoch, nachdem sie von der Arbeit nach Hause gekommen war und kurz darauf erschöpft im Luftschutzkeller saß, ließ sich Dascha auf die Bank neben Tatiana fallen und rief aufgeregt: »Wisst ihr was? Alexander und ich heiraten!«

Die Kerosinlampe war hell und so konnte wahrscheinlich jeder sehen, wie entsetzt Tatiana war. Nur Dascha strahlte und nahm nichts wahr.

Marina sagte: »Das ist ja großartig, Dascha! Herzlichen Glückwunsch.«

»Ach, Daschenka, endlich wird eine meiner Töchter eine eigene Familie haben! Wann soll die Hochzeit denn stattfinden?«, erkundigte sich Mama aufgeregt. Papa, der neben Mama saß, murmelte irgendetwas Unverständliches.

»Tania? Hast du gehört?«, fragte Dascha. »Ich heirate!«

»Ich habe es gehört, Dascha«, erwiderte Tatiana. Als sie

sich abwandte, begegnete sie Marinas mitfühlendem Blick. Sie drehte sich wieder ihrer lächelnden Schwester zu. »Herzlichen Glückwunsch! Du musst sehr glücklich sein!«

»Glücklich? Ich bin wie im Rausch! Kannst du dir das vorstellen? Ich werde Dascha Belowa!« Sie kicherte. »Sobald er ein paar Tage freibekommt, gehen wir aufs Standesamt.«

»Hast du gar keine Angst?« Tatiana hielt die Augen geschlossen.

»Aber nein«, winkte Dascha ab. »Weshalb denn?«

»Es freut mich, dass du dir so sicher bist.«

»Was ist denn los?« Dascha legte ihrer Schwester den Arm um die Schultern. Tatiana konnte Daschas Nähe kaum noch aushalten. »Keine Sorge, ich werde dich nicht aus deinem Bett vertreiben. Babuschka gibt uns für ein paar Tage ihr Zimmer.« Dascha küsste sie. »Ich heirate, Tania! Kannst du dir das vorstellen?«

»Nein, ich kann es kaum glauben.«

»Ich weiß!«, rief Dascha aufgeregt aus. »Ich kann es ja selbst kaum fassen.«

»Es ist Krieg. Er könnte sterben, Dascha.«

»Glaubst du, das wäre mir nicht auch klar? Jetzt hör bloß auf, über den Tod zu reden! Glücklicherweise ist er ja nicht mehr in Dubrowka, sondern in Schlüsselburg. Da ist es nicht so gefährlich.« Dascha lächelte. »Weißt du, im Moment brauche ich nur die Augen zu schließen und dann spüre ich, dass er noch am Leben ist. Ich habe nämlich einen sechsten Sinn«, fügte sie stolz hinzu. Marina hustete laut. Tatiana öffnete die Augen und blickte Marina finster an, so dass sie sofort verstummte. »Was willst du, Dasch?«, flüsterte sie. »Willst du lieber eine Witwe sein als nur die Freundin eines toten Soldaten?«

»Tania!«

Tatiana schwieg. Niemand aus ihrer Familie konnte ihr Trost spenden und Alexander nun auch nicht mehr.

Sie vermochte nicht länger still zu sitzen. Noch während des

Luftangriffs verließ sie den Luftschutzkeller und hörte Daschas verwirrte Stimme, die fragte: »Was ist denn los mit ihr?«

Am nächsten Morgen stand Tatiana spät auf. Statt wie sonst im Laden an der Fontanka einzukaufen, ging sie zu einem Geschäft am Newskij Prospekt, in der Nähe ihrer alten Schule. Sie hatte gehört, dort solle es Brot geben. Die Sirene heulte, aber sie kümmerte sich nicht darum.

Mit gesenktem Kopf lief sie die Straße entlang. Das Pfeifen der Bomben, die Explosionen und die Schreie der verängstigten Menschen berührten sie nicht. Sie war so aufgewühlt, dass sie die Geschehnisse in der Umgebung nicht wirklich wahrnahm.

Der Krieg machte ihr keine Angst mehr, aber sie fürchtete sich vor einer Zukunft ohne Alexander.

Sie ging zur Arbeit, und als es fünf Uhr war und sie eigentlich Feierabend hatte, beschloss sie, an diesem Tag länger zu bleiben. Um acht Uhr abends putzte sie gerade die Böden auf der Station, als sie Marina auf sich zukommen sah.

»Tania, was tust du noch hier?«, fragte Marina. »Alle machen sich schreckliche Sorgen um dich. Wir haben schon gedacht, dir sei etwas zugestoßen.«

»Ich lebe noch«, erwiderte Tatiana.

»Du bist jetzt schon drei Stunden überfällig. Warum kommst du nicht nach Hause?«

»Ich putze gerade, Marina, siehst du das nicht? Geh mir aus dem Weg, sonst bekommst du nasse Schuhe!« Tatiana blickte stur zu Boden.

»Tania, alle warten auf dich! Dimitri ist da und auch Alexander. Sei doch nicht so egoistisch! Wir können Daschas Verlobung nicht feiern, wenn du nicht da bist.«

»Hör zu«, erwiderte Tatiana mit zusammengebissenen Zähnen. »Du hast mich ja wohlbehalten gefunden. Sag den anderen, sie brauchen sich keine Sorgen zu machen. Ihr könnt gern feiern. Ich muss arbeiten. Ich mache heute eine Doppelschicht und komme erst später nach Hause.«

»Tania«, drängte Marina. »Komm doch mit! Ich weiß, dass es schwer für dich ist. Aber du musst nach Hause gehen und ein Glas auf deine Schwester trinken.«

»Ich arbeite!«, schrie Tatiana. »Würdest du mich jetzt bitte in Ruhe lassen?« Tränenblind starrte sie auf ihren Putzlappen.

»Tania, bitte!«

»Lass mich in Ruhe!«, wiederholte Tatiana.

Zögernd verließ Marina die Station.

Tatiana wischte den Flur, die Badezimmer und einige Patientenzimmer. Dann bat ein Arzt sie, ihm beim Verbinden der Wunden der Bombenopfer zu helfen. Vier der fünf Verletzten starben innerhalb einer Stunde und Tatiana saß schließlich bei dem letzten am Bett, einem alten Mann. Sie hielt seine Hand. Er lächelte sie dankbar an.

Als sie in der Nacht nach Hause kam, schliefen die anderen alle schon.

Tatiana legte sich auf das kleine Sofa im Flur. Am nächsten Morgen stand sie vor den anderen auf, wusch sich, zog sich an und ging wie immer zu dem Laden am Newskij Prospekt, um ihre Rationen abzuholen.

Als sie nach der Arbeit nach Hause kam, tobte ihr Vater vor Wut. Laut brüllend kam er ins Zimmer.

»Was habe ich denn jetzt schon wieder getan?«, fragte sie müde. Alles war ihr so gleichgültig …

Ihr Vater lallte Unverständliches.

Ihre Mutter war offenbar ebenfalls wütend und erklärte Tatiana, am Abend zuvor sei Mariska gekommen und habe um etwas zu essen gebeten. »Mariska hat gesagt, du würdest ihr seit einer Woche zu essen geben!«, schrie Mama. »Seit einer ganzen Woche!«

»Oh.« Tatiana blickte ihre Eltern an. »Ja, ich habe Mariska etwas zu essen gegeben. Ihre Eltern sind ständig betrunken und sie kümmern sich nicht um sie. Mama, wir haben doch genug …« Sie floh in die Küche, während Mama und Papa fortfuhren, sie wüst zu beschimpfen.

Am nächsten Tag waren Alexander und Dimitri wieder in Leningrad und holten die Mädchen zu einem kurzen Spaziergang ab.

»Was war denn vorgestern los?«, erkundigte sich Dimitri. »Wir haben die ganze Zeit auf dich gewartet.«

»Ich war arbeiten«, antwortete Tatiana, nahm ihre Strickjacke vom Garderobenhaken und ging mit gesenktem Blick hinter Alexander zur Tür hinaus.

Es war ruhig in Leningrad. Die vier liefen in Richtung Taurischer Garten. An der Ecke der Achten Sowjet war ein Haus ausgebombt worden und die Glassplitter lagen über die Straße verteilt.

Dimitri und Tatiana schlenderten voraus. Dimitri wollte wissen, warum Tatiana ständig zu Boden schaute. Tatiana zuckte mit den Schultern und antwortete nicht.

»Ist die Sache mit Dascha und Alexander nicht fantastisch?«, fragte Dimitri und legte den Arm um Tatiana.

»Ja«, erwiderte Tatiana laut. »Es ist *fantastisch!*« Sie konnte Alexanders Blicke in ihrem Rücken spüren und glaubte, keinen Schritt weitergehen zu können.

Dascha sagte kichernd: »Ich habe Deda und Babuschka nach Molotow geschrieben. Sie werden sich sehr freuen. Sie haben dich immer schon gemocht, Alexander.« Tatiana stolperte und Dimitri fing sie auf.

Dascha fuhr fort: »Tania ist ein bisschen mürrisch in letzter Zeit, Dima. Vielleicht solltest du ihr auch einen Antrag machen.«

Dimitri drückte Tatianas Arm und fragte: »Soll ich, Taneschka? Was meinst du? Soll ich dich bitten, mich zu heiraten?«

Tatiana antwortete nicht. Als sie an einer Kreuzung stehen blieben, fragte sie: »Wollt ihr einen Witz hören? ›Liebling, wenn wir heiraten, werde ich alle deine Probleme und Sorgen mit dir teilen‹, sagt der Mann. ›Aber ich habe doch gar keine, Schatz‹, erwidert die Frau. Darauf entgegnet der Mann: ›Ich sagte, *wenn* wir heiraten.‹«

»Oh, wie *entzückend,* Tania«, sagte Dascha.

Tatiana lachte gekünstelt und warf den Kopf zurück. Dabei fielen ihr die Haare aus der Stirn und enthüllten eine schwarze, geschwollene Beule über ihrer Augenbraue. Dimitri stöhnte auf und Tatiana senkte sofort wieder den Kopf. Alexander fragte: »Was ist los, Dima?«

Als Dimitri nicht antwortete, baute er sich vor Tatiana auf und schaute sie prüfend an. »Es ist nichts«, murmelte sie.

»Schau mich bitte an!«, verlangte Alexander.

Tatiana wäre am liebsten weggelaufen. Aber Dascha und Dimitri standen dicht neben ihr. Sie konnte Alexander einfach nicht in die Augen schauen. Leise wiederholte sie, dass alles in Ordnung sei.

»Tania ...«, flüsterte Alexander entsetzt, der ganz blass geworden war.

»Sie ist selbst schuld«, stellte Dascha fest und ergriff Alexanders Arm.

»Sie wusste ganz genau, dass Papa betrunken war. Trotzdem hat sie ihm widersprochen. Er hat sie angeschrien, weil sie einem kleinen Mädchen zu essen gegeben hat ...«

»Er hat mich wegen Mariska angeschrien, aber geschlagen hat er mich, weil seine Laken nicht gewaschen waren«, protestierte Tatiana. »Dabei war das deine Aufgabe.«

»Und womit hat er dir eine solche Beule verpasst?«, fragte Dimitri besorgt.

»Das war wirklich meine Schuld«, gab Tatiana zurück.

»Ich habe das Gleichgewicht verloren und bin hingefallen. Die Schublade in der Küche stand offen ... Es ist nicht so schlimm.«

»Oh, Tania ...«, wiederholte Alexander.

»*Was?*«, fragte Tatiana schneidend und sah ihn an.

Er senkte den Blick.

»Hör zu, ich habe mich einfach nicht darum gekümmert, was Papa gesagt hat«, verteidigte sich Dascha. »Er war betrunken und ich wollte mich nicht mit ihm anlegen.«

»Du hast dich nur nicht getraut zuzugeben, dass du die Laken hättest waschen müssen. Du hättest dich ja entschuldigen können.«

»Wozu denn? Er war doch betrunken und hat sowieso nichts mitgekriegt.«

»Er ist immer betrunken!«, schrie Tatiana. »Immer!« Sie keuchte. Wütend starrte sie ihre Schwester an. »Ach, vergiss es!« Entschlossen überquerte sie die Straße.

Während die anderen ihr folgten, hörte Tatiana, wie Alexander zischend einatmete. »Dascha, wir gehen!«, sagte er plötzlich und zog sie am Arm die Straße entlang.

Dimitri und Tatiana blieben am Suworowskij zurück. Tatiana rang sich ein Lächeln ab und sagte: »Und, Dima, wie geht es *dir*? Ich habe gehört, die Deutschen haben sich jetzt vollständig verbarrikadiert. Haben denn die Kämpfe aufgehört?«

»Tania, lass uns nicht über die Kämpfe reden«, bat Dimitri.

»Warum nicht? Stimmt es, dass Hitler seinen Männern den Befehl gegeben hat, Leningrad auszulöschen?«

Achselzuckend erwiderte Dimitri: »Da musst du Alexander fragen.«

»Ich habe gehört ...« Tatiana brach ab. »Weißt du was, Dima? Ich glaube, wir sollten besser nach Hause gehen.«

»Ich glaube, ich gehe lieber in die Kaserne zurück. Es macht dir doch nichts aus, oder? Ich habe ... noch etwas zu erledigen. In Ordnung?«

»Natürlich, Dima«, sagte Tatiana und blickte ihn an. Was ging nur in ihm vor?

»Ich weiß nicht, wann wir uns wiedersehen«, sagte Dimitri. »Meine Einheit soll auf die andere Seite des Flusses geschickt werden. Wenn ich zurück bin, komme ich dich besuchen. *Wenn* ich zurückkomme. Aber ich schreibe dir, wenn ich kann.«

»Mach das!« An der Straßenecke verabschiedete sich Tatiana von Dimitri und sah ihm nach. Sie war nicht traurig, ihn nicht so bald wieder zu treffen.

Sie machte sich auf den Heimweg, und als sie sich dem Haus näherte, stürzte Alexander gerade aus der Tür. Sie war vielleicht noch zehn Meter von ihm entfernt. Tatiana wollte ihm nicht gegenübertreten, also machte sie kehrt und lief rasch in die entgegengesetzte Richtung. »Tania!«, rief er und rannte ihr nach. Tatiana wich zurück und hob abwehrend die Hände. »Lass mich in Ruhe!«, sagte sie leise. »Lass mich bloß in Ruhe!«

»Wo warst du?«, fragte Alexander. »Ich bin drei Tage hintereinander im Laden an der Fontanka gewesen, um dich zu sehen.«

»Jetzt siehst du mich ja«, erwiderte Tatiana.

»Tania, wie konntest du zulassen, dass er dir das antut?«

»Diese Frage stelle ich mir auch immer wieder«, gab Tatiana zurück. »Und nicht nur in Bezug auf ihn.«

Alexander blinzelte. »Tania …«

»Ich will jetzt nicht mit dir reden!«, schrie Tatiana. Sie trat noch einen Schritt zurück und sagte mit bebender Stimme: »Ich will nie wieder mit dir reden.« Ihre Augen füllten sich mit Tränen.

»Tania, darf ich nicht wenigstens erklären …«

»Nein.«

»Hör mir bitte zu …«

»Nein!«

»Tania …«

»Nein!« Sie biss die Zähne zusammen und ging mit geballten Fäusten auf ihn los.

Er starrte sie ungläubig an. »Du hast versprochen mitzuspielen …«

»Ja«, zischte Tatiana, während ihr die Tränen übers Gesicht rannen. »In Bezug auf deine gespielte Gleichgültigkeit. Aber niemals werde ich dir *das* verzeihen …«

Bevor er ihr antworten oder sie aufhalten konnte, war sie

schon fort. Schnell hatte sie die Haustür erreicht und rannte die drei Stockwerke zu ihrer Wohnung hinauf.

Papa lag nahezu ohne Bewusstsein auf dem Boden im Flur. Mama und Dascha saßen weinend im Zimmer. Tatiana wischte sich über das Gesicht. Hörte das denn nie auf?

Marina flüsterte Tatiana zu: »Tania, hier war vielleicht ein Tumult! Du ahnst nicht, was Alexander alles gesagt hat, als er hier hereingestürmt kam! Sieh mal, was er mit der Wand gemacht hat!« Aufgeregt wies sie auf die Flurwand, von der ein Stück abgebröckelt war. »Alexander hat gesagt, dass dein Papa seine Familie im Stich gelassen hat, als sie ihn am meisten brauchte. Er sei seiner Verantwortung nicht nachgekommen, und das vor allem durch seine Trinkerei. Alexander ist hier durchgerollt wie ein Panzer.« Marina war tief beeindruckt. »Er hat gesagt: ›Wohin soll sie denn gehen, wenn draußen Bomben fallen und hier der eigene Vater auf sie einprügelt?‹ Tania, er war überhaupt nicht wiederzuerkennen!«, fuhr Marina fort. »Er hat deiner Mutter gesagt, sie solle deinen Vater ins Krankenhaus bringen. Er hat gesagt: ›Sie sind doch eine Mutter, kümmern Sie sich um Ihre Kinder!‹ Dein Vater war schrecklich betrunken und wollte auf ihn losgehen, aber Alexander hat ihn bei den Schultern gepackt und ihn gegen die Wand gedrückt. Dabei hat er geflucht und geschrien und dann ist er hinausgerannt. Ich hatte Angst, er bringt ihn um. Kannst du dir das vorstellen?«

»Ja«, flüsterte Tatiana. Alexander trug überall seinen eigenen Vater mit sich. Er trug seinen Vater, seine Mutter, seine Vergangenheit mit durchs Leben.

Tatiana war der einzige Mensch auf der ganzen Welt, dem er vertraute, und deshalb trug er auch noch an ihrem Kreuz. Einen Moment lang versetzte Tatiana sich in Alexanders Lage und ihr Zorn auf ihn ließ nach.

»Ist Papa einfach so ohnmächtig geworden?«, fragte Tatiana und setzte sich auf das Sofa.

»Nein, ich glaube, aus Angst. Tania, Alexander hat wirklich so ausgesehen, als ob er ihn umbringen wollte!«

»Das kann ich mir vorstellen«, erwiderte Tatiana.

»Oh, Tania«, flüsterte Marina, »Tania, was wollt ihr beiden nur tun?«

»Ich weiß nicht, wovon du redest«, erwiderte Tatiana. »Ich werde jetzt versuchen, Papa zu helfen.«

Doch Papa blieb bewusstlos und die Metanows machten sich große Sorgen. Mama schlug vor, dass sie ihn vielleicht wirklich für ein paar Tage ins Krankenhaus bringen sollten, damit er wieder nüchtern wurde. Tatiana hielt das für eine sehr gute Idee. Papa war schon lange nicht mehr nüchtern gewesen.

Sie bat Petr Petrow, ihnen dabei zu helfen, Papa auf die Ausnüchterungsstation des Suworowskij-Krankenhauses zu bringen. Im Grecheskij, wo Tatiana arbeitete, war kein Bett mehr frei.

Die Mädchen und Petr brachten Papa ins Krankenhaus, wo er in ein großes Zimmer mit vier anderen Betrunkenen gelegt wurde. Tatiana bat um einen Schwamm und etwas Wasser und wusch ihrem Vater das Gesicht ab. Dann setzte sie sich neben ihn und hielt seine schlaffe Hand. »Es tut mir wirklich Leid, Papa«, flüsterte sie.

Ab und zu drückte sie seine Hand und fragte: »Papa, kannst du mich hören?«

Schließlich begann er leise zu stöhnen und schlug die Augen auf.

»Hier, Papa«, sagte sie. »Hier bin ich. Sieh mich an. Du bist für ein paar Tage im Krankenhaus, damit du nüchtern wirst. Dann kommst du wieder nach Hause. Alles wird wieder gut.«

Tatiana spürte, dass er leise ihre Hand drückte. »Es tut mir Leid, dass ich dir Pascha nicht zurückbringen konnte. Aber weißt du, wir anderen sind auch noch da.«

Tränen traten ihm in die Augen. Er drückte ihre Hand und flüsterte heiser: »Es ist alles meine Schuld …«

Tatiana gab ihm einen Kuss auf die Stirn und sagte: »Nein, lieber Papa, das ist es nicht. Es ist eben Krieg. Aber du musst jetzt wieder nüchtern werden.«

Zu Hause schrie Dascha Tatiana wütend an, während Marina versuchte, zu vermitteln. Tatiana saß schweigend auf dem Sofa. Sie versuchte, sich einfach vorzustellen, sie säße zwischen Deda und Babuschka. Schließlich war Dascha so aufgebracht, dass sie Tatiana schlagen wollte, aber Marina zog sie weg und sagte: »Dascha, das ist lächerlich! Hör damit auf! Sie ist schon verletzt genug. Siehst du das denn nicht?«

Müde stand Tatiana auf und ging in das andere Zimmer. Noch einen solchen Tag würde sie nicht überstehen. Als sie an Dascha vorbeiging, packte diese sie am Arm. Tatiana wich ihr aus und sagte: »Dascha, es dauert nicht mehr lange und ich verliere die Geduld. Hör auf und lass mich in Ruhe. Wäre das möglich?«

Zögernd ließ ihre Schwester sie los.

Später an diesem Abend, als sie im Bett lagen, streichelte Marina über Tatianas Haare und flüsterte: »Es wird alles gut, Tania. Es wird alles gut.«

»Woher willst du das denn wissen?«, flüsterte Tatiana zurück. »Wir werden jeden Tag bombardiert, wir werden belagert, bald werden wir nichts mehr zu essen haben, Papa hört nicht auf zu trinken …«

»Davon rede ich doch gar nicht«, erwiderte Marina leise.

»Dann weiß ich nicht, was du meinst«, flüsterte Tatiana, »aber erzähl es mir lieber nicht.«

Dascha war noch nicht im Bett.

Tatiana drehte sich mit dem Gesicht zur Wand, die Hand auf Alexanders *Der eherne Reiter* gelegt. Ihre Schläfe pochte. Am nächsten Morgen ging es ihr jedoch ein bisschen besser. Sie tupfte ein wenig Jod auf die Wunde und ging zur Arbeit.

In der Mittagspause verließ sie das Krankenhaus und ging langsam zum Marsfeld. Man erkannte es kaum noch wieder. Überall waren Schützengräben ausgehoben worden, am Rand waren Artilleriegeschütze aufgebaut und das Feld selbst war vermint. Alle Bänke waren weggebracht worden. Tatiana stellte sich ein paar hundert Meter von dem Torbogen entfernt auf, der zu den Pawlow-Kasernen führte, und beobachtete die rauchenden, lachenden Soldaten, die herauskamen.

Eine halbe Stunde lang blieb sie so stehen. Dann ging sie zurück zum Krankenhaus, wobei sie dachte: *Weder Bomben noch mein gebrochenes Herz können mich davon abhalten, barfuß mit dir im Jasminjuni über das Marsfeld zu gehen.*

7

An diesem Abend fielen Bomben auf das Suworowskij-Krankenhaus, in dem Papa lag.

Das Gebäude fing Feuer und brannte trotz aller Löschversuche ab, da es nicht aus Stein, sondern aus Lehm und Flechtwerk gebaut war, wie die meisten Gebäude in Leningrad, die noch aus dem achtzehnten Jahrhundert stammten. Als das Haus einstürzte, begrub es die Patienten unter sich und auch Papa kam in den Flammen um.

Dascha, Tatiana, Marina und Mama liefen zum Suworowskij und sahen entsetzt und ohnmächtig zu, wie das Gebäude im Flammeninferno in sich zusammensank.

Die Mädchen halfen bei den Löscharbeiten, aber es war sinnlos. Tatiana wickelte verkohlte Leichen in nasse Laken, die das Grecheskij-Krankenhaus zur Verfügung gestellt hatte. Sie blieb bis zum Morgen. Dascha und Marina gingen mit Mama nach Hause.

Nur eine Hand voll Menschen hatte die Bombardierung überlebt. Die Feuerwehrleute machten sich gar nicht die Mühe, nach Papas Leiche zu suchen. »Schau dir das Gebäude doch an, Mädchen«, sagte einer der Männer. »Sieht es so aus, als ob wir da noch irgendetwas herausholen könnten?«

Er tätschelte ihr geistesabwesend die Schulter. »Dein Vater war da drin, oder? Die verdammten Deutschen! Genosse Stalin hat Recht. Ich weiß noch nicht wie, aber das zahlen wir ihnen alles heim.«

Als Tatiana im Morgengrauen langsam nach Hause ging, dachte sie daran, wie sie selbst im Bahnhof von Luga verschüttet gewesen war und wie sie gespürt hatte, dass drei der Leute, unter deren Körper sie gekrochen war, gestorben waren. Sie hoffte, dass Papa nichts mehr gespürt hatte.

Zu Hause nahm sie stumm die Lebensmittelkarten der Familie und ging in den Laden, um Brot zu kaufen.

Nach dem Tod ihres Vaters wurde das Leben für Tatiana in den zwei Zimmern der Gemeinschaftswohnung noch schwieriger.

Mama war untröstlich und redete nicht mit Tatiana.

Dascha war wütend und redete nicht mit Tatiana.

Tatiana war sich nicht sicher, ob sie wegen Papa oder wegen Alexander wütend war.

Marina besuchte jeden Tag ihre Mutter in Vyborg und blickte Tatiana von Zeit zu Zeit verständnisvoll an.

Und Babuschka malte. Sie malte einen Apfelkuchen, der nach Tatianas Meinung so aussah, als ob man ihn auf der Stelle essen könnte.

Ein paar Tage nach Papas Tod forderte Dascha Tatiana auf, mit ihr zur Kaserne zu kommen, damit sie Alexander sagen konnte, was passiert war. Zur Verstärkung nahm Tatiana auch noch Marina mit. Sie wollte Alexander sehen, und doch … es gab so wenig zu sagen. Oder gab es zu viel zu sagen?

Alexander war nicht in der Kaserne und Dimitri ebenfalls nicht. Anatoli Marasow kam in den Durchgang und stellte sich ihnen vor.

Alexander hatte Tatiana von ihm erzählt. »Ist Dimitri nicht in Ihrer Einheit?«, fragte sie.

»Nein, er ist bei Unteroffizier Kaschnikow, der eine der Einheiten unter meinem Kommando führt, aber sie sind auf höheren Befehl alle nach Tikhvin geschickt worden.«

»Nach Tikhvin? Auf die andere Seite des Flusses?«, fragte Tatiana.

»Ja, es gibt dort nicht genug Männer.«

»Alexander auch?«, fragte Tatiana atemlos.

»Nein, er ist in Karelien«, erwiderte Marasow und blickte Tatiana bewundernd an. »Dann sind Sie also das Mädchen?« Marasow lächelte. »Das Mädchen, für das er alle anderen aufgegeben hat?«

»Nicht sie«, sagte Dascha grob und drängte sich neben Tatiana. »Ich. Ich bin Dascha. Erinnern Sie sich nicht mehr? Wir haben uns Anfang Juni bei *Sadko* kennen gelernt.«

»Dascha«, murmelte Marasow. Tatiana wurde blass und lehnte sich an die Wand. Marina starrte sie an.

Marasow wandte sich an Tatiana. »Und wie heißen Sie?«

»Tatiana«, sagte sie.

Ein Funkeln trat in Marasows Augen, erlosch aber sofort wieder. Dascha fragte: »Kennt ihr euch?«

»Nein. Wir sind uns noch nie begegnet«, sagte er.

»Oh«, bemerkte Dascha, »einen Augenblick lang hat es so ausgesehen, als ob Sie meine Schwester kennen würden.«

Marasow richtete seinen Blick wieder auf Tatiana. »Keineswegs«, sagte er langsam. Er zuckte mit den Schultern. »Ich sage Alexander, dass Sie hier waren. Ich treffe ihn in ein paar Tagen in Karelien.«

»Ja. Und erzählen Sie ihm bitte, dass unser Vater gestorben ist«, sagte Dascha. Tatiana drehte sich um und ging, Marina mit sich ziehend.

Die Familie zerfiel. Mama konnte das Bett nicht mehr verlassen und Babuschka pflegte sie. Mama wollte nichts mehr mit Tatiana zu tun haben, wollte ihre Entschuldigungen und ihr Flehen nicht hören. Schließlich gab Tatiana es auf.

Die Leere, die Tatiana verspürte, erdrückte sie. Ihr Schuldgefühl und die Schwere der Verantwortung lasteten auf ihr. Es war nicht meine Schuld, es war doch nicht meine Schuld, versuchte sie sich jeden Morgen einzureden, während sie das Brot schnitt, sich eine Scheibe nahm und es schweigend aß. Es war nicht meine Schuld, es war nicht meine Schuld.

Papas Brotration fiel nun weg. Schließlich drückte Mama Tatiana zweihundert Rubel in die Hand und trug ihr auf, etwas zu essen zu kaufen.

Für das Geld bekam sie lediglich sieben Kartoffeln, ein Pfund Mehl und ein Kilo Weißbrot, das mittlerweile so rar wie Fleisch war.

Tatiana holte weiter jeden Morgen die Rationen und einoder zweimal, während sie in der Schlange stand, dachte sie voller Scham, dass sie Papas Ration noch bis Ende September hätten bekommen können, wenn sie den Behörden nicht sofort seinen Tod mitgeteilt hätten.

Als es Oktober wurde, stellte Tatiana fest, dass sie immer noch eine große Leere verspürte – doch inzwischen nicht mehr in erster Linie aus Kummer, sondern vor Hunger.

Nacht bricht herein

I

Selbst in den warmen Sommermonaten pflegte die Luft in Leningrad immer ein wenig kühl zu bleiben, als ob jemand die Stadt ständig daran erinnern wollte, dass Winter und Dunkelheit nur ein paar hundert Kilometer entfernt warteten. Der Wind war kalt gewesen, selbst in den weißen Julinächten. Jetzt jedoch, im Oktober, wo die Stadt jeden Tag bombardiert wurde und nachts einsam und verlassen dalag, kündete der Wind vom herannahenden Winter. Er brachte Verzweiflung und Hoffnungslosigkeit mit sich. Tatiana hüllte sich in einen grauen Mantel, setzte sich Paschas alte graue Mütze mit den Ohrenklappen auf und wickelte sich einen dicken, braunen Schal um Hals und Mund. Ihre Nase jedoch konnte sie vor dem eisigen Wind nicht schützen.

Die Brotration war schon wieder reduziert worden und jetzt bekamen Tatiana, Mama und Dascha nur noch dreihundert Gramm und Babuschka und Marina nur noch zweihundert Gramm.

Weniger als anderthalb Kilo für sie alle zusammen.

Außer Brot gab es in den Läden nichts mehr zu kaufen. Es gab keine Eier, keine Butter, kein Weißbrot, keinen Käse, kein Fleisch, keinen Zucker, kein Obst, kein Gemüse – nichts. Anfang Oktober hatte Tatiana einmal drei Zwiebeln ergattert und Zwiebelsuppe daraus gekocht, die sogar recht gut schmeckte. Mit ein wenig mehr Salz wäre sie noch besser gewesen, aber Tatiana ging sparsam mit ihrem Salz um.

Die Familie hütete ihre Vorräte, aber inzwischen mussten sie jeden Abend eine Dose Schinken aufmachen und dankten Deda insgeheim dafür. Sie konnten den Schinken noch nicht einmal mehr draußen in der Küche braten, weil der Geruch durch die ganze Gemeinschaftswohnung zog und dann die Sarkowa, Slawin und die Petrowa in die Küche kamen, sich neben den Herd stellten und zu Tatiana sagten: »Hast du vielleicht auch ein bisschen für uns?«

Als Dascha sie alle zurück in ihre Zimmer schickte, gakkerte Slawin laut wie ein Huhn. »So ist es richtig, esst den Schinken, Mädels. Esst ihn auf. Ich habe gerade direkt mit dem Führer gesprochen. Herr Hitler will seine Truppen von Leningrad abziehen, sobald ihr eure letzte Dose Schinken gegessen habt.« Er lachte hysterisch. »Habt ihr das etwa noch nicht gehört?«

Die Metanows kauften einen kleinen eisernen Ofen, eine so genannte *borsoika,* mit einem Ofenrohr, das aus dem Fenster hing. Die flache Eisenoberfläche des Ofens diente als Kochplatte. Man brauchte nur wenig Holz, um ihn anzufeuern, aber er wärmte auch nur einen kleinen Bereich des Zimmers.

Alexander hielt sich immer noch in Karelien auf und Dimitri war in Tikhvin. Sie hörten nichts von ihnen.

In der zweiten Oktoberwoche platzte eine Splitterbombe über dem Grecheskij und ein Splitter bohrte sich in Antons Bein. Tatiana war an diesem Abend nicht auf dem Dach. Als sie davon erfuhr, brachte sie Anton heimlich eine Dose Schinken und er schlang ihn gierig hinunter. »Anton«, sagte Tatiana, »willst du nicht deiner Mama etwas abgeben?«

»Sie isst bei der Arbeit«, erwiderte er. »Sie bekommt dort Suppe und Hafer.«

»Und was ist mit Kirill?«

»Was soll mit ihm sein, Tania?«, erwiderte Anton ungeduldig. »Hast du den Schinken für mich oder für Kirill mitgebracht?«

Tatiana gefiel es gar nicht, wie Mariska aussah. Die lockigen Haare fielen ihr aus. Jeden Tag kochte Tatiana heimlich Haferschleim für sie, aber sie wusste, sie würde Mariska nicht mehr lange etwas zu essen geben können. Tatianas

Familie murrte bereits darüber. Tatiana gab ein bisschen Salz und Zucker in den Haferschleim, hatte aber weder Butter noch Milch. Und doch aß Mariska den Brei immer, als wenn es ihre letzte Mahlzeit wäre. Schließlich brachte Tatiana sie auf die Kinderstation im Grecheskij-Krankenhaus, wobei sie sie den letzten Block tragen musste.

Als Tatiana noch kleiner war, vergaß sie manchmal den halben Tag lang, etwas zu essen. Wenn es ihr dann plötzlich einfiel, sagte sie immer: »Oh nein, ich verhungere!« Dann schlang sie Suppe oder Kuchen herunter, bis sie vom Stuhl sank.

Ein ähnliches Gefühl hatte Tatiana bereits gegen Ende September verspürt. Anfang Oktober war es stärker geworden, aber wenn sie jetzt ihre spärliche Ration zu sich genommen hatte, war sie immer noch genauso hungrig wie zuvor. Sie hätte gern ein paar von ihren gerösteten Brotbrocken gegessen, aber es waren kaum noch welche da. Dascha und Mama steckten sich geröstetes Brot ein, wenn sie zur Arbeit gingen. Zuerst nur ein paar Stücke, dann immer mehr. Und auch Babuschka knabberte den ganzen Tag über Brot, während sie malte oder las. Marina nahm geröstetes Brot mit in die Universität oder wenn sie ihre sterbende Mutter besuchte.

Eines Morgens gab Mama Tatiana den Rest ihres Geldes – fünfhundert Rubel – und trug ihr auf, in das große Geschäft zu gehen und alles zu kaufen, was sie bekommen konnte. Es war weit bis dorthin, und als Tatiana ankam, stellte sie fest, dass der Laden nicht nur ausgebombt und verlassen war, sondern dass in der zerborstenen Auslage auf einem Schild vom 18. September stand:

KEINE LEBENSMITTEL MEHR

Langsam ging sie nach Hause. Am 18. September, das war vor drei Wochen gewesen. Papa lebte noch und Dascha wollte heiraten. Alexander heiraten.

Mama glaubte Tatiana die Geschichte mit dem Laden nicht, ging auf sie los und wollte sie schlagen, aber im letzten Moment hielt sie sich zurück. Für Tatiana war das ein solches Wunder, dass sie ihre Mutter umarmte und sagte: »Mamuschka, mach dir keine Sorgen. Ich kümmere mich schon um alles.« Sie gab ihrer Mutter das Geld zurück, legte die Brotration auf den Tisch und nahm sich selbst nur ein kleines Stück, das sie auf dem Weg zum Krankenhaus hungrig verschlang. Dabei dachte sie ans Mittagessen und ob sie wohl auch ein wenig Haferschleim zu ihrer Suppe bekam. Tatiana dachte mittlerweile kaum noch an etwas anderes als an Essen, der Hunger unterdrückte alle anderen Gefühle.

Nur im Bett dachte Tatiana an Alexander.

Einmal erbot sich Marina, an Tatianas Stelle die Brotrationen holen zu gehen. Verwirrt gab ihr Tatiana die Lebensmittelmarken. »Soll ich mitgehen?«

»Nein«, erwiderte Marina. »Ich mache das gern.«

Als Marina zurückkam und das Brot auf den Tisch legte, war es nur ungefähr ein Pfund.

»Marina«, fragte Tatiana, »wo ist das übrige Brot?«

»Es tut mir Leid«, erwiderte Marina, »ich habe es gegessen.«

Überrascht blickte Tatiana Marina an. Sechs Wochen lang hatte sie für ihre Familie die Brotrationen abgeholt und es wäre ihr nie in den Sinn gekommen, das Brot, auf das fünf Personen warteten, aufzuessen.

Nun aber hatte Tatiana das Gefühl, zu verhungern. Und sie vermisste Alexander.

2

Als Tatiana eines Morgens Mitte Oktober an der Fontanka entlang auf den Laden zuging, sah sie schon von weitem einen Offizier und wünschte sich glühend, es möge Alexander sein. Als sie näher kam, bemerkte sie jedoch, dass der Mann sehr viel älter und schmutziger aussah, sein Mantel und sein Gewehr waren mit Schlamm bespritzt. Vorsichtig trat sie näher.

Es war Alexander.

Sein Gesicht sah traurig und liebevoll zugleich aus. Tatiana ging noch ein wenig näher heran und legte ihm die Hand auf die Brust. »Shura, was ist mit dir los?«

»Oh, Tania«, erwiderte er, »reden wir nicht von mir. Du bist so dünn geworden. Dein Gesicht ...«

»Ich bin immer schon dünn gewesen. Geht es dir gut?«

»Aber dein süßes rundes Gesicht ...«, sagte er heiser.

»Das war in einem anderen Leben, Alexander«, erwiderte Tatiana. »Wie war ...«

»Brutal.« Er zuckte mit den Schultern. »Sieh mal. Sieh mal, was ich dir mitgebracht habe.« Er öffnete seinen schwarzen Rucksack und zog einen Kanten Weißbrot und, eingewickelt in weißes Papier, einen Käse heraus. Käse und ein Stück kaltes Schweinefleisch. Tatiana starrte keuchend auf das Essen. »Oh, was für ein Wunder«, sagte sie. »Wenn die anderen das sehen, werden sie unglaublich glücklich sein.«

»Na ja«, erwiderte Alexander und reichte ihr das Weißbrot und den Käse, »bevor sie es sehen, sollst du es essen.«

»Das kann ich nicht.«

»Natürlich kannst du es. Oh bitte, weine nicht!«

»Ich weine ja nicht«, sagte Tatiana und schluckte die Tränen herunter. »Ich bin nur sehr ... gerührt.« Im Nu verschlang sie die Lebensmittel, während Alexander sie mit seinen dunklen Augen zärtlich ansah. »Shura«, flüsterte sie, »ich kann dir gar nicht sagen, wie hungrig ich gewesen bin. Ich kann es nicht beschreiben.«

»Ich weiß, Tania.«

»Bekommst du bei der Armee mehr zu essen?«

»Ja. Die Truppen an der Front bekommen genug, die Offiziere sogar noch ein bisschen mehr. Und was sie mir nicht geben, kaufe ich. Wir bekommen die Lebensmittel, und nur der Rest gelangt zu euch.«

»So soll es auch sein«, erwiderte Tatiana, mit vollen Backen kauend.

»Schscht«, sagte er lächelnd. »Iss langsamer. Du wirst schreckliche Magenschmerzen bekommen.«

Sie aß ein wenig langsamer. Und sie lächelte ihn ein wenig an.

»Für deine Familie habe ich Butter und eine Tüte weißes Mehl mitgebracht. Und zwanzig Eier. Wann habt ihr das letzte Mal Eier gegessen?«

Tatiana dachte nach. »Am 15. September. Kann ich jetzt schon ein bisschen Butter haben?«, bat sie. »Kannst du noch bei mir bleiben? Oder musst du gehen?«

»Ich bin gekommen, um dich zu sehen«, erwiderte er. Ohne sich zu berühren, standen sie schweigend da und sahen sich an.

Schließlich flüsterte Alexander: »Es gibt so viel zu sagen.«

»Wir haben nicht genug Zeit, um überhaupt etwas zu sagen«, erwiderte Tatiana und blickte auf die lange Schlange vor dem Laden. »Ich habe an dich gedacht«, fügte sie leise hinzu.

»Tu das besser nicht«, sagte Alexander resigniert.

Tatiana wich zurück. »Mach dir keine Sorgen. Du hast sehr deutlich gemacht, was du willst.«

»Wovon redest du?« Er blickte sie verwirrt an. »Du hast ja keine Ahnung, wie es da draußen ist.«

»Ich weiß nur, wie es *hier* ist«, erwiderte sie.

»Wir werden alle sterben. Selbst die Offiziere.« Alexander schwieg. »Grinkow ist gefallen«, sagte er dann.

»Oh nein.«

»Doch.« Er seufzte. »Komm, ich stelle mich mit dir an.«

Alexander war der einzige Mann in der Schlange. Sie warteten eine Dreiviertelstunde. In dem überfüllten Laden war es still, niemand sagte etwas.

Aber Alexander und Tatiana konnten nicht aufhören zu reden. Sie sprachen über die Kälte, über die Deutschen, über das Essen.

»Alexander, wir müssen von irgendwoher mehr zu essen bekommen. Ich meine damit nicht mich, sondern Leningrad insgesamt. Können sie denn keine Lebensmittel einfliegen?«

»Das tun sie bereits. Pro Tag fünfzig Tonnen an Lebensmitteln, Kraftstoff und Munition.«

»Fünfzig Tonnen ...« Tatiana dachte nach. »Das klingt nach ziemlich viel.«

Als Alexander nicht antwortete, fragte sie: »Ist das nicht viel?«

»Nicht genug«, erwiderte er schließlich. »Dir mag es viel vorkommen, aber Pawlow, der in der Stadt für Lebensmittel zuständig ist, ernährt drei Millionen Menschen von tausend Tonnen Mehl pro Tag. Wie findest du das?«

»Wir verbrauchen tausend Tonnen Mehl pro Tag?«, fragte Tatiana verblüfft.

»Ja«, erwiderte Alexander und blickte sie unbehaglich an.

»Und sie bringen nur fünfzig Tonnen mit Flugzeugen herein?«

»Ja. Und die fünfzig Tonnen sind nicht nur Mehl.«

»Wie gelangen denn die restlichen neunhundertfünfzig Tonnen nach Leningrad?«

»Über den Ladogasee. Dreißig Kilometer nördlich der Blockadelinien. Mit Lastkähnen.«

»Shura«, sagte Tatiana, »aber diese tausend Tonnen ... Wenn wir nicht noch unsere eigenen Vorräte hätten, würden wir es nicht schaffen. Von dem, was man uns gibt, könnten wir nicht überleben.«

Alexander antwortete nicht.

Tatiana wandte den Kopf ab. Am liebsten wäre sie sofort nach Hause gegangen und hätte gezählt, wie viele Dosen Schinken sie noch hatten.

»Warum können denn nicht mehr Flugzeuge mit Lebensmitteln kommen?«, fragte sie.

»Weil alle Flugzeuge in der Armee für die Schlacht um Moskau gebraucht werden.«

»Und was ist mit der Schlacht um Leningrad?«, fragte Tatiana leise. Sie erwartete keine Antwort und bekam auch keine.

»Glaubst du, die Belagerung ist noch vor dem Winter vorbei?«, fragte sie schließlich.

Wieder antwortete Alexander nicht und sie sah ihn nicht mehr an, bis sie den Laden verließen.

»Kommst du mit mir nach Hause?«

»Ja, Tania«, sagte Alexander. »Ich komme mit dir.«

Sie nickte. »Mit der Butter mache ich dir eine schöne Hafergrütze. Und Eier brate ich dir auch.«

»Habt ihr immer noch Hafer?«

»Hmm. Aber es wird immer schwieriger, ihn aufzusparen. Babuschka und Marina essen ihn zwischendurch, ungekocht und direkt aus dem Sack.«

»Und du, Tatia?«, fragte Alexander. »Tust du das auch?«

»Noch nicht«, erwiderte Tatiana. Sie wollte nicht zugeben, wie gern sie es manchmal täte.

»Das solltest du aber«, sagte Alexander.

Langsam gingen sie am Fontanka-Kanal entlang. Tatiana erinnerte sich an ihre Spaziergänge im Sommer. Das Herz tat ihr weh. Drei Blocks von zu Hause entfernt blieben sie stehen und lehnten sich an die kalte Hausmauer. »Ich wünschte, hier stünde eine Bank«, flüsterte Tatiana.

Alexander erwiderte genauso leise: »Marasow hat mir vom Tod deines Vaters erzählt.« Als Tatiana nicht antwortete, fuhr er fort: »Es tut mir wirklich Leid. Verzeihst du mir?«

»Da gibt es nichts zu verzeihen«, sagte sie.

»Ich fühle mich so hilflos«, fuhr Alexander fort. »Ich kann nichts tun, um dich zu beschützen. Dabei habe ich es versucht. Von Anfang an habe ich es versucht. Erinnerst du dich noch an deine Zeit bei Kirow?«

Tatiana nickte.

»Damals wollte ich unbedingt, dass du Leningrad verlässt. Aber ich habe versagt, habe dich nicht überreden können. Und ich konnte dich nicht vor deinem Vater schützen.« Er schüttelte den Kopf. »Wie geht es deinem Kopf?« Er berührte die Stelle mit den Fingerspitzen.

»Es ist schon in Ordnung.« Tatiana wich einen Schritt zurück.

»Wie geht es Dimitri?«, fragte sie. »Hast du von ihm gehört?«

Kopfschüttelnd erwiderte Alexander: »Was soll ich dir von Dimitri erzählen? Als ich Mitte September das erste Mal nach Schlüsselburg fuhr, habe ich ihm vorgeschlagen, mitzukommen. Aber er hat sich geweigert. Er fand es zu gefährlich dort. Dann habe ich mich freiwillig mit einem Bataillon Soldaten für Karelien gemeldet, wo die Finnen zurückgedrängt werden sollten.« Er schwieg für einen Moment und fuhr dann fort: »Damit der Lebensmitteltransport über den Ladogasee ungehinderter vonstatten gehen kann. Die Finnen waren einfach zu nahe. Die Kämpfe zwischen ihnen und den schießwütigen NKWD-Grenztruppen endeten immer damit, dass ein paar arme Lastwagenfahrer umkamen, die Lebensmittel nach Leningrad bringen wollten. Ich sagte abermals zu Dimitri, er solle mitkommen. Natürlich ist es gefährlich, sagte ich zu ihm, schließlich ist es feindliches Gebiet, aber wenn wir Erfolg haben ...«

»Dann seid ihr Helden«, beendete Tatiana den Satz. »Und hattest du Erfolg?«

Leise erwiderte Alexander: »Ja.«

Staunend blickte Tatiana ihn an. Sie hoffte, er sähe ihr nicht zu deutlich an, was sie in diesem Augenblick für ihn empfand. »Und du hattest dich *freiwillig* dafür gemeldet?«

»Ja.«

»Haben sie dich denn wenigstens befördert?«

Er hob die Hand an die Stirn und erwiderte: »Ich bin jetzt Hauptmann Below. Siehst du meinen Orden?«

»Wie schön!«, rief sie aus und lächelte ihn strahlend an.

»Na hör mal«, sagte Alexander und verschlang sie mit den Augen, »bist du etwa stolz auf mich?«

»Hmm«, erwiderte Tatiana lächelnd.

»Um eine Beförderung ging es mir auch bei Dima«, fuhr Alexander fort. »Wenn es geklappt hätte, wäre er Obergefreiter geworden. Und je höher dein Rang ist, desto weiter bist du von der vordersten Frontlinie entfernt.«

Nickend stellte Tatiana fest: »Er ist so kurzsichtig!«

»Jetzt hat er es sogar noch schlimmer getroffen«, sagte Alexander. »Sie haben ihn mit Kaschnikow nach Tikhvin geschickt. Marasow ist mir gefolgt und er ist jetzt Oberleutnant. Aber Dima haben sie mit tausend anderen Männern über den Ladogasee verschifft, sozusagen als Kanonenfutter.«

Tatiana hatte von Tikhvin gehört. Die Sowjets hatten die Stadt im September von den Deutschen zurückerobert und jetzt fanden dort ständig Kämpfe statt, weil sie ein strategisch wichtiger Punkt für die Eisenbahnlinie zum Ladogasee war.

Tatianas Lächeln war erloschen. Sie sagte: »Ich wünschte, du hättest Dimitri überreden können, dir zu folgen. Eine Beförderung wäre gut für ihn gewesen.«

»Da hast du Recht.«

»Wenn er ein Held geworden wäre«, fuhr Tatiana fort, »wäre sein Selbstbewusstsein gestiegen. Er hätte dich nicht mehr eifersüchtig verfolgt und du hättest vielleicht meiner Schwester keinen Heiratsantrag machen müssen.«

Bekümmert sagte Alexander: »Oh, Tatia ...«

»Aber so wie die Dinge stehen«, unterbrach sie ihn mit lauter Stimme, »bist du jetzt Hauptmann und er ist in Tikhvin. Jetzt musst du Dascha heiraten, nicht wahr?« Sie sah ihn unverwandt an.

Alexander rieb sich mit seinen schmutzigen Händen über die Augen. So ungewaschen hatte Tatiana ihn noch nie gesehen. Und sie hatte keine Rücksicht auf ihn genommen, weil sie nur ihre eigenen Dinge im Kopf hatte. »Oh, Shura,« sagte Tatiana, »es tut mir Leid. Komm mit nach Hause und wasch dich. Ich mache dir Wasser heiß und du kannst baden. Und ich koche dir eine schöne Hafergrütze. Komm.« Am liebsten hätte sie *Liebling* gesagt, aber das wagte sie nicht.

Alexander rührte sich nicht.

»Bitte, komm, Shura.«

»Warte.« Er biss sich auf die Lippe. »Bist du böse auf mich wegen deinem Vater?«

»Nein, Shura«, entgegnete Tatiana liebevoll. »Niemand ist böse auf dich. Sie werden alle überglücklich sein, dass du am Leben bist.«

Alexander blickte sie an. »Ich habe nicht nach den anderen gefragt. Bist *du* böse mit mir?«

Tatiana sah ihn voller Mitgefühl an. Unter seiner Rüstung brauchte der Mann, der ein ganzes Bataillon befehligte, ausgerechnet *sie*. Wenn er verwundet war, konnte sie ihn verbinden. Wenn er hungrig war, konnte sie ihm zu essen geben. Wenn er reden wollte, war sie da. Und jetzt war ihr Alexander traurig.

»Nein, Shura«, sagte sie zärtlich, »natürlich bin ich nicht böse auf dich.«

»Ich will doch nur, dass du in Sicherheit bist«, sagte er. »Dass du sicher vor allem bist.«

Tatiana warf sich in seine Arme. »Ich weiß! Und ich werde es schon schaffen«, sagte sie, den Kopf an seine Jacke gepresst. Alexander schob ihr die Haare aus der Stirn, drückte seine Lippen auf die Beule und flüsterte: »Weiche nie mehr vor mir zurück so wie eben, wenn ich dich berühren will.«

»Nein«, murmelte Tatiana, schloss die Augen und drückte ihn fest an sich.

3

»Seht mal, wen ich gefunden habe!«, rief Tatiana fröhlich aus, während Alexander hinter ihr durch die Tür trat. Kreischend rannte Dascha zu ihm.

Tatiana setzte Wasser auf. Sie holte Seife, frische Handtücher und einen Rasierapparat für ihn und Alexander nahm ein Bad.

»Ist es warm genug?«, rief sie aus der Küche und setzte noch mehr Wasser auf.

Seine lachende Stimme drang aus dem Badezimmer. »Nein, keineswegs. Komm, bring mir noch mehr heißes Wasser.«

Errötend trug Tatiana Dascha lächelnd auf, ihm noch eine Kanne heißes Wasser zu bringen.

Als er erhitzt und sauber aus dem Bad kam, mit feuchten, glänzenden Haaren und strahlend weißen Zähnen, wäre Tatiana ihm am liebsten an den Hals geflogen. Er setzte sich in seiner langen Unterhose und dem Unterhemd an den Tisch und Dascha ging hinaus, um seine Uniform zu waschen. Marina, Babuschka und Tatiana gluckten um ihn herum. Nur Mama hielt sich mürrisch abseits.

Tatiana sagte Mama nicht, dass sie Eier hatte – nicht, solange Mama Alexander nicht verzieh, dass er sie und Papa angeschrien hatte. Zuerst musste sie ihm verzeihen.

Alexander hatte ihnen ein Kilo Butter mitgebracht. Tatiana versteckte es unter dem Mehlsack auf der Fensterbank. Mama trank eine Tasse dünnen Tee und aß Brot mit Butter. Danach bedankte sie sich missmutig bei Alexander und ging zur Arbeit.

Babuschka steckte ein paar silberne Kerzenleuchter, etwas Geld und ein paar alte Decken in einen Sack und machte sich auch zum Gehen bereit.

Tatiana wollte eigentlich Alexanders Frühstück zubereiten, aber sie blieb im Zimmer sitzen und blickte Alexander unverwandt an.

»Wohin geht Babuschka?«, wollte er wissen.

»Oh, nach Malaja Ochta«, erwiderte Dascha, die gerade ins Zimmer kam. Tatiana schlug rasch die Augen nieder. »Sie hat Freunde dort«, fuhr Dascha fort, »und sie tauscht unsere Sachen gegen Kartoffeln oder Karotten ein. Sie war früher immer gut zu ihnen, und jetzt sind sie gut zu ihr. Es dauert noch eine Weile, bis deine Kleider trocken sind«, sagte sie lächelnd zu Alexander.

»Das ist schon in Ordnung«, erwiderte er, ebenfalls lächelnd. »Ich muss erst in vier Tagen wieder in der Kaserne sein. Bis dahin sind sie wohl trocken.«

Tatianas Herzschlag setzte vor Freude aus. Vier Tage mit Alexander!

»Tania, machst du uns Frühstück?«, fragte Dascha und ging noch einmal ins Bad. Marina war im anderen Zimmer und packte ihre Sachen für die Universität.

Alexander blickte Tatiana an. »Tatiascha«, sagte er, »kann ich bitte Tee haben?«

Sofort sprang sie auf. Was dachte sie sich nur dabei, hier herumzusitzen? Er war bestimmt müde und hungrig. »Natürlich.« Er saß rauchend am Tisch und hatte seine Beine bis zum Sofa ausgestreckt. Tatiana kam nicht an ihm vorbei. Lächelnd blickten sie sich an.

»Entschuldige, Alexander«, sagte Tatiana und bemühte sich um eine gelassene Miene.

»Steig einfach darüber«, sagte er leise. »Pass nur auf, dass du nicht auf meine Beine trittst. Sonst muss ich dich in den Arm nehmen.«

Errötend sah Tatiana, dass Marina sie von der Tür aus beobachtete. »Entschuldige, Alexander«, wiederholte sie kühl.

Zögernd nahm Alexander seine Beine weg. »Komm her, Marina«, sagte er seufzend. »Lass dich ansehen. Wie geht es dir?«

Tatiana brachte Alexander eine Tasse Tee, so süß und stark, wie er ihn gern mochte. »Danke«, sagte er und sah sie an.

»Bitte.« Sie erwiderte seinen Blick.
»Sind meine Beine immer noch im Weg?«
»Ja. Du bist zu groß für dieses Zimmer«, flüsterte Tatiana.
Bevor er antworten konnte, kam Dascha mit ein paar sauberen Laken zurück.
»Mädchen, hat eure Babuschka denn Erfolg bei ihren Ausflügen?«, fragte Alexander.
Während Dascha die Laken faltete und weglegte, erwiderte sie: »Gestern hat sie fünf Rüben und zehn Kartoffeln mitgebracht. Aber wir haben jetzt schon Mamas ganzes Hochzeitsgeschirr weggegeben. Nach diesen Kerzenleuchtern haben wir nichts mehr, was wir eintauschen könnten.«
»Wie wäre es mit den Goldzähnen, die du von deinem Zahnarzt bekommen hast?«, fragte Tatiana.
»Was sollen die Bauern denn mit Gold anfangen?«
»Was fangen sie denn mit den Kerzenleuchtern an?«
Alexander warf ein: »Die geben Licht und Wärme. Und man kann sie als Waffen gegen die Deutschen verwenden.« Er wandte sich an Tatiana. »Tania, wo ist die versprochene Hafergrütze? Wo bleiben die versprochenen Eier?«
Es klopfte an der Tür und Tatiana ging, um zu öffnen. Nina Iglenko stand davor und wollte wissen, ob sie etwas zu essen für Anton hätten. Tatiana wusste, dass es Nina schwer fiel, ihn satt zu bekommen, da er nach seiner Verwundung auf dem Dach nur noch eine Abhängigenration bekam. Alexander kam in den Flur und stellte sich so dicht neben sie, dass sich ihre Arme berührten. Dann sagte er: »Genossin Iglenko, es gibt für alle nur die gleichen Rationen. Es tut mir Leid, aber wir haben nichts.« Mit diesen Worten schloss er die Tür und wandte sich an Tatiana. »Du hast mir gar nicht erzählt, dass Anton auf dem Dach verwundet worden ist.« Immer noch stand er ganz dicht bei ihr.
»Es geht ihm auch gut«, erwiderte Tatiana abweisend. »Er hat nur einen Kratzer am Bein.« Sie wollte nicht, dass Alexander sich Sorgen machte.

»Tania, wusstest du, dass jeder die gleichen Rationen bekommt?«

»Ich habe es gehört.«

»Du besitzt nicht mehr als Nina.«

»Ich weiß. Entschuldige mich jetzt. Ich will das Frühstück machen.« Tatiana konnte es nicht eine Sekunde länger ertragen, so dicht bei ihm in dem engen Flur zu stehen. Er hatte schließlich nur seine Unterwäsche an. Sie ging ins Zimmer, und als sie zurückkam, drückte sie Nina ein Stück Butter in die Hand.

»Gott segne dich, Taneschka«, sagte Nina dankbar. »Gott segne dich, solange du lebst. Du wirst sehen, er wird dich dein ganzes Leben lang für deine Warmherzigkeit beschützen.«

Als Tatiana danach die Eier und die Hafergrütze zubereitete, tauchte auch Alexander in der Küche auf und lehnte sich an den Herd.

»Sei vorsichtig, du wirst dich verbrennen«, sagte Tatiana, ohne ihn anzusehen.

Zuerst erwiderte er nichts, aber dann flüsterte er: »Tania, ich kenne dich besser als jeder andere. Ich weiß, was du tust ...«

»Was meinst du?«, entgegnete sie. »Im Moment mache ich Hafergrütze. Und Eier.«

Alexander legte den Finger unter ihr Kinn und drehte ihr Gesicht zu sich. »Du darfst dein Essen nicht weggeben, hörst du? Es bleibt nicht genug für dich und deine Familie!«

Tatiana nickte. Alexander ließ seinen Finger noch für einen Moment an ihrem Kinn liegen.

Tatiana kochte die Hafergrütze mit zwei Löffeln Milch, etwas Butter und ein paar Teelöffeln Zucker. Und mit Wasser. Sie teilte sie in vier Schüsselchen auf, wobei sie die größte für Alexander abfüllte, die zweite für Dascha, dann eine für Marina und die kleinste für sich selbst. Dann machte sie aus fünf Eiern, etwas Butter und Salz Rühreier. Fast kam es ihr vor wie ein Festessen.

Alexander warf nur einen Blick auf seine Schüssel und sagte, so viel würde er nicht essen. Dascha hatte ihre Schüssel bereits leer gelöffelt, und Marina auch. Auch die Eier hatten sie schon gegessen.

Tatiana und Alexander dagegen blickten schweigend auf ihre Schüsseln. »Was ist los mit euch beiden?«, fragte Dascha. »Alex, du brauchst viel mehr zu essen als sie. Du bist ein Mann. Sie ist die Kleinste, sie braucht am wenigsten von uns allen. Und jetzt iss bitte.«

»Ja«, sagte Tatiana, ohne aufzublicken. »Du bist ein Mann und ich bin die Kleinste. Ich brauche am wenigsten. Nun iss schon.«

Doch Alexander tauschte seine Schüssel gegen Tatianas aus. »*Du* isst jetzt«, befahl er. »Ich bekomme in der Kaserne genug!«

Dankbar schlang Tatiana die Hafergrütze hinunter. Dann aß sie ihre Eier.

Dascha sagte: »Oh, Alexander, alles hat sich so verändert, seit du das letzte Mal hier warst! Das Leben ist so viel schwerer geworden. Und die Leute sind härter. Jeder denkt nur an sich selbst.« Sie seufzte.

Alexander und Tatiana blickten sie schweigend an.

»Wir bekommen nur dreihundert Gramm Brot pro Tag«, fuhr sie fort. »Wie viel schlimmer soll es denn noch werden?«

»Viel schlimmer«, erwiderte Tatiana, um Alexander die Antwort zu ersparen. »Denn bald sind unsere Vorräte aufgebraucht.«

»Wie viele Dosen Schinken habt ihr noch?«, fragte Alexander.

»Zwölf.«

»Stimmt«, sagte Tatiana, »aber vor vier Tagen waren es noch achtzehn. Wir haben sechs Dosen in vier Tagen gegessen. Wir sind abends immer so hungrig!«

Die Mädchen mussten zur Arbeit gehen. Dascha trat zu Alexander, der ihr die Hände um die Taille legte. »Oh, Alexander, ich bin so dünn geworden«, sagte Dascha. »Du wirst mich nicht mehr mögen. Bald sehe ich so aus wie Tania.« Sie küsste ihn. »Was machst du, während wir weg sind?«

Alexander lächelte. »Ich falle in dein Bett und wache erst wieder auf, wenn ihr nach Hause kommt.«

Um fünf Uhr rannte Tatiana nach Hause.

Zu Hause war es gemütlich warm. Alexander trat aus dem Zimmer und lächelte sie fröhlich an. Tatiana erwiderte sein Lächeln und sagte: »Hallo, Alexander, da bin ich wieder!«

Er lachte. Am liebsten hätte sie ihn geküsst.

Er hatte gebündeltes Holz aus dem Keller nach oben getragen. Dascha kam aus der Küche. »Ist es nicht gemütlich hier, Tania?«, fragte sie und umarmte Alexander.

»Mädchen«, sagte er, »ihr werdet die Zimmer öfter heizen müssen. Es wird viel zu kalt.«

»Wir werden doch über das zentrale Heizsystem versorgt, Alex«, widersprach Dascha.

»Dasch«, erwiderte er, »der Leningrader Stadtrat hat angeordnet, dass in Wohngebäuden höchstens zehn Grad herrschen dürfen. Hältst du das für warm genug?«

»So schlimm war es bisher nicht«, sagte Tatiana und zog ihren Mantel aus.

Alexander tätschelte Daschas Arm. »Ich hole euch noch mehr Holz aus dem Keller und lasse es euch da. Heizt eure Zimmer über den großen Ofen und nicht mit der kleinen *borsoika,* an der sich nicht einmal ein Pinguin wärmen kann. In Ordnung, Tania?«

Tatiana schwieg. »Alexander, diese großen Öfen verbrauchen viel Holz«, erwiderte sie schließlich und lief in die Küche, um das Abendessen zu machen.

Babuschka brachte sieben Kartoffeln aus Malaja Ochta mit. Sie aßen eine Dose Schinken und alle Kartoffeln. Dascha regte sich auf und sagte, sie könnten unmöglich alle von einer Dose Schinken satt werden. Alexander schwieg.

Als die Sirene heulte, wies er die ganze Familie an, in den Luftschutzkeller zu gehen – alle, einschließlich Tatiana. Als Dascha ihn bat, mit ihnen zu kommen, blickte er sie nachdenklich an und sagte: »Dascha, geh jetzt und mach dir keine Sorgen wegen mir.« Als sie ihn weiter drängte, bemerkte er: »Was wäre ich denn für ein Soldat, wenn ich jedes Mal in den Luftschutzkeller laufen würde, wenn ein paar Bomben fallen? Jetzt geh. Und du auch, Tania.«

Später an diesem Abend sagte Dascha: »Marinka, kannst du heute Abend bei Babuschka schlafen? Bitte. Es ist warm in ihrem Zimmer, nicht so kalt wie bei uns. Ich möchte, dass Alexander neben mir schläft. Mama, du hast doch nichts dagegen, oder? Wir heiraten schließlich.«

»Neben dir und Tania?« Marina warf Tatiana einen Blick zu, den diese nicht erwiderte.

»Ja.« Lächelnd holte Dascha frisches Bettzeug aus der Kommode. »Alexander, es macht dir doch nichts aus, mit Tania in einem Bett zu schlafen?«

Er grunzte nur.

»Taneschka«, neckte Dascha sie, während sie begann, das Bett zu beziehen, »soll er sich in die Mitte zwischen uns legen?« Sie lachte leise. »Das wäre doch gut für Tania. Sie würde zum ersten Mal in ihrem Leben mit einem Mann schlafen.« Erheitert zwickte Dascha Alexander in den Arm und fügte hinzu: »Allerdings sollte sie besser die Finger von dir lassen, Liebling.«

Alexander vermied es, Tatiana anzusehen, und murmelte, er würde sich in der Mitte nicht wohl fühlen, und Tatiana gab ihm Recht. Dascha erwiderte: »Entspann dich, du hast doch nicht wirklich geglaubt, dass ich dich neben meiner Schwester liegen lassen würde?«

Als es Zeit zum Schlafengehen war, drückte sich Tatiana an die Wand, Dascha legte sich neben sie und Alexander kletterte als Letzter ins Bett. Niemand konnte sich mehr bewegen, aber es war wärmer, und dass er nur einen Herzschlag von ihr entfernt lag, versöhnte Tatiana mit der Situation. Still lag sie im Bett und lauschte auf Mamas Schluchzen.

Plötzlich hörte sie Dascha flüstern: »Alexander, du hast doch gesagt, wir wollten heiraten. Wann, Geliebter, wann?«

Er flüsterte zurück: »Lass uns noch warten, Dascha.«

»Nein!«, erwiderte sie. »Auf was denn? Du hast gesagt, wir würden heiraten, wenn du Urlaub bekommst. Lass es uns morgen tun. Wir gehen zum Standesamt und sind innerhalb von zehn Minuten verheiratet. Tania und Marina können unsere Trauzeugen sein. Komm schon, Alexander, worauf sollen wir denn warten?«

Tatiana drehte sich zur Wand.

»Dascha, hör mir zu. Ringsum toben gerade heftige Kämpfe. Und – hast du nicht gehört? Genosse Stalin hat es zum Kriegsverbrechen erklärt, wenn man sich gefangen nehmen lässt. Und er geht sogar noch weiter: Damit man sich nicht absichtlich von den Deutschen gefangen nehmen lässt, hat unser großer Führer beschlossen, dass in einem solchen Fall der ganzen Familie die Lebensmittelrationen entzogen werden. Wenn wir also verheiratet sind und die Nazis mich schnappen, verlierst du deine Rationen. Und auch Tania, deine Mutter, deine Großmutter. Ihr alle. Damit ihr weiterhin zu essen hättet, müsste ich mich schon töten lassen.«

»Oh, Alexander! Oh nein.«

»Also warten wir noch.«

»Worauf?«

»Auf bessere Zeiten.«

»Werden jemals wieder bessere Zeiten kommen?«

»Ja.«

Dann schwiegen sie.

Tatiana drehte sich um und blickte über Dascha hinweg auf Alexanders Hinterkopf. Sie dachte daran, wie sie in Luga nackt und verletzt in seinen Armen gelegen und seinen Atem in ihrem Haar gespürt hatte.

Mitten in der Nacht musste Dascha zur Toilette. Tatiana

dachte, Alexander schliefe, aber er drehte sich um und blickte sie an. Sie konnte seine Augen im Dunkeln sehen. Unter der Decke schob er sein Bein an ihres; sie trug Socken und zwei Flanellschlafanzüge übereinander. Als sie Dascha draußen im Flur hörte, schloss sie die Augen wieder und Alexander zog sein Bein weg.

Am nächsten Abend bereitete Tatiana nur eine halbe Dose Schinken für sie alle zu. Es war für jeden nicht mehr als ein Teelöffel voll, aber zumindest war es Schinken. Dascha murrte, es sei nicht genug.

»Anton stirbt«, sagte Tatiana. »Also beschwere du dich nicht über zu wenig Schinken. Nina Iglenko hatte seit August keinen Schinken mehr.«

Nach dem Essen ging Mama regelmäßig an ihre Nähmaschine. Seit Anfang September brachte sie sich Arbeit mit nach Hause. Die Armee brauchte Winteruniformen und die Fabrik bot Mama eine Prämie an, wenn sie pro Tag zwanzig Uniformen statt zehn fertig bekam. Eine Prämie von ein paar Rubeln und eine zusätzliche Ration. Mama arbeitete bis ein Uhr morgens für dreihundert Gramm Brot und ein wenig Geld.

An diesem Abend holte sie den Stoff hervor, blickte sich um und fragte dann erstaunt: »Wo ist denn meine Nähmaschine?«

Niemand sagte etwas.

»Wo ist meine Nähmaschine? Tania, antworte mir!«

»Ich weiß nicht, Mama«, sagte Tania.

Babuschka humpelte herbei und sagte: »Irina, ich habe sie verkauft.«

»*Was?*«

»Ich habe sie gegen die Sojabohnen und das Öl, das du heute Abend gegessen hast, eingetauscht. Es hat so gut geschmeckt, Ira.«

»Mama!«, schrie Tatianas Mutter. Sie wurde hysterisch.

Minutenlang schluchzte sie haltlos vor sich hin. Tatiana stand hilflos dabei und Alexander verschwand mit gequältem Gesichtsausdruck im Flur.

»Mama, wie konntest du das nur tun?«, weinte Tatianas Mutter. »Du weißt doch, dass ich mich halb umbringe, um noch etwas für meine Familie zu tun. Sie haben mir gesagt, ich könnte jeden Tag Hafer bekommen, wenn ich es schaffe, fünfundzwanzig Uniformen zu nähen. Oh Mama, was hast du nur getan?«

Tatiana verließ das Zimmer ebenfalls. Alexander saß auf dem Sofa im Flur und rauchte. Tatiana nahm sich einen Bleistift, kniete sich hinter dem Sofa auf den Boden und hob den Hafersack an, damit sie markieren konnte, wie voll er noch war. Der Hafer, das Mehl, der Zucker – alles schwand rasch dahin. Plötzlich sagte Alexander: »Komm, steh auf. Das ist zu schwer für dich. Ich helfe dir.« Sie rückte beiseite und er hob die Säcke für sie an, während sie hineinschaute und sie mit einem Strich auf der Außenseite markierte.

»Wie findest du das, Tatia?«, fragte Alexander. »Dass deine Mutter zu Hause noch wie in einem eigenen Unternehmen arbeitet?«

»Das machen doch alle so«, erwiderte Tatiana. »Der Sozialismus scheint nicht gut zu funktionieren, wenn Krieg ist.« Sie wies auf den Mehlsack.

Nickend ergriff Alexander ihn. »Genau wie im Russischen Bürgerkrieg und kurz danach. Was wird deine Mama denn jetzt tun, Tania?«

»Ich weiß nicht. Aber was hätte Babuschka denn machen sollen? Sie hat ja nichts mehr zum Eintauschen.« Tatiana zog ihre Hand weg, die sie vorsichtig auf Alexanders gelegt hatte, und ging in die Küche, um das Geschirr abzuwaschen.

Gerade als sie ins Zimmer zurückgehen wollte, kam Alexander in die Küche. Sie waren allein. Sie versuchte, an ihm vorbeizukommen, aber er versperrte ihr den Weg. Seine Augen blitzten mutwillig.

Lächelnd blieb sie einen Moment lang stehen, dann huschte sie rasch nach rechts und wieder nach links und schon war sie um ihn herum. Leise sagte sie: »Du musst schon schneller sein, Shura.« Er lachte laut.

Nach vier Tagen verließ Alexander sie wieder und ging zurück in die Kaserne. Alle vermissten ihn.

Allerdings blieb er noch eine weitere Woche in Leningrad. Er konnte sich zwar nicht mehr den ganzen Tag bei ihnen aufhalten, verbrachte aber die meisten Abende mit ihnen und morgens stand er um halb sieben vor der Tür und ging mit Tatiana zusammen die Rationen holen.

Eines Morgens sagte er: »Ich habe gehört, dass Dimitri eine Schusswunde erhalten hat.«

»Was ist passiert? Hat er gekämpft?«

»Er hat sich selbst in den Fuß geschossen.«

»Oh«, erwiderte Tatiana.

Alexander legte ihr die Hand auf den Arm und sagte, Dimitri läge im Wolkow-Krankenhaus und sei für unbestimmte Zeit außer Gefecht gesetzt. »Abgesehen von dem Fuß hat er auch noch Dystrophie.«

»Was ist das?«

»Dystrophie«, erwiderte Alexander langsam und zögernd, »ist Muskelschwund, hervorgerufen durch Unterernährung.«

Tatiana tätschelte ihm den Arm und sagte beruhigend: »Mach dir keine Sorgen, Shura. Das bekomme ich nicht. Ich habe gar keine Muskeln.«

Mit Hilfe von Alexanders Rationen hielten ihre Vorräte ein wenig länger. Er bekam eine königliche Ration – achthundert Gramm Brot pro Tag, mehr als die Hälfte dessen, was sie alle zusammen bekamen. Außerdem erhielt er hundertfünfzig Gramm Fleisch, hundertvierzig Gramm Getreide und ein Pfund Gemüse.

Tatiana war überglücklich, wenn er zum Abendessen kam und seine Lebensmittel mitbrachte. Alexander trug ihr auf, sie in sechs Portionen aufzuteilen. »Und, Tania«, sagte er, »sechs gleich große Portionen!«

Sie hatten jetzt keine Kerzenleuchter mehr zum Eintauschen und an Geschirr besaßen sie auch nur noch die sechs Teller, von denen sie aßen. Babuschka wollte ihre alten Decken und Jacken eintauschen, aber Mama ließ es nicht zu. »Der Winter hier in der Stadt ist kalt. Wir brauchen die Decken.« Die Temperatur war bereits in der dritten Oktoberwoche unter den Gefrierpunkt gesunken. Sie hatten nur noch sechs Laken für die drei Betten und nur noch sechs Handtücher. Babuschka wollte eins der Handtücher eintauschen, aber Tatiana gab es ihr nicht und erklärte, Alexander brauche auch eins.

Also ging Babuschka Maya nicht mehr über die Newa.

4

Tatiana befand sich gerade im Flur, als sie hörte, wie die anderen im Zimmer erhitzt miteinander debattierten. Sie wollte schon die Tür aufmachen und den Tee hineinbringen, als Alexander auf einmal sagte: »Nein, nein, das könnt ihr ihr nicht erzählen. Das ist nicht der richtige Zeitpunkt.«

Dascha erwiderte: »Aber Alexander, irgendwann muss sie es doch einmal erfahren …«

»Nicht jetzt.«

»Was soll denn das?«, sagte Mama. »Was spielt es schon für eine Rolle, ob wir es ihr erzählen?«

Babuschka warf ein: »Ich stimme mit Alexander überein. Sie braucht jetzt ihre ganze Kraft.«

Tatiana öffnete die Tür. »Was sollt ihr mir nicht erzählen?«

Alle schwiegen.

»Nichts, Taneschka«, erwiderte Dascha rasch und funkelte Alexander an, der die Augen niederschlug und sich hinsetzte.

Tatiana hielt das Tablett mit den Teetassen, Untertellern, Löffeln und einer kleinen Teekanne in der Hand. »Was ist los?«

Dascha strömten die Tränen übers Gesicht. »Oh, Tania«, sagte sie.

»Oh, Tania, *was?*«

Alle schwiegen. Niemand blickte sie an.

»Alexander, was sollen sie mir nicht erzählen?«

Er blickte sie an. »Dein Großvater ist gestorben, Tania«, sagte er. »Im September. An einer Lungenentzündung.«

Das Tablett mit dem Teegeschirr fiel Tatiana aus den Händen, die Tassen zerbrachen auf dem Holzfußboden und der heiße Tee spritzte an ihre Strümpfe. Wortlos kniete Tatiana sich hin und sammelte die Scherben auf. Dann legte sie alles wieder auf das Tablett, hob es auf und ging in die Küche. Als sie die Tür hinter sich schloss, hörte sie Alexander noch sagen: »Na, seid ihr jetzt zufrieden?«

Dascha und Alexander kamen in die Küche. Tatiana stand am Fenster und hielt sich wie betäubt am Fensterbrett fest. Dascha trat auf sie zu und sagte: »Liebes, es tut mir Leid. Komm her.« Sie umarmte Tatiana und flüsterte: »Wir haben ihn alle so geliebt. Wir waren so traurig!«

Tatiana erwiderte die Umarmung ihrer Schwester. »Dascha, das ist ein schlechtes Zeichen.«

»Nein, Taneschka, das stimmt nicht.«

»Doch, es ist ein schlechtes Zeichen«, wiederholte Tatiana. »So, als ob Deda gestorben sei, weil er nicht mit ansehen konnte, was mit seiner Familie geschieht.«

Alexander stand schweigend dabei.

Am nächsten Morgen gingen Tatiana und Alexander schweigend zum Rationierungsladen und warteten auf ihr Brot. Als sie in der Schlange standen, sagte Alexander: »Ich muss morgen wieder zurück an die Front, Tania. Aber sieh mal, was ich dir mitgebracht habe.« Er zog eine kleine Tafel Schokolade aus der Tasche. Sie rang sich ein schwaches

Lächeln ab und nahm sie entgegen. Ihre Augen füllten sich mit Tränen.

Alexander zog sie an sich und hielt sie fest umschlungen. Lange stand sie da, den Kopf an seine Brust gelegt, und weinte.

Antons Bein heilte nicht.

Tatiana brachte ihm ein Stück von Alexanders Schokolade. Anton aß sie zwar, aber er wirkte lustlos.

Sie setzte sich an sein Bett. Eine Weile lang schwiegen beide.

»Tania«, sagte er schließlich, »erinnerst du dich an den vorletzten Sommer?« Seine Stimme klang schwach.

»Nein«, erwiderte Tatiana. Sie erinnerte sich nur an den letzten Sommer.

»Als du im August aus Luga zurückkamst, haben du und ich, Wolodja, Petka und Pascha im Taurischen Garten mit anderen Kindern Fußball gespielt. Du hast mir fest gegen das Schienbein getreten, um an den Ball zu kommen. Ich glaube, es war dasselbe Bein.« Ein leises Lächeln huschte über Antons Gesicht.

»Das stimmt«, erwiderte Tatiana leise. »Ach, Anton …« Sie ergriff seine Hand. »Dein Bein heilt bestimmt bald und nächsten Sommer gehen wir wieder in den Taurischen Garten und spielen Fußball.«

»Ja«, sagte er, drückte ihre Hand und schloss die Augen. »Aber nicht mehr mit deinem Bruder. Und auch nicht mit meinen Brüdern.«

»Nur du und ich, Anton«, flüsterte Tatiana.

»Nein, ich auch nicht«, wisperte er.

Die anderen warten auf dich, wollte Tatiana ihm sagen. Sie warten darauf, dass du wieder mit ihnen Fußball spielst.

Und mit mir.

5

Tatiana ging immer um halb sieben aus dem Haus, um die Rationen abzuholen, so dass sie mit ein wenig Glück um acht, wenn die Bomber über die Stadt flogen und die Sirenen heulten, wieder zurück war. Doch entweder begann die Bombardierung mittlerweile früher oder Tatiana war zu spät, denn an drei Morgen hintereinander geriet sie in Luftangriffe, während sie sich noch auf der Nekrasowa befand.

Weil sie es Alexander versprochen hatte, lief sie am dritten Morgen in den Luftschutzkeller irgendeines Gebäudes und saß dann dort, ihr kostbares Brot an die Brust gedrückt und den Helm auf dem Kopf, den zu tragen sie ihm ebenfalls versprochen hatte.

Das Brot, das Tatiana bei sich hatte, war nicht besonders köstlich, aber es roch trotzdem nach Brot. Eine halbe Stunde lang wurde sie von den anderen im Keller mit Blicken durchbohrt und schließlich sagte eine alte Frau: »Komm schon, Mädchen, teil mit uns. Gib uns einen Bissen davon.«

»Es ist für meine Familie«, erwiderte Tatiana. »Wir sind zu fünft, lauter Frauen. Sie warten darauf. Wenn ich euch das Brot gebe, haben wir heute nichts zu essen.«

»Nicht viel, Mädchen«, drängte die alte Frau. »Nur einen Bissen.«

Als die Bombardierung aufhörte, eilte Tatiana sofort hinaus. Nach diesem Vorfall ging sie morgens noch früher los. Aber trotz aller Anstrengungen schaffte sie es nie mehr, nach Hause zu kommen, bevor die ersten Bomben fielen.

Sie fragte sich, ob vielleicht Marina oder Dascha schneller wären als sie. Mama nähte jetzt morgens und abends Uniformen von Hand und hatte bestimmt keine Zeit.

Dascha behauptete, sie könne nicht gehen, weil sie morgens Wäsche waschen müsste. Auch Marina weigerte sich. Sie ging so gut wie gar nicht mehr zur Universität. Sie holte sich ihr Brot selbst ab und aß es sofort auf. Wenn sie abends in die Fünfte Sowjet zurückkam, verlangte sie von Tatiana mehr zu essen. »Marinka, das ist nicht in Ordnung«, sagte Tatiana zu ihrer Kusine. »Wir haben alle Hunger. Ich weiß, dass es schwer ist, aber du musst dich beherrschen …«

»Oh, so wie du dich beherrschst?«

»Ja«, erwiderte Tatiana, obwohl ihr klar war, dass Marina nicht vom Brot redete.

»Du machst das sehr gut«, sagte Marina. »Sehr gut, Tania. Weiter so.«

Tatiana hatte jedoch nicht das Gefühl, es sehr gut zu machen. Sie fühlte sich schlechter als jemals zuvor, und doch lobte ihre Familie sie für ihre Bemühungen. Sie spürte, dass irgendetwas sie immer langsamer werden ließ, so als träfe sie auf einen unerwarteten Widerstand, wenn sie sich besonders beeilen wollte – ein Widerstand, der von ihrem eigenen Körper ausging.

Ihr Körper konnte sich nicht mehr so schnell bewegen wie früher und der unwiderlegbare Beweis dafür waren die deutschen Bomber, die genau um acht Uhr zum Morgenangriff über die Stadt flogen.

Eines Morgens, als Tatiana im Dunkeln die Nekrasowa entlangging, kam sie an einem Mann vorbei, der in die gleiche Richtung ging wie sie. Er war groß, schon älter, dünn und trug einen Hut.

Erst als sie an ihm vorbeikam, fiel Tatiana auf, dass sie schon seit langem niemanden mehr überholt hatte. Entweder gehe ich wieder schneller, dachte sie, oder er ist sogar noch langsamer als ich.

Sie blieb stehen, und als sie sich umdrehte, sah sie, wie der Mann langsam zu Boden sank. Sie lief zu ihm, um ihm aufzuhelfen, aber er lag ganz still da. Seine weit geöffneten Augen starrten Tatiana blicklos an. Er war tot.

Entsetzt ließ Tatiana den Mann los und lief zum Laden, ohne sich noch einmal umzusehen. Auf dem Rückweg nahm sie einen anderen Weg, um nicht noch einmal an der Leiche vorbeizumüssen. Die Luftangriffe hatten bereits begonnen, aber sie kümmerte sich nicht darum und eilte nach Hause.

Als sie ihrer Familie erzählte, dass vor ihren Augen auf der Straße ein Mann gestorben sei, nahmen die anderen kaum Notiz davon. »Ach ja?«, sagte Marina. »Ich habe ein totes Pferd mitten auf der Straße liegen sehen und die Leute haben sich fast darum geprügelt. Und das ist noch nicht einmal das Schlimmste, ich habe jemanden gefragt, ob ich auch ein Stück haben kann.«

Tatiana aber ging das Gesicht des Mannes nicht mehr aus dem Kopf. Nachts, wenn sie die Augen schloss, sah sie ihn vor sich. Jedoch nicht sein Tod quälte sie, denn Tote hatte sie auch schon in Luga gesehen. Was sie beunruhigte, war, dass er, kurz bevor er umfiel, noch gegangen war, und er war nicht viel langsamer gewesen als Tatiana.

6

»Wie viele Dosen Schinken haben wir noch?«, fragte Mama.

»Eine«, erwiderte Tatiana.

»Das kann nicht sein.«

»Mama, wir haben jeden Abend Schinken gegessen.«

»Aber es kann trotzdem nicht sein«, widersprach Mama. »Vor ein paar Tagen hatten wir doch noch zehn Dosen.«

Am nächsten Tag fragte sie: »Haben wir noch Mehl?«

»Ja, wir haben noch ungefähr ein Kilo. Ich mache jeden Abend Pfannkuchen daraus.«

»Sollen das Pfannkuchen sein?«, fragte Dascha. »Ich finde, sie schmecken wie Mehl und Wasser.«

»Es ist Mehl und Wasser.« Tatiana schwieg. »Alexander nennt sie Meerschaumkuchen.«

»Kannst du nicht Brot daraus backen?«, fragte Mama. »Statt dieser blöden Pfannkuchen?«

»*Brot,* Mama? Womit denn? Wir haben keine Milch, keine Hefe und keine Butter. Und vor allem haben wir keine Eier.«

»Gib einfach ein bisschen Wasser dazu – und wir müssen doch noch Sojamilch haben.«

»Ja, drei Teelöffel.«

»Nimm sie und gib auch etwas Zucker in den Teig.«

»Gut, Mama.« Also buk Tatiana zum Abendessen Brot ohne Hefe, dafür mit Zucker und der restlichen Milch. Dazu aßen sie die letzte Dose Schinken. Es war der 31. Oktober.

»Was ist in diesem Brot?«, fragte Tatiana, brach ein Stück von der schwarzen Kruste ab und betrachtete das Innere. Es war Anfang November. Babuschka lag auf dem Sofa. Mama und Marina waren bereits aus dem Haus gegangen. Tatiana trödelte noch herum, weil sie keine Lust hatte, ins Krankenhaus zu gehen.

Dascha zuckte mit den Schultern. »Wer weiß? Und wen kümmert es schon? Wie schmeckt es denn?«

»Ehrlich gesagt Ekel erregend.«

»Iss es. Oder möchtest du lieber Weißbrot haben?«

Tatiana pulte einen Fremdkörper aus dem Brot heraus und leckte vorsichtig daran. »Dasch, oh mein Gott, weißt du, was das ist?«

»Das ist mir egal.«

»Das ist Sägemehl!«

Dascha hörte auf zu kauen. »Sägemehl?«

»Ja, und das hier?« Tatiana wies auf einen braunen Flecken an ihrem Finger. »Das ist Pappe. Wir essen Papier! Dreihundert Gramm pro Tag – und sie geben uns nur Papier.«

Dascha leckte sich die letzten Krümel von den Fingern und blickte hungrig auf Tatianas Stück. »Wir haben Glück, dass wir wenigstens das haben. Kann ich eine Dose Tomaten aufmachen?«

»Nein. Wir haben nur noch zwei. Außerdem sind Mama

und Marina nicht da. Du weißt doch, wenn wir sie aufmachen, sollen alle etwas davon bekommen.«

»Eben.«

»Wir machen sie heute zum Abendessen auf.«

»Was soll das denn für ein Abendessen sein? Tomaten!«

»Wenn du nicht jetzt schon deine ganze Pappe aufgegessen hättest, hättest du heute Abend noch etwas.«

»Ich kann nicht anders.«

»Ich weiß«, erwiderte Tatiana, steckte sich ebenfalls den Rest ihres Brotes in den Mund und kaute es andächtig. Als sie es heruntergeschluckt hatte, sagte sie: »Ich habe noch ein bisschen geröstetes Brot übrig. Möchtest du welches? Jede drei Stück.«

»Ja.« Die Mädchen blickten mit einem schlechten Gewissen auf die schlafende Babuschka.

Jede aß sieben Stücke. Nur kleine Reste waren von dem ganzen gerösteten Brot noch übrig.

»Tania, bekommst du noch deine Regel?«

»Was?«

»Nun sag schon.« Daschas Stimme klang ängstlich und genauso ängstlich hörte sich Tatiana an, als sie antwortete: »Nein. Warum fragst du?«

»Ich auch nicht.«

»Oh.«

Die Schwestern schwiegen und atmeten gepresst. Schließlich fragte Tatiana zögernd: »Machst du dir Sorgen, Dascha?«

Dascha schüttelte den Kopf. »*Darüber* mache ich mir keine Sorgen. Alexander und ich ...« Sie blickte Tatiana an. »Na ja. Nein, ich habe Angst, dass ich sie nie wieder bekomme.«

»Ach was«, erwiderte Tatiana erleichtert und traurig zugleich. »Wenn wir erst wieder etwas zu essen haben, kommt auch die Regel wieder.«

»Tania«, flüsterte Dascha, »spürst du es nicht auch? Dass dein Körper auf einmal gar nicht mehr zu dir gehört?« Sie begann zu weinen. »Dass es ein Gefühl ist, als ob du ihn verlierst?«

Tatiana umarmte ihre Schwester. »Liebes«, sagte sie, »mein Herz schlägt noch. Ich verliere mich nicht. Und du dich auch nicht, Dascha.«

Schweigend saßen die beiden Mädchen in dem kalten Zimmer. Dascha erwiderte Tatianas Umarmung.

An diesem Abend kam Tatiana mit einem Topf voller klarer Flüssigkeit nach Hause, die es in der Cafeteria des Krankenhauses zu essen gab. Eine einsame Kartoffel schwamm darin.

»Das ist Hühnersuppe«, sagte Tatiana zu ihrer Familie. »Mit Schinkenknochen.«

»Wo ist das Huhn? Wo ist der Schinkenknochen?«, fragte Mama, während sie in den kleinen Topf blickte.

»Ich hatte Glück, dass ich überhaupt etwas bekommen habe.«

»Ja, Taneschka, du hast Recht. Teil es aus«, sagte Mama.

Es schmeckte wie heißes Wasser mit einer Kartoffel. Weder Salz noch Öl war daran. Tatiana teilte die Brühe in fünf Portionen auf.

»Ich hoffe, Alexander kommt bald zurück, damit wir etwas von seinem Essen abhaben können. Er bekommt solch eine gute Ration«, sagte Dascha.

Ich hoffe auch, dass Alexander bald zurückkommt, dachte Tatiana. Ich vermisse ihn so sehr.

»Ach«, sagte Mama, »seit heute Mittag haben wir auf dieses Essen gewartet. Dabei müsste man sich um die Verwundeten kümmern oder nach den Luftangriffen helfen. Doch wir können nur noch ans Essen denken.«

»Genau das wollen die Deutschen ja«, erwiderte Tatiana. »Sie wollen, dass wir alles im Stich lassen, am Ende auch unsere Stadt, und das tun wir schon bald nur für eine Kartoffel.«

»Ich kann hier nicht weggehen«, sagte Mama. »Ich muss fünf Uniformen von Hand nähen.«

Sie warf Babuschka, die schweigend ihr Brot kaute, einen finsteren Blick zu.

»Wir gehen auch nicht hier weg«, beruhigte Tatiana sie. »Wir werden alle nähen und unser Leningrad nicht im Stich lassen.«

Die anderen schwiegen.

Als der Luftalarm einsetzte, begaben sie sich alle in den Luftschutzkeller, auch Tatiana. Sie musste über eine Frau steigen, die an der Wand sitzend gestorben war. Niemand hatte sich die Mühe gemacht, die Leiche wegzubringen. Tatiana sank auf die Bank und wartete auf die Dunkelheit.

7

Dascha schrieb Alexander jeden Tag einen kurzen Brief. Wie glücklich sie doch sein kann, dachte Tatiana, dass sie ihm schreiben, ihm ihre Gedanken mitteilen kann.

Sie schrieben auch an ihre verwitwete Babuschka in Molotow. Antwortbriefe von dort kamen nur selten. Die Postzustellung funktionierte nur schlecht. Dann hörte sie ganz auf und Tatiana ging zur Poststelle auf dem Newskij, wo ein alter zahnloser Mann saß und ihr die Briefe nur aushändigen wollte, wenn sie ihm etwas zu essen gab. Eines Tages holte sie einen Brief von Alexander an Dascha ab.

Meine liebe Dascha und alle anderen,

die Gnade des Krieges besteht darin, dass die Frauen das Elend nicht sehen müssen – bis auf die Krankenschwestern, die uns pflegen, und sie werden langsam immun gegen unsere Schmerzen.

Wir haben versucht, die Inselfestung Oreschek gegenüber von Schlüsselburg mit Munition zu versorgen. Eine kleine Gruppe von Soldaten hat die Insel seit September trotz inten-

sivem Beschuss der Deutschen gehalten. Kennt ihr Oreschek? Lenins Bruder Alexander wurde dort 1887 gehängt, weil er mit zu denen gehörte, die die Ermordung Alexanders III. geplant haben.

Seit Kriegsausbruch werden die Seeleute und Soldaten, die an der Newa-Mündung stehen, als Helden des Neuen Russlands gepriesen – dem Russland nach Hitler. Man hat uns gesagt, wenn wir siegen, wird das Leben in der Sowjetunion völlig anders werden. Ein viel besseres Leben hat man uns versprochen, aber wir müssen darauf vorbereitet sein, dafür zu sterben. Gebt euer Leben hin, sagt man uns, damit eure Kinder leben können.

Die Kämpfe hören nicht einmal nachts auf. Und der Regen auch nicht. Wir sind seit sieben Tagen ununterbrochen nass. Drei meiner Männer sind schon an Lungenentzündung gestorben. Dennoch bin ich froh, dass ich mich im Moment nicht in Moskau befinde. Habt ihr gehört, was dort passiert? Ich glaube, die Situation dort könnte uns retten. Und euch auch. Hitler hat für den Angriff auf Moskau einen großen Teil seiner Nordarmee mit Flugzeugen und Panzern von Leningrad abgezogen. Wenn Moskau fällt, werden sie hierher zurückkehren, aber im Moment entlastet es uns.

Mir geht es gut. Ich finde es nicht besonders angenehm, ständig durchnässt zu sein, aber wir werden immer noch wie Offiziere verpflegt. Immer wenn ich Fleisch esse, denke ich an euch.

Passt auf euch auf. Sag Tatiana, sie soll immer dicht an den Gebäuden vorbeigehen. Und wenn Bomben fallen, soll sie sich in einen Hauseingang stellen. Sag ihr, sie soll den Helm tragen, den ich ihr gegeben habe.

Mädchen, gebt unter gar keinen Umständen euer Brot weg. Und bleibt vom Dach weg.

Bitte benutzt die Seife, die ich euch dagelassen habe. Man fühlt sich immer besser, wenn man sauber ist. Das hat mein Vater mir beigebracht. An der Winterfront ist es allerdings schwierig, sauber zu bleiben. Ein Vorteil ist jedoch, dass die Läuse, die Typhus übertragen, bei dieser Kälte nicht überleben können.

Ich denke jede Minute des Tages an euch.

Bis ich euch wiedersehe, bin ich mit fernen Grüßen
euer Alexander

Tatiana trug den Helm. Sie benutzte die Seife. Sie verbarg sich in Hauseingängen. Aber ihre Gedanken galten nur Alexander, der Tag und Nacht durchnässt in seiner Uniform am Ladogasee stand.

Peters verdunkelte Stadt

1

Niemand hätte sich je vorstellen können, was mit Leningrad passierte.

Marinas Mutter starb.

Mariska starb.

Anton starb.

Das Artilleriefeuer und die Bombardierung hörten nicht auf. Allerdings fielen weniger Brandbomben, was Tatiana daran merkte, dass es immer weniger Brände gab, an denen sie sich wärmen konnte.

Als sie im November eines Morgens zum Laden ging, sah Tatiana zwei Tote auf der Straße liegen. Auf dem Heimweg waren es schon sieben. Sie waren nicht verletzt oder verwundet, sondern einfach aus Schwäche und vor Hunger gestorben. Tatiana schlug das Kreuzzeichen, als sie an ihnen vorbeiging. Dann blieb sie stehen und dachte verwundert, was habe ich da gemacht? Habe ich wirklich ein Kreuz geschlagen? Ich lebe doch im kommunistischen Russland. Warum tue ich das dann? Für Gott gab es in der Sowjetunion keinen Platz. Er stand gegen die Prinzipien, nach denen sie lebten: Sie glaubten an die Arbeit, an das Leben in Gemeinschaft, an den Schutz des Staates gegen nonkonformistische Individuen und an den Genossen Stalin. Das hatte Tatiana seit dem Kindergarten eingeimpft bekommen. Und doch hatte sie sich am Ende ihrer Schulzeit geweigert, den *Jungen Komsomolzen* beizutreten. Nicht unbedingt, weil sie an Gott glauben wollte, sondern einfach nur, weil sie das Gefühl hatte, keine besonders gute Kommunistin sein zu können. Dazu liebte sie Michail Sostschenkos Geschichten viel zu sehr.

Tatiana schlug noch einmal verstohlen das Kreuz. Warum tröstete es sie so sehr? Sie fühlte sich auf einmal nicht mehr so allein.

Sie setzte sich in die Kirche gegenüber von ihrem Haus. Werden Kirchen eigentlich auch bewusst bombardiert?, fragte sie sich. Hatten die Deutschen auf die St. Paul's Cathedral in London Bomben geworfen? Wenn sie diese prächtige Kathedrale nicht zerstört hatten, dann würden sie vielleicht auch diese armselige kleine Kirche hier in Ruhe lassen. Auf einmal fühlte sie sich sicherer.

Am Eingang zur Post musste Tatiana über einen toten Mann steigen. Er war auf den Stufen gestorben. »Wie lange liegt er schon da?«, fragte sie den Postmeister.

Er grinste. »Das erzähle ich dir, wenn du mir noch geröstetes Brot gibst.«

»So dringend möchte ich es nun auch nicht wissen«, entgegnete sie.

Dascha verbannte alle Spiegel aus den Zimmern und der Küche. Niemand wollte sich mehr im Spiegel betrachten. Sie blickten auch einander nicht mehr genau an.

Um ihren Körper vor sich und den anderen zu verstecken trug Tatiana ein Flanellunterhemd, ihren Wollpullover, Paschas Wollpullover, dicke Strümpfe, lange Hosen, darüber einen Rock und ihren gesteppten Wintermantel. Den Mantel zog sie nur zum Schlafen aus.

Dascha sagte, sie habe keine Brüste mehr, und Marina erwiderte, Brüste? Ich habe keine Mutter mehr und da redest du von Brüsten? Dascha entschuldigte sich, aber in der Küche brach sie weinend zusammen und sagte: »Ich will wieder eine schöne Figur haben, Taneschka.«

Tatiana rieb sanft Daschas Rücken. »Na komm«, erwiderte sie, »nur Mut, Dascha. Uns geht es doch gar nicht so schlecht. Wir haben immerhin noch etwas Hafer. Geh zurück ins Zimmer, ich mache dir Hafergrütze.«

Marina ging hin und wieder noch zur Universität, obwohl die Professoren nicht mehr lehrten. Aber es war wenigstens warm dort und Marina konnte ein paar Stunden lang in der Bibliothek sitzen und dann in der Mensa ihre klare Suppe essen.

»Ich hasse Suppe«, sagte Marina. »Mittlerweile hasse ich sie.«

»Es ist eben nur heißes Wasser«, erwiderte Tatiana und registrierte besorgt ihren zusammengeschrumpften Zuckervorrat. Sie besaßen auch nur noch wenig Gerste. »Geh bloß nicht an die Gerste«, sagte sie. »Das ist unser Abendessen für nächsten Monat.«

»Das ist doch nur noch eine Tasse voll!«, rief Marina ungläubig aus.

»Gott sei Dank kannst du sie ungekocht nicht essen«, stellte Tatiana fest. Aber sie irrte sich. Am nächsten Tag war kaum noch etwas da.

2

Es regnete Flugblätter vom Himmel, wie in Luga. Zuerst die Flugblätter, dann die Bomben. Der Unterschied war nur, dass es damals noch etwas zu essen gegeben hatte und dass es warm gewesen war. Damals hatte Tatiana noch an so vieles geglaubt. Sie hatte geglaubt, sie würde Pascha finden. Sie hatte geglaubt, der Krieg sei bald vorbei. Sie hatte dem Genossen Stalin geglaubt. Jetzt glaubte sie nur noch an Alexander.

Auf den Flugblättern, die vom Himmel regneten, stand auf Russisch:

FRAUEN! TRAGT EURE WEISSEN KLEIDER, WENN IHR DEN SUWOROSKIJ ENTLANGGEHT, UM EURE ZWEIHUNDERTFÜNFZIG GRAMM BROT ZU HOLEN, DAMIT WIR EUCH AUS UNSEREN FLUGZEUGEN SEHEN KÖNNEN UND NICHT AUF EUCH SCHIESSEN.

Für Tatiana hieß das: *Trag dein weißes Kleid, damit du am Leben bleibst.*

Ein paar Tage vor dem vierundzwanzigsten Jahrestag der Russischen Revolution brachte Tatiana ein Flugblatt mit nach Hause und warf es achtlos auf den Tisch. Dort blieb es bis zum nächsten Tag liegen, als Alexander kam. Er war noch dünner als zwei Wochen zuvor und sein Gesicht war angespannter. Verschwunden waren sein amüsierter Blick, sein ständiges Lächeln, sein Charme und seine Lebhaftigkeit.

Er umarmte Dascha und sogar Mama, die seine Umarmung erwiderte und sagte: »Wie schön, dass du da bist, mein Lieber. Wir können es kaum ertragen, dass du in dieser Kälte und Nässe da draußen bist.«

»Hier ist es zwar trockener, aber auch nicht viel wärmer«, erwiderte er. Er umarmte Babuschka, die sich kaum noch aufrecht halten konnte, kniff Marina in die Wange und drehte sich dann zu Tatiana um, die verlegen an der Tür stand und sich an der Messingklinke festhielt. *Sie* auch zu berühren brachte er nicht über sich, obwohl er sie mit seinen Blicken verschlang. Stattdessen winkte er ihr zu und trat dann ins Zimmer. Er zog seinen Mantel aus, legte das Gewehr ab und fragte nach seiner Seife. Die Mädchen liefen um ihn herum. Dascha brachte ihm ein Stück Brot, das er ohne zu kauen herunterschlang.

»Morgen ist Revolutionstag, Alexander. Kannst du etwas zu essen besorgen, damit wir ein bisschen feiern können?«, fragte Tatiana.

»Ich besorge etwas zu essen, wenn ich in die Kaserne gehe. Das bringe ich dann morgen mit, in Ordnung?«

»Und jetzt? Hast du jetzt auch etwas dabei?«

»Ich komme direkt von der Front, Dascha. Ich habe nichts dabei.«

Tatiana trat auf ihn zu. »Alexander, möchtest du eine Tasse Tee? Ich mache dir welchen.«

»Ja, bitte.«

»Ich mache das schon!«, giftete Dascha und verschwand.

Alexander zündete sich eine Zigarette an und bot sie Tatiana an. »Nimm einen Zug«, sagte er leise, »hier.«

Verwirrt blickte Tatiana ihn an. »Du weißt doch, dass ich nicht rauche.«

»Ja, ich weiß«, erwiderte Alexander, »aber es vermindert das Hungergefühl.« Er schwieg. »Warum siehst du mich denn so an?« Er lächelte leise. »Ich genieße es, wenn du mich ansiehst«, flüsterte er dann.

Unwillkürlich strich Tatiana ihm über den Rücken. »Shura«, flüsterte sie, »du weißt gar nicht, wovon du redest. Ich verspüre den Hunger nicht mehr.«

Babuschka und Marina, die hinter Alexander standen, beobachteten sie, aber das war Tatiana egal. Marina trat zu ihm und sagte: »Alexander, gibst du mir eine Zigarette? Ich habe immer Hunger.«

Alexander reichte seine Zigarette Marina, die sie ergriff und zu Tatiana sagte: »Willst du nicht auch mal ziehen? Schließlich war sie gerade in seinem Mund, Tania.«

Müde und nachdenklich blickte Alexander Marina an. »Marinka«, sagte er, »rauch die Zigarette und lass Tania in Ruhe.«

Dann ergriff er das Nazi-Flugblatt und bemerkte: »Um die glorreiche Revolution zu feiern, versucht der Leningrader Parteichef Zhdanow, ein paar Löffel saure Sahne für die Kinder zu organisieren. Vielleicht könnte ich ...« Er brach ab, weil er das Flugblatt gelesen hatte. »Was ist das?«

»Ach, nichts«, sagte Tatiana und trat näher an den Tisch heran. Marina hatte sich hingesetzt. Tatiana knöpfte ihren

Mantel auf und zeigte Alexander das weiße Kleid mit den roten Rosen, das sie darunter trug.

Alexander wurde blass. »Ist das *dein* Kleid?«, fragte er heiser.

Da Tatiana vor ihm stand, konnte nur sie den Ausdruck in seinen Augen erkennen. Sie trat einen Schritt zurück und schüttelte unmerklich den Kopf, als wolle sie sagen, *nein, hör auf, dieses Zimmer ist zu klein für uns, nein, hör auf.*

Laut erwiderte sie: »Ja, das ist mein Kleid.«

Dascha kam zurück ins Zimmer und schob die Tür mit dem Fuß zu. »Alex, hier ist dein Tee. Er ist zwar dünn, aber immerhin warm ...« Sie brach ab. »Was ist los?«

»Nichts.« Alexander sah wieder auf das Flugblatt. »Was ist das?«

Dascha blickte Marina fragend an, aber sie zuckte nur mit den Schultern, als wolle sie sagen, *das weiß ich doch nicht.*

Tatiana stand immer noch da. »Deshalb trage ich doch mein weißes Kleid«, sagte sie zu Alexander. »Damit sie nicht auf mich schießen.«

Alexander sprang so rasch auf, dass er den heißen Tee verschüttete. Heftig schlug er mit der Faust auf den Tisch. »Bist du verrückt?«, schrie er Tatiana an. »Hast du den Verstand verloren?«

Dascha packte ihn am Ärmel. »Alexander, bist du wahnsinnig? Warum schreist du sie so an?«

»Tania!«, schrie er wieder und trat auf sie zu. Tatiana wich nicht zurück.

Dascha schob Alexander weg. »Setz dich hin. Was ist denn los mit dir, warum schreist du so?«

Alexander ließ sich nieder und blickte Tatiana finster an. Sie griff hinter das Sofa, zog einen Putzlumpen hervor und begann, den verschütteten Tee aufzuwischen.

»Tania«, sagte Dascha, »komm ihm nicht zu nahe. Sonst wird er ...«

»Was werde ich?«, fragte Alexander laut.

»Vergiss es, Dasch«, erwiderte Tatiana leise. Dann ergriff sie die leere Teetasse und ging zur Tür.

Alexander packte sie am Arm. »Tatiana, stell die Tasse weg und geh dich umziehen.« Ohne ihren Arm loszulassen, fügte er hinzu: »Bitte.«

Tatiana stellte die Tasse wieder auf den Tisch.

»Tania«, fuhr Alexander fort und sah sie eindringlich an, »weißt du nicht, was die Deutschen in Luga gemacht haben? Du warst doch da, hast du es denn nicht gesehen? Sie haben diese Flugblätter abgeworfen und die Freiwilligen, die Frauen und Mädchen, die Gräben ausgehoben haben, haben weiße Kleider und weiße Tücher angezogen und dann haben sie sie alle niedergemäht, weil sie sie von oben so gut sehen konnten ...«

Tatiana zog ihren Arm weg.

»Jetzt geh dich umziehen. Zieh irgendetwas Braunes und Warmes an.« Alexander stand auf. »Ich mache mir selbst neuen Tee.« Dann blickte er Dascha an und fügte kalt hinzu: »Und, Dascha, tu mir einen Gefallen ... glaube nie, ich könnte deiner Schwester wehtun.«

»Kannst du bleiben?«, fragte Dascha.

Er schüttelte den Kopf. »Ich muss um neun in der Kaserne sein.«

Es gab Suppe mit ein paar Kohlblättern, Schwarzbrot, das so schwer wie ein Stein war, ein paar Teelöffel Buchweizengrütze und ungesüßten Tee. Alexander bekam einen Schluck von ihrem kostbaren Wodka. Er ging in den Keller, um Holz zu holen, und entfachte ein schönes Feuer. Es wurde warm im Zimmer.

Alexander saß am Tisch zwischen Dascha und Mama. Marina stand hinter ihm und Babuschka lag auf dem Sofa. Tatiana saß in einer Ecke und blickte in ihren dünnen Tee. Alle waren um Alexander herum, nur sie nicht.

»Mein Lieber, es muss so schwer für dich sein, an der Front zu sein und dabei zu hungern«, sagte Mama.

»Irina Fedorowna«, erwiderte Alexander, »ich muss Ihnen gestehen, dass ich an der Front überhaupt nicht ans Essen denke.«

Mama rieb seinen Arm. »Können Sie meine Mädchen irgendwie aus Leningrad herausbringen? Wir haben fast gar keine Vorräte mehr.«

Alexander schüttelte den Kopf. »Das ist unmöglich. Ich bin unten an der Newa und wir bombardieren die Stellungen der Deutschen in Schlüsselburg.« Ein Schauer lief ihm über den Rücken. »Die Kämpfe hören nicht auf. Außerdem ist der See noch nicht zugefroren und die Boote ... Es gibt ungefähr noch zwei Millionen Zivilisten in Leningrad und nur ein paar tausend sind mit Booten evakuiert worden, hauptsächlich Mütter mit Kindern.«

»Wir sind doch auch Kinder mit Müttern«, warf Dascha ein.

»*Kleine* Kinder«, verbesserte Alexander sich. »Ihr arbeitet doch alle – warum sollten man euch gehen lassen? Sie und Dascha machen Uniformen für die Armee«, sagte er zu Mama und tätschelte ihr den Arm. »Tania arbeitet im Krankenhaus. Wie geht es dir da, Tania?« Er blickte sie an.

Tatiana zuckte mit den Schultern. »Heute habe ich zweiundvierzig Säcke genäht. Aber es waren immer noch nicht genug – achtundsiebzig Personen sind gestorben. Mama, ich wünschte, ich könnte dir eine Nähmaschine besorgen.«

Mama warf Babuschka einen finsteren Blick zu. Ihre Mutter verteidigte sich. »Die Kartoffeln, die ich mitgebracht habe, hast du aber immer gern gegessen, Tochter. Jetzt kann ich dir nichts mehr bringen.«

»Morgen bringe ich euch Kartoffeln aus dem Armeeladen mit«, sagte Alexander. »Und ein bisschen weißes Mehl. Ich versuche, alles zu besorgen, was ich kann. Nur fortbringen kann ich euch nicht. Habt ihr von dem Kanonenboot *Konstruktor* gehört? Es ist mit Frauen und Kindern an Bord über den Ladogasee gefahren und wurde bombardiert. Der ersten

Bombe konnte der Kapitän noch ausweichen, aber bei der zweiten sank sein Schiff und alle zweihundertfünfzig Menschen an Bord sind ertrunken.«

Dascha erklärte: »Ich versuche lieber, hier in Leningrad zu überleben, als so im kalten Wasser umzukommen.«

»Gibt es hier irgendwelche Neuigkeiten?«, fragte Alexander.

Ohne ihn anzublicken, erzählte Tatiana: »Anton ist letzte Woche gestorben.«

»Ja«, sagte Dascha. »Vielleicht hört Nina jetzt auf, uns um Essen anzubetteln.«

»Es tut mir Leid, dass Anton tot ist«, sagte Alexander. »Aber du gibst doch keine Lebensmittel weg, oder?«

Tatiana antwortete nicht. »Hast du etwas von Dimitri gehört?«, fragte sie schließlich, um das Thema zu wechseln. »Wir nicht.«

Alexander schüttelte den Kopf. »Dimitri ist noch im Krankenhaus und kämpft um sein Leben. Er hat sicher nicht die Kraft, um zu schreiben.« Er warf Tatiana einen Blick zu.

Als die Sirenen heulten, blickte Alexander sich um. Niemand rührte sich. »Geht überhaupt noch jemand in den Luftschutzkeller oder hat Tatiana euch alle angesteckt?«, fragte er.

Dascha zog ihre Strickjacke enger um sich und erwiderte: »Marina und ich gehen immer noch ...«

»Tania, wann warst du zum letzten Mal im Keller?«, unterbrach Alexander sie.

Tatiana zuckte mit den Schultern. »Ich glaube, letzte Woche«, erwiderte sie. »Ich habe neben einer Frau gesessen, die nicht mit mir redete. Dreimal habe ich versucht, ein Gespräch anzufangen, bis ich merkte, dass sie tot war. Und zwar schon länger.« Tatiana zog die Augenbrauen hoch.

»Tania, sag die Wahrheit«, warf Dascha ein. »Du warst vielleicht fünf Sekunden lang da unten und an dem Abend hat die Bombardierung mindestens drei Stunden gedauert. Und wann warst du vorher das letzte Mal da?«

»Im September«, erklärte Mama beiläufig. Sie stand auf und ging zu ihrer Näharbeit.

»Mama, du hast gut reden!«, rief Dascha aus, »du bist ja auch schon seit September nicht mehr im Keller gewesen.«

»Ich muss arbeiten. Schließlich versuche ich, noch ein bisschen Geld dazuzuverdienen. Das solltest du auch tun.«

»Das tue ich doch, Mama! Ich nehme eben mein Nähzeug mit in den Luftschutzraum.«

»Ja, ich habe gesehen, was du mit einer Uniform gemacht hast – du hast den Ärmel falsch herum angenäht. Im Dunkeln kann man eben nicht nähen, Dascha.«

Während sie sich stritten, blickten Tatiana und Alexander sich unverwandt an.

Schließlich sagte er: »Tania, du hast schon den ganzen Abend deine Handschuhe an. Warum? Es ist doch warm hier im Zimmer. Komm vom Fenster weg, da ist es zu kalt. Setz dich hier zu uns.«

»Oh, Alexander!«, rief Marina aus und legte ihm den Arm um die Schultern. »Du glaubst es nicht, was deine Taneschka letzte Woche gemacht hat.«

»Was hat sie denn gemacht?«, fragte er und drehte sich zu Marina um.

Dascha warf ein: »*Deine* Taneschka? Aber Alexander, du wirst es wirklich nicht glauben!«

»*Ich* will es erzählen«, nörgelte Marina.

»Mir ist egal, wer es erzählt«, erwiderte Alexander.

Tatiana stöhnte. »Muss ich unbedingt dabei sein?«, fragte sie, trat zum Tisch und räumte die Tassen zusammen. »Vielleicht könnte ja Alexander noch ein bisschen Holz nachlegen?«

Sofort stand er auf. »Ich kann Holz nachlegen und trotzdem zuhören«, sagte er.

Dascha erzählte: »Letzten Samstag waren Marinka und

ich in der öffentlichen Kantine. Wir hatten Tania hier gelassen und dachten, sie würde friedlich schlafen, bis wir zurückkommen. Aber auf der Straße rannte uns schon Kostja aus dem zweiten Stock entgegen und schrie: ›Beeilt euch, eure Schwester steht in Flammen! Eure Schwester steht in Flammen!‹«

Alexander setzte sich wieder an den Tisch. Er sah Tatiana immer noch an, aber sein Blick war deutlich kühler geworden.

»Tania, erzähl Alexander die Geschichte ruhig selbst zu Ende«, sagte Dascha. »Aus deinem Mund klingt sie garantiert interessanter. Nun erzähl schon!«

Tatiana, die mit dem Geschirr an der Tür stand, entgegnete: »Es ist nichts Besonderes passiert.«

»Warum erzählst du es mir dann nicht?«, fragte Alexander und sah sie eindringlich an.

Tatiana wandte sich verteidigend an Marina. »Kostja ist schließlich noch zu klein, um allein auf dem Dach zu sein. Ich habe ihm nur geholfen. Eine kleine Brandbombe ist explodiert und er konnte das Feuer nicht allein löschen. Ich habe ihm nur geholfen.«

»Du warst oben auf dem Dach?«, fragte Alexander ruhig.

»Nur eine Stunde«, erwiderte sie und rang sich ein schwaches Lächeln ab. »Es war wirklich nichts. Nur ein kleines Feuer. Ich habe es mit Sand gelöscht, es hat nur fünf Minuten gedauert. Kostja wurde ein bisschen hysterisch.« Sie funkelte Marina wütend an. »Und er ist nicht der Einzige.«

»Also wirklich, Tania!«, rief Dascha aus. »Sieh Marina nicht so böse an. Hysterisch? Zieh doch deine Handschuhe aus und zeig Alexander deine Hände.«

Alexander schwieg.

Tatiana wandte sich zur Tür. »Die will er bestimmt nicht sehen.«

»Wisst ihr was?« Alexander stand auf. »Ich will überhaupt nichts sehen. Ich gehe. Ich bin sowieso schon zu spät.«

Er ergriff sein Gewehr, seinen Mantel und seinen Rucksack und trat aus der Tür, ohne Tatiana auch nur einmal zu streifen.

Als er gegangen war, blickte Dascha sich ratlos um. »Was hatte er denn?«, fragte sie müde.

Einen Moment lang sagte niemand etwas.

Dann ertönte Babuschkas Stimme vom Sofa. »Sehr, sehr viel Angst.«

»Marinka«, sagte Tatiana, »warum hast du das getan? Du weißt doch, dass er sich immer solche Sorgen um uns alle macht. Warum erzählst du ihm diesen Unsinn? Die Geschichte mit dem Dach war schon in Ordnung und meine Hände heilen auch wieder.«

3

In dieser Nacht träumte Tatiana, sie schliefe nicht und Alexanders Hände würden sie endlos lange berühren.

Früh am Morgen, als sie gerade aufstand, klopfte es an der Tür. Alexander war da. Er hatte zwei Kilo Schwarzbrot und eine Tasse Buchweizengrütze mitgebracht. Außer Tatiana schliefen noch alle. Mit verschränkten Armen und kalten Augen stand er in der Küche und wartete, bis sie sich über dem Ausguss die Zähne geputzt hatte.

»Shura«, sagte sie, »du brauchst nicht mit mir hinauszugehen. Es ist so kalt. Ich kann das Kilo Brot allein tragen. Wenn du mir deine Lebensmittelkarte gibst, bringe ich dir deine Ration auch mit.«

»Es kommt überhaupt nicht in Frage, dass du meine Rationen abholst.«

»Ach nein?«, schnappte sie und trat so rasch auf ihn zu, dass er fast zurückwich. »Wenn du an die Front gehen kannst, Alexander ...«

»Als ob ich eine andere Wahl hätte …«

»… dann kann ich auch deine Rationen holen. Gib mir deine Karte.«

»Nein«, erwiderte er. »Ich hole deinen Mantel. Wie geht es deinen Händen?«

»Gut«, erwiderte sie und hielt sie ihm hin. Sie wartete darauf, dass er sie ergriff, aber er blickte nur mit kalten Augen darauf.

Draußen war es bitterkalt. Es war noch dunkel und ein schneidender Wind drang durch Tatianas Mantel und ihren Schal. Im Laden war es wärmer und heute standen nur ungefähr dreißig Leute vor ihnen in der Schlange.

»Erstaunlich, nicht wahr?«, sagte Alexander und kaum verhüllter Zorn schwang in seiner Stimme mit. »Es ist schon November und du gehst immer noch ganz allein.«

Tatiana antwortete nicht. Sie war einfach zu müde dazu. Sie zuckte nur mit den Schultern und wickelte sich den Schal fester um den Kopf.

»Warum tust du das?«, fragte Alexander. »Dascha kann doch auch gehen. Zumindest kann sie dich begleiten. Oder Marina. Warum gehst du immer allein?«

Tatiana wusste nicht, was sie erwidern sollte. Ihr war kalt und ihre Zähne klapperten. Ja, warum gehe ich eigentlich immer allein?, dachte sie. Wir könnten uns ja auch abwechseln. »Wenn Marina geht, isst sie auf dem Heimweg alles auf. Mama näht jeden Morgen und Dascha wäscht. Wer sollte denn sonst gehen? Babuschka?«

Alexander schwieg, sah sie aber weiter ärgerlich an.

Tatiana zupfte an seinem Mantel. »Warum bist du denn böse auf mich?«, fragte sie. »Weil ich aufs Dach gegangen bin?«

»Weil du …« Er brach ab. »Weil du nicht auf mich hörst.« Er seufzte. »Ich bin nicht böse auf dich, Tatia. Ich bin wütend auf *sie*.«

»Das musst du nicht«, erwiderte sie. »Es ist einfach so: Ich bin lieber hier draußen, als dass ich Wäsche wasche.«

»Du könntest auch sechs Tage in der Woche so lange schlafen wie Dascha.«

»Hör mal, ihr fällt auch alles nicht leicht, und ich bin gegangen …«

»Du bist deshalb immer gegangen, weil sie es dir befohlen haben. Sie haben gesagt, oh, und kannst du auch für uns kochen, und auch das hast du getan, trotz deines gebrochenen Beins.«

»Alexander, worüber regst du dich denn so auf? Weil ich tue, was sie mir auftragen? Ich tue doch auch, was du mir sagst.«

»Ach ja?«, presste er zwischen zusammengebissenen Zähnen hervor. »Du tust, was ich dir sage? Bleibst du von diesem verdammten Dach weg? Gehst du in den Luftschutzkeller? Hast du aufgehört, Nina von euren Lebensmitteln abzugeben? Ja, natürlich tust du, was ich dir sage.«

Tatiana sah ihn ungläubig an. Sie waren immer noch nicht an der Reihe. Ungefähr zwölf Personen standen noch vor ihnen, die ihnen aufmerksam zuhörten. »Ich dachte, du wärest nicht böse auf mich?«

»Deswegen bin ich auch nicht böse. Willst du wissen, was mich wirklich aufregt?«

»Ja«, erwiderte sie müde. Eigentlich wollte sie es gar nicht wissen.

»Du tust alles, was sie von dir verlangen. Sie sagen geh, und du tust es. Sie sagen, gib mir dieses und jenes, und du gibst es ihnen. Sie schlagen dich und du verteidigst sie. Sie sagen, ich will dein Brot, deine Milch, deinen Tee, deinen …«

Tatiana merkte auf einmal, wohin das führte, und versuchte, ihn aufzuhalten. »Nein, nein«, erwiderte sie kopfschüttelnd. »Nein, nicht.«

Aber Alexander fuhr fort: »Sie sagen, er gehört mir, und du sagst, gut, gut, er gehört dir, natürlich, nimm ihn. Mir ist das alles egal. Alles ist mir gleichgültig, ich selbst, mein Essen, mein Brot, mein Leben und er auch.« Er beugte sich dicht zu ihr und flüsterte: »Ich, Tatiana, kämpfe um nichts.«

»Ach, Alexander«, erwiderte Tatiana vorwurfsvoll.

Schweigend nahmen sie kurz darauf ihre Rationen in Empfang. Alexander erhielt Kartoffeln, Karotten, Fleisch und Brot, Sojamilch und Butter. Und saure Sahne.

Auf dem Rückweg trug er die Tasche mit den Lebensmitteln und Tatiana ging stumm neben ihm her. Er ging zu schnell für sie und sie konnte kaum mit ihm Schritt halten. Sie wurde immer langsamer, und als sie bemerkte, dass er immer weiter so schnell ausschritt, blieb sie stehen.

Alexander drehte sich um und blaffte: »Was ist?«

»Geh schon vor«, sagte Tatiana. »Ich kann nicht so schnell gehen. Ich komme schon zurecht.«

Er kam zurück und reichte ihr seinen Arm. »Wir müssen uns beeilen«, sagte er. »In ein paar Minuten fangen die Deutschen an, Bomben zu werfen – ihr Beitrag zu den Feiern des Jahrestages der Russischen Revolution. Vor heute Abend werden sie nicht damit aufhören.«

Tatiana ergriff seinen Arm. Am liebsten hätte sie geweint. Schweigend trotteten sie durch den Schnee.

»Ich habe dich nicht aufgegeben, Shura«, sagte Tatiana schließlich.

»Nein?«, fragte er bitter.

»Wie kannst du nur so etwas sagen? Ich habe mich meiner Schwester gegenüber richtig verhalten und du tust so, als sei das ein Fehler. Du solltest dich schämen!«

»Ich schäme mich ja auch«, erwiderte er.

Sie packte seinen Arm fester. »Du musst zwar stark sein, aber du kämpfst auch nicht um mich.«

»Ich kämpfe jeden Tag um dich«, entgegnete Alexander und ging wieder schneller.

Tatiana zog ihn am Ärmel und lachte lautlos. Zu mehr fehlte ihr die Kraft. »Ach so, du nennst es kämpfen, wenn du Dascha bittest, dich zu heiraten?«

Ein durchdringendes Pfeifen und Heulen erfüllte die Luft, weil nun die ersten Bomben abgeworfen wurden.

»Jetzt, wo Dimitri verwundet und außer Gefecht gesetzt ist, wirst du mutig!«, rief Tatiana aus. »Jetzt, wo du glaubst, dir keine Sorgen mehr um ihn machen zu müssen, erlaubst du dir alle möglichen Freiheiten gegenüber meiner Familie und jetzt bist du auch noch wütend auf mich wegen einer längst vergangenen Geschichte. Ich will das nicht! Du fühlst dich schlecht dabei? Nun, dann heirate endlich Dascha und du wirst dich schon wieder besser fühlen.«

Alexander zog sie in einen Hauseingang. Dort verharrten sie, während draußen die Bomben fielen.

»Ich habe sie nicht *gebeten,* mich zu heiraten!«, schrie er. »Ich habe mich *einverstanden* erklärt, sie zu heiraten, damit du Dimitri loswirst. Oder hast du das vergessen?«

»Ach, was für ein großartiger Plan!«, schrie Tatiana zurück. »Du wolltest Dascha nur um *meinetwillen* heiraten! Wie umsichtig von dir, Alexander, wie *menschlich!*«

Tatiana packte ihn an den Mantelaufschlägen und drängte sich an ihn. »Wie konntest du nur!«, schrie sie ihn an. »Wie konntest du nur ... Du hast sie gebeten, dich zu *heiraten,* Alexander ...« Ihre Stimme erstarb und sie trommelte mit den Fäusten auf seine Brust. Er zog sie so fest an sich, dass sie keine Luft mehr bekam.

»Oh Gott«, flüsterte er, »was machen wir nur?« Er ließ sie nicht los und sie lehnte sich mit geschlossenen Augen an ihn.

Schließlich hob sie den Kopf und blickte ihn an. »Was ist los, Shura? Hast du Angst um mich? Denkst du, ich muss bald sterben?«

»Nein«, erwiderte er, ohne sie anzublicken.

»Was stellst du dir vor, wie ich aussehe, wenn ich sterbe?«, fragte sie und löste sich von ihm.

Es dauerte eine Weile, bis Alexander antwortete, aber dann verriet seine erstickte Stimme seine Emotion. »Wenn du stirbst, trägst du dein weißes Kleid mit den roten Rosen und deine langen Haare fallen dir über die Schultern. Wenn sie dich auf deinem verdammten Dach oder auf der Straße erschießen, wird dein Blut wie eine Rose auf deinem Kleid aussehen.«

Tatiana schluckte und erwiderte: »Ich habe das Kleid doch ausgezogen …«

Alexander starrte auf die Straße. »Es spielt keine Rolle. Im Moment spielt eigentlich gar nichts eine Rolle. Sieh doch, was um uns herum geschieht. Warum stehen wir überhaupt hier? Lass uns nach Hause gehen. Komm.«

Tatiana rührte sich nicht und so blieb er ebenfalls stehen. »Tania, warum spielen wir eigentlich immer noch dieses Spiel?«, fragte er. »Wozu soll das gut sein? Wir haben womöglich nur noch Minuten zu leben, und bestimmt keine guten Minuten. Unser Leben rinnt uns durch die Finger und doch lügen wir immer weiter. Warum?«

»Das kann ich dir sagen!«, rief Tatiana aus. »Um ihretwillen! Weil sie dich liebt. Weil du ihr in den letzten Minuten, die ihr noch bleiben, Trost schenken musst. Deshalb!«

»Und was ist mit dir, Tania?«, fragte Alexander mit brechender Stimme. Einen Moment lang blickte er sie schweigend an. Schließlich fuhr er fort: »Brauchst du keinen Trost in den Minuten, die dir noch bleiben?«

»Nein«, erwiderte sie schwach. »Es geht nicht mehr um mich oder um dich.« Sie ließ den Kopf sinken. »Ich kann es aushalten. *Sie* nicht.«

»Ich kann es auch nicht aushalten«, sagte Alexander.

Tatiana blickte ihn an und erwiderte eindringlich: »Doch, das kannst du, Alexander Barrington. Das und noch viel mehr. Und jetzt hör auf damit.«

»Gut«, sagte er, »dann höre ich auf.«

»Ich möchte, dass du mir etwas versprichst.«

Müde blinzelte er sie an.

»Versprich mir, dass du nie …« Sie verstummte.

»Was denn?«, fragte Alexander kühl. »Sie heiraten – oder ihr das Herz brechen?«

Eine Träne rann über Tatianas Gesicht. Sie zog den Mantel enger um sich und flüsterte: »Ihr das Herz brechen.«

Er blickte sie ungläubig an. »Tania, quäl mich doch nicht so«, sagte er.

»Shura, versprich es mir.«

»Gut. Ich verspreche es, wenn du mir versprichst ...«

»Was?«

»Dass du nie wieder dein weißes Kleid trägst, nie wieder dein Brot weggibst, nie wieder aufs Dach gehst. Wenn du es tust, dann sage ich ihr auf der Stelle alles. Auf der Stelle, hörst du?«

»Ja«, murmelte Tatiana.

»Versprich mir«, sagte Alexander und zog sie wieder an sich, »dass du dein Bestes tun wirst, um zu überleben.«

»Gut«, erwiderte sie, »ich verspreche es.«

Er umfasste ihr Gesicht mit beiden Händen. »Wenn du am Leben bleibst, dann schwöre ich dir«, flüsterte Alexander, »dass ich deiner Schwester nie das Herz brechen werde.«

4

Am nächsten Morgen ging Tatiana ohne Alexander zum Laden. Sie hatte gerade das Brot für die Familie in Empfang genommen, als sie plötzlich einen Schlag auf den Hinterkopf bekam. Ihr wurde beinahe schwarz vor Augen und hilflos musste sie zusehen, wie ein vielleicht fünfzehnjähriger Junge ihr das Brot entriss und es sich sofort verzweifelt in den Mund stopfte. Die anderen Kunden schlugen mit ihren Taschen auf ihn ein, aber er verschlang das Brot bis auf den letzten Bissen. Einer der Verkäufer ging mit einem Stock auf ihn los, obwohl Tatiana laut »Nein!« schrie. Sie beugte sich über ihn, um ihm zu helfen, aber er sprang auf, schob sie beiseite und rannte weg.

Der Verkäufer konnte ihr kein neues Brot geben. »Bitte«, flehte Tatiana. »Ich kann doch nicht ohne Brot nach Hause kommen.«

Mitleidig entgegnete der Mann: »Ich kann nichts tun. Ich werde erschossen, wenn ich unrechtmäßig Brot weggebe. Du hast ja keine Ahnung ...«

»Bitte«, bat sie erneut. »Es ist für meine Familie.«

»Ich würde dir gern Brot geben, aber ich kann nicht. Gestern haben sie drei Frauen erschossen, weil sie Lebensmittelkarten gefälscht haben. Direkt auf der Straße. Sie haben sie einfach liegen gelassen. Geh nach Hause, Kleine, und komm morgen wieder.«

»Komm morgen wieder«, murmelte Tatiana, als sie den Laden verließ.

Sie konnte nicht nach Hause gehen. Deshalb setzte sie sich in den nächsten Luftschutzkeller und ging anschließend gleich ins Krankenhaus. Vera war nicht mehr da und auch Tatianas Stechkarte war weg, aber niemand kümmerte sich darum. Sie legte sich in eins der kalten Zimmer, um ein wenig zu schlafen, und später aß sie in der Cafeteria eine dünnflüssige Suppe und etwas Grütze. Es gab jedoch nichts, was sie mit nach Hause nehmen konnte. Vergeblich sah sie sich nach Vera um.

Ihr kam in den Sinn, dass Alexander immer versucht hatte, sie zu beschützen. Vor Leningrad, vor Dimitri, vor der Arbeit im Krankenhaus. Vor dem einstürzenden Gebäude in Luga. Vor den deutschen Bomben, vor dem Hunger. Er wollte nicht, dass sie aufs Dach ging. Er wollte nicht, dass sie allein in den Laden ging. Er wollte, dass sie den Helm trug, dass sie sich sauber hielt, dass sie sich die Zähne putzte, obwohl sie nicht durch Nahrung verunreinigt wurden. Er wollte, dass sie lebte.

Es tröstete sie ein wenig, daran zu denken.

Als sie gegen sieben Uhr abends nach Hause kam, war ihre ganze Familie außer sich vor Sorge. Sie erzählte den anderen, was passiert war, und alle sagten, sie hätte zumindest nach

Hause kommen sollen. »Wir hätten es doch verstanden«, sagte Mama. »Das Brot ist uns egal.«

Dascha erzählte, sie habe Alexander losgeschickt, damit er sie suchte.

»Tu so etwas nicht, Dascha«, erwiderte Tatiana erschöpft. »Du bringst ihn noch um.«

Es überraschte sie, dass ihre Familie nicht wütender auf sie war. Aber dann erfuhr sie, dass Alexander ihnen Öl, Sojabohnen und eine halbe Zwiebel mitgebracht hatte. Dascha hatte noch einen Teelöffel Mehl und etwas Salz dazugegeben und einen köstlichen Eintopf daraus gekocht. »Wo ist denn der Eintopf?«, fragte Tatiana.

»Es war nicht viel, Taneschka«, erwiderte Dascha.

»Wir haben gedacht, du würdest irgendwo etwas zu essen bekommen«, fügte Mama hinzu.

»Du hast doch gegessen, oder?«, fragte Babuschka.

»Wir waren so hungrig«, murmelte Marina.

»Ja«, sagte Tatiana entmutigt, »macht euch keine Gedanken um mich.«

Gegen acht kam Alexander zurück. Er hatte sie drei Stunden lang gesucht. Sofort fragte er: »Was ist passiert?«

Tatiana erzählte es ihm.

»Wo bist du den ganzen Tag über gewesen?«, wollte er wissen. Er redete mit ihr, als seien sie allein im Zimmer.

»Ich war im Krankenhaus, weil ich gehofft habe, von dort etwas zu essen mitbringen zu können.«

»Aber sie hatten nichts?«

»Nicht viel. Ich habe etwas Hafergrütze gegessen.« Weißes Wasser.

»Ist schon gut.« Alexander zog seinen Mantel aus. »Es gibt Eintopf.«

Verlegenes Hüsteln. Betretene Gesichter.

Alexander wandte sich an Dascha. »Ich habe dir doch Sojabohnen mitgebracht, Dascha! Du hast gesagt, du wolltest Eintopf daraus kochen.«

»Das habe ich auch getan, Alexander«, erwiderte Dascha verlegen. »Aber es war so wenig. Wir haben alles aufgegessen.«

»Ihr habt alles gegessen und ihr nichts übrig gelassen?« Alexander lief rot an.

»Alexander, es ist schon in Ordnung«, warf Tatiana rasch ein. »Sie haben dir ja auch nichts übrig gelassen.«

Dascha lachte nervös. »Du kannst schließlich in der Kaserne essen, und Tania hat gesagt, sie hat etwas gegessen, Liebster.«

»Sie lügt!«, schrie er.

»Doch, ich habe gegessen«, sagte Tatiana.

»Du lügst!«, schrie Alexander wieder. »Ich verbiete dir, ihnen noch einmal ihre Rationen zu holen. Gib ihnen ihre Lebensmittelkarten zurück. Sie sollen sich ihr verdammtes Essen selbst holen! Ich will nie wieder erleben, dass du ihnen ihr Brot holst, wenn sie dir noch nicht einmal etwas von dem Essen aufheben können, das ich mitbringe!«

Tatiana stand ganz still. Sie liebte ihn in diesem Moment so sehr, dass sie an nichts anderes denken konnte.

Alexander wandte sich zu Dascha um und fuhr atemlos fort: »Wer holt denn das Brot für dich, wenn sie stirbt? Wer bringt euch Suppe von der Arbeit mit? Wer bringt euch Hafergrütze?«

Unbehaglich warf Mama ein: »Die Hafergrütze bringe ich aus der Fabrik mit.«

»Ja, und Sie essen die Hälfte davon, bevor Sie nach Hause kommen!«, schrie Alexander. »Glauben Sie, ich weiß das nicht? Glauben Sie, ich weiß nicht, dass Marina ihre Rationen aufbraucht, bevor der Monat um ist, und dann von Tania, die sich zusammenschlagen lässt, während ihr alle noch schlaft, Brot verlangt?«

»Ich schlafe nicht, ich nähe«, erwiderte Mama. »Ich nähe jeden Morgen.«

»Tania«, sagte Alexander, »du holst ihnen nicht noch einmal ihre Rationen. Verstanden?«

Tatiana murmelte, sie wolle sich jetzt waschen gehen. Als sie zurückkam, saß Alexander rauchend am Tisch. Er hatte sich ein wenig beruhigt.

»Komm her«, sagte er leise.

Marina war mit Mama im anderen Zimmer. Babuschka war zu Nina Iglenko gegangen.

»Wo ist Dascha?«, fragte Tatiana und trat langsam auf Alexander zu.

»Sie holt bei Nina einen Dosenöffner. Komm her.«

Tatiana blieb vor ihm stehen und sagte: »Shura, bitte. Du wolltest dich zurückhalten. Du hast es mir versprochen.«

Er starrte auf ihren Pullover.

»Mach dir keine Sorgen«, flüsterte sie. »Mir geht es gut.«

»Du machst alles nur noch schlimmer für mich«, erwiderte Alexander. Er legte ihr die Hand auf die Hüfte und stöhnte wütend auf. Tatiana lehnte sich an ihn und presste ihre Stirn gegen seine. Einen Moment lang verharrten sie so.

Als sie sich voneinander lösten, sagte er: »Ich habe etwas für dich, Tania.« Er zog eine kleine Metalldose aus seiner Jackentasche.

Dascha trat wieder ins Zimmer. »Hier ist der Dosenöffner. Wozu brauchst du ihn überhaupt?«

Alexander öffnete die kleine Dose damit und zerschnitt den Inhalt mit seinem Messer in kleine Stücke. Er reichte Tatiana die Dose. »Na los, probier es.«

»Was ist das?«, fragte sie lächelnd. Es war das Köstlichste, was sie jemals gegessen hatte. Es schmeckte nach Schinken, Wurst und Schweinefleisch und war bedeckt mit Speck und Aspik. »Was ist das?«, fragte sie noch einmal und ihre Augen leuchteten vor Entzücken.

»Eine Art Schinken. Auf Russisch heißt es *tuschonka.*«

»Es schmeckt viel besser als Schinken.«

»Darf ich auch mal probieren?«, fragte Dascha.

»Nein.« Alexander drehte sich noch nicht einmal zu ihr

um. »Deine Schwester soll die ganze Dose allein essen. Du hast schon gegessen, Dascha. Denk an den Eintopf.«

»Nur ein kleines bisschen«, bettelte Dascha. »Nur zum Probieren.«

»Nein.«

»Tania, bitte«, sagte Dascha. »Es tut mir Leid, dass ich deinen Eintopf gegessen habe. Ich weiß, dass du böse auf mich bist.«

»Ich bin nicht böse auf dich, Dascha.«

»Aber ich«, sagte Alexander und sah Dascha an. »Du bist eine erwachsene Frau. Ich hätte mehr von dir erwartet.«

Mürrisch erwiderte Dascha: »Ich habe doch schon gesagt, dass es mir Leid tut.«

Tatiana aß zwei weitere Bissen. Jetzt war nur noch der halbe Inhalt übrig.

Noch ein Bissen. Jetzt waren nur noch zwei kleine Stückchen da. Tatiana leckte den ganzen Speck und Aspik auf, dann nahm sie ein Stück aus der Dose und reichte es Alexander. Er schüttelte den Kopf. »Bitte«, sagte Tatiana, »eins für dich, eins für Dascha.«

Dascha riss es Alexander aus der Hand. Tatiana reichte ihm das letzte Stück und er aß es. Genussvoll leckte sie die Dose aus. »Das war ganz wundervoll. Woher hast du es?«

»Ein Tauschgeschäft mit den Amerikanern. Eine Kiste Dosenfleisch für Leningrad und zwei von ihren Armeelastern.«

»Da hättest du besser noch eine Kiste von dem Fleisch genommen.«

»Ach, ich weiß nicht, es sind sehr gute Laster.« Alexander lächelte.

Tatiana hätte am liebsten sein Lächeln erwidert. Stattdessen fragte sie ihre Schwester: »Dascha, Liebes, wie geht es Nina?«

»Schrecklich.«

Ein paar Minuten später musste Alexander wieder in die

Kaserne zurück. Als Tatiana am nächsten Morgen aufstand, um die Rationen zu holen, begleitete Dascha sie.

Schon am Morgen darauf blieb sie wieder im Bett liegen, aber unten vor dem Haus wartete ein Soldat auf Tatiana. »Obergefreiter Petrenko!« Sie lächelte ihn an. »Was machen Sie denn hier?«

»Befehl vom Hauptmann.« Er grüßte und blickte sie freundlich an. »Er hat mich gebeten, Sie zum Laden zu begleiten.«

Am nächsten Morgen stand Petrenko nicht vor der Haustür, aber Alexander wartete am Fontanka-Kanal auf Tatiana. Er begleitete sie nach Hause und ging dann in die Kaserne zurück. Am nächsten Morgen holte er sie von zu Hause ab.

Als sie vom Laden zurückgingen, sahen sie eine Frau, die sich auf der Ulitsa Nekrasowa mit zwei Schlitten abmühte. Auf einem lag ein in ein weißes Laken gehüllter Leichnam und auf dem anderen stand eine *borsoika*. Alexander ging hin, um ihr zu helfen.

Tatiana lehnte sich an eine Hauswand und wartete geduldig auf ihn, als plötzlich drei Jungen auf sie zukamen. Alexander zog gerade einen der Schlitten und hatte Tatiana den Rücken zugewandt. »Alexander!«, rief sie, aber der Wind war so heftig, dass er ihre Stimme verschluckte und Alexander sie nicht hörte.

Tatiana blickte den Jungen entgegen. In einem erkannte sie denjenigen wieder, der ihr vor ein paar Tagen das Brot gestohlen hatte. Die Straße war leer und der Schnee türmte sich meterhoch zu beiden Seiten. Es fuhren keine Autos und keine Busse. Tatiana seufzte. Einen Moment lang überlegte sie, ob sie weglaufen sollte, aber sie hatte nicht die Kraft dazu. Also blieb sie stehen.

Als die Jungen näher kamen, hielt sie ihnen wortlos ihr eigenes Brot und auch das von Alexander hin. Zwei der Jungen packten sie und zogen sie in den Hauseingang. Sie versuchte zwar, sich zu wehren, aber auch dazu war sie zu schwach. Eine Messerklinge blitzte vor ihr auf.

Ohne zu zucken, sah Tatiana den Jungen ins Gesicht und sagte: »Ihr haut besser ab. Er bringt euch sonst um.«

»Was?«, fragte einer der Jungen.

»Verschwindet!«, schrie Tatiana, aber in diesem Moment sauste schon ein Gewehrkolben auf den Kopf des Jungen nieder und er sank zu Boden. Die anderen beiden hatten noch nicht einmal Zeit, sie loszulassen. Alexander schlug sie beide nieder.

Er zog Tatiana aus dem Hauseingang und sagte zu ihr: »Tritt beiseite.«

Dann zielte er mit seinem Gewehr auf die Jugendlichen.

»Nein!«, schrie sie.

Er schob ihre Hand weg. »Tatiana, bitte. Wenn sie wieder zu sich kommen, terrorisieren sie jemand anderen.«

»Shura, bitte! Ich habe ihre Augen gesehen. Sie überleben den heutigen Tag sowieso nicht mehr. Ich will nicht, dass du ihren Tod auf dem Gewissen hast.«

Widerstrebend ließ Alexander das Gewehr sinken. Dann hob er die Tasche mit dem Brot auf, legte den Arm um Tatiana und begleitete sie durch die eisige Kälte nach Hause. »Weißt du, was mit dir passiert wäre, wenn ich nicht da gewesen wäre?«, fragte er.

»Ja«, erwiderte sie. »Das Gleiche, was mit mir passiert, wenn du da bist.«

Am nächsten Morgen brachte Alexander ihr eine Pistole mit. Nicht seine eigene Tokarew, sondern eine deutsche Pistole, eine automatische P-38, die er vor zwei Monaten in Pulkowo gefunden hatte.

»Denk daran: Diese Jungen sind feige. Sie überfallen dich nur, weil sie glauben, leichtes Spiel mit dir zu haben. Du brauchst die Pistole gar nicht zu benutzen, du musst sie ihnen nur zeigen. Dann lassen sie dich in Ruhe.«

»Shura, ich habe noch nie …«

»Es ist Krieg, Tania!«, rief er aus. »Weißt du noch, wie du mit Pascha immer Krieg gespielt hast? Genauso machst du es jetzt auch. Du musst nur immer daran denken, dass jetzt mehr auf dem Spiel steht.«

Dann gab er ihr eine Hand voll Rubel.

»Was ist das?«

»Tausend Rubel«, sagte er. »Das ist die Hälfte meines monatlichen Solds. Es gibt zwar offiziell keine Nahrungsmittel, aber auf dem Schwarzmarkt kannst du immer noch etwas bekommen. Geh hin und kümmere dich nicht um die Preise. Kauf einfach alles, was du brauchst. Ich lasse dich nicht gern allein, aber ich muss. Oberst Stepanow schickt mich mit unseren Lastwagen und Männern zum Ladogasee.«

»Danke«, flüsterte sie.

Alexander verzog das Gesicht. »Die Mädchen müssen mit dir zum Laden gehen, Tatia. Bitte, geh nicht mehr allein. Ich komme frühestens in einer Woche oder in zehn Tagen zurück. Vielleicht auch erst später. Aber mach dir keine Sorgen um mich.« Er schwieg. »Wir haben Tikhvin verloren«, sagte er dann grimmig. »Dimitri hat sich gerade noch rechtzeitig in den Fuß geschossen. Tikhvin war …« Er brach ab. »Ach, egal.«

»Ich kann es mir vorstellen.«

Nickend fuhr er fort: »Auf der anderen Seite des Sees fährt kein Zug mehr. Lebensmittel könnten nur über den Ladogasee nach Leningrad gelangen, aber mittlerweile gibt es keine Möglichkeit mehr, sie bis zum See zu transportieren. Das Brot, das du im Moment bekommst, ist aus Reservemehl gebacken. Wir müssen Tikhvin und damit die Eisenbahnlinie zurückerobern. Wenn das nicht gelingt, gibt es keine realistische Möglichkeit mehr, die Stadt mit Nahrungsmitteln zu versorgen.«

»Oh nein«, erwiderte sie.

»Doch. Die Regierung hat befohlen, dass wir eine Straße durch die kaum bewohnten Ortschaften im Norden in der Nähe von Zaborje bauen sollen, die zum anderen Ufer des Sees führt. Es hat dort noch nie eine Straße gegeben, aber es bleibt uns nichts anderes übrig. Entweder bauen wir sie oder wir sterben.«

»Und wie transportierst du von da aus Nahrungsmittel über einen See, der noch nicht zugefroren ist?« Tatiana erschauerte.

Alexander blickte sie aus seinen braunen Augen traurig an. »Wenn wir Tikhvin nicht zurückerobern, gibt es sowieso keine Nahrungsmittel, ganz gleich, ob der See zugefroren ist oder nicht. Ohne Tikhvin haben wir keine Chance. Überhaupt keine.« Zögernd fügte er hinzu: »Pass gut auf eure Vorräte auf. Die Rationen werden noch einmal reduziert.«

»Wir haben nicht mehr viel, Shura«, flüsterte sie.

Während sie zur Ecke Newskij und Litejnyj gingen, wo er sich von ihr verabschieden wollte, sagte Alexander: »Gestern hast du mich vor deiner Familie Shura genannt. Du musst vorsichtiger sein. Deine Schwester merkt sonst etwas.«

»In Ordnung«, erwiderte Tatiana traurig. »Ich werde vorsichtiger sein.«

Auf dem Schwarzmarkt kaufte Tatiana nicht ganz ein Pfund Mehl für fünfhundert Rubel. Außerdem erstand sie ein Pfund Butter für dreihundert Rubel, etwas Sojamilch und ein kleines Päckchen Hefe.

Zu Hause hatten sie noch etwas Zucker, so dass sie Brot backen konnte.

Zu mehr reichte Alexanders halber Monatssold nicht – ein Laib Brot und ein wenig Butter. Essen für einen Abend. Zumindest hatte Alexander ihnen noch Holz für den Ofen dagelassen und sogar ein wenig Kerosin.

Sie brachen das Brot, das Tatiana gebacken hatte, in fünf Portionen und aßen es mit Messer und Gabel. Danach dankte Tatiana im Stillen Gott dafür, dass es Alexander gab.

5

Es war jetzt morgens beim Aufstehen noch dunkel. Wegen der Kälte hatten sie die Fenster mit Decken verhängt, doch somit drang auch kein Licht in die Wohnung.

Was für ein Licht?, dachte Tatiana, als sie eines Morgens in der dritten Novemberwoche mit ihrer Zahnbürste und dem Peroxyd in die Küche ging. Ursprünglich hatte sie Peroxyd und Soda gehabt, aber sie hatte das Soda auf dem Fensterbrett in der Küche vergessen und jemand hatte es aufgegessen.

Tatiana drehte den Hahn auf. Es gab kein Wasser.

Seufzend schlurfte sie in ihr Zimmer zurück und legte sich wieder ins Bett. Dascha und Marina stöhnten leise.

»Es gibt kein Wasser«, sagte Tatiana.

Als es gegen neun Uhr hell geworden war, gingen Tatiana und Dascha zur Stadtverwaltung. Eine ausgezehrte Frau mit wunden Stellen im Gesicht erklärte ihnen, vor ein paar Tagen sei der Strom abgestellt worden, weil Leningrad keinen Kraftstoff mehr habe.

»Was hat das mit dem Wasser zu tun?«, fragte Dascha.

»Womit pumpt man das Wasser?«, fragte die Frau zurück.

Dascha erwiderte: »Keine Ahnung. Soll das ein Intelligenztest sein?«

Tatiana zog ihre Schwester am Arm. »Komm, Dascha.« Sie wandte sich an die Frau. »Wenn der Strom wieder angestellt wird, werden die Rohre völlig eingefroren sein und dann haben wir bis zum Frühling kein Wasser.«

»Macht euch keine Sorgen«, erwiderte die Frau, »bis zum Frühling lebt von uns sowieso niemand mehr.«

Tatiana fragte im ganzen Haus nach und fand heraus, dass es im ersten Stock durchaus Wasser gab – der Druck reichte nur nicht aus, um das Wasser bis in den dritten Stock zu pumpen. Also trug Tatiana am nächsten Morgen einen Eimer Schnee von der Straße nach oben. Sie schmolz ihn auf dem

Ofen und benutzte dann das Wasser dazu, um die Toilette zu spülen. Dann ging sie in den ersten Stock und holte sich einen Eimer klares, kaltes Wasser, mit dem sie und die anderen sich waschen konnten.

»Dascha, kannst du mit mir kommen?«, bat Tatiana ihre Schwester eines Morgens.

Dascha rührte sich nicht. »Oh, Tania«, murmelte sie. »Es ist so kalt. Es fällt mir so schwer, bei dieser Kälte aufzustehen.«

Vor zehn oder elf Uhr war Tatiana mittlerweile nicht mehr im Krankenhaus. So lange dauerte es, bis sie die Wassereimer nach oben geschafft und die Rationen abgeholt hatte.

Sie besaßen keinen Hafer mehr, nur noch ein bisschen Mehl, ein wenig Tee und etwas Wodka.

Und dreihundert Gramm Brot jeden Tag für Tatiana, Dascha und Mama, und je zweihundert Gramm für Marina und Babuschka.

Dascha behauptete, sie habe zugenommen. »Ja, ich auch«, erklärte Marina. »Meine Füße sind dreimal so dick wie früher.«

»Meine auch«, bestätigte Dascha. »Ich passe gar nicht mehr in meine Stiefel hinein. Tania, ich kann heute nicht mitgehen.«

»Ist schon gut, Dascha, meine Füße sind nicht geschwollen«, sagte Tatiana.

»Warum schwelle ich denn nur so an?«, beklagte sich Dascha. »Was ist los mit mir?«

»Was ist los mit mir?«, äffte Marina sie wütend nach. »Warum geht es eigentlich immer nur um dich? Ständig dreht sich alles um dich.«

»Was soll das denn heißen?«

»Was ist denn mit mir?«, rief Marina aus. »Oder mit Tania? Das ist das Problem mit dir, Dascha – du kümmerst dich nie um die Menschen um dich herum.«

»Ach, aber du, ja? Du Brotesserin! Du Haferesserin! Warte bloß, bis ich Tania sage, wie viel Hafer du uns gestohlen hast, du Diebin!«

»Ich bin vielleicht hungrig, aber ich bin nicht blind.«

»Was zum Teufel soll das jetzt wieder heißen?«

»Mädchen, Mädchen!«, rief Tania mit schwacher Stimme. »Was soll das denn? Wessen Füße schwellen am meisten an? Wer leidet am meisten? Ihr seid beide Siegerinnen. Und jetzt legt euch wieder ins Bett und wartet, bis ich zurückkomme. Und haltet den Mund, ihr beiden, vor allem du, Marina.«

6

»Was sollen wir nur tun?«, fragte Mama eines Abends, als Babuschka im anderen Zimmer war und die Mädchen schon im Bett lagen.

»Womit?«, fragte Dascha.

»Was sollen wir mit Babuschka tun? Seit sie nicht mehr über die Newa geht, ist sie den ganzen Tag zu Hause.«

»Ja«, warf Marina ein, »und seit sie den ganzen Tag zu Hause ist, isst sie löffelweise Alexanders Mehl auf.«

»Marina, halt den Mund«, entgegnete Tatiana. »Wir haben überhaupt kein Mehl mehr. Babuschka isst nur den Staub unten aus dem Sack.«

»Ach so?« Marina wechselte rasch das Thema. »Tania, glaubst du, dass das stimmt? Alle Ratten sollen die Stadt verlassen haben.«

»Ich weiß nicht, Marina.«

»Hast du noch Katzen oder Hunde gesehen?«

»Es gibt keine mehr«, erwiderte Tatiana. »Das weiß ich genau.«

Mama kroch zu den Mädchen ins Bett. »Hört mir mal zu«,

sagte sie. »Es ist wegen der Kälte. Babuschka ist den ganzen Tag hier in der Wohnung. Haben wir noch genug Holz, um die *borsoika* tagsüber für sie zu heizen?«

»Nein«, erwiderte Dascha und stützte sich auf einen Ellbogen. »Wir brauchen alles Holz, das wir noch haben, um unser Abendessen zu kochen. Selbst dafür reicht es kaum noch. Überlegt doch mal, wie lange es her ist, seit wir den großen Ofen angeheizt haben.«

Seit Alexander das letzte Mal hier war, dachte Tatiana. Er holt immer Holz, damit wir es warm haben.

Mama rang die Hände. »Wir müssen ihr sagen, dass sie die *borsoika* nicht ausgehen lassen darf.«

»Das können wir ihr gern sagen, Mama«, erwiderte Tatiana. »Aber bald haben wir kein Holz mehr.«

»Tania, sie friert! Hast du nicht gesehen, wie langsam sie sich bewegt?«

Dascha nickte. »Sonst ist sie immer in die öffentliche Kantine gegangen und hat da den ganzen Tag auf ein wenig Suppe oder Hafergrütze gewartet. Heute ist sie jedoch nicht vom Sofa aufgestanden, noch nicht einmal, um mit uns zu Abend zu essen. Tania, können wir sie nicht in dein Krankenhaus bringen?«

»Das können wir versuchen«, erwiderte Tatiana. »Aber ich glaube nicht, dass sie noch ein Bett frei haben. Überall liegen Kinder. Und Verwundete.«

»Wir versuchen es morgen trotzdem«, sagte Mama. »Im Krankenhaus hätte sie es zumindest wärmer. Dort wird doch immer noch geheizt, oder?«

»Sie haben drei Flügel geschlossen«, erwiderte Tatiana und stand auf. »Sie halten nur noch einen offen. Und der ist belegt.«

Sie ging zu ihrer Großmutter. Die Decken waren vom Sofa gerutscht und Babuschka Maya war nur noch mit ihrem Mantel zugedeckt. Tania hob die Decken auf und steckte sie sorgsam um Babuschka fest. Dann kniete sie sich neben das Sofa. »Babuschka«, flüsterte sie, »rede mit mir.«

Die Großmutter stöhnte leise. Tatiana legte ihr die Hand auf den Kopf. »Hast du keine Kraft mehr?«, fragte sie.

»Nicht mehr viel ...«

Tatiana rang sich ein Lächeln ab. »Babuschka, weißt du noch, wie ich immer bei dir gesessen habe, wenn du gemalt hast? Die Farben rochen so stark, und wir beide waren immer mit Farbe bespritzt. Weißt du das noch?«

»Ja, mein Sonnenschein. Du warst so ein süßes Kind.« Babuschka lächelte.

»Als ich vier war, hast du mir beigebracht, eine Banane zu malen. Ich hatte noch nie im Leben eine gesehen, aber ich konnte sie malen.«

»Du hast sogar eine sehr schöne Banane gemalt«, bestätigte ihre Großmutter. »Ach, Taneschka ...« Sie brach ab.

»Was denn?«

»Ach, wenn ich doch nur wieder jung wäre ...«

»Ich weiß nicht, ob du es noch nicht gemerkt hast«, flüsterte Tatiana, »aber den Jungen geht es auch nicht so gut.«

Am nächsten Morgen trug Tatiana die beiden Wassereimer nach oben und ging dann los, um die Rationen zu holen. Als sie zurückkam, war Babuschka tot. Still und kalt lag sie auf dem Sofa. Marina sagte weinend: »Ich wollte sie wecken, aber sie hat sich nicht bewegt.«

Die Familie stand um die Tote herum, bis Marina sich schniefend zum Tisch wandte und sagte: »Kommt, lasst uns essen.«

Mama nickte. »Ja, lasst uns frühstücken. Ich habe etwas Zichorie aufgebrüht. Die Sarkowa hat heute früh den Küchenofen mit ihrem Holz angeheizt und es war noch ein bisschen Hitze übrig.«

Sie setzten sich an den Tisch, und Tatiana schnitt ihre Brotration in zwei Hälften – etwas mehr als ein Pfund für jetzt und etwas mehr als ein Pfund für später. Dann teilte sie das Pfund in vier Stücke zu je hundertfünfundzwanzig Gramm. »Marina«, sagte sie streng, »bring dein Brot nach Hause, hörst du?«

»Was ist mit Babuschkas Anteil?«, fragte Marina. »Können wir den nicht jetzt essen?« Und das taten sie auch.

Tatiana wollte zur Stadtverwaltung gehen und Babuschkas Tod anzeigen, damit sie beerdigt werden konnte. Mama legte ihr die Hand auf den Arm. »Warte noch«, sagte sie.

»Warum?«

»Wegen ihrer Rationen. Damit ist es dann vorbei.«

Tatiana stand auf. »Mama, wir haben die Marken noch bis zum Ende des Monats. Das sind doch immerhin noch zehn Tage.«

»Ja, und dann?«

Tatiana begann, den Tisch abzuräumen. »Mama, weißt du was? So weit im Voraus denke ich gar nicht!«

»Du brauchst nicht aufzuräumen, Tania«, warf Dascha ein. »Wir haben doch sowieso kein Wasser zum Spülen. Lass die Teller stehen, es war ja nur Brot darauf.« Dann wandte sie sich an ihre Mutter. »Mama, wenn sich die Stadtverwaltung nicht darum kümmert, wer denn sonst? Wir können sie schließlich nicht selbst fortbringen. Und hier liegen lassen können wir sie auch nicht.« Sie schwieg. »Schließlich können wir nicht hier sitzen und nähen, während unsere tote Großmutter auf dem Sofa liegt.«

Mama blickte zu Babuschka hinüber. »Es ist immer noch besser, sie liegt hier als draußen auf der Straße«, sagte sie leise.

Tatiana ging zur Kommode und holte ein Bettlaken heraus. »Mama, nein, wir können sie nicht hier lassen. Ein Leichnam muss beerdigt werden. Selbst in der Sowjetunion«, fügte sie traurig hinzu. »Dascha, hilfst du mir bitte? Wir müssen sie einwickeln, bevor sie sie holen kommen.«

Dascha nahm jedoch den Mantel und die Decken weg und sagte: »Die Decken behalten wir. Wir werden sie brauchen.«

Tatiana blickte sich suchend im Zimmer um. Dann trat sie zum Fenster und nahm die Kohlezeichnung eines aufgeschnittenen Apfels von der Fensterbank, die Babuschka im September gemalt hatte. Vorsichtig legte sie sie auf Babuschkas Brust.

Nachdem die Mädchen Babuschka in das Laken eingehüllt hatten, nähte Mama es oben und unten zu. Tatiana bekreuzigte sich, wischte sich die Tränen ab und ging zur Stadtverwaltung.

Später an diesem Nachmittag kamen zwei Männer. Mama gab ihnen als Bezahlung je einen Schluck Wodka. »Ich kann gar nicht glauben, dass Sie noch Wodka haben, Genossin«, sagte einer der beiden Männer aufgeregt. »Sie sind die Erste in diesem Monat.«

»Wussten Sie nicht, dass Wodka das beste Tauschmittel ist?«, warf der andere ein. »Wenn Sie noch mehr haben, können Sie Brot dafür bekommen.«

Die Frauen sahen sich an. Tatiana wusste, dass noch zwei Flaschen übrig waren. Seit Papa und Dimitri nicht mehr da waren, trank niemand mehr Wodka, außer Alexander, wenn er kam, und er goss sich immer nur wenig ein.

»Wohin bringen Sie sie?«, fragte Mama. »Wir kommen mit.« Sie waren heute alle nicht zur Arbeit gegangen.

Die Männer erwiderten: »Wir haben den ganzen Lastwagen voll. Für Sie ist da kein Platz mehr. Wir bringen sie zum nächstgelegenen Friedhof. Das dürfte Starorusskaja sein. Dort können Sie sie besuchen.«

»Was ist mit einem Grab?«, fragte Mama. »Mit einem Sarg?«

»Sarg?« Der Mann stieß ein heiseres Lachen aus. »Genossin, selbst wenn Sie mir den Rest von Ihrem Wodka gäben, könnte ich Ihnen keinen Sarg besorgen. Wer sollte denn einen machen? Und woraus?«

Tatiana nickte. Sie würde einen Sarg auch eher im Ofen verfeuern, als ihre Großmutter darin zu begraben. Erschauernd knöpfte sie sich die Jacke zu.

»Und das Grab?«, fragte Mama. Ihr Gesicht war aschgrau und ihre Stimme klang gepresst.

»Genossin«, rief der Mann von der Stadtverwaltung, »sehen Sie nicht den Schnee und dass der Boden gefroren ist? Kommen Sie mit raus und sehen Sie es sich an und dann können Sie auch einmal einen Blick auf unseren Lastwagen werfen.«

Tatiana legte dem Mann die Hand auf den Arm. »Genosse«, sagte sie leise, »tragen Sie sie bitte für uns nach unten. Das ist am schwersten. Tragen Sie sie nach unten und um den Rest kümmern wir uns schon.«

Sie ging auf den Speicher, wo sie früher immer die Wäsche aufgehängt hatten. Heute hing keine Wäsche mehr dort, aber Tatiana fand, wonach sie suchte – ihren alten Schlitten. Er war hellblau mit roten Kufen. Sie trug ihn nach unten auf die Straße. Babuschkas Leiche war schon heruntergebracht worden und lag auf dem verschneiten Bürgersteig. »Kommt, Mädchen, auf eins-zwei-drei«, sagte Tatiana zu Marina und Dascha. Marina war zu schwach, um ihnen zu helfen, aber Tatiana und Dascha hoben Babuschka auf den Schlitten und zogen sie die drei Blocks bis zum Starorusskaja. Mama und Marina folgten ihnen. Zögernd warf Tatiana einen Blick auf den offenen Lastwagen der Verwaltung. Die Leichen türmten sich drei Meter hoch übereinander.

»Sind das alles Leute, die in letzter Zeit gestorben sind?«, fragte sie den Fahrer.

»Nein«, erwiderte er. »Das sind nur die von heute Morgen.« Er beugte sich zu Tatiana hinunter. »Gestern haben wir fünfzehnhundert Leichen von den Straßen aufgesammelt. Verkauf deinen Wodka, Mädchen, verkauf ihn und besorge dir Brot dafür.«

Der Eingang zum Friedhof war von Leichen versperrt. Manche waren in Laken eingehüllt, andere nicht.

Tatiana sah eine Mutter mit einem kleinen Kind. Sie hatte offenbar ihren toten Mann zum Friedhof gezogen und war dann dort erfroren. Tatiana schloss die Augen und versuchte, das Bild zu verdrängen. Sie wollte wieder nach Hause. »Hier kommen wir nicht durch. Wir sollten Babuschka hier lassen«, sagte Tatiana. »Was bleibt uns anderes übrig?« Sie und Dascha hoben Babuschkas Leiche vom Schlitten und legten sie vorsichtig in den Schnee neben den Toren zum Friedhof. Einen Moment lang blieben sie noch bei ihr stehen, dann gingen sie nach Hause.

Sie verkauften die zwei Flaschen Wodka, erhielten dafür auf dem Schwarzmarkt aber nur zwei Laibe Weißbrot. Jetzt, wo Tikhvin an die Deutschen gefallen war, gab es selbst auf dem Schwarzmarkt kein Brot mehr.

7

Eine Woche verging. Tatiana konnte die Toilette nicht mehr abziehen. Sie konnte sich nicht mehr die Zähne putzen. Sie konnte sich nicht waschen. Alexander wird sich nicht darüber freuen, dachte sie. Sie hatten nichts von Alexander gehört. Ob es ihm wohl gut ging?

»Was glaubst du, wann sie die Rohre reparieren?«, fragte Dascha eines Morgens.

»Du solltest hoffen, dass es nicht so schnell passiert«, sagte Tatiana. »Sonst müsstest du wieder Wäsche waschen.«

Dascha umarmte Tatiana. »Ich liebe dich. Du machst immer noch Witze.«

»Aber keine besonders guten«, sagte Tatiana und erwiderte die Umarmung ihrer Schwester.

Der Umstand mit den kleinen Wassereimern war hart. Dass die Rohre eingefroren waren, war noch schlimmer. Am schlimmsten jedoch war die Tatsache, dass die Leute Wasser auf der Treppe verschütteten, wenn sie die Eimer hinaufschleppten. Das Wasser ergoss sich über die Stufen und gefror. Es herrschten jeden Tag bis zu zwanzig Grad minus und die Treppe war ständig mit Eis bedeckt. Jeden Morgen rutschte Tatiana auf dem Hinterteil die Treppe hinunter.

Den vollen Wassereimer wieder hinaufzutransportieren war ganz besonders schwierig. Mindestens einmal glitt sie aus und dann musste sie noch ein zweites Mal hinuntergehen, um Wasser zu holen. Und je mehr Wasser auf die Treppe spritzte, desto dicker wurde das Eis. Die Stufen der Hintertreppe waren am tückischsten. Eine Frau aus dem vierten Stock stürzte, brach sich das Bein und konnte nicht mehr aufstehen. Sie erfror auf der Treppe.

Tatiana, Marina, Dascha und Mama saßen auf dem Sofa und lauschten den Schlägen des Metronoms im Radio. Gelegentlich wurden sie von einem Wortschwall unterbrochen, von dem man manches sogar verstehen konnte, wie »Moskau kämpft erbittert gegen den Feind«, manches aber auch unverständlich war wie »Die Brotration wird auf hundertfünfundzwanzig Gramm pro Tag für Abhängige und zweihundert Gramm pro Tag für Arbeiter reduziert«.

Stalin redete davon, in Wolkow eine zweite Front zu eröffnen, allerdings erst dann, wenn Churchill in den nordeuropäischen Ländern ebenfalls eine zweite Front einrichtete, um die Deutschen abzulenken. Churchill sagte, er habe weder genug Männer noch genug Waffen, um das zu tun, sei aber bereit, Stalin für seine Materialverluste zu entschädigen. Darauf antwortete Stalin beleidigt, diese Rechnung würde er direkt dem Führer präsentieren.

Moskau lag im Todeskampf. Die Stadt wurde genauso bombardiert wie Leningrad.

»Ich habe schon seit einem Monat nichts mehr von Babuschka Anna gehört«, sagte Dascha eines Abends. »Tania, hast du etwas von Dimitri gehört?«

»Natürlich nicht«, erwiderte Tatiana. »Ich glaube auch nicht, dass er jemals wieder von sich hören lässt, Dascha.« Sie schwieg. »Alexander hat auch schon lange nicht mehr geschrieben.«

»Doch, mir«, sagte Dascha. »Vor drei Tagen. Ich habe nur vergessen, es dir zu erzählen. Willst du seinen Brief lesen?«

Liebe Dascha und ihr anderen,

ich hoffe, ihr seid wohlauf. Wartet ihr auf meine Rückkehr? Ich hoffe auch sehnsüchtig, bald zu euch kommen zu können.

Mein Kommandant hat mich nach Kokorewo geschickt – einem Fischerdorf ohne Fischer. Wo früher der Ort war, ist nur noch ein Bombentrichter. Wir hatten praktisch keine Lastwagen auf dieser Seite, allerdings auch kein Benzin. Zwanzig Soldaten standen mit ein paar Pferden dort herum. Wir sollten das Eis testen, um zu sehen, ob es einen Laster mit Nahrungsmitteln und Munition oder zumindest einen Pferdeschlitten mit Nahrungsmitteln tragen würde.

Wir gingen also aufs Eis. Es ist so kalt, dass man meinen sollte, es sei mittlerweile dick genug, aber nein. An manchen Stellen war es noch überraschend dünn. Wir verloren gleich einen Laster und zwei Pferde, doch anstatt tatenlos am Ufer herumzustehen, dachte ich, ach, was soll's? Ich sprang auf ein Pferd und ritt die ganze Strecke – über das Eis – bis nach Kobona! Vier Stunden lang. Die Temperatur betrug inzwischen minus zwölf Grad.

Als ich mit einem Schlitten voller Nahrungsmittel zurückkam, übergab man mir gleich ein Transportregiment – ein anderes Wort für Freiwillige. Niemand würde echte Soldaten zu so etwas einteilen.

Bis das Eis dick genug war für die Lastwagen, mussten die Freiwilligen die Pferdeschlitten nach Kobona bringen, um dort Mehl und andere Lebensmittel abzuholen. Ich sage euch, eure Großmutter hätte das besser gekonnt als manche von diesen Männern. Sie waren noch nie geritten und noch nie so lange draußen in der Kälte gewesen. Ich kann gar nicht zählen, wie viele Männer vom Pferd gefallen oder im Eis eingebrochen und ertrunken sind.

Wir haben auch versucht, Benzin nach Leningrad zu bringen, weil der Benzinmangel genauso schlimm ist wie die Nahrungsmittelknappheit. Es gibt kein Petroleum, um die Steinöfen zum Brotbacken zu befeuern.

Nach und nach bewältigten die Männer die dreißig Kilometer lange Strecke von Kobona nach Kokorewo zu Pferde immer besser. Eines Tages schafften wir sogar über zwanzig Tonnen an Lebensmitteln herüber. Es ist zwar nicht annähernd genug, aber immerhin schon etwas. Jetzt bin ich in Kobona und verlade Lebensmittel auf die Schlitten. Jedes Mal, wenn ich die Mehlsäcke sehe, fällt es mir schwer, weil ich weiß, dass ihr gar nichts mehr habt. Die Rationen der Frontsoldaten sind auf ein Pfund Brot pro Tag reduziert worden und ich habe gehört, dass die Abhängigen nur noch hundertfünfundzwanzig Gramm pro Tag bekommen. Wir versuchen, die Lage wieder zu verbessern.

Ich brauche euch nicht zu erzählen, dass die Deutschen über unsere kleine Eisstraße nicht besonders glücklich sind. Sie bombardieren sie gnadenlos, Tag und Nacht. Nachts allerdings weniger. In der ersten Woche, in der das Eis schließlich auch die Lastwagen trug, haben wir drei Dutzend voll beladene Wagen verloren. Schließlich wurde klar, dass ich keinen Lastwagen mehr fahren konnte, ich war auf diesem Platz einfach nicht richtig eingesetzt. Jetzt bin ich in Kokorewo als Artillerieschütze. Ich stehe hinter einer Zenith-Luftabwehrwaffe. Man kann damit entweder Maschinengewehre oder Granaten abfeuern. Es erfüllt mich mit tiefer Befriedigung, wenn ich einen Flieger abschieße, der einen unserer Laster bombardiert hätte, der Lebensmittel zu euch bringt.

Das Eis ist mittlerweile ganz dick. Die Lastwagen fahren mit vierzig Stundenkilometern über den See. Die anderen Soldaten und ich nennen die Eisstraße Straße des Lebens. Das klingt doch nach etwas, oder?

Ohne Tikhvin können wir jedoch nicht viel nach Leningrad hineinbringen. Wir müssen Tikhvin zurückerobern. Was glaubst du, Dascha, sollte ich mich freiwillig dafür melden? Die Deutschen von meiner ausgemergelten grauen Stute aus mit meinem brandneuen Maschinengewehr angreifen? Kei-

ne Sorge, ich mache nur Witze. Die Schpagin ist allerdings ein hervorragendes Gewehr.

Ich weiß nicht, wann ich wieder nach Leningrad kommen kann, aber wenn ich komme, bringe ich etwas zu essen mit, also haltet durch.

Mut, ihr alle.

Euer Alexander

Geh weiter, geh weiter, sieh dich nicht um, sagte Tatiana zu sich. Zieh den Schal über dein Gesicht, zieh ihn bis über die Augen, wenn es sein muss, sieh dich nicht um in Leningrad, in deinem Hof, wo sich die Leichen türmen, in den Straßen, wo die Toten im Schnee liegen. Heb einfach die Füße und steig über sie hinweg. Geh um sie herum. Aber sieh sie nicht an. An diesem Morgen sah Tatiana einen toten Mann mit zerstörtem Oberkörper auf der Straße liegen. Er war nicht von einer Bombe zerrissen worden. Sein Bauch war mit einem Messer herausgeschnitten worden. Tatiana tastete nach Alexanders Pistole in ihrer Manteltasche und trottete stumm durch die Schneeverwehungen, den Blick fest auf den Boden vor sich geheftet.

Sie musste Alexanders Pistole unterwegs zweimal ziehen.

Wie gut, dass es Alexander gab.

Ende November zerbarst die Fensterscheibe in dem Zimmer, in dem sie aßen, durch eine Bombenexplosion. Sie hängten Babuschkas Decken vor das Fensterloch, etwas anderes hatten sie nicht. Innerhalb weniger Minuten sank die Temperatur im Zimmer bis auf minus dreißig Grad.

Tatiana und Dascha trugen die *borsoika* in ihr Zimmer und stellten sie vor Mamas Sofa, damit sie es warm hatte, wenn sie die Uniformen nähte. Die Fabrik zahlte ihr zwanzig Rubel für jede zusätzliche Uniform. Mama brauchte den ganzen November, um fünf Uniformen zu nähen. Dann gab sie Tatiana hundert Rubel und trug ihr auf, dafür etwas zu essen zu kaufen.

Tatiana kehrte mit einem Glas voller schwarzem Dreck zurück. Zu dieser Masse war der Zucker geschmolzen, als die Deutschen im September die Badajew-Lager bombardiert hatten. So fröhlich sie konnte, verkündete Tatiana: »Wenn sich der Dreck erst einmal auf dem Boden abgesetzt hat, ist unser Tee süß.«

Sieh nicht auf, Tatiana, steh ruhig in der Schlange an deinem Platz, sonst gibt es kein Brot und du musst dir einen anderen Laden suchen. Bleib stehen, beweg dich nicht, jemand anderer wird sich darum kümmern. Eine Bombe war auf die Straße gefallen und hatte sechs Frauen getötet. Was sollte sie tun? Sich um die Lebenden, um ihre Familie, kümmern? Oder Leichen fortschaffen? Sieh nicht auf, Tatiana.

Blick lieber auf deine kaputten Stiefel. Früher einmal hätte Mama ihr neue machen können, aber heute konnte sie nicht einmal mehr eine zusätzliche Uniform pro Tag nähen, wo sie doch im Oktober auf ihrer Maschine noch zehn am Tag zustande gebracht hatte.

Alexander, ich möchte mein Versprechen ja gern halten. Ich möchte am Leben bleiben – aber ich weiß nicht, wie ich das mit zweihundert Gramm Brot pro Tag schaffen soll, das mindestens zu fünfundzwanzig Prozent aus essbarer Zellulose – Sägemehl und Fichtenrinde – besteht. Ich schaffe es auch nicht mit klarer Suppe oder mit wässeriger Hafergrütze.

Luba Petrowa hat nicht durchgehalten. Vera, Kirill und Nina Iglenko auch nicht. Werden Mama und Dascha es schaffen? Und Marina?

Das Verlangen nach etwas Essbarem überdeckte alles. Das Artilleriefeuer ignorierte Tatiana völlig. Sie hatte nicht mehr die Kraft wegzulaufen, sich zu Boden zu werfen, Leichen oder Verwundete wegzuschaffen. Sie war wie betäubt und nur noch wenige Gefühle durchdrangen diese Taubheit.

Für ihre Mutter und Dascha empfand sie Zuneigung. Marina rührte sie und mit Nina Iglenko hatte sie Mitleid empfunden. Sie war erst gestorben, nachdem auch ihr letzter Sohn tot war.

Tatiana musste gänzlich aufhören zu fühlen. Sie biss die Zähne zusammen.

Trotz meines kurzen Lebens fürchte ich den Tod nicht. Ich werde ihm hocherhobenen Hauptes ins Antlitz blicken.

Fels in der Brandung

I

Die andere Seite der weißen Nächte: Dezember in Leningrad. Weiße Nächte – Licht, Sommer, Sonnenschein, ein pastellblauer Himmel. Dezember – Dunkelheit, Schneestürme, dichte Wolken, ein tief hängender Himmel. Bedrückend.

Gegen zehn Uhr morgens hellte sich der Himmel ein wenig auf. Bis zwei Uhr herrschte trübes Tageslicht, dann wurde es wieder dunkel. Vollständig dunkel. Anfang Dezember gab es so gut wie keine Stromversorgung mehr in Leningrad. Elektrizität war den wenigen Fabriken vorbehalten, die kriegswichtige Güter produzierten: Kirow, die Brotfabrik, die Wasserwerke, Mamas Fabrik, ein Flügel in Tatianas Krankenhaus. Es fuhr kaum noch eine Straßenbahn. In der Wohnung gab es weder Licht noch Heizung. Wasser gab es immer noch nur bis zum ersten Stock.

Anfang Dezember trat Amerika endlich in den Krieg ein, weil irgendetwas mit Hawaii und den Japanern passiert war. »Ah, vielleicht jetzt, wo Amerika auf unserer Seite ist …«, sagte Mama, während sie nähte.

Ein paar Tage nach diesen Neuigkeiten wurde Tikhvin zurückerobert. Das verstand Tatiana. Tikhvin! Das bedeutete Eisenbahn, Eisstraße, Lebensmittel. Vielleicht bedeutete es auch, dass die Rationen wieder gesteigert wurden?

Nein, das bedeutete es nicht. Es gab auch weiterhin nur hundertfünfundzwanzig Gramm Brot.

Als der Strom abgestellt wurde, funktionierte auch das Radio nicht mehr. Kein Metronom, keine Nachrichten mehr.

Sie saßen da und blickten einander an und Tatiana wusste, was die anderen dachten.

Wer würde die Nächste sein?

»Erzähl uns einen Witz, Tania.«

Sie seufzte. »Ein Kunde kommt zum Metzger und sagt: ›Ich hätte gern fünf Gramm Wurst.‹ – ›Fünf Gramm?‹, wiederholt der Metzger, ›machst du dich über mich lustig?‹ – ›Keineswegs‹, sagt der Kunde. ›Wenn ich mich über dich lustig machen wollte, hätte ich dich gebeten, sie aufzuschneiden.‹«

Allgemeines Seufzen. »Ein guter Witz, Tochter.«

Tatiana ging durch den Flur und zog den Wassereimer hinter sich her. Die Tür des verrückten Slawin war geschlossen und Tatiana durchzuckte auf einmal der Gedanke, dass sie schon seit einer ganzen Weile nicht mehr offen gewesen war. Die Tür zu Petr Petrows Zimmer jedoch stand offen. Er saß an seinem kleinen Tisch und versuchte vergeblich, sich eine Zigarette zu drehen.

»Brauchst du Hilfe?«, fragte Tatiana, ließ ihren Eimer im Flur stehen und trat auf ihn zu.

»Danke, Taneschka, ja«, erwiderte er niedergeschlagen. Seine Hände zitterten.

»Was ist los? Geh doch zur Arbeit, dort gibt es bestimmt etwas zum Mittagessen. Sie geben euch doch in Kirow immer noch zu essen, oder?«

Kirow war vom deutschen Artilleriefeuer fast zerstört worden, aber die Sowjets hatten innerhalb der eingestürzten Fassade eine kleinere Fabrik wieder aufgebaut und bis vor wenigen Tagen war Petr jeden Tag mit der Straßenbahn Nummer eins dorthin gefahren, direkt an die Front.

»Was ist los?«, fragte Tatiana noch einmal. »Hast du keine Lust?«

Er schüttelte den Kopf. »Mach dir keine Gedanken um mich, Taneschka. Du musst dir schon um genug andere Dinge Gedanken machen.«

»Erzähl es mir doch.« Sie schwieg. »Liegt es an den Bomben?«

Er schüttelte den Kopf.

»Was ist es dann?« Sie blickte auf seinen kahlen, eingesunkenen Kopf und schloss die Zimmertür. »Was ist los?«, fragte sie leise.

Petr Pawlowitsch erzählte ihr, dass er erst kürzlich nach Kirow versetzt worden war, um die Motoren von Panzern zu reparieren. Dabei gab es keine Ersatzteile und eigentlich auch keine Panzermotoren.

»Ich habe eine Methode entwickelt, Flugzeugmotoren passend für Panzer umzubauen. Und für die Flugzeuge repariere ich sie auch.«

»Das klingt doch gut«, sagte Tatiana. »Dafür bekommst du eine Arbeiterration, nicht wahr? Dreihundertfünfzig Gramm Brot, oder?«, fügte sie hinzu.

Petr nahm einen tiefen Zug aus seiner Zigarette. »Das ist es nicht. Es ist der verdammte NKWD.« Er spuckte aus. »Sie wollten die armen Teufel vor mir, die die Motoren nicht reparieren konnten, erschießen. Und als ich dann ankam, standen sie mit ihren verdammten Gewehren neben mir, um auch ganz sicherzugehen, dass ich die Maschinen reparieren konnte.«

Tatiana hörte ihm wie gebannt zu. Ihr wurde eiskalt. »Aber du hast sie doch repariert, Genosse?«, fragte sie leise.

»Ja, aber was wäre, wenn ich es nicht geschafft hätte?«, erwiderte er. »Sind die Kälte, der Hunger, die Deutschen denn nicht genug? Auf wie viel mehr Arten wollen sie uns denn noch umbringen?«

Tatiana wich zurück. »Das mit deiner Frau tut mir Leid«, stammelte sie und öffnete die Tür.

Als sie am Nachmittag dieses Tages nach Hause kam, stand die Tür immer noch offen. Tatiana warf einen Blick hinein. Petr Pawlowitsch Petrow saß immer noch an seinem Tisch, in der Hand die halb aufgerauchte Zigarette, die Tatiana ihm gedreht hatte. Er war tot. Mit zitternden Fingern schlug Tatiana das Kreuzzeichen und schloss die Tür.

Die vier Frauen schliefen und aßen jetzt in einem Zimmer. Sie hielten die Teller auf dem Schoß und verschlangen so abends ihr Brot. Dann setzten sie sich vor die *borsoika* und blickten durch das kleine Fenster im Ofen in die Flammen. Sie besaßen noch Dochte und auch viele Streichhölzer, aber sie hatten nichts zum Verbrennen. Wenn sie nur etwas …

Ach, dachte Tatiana. Das Motoröl. An jenem Sonntag im Juni, als es noch Eiscreme, Sonne und ein bisschen Freude gab, da hatte Alexander ihr geraten, Motoröl zu kaufen. Aber sie hatte nicht auf ihn gehört. Und jetzt war es zu spät.

»Marina, was machst du da?«

Marina riss die Tapeten von den Wänden. Sie nahm einen Streifen, tauchte ihn in den Wassereimer und befeuchtete mit den Händen die Rückseite.

»Was machst du da?«, wiederholte Tatiana.

Marina nahm einen Löffel und begann, den Kleister von der Tapete abzukratzen. »Die Frau, die heute in der Schlange vor mir stand, hat gesagt, Tapetenkleister bestünde aus Kartoffelmehl.«

Vorsichtig nahm Tatiana ihr das Stück Tapete aus der Hand. »Kartoffelmehl und Leim«, sagte sie zu Marina.

Marina riss ihr das Papier wieder aus der Hand. »Rühr es nicht an. Hol dir selber eins.«

Tatiana wiederholte: »Kartoffelmehl und Leim.«

»Ja und?«

»Leim ist giftig.«

Marina lachte freudlos und löffelte gierig die feuchte Paste.

»Dascha, was tust du da?«

»Ich heize die *borsoika.*« Dascha stand vor dem Ofen und warf Bücher in die Klappe.

»Du verbrennst *Bücher?*«

»Warum nicht? Wir wollen es doch warm haben.«

Tatiana hielt Daschas Hand fest. »Nein, Dascha. Hör auf! Verbrenn bitte keine Bücher. So weit sind wir noch nicht.«

»Tania! Wenn ich mehr Energie hätte, würde ich sogar dich umbringen und essen«, erwiderte Dascha und warf ein weiteres Buch ins Feuer. »Sag mir doch nicht ...«

»Nein, Dascha.« Tatiana hielt ihre Schwester immer noch fest. »Keine Bücher.«

»Wir haben aber kein Holz mehr«, entgegnete Dascha.

So rasch sie konnte, sah Tatiana unter ihrem Bett nach. Dort lagen ihr Sostschenko, John Stuart Mill und das englische Wörterbuch. Ihr fiel ein, dass sie am Samstagnachmittag Puschkin gelesen und den kostbaren Band achtlos auf dem Sofa liegen gelassen hatte. Sie drehte sich zu Dascha um, die immer mehr Bücher in die Flammen warf.

Entsetzt entdeckte Tatiana das Buch *Der eherne Reiter* in den Händen ihrer Schwester. »Dascha, nein!«, schrie sie und sprang auf sie zu. Sie wusste selbst nicht, woher sie die Kraft dazu nahm.

Sie riss Dascha das Buch aus den Händen und drückte es an ihre Brust. »Nein! Das ist *mein* Buch!«, sagte sie mit zitternder Stimme.

»Es sind alles unsere Bücher, Tania«, erwiderte Dascha apathisch. »Was macht das schon? Hauptsache, es ist warm.«

Tatiana war so erschüttert, dass sie eine Zeit lang gar nichts sagen konnte. »Dascha, warum denn die Bücher? Wir haben doch noch das ganze Esszimmer. Ein Tisch und sechs Stühle. Wenn wir sparsam damit umgehen, reicht es für den Winter.« Sie wischte sich über den Mund und starrte dann auf ihre Hand. Sie war voller Blut.

»Du willst das Esszimmer zersägen?«, fragte Dascha und warf *Das Kommunistische Manifest* von Karl Marx ins Feuer. »Gern.«

Irgendetwas war mit Tatianas Körper los. Sie wollte ihre Mutter oder ihre Schwester nicht beunruhigen, sie wollte lieber auf Alexander warten und *ihn* fragen, was mit ihr los war.

Doch dann sah sie, dass auch Marina aus dem Mund blutete. »Komm, Marina«, sagte sie. »Lass uns ins Krankenhaus gehen.«

Es dauerte lange, bis ein Arzt sie untersuchte. »Skorbut«, sagte er gleichmütig. »Es ist Skorbut, Mädchen. Das haben alle. Ihr blutet von innen. Eure Blutgefäße sind zu dünn und brüchig geworden. Ihr braucht Vitamin C. Zum Glück kann ich euch eine Spritze geben.«

Sie bekamen beide eine Vitamin-C-Injektion.

Tatiana erholte sich.

Marina nicht. In der Nacht flüsterte sie Tatiana zu: »Tania, hörst du mich?«

»Was ist denn, Marinka?«

»Ich will nicht sterben«, flüsterte sie, und wenn sie hätte weinen können, hätte sie es getan. Aber sie konnte kaum noch seufzen. »Ich will nicht sterben, Tania! Wenn ich nicht hier bei Mama geblieben wäre, dann wäre ich jetzt mit Babuschka in Molotow und würde nicht sterben.«

»Du wirst auch nicht sterben«, erwiderte Tatiana und legte Marina die Hand auf den Kopf.

»Ich will nicht sterben«, begann Marina erneut, »ohne nur ein einziges Mal empfunden zu haben, was du empfindest.« Sie rang nach Atem. »Nur ein einziges Mal in meinem Leben, Tania!«

Dascha mischte sich mit schwacher Stimme ein. »Was empfindet Tania denn?«

Marina antwortete nicht. »Taneschka …«, flüsterte sie. »Wie fühlt es sich denn an?«

»Wie fühlt sich *was* an?«, fragte Dascha. »Gleichgültigkeit? Kälte? Dahinschwinden?«

Tatiana strich sanft über Marinas Stirn.

»Es fühlt sich so an«, flüsterte sie, »als ob du nicht allein wärst. Weißt du noch, wie ich gerudert bin und du bist mit Pascha neben dem Boot hergeschwommen? Wo ist deine Stärke von damals, Marinka?«

Am nächsten Morgen lag Marina tot neben Tatiana.

Dascha sagte: »Wir haben noch ihre Vorräte.« Sie blinzelte noch nicht einmal beim Anblick ihrer toten Kusine.

Tatiana schüttelte den Kopf. »Sie hat sie schon aufgebraucht, das weißt du doch. Es ist nichts mehr übrig.«

Tatiana hüllte Marina in ein weißes Laken, das Mama oben und unten zunähte, und dann ließen sie Marina über die vereiste Treppe hinuntergleiten. Auf der Straße versuchten sie, sie auf den Schlitten zu legen, konnten sie aber nicht anheben. Nachdem Tatiana das Kreuzzeichen über Marina geschlagen hatte, ließen sie sie einfach auf dem verschneiten Bürgersteig liegen.

2

Wieder ein Tag, wieder eine Vitaminspritze. Wieder zweihundert Gramm Schwarzbrot. Tatiana tat so, als ginge sie weiter zur Arbeit, damit sie eine Arbeiterration bekam, aber im Krankenhaus gab es nichts für sie zu tun, sie konnte nur bei den Sterbenden sitzen.

Eine Woche nachdem Marina gestorben war, saßen Tatiana, Dascha und Mama an einem ruhigeren Abend vor der fast erloschenen *borsoika* auf dem Sofa. Alle Bücher waren verheizt, außer denen, die Tatiana unter ihrem Bett versteckt hielt. Die Glut erleuchtete das Zimmer so gut wie gar nicht und Mama nähte im Dunkeln.

»Was nähst du da, Mama?«, fragte Tatiana.

»Nichts«, erwiderte Mama. »Nichts Wichtiges. Seid ihr noch bei mir, meine Mädchen?«

»Ja, wir sind hier, Mama.«

»Dascha, erinnerst du dich noch an die Zeit in Luga? Weißt du noch, wie Tania mal eine Gräte im Hals stecken geblieben ist und wir sie nicht herausbekommen konnten?«

Dascha erinnerte sich daran. »Sie war damals fünf.«

»Wer hat sie denn dann herausgezogen, Mama?«

»Pascha. Er hatte so kleine Hände. Er hat einfach seine Hand in deinen Hals gesteckt und die Gräte herausgezogen.«

»Mama«, sagte Dascha, »weißt du noch, wie Tania auf dem Ilmensee aus dem Boot gefallen ist und wir alle hinterhergesprungen sind, weil wir dachten, sie könne nicht schwimmen, aber sie paddelte schon munter durch das Wasser?«

Mama nickte. »Damals war sie zwei.«

»Mama«, sagte Tatiana, »und weißt du auch noch, wie ich das große Loch im Garten gegraben habe, um eine Falle für Pascha zu bauen, und dann vergaß, es wieder zuzuschütten, und du bist hineingefallen?«

»Sprich nicht davon«, erwiderte Mama. »Das macht mich heute noch wütend.«

Sie versuchten zu lachen.

»Tania«, sagte Mama, »als du und Pascha zur Welt kamt, waren wir in Luga, und als sich die ganze Familie um Pascha drängte und alle sagten, was für ein hübscher Junge er sei, hat Dascha dich mit ihren sieben Jahren auf den Arm genommen und gesagt: ›Ihr könnt alle den Schwarzen haben, ich nehme die Weiße. Das Baby gehört mir.‹ Und wir haben sie alle geneckt und gesagt: ›Na gut, Dascha, willst du sie haben? Du kannst ihr einen Namen geben.‹« Mamas Stimme schwankte. »Und unsere Dascha sagte: ›Ich möchte mein Baby Tatiana nennen ...‹«

Wieder ein Tag, wieder eine Vitaminspritze für Tatiana, aus deren Fingerspitzen das Blut auf die zweihundert Gramm Brot tröpfelte, die sie für ihre Mutter und ihre Schwester aufschnitt.

Einen Tag später fiel eine Bombe auf das Dach des Hauses in der Fünften Sowjet. Der vierte Stock brannte aus.

Bildete Tatiana es sich nur ein oder war es wirklich ruhiger in der Stadt? Entweder wurde sie langsam taub oder es fielen nicht mehr so viele Bomben. Natürlich war noch jeden Tag Alarm, aber er dauerte nicht mehr so lange und die Bombardierungen waren auch nicht mehr so heftig, als ob die Deutschen langsam genug von der Sache hätten. Andererseits gab es ja auch kaum noch etwas zu bombardieren.

Mama ließ den weißen Tarnanzug, an dem sie nähte, sinken. Sie saß vor dem kleinen Feuer der *borsoika* und sagte auf einmal: »Ich kann nicht mehr. Ich kann einfach nicht mehr.« Ihr Kopf fiel zur Seite. Die Augen blieben geöffnet. Noch ein paar kurze, keuchende Atemzüge, dann war es vorbei.

Tatiana und Dascha knieten sich neben ihre Mutter. »Ich wünschte, wir würden ein Gebet kennen, Dascha.«

»Ich glaube, ich kenne etwas, das Glaubensbekenntnis heißt, aber auch nur den Teil, wo es heißt: *Unser tägliches Brot gib uns heute.«*

Tatiana legte ihrer Mutter die Hand auf den Schoß. »Wir beerdigen Mama mit ihrer Näharbeit.«

»Wir werden sie *in* ihrer Näharbeit beerdigen«, korrigierte Dascha sie mit schwacher Stimme. »Sieh mal, sie hat sich selbst einen Sack genäht.«

»Oh Herr«, sagte Tatiana. *»Unser tägliches Brot gib uns heute ...«* Sie schwieg. »Wie geht es wohl weiter, Dascha?«

»Mehr weiß ich auch nicht. Wie wäre es mit *Amen?«*

»Amen«, sagte Tatiana.

Zum Abendessen schnitten sie das Brot in drei Teile. Sie aßen beide ihren Anteil und ließen den ihrer Mutter auf dem Teller zurück.

In der Nacht lagen sie eng umschlungen im Bett. »Verlass mich nicht, Tania. Ich schaffe es nicht ohne dich.«

»Ich verlasse dich nicht, Dascha. Jede von uns braucht jetzt einen anderen Menschen. Einen Menschen, der uns daran erinnert, dass wir menschliche Wesen und keine Tiere sind.«

»Nur noch wir sind übrig geblieben, Tania«, sagte Dascha. »Du und ich.«

Tatiana drückte ihre Schwester an sich. »Du. Ich. Und Alexander.«

3

Ein paar Tage später kam Alexander zurück. Die dunklen Ringe unter seinen Augen und sein dichter schwarzer Bart verliehen ihm ein verwegenes Aussehen, aber er schien sich ganz gut gehalten zu haben. Tatiana freute sich darüber. Er nahm Dascha in die Arme und Tatiana stand dahinter und sah ihnen zu.

»Wie geht es dir?«, fragte sie mit schwacher Stimme.

»Mir geht es gut«, erwiderte er. »Wie geht es denn meinen Mädchen?«

»Nicht so gut, Alexander«, sagte Dascha. »Nicht so gut. Und unsere Mutter ... Sie ist seit fünf Tagen tot. Es kommt niemand mehr von der Stadtverwaltung. Aber allein können wir sie nicht hochheben.«

Hinter Daschas Rücken ging Alexander an Tatiana vorbei und streichelte ihr kurz über die Wange.

Er hüllte die Mutter in den weißen Tarnanzug und trug sie vorsichtig die Treppe hinunter. Dann legte er sie auf Tatianas Schlitten und zog sie zum Starorusskaja. Die beiden Mädchen gingen neben ihm her. Am Tor räumte er die gefrorenen Leichen beiseite und zog den Schlitten in den Friedhof hinein. Dort legte er Mama sanft auf den Schnee. Er brach zwei kleine Äste ab und Tatiana band sie mit einem Stück Schnur zu einem Kreuz zusammen, das sie ihrer Mutter auf die Brust legte.

»Kennst du ein Gebet, Alexander?«, fragte Tatiana.

Alexander schüttelte den Kopf. Er bekreuzigte sich und murmelte leise ein paar Worte.

Als sie hinausgingen, fragte Tatiana: »Du kennst kein Gebet?«

»Nicht auf Russisch«, flüsterte er zurück.

In der Wohnung wurde er beinahe fröhlich. »Mädchen«, sagte er, »ihr glaubt gar nicht, was ich euch alles Gutes mitgebracht habe. Ganz allein für euch.«

Er hatte einen Sack Kartoffeln, sieben Orangen, die er Gott weiß wo aufgetrieben hatte, ein Pfund Zucker, ein halbes Pfund Gerste, Leinsamenöl und drei Liter Motoröl. Alexander strahlte Tatiana an.

Wenn Tatiana gekonnt hätte, hätte sie sein Lächeln erwidert.

Alexander zeigte ihr, wie sie mit dem Motoröl Licht machen konnte. Er gab ein paar Teelöffel Öl zwischen zwei Unterteller, legte einen angefeuchteten Docht hinein, ließ das Ende heraushängen und zündete dann das Öl an. In dem Licht konnte man nähen oder lesen. Dann ging er weg und kam eine halbe Stunde später mit Holz zurück. Er sagte, er habe die zerbrochenen Balken im Keller gefunden. Wasser holte er ihnen auch.

Tatiana hätte ihn am liebsten berührt. Aber das tat Dascha schon die ganze Zeit. Sie wich nicht von seiner Seite. Tatiana machte Tee und gab Zucker hinein. Dann kochte sie drei Kartoffeln und etwas Gerste und brach das Brot in drei Teile. Es war ein richtiges Essen. Danach erhitzte sie Wasser auf dem Ofen, bat Alexander um Seife und wusch sich Gesicht, Hals und Hände.

»Danke, Alexander«, sagte sie. »Hast du etwas von Dimitri gehört?«

»Nein«, erwiderte er. »Und du?«

Tatiana schüttelte den Kopf.

»Alexander, mir fallen die Haare aus«, sagte Dascha. »Sieh mal.« Sie zog sich eine schwarze Strähne heraus.

»Dascha, lass das«, erwiderte er und wandte sich wieder an Tatiana. »Fallen dir auch die Haare aus?« Sein Blick war so warm wie die *borsoika*.

»Nein«, murmelte sie leise. »Das können sich meine Haare nicht leisten. Ich wäre ja innerhalb von einem Tag kahl. Aber ich blute.« Sie blickte ihn an und wischte sich über den Mund. »Die Orangen helfen bestimmt.«

»Esst sie alle hintereinander auf, aber langsam. Und, Mädchen, geht abends nicht auf die Straße. Es ist zu gefährlich.«

»Das tun wir nicht.«

»Und verschließt immer die Tür.«

»Natürlich.«

»Und warum konnte ich dann heute einfach hereinkommen?«

»Das war Tania. Sie hat sie offen gelassen.«

»Schieb nicht immer alles auf deine Schwester. Schließ einfach ab.«

Nach dem Essen holte sich Alexander eine Säge aus dem Keller und zersägte die Esszimmermöbel in kleine Stücke, damit sie weiteres Heizmaterial hatten. Während er arbeitete, stand Tatiana neben ihm. Dascha saß in Decken gewickelt auf dem Sofa. Im Zimmer war es kalt, aber sie hielten sich hier sowieso nicht mehr auf. Sie schliefen und aßen nur noch in dem anderen Zimmer, in dem das Fenster nicht zerbrochen war.

»Alexander, wie viel Tonnen Mehl gibt es mittlerweile nur noch für uns?«, fragte Tatiana, während sie die Holzscheite in der Ecke stapelte.

»Ich weiß nicht.«

»Lüg nicht.«

Er seufzte. »Fünfhundert Tonnen.«

Dascha sagte: »Das klingt ziemlich viel.«

»Das ist es aber nicht«, erwiderte Alexander.

»Wie viele Tonnen waren es noch im Juli?«, wollte Tatiana wissen.

Widerstrebend sagte Alexander: »Siebentausendzweihundert.«

Tatiana erwiderte nichts. Sie beobachtete Dascha. Dascha

resigniert, dachte sie. Mit ihrer fröhlichsten Stimme sagte sie laut: »Man muss an allem das Positive sehen – fünfhundert Tonnen ist doch ganz schön viel.«

Im Halbdunkel saßen sie eng aneinandergekuschelt auf dem Sofa, Alexander zwischen Tatiana und Dascha. Tatiana trug den gesteppten Mantel, den Mama für sie genäht hatte, und eine Stepphose. Sie zog sich die Mütze tief über die Ohren, so dass nur noch ihre Nase und ihr Mund herausschauten.

Alexander sagte: »Es gibt eine Redensart, die lautet: ›Ich möchte ein deutscher Soldat sein – mit einem russischen General, britischen Waffen und amerikanischen Rationen.‹«

»Mir würden die amerikanischen Rationen schon genügen«, entgegnete Tatiana. »Wird es denn jetzt leichter für uns, seit die Amerikaner in den Krieg eingetreten sind?«

»Ja.«

»Weißt du das genau?«

»Absolut. Seit die Amerikaner dabei sind, gibt es Hoffnung.«

Dascha warf ein: »Wenn wir hier heil herauskommen, Alexander, dann verlassen wir Leningrad und ziehen in die Ukraine oder ans Schwarze Meer, irgendwohin, wo es nicht so kalt ist.«

»Solch eine Gegend gibt es in Russland nicht«, erwiderte er. »Es liegt einfach zu weit im Norden und die Winter sind immer kalt.«

»Gibt es irgendwo auf der Welt einen Ort, wo im Winter die Temperaturen nicht unter den Gefrierpunkt sinken?«

»Arizona.«

»Arizona. Ist das in Afrika?«

»Nein.« Er seufzte leise. »Tania, weißt du, wo Arizona ist?«

»In Amerika«, erwiderte Tatiana. Die einzige Wärme im Zimmer ging von dem kleinen Ofen aus. Und von Alexander. Sie drückte den Kopf an seinen Arm.

»Ja. Es ist ein amerikanisches Bundesland«, bestätigte er.

»Neben Kalifornien. Es besteht hauptsächlich aus Wüste. Vierzig Grad im Sommer, zwanzig im Winter. Es friert dort nie. Und es schneit auch nie.«

»Hör auf«, sagte Dascha. »Du erzählst uns Märchen. Das kannst du mit Tatiana machen, ich bin schon zu alt dafür.«

»Aber es ist die Wahrheit.« Mit geschlossenen Augen lauschte Tatiana dem Klang von Alexanders Stimme. Am liebsten wäre ihr gewesen, er hätte nie mehr aufgehört zu reden. Du hast eine schöne Stimme, Alexander, dachte sie.

»Das ist unmöglich«, sagte Dascha. »Was tun die Leute dort im Winter?«

»Sie ziehen langärmelige Hemden an.«

»Oh, hör auf«, entgegnete Dascha. »Jetzt übertreibst du aber.«

Tatiana schob ihre Mütze hoch und blickte in das flackernde Feuer im Ofen.

»Tatia«, sagte Alexander leise. »*Du* weißt, dass ich die Wahrheit sage. Möchtest du gern in Arizona leben, *dem Land des kleinen Frühlings?«*

»Ja«, erwiderte sie.

Dascha fragte mit apathischer Stimme: »Wie hast du sie genannt?«

»Tatiana«, erwiderte Alexander.

Dascha schüttelte den Kopf. »Nein. Die Betonung war anders als bei Tatiana. *Tatia.* So hast du sie noch nie genannt.«

»Wirklich, Alexander«, sagte Tatiana und zog sich die Mütze wieder über die Augen, »was ist nur in dich gefahren?«

Dascha richtete sich auf. »Mir ist es egal. Nenn sie, wie du willst.« Sie ging zur Toilette.

Tatiana blieb neben Alexander sitzen, aber ihr Kopf lag nicht mehr auf seinem Arm.

»Tatia, Tatiascha, Tania«, flüsterte er, »kannst du mich hören?«

»Ich kann dich hören, Shura.«
»Leg deinen Kopf an meine Schulter. Bitte.«
Sie tat es.
»Hältst du noch durch?«
»Das siehst du doch.«
»Ja, ich sehe es.« Er ergriff ihre vernarbte Hand und küsste sie. »Mut, Tatiana. Mut.«
Ich liebe dich, Alexander, dachte Tatiana.

Am nächsten Tag kam Alexander abends zurück und sagte fröhlich: »Mädchen, ihr wisst doch, was für ein Tag heute ist, oder?«
Sie sahen ihn verständnislos an.
Tatiana war ein paar Stunden lang im Krankenhaus gewesen, sie konnte sich jedoch nicht mehr erinnern, was sie dort getan hatte.
Dascha wirkte noch ein bisschen verwirrter als am Tag zuvor. Sie versuchten zu lächeln, aber es gelang ihnen nicht.
»Was für ein Tag ist denn heute?«, fragte Dascha.
»Es ist Silvester!«, rief Alexander.
Sie starrten ihn an.
»Seht mal, ich habe uns drei Dosen Fleisch mitgebracht.« Er grinste. »Für jeden eine. Und etwas Wodka. Aber nur einen kleinen Schluck. Ihr wollt sicher nicht so viel trinken.«
Tatiana und Dascha blickten ihn immer noch verständnislos an. Schließlich sagte Tatiana: »Woher sollen wir denn überhaupt wissen, wann Mitternacht ist? Wir haben nur den Wecker, der schon seit Monaten nicht mehr richtig geht. Und das Radio funktioniert nicht.«
Alexander wies auf seine Armbanduhr. »Ich bin beim Militär. Ich weiß immer ganz genau, wie spät es ist. Und ihr beide müsst jetzt ein bisschen fröhlicher werden. So kann man doch nicht feiern.«
Sie hatten zwar keinen Tisch mehr, den sie decken konnten, aber sie legten das Fleisch auf ihre Teller, setzten sich vor die

borsoika und aßen ihr Silvestermahl, das aus Büchsenfleisch, etwas Weißbrot und einem Löffel Butter bestand. Alexander schenkte Dascha Zigaretten und Tatiana ein kleines, hartes Bonbon, das sie sich glücklich in den Mund steckte. Dann plauderten sie leise miteinander, bis Alexander auf seine Uhr blickte und jedem ein wenig Wodka einschenkte. Kurz vor zwölf standen sie auf und erhoben ihre Gläser auf das Jahr 1942.

Sie zählten die letzten Sekunden herunter und dann stießen sie an und tranken auf das neue Jahr. Alexander küsste und umarmte Dascha und Dascha küsste und umarmte Tatiana und sagte: »Na los, Tania, hab keine Angst, gib Alexander auch einen Kuss.« Dann setzte sie sich wieder auf das Sofa, während Tatiana ihr Gesicht Alexander entgegenhob. Er beugte sich zu ihr hinunter und küsste sie ganz vorsichtig und sehr sanft auf den Mund. Zum ersten Mal seit ihrem Treffen in der Isaakskathedrale hatten seine Lippen wieder die ihren berührt.

»Ein frohes neues Jahr, Tania.«

»Dir auch ein frohes neues Jahr, Alexander.«

Dascha saß mit geschlossenen Augen da, ihr Wodkaglas in der einen, die Zigarette in der anderen Hand. »Prost auf 1942«, sagte sie.

»Prost auf 1942«, wiederholten auch Alexander und Tatiana. Sie warfen sich noch einen letzten Blick zu, bevor sie sich wieder neben Dascha setzten.

Später lagen sie alle zusammen im Bett. Tatiana drehte sich zu Dascha und Alexander um. Kann man überhaupt noch etwas verbergen?, dachte sie.

Am Tag nach Neujahr gingen Alexander und Tatiana langsam zur Post. Tatiana sah immer noch jede Woche nach, ob Babuschka geschrieben hatte, und sie schrieb ihr regelmäßig. Seit Deda tot war, hatten sie erst einen Brief von Babuschka bekommen, in dem sie ihnen mitteilte, dass sie von Molotow in ein Fischerdorf umgezogen war.

Tatianas Briefe waren kurz, sie kam über eine Seite nie hinaus. Sie erzählte Babuschka vom Krankenhaus, von Vera, von Nina Iglenko und ein bisschen über den verrückten Slawin, der vor seinem unerklärlichen Verschwinden die Tage wie immer halb auf dem Flur liegend verbracht hatte, ohne sich um die Bomben oder die Kälte zu kümmern. Über Slawin konnte Tatiana schreiben. Über sich selbst oder die Familie nicht. Das überließ sie Dascha, der es immer gelang, noch ein paar fröhliche Sätze hinzuzufügen. Tatiana wusste nicht, wie sie die schrecklichen Wintermonate in Leningrad umschreiben sollte, aber Dascha fiel es nicht schwer, von Alexander und ihren Heiratsplänen zu berichten.

Der Brief, den Tatiana heute bei sich trug, enthielt allerdings keinen Zusatz von Dascha. Sie war zu müde gewesen, um etwas zu schreiben.

Langsam bahnten sich Alexander und Tatiana einen Weg durch den Schnee und die beißende Kälte. Tatiana hielt sich an Alexanders Arm fest und dachte über ihren nächsten Brief nach. Vielleicht würde sie darin endlich erwähnen, dass Mama, Marina, Tante Rita und Babuschka Maya tot waren.

Die Post befand sich im ersten Stock eines alten Gebäudes am Newskij. Früher einmal war sie im Parterre gewesen, aber die Fenster waren bei einer Bombenexplosion zerplatzt und konnten nicht repariert werden. Also zog die Post nach oben um. Allerdings gelangte man jetzt nur noch unter Schwierigkeiten dorthin, weil die Treppe vereist und voller Leichen war.

Am Fuß der Treppe sagte Alexander: »Es ist schon spät. Ich muss gehen. Um zwölf muss ich in der Kaserne sein.«

»Es sind doch noch ein paar Stunden bis Mittag«, erwiderte Tatiana.

»Nein, es ist schon elf. Wir haben anderthalb Stunden bis hierher gebraucht.«

Tatiana fror noch mehr. »Oh, Shura, sieh zu, dass dir nichts passiert«, murmelte sie.

Alexander zog ihren Schal zurecht und sagte: »Geh nicht mehr in die Geschäfte, geh direkt nach Hause zurück. Ich habe dir ja meine Ration schon dagelassen und mein Geld haben wir auch schon ausgegeben.«

»Ach ...«

»Bitte!«

»Gut«, gab Tatiana nach. »Kommst du heute Abend?«

Er schüttelte den Kopf. »Ich muss heute Abend wieder fort. Mein Artilleriegeschütz ...«

»Sprich es nicht aus.«

»Sobald ich kann, komme ich zurück.«

»Versprichst du es?«

»Tatia, ich will versuchen, dich und Dascha auf einem der Lastwagen aus Leningrad rauszubringen. Halt durch, bis ich wiederkomme, in Ordnung?«

Sie sahen einander an. Sie hätte ihm gern gesagt, wie dankbar sie dafür war, ihm ins Gesicht blicken zu können, aber sie hatte nicht die Kraft dazu. Nickend wandte sie sich zur Treppe um. Auf der zweiten Stufe rutschte sie aus und taumelte nach hinten. Alexander fing sie auf. Sie hielt sich am Geländer fest und drehte sich zu ihm um. So etwas wie ein Lächeln glitt über ihr Gesicht. »Ich komme wirklich ohne dich zurecht«, sagte sie. »Ich schaffe es schon.«

»Und wenn dich auf dem Heimweg wieder jemand überfällt?«

Tatiana warf ihm einen liebevollen Blick zu und seufzte. »In Wahrheit, in meinem Herzen, komme ich nicht ohne dich zurecht«, sagte sie. »Ich schaffe es nicht.«

»Ich weiß«, erwiderte Alexander. »Halt dich am Geländer fest.«

Langsam stieg Tatiana die vereiste Treppe hinauf. Oben drehte sie sich noch einmal um. Alexander stand immer noch unten und sah ihr nach. Sie warf ihm einen Luftkuss zu.

Am nächsten Morgen konnte Dascha nicht aufstehen. »Dascha, bitte.«

»Ich kann nicht. Geh nur.«

»Natürlich gehe ich, aber nicht allein, Dascha. Alexander ist nicht da.«

»Nein.«

Tatiana stopfte die Decken und den Mantel fest um sie. Sie wusste, dass Dascha nirgendwohin mehr gehen konnte. Sie hatte die Augen geschlossen und lag noch genauso im Bett, wie sie am Abend zuvor eingeschlafen war. Sie hatte die ganze Nacht über still dagelegen. Nur einmal hatte sie gehustet. »Bitte steh auf. Du *musst* aufstehen.«

»Später«, erwiderte Dascha. »Ich kann jetzt einfach noch nicht.«

Tatiana ging nach unten, um Wasser zu holen. Sie brauchte eine Stunde dazu. Dann machte sie Feuer in der *borsoika,* und als es brannte, kochte sie Dascha Tee.

Nachdem sie ihr ein paar Löffel der dünnen, nur schwach gesüßten Flüssigkeit eingeflößt hatte, ging sie zum Rationsladen. Es war zehn Uhr morgens, aber es war immer noch dunkel. Um elf wird es hell, dachte Tatiana. Wenn ich mit dem Brot zurückkomme, ist es hell. *»Unser tägliches Brot gib uns heute«,* flüsterte sie vor sich hin. Wenn ihr die Zeile schon früher eingefallen wäre, dann hätte sie es seit September jeden Tag gesagt.

Es herrschte jetzt immer Dunkelheit. War es Abend oder Nacht? Tatiana sah auf den Wecker, aber sie konnte die Zeiger nicht erkennen. Es gibt kein Licht mehr. Am Morgen ist es dunkel, wenn ich die Wassereimer die Treppe hinaufschleppe, es ist dunkel, wenn ich Daschas Gesicht wasche, in den Laden gehe, die Bomben fallen – immer ist es dunkel. Dann brennt wieder ein Haus ab und ich kann mich davor stellen und mich ein bisschen aufwärmen. So wie heute. Ich habe bis Mittag vor dem brennenden Haus gestanden und bin erst um eins ins Krankenhaus gegangen. Vielleicht brennt ja morgen ein anderes Gebäude. Aber zu Hause ist es dunkel.

Warum sieht Dascha mich so an? Sie ist schon seit fünf Tagen nicht mehr richtig bei sich und seit drei Tagen ist sie nicht mehr aufgestanden. Ihre Augen sind so leer! Sie starrt mich an, als ob sie nicht wüsste, wer ich bin.

»Dascha? Was ist los?«

Dascha antwortete nicht.

»Dascha!«

»Warum schreist du denn so?«, fragte Dascha leise.

»Warum siehst du mich so an?«

»Komm her.«

Tatiana kniete sich neben das Bett. »Was ist los, Liebes?«, fragte sie zärtlich. »Soll ich dir etwas holen?«

»Wo ist Alexander?«

»Ich weiß nicht. Vermutlich am Ladogasee.«

»Wann kommt er zurück?«

»Keine Ahnung. Vielleicht morgen?«

Dascha starrte sie an.

»Was ist denn los?«, fragte Tatiana.

»Willst du, dass ich sterbe?«

»Was?« Tatiana war entsetzt. »Natürlich nicht! Du bist doch meine Schwester!«

»Ja.«

»Was ist denn los?«

»Ich brauche dich, Tania.«

»Ich weiß.«

»Und wen brauchst du?«, fragte Dascha flüsternd.

Tatiana blinzelte. »Dich«, erwiderte sie dann unhörbar.

Über den See

1

»Ich habe dich gesehen, Tatiana«, sagte Dascha im Dunkeln. »Ich habe dich und ihn zusammen gesehen.«

»Wovon redest du?« Tatianas Herzschlag setzte aus.

»Ich habe euch gesehen. Ihr wusstet nicht, dass ich euch beobachte. Aber ich habe euch vor fünf Tagen an der Post gesehen.«

Tatiana, die an Daschas Bett kniete, dachte nach. Was war an der Post geschehen? Sie konnte sich nicht erinnern. »Du weißt doch, dass wir zusammen zur Post gegangen sind. Wir haben es dir doch gesagt.«

»Davon rede ich nicht. Er geht überall mit dir hin.«

»Um uns zu beschützen.«

»Nicht *uns.*«

»Doch, Dascha, uns. Er macht sich Sorgen um uns. Du weißt, warum er mich begleitet. Und hast du vergessen, dass er uns zu essen gebracht hat?«

»Das meine ich doch alles nicht«, erwiderte Dascha müde.

»Wenn er bei mir ist, stiehlt niemand unser Brot. Niemand nimmt mir unsere Lebensmittelkarten weg. Was glaubst du, wie ich dir sonst die Lebensmittel hätte bringen können?«

»Darüber will ich nicht reden.«

»Dascha, er bringt mir das Brot von toten Soldaten, damit ich es dir gebe, und wenn es keins gibt, dann überlässt er mir seine halbe Ration für dich.«

»Tatiana, er bringt sie *dir,* damit du ihn liebst.«

»Was?«, fragte Tatiana erschreckt nach. Aber dann fügte sie rasch hinzu: »Du irrst dich. Er gibt sie dir, damit du überlebst.«

»Oh, Tania.«

»Nichts ›oh Tania‹. Warum bist du mir zur Post gefolgt?«

»Ich hatte Schuldgefühle, weil ich nichts an Babuschka geschrieben habe. Sie wird sich immer auf meine Nachrichten freuen, weil deine Briefe so deprimierend sind. Du kannst die Wahrheit eben nicht so gut verbergen wie ich. Zumindest habe ich das immer gedacht«, sagte Dascha. »Also habe ich ihr ein paar fröhliche Zeilen geschrieben. Und ich bin euch nicht gefolgt. Ich habe euch erst bei der Post gesehen.«

Tatiana stand auf und legte ein weiteres Stuhlbein aufs Feuer. Es würde zwar nicht für den ganzen Abend ausreichen, aber sie mussten Holz sparen.

Dann trat sie zurück ans Bett, zog die Decken und Mäntel über Dascha und kletterte über sie hinweg an ihren Platz. Am liebsten hätte sie sich zur Wand gedreht, aber das tat sie nicht.

Nach ein paar Minuten wandte sich Dascha langsam zu ihr herum. »Ich wünschte, er würde an der Front sterben«, flüsterte sie.

»Sag so etwas nicht«, erwiderte Tatiana. Am liebsten hätte sie sich bekreuzigt, aber sie vermochte ihren kalten Arm nicht unter der Decke hervorzuziehen. Bald würde das Feuer erlöschen und es würde wieder dunkel werden im Zimmer.

Dascha fuhr fort: »Ich habe bemerkt, wie ihr euch angesehen habt.«

»Daschenka, wovon redest du denn? Ich weiß nicht, was du meinst.«

»Er stand unten an der Treppe und du standest auf der zweiten Stufe. Er hat dich festgehalten, als du ausgerutscht bist. Er sagte etwas und du hast genickt. Und dann habt ihr euch angesehen. Du bist die Treppe hochgegangen und er blickte dir von unten aus nach. Ich habe alles gesehen.«

»Dascha, Liebling, du machst dir unnötige Gedanken.«

»Tatsächlich? Tania, sag mir, wie lange bin ich schon so blind?«

Tatiana schüttelte wortlos den Kopf.

»War ich von Anfang an blind? Von dem Tag an, als ich ins Zimmer trat und du vor ihm standest? Die ganze Zeit? Oh Gott, sag es mir!«

»Du bist verrückt.«

»Tania, ich mag ja blind sein, aber ich bin nicht dumm. Ich habe noch nie einen solchen Ausdruck in seinen Augen gesehen. Er hat dir mit so viel Sehnsucht, so viel Zärtlichkeit, so viel *Liebe* nachgeschaut, dass ich wegsehen musste. Wenn ich etwas im Magen gehabt hätte, hätte ich mich auf der Stelle übergeben müssen.«

Leise wiederholte Tatiana: »Du irrst dich.«

»Ach ja? Und was lag in deinen Augen, als du ihn dort angesehen hast, Schwester?«

»Ich weiß nicht, was du meinst. Er hat mich dorthin begleitet. Dann hat er sich verabschiedet und ich bin die Treppe hochgegangen. Es lag wohl ein Abschiedsgruß in meinem Blick.«

»Nein, Tania.«

»Dascha, hör auf. Ich bin deine *Schwester.*«

»Ja. Aber *er* schuldet mir nichts.«

»Er beschützt mich nur ...«

»Nein, Tania. Er liebt dich.«

»Nein.«

»Warst du mit ihm zusammen?«

»Was soll die Frage?«

»Antworte mir. Es ist nur eine einfache Frage. Warst du mit Alexander zusammen? Hast du mit ihm geschlafen?«

»Dascha, natürlich nicht! Sieh mal, das ist ...«

»Du hast mich schon so oft angelogen. Lügst du jetzt auch?«

»Ich lüge nicht.«

»Wann – damals? Heute?«

»Damals nicht und jetzt auch nicht«, stieß Tatiana mühsam hervor.

»Ich glaube dir nicht.« Dascha schloss die Augen. »Oh

Gott, ich kann es nicht ertragen«, flüsterte sie. »Ich kann es wirklich nicht ertragen. All diese Tage, diese Nächte, diese Stunden, die wir zusammen verbracht haben ... Wir haben im selben Bett geschlafen und aus derselben Schüssel gegessen – wie kann das denn alles eine Lüge gewesen sein?«

»Es war keine Lüge! Dascha, er liebt dich. Denk doch daran, wie er dich küsst! Wie er dich berührt. Und hat er nicht – mit dir geschlafen?« Tatiana bekam die Worte kaum heraus.

»Mich geküsst ... Mich berührt ... Wir waren seit August nicht mehr zusammen. Wie kommt das?«

»Dascha, bitte ...«

»In der letzten Zeit ist es nicht mehr so interessant, mich anzufassen«, sagte Dascha. »Und dich auch nicht.«

»Diese Zeit wird vorübergehen.«

»Ja, und ich mit ihr.« Dascha hustete.

»Sag so etwas nicht.«

»Tania, was wirst du tun, wenn ich tot bin? Wird es dann leichter für dich?«

»Hör doch auf. Du bist meine Schwester ...« Tatiana hätte beinahe geweint. »Ich bin nicht weggegangen. Ich bin hier bei dir geblieben. Ich habe dich nicht verlassen. Wir sterben nicht. Er liebt dich.« Tatiana drückte die Hände auf ihre Brust, um ein Stöhnen zu unterdrücken.

»Ja«, sagte Dascha mit gebrochener Stimme. »Aber ich will, dass er mich so liebt, wie er dich liebt.«

Tatiana antwortete nicht. Sie lauschte auf das Knistern des Holzes im Ofen und fragte sich, wie lange das Stuhlbein wohl noch brennen würde. »Er liebt mich nicht«, sagte sie schließlich leise. »Wie kann er mich lieben, wenn er dich heiraten will?«

»Sag mir, wie lange du es schon vor mir geheim gehalten hast«, forderte Dascha.

Ach Dascha ... »Ich habe nichts vor dir geheim gehalten, Liebes.«

»Oh, Tania. Wie ist es möglich, dass du in einer solchen

Zeit, dem Tod so nahe, immer noch die Kraft hast zu lügen? Und warum habe ich immer noch die Kraft, wütend zu sein? Ich kann nicht einmal mehr aufstehen. Und trotzdem gibt es noch Wut und Lügen.«

»Gut«, erwiderte Tatiana, »der Zorn wärmt dich. Also hasse mich, wenn es dir dann besser geht. Hass mich mit aller Macht, wenn es dir hilft.«

»Sollte ich dich denn hassen?« Daschas Lippen bewegten sich kaum. »Habe ich denn Grund dazu?«

»Nein«, erwiderte Tatiana und drehte sich zur Wand. *Lügen bis zur letzten Minute.*

2

Am nächsten Tag konnte Dascha immer noch nicht aufstehen. Tatiana zog ihr die Decken und die Mäntel weg, doch es nutzte nichts. Es war neun Uhr und die Mädchen hatten wieder einmal geschlafen, bis die Sirenen sie um acht Uhr früh geweckt hatten.

Schließlich ging Tatiana allein zum Laden. Sie kam gegen Mittag dort an und musste feststellen, dass es kein Brot mehr gab. Es war nur eine kleine Lieferung gekommen, und um acht Uhr morgens war schon alles weg gewesen.

»Haben Sie denn nichts anderes, das Sie mir geben können?«, fragte Tatiana die Frau hinter der Theke. Aber die Frau antwortete noch nicht einmal.

Tatiana machte sich auf den Weg zu dem einzigen Menschen, der ihr helfen konnte.

Zu dem Wachtposten am Tor der Kaserne sagte sie: »Ich möchte zu Hauptmann Below. Ist er hier?«

»Below?« Der Wachtposten, den Tatiana noch nie zuvor gesehen hatte, sah im Dienstplan nach. »Ja, er ist hier. Aber ich kann niemanden nach ihm schicken.«

»Bitte«, sagte Tatiana. »Bitte! Wir haben heute kein Brot bekommen und meine Schwester …«

»Glauben Sie etwa, der Hauptmann hat Brot für Sie? Verschwinden Sie von hier!«

Tatiana rührte sich nicht von der Stelle. »Er ist mit meiner Schwester verlobt«, sagte sie.

»Na, großartig«, erwiderte der Wachtposten. »Warum erzählen Sie mir nicht Ihre ganze Lebensgeschichte?«

»Wie heißen Sie?«, fragte sie.

»Obergefreiter Kristoff«, antwortete er. »*Obergefreiter.*«

»Sehr gut, *Obergefreiter*«, sagte Tatiana. »Ich weiß, dass Sie Ihren Posten nicht verlassen dürfen. Aber können Sie mich denn bitte hineinlassen, damit ich zum *Hauptmann* gehen kann?«

»Sie in die Kaserne hineinlassen?«, fragte er ungläubig. »Sind Sie verrückt?«

»Ja«, erwiderte Tatiana und hielt sich am Tor fest. Sie fürchtete, im nächsten Moment zusammenzubrechen. Der Weg war so weit gewesen … Aber ohne etwas zu essen für ihre Schwester würde sie nicht nach Hause gehen. »Ja, ich bin verrückt. Aber ich bitte Sie ja nicht um Ihr Essen. Ich bitte Sie ja nicht einmal darum, sich von Ihrem Posten zu entfernen. Ich bitte Sie nur darum, mich zu Hauptmann Below zu lassen. Das ist doch nicht zu viel verlangt, oder? Bitte, helfen Sie mir.«

»Hör mal zu, Mädchen, ich habe keine Lust mehr, mit dir zu reden«, sagte Kristoff und nahm sein Gewehr von der Schulter. »Verschwinde von hier. Hast du verstanden?«

Tatiana war zu schwach, um mit dem Kopf zu schütteln. Nur ihre Lippen bewegten sich. »Obergefreiter Kristoff, ich werde hier warten. Feldwebel Petrenko, Leutnant Marasow, Major Stepanow – sie alle kennen mich. Sagen Sie denen ruhig, dass Sie die Schwester der sterbenden Verlobten von Hauptmann Below weggeschickt haben.«

»Willst du mir etwa drohen?«, fragte Kristoff und hob sein Gewehr.

»Obergefreiter!« Ein Offizier kam über den Hof. »Was ist hier los? Gibt es Probleme?«

»Ich habe dem Mädchen nur gerade gesagt, es soll hier verschwinden, Genosse Leutnant«, sagte Kristoff.

Der Offizier blickte Tatiana an. »Wen suchen Sie?«, fragte er.

»Hauptmann Below, Genosse Leutnant«, erwiderte Tatiana.

Der Offizier wandte sich an Kristoff. »Hauptmann Below ist oben. Haben Sie ihn gerufen?«

»Nein, Genosse Leutnant.«

»Öffnen Sie das Tor.«

Der Offizier zog Tatiana herein. »Kommen Sie. Wie heißen Sie?«

»Ich bin Tatiana.«

»Tatiana ...«, wiederholte der Offizier. »Hat Kristoff Ihnen Ärger gemacht?«

»Ja, Genosse Leutnant«, erwiderte sie.

»Sie brauchen keine Angst vor ihm zu haben. Er ist nur sehr dienstbeflissen. Ich komme gleich zurück.«

Der Offizier ging zu Alexanders Stube. Alexander schlief gerade, weil er die Nacht über auf Patrouille gewesen war. »Hauptmann«, sagte der Offizier laut.

Alexander fuhr erschreckt aus dem Schlaf hoch.

»Draußen wartet eine junge Dame auf Sie, Genosse«, sagte der Offizier. »Ich weiß, dass es gegen die Regeln verstößt, aber kann ich sie hineinschicken? Es ist ein Mädchen namens Tatiana.«

Noch bevor er den Satz zu Ende gesprochen hatte, war Alexander schon aufgesprungen und hatte begonnen, sich anzuziehen. »Wo ist sie?«

»Unten. Ich habe sie hierher gebracht, ich dachte, es macht Ihnen nichts aus.«

»Nein, es macht mir nichts aus.«

»Dieser Bastard Kristoff wollte auf sie schießen. Ich habe gerade noch ...«

»Danke, Leutnant.« Alexander stürzte bereits aus der Tür.

Tatiana saß unten auf der Treppe, den Kopf an die Wand gelehnt.

»Tatia! Was ist passiert?«

»Dascha kann nicht mehr aufstehen. Und es gab kein Brot im Laden.« Sie konnte noch nicht einmal mehr den Kopf heben.

»Komm.« Alexander streckte die Hand aus, aber sie hatte nicht die Kraft, sich hochzuziehen. Er musste sie mit beiden Armen hochheben.

»Du bist zu weit gelaufen«, sagte er zärtlich.

Sie nickte.

»Komm mit in die Messe.« Dort gab Alexander Tatiana eine Scheibe Schwarzbrot mit etwas Butter, eine halbe gekochte Kartoffel mit etwas Leinsamenöl und außerdem noch echten Kaffee mit ein wenig Zucker. Dankbar aß und trank sie. »Was ist mit Dascha?«, fragte sie dann.

»Keine Sorge, für Dascha habe ich auch etwas zu essen.« Er gab ihr noch einen Kanten Schwarzbrot, eine halbe Kartoffel und steckte ihr eine Hand voll Bohnen in die Manteltasche. »Ich wünschte, ich könnte mit dir gehen«, sagte er, »aber ich kann heute die Kaserne nicht verlassen.«

»Ist schon gut«, erwiderte Tatiana und dachte dabei, ich glaube nicht, dass ich den Rückweg schaffe. In der Messe war es ruhig, weil keine Essenszeit war. Nur ein paar Soldaten saßen an den Tischen.

Tatiana wollte Alexander so viel fragen, ihm so viel erzählen, aber die Anstrengung war zu groß. So schwiegen sie beide.

Alexander begleitete sie später zum Tor. Sie taumelte und wäre fast zu Boden gestürzt. »Du meine Güte, Tatia«, sagte er.

Sie antwortete nicht, aber dass er sie Tatia nannte, ließ ihr Herz schneller schlagen. Sie richtete sich auf und erklärte: »Es geht schon. Mach dir keine Sorgen.«

»Warte hier.« Er setzte sie auf eine Bank neben dem Tor und eilte davon. Ein paar Minuten später kam er mit einem Schlitten zurück und sagte: »Komm, ich bringe dich nach Hause. Stepanow hat mir zwei Stunden frei gegeben.« Er legte den Arm um sie. »Komm, du brauchst gar nichts zu tun. Setz dich einfach auf den Schlitten.«

Am Tor trug Alexander sich aus. »Es tut mir Leid wegen vorhin«, sagte der Obergefreite zu Tatiana und warf Alexander einen furchtsamen Blick zu. Alexander öffnete den Mund, um etwas zu erwidern, aber Tatiana zupfte ihn am Ärmel. Er schob sie vorsichtig beiseite, ballte die Faust und schlug Kristoff nieder. »In zwei Stunden bin ich wieder da, Obergefreiter«, sagte er, »und dann befasse ich mich mit Ihnen.«

Alexander hatte Tatiana zwar gesagt, sie solle sich auf den Schlitten setzen, aber sie musste sich hinlegen. Sie konnte nicht mehr aufrecht sitzen. Alexander zog den Schlitten durch die stillen, verschneiten Straßen von Leningrad. Das ist doch zu schwer für ihn, dachte Tatiana die ganze Zeit. Immer muss er alles Schwere tun. Sie hätte ihn gern am Mantel gezupft, doch stattdessen schlief sie ein.

Als sie die Augen aufschlug, hockte Alexander neben ihr und streichelte ihr über die Wange. »Tatia«, flüsterte er, »wach auf, wir sind zu Hause.«

Ich werde bald mit Alexanders Hand auf meiner Wange sterben, dachte Tatiana. Nicht die schlechteste Art zu sterben. Ich kann mich nicht bewegen. Ich kann nicht aufstehen. Sie schloss die Augen und spürte, dass sie schon wieder einschlief.

Durch den Nebel in ihrem Kopf hörte sie Alexanders Stimme. »Tatiana, ich liebe dich. Hörst du mich? Ich liebe dich so sehr, wie ich noch nie jemanden in meinem ganzen Leben geliebt habe. Steh jetzt auf. Für mich, Tatia. Bitte, steh für mich auf und kümmere dich um deine Schwester. Und ich kümmere mich um dich.« Er küsste sie auf die Wange.

Sie öffnete die Augen. Sein Gesicht war ganz nah. Hatte sie ihn wirklich gerade gehört oder hatte sie es nur geträumt? Sie hatte schon so oft nachts davon geträumt, dass er ihr sagte, er liebe sie, sie hatte sich nach diesen Worten gesehnt …

Tatiana erhob sich mühsam. Alexander konnte sie nicht auf dem Rücken die vereiste Treppe hochtragen, aber er legte den Arm um sie und gemeinsam schafften sie es bis in den dritten Stock. Vor der Tür zu ihrer Wohnung blieb Tatiana stehen. »Geh hinein«, sagte sie. »Ich warte hier. Geh und sieh nach, ob sie …« Sie konnte den Satz nicht beenden.

Alexander schob sie in den Flur und ging dann durch bis ins Schlafzimmer. »Tania«, hörte sie kurz darauf seine Stimme, »komm herein. Dascha geht es gut.«

Tatiana ging ins Zimmer und kniete sich neben Dascha ans Bett. »Dascha«, sagte sie, »sieh mal, er hat uns zu essen gebracht.«

Dascha, deren Augen riesig und leer waren, bewegte stumm die Lippen.

»Ich muss wieder zurück«, sagte Alexander. »Geh morgen ganz früh das Brot holen. Bis dahin habt ihr genug. Habt ihr eigentlich schon die Gerste aufgegessen?« Er küsste Dascha auf die Stirn. »Morgen bringe ich euch noch mehr.«

Dascha hob den Arm. »Bleib hier«, sagte sie.

»Das geht nicht. Iss etwas, dann wirst du dich besser fühlen. Ich komme dich bald besuchen. Tania, brauchst du Hilfe? Kannst du aufstehen?«

»Ja«, erwiderte sie.

»Na, komm her«, sagte er und legte die Hände unter ihre Arme. »Komm hoch.«

Er zog sie hoch. Sie hätte ihn gern angesehen, aber sie wusste, dass Dascha sie beobachtete. »Danke, Sh… Alexander.«

3

Sie lagen halb bewusstlos unter ihren Decken. Nachts wachte Tatiana plötzlich auf, weil es klopfte. Mühsam stieg sie aus dem Bett und ging durch den dunklen Flur zur Tür. Alexander stand da, er trug seine weiße Kampfuniform und auf dem Kopf eine gesteppte Mütze. In den Händen hielt er eine Decke.

»Was ist los?«, fragte sie und presste die Hände an die Brust. Immer noch schlug ihr Herz schneller, wenn sie ihn sah. »Was ist passiert?«

»Nichts«, erwiderte er. »Ihr müsst euch fertig machen. Wo ist Dascha? Sie muss sich anziehen.«

»Wohin gehen wir denn? Dascha kann nicht aufstehen. Das weißt du doch. Sie hustet stark«, erwiderte Tatiana.

»Sie wird aufstehen«, sagte Alexander. »Heute Nacht verlässt ein Armeelaster die Garnison. Ich bringe euch nach Ladoga und dann fahrt ihr nach Kobona. Tania! Ich bringe euch aus Leningrad hinaus!«

Er ging durch den Flur und trat ins Schlafzimmer. Dascha lag unter den Decken und Mänteln und rührte sich nicht.

»Dascha«, flüsterte Alexander. »Daschenka, Liebes, wach auf. Wir müssen gehen. Wir müssen uns beeilen.«

Ohne die Augen zu öffnen, murmelte Dascha: »Ich kann nicht aufstehen.«

»Du kannst und du wirst aufstehen«, entgegnete Alexander fest. »Ein Armeelaster wartet an der Kaserne auf uns. Ich bringe euch zum Ladogasee und dann über den See nach Kobona. Dort gibt es genug zu essen, und dann könnt ihr zu eurer Großmutter nach Molotow gehen. Aber du musst sofort aufstehen, Dascha. Komm, lass uns gehen.« Er zog ihr die Decken weg.

Dascha flüsterte: »Ich kann nicht bis zur Kaserne laufen.«

»Tania hat einen Schlitten. Und sieh mal.« Er zog ein Stück Weißbrot mit Kruste aus dem Mantel. Dann brach er ein

Stück von dem weichen Inneren ab und steckte es ihr in den Mund. »Weißbrot! Iss, es wird dir Kraft geben.«

Dascha öffnete den Mund. Lustlos kaute sie das Stück Brot, dann hustete sie. Tatiana stand daneben. Sie hatte ihren Mantel angezogen und eine Decke über die Schultern gelegt und sah mit einem Blick auf das Brot, mit dem sie früher einmal Alexander angesehen hatte. Vielleicht wollte Dascha es ja gar nicht aufessen. Vielleicht ließ sie ihr ja etwas übrig ...

Aber Dascha aß alles auf. »Hast du noch mehr?«, fragte sie.

»Nur die Kruste«, erwiderte Alexander.

»Gib sie mir.«

»Du kannst sie nicht kauen.«

»Ich schlucke sie ganz hinunter.«

»Dascha ... vielleicht kann deine Schwester sie essen?«, bat er.

»Sie steht doch aufrecht, oder nicht?«

Alexander warf Tatiana einen Blick zu. Sie sah sehnsüchtig auf die Kruste, erwiderte aber kopfschüttelnd: »Gib sie ihr. Sie hat Recht.«

Alexander holte tief Luft und gab Dascha die Kruste. Dann stand er auf und sagte zu Tatiana: »Lass uns gehen. Kann ich dir beim Packen helfen?«

Tatiana blickte ihn aus leeren Augen an. »Ich habe nichts. Ich bin fertig. Wir haben alles verkauft oder verbrannt.«

»Alles?«, fragte er.

»Ich habe ... die Bücher ...« Sie brach ab.

»Nimm sie mit«, sagte Alexander. »Und wenn du gar nicht mehr weiterweißt, dann schneide den Schutzumschlag des Puschkin-Bandes auf.« Er kroch unter das Bett, um die Bücher hervorzuholen, und Tatiana packte sie in Paschas alten Rucksack. Dann hob Alexander Dascha hoch und zwang sie, sich hinzustellen. Er trug sie aus der Wohnung und sie rutschten die Treppe hinunter. Die Stille wurde nur durch Daschas gelegentliches Stöhnen und Husten unterbrochen. Draußen in der bitterkalten Nacht legte Alexander Dascha auf den Schlitten und deckte sie mit der Decke zu. Dann ergriffen Alexander und Tatiana die Schnur und zogen Dascha auf dem blauen Schlitten mit den hellroten Kufen durch die Straßen.

»Was wird aus Dascha?«, fragte Tatiana leise.

»In Kobona gibt es zu essen und ein Krankenhaus. Sobald es ihr besser geht, fahrt ihr nach Molotow.«

»Es geht ihr nicht gut.«

Alexander antwortete nicht.

»Warum hustet sie so?«, fragte Tatiana und musste selbst husten.

Alexander schwieg.

»Ich habe schon lange nichts mehr von Babuschka gehört.«

»Es geht ihr bestimmt gut. Sie ist zumindest besser dran als ihr«, erwiderte Alexander. »Ist es nicht zu schwer für dich, den Schlitten zu ziehen? Geh einfach neben mir her und lass den Schlitten los.«

»Nein.« Es kostete sie eine gewaltige Anstrengung. »Ich will dir helfen.«

»Spar deine Kräfte.« Tatiana ließ gehorsam das Seil los.

»Halte dich an meinem Arm fest«, sagte Alexander.

Die Nacht war so kalt, dass Tatiana bald schon ihre Füße nicht mehr spürte. Leningrad lag still und fast völlig dunkel da. Tatiana warf einen Blick auf Dascha.

»Sie kommt mir so schwach vor«, sagte Tatiana.

»Sie ist auch schwach.«

»Wie schaffst du das nur?«, fragte sie leise. »Wie schaffst du es nur, deine Waffe zu tragen, Wache zu stehen, zu kämpfen und für uns alle stark zu sein?«

»Ich gebe dir einfach das, was du am meisten von mir brauchst«, erwiderte Alexander und sah sie an.

Schweigend trotteten sie durch den Schnee. Als Alexander langsamer wurde, nahm Tatiana ihm das zweite Seil aus der Hand. Er protestierte nicht.

»Es geht mir besser, wenn ich weiß, dass ihr beide aus Leningrad fort seid. Wenn ich weiß, dass du in Sicherheit bist«, sagte er schließlich. »Glaubst du nicht, dass dann alles besser ist?«

Tatiana antwortete nicht. Besser in Bezug auf Lebensmittel. Besser für Dascha, ja. Aber nicht besser für Alexander und auch nicht besser für sie. Doch sie schwieg. Und dann hörte sei sein leises »Ich weiß«. Am liebsten hätte sie geweint, aber es ging nicht. Ihre vom Frost und vom Wind entzündeten Augen waren trocken.

Als sie eine Stunde später an der Kaserne ankamen, war der Armeelaster bereit zum Abfahren. Alexander hob Dascha unter die Plane. Auf dem Boden saßen sechs Soldaten und neben einem Mann, der nahezu leblos schien, hockte eine junge Frau mit einem Säugling. Der Mann sieht noch viel schlimmer aus als Dascha, dachte Tatiana, aber dann merkte sie, dass ihre Schwester nicht aufrecht sitzen bleiben konnte. Jedes Mal, wenn Alexander sie hinsetzte, sank sie zur Seite. Auch Tatiana konnte nicht ohne Hilfe in den Lastwagen klettern. Sie war zu schwach dazu. Jemand musste sie hochheben, aber niemand kümmerte sich darum, selbst Alexander nicht, der die ganze Zeit versuchte, Dascha wach zu bekommen.

Drinnen schrie jemand: »Losfahren!«, und der Lastwagen setzte sich langsam in Bewegung.

»Shura!«, schrie Tatiana.

Alexander kroch nach hinten zur Klappe, packte Tatiana an beiden Armen und zog sie hoch.

»Hast du mich vergessen?«, fragte sie, aber dann sah sie, dass Dascha die Augen geöffnet hatte und sie beobachtete.

Schweigend begannen sie die Fahrt zum Ladogasee.

Alexander saß auf dem Boden neben seinem Gewehr. Dascha lag auf dem mit Sägemehl bedeckten Boden, den Kopf auf seinem Schoß. Tatiana ergriff die Füße ihrer Schwester und legte sie sich über die Beine.

Die Zeit verging. In einem gelegentlich aufflackernden Scheinwerferlicht sah Tatiana, dass Alexander sie anblickte. Sie erwiderte seinen Blick, bis das entgegenkommende Fahrzeug vorbeigefahren war und es wieder dunkel wurde. Ohne ein Wort zu sagen, ohne einander zu berühren, verharrten sie auf dem Boden und sahen sich an.

Endlose Minuten verstrichen.

»Weißt du, wie spät es ist?«, fragte Tatiana leise.

»Zwei Uhr morgens. Wir sind bald da«, erwiderte Alexander.

Tatiana hätte gern etwas gegessen und ihr war kalt. Ihre Augen hatten sich mittlerweile an die Dunkelheit gewöhnt. Sie sah Alexanders Silhouette, seinen Kopf und seine Mütze und dass er die Arme um Dascha geschlungen hatte, um sie warm zu halten. Tatiana kniff in Daschas Beine, zuerst vorsichtig, dann fester. Dascha bewegte sich leicht und hustete. Erleichtert schloss Tatiana die Augen, riss sie aber sofort wieder auf. Bald würden sie über das Eis des Ladogasees fahren, weg von Alexander. Wenn ich den Arm ausstrecke, kann ich ihn fast berühren, dachte sie.

»Tania?«

»Ja, Alexander?«

»Wie heißt der Ort, in dem deine Großmutter jetzt wohnt?«

»Lazarewo. Es liegt in der Nähe von Molotow.« Sie streckte ihm ihre Hand entgegen und er erhob die seine.

»Lazarewo.« Wieder glitt ein Lichtstrahl über sie hinweg. Alexander und Tatiana berührten einander. Dann wurde es wieder dunkel.

Alexander schlief ein. Auch Dascha schlief. Alle Leute im Laster hatten die Augen geschlossen, nur Tatiana blieb wach. Sie konnte den Blick nicht von Alexander abwenden. Vielleicht bin ich ja tot, dachte sie. Tote Leute können ihre Augen auch nicht schließen. Vielleicht kann ich deshalb nicht schlafen. Ich bin tot. Sie musste ihn einfach die ganze Zeit über ansehen. Seine Hände lagen auf Daschas Kopf.

»Alexander, warum kaufst du dir nicht auch ein Eis?«

»Ich möchte keins.«

»Warum schaust du dann so sehnsüchtig auf mein Eis?«

»Ich schaue nicht sehnsüchtig auf dein Eis.«

»Nein? Möchtest du mal probieren?«

»Ja.« Er beugte sich zu ihr und leckte an ihrem Eis.

»Ist es nicht gut?«

»Sehr gut, Tania.«

Endlich hielt der Lastwagen. Alexander öffnete die Augen. Auch die anderen Leute rührten sich. Die Frau mit dem Säugling stand als Erste auf und flüsterte ihrem Mann zu: »Leonid, komm, Lieber, wir sind da. Steh auf, Liebling.«

Alexander stand ebenfalls auf und reichte Tatiana die Hand. »Na komm, Tatia«, sagte er leise. »Es ist Zeit.« Er zog sie hoch. Sie schwankte vor Schwäche.

»Shura«, sagte sie, »was soll ich in Kobona mit Dascha machen? Sie kann nicht gehen. Und ich bin nicht du, ich kann sie nicht tragen.«

»Mach dir keine Sorgen. Dort sind Soldaten und Ärzte, die dir helfen. Sieh dir diese Frau an«, flüsterte er ihr zu. »Sie trägt ihr Kind, aber ihr Mann kann sich nicht mehr auf den Beinen halten, genau wie Dascha. Aber sie wird es auch schaffen, du wirst schon sehen. Komm, ich helfe dir herunter.«

Er sprang aus dem Laster und streckte die Arme nach Tatiana aus. Selbst wenn sie gewollt hätte, hätte sie nicht springen können, also hob er sie herunter. Er ließ sie nicht los.

»Hol Dascha, Shura«, flüsterte Tatiana. Dabei wäre sie am liebsten für immer bei ihm stehen geblieben.

»Na macht schon!«, schrie der Feldwebel hinter ihnen. Alexander ließ Tatiana los und drehte sich wütend um. Der Feldwebel entschuldigte sich hastig bei dem Hauptmann.

Tatiana registrierte vier weitere Lastwagen, deren Scheinwerfer ein schneebedecktes Feld anstrahlten. Doch dann merkte sie, dass es gar kein Feld war. Es war der Ladogasee. Die Straße des Lebens.

»Kommt, kommt, Genossen! Geht zum See hinunter. Dort wartet ein anderer Lastwagen auf euch. Kommt schon, je schneller ihr da seid, desto schneller können wir losfahren. Es sind dreißig Kilometer, ein paar Stunden auf dem Eis, aber auf der anderen Seite gibt es Butter und vielleicht sogar Käse. Beeilt euch!«

Die Frau mit dem Säugling auf dem Arm ging bereits den Hügel hinunter. Ihr Mann humpelte neben ihr her.

Alexander hielt Dascha auf den Armen. »Stell sie hin, Shura«, sagte Tatiana. »Wir versuchen, sie zum Gehen zu bringen.«

Er stellte Dascha hin, aber ihre Beine gaben sofort nach. »Komm, Dascha«, drängte Tatiana. »Geh mit mir. Auf der anderen Seite gibt es Butter, hast du nicht gehört?«

Dascha öffnete stöhnend die Augen. »Wo bin ich?«, flüsterte sie.

»An der Straße des Lebens. Jetzt komm. Gleich erhalten wir etwas zu essen, und es wird uns besser gehen. Und ein Arzt wird sich um dich kümmern.«

»Kommst du mit uns?«, fragte Dascha Alexander.

Er stützte sie. »Nein, Dascha, ich muss hier bleiben. Mein Zenith steht da oben. Aber sobald du in Molotow bist, schreibst du mir, und wenn ich Urlaub habe, komme ich dich besuchen«, sagte Alexander, ohne Tatiana anzublicken.

Dascha ging ein paar Schritte ohne Hilfe und sank dann in den Schnee. »Ich kann nicht.«

»Du kannst, wenn du nur willst«, sagte Tatiana. »Komm, zeig Alexander, dass dein Leben dir etwas bedeutet. Zeig ihm, dass du bis zum Lastwagen gehen kannst. Es ist deine Rettung. Komm, Dascha.« Sie zog ihre Schwester hoch.

Nach ein paar Metern blieb sie jedoch wieder stehen. »Nein«, flüsterte sie.

Alexander half Tatiana. Sie schleiften Dascha den rutschigen Abhang hinunter zum Lastwagen.

Alexander hob Dascha hinein. Dann half er Tatiana, die sich auch kaum auf den Beinen halten konnte. »Komm, Tania«, sagte er. »Du musst stark sein für deine Schwester. Mach dir keine Sorgen wegen einer Bombardierung«, fügte er hinzu. »Nachts ist es für gewöhnlich ruhiger.«

»Ich mache mir keine Sorgen«, erwiderte Tatiana und ließ sich von ihm hochheben.

Er schloss sie fest in die Arme. »Sei stark für mich«, sagte er rau. »Rette dich – für mich.«

»Das werde ich versuchen, Shura«, erwiderte Tatiana. »Ich rette mich für dich.«

Alexander beugte sich zu ihr, aber sie hatte nicht die Kraft, den Kopf zu heben. Er drückte ihr einen Kuss auf die Mütze und für ein paar Sekunden standen sie eng umschlungen da.

»Es ist Zeit!«, schrie jemand.

Alexander half Tatiana in den Wagen. Er selbst sprang auch noch einmal hinauf, um zu sehen, ob die beiden Mädchen es bequem hatten. Er bettete Daschas Kopf in Tatianas Schoß.

»Ist das gut so?«, fragte er, und die Schwestern nickten.

Dann kniete sich Alexander vor Dascha und sagte: »Und denk daran, wenn sie dir in Kobona zu essen geben, iss langsam und mit kleinen Bissen. Schling nicht alles sofort hinunter, das kann dir den Magen zerreißen. Nach und nach wirst du dich dann wieder ans Essen gewöhnen. Iss viel Suppe. Verstehst du mich?«

Dascha ergriff seine Hand. Er küsste sie auf die Stirn. »Bis bald, Dascha.«

»Auf Wiedersehen ...«, flüsterte Dascha. »Wie hat meine Schwester dich genannt? Shura?«

Alexander warf Tatiana einen Blick zu. »Ja, Shura.«

»Auf Wiedersehen, Shura«, sagte Dascha. »Ich liebe dich.«

Tatiana schloss die Augen, damit sie Alexander nicht ansehen musste. Am liebsten hätte sie sich die Ohren zugehalten.

»Ich liebe dich auch«, erwiderte Alexander. »Vergiss nicht zu schreiben.«

Als er aufstand, sagte Dascha: »Verabschiede dich von Tatiana. Oder habt ihr das schon getan?«

»Auf Wiedersehen, Tatiana«, sagte er.

»Auf Wiedersehen, Alexander«, erwiderte sie und sah ihn dabei an.

»Sobald ihr in Molotow seid, will ich von euch hören. Versprochen?«, rief Alexander, während er vom Lastwagen sprang.

»Alexander!«, rief Dascha ihm nach.

»Ja?« Er beugte sich noch einmal in den Wagen.

»Sag mir, wie lange liebst du meine Schwester schon?«

Alexander blickte von Dascha zu Tatiana und dann wieder zu Dascha. Er öffnete den Mund, aber es kam kein Ton heraus.

»Wie lange? Sag es mir! Sieh uns doch an – was für Geheimnisse können wir denn noch voreinander haben? Sag es mir, Liebling. Bitte.«

Alexander biss die Zähne zusammen, dann stieß er hervor: »Dascha, ich habe deine Schwester nie geliebt. *Nie*. Ich liebe *dich*. Du weißt, was uns verbindet.«

»Du hast gesagt, dass wir nächsten Sommer heiraten werden«, murmelte Dascha mit schwacher Stimme. »Hast du das ernst gemeint?«

Er nickte. »Natürlich. Nächsten Sommer komme ich und wir heiraten. Und jetzt fahrt.«

Er warf ihr einen Luftkuss zu, ohne Tatiana überhaupt noch eines Blickes zu würdigen. Und sie hatte so verzweifelt auf einen letzten, kurzen Blick gehofft, damit sie die Wahrheit wenigstens in seinen Augen sehen konnte! Aber er hatte sie *verleugnet*.

Die Plane wurde geschlossen, der Laster fuhr los und die Mädchen saßen wieder im Dunkeln. Nur, dass jetzt Alexander nicht mehr bei ihnen war. Es gab kein Licht und man hörte nur das Artilleriefeuer in der Ferne. Schließlich schloss Tatiana die Augen, damit Dascha nicht sehen konnte, was ihr so deutlich im Gesicht geschrieben stand.

»Tania?«

Sie antwortete nicht. Ihre Nase schmerzte von der kalten Luft, die sie einatmete.

»Taneschka?«

»Ja, Dascha, Liebes?«, flüsterte sie schließlich. »Geht es dir gut?«

»Mach die Augen auf, Schwester.«

Sie öffnete sie. »Dascha, ich bin sehr müde. Du hast stundenlang geschlafen. Jetzt bin ich an der Reihe. Ich möchte nur für ein paar Sekunden die Augen schließen. In Ordnung?«

Dascha antwortete nicht, sondern blickte Tatiana mit erschreckender Klarheit an. Tatiana umfasste das Gesicht ihrer Schwester und schloss die Augen.

»Was war das für ein Gefühl, Tania, ihn sagen zu hören, dass er dich nie geliebt hat?«

Mit größter Mühe unterdrückte Tatiana ein gequältes Stöhnen. »Ein gutes«, erwiderte sie rau. »So sollte es sein.«

»Warum hast du dich denn dann zusammengekrümmt, als seiest du geschlagen worden?«

»Ich weiß nicht, was du meinst«, entgegnete Tatiana mit schwacher Stimme.

»Mach deine Augen auf!«

»Nein.«

»Du liebst ihn unsäglich, nicht wahr? Wie ist es dir bloß gelungen, das vor mir zu verbergen, Tania? Du hast noch nie einen Mann mehr geliebt als ihn.«

Ich habe noch nie einen Mann mehr geliebt als ihn. »Dascha«, sagte Tatiana schließlich, *»dich* liebe ich mehr.« Sie hielt ihre Augen fest geschlossen.

»Du hast es auch gar nicht wirklich vor mir verborgen«, sagte Dascha. »Kein bisschen. Du hast deine Liebe offen gezeigt. Marina hatte Recht. Ich war nur blind.« Sie schloss ebenfalls die Augen, aber ihre Stimme war laut und deutlich im Lastwagen zu vernehmen. »Ich hätte es überall sehen können. Doch ich sehe es erst jetzt.«

Sie begann zu weinen und bekam einen Hustenanfall. »Aber du warst doch noch ein Kind! Wie kann denn ein Kind jemanden lieben?« Dascha stöhnte auf.

Ich bin erwachsen geworden, Dascha, dachte Tatiana. Irgendwann zwischen dem Ilmensee und dem Kriegsausbruch ist das Kind erwachsen geworden. In der Ferne grollten die Kanonen und die Granaten pfiffen. Im Lastwagen war es still.

Tatiana machte sich Gedanken über den Säugling, den die Frau im Arm hielt. Es war eine junge Frau mit fahler Haut und offenen Geschwüren auf den Wangen. Ihr Mann lehnte an ihrer Schulter und sackte ständig vornüber. Die Frau begann zu weinen. Der Säugling gab keinen Laut von sich.

Tatiana fragte die Frau: »Kann ich Ihnen helfen?«

»Du hast deine eigenen Probleme«, gab die Frau ihr barsch zur Antwort. »Mein Mann ist sehr schwach.«

Dascha sagte: »Ich bin kein Problem. Zieh mich hoch, Tania, und lehn mich gegen die Wand. Mein Brustkorb tut zu weh, wenn ich liege. Und dann hilf ihr.«

Tatiana schüttelte den Mann leicht und schob ihn hoch, aber er sank wieder zur Seite. Er war dick vermummt in einen Schal und sein Mantel war bis zum Hals zugeknöpft. Tatiana brauchte lange, bis sie die Knöpfe geöffnet hatte. Dabei redete die Frau ununterbrochen auf sie ein.

»Meinem Mann geht es nicht gut. Und meiner Tochter auch nicht. Ich habe keine Milch für sie. Sie ist im Oktober geboren, weißt du! Ist das nicht ein Pech für ein Kind, im Oktober geboren worden zu sein? Und dabei waren wir so glücklich, als ich im Februar schwanger wurde! Wir waren so aufgeregt. Unser erstes Kind! Leonid hat bei den städtischen Verkehrswerken gearbeitet, er brauchte nicht an die

Front und seine Ration war ausreichend, aber dann fuhren die Bahnen und Busse nicht mehr und er hatte nichts mehr zu tun – warum knöpfst du ihm den Mantel auf?«

Ohne auf eine Antwort zu warten, fuhr die Frau fort: »Ich bin Nadeschda. Ich hatte keine Milch für meine Tochter, als sie zur Welt kam. Was sollte ich ihr geben? Ich habe ihr Sojamilch gefüttert, aber davon bekam sie schrecklichen Durchfall, also musste ich damit aufhören. Und mein Mann brauchte auch etwas zu essen. Gott sei Dank durften wir schließlich auf den Lastwagen. Wir haben so lange darauf gewartet! Jetzt wird alles wieder gut. In Kobona gibt es Brot und Käse, hat jemand gesagt. Ich möchte für mein Leben gern mal wieder Hühnchen oder etwas Heißes essen. Ich würde sogar Pferdefleisch essen, das würde mir nichts ausmachen. Ich brauche nur auch etwas für Leonid.«

Tatiana nahm ihre zwei Finger von der Halsschlagader des Mannes, knöpfte ihm sorgfältig den Mantel wieder zu und wickelte ihm den Schal um den Hals. Sie schob ihn ein wenig zur Seite, damit er nicht mehr über den Beinen seiner Frau lag, und setzte sich wieder neben Dascha. Im Lastwagen war es totenstill. Sie hörte nur Daschas flache Atemzüge und ihr Husten. Das – und Alexanders Worte, dass er sie nie geliebt habe.

Beide Schwestern schlossen die Augen, damit sie die Frau, ihr totes Kind und den toten Mann nicht sehen mussten. Tatiana legte ihre Hand auf Daschas Kopf und Dascha ließ es geschehen.

Bei Tagesanbruch erreichten sie Kobona. Tatiana fiel auf, dass Daschas Atem auf einmal rasselnd ging.

»Kannst du aufstehen, Dascha?«, fragte sie. »Wir sind da.«

»Nein«, hauchte Dascha. »Ich kann nicht.«

Nadeschda schrie nach jemandem, der ihr und ihrem Mann helfen sollte. Niemand kam. Nur ein Soldat hob die Plane und grunzte: »Los, alle aussteigen. Wir müssen abladen und zurückfahren.«

Tatiana versuchte, Dascha hochzuzerren. »Komm, Dascha, steh auf!«

»Hilf den anderen, Tatiana«, erwiderte Dascha. »Ich kann mich nicht rühren.« Tatiana zog Dascha auf alle viere. »Kriech zur Klappe, dann helfe ich dir hinunter.«

»Kannst du meinem Mann auch helfen?«, fragte Nadeschda in klagendem Tonfall. »Hilf ihm bitte. Du bist so stark. Du siehst doch, dass er krank ist.«

Tatiana schüttelte den Kopf. »Er ist zu groß für mich.«

»Ach, komm, du kannst dich doch noch bewegen! Hilf uns doch! Sei nicht so egoistisch.«

»Warten Sie«, sagte Tatiana. »Ich helfe zuerst meiner Schwester vom Wagen und dann helfe ich Ihnen.«

»Lassen Sie sie in Ruhe«, sagte Dascha zu Nadeschda. »Ihr Mann ist tot. Lassen Sie meine arme Schwester in Ruhe.«

Nadeschda kreischte auf.

Dascha robbte wie ein Soldat zur Kante der Ladefläche und ließ sich mit den Füßen zuerst hinuntergleiten. Tatiana konnte sie nicht festhalten und sie plumpste in den Schnee. Dort blieb sie liegen.

»Dascha, steh auf. Ich kann dich nicht hochziehen«, flehte Tatiana.

Der Fahrer des Lastwagens kam um die Ecke und hob Dascha hoch. »Stehen Sie auf, Genossin, und gehen Sie zu dem Armeezelt. Dort bekommen Sie etwas zu essen und heißen Tee. Jetzt gehen Sie schon.«

Aus dem Lastwagen schrie Nadeschda: »Vergesst mich nicht hier drinnen!«

Tatiana wollte nicht miterleben, wenn Nadeschda entdeckte, dass ihr Mann und ihr Kind tot waren. Sie wandte sich an Dascha und sagte: »Stütz dich auf mich. Sieh mal, wir sind in Kobona.«

»Ich kann nicht.«

»Denk an die Wut, die du auf mich verspürst, das wird deine Kräfte mobilisieren.«

»Für dich ist es leicht, was?«, sagte Dascha mühsam. »Du willst einfach nur leben, sonst nichts.«

»Und du? Willst du etwa nicht leben?«

Dascha antwortete nicht.

»Komm«, sagte Tatiana. »Du schaffst es. Hier hilft uns niemand. Wir sind allein, Dascha! Die Soldaten haben zu tun und die anderen sind mit sich selbst beschäftigt. Und du willst doch leben! Im Sommer kommt Alexander nach Molotow, und ihr werdet heiraten!«

Dascha lachte leise. »Tania, du gibst wohl nie auf, was?«

»Niemals«, erwiderte Tatiana.

Abermals fiel Dascha in den Schnee und stand nicht mehr auf.

Als Tatiana sich verzweifelt umblickte, fiel ihr Blick auf Nadeschda, die schon den Hügel hinaufschwankte, ohne Kind, ohne Mann. Tatiana lief ihr nach. »Nadeschda, bitte helfen Sie mir. Dascha ist in den Schnee gefallen.«

Nadeschda riss sich los. »Hau ab! Siehst du nicht, dass niemand mehr bei mir ist?«

»Bitte, helfen Sie mir.«

»Du hast mir ja auch nicht geholfen. Und jetzt sind alle tot. Lass mich in Ruhe!« Nadeschda ging weiter.

Plötzlich hörte Tatiana eine vertraute Stimme. »Tatiana! Tatiana Metanowa?« Als sie sich umdrehte, sah sie Dimitri auf sich zuhumpeln. Er stützte sich auf sein Gewehr.

»Dimitri!« Sie lief zu ihm und er umarmte sie. »Hilf mir, Dima, bitte! Meine Schwester ist hingefallen.«

Dimitri trat zu Dascha. »Hör zu«, sagte er. »Ich bin immer noch verwundet und kann sie nicht tragen. Ich hole einen Soldaten.« Er wandte sich an Tatiana und umarmte sie noch einmal. »Ich kann es gar nicht fassen, dass wir uns hier begegnen! Das muss Schicksal sein«, sagte er lächelnd.

Dimitri holte jemanden, der Dascha zum Lazarettzelt tragen konnte, und Tatiana trottete im fahlen Morgenlicht hinter ihnen her.

Dascha wurde von einem Arzt untersucht. Er hörte ihr Herz und ihre Lunge ab, fühlte ihren Puls, sah ihr in den Mund und sagte dann kopfschüttelnd: »Galoppierende Schwindsucht. Nichts zu machen.«

Tatiana trat auf den Arzt zu. »Was soll das denn heißen? Geben Sie ihr Sulfonamide …«

Der Arzt lachte. »Ihr seid doch alle gleich. Glaubst du, ich gebe mein kostbares Sulfonamid einer Sterbenden? Bist du verrückt? Sieh sie doch an! Sie lebt keine Stunde mehr. Ich würde noch nicht einmal mehr ein Stück Brot für sie verschwenden. Hast du nicht gesehen, wie viel Schleim sie aushustet? Hast du gehört, wie sie atmet? Die Tuberkulosebazillen sind bestimmt schon bis in ihre Leber gedrungen. Hol dir im Nebenzelt etwas Suppe und Hafergrütze. Du könntest es vielleicht schaffen, wenn du etwas isst.«

Tatiana sah den Arzt an.

»Bin ich denn etwa gesund?«, fragte sie mit schwacher Stimme. »Können Sie mir bitte auch die Lunge abhorchen? Ich fühle mich nicht gesund.«

Der Arzt knöpfte Tatianas Mantel auf und drückte das Stethoskop auf ihre Brust. Dann drehte er sie um und horchte ihren Rücken ab. »Du brauchst selbst Sulfonamide, Mädchen. Du hast eine Lungenentzündung. Die Schwester soll sich um dich kümmern. Olga!« Bevor er ging, wies er Tatiana streng an: »Geh nicht zu nahe an deine Schwester heran. Tuberkulose ist ansteckend.«

Tatiana legte sich auf den Boden, während Dascha in dem sauberen Bett lag.

Nach einer Weile wurde es ihr zu kalt und sie kroch neben ihre Schwester ins Bett. »Dascha«, flüsterte sie, »wenn ich früher Alpträume hatte, habe ich mich auch immer neben dich ins Bett gekuschelt.«

»Ich weiß, Tania«, flüsterte Dascha. »Du warst so ein süßes Kind.« Ihr Atem rasselte und sie wisperte: »Ich bekomme keine Luft …«

Tatiana kniete sich hin und blies ihren eigenen Atem in den Mund ihrer Schwester.

Doch gleich darauf trat die Krankenschwester zu ihnen und zog Tatiana weg. »Hör auf!«, sagte sie freundlich. »Hat der Arzt dir nicht gesagt, dass du dich von ihr fernhalten sollst? Bist du die Kranke?«

»Ja«, flüsterte Tatiana und hielt Daschas kalte Hand fest.

Die Krankenschwester gab Tatiana drei weiße Tabletten, etwas Wasser und ein Stück Schwarzbrot. »Es ist in Zuckerwasser getaucht«, sagte sie.

»Danke«, keuchte Tatiana.

Die Schwester legte ihr den Arm um die Schultern. »Willst du mitkommen? Ich versuche, ein Bett für dich zu finden. Dann kannst du dich vor dem Frühstück noch ein bisschen hinlegen.«

Tatiana schüttelte den Kopf.

»Gib ihr nichts von dem Brot. Iss es selbst.«

»Sie braucht es dringender als ich«, erwiderte Tatiana.

»Nein, Liebes«, sagte die Schwester. »Nein.«

Als sie gegangen war, löste Tatiana die Sulfonamidtabletten im Wasser auf, nahm einen kleinen Schluck und flößte dann Dascha den Rest ein.

Sie gab ihr auch ein Stück von dem Brot. Dascha schluckte es unter Schmerzen und würgte. Als sie hustete, kam ein Schwall Blut aus ihrem Mund. Tatiana wischte ihr das Gesicht ab und blies dann wieder ihren Atem in Daschas Mund.

»Tania?«

»Ja?«

»Sterbe ich? Fühlt es sich so an, wenn man stirbt?«

»Nein, Dascha«, brachte Tatiana hervor.

»Tania ... Liebling, du bist eine gute Schwester«, flüsterte Dascha.

Schließlich spürte Tatiana eine warme Hand auf ihrem Rücken und eine Stimme sagte: »Komm. Du wirst nicht glauben, was ich für dich habe. Es ist Frühstückszeit. Es gibt Buchweizen, *kasha,* Brot und etwas Butter. Du bekommst auch Tee mit Zucker und vielleicht sogar ein wenig richtige Milch. Komm. Wie heißt du?«

»Ich kann meine Schwester nicht allein lassen«, sagte Tatiana.

Mitleidig entgegnete die Krankenschwester: »Ich heiße Olga. Komm, es gibt nicht ewig Frühstück.«

Sie zog Tatiana hoch. Tatiana warf noch einen Blick auf ihre Schwester. Dascha lag mit geöffnetem Mund und offenen Augen da. Tatiana drückte ihr die Augen zu, küsste sie und schlug das Kreuzzeichen über ihrer Stirn. Dann ging sie hinter Olga her.

Olga brachte ihr eine kleine Schüssel mit Buchweizen, aber sie aß nur die Hälfte. Als Olga sie bat, doch mehr zu essen, erwiderte sie, sie wolle den Rest für ihre Schwester aufheben. Dann fiel sie in Ohnmacht.

Einige Zeit später erwachte Tatiana in einem Bett.

Olga brachte ihr Tee und ein Stück Brot. Tatiana lehnte es ab.

»Wenn du nicht isst, wirst du sterben«, sagte Olga.

»Ich sterbe nicht«, erwiderte Tatiana mit schwacher Stimme. »Geben Sie es meiner Schwester Dascha.«

»Deine Schwester ist tot«, erwiderte Olga.

»Das kann nicht sein.«

»Komm mit. Ich bringe dich zu ihr.«

Sie führte sie zu einem Raum, in dem Dascha neben drei anderen Leichen auf dem Boden lag.

Tatiana fragte, wer sie beerdigen würde, aber Olga erwiderte, was sie sich denn dächte? Niemand würde sie beerdigen. »Hast du die Tabletten genommen, die der Arzt dir gegeben hat?«

Tatiana schüttelte den Kopf. »Olga, können Sie mir ein Laken für meine Schwester bringen?«

Olga brachte ihr ein Leintuch, weitere Tabletten, eine Tasse schwarzen Tee mit Zucker und eine Scheibe Brot mit Butter. Dieses Mal nahm Tatiana die Medizin und aß alles auf. Als sie fertig war, legte sie das Laken auf den Boden und wickelte ihre Schwester darin ein.

Dann machte sie sich auf die Suche nach Dimitri. Sie erkannte ihn zunächst nicht. Er stand vor ihr und sagte: »Tania, was zum Teufel ist denn los mit dir? Ich bin Dimitri.«

Gleichmütig erwiderte sie: »Oh. Ich brauche deine Hilfe.«

»Erkennst du mich denn nicht, Tania?«

»Doch, natürlich«, sagte sie mit monotoner Stimme. »Komm bitte mit.«

Er legte den Arm um sie und humpelte neben ihr her. »Willst du mich gar nicht nach meinem Bein fragen?«

»Doch, später«, erwiderte Tatiana und führte ihn zu dem abgetrennten Raum, in dem Daschas Leiche lag. »Hilfst du mir, Dascha zu beerdigen?«

Dimitri zog scharf die Luft ein. »Oh, Tania«, sagte er kopfschüttelnd. »Wo sollen wir sie denn beerdigen? Der Boden ist fest gefroren. Noch nicht einmal ein Bagger könnte eine Grube ausheben.«

Tatiana überlegte. »Die Nazis bombardieren doch die Straße des Lebens, oder?«

»Ja.«

»Und dann gibt es doch Löcher im Eis, nicht wahr?«

»Ja.« Langsam begann er zu verstehen.

»Dann lass uns gehen.«

»Tania, ich kann nicht.«

»Doch, wenn ich kann, kannst du auch.«

»Du verstehst nicht …«

»Dima, *du* verstehst nicht. Ich kann sie hier nicht liegen lassen. Ich könnte nicht von hier weggehen, wenn ich wüsste, dass sie noch hier liegt.« Sie stellte sich vor ihn. »Dimitri, wenn ich sterbe, würdest du mir dann einen Leichensack nähen? Oder würdest du mich einfach auf dem Haufen mit den anderen Leichen zurücklassen? Was würdest du mit mir tun?«

»Ach Tania«, erwiderte er nur.

»Bitte. Hilf mir.«

Seufzend schüttelte er den Kopf. »Ich kann nicht. Sieh mich doch an. Ich war fast drei Monate im Krankenhaus. Sie haben mich erst vor kurzem entlassen und jetzt muss ich schon wieder stundenlang herumlaufen. Mein Fuß schmerzt und die Deutschen werfen die ganze Zeit über Bomben auf den See. Ich gehe nicht dahin. Ich kann nicht weglaufen, wenn das Artilleriefeuer anfängt.«

»Dann besorg mir einen Schlitten. Kannst du das wenigstens regeln?«, fragte Tatiana kalt und setzte sich neben Dascha.

»Tania …«

»Dimitri, es geht nur um einen Schlitten! Das wird dir doch wenigstens gelingen.«

Nach einer Weile kam er mit einem Schlitten zurück. Tatiana stand auf. »Danke. Du kannst jetzt gehen«, sagte sie.

»Warum machst du dir solche Mühe?«, rief Dimitri aus. »Sie ist tot. Wen kümmert es schon? Zerbrich dir doch nicht den Kopf darüber. Der verdammte Krieg kann *ihr* wenigstens nichts mehr anhaben.«

Tatiana blickte ihn an. »Wen es kümmert? *Mich* kümmert es. Sie ist meine Schwester! Und ich werde sie nicht zurücklassen, ohne sie zu beerdigen.«

»Und was willst du dann tun? Du bist selbst nicht gesund. Willst du dann zu deinen Großeltern gehen? Wo leben sie jetzt? In Kasan, in Molotow? Halte dich von dort besser fern. Ich höre ständig schreckliche Geschichten über die Evakuierten.«

»Ich weiß noch nicht, was ich tun werde. Mach dir um mich keine Gedanken.«

Als er ging, rief sie ihm nach: »Dimitri?«

Er drehte sich um.

»Wenn du Alexander siehst, sag ihm, dass Dascha tot ist.«

Er nickte. »Natürlich, Taneschka. Ich sehe ihn nächste Woche. Es tut mir Leid, dass ich dir nicht helfen kann.«

Tatiana wandte sich ab.

Mit Olgas Hilfe legte sie Dascha auf den Schlitten und dann machte sie sich auf den Weg zum Ladogasee. Es war früher Nachmittag und schon fast dunkel. Deutsche Flugzeuge waren nicht zu sehen. Nach ungefähr zweihundertfünfzig Metern fand Tatiana ein Loch im Eis. Sie zog Daschas Leiche vom Schlitten und kniete sich daneben.

Dascha, weißt du noch, wie du mir im Ilmensee das Tauchen beigebracht hast? Als ich fünf war und du zwölf? Du hast mir gezeigt, wie man unter Wasser schwimmt, und du hast gesagt, du liebst das Gefühl, weil es da unten so friedlich ist. Und dann hast du mir beigebracht, länger unter Wasser zu bleiben als Pascha. Jetzt kannst du für immer unter Wasser schwimmen, Dascha Metanowa.

In dem arktischen Wind gefroren die Tränen auf Tatianas Gesicht. Sie flüsterte: »Ich wünschte, ich wüsste ein Gebet. Lieber Gott, bitte lass meine einzige Schwester Dascha in Frieden schwimmen. Es soll ihr nie wieder kalt sein und bitte … gib ihr jeden Tag so viel Brot, wie sie nur essen kann, dort oben im Himmel …«

Schließlich schob Tatiana Daschas Leiche in das Eisloch. Im schwindenden Tageslicht wirkte der weiße Sack blau. Langsam ging er unter und verschwand. Tatiana kniete noch eine Weile auf dem Eis. Dann stand sie auf und ging langsam ans Ufer zurück.

BUCH ZWEI

Die goldene Tür

Teil drei

Lazarewo

Der Duft des Frühlings

I

Alexander fuhr auf gut Glück nach Lazarewo.

Etwas anderes blieb ihm nicht übrig. Er hatte nichts, buchstäblich gar nichts. Keinen Brief, nicht eine einzige Zeile von Dascha oder Tatiana, in der sie ihm mitteilten, dass sie heil in Molotow angekommen waren. Er zweifelte daran, dass Dascha überlebt hatte, aber er hatte auch gesehen, dass Slawin den Winter überstanden hatte, also war alles möglich. Aber dass keine Briefe eintrafen, beunruhigte ihn doch.

Eine Woche, nachdem er die Mädchen aus Leningrad fortgebracht hatte, fuhr Alexander einen Lastwagen über das Eis nach Kobona und suchte dort vergeblich nach ihnen.

Im März schrieb Alexander besorgt und deprimiert einen Brief an Dascha nach Molotow. Er hatte sogar an die Verwaltung in Molotow telegrafiert und um Informationen über Daria oder Tatiana Metanowa gebeten, aber erst im Mai bekam er mit der regulären Post ein einzeiliges Schreiben zurück, in dem lapidar stand, dass über diese Personen nichts bekannt sei.

In jeder freien Stunde ging Alexander in die Wohnung in der Fünften Sowjet, machte sauber, räumte auf und wusch, als im März die Rohre repariert wurden, die Bettwäsche. Im zweiten Zimmer setzte er neue Fensterscheiben ein. Er fand ein altes Fotoalbum der Metanows und begann, es durchzublättern, legte es aber dann wieder weg. Was dachte er sich dabei? Er kam sich vor, als sähe er Gespenster.

Jedes Mal, wenn er in Leningrad war, ging er zur Post, um nachzusehen, ob Briefe an die Metanows angekommen waren. Der alte Postmeister verdrehte bei seinem Anblick schon die Augen.

Auch der Poststelle in der Kaserne ging er wegen seiner ständigen Fragen nach Briefen auf die Nerven.

Schließlich fuhr er zurück nach Ladoga, bewachte die Straße des Lebens, die nun zur Wasserstraße geworden war, und wartete auf Urlaub.

Leningrad erwachte langsam wieder aus der Todesstarre und die Stadtverwaltung fürchtete zu Recht, dass wegen der vielen Leichen, die auf den Straßen lagen, eine Epidemie drohte, wenn es wieder wärmer wurde. Und so begann man mit den Aufräumarbeiten.

Schließlich fuhren auch Busse und Straßenbahnen wieder und vor der Isaakskathedrale blühten Tulpen. Tania hätte sich über die Tulpen gefreut, dachte Alexander. Die Zivilrationen wurden auf dreihundert Gramm für die Abhängigen erhöht – nicht, weil es plötzlich mehr Mehl gab, sondern weil nur noch so wenige Menschen am Leben waren.

Bei Kriegsausbruch, am 22. Juni 1941, lebten in Leningrad drei Millionen Menschen. Als die Blockade am 8. September 1941 begann, waren es noch zweieinhalb Millionen.

Im Frühling 1942 gab es nur noch eine Million Menschen in der Stadt.

Über die Eisstraße waren ungefähr eine halbe Million Menschen evakuiert worden, doch anschließend hatte man sie in Kobona ihrem zweifelhaften Schicksal überlassen.

Und die Belagerung war immer noch nicht vorbei.

Als der Schnee geschmolzen war, musste Alexander auf dem Piskarew-Friedhof Massengräber für die fast eine Million Leichen ausheben lassen. Der Boden war noch immer so hart gefroren, dass sie Dynamit einsetzten.

Und die Belagerung war immer noch nicht vorüber.

Langsam und auf verschlungenen Wegen gelangten inzwischen jedoch amerikanische Hilfsgüter in die Stadt. Ein paarmal gab es im Frühling Milchpulver, Suppenpulver, Eipulver. Auch Alexander besorgte sich Lebensmittel und er kaufte einem amerikanischen Lastwagenfahrer der Hilfstruppe ein englisch-russisches Konversationsbuch ab. Das würde Tania bestimmt gefallen, dachte er. Sie hatte so fleißig Englisch gelernt.

Am Newskij Prospekt wurden falsche Fassaden errichtet, mit denen die klaffenden Bombentrichter verdeckt werden sollten. Langsam und fast unbemerkt ging Leningrad dem Sommer 1942 entgegen.

Immer noch bombardierten die Deutschen Tag für Tag die Stadt.

Im Januar, im Februar, im März, im April, im Mai.

Und immer noch gab Alexander die Hoffnung nicht auf.

2

Im Juni besuchte Dimitri ihn in der Kaserne. Alexander war von seinem Anblick entsetzt. Dimitri schien um Jahre gealtert. Er war dünn und ausgemergelt, seine Hände zitterten und er humpelte vornübergebeugt wie ein alter Mann.

Alexander starrte ihn fassungslos an und dachte: Dimitri hat überlebt, warum dann nicht auch Dascha und Tania?

»Nur mein linker Fuß ist noch in Ordnung«, erzählte Dimitri. »Ganz schön blöd, was?« Er lächelte Alexander an. Widerwillig bot Alexander ihm einen Platz an. Er hatte gehofft, Dimitri nie wieder zu sehen, doch offenbar war ihm so viel Glück nicht beschieden. Sie waren allein und Dimitri hatte ein Funkeln in den Augen, das Alexander nicht gefiel.

»Zumindest muss ich jetzt nie mehr an die Front«, sagte Dimitri fröhlich. »Das ist doch schon was!«

»Ja«, erwiderte Alexander. »Das ist ja genau das, was du immer wolltest – beim Nachschub arbeiten.«

»Nachschub!«, schnaubte Dimitri. »Weißt du, wo sie mich

zuerst hingesteckt haben? Zu den Evakuierten in Kobona …«

»In *Kobona?«*

»Ja …«, erwiderte Dimitri zögernd. »Warum? Hat Kobona irgendeine besondere Bedeutung?«

»Allerdings.« Alexander musterte Dimitri. »Ich wusste nicht, dass du in Kobona warst.«

»Wir haben uns eben ein bisschen aus den Augen verloren.«

»Warst du auch im Januar da?«

»Ich kann mich nicht mehr richtig erinnern«, erwiderte Dimitri. »Das ist schon so lange her.«

Alexander stand auf. »Dima! Ich habe Dascha und Tatiana über das Eis dorthin gebracht …«

»Sie sind dir bestimmt sehr dankbar dafür.«

»Das weiß ich nicht! Hast du sie vielleicht gesehen?«

»Du fragst mich, ob ich unter all den Evakuierten in Kobona zwei bestimmte Mädchen gesehen habe?« Dimitri lachte.

»Nicht irgendwelche Mädchen«, erwiderte Alexander kalt. »Tania und Dascha. Du hättest sie doch bestimmt erkannt, oder?«

»Alexander, ich würde …«

»Hast du sie gesehen?«

»Nein«, erwiderte Dimitri. »Schrei mich nicht an. Aber ich muss sagen …« Er schüttelte den Kopf. »Zwei hilflose Mädchen einfach in einen Lastwagen zu verfrachten, um … Wohin wollten sie noch mal?«

»Irgendwo in den Osten.« Er würde Dimitri den Namen des Ortes gewiss nicht auf die Nase binden.

»Irgendwo tief ins Landesinnere? Alexander, was hast du dir bloß dabei gedacht?« Dimitri schmunzelte. »Du wolltest doch sicher nicht, dass sie sterben!«

»Was soll das heißen, Dimitri?«, fuhr Alexander ihn an. »Was hatte ich denn für eine Wahl? Hast du nicht gehört, was letzten Winter hier in Leningrad los war? Was immer noch passiert?«

»Doch, ich habe es gehört. Hättest du nicht etwas anderes organisieren können? Konnte Oberst Stepanow nichts für dich tun?«

»Nein.« Alexander war es leid. »Hör zu, ich habe ...«

»Ich sage doch nur, Alexander, dass die Evakuierten, die nach Kobona kamen, alle an der Schwelle des Todes standen. Ich weiß, dass Dascha hart im Nehmen war, aber Tania? Es überrascht mich, dass sie überhaupt so lange durchgehalten hat.« Dimitri zuckte mit den Schultern. »Ich dachte, sie wäre die Erste, die ... Ich meine, selbst ich habe Dystrophie bekommen. Und die meisten Leute, die nach Kobona kamen, waren krank und halb verhungert. Und dann wurden sie mit Lastwagen sechzig Kilometer weit zu den Zügen transportiert, und das waren nur Viehtransporte.« Leiser fuhr Dimitri fort: »Ich weiß ja nicht, ob es stimmt, aber ich habe Gerüchte gehört, nach denen siebzig Prozent der Leute in den Zügen entweder an der Kälte oder an irgendwelchen Seuchen zugrunde gegangen sind.« Er schüttelte den Kopf. »Und du wolltest, dass Dascha und Tatiana das durchmachen? Du bist mir ja ein zukünftiger Ehemann!« Er lachte.

Alexander biss die Zähne zusammen.

»Ich bin jedenfalls froh, dass ich da weggehen konnte«, sagte Dimitri. »Mir hat es in Kobona nicht besonders gut gefallen.«

»Ach?«, erwiderte Alexander verächtlich. »War es zu gefährlich dort?«

»Nein, nicht deswegen. Die Lastwagen sind meist mitten auf dem See beschossen worden. Wir mussten nur beim Abladen helfen. Aber die Leute konnten alle nicht laufen. Sie waren alle schon so gut wie tot.« Dimitri blickte Alexander eindringlich an und sagte: »Erst letzten Monat haben die Deutschen drei Laster in die Luft gejagt.« Er seufzte. »Von wegen Nachschub ... Aber jetzt habe ich darum gebeten, dorthin versetzt zu werden.«

Alexander drehte Dimitri den Rücken zu und begann, seine Wäsche zu falten. »Beim Nachschub zu arbeiten ist auch nicht gerade das Sicherste. Andererseits«, fügte er gleichgültig hinzu, »ist es für dich bestimmt ganz gut. Du bist dann derjenige, der die Zigaretten verkauft. Alle werden dich lieben.« Sie schwiegen beide. Die Kluft zwischen ihnen war größer denn je. Alexander wartete darauf, dass Dimitri zumindest nach Tatianas Familie fragte. Aber nichts geschah.

Schließlich hielt Alexander es nicht mehr aus. »Dima, bist du auch nur im Entferntesten daran interessiert, wie es den Metanows ergangen ist?«

Achselzuckend erwiderte Dimitri: »Wahrscheinlich auch nicht viel besser als den meisten anderen Leuten in Leningrad. Alle sind gestorben. Oder?« Er hätte genauso gut sagen können: *Alle sind einkaufen gegangen, oder?* Alexander senkte den Kopf.

»Es herrscht Krieg, Alexander«, sagte Dimitri. »Nur die Stärksten überleben. Deshalb musste ich Tatiana aufgeben, obwohl ich sie sehr mochte. Ich denke immer noch sehr viel an sie, aber ich hatte ja kaum genug Kraft, um für mich selbst zu sorgen. Da konnte ich mir nicht auch noch um sie Gedanken machen.«

Wie klar Tatiana doch Dimitri durchschaut hatte! Er hat sich nie wirklich etwas aus ihr gemacht, dachte Alexander. Er legte seine Sachen in die Kommode und vermied es, Dimitri anzusehen.

»Da wir gerade vom Überleben reden, Alexander – ich möchte gern etwas mit dir besprechen«, begann Dimitri erneut.

Alexander sah ihn nicht an.

»Es ist doch besser für uns, dass die Amerikaner in den Krieg eingetreten sind, oder?«

Alexander nickte und erwiderte: »Ja. Ihre Unterstützung hilft uns.«

»Nein, nein!« Dimitri sprang erregt auf. »Ich meine nicht für *uns,* sondern für dich und mich. Für unsere Pläne.«

Alexander blickte Dimitri an. »Ich habe hier noch nicht allzu viele Amerikaner gesehen«, erwiderte er langsam, wobei er so tat, als verstünde er ihn nicht.

»Ja, weil sie alle in Kobona sind!«, rief Dimitri aus. »Dutzende sind in Kobona!«

»Ist das wahr? Dutzende?«

»Na ja, vielleicht nicht Dutzende, aber immerhin Amerikaner!« Er schwieg. »Vielleicht können sie uns ja helfen?« Er war ganz aufgeregt.

Alexander trat auf Dimitri zu. »In welcher Hinsicht?«, fragte er scharf.

Leise sagte Dimitri mit verschwörerischem Lächeln: »In welcher Hinsicht schon? In *amerikanischer* Hinsicht. Vielleicht kannst du ja nach Kobona fahren ...«

»Und was soll ich da? Mit wem soll ich reden? Mit den Lastwagenfahrern? Glaubst du, nur weil ein sowjetischer Soldat mit ihnen englisch redet, sagen sie sofort, ja, klar, komm mit uns auf unser Schiff? Wir bringen dich nach Hause?« Alexander schwieg und zog an seiner Zigarette. »Und selbst wenn das irgendwie ginge, wie sollen wir denn *dich* hier herausholen? Selbst wenn irgendein Fremder für mich seinen Hals riskieren würde, wie sollte er *dir* denn helfen?«

Dimitri zuckte zurück und erwiderte hastig: »Ich habe ja nicht gesagt, dass der Plan schon perfekt ist. Aber es ist doch vielleicht ein Anfang.«

»Dima, du bist verwundet. Sieh dich doch an. Du kannst weder kämpfen noch ... weglaufen. Wir müssen solche Pläne vergessen.«

»Was soll das heißen?«, fragte Dimitri erschreckt. »Ich weiß doch, dass du immer noch ...«

»Dimitri!«

»Wir müssen etwas tun, Alexander«, drängte Dimitri. »Wir hatten doch Pläne ...«

»Dimitri!«, rief Alexander erneut aus. »Wir hatten vor, uns durch die NKWD-Grenztruppen zu schlagen und uns in den verminten Sümpfen in Finnland zu verstecken. Wie sollen wir das denn jetzt noch schaffen, wo du dir selbst in den Fuß geschossen hast?«

Dankbar registrierte Alexander, dass Dimitri darauf keine Antwort einfiel.

»Aber irgendjemand *muss* mir helfen«, sagte Dimitri schließlich. »Und zwar bald. Ich habe nicht die Absicht, in diesem verdammten Krieg zu sterben.« Er schwieg und sah Alexander aus zusammengekniffenen Augen an. »Du etwa?«

»Wenn es sein muss, sterbe ich eben«, erwiderte Alexander.

Dimitri musterte ihn. Alexander zündete sich eine Zigarette an und warf Dimitri einen eisigen Blick zu. »Hast du noch dein Geld bei dir?«, fragte Dimitri.

»Nein.«

»Kannst du daran kommen?«

»Ich weiß nicht«, erwiderte Alexander. Er zog eine weitere Zigarette aus dem Päckchen. Für ihn war das Gespräch beendet.

»Du hast noch eine halb aufgerauchte im Mund«, bemerkte Dimitri trocken.

Alexander bekam dreißig Tage Urlaub. Er bat Stepanow um noch mehr Zeit und dieser gab ihm schließlich vom 15. Juni bis zum 24. Juli frei.

»Ist das genug?«, fragte Stepanow leise lächelnd.

»Es ist entweder zu viel, Genosse Oberst«, erwiderte Alexander, »oder nicht genug.«

»Hauptmann«, sagte Stepanow, zündete sich eine Zigarette an und gab Alexander auch eine, »wenn Sie zurückkommen ...« Er seufzte. »Wir können nicht mehr hier in der Garnison bleiben. Sie sehen ja, was mit unserer Stadt passiert ist. Noch solch einen Winter stehen wir hier nicht durch.

Das darf einfach nicht passieren.« Er schwieg. »Wir werden die Blockade brechen müssen. Noch diesen Herbst.«

»Da stimme ich Ihnen zu, Genosse Oberst.«

»Tatsächlich, Alexander? Haben Sie gesehen, was mit unseren Männern in Mga und Tikhvin passiert ist?«

»Ja, Genosse Oberst.«

»Und haben Sie gehört, was mit unseren Männern in Newskij drüben bei Dubrowka geschehen ist?«

»Ja, Genosse Oberst.« Newskij in der Nähe von Dubrowka war eine Enklave der Roten Armee innerhalb der feindlichen Linien – die Deutschen hielten dort täglich Schießübungen ab und pro Tag starben zweihundert Soldaten.

Kopfschüttelnd sagte Stepanow: »Wir müssen die Newa in Ponton-Booten überqueren. Wir – Sie – verfügen nur über beschränkte Artillerie. Einschüssige Gewehre ...«

»Ich nicht, Genosse Oberst. Ich habe ein Schpagin-Maschinengewehr. Und ein automatisches Gewehr.« Alexander lächelte.

Stepanow erwiderte sein Lächeln und nickte. »Hauptmann, schrecken Sie nicht vor dem gerechten Kampf zurück, auch wenn es ein ungleicher Kampf ist.«

Alexander straffte die Schultern und erwiderte: »Genosse Oberst, das habe ich noch nie getan.«

Stepanow trat auf ihn zu. »Wenn wir mehr Männer wie Sie hätten, hätten wir den Krieg schon längst gewonnen.« Er schüttelte Alexander die Hand. »Gute Reise. Wenn Sie zurückkommen, wird nichts mehr so sein wie vorher.«

3

Während Alexander durch die Sowjetunion reiste, konnte er nur eines denken: Hätten Dascha oder Tania ihm geschrieben, wenn sie am Leben wären?

Auf seiner viertägigen Reise nach Molotow erinnerte er sich an jeden einzelnen Moment mit Tatiana. Während der ganzen sechzehnhundert Kilometer dachte er an den Obvodnoj-Kanal, an die Kirow-Werke, an sein Zelt in Luga, an das Zimmer im Krankenhaus, an die Isaakskathedrale. Daran, wie er ihren fast leblosen Körper auf dem Schlitten durch Leningrad gezogen hatte.

Er dachte daran, wie er Tatianas ganze Familie mit Essen versorgt hatte, wie Tatiana auf dem Dach auf und ab gehüpft war. Wie sie neben ihm hergegangen war, nachdem sie ihre Mutter zum Friedhof gebracht hatten. Wie sie bewegungslos vor den drei Jungen mit dem Messer gestanden hatte.

Doch vor allem zwei Bilder gingen ihm ständig durch den Kopf.

Tatiana mit Helm und fremden Kleidern, voller Blut, verschüttet unter Steinen, Balken und Leichen, aber noch warm und noch atmend.

Tatiana auf dem Krankenhausbett, nackt unter seinen Händen, stöhnend.

Wenn irgendjemand es schaffen konnte, dann doch dieses Mädchen, das jeden Morgen um halb sieben aufgestanden und durch das sterbende Leningrad getrottet war, um für die Familie Brot zu holen!

Doch *wenn* sie es geschafft hatte, warum hatte sie ihm dann nicht geschrieben?

Das Mädchen, das ihm die Hand geküsst, ihm Tee serviert und ihn atemlos angeblickt hatte, wenn er redete – war dieses Mädchen tot?

Oder gehörte ihr Herz nicht mehr ihm?

Bitte, Gott, betete Alexander, *selbst wenn sie mich nicht mehr liebt – lass sie am Leben sein.*

Ungewaschen und hungrig kam Alexander am Freitag, dem 19. Juni 1942, mittags in Molotow an, nachdem er vier Tage lang in fünf verschiedenen Zügen und Militärjeeps unterwegs gewesen war. Er setzte sich am Bahnhof auf eine Holzbank. Er hatte nicht den Mut, nach Lazarewo zu gehen.

Alexander konnte den Gedanken nicht ertragen, Tatiana könnte in Kobona – so kurz vor der Rettung – gestorben sein. Und was noch schlimmer war, er wusste ganz genau, dass er dann nicht würde zurückkehren können, weil das Leben auch für ihn sinnlos wäre, wenn Tatiana tot war.

Einen Moment lang dachte er daran, auf den nächsten Zug zu springen und sofort zurückzufahren. Er brauchte viel mehr Mut, um sich auf den Weg nach Lazarewo zu machen, als am Ladogasee hinter seinem Maschinengewehr zu stehen und zu wissen, dass die deutschen Bomber ihn jederzeit töten konnten.

Er hatte keine Angst davor zu sterben. Er hatte Angst davor, dass *sie* tot war.

Zwei Stunden lang saß Alexander auf der Bank in Molotow. Schließlich wappnete er sich, schulterte seinen Rucksack und machte sich auf den Weg nach Lazarewo. Er kam sich vor wie ein Mann, der zu seiner eigenen Hinrichtung geht.

4

Lazarewo lag zehn Kilometer von Molotow entfernt hinter einem dichten Wald.

Der Wald bestand nicht nur aus Fichten, auch Ulmen, Eichen und Birken wuchsen dort. Alexander streifte mit seinem schweren Gepäck durch Blaubeersträucher und Brennnesseln – außer seinem Rucksack trug er sein Gewehr, ein großes Zelt, Decken, Helm, Munition und einen Sack mit Nahrungsmitteln aus Kobona. In der Nähe hörte er die Kama rauschen. Er überlegte kurz, ob er zum Fluss gehen und sich waschen sollte, beschloss dann aber, weiterzugehen.

Im Gehen zupfte er Blaubeeren von den Sträuchern und steckte sie sich in den Mund. Es war ein sonniger, warmer Tag und Alexander war auf einmal von Hoffnung erfüllt. Er beschleunigte seine Schritte.

Als er aus dem Wald trat, lag vor ihm eine staubige Dorfstraße. Zu beiden Seiten standen in verwilderten Gärten mit zerfallenen Zäunen kleine Holzhütten.

Durch die Fichten und Ulmen schimmerte der Fluss und hinter dem Wald ragten die Berge des Ural auf.

Er atmete tief ein. Der Duft von Holzkohle, frischem Wasser und Tannennadeln lag in der Luft. Und es roch nach Fisch. Außerhalb des Ortes befand sich eine Fischräucherfabrik.

Alexander kam an einer Frau vorbei, die auf der Veranda ihres Hauses saß. Sie starrte ihn an. Einen Offizier der Roten Armee sah man hier sicher nicht allzu oft. Die Frau stand auf und rief: »Oh nein! Sie sind doch nicht etwa Alexander, oder?«

Verblüfft blieb Alexander stehen. »Doch«, brachte er schließlich heraus. »Ich bin Alexander. Ich suche nach Tatiana und Dascha Metanowa. Wissen Sie, wo sie wohnen?«

Die Frau begann zu weinen.

Alexander starrte sie an. »Ich frage einfach jemand anderen«, murmelte er und ging weiter.

Aber die Frau kam hinter ihm hergerannt. »Nein, warten Sie!« Sie wies die Straße hinunter. »Freitags haben sie immer Nähzirkel auf dem Dorfplatz. Geradeaus, gleich dort drüben.« Kopfschüttelnd wandte sie sich wieder um.

»Also leben sie noch?«, fragte Alexander erleichtert.

Die Frau gab keine Antwort. Sie schlug sich die Hände vors Gesicht und rannte auf ihre Veranda.

Sie hatte »sie« gesagt. Das bedeutete … Er hatte nach zwei Schwestern gefragt und sie hatte »sie« geantwortet. Alexander verlangsamte seine Schritte, zündete sich eine Zigarette an und nahm einen Schluck aus seiner Feldflasche. Dann ging er weiter. In etwa dreißig Metern Entfernung vom Dorfplatz blieb er jedoch stehen.

Er konnte seinen Weg nicht fortsetzen. Noch nicht.

Wenn sie beide noch am Leben waren, würde er in Kürze ganz andere Probleme haben, als er sich vorgestellt hatte. Sicher würde er damit fertig werden, er war schließlich bisher mit allem fertig geworden, aber zuerst …

Alexander durchquerte einfach einen fremden Garten und ging durch das hintere Tor zum rückwärtigen Teil der Dorfstraße. Er wollte sich dem Platz von hinten nähern. Er wollte Tatiana einen Moment lang betrachten, ohne dass sie ihn sah. Bevor Dascha ihn entdeckte, wollte er Tatiana ungehindert betrachten können.

Um den kleinen Platz herum standen hohe Ulmen. Eine Gruppe von Menschen saß unter den Bäumen an einem langen Holztisch. Die meisten waren Frauen und nur ein junger Mann war dabei. Er trat näher.

Ein Zaun und ein blühender Fliederbusch versperrten ihm die Sicht. Tief atmete er den Duft ein. Dascha konnte er nirgendwo entdecken. Vier alte Frauen saßen um den Tisch herum, dann der Junge, ein älteres Mädchen – und da stand Tatiana.

Zuerst konnte Alexander es kaum glauben, dass es *seine* Tania war. Blinzelnd sah er genauer hin. Sie ging um den Tisch herum, gestikulierte, zeigte etwas, beugte sich vor und sah sich die Arbeiten an. Einmal richtete sie sich auf und wischte sich über die Stirn. Sie trug einen kurzärmeligen gelben Kittel. Sie war barfuß und ihre schlanken Beine waren bis über die Knie entblößt. Die bloßen Arme waren leicht gebräunt und die blonden Haare durch die Sonne noch heller geworden. Tatiana hatte sie zu zwei kurzen, festen Zöpfen geflochten. Selbst aus dieser Entfernung konnte Alexander die Sommersprossen auf ihrer Nase sehen. Sie war wunderschön.

Und sie lebte.

Er schloss die Augen und öffnete sie gleich wieder. Sie war immer noch da und beugte sich gerade über die Näharbeit des Jungen. Sie sagte etwas. Jemand lachte laut und Alexander sah, wie der Junge ihren Rücken berührte. Tatiana lächelte. Alexander wusste nicht, was er tun sollte.

Sie lebte. Warum hatte sie ihm nicht geschrieben? Und wo war Dascha? Unwillig zuckte er mit den Schultern. Er konnte nicht ewig unter dem Flieder stehen bleiben.

Er trat zurück auf die Hauptstraße, holte tief Luft, drückte seine Zigarette aus und ging auf den Platz zu. Sein Herz klopfte so heftig, als ob er in die Schlacht zöge.

Tatiana blickte auf. Als sie ihn entdeckte, schlug sie die Hände vors Gesicht. Alle sprangen auf und umringten sie, aber sie stieß die anderen weg und rannte auf Alexander zu. Er stand da wie gelähmt. Er wollte lächeln, aber gleichzeitig hatte er Angst, auf die Knie zu sinken und weinen zu müssen. Er ließ sein Gepäck fallen, sogar sein Gewehr. Gott, in einer Sekunde werde ich sie endlich spüren. Und da endlich lächelte er.

Tatiana flog in seine ausgebreiteten Arme und Alexander hob sie hoch. Er drückte sie an sich, so fest er konnte, sie schlang ihm die Arme um den Hals und vergrub ihr Gesicht an seiner bärtigen Wange. Trockene Schluchzer ließen ihren ganzen Körper beben. Sie war schwerer als beim letzten Mal, als er sie am Ladogasee aus dem Lastwagen gehoben hatte.

Sie roch unglaublich. Nach Seife, Sonnenschein und karamellisiertem Zucker.

Und sie fühlte sich unglaublich gut an. Alexander hielt sie eng umschlungen, rieb sein Gesicht an ihren Zöpfen und murmelte sinnlose Worte. »Schscht, schscht … komm, ach du, schscht, Tatia … Bitte …« Seine Stimme brach.

»Oh, Alexander«, sagte Tatiana leise an seinem Hals. Sie hielt seinen Hinterkopf umfasst. »Du lebst. Gott sei Dank.«

»Tatiana«, sagte Alexander und zog sie noch enger an sich. »*Du* lebst! Gott sei Dank.«

Seine Hände glitten über ihren Hals und ihren Rücken. Beinahe konnte er durch die dünne Baumwolle ihres Kittels ihre Haut spüren. Sie fühlte sich ganz weich an.

Schließlich setzte er sie ab. Aber er ließ sie nicht los, seine Hände blieben um ihre schmale Taille liegen. War sie immer schon so klein gewesen wie jetzt, wo sie barfuß vor ihm stand?

»Dein Bart gefällt mir«, sagte Tatiana und berührte schüchtern lächelnd sein Gesicht.

»Deine Haare sind so schön«, erwiderte Alexander und zog sie an einem Zopf.

»Du bist ganz schmutzig ...«

Er betrachtete sie eingehend. »Und du bist wunderschön.« Er konnte den Blick nicht von ihren Lippen abwenden.

Er beugte sich zu ihr ... Da fiel ihm plötzlich Dascha ein. Sein Lächeln erlosch. Er ließ Tatiana los und trat einen halben Schritt zurück.

»Wo ist Dascha, Tania?«, fragte er.

Ein eisiger Schleier legte sich über ihre Augen. Sie blickte ihn kühl an und sagte leise: »Dascha ist tot, Alexander. Es tut mir Leid.«

»Oh, Tania, *mir* tut es Leid.« Alexander streckte die Hand nach ihr aus, aber sie wich vor ihm zurück.

»Was ist?«, fragte er verblüfft. »Was ist los?«

»Alexander, das mit Dascha tut mir wirklich Leid«, wiederholte Tatiana, ohne ihn anzusehen. »Du bist den ganzen Weg hierher gekommen ...«

»Wovon redest du ...?«

Aber bevor sie ihr Gespräch fortsetzen konnten, umringten sie endlich die anderen Mitglieder des Nähkränzchens. »Taneschka«, sagte eine kleine, rundliche Frau mit grauen

Haaren und kleinen, runden Knopfaugen. »Ist das Daschas Alexander?«

»Ja«, antwortete Tatiana, »das ist Daschas Alexander.« Dann wandte sie sich an Alexander und fügte hinzu: »Alexander, darf ich dir Naira Michailowna vorstellen?«

Naira begann zu weinen. »Oh, du armer Mann.« Sie umarmte Alexander. Armer Mann? Er warf Tatiana einen fragenden Blick zu.

»Naira, bitte«, sagte Tatiana und trat noch einen Schritt weiter zurück.

Schniefend flüsterte Naira Tatiana zu: »Wusste er es denn schon?«

»Nein, er hat es nicht gewusst, aber jetzt weiß er es«, erwiderte Tatiana. Daraufhin begann Naira noch heftiger zu schluchzen.

Tatiana stellte ihm auch die anderen vor. »Alexander, das ist Vova, Nairas Enkel, und Zoe, Vovas Schwester.«

Vova war ein strammer Bursche und er gefiel Alexander gar nicht. Mit seinem runden Gesicht, den runden Augen und dem runden Mund glich er seiner Großmutter sehr. Er schüttelte Alexander die Hand.

Zoe, ein großes, dunkelhaariges Dorfmädchen, umarmte ihn, wobei sie ihre Brüste ein wenig zu fest gegen seine Uniformjacke drückte. Dann ergriff sie Alexanders Hand und sagte: »Wir freuen uns so, dich kennen zu lernen, Alexander! Wir haben schon viel von dir gehört.«

»Alles!«, warf eine Frau mit weißen Löckchen aufgeregt ein. Tatiana stellte sie als Nairas ältere Schwester Axinja vor. »Wir haben wirklich alles über dich erfahren.« Auch sie umarmte Alexander.

Dann traten noch zwei weitere Frauen vor. Sie waren beide zart und grauhaarig. Eine von ihnen hatte offenbar Schüttellähmung, denn ihre Gliedmaßen zuckten unablässig. Sie hieß Raisa. Der Name ihrer Mutter war Dusia. Sie war etwas größer und stämmiger als ihre Tochter und trug ein schweres Silberkreuz um den Hals. Sie schlug das Kreuzzeichen über Alexander und sagte: »Gott wird sich deiner annehmen, Alexander. Mach dir keine Sorgen!«

Alexander hätte am liebsten erwidert, dass er nun, da er Tatiana gefunden hatte, keinen Grund mehr habe, sich Sorgen zu machen. Doch bevor er etwas sagen konnte, fragte Axinja, wie es ihm ergangen sei, und wieder folgten Tränen und Umarmungen.

»Mir geht es gut«, sagte Alexander. »Wirklich! Es gibt keinen Grund zu weinen.«

Er hätte genauso gut schweigen können. Sie hörten nicht auf zu wehklagen.

Verwirrt blickte sich Alexander nach Tatiana um. Aber sie hielt sich abseits und direkt neben ihr stand Vova, so dass ein Blickkontakt nicht möglich war.

»Du bist einfach ... oh, ich kann es nicht ...«, schluchzte Naira.

»Hör auf zu weinen, Naira Michailowna«, sagte Tatiana sanft. »Sieh doch, es geht ihm gut.«

»Tania hat Recht«, bekräftigte Alexander.

»Oh, du lieber Mann«, sagte Naira und berührte ihn am Arm. »Du hast eine so lange Reise hinter dir! Du musst ja ganz erschöpft sein.«

Er sah Tatiana an und sagte lächelnd: »Ich bin ein wenig hungrig.«

Sie erwiderte sein Lächeln nicht. »Natürlich. Lass uns gehen, damit du etwas zu essen bekommst.«

Für Alexander ergab ihr Verhalten keinen Sinn und er wurde langsam ungeduldig. »Entschuldigt mich bitte!«, sagte er und trat auf Tatiana zu. »Kann ich einen Moment allein mit dir sprechen?«

Tatiana wich zurück und wandte ihr Gesicht ab. »Komm, ich mache dir etwas zu essen.«

Alexander hatte Mühe, sich zu beherrschen. »Können wir einen Augenblick miteinander reden, Tania?«, wiederholte er.

»Natürlich!«, warf Naira ein. »Natürlich reden wir miteinander. Komm nur, Lieber, komm mit zu uns nach Hause!« Sie ergriff seinen Arm. »Das muss der schlimmste Tag deines Lebens sein.«

Alexander wusste noch nicht genau, was er von diesem Tag halten sollte.

»Wir werden uns um dich kümmern«, fuhr Naira fort. »Unsere Tania ist eine sehr gute Köchin.«

Unsere Tania? »Ich weiß«, erwiderte Alexander.

»Du bekommst etwas zu essen und zu trinken. Und dann reden wir. Wir erzählen dir alles. Wie lange bleibst du hier?«

»Ich weiß noch nicht ...«, sagte Alexander zögernd.

»Ach, in der Aufregung habe ich das Nähzeug vergessen«, sagte Tatiana ausdruckslos und ging zum Tisch zurück. Alexander folgte ihr. Zoe lief neben ihm her, aber er sagte: »Zoe, ich möchte für einen Moment mit Tania allein reden.« Ohne ihre Antwort abzuwarten, beschleunigte er seine Schritte.

»Was ist los mit dir?«, fragte er.

»Nichts.«

»Tania!«

»Was ist denn?«

»Rede mit mir!«

»Wie war deine Reise?«

»Das meine ich nicht. Warum hast du mir nicht geschrieben?«

»Warum hast *du* mir nicht geschrieben?«, gab sie zurück.

»Ich wusste ja gar nicht, ob du noch am Leben bist.«

»Das wusste ich von dir auch nicht«, erwiderte sie scheinbar ruhig. Doch sie war nur äußerlich gelassen. In Wahrheit war sie so aufgewühlt wie lange nicht mehr. Das wollte sie ihm aber auf keinen Fall zeigen.

»Du solltest mir doch mitteilen, ob ihr sicher hier angekommen seid!«, beharrte Alexander. »Erinnerst du dich nicht?«

»Nein«, entgegnete Tatiana spitz. »Dascha sollte dir schreiben. Weißt du das nicht mehr? Aber sie ist gestorben.« Sie packte Nadeln, Garn, Knöpfe, Bänder und Schnittmuster in ihre Tasche.

»Dass Dascha gestorben ist, tut mir Leid. Sehr Leid …« Alexander berührte ihren Rücken.

Tatiana zuckte zusammen. Tränen standen ihr in den Augen. »Mir auch.«

»Was war denn passiert? Seid ihr noch aus Kobona hinausgekommen?«

»Ich ja«, antwortete Tatiana leise. »Sie nicht. Sie starb noch an dem Morgen, als wir dort ankamen.«

»Oh Gott!«

Sie sahen einander nicht an und schwiegen.

»Es tut mir so Leid, Tatia«, wiederholte Alexander.

»Dich zu sehen macht die Erinnerung wieder lebendig. Die Wunden sind noch zu frisch …« Sie blickte ihn an.

Langsam gingen sie zurück zu den anderen.

Vova schlug Alexander auf die Schulter und fragte: »Und wie ist die Lage an der Front? Wir haben gehört, dass sich unsere Soldaten nicht gut halten. Die Deutschen stehen wohl schon vor Stalingrad.«

»Das stimmt«, erwiderte Alexander.

Vova schlug Alexander noch einmal auf die Schulter. »Wir müssen unser Land unterstützen. Ich melde mich auch zur Armee. Ich werde nächsten Monat siebzehn.«

»Die Rote Armee macht bestimmt einen Mann aus dir«, sagte Alexander und versuchte, fröhlich zu klingen. Als er sah, wie schwer die große Tasche mit dem Nähzeug war, wollte er sie Tatiana abnehmen.

»Danke, es geht schon. Du hast doch selbst so viel Gepäck.«

»Ich habe dir etwas mitgebracht.«

»Mir?« Tatiana sah ihn nicht an.

Was war nur los? »Tania …?«

»Morgen gehen wir alle in die *banya*. Hältst du es aus, dich bis dahin nicht zu waschen?«, fragte Naira.

»Nein. Ich wasche mich heute Abend im Fluss. Ich bin vier

Tage lang mit dem Zug gefahren und ich habe mich schon viel zu lange nicht mehr waschen können.«

»Vier Tage!«, rief Raisa aus. »Der Mann war vier Tage lang im Zug!«

Naira weinte immer noch und wischte sich übers Gesicht. »Und wofür? Oh, was für eine Tragödie doch dieser Krieg ist!«

Alexander hörte, dass Tatiana leise aufstöhnte. Er wollte, dass sie ihn endlich einmal ansah. Er wollte, dass sie ihm sagte, was ihr auf dem Herzen lag. Er wollte ihre bloßen Arme berühren. Er sehnte sich so sehr danach, sie zu berühren ...

»Tatia ...«, flüsterte er und rückte ganz nahe an sie heran. Einen Moment lang hielt sie den Atem an, aber dann ging sie eilig weiter.

Entlang der Straße kamen alle Anwohner aus ihren Häusern, winkten ihm zu und grüßten ihn. Einige weinten. Eine Frau umarmte ihn mitleidig. Ein alter Mann sagte: »Wir sind sehr stolz auf Sie. Sie haben die lange Reise nur für Dascha auf sich genommen.« Der Mann schüttelte ihm nachdrücklich die Hand. »Wenn Sie irgendetwas benötigen sollten, kommen Sie nur zu mir. Ich bin Igor.«

Alexander fragte leise: »Tania, warum tun sie alle so, als ob sie mich kennen würden?«

»Oh, sie kennen dich eben«, erwiderte Tatiana gepresst. »Du bist der Hauptmann der Roten Armee, der hierher gekommen ist, um meine Schwester zu heiraten. Alle wissen das. Aber sie ist tot. Das wissen auch alle. Und jetzt tust du allen sehr Leid.« Ihre Stimme zitterte nicht einmal.

Die anderen Frauen schluchzten. »Alexander«, sagte Naira, »zu Hause bekommst du Wodka und dann erzählen wir dir alles.«

»*Wir?*« Er warf Tatiana einen Blick zu. Er hatte gehofft, dass sie allein sein konnten.

»Tania, wie ist es dir ergangen?«, fragte er. »Wie hast du ...«

»Oh, es geht ihr großartig«, unterbrach Vova ihn und legte Tatiana den Arm um die Schultern. »Mittlerweile geht es ihr wirklich wieder gut.«

Alexander blickte finster vor sich hin. In diesem Moment löste sich Tatiana von Vova und trat auf ihn zu. Sanft legte sie ihm die Hand auf den Arm. »Du bist bestimmt ganz erschöpft, nicht wahr?«, fragte sie und blickte ihn liebevoll an. »Vier Tage im Zug ... Hast du heute schon etwas gegessen?«

»Heute morgen«, entgegnete er, ohne ihren Blick zu erwidern.

Tatiana nickte. »Wenn du dich erst einmal gewaschen und etwas gegessen hast, wirst du dich besser fühlen«, sagte sie lächelnd. »Und wenn du dich rasiert hast.« Sie drückte seinen Arm.

Augenblicklich ging es ihm schon besser und er erwiderte ihr Lächeln. Er würde mit ihr über Vova reden müssen. Er sah ihr an, dass sie ungelöste Probleme mit sich herumtrug. Das letzte Mal hatten sie in der Isaakskathedrale vertraulich miteinander gesprochen.

»Alexander!«, rief Axinja. »Wir haben unsere Taneschka geradewegs den Klauen des Todes entrissen.« Wieder jammerten alle laut auf.

Alexander warf Tatiana, die neben ihm herging, einen liebevollen Blick zu. »Lass mich die Tasche tragen, bitte«, sagte er.

Sie wollte sie ihm gerade geben, als Vova die Tasche an sich riss. »Ich trage sie«, erklärte er.

»Tania«, begann Alexander, »du bist in Kobona nicht zufällig Dimitri begegnet, oder?«

Naira drehte sich sofort um und zischte ihm zu: »Schscht! Wir reden nicht über Dimitri.«

»Dieser Bastard!«, rief Axinja aus.

»Axinja, bitte«, sagte Naira, nickte aber gleichzeitig Alexander zu. »Sie hat natürlich Recht. Er ist wirklich ein Bastard.«

Alexander starrte sie mit aufgerissenen Augen an. »Tania, kann ich daraus schließen, dass du Dimitri in Kobona begegnet bist?«

»Hmm«, erwiderte sie.

Alexander schüttelte den Kopf. Dimitri war tatsächlich ein Bastard.

Zoe beugte sich zu ihm und flüsterte verschwörerisch: »Wir reden auch deshalb nicht über Dimitri, weil unser Vova sich in Tania verliebt hat.«

Alexander rückte ein wenig von Zoe ab und murmelte: »Ach ja?«

Nairas weiß gestrichenes Holzhaus lag am Ende des Dorfes in der Nähe des Flusses. Es war ziemlich klein. »Wohnt ihr alle hier?«, fragte Alexander.

»Nein, nein«, erwiderte Naira, »nur wir und unsere Tania. Vova und Zoe wohnen mit ihrer Mutter auf der anderen Seite von Lazarewo. Ihr Vater ist letzten Sommer in der Ukraine gefallen.«

»Babuschka«, sagte Zoe, »ich glaube nicht, dass du auch noch Platz für Alexander in deinem Haus hast.«

Alexander betrachtete das Haus. Zoe hatte wahrscheinlich Recht. Im Vorgarten standen zwei Ziegen und ein Drahtverschlag für drei Hühner. *Sie* hatten offensichtlich genug Platz.

Alexander folgte Tatiana über eine Holztreppe auf die verglaste Veranda, wo zwei kleine Sofas und ein langer, rechteckiger Holztisch standen. Von der Veranda aus gelangte man in ein dunkles Wohnzimmer, das von einem großen Kachelofen beherrscht wurde.

Er nahm fast den ganzen hinteren Teil des Zimmers ein und war dreifach unterteilt – an den Seiten konnte man backen und in der Mitte heizen.

Oben auf dem Ofen lagen Decken und Kissen. In vielen dörflichen Gegenden in der Sowjetunion wurde ein Kachelofen zusätzlich als Bett genutzt. Selbst wenn das Feuer ausgegangen war, war es dort oben angenehm warm.

Vor dem Kachelofen befand sich ein hoher Tisch und dahinter standen noch ein kleineres Tischchen mit einer Nähmaschine und eine schwarze Truhe. Zwei Türen an der rechten Wand führten wahrscheinlich in die Schlafräume.

»Lass mich raten«, sagte Alexander zu Tatiana, die neben ihm stand, »du schläfst dort oben?«

»Ja«, erwiderte sie. »Es ist sehr bequem.« Sie zog Alexander zu dem kleinen Tisch neben dem Ofen.

»Warte, warte«, sagte Naira. »Zoeschka hat Recht. Wir haben wirklich nicht viel Platz.«

»Das ist schon in Ordnung«, erwiderte Alexander. »Ich kann in meinem Zelt schlafen.«

»Nein, nicht im Zelt«, widersprach Naira. »Warum wohnst du nicht bei Vova und Zoe? Sie haben sogar ein hübsches Schlafzimmer für dich. Mit einem richtigen Bett und allem.«

»Nein«, erwiderte Alexander. »Danke.«

»Taneschka, meinst du nicht auch, es wäre bequemer für ihn? Er könnte …«

»Naira Michailowna«, unterbrach Tatiana sie, »er hat nein gesagt.«

»Das wissen wir.« Axinja kam von der Veranda herein. »Aber es würde wirklich …«

»Nein«, wiederholte Alexander. »Ich schlafe draußen in meinem Zelt. Das ist schon in Ordnung.«

Tatiana zögerte. »Du kannst auch oben auf dem Ofen schlafen«, sagte sie. »Es ist sehr warm dort.«

Mit betont gleichmütiger Stimme fragte er: »Und wo schläfst du dann?«

Sie wurde rot und er musste unwillkürlich lachen. Er küsste sie auf die Wange, was sie noch mehr erröten ließ.

»Tania«, sagte er, »du bist ein komisches Mädchen.«

Sie wich vor ihm zurück, aber er fuhr lächelnd fort: »Hör mal, ich werde …«

»Zu Zoe und Vova gehen?«, fragte Naira, die gerade ins

Zimmer kam. »Das ist eine großartige Idee! Ich wusste, dass unsere Taneschka dich überreden kann. Sie kann sogar dem Teufel ein neues Kleid andrehen. Zoe!«

»Nein!«, rief Tatiana aus.

Alexander hätte sie am liebsten geküsst.

»Naira Michailowna, er geht nicht zu Zoe«, sagte Tatiana bestimmt. »Er bleibt hier. Er schläft hier oben.«

»Oh«, sagte Naira und war einen Moment lang sprachlos. »Und du?«

»Ich schlafe auf der Veranda.«

»Tania, dann solltest du aber die Bettwäsche wechseln, damit er frische Laken hat.«

»Gut«, stimmte Tatiana zu.

»Wag es bloß nicht, sie zu wechseln«, flüsterte Alexander.

Naira erklärte, sie wolle Alexander frische Handtücher holen, und zog Axinja mit ins Nebenzimmer.

Alexander und Tatiana wandten sich einander zu. Tatiana vermied es noch immer, ihn anzusehen, aber sie war ihm zumindest nahe.

»Ich gehe mich jetzt waschen«, sagte Alexander lächelnd. Er wusste nicht, wo er seine Hände lassen sollte. Am liebsten hätte er Tatiana berührt.

»Warte hier auf mich.«

»Natürlich. Brauchst du Seife?«

Er schüttelte den Kopf.

»Ja, das glaube ich. Aber sieh mal, was ich hier habe.« Sie holte eine kleine Flasche Haarwaschmittel aus der Schublade der Kommode. »Ich habe sie in Molotow gekauft. Sie hat zwanzig Rubel gekostet.« Sie reichte ihm die Flasche. »Echtes Haarwaschmittel für deine Haare.«

»Du hast *zwanzig* Rubel für eine Flasche Haarwaschmittel ausgegeben?«, fragte er entsetzt. Als er sie entgegennahm, berührten sich ihre Finger.

Sie zog ihre Finger rasch weg und entgegnete: »Besser als zweihundertfünfzig Rubel für eine Tasse Mehl.«

»Hast du es mit dem Geld bezahlt, das ich für dich in der Puschkin-Ausgabe versteckt hatte?«

»Ja«, erwiderte sie leise. »Die Rubel in dem Buch kamen mir wirklich gelegen. Danke.« Sie blickte ihn nicht an. »Danke für alles.«

»Das freut mich. Gern geschehen.«

Er konnte den Blick nicht von ihr abwenden. »Tatiascha, du bist so blond geworden.«

Sie zuckte mit den Schultern. »Das liegt an der Sonne.«

»Und du hast so viele Sommersprossen ...«

»Auch von der Sonne.«

»Und so ...«

»Ich zeige dir den Weg zum Fluss.«

»Warte. Sieh mal, was ich dir mitgebracht habe.« Er hockte sich neben seine Tasche und zeigte ihr die Dosen mit *tuschonka,* Kaffee, einen großen Beutel Zucker, Salz, Zigaretten und Wodkaflaschen. »Und ich habe dir ein neues englisch-russisches Konversationsbuch mitgebracht«, sagte er leise. »Hast du weiterhin Englisch gelernt?«

»Nein«, erwiderte Tatiana. »Ich hatte keine Zeit. Ich kann gar nicht glauben, dass du das alles getragen hast. Es war bestimmt sehr schwer. Danke für die Sachen! Und nun komm mit nach draußen.«

Naira war mit einem Handtuch zurückgekehrt. Alexander und Tatiana gingen über die Veranda zur Hintertreppe. Alexander hielt sich so nahe wie möglich bei Tatiana, doch er wusste, dass sechs Augenpaare sie von der Veranda aus beobachteten. Tatiana zeigte ihm den Weg, aber Alexander sah kaum hin, weil er ihre blonden Augenbrauen betrachtete.

Er hätte sie gern berührt.

Er hielt den Atem an und fuhr mit dem Finger über die blasse Narbe, die von dem Streit mit ihrem Vater herrührte. »Sie ist fast nicht mehr zu sehen«, sagte er leise.

»Wenn du sie nicht sehen kannst«, entgegnete Tatiana, »warum berührst du sie dann?« Sie hielt die Augen gesenkt.

»Alexander, lass dir den Weg zum Fluss erklären. Geh über die Straße und folge dann dem Pfad durch das Fichtenwäldchen. Es sind ungefähr hundert Meter bis zur Lichtung am Fluss. Ich wasche dort immer die Wäsche. Du kannst es gar nicht verfehlen. Die Kama ist ein großer Fluss.«

»Ich werde mich bestimmt verirren«, sagte Alexander und flüsterte ihr ins Ohr: »Komm, zeig mir den Weg.«

»Tania muss Abendessen kochen«, sagte Zoe, die zu ihnen getreten war. »Soll *ich* dir den Weg zeigen?«

»Ja«, sagte Tatiana und wich zurück, »Zoe kann ihn dir zeigen. Ich muss jetzt wirklich kochen, wenn wir heute Abend etwas essen wollen.«

Alexander entgegnete: »Nein, Zoe. Entschuldige uns bitte.« Er zog Tatiana mit sich weg. »Komm mit mir zum Fluss«, drängte er. »Dann kannst du mir erzählen, warum du böse auf mich bist, und ich ...«

»Jetzt nicht, Alexander«, flüsterte Tatiana.

Seufzend ließ er sie los und machte sich allein auf den Weg. Als er sauber und frisch rasiert zurückkehrte, stellte er fest, dass Zoe ihn mit interessierten Blicken verfolgte. Das überraschte Alexander nicht. In einem Ort, in dem es keine jungen Männer gab, wäre Zoe auch an ihm interessiert gewesen, wenn er nur ein Auge und keine Zähne gehabt hätte. Doch Tatiana weigerte sich hartnäckig, ihn überhaupt anzusehen. Während sie sich am Ofen mit den Pfannen zu schaffen machte, bewunderte er ihre Figur. Das gesunde Leben auf dem Dorf tat ihr sichtlich gut.

Sie richtete sich auf und wollte zur Veranda gehen, aber er ergriff ihre Hand und drückte sie gegen seine Wange. »Findest du sie glatt rasiert besser?« Er rieb sich mit ihrer Hand über die Wange und küsste dann ihre Fingerspitzen.

Tatiana zog die Hand weg. »Ich habe dich noch nicht so oft glatt rasiert gesehen«, murmelte sie. »Ich stinke nach Zwiebeln, Alexander. Ich will nicht, dass du wieder schmutzig wirst.« Sie räusperte sich und wandte den Blick ab.

»Tatia«, sagte er, ohne ihre mehlbestäubte Hand loszulassen, *»ich* bin es! Was ist eigentlich los mit dir?«

Blinzelnd sah sie ihn an und er begriff, dass sie verletzt war. Er setzte an: »Tatia, was ...«

»Alexander, Lieber, komm her zu uns. Lass Tania zu Ende kochen. Komm, trink etwas.«

Er trat auf die Veranda. Naira reichte ihm ein Glas Wodka. Kopfschüttelnd sagte Alexander: »Ich trinke nicht ohne Tatiana. Tania! Komm.«

»Sie trinkt den nächsten mit uns.«

»Nein«, erwiderte er, »sie trinkt das erste Glas mit uns. Tania, komm heraus.«

Sie kam nach Zwiebeln riechend auf die Veranda und stellte sich neben ihn.

Naira sagte: »Unsere Taneschka trinkt doch gar nicht!«

»Ich trinke auf Alexander«, sagte Tatiana leise. Alexander reichte ihr sein Wodkaglas, wobei seine Finger die ihren berührten. Naira schenkte ihm ein anderes Glas ein. Dann hoben sie die Gläser. »Auf Alexander«, sagte Tatiana mit schwankender Stimme. In ihren Augen standen Tränen.

»Auf Alexander«, wiederholten alle. »Und auf Dascha.«

»Und auf Dascha«, sagte Alexander leise.

Als sie ausgetrunken hatten, ging Tatiana wieder ins Zimmer.

Vor dem Essen kamen noch einige Leute aus dem Dorf vorbei, weil sie Alexander kennen lernen und ihm kleine Geschenke bringen wollten.

Eine Frau brachte ein Ei. Ein alter Mann brachte einen Angelhaken. Ein anderer eine Angelrute. Ein junges Mädchen einige Bonbons. Jeder schüttelte ihm die Hand, manche verbeugten sich und eine Frau fiel sogar auf die Knie, bekreuzigte sich und küsste sein Glas. Alexander war gerührt und völlig erschöpft. Er zog eine Zigarette aus der Tasche.

Vova sagte: »Kannst du die nicht draußen rauchen? Tania verträgt Rauch im Haus nicht so gut.«

Alexander steckte die Zigarette wieder weg und fluchte im Stillen. Aber bevor er etwas sagen konnte, spürte er Tatianas Hand auf seiner Schulter. »Du kannst hier ruhig rauchen, Alexander«, sagte sie.

Störrisch warf Vova ein: »Aber Tania, der Rauch stört dich doch! Deshalb gehen wir doch alle nach draußen.«

»Ich weiß, Vova«, erwiderte Tatiana, »aber Alexander ist unser Gast. Er darf rauchen, wo es ihm gefällt.«

Kopfschüttelnd sagte Alexander: »Ich kann auch nach draußen gehen.« Er hätte gern weiter ihre Hand auf seiner Schulter gespürt. »Tania, brauchst du Hilfe?«

»Nein, das Essen ist jetzt fertig.«

Die anderen Frauen setzten sich an den Tisch, der von zwei Bänken flankiert war. »Für gewöhnlich sitzt Tatiana am Kopfende, damit sie schneller am Herd ist, weißt du?« Zoe lächelte.

»Oh, das kann ich mir vorstellen«, erwiderte Alexander. »Ich setze mich neben sie.«

»Normalerweise sitze ich neben ihr«, erklärte Vova.

Achselzuckend blickte Alexander Tatiana an und zog die Augenbrauen hoch.

Sie wischte sich die Hände an einem Handtuch ab und schlug vor: »Wie wäre es, wenn ich mich zwischen Alexander und Vova setze?«

»Gut«, sagte Zoe. »Und ich setze mich auf der anderen Seite neben Alexander.«

Tatiana hatte Gurken- und Tomatensalat gemacht und ein paar Kartoffeln mit Zwiebeln und *tuschonka* gekocht.

Sie öffnete ein Glas mit eingelegten Pilzen. Es gab außerdem Weißbrot, etwas Butter, Milch, Käse und ein paar hart gekochte Eier.

»Was soll ich dir geben, Shu…« Tatiana stockte. »Möchtest du Salat?«

»Ja, bitte.«

Tatiana gab das Essen auf seinen Teller. Sie stand ganz nah

neben ihm und er genoss es, dass ihr nacktes Bein ihn berührte und ihre Hüfte sich an seinen Ellbogen drückte. Am liebsten hätte er ihr den Arm um die Taille gelegt. »Gib mir bitte auch etwas Brot und Butter.«

Alexander nahm an, Tatiana würde sich anschließend hinsetzen, doch stattdessen ging sie um den Tisch herum und bediente auch die Frauen.

Zum Schluss füllte sie Vovas Teller. Alexanders Herz krampfte sich zusammen, als er sah, mit welcher Vertrautheit sie miteinander umgingen.

Vova sah Tatiana ständig an. Er lächelte sie ständig an. Doch zum Glück konnte Alexander in Tatianas Augen keine tieferen Gefühle für ihn entdecken.

Endlich setzte sie sich.

»Tania«, sagte er, »ich bin so froh, dass du nicht mehr hungern musst.«

»Ich auch«, erwiderte sie.

Es war dunkel im Zimmer, aber er konnte dennoch sehen, wie Blut aus ihrem Mund tropfte, als sie das Schwarzbrot für ihn, für Dascha und erst ganz am Schluss für sich selbst aufschnitt.

Jetzt aß sie Weißbrot und Butter und Eier.

Zoe rieb immer wieder scheinbar unabsichtlich ihren Ellbogen an Alexander. Alexander fragte sich, ob Tatiana es wohl bemerkte.

Er rückte von Zoe ab und setzte sich näher zu Tatiana. »Damit du ein bisschen mehr Platz hast, Zoe«, sagte er mit einem gleichgültigen Lächeln.

Naira, die ihnen gegenübersaß, warf ein: »Aber jetzt wird die arme Taneschka fast erdrückt.«

»Es ist schon gut«, sagte Tatiana. Unter dem Tisch berührten sich ihre Beine.

Während Alexander hungrig das Essen verschlang, sagte er: »Inzwischen habe ich wirklich genug getrunken. Jetzt kannst du mir doch erzählen, wie es dir ergangen ist.«

Die Frauen brachen abermals in Tränen aus. »Oh, Alexander, du hast bestimmt noch nicht genug getrunken, um dir alles anzuhören.«

»Kann ich dann wenigstens schon einen Teil der Geschichte hören?«

Naira sagte: »Tania hat es eigentlich nicht gern, wenn wir darüber reden. Aber, Taneschka, dürfen wir Alexander nicht doch erzählen, was geschehen ist?«

»Na gut, erzählt es ihm.« Tatiana seufzte.

»Ich möchte aber, dass Tania es mir erzählt«, beharrte Alexander.

»Ach weißt du, es gibt gar nicht so viel zu erzählen. Wir waren in Kobona. Dascha ist gestorben. Danach bin ich hierher gefahren und war eine Zeit lang krank ...«

»Dem Tode nahe, das kann ich dir sagen!«, rief Naira dazwischen.

»Naira Michailowna, bitte«, sagte Tatiana. »Ich war ein bisschen krank.«

»Krank?«, rief Axinja. »Alexander, dieses Kind ist im Januar zu uns gekommen und hat bis zum März mit dem Tod gerungen. Sie litt unter Skorbut ...«

»Sie ist förmlich von innen heraus ausgeblutet«, erklärte Dusia. »So wie unser früherer Zarewitsch Alexander. Genau so. Sie hat geblutet und geblutet ...«

»Der Zarewitsch hatte keinen Skorbut«, warf Tatiana ein. »Er war Bluter.«

»Und dann die doppelseitige Lungenentzündung!«, rief Axinja. »Beide Lungenflügel waren befallen!«

»Axinja, bitte«, sagte Tatiana. »Es war nur *ein* Lungenflügel.«

»Die Lungenentzündung hat sie beinahe umgebracht. Sie konnte nicht mehr atmen«, erklärte Naira und tätschelte Tatianas Hand.

»Eigentlich war es keine Lungenentzündung«, fügte Axinja hinzu, »es war Tuberkulose! Naira, du wirst so vergesslich. Weißt du nicht mehr, wie sie wochenlang Blut gehustet hat?«

»Oh, Tania«, flüsterte Alexander.

»Alexander, ich bin wieder gesund. Wirklich«, sagte Tatiana. »Ich hatte eine milde Form von Tuberkulose. Die Ärzte haben sie schon im Krankenhaus geheilt. Spätestens im nächsten Jahr ist alles wieder völlig in Ordnung.«

»Und du wolltest mich drinnen rauchen lassen!«

»Warum denn nicht?«, fragte sie. »Du hast doch immer drinnen geraucht. Ich bin daran gewöhnt.«

»Was heißt hier, warum denn nicht?«, empörte sich Axinja. »Tania, du warst einen Monat lang im Quarantänezelt!«

»Erzähl Alexander doch mal, wie du Tuberkulose bekommen hast«, warf Naira ein.

Alexander spürte, dass Tatiana erschauerte. »Das erzähle ich ihm später.«

»Wann später?«, flüsterte Alexander. Sie antwortete nicht.

»Tania!«, rief Axinja. »Erzähl Alexander, was du durchgemacht hast, bevor du hierher kamst. Na los!«

Darüber zu sprechen schien Tatiana große Mühe zu kosten. »Ich und Hunderte anderer Leute wurden auf Lastwagen verladen und zum Bahnhof in der Nähe von Wolkow gefahren ...«

»Erzähl ihm, in was für einem Zug ihr gefahren seid!«

»Es war nicht gerade der bequemste Zug. Wir waren so viele ...«

»Was passierte mit den Leuten, die im Zug gestorben sind?«, sagte Dusia.

»Oh, die anderen haben sie einfach hinausgeworfen, um Platz zu schaffen.«

Naira warf schniefend ein: »Als sie an die Wolga kamen, war schon viel mehr Platz ...«

Axinja rief dazwischen: »Alexander, sie hatten die Brücke über die Wolga gesprengt und der Zug konnte nicht hinüberfahren! Alle Evakuierten, einschließlich unserer Taneschka, mussten in ihrer erbärmlichen Verfassung zu Fuß über das Eis. Wie findest du das?«

Alexander konnte seinen Blick nicht von Tatianas nachdenklichem Gesicht wenden.

»Wie viele Menschen sind auf dem Eis gestorben? Sag es ihm.«

»Ich weiß es nicht, Axinja. Ich habe sie nicht gezählt.«

»Fast alle«, sagte Dusia. »Ich bin sicher, kaum jemand hat es überlebt.«

»Nun, Tania hat es überlebt«, stellte Alexander fest und drückte sein Bein gegen ihres.

»Andere auch«, sagte Tatiana. Leise fügte sie hinzu: »Allerdings nicht viele.«

»Tania, erzähl ihm, wie viele Kilometer du laufen musstest, mit Tuberkulose und Lungenentzündung und im Schneesturm, weil es nicht genug Lastwagen gab, um all die Kranken und Verhungernden zum Zug zu fahren.«

Axinja riss die Augen auf. »Waren es nicht fünfzehn Kilometer?«

»Nein, vielleicht drei«, berichtigte Tatiana sie. »Und es gab auch keinen Schneesturm. Es war nur kalt.«

»Hattest du denn etwas zu essen? Nein!«

»Doch«, erwiderte Tatiana, »ich hatte ein bisschen zu essen dabei.«

»Und erzähl ihm von der Zugreise, erzähl ihm, dass du dich noch nicht einmal hinlegen konntest, dass du drei Tage lang stehen musstest, von Wolkow bis an die Wolga.«

»Ja, ich habe drei Tage lang gestanden«, gab Tatiana zu.

Dusia wischte sich über die Augen und sagte: »Nachdem sie die Wolga überquert hatten, waren schon so viele Leute gestorben, dass Tatiana sich im Zug wenigstens hinlegen konnte, nicht wahr, Tania? Sie legte sich hin ...«

»Und stand nicht wieder auf!«, bemerkte Axinja.

»Meine Liebe«, entgegnete Tatiana, »irgendwann bin ich wieder aufgestanden.«

Sie schüttelte den Kopf.

»Nein«, sagte Axinja, »jetzt übertreibe ich wirklich nicht.

Du bist nicht aufgestanden. Die anderen wollten dich fragen, wo du hinfährst, aber sie schafften es nicht, dich zu wecken …«

»Am Ende haben sie mich doch wach bekommen.«

»Am Ende, ja!«, rief Axinja. »Aber erst haben sie gedacht, du wärst tot!«

Raisa erzählte weiter: »Sie ist in Molotow aus dem Zug gestiegen und hat gefragt, wie weit es noch bis nach Lazarewo ist. Als sie gehört hat, dass es zehn Kilometer sind, hat sie …«

Alle vier Frauen brachen in lautes Weinen aus.

Tatiana sagte zu Alexander: »Es tut mir Leid, dass du dir das alles anhören musst.«

Alexander konnte nicht mehr weiteressen. Sanft streichelte er über ihren Rücken. Dann ergriff er seine Gabel wieder.

»Alexander, weißt du, was sie tat, als sie hörte, dass Lazarewo zehn Kilometer von Molotow entfernt liegt?«

»Lasst mich raten«, erwiderte Alexander. »Sie fiel in Ohnmacht.«

»Ja. Woher weißt du das?«, fragte Axinja verblüfft.

»Ich bin schon früher oft ohnmächtig geworden«, erklärte Tatiana.

Naira sagte: »Als sie aus der Quarantäne kam, saßen wir im Krankenhaus noch lange an ihrem Bett und hielten ihr die Sauerstoffmaske vor das Gesicht, damit sie atmen konnte.« Sie wischte sich über die Augen und fügte hinzu: »Als ihre Großmutter starb …«

Alexander fiel die Gabel aus der Hand. Schweigend starrte er auf seinen Teller. Tatiana blickte ihn traurig an. »Wo ist der Wodka, Tania?«, fragte Alexander. »Ich hatte doch noch nicht genug.«

Sie schenkte ihm ein und goss auch sich ein kleines Glas voll. Dann hoben sie ihre Gläser und stießen an. Tatiana flüsterte: »Sei tapfer, Shura.« Er konnte nicht antworten.

Alle schwiegen, bis Alexander fragte: »Woran ist sie gestorben?«

Naira putzte sich die Nase. »An der Ruhr. Letzten Dezember.« Sie beugte sich vor. »Ich persönlich glaube allerdings, dass sie einfach nicht mehr weiterleben wollte, nachdem Tanias Großvater gestorben war.« Naira warf Tatiana einen Blick zu. »Ich weiß, dass Tania genauso denkt.« Tatiana nickte.

Naira schenkte Alexander noch einen Wodka ein. »Als Anna starb, sagte sie zu mir: ›Naira, ich wünschte, du könntest meine Enkelinnen aus Leningrad kennen lernen, aber unsere kleine Tania wirst du wahrscheinlich nie sehen. Sie schafft es bestimmt nicht bis hierher. Sie ist so zart.‹«

»Anna kannte ihre Enkelin offensichtlich nicht gut genug«, sagte Alexander und stürzte seinen Wodka hinunter.

»Sie sagte zu uns: ›Wenn meine Enkelinnen kommen, sorg bitte dafür, dass es ihnen gut geht. Halte mein Haus für sie in Ordnung …‹«, fuhr Naira fort.

»Was für ein Haus?«, fragte Alexander.

»Oh, sie hatte eine Holzhütte …«

»Wo denn?«

»Im Wald in der Nähe des Flusses. Tania kann sie dir zeigen. Als es Tania besser ging und sie mit uns nach Lazarewo kam, wollte sie dort wohnen.« Naira riss die Augen auf und schaute Alexander viel sagend an. »*Ganz allein!*«

»Was hat sie sich nur dabei gedacht?«, erwiderte Alexander kopfschüttelnd.

Strahlend stimmten ihm die vier Frauen zu. Naira sagte: »Eine Enkelin von unserer Anna muss hier doch nicht allein leben! Was soll dieser Unsinn! Wir haben gesagt, du gehörst zu unserer Familie. Deda war der Cousin meines ersten Ehemannes, also wohnst du bei uns. Das ist doch viel schöner. Stimmt es nicht, Taneschka?«

»Doch, Naira Michailowna.« Tatiana gab Alexander noch Kartoffeln. »Du hast doch sicher noch Hunger«, sagte sie leise.

»Um ehrlich zu sein, weiß ich das nicht so genau«, erwiderte Alexander. »Aber ich esse einfach weiter.«

Naira sagte: »Unserer Tania geht es jetzt wieder besser, aber sie muss auf sich aufpassen. Sie hat immer noch einmal im Monat in Molotow eine Nachuntersuchung. Die Tuberkulose kann jederzeit wieder ausbrechen. Deshalb rauchen wir auch alle draußen ...«

»Und es macht uns gar nichts aus«, warf Vova ein und legte den Arm um Tatiana.

Axinja sagte: »Alexander, du hast ja keine Ahnung, wie dünn sie war, als sie zu uns kam ...«

»Oh, ich kann es mir gut vorstellen«, erwiderte Alexander.

»Sie bestand nur noch aus Haut und Knochen«, sagte Dusia. »Beinahe hätte sie noch nicht einmal der Herrgott retten können.«

Axinja lächelte und warf Tatiana einen liebevollen Blick zu. »Aber wir haben dich richtig gemästet, nicht wahr, Liebes? Jeden Tag gibt es Eier, Milch und Butter. Sie ist jetzt schön rundlich, findest du nicht auch, Alexander?«

»Hmm«, sagte Alexander und drückte Tatianas Oberschenkel unter dem Tisch.

»Wie ein warmes Brötchen«, fügte Axinja hinzu.

»Ein warmes Brötchen?«, wiederholte Alexander grinsend. Tatiana wurde flammend rot. Im Sitzen bedeckte ihr Kittel die Oberschenkel nicht ganz und seine Hand streichelte sie unablässig. Abrupt stand sie auf und fragte: »Alexander, möchtest du noch etwas?« Mit zitternden Händen ergriff sie die Bratpfanne. »Es ist noch genug da.« Sie lächelte ihn an.

»Ich glaube, ich trinke lieber noch etwas«, erwiderte Alexander. Dieses Mal wandte *er* den Blick ab.

Axinja sagte: »Alexander, du musst wissen, dass wir in einer Hinsicht nicht glücklich über Taneschkas Verhalten waren.«

»Tania, was hast du getan, das diese netten Frauen gegen dich aufgebracht hat?«, fragte Alexander.

Tatianas Lächeln erlosch und sie blickte Axinja finster an.

Naira erklärte: »Wir haben ihr gesagt, sie solle dir schreiben, was mit Dascha passiert ist, damit du nicht vergeblich die lange Reise hierher auf dich nimmst. Wir haben ihr gesagt, schreib ihm und sag ihm die Wahrheit.«

»Aber sie hat sich geweigert!«, rief Axinja.

Alexander starrte Tatiana an. »Und warum, Axinja?«

»Das wollte sie nicht sagen. Aber uns hat der Gedanke daran, dass du wegen deiner Dascha hierher kommst, ständig gequält. Wir konnten über nichts anderes mehr reden.«

»Über *gar* nichts anderes«, warf Tatiana betont ein. »Möchtest du noch etwas zu trinken?«

»Wenn du mir geschrieben hättest, hätten sie vielleicht aufgehört, darüber zu reden«, erwiderte Alexander unfreundlich. »Und, ja bitte, gib mir noch etwas zu trinken.«

Sie goss den Wodka so schnell in sein Glas, dass es fast überschwappte.

»Wir haben alle Briefe von Dascha an Anna gelesen«, sagte Naira. »Das Mädchen hat immer so von dir geschwärmt!« Sie schüttelte den Kopf. »Du warst ihr strahlender Ritter, weißt du.«

Alexander kippte hastig seinen Wodka hinunter.

»Tania, wie oft haben wir dir gesagt, du sollst ihm schreiben!«, rief Dusia. »Aber unsere Tania kann manchmal sehr eigensinnig sein.«

»Nicht nur manchmal!« Alexander ergriff Tatianas Glas und trank auch ihren Wodka aus.

Dusia bekreuzigte sich.

Missbilligend blickte sie Tatiana an. »Alexander, wir hätten dir den Schmerz gern erspart. Wir wussten ja nicht, was mit dir passiert war. Deshalb haben Tania und ich jeden Tag für deine Seele gebetet.«

»Ich danke euch. Aber glücklicherweise ist mir ja nichts geschehen«, erwiderte Alexander.

»Oh, Alexander!«, rief Axinja aus, »dieser Brief, den du

an Dascha geschrieben hast ... Er war so voller Liebe! Und dein Vorsatz, sie unter allen Umständen zu heiraten ... Das hat uns beinahe das Herz gebrochen. Du bist ein Dichter!«

»Das finde ich auch«, bekräftigte Tatiana. »Erinnerst du dich an deinen poetischen Brief, Alexander?«

Er musterte sie unsicher. Der Wodka zeigte langsam seine Wirkung. »Ja«, antwortete er. Er hatte diesen Brief geschrieben, weil er Dascha beruhigen wollte.

»Du hättest mich informieren müssen, Tania«, sagte er vorwurfsvoll.

Tatiana sprang auf und begann, den Tisch abzuräumen.

»Na ja ...« Alexander zuckte mit den Achseln. »Vielleicht hatte Tania ja zu viel zu tun. Schließlich muss sie für alle kochen und nähen ...«

Tatiana ergriff seinen Teller. »Hat es dir geschmeckt?«, unterbrach sie ihn.

Es gab so viele Dinge, die sie ihm erklären wollte! Aber das war nicht möglich, solange sie nicht mit ihm allein war.

»Ja, danke.«

»Was wirst du denn jetzt tun, Alexander? Fährst du wieder zurück?«, erkundigte sich Vova.

Tatiana zog scharf die Luft ein und auch Alexander hielt einen Moment lang den Atem an. »Ich weiß es noch nicht.«

»Du kannst hier bleiben, solange du willst«, erklärte Naira. »Du gehörst ja sozusagen zur Familie. Schließlich wärst du Daschas Ehemann geworden.«

»Aber er *ist* nicht Daschas Ehemann«, warf Zoe ein. Lächelnd legte sie ihre Hand auf Alexanders Arm. »Mach dir keine Sorgen, Alexander! Wir heitern dich schon auf. Wie lange hast du Urlaub?«

»Einen Monat.«

»Zoe, wie geht es denn deinem Freund Stepan? Triffst du dich heute Abend mit ihm?«, fragte Tatiana.

Zoe nahm ihre Hand von Alexanders Arm. Alexander warf

Tatiana einen amüsierten Blick zu. Also nimmt sie Zoes Verhalten doch wahr, dachte er.

Tatiana war noch immer damit beschäftigt, den Tisch abzuräumen.

Alexander blickte sich um. Keiner von den anderen rührte sich, noch nicht einmal Zoe oder Vova. Als er aufstand, fragte Tatiana: »Wohin gehst du?«

»Ich will dir beim Aufräumen helfen.«

»Nein, nein!«, riefen alle entrüstet. »Was denkst du dir bloß? Das macht Tania schon!«

»Das weiß ich«, gab Alexander zurück. »Aber ich will nicht, dass sie es allein macht.«

»Warum nicht?«, fragte Naira ehrlich überrascht.

»Es macht mir wirklich nichts aus«, fügte Tatiana hinzu.

Alexander setzte sich wieder und wandte sich an Zoe. »Ich bin ein bisschen müde. Kannst *du* ihr helfen?« Er blickte sie ernst an. Sie hingegen strahlte und erhob sich, um Tatiana zur Hand zu gehen.

Tatiana kochte Tee und schenkte als Erstes Alexander ein. Bevor sie sich selbst eine Tasse eingoss, bediente sie die vier älteren Frauen und Vova und Zoe. Nachdem sie die Blaubeermarmelade aus dem Schrank geholt hatte, wollte sie sich hinsetzen, doch da sagte Vova: »Taneschka, gibst du mir bitte noch eine Tasse Tee?«

Tatiana erhob sich wieder und griff nach Vovas Tasse, aber Alexander packte sie am Handgelenk. »Weißt du was, Vova«, sagte Alexander, »die Teekanne steht direkt vor dir. Also kannst du dir selbst Tee nachgießen. Setz dich, Tania, für heute hast du genug getan!«

Tatiana gehorchte und alle am Tisch starrten Alexander schweigend an.

Vova nahm schließlich die Kanne und goss sich eine Tasse Tee ein.

Für Zoe und Vova war es Zeit, nach Hause zu gehen. Vova bat Tatiana, ihn nach draußen zu begleiten, und Alexander konnte sich nur mit Mühe darauf konzentrieren, sich von Zoe zu verabschieden. Sie fragte: »Alexander, möchtest du nicht noch einen kleinen Spaziergang machen?«

»Nein«, erwiderte er brüsk.

»Morgen gehen wir alle schwimmen. Vielleicht hast du ja Lust mitzukommen.«

»Mal sehen«, erwiderte er unverbindlich.

Als die beiden gegangen waren, forderte er Tatiana auf, sich neben ihn zu setzen. »Du bist bestimmt müde«, sagte er sanft. »Aber wollen wir nicht einen Moment nach draußen gehen? Ich möchte gern eine Zigarette rauchen.«

Bevor Tatiana antworten konnte, begann Naira erneut: »Ich sage dir, Alexander, am Anfang war es sehr schwer für unsere Tania.«

Seufzend stand Tatiana auf und verschwand in einem der Schlafzimmer.

Axinja fuhr fort: »Sie war in einer miserablen Verfassung, sie sah aus wie ein Gespenst.« Die Frauen hatten Tränen in den Augen. Alexander fand sie eigentlich rührend, wenn sie ihn nur nicht ständig davon abgehalten hätten, ungestört ein paar Worte mit Tatiana zu wechseln ... Er stand auf, um Tatiana zu folgen.

»Alexander, das ist bei weitem noch nicht die ganze Geschichte«, flüsterte Naira rasch. »Wir wollten es dir ja eigentlich auch nicht sagen, aber ...«

»Aber dieser Dimitri ist wirklich ein Bastard!«, rief Axinja aus.

Alexander sank wieder auf die Bank zurück. »Erzählt es mir endlich!«

In diesem Moment betrat Tatiana das Zimmer wieder.

»Es tut mir Leid, Taneschka«, sagte Axinja, »aber ich bin so wütend auf diesen Burschen! Ich würde ihn am liebsten verprügeln.«

»Hört bitte auf, ständig über Kobona zu reden!«, sagte Tatiana.

Dusia warf ein: »Schande über Dimitri! Möge er elend zu Grunde gehen!«

Tatiana verdrehte die Augen und ging hinaus.

Axinja sagte: »Ich glaube, der Bastard hat ihr das Herz gebrochen. Sie hat ihn schließlich geliebt.«

Dusia schüttelte heftig den Kopf. »Das stimmt nicht! Er konnte sie keine Minute lang täuschen. Unsere Tania durchschaut die Menschen vom ersten Augenblick an.«

»Da stimme ich dir zu, Dusia«, sagte Alexander.

Axinja senkte die Stimme. »Wir denken ja immer noch, dass hinter all dem etwas anderes steckt, vielleicht eine viel größere Liebesgeschichte.«

»Du bist unverbesserlich, Axinja!« Naira schüttelte den Kopf. »Ich glaube das nicht. Das Mädchen hat alles verloren. Sie war am Ende, als sie hier ankam. Liebe hat in ihrem Leben keinen Platz.«

»Und ich sage dir: Sie ist verliebt!«, erwiderte Axinja bestimmt.

»Nein, du irrst dich!«, widersprach Naira.

»Ach ja? Und warum rennt sie dann ständig zur Post? Um nachzusehen, ob ein Brief für sie angekommen ist!«, sagte Axinja triumphierend. »Von ihrer Familie ist doch keiner mehr da, der ihr schreiben könnte.«

»Scharf beobachtet«, warf Alexander ein.

»Und habt ihr nicht gemerkt«, fuhr Axinja fort, »dass sie sich während des Nähkränzchens immer so hinsetzt, dass sie die Straße im Blick hat?«

Die anderen drei Frauen stimmten ihr zu. »Das tut sie wirklich. Sie beobachtet die Straße so aufmerksam, als ob dort jeden Moment jemand auftauchen könnte, den sie kennt.«

Alexander hob den Kopf. Tatiana stand plötzlich hinter den Frauen und sah ihn an.

»Stimmt das, Tatiascha?«, fragte er liebevoll. »Wartest du auf jemanden?«

»Jetzt nicht mehr«, erwiderte sie.

»Seht ihr?«, rief Naira befriedigt aus. »Ich habe euch doch gesagt, dass es nichts mit Liebe zu tun hat!«

Tatiana ließ sich neben Alexander nieder.

Naira wandte sich ihr zu. »Taneschka, es macht dir doch nichts aus, dass wir ein bisschen über dich klatschen, oder? Schließlich ist deine Geschichte das Interessanteste, was hier in Lazarewo seit Jahren passiert ist. Das findet Vova auf jeden Fall auch.« Sie lachte und erklärte: »Mein Enkel hat viel für Tatiana übrig.«

Alexander wurde langsam ungeduldig. Er wollte endlich mit Tatiana allein sein. Er ging hinaus, um eine Zigarette zu rauchen, und als er wieder ins Zimmer trat, überfiel ihn mit einem Schlag die Müdigkeit. Er zog seine Stiefel aus und setzte sich an den Tisch. Nach kurzer Zeit sank sein Kopf nach unten und er war eingeschlafen. Als er aufwachte, war es dunkel. Jemand schüttelte ihn leicht und streichelte seinen Rücken. »Komm, Shura!«, flüsterte Tatianas Stimme. »Kannst du aufstehen? Bitte leg dich ins Bett!«

Er kletterte in das Bett auf dem Kachelofen und schlief sofort wieder ein. Im Halbschlaf spürte er, wie Tatiana ihm die Socken auszog, seine Jacke aufknöpfte und ihm den Gürtel abnahm. Er spürte ihre weichen Lippen auf seinen Augen, auf seiner Wange und auf seiner Stirn. Etwas Weiches glitt über sein Gesicht. Es waren bestimmt ihre Haare. Er wäre gern wach geblieben, aber es war unmöglich. Er fiel in einen tiefen Schlaf.

5

Am nächsten Morgen schlug Alexander die Augen auf und schaute auf seine Armbanduhr. Es war bereits acht Uhr. Er blickte sich nach Tatiana um, konnte sie jedoch nirgendwo entdecken. Er lag auf ihrem Kopfkissen, eingehüllt in ihre

Steppdecke. Lächelnd drückte er seine Nase in das Kissen. Es roch nach Seife und nach frischer Luft. Zudem glaubte er, Tatianas vertrauten Duft wahrzunehmen.

Im Haus war es still. Alexander wusch sich und machte sich dann auf die Suche nach Tatiana. Sie kam ihm auf der Straße mit zwei Kannen voller warmer Kuhmilch entgegen. Ihre weißblonden Haare fielen ihr auf die Schultern. Sie trug einen kurzen, blauen Wickelrock und ein weißes Hemd, das ihr nur bis zum Nabel reichte. Ihre runden Brüste zeichneten sich deutlich darunter ab. Sie war erhitzt und ihr Gesicht hatte eine rosige Farbe. Als Alexander sie sah, setzte sein Herzschlag für einen Moment aus. Er nahm ihr die Milchkannen ab und sie gingen eine Weile lang schweigend nebeneinander her.

»Vermutlich musst du noch Wasser aus dem Brunnen holen, nicht wahr?«, fragte er schließlich.

»Womit hast du dich denn heute früh rasiert?«, gab Tatiana zurück.

»Ich habe mich nicht rasiert.«

»Aber du hast dir die Zähne geputzt.« Sie lächelte.

Er lachte. »Ja. Mit dem Wasser vom Brunnen. Ich möchte übrigens, dass du mir das Haus deiner Großeltern zeigst. Ist es weit bis dorthin?«

»Nein«, antwortete sie mit undurchdringlicher Miene.

»Wo hast du denn heute Nacht geschlafen?«

»Auf dem Sofa auf der Veranda«, erwiderte sie. »Hattest du es bequem? Du hast nämlich in deinen Kleidern geschlafen. Ich habe dich nicht wach bekommen …«

»Hast du es denn versucht?«, unterbrach Alexander sie.

»Ja. Es war ein hartes Stück Arbeit, dich dazu zu bringen, auf den Ofen zu klettern.«

Er erinnerte sich an ihre Lippen auf seinem Gesicht und fügte grinsend hinzu: »Du hast mir die Socken und den Gürtel ausgezogen. Dann hättest du auch weitermachen können.«

»Nein, du warst einfach zu schwer«, murmelte Tatiana errötend. »Wie fühlst du dich denn heute früh? Nach all dem Wodka ...«

»Großartig! Und wie geht es dir?«

»Ganz gut«, sagte sie und warf ihm einen verstohlenen Blick zu. »Hast du irgendwelche Kleidungsstücke dabei – außer deiner Uniform?«

»Nein.«

»Ich wasche sie dir heute«, versprach sie, »aber wenn du eine Weile hier bleiben willst, dann habe ich auch normale Kleidung für dich.«

»Möchtest du denn, dass ich hier bleibe?«

»Natürlich«, sagte Tatiana. »Schließlich hast du eine weite Reise hinter dir. Du solltest dich eine Zeit lang ausruhen.«

»Tania«, begann Alexander, »jetzt, wo ich wieder einen klaren Kopf habe, kannst du mir gern von Dimitri erzählen.«

»Nein«, entgegnete sie, »bitte nicht. Ein anderes Mal vielleicht.«

»Er war vor zwei Wochen noch bei mir in der Kaserne und er hat mir nicht gesagt, dass er dich in Kobona getroffen hat.«

»Was hat er denn sonst gesagt?«

»Nichts. Ich habe ihn gefragt, ob er dich und Dascha gesehen habe, und er sagte nein.«

Kopfschüttelnd blickte Tatiana vor sich hin. »Natürlich hat er mich und Dascha gesehen«, erwiderte sie dann leise.

Alexander wollte sie nicht weiter bedrängen. Während sie zum Haus zurückgingen, sprach er von der Lage der russischen Armee. Außerdem erzählte er ihr von Leningrad, zum Beispiel auch davon, dass nun überall in der Stadt Gemüse angebaut wurde. »Stell dir vor, direkt vor der Isaakskathedrale haben sie Kohl und Kartoffeln angebaut.« Lächelnd fügte er hinzu: »Und gelbe Tulpen. Wie findest du das?«

»Großartig«, erwiderte sie tonlos.

Alexander wollte sie nicht traurig sehen. Doch offenbar musste noch viel Zeit ins Land gehen, bevor er ihr ein echtes Lächeln entlocken konnte.

»Wie groß sind die Rationen in Leningrad momentan?«, wollte sie wissen.

»Sechshundert Gramm für Arbeiter, dreihundert für ihre Familienangehörigen. Bald wird es wohl auch wieder Weißbrot geben, das hat die Stadtverwaltung jedenfalls angekündigt.«

»Nun, es sind ja auch nur noch eine Million Menschen zu ernähren.«

»Es sind mittlerweile sogar weniger als eine Million. Ständig werden Einwohner evakuiert.« Alexander wechselte das Thema. »Hier in Lazarewo habt ihr ja glücklicherweise genug Brot. Hier gibt es von allem reichlich ...«

»Oh, sieh mal, wir sind schon da.« Tatiana eilte auf das Haus zu.

Alexander folgte ihr. »Kannst du mir die Kleidungsstücke geben? Ich möchte gern etwas anderes anziehen.«

Tatiana öffnete die Truhe neben dem Ofen. Da ertönte Dusias Stimme aus einem der Schlafzimmer: »Taneschka? Bist du das?«

Naira kam heraus und sagte: »Guten Morgen, Liebes. Ich habe heute früh gar keinen Kaffee gerochen.«

»Ich mache dir jetzt welchen, Naira Michailowna.«

Raisa trat aus ihrem Schlafzimmer und fragte: »Wenn du eine Minute Zeit hast, Liebes, könntest du mir dann helfen, auf die Toilette zu gehen?«

»Natürlich.« Tatiana klappte den Deckel der Truhe wieder zu. »Ich gebe dir die Sachen später«, wandte sie sich an Alexander.

»Ich möchte sie aber *jetzt* haben«, erwiderte Alexander ungeduldig.

»Alexander, ich kann jetzt nicht«, sagte sie und schob die Truhe an die Wand. »Es ist für Raisa unmöglich, allein zur

Toilette zu gehen. Du siehst ja, wie schwer ihr das Laufen fällt. Du kannst doch noch fünf Minuten warten, oder nicht?«

War er etwa unhöflich gewesen? »Gut, ich warte«, seufzte er. »Hast du einen Mörser und einen Stößel? Dann kann ich schon einmal die Kaffeebohnen zerstoßen.«

»Ja, danke«, erwiderte Tatiana. »Das wäre eine große Hilfe. Ich hole dir das Seihtuch. Könntest du auch den Ofen anheizen?«

»Natürlich, Tania.«

Tatiana begleitete Raisa zum Häuschen mit der Toilette und gab ihr dann ihre Medizin.

Anschließend half sie Dusia beim Ankleiden.

Sie machte alle Betten und briet Eier und Kartoffeln. Alexander sah ihr zu.

Nach dem Frühstück half er ihr, das Geschirr abzuräumen und zu spülen. Als sie am Becken stand, trat er hinter sie und sagte leise: »Tatia, du hast viel mehr Sommersprossen als früher. Sie sind ...«

In diesem Moment ging Axinja vorbei und kniff Tatiana in den Arm. »Unsere Taneschka hat so viele Sommersprossen, als ob die Sonne sie geküsst hätte.« Alexander ärgerte sich. Er konnte Tatiana noch nicht einmal etwas zuflüstern, ohne dass jemand von den anderen es mitbekam. Als Axinja ihnen jedoch wieder den Rücken zudrehte, beugte er sich schnell vor und küsste Tatianas Nacken. Erschrocken wich sie zurück. »Könntest du mir jetzt die Kleidungsstücke zeigen?«, fragte er.

Tatiana öffnete die Truhe und holte ein großes, weißes Baumwollhemd mit kurzen Ärmeln, einen Baumwollpullover, ein cremefarbenes Hemd und drei Hosen mit Hosenträgern aus gebleichtem Leinen heraus. Außerdem gab es noch ein paar ärmellose Hemden und kurze Hosen. »Falls wir schwimmen gehen«, erklärte sie. »Was hältst du davon?«

»Sie sind toll!« Er lächelte. »Wo hast du sie her?«

»Ich habe sie genäht.«

»Ich wusste gar nicht, dass du so gut nähen kannst.«

Sie zuckte mit den Schultern. »Mama hat es mir beigebracht. Es ist nicht besonders schwer. Ich konnte mich nur nicht mehr so gut daran erinnern, wie groß du bist.«

»Es sieht aber so aus, als würden die Sachen passen«, befand Alexander. »Tania, hast du dies alles wirklich für *mich* genäht?«

»Ich wusste ja nicht genau, ob du kommst, aber für den Fall solltest du etwas Bequemes zum Anziehen haben.«

»Leinen ist sehr teuer«, sagte er vorsichtig.

»In dem Puschkin-Buch war ja auch jede Menge Geld.« Sie schwieg. »Ich habe für alle etwas gekauft. Es ist aber noch viel da.«

»Ach ...« Darüber war er weniger erfreut. »Hast du auch für Vova etwas gekauft?«

Schuldbewusst wandte Tatiana den Blick ab.

»Ich verstehe«, sagte Alexander und ließ die Kleider zurück in die Truhe fallen. »Du hast Vova von meinem Geld etwas gekauft!«

»Nur etwas Wodka und Zig...«

»Tatiana!« Alexander holte tief Luft. »Lass uns nicht hier darüber reden. Ich ziehe mich jetzt um und komme gleich zu dir.«

Sie ging hinaus.

Alexander zog sich eine Hose und das weiße Baumwollhemd an. Es war ein wenig eng an der Brust.

Als er aus dem Zimmer trat, brachen die Frauen in bewundernde Rufe aus. Tatiana sagte: »Ich hätte es ein bisschen größer machen sollen, aber du siehst wirklich gut darin aus.« Sie schluckte und schlug die Augen nieder. »Ich habe dich noch nicht so oft in Zivilkleidung gesehen.«

Alexander blickte sich um. Jetzt war er schon den zweiten Tag bei ihr und noch immer hatten sie nicht ungestört miteinander reden können. »Du hast mich einmal in Zivilkleidung gesehen«, erwiderte er. »In Peterhof. Vielleicht hast du es ja vergessen.« Er streckte die Hand nach ihr aus. »Komm, wir machen einen Spaziergang!«

Tatiana stand auf, jedoch ohne ihm die Hand zu reichen. Er ergriff sie. »Zeig mir den Fluss!«

»Du weißt doch, wo er ist«, erwiderte sie. Sie entwand ihm die Hand. »Shura, ich kann nicht mitkommen. Ich muss Wäsche waschen.«

Er zog sie mit sich. »Das kannst du später tun. Lass uns gehen!«

»Nein.«

»Doch!«

»Shura, bitte!«

Alexander blieb stehen. Etwas schwang in ihrer Stimme mit. Es war kein Zorn. War es etwa Angst? »Was ist los mit dir?«, fragte er. Ihr Gesicht war gerötet und ihre Hände zitterten. Sie wich seinem Blick aus. Er ließ ihre Hand los und betrachtete sie forschend. »Was …«

»Shura, lass mich meine Arbeit tun«, flüsterte Tatiana.

Ruhig sagte er: »Ich möchte, dass du mir das Haus deiner Großeltern zeigst. Oder dass du mit mir zum Fluss kommst. Eigentlich ist mir ganz egal, wohin wir gehen. Hauptsache, niemand stört uns. Damit wir endlich miteinander reden können. Ich habe nicht vor, das in Gegenwart deiner neuen Freunde zu tun. Einverstanden?«

Tatiana war inzwischen blutrot im Gesicht und sah ihn nicht an.

»Gut.« Er zog sie mit sich.

Naira fragte: »Taneschka, wohin gehst du?«

»Wir pflücken Blaubeeren, damit ich für heute Abend Blaubeerkuchen backen kann!«, rief Tatiana über die Schulter zurück.

»Aber Taneschka, was ist denn mit der Wäsche?«

Raisa schrie: »Bist du heute Mittag wieder zurück, um mir meine Medizin zu geben?«

»Wann kommen wir zurück, Alexander?«

»Wenn alles geklärt ist, Tatiana«, erwiderte er. »Sag ihr das. Wenn Alexander alles geklärt hat, komme ich zurück.«

»Ich glaube nicht, dass du alles klären kannst, Alexander«, erwiderte Tatiana kühl.

Eilig zog er sie vom Haus weg.

»Warte, ich muss ...«

»Nein.«

»Nur noch ...« Sie versuchte, ihm ihre Hand zu entziehen, aber er ließ es nicht zu. Sie zog stärker.

Alexander gab nicht nach. »Tania, diesen kleinen Kampf kannst du nicht gewinnen«, sagte er und drückte ihre Hand noch fester. »Du kannst in vielem Sieger sein, aber körperlich bist du mir unterlegen. Zum Glück. Wenn es anders wäre, hätte ich wirklich Probleme.«

Naira schrie ihnen nach: »Tania, aber Vova kommt dich gleich besuchen! Was soll ich ihm denn sagen, wann du wieder da bist?«

Tatiana warf Alexander einen Blick zu. Er erwiderte ihn kühl und sagte achselzuckend: »Entweder ich oder die Wäsche. Du musst dich entscheiden. Ich weiß, dass die Wahl dir schwer fällt. Man könnte auch sagen: ich oder Vova.« Er ließ ihre Hand los. »Fällt dir diese Wahl auch schwer?« Sie waren stehen geblieben und standen sich jetzt gegenüber. Alexander verschränkte die Arme vor der Brust. »Wie entscheidest du dich, Tania? Du hast die Wahl.«

Tatiana schrie zu Naira zurück: »Ich werde eine Weile wegbleiben! Sag ihm, wir sehen uns später.« Seufzend bedeutete sie Alexander, weiterzugehen.

Er lief so schnell, dass sie kaum mit ihm Schritt halten konnte.

»Ich muss dir etwas sagen«, brach es schließlich aus ihm hervor. »Wenn du keinen Ärger haben willst, solltest du Vova auffordern, dich in Ruhe zu lassen.«

Als sie nicht antwortete, blieb er stehen und zog sie an sich. »Hörst du?«, fragte er laut. »Oder möchtest du lieber *mir* sagen, ich soll dich in Ruhe lassen? Das kannst du jetzt auf der Stelle tun, Tatiana!«

Leise erwiderte sie: »Das mit Vova tut mir Leid. Sei nicht böse. Du weißt ganz genau, dass ich nur seine Gefühle nicht verletzen will.«

»Ich verstehe«, erwiderte Alexander nachdrücklich, »dafür verletzt du nur meine Gefühle.«

»Nein, Alexander.« Tatiana blickte ihn an. »Deine Gefühle will ich am allerwenigsten verletzen.«

Er ließ sie nicht los. »Was zum Teufel soll das heißen? Er wird dich sowieso in Ruhe lassen müssen, wenn wir zwischen uns endlich wieder Klarheit geschaffen haben.«

»Ich weiß gar nicht, warum du dir über ihn Gedanken machst«, erwiderte Tatiana mit schwacher Stimme.

»Dann beweis mir, dass ich mir keine Gedanken zu machen brauche! Ich will diese Spielchen nicht mehr mitmachen. Ich habe nicht vor, Vovas Gefühle zu schützen, wie ich das bei Dascha getan habe. Entweder du sagst es ihm, was das Beste wäre, oder ich sage es ihm, was schlimmer wäre.«

Als Tatiana nicht antwortete, fuhr er fort: »Ich will mich nicht mit ihm herumschlagen. Und ich habe keine Lust, mich mit Zoe herumzuschlagen, die ständig ihre Brüste an mir reibt. Ich werde nicht schweigen, nur um Frieden in diesem Haus zu halten.«

Tatiana blickte ihn an. »*Was* tut Zoe?« Kopfschüttelnd murmelte sie: »Nun, Vova ist nicht annähernd so aufdringlich.«

»Ach nein?«, erwiderte Alexander. Eine Weile lang standen sie schweigend beieinander. Sie atmeten heftig. Schließlich begann Alexander erneut: »Du sagst ihm also, er soll dich in Ruhe lassen?«

»Ja«, erwiderte sie leise. Er ließ sie los und sie gingen weiter.

»Ehrlich gesagt«, fuhr Tatiana nach einer Weile fort, »glaube ich, dass Vova unser kleinstes Problem ist.«

Alexander beschleunigte seine Schritte. »Wohin gehen wir?«, fragte er.

»Ich dachte, du wolltest das Haus meiner Großeltern sehen.«

Alexander lachte freudlos auf.

»Was ist daran so komisch?«, fragte Tatiana.

»Ich habe es nicht für möglich gehalten«, erwiderte Alexander kopfschüttelnd, »nach dem, was ich in der Fünften Sowjet gesehen habe. Aber irgendwie ist es dir wieder gelungen.«

»Was meinst du?«, fragte Tatiana.

»Erklär mir, wie du es geschafft hast, dich mit Leuten zu umgeben, die sogar noch hilfsbedürftiger sind als deine Familie!«, fauchte er wütend.

»Sprich nicht so von meiner Familie.«

»Warum scharen sie sich eigentlich immer alle um dich? Kannst du das erklären?«

»Dir nicht.«

»Warum opferst du dich immer für andere Menschen auf, statt dich um dein eigenes Leben zu kümmern?«

»Darüber will ich mit dir nicht reden. Du bist gemein.«

»Hast du eigentlich im Laufe eines Tages in diesem verdammten Haus auch nur einen Moment für dich? Auch nur einen einzigen Moment?«, rief Alexander aus.

»Nein, keinen einzigen«, gab Tatiana zurück. »Zum Glück nicht.«

Sie gelangten in den Wald und gingen den Pfad entlang, der zur Kama führte. Schließlich kamen sie an eine große Lichtung, die von hohen Lärchen und weißen Birken umgeben war. Am felsigen Flussufer wuchsen Pappeln.

Unter den Lärchen stand eine Holzhütte. An der Seite befand sich ein kleiner Verschlag, der als Holzschuppen diente, doch im Moment war kein Holz darin.

»Ist sie das?«, fragte Alexander. »Sie ist nicht sehr groß.«

»Meine Großeltern waren ja nur zu zweit«, antwortete Tatiana.

»Aber sie haben ihre drei Enkelkinder erwartet. Wo wollten sie euch denn unterbringen?«

»Es wäre schon gegangen«, erwiderte Tatiana. »Schließlich passen wir ja auch alle in Nairas Haus.«

»Nun, mehr recht als schlecht«, erklärte Alexander und griff in seinen Rucksack. Er holte ein Werkzeug heraus und begann, die Bretter abzureißen, mit denen die Fenster zugenagelt waren.

»Was machst du denn da?«

»Ich will hineinsehen.«

Tatiana ging zum Flussufer, setzte sich und zog ihre Sandalen aus.

»Hast du einen Schlüssel für das Vorhängeschloss dabei?«, rief Alexander.

Er hörte nichts. Ärgerlich ging er zu ihr und sagte laut: »Tatiana, ich rede mit dir. Ich habe gefragt, ob du einen Schlüssel für das Vorhängeschloss mitgebracht hast.«

»Und ich habe dir geantwortet«, giftete sie. »Ich habe nein gesagt.«

»Gut«, erwiderte er, zog seine halbautomatische Pistole aus dem Gürtel und entsicherte sie. »Dann schieße ich das verdammte Schloss eben auf.«

»Warte, warte!« Hastig zog sie ein Band unter ihrem Hemd hervor, an dem der Schlüssel hing. »Hier. Du brauchst nicht zu schießen.« Sie wandte sich ab. »Du bist hier nicht im Krieg. Du musst deine Pistole nicht überallhin mitnehmen.«

»Oh doch.« Alexander machte ein paar Schritte von ihr fort, doch dann drehte er sich wieder um. Er musterte ihren Rücken, ihre blonden Haare, die bloße Taille und ihre Schultern. Er steckte den Schlüssel in die Hosentasche, ging zu Tatiana zurück und baute sich vor ihr im Wasser auf. Entschlossen sagte er: »Na gut, bringen wir es hinter uns.«

»Was?«

»Warum bist du böse auf mich? Was habe ich getan oder nicht getan? Sag es mir. Und zwar jetzt!«

»Warum redest du so mit mir?« Tatiana sprang auf. »Du hast überhaupt kein Recht dazu.«

»Du hast nicht das Recht, auf mich böse zu sein«, erwiderte er laut. »Tatiana, wir vergeuden unseren kostbaren Atem. Im Gegensatz zu dir bin ich in erster Linie dankbar, dass du lebst und überhaupt böse auf mich sein kannst.«

»Ich habe auch Grund dazu. Aber ich bin natürlich auch dankbar, dass du lebst. Und ich bin froh, dass du hier bist.«

»Du lässt mich nicht an dich heran. Erkennst du eigentlich, dass ich nach Lazarewo gekommen bin, obwohl ich ein halbes Jahr lang nichts von dir gehört habe?« Alexander wurde lauter. »Nicht ein einziges Mal in sechs Monaten hast du mir geschrieben! Ich hätte genauso gut denken können, ihr beide wärt tot.«

»Ich weiß nicht, was du gedacht hast, Alexander«, sagte Tatiana und blickte an ihm vorbei über den Fluss.

»Das kann ich dir sagen, Tatiana. Sechs Monate lang wusste ich nicht, ob du noch lebst oder schon gestorben bist, weil du dir nicht einmal die Mühe gemacht hast, einen verdammten Stift in die Hand zu nehmen.«

»Ich wusste nicht, dass du von mir erwartetest, dass ich dir schreibe«, erwiderte Tatiana. Sie ergriff eine Hand voll Kieselsteine und warf sie in den Fluss.

»Das wusstest du nicht?«, wiederholte er. Machte sie sich über ihn lustig? »Wovon redest du? Hallo, Tatiana! Ich bin Alexander. Kennen wir uns? Du *wusstest* nicht, ob ich erfahren wollte, ob es dir und Dascha gut geht?«

Tatiana zuckte zurück. »Ich will mit dir nicht über Dascha reden.« Sie entfernte sich von ihm.

Alexander folgte ihr. »Mit wem denn, wenn nicht mit mir? Mit Vova vielleicht?«

»Besser mit ihm als mit dir.«

»Na, das ist ja reizend«, brauste Alexander auf.

Tatiana fuhr fort: »Ich habe dir nicht geschrieben, weil ich dachte, Dimitri erzählt dir alles. Er hat gesagt, er würde es tun, also ging ich davon aus, dass du über unser Schicksal Bescheid wusstest.«

»Du hast gedacht, *Dimitri* würde es mir erzählen? Warum hast du mir nicht selbst geschrieben?«, schrie Alexander und trat auf sie zu. »Viertausend Rubel, Tatiana! Meinst du nicht auch, dass du mir dafür wenigstens einen verdammten Brief schuldig gewesen wärst? Meinst du nicht, du hättest von den viertausend Rubeln einen Stift kaufen können, um mir zu schreiben, statt Wodka und Zigaretten für deinen Verehrer?«

»Leg endlich deine Waffe weg!«, schrie Tatiana zurück. »Wag es nicht, mir mit dem Ding vor der Nase herumzufuchteln!«

Er schleuderte seine Pistole weg und trat so dicht auf sie zu, dass sie vor ihm zurückwich. »Was ist los, Tatiana?«, fragte er. »Hast du Angst vor mir?«

»Ja«, erwiderte sie. »Ja.«

Schweigend standen sie voreinander. Schließlich sagte Alexander: »Tania, als ich ankam, warst du so glücklich ...«

»Woran hast du das gemerkt?«, fragte sie. »An meinem Schluchzen?«

»Ja«, erwiderte er. »Ich dachte, du schluchzt vor Glück.«

»Bist du dir da sicher?«, fragte Tatiana.

»Tania, wenn du unglücklich bist, weil ich dich an Dinge erinnere, die du lieber vergessen möchtest, dann regeln wir das schon ...«

»Wenn nur ...«

Er hob die Hand. »Warte!«, unterbrach er sie. »Ich sagte, *wenn* das so ist. Aber wenn es etwas anderes ist ...« Er brach ab. Sie sah so wütend aus! Leiser fuhr er fort: »Hör mal, wie wäre es denn damit: Ich verzeihe dir, dass du mir nicht geschrieben hast, wenn du mir das eine verzeihst, was dich so wütend macht.« Er lächelte. »Es ist doch hoffentlich nur eine Sache.«

»Alexander, mich macht so vieles wütend, ich weiß gar nicht, wo ich anfangen soll.«

Er sah ihr an, dass sie die Wahrheit sagte. Und dass sie verletzt war. Es stand in ihren Augen geschrieben und er erkannte plötzlich, dass es ihnen nie wirklich gelungen war, ehrlich über ihre Lage miteinander zu reden.

»Tania, liegt es daran, dass Dascha und ich heiraten wollten?«

Sie antwortete nicht.

»Ist es wegen des Briefes, den ich an Dascha geschrieben habe?«

Sie schwieg.

»Noch mehr?«

»Alexander«, sagte Tatiana kopfschüttelnd, »bei dir klingt das alles so trivial. All meine Gefühle werden auf diese wenigen Dinge reduziert, die du so verächtlich aufzählst.«

»Das ist doch nicht trivial«, erwiderte er überrascht. »Aber es ist doch alles Vergangenheit …«

»Nein!«, schrie sie. »Es ist noch aktuell, jetzt im Moment. Es ist um mich herum und in mir drin. Hier haben sie doch von nichts anderem geredet, als dass du kommst und meine Schwester heiratest! Und damit meine ich nicht nur die alten Frauen, sondern das ganze Dorf. Seit ich hier bin, habe ich nichts anderes gehört. Dascha und Alexander. Dascha und Alexander. Arme Dascha. Armer Alexander.« Ein Schauer lief ihr über den Rücken. »Das hat mit Vergangenheit wirklich nichts zu tun …«

»Und ist das etwa meine Schuld?«, versuchte sich Alexander zu rechtfertigen.

»Etwa nicht? Haben die *Dorfbewohner* vielleicht Dascha gefragt, ob sie dich heiraten will?«

»Du weißt, dass ich sie nicht gefragt habe …«

»Unterlass dieses Spielchen, Alexander! Du hast zu ihr gesagt, ihr würdet diesen Sommer heiraten.«

»Und warum habe ich das getan?«, fragte er scharf.

»Ach, hör doch auf! In der Isaakskathedrale sind wir übereingekommen, einander fernzubleiben. Nur konntest du dir leider nicht vorstellen, dich von mir fernzuhalten. Also hast du beschlossen, meine Schwester zu heiraten.«

»Zumindest hat dich Dimitri danach in Ruhe gelassen, oder etwa nicht?«, fragte Alexander wütend.

»Er hätte mich auch in Ruhe gelassen, wenn du nie wieder zu uns in die Wohnung gekommen wärst!«, schrie Tatiana ihn an.

»Was wäre dir lieber gewesen?«

»Meinst du die Frage ernst?«, keuchte sie. »Fragst du mich allen Ernstes, ob es mir lieber gewesen wäre, dass du meine Schwester heiratest, statt dich nie mehr zu sehen?«

»Ja. In der Isaakskathedrale hast du mich gebeten, dass wir in Verbindung bleiben. Also erzähl doch jetzt nicht das Gegenteil!«

»Ach, so einfach ist das also?« Tatiana marschierte wütend über die Lichtung.

»Bleib stehen!«, schrie er. »Erst stellst du die Regeln auf und dann willst du nicht danach spielen. Na gut, dann musst du damit leben.«

»Ich lebe ja damit«, gab Tatiana zurück. »Jeden einzelnen verdammten Tag, seit ich dich kennen gelernt habe.« Keuchend fuhr sie fort: »Du hast Dascha gesagt, ihr würdet heiraten, sie hat es meiner Großmutter geschrieben und die hat es dem ganzen Dorf erzählt. Du hast ihr einen Brief geschrieben, in dem du angekündigt hast, du kämest, um sie zu heiraten. Worte haben eine Bedeutung, weißt du? Selbst Worte, die du gar nicht meinst.«

»Wenn du das so empfindest«, sagte er, »warum hast du mir dann nicht geschrieben, dass Dascha es nicht geschafft hat? Dass du aber hier bist? Dann wäre ich schon früher gekommen. Und ich hätte nicht sechs Monate lang in dem Glauben gelebt, dass du tot bist.«

Tatiana blickte ihn fassungslos an. »Nach diesem Brief an Dascha sollte *ich* dir antworten und dich bitten, hierher zu kommen? Du glaubst allen Ernstes, ich hätte dich nach diesem Brief überhaupt noch um etwas gebeten? Ich wäre ja eine Idiotin, wenn ich das getan hätte! Eine Idiotin oder ...« Sie brach ab.

»Oder was?«, fragte er.

»Oder ein Kind«, erwiderte sie, ohne ihn anzublicken.

Alexander holte tief Luft. »Oh, Tania ...«

»Diese Erwachsenenspiele«, sagte sie und wich vor ihm zurück, »diese Lügen – du bist einfach zu gut darin.« Sie senkte den Kopf. »Zu gut für mich.«

Alexander hätte sie am liebsten berührt. »Tania ...«, flüsterte er und streckte seine Hände aus. »Wovon redest du? Was für Spiele, was für Lügen?«

»Warum bist du hierher gekommen? Warum?«, fragte sie kalt.

Er erstickte fast an seinen Worten. »Wie kannst du mich das überhaupt fragen?«

»Warum nicht? Du hast ihr geschrieben, du kämest hierher, um sie zu heiraten. Wie sehr du sie liebtest. Dass sie die richtige Frau für dich sei. Die *einzige* Frau für dich. Ich habe diesen Brief gelesen. Und das Letzte, was ich dich am Ladogasee sagen hörte, war, dass du mich nie ...«

»Tatiana!«, schrie Alexander. »Was zum Teufel soll das? Hast du vergessen, dass du mir das Versprechen abgenommen hast, bis zum letzten Augenblick zu lügen? Im November habe ich noch vorgeschlagen, dass wir die Wahrheit sagen. Aber du ... Lügen, Lügen, Lügen! Shura, heirate sie, versprich mir, dass du ihr nicht das Herz brichst. Erinnerst du dich?«

»Ja, und du hast dein Versprechen ja auch sehr gut gehalten«, erwiderte Tatiana bitter. »Musstest du denn derart überzeugend sein?«

Alexander fuhr sich mit der Hand durch die Haare und schüttelte verzweifelt den Kopf. »Du weißt doch, dass ich es nicht so gemeint habe.«

»Was genau?«, fragte sie. »Dass du Dascha heiraten wolltest? Dass du sie liebst? Welchen Teil aller deiner Lügen hast du nicht so gemeint?«

»Oh, grundgütiger Himmel!«, rief er aus. »Was sollte ich denn deiner Meinung nach zu ihr sagen, als sie sterbend im Lastwagen lag? Unser beider Leben war doch voller Lügen, Tatiana – und zwar nur wegen dir!«, schrie er sie an. »Aber du weißt ganz genau, dass meine wahren Empfindungen anders waren.«

»Ich habe es geglaubt«, erwiderte Tatiana ärgerlich. »Ich habe es gehofft. Aber kannst du verstehen, dass ich ausschließlich *daran* gedacht habe – im Zug nach Molotow und den ganzen Weg über die Wolga und während der zwei Monate, die ich im Krankenhaus lag und mit dem Tode rang? Kannst du das verstehen?« Sie holte tief Luft und fuhr dann fort: »Ich bin sehr genügsam, ich brauche auch nicht viel Trost.« Sie ballte die Fäuste. »Doch ganz ohne Zuspruch kann auch ich nicht leben. Wenn du mir damals beim Abschied nur einen Blick zugeworfen hättest … Wenn du mich nur eine Sekunde lang angesehen hättest, um mich wissen zu lassen, was ich dir bedeute, dann hätte ich Vertrauen gehabt. Aber du hast mich behandelt, wie du es immer getan hast – als wenn es mich nicht gäbe.«

»Ich behandele dich nicht, als wenn es dich nicht gäbe«, sagte Alexander verwirrt. »Wovon redest du? Ich habe versucht, unsere Beziehung vor den anderen zu verbergen, aber das ist nicht dasselbe.«

»Ah, das ist ein wunderbarer Unterschied für ein Mädchen wie mich«, sagte Tatiana. »Aber wenn du dein Herz selbst vor mir so gut verbergen kannst, dann konntest du vielleicht deine Liebe zu Dascha auch verbergen! Oder zu Marina und Zoe oder zu jedem Mädchen, mit dem du jemals zusammen gewesen bist. Vielleicht tun erwachsene Männer das ja – unter vier Augen sehen sie uns verliebt an und in der Öffentlichkeit leugnen sie uns, als ob wir ihnen absolut nichts bedeuten.« Sie blickte zu Boden.

»Bist du verrückt?«, fragte Alexander. »Hast du vergessen, dass nur deine Schwester die Wahrheit nicht gesehen hat? Selbst Marina hatte uns nach fünf Minuten durchschaut.« Er schwieg. »Wenn ich darüber nachdenke, haben eigentlich nur deine Schwester und du die Wahrheit nicht gesehen, Tatiana.«

»Was für eine Wahrheit?« Sie machte eine drohende Gebärde mit der Faust. »Ich hätte nicht so gut lügen können. Aber du bist ein Mann. Du konntest es. Du hast mich mit deinen letzten Worten und mit deinem letzten Blick verleugnet. Und eine Zeit lang hielt ich das sogar für richtig. Warum solltest du auch ernsthaft etwas für mich empfinden?, dachte ich. Aber ich wollte trotzdem so gern an dich glauben. Und als der Brief an Dascha kam, riss ich ihn auf in der Hoffnung, dass ich mich irrte und dass vielleicht doch ein Wort für mich darin stand. Ich betete um ein einziges Wort, das mir zeigte, dass mein Leben nicht nur eine einzige Lüge gewesen war. Ein einziges Wort!«, schrie sie und schlug mit den Fäusten auf Alexander ein. »Nur ein Wort, Alexander!«

Er versuchte, sich zu erinnern, was er geschrieben hatte. Er wusste es nicht mehr. Aber er wollte, dass der verletzte Ausdruck aus ihren Augen verschwand. Er zog Tatiana in die Arme. »Tania, bitte. Du wusstest doch, wie ich gelitten ...«

Doch sie war so außer sich, dass sie sich aus seinen Armen wand und schrie: »Woher sollte ich es denn wissen? Ich kenne nur dich. Ich weiß nicht, wie man sich benehmen muss, wie man diese Spiele spielt oder wie man in Liebesdingen lügt. Wenn du mit mir allein bist, benimmst du dich so, und dann willst du auf einmal meine Schwester heiraten. Am Ladogasee sagst du ihr, du hättest mich nie geliebt, du hättest immer nur sie geliebt, und du siehst mich nicht an, als du gehst, und du schreibst mir nicht einmal ein Wort. Wie um alles in der Welt kannst du von mir erwarten, dass ich die Wahrheit weiß, ohne dass du mir ein bisschen dabei hilfst? Ich kenne doch nur deine verdammten Lügen.«

»Tatiana!«, sagte er. »Hast du unser Gespräch in der Isaakskathedrale vergessen?«

»Wie viele andere Mädchen haben dich da besucht, Alexander?«

»Hast du Luga vergessen?«

»Ich war doch nur eins von vielen Mädchen in Not«, erwiderte sie bitter. »Dimitri hat mir doch selbst gesagt, wie gern du bedrängten Mädchen hilfst.«

Alexander war nahe daran, die Beherrschung zu verlieren. »Warum, glaubst du, bin ich bei jeder Gelegenheit in die Fünfte Sowjet gekommen und habe dir all meine Lebensmittel gebracht?«, schrie er. »Für wen habe ich das wohl getan?«

»Ich habe ja nie behauptet, dass du nicht Mitleid mit mir empfunden hast, Alexander.«

»*Mitleid?«*, rief er aus. »Weißt du was, Mitleid ist noch viel zu gut für dich. Das ist der Preis dafür, dass du dein Leben als Lüge lebst. Und es gefällt dir nicht besonders, nicht wahr?«

»Nein, ich hasse es«, gab Tatiana zu. »Aber da du weißt, dass ich es hasse, warum zum Teufel bist du dann hierher gekommen? Um mich noch mehr zu quälen?«

»Ich bin hierher gekommen, weil ich nicht wusste, dass Dascha tot war!«, schrie er. »Du hättest mir wenigstens eine verdammte Zeile schreiben können!«

»Also bist du tatsächlich gekommen, um Dascha zu heiraten«, sagte Tatiana ruhig. »Warum hast du das denn nicht gleich gesagt?«

Alexander stöhnte auf und ballte die Fäuste. »Tatiana, du bist ja völlig außer dir«, stellte er dann fest. »Ich habe dir vom ersten Tag an gesagt, dass wir so nicht leben können, dass wir einen anderen Weg finden müssen. Ich wollte den anderen die Wahrheit sagen und mit den Konsequenzen leben. *Du* warst diejenige, die das ablehnte. Mir hat das zwar nicht gefallen, aber ich habe mich darauf eingelassen.«

»Nein! Das hast du nicht getan, Alexander! Wenn du dich

darauf eingelassen hättest, wärst du nicht weiter jeden Tag gegen meinen ausdrücklichen Wunsch zu Kirow gekommen.«

»*Gegen* deinen ausdrücklichen Wunsch?«, fragte er und taumelte einen Schritt zurück.

Tatiana schüttelte den Kopf. »Du bist unglaublich. Vermutlich hast du mein Verhalten damals falsch gedeutet. Es hätte sich doch jede nach dir umgedreht, Alexander Barrington, so gut wie du aussahst, groß gewachsen, kräftig und mit einem Gewehr über der Schulter! Glaubst du, bloß weil ich, eine Siebzehnjährige, dich mit großen Augen und offenem Mund angestarrt und bewundert habe, hätte ich für immer in deiner Nähe sein müssen? Und du hättest dafür das Recht, meine Schwester zu bitten, dich zu heiraten? Glaubst du, ich bin zu jung, um nicht daran zu zerbrechen? Glaubst du, ich brauche nichts von dir und du kannst immer nur nehmen, nehmen, nehmen …«

»Das glaube ich keineswegs und ich habe auch nicht immer nur von dir genommen«, erwiderte Alexander gepresst.

»Du hast alles genommen – außer dem einen!«, schrie Tatiana. »Und das hast du nicht verdient!«

Er kam ihr ganz nahe und zischte: »Das eine hätte ich mir auch nehmen können! Nichts von alledem wäre geschehen, wenn du von Anfang an auf mich gehört hättest. Ich habe dir gesagt, dass es besser ist, es den anderen zu erzählen.«

»Und ich habe *dir* gesagt«, erwiderte Tatiana heftig, »dass meine Schwester mir wichtiger ist als deine Bedürfnisse, die ich sowieso nicht verstehe. Ich wollte nur, dass du meine Wünsche respektierst. Aber du bist weiterhin zu uns gekommen, und das hat mich zerrissen, und als ob das nicht genug gewesen wäre, bist du auch noch ins Krankenhaus gekommen und hast mich zerstört, und dann in der Isaakskathedrale …«

»Ich habe dich nicht zerstört«, unterbrach er sie.

»Doch, du hast mein Herz auf ewig zerstört. Erzähl mir

doch nicht, dass ich mit einer Lüge leben wollte! Ich habe nach der einzigen Wahrheit gelebt, die ich kannte. Ich wollte meine Familie nicht für dich opfern. Dafür habe ich gekämpft!«

»Das war deine einzige Wahrheit, Tatiana?«, fragte Alexander ungläubig.

Sie schlug die Augen nieder. »Nein«, sagte sie dann. »Du bist immer wieder zu mir gekommen und ich habe dich nicht entschieden genug abgewiesen. Aber wie sollte ich auch? Ich war …« Sie brach ab. »Für mich gab es nur dich. Deshalb wäre ich mit einem kleinen Zeichen zufrieden gewesen. Wenn du mich nach deiner Liebeserklärung an Dascha damals im Lastwagen angesehen hättest, hätte mir das genügt. Ein Wort an mich in deinem Liebesbrief an sie und es wäre genug gewesen. Aber du hast nicht genug für mich empfunden …«

»Tatiana!«, schrie er auf. »Du kannst mir alles vorwerfen, aber wag es nicht, mir zu sagen, dass ich nicht genug für dich empfinde! Das ist eine Lüge und sie wird nicht wahrer dadurch, dass du sie aussprichst. Seit dem Tag, an dem ich dich kennen gelernt habe, habe ich alles nur getan, weil ich dich liebe, und wenn du weiter solche Dinge sagst, dann …«

Alexander sammelte seine Sachen ein und rannte davon.

6

Tatiana stürzte hinter ihm her und schrie: »Shura, bitte bleib stehen! Bitte!«

Sie konnte ihn jedoch nicht einholen und er verschwand im Wald. Sie rannte den ganzen Weg nach Hause. Sein Gepäck war noch da, aber von ihm gab es keine Spur.

»Was ist los, Taneschka?«, fragte Naira, die mit einem Korb voller Salat hereinkam.

»Nichts«, erwiderte Tatiana keuchend.

»Wo ist Alexander?«

»Er ist noch bei der alten Hütte«, sagte sie. »Er reißt die Bretter von den Fenstern.«

»Hoffentlich nagelt er sie auch wieder an«, bemerkte Dusia und blickte von der Bibel auf. »Warum tut er das überhaupt?«

»Ich weiß nicht«, entgegnete Tatiana und wandte sich ab. »Möchtest du deine Medizin, Raisa?«

»Ja, bitte.«

Tatiana gab Raisa die Medizin, dann faltete sie die Wäsche, die sie am Tag zuvor gewaschen hatte, und danach versteckte sie Alexanders Zelt und sein Gewehr in dem Schuppen hinter dem Haus, weil sie Angst hatte, er könne seine Sachen holen und gehen. Anschließend ging sie zum Fluss und wusch seine Uniform.

Sobald sie damit fertig war, lief sie mit Alexanders Helm in den Wald und sammelte Blaubeeren. Als sie wieder zu Hause war, buk sie Blaubeerkuchen und machte Kompott.

Alexander war immer noch nicht da.

Wieder ging sie zum Fluss, fing Fische und kochte *ukha,* eine Fischsuppe. Alexander hatte ihr einmal erzählt, dass er *ukha* schrecklich gern aß.

Er war immer noch nicht da.

Dann schälte Tatiana Kartoffeln, rieb sie und briet Kartoffelpfannkuchen.

Vova kam vorbei und fragte sie, ob sie Lust hätte, mit ihm schwimmen zu gehen. Sie verneinte und nähte stattdessen ein neues, größeres ärmelloses Hemd aus gerippter Baumwolle für Alexander.

Aber immer noch war er nicht da.

Die Angst schnürte ihr den Magen zusammen. Aber sie würde ihn nicht gehen lassen, bevor sie ihren Streit nicht zu Ende gebracht hatten.

Mittlerweile war es sechs Uhr und Zeit, zur *banya* zu gehen. Tatiana hinterließ Alexander eine Nachricht.

Liebster Shura,
wenn du Hunger hast, iss bitte die Suppe und die Pfannkuchen. Wir sind im Badehaus. Aber vielleicht wartest du auch auf uns, dann können wir zusammen essen. Auf deinem Bett liegt ein neues Hemd für dich. Ich hoffe, es passt besser als das andere.
Tania

Im Badehaus schrubbte sie sich, bis sie vor Sauberkeit glänzte. Zoe wollte wissen, ob Alexander am Abend mit ihnen zum Feuer käme.

»Ich weiß nicht«, erwiderte Tatiana. »Da musst du ihn schon selbst fragen.«

Zoe strich sich über ihre großen Brüste. »Er ist hinreißend. Glaubst du, er trauert sehr um Dascha?«

»Ja.«

Zoe lächelte. »Vielleicht braucht er ja ein bisschen Trost.«

Tatiana blickte Zoe an. Als ob Zoe wüsste, welchen Trost Alexander brauchte! »Ich weiß nicht, was du meinst«, erwiderte sie kühl.

»Nein, sicher nicht.« Lachend ging Zoe davon, um sich anzuziehen.

Tatiana trocknete sich ab, bürstete ihre nassen Haare und ließ sie offen hängen. Sie zog ein blau bedrucktes Baumwollkleid an, das sie sich genäht hatte. Es war kurz, aus dünnem Stoff und ärmellos, mit einem tiefen Rückenausschnitt. Als die Frauen aus dem Badehaus kamen, wartete Alexander draußen auf sie.

»Da ist er ja!«, rief Zoe aus. »Wo hast du den ganzen Tag gesteckt?«

Dusia fragte: »Was machen die Fenster an dem Haus?«

»Fenster? Welches Haus?«, erwiderte er mürrisch.

»Wassilij Metanows Haus. Tania hat gesagt, du hast die Bretter von den Fenstern genommen.«

»Oh«, erwiderte er und blickte Tatiana finster an.

»Hast du Hunger? Oder hast du schon etwas gegessen?«, fragte Tatiana kleinlaut.

Stumm schüttelte er den Kopf.

Sie machten sich alle auf den Nachhauseweg. Axinja hängte sich bei Alexander ein. Zoe drängte sich von der anderen Seite an ihn und fragte ihn, ob er mit zum Feuer kommen wolle.

»Nein«, erwiderte er und trat zu Tatiana. Er flüsterte ihr zu: »Was hast du mit meinen Sachen gemacht?«

»Ich habe sie versteckt«, flüsterte sie zurück. Sie hätte ihm gern die Hand auf den Arm gelegt, aber sie hatte Angst, er würde die Beherrschung verlieren und vor den anderen einen Streit beginnen.

»Tania hat eine sehr gute Fischsuppe gekocht«, bemerkte Naira. »Magst du Fischsuppe, Alexander?«

Dusia warf ein: »Und ihr Blaubeerkuchen ist himmlisch. Ich habe solchen Hunger.«

»Warum?«, flüsterte Alexander.

»Warum was?«, fragte Dusia.

»Ach, nicht so wichtig«, erwiderte er und ging weiter.

Zu Hause deckte Tatiana den Tisch. Sie blickte zum Bett, um sich zu vergewissern, dass er die Nachricht gelesen und das Hemd genommen hatte. Der Zettel war weg, aber das Hemd lag noch da.

Die vier alten Frauen saßen auf der Veranda.

Alexander kam zu Tatiana ins Zimmer. »Wo sind meine Sachen?«, fragte er.

»Shura …«

»Hör auf«, schnappte er. »Gib mir meine Sachen, damit ich gehen kann.«

»Alexander, kannst du bitte mal kommen?« Naira steckte den Kopf durch die Tür. »Wir brauchen deine Hilfe bei der Wodkaflasche. Sie lässt sich nicht öffnen.«

Er trat auf die Veranda. Tatianas Hände zitterten so heftig, dass sie einen Teller fallen ließ.

Vova erschien und kurz darauf ertönte lautes Lachen auf der Veranda.

Als Alexander wieder ins Zimmer trat, folgte Vova ihm auf dem Fuße. »Taniuscha, brauchst du Hilfe? Soll ich etwas für dich zum Tisch tragen?«

»Ja, Taniuscha«, warf Alexander in schneidendem Tonfall ein, »kann Vova dir helfen?«

»Nein, danke. Lässt du mich bitte für eine Minute allein?«

»Komm«, sagte Vova zu Alexander, »du hast es ja gehört. Sie möchte eine Minute allein sein.«

»Genau«, erwiderte Alexander, ohne sich umzudrehen, »aber mit mir.«

Zögernd verließ Vova das Zimmer.

»Wo sind meine Sachen?«

»Shura, warum willst du denn gehen?«

»Das fragst du noch? Hier ist doch kein Platz für mich. Das hast du allzu deutlich gemacht. Ich wundere mich nur, dass du nicht schon für mich gepackt hast.«

Ihre Lippen zitterten. »Iss mit uns zu Abend.«

»Nein.«

»Bitte, Shura«, flehte sie mit erstickter Stimme. »Ich habe dir Kartoffelpfannkuchen gemacht.« Sie trat einen Schritt auf ihn zu.

»Nein.«

»Du kannst nicht gehen. Wir haben unser Gespräch noch nicht beendet.«

»Oh doch.«

»Was kann ich denn sagen, um dich umzustimmen?«

»Du hast alles überdeutlich gesagt. Jetzt sollten wir uns verabschieden.«

Tatiana kam um den Tisch herum. »Shura«, sagte sie leise, »ich möchte dich berühren.«

»Nein.« Er wich zurück.

Naira steckte ihren Kopf durch die offene Tür. »Ist das Abendessen fertig?«

»Gleich, Naira Michailowna«, sagte Tatiana.

»Ich dachte, du wolltest erst gehen, wenn du alles geklärt hast?«, fragte sie leise.

»Du hast selbst gesagt, dass in dir so viel zerbrochen ist, dass ich es nicht mehr klären kann. Also, wo sind meine Sachen?«

»Shura ...«

Alexander trat einen Schritt auf sie zu und sagte gepresst: »Was erwartest du, Tania? Soll ich dir eine Szene machen?«

»Nein«, erwiderte sie und drängte ihre Tränen zurück.

»Dann gib mir meine Sachen, damit ich verschwinden kann und du weder deinen Freunden noch deinem Liebhaber etwas erklären musst.«

Als sie sich nicht rührte, befahl er mit lauter Stimme: »Auf der Stelle!«

Erschreckt und verlegen führte Tatiana ihn zu dem Schuppen hinter dem Haus.

»Wohin gehst du, Taneschka? Wollen wir nicht endlich essen ...«

»Ich komme gleich zurück!«, rief Tatiana. Als sie hinter dem Haus waren, versuchte sie, nach Alexanders Hand zu greifen, aber er riss sich los. Sie gab jedoch nicht auf. Sie stellte sich vor ihn hin und schlang einfach die Arme um seine Taille. »Bitte, geh nicht«, flehte sie. »Ich bitte dich. Ich will nicht, dass du gehst. Ich habe jede Minute auf dich gewartet, seit ich aus dem Krankenhaus gekommen bin. Bitte.« Sie legte ihren Kopf an seine Brust.

Alexander schwieg. Seine Hände ruhten auf ihren bloßen Armen.

Tatiana drückte sich noch fester an ihn. »Ach, Alexander, warum bist du nur so störrisch? Verstehst du denn nicht, warum ich dir nicht geschrieben habe?«

»Nein.«

Sie atmete tief seinen Geruch ein. »Ich hatte solche Angst, dass du nicht nach Lazarewo kommen würdest, wenn ich dir von Dascha erzähle!« Sie legte seine Hand auf ihre Wange. »Ich dachte, wenn du nichts von ihr erfährst und hierher kommst und siehst, dass ich wieder gesund bin, wie im letzten Sommer, dann erwachen deine Gefühle für mich vielleicht wieder …«

»Erwachen wieder?«, sagte Alexander heiser. »Was denkst du denn?« Seine Hand blieb auf ihrer Wange liegen, mit der anderen jedoch umschlang er sie und drückte sie fest an sich. »Siehst du denn nicht …« Er brach ab und sie spürte, dass er nicht weiterreden konnte. Aber das war auch nicht nötig.

Schließlich fuhr Alexander fort: »Tatia, ich werde alles in Ordnung bringen. Ich will dir gerecht werden, aber du musst mir auch die Gelegenheit dazu geben. Du darfst mich nicht so zurückweisen wie heute Morgen.«

»Es tut mir Leid«, sagte Tatiana. »Bitte, versteh mich.« Sie drängte sich an ihn. »Es gab zu viele Lügen, zu viele Zweifel.«

»Sieh mich an.«

Gehorsam hob sie den Kopf.

»Was für Zweifel, Tania?«, fragte Alexander. »Ich bin doch nur wegen dir hier.«

»Dann bleib bitte«, erwiderte sie. »Bleib für mich.«

Alexander beugte sich über sie, aber sie ließ nur zu, dass er ihre feuchten Haare küsste. Er verharrte für einen Moment mit seinen Lippen in ihrem Haar, dann sagte er: »Warum darf ich dich nicht endlich richtig küssen?«

»Shura, das Haus ist voller Menschen«, erwiderte Tatiana.

»Sieh mich an!«

Sie gehorchte.

»Tania, können wir endlich essen?« Nairas Stimme klang hungrig und irritiert. »Es verbrennt doch alles!«

Alexander küsste Tatiana so leidenschaftlich, dass ihre Knie weich wurden.

»Was macht sie denn da hinten? Wir verhungern, Tania!«

Zögernd lösten sie sich voneinander. Tatiana holte Alexanders Sachen aus dem Schuppen und sie gingen zurück ins Haus.

Tatiana reichte zuerst Alexander eine Portion Suppe. Dann bediente sie die anderen, während Alexander geduldig darauf wartete, dass sie sich endlich neben ihn setzte.

»Was macht ein Hauptmann in der Roten Armee eigentlich?«, wandte sich Vova an Alexander.

»Nun, ich weiß nicht, was ein Hauptmann in der Roten Armee im Allgemeinen macht. Ich weiß nur, was ich tue.«

»Alexander, möchtest du noch Fisch?«, fragte Tatiana dazwischen.

»Ja, bitte.«

»Und was tust *du?«,* fragte Vova.

»Ja, erzähle es uns, Alexander«, warf Axinja ein. »Wir sterben vor Neugier.«

»Ich bin an den schweren Waffen, in einer Zerstörerbrigade. Wir unterstützen die Artillerie.«

»Womit?«, fragte Vova. »Mit Panzern?«

»Mit Panzern und Panzerwagen. Tania, sind noch Pfannkuchen da? Wir operieren auch mit Flugabwehrgeschützen, Granatwerfern und anderer Artillerie: Kanonen, Haubitzen, schwere Maschinengewehre. Ich stehe hinter einer Katjuscha.«

»Beeindruckend«, sagte Vova. »Das ist die beste Aufgabe. Es ist doch weniger gefährlich, als normaler *frontovik* zu sein?«

»Nein, es ist gefährlicher als alles andere. Was glaubst du, wen die Deutschen als Ersten zu treffen versuchen: einen Jungen mit einem langsamen Gewehr oder mich, mit einem Granatwerfer, aus dem fünfzehn Geschosse pro Minute kommen?«

Tatiana warf ein: »Alexander, möchtest du noch etwas essen?«

»Nein, Tatiascha ...« Er brach ab. »Nein danke, Tania, ich bin satt.«

»Alexander«, begann Zoe, »wir haben gehört, dass Stalingrad fallen wird.«

»Wenn Stalingrad fällt, verlieren wir den Krieg«, erwiderte Alexander. »Ist noch Wodka da?«

Tatiana schenkte ihm ein Glas ein.

Dusia fragte: »Wie viele Männer müssen wir denn in Stalingrad opfern, um Hitler aufzuhalten?«

»Es werden bestimmt sehr viele sein.«

Sie bekreuzigte sich.

Vova sagte aufgeregt: »Auch Moskau war ein richtiges Blutbad!«

Alexander zog scharf die Luft ein. Er blickte Vova finster an. »Weißt du, was ein Blutbad ist? In Moskau standen achthunderttausend Soldaten, bevor die Schlacht im Oktober losging. Weißt du, wie viele noch übrig waren, als sie die Deutschen endlich aufgehalten hatten? Neunzigtausend. Und weißt du, wie viele Männer in den ersten sechs Monaten des Krieges gefallen sind? Wie viele junge Männer umgekommen sind, bevor Tania Leningrad verlassen hat? Vier Millionen«, sagte er laut. »Und einer dieser jungen Männer hättest du sein können, Vova. Also nenn es nicht Blutbad, als ob es ein Spiel wäre.«

Alle schwiegen. Tatiana drückte sich an Alexander und fragte: »Möchtest du noch etwas zu trinken?«

»Nein«, erwiderte er. »Ich habe genug.«

»Nun, ich räume jetzt mal ...«

Alexander legte ihr unter dem Tisch die Hand auf das Bein und Tatiana blieb sitzen. In ihrem Bauch begann es zu kribbeln.

»Taneschka, willst du nicht abräumen, Liebes?«, fragte Naira. »Wir möchten endlich deinen Kuchen essen. Und Tee trinken.«

Alexanders Hand glitt über ihr Bein.

Tatiana biss die Zähne zusammen.

Alexander sagte: »Tatiana hat wundervoll für uns

gekocht. Sie hat genug getan und ist jetzt müde. Sie soll sich ein bisschen ausruhen. Zoe, Vova, vielleicht könntet ihr abräumen?«

Naira entgegnete: »Aber Alexander, du verstehst nicht …«

»Ich verstehe sehr gut.« Alexanders Hand glitt weiter über Tatianas Bein nach oben.

Tatiana umklammerte die Tischkante. »Shura, bitte«, sagte sie heiser.

Er packte ihren Oberschenkel fester. »Nein, Tania. Zumindest das können sie tun.« Er blickte Naira eindringlich an. »Findest du nicht auch, Naira Michailowna?«

Naira erwiderte: »Ich dachte, es macht Taneschka Spaß, diese Dinge für uns zu tun.«

Dusia stimmte zu: »Ja. Wir dachten, es macht ihr Spaß.«

Alexander nickte. »Ja, es macht ihr gewiss große Freude. Demnächst wird sie dir die Füße waschen. Aber meinst du nicht auch, dass die anderen jungen Leute auch ab und zu mal etwas tun könnten?«

Alexanders Griff wurde immer fester, und Tatiana konnte sich kaum noch beherrschen.

»Na gut«, sagte Zoe beleidigt, »wir räumen schon ab.«

Nach einem letzten Tätscheln ließ Alexander Tatianas Schenkel los.

Sie atmete auf.

»Danke, Zoe, danke, Vova«, sagte Alexander und grinste Tatiana an, die bewegungslos dasaß.

»Ich gehe eine Zigarette rauchen«, erklärte er dann. Als er weg war, beugten sich die alten Frauen zu Tatiana und redeten leise auf sie ein. »Tania, er ist sehr aggressiv«, bemerkte Naira.

Dusia warf ein: »Der Krieg hat ihn hart gemacht.«

Axinja gab zu bedenken: »Ja, aber seht doch mal, wie er unsere Taneschka beschützt. Er ist hinreißend!«

Tatiana stand auf. Sie wollte ihren einzigen Verteidiger auf der Welt nicht im Stich lassen. »Alexander ist nicht hart,

Dusia. Er hat vollkommen Recht. Es ist wirklich nicht richtig, dass ich hier alles allein mache.«

Sie tranken Tee und aßen den Blaubeerkuchen bis auf den letzten Krümel auf. Als die Frauen zum Rauchen hinausgegangen waren und Alexander das Zimmer wieder betreten hatte, drückte Zoe sich wieder an seinen Arm, lächelte ihn kokett an und fragte ihn noch einmal, ob er nicht mit zum Feuer kommen wolle. Er zog seinen Arm weg und verneinte.

»Warum denn nicht?«, beharrte Zoe, »selbst Tania geht hin. Mit Vova«, fügte sie betont hinzu.

»Das kann ich mir nicht vorstellen«, flüsterte Alexander und blickte Tatiana an, die ihm gerade Zucker in den Tee tat.

Vova stieß sie an. »Tania, wir gehen doch heute Abend zusammen zum Feuer, oder?«

»Nein, Vova, heute nicht.«

»Was meinst du damit? Du kommst doch immer mit!«

Bevor Tatiana antworten konnte, sagte Alexander: »Heute Abend nicht, hat sie gesagt. Wie oft muss sie es denn noch wiederholen, bevor du es verstehst? Und Zoe, wie oft muss ich es dir noch sagen, bevor du es begreifst?«

»Was ist denn los?«, fragte Vova verwirrt.

»Verschwindet«, sagte Alexander. »Alle beide. Geht zu eurem Feuer. Aber schnell.«

Vova wollte etwas erwidern, doch Alexander stand auf und wiederholte in einem Ton, der keinen Widerspruch duldete: »Ich habe gesagt, ihr sollt verschwinden!« Eilig liefen die beiden hinaus.

Tatiana schüttelte erstaunt den Kopf. Kurze Zeit später machte sie auf der Veranda ihr Bett und half dann den alten Frauen beim Zubettgehen. Alexander saß auf der Bank vor dem Haus und Tatiana machte sich daran, das restliche Geschirr abzuwaschen.

»Tania, hörst du jetzt endlich damit auf und kommst zu mir?«

Mit nassen Händen ging sie nervös nach draußen und stellte sich vor ihn. Das Kribbeln in ihrem Bauch hatte die ganze Zeit über nicht nachgelassen.

»Komm näher«, sagte Alexander. Er trat seine Zigarette aus, legte die Hände auf ihre Hüften und zog sie zu sich heran. Dann presste er seinen Kopf auf ihren Bauch, direkt unterhalb der Brüste.

Tatiana legte ihm vorsichtig die Hände auf den Kopf. Seine Haare waren kurz und dicht und sie fasste sie gern an. Sie schloss die Augen und versuchte, normal zu atmen. »Geht es dir gut?«, flüsterte sie.

»Ja«, erwiderte Alexander. »Tatia, hättest du dich nicht wenigstens einmal in mich hineinversetzen können? Kannst du dir nicht vorstellen, was ich in den letzten sechs Monaten durchgemacht habe?«

»Doch. Es tut mir Leid«, sagte sie.

»Wenn du mir geschrieben hättest, dann hättest du Briefe zurückbekommen, die dir jede Angst genommen hätten. Und du hättest mir die Angst genommen.«

»Ich weiß. Es tut mir Leid.«

»Ich habe wirklich geglaubt, es könne nur zwei Erklärungen für dein Schweigen geben. Entweder, dass du tot bist, oder dass du jemand anderen gefunden hast. Ich habe nie angenommen, dass du meine Lügen ernst nimmst. Ich habe immer geglaubt, du hättest die Fähigkeit, die Wahrheit zu sehen.«

Tatiana streichelte über seine Haare.

Er rieb seine Stirn an ihr. »Wie hat Axinja dich genannt? Ein warmes Brötchen?«

Tatiana hielt den Atem an. »Ja«, murmelte sie. »Ein warmes Brötchen.«

Alexander packte ihre Hüften fester. »Ein süßes warmes Brötchen«, flüsterte er.

Sanft strich Tatiana ihm mit zitternden Fingern über die Haare. Ihr Atem ging flach und sie erschauerte.

»Ist dir kalt?«

Sie nickte, wobei sie hoffte, dass er ihre bloße Haut berühren würde.

»Sollen wir hineingehen?«

Zögernd nickte sie wieder. Eigentlich wollte sie seine Hände auf sich spüren. Als Alexander den Kopf hob, beugte sie sich ihm entgegen.

Plötzlich hörten sie die schlurfenden Schritte von Naira Michailowna auf der Veranda. Alexander ließ die Hände sinken und Tatiana trat einen Schritt zurück. Naira kam die Treppe herunter und murmelte: »Ich habe vergessen, noch einmal aufs Häuschen zu gehen.«

»Natürlich«, erwiderte Alexander.

Naira starrte Tatiana an. »Taneschka, was machst du denn noch hier? Geh zu Bett, Liebes. Es ist schon spät und du musst doch morgen wieder früh aufstehen.«

»Ja, Naira Michailowna.«

Als Naira um die Ecke verschwunden war, blickte Tatiana Alexander unglücklich an. Er zuckte mit den Schultern und sie gingen hinein. Tatiana holte ein großes, weißes Hemd aus ihrer Truhe und überlegte, wo sie sich am besten ausziehen sollte. Alexander hatte diese Sorgen nicht. Vor ihren Augen zog er sein Hemd aus. Die Leinenhose ließ er an. Tatiana vermochte die Blicke nicht von seinem muskulösen Oberkörper zu wenden, sie hatte ihn noch nie nackt gesehen. Sie konnte sich unmöglich vor ihm ausziehen, deshalb beschloss sie, ihr Kleid anzulassen.

»Gute Nacht«, sagte sie und drehte die Kerosinlampe herunter. Alexander antwortete nicht.

Naira kam zurück und ging zu ihrem Schlafzimmer. »Gute Nacht.«

Tatiana wünschte ihr ebenfalls eine gute Nacht, aber Alexander gab abermals keinen Laut von sich.

Als Tatiana in ihrem Kleid unter die Decke auf dem Sofa gekrochen war, rief er auf einmal leise: »Tatia?«

Sie stand auf und blieb schüchtern in der Tür stehen.
»Komm her«, forderte er sie auf.
Sie wäre gern zu ihm gehuscht, aber sie hatte große Angst.
»Stell dich auf den Ofen«, flüsterte er.
Sie tat, was er sagte, und bevor er reagieren konnte, gab sie ihm einen Kuss.
»Komm her«, hauchte er und versuchte, sie hochzuziehen.
»Oh, Shura … das geht nicht …« Aber sie konnte auch nicht aufhören, ihn zu küssen.
»Tania, mir ist egal, was die anderen sagen. Komm jetzt endlich her.« Er zog sie hoch und umschlang sie, während sie sich leidenschaftlich küssten.
»Du meine Güte, Tatia, du hast mir so gefehlt.«
»Du mir auch«, erwiderte sie unter Küssen. Ihre Hände glitten über seinen Rücken. »So sehr.«
Er drückte sie eng an sich und begann, ihr Kleid hochzuschieben. Unwillkürlich spreizte sie die Beine ein wenig, und als seine Hände über ihre Schenkel glitten, begann sie zu stöhnen.
Lächelnd flüsterte Alexander: »Oh, Tania. Stöhn ruhig, nur bitte nicht zu laut.«
Er liebkoste die Innenseite ihrer Schenkel. »Nein«, keuchte sie. »Shura, bitte. Hör auf.«
»Ich kann nicht«, erwiderte er, während seine Hand immer höher glitt. »Haben die anderen einen festen Schlaf?«
»Nein, überhaupt nicht«, flüsterte sie. »Sie wachen schon auf, wenn nur eine Grille vorm Haus zirpt. Und sie stehen fünfmal in der Nacht auf, um zur Toilette zu gehen. Bitte … Ich kann nicht leise sein. Du musst mir den Mund zuhalten.«
Sie konnten nicht aufhören, einander zu berühren. Alexander schob seine Hand unter ihr Kleid und legte sie auf ihren Bauch. »Dein Kleid gefällt mir«, flüsterte er.
»Du berührst nicht das Kleid.«
»Nein? Es fühlt sich aber schön an. So weich. Zieh es aus.«

»Nein«, erwiderte sie und schob ihn ein wenig weg. Ein paar Minuten lang lagen sie still da. Dann streichelte Alexander ihr Bein.

»Hör auf«, flüsterte sie. Alles in ihr pochte. »Hör auf, mich zu berühren.«

»Ich kann nicht. Ich habe viel zu lange auf dich warten müssen.« Er beugte sich über sie und drückte seine Lippen auf ihren Hals. »Willst du mich etwa nicht, Tania?«, flüsterte er. Er zog ihr das Kleid über die Schultern.

»Bitte«, keuchte sie, »Shura, hör zu, ich kann nicht leise sein. Du musst aufhören.«

Aber er hörte nicht auf. Er zog ihr das Kleid aus. Er ergriff ihre Hand und führte sie an seine Brust. »Tania, spürst du mein Herz? Willst du dich auf mich legen?«, fragte er flehend. »Deine Brüste an meiner Brust, dein Herz an meinem Herzen. Komm, nur für eine Sekunde.«

»Möchtest du nicht lieber auf *mir* liegen?«, fragte sie leise.

Er zog sie an sich. »Nicht, wenn du willst, dass ich aufhöre.«

Leise stöhnend legte sich Tatiana auf seine Brust.

Seine Hände glitten zu ihren Hüften. Er schob ihre Unterhose hinunter und streichelte ihren bloßen Hintern. Dann drückte er sie ein wenig hoch und nahm ihre Brüste in die Hände. »Von deinen wunderschönen Brüsten habe ich ein Jahr lang geträumt«, sagte er lächelnd. Tatiana hätte ihm gern gesagt, dass sie ein Jahr lang von seinen wunderbaren Händen geträumt hatte, aber sie brachte keinen Ton heraus. Sehnsüchtig wartete sie darauf, dass er ihre Brustwarzen in den Mund nahm, doch sie war zu schüchtern, um ihn darum zu bitten. Also lag sie nur keuchend auf ihm.

Alexander schloss die Augen.

»Tatia, bitte, halt still. Ich kann mich nicht mehr beherrschen.« Er zupfte an ihren Brustwarzen, und sie stöhnte so laut, dass er losließ. Er legte Tatiana auf den Rücken, beugte sich über ihre Brüste und saugte an ihren Brustwarzen bis sie sich ihm entgegenbog. Er legte ihr die Hand auf den Mund, um ihr Stöhnen zu ersticken. »Tania«, flüsterte er, »wenn du glaubst, dass ich hungrig bin …«

»Hmm …«, keuchte sie in seine Handfläche.

»Ich bin nicht hungrig, ich bin *ausgehungert!* Sieh mich doch an. Und jetzt gib bitte keinen Laut von dir«, sagte er leise und legte sich auf sie. »Tania, Himmel … ich halte dir den Mund zu, so, und du hältst dich an meinen Armen fest und ich werde … so …«

Sie schrie so laut auf, dass Alexander auf das Bett zurücksank, sich den Arm über das Gesicht hielt und aufstöhnte.

Schweigend lagen sie nebeneinander, und Tatiana begann zögernd, sich ihr Kleid wieder anzuziehen.

»Ich sterbe, Tatiana«, flüsterte er. »Ich sterbe.«

Sie kroch zum Rand des Bettes und wollte gerade hinunterklettern, als er sie zurückhielt. »Was machst du da? Schlaf bei mir.«

»Nein, Shura.«

»Warum nicht?«, fragte er lächelnd. »Traust du mir etwa nicht?«

»Nicht eine Sekunde lang.« Sie erwiderte sein Lächeln.

»Ich verspreche dir, artig zu sein.«

»Nein. Wenn jemand aus dem Schlafzimmer kommt, sieht er uns.«

»Na und?« Er ließ sie nicht los. »Tatia«, flüsterte er und klopfte sich auf die Brust, »weißt du noch, wie es in Luga war? Da hast du mich zu dir gerufen. Und jetzt bitte ich dich, zu mir zu kommen.«

Vorsichtig kroch Tatiana wieder zu ihm und legte ihren Kopf in seine Armbeuge. Alexander zog die Decke über sie und umarmte sie. Sie legte ihm die Hand auf die bloße Brust und spürte seinen raschen Herzschlag. »Shura, Liebling …«

»Es geht schon«, erwiderte er, aber es klang nicht allzu überzeugend.

»Wie in Luga.« Sie rieb ihm sanft über die Brust. Sie fühlte sich unendlich geborgen in seinen Armen, und während er ihr über den Kopf streichelte, fielen ihr langsam die Augen zu.

Minuten vergingen.

»Tania«, sagte Alexander, »schläfst du schon?«

»Nein«, erwiderte sie und sie blickten einander lächelnd an.

Tatiana gab ihm einen Kuss auf die Schulter. »Shura«, flüsterte sie. »Ich bin so glücklich, dass du zu mir gekommen bist.«

»Ich weiß. Ich auch.«

Sie berührte mit ihren Lippen seine Haut.

»Tania«, flüsterte Alexander, »möchtest du reden?«

»Ja«, erwiderte sie.

»Dann erzähl mir alles von Anfang an. Und hör erst wieder auf, wenn du fertig bist.«

Tatiana begann mit ihrer Geschichte, kam aber nur bis zu der Stelle mit dem Schlitten und dem Loch im Eis des Sees. Dann schliefen sie beide ein und Tatiana erwachte erst wieder, als der Hahn krähte.

7

»Ach du liebe Güte«, sagte Tatiana und versuchte, sich aus Alexanders Umschlingung zu lösen. »Lass los, ich muss aufstehen. Schnell.«

Aber Alexander schlief fest und war nicht wach zu bekommen. Es gelang ihr, sich unter seinem Arm hervorzuwinden und aus dem Bett zu klettern.

Sie zog sich ein frisches Kleid an und lief hinaus, um Wasser vom Brunnen zu holen, die Ziege zu melken und die Ziegenmilch gegen Kuhmilch einzutauschen. Als sie zum Haus zurückkam, war Alexander bereits aufgestanden und rasierte sich gerade. »Guten Morgen«, sagte er lächelnd zu ihr.

»Guten Morgen«, erwiderte sie verlegen. »Warte, ich helfe dir.« Sie setzte sich vor ihn auf einen Stuhl und hielt ihm einen kleinen, gesprungenen Spiegel hin. Er schnitt sich ständig, als ob sein Rasiermesser nicht scharf genug wäre.

»Du wirst dich mit dem Ding noch umbringen«, bemerkte Tatiana. »Vielleicht solltest du dir besser wieder einen Bart stehen lassen.«

»Das liegt nicht am Messer«, entgegnete er. »Das Messer ist sehr scharf.«

»Woran liegt es denn dann?« Plötzlich fiel ihr auf, dass er die ganze Zeit über ihre Brüste anstarrte. »Alexander ...«, sagte sie und ließ den Spiegel sinken.

»Ach, bei Tageslicht bin ich auf einmal wieder Alexander«, erwiderte er. Tatiana musste unwillkürlich lächeln.

Später machte Alexander Kaffee. Er schenkte ihr eine Tasse ein und sie saßen einträchtig auf der Bank und tranken das heiße Getränk. »Es ist ein schöner Morgen«, sagte sie leise.

»Es ist ein fantastischer Morgen«, bestätigte er und strahlte sie an.

Naira rief sie und Tatiana erfüllte ihre Pflichten, während Alexander seine Sachen zusammenpackte. »Was tust du da?«, fragte sie mit leiser Besorgnis.

»Wir verschwinden von hier«, erklärte er. »Und zwar auf der Stelle.«

»Ich kann nicht. Ich muss Wäsche waschen und Frühstück zubereiten.«

»Tania, genau darum geht es. Ich sollte dir eigentlich wichtiger sein als die Wäsche und das Frühstück.«

»Sieh mal«, erwiderte sie, »hilf mir doch einfach. Dann bin ich viel schneller fertig.«

»Und dann kommst du mit?«

»Ja«, sagte sie fast unhörbar. Aber Alexander lächelte sie an, er hatte sie gehört.

Sie briet Eier und Kartoffeln für alle. Alexander schlang sein Frühstück hinunter und stand auf. »Komm, lass uns Wäsche waschen.«

Eilig trug er den Korb mit der Wäsche zum Fluss. Tatiana lief mit Waschbrett und Seife hinterher. Sie konnte kaum mit ihm Schritt halten.

Während sie die Wäsche wusch, rauchte Alexander eine Zigarette und sah ihr zu. »Wie schaffst du es, dass dein Kleid nicht nass wird?«

»Nur das Hinterteil wird ein bisschen nass.« Sie errötete. »Warum siehst du mich so an?«

»Das ganze Kleid wird also nie nass?«, fragte er grinsend.

»Nein. Ich stehe ja nicht bis zum Hals im Wasser, während ich wasche.«

Alexander drückte seine Zigarette aus, zog sich Hemd und Stiefel aus und kam zu ihr. »Lass mich mal waschen. Du reichst mir einfach nur die Sachen an, ja?«

Es war ein hinreißender Anblick. Ein Hauptmann der Roten Armee stand ohne Hemd bis zu den Knien in der Kama und machte Frauenarbeit, während Tatiana ihm vom Ufer aus zusah. Sie fand das Ganze so amüsant, dass sie sich, als ihm ein Kissenbezug ins Wasser fiel und er sich bückte, um ihn aufzuheben, leise von hinten an ihn heranschlich und ihm einen Schubs gab, so dass er vornüber ins Wasser fiel.

Als er wieder auftauchte, musste sie so sehr lachen, dass sie nicht mehr rechtzeitig vor ihm weglaufen konnte. Mit drei Schritten war er bei ihr und hatte sie gepackt.

»Kein besonders gutes Gleichgewichtsgefühl, großer Mann«, sagte Tatiana prustend.

Stumm trug er sie zum Fluss.

»Nein, lass mich sofort herunter«, verlangte sie. »Ich habe ein hübsches Kleid an.«

»In der Tat«, erwiderte er und warf sie ins Wasser.

Klatschnass tauchte sie wieder auf. »Jetzt sieh, was du angerichtet hast«, beklagte sie sich und spritzte ihn nass. »Wie soll ich denn jetzt zurückgehen?«

Alexander nahm sie in die Arme und küsste sie und übermütig balgten sie im Wasser herum. Auf einmal rief Tatiana: »Hilfe, die Wäsche!«

Alle Wäschestücke trieben fröhlich den Fluss hinunter. Alexander schwamm ihnen nach und Tatiana rettete sich lachend ans Ufer.

Als sie nach Hause kamen, Tatiana in ihrem nassen Kleid und Alexander nur in seiner nassen Hose, erstarrten die vier alten Frauen peinlich berührt. »Die Wäsche ist abgetrieben«, erklärte Tatiana. »Wir mussten ins Wasser springen und sie wieder herausholen.«

»Na, so etwas habe ich ja noch nie gehört«, murmelte Dusia und bekreuzigte sich. »In meinem ganzen Leben noch nicht.«

Alexander verschwand im Haus und erschien fünf Minuten später in seiner khakifarbenen Armeehose, seinen schwarzen Armeestiefeln und dem ärmellosen Hemd aus gerippter Baumwolle, das Tatiana ihm genäht hatte. Tatiana fand seinen Anblick atemberaubend. Er lächelte ihr zu. »Ich habe ein Kleid für dich«, verkündete er und zog ihr weißes Kleid mit den roten Rosen aus seinem Rucksack. Er erzählte ihr, dass er es aus der Wohnung in der Fünften Sowjet geholt hatte.

»Ich glaube nicht, dass es mir noch passt«, erwiderte sie gerührt. »Aber vielleicht probiere ich es irgendwann mal an.«

»Gut«, entgegnete Alexander und stopfte es in seinen Rucksack zurück. Er ergriff sein Gewehr und seine anderen Habseligkeiten. »Du brauchst sonst nichts. Wir sind fertig. Lass uns gehen.«

»Wohin gehen wir?«

»Weg von hier«, erwiderte er leise. »Irgendwohin, wo wir ungestört sind.« Sie blickten einander an.

»Nimm Geld mit«, sagte er.

»Du hast doch gesagt, wir brauchen nichts.«

»Und nimm deinen Ausweis mit. Es könnte sein, dass wir nach Molotow gehen.«

Tatianas Aufregung wich einem leisen Schuldgefühl, als sie den vier alten Frauen erklärte, dass sie jetzt gingen. Naira fragte: »Seid ihr zum Abendessen zurück?«

Alexander ergriff Tatianas Hand und erwiderte: »Wahrscheinlich nicht.«

»Aber, Tania, heute um drei ist unser Nähkränzchen!«

»Tania nimmt heute nicht daran teil.«

Sie liefen hinunter zum Fluss und Tatiana sah sich noch nicht einmal mehr um.

»Wohin gehen wir?«

»Zum Haus deiner Großeltern.«

Die *isba* auf der Lichtung war zwar leer, aber makellos sauber. Die Hütte bestand aus einem Raum mit vier hohen Fenstern und einem großen Kachelofen, der fast das halbe Zimmer einnahm. Es gab kein einziges Möbelstück, aber der Holzboden war geputzt, die Fenster waren sauber und selbst die dünnen weißen Vorhänge waren gewaschen und an der Luft getrocknet, so dass es nicht abgestanden roch. Tatiana spähte durch die Fenster hinaus. Alexander trieb gerade die Heringe für sein Zelt in die Erde. Er hatte ihr den Rücken zugewandt. Sie legte die Hand auf ihr heftig pochendes Herz. Na los, beruhige dich, sagte sie sich.

Sie ging nach draußen und sammelte ein paar Äste, für den Fall, dass sie ein Feuer machen wollten.

Sie zog ihre Sandalen aus und hielt die Füße in das kühle Wasser. Vielleicht konnten sie ja später schwimmen gehen. »Pass auf!«, rief Alexander auf einmal hinter ihr und dann rannte er, nur mit seinen Armeeshorts bekleidet, an ihr vorbei in den Fluss.

»Möchtest du schwimmen?«, rief er ihr zu.

Sie schüttelte den Kopf. »Du kannst ja richtig gut schwimmen«, sagte sie.

»Das stimmt«, erwiderte er. »Komm herein, wir schwimmen um die Wette.« Er grinste. »Unter Wasser. Bis zum anderen Ufer.«

Wenn sie nicht so nervös gewesen wäre, hätte sie ihn beim Wort genommen. Doch so winkte sie ab.

Er kam wieder heraus und strich sich die nassen Haare zurück. Seine nackte Brust, die nackten Arme und die nackten Beine glitzerten. Als er sie anlachte, kam es Tatiana vor, als strahle er von innen heraus. Sie konnte den Blick nicht von seinem prachtvollen, gestählten Körper abwenden.

»Das Wasser ist angenehm«, sagte Alexander und trat zu ihr. »Komm doch, lass uns schwimmen gehen.«

Tatiana schüttelte wortlos den Kopf und wich zurück bis an den Rand der Lichtung, wo sie ein paar Blaubeeren von den niedrigen Büschen rupfte. Jetzt beruhige dich doch endlich, beschwor sie sich die ganze Zeit.

Sie ging zu Alexander zurück und reichte ihm ein paar Blaubeeren. Er nahm sie entgegen, ließ aber ihre Hand nicht los, sondern zog Tatiana aufs Gras. »Jetzt setz dich doch endlich, meine Süße.« Dann kniete er sich vor sie und küsste sie ganz zart auf den Mund. Tatiana streichelte seine Arme. Sie konnte kaum atmen.

»Tatia … Tatiascha«, sagte er heiser und bedeckte ihre Handflächen und ihre Unterarme mit Küssen. »Endlich sind wir allein! Zum ersten Mal in unserem Leben haben wir einen Platz für uns!«

Sie konnte den Ausdruck in seinen karamellfarbenen Augen nicht ertragen und senkte den Blick.

»Sieh mich an«, verlangte er.

»Ich kann nicht.«

Alexander umfasste ihr Gesicht mit seinen Händen. »Hast du … Angst?«

»Schreckliche Angst.«

»Nein, bitte, du darfst keine Angst vor mir haben.« Er küsste sie so innig und liebevoll, dass sich das Ziehen in Tatianas Bauch wieder verstärkte. Sie sank ins Gras. »Tatiascha«, sagte er, »du bist so schön! Warum nur?«

»Ach, das stimmt doch gar nicht. Sieh dich mal an!«

Er umarmte sie. »Tania, du bist mein Wunder, weißt du das? Gott hat dich zu mir geschickt, damit ich wieder glauben kann.« Schweigend ergriff er ihre Hände. »Er hat dich geschickt, um mich zu trösten und zu heilen. Ich kann mich kaum noch zurückhalten, ich möchte dich endlich lieben ...« Er brach ab. »Ich weiß, dass du Angst hast, aber ich werde dir nicht wehtun. Kommst du mit in mein Zelt?«

»Ja«, erwiderte Tatiana leise.

Alexander trug sie zu seinem Zelt, setzte sie auf die Decke und schloss die Klappen hinter ihnen. Es war dämmerig und das Sonnenlicht drang nur schwach durch die Ritzen. »Ich hätte dich ja lieber in das hübsche saubere Haus getragen«, erklärte er lächelnd, »aber da wir weder Decken noch Kopfkissen haben, müssten wir auf dem harten Fußboden liegen.«

»Mmm«, murmelte Tatiana. »Im Zelt ist es gut.« Ihr hätte selbst der Marmorboden in Peterhof nichts ausgemacht.

Alexander zog sie an sich. »Shura?«, flüsterte sie.

»Ja«, erwiderte er und küsste sie auf den Nacken. Als er sie anblickte, sah sie, dass ihn irgendetwas bekümmerte.

»Was ist los?«

Er wich ihrem Blick aus. »Du warst gestern so zornig auf mich und hast so viele Dinge gesagt ... natürlich verdiene ich deine Schelte ...«

»Nein, nicht nur.« Sie lächelte ihn an. »Was ist denn?«

Er holte tief Luft.

»Du willst mich doch etwas ganz Bestimmtes fragen.« Auf einmal wusste sie genau, was er von ihr hören wollte.

Kopfschüttelnd sagte sie zu ihm: »Sieh mich an!« Sie kniete sich vor ihn, nahm sein Gesicht in beide Hände, küsste ihn auf den Mund und fuhr fort: »Alexander, die Antwort ist ja ... Ja, natürlich habe ich mich für dich aufgehoben. Ich gehöre doch zu dir. Was denkst du denn?«

Erleichtert blickte er sie an. »Oh, Tania.« Einen Moment lang konnte er nicht weitersprechen. »Du hast ja keine Ahnung ... was das für mich bedeutet ...«

»Schscht«, wisperte sie. Sie wusste es ganz genau.

Er schloss die Augen. »Ich verdiene das, was du mir zu geben hast, nicht.«

»Wenn nicht du, wer dann?«, fragte Tatiana und umarmte ihn. »Wo sind deine Hände? Ich möchte sie spüren.«

Er küsste sie glühend. »Heb deine Arme.« Er zog ihr das Kleid aus und legte sie auf die Decke zurück. Dann kniete er sich über sie, und während er ihr Gesicht und ihren Hals mit Küssen bedeckte, glitten seine Hände hungrig über ihren Körper.

»Und jetzt möchte ich dich ganz nackt sehen«, flüsterte er.

»Gut.«

Er zog ihr die weiße Baumwollunterhose aus und stieß hervor: »Nein, ich kann es nicht ertragen ...«

Er legte seine Wange an ihre Brust. »Dein Herz schlägt wie ein Trommelfeuer ...« Seine Zunge glitt über ihre Brustwarzen. »Hab keine Angst. Du sagst mir, was ich tun soll, und ich tue es. Ich richte mich nur nach dir. Was möchtest du?«

Tatiana antwortete nicht. Am liebsten hätte sie ihn gebeten, sie auf der Stelle von dem Feuer zu erlösen, das in ihr loderte, aber die Worte kamen ihr nicht über die Lippen. Sie musste auf Alexander vertrauen.

Alexander legte die Hand auf ihren Bauch und flüsterte: »Sieh doch, deine nassen, aufgerichteten Brustwarzen flehen mich geradezu an, an ihnen zu saugen.«

»Dann tu es doch«, flüsterte Tatiana stöhnend.

Er beugte sich über sie. »Ja, stöhn du nur. Stöhn, so laut du willst. Außer mir kann dich hier niemand hören und ich bin sechzehnhundert Kilometer weit gereist, um dich stöhnen zu hören, Tania.« Sie bog sich ihm entgegen, während er mit seinem Mund, seiner Zunge und seinen Zähnen ihre Brüste liebkoste.

Dann legte er sich neben sie und schob seine Hand zwischen ihre Schenkel. »Warte«, sagte sie und versuchte, die Beine zusammenzupressen.

»Nein, mach sie auseinander«, sagte Alexander. Seine Finger glitten über ihre Schenkel. »Schscht«, sagte er, »du zitterst ja.« Er drückte sie eng an sich. »Merkst du, wie sanft ich reibe?«, flüsterte er mit den Lippen an ihren Wangen. »Du ... meine blonde Schönheit.«

Sie hielt seine Arme umklammert und hatte die Augen geschlossen. »Spürst du das, Tatia?« Sie stöhnte.

Alexander rieb sie in kreisenden Bewegungen. »Du fühlst dich unglaublich an ...«, wisperte er.

Er rieb sie ein bisschen fester. »Soll ich aufhören?« Er stöhnte leise auf.

»Nein!«

»Tania, kannst du mich an deiner Hüfte spüren?«

»Hmm. Ich dachte, es sei dein Gewehr.«

Er lachte leise. »Du kannst es nennen, wie es dir gefällt.« Dann beugte er sich wieder über ihre Brustwarzen, hörte jedoch nicht auf, sie zu reiben.

Plötzlich zog er sich von ihr zurück.

»Nein, nein«, murmelte Tatiana voller Panik und öffnete die Augen. Sie war kurz vor dem Höhepunkt gewesen, und als er so abrupt aufhörte, begann sie unkontrolliert zu zittern. Alexander legte sich leicht auf sie und drückte seine Stirn an ihre. »Schscht, ist schon gut. Sag mir, was ich tun soll.«

Unsicher erwiderte Tatiana: »Ich weiß nicht. Was kannst du denn sonst noch machen?«

Er nickte. »Pass auf.« Er zog seine Shorts aus und kniete sich vor sie.

Als Tatiana ihn sah, setzte sie sich abrupt auf. »Oh, Alexander«, murmelte sie ungläubig und wich zurück.

»Es ist alles in Ordnung.« Er grinste von einem Ohr zum anderen. »Wo willst du hin?«, fragte er und hielt ihre Beine fest.

»Nein«, stieß sie hervor und starrte ihn erschreckt an. »Nein. Nein. Bitte!«

»Irgendwie hat Er in seiner unermesslichen Güte dafür gesorgt, dass alles so zusammenpasst, wie es sollte«, versuchte Alexander sie zu beruhigen.

»Shura, das kann nicht sein. Das wird nie …«

»Vertrau mir«, sagte Alexander und blickte Tatiana voller Verlangen an. »Es wird uns gelingen.«

Er legte sie wieder auf den Rücken und stöhnte: »Ich kann nicht eine Sekunde mehr warten. Nicht eine Sekunde. Ich möchte jetzt auf der Stelle in dir sein!«

»Oh Gott. Nein, Shura.«

»Doch, Tania, doch. Sag: ja, Shura.«

»Oh … Ja, Shura.«

Sie küssten sich. »Ich kann es gar nicht glauben«, sagte er. Sein Atem ging stoßweise. »Ich dachte, dieser Tag würde niemals kommen. Aber jetzt kann ich mir nichts anderes mehr vorstellen. Du lebst, Tania, und du liegst nackt unter mir. Fass mich an.«

Sie schloss vorsichtig die Finger um sein Glied.

»Spürst du, wie hart ich bin?«, flüsterte er. »… für dich.«

»Ach, ja«, sagte sie verwirrt und ungläubig. Schon allein ihn zu sehen war ein Schock gewesen, aber ihn zu spüren war unfassbar. »Du wirst mich umbringen«, murmelte sie und streichelte ihn.

»Vielleicht«, erwiderte Alexander. »Na komm, öffne die Beine.«

Er küsste sie und flüsterte: »Öffne dich für mich, Tania. Öffne dich … für mich!«

Tatiana gehorchte und streichelte ihn dabei immer weiter.

»Bist du bereit?«

»Nein.«

»Doch, du bist bereit. Leg die Arme um meinen Hals.«

Langsam drang Alexander in sie ein. Tatiana klammerte sich keuchend an seinem Rücken fest. Sie hatte das Gefühl, sie würde auseinandergerissen. Aber da war auch noch ein anderes Gefühl – ein unersättlicher Hunger nach Alexander.

»Gut«, sagte er schließlich, »ich bin in dir.« Er küsste sie und hauchte noch einmal: »Ich bin in dir, Tatiascha, spürst du es?«

»Ich kann gar nicht glauben, dass du hineinpasst.« Sie stöhnte leise.

Lächelnd flüsterte Alexander: »Ganz knapp, aber immerhin ...« Er küsste sie auf den Mund. Sie lagen ganz still. Tatianas Körper schmerzte, es hatte noch keine Erleichterung gegeben. Sie zog Alexander enger an sich und sah in sein erhitztes Gesicht. »Ist das alles?«

Alexander antwortete nicht gleich. »Nicht ganz.« Er sog ihren Atem ein. »Es ist nur ... Tania, wir haben uns so verzweifelt danach gesehnt und dieser Augenblick wird nie mehr wiederkommen. Ich will nicht, dass er so schnell vorübergeht.«

»Gut«, flüsterte sie. In ihr pochte alles. Sie bog ihm ihre Hüften entgegen.

Langsam zog er sich ein wenig zurück und stieß dann wieder in sie hinein. Tatiana biss die Zähne zusammen, aber ihr entschlüpfte doch ein leises Stöhnen.

»Warte«, sagte sie.

Wieder stieß er langsam in sie hinein.

»Warte ...«

Dieses Mal zog er sich ganz zurück und stieß dann so fest wieder zu, dass Tatiana fast aufschrie. Er stöhnte und sie packte seine Arme. »Oh, Shura!« Ihr stockte der Atem.

»Ich weiß. Halt dich an mir fest.«

Wieder stieß er zu. Weniger langsam. Weniger sanft. »Tue ich dir weh?«

»Nein.« Rings um Tatiana drehte sich alles.

Und immer weiter, immer härter, und plötzlich so schnell und fest, dass Tatiana dachte, sie würde ohnmächtig werden. Der Schmerz war so intensiv, dass sie aufschrie und seinen Kopf an ihren Hals zog. Ihr Herz klopfte wie wild und ein atemloser Moment verging. Schließlich schrie auch Alexander auf und stieß noch einmal kräftig zu. Dann lag er still auf ihr und holte tief Luft.

Sie hielt ihn weiter fest umschlungen. Ein bittersüßes Prickeln breitete sich in ihr aus und am liebsten hätte sie ihn wieder in sich gespürt.

Alexander stützte sich auf die Ellbogen. »Geht es dir gut? Ich habe dir wehgetan«, flüsterte er zärtlich und küsste ihre Sommersprossen. »Tania, Liebes, sag mir, dass es dir gut geht.«

»Mir geht es gut«, brachte Tatiana schließlich hervor. Sie lächelte ihn scheu an. »Und dir?«

Alexander hatte sich neben sie gelegt. »Fantastisch«, sagte er strahlend und streichelte sie. »Mir ist es noch nie besser gegangen.« Sein Lächeln war so glücklich, dass Tatiana am liebsten geweint hätte. Sie drückte ihr Gesicht an seins.

»Du warst viel stiller, als ich angenommen hatte«, bemerkte Alexander.

»Mmm, ich habe mich bemüht, nicht in Ohnmacht zu fallen«, erwiderte Tatiana und brachte ihn damit zum Lachen.

»Das hätte ich mir ja denken können.«

Sie drehte sich zu ihm. »Shura, war es ...«

Alexander küsste ihre Augen. »Tania«, flüsterte er, »in dir zu sein, in dir zu kommen ... es war wie Magie. Das weißt du.«

Sanft glitten ihre Finger von seinem Hals zu seinem Bauch. »Warum siehst du mich so an? Was willst du wissen?«

»Was du erwartet hast.«

Tatiana dachte nach. »Ich weiß es nicht.«

»Na komm, du musst doch irgendetwas erwartet haben.«

»Mmm. Das auf jeden Fall nicht.«

»Was dann?«

Verlegen wand sich Tatiana. »Ich hatte einen Bruder, Shura«, sagte sie schließlich. »Ich wusste, wie ihr Männer normalerweise ausseht. Irgendwie ... da unten ... na ja, völlig ...« Sie suchte nach dem richtigen Wort. »... harmlos.«

Alexander lachte laut auf.

»Aber ich habe noch nie ...«

»Das war also Furcht einflößend?«

»Hmm.« Warum lachte er so?

»Und weiter?«

»Ich dachte wahrscheinlich, dieses harmlose Ding würde ... ich weiß nicht ... irgendwie ...« Sie hustete. »Na ja, also die Bewegung war auch eine Überraschung für mich.«

Alexander zog sie an sich und küsste sie glücklich. »Du bist ein komisches Mädchen. Was soll ich nur mit dir anfangen?«

Schweigend lag Tatiana neben ihm. Das Pochen in ihrem Unterleib hörte nicht auf. Leicht strich sie über seinen Bauch. Sein Körper faszinierte sie. »Und jetzt?«, fragte sie. »Sind wir fertig?«

»Möchtest du gern fertig sein?«

»Nein«, erwiderte sie.

»Tatiana«, sagte Alexander zärtlich. »Ich liebe dich.«

Sie schloss die Augen. »Danke«, flüsterte sie.

»Das will ich nicht hören«, erwiderte er und hob ihr Gesicht. »Du hast es noch nie zu mir gesagt.«

Das kann doch gar nicht stimmen, dachte Tatiana. Ich habe es doch jede Minute gespürt. »Ich liebe dich, Alexander.«

»Wie schön«, flüsterte er. »Sag es noch einmal.«

»Ich liebe dich.« Sie umarmte ihn. »Ich liebe dich bis zur Atemlosigkeit, mein erstaunlicher Mann.« Zärtlich lächelte sie ihn an. »Aber weißt du, du hattest es auch noch nie zu mir gesagt.«

»Doch, Tatiana«, erwiderte Alexander. »Doch, ich habe es dir schon gesagt. Weißt du wann? Als du auf diesem Schlitten gelegen hast ...«

Als sie sich zum zweiten Mal liebten, tat es schon weniger weh.

Beim dritten Mal verspürte Tatiana ein fließendes, stärker werdendes Gefühl, das so lustvoll war, dass es sie völlig überraschend traf. Sie schrie auf und stöhnte: »Oh bitte, hör nicht auf. Bitte …«

»Nein?« Alexander hielt inne.

»Was tust du?«, fragte sie keuchend und blickte ihn verwirrt an. »Ich habe doch gesagt, du sollst nicht aufhören.«

»Ich will dich noch einmal stöhnen hören«, murmelte er. »Ich möchte dich stöhnen hören, dass ich nicht aufhören soll.«

»*Bitte …«,* flüsterte sie und drängte ihre Hüften an ihn.

»Nein, Shura, nein? Oder ja, Shura, ja?«

»Ja, Shura, ja.« Tatiana schloss die Augen. »Ich bitte dich … hör nicht auf.«

Alexander stieß tief und langsam in sie hinein. Sie schrie auf.

»So?«

Sie konnte nicht sprechen.

»Oder …«

Seine Stöße wurden immer schneller. Sie schrie auf.

»So?«

Sie schwieg.

»Tania … ist es so schön?«

»Es ist wunderschön.«

»Stöhn für mich, Tania«, flüsterte Alexander. »Na komm schon … stöhn für mich.« Er musste sie nicht zweimal bitten.

»Hör nicht auf, Shura …« Sie wand sich hilflos unter ihm.

»Ich höre nicht auf, Tania.«

Und plötzlich war es da. Tatiana spürte, wie ihr Körper sich anspannte, wie ihre Muskeln sich zusammenzogen, und dann ergoss sich ein Lavastrom in ihrem Inneren. Erst nach einer Weile ließen ihr Stöhnen und ihr Zittern nach. »Was war das denn?«, stieß sie immer noch keuchend hervor.

»Das war meine Tania, die entdeckt hat, was an der Liebe so fantastisch ist. Das war … die Erlösung«, flüsterte er und drückte seine Wange an ihre Wange.

Tatiana drängte sich an ihn und flüsterte unter Freudentränen: »Oh, mein Gott, Alexander …«

»Wie lange sind wir schon hier?«

»Ich weiß nicht. Ziemlich lange.«

»Wo ist deine Uhr?«

»Ich habe sie nicht dabei. Ich wollte die Zeit anhalten«, erwiderte Alexander und schloss die Augen.

»Tania? Schläfst du?«

»Nein. Ich habe nur die Augen geschlossen. Ich bin ganz entspannt.«

»Tania, sagst du mir die Wahrheit, wenn ich dich etwas frage?«

»Natürlich.« Sie lächelte mit geschlossenen Augen.

»Hast du jemals zuvor einen Mann berührt?«

Tatiana öffnete die Augen und lachte leise. »Shura, wovon redest du? Außer meinem Bruder habe ich noch nie zuvor einen Mann auch nur gesehen!«

Tatiana kuschelte sich in Alexanders Arme und ihre Finger glitten über sein Kinn, seinen Hals, seinen Adamsapfel. Sie drückte ihren Zeigefinger auf seine heftig pulsierende Halsschlagader. Als sie ihn dort küsste, spürte sie sie gegen ihre Lippen schlagen. Warum riecht er nur so gut?, dachte sie.

»Was ist mit diesen Horden junger Kerle, von denen du mir erzählt hast? Die dir früher in Luga immer nachgelaufen sind? Keinen von ihnen?«

»Keinen von ihnen *was?*«

»Hast du keinen von ihnen angefasst?«, fragte Alexander.

Sie schüttelte den Kopf. »Shura, warum fragst du so komisch? Nein!«

»Durch die Kleidung vielleicht?«

»Was?« Sie nahm ihren Mund nicht von seinem Hals. »Natürlich nicht.«

»Und wer hat deinen nackten Körper gesehen? Abgesehen von deiner Familie natürlich. Abgesehen von damals, als du sieben warst und nackt Rad geschlagen hast.«

Würde er die ganze Wahrheit wissen wollen? Sie hatte solche Angst davor gehabt, es ihm zu sagen. »Shura, du warst der erste Mann, der mich überhaupt auch nur halb nackt gesehen hat, damals in Luga.«

»Ist das wahr?« Er rückte ein wenig von ihr ab, um ihr in die Augen zu sehen.

Sie nickte und rieb ihren Mund an seinem Hals. »Ja, das ist wahr.«

»Hat dich je jemand berührt?«

»Mich berührt?«

»Deine Brüste angefasst, deine …« Seine Finger glitten an ihrem Bauch hinunter.

»Shura, bitte. Natürlich nicht.« Sie spürte, wie sein Herzschlag schneller wurde. Tatiana lächelte. Wenn er es unbedingt hören wollte, dann würde sie es ihm jetzt sagen. »Erinnerst du dich noch an den Wald bei Luga?«

»Wie könnte ich das vergessen?«, fragte er heiser. »Das war der süßeste Kuss meines Lebens.«

»Und es war mein erster …«, flüsterte Tatiana.

Ungläubig schüttelte er den Kopf.

Tatiana blickte ihn an. »Das ist die Wahrheit!«

»Ich glaube dir nicht.« Wieder schüttelte er den Kopf. »Ich kann es einfach nicht glauben.«

»Na gut«, erwiderte Tatiana, drehte sich auf den Rücken und verschränkte die Hände hinter dem Kopf.

Alexander beugte sich über sie. »Du erzählst mir das doch nur, weil du denkst, dass ich genau das hören will«, sagte er und fuhr mit den Händen über ihre Brüste und ihren Bauch.

Tatiana tätschelte ihm fröhlich den Rücken. »Es ist aber

die Wahrheit. In meinem ganzen Leben hat mich noch nie jemand berührt – außer dir.«

Alexander erwiderte ihr Lächeln nicht. Seine karamellfarbenen Augen blickten sie forschend an. »Wie kann das sein?«

»Das weiß ich nicht«, erwiderte sie. »Es ist eben so.«

»Du bist also sozusagen direkt aus dem Bauch deiner Mutter in meine Arme gesunken.«

Tatiana lachte. »So ungefähr.« Sie blickte ihn an. »Alexander, ich liebe dich!«, sagte sie. »Verstehst du? Vor dir wollte ich nie jemanden küssen und in Luga wurde der Wunsch, dich zu küssen, so übermächtig, dass ich nicht mehr wusste, was ich tun sollte. Ich wusste nicht, wie ich es dir sagen sollte. Ich lag die halbe Nacht wach. Und dann dachte ich, wenn du mich nicht küsst, dann wird mich nie mehr jemand küssen.«

Sein Gesicht war dicht über ihrem. »Was machst du mit mir?«, flüsterte er. »Was machst du nur mit mir?«

»Was machst du mit *mir?*«

Und dann liebte er sie abermals und seine Lippen blieben auf ihrem Mund, und als sie beide den Höhepunkt erreichten, stöhnte er, als wolle er eigentlich weinen.

»Liebes«, murmelte Alexander, der halb auf ihr lag, »mach die Augen auf. Geht es dir gut?«

Tatiana antwortete nicht. Sie lauschte auf den Klang seiner Stimme.

»Tania …«, flüsterte er. »Du hast eine Haut wie ein Neugeborenes, weißt du das?«

»Nein«, murmelte sie.

»Du hast eine Haut wie ein Neugeborenes und den süßesten Atem und dein Haar ist wie Seide.« Alexander kniete sich über sie und knabberte an einer Brustwarze. »Du bist durch und durch göttlich.«

Zärtlich nahm sie seinen Kopf zwischen die Hände. Er blickte sie an und sie sah Tränen in seinen Augen.

»Bitte, verzeih mir, Tatiana, dass ich dein vollkommenes Herz mit Kälte und Gleichgültigkeit verletzt habe. Doch mein Herz floss immer über vor Liebe zu dir, es war nie wirklich gleichgültig. Nichts von dem, was du ertragen musstest, hast du verdient. Nichts. Du weißt ja nicht, was für eine Überwindung es mich gekostet hat, dich nicht ein letztes Mal anzusehen, bevor ich an jenem verfluchten Lastwagen die Plane hinter mir schloss! Doch wenn ich dich angesehen hätte, hätte ich nichts vor dir oder deiner Schwester verbergen können. Ich hätte mein Versprechen nicht mehr halten können. Ich konnte dich einfach nicht ansehen ... Ich habe dir so viel wie möglich von meiner Liebe gegeben, als wir allein waren, und gehofft, es reicht dir aus.«

»Das tat es ja auch, Shura«, erwiderte Tatiana, der ebenfalls die Tränen in den Augen standen. »Ich bin ja hier. Und es wird auch für die Zukunft ausreichen.« Sie drückte seinen Kopf an ihre Brust. »Es tut mir Leid, dass ich je an dir gezweifelt habe. Aber jetzt ist mein Herz ganz leicht.«

Alexander küsste sie zwischen die Brüste.

»Du hast alles geklärt.« Und Tatiana lächelte.

»Möchtest du noch einmal?«

»Tania ...« Lächelnd schüttelte Alexander den Kopf. »Was ist in dich gefahren?«

Sie lachte und streichelte seinen Bauch. »Shura ... will ich zu viel?«

»Nein, aber du bringst mich noch um.«

Tatiana sehnte sich nach etwas ganz Bestimmtem, aber sie war zu schüchtern, ihn darum zu bitten. Leise und nachdenklich streichelte sie weiter über seinen Bauch. Schließlich räusperte sie sich. »Liebster? Kann ich mich auf dich legen?«

»Natürlich.« Alexander breitete lächelnd die Arme aus. »Komm und leg dich auf mich.«

Sie tat es und küsste sanft seinen Mund. »Shura ... gefällt dir das?«

»Mmmm.«

Ihre Lippen glitten über sein Gesicht, seinen Hals, seine Brust. »Weißt du, wie sich deine Haut anfühlt?«, flüsterte sie. »Wie Eiscreme. Cremig und weich. Dein Körper ist karamellfarben, wie Karamelleis, aber du bist nicht so kalt, sondern warm.« Sie strich mit ihren Lippen über seine Brust.

»Also besser als Eiscreme?«

»Ja.« Sie lächelte. »Ich mag dich noch lieber als Eiscreme.« Sie küsste ihn leidenschaftlich und spielte mit seiner Zunge. »Magst du das auch?«, flüsterte sie.

Er stöhnte leise.

»Shura, Liebster ...«, fragte sie schüchtern, »soll ich ... soll ich das auch an einer anderen Stelle tun?«

Er blickte sie erstaunt an. Schweigend betrachtete Tatiana sein ungläubiges Gesicht.

»Ich glaube«, erwiderte Alexander langsam, »es gibt tatsächlich eine Stelle, an der ich das auch gern hätte.«

Sie erwiderte sein Lächeln und versuchte, ihre Erregung zu verbergen. »Du musst ... du musst mir nur sagen, was ich tun soll, ja?«

»Gut.«

Tatiana küsste Alexanders Brust, lauschte auf seinen Herzschlag, glitt tiefer. Ihre Haare streichelten seinen Bauch und sie spürte seine Erregung. Dann kniete sie sich zwischen seine Beine und umfasste sein Glied. »Und jetzt ...«

»Jetzt nimm mich in den Mund«, erwiderte er und sah sie unverwandt an.

Atemlos fragte sie: »*Ganz?*«

»Gleite auf und ab.«

»So?«

Er keuchte. »Ja.«

»Oder ...«

»Ja, das ist auch gut.«

Tatiana spürte, wie er immer härter wurde. Als Alexander in ihre Haare packte, hielt sie einen Moment lang inne und blickte ihn an. »Oh ja«, flüsterte sie und nahm ihn stöhnend tiefer auf.

»Du machst das gut, Tatia«, flüsterte er. »Mach weiter, hör nicht auf.«

Doch sie hörte auf. Er öffnete die Augen. Lächelnd sagte Tatiana: »Ich möchte dich noch einmal stöhnen hören, dass ich nicht aufhören soll.«

Alexander setzte sich auf und küsste ihre feuchten Lippen. »Bitte, hör nicht auf.«

Dann sank er wieder zurück auf das Kissen.

Kurz vor dem Höhepunkt zog er ihren Kopf weg. »Tania, ich komme gleich ...«

»Dann komm«, flüsterte Tatiana. »Komm in meinem Mund.«

Als sie danach an seiner Brust lag, sagte Alexander leise: »Ich habe gerade beschlossen, dass mir das gefällt.«

»Ich auch«, erwiderte sie.

Lange lag sie neben ihm.

»Warum haben wir uns eigentlich zwei Tage lang gestritten, wenn wir das hier sofort hätten haben können?«

Alexander wuschelte ihr durch die Haare. »Das war kein Streit, Tatiascha. Das war Vorspiel.«

Sie küssten sich. »Es tut mir immer noch Leid«, flüsterte Tatiana.

»Mir auch«, erwiderte er.

Tatiana schwieg. »Was ist los?«, fragte er. »Worüber denkst du nach?«

Er kennt mich so gut, dachte sie. Ich brauche nur zu blinzeln und schon weiß er, was mit mir los ist.

»Shura ... hast du vor mir schon viele Mädchen geliebt?«, fragte sie mit kleiner Stimme.

»Nein, mein Engelsgesicht«, erwiderte Alexander leidenschaftlich. »Ich habe vor dir nicht viele Mädchen geliebt.«

Den Tränen nahe, fragte sie: »Hast du Dascha geliebt?«

Er schwieg einen Moment lang. »Tania, tu das nicht.«

Sie schwieg ebenfalls.

»Ich weiß nicht, was für eine Antwort du erwartest«, sagte Alexander. »Ich gebe dir jede Antwort, die du hören willst.«

»Sag mir einfach die Wahrheit.«

»Nein, ich habe Dascha nicht geliebt«, erwiderte Alexander. »Ich mochte sie. Wir hatten eine schöne Zeit.«

»Wie schön?«

»Es war ganz in Ordnung.«

»Die Wahrheit.«

»Es war ganz in Ordnung«, wiederholte er und zwickte sie leicht in die Brustwarze. »Hast du denn immer noch nicht gemerkt, dass Dascha nicht mein Typ war?«

»Was wirst du deinem nächsten Mädchen über mich erzählen?«

Er grinste. »Ich werde sagen, dass du wunderschöne Brüste hattest.«

»Hör auf.«

»Dass du junge, spitze, unglaubliche Brüste mit den größten, empfindlichsten Kirschnippeln hattest ... Und Lippen für die Götter und Augen für Könige. Und ich werde sagen«, flüsterte Alexander und drang in sie ein, »dass du dich angefühlt hast wie sonst nichts auf der Welt.«

»Was glaubst du, wie spät es ist?«

»Ich weiß nicht«, erwiderte er schläfrig. »Es ist sicher bald Abend.«

»Ich will nicht nach Hause zurückgehen.«

»Wir gehen auch nicht zurück«, erwiderte Alexander. »Wir rühren uns hier nicht vom Fleck. Niemals mehr.«

»Nein?«

»Versuch's doch mal.«

Bevor es dunkel wurde, krochen sie aus dem Zelt und Tatiana setzte sich auf eine Decke, mit Alexanders Uniformjacke um die Schultern, während Alexander ein Feuer entzündete. In fünf Minuten brannte es lichterloh.

Er holte zwei Dosen *tuschonka,* etwas trockenes Brot und eine Flasche Wasser aus seinem Rucksack.

»Sieh mal, was ich noch habe.« Er gab ihr ein paar in Silberpapier verpackte Riegel Schokolade.

»Oh!« Tatiana blickte ihn bewundernd an.

Als sie gegessen hatten, fragte sie: »Schlafen wir im Zelt?«

»Wenn du willst, kann ich auch den Ofen im Haus anheizen.« Er lächelte. »Hast du gesehen, wie ich es für dich sauber gemacht habe?«

»Ja. Wann hast du das denn gemacht.«

»Gestern, nach unserem Streit. Was dachtest du denn, was ich den ganzen Nachmittag über getan habe?«

»Nach unserem Streit?« Sie war überrascht. »Bevor du deine Sachen holen wolltest, um zu gehen?«

»Ja.«

Tatiana stieß ihn in die Rippen. »Du wolltest nur hören, dass ich …«

»Sprich es nicht aus«, flüsterte Alexander. »Sonst muss ich dich jetzt gleich und auf der Stelle noch einmal lieben, und das wirst du nicht überstehen.«

Tatiana lag vor dem Feuer in Alexanders Armen und weinte.

»Tania, warum weinst du?«

»Oh, Shura …«

»Bitte weine nicht.«

»Doch. Ich vermisse meine Schwester.«

»Ich weiß.«

»Glaubst du, wir haben sie richtig behandelt? Haben wir das Richtige getan?«

»Wir haben unser Bestes gegeben. Du vor allen Dingen. Glaubst du denn, so etwas geschieht mit Absicht? Wir wollen anderen doch nicht absichtlich das Herz brechen, sie verletzen oder uns so verlieben. Ich habe gegen meine Gefühle angekämpft. Ich wollte deine Schwester lieben, Gott segne sie. Und ich konnte nichts dafür, dass es mir nicht möglich war.«

Tatiana blickte auf den Fluss, über dem der Vollmond stand. »Ich habe versucht, meine Liebe zu dir wegen Dascha zu unterdrücken.«

»Aber du konntest es nicht.«

»Nein.«

Zögernd fügte sie hinzu: »Shura ... liebst du mich?«

»Sieh mich an«, erwiderte Alexander. »Tatia, ich bete dich an. Ich bin verrückt vor Liebe zu dir. Ich will, dass du mich heiratest.«

»Was?«

»Ja, Tatiana. Willst du mich heiraten? Willst du meine Frau sein? Wein doch nicht.« Er schwieg. »Warum antwortest du mir nicht?«

»Ja, Alexander, ich will dich heiraten ... ich will deine Frau sein.«

»Warum weinst du dann?«

8

Am nächsten Morgen taumelte Tatiana in der Dämmerung zum Fluss. Sie konnte kaum laufen, so wund fühlte sie sich.

Alexander ging ihr nach. Sie waren beide nackt und die Kama war kalt.

»Ich habe Seife dabei«, sagte er.

»Oh, du meine Güte!«

Alexander wusch Tatiana am ganzen Körper. »Mit dieser Seife reinige ich dich«, murmelte er schläfrig. »Ich wasche alles Entsetzen und alle Albträume, die dich quälten, von dir ab ... Ich wasche deine Arme und deine Beine und dein liebevolles Herz und deinen lebenspendenden Bauch ...«

»Gib mir die Seife«, unterbrach Tatiana ihn. »Jetzt bist du dran.«

»Ich kann nicht mehr stehen«, murmelte Alexander. »Ich bin völlig schlapp.«

Ihre Hände, die die Seife hielten, glitten tiefer. »Nun, noch nicht *ganz* schlapp.«

Er fiel rückwärts ins Wasser.

»Schwach, das ja«, sagte Tatiana und ließ sich über ihn sinken. »Aber nicht schlapp.«

Im kalten Wasser der Kama hing Tatiana an Alexanders Hals. »Sieh mal, die Sonne geht über den Bergen auf. Schön, nicht wahr?«, murmelte sie. Aber er achtete nicht auf den Sonnenaufgang. Er stand im Fluss, hielt Tatiana mit einer Hand fest und streichelte mit der anderen ihr Gesicht.

»Ich habe meine große Liebe am Ufer der Kama gefunden«, flüsterte er.

»Ich habe meine große Liebe auf der Ulitsa Saltykow-Schtschedrin gefunden, während ich auf einer Bank saß und Eis aß.«

»Du hast mich nicht gefunden. Du hast mich ja nicht einmal gesucht. Ich habe dich gefunden.«

»Alexander, hast du nach mir gesucht?«

»Mein ganzes Leben lang.«

»Shura, wie können wir einander nur so nahe sein? Wie kommt es, dass wir einander von Anfang an so verbunden waren?«

»Wir sind uns nicht nahe.«

»Nein?«

»Nein. Und wir sind einander auch nicht verbunden.«

»Nicht?«

»Nein. Wir sind eins.«

Alexander entzündete ein Feuer am Flussufer. Es war ein nebliger, kühler Morgen. Sie aßen etwas Brot und tranken Wasser. Danach rauchte er.

»Wir haben uns nicht wirklich gut vorbereitet«, stellte Tatiana fest. »Ich wünschte, wir hätten eine Tasse, einen Löffel, ein paar Teller hier. Und Kaffee.« Sie lächelte.

»Ich weiß ja nicht, was *du* alles brauchst«, sagte Alexander, »aber *ich* habe alles dabei, was ich brauche.«

Sie errötete.

»Nein, nein«, sagte er rasch und schob ihre Hände fort. »Nicht. Sonst kommen wir hier nie weg. Zieh dich jetzt an. Wir gehen nach Molotow, wir müssen ein paar Dinge kaufen.«

»Was denn?«

»Decken, Kopfkissen. Töpfe, Pfannen, Teller. Tassen. Einen Wäschekorb. Etwas zu essen. Und Ringe.«

»Ringe?«

»Ja, Ringe. Für unsere Finger.«

9

Langsam wanderten sie nach Molotow. Tatiana hatte sich bei Alexander eingehängt. Das Sonnenlicht fiel durch die Bäume.

»Shura, ich habe Englisch geübt.«

»Tatsächlich? Du hast doch gesagt, du hättest keine Zeit gehabt! Und das habe ich dir auch geglaubt, als ich sah, wie viel du zu tun hattest.«

Tatiana räusperte sich und sagte auf Englisch: »*Alexander Barrington, ich will für immer Liebe mit dir.*«

Lachend zog Alexander sie an sich und erwiderte ebenfalls auf Englisch: »*Ja, ich auch.*« Dann blickte er sie prüfend an. »Du gehst so langsam. Alles in Ordnung?«

»Ja.« Sie errötete, weil es eigentlich nicht so war. »Warum?«

Alexander lächelte. »Soll ich dich ein bisschen tragen?«, fragte er heiser.

Sie strahlte ihn an. »Ja. Aber dieses Mal auf den Armen!«

»Eines Tages«, sagte Alexander, während er sie hochhob, »eines Tages wirst du mir erklären müssen, warum du mit der Linie 136 quer durch Leningrad zum Busbahnhof gefahren bist.«

Tatiana zwickte ihn. »Eines Tages«, erwiderte sie, »wirst du mir erklären müssen, warum du mir gefolgt bist.«

»Eine *was?*«, fragte Tatiana ungläubig, als er sie wieder abgesetzt hatte und sie neben ihm herging.

»Eine Kirche. Wir müssen eine Kirche finden.«

»Warum?«

Alexander sah sie tadelnd an. »Wo willst *du* denn heiraten?«

Tatiana überlegte. »Wie jeder in der Sowjetunion – auf dem Standesamt.«

Lachend erwiderte er: »Was haben wir denn davon? Dann können wir auch zurückgehen und so weiterleben wie bisher.«

»Das ginge auch«, murmelte Tatiana. Der Gedanke an die Kirche beunruhigte sie.

Alexander ergriff schweigend ihre Hand.

»Tania«, sagte er, »vor wem willst du das Ehegelöbnis ablegen? Vor der Sowjetunion oder vor Gott?«

Sie antwortete nicht.

»Woran glaubst du, Tatiana?«, fuhr er fort.

»An dich«, erwiderte sie.

»Nun, ich glaube an Gott *und* an dich. Wir heiraten in einer Kirche.«

Sie fanden eine kleine russisch-orthodoxe Kirche in der Nähe des Stadtzentrums. Der Priester musterte sie, nachdem Alexander ihr Anliegen vorgetragen hatte, und sagte dann: »Noch eine Kriegsheirat. Hmm.« Er blickte Tatiana an. »Bist du überhaupt schon alt genug zum Heiraten?«

»Morgen werde ich achtzehn«, erklärte sie.

»Habt ihr Trauzeugen? Habt ihr Ringe? Wart ihr schon auf dem Standesamt?«

»Nein«, entgegnete Tatiana. Sie zupfte Alexander am Ärmel, aber er achtete nicht auf sie, sondern fragte den Priester, wo sie Ringe kaufen könnten.

»Kaufen?«, fragte der Priester überrascht. Sein Name war Vater Michail. Er war groß und kahlköpfig, mit durchdringenden blauen Augen und einem langen, grauen Bart. »Ringe kaufen? Nirgendwo. Es gibt zwar einen Juwelier in der Stadt, aber er hat kein Gold.«

»Wo ist der Juwelier?«

»Mein Sohn, darf ich dich fragen, warum ihr in der Kirche heiraten wollt? Geht doch einfach zum Standesamt, wie alle anderen auch. Dort geben sie euch in dreißig Sekunden die Heiratsurkunde.«

Alexander holte tief Luft und erwiderte: »Dort, wo ich herkomme, ist eine Hochzeit eine öffentliche und *heilige* Zeremonie. Wir wollen nur einmal heiraten, also möchten wir es gleich richtig machen.«

Vater Michail lächelte. »Na gut, mein Sohn«, sagte er. »Ich freue mich, euch beide verheiraten zu können. Kommt morgen um drei mit Ringen und Trauzeugen wieder. Dann traue ich euch.«

Als sie die Treppe der Kirche wieder hinunterstiegen, sagte Tatiana traurig: »Na, wir bekommen doch sowieso keine Ringe.«

»Doch«, erwiderte Alexander und holte vier Goldzähne aus seinem Rucksack. »Das sollte für zwei Ringe reichen.«

Tatiana starrte verwirrt auf die Zähne.

»Dascha hat sie mir gegeben. Sieh nicht so entsetzt drein.«

»Wir können uns doch nicht aus den Goldzähnen, die

Dascha von den Patienten ihres Zahnarztes gestohlen hat, Ringe machen lassen!«

»Hast du eine bessere Idee?«

»Vielleicht sollten wir noch warten.«

»Warten? Worauf?«

Darauf wusste Tatiana keine Antwort. Schweren Herzens folgte sie Alexander die Straße hinunter.

Der Juwelier wohnte in einem kleinen Stadthaus, in dem sich auch seine Werkstatt befand. Er warf einen Blick auf die Goldzähne, blickte Alexander und Tatiana an und erklärte, er könne goldene Ringe aus den Zähnen machen – aber das würde zwei weitere Goldzähne kosten.

Alexander erwiderte, er besäße nicht mehr, aber er habe eine Flasche Wodka. Der Juwelier weigerte sich jedoch, bis Alexander schließlich laut seufzend zwei weitere Goldzähne aus seinem Rucksack hervorzog.

Dann fragte Alexander ihn, ob sie irgendwo in Molotow Haushaltswaren kaufen könnten.

»Wahrscheinlich müssen wir auch die Decken mit Goldzähnen bezahlen, Shura«, flüsterte Tatiana Alexander zu. Der Juwelier stellte sie jedoch seiner dicken Frau Sofia vor, die ihnen zwei Steppdecken, Kopfkissen und Laken für zweihundert Rubel verkaufte.

»Zweihundert Rubel!«, rief Tatiana aus. »Ich habe zehn Panzer und fünftausend Flammenwerfer zusammengebaut und habe nicht so viel dafür bekommen.«

»Ja, aber ich habe zehn Panzer in die Luft gejagt und fünftausend Flammenwerfer verbraucht und habe zweitausend Rubel dafür bekommen«, erwiderte Alexander. »Mach dir keine Gedanken wegen des Geldes. Gib es einfach für das aus, was wir benötigen.« Sie kauften auch einen Topf, eine Pfanne, einen Kessel, ein paar Teller, Besteck und Tassen, und einen Fußball. Und Alexander schwatzte Sofia noch zwei Blechschüsseln ab.

»Wozu sollen die gut sein?«, fragte Tatiana und blickte

auf die Schüsseln, von denen die eine in die andere passte.

»Das wirst du schon sehen.« Alexander lächelte. »Eine Überraschung zu deinem Geburtstag.«

»Und wie sollen wir das alles nach Hause tragen?«

Alexander gab ihr einen Kuss auf die Nasenspitze und sagte zärtlich: »Mach dir keine Gedanken – ich kümmere mich schon um alles.«

Sofia verkaufte ihnen zwei Kilo Tabak, hatte jedoch keine Lebensmittel. Sie schickte sie zu einem Marktstand, wo man Äpfel, Tomaten, Gurken, Brot und Butter erstehen konnte. Damit setzten sie sich an eine abgelegene Stelle am Fluss und hielten ein Festmahl.

»Was mich erstaunt«, sagte Tatiana, während sie das Brot brach, »ist, dass du mir den Puschkin schon letztes Jahr zum Geburtstag geschenkt hast.«

»Ja?«

»Wie hast du denn die Rubel darin verstecken können?« Sie schenkte Alexander eine Tasse *Kwas* ein.

»Das Geld war schon in dem Buch, als ich es dir geschenkt habe.« Nachdenklich blickte Tatiana Alexander an. »Wirklich?«, fragte sie.

»Ja, natürlich.«

»Aber du hast mich doch kaum gekannt! Warum solltest du mir so viel Geld schenken?« Sie wartete darauf, dass er ihr erzählte, woher das Geld kam, aber er schwieg. So weit kannte sie ihn schon: Er würde erst darüber sprechen, wenn er es wollte. Sie blickte ihn an. Sie begehrte ihn so sehr …

»Was ist los?«

»Nichts, nichts«, erwiderte sie und blickte weg.

Alexander kroch über die Decke zu ihr, nahm das Brot und die Tasse von ihr entgegen und sagte lächelnd: »Das bringe ich dir auch noch bei: Wenn du etwas von mir willst, dich aber nicht traust, darum zu bitten, dann musst du einfach dreimal blinzeln.«

10

Sie hatten die Nacht in seinem Zelt am Fluss verbracht. Vorher waren sie noch schwimmen gegangen, aber dann waren sie eingeschlafen, noch bevor um elf Uhr abends die Sonne unterging, und hatten fünfzehn Stunden durchgeschlafen.

Am späten Vormittag machten sie sich fertig, um erneut nach Molotow zu gehen.

Tatiana zog ihr weißes Kleid mit den roten Rosen an. »Siehst du, dass ich mittlerweile zu dick für das Kleid geworden bin?« Sie lächelte Alexander zu, der auf der Decke lag und sie beobachtete. Dann kniete sie sich vor ihn hin und wandte ihm den Rücken zu. »Kannst du bitte die Bänder festbinden? Aber nicht so fest wie damals im Bus.« Er rührte sich nicht und sie blickte sich um. »Was ist los?«

»Dieses Kleid ...«, murmelte Alexander und fuhr mit dem Finger die Bänder auf Tatianas Rücken nach. Er band sie zu und sagte, sie sähe so schön aus, dass der Priester sie sicher selbst heiraten wollte. Tatiana löste ihre Zöpfe und bürstete sich die Haare nach hinten. Alexander zog seine Paradeuniform an. Er salutierte vor ihr und fragte: »Na, wie findest du mich?«

Schüchtern salutierte sie ebenfalls. »Ich finde, du bist der bestaussehende Mann, dem ich jemals begegnet bin.«

Er küsste sie und erwiderte liebevoll: »Und in zwei Stunden werde ich der bestaussehende *Ehemann* sein, dem du je begegnet bist. Herzlichen Glückwunsch, meine achtzehnjährige Braut.« Er strahlte sie an.

Tatiana umarmte ihn. »Ich kann es gar nicht fassen, dass wir ausgerechnet an meinem Geburtstag heiraten!«

Alexander erwiderte ihre Umarmung. »Auf diese Weise vergisst du mich wenigstens nie.«

»Ach ja, das ist auch so wahrscheinlich«, erwiderte Tatiana. »Wie könnte ich *dich* jemals vergessen, Alexander?«

Der Friedensrichter hinter dem kleinen Schreibtisch auf dem Standesamt fragte sie gleichgültig, ob sie beide festen Willens und bereit seien, miteinander die Ehe einzugehen, und dann stempelte er ohne weiteres ihre Ausweise.

»Und hier hätten wir deiner Meinung nach heiraten sollen?«, flüsterte Alexander, als sie hinausgingen.

Tatiana schwieg. »Alexander«, sagte sie schließlich, »in unseren Pässen steht jetzt: ›verheiratet, 23. Juni 1942‹. In meinem steht dein Name und in deinem meiner.«

»Ja?«

»Was ist denn mit Dimi…«

»Schscht«, sagte er und legte ihr zwei Finger auf die Lippen. »Wollen wir uns von diesem Bastard einschüchtern lassen?«

»Nein«, stimmte sie zu.

»Er ist mir egal. Erwähne nie mehr seinen Namen, verstanden?«

Tatiana nickte. »Aber wir haben keine Trauzeugen«, gab sie zu bedenken.

»Wir besorgen uns schon welche.«

»Wir könnten ja nach Hause gehen und Naira Michailowna und die anderen fragen.«

»Willst du uns den Tag völlig verderben?«

Tatiana antwortete nicht.

Alexander legte den Arm um sie. »Mach dir keine Sorgen. Ich weiß schon, wer unsere Trauzeugen sein können.«

Alexander bot dem Juwelier und seiner Frau eine Flasche Wodka an, wenn sie für eine halbe Stunde mit ihnen in die Kirche kamen. Das Paar stimmte bereitwillig zu und Sofia nahm sogar noch eine Kamera mit.

»Wie rührend«, bemerkte Sofia, während sie die Straße entlang zu St. Seraphim gingen. »Euch ist es wohl sehr ernst mit dem Heiraten, wenn ihr all diese Mühe auf euch nehmt.« Sie musterte Tatiana misstrauisch. »Du bist doch nicht in anderen Umständen, oder?«

»Doch, das ist sie«, erwiderte Alexander ungerührt. »Sieht man das nicht?« Er tätschelte ihr den Bauch. »Sie erwartet unser drittes Kind.« Er grinste. »Aber es wird das erste eheliche.«

Tatiana wurde ganz rot. »Warum tust du das?«, zischte sie ihm zu. »Was denn?«, fragte er lachend. »Dich in Verlegenheit bringen?«

»Ja«, sagte sie, musste aber selbst ein Lächeln unterdrücken.

»Tatia, ich möchte nicht, dass sie alles über uns wissen. Ich möchte Fremden nicht unsere Geschichte erzählen. Das hat nur etwas mit dir und mir zu tun. Und mit Gott«, fügte er flüsternd hinzu.

Tatiana stand neben Alexander. Der Priester war noch nicht erschienen. »Er kommt nicht«, flüsterte sie und blickte sich um. Der Juwelier und Sofia standen hinten an der Tür und hielten ihre Wodkaflasche umklammert.

»Er wird schon kommen, keine Sorge.«

»Müssen wir nicht auch getauft werden?«, wollte Tatiana wissen.

»Ich bin getauft«, erwiderte er. »Katholisch, dank meiner italienischen Mutter. Und habe ich dich nicht gestern in der Kama getauft?«

Sie errötete.

»Sei tapfer«, flüsterte er. »Halte durch. Wir haben unser Ziel fast erreicht.«

Tatiana kam es plötzlich vor, als träumte sie. Einen Albtraum, aus dem sie nicht erwachte. Aber es war nicht ihr Albtraum, sondern Daschas.

Wie konnte sie nur Daschas Alexander heiraten? Noch letzte Woche hätte sie sich das nicht eine Sekunde lang vorstellen können. Sie hatte beinahe das Gefühl, als lebte sie ein Leben, das nicht für sie bestimmt war.

»Shura, denk doch nur, wie schrecklich«, flüsterte Tatiana. »Ich war so lange hinter dem Liebsten meiner Schwester her, bis sie gestorben ist und ich ihn für mich beanspruchen konnte.«

»Tania, was hast du denn für Gedanken? Ich habe immer nur dir gehört«, erwiderte er verwirrt. »Ich habe nie zu Dascha gehört.« Er ergriff ihre Hand.

»Selbst während der Blockade nicht?«, fragte sie.

»Ganz genau. Das Wenige, was ich hatte, sollte nur für dich sein. Du hast immer allen gehört. Aber ich nur dir.«

So viel ging Tatiana jetzt durch den Kopf ... War alles richtig gewesen? Hatte sie das Richtige getan? »Egoistisch!«, murmelte sie. »Egoistisch bis zum Schluss! Dascha ist tot und ich nehme ihren Platz ein. Heimlich trete ich an ihre Stelle, weil ich Vovas Gefühle nicht verletzen will, weil ich Naira oder den anderen ihre Illusionen über mich nicht nehmen will ... Shura«, flüsterte sie.

»Ja, Tatia?«

»Bist du dir ganz sicher? Du musst es nicht wegen mir tun.«

»Ich bin mir ganz sicher.« Er beugte sich zu ihr. »Als Ehemann habe ich schließlich gewisse ... unveräußerliche Rechte, die mir niemand nehmen kann.«

»Ich meine es ernst.«

Er küsste ihr die Hand. »Ich war mir noch nie sicherer.«

Und sie wusste: Wenn Alexander Dascha von Anfang an die Wahrheit gesagt hätte, dann hätte er fortgehen müssen. Sie hätte ihn verloren und Dascha auch.

Sie hätte nicht mehr mit ihrer Schwester zusammenleben können, in dem Wissen, dass Dascha – mit ihren Brüsten, ihren Haaren, ihren Lippen und ihrem großen Herzen – dem Mann, den sie liebte, nicht genug gewesen war. Die Wahrheit hätte Tatianas Familie zerstört.

Tatiana warf Alexander, der geduldig wartend und ohne jeden Zweifel dastand, einen Blick zu. Die Sonne fiel durch die Buntglasfenster der Kirche und es roch ganz schwach nach Weihrauch. Dusia hatte sie in Lazarewo mit in die Kirche genommen und Tatiana war jeden Abend bereitwillig mitgegangen, um dort zu beten, wie Dusia es ihr beigebracht hatte.

Als Kind war sie eines Sommers in Luga einmal sehr verunsichert gewesen und hatte nicht mehr ein noch aus gewusst. Da hatte ihr geliebter Deda zu ihr gesagt: »Stell dir diese drei Fragen, Tatiana Metanowa, und du weißt, wer du bist. Frage: *Woran glaube ich? Was erhoffe ich?* Am wichtigsten ist jedoch die Frage: *Was liebe ich?*«

Sie blickte Alexander an. »Wie hast du es genannt, Shura?«, fragte sie leise. »In unserer ersten Nacht hast du gesagt, du und ich, wir besäßen etwas ...«

»Kraft zum Leben«, erwiderte er.

Ich weiß, wer ich bin, dachte sie, ergriff seine Hand und wandte sich zum Altar. Ich bin Tatiana. Und ich glaube an Alexander, hoffe auf ihn und liebe ihn um des Lebens willen.

»Seid ihr bereit, meine Kinder?« Vater Michail kam durch den Mittelgang auf sie zu. »Wartet ihr schon lange?«

Er stellte sich vor den Altar. Der Juwelier und Sofia traten neben sie. Tatiana fragte sich, ob sie die Flasche Wodka wohl schon ausgetrunken hatten.

Vater Michail lächelte. »Heute ist dein Geburtstag«, sagte er zu Tatiana. »Diese Hochzeit ist ein hübsches Geburtstagsgeschenk für dich, nicht wahr?«

Sie drückte sich an Alexander.

»Manchmal möchte ich verzweifeln, weil Gott in diesen schlimmen Zeiten kaum noch eine Rolle im Leben der Menschen spielt«, begann Vater Michail. »Aber hier in meiner Kirche ist Gott immer noch gegenwärtig und ich kann sehen, dass Er auch bei euch ist. Ich bin sehr froh, dass ihr zu mir gekommen seid, meine Kinder. Ihr werdet vor Gott vereint, um Freude aneinander zu haben, um euch zu trösten und zu helfen in schweren wie in guten Zeiten, und wenn es Gottes

Wille ist, werdet ihr auch Kinder bekommen. Seid ihr bereit, miteinander die Ehe einzugehen?«

»Ja«, antworteten Alexander und Tatiana.

»Das Band der Ehe wurde von Gott geschaffen. Gott selbst segnete die Ehe, indem er sein erstes Wunder auf der Hochzeit von Kanaan in Galilei tat. Eine Ehe ist das Symbol für das Geheimnis der Vereinigung zwischen Christus und Seiner Kirche. Versteht ihr, dass der Mensch nicht trennen kann, was Gott zusammengefügt hat?«

»Ja«, antworteten sie.

»Habt ihr die Ringe?«

»Ja.«

Vater Michail hielt das Kreuz über ihre Köpfe und fuhr fort: »Gnädiger Gott, sieh mit Wohlgefallen auf diesen Mann und diese Frau, die in einer Welt leben, für die du deinen Sohn hergabst. Lass ihr gemeinsames Leben ein Zeichen sein dafür, dass Christus diese sündige Welt geliebt hat. Verteidige diesen Mann und diese Frau vor jedem Feind. Führe sie in den Frieden. Lass ihre Liebe zueinander ein Siegel auf ihrem Herzen sein, ein Mantel um ihre Schultern und eine Krone auf ihrer Stirn. Segne sie in ihrer Arbeit und ihrer Freundschaft, im Schlafen und im Wachen, in ihrer Freude und ihrem Kummer, in ihrem Leben und ihrem Tod.«

Tränen liefen Tatiana über das Gesicht.

Alexander ergriff strahlend vor Glück Tatianas Hände. Draußen vor der Kirche hob er sie hoch und schwenkte sie herum, während sie sich leidenschaftlich küssten. Der Juwelier und Sofia klatschten notgedrungen Beifall. Sie standen bereits auf der Straße. »Du darfst sie nicht so fest umarmen, sonst drückst du noch das Kind hinaus«, sagte Sofia. Sie hob ihre Kamera. »Wartet. Ich mache ein Bild von euch Frischvermählten.«

Zweimal drückte sie auf den Auslöser. »Kommt nächste Woche vorbei«, sagte sie dann. »Vielleicht habe ich ja bis dahin

Papier, damit ich den Film entwickeln kann.« Sie winkte ihnen zum Abschied zu.

»Na, denkst du immer noch, dass wir auf dem Standesamt hätten heiraten sollen?« Alexander grinste. »Dieser unsägliche Friedensrichter!«

Tatiana schüttelte den Kopf. »Du hattest so Recht! Es war in der Kirche einfach wunderbar. Woher wusstest du das?«

»Weil Gott uns zusammengeführt hat«, erwiderte Alexander. »Und das war unsere Art, Ihm zu danken.«

Tatiana kicherte. »Weißt du eigentlich, dass unsere erste Liebesnacht viel länger gedauert hat als die Eheschließung?«

»Viel länger«, erwiderte Alexander und schwenkte sie noch einmal herum. »Aber heiraten ist ja auch einfach. Genau wie miteinander schlafen. Schwer war nur, dich zu all dem zu bringen ...«

»Es tut mir Leid, ich war so nervös.«

»Ich weiß«, erwiderte er. »Und ich habe bis zuletzt gefürchtet, dass du nicht ›ja‹ sagst.«

»Du musst mehr Vertrauen zu mir haben, mein Mann«, sagte Tatiana und küsste ihn auf den Mund.

11

Sie gingen über den Waldweg zurück, mit den Einkäufen auf dem Rücken. Alexander schleppte fast alles, während Tatiana nur die zwei Kopfkissen trug.

»Wir sollten zu Naira Michailowna gehen«, sagte sie. »Sie sind bestimmt alle außer sich vor Sorge.«

»Schon wieder denkst du an andere«, erwiderte er leicht gereizt. »Immer an andere anstatt an mich. Willst du an unserem Hochzeitstag wirklich in dieses Haus gehen? In unserer *Hochzeitsnacht?*«

Alexander hatte Recht. Warum verhielt sie sich nur immer

so? Nun, sie verletzte nicht gern die Gefühle anderer Menschen, und das sagte sie Alexander auch.

»Ich weiß. Aber manchmal geht es nicht anders. Du kannst dich nicht immer um alle kümmern. Ich sage dir was: Fang bei mir an. Gib mir zu essen. Umarme mich. Liebe mich. Und dann gehen wir zu Naira Michailowna.« Schweigsam ging Tatiana neben ihm her. »Morgen gehen wir zu ihr, wenn du willst. In Ordnung?«, sagte Alexander seufzend.

Um sechs Uhr abends kamen sie bei ihrer Hütte auf der Lichtung an. An der Tür hing ein Zettel von Naira, auf dem stand:

Tania, wo bist du? Wir sind außer uns vor Sorge.

N.M.

Alexander riss den Zettel ab.

»Gehen wir nicht hinein?«, fragte Tatiana.

»Doch, aber ...« Er lächelte. »Warte noch eine Minute. Ich muss drinnen noch etwas vorbereiten und dann gehen wir gemeinsam hinein.«

»Was denn?«

»Warte eine Minute, dann wirst du es sehen.«

Alexander nahm die Haushaltsgegenstände und die Decken und Kissen mit ins Haus. Während Tatiana auf ihn wartete, belegte sie ein paar Brote mit Butter, *tuschonka* und Käse.

Dann begann sie, über die Lichtung zu tanzen, nach einer Melodie, die ihr im Kopf herumging. »Eines Tages treffen wir uns in Lvov, mein Liebster und ich ...« Ihr Rock wirbelte um sie herum und voller Entzücken sah sie, wie die Rosen aufflogen, weil sie sich immer schneller und schneller drehte. Als sie aufblickte, stand Alexander in der Tür der Hütte und sah ihr hingerissen zu.

Sie lächelte. »Ich habe dir ein Brot gemacht«, sagte sie. »Hast du Hunger?«

Alexander schüttelte den Kopf, trat auf sie zu und streckte ihr die Hand entgegen. Sie lief zu ihm und schlang ihm die

Arme um den Nacken. »Ich kann es noch gar nicht fassen, dass wir verheiratet sind, Shura!«

Er hob sie hoch und trug sie zur Tür. »Tania, in Amerika haben wir einen Brauch. Der frisch gebackene Ehemann trägt seine Frau über die Schwelle ihres neuen Hauses.«

Sie küsste ihn auf die Wange. Er war schöner als die Morgensonne.

Alexander trug Tatiana ins Haus und warf die Tür hinter sich zu. Drinnen war es dämmerig. Sie würden eine Kerosinlampe brauchen, doch sie hatten vergessen, eine zu kaufen. Morgen wollten sie in Lazarewo eine besorgen.

»Und jetzt?«, fragte sie und rieb ihre Wange an seiner. »Ich sehe, du hast das Bett gemacht. Sehr umsichtig.«

»Ich tue, was ich kann.« Er trug sie zum Bett auf dem Ofen und setzte sie dort ab. Dann stellte er sich vor sie und spreizte ihre Beine. Ihr Kleid schob er bis zur Taille hoch.

Tatiana hätte ihn gern angesehen, aber sie empfand eine solche Lust, dass sie die Augen schloss. »Kommst du nicht herauf?«, fragte sie.

»Noch nicht«, erwiderte er. »Leg dich hin. So.« Alexander zog ihr die Unterhose aus und zog ihre Hüften seinem Gesicht entgegen.

Einen Moment lang hörte Tatiana nur sein rasches Atmen. Sie berührte seine Haare. »Shura?«

Er streichelte sie. »All das unter deinem weißen Kleid mit den roten Rosen ...«, flüsterte er. Er küsste sie sanft. »Tania, du bist so schön ...« Sie spürte seine warmen, feuchten Lippen auf sich. Seine Haare und seine Bartstoppeln rieben gegen die Innenseite ihrer Schenkel. Es war zu viel. Sie kam fast sofort.

Die Wellen überfluteten sie noch immer, als Alexander zu ihr aufs Bett kletterte und beruhigend seine Hand auf ihren zitternden Bauch legte.

»Oh Gott, Alexander«, sagte sie atemlos. »Was machst du mit mir?«

»Du bist unglaublich.«

»*Ich?*«, murmelte Tatiana und zog ihn zu sich. »Bitte … Noch einmal!« Sie blickte ihn an und schloss die Augen wieder, als sie sein Grinsen sah. Unwillkürlich musste sie auch lächeln. »Im Gegensatz zu dir brauche ich keine Ruhephase.«

»Tatia … meine Blonde … habe ich dir eigentlich schon gesagt, wie sehr ich dich liebe?«

Sie stöhnte leise. »Oh, Shura …«

»Ja?«

»Was hast du eigentlich gedacht, als du mich zum ersten Mal in diesem Kleid gesehen hast?«

»Was ich gedacht habe?«

Er berührte sie wieder. Sie stöhnte.

»Ich dachte … kannst du mich eigentlich hören?«

»Oh, ja …«

»Ich dachte, wenn es einen Gott gibt … dann soll er zulassen, dass ich eines Tages mit diesem Mädchen schlafe, während es dieses Kleid trägt.«

»Oh …«

»Tatiascha … ist es nicht schön zu wissen, dass es einen Gott gibt?«

»Oh ja, Shura, oh ja …«

Alexander berührte den Ring an ihrer Hand und sagte: »Wenn in Amerika zwei Menschen heiraten, legen sie das Ehegelübde ab. Weißt du, was das ist?«

Tatiana hörte kaum zu. Sie hatte auch gerade an Amerika gedacht. Sie wollte Alexander fragen, ob es dort auch Dörfer gab, Dörfer mit Hütten am Flussufer. In Amerika gab es keinen Krieg, keinen Hunger und keinen Dimitri.

»Hörst du mir überhaupt zu? Der Priester sagt: ›Willst du, Alexander, diese Frau zu deinem rechtmäßig angetrauten Weib nehmen?‹ Und dann spricht man das Ehegelübde. Möchtest du es hören?«

»Ja.«

»Du musst es mir nachsprechen.«

»Ich, Tatiana Metanowa, nehme diesen Mann zu meinem Ehemann …«

»Ich, Tatiana Metanowa, nehme diesen *wunderbaren* Mann zu meinem Ehemann …« Sie küsste seinen Daumen, seinen Zeige- und seinen Mittelfinger. Er hatte so schöne Finger.

»Um mit ihm im heiligen Stand der Ehe zu leben …«

»Um mit ihm im heiligen Stand der Ehe zu leben …« Sie küsste seinen Ringfinger.

»Ich werde ihn lieben, ihn trösten, ihn ehren und halten …«

»Ich werde ihn lieben, ihn trösten, ihn ehren und halten …« Jetzt küsste sie den Ring und seinen kleinen Finger.

»Und ihm treu sein, bis dass der Tod uns scheidet …«

Sie küsste seine Handfläche und wischte sich mit seiner Hand die Tränen vom Gesicht. »Und ihm treu sein, bis dass der Tod uns scheidet.«

»Ich, Alexander Barrington, nehme diese Frau zu meiner Ehefrau.«

»Ach, Shura.« Sie setzte sich auf ihn und rieb ihre Brüste an seiner Brust.

»Um mit ihr im heiligen Stand der Ehe zu leben …«

Sie gab ihm einen Kuss mitten auf die Brust.

»Ich will sie lieben« – seine Stimme schwankte – »sie lieben, trösten, ehren und halten …«

Sie drückte die Wange auf seine Brust und lauschte auf das gleichmäßige Pochen seines Herzens.

»Und ihr treu sein, bis dass …«

»Nicht, Shura.«

Seine Brust war nass von ihren Tränen. »Bitte.«

Er umfasste ihren Kopf mit den Händen. »Es gibt Schlimmeres als den Tod.«

Sie dachte an die zusammengesunkene Leiche ihrer Mutter. Sie dachte an Marinas letzte Worte, als sie gesagt hatte:

Ich will nicht sterben ... ohne nur einmal empfunden zu haben, was du empfindest. Sie dachte an Daschas Lachen, wenn sie ihr die Zöpfe geflochten hatte. »Ach ja? Und was zum Beispiel?«

Er antwortete nicht.

Aber sie verstand ihn trotzdem. »Ich möchte lieber ein schlechtes Leben in der Sowjetunion führen als einen schönen Tod haben. Du nicht auch?«

»Wenn es ein Leben mit dir wäre, dann ja.«

Nickend sagte Tatiana: »Außerdem habe ich noch keinen schönen Tod erlebt.«

»Doch, das hast du. Was hat Dascha gesagt, bevor sie starb?«

Sie drückte sich an ihn. Am liebsten wäre sie in ihn hineingeschlüpft. »Sie hat gesagt, ich sei eine gute Schwester.«

Alexander streichelte ihr sanft über den Kopf. »Du warst eine sehr gute Schwester. Sie hat das Richtige gesagt. Sie ist einen schönen Tod gestorben.«

Tatiana küsste die Haut über seinem Herzen. »Was wirst du zu mir sagen, Alexander Barrington, wenn du mich allein in dieser Welt zurücklässt?«, flüsterte sie. »Was wirst du zu mir sagen?«

Alexander drückte sie zurück aufs Bett, damit er sich über sie beugen konnte. »Tania«, flüsterte er, »hier in Lazarewo gibt es keinen Tod. Keinen Tod, keinen Krieg, keinen Kommunismus. Hier gibt es nur dich und mich und das Leben.«

Er lächelte. »Das Eheleben. Lassen wir uns also leben.« Er sprang aus dem Bett. »Komm mit mir nach draußen. Und zieh dein Kleid an.« Er selbst zog seine Armeeshorts über. »Nur dein Kleid.«

Lächelnd sprang sie vom Ofen. »Wohin gehen wir?«

»Wir gehen tanzen.«

»Tanzen?«

»Ja. Am Hochzeitstag muss man tanzen.«

Er zog Tatiana mit sich auf die Lichtung. Der Fluss rauschte und die Lärchen dufteten. »Sieh dir den Mond an, Tatia«, sagte Alexander und wies auf das helle Leuchten zwischen den Bergen des Ural.

»Ja, ich sehe ihn«, erwiderte sie, hatte aber nur Augen für Alexander. »Wir haben keine Musik.«

Er zog sie an sich und flüsterte: »Unter dem Hochzeitsmond tanze ich mit meiner Frau in ihrem Hochzeitskleid ...« Und dann tanzten sie auf der Lichtung und er sang dazu.

Er sang ein amerikanisches Liebeslied und Tatiana verstand das meiste. »Du hast so eine schöne Stimme, Shura, Liebster. Du musst mir den Text beibringen, damit ich es mit dir singen kann.«

Er drückte sie an seine nackte Brust und flüsterte: »Komm, Tatiascha.«

In dieser Nacht schliefen sie nicht.

Alexander.

Alexander.

Alexander.

Ihre Jahre in der Datscha, ihr Boot, ihr Ilmensee, an dem sie einst die Königin war – alles verschwand für immer in der Vergessenheit der Kindheit und es gab nur noch Alexander.

12

In der Morgendämmerung saß Tatiana auf einer Decke am Fluss, Alexanders Kopf lag in ihrem Schoß. »Liebling«, flüsterte sie, »willst du schwimmen gehen?«

»Ich würde ja gern«, erwiderte Alexander, »wenn ich mich nur bewegen könnte.«

Sie schliefen ein paar Stunden, dann schwammen sie, zogen sich an und gingen schließlich zu Nairas Haus. Die Frauen saßen auf der Veranda, tranken Tee und unterhielten sich.

»Sie reden bestimmt über uns«, sagte Tatiana im Näherkommen und trat einen Schritt zur Seite.

»Warte nur, bis wir ihnen wirklich etwas zu reden geben«, bemerkte Alexander und gab ihr einen Klaps auf den Po.

Die Frauen waren böse auf Tatiana. Dusia weinte und betete, Raisa zuckte noch mehr als sonst. Naira starrte Alexander vorwurfsvoll an und Axinja rutschte aufgeregt hin und her, als könne sie es kaum erwarten, am Nachmittag ihren Freundinnen von der ganzen Sache zu erzählen.

»Wo seid ihr gewesen? Wir wussten nicht, ob euch etwas passiert ist. Wir fürchteten, man hätte euch umgebracht!«, sagte Naira.

»Tania, sag es ihnen. Sag ihnen, welcher Schrecken dir widerfahren ist«, murmelte Alexander und unterdrückte ein Lächeln.

Die Frauen – einschließlich Tatiana – blickten ihn finster an. Er nickte ihnen zu und ging hinter das Haus, um sich zu rasieren. Tatiana fand, dass er mit seinen Stoppeln aussah wie ein Pirat. Was sollte sie tun? Konnte sie diesen Frauen, die es doch nur gut mit ihr meinten, erzählen, was geschehen war? Noch vor ein paar Tagen waren sie ganz aufgeregt gewesen, weil Alexander die weite Reise zurückgelegt hatte, um seine Verlobte zu heiraten, und jetzt das …

»Tatiana, würdest du uns bitte sagen, wo ihr wart?«

»Nicht weit weg, Naira Michailowna. Wir waren in Molotow. Wir haben einige Dinge eingekauft, ein paar Lebensmittel, etwas, das … Wir …«

Was sollte sie bloß sagen?

»Wo habt ihr geschlafen? Ihr wart drei Tage weg! Wir wussten nicht, was dir passiert ist!«

Alexander kam die Treppe zur Veranda herauf und sagte ohne jede Einleitung: »Hast du ihnen gesagt, dass wir geheiratet haben?«

Ein kollektives »Aaahhh!« entwich den Lungen der vier alten Frauen.

Tatiana rieb sich kopfschüttelnd die Augen. Seufzend setzte sie sich auf einen Stuhl. Sollte er die Geschichte doch erzählen.

»Ich bin kurz vorm Verhungern«, sagte er jedoch und ging ins Wohnzimmer. »Tatia, haben wir irgendetwas zu essen?« Kauend kam er wieder heraus, mit einer Scheibe Brot in der Hand. Er setzte sich neben Dusia auf das Sofa, legte den Arm um sie und sagte: »Meine Damen, hier auf dem Dorf hat man doch ein Herz für Frischverheiratete, oder nicht? Vielleicht sollten wir ein kleines Fest feiern?« Er grinste.

Naira erwiderte spröde: »Alexander, ich weiß nicht, ob du es gemerkt hast, aber wir sind sehr aufgebracht. Traurig und aufgebracht.«

»Verheiratet!«, rief Axinja aus.

»Was soll das heißen, verheiratet?«, fragte Dusia weinend und bekreuzigte sich. »Doch nicht meine Taneschka. Meine Taneschka ist rein …«

Alexander hustete laut und stand auf. »Tania? Bitte, lass uns gehen.«

»Shura, warte.«

Er setzte sich wieder.

Dusia sagte: »Tatiana Metanowa, sag mir, dass es nicht wahr ist. Sag mir, dass es nur ein Scherz ist.«

Naira warf ein: »Ich glaube nicht, dass er Scherze macht, Dusia.«

Tatiana blickte Alexander kopfschüttelnd an und erwiderte: »Bitte, Dusia, sei nicht böse …«

»Böse? Warum soll sie böse sein?«, warf Alexander ein. »Wir sind verheiratet, Dusia. Das ist doch etwas Gutes.«

»Gut?«, schrie sie. »Tania, und was ist mit Gott?«

»Was ist mit deiner Schwester?«, fügte Naira streng hinzu.

»Was ist mit Schicklichkeit und Anstand?«, fragte Axinja mit einer begeisterten Stimme, als ob diese beiden Tugenden das Letzte seien, was sie in Lazarewo haben wollte.

Raisa zuckte heftig. »Tania, die Erinnerung an deine Schwester ist kaum verblasst …«

Naira sagte in scharfem Ton: »Alexander, wir dachten, du seiest gekommen, um Dascha zu heiraten. Gott schenke ihrer Seele Frieden.«

Ein Blick auf Alexander verriet Tatiana, dass er nahe daran war, die Geduld zu verlieren. Hastig sagte sie: »Wartet, lasst mich erklären …«

Aber es war zu spät. Alexander stand auf und sagte: »Nein. *Ich* werde es euch erklären. Ich bin wegen Tatiana nach Lazarewo gekommen. Ich bin gekommen, um *sie* zu heiraten. Wir sind hier fertig, Tania, lass uns gehen. Ich hole deine Truhe. Wegen der Nähmaschine kommen wir noch einmal zurück.«

»Ihre Truhe?«, schrie Naira. »Nein, sie geht hier nicht weg!«

»Doch«, erwiderte Alexander. »Sie geht weg.«

»Aber das ist doch gar nicht nötig!«

»Meine Damen«, sagte Alexander und legte Tatiana den Arm um die Schultern, »wir sind *frisch verheiratet.*« Er zog die Augenbrauen hoch. »Wollt ihr uns wirklich bei euch im Haus haben?«

Naira keuchte. Dusia bekreuzigte sich. Raisa zuckte heftig und Axinja klatschte begeistert in die Hände.

Tatiana drückte Alexanders Arm. »Schscht«, flüsterte sie. »Bitte. Geh nach draußen. Lass mich eine Sekunde mit ihnen allein, ja?«

»Ich möchte jetzt gehen.«

»Ich komme gleich. Bitte warte draußen auf mich.«

Naira sagte: »Ich weiß gar nicht, warum ihr gehen müsst. Ihr könnt mein Schlafzimmer haben. Ich schlafe auf dem Ofen.«

Bevor Tatiana ihn zurückhalten konnte, hatte Alexander sich vorgebeugt und sagte: »Naira Michailowna, glaub mir, das würdest du schneller bereuen als – autsch!«

»Alexander, geh raus. Bitte«, sagte Tatiana und rieb über die Stelle an seinem Arm, wo sie ihn gekniffen hatte.

Dann setzte sie sich wieder. »Seht mal, in der Hütte ist mehr Platz für uns.« Sie wollte sagen, dass es auch »intimer« war, aber das hätten sie nicht verstanden. »Wenn ihr etwas braucht, lasst es uns wissen. Alexander kommt vorbei und repariert euch den Zaun. Und wenn wir mal zum Abendessen kommen sollen, dann sagt Bescheid.«

»Taneschka, wir machen uns solche Sorgen um dich«, jammerte Naira. »Gerade du, mit einem *Soldaten!*«

Dusia murmelte die ganze Zeit über immer wieder: »Jesus Christus, Jesus Christus ...«

Naira fuhr fort: »Ich kenne ihn doch gar nicht. Wir hatten gedacht, dass du dir jemanden aussuchst, der besser zu dir passt.«

Lächelnd warf Axinja ein: »Ich beginne zu vermuten, dass sie genau den auch bekommen hat.«

»Macht euch keine Sorgen um mich«, erwiderte Tatiana. »Mir geht es bei ihm sehr gut.«

»Natürlich sollt ihr zum Abendessen kommen«, sagte Naira. »Wir lieben dich doch.«

Dusia murmelte: »Gott erspare dir die Schrecken des Ehebetts.«

Tatiana unterdrückte ein Lächeln und sagte: »Danke.«

Alexander trug ihre schwere Truhe, deshalb war er ziemlich hilflos, was Tatiana nur recht war. So konnte sie ihn ungehindert anschreien. »Warum lässt du mich die Angelegenheit eigentlich nicht auf meine Weise regeln? Warum nicht?«

»Weil du dann stundenlang Kühe melken, Wäsche waschen und ihnen neue Kleider nähen würdest!«

»Ich verstehe dich nicht«, sagte sie. »Ich dachte, du würdest dich ein bisschen beruhigen, nachdem wir jetzt verheiratet sind, du wärst ein bisschen weniger besitzergreifend, weniger … du weißt schon. Mit deiner Art ragst du wie ein schwarzer Pflock aus weißen Nägeln heraus.«

Alexander lachte. »Du verstehst gar nichts«, erwiderte er, unter seiner Last keuchend. »Wie kommst du darauf, dass ich mich ändern sollte?«

»Weil wir jetzt verheiratet sind.«

»Ich muss deine Illusionen leider zerstören. Alles, was du bisher an mir kennen gelernt hast, wird sich noch hundertfach verstärken, jetzt, wo du meine Frau bist. Alles. Hundertfach. Ich werde noch viel besitzergreifender sein. Und eifersüchtiger. So ist das eben bei Männern. Ich wollte es dir vorher nicht sagen, weil ich fürchtete, es würde dich abschrecken.«

»Ach du Schreck!«

»Siehst du? Ha, aber du kannst die Ehe leider nicht mehr annullieren lassen!« Alexander grinste sie an. »Dazu haben wir sie zu gründlich vollzogen.«

Sie konnten noch nicht einmal abwarten, bis sie zu Hause waren. Er stellte die Truhe im Wald ab und setzte sich darauf. Tatiana setzte sich auf seinen Schoß. »Sei hier draußen nicht so laut«, empfahl er ihr, bevor er sie küsste.

Hinterher sagte er: »Das ist genauso, als ob man dich auffordern würde, einen Tag lang deine Sommersprossen zu verstecken.«

Später am Nachmittag kamen die vier alten Frauen zur Hütte. Alexander und Tatiana spielten gerade Fußball. Tatiana hatte ihm den Ball abgenommen und versuchte kreischend, ihn vor ihm in Sicherheit zu bringen, während er versuchte, ihn wegzutreten.

Alexander trug nur seine Unterhose und Tatiana hatte Unterwäsche und sein geripptes Baumwollhemd an.

Verlegen versuchte sie, mit ihrem Körper Alexanders Blöße vor vier Paar weit aufgerissener Augen zu bedecken. Er hatte die Arme um ihre Schultern geschlungen und sagte zu ihr: »Sag ihnen … nein, vergiss es, ich sage es ihnen selbst.« Und ehe sie ihn daran hindern konnte, baute er sich vor ihnen auf und erklärte: »Meine Damen, in Zukunft wartet ihr vielleicht besser darauf, dass wir euch besuchen kommen.«

»Shura«, murmelte Tatiana, »geh dich anziehen.«

»Ihr habt wahrscheinlich noch nie ein Fußballspiel gesehen«, sagte Alexander zu den verblüfften Frauen, bevor er in die Hütte verschwand. Als er schicklich bekleidet wieder herauskam, sagte er zu Tatiana, er ginge in den Ort, um ein paar Dinge zu kaufen, die sie brauchten, wie Eis und eine Axt.

»Was für eine seltsame Kombination«, bemerkte sie. »Woher willst du denn Eis bekommen?«

»Aus der Fischfabrik. Sie haben doch bestimmt welches, um ihren Fisch einzufrieren, oder nicht?«

»Und die Axt?«

»Von diesem netten Mann namens Igor!«, rief Alexander über die Schulter zurück und schickte ihr einen Luftkuss.

Sie blickte ihm nach. »Komm bald wieder!«, rief sie.

Naira Michailowna entschuldigte sich hastig. Dusia murmelte ein Gebet. Axinja strahlte Tatiana an, die sie alle zu einer Tasse *Kwas* einlud. »Kommt herein. Seht doch, wie schön Alexander das Haus hergerichtet hat! Er hat sogar die Tür repariert.«

Die vier Frauen blickten sich nach einer Sitzgelegenheit um.

»Taneschka«, sagte Naira nervös, »hier gibt es keine Möbel.«

Axinja atmete keuchend.

Dusia bekreuzigte sich.

»Ich weiß, Naira Michailowna. Wir brauchen nicht viel.« Sie blickte zu Boden. »Ein paar Dinge haben wir ja, zum Beispiel meine Truhe. Und Alexander hat gesagt, er will uns eine Bank bauen. Dann hole ich noch meinen Tisch mit der Nähmaschine … das geht schon.«

»Aber wie …«

»Oh, Naira«, unterbrach Axinja sie, »lass doch das Mädchen in Ruhe.«

Dusia starrte finster auf die zerwühlte Bettwäsche auf dem Ofen. Tatiana lächelte verlegen. Alexander hatte Recht. Es war besser, *sie* zu besuchen. Also fragte sie, wann sie einmal zum Abendessen kommen sollten.

»Kommt heute Abend«, erwiderte Naira. »Dann feiern wir ein bisschen. Und überhaupt solltet ihr jeden Abend kommen. Sieh mal, ihr könnt doch hier überhaupt nicht essen. Ihr könnt euch nirgendwo hinsetzen, geschweige denn kochen. Ihr werdet verhungern. Kommt jeden Abend. Das ist doch nicht zu viel verlangt, oder?«

»Doch, es ist zu viel verlangt«, erklärte Alexander, als er zwar ohne Eis – »Morgen gibt es welches«, sagte er –, aber mit Axt, Hammer, Nägeln, einer Säge, einer Holzplatte und einem Primuskocher wiederkam. »Ich habe dich nicht geheiratet, damit wir dort jeden Abend hingehen.«

Er lachte. »Und du hast sie tatsächlich hereingebeten? Das war sehr tapfer von dir, mein Weib! Hast du wenigstens vorher das Bett gemacht?«

Tatiana saß auf dem Ofen und schüttelte den Kopf. »Du bist einfach unmöglich.«

»*Ich* bin unmöglich? Ich gehe nicht zu ihnen zum Essen, vergiss es.« Er warf alle Sachen in eine Ecke. »Lad sie einfach für später zu uns ein. Na los! Und während ich dich liebe, können sie um den Ofen herumhocken und sich gegenseitig das Herz ausschütten. Naira wird sagen: ›Ts, ts, ts, ich habe ihr doch gesagt, sie soll meinen Vova nehmen. Ich weiß, dass er besser für sie wäre.‹ Raisa würde gern sagen: ›Ach du meine Güte‹, aber dafür zuckt sie zu heftig. Dusia wird sagen: ›Oh lieber Jesus, ich habe doch darum gebetet, dass ihr die Schrecken der Ehe erspart bleiben.‹ Und Axinja wird sagen ...«

»›Wartet, bis ich dem ganzen Dorf von den Schrecken erzählt habe‹«, ergänzte Tatiana.

Alexander lachte. Und dann ging er schwimmen.

Tatiana räumte die Hütte auf und machte das Bett. Sie zog sich an, um zu Naira zu gehen, setzte sich dann aber erst noch auf den Ofen, um zu warten, bis das Wasser auf dem kleinen Primuskocher kochte, damit sie Alexander einen Tee aufbrühen konnte. Alexander kam herein, zog seine nassen Shorts aus und trat zu ihr. Sie schmolz bei seinem Anblick dahin. Er stieß sie mit dem Bein an.

»Was ist los?«

»Nichts«, erwiderte sie, aber als er sie noch einmal anstieß, überwand sie ihre Schüchternheit, kniete sich vor ihn und nahm sein Glied in die Hand. »Sind alle Männer so schön?«, flüsterte sie zärtlich. »Oder nur du?«

»Nur ich«, erwiderte er grinsend. »Die anderen Männer sind alle abstoßend.« Er zog sie hoch. »Der Boden ist zu hart für dich«, flüsterte er.

»Hat man in Amerika Teppiche?«

»Von Wand zu Wand.«

»Hol mir ein Kissen, Shura«, flüsterte Tatiana.

Später gingen sie zu Naira zum Abendessen. Tatiana kochte, während Alexander den kaputten Zaun reparierte. Auch Vova und Zoe kamen vorbei, sichtlich verwirrt von den verschlungenen Pfaden des Schicksals, das es ihrer kleinen, unschuldigen Tania ermöglicht hatte, einen Soldaten der Roten Armee zu heiraten.

Tatiana merkte, dass die anderen jede Bewegung von Alexander und ihr beobachteten, und das machte sie so scheu, dass sie sich nicht traute, Alexander anzusehen.

Nach dem Essen forderte Alexander niemanden auf, ihr zu helfen. Stattdessen half er ihr selbst, und als sie draußen den Abwasch machten, sagte er zu ihr: »Tatia, wende nie wieder dein Gesicht von mir ab. Du gehörst jetzt zu mir, und wenn ich dich ansehe, will ich das in deinen Augen lesen können.«

Tatiana blickte ihn hingebungsvoll an.

»Hier bin ich«, flüsterte er und küsste sie. Ihre Hände verschränkten sich in dem warmen Seifenwasser.

13

Am nächsten Nachmittag mühte sich Alexander mit den zwei Metallschüsseln ab, die er Sofia abgekauft hatte, während Tatiana die ganze Zeit um ihn herumhüpfte und ihn ständig fragte, was er da eigentlich tue. Schließlich verlor Alexander die Geduld und schlug ihr vor, sie solle etwas kochen, lesen oder ihr Englisch üben und ihn in Ruhe lassen. Sie tat, was er sagte, schlich sich aber kurze Zeit später schon wieder an ihn heran und blickte ihm über die Schulter.

Alexander gab Milch, Sahne, Zucker und Eier in die kleinere Metallschüssel und rührte alles gut durch. Tatiana rieb ihre Brüste an seinem bloßen Rücken.

»Hmm«, sagte er. »Was ich jetzt noch bräuchte, wäre eine Tasse voller Blaubeeren.«

Tatiana pflückte sie ihm, froh darüber, dass sie ihm helfen konnte. Dann sah sie zu, wie er die große Schüssel mit zerstoßenem Eis und Steinsalz füllte, die kleinere hineinstellte und die Masse umrührte.

»Was machst du da? Wann sagst du es mir denn endlich?«

»Bald wirst du es erfahren.«

»Wann?«

»Du bist unmöglich. In einer halben Stunde weißt du es. Kannst du nicht wenigstens so lange noch warten?«

»Eine halbe Stunde? Das ist viel zu lang.« Wieder hüpfte sie auf und ab.

»Du bist schrecklich!« Er lachte. »Ich muss das hier noch eine Weile rühren. Komm in einer halben Stunde wieder.«

Tatiana wanderte um die Bäume, die rings um die Lichtung standen, und beobachtete Alexander. Sie war unsäglich glücklich.

»Shura, sieh mal!« Sie schlug ein Rad und machte dann einen Handstand auf einer Hand.

»Ja, meine Süße«, erwiderte er, »ich sehe es.«

Nach einer halben Stunde rief er sie. Tatiana betrachtete die cremige, blaue Masse in der Schüssel. »Was ist das?«

Er reichte ihr einen Löffel. »Probier mal.«

Sie leckte den Löffel ab. »Eiscreme?«, fragte sie ungläubig.

Er nickte grinsend. »Ja, Eiscreme.«

»Du hast wirklich Eiscreme gemacht?«

»Ja. Herzlichen Glückwunsch zum Geburtstag. Warum weinst du denn? Iss sie auf, sie schmilzt sonst.«

Tatiana setzte sich auf den Boden und begann, unter Tränen ihr Eis zu essen. Alexander sah ihr gerührt zu, dann ging er sich waschen.

Als er wiederkam, sagte Tatiana: »Ich habe dir etwas übrig gelassen. Hier, iss auch etwas.«

»Nein, das ist alles für dich.«

»Es ist zu viel für mich. Schließlich habe ich schon die Hälfte aufgegessen. Du musst den Rest essen. Was sollen wir denn sonst damit machen?«

Alexander kniete sich neben sie. »Ich hatte mir gedacht, ich ziehe dich aus, verstreiche das Eis über deinen Körper und lecke es dann ab.«

Tatiana ließ den Löffel fallen und sagte heiser: »Das klingt nach Verschwendung …«

Als er jedoch damit fertig war, hatte sie den Gedanken längst vergessen.

Danach gingen sie schwimmen, und als Alexander anschließend rauchend unter einem Baum saß, sagte er spontan: »Tatia, zeig mir, wie du nackt Rad schlägst.«

»Was, hier? Nein, das ist kein guter Platz.«

»Wo denn sonst? Na los, direkt in den Fluss.«

Lächelnd stand Tatiana auf, hob ihre Arme und fragte: »Bist du bereit?« Und dann sprang sie Rad schlagend in die Kama.

»Wie war es?«, rief sie ihm vom Wasser aus zu.

»Spektakulär!«, rief er zurück.

14

Selbst ohne Uhr wachte Alexander jeden Morgen in der Dämmerung auf und ging sich waschen und eine Zigarette rauchen, während Tatiana schläfrig auf ihn wartete. Wenn er dann wieder ins Bett kam, presste er seinen eiskalten Körper an sie. Sie kreischte auf und versuchte halbherzig, ihn wegzustoßen. »Bitte nicht! Das ist gemein! Hoffentlich bestrafen sie dich dafür in der Armee! Mit Marasow hast du das bestimmt kein zweites Mal versucht.«

»Da hast du Recht«, erwiderte er. »Aber an Marasow habe ich ja auch keine unveräußerlichen Rechte. Du bist meine Frau! Und jetzt dreh dich zu mir.«

»Lass mich los, dann drehe ich mich um.«

»Tania ...«, flüsterte Alexander. »Du brauchst dich gar nicht umzudrehen. Und ich lasse dich erst los, wenn ich genug von dir habe. Zuerst musst du mich von innen nach außen und von außen nach innen wärmen.«

Nachdem sie sich geliebt hatten, machte Tatiana Alexander Frühstück. Sie buk zwölf Kartoffelpfannkuchen und dann saß sie neben ihm auf der Decke, während die Sonne höher stieg und es immer wärmer wurde, und sah ihm beim Essen zu.

»Du bist immer so hungrig«, stellte sie fest. »Wie hast du bloß den Winter überlebt?«

»Ich?«, fragte Alexander überrascht.

Sie gab ihm stets auch noch den Rest ihrer Pfannkuchen. Zuerst weigerte er sich, aber sein Widerstand erlosch schnell, als sie begann, ihn zu füttern. Sie musste ihn immerzu ansehen, und das Herz ging ihr über.

»Was ist los, Tatia?«, fragte Alexander und nahm den letzten Bissen von ihr entgegen. »Habe ich etwas getan, das dir gefällt?«

Errötend seufzte sie auf und küsste ihn auf die unrasierte Wange. »Komm, mein Ehemann«, murmelte sie, »lass dich rasieren.«

Während sie ihn rasierte, sagte sie: »Habe ich dir schon erzählt, dass Axinja mir angeboten hat, morgen früh die *banya* für uns anzuheizen, damit wir ein warmes Bad nehmen können? Sie will an der Tür Wache stehen, damit niemand hereinkommt.«

»Hmm, das hast du schon gesagt«, erwiderte Alexander. »Ich mag Axinja ja sehr gern, aber du weißt doch, dass sie nur an der Tür steht, um uns zu belauschen, oder?«

»Dann musst du eben leiser sein«, sagte Tatiana und wischte ihm den Rasierschaum von der Wange.

»*Ich* muss leiser sein?« Er lächelte, als sie errötete.

»Was machen wir heute?«, fragte Tatiana, als sie fertig war und ihm das Gesicht abtupfte. »Wir sollten Blaubeeren pflücken, damit ich Blaubeerkuchen backen kann.«

»Ja. Aber zuerst schleppe ich den Baumstamm ans Wasser, damit wir uns beim Zähneputzen darauf setzen können, und dann baue ich uns einen Tisch«, erwiderte Alexander. »Und du musst zu deinem blöden Nähkränzchen gehen. Das ist schrecklich.«

»Ich bin ja in ein paar Stunden schon wieder da.«

»Dann bin ich wieder froh.«

»Ich finde, du bist auch dazu verpflichtet, froh zu sein.«

»Ich bin hier in Lazarewo nur zu einem verpflichtet«, sagte Alexander und nahm sie in den Arm. »Nämlich, meine Frau zu lieben.«

»Wie ist mein Englisch?«, fragte Tatiana Alexander auf Englisch.

»Sehr gut«, erwiderte Alexander ebenfalls auf Englisch. Es war später Vormittag und sie gingen mit zwei Eimern voller Blaubeeren am Fluss entlang. Alexander riss ein paar Pilze aus. »Tania, können wir die essen?«

Sie nahm sie ihm aus der Hand und warf sie fort. »Ja, aber nur einmal«, erwiderte sie.

Als Alexander lachte, sagte sie: »Ich werde dir beibringen, wie man Pilze sammelt, Shura. Du kannst sie nicht einfach ausreißen.«

»Und ich muss dir noch mehr Englisch beibringen, Tania.«

Auf Englisch fuhr Tatiana fort: *»Das ist mein Ehemann, Alexander Barrington.«*

Ebenfalls auf Englisch erwiderte Alexander lächelnd: *»Und das ist meine junge Frau, Tatiana Metanowa.«*

Er küsste sie auf den Scheitel und sagte auf Russisch: »Tatiana, und jetzt nenn mir die anderen Wörter, die ich dir beigebracht habe.«

Sie wurde tiefrot. *»Nein«*, erwiderte sie auf Englisch, *»ich werde sie nicht aussprechen.«*

»Bitte.«

»Nein. Such Blaubeeren.«

»Später vielleicht? Sagst du sie später?«, fragte er drängend.

»Weder jetzt noch später«, erklärte sie und schlug die Augen nieder.

Alexander zog sie an sich. *»Aber ich bestehe darauf, dass du deine Englisch sprechende Zunge im Bett bei mir anwendest.«*

Tatiana erwiderte streng: *»Es ist gut, dass ich nicht verstehe, was du sagst.«*

»Ich werde dir zeigen, was ich meine«, sagte Alexander und stellte seinen Eimer ab.

»Später, später«, beschwichtigte sie ihn. *»Und jetzt nimm deinen Eimer und sammle Blaubeeren.«*

»*Na gut*«, erwiderte er, ohne sie loszulassen. »Komm schon, Tania«, fuhr er auf Russisch fort. »Sag die anderen Wörter. Deine Schüchternheit erregt mich. Sag sie.«

Atemlos entgegnete Tatiana: »*Na gut. Nimm deinen Eimer und lass uns nach Hause gehen. Ich will Liebe mit dir üben.*«

Alexander lachte.

»*Liebe mit dir machen, Tania. Liebe machen.*«

15

Am nächsten Morgen standen sie früh auf, gingen schwimmen und fingen eine Forelle. Anschließend hockte sie sich vor den Ofen, um Alexander zu zeigen, wie er den Pfannkuchenteig machen musste. Er passte jedoch nicht auf. »Shura! Ich möchte dir nicht jeden Tag aufs Neue zeigen müssen, wie man Pfannkuchen macht! Willst du es denn nicht lernen?«

»Ich bin ein Mann. Ich bin physisch nicht in der Lage, für mich selbst kochen zu lernen«, erwiderte er grinsend.

»Aber du hast doch Eiscreme gemacht!«

»Die war ja auch für dich. Ich sagte, *für mich selbst* zu kochen.«

»Shura!«

»Was ist?«

»Du musst auf den Teig achten und nicht mich ansehen.«

»Ich kann aber meine Augen nicht von dir abwenden«, sagte er leise, »weil ich es so erregend finde, wenn du für mich kochst. Und ich muss dich immerzu ansehen, weil ich gar keinen Hunger mehr auf Pfannkuchen habe.«

»Dann sieh mich einfach nicht mehr an«, erwiderte Tatiana. »Was willst du denn machen, wenn du allein im Wald bist und Hunger bekommst?«

»Dafür muss ich doch nicht lernen, Pfannkuchen zu backen! Im Wald kann ich Rinde, Beeren und Pilze essen.«

»Bitte keine Pilze«, sagte Tatiana. »Passt du jetzt bitte auf?«
Er blickte in die Schüssel. »Milch, Mehl, Zucker? Ist das alles? Darf ich dich jetzt wieder ansehen?«

Mittags nahm Alexander die Forelle aus. Tatiana stand mit einer Schüssel voller Wasser neben ihm, um den geputzten Fisch entgegenzunehmen. Sie wollte Fischsuppe mit Kartoffeln kochen. Bewundernd sah sie Alexander zu, wie geschickt er mit seinem Armeemesser umging. »Solange du deinen Fang nicht selbst zubereiten musst, kannst du gar nicht verhungern, Shura«, stellte sie fest.

»Wenn ich den Fisch selbst zubereiten müsste, würde ich ihn über einem Feuer braten.«

»Alexander, du fischst, du errichtest Feuerstellen, du kämpfst, du hackst Holz. Gibt es eigentlich irgendetwas, was du nicht kannst?« Noch während Tatiana die Worte aussprach, errötete sie.

»Das musst *du* mich gerade fragen.« Alexander gab ihr einen leidenschaftlichen Kuss. »Du bist einfach hinreißend«, flüsterte er.

Sie räusperte sich und murmelte: »Ich sollte langsam aufhören, ständig rot zu werden.«

»Bitte nicht. Übrigens: Es gibt etwas, was ich nicht kann. Ich kann keine Pfannkuchen backen.« Er lächelte sie an.

»Wann gehen wir eigentlich nach Molotow, um unsere Hochzeitsbilder abzuholen?«

»Er will bestimmt unsere Goldringe dafür.«

Tatiana gab Alexander einen Kuss auf den Arm. »Haben wir noch genug Kerosin für den Primusofen?«

»Reichlich. Warum?«

»Wenn ich die *ukha* aufgesetzt habe, können wir sie dann für eine Weile allein lassen?« Sie holte tief Luft. »Shura … Dusia hat mich gefragt, ob wir ihr in der Kirche etwas helfen können. Bitte! Ich habe ein schlechtes Gewissen, weil ich nur so selten da war …«

»Du bist viel zu häufig da.« Sein Lächeln erlosch. »Was braucht sie dieses Mal?«

Erleichtert erwiderte Tatiana: »Eins der Fenster ist herausgefallen. Sie hat mich gefragt, ob du es wieder einsetzen kannst. Es ist das einzige Buntglasfenster.«

»Ach, jetzt braucht sie mich auf einmal.«

»Ich komme mit. Sie hat gesagt, du bekämst auch Wodka für deine Mühen.«

In der Kirche half Tatiana Alexander dabei, das kleine Buntglasfenster einzusetzen. Sie stand auf einer Trittleiter und hielt es fest, während er es mit Kitt wieder in den Rahmen drückte. »Shura?«

»Hmm?«

»Darf ich dir eine unangenehme Frage stellen?«

»Lieber nicht.«

»Was wäre eigentlich, wenn Dascha noch lebte? Hast du jemals darüber nachgedacht?«

»Nein.«

»Aber ich denke manchmal darüber nach.«

»Und wann?«

»Jetzt zum Beispiel.«

Als er keine Antwort gab, fuhr Tatiana fort: »Kannst du dir vorstellen, was wir dann getan hätten?«

»Ich möchte nicht darüber nachdenken.«

»Doch, bitte, mir zuliebe.«

Alexander seufzte. »Warum musst du dich damit quälen? Geht es dir zu gut?«

Tatiana blickte ihn verwundert an. »Ja, es geht mir wirklich zu gut«, erwiderte sie langsam.

»Halt das Fenster fest. Es ist das einzige Buntglasfenster. Dusia würde es dir nie verzeihen, wenn du es zerbrichst. Ist es dir zu schwer?«

»Nein, es geht schon. Warte, ich komme noch etwas höher.«

Tatiana stieg eine weitere Stufe hinauf. Doch dann verlor

sie das Gleichgewicht, fiel von der Leiter und ließ dabei das Glasfenster los. Alexander fing es gerade noch auf und stieg dann die Leiter hinunter, um Tatiana aufzuhelfen. Zum Glück hatte sie nur eine Schramme am Knöchel.

»Na«, sagte Alexander, »was sagst du zu meinen Reflexen? Jetzt wird mich Dusia jeden Tag in ihr Gebet einschließen.«

Tatiana blickte ihn finster an. »Genau«, erwiderte sie, »deine Reflexe sind hervorragend. Gut gemacht. Es stimmt mich allerdings bedenklich, dass du im Zweifelsfall das Glasfenster rettest statt deiner Frau.«

Lachend half Alexander ihr auf die Leiter zurück. »Ich hatte keine Wahl. Du hast ja schon am Boden gelegen.«

»Du hast ja noch nicht einmal versucht, mich aufzufangen!«

»Ach? Und wenn nun die Scheibe auf dich gefallen wäre?«, fragte er. »Dann wärst du bestimmt auch nicht besonders zufrieden mit mir gewesen.«

»Jetzt bin ich aber auch nicht zufrieden mit dir«, gab sie zurück, doch sie lächelte bereits wieder.

Als das Fenster eingesetzt war, dankte Dusia Alexander überschwänglich, küsste ihn sogar und erklärte, er sei doch gar nicht so ein übler Mann. Alexander verneigte sich leicht und blickte dann Tatiana an. »Siehst du? Was habe ich dir gesagt?«

Tatiana zog ihn am Ärmel. »Komm, du gar nicht so übler Mann«, sagte sie. »Lass uns gehen. Ich werde dich erst einmal sauber machen.«

Als sie an der Hütte ankamen, holte Tatiana sofort Seife und Handtuch.

»Tania, kannst du nicht erst etwas zu essen machen?«

»Shura, so schmutzig, wie du bist, kannst du doch nicht essen.«

»Ach, ich weiß doch jetzt schon, was bei der Wascherei herauskommt«, sagte er grinsend. »Und dann können wir erst in zwei Stunden essen. Ich habe aber *jetzt* Hunger! Leg die Seife weg, hol einen Löffel und füttere mich.«

Tatiana blickte ihn liebevoll an und tat, worum er gebeten hatte. Als er satt war, sagte sie: »Du hast meine unangenehme Frage gar nicht beantwortet.«

»Zum Glück habe ich sie vergessen.«

»Es ging um Dascha.«

»Ach ja.« Alexander schluckte Fisch und Kartoffeln hinunter und sagte dann ernst: »Ich glaube, du kennst die Antwort bereits.«

»Wirklich?«

»Natürlich! Wenn sie noch am Leben wäre, hätte ich sie, wie versprochen, heiraten müssen, und du hättest dich mit dem guten, alten Vova einlassen müssen.«

»Shura!«

»Was ist?«

Sie stieß ihn an. »Ich rede nicht mit dir darüber, wenn du nicht ernst sein kannst.«

»Oh, gut. Kann ich noch etwas Suppe haben?«

Als sie nach dem Mittagessen im Fluss standen und Tatiana Alexander den Rücken wusch, sagte er: »Ich hätte Dascha nie heiraten können, solange du noch am Leben bist. Das weißt du. Die Wahrheit wäre spätestens hier in Lazarewo ans Licht gekommen. Und wie ist es bei dir?«

Tatiana schwieg.

Alexander ergriff das Haarwaschmittel und drehte Tatiana mit dem Rücken zu sich herum, so dass er ihr die Haare waschen konnte. Er ließ die seifigen Strähnen durch seine Finger gleiten und sagte: »Sie fehlt dir.«

Tatiana nickte. »Ich frage mich manchmal, wie das Leben hier in Lazarewo wäre, wenn sie noch lebte.« Sie lehnte sich an ihn und murmelte: »Meine ganze Familie fehlt mir. Du hast ja deine Mutter und deinen Vater bestimmt auch vermisst.«

»Dazu hatte ich keine Zeit«, erwiderte Alexander. »Ich war

viel zu sehr damit beschäftigt, mein verdammtes Leben zu retten.« Er bog ihren Kopf zurück, um ihr die Haare auszuspülen.

Aber Tatiana wusste, dass das nicht stimmte. »Weißt du, manchmal habe ich ein ganz komisches Gefühl wegen Pascha.«

»Was für ein komisches Gefühl?«

»Ich kann es nicht genau beschreiben. So als ob ein Zug in die Luft geflogen sei und man keine Leichen gefunden habe. Es macht seinen Tod irgendwie weniger real, dass ich nicht genau weiß, was passiert ist.«

»Willst du damit sagen, dass du nur dann wirklich glauben kannst, dass einer deiner Lieben tot ist, wenn du *siehst*, wie er stirbt?«

»So in etwa. Verstehst du das?«

»Nein«, erwiderte Alexander. »Ich habe meine Eltern nicht sterben sehen, aber deswegen sind sie trotzdem tot.«

»Ich weiß. Aber Pascha ist mein Zwillingsbruder. Er ist meine andere Hälfte. Und wenn er tot ist, was ist dann mit mir?« Sie seifte sich die Brüste ein und rieb dann ihre harten, aufgerichteten Brustwarzen an Alexanders Brust.

»Das kann ich dir sagen. Du bist äußerst lebendig«, erwiderte Alexander lächelnd. »Weißt du was? Jetzt stelle ich *dir* mal eine Frage.« Er nahm ihr die Seife aus den Händen und warf sie ans Ufer. »Sagen wir mal, Dascha würde noch leben und du und ich wären noch nicht verheiratet, aber ...« – Alexander zog Tatiana an sich – »... aber ich hätte dich schon im Stehen geliebt, so wie jetzt ...« Beide stöhnten auf. »Hier in der Kama ... sag mir, mein lebendiges Weib, was hättest du dann getan? Hättest du mich dann gehen lassen, in dem Wissen ...«

Sie schrie auf.

»... wie das ist?«, flüsterte Alexander.

»Ich will die Frage nicht beantworten«, stöhnte sie. Sie schlang ihm die Beine um die Taille und hielt sich an seinem Hals fest.

Danach saßen sie im flachen Wasser, an einen Felsbrocken gelehnt, redeten leise miteinander und ließen ihre Blicke über den Fluss und das Gebirge in der Ferne schweifen. Nach einer Weile, als Alexanders Kopf an ihrer Brust immer schwerer wurde, flüsterte Tatiana: »Es war einmal ein Mann, ein strahlender Prinz unter lauter Bauern, der von einem zarten Mädchen verehrt wurde. Das Mädchen floh in das Land von Flieder und Honig und wartete dort ungeduldig auf ihren Prinzen. Endlich kam er – und überreichte ihr die Sonne. Sie konnten nirgendwo hingehen, sie hatten keine Zuflucht und mussten sich doch verbergen, sie besaßen nur ihr winziges Königreich, in dem nur vier Personen lebten – der Herr, die Geliebte und zwei Sklaven.« Tatiana zog Alexander fester an sich. »Jeder prachtvolle Tag war ein Wunder Gottes. Und das wussten sie auch. Eines Tages musste der Prinz fortgehen, aber das war nicht schlimm, weil das Mädchen ...« Tatiana brach ab. »Shura?«

»Erzähl weiter«, murmelte er. »Es interessiert mich sehr, was als Nächstes passiert. Warum war es nicht schlimm? Was hat das Mädchen gemacht?«

»Wie hat dir die Geschichte bis jetzt gefallen?«

»Ganz gut. Am besten hat mir der Teil mit dem Herrn gefallen ...«

Tatiana küsste ihn auf die Wange.

»Ein endgültiges Urteil hebe ich mir bis zum Schluss auf.« Alexander rieb seinen Kopf an ihrer Brust. »Warum war es nicht schlimm?«

»Es war deshalb nicht schlimm«, fuhr Tatiana fort, »weil das Mädchen geduldig darauf wartete, dass er zurückkam.«

»Na ja, das ist ja auch ein Märchen. Und was geschah dann?«

»Er kam tatsächlich zurück.«

»Und dann?«

»Und dann lebten sie glücklich bis an ihr Lebensende.«

Alexander schwieg. Schließlich fragte er: »Und wo?«

Tatiana blickte zu den Bergen des Ural und gab keine Antwort.

Ächzend stand Alexander auf. »Das war keine schlechte Geschichte, Tania.«

»Nicht schlecht? Das ist alles? Dann erzähl du mir doch mal eine!«

»Ich kann keine Geschichten erzählen.«

»Ja, da hast du Recht. Wenn du etwas erzählst, übertreibst du immer gleich. Trotzdem, versuch es mal.«

»Gut.«

Alexander setzte sich mit gekreuzten Beinen hin und begann: »Es war einmal ein schönes Mädchen ...«

Er blickte Tatiana an. »Ein Mädchen wie kein anderes. Und ein Ritter hatte das Glück, von ihr geliebt zu werden. Der Ritter musste jedoch ausziehen, um das Königreich vor Eindringlingen zu schützen.«

Alexander schwieg. »Und er kam nicht wieder zurück. Das Mädchen wartete eine angemessene Zeit auf den Ritter ...«

»Was ist denn angemessen?«

»Ich weiß nicht. Vierzig Jahre vielleicht?«

»Sei ernst.« Tatiana kniff ihn ins Bein.

»Autsch! Aber schließlich mochte sie nicht länger warten und gab sich dem Schlossherrn hin.«

»Und der hat sie nach vierzig Jahren noch gewollt?«

»Doch dann kam überraschend ihr Ritter zurück und musste feststellen, dass sein Mädchen jetzt die Schlossherrin war, die es mit jemand anderem trieb ...«

»Wie in Puschkins *Eugen Onegin*«, warf Tatiana ein.

»Ja, aber anders als Onegin forderte der Ritter, der sich wie ein Idiot vorkam, den Schlossherrn zum Duell heraus, kämpfte um die Ehre der Frau und verlor. Er wurde vor ihren Augen gerädert und gevierteilt. Sie tupfte sich mit ihrem seidenen Taschentuch eine einzelne Träne ab, weil sie sich nur noch schwach an das Land des Flieders erinnerte, in dem sie einst gelebt hatten, dann zuckte sie beiläufig mit den Schultern und ging Tee trinken.« Alexander lachte. »Siehst du, *das* ist eine Geschichte!«

»Ja«, erwiderte Tatiana, »eine dumme Geschichte.«

16

»Was hast du eigentlich alles in deinen Taschen, großer Mann?«, fragte Tatiana eines Sommernachmittags, während sie am Flussufer auf der Decke saß und vorsichtig seinen Rucksack und seine Kartentasche ausräumte. Tatiana hatte Durst. Seit Tagen schon war es so heiß, dass sie in der Nacht kaum schlafen konnten, und ständig waren sie in Schweiß gebadet.

Alexander zersägte gerade Holzstämme. »Nichts Besonderes«, erwiderte er. Tatiana holte seine halbautomatische Pistole heraus, seinen Stift und Papier, ein Päckchen Karten, zwei Bücher, zwei Schachteln Munition, sein Armeemesser, mehrere Landkarten und zwei Handgranaten.

Sie wollte sich gerade in die Landkarten vertiefen, als Alexander zu ihr trat und ihr die Handgranaten wegnahm. »Lass uns lieber nicht mit explosivem Material herumspielen«, sagte er.

»Na gut«, erwiderte sie und sprang auf. »Ach, Shura, ich wünschte, du müsstest nicht mit solchen Waffen umgehen«, fuhr sie fort und umarmte ihn. »Kann Oberst Stepanow dich nicht als Kurier einsetzen? Sag ihm doch, dass du ein nettes Mädchen geheiratet hast, das ohne seinen Soldaten nicht leben kann.«

»In Ordnung, das sage ich ihm«, erwiderte er.

Tatiana nahm ihm die Säge ab, warf sie zu Boden und zog Alexander zur Hütte.

»Ich bin noch nicht fertig!«, protestierte er und wies auf seine Baumstämme.

»Ach nein? Aber du bist doch mein Mann, oder nicht?«
»Ja. Warum?«
»Habe ich dann nicht auch unveräußerliche Rechte?«

Tatiana saß nackt auf Alexander und stützte sich mit den Händen auf seiner Brust ab.
»Wie funktioniert eigentlich ein Mörser?«
»Was genau willst du wissen?«
»Hat er ein kurzes Rohr wie eine Kanone oder ein langes?«
»Ein langes.«
»Und was macht man damit?«
»Du stellst es in einem Winkel von fünfundvierzig Grad auf und schiebst eine Granate hinein. Sie fällt auf den Zünder, der Treibsatz explodiert und …«
»Ich weiß schon. Die Granate fliegt mit siebenhundert Metern pro Sekunde heraus.«
»So ungefähr.«
»Also, mal sehen, ob ich es begriffen habe. Langes Rohr. Hochstellen. Fallen lassen. Feuern. Abschießen.«
»Ich wusste, dass du es begreifst.«
»Ich lerne rasch. Shura?«
»Warum muss das Rohr bei einem Mörser so lang sein?«
»Um die Mündungsgeschwindigkeit zu erhöhen. Weißt du, was das ist?«
»Ich kann es mir denken.«

Als sie wieder draußen waren, trank Tatiana etwas und wandte sich dann wieder den Landkarten zu, die sie fasziniert studierte. »Shura, warum hast du eigentlich nur Karten von Skandinavien? Es gibt eine von Finnland, eine von Schweden und eine von der Nordsee zwischen Norwegen und England. Warum? Wir kämpfen doch gar nicht gegen Skandinavien.«
»Wir kämpfen gegen Finnland.«
»Oh, und hier hast du sogar eine Karte von der karelischen Meerenge.«

»Ach ja?«

»Hast du nicht im Winterkrieg 1940 dort gekämpft, in der Nähe von Vyborg?«

Alexander legte sich neben ihr auf den Bauch und küsste sie auf die Schulter. »Ja.«

Tatiana schwieg einen Moment lang. »Als letztes Jahr der Krieg anfing, da hast du doch Dimitri ein paarmal an die karelische Meerenge geschickt.«

Er nahm ihr die Karten weg und sagte: »Du vergisst scheinbar nie etwas von dem, was ich sage.«

»Stimmt, kein Wort«, bestätigte sie.

»Das hättest du mir früher sagen sollen.«

»Wozu brauchst du all diese Landkarten?«, fragte sie noch einmal.

»Es ist doch nur Finnland, Tania«, erwiderte Alexander. Er stand auf und zog sie hoch. »Ist dir heiß?«

»Ja. Und eine von Schweden, Shura.«

»Auch eine von Schweden, ja.« Er blies auf ihre Stirn und ihren Nacken.

»Und von Norwegen und England, Shura.« Sie schloss die Augen und lehnte sich an ihn. »Dein Atem ist auch heiß.«

»Warum interessiert dich das mit den Karten?«

»Schweden ist doch neutral, oder nicht?«, fragte sie.

Alexander zog sie in die Hütte. »Ja. Es versucht zumindest, neutral zu bleiben. Sonst noch etwas?«

»Ich weiß nicht.« Tatiana lächelte. »Was hast du denn sonst noch zu bieten?«

»Du kennst eigentlich schon alles«, erwiderte Alexander leise und hob sie aufs Bett. »Was hättest du denn gern?« Er lächelte. »Was kann ich für dich tun?«

»Hmm«, schnurrte sie und streichelte ihn. »Kannst du es noch einmal so machen, dass wir zusammen kommen?«

»Na gut, Tatiascha«, erwiderte Alexander und beugte sich über sie.

Als sie anschließend atemlos keuchend nebeneinander lagen, bat Tatiana Alexander, ihr zu erzählen, wofür er seinen ersten Orden verliehen bekommen hatte.

Alexander schwieg für eine Weile und sie wartete geduldig. Ein heißer Wind drang durch die offenen Fenster. Sie waren beide völlig verschwitzt. Eigentlich hätten sie in die Kama springen müssen, um sich abzukühlen, aber Tatiana wollte nicht aufstehen, bevor er ihr nicht von Karelien erzählt hatte.

Schließlich sagte er achselzuckend: »Es war nichts Besonderes.« Seine Stimme klang gleichmütig. »Wir haben in den Sümpfen am Meer gekämpft, von Lisiy Nos bis nach Vyborg. Wir haben die Finnen in die Stadt zurückgedrängt, steckten aber dann in den Sümpfen fest. Die Finnen waren gut mit Munition und Lebensmitteln ausgerüstet und wir hatten gar nichts. In der schrecklichen Schlacht bei Vyborg verloren wir fast zwei Drittel unserer Männer und mussten deshalb den Rückzug antreten.«

Alexander schwieg, dann fuhr er fort: »Es war wirklich dumm. Es war schon März, ein paar Tage vor dem Waffenstillstand am dreizehnten, und wir verloren ohne jeden Grund Hunderte von Männern. Ich war damals bei der Infanterie und wir hatten nur einschüssige Gewehre.« Er lächelte. »Und ein oder zwei Mörser.

Als wir anfingen, befanden sich in meiner Einheit dreißig Männer. Nach zwei Tagen waren es nur noch vier. Vier Männer und ich. Als wir aus dem Sumpf zurückkamen, erfuhren wir, dass einer der Männer, die in den Sümpfen bei Vyborg vermisst wurden, Oberst Stepanows jüngster Sohn Jurij war. Er war achtzehn und gerade erst in die Armee eingetreten.« Alexander hielt inne und schob Tatianas Hand von seiner Brust.

»Also ging ich zurück, suchte ein paar Stunden nach ihm und fand ihn auch. Er lebte, war aber verwundet. Wir brachten ihn zurück ins Lager.« Alexander presste die Lippen zusammen. »Er hat nicht überlebt.«

»Oh nein«, sagte Tatiana.

»Meine Auszeichnung habe ich für die Rettung von Jurij Stepanow bekommen.«

Alexanders Kinnmuskeln zeichneten sich deutlich ab und seine Augen blickten ausdruckslos. Tatiana legte ihm die Hand wieder auf die Brust. »Der Oberst war dir dankbar dafür, dass du ihm seinen Sohn zurückgebracht hast?«

»Ja«, erwiderte Alexander gepresst. »Oberst Stepanow war sehr gut zu mir. Er holte mich aus der Infanteriedivision und versetzte mich zu den Motorisierten. Und als er Kommandant der Garnison in Leningrad wurde, nahm er mich mit.«

Nachdenklich lag Tatiana da. Eigentlich wollte sie ihn nicht danach fragen, aber sie musste es einfach tun.

»Du bist nicht allein in die Sümpfe gegangen«, sagte sie schließlich. »Wen hast du mitgenommen?«

Zögernd erwiderte Alexander: »Dimitri.«

»Ich wusste gar nicht, dass er in deiner Einheit war«, sagte Tatiana.

»Das war er auch nicht. Ich habe ihn gefragt, ob er mit mir kommen will, und er hat ja gesagt.«

»Warum?«

»Warum was?«

»Warum hat er ja gesagt?«, fragte Tatiana. »Ich kann mir kaum vorstellen, dass sich Dimitri freiwillig den feindlichen Linien nähert, nur um einen verwundeten Soldaten zu suchen.«

Eine Weile lang schwieg Alexander. Schließlich sagte er: »Nun, das hat er aber getan.«

Tatiana schluckte. »Verschweigst du mir etwas?«

Er sah sie nicht an, sondern blickte zur Decke.

»Ich habe dir alles erzählt. Wir sind in die Sümpfe gegangen, haben nach Jurij gesucht, ihn gefunden und ihn zurückgebracht. Das ist alles.«

»Ist Dimitri deshalb befördert worden?«

»Ja.«

»Shura?«

»Was denn noch?«

»Nach dem Waffenstillstand von 1940 lag doch Vyborg an der sowjetisch-finnischen Grenze, oder?«

»Ja.«

»Wie weit ist Vyborg von Helsinki entfernt?«

»Ich weiß nicht.«

Tatiana biss sich auf die Lippe. »Auf der Karte sieht es nicht sehr weit aus.«

»Die Landkarte hat einen großen Maßstab«, erwiderte er ungeduldig.

»Es sind vielleicht dreihundert Kilometer.«

»Aha. Und wie weit ...«

»Tania!«

»Was ist denn? Wie weit ist es von Helsinki nach Stockholm?«

»Stockholm?« Alexander sah Tatiana immer noch nicht an. »Fünfhundert Kilometer ungefähr. Aber übers Wasser. Die Ostsee und der Bottnische Meerbusen liegen dazwischen.«

»Ja, genau«, erwiderte Tatiana. »Nun, eine Frage habe ich noch.«

»Was für eine?«, fragte er gereizt.

»Wo verläuft die Grenze jetzt?«

Alexander antwortete nicht.

»Die Finnen sind doch von Vyborg bis nach Lisiy Nos gekommen, wohin du Dimitri letztes Jahr geschickt hast, oder?«

»Tatiana, was sollen die Fragen?«, wehrte er ab. »Es ist jetzt genug.«

Abrupt setzte sie sich auf und begann, vom Bett hinunterzuklettern. Alexander hielt sie fest. »Wohin gehst du?«

»Nirgendwohin«, erwiderte sie. »Wir waren doch fertig, oder? Ich gehe mich jetzt abkühlen und dann fange ich an, das Abendessen vorzubereiten.«

»Komm her.«

»Nein, ich muss …«

»Komm her.«

Tatiana schloss die Augen. Seine Stimme, seine Augen, seine Hände, sein Mund … Sie konnte ihm einfach nicht widerstehen. Sie kletterte wieder zurück ins Bett.

»Warum stellst du mir diese Fragen?«, wollte er wissen und streichelte sie.

»Ach, ich denke nur nach.«

»Du hast mich nach meiner Auszeichnung gefragt und ich habe es dir erzählt. Du hast mich nach den Grenzen gefragt und nach Lisiy Nos und ich habe dir alles erzählt. Und jetzt hör auf, darüber nachzudenken«, sagte er und rieb sanft ihre Brustwarze zwischen Daumen und Zeigefinger. Dann küsste er sie. »Hast du noch mehr Fragen? Oder bist du fertig?«

»Ich weiß noch nicht.«

Er küsste sie noch einmal, dieses Mal tiefer und leidenschaftlicher.

»Vermutlich bin ich fertig«, flüsterte sie. Sie war hilflos ihm gegenüber. Und er wusste es.

17

Ein paar Tage später hüpfte Tatiana wieder einmal ungeduldig vor Alexander auf und ab. »Was machst du da?«, fragte sie. »Du hast doch schon eine Bank gebaut. Lass uns lieber schwimmen gehen. Komm doch! Das Wasser ist warm. Wir können tauchen und ausprobieren, wer es länger unter Wasser aushält.«

Alexander hatte gerade die beiden zersägten Stämme in die Hütte gebracht. Sie waren beide ungefähr einen Meter hoch und reichten ihm bis zur Hüfte.

»Später. Ich muss das hier erst noch fertig machen.«

»Was machst du denn da überhaupt?«, wiederholte Tatiana.

»Wart's nur ab, du wirst es schon sehen.«

»Warum sagst du es mir nicht einfach?«

»Eine Kiste.«

»Wozu denn? Was wir brauchen, ist ein Tisch.« Sie machte eine ungeduldige Handbewegung. »Wir nehmen immer noch die Teller auf den Schoß. Warum baust du denn keinen Tisch? Oder noch besser, komm mit mir schwimmen.« Sie zog ihn am Arm.

»Später vielleicht. Haben wir noch etwas zu trinken? Diese Hitze!«

Tatiana holte Wasser und eine in Scheiben geschnittene Gurke. »Möchtest du eine Zigarette?«

»Ja.«

Sie brachte ihm auch seine Zigaretten. »Shura, wir brauchen doch keine Kiste. Wir brauchen einen Tisch«, begann sie erneut.

»Ich baue eben eine hohe Kiste, die man auch als Tisch gebrauchen kann. Oder wir benutzen sie als Bank.«

»Warum machst du sie denn nicht einfach niedriger?«

»Warte es doch ab. Tatia, hat dir schon mal jemand gesagt, dass Geduld nicht gerade deine starke Seite ist?«

»Ja«, erwiderte sie ungeduldig.

Sanft drängte Alexander sie aus dem Haus. »Kannst du mir bitte etwas Brot bringen? Ich habe Hunger.«

»Na gut«, erwiderte sie. »Dann muss ich aber zu Naira gehen. Wir haben kein Brot mehr.«

»Gut, geh zu Naira. Bleib aber nicht zu lang.«

Bald darauf kam sie mit Brot, Butter, Eiern und Kohl wieder. »Shura, ich backe heute Abend Kohlkuchen.«

»Ich kann es kaum erwarten. Ich verhungere schon.«

»Du verhungerst immer. Ich bekomme dich nie satt.« Sie lächelte. »Ist dir heiß? Du hast dein Hemd ausgezogen.«

»Ja, viel zu heiß!«

Tatiana strahlte. »Bist du schon fertig?«

»Fast. Ich schmirgele nur noch das Holz ab.«

Tatiana trat zu der Kiste und betrachtete sie aufmerksam. »Wozu das denn?«

»Wir wollen uns doch keine Splitter einziehen.«

Verwirrt runzelte sie die Stirn. »Ich verstehe das immer noch nicht«, sagte sie. »Warum hast du sie so hoch gemacht?«

Alexander ließ sich jedoch nicht beirren und schmirgelte weiter. Als er fertig war, wusch er sich Hände und Gesicht im Wassereimer. »Komm her!«, rief er dann. »Ich helfe dir hinauf.«

Er hob sie hoch und stellte sich vor sie. »Na? Wie gefällt sie dir?«

»Sie ist hoch«, erwiderte Tatiana und blickte in sein glückliches Gesicht. »Aber ich habe ja zum Glück keine Höhenangst. Und mein Gesicht ist fast auf der gleichen Höhe wie deins. *Das* gefällt mir. Komm näher, Soldat.«

Alexander stand zwischen ihren gespreizten Beinen und beugte sich vor, um sie zu küssen. Er schob ihr Kleid bis zur Taille hoch. Sie trug keine Unterwäsche.

»Hmmm.« Er streichelte sie und zog dann seine Shorts aus. »Sag mir, Tatiascha«, murmelte er und drang vorsichtig in sie ein, »ist das nahe genug?«

»Ja«, erwiderte sie rau und hielt sich an der Kante fest.

»Leg die Arme um meinen Hals«, flüsterte er. »Ich will deine Brüste spüren. Findest du immer noch, dass die Kiste zu hoch ist?«

Sie konnte nicht antworten.

»Genau so habe ich es mir gedacht«, murmelte Alexander und drückte sie an sich. »Am Ende hat sie doch genau die richtige Höhe … nicht wahr, mein ungeduldiges Weib?«

Als Alexander später keuchend und schweißüberströmt vor Tatiana stand, küsste sie ihn auf den feuchten Hals und fragte: »Hast du sie eigentlich extra dafür gebaut?«

»Eigentlich nicht«, erwiderte Alexander, trank durstig aus der Feldflasche und goss das restliche Wasser über Tatianas Gesicht und ihre Brüste. »Wir können auch Kartoffeln daraufstellen.«

Lachend erwiderte Tatiana: »Wir haben gar keine Kartoffeln.«

»Ach, wie schade.«

»Shura, du hattest Recht, die Kiste hat genau die richtige Höhe. Endlich habe ich etwas, worauf ich den Teig für meine Kuchen kneten kann.« Tatiana lächelte ihn an, während sie sich die Hände mit Mehl bestäubte. Der Hefeteig war bereits aufgegangen und sie knetete ihn noch einmal durch, um Kohlkuchen zu backen.

Alexander saß auf der Kiste und baumelte mit den Beinen. »Versuch nicht, das Thema zu wechseln, Tatiana! Du willst mir doch nicht allen Ernstes erzählen, dass Peter der Große Leningrad besser nicht gebaut und danach Russland modernisiert hätte?«

»Das sage ich ja gar nicht«, erwiderte Tatiana. »Pass auf, dein Bein ist in meinem Mehl. Puschkin hat das gesagt. Unser Puschkin hat im *Ehernen Reiter* zwei unterschiedliche Haltungen dazu vertreten.«

»Wie lange braucht dieser Kuchen denn?«, fragte Alexander, ohne sich von der Stelle zu rühren. Er schnipste Tatiana ein wenig Mehl ins Gesicht. »Puschkin wusste ganz genau, dass Russland in die Neue Welt geführt werden musste – selbst wenn es mit Gewalt geschah.«

Tatiana erwiderte: »Puschkin war nicht der Ansicht, dass der Aufbau Leningrads den Preis wert gewesen ist. Hör auf, mir Mehl ins Gesicht zu schnipsen.« Sie lächelte. »Es dauert fünfundvierzig Minuten, bis der Kuchen fertig ist.«

»Ja, wenn du ihn in den Ofen gestellt hast.« Alexander baumelte heftiger mit den Beinen. »Puschkin hat geschrieben: ›*O mächtiger Schicksalsherrscher du! Hast du nicht so, dem Abgrund nahe, Russland mit eiserner Kandare emporgerissen einst im Nu?‹* Schicksal, Tania! Gegen das Schicksal kann man nicht kämpfen.«

»Shura, rück mal ein bisschen«, sagte Tatiana und begann, den Teig auszurollen. »Puschkin hat auch geschrieben: ›*Woraufhin in nah und ferne Straßen eilte manch General, in leichten Booten, gefährdet durch der Fluten Braus, zu retten die von Angst Bedrohten und die ertranken fast zu Haus.*‹ Angst, Alexander, Ertrinken! Das habe ich mit unterschiedlichen Haltungen gemeint. Die Menschen wollten nicht gerettet oder modernisiert werden, hat Puschkin geschrieben.«

Alexander blieb ungerührt sitzen. »Aber da, wo vorher nichts war, ist jetzt eine Stadt! Dort, wo vorher nur Sümpfe waren, ist jetzt Zivilisation!«

»Rück doch ein bisschen! Sag das Puschkins Jewgeni. Er ist wahnsinnig geworden. Sag das Puschkins Parascha. Sie ist ertrunken.«

»Jewgeni und Parascha waren schwach. Für sie ist ja auch keine Statue errichtet worden.«

»Mag sein«, erwiderte Tatiana. »Aber, Shura, es ist nicht von der Hand zu weisen, dass Puschkin selbst eine ambivalente Haltung zu dem Thema hatte. Er hat gefragt, ob Menschenleben nicht ein zu hoher Preis für die Erbauung von Leningrad waren.«

»Man kann es durchaus von der Hand weisen«, entgegnete Alexander streitlustig. »Ich glaube nicht, dass er wirklich ambivalent war. Bekommt dieser Kuchen auch eine Füllung oder schiebst du einfach nur den Teig in den Ofen?«

Tatiana hielt inne und starrte ihn an. »Shura, wie kannst du das sagen?«

»Was denn? Ich sehe keine Füllung.«

Sie tippte ihn leicht mit dem Nudelholz an. »Hol mir die Pfanne vom Ofen. Wie kannst du sagen, er sei nicht ambivalent gewesen? Du weißt doch, was er geschrieben hat! Das ganze Gedicht handelt davon!« Sie holte tief Luft.

»Und, nur vom Mondlicht blass umflossen,
Jagt er, der hoch die Rechte hebt,
Auf dröhnend galoppierndem Rosse
Der Eh'rne Reiter selbst ihm nach.«

»Das Gedicht endet nicht so, wie es begann, mit den großartigen Granitwällen und den goldenen Türmen Leningrads, mit den weißen Nächten und dem Sommergarten. Am Ende des Gedichts sagt er uns, dass Leningrad zwar erbaut wurde, aber dass die Statue Peters des Großen in einem Albtraum zum Leben erwacht und Jewgeni auf ewig durch die prächtigen Leningrader Straßen jagt.«

»Wohin auch seine Schritte lenkte
Der Ärmste diese ganze Nacht,
Der Eh'rne Reiter sah's und sprengte
Ihm schweren Hufschlags ständig nach.«

Tatiana erschauerte leicht. Warum war ihr auf einmal so kalt?

Alexander reichte ihr die gusseiserne Pfanne.

»Shura, das ist der Preis von Leningrad! Parascha ist ertrunken und Jewgeni wird bis in alle Ewigkeit vom Ehernen Reiter verfolgt«, fuhr Tatiana fort, während sie die Füllung auf den Teig löffelte. »Ich glaube, Parascha wäre lieber am Leben geblieben. Und Jewgeni wollte ganz sicher nicht mit seiner geistigen Gesundheit bezahlen, da hätte er lieber weiter im Sumpf gewohnt.«

Alexander schwang sich wieder auf die Kiste. »Ich finde, Jewgeni hat einen gerechten Preis für die freie Welt gezahlt.«

Tatiana blickte ihn an. »Hat er auch einen gerechten Preis für den *Sozialismus in unserem Land* bezahlt?«, fragte sie leise.

»Oh, jetzt hör aber auf!«, rief Alexander. »Du willst doch nicht etwa Peter den Großen mit Stalin vergleichen.«

»Beantworte meine Frage.«

Alexander sprang wieder von der Kiste hinunter. »Er wendet zwar Gewalt an, Tatiana, aber für eine freie Welt! Nicht für die Sklaverei. Das ist ein wesentlicher Unterschied. Es ist der Unterschied zwischen Sterben für Hitler und Sterben, um ihn aufzuhalten.«

»Aber auf jeden Fall *sterben,* nicht wahr, Shura?«, sagte Tatiana und trat auf ihn zu. »Auf jeden Fall sterben.«

»Ich sterbe gleich auch, wenn ich nicht endlich was zu essen bekomme«, murrte Alexander.

»Es dauert nicht mehr lange.« Tatiana schob den Kuchen in den Ofen und wusch sich dann Hände und Gesicht im Wassereimer. Sie richtete sich auf, blickte Alexander an und sagte: »Jetzt haben wir fünfundvierzig Minuten Zeit. Was möchtest du tun? Nein, warte. Vergiss es. Na gut, aber können wir vielleicht zuerst die Kiste sauber machen? Sieh doch, ich bin ganz voller Mehl. Das gefällt dir, was? Oh, Shura, du bist unersättlich. Wir können doch nicht die ganze Zeit …«

»Ich weiß, dass du mir einfach nur widersprechen wolltest«, sagte Tatiana zu Alexander, als sie draußen in der Dämmerung saßen und ihren Kohlkuchen mit Tomatensalat und Schwarzbrot und Butter aßen. »Ich weiß, dass es für dich aufs Gleiche herauskommt, für Hitler oder für Stalin zu sterben.«

Alexander schluckte seinen Bissen hinunter. »Ja, das stimmt, aber zu sterben, um Hitler aufzuhalten, ist doch etwas anderes. Ich bin Amerikas Verbündeter. Ich kämpfe auf der Seite der Amerikaner.« Er nickte heftig. »Und ich nehme diesen Kampf auf mich.«

Tatiana blickte auf den Kohlkuchen. »Ich fürchte, er war nicht lange genug im Ofen«, stellte sie fest.

»Es ist neun Uhr abends. Vor vier Stunden hätte ich ihn am liebsten roh gegessen.«

Tatiana nahm den Diskussionsfaden wieder auf, weil sie

glaubte, Recht zu haben. »Lass uns noch mal über Puschkin reden. Russland, wie Jewgeni es verkörperte, wollte nicht modernisiert werden. Peter der Große hätte es besser in Ruhe gelassen.«

»Was?«, rief Alexander. »Es *gab* Russland gar nicht. Als das übrige Europa in das Zeitalter der Aufklärung eintrat, herrschte in Russland noch tiefes Mittelalter. Nachdem Peter Leningrad gebaut hatte, gab es auf einmal Kultur, Bildung und Reisen, man sprach die französische Sprache, die Wirtschaft florierte, eine Mittelschicht bildete sich heraus und es gab eine gebildete Aristokratie. Es gab Musik und Bücher. Die Bücher, die du so liebst! Tolstoi hätte nie seine Romane schreiben können, wenn nicht Peter der Große hundert Jahre zuvor Leningrad errichtet hätte. Das Opfer, das Jewgeni und Parascha gebracht haben, hat eine bessere Weltordnung hervorgerufen. Das Licht hat über die Dunkelheit triumphiert.«

»Na ja«, entgegnete Tatiana, »dir fällt es leicht, über ihr Opfer zu reden. Du wirst ja auch nicht von einem ehernen Reiter gejagt.«

»Sieh es doch mal anders«, entgegnete Alexander und biss in eine Scheibe Brot. »Was essen wir heute Abend? Kohlkuchen. Brot. Weißt du warum?«

Zögernd erwiderte sie: »Ich verstehe nicht, wo da der Zusammenhang …«

»Warte ab, du wirst es gleich verstehen. Wir essen Kaninchenfutter, weil wir heute Morgen nicht um fünf Uhr aufstehen wollten. Heute früh habe ich gesagt, wir müssen jetzt aufstehen, wenn wir Forellen fangen wollen. Hast du auf mich gehört?«

Sie schnaubte. »Manchmal tue ich das und manchmal …«

»Genau.« Er nickte. »An den Tagen, an denen du auf mich hörst, gibt es Fisch. Natürlich ist es schrecklich schwer, so früh aufzustehen, aber danach haben wir etwas Gutes zu essen. Und genau das will ich damit sagen: Alle großen Dinge erfordern große Opfer. Und genauso empfinde ich die Sache mit Leningrad. Es war es einfach wert.«

Tatiana warf ein: »Und was ist mit Stalin?«

Alexander stellte seinen Teller auf die Decke. »Ich habe gesagt *große* Dinge. Für Stalins Welt Opfer zu bringen ist die Mühe nicht wert. Das wäre genauso, als wenn ich dich zwingen würde, morgens in aller Herrgottsfrühe aufzustehen, nur damit du die Pilze sammeln könntest, die ich immer ausreiße, also die giftigen.« Alexander lachte. »Würdest du dafür aufstehen wollen?«

»Ich will auch jetzt nicht aufstehen«, grummelte Tatiana. »Iss deinen Teller leer. Es ist zwar kein Fisch ...«

»Aber es ist ein schöner Tania-Kuchen«, erwiderte er und zwinkerte Tatiana fröhlich zu. »Es gibt Kämpfe im Leben, die muss man einfach kämpfen, auch wenn man es nicht will. Und sie sind es sogar wert, dass man sein Leben dabei lässt.«

Er aß auf und stellte seinen Teller wieder fort. »Komm her.«

Tatiana kroch zu ihm auf die Decke. »Lass uns nicht mehr darüber reden«, sagte sie und umarmte ihn fest.

»Nein«, erwiderte Alexander. »Wir springen jetzt in die Kama.«

Als Alexander am nächsten Morgen Holz hackte, hörte er Tatiana plötzlich laut schreien. Er ließ die Axt fallen und rannte zur Hütte. Sie kauerte oben auf der Kiste und hatte die Beine bis zum Hals gezogen.

»Was ist los?«, keuchte er.

»Shura, eine Maus ist an meinen Füßen vorbeigehuscht, als ich gekocht habe!«

Alexander blickte auf die Eier in der Pfanne, auf den kleinen Topf mit Kaffee, auf die Tomaten, die schon auf den Tellern lagen, und dann wieder zu Tatiana, die auf der Kiste hockte. Unwillkürlich musste er grinsen. »Was machst du ...« – er musste an sich halten, um nicht in lautes Lachen auszubrechen – »... was machst du denn da oben?«

»Ich habe es dir doch gesagt!«, schrie sie, »eine Maus ist vorbeigelaufen und hat mich mit ihrem Schwanz gestreift.« Sie erschauerte. »Kannst du bitte mal nachsehen?«

Alexander trat zu der Kiste und nahm Tatiana auf den Arm. Sie schlang die Arme um seinen Hals, hielt ihre Füße aber vom Boden fern. Er küsste sie zärtlich und sagte: »Tatiascha, du Dummerchen, weißt du denn nicht, dass Mäuse klettern können?«

»Nein, das können sie nicht.«

»Ich habe in Finnland Mäuse am Zelt des Kommandanten hochklettern sehen. Sie wollten an das Stück Käse herankommen, das wir oben aufs Zelt gelegt hatten.«

»Warum habt ihr denn den Käse dort hingelegt?«

»Na, weil wir sehen wollten, ob Mäuse klettern können!«

Unwillkürlich musste Tatiana lachen. »Na schön, aber du bekommst kein Frühstück, bevor die Maus nicht hier verschwunden ist.«

Alexander trug Tatiana nach draußen und ging dann noch einmal in die Hütte, um die Teller zu holen. Sie aßen einträchtig nebeneinander auf der Bank. Nach einer Weile fragte Alexander: »Sag mal, Tania, hast du wirklich Angst vor Mäusen?«

»Ja. Hast du sie getötet?«

»Wie soll ich es denn deiner Meinung nach tun? Du hast mir nie gesagt, dass du dich vor Mäusen fürchtest.«

»Du hast mich ja auch nie danach gefragt. Tja, wie sollst du es tun? *Du* bist doch hier der Hauptmann der Roten Armee. Was bringen sie euch denn da bei?«

»Menschen umzubringen, nicht Mäuse.«

Tatiana rührte ihr Frühstück kaum an. »Na ja, wirf eine Granate auf sie oder nimm dein Gewehr. Ich weiß nicht. Aber tu irgendetwas!«

Alexander schüttelte den Kopf. »Du bist durch die Straßen in Leningrad gegangen, während die Deutschen Fünfhundertkilo-Bomben abgeworfen haben, die den Frauen vor dir in der Schlange Arme und Beine abgerissen haben. Du hast furchtlos vor Dieben gestanden, du bist von einem fahrenden Zug abgesprungen, um deinen Bruder zu finden, aber du hast Angst vor *Mäusen?*«

»Ja, genau«, erwiderte Tatiana spröde.

»Es ergibt einfach keinen Sinn«, sagte Alexander. »Wenn jemand in großen Dingen furchtlos ist ...«

»Du irrst dich. Sonst noch Fragen? Ich habe nämlich langsam ...«

»Nur noch eins.« Alexander bewahrte nur mühsam die Fassung. »Es sieht so aus, als hätten wir jetzt schon drei Verwendungszwecke für diese viel zu hohe Kiste, die ich gestern gebaut habe.« Er brach in lautes Gelächter aus.

»Lach du nur«, entgegnete Tatiana. »Tu dir keinen Zwang an. Ich bin ja schließlich zu deiner Erheiterung da.« Ihre Augen funkelten.

Alexander stellte seinen Teller auf die Bank, nahm ihr ebenfalls den Teller aus der Hand und zog sie an sich. »Tania, weißt du eigentlich, wie komisch du bist?« Er küsste sie auf die Brust. »Ich bete dich an.«

»Wenn du mich wirklich anbeten würdest«, erwiderte sie und versuchte, sich aus seinen Armen zu winden, »dann würdest du nicht hier herumsitzen und mit mir schäkern, sondern endlich das Ungeziefer aus der Hütte vertreiben.«

Nachdem Alexander im Haus verschwunden war, beendete Tatiana lächelnd ihr Frühstück. Nach ein paar Minuten kam er wieder heraus. Die tote Maus baumelte an der Spitze seines Bajonetts.

»Na, wie habe ich das gemacht?«, fragte er stolz.

Tatiana gelang es nicht, ernst zu bleiben. »Sehr gut, sehr gut«, erwiderte sie. »Aber du hättest deine Trophäe nicht mit herauszubringen brauchen.«

»Oh, ich fürchtete nur, du glaubst mir meinen Erfolg nicht, ehe du die tote Maus nicht mit eigenen Augen gesehen hast ...«

»Verschwinde mit dem Ding!«

18

Sie saßen auf ihrem Felsen und angelten. Das heißt, sie versuchten zu angeln. Tatiana hielt zwar ihre Angelrute ins Wasser, aber Alexander hatte seine beiseite gelegt und streichelte ihren bloßen Rücken. Seit sie sich ein neues blaues Baumwollkleid genäht hatte, das rückenfrei war, konnte Alexander sich nicht mehr auf die alltäglichen Pflichten konzentrieren.

»Shura, bitte, wir haben noch nichts gefangen. Ich will nicht, dass Naira Michailowna hungrig zu Bett gehen muss, weil wir noch nicht einmal einen einzigen Fisch für sie aus dem Wasser ziehen.« Tatiana seufzte und blickte lächelnd über den glitzernden Fluss. »Du hast doch gesagt, du wolltest mir etwas vorlesen. Du hast doch extra den Puschkin mitgenommen. Lies mir aus dem *Ehernen Reiter* vor.«

»Ich würde lieber …«

»Lies. Dann jage und sammle *ich* eben.«

Alexander küsste sie auf den Rücken. »Leg die Angel weg. Ich kann es nicht mehr aushalten.«

»Es ist fast sechs Uhr abends und wir haben noch nichts zum Abendessen.«

»Komm schon«, sagte er und nahm ihr die Angelrute aus der Hand. »Wann hättest du mich schon jemals abweisen können?« Alexander legte sich auf den Rücken. »Zieh dein Kleid hoch und setz dich auf mich.« Er stöhnte leise und fuhr fort: »Nein, nicht so. Dreh dich um, mit dem Gesicht zum Fluss.«

»Mit dem *Rücken* zu dir?«

»Ja«, sagte Alexander und schloss die Augen. »Ich möchte deinen Rücken sehen, wenn du auf mir sitzt.«

Hinterher sagte Tatiana entspannt und fast unhörbar: »Vielleicht hätte ich weiterangeln sollen. Ich sitze ja schon in der richtigen Richtung.«

Alexander strich sanft über ihren Rücken und erwiderte nichts.

Tatiana stand auf. »Willst du mich küssen?«, fragte sie.

Er lag mit geschlossenen Augen da. »Ja.« Aber er rührte sich nicht. »Wie viele Tage bleiben uns noch, Tatiana?«, fragte er mit erstickter Stimme.

Sie wandte sich rasch von ihm ab und blickte über den Fluss. »Ich weiß nicht«, flüsterte sie, »ich habe nicht nachgezählt.«

Plötzlich sagte Alexander: »Ich glaube, jetzt lese ich dir etwas vor. Oh, hier ist eine Passage, die dir bestimmt gefällt.«

»Heiraten? Ich? Ob das wohl geht?
's wird schwer sein, doch ich kann's verschmerzen;
Bin jung ja und gesund so weit,
Zu schaffen Tag und Nacht bereit,
Wird mir schon irgendwie besorgen
Ein trautes Heim, so klein es sei,
Wo auch …«

Er schwieg. Tatiana wusste, dass der Name der Frau in Puschkins Gedicht Parascha war. Sie wartete geduldig, dass er weiterlas. Das Herz tat ihr weh. Leiser fuhr Alexander fort:

»Wo auch Tatiana wär geborgen,
Und sind erst ein, zwei Jahr' vorbei,
Find ich ein Pöstchen, überlasse
Tatiana die Familienkasse
Und Kinderaufzucht, das ist klar …
So woll'n, bis dass der Tod uns scheide,
Denn leben Hand in Hand wir beide,
Bis uns begräbt der Enkel Schar …«

Er brach ab und schlug das Buch zu.

»Lies weiter, Soldat«, sagte Tatiana und griff nach der Angelrute. »Lies bitte weiter.«

»Nein«, erwiderte Alexander. Tatiana drehte sich nicht zu ihm um. Stattdessen rezitierte sie aus der Erinnerung:

»So träumte er. Und war voll Trauer
In dieser Nacht, und wünschte sich,
Dass nicht so heult' der Wind, der Schauer
Des Regens nicht so fürchterlich
Ans Fenster schlüg …«

Danach schwiegen sie, bis sie in die Hütte gingen.

Als sie spät am Abend von Naira zurückkamen, entzündete Alexander ein Feuer. Tatiana kochte Tee und sie setzten sich nebeneinander ans Feuer. Er war schweigsamer als gewöhnlich.

»Shura«, sagte sie leise, »komm her. Leg deinen Kopf in meinen Schoß. Wie immer.«

Zärtlich und voller schmerzlicher Zuneigung streichelte Tatiana ihm übers Gesicht. »Was ist los, Soldat?«, flüsterte sie. »Was bekümmert dich?«

»Nichts«, erwiderte er.

Tatiana seufzte. »Willst du einen Witz hören?«

»Nur, wenn er gut ist.«

»Zwei Fallschirmspringer kommen zum Fallschirmpacker. ›Hey‹, fragen sie, ›sind deine Fallschirme in Ordnung?‹ – ›Nun‹, erwidert er, ›es hat sich noch niemand beschwert.‹«

Fast musste Alexander lachen. »Lustig, Tania.« Er sprang auf und ergriff ihre Tasse. »Ich gehe rauchen.«

»Rauch hier und lass die Tassen stehen. Ich räume sie später weg.«

»Ich will aber nicht, dass *du* sie immer wegräumst«, erwiderte er.

Sie kaute auf ihrer Unterlippe herum und erwiderte nichts.

Bevor er ging, fügte er hinzu: »Und warum musst du Vova bei Tisch immer bedienen? Hat er sich die Hände gebrochen? Kann er sich nicht selbst etwas nehmen?«

»Shura, ich bediene doch alle! Und dich zuerst. Wie sähe es denn aus, wenn ich allen außer ihm das Essen auf den Teller gäbe?«

»Mir ist es egal, wie es aussähe. Ich will nur nicht, dass du es tust.«

Sie antwortete nicht. War er böse auf sie?

Tatiana blieb vor dem Feuer sitzen. Abgesehen vom Feuerschein und dem Halbmond am Himmel war es dunkel. Die Luft roch nach frischem Wasser, brennendem Holz und Nacht. Sie wusste, dass Alexander auf der Bank an der Hütte saß und dass er sie beobachtete. Das tat er jetzt immer öfter. Er beobachtete sie und rauchte dabei. Ständig rauchte er.

Sie drehte sich um. Er saß da, rauchte und beobachtete sie.

Tatiana stand auf und ging zu ihm hin. Sie stellte sich vorsichtig auf seine Füße und fragte schüchtern: »Shura ... wollen wir hineingehen?«

Er schüttelte den Kopf. »Geh schon mal vor. Ich bleibe noch ein Weilchen hier und warte, bis das Feuer heruntergebrannt ist.«

Nachdenklich kaute Tatiana auf ihrer Unterlippe.

»Na, geh schon«, forderte Alexander sie auf.

Sie trat näher an ihn heran und hockte sich zwischen seine Beine. Sein Atem ging rascher. Sie rieb ihm über die Beine und sagte leise: »Was möchte ich?«

Alexander schwieg.

Tatiana wagte noch einen Vorstoß. »Was möchtest *du?*«

»Deinen Mund auf mir spüren«, erwiderte er gepresst.

»Mmm«, sagte sie und öffnete seine Hose. »Ist es zu dunkel? Oder kannst du mich sehen?«

»Ich kann dich sehen«, erwiderte er und packte ihren Kopf, als sie ihn in den Mund nahm.

»Shura?«

»Mmm?«

»Ich liebe dich.«

19

In der Dämmerung sammelte Alexander Brennholz im Wald. Tatiana rief nach ihm, aber er antwortete nicht. Dabei hätte sie ihn gern noch gesehen, bevor sie zu Naira lief. Sie stellte ihm einen Teller mit Bratkartoffeln auf die Bank und legte zwei Tomaten und eine Gurke dazu. Wenn er aus dem Wald zurückkam, hatte er immer Hunger. Neben seinen Teller stellte sie eine Tasse süßen schwarzen Tee und daneben legte sie eine Zigarette und Streichhölzer.

Gelegentlich wachten sie noch vor dem Morgengrauen auf und gingen zum Angeln, wenn die Kama still dalag, die Luft taufeucht und blau war. Dann setzten sie sich schweigend und schläfrig auf ihren Felsen neben der Lichtung. Natürlich hatte Alexander Recht. Es war die beste Zeit zum Fischen. In vier oder fünf Minuten fingen sie ein halbes Dutzend Forellen. Alexander hängte sie in seinem Netz in den Fluss. Dann ging er rauchen und Tatiana putzte sich die Zähne und ging wieder ins Bett.

Wenn er geraucht hatte und geschwommen war, kam auch Alexander zurück ins Bett und Tatiana, die auf ihn gewartet hatte, empfing ihn mit offenen Armen.

Aber während Alexander sich früher einen Spaß daraus gemacht hatte, sie mit seinen eiskalten Gliedmaßen zu erschrecken, berührte er sie in der letzten Zeit, als ob er sich an ihr verbrennen würde.

Manchmal war er ihr richtig fremd und ähnelte auf einmal gar nicht mehr dem fröhlichen Shura, der sie gejagt und geneckt und geliebt hatte.

Tatiana schnitt seine Tomate auf und Tränen tropften auf den Teller.

»Gehst du irgendwohin?« Alexander war zurückgekehrt, ohne dass sie es gemerkt hatte.

Rasch wischte sie sich über die Augen, räusperte sich und erwiderte: »Warte, ich bin gleich fertig.«

Es wurde schon dunkel, vielleicht sah er ihr nasses Gesicht ja nicht.

Lächelnd drehte sie sich zu ihm um. Er war schweißüberströmt und voller Holzstaub. »Hast du noch mehr Brennholz gesammelt?«, fragte Tatiana. »Brauche ich denn überhaupt so viel?«

»Warum ist dein Gesicht so rot?«

»Ich habe Zwiebeln für die Kartoffeln geschnitten.«

»Ich sehe nur einen Teller. Ich habe dich gefragt, ob du weggehen willst.« Er lächelte nicht.

»Natürlich nicht«, erwiderte Tatiana und räusperte sich.

Es war Abend. Tatiana lag still neben Alexander und sah ihn unverwandt an. Er hatte die Augen geschlossen und sie war sich nicht sicher, ob er schlief. Aber eigentlich glaubte sie es nicht. Ab und zu überlief ihn ein Schauer, als ob er über irgendetwas Unangenehmes nachdächte. Langsam zeichnete Tatiana mit den Fingern Kreise auf seinen Rücken. Alexander murmelte etwas und drehte sein Gesicht weg.

»Soll ich dich massieren?«, fragte sie und fuhr mit den Handflächen über seine Schultern.

Er wandte sich wieder zu ihr und öffnete ein Auge. »Kannst du denn massieren?«

»Ja.« Sie lächelte und setzte sich auf ihn. »Was glaubst du denn?«, sagte sie und kniff ihn leicht. »Ich habe schon oft massiert!«

»Ach ja?«

»Bist du bereit? Pass auf, das sind Schienen.« Tatiana zeichnete mit den Fingerspitzen zwei lange parallele Linien an seiner Wirbelsäule entlang, vom Nacken bis zum elastischen Bund seiner Shorts.

»Und nun die Schwellen.« Jetzt waren die Querlinien an der Reihe.

»Hier kommt der Nachtzug …« Eine Zickzacklinie.

»Und alles Getreide fällt heraus.« Sie kitzelte ihn am Rücken.

Alexander lachte, den Kopf auf die Hände gestützt. Tatiana hätte ihn am liebsten geküsst, aber das gehörte nicht zum Spiel.

»Die Hühner kommen und picken alles auf.« Sie piekste ihn mit den Fingerspitzen.

»Die Gänse kommen und beißen.« Sie kniff ihn überall.

»Was ist denn das für eine Massage?«

»Die Kinder laufen darauf herum.« Sie drückte ihre Handflächen auf seinen Rücken.

»Die Räuber kommen! Sie salzen und pfeffern das Getreide und dann essen sie es auf.« Sie kitzelte ihn wieder. Er wand sich unter ihr. Es ist so schön, dass er kitzlig ist, dachte Tatiana vergnügt. Sie konnte einfach nicht widerstehen und biss ihn leicht in den Rücken. Alexander schnurrte.

»Jetzt kommt Deduschka und sammelt das restliche Getreide ein«, fuhr Tatiana fort und piekste ihn wieder. »Und jetzt kommt der Zoowärter …«

»Oh, nein«, stöhnte Alexander.

»Er setzt sich hin und schreibt.« Tatiana malte einen Tisch und einen Stuhl auf Alexanders Rücken.

Dann schrieb sie Wörter.

»›Bitte lassen Sie meine Tochter in den Zoo und bitte sammeln Sie alle Körner auf.‹ Er macht einen Punkt … Er klebt eine Briefmarke darauf …« Sie gab Alexander einen Klaps. »Trrr!« Sie stach ihm in die Rippen. »Er schickt den Brief ab!« Sie zog das Gummi an seinen Shorts hoch und streichelte ihm über das Hinterteil.

Alexander lag ganz still da. »Fertig?«, fragte er mit erstickter Stimme.

Lachend legte Tatiana sich über ihn. »Ja«, erwiderte sie und küsste ihn zwischen die Schulterblätter. »Wie hat es dir gefallen?« Sie liebte den Anblick seines bloßen, starken Rückens. Er hat mich auf diesem Rücken getragen, dachte sie.

Er hat mich neun Kilometer weit getragen, mich und sein Gewehr. Sie rieb ihre Wange an seiner gebräunten Schulter.

»Hmm, interessant. Ist das eine Art russischer Massage?«

Tatiana erzählte ihm, dass sie das früher mit den Kindern in Luga bis zu zwanzigmal am Tag gemacht hatte, jedes Mal fester und kitzliger. Sie erwähnte jedoch nicht, dass auch Dascha und sie es endlos miteinander gespielt hatten.

Alexander drehte sich um. »Jetzt bin ich an der Reihe«, erklärte er.

»Oh, nein!«, kreischte sie. »Lieber nicht.«

»Dreh dich um. Nein, warte, zieh erst das Kleid aus.«

Er half ihr aus dem Kleid und sie legte sich vor Alexander auf den Bauch. Sie hatte Sommersprossen auf den Schultern, aber der Rest ihres Körpers war elfenbeinfarben. Alexander ließ seine Zunge von einem Schulterblatt zu ihrem Nacken gleiten. Flach atmend sagte er: »Warte, die ziehen wir auch aus« und zog ihre blaue Seidenunterhose herunter.

Tatiana hob die Hüften an. »Shura«, wandte sie ein, »wie willst du denn bei der Massage am Schluss den Brief abschicken, wenn du mir die Unterhose ausziehst?«

Alexander drückte ihr einen Kuss auf den Rücken und erklärte: »Da wir ja auch keinen echten Zug mit Getreide oder sonst etwas auf deinem Rücken haben, reicht für die Geschichte mit dem Hosenbund doch sicher auch unsere Fantasie, oder?« Gleichzeitig zog er seine Shorts aus.

Da er nicht aufhörte, sie zu küssen, sagte Tatiana schließlich leise stöhnend: »Du hältst die Regeln nicht ein!«

Er setzte sich aufrecht hin und erwiderte: »Na gut, wie fängt es an?«

»Erst kommen die Schienen«, sagte Tatiana.

Alexander zog zwei lange Linien von ihrem Hals bis zu ihrem Po.

»Das ist gut. Aber du brauchst nicht so weit hinunter zu gehen.«

»In Ordnung«, erwiderte er, ließ seine Hand aber auf ihrem Hintern liegen. »Die Hühner ...«, fuhr er dann fort. »Was tun die?«

»Sie picken«, sagte Tatiana. Alexander piekste sie leicht mit den Fingerspitzen. Seine Hände glitten nach vorne zu ihren Brüsten. »Und wie war das mit den Gänsen?«, fragte er.

»Sie kneifen.« Sanft kniff er in ihre Brustwarzen. »Shura, das kannst du aber sonst besser«, stellte Tatiana fest und hob den Oberkörper leicht an. Er kniff sie fester. »Mmm«, murmelte sie.

»Dann kommen die Räuber ...«, sagte Alexander, spreizte Tatianas Beine und kniete sich dazwischen. »Sie salzen ...« Mit diesen Worten hob er ihre Hüften. »Sie pfeffern ...«, fuhr er fort und drang in sie ein. Tatiana schrie leise auf und krallte ihre Finger in das Laken. »Und sie essen das Getreide ... einmal ... und noch einmal ... und noch einmal ...«

Hinterher murmelte Tatiana: »War das jetzt eine amerikanische Massage? Das war nämlich überhaupt nicht nach den Regeln.«

Alexander lachte.

20

Später am Abend spielten Tania und Shura Strip-Poker. Tania hasste es zu verlieren, aber im Pokern konnte sie gegen ihn nicht gewinnen.

Sie hatte gerade ihr Hemd ausgezogen und Alexander beugte sich vor, um an ihren Nippeln zu saugen. Sie saßen auf der Lichtung vor dem Feuer. »Dring in mich ein«, flüsterte sie.

»Erst, wenn du das nächste Spiel auch verloren hast.« Aber er konnte nicht von ihr lassen. »Sieh mich an, Tania. Ich bin in deiner Gegenwart völlig aufgelöst.«

»Nicht völlig«, lachte sie und griff nach ihm. »Und ich verliere bestimmt nicht mehr. Um nichts in der Welt.«

Doch es lief nicht gut für Tatiana. Bald hatte sie nur noch ihre Unterwäsche an. »Immerhin trage ich außer meiner Unterhose auch noch meinen Ehering am Körper«, sagte sie. »Ich könnte vielleicht doch noch gewinnen …«

»Wenn du deinen Ehering abnimmst, brauchst du ihn gar nicht wieder über den Finger zu streifen«, erwiderte Alexander.

Er beobachtete sie, während sie prüfend ihre Karten betrachtete. Auf seine eigenen konnte er sich kaum konzentrieren.

»Okay, zeig mir, was du hast«, sagte er schließlich.

»Aha!« Strahlend zeigte sie ihm ein Fullhouse.

»Nichts aha!«, entgegnete Alexander und legte seine Karten hin. Er hatte vier Könige.

»Und?« Sie runzelte die Stirn.

»Ich habe gewonnen. Vier Könige.« Er wies auf ihre Unterhose. »Runter damit!«

»Was soll das heißen?«

»Vier gleiche Karten sind mehr wert als ein Fullhouse.«

»Oh, du bist ein solcher Lügner!«, schäumte sie, warf ihre Karten hin und hielt sich die Hände vor die Brust.

Er zog ihr die Hände weg. »Wir sind hier nicht mehr in Luga. Ich kenne deine Brüste schon.« Er grinste. »Ich habe …«

Sie verschränkte die Arme vor der Brust. »Jetzt verstehe ich endlich, warum du die ganze Zeit gewinnst. Du schummelst.«

Alexander musste so sehr lachen, dass er nicht mehr mischen konnte. »Wie oft soll ich es dir noch erklären, Genossin? Regeln sind Regeln. Runter mit der Unterhose.«

Tatiana rutschte von ihm weg. »Ja, nach deinen Schummelregeln«, erklärte sie verächtlich. »Lass uns noch einmal spielen.«

»Gern, aber vorher will ich dich nackt sehen. Du hast verloren.«

»Shura, neulich hast du Naira Michailowna noch erklärt, dass dein Fullhouse mehr wert ist als ihre vier gleichen Karten. Ich spiele nicht mehr mit dir, wenn du so schummelst.«

»Tania, Naira hatte nur drei von einer Sorte, nicht vier, und ich hatte eine Straße.« Alexander grinste sie fröhlich an. »Ich brauche nicht zu schummeln, um dich beim Pokern zu schlagen. Beim Dominospiel ist das etwas anderes, aber beim Pokern ...«

Alexander trug seine Armeehose, aber bis zur Taille war er nackt.

Tatiana hielt sich immer noch die Hände vor die Brüste, aber ihre Lippen waren feucht und sie blickte ihn verlangend an. »Tania«, fragte er, »soll ich dich zwingen, die Regeln einzuhalten?«

»Ja«, erwiderte sie und sprang auf. »Versuch das mal.«

Alexander liebte ihren Kampfgeist. Er sprang ebenfalls auf die Füße, aber sie wich ihm aus und stürzte sich in die Kama, bevor er sie erreichen konnte.

Er blieb am Ufer stehen. »Hast du den Verstand verloren?«, schrie er.

»Ja, und du schummelst beim Pokern, nur damit ich meine Kleider ausziehen muss!«, rief sie zurück.

Alexander verschränkte die Arme vor der Brust und sagte: »Muss ich wirklich beim Pokern betrügen, damit du die Kleider ausziehst? Das tust du doch eigentlich immer freiwillig!«

»Oh, du ...« Sie lachte.

»Komm heraus«, bat er. Aber er konnte sie nicht mehr sehen. Dazu war es zu dunkel.

»Komm doch ins Wasser und fang mich, wenn du so clever bist!«

»Ich bin zwar clever, aber nicht verrückt. Ich gehe nachts nicht in den Fluss. Komm jetzt.«

Sie kicherte.

»Na gut«, sagte Alexander und ging zurück zur Decke. Er sammelte alles ein und trug es ins Haus. Als er danach wieder herauskam, war es still auf der Lichtung. Auch vom Fluss her war nichts zu hören.

»Tania!«, rief Alexander.

Nichts.

»Tania!«, rief er noch einmal, lauter.

Nichts.

Rasch lief er zum Flussufer. Er konnte nichts sehen.

»Tatiana!«, rief er laut.

Stille.

Alexander fiel plötzlich die Strömung ein, die Felsen im Wasser, die Äste, die vorbeitrieben ... Panik stieg in ihm auf.

»Tania!«, schrie er. »Das ist nicht mehr lustig!« Angestrengt lauschte er.

Nichts.

Obwohl er noch die Hose anhatte, rannte er ins Wasser. »Wenn das wieder einer deiner Scherze ist, solltest du mir besser nicht zu nahe kommen!«

Nichts.

Alexander schwamm gegen die Strömung und schrie unentwegt nach ihr. »Tania!« Dann warf er einen Blick ans Ufer. Und da stand sie ... Sie war schon wieder trocken, trug ein langes Hemd und kämmte sich gerade die Haare. Er konnte ihren Gesichtsausdruck nicht sehen, weil sie vor dem Feuer stand, aber an ihrer Stimme konnte er hören, dass sie zufrieden grinste. »Ich dachte, du würdest nachts nicht in die Kama gehen, du großer Schummler?«

Erleichtert stieg Alexander aus dem Wasser, rannte auf Tatiana zu und griff so heftig nach ihr, dass sie taumelte und zu Boden fiel. Strahlend blickte sie ihn an.

Keuchend stand er ein paar Sekunden über ihr, dann schüttelte er den Kopf. »Tatiana, du bist unmöglich.« Er half ihr aufzustehen, dann wendete er sich wortlos ab und ging zur

Hütte. Sie folgte ihm und murmelte: »Es war doch nur ein Scherz …«

»Das war wirklich nicht besonders lustig!«

»Noch nicht einmal einen kleinen Scherz kannst du vertragen«, murrte sie.

»Was soll denn daran lustig sein, wenn ich Angst habe, dass du ertrunken bist?«, schrie er und wirbelte herum. Dann ging er in die Hütte. Sie lief ihm nach. »Shura …« Tatiana ergriff seine Hand und zog sie unter ihr Hemd. Alexander hielt den Atem an. Sie hatte ihre Unterhose ausgezogen. Sie war wirklich unmöglich. Aber er ließ seine Hand zwischen ihren Schenkeln liegen.

»Du solltest ins Wasser springen und mich retten«, flüsterte Tatiana und knöpfte seine Hose auf. »Du hast die Szene in der Geschichte vergessen, wo der Ritter das zarte Mädchen rettet.«

Er streichelte sie. »Zart? Du musst jemand anderen meinen. Und du vergisst, dass es als zartes Mädchen deine Aufgabe ist, den Ritter zu lieben, nicht ihn zu Tode zu erschrecken.«

»Ich wollte den Ritter nicht erschrecken«, murmelte sie. Alexander hob sie hoch und trug sie zum Bett. Einladend streckte sie ihm die Arme entgegen. »Ich bin hier, Soldat«, sagte sie. »Fühl mich.«

»Ich fühle dich, Tania«, flüsterte Alexander.

»Bitte, komm zu mir«, stöhnte sie. »Bitte … komm und nimm mich, wie du willst … nein, nimm mich, wie *ich* es liebe … komm …«

Er nahm sie so, wie sie es liebte. Als sie später warm und befriedigt unter der Decke lagen, öffnete Alexander den Mund, um etwas zu sagen, doch Tatiana sagte: »Schscht, Shura, ich weiß es. Ich verstehe alles. Ich fühle alles. Sag nichts.«

Sie umarmten sich, als wollten sie ineinander verschmelzen.

21

So vergingen ihre Fliedertage, vom Morgen bis in die Nacht. Vom ersten Rauschen des Flusses bis zum letzten Lied der Lerche, vom Duft der Nesseln zum Duft der Tannenzapfen, von der friedlichen Morgensonne bis zum blassen blauen Mond über der Lichtung.

Alexander zersägte Holz für Tatiana und stapelte es. Sie backte ihm Blaubeerkuchen und kochte Kompott. Es gab viele Blaubeeren in diesem Sommer.

Er baute ihr Möbel und sie backte ihm Brot.

Tatiana nähte für Alexander und sie gingen zusammen Pilze sammeln.

Er brachte ihr Englisch bei und las ihr aus Puschkin vor, während sie kochte.

Er hatte in dem Buch ein Bild von sich gefunden, dass er vor einem Jahr Dascha geschenkt hatte. Es war ein Foto von ihm, wie er die Auszeichnung für Jurij Stepanow entgegennahm. »Ist meine Frau stolz auf ihren Mann?«, fragte er und zeigte Tatiana das Bild.

»Und wie«, antwortete sie lächelnd. »Stell dir vor, Shura«, fügte sie hinzu, »als ich noch ein Kind war und auf dem Ilmensee gerudert bin, hattest du schon deine Eltern verloren, warst in die Armee eingetreten und bereits ein Held!«

»Du warst kein *Kind,* das auf dem Ilmensee rudert«, widersprach er, »sondern eine *Königin.* Und hast auf mich gewartet.«

»Wir haben übrigens immer noch nicht die Hochzeitsfotos abgeholt«, bemerkte Tatiana.

»Wann hätten wir schon Zeit, nach Molotow zu gehen?«

Sie sprachen nicht über seine bevorstehende Abreise, aber die Tage vergingen. Sie schienen ihnen förmlich davonzurasen.

Während sie sich unterhielten und sich Witze erzählten, während sie aßen und spielten, fischten und miteinander rangelten, während sie im Wald spazieren gingen und Tatiana Englisch übte, während Alexander ihr bei ihrer Wäsche und der der vier alten Frauen half, während er Wasser vom Brunnen und ihre Milchkannen holte, während er ihr die Haare bürstete und während er sie liebte, wusste Alexander, dass dies die glücklichsten Tage seines Lebens waren.

Er machte sich keine Illusionen. Diese Zeit in Lazarewo würde nicht wiederkehren, weder für ihn noch für sie. Tatiana aber hegte diese Illusionen.

Sie war so unermüdlich fröhlich und glücklich, dass er sich, als sich sein Urlaub dem Ende zuneigte, manchmal fragte, ob sie überhaupt jemals einen Gedanken an die Zukunft verschwendete. Er wusste, dass sie manchmal an früher dachte, dass sie an Leningrad dachte, und dann spürte er, dass sie traurig war. Aber für die Zukunft schien sie nur rosige Zeiten zu erhoffen.

»Was hast du denn?«, fragte sie ihn, wenn er stumm auf der Bank saß und rauchte. Nichts, erwiderte Alexander dann immer. *Ich lasse nur meinen Schmerz wachsen.*

Wie sehr wünschte er für sich und Tatiana eine bessere Zukunft!

In seiner Ohnmacht war er oft auch wütend auf sie. Wütend, weil sie sich ständig um andere Leute kümmerte, wütend, weil sie ihre eigenen Bedürfnisse wieder völlig hintanstellen würde, wenn er nicht mehr da war, um auf sie aufzupassen.

Schließlich entzündete sich sein Zorn sogar an Kleinigkeiten. Ihre ständige Fröhlichkeit regte ihn auf. Immer sang sie und hüpfte ausgelassen um ihn herum. Wie konnte sie nur so sorglos sein, wo sie doch wusste, dass er sie in zwei Wochen schon verlassen musste?

Außerdem wurde er so eifersüchtig, dass es sogar ihn selbst überraschte. Er konnte es nicht mehr ertragen, irgendjemanden in ihrer Nähe zu sehen. Er konnte es nicht ertragen, wenn sie mit Vova redete, und noch viel weniger, wenn sie ihm sein Essen auftat. Und doch konnte er ihr kaum länger als fünf Minuten böse sein, dazu verfügte Tatiana über zu viele Waffen, um seinen Zorn zu besänftigen.

Aber er konnte den Gedanken nicht ertragen, sie verlassen zu müssen.

Eines Tages war Tatiana in die Fischfabrik gegangen. Angeblich gab es dort zurzeit Heringe. Alexander blieb bei der Hütte, lief wie betäubt auf der Lichtung umher und wartete darauf, dass sie wiederkam. Um sich abzulenken, durchsuchte er ihre Truhe nach irgendetwas, das er vielleicht als Andenken an sie mitnehmen konnte. Die Truhe hatte Tatianas Großvater gehört, deshalb dachte Alexander sich zunächst nichts dabei, als er einen schwarzen Rucksack herausholte, der ganz unten unter Kleidungsstücken und Büchern gelegen hatte. Neugierig machte er ihn auf. Er enthielt Dedas alte P-38-Pistole, Wodkaflaschen, Winterstiefel, Dosen mit *tuschonka,* getrocknetes Brot, eine Feldflasche und Rubel. Auch warme Kleidung in dunklen Farben war darin.

Alexander rauchte mindestens zehn Zigaretten, bis Tatiana wiederkam.

Er hörte sie schon, bevor er sie sah. Sie summte eine Walzermelodie. »Shura!«, rief sie fröhlich. »Du wirst es nicht glauben! Ich habe echten Hering bekommen! Wir veranstalten heute Abend ein Festmahl!«

Sie kam auf ihn zugelaufen und schlang die Arme um seinen Hals. Alexander erwiderte ihren Kuss, zog sie aber gleich zu dem Rucksack. »Was ist das?«

»Durchsuchst du meine Sachen? Komm, hilf mir lieber, den Hering auszunehmen.«

»Ich fasse den Hering erst an, wenn du mir gesagt hast, was das hier ist.«

»Wir sollten uns erst um den Fisch kümmern, ich habe dreißig ...«

»Tatiana!«

Sie seufzte. »Es ist mein Rucksack.«

»Was hast du damit vor?«

Sie setzte sich auf die Bank.

Alexander zerrte die dunklen Sachen heraus. »Warum hast du dir diese Kleidung eingepackt?«

»Um keinen Verdacht zu erregen.«

»Nun, dann solltest du lieber deinen verführerischen Mund verdecken. Wohin willst du gehen?«

»Was ist denn in dich gefahren?«, fragte sie erstaunt.

Alexander hob die Stimme. »Wohin willst du gehen, Tania?«

»Ich wollte nur für alles gerüstet sein.«

»Für *was?*«

Sie schlug die Augen nieder. »Um dich zu begleiten.«

»*Wohin?*«

»Überallhin.« Sie sah ihn an. »Wo auch immer du hingehst. Ich will bei dir sein.«

Alexander blickte sie sprachlos an. »Aber Tania ... ich gehe zurück an die Front.«

Sie sah zu Boden. »Ach ...«, erwiderte sie.

»Natürlich! Wo sollte ich denn sonst hingehen? Oberst Stepanow hat mir Urlaub bewilligt, damit ich hierher fahren konnte, und ich habe ihm mein Wort gegeben, dass ich rechtzeitig zurückkomme.«

»Und ihr Amerikaner haltet ja euer Wort immer«, sagte sie zynisch.

»Ja, das tun wir«, bestätigte Alexander bitter. »Wir brauchen also gar nicht weiter darüber zu reden.«

Tatiana hob den Kopf und sagte mit kleiner Stimme: »Dann gehe ich eben mit dir zurück nach Leningrad.«

»Tatiana!«, schrie er entsetzt auf. »Machst du Witze? Soll das ein Scherz sein?«

Er war so aufgebracht, dass er ein Stück in den Wald hineinlief, um sich wieder zu beruhigen. Als er zurückkam, saß Tatiana da und nahm den Hering aus. Typisch! Er war völlig außer sich, und sie bereitete Fisch zu! Er schlug ihr den Hering aus der Hand.

»Aua!«, schrie sie auf. »Was ist denn los mit dir?«

Alexander packte sie an den Schultern. »Tania, was zum Teufel denkst du dir eigentlich? Du gehst auf gar keinen Fall mit mir zurück!«

Sie nickte störrisch mit dem Kopf. Laut und deutlich erwiderte sie: »Doch!«

»Nein«, sagte Alexander, »du kommst nicht mit. Nicht, wenn ich es verhindern kann. Das heißt, du musst mich schon umbringen. Vergiss es. In meinem nächsten Urlaub komme ich wieder her.«

»Nein«, erwiderte sie, »du kommst nie mehr zurück. Du wirst irgendwo ohne mich sterben. Ich spüre es. Ich bleibe nicht hier.«

»Tania, hast du denn vergessen, dass Leningrad immer noch belagert wird? Du kannst nicht zurück! Es werden immer noch Menschen evakuiert. Hast du vergessen, wie es in Leningrad war? Leningrad ist eine belagerte Stadt und wird immer noch jeden Tag bombardiert. Es ist viel zu gefährlich dort.«

»Nun, wenn du einen anderen Vorschlag hast, dann lass es mich wissen. Ich muss jetzt diesen Hering fertig machen.«

Alexander ergriff den Hering und wollte ihn in die Kama schleudern, aber Tatiana fiel ihm in den Arm. »Nein! Das ist unser Abendessen und die Frauen freuen sich schon darauf.«

»Du kommst nicht mit. Das ist mein letztes Wort.« Er drehte ihren Rucksack um und kippte den Inhalt aus.

Tatiana sah ihm ruhig zu und sagte: »Und wer hebt das jetzt alles wieder auf?«

Wortlos nahm Alexander die Kleidungsstücke und zerschnitt sie mit seinem Armeemesser in winzige Fetzen.

»Na, du hast dich ja *wirklich* beruhigt«, sagte Tatiana, die ihm fassungslos zusah. »Aber keine Sorge, ich kann mir neue Sachen nähen, Alexander.«

Fluchend ballte Alexander die Faust. »Du versuchst, mich zu provozieren.« Sie zuckte nicht mit der Wimper.

Als er sich daranmachte, auch den Rucksack zu zerreißen, fiel Tatiana ihm in den Arm und flehte ihn an, aufzuhören. Er hätte sie weggeschoben, aber er wollte ihr nicht wehtun, und so ließ er den Rucksack los.

Während des Abendessens bei Naira sagte Alexander nicht viel, er war immer noch zu wütend. Als Tatiana ihn fragte, ob er noch etwas Blaubeerkuchen haben wolle, schnappte er: »Ich habe doch bereits nein gesagt!« Sie blickte ihn vorwurfsvoll an und er hätte sich am liebsten entschuldigt, brachte es jedoch nicht fertig.

Schweigend liefen sie durch den Wald nach Hause, und als sie in der Hütte angekommen waren, zogen sie sich aus und gingen zu Bett. »Du bist doch nicht immer noch böse auf mich, oder?«, fragte Tatiana.

»Nein«, erwiderte Alexander. Er ließ jedoch seine Shorts an und drehte sich sofort von ihr weg.

»Shura?« Sie streichelte ihm über den Rücken und küsste ihn. »Shura!«

»Ich bin müde. Ich möchte schlafen.«

Allerdings wollte er auch nicht, dass sie aufhörte, ihn zu streicheln.

»Ach, komm«, flüsterte Tatiana. »Komm, großer Mann. Fühl mal, ich bin nackt. Fühlst du es?«

»Hmm.« Alexander drehte sich auf den Rücken und sagte, ohne sie anzublicken: »Tatiana, ich will, dass du hier bleibst, wo du in Sicherheit bist.«

»Du weißt, dass ich nicht hier bleiben kann«, erwiderte sie leise. »Ich kann nicht ohne dich sein.«

»Natürlich kannst du das! Genau wie früher auch.«

»Es gibt kein Früher.«

»Hör auf. Du verstehst es nicht.«

»Dann erklär es mir«, bat sie ihn und legte ihm ihre kleine, warme Hand auf die Brust.

Er schob sie weg und sagte: »Wir haben nur noch drei Tage. Ich möchte sie nicht mit dieser Diskussion verbringen.«

»Nein, aber es macht dir offenbar gar nichts aus, sie mit deinen Launen und deinem schlechten Benehmen zu verderben.« Zärtlich streichelte sie ihn.

Wieder schob Alexander ihre Hand weg. Eine Erkenntnis durchzuckte ihn plötzlich. »Ach, *deshalb* warst du also so fröhlich, als ob es dir ganz egal wäre, dass ich abreisen muss? Du hast gedacht, du kämst mit?«

Sie schmiegte sich an ihn und küsste ihn auf den Arm. »Shura«, flüsterte sie, »was hast du denn gedacht, wie ich die Zeit mit dir sonst überstanden hätte? Ich kann den Gedanken nicht ertragen, dass du mich verlässt. Alles, was ich habe, habe ich dir gegeben, und wenn du gehst, bleibt mir nichts mehr.«

Alexander stand auf. Er war am Rande der Verzweiflung. »Aber ich gehe«, sagte er laut, »und zwar ohne dich.«

Stumm schüttelte sie den Kopf.

»Widersprich mir nicht!«, schrie Alexander. »Wir leben im Krieg, verdammt noch mal! Krieg! Millionen von Menschen sind schon gestorben. Willst du eine weitere namenlose Leiche in einem Massengrab sein?«

Tatiana begann zu schluchzen. »Ich will bei dir bleiben«, flüsterte sie. »Bitte.«

»Sieh mal«, versuchte Alexander es erneut, »ich bin Soldat. Dieses Land befindet sich im Krieg. Aber hier bist du in Sicherheit. Wir hatten eine schöne Zeit, aber jetzt ist sie vorüber, verstehst du? Vorüber«, wiederholte er mit Nachdruck. »Ich muss zurück und du kannst nicht mitkommen. Ich werde gar nicht in die Garnison zurückkehren, man hat mich versetzt.«

»Wohin versetzt?«

»Das kann ich dir nicht sagen. Aber Leningrad soll nicht noch solch einen Winter durchmachen wie den letzten.«

»Man will die Blockade brechen? Wo?«

»Ich kann es dir nicht sagen.«

»Du bist doch ehrlich zu mir, oder, Alexander? Du würdest mir doch alles sagen?«

»Das nicht.«

»Oh«, sagte Tatiana und setzte sich auf. »Schon am dritten Tag, nachdem wir uns kennen gelernt hatten, hast du mir erzählt, dass du aus Amerika kommst. Du hast an unserem dritten Tag dein ganzes Leben vor mir ausgebreitet. Und jetzt kannst du mir nicht einmal sagen, wo du eingesetzt wirst?«

Tatiana sprang vom Ofen.

»Shura«, flehte sie, »du hast mich doch nicht geheiratet, um Geheimnisse vor mir zu haben!«

»Ich werde dir nicht sagen, wo ich hingehen muss! Verstehst du mich endlich?«

»Nein! Warum um alles in der Welt hast du mich denn geheiratet, wenn die Lügerei und die Geheimniskrämerei jetzt immer noch kein Ende haben?«

»Ich habe dich geheiratet«, schrie Alexander in seiner Hilflosigkeit, »damit ich dich jederzeit vögeln kann! Hast du es immer noch nicht kapiert? Jederzeit! Was sollte ein Soldat auf Urlaub denn sonst wollen? Wenn ich dich nicht geheiratet hätte, würde dich jetzt jeder in Lazarewo als meine Hure bezeichnen!«

Ungläubig und fassungslos starrte Tatiana ihn an. Sie taumelte gegen die Wand. Ihre Beine gaben nach. »Du hast mich geheiratet, damit du *was …?*«

Alexander zitterte am ganzen Körper. »Tatia …«

»Nenn mich nicht Tatia!«, schrie sie. »Zuerst beleidigst du mich und dann sagst du Tatia? Deine *Hure,* Alexander?« Sie stöhnte auf und schlug sich die Hände vors Gesicht.

»Tania, bitte …«

»Glaubst du, ich weiß nicht, was du da tust? Glaubst du, ich weiß nicht, dass ich dich hassen soll, damit ich dich ziehen lasse? Weißt du was«, presste sie zwischen zusammengebissenen Zähnen hervor, »du versuchst es jetzt schon lange und ich glaube, es ist dir endlich gelungen.«

»Tania, bitte ...«

»Seit Tagen weist du mich ab, nur damit es dir leichter fällt zu gehen!«

»Ich komme doch zurück«, erwiderte Alexander rau.

»Warum bist du eigentlich überhaupt hierher gekommen?« Tatiana rannte zu ihrer Truhe und durchwühlte sie, bis sie den Puschkin fand. Sie zog eine Hand voll Geldscheine heraus.

»War es das?«, schrie sie. »Bist du wegen deines *amerikanischen* Geldes gekommen? Wegen der zehntausend Dollar? Damit du ohne mich nach Amerika fliehen kannst? Glaubst du etwa, ich hätte nur die Rubel im Buch gefunden und nicht auch die Dollar, die vorn im Buchdeckel versteckt waren? Oder wolltest du mir etwas von dem Geld dalassen, als eine Art Dankeschön, *weil du die Beine breit gemacht hast, Tatiana!*«

»Tania ...«

Wütend nahm sie sein Gewehr und drückte ihm den Griff in den Bauch. Die Mündung zeigte auf sie selbst. »Ich will zurückhaben, was du mir genommen hast. Es tut mir Leid, dass ich mich für dich bewahrt habe, aber jetzt kannst du mich erschießen – du Lügner und Dieb! Das willst du doch sowieso. Drück schon auf den Abzug!« Sie stieß ihm das Gewehr fest in den Magen. »Na los, Alexander«, sagte sie, »fünfunddreißig Schüsse, direkt in mein Herz.«

Wortlos nahm er ihr das Gewehr weg.

Tatiana gab ihm eine Ohrfeige. »Ich will, dass du auf der Stelle gehst.« Eine Träne rollte ihr über die Wange. »Wir hatten eine gute Zeit, aber das ist jetzt vorbei. Du hast mich *gevögelt,* wann immer dir danach zumute war. Das habe ich jetzt kapiert. Vom ersten Tag an hast du nichts anderes gewollt. Nun, du hast bekommen, was du wolltest, also geh jetzt.« Sie riss sich den Ehering vom Finger und schleuderte ihn zu Boden. »Da – den kannst du deiner nächsten Hure geben.«

Erschöpft stieg sie wieder ins Bett und kroch unter das Laken.

Alexander ging nach draußen, sprang in die Kama und schwamm mit kraftvollen Zügen durch das kalte Wasser, als könne er dadurch seinen Schmerz, seine Schuld und seine Liebe von sich abwaschen. In drei Tagen würde Vollmond sein. Wenn ich im Wasser bleibe, dachte er, kann ich vielleicht mit dem Fluss in die Wolga und dann bis ins Kaspische Meer treiben, und niemand wird mich je finden. Ich möchte nur dahintreiben und nichts mehr fühlen. Mehr will ich nicht. Nie mehr etwas fühlen.

Schließlich ging er wieder ins Haus.

Er kletterte ins Bett, legte sich stumm neben Tania und lauschte ihren Atemzügen. Sie lag zusammengerollt mit dem Gesicht zur Wand und hatte ihm den Rücken zugedreht.

Schließlich schlug er die Decke zurück und rieb sich an ihr. Dann spreizte er ihr leicht die Beine und drang in sie ein. Eng drückte er sich an sie. Tatiana rührte sich kaum. Sie entzog sich ihm nicht, aber sie gab auch keinen Laut von sich. Sie bestraft mich, dachte Alexander und schloss die Augen. Ich hätte noch viel Schlimmeres verdient. Und doch konnte er ihr Schweigen kaum ertragen. Er küsste sie auf den Kopf, auf die Haare, auf die Schulter und konnte sich nicht dicht genug an ihren warmen Körper drängen. Schließlich gab sie nach, stöhnte leise und ergriff seine Hand. Sie weinte.

»Tatiascha, es tut mir so Leid«, flüsterte er. »Es tut mir Leid, dass ich so herzlose Worte gesagt habe. Ich habe sie nicht so gemeint. Nicht ein einziges Wort. Das weißt du doch.« Er drückte sie an sich.

»Doch, du hast sie so gemeint«, erwiderte Tatiana müde. »Du bist ein Soldat. Du hast sie genau so gemeint, wie du sie gesagt hast.«

»Nein, Tania.« Er hasste sich selbst. »Das stimmt nicht.

Vor allem anderen bin ich dein Ehemann. Spür mich, Tania, spür meinen Körper, meine Hände, meine Lippen auf dir, spür mein Herz. Ich habe sie nicht so gemeint.«

»Shura, ich wünschte, du würdest endlich aufhören zu lügen.«

Er rieb sein Gesicht an ihrem Haar. »Ich weiß. Es tut mir Leid.«

Sie antwortete nicht, zog aber ihre Hand nicht weg. »Drehst du dich zu mir?«, fragte er.

»Nein.«

»Bitte. Bitte, dreh dich um und sag mir, dass du mir verzeihst.«

Tatiana drehte sich um und sah Alexander aus rot verweinten Augen an.

»Oh, Liebste …« Er schloss die Augen. »Sag mir, dass du mir verzeihst, Tania.«

»Ich verzeihe dir.« Ihre Stimme klang gepresst.

»Küss mich, ich möchte spüren, dass auch deine Lippen mir vergeben.«

Sie küsste ihn. »Du hast mir noch nicht verziehen. Noch einmal.«

Wieder küsste Tatiana ihn. Ihre Lippen teilten sich und ein leises, verzeihendes Stöhnen entschlüpfte ihr. Sanft streichelte sie ihn.

»Danke«, sagte Alexander. »Und jetzt sag, Shura, ich weiß, dass du es nicht so gemeint hast. Du warst nur wütend.«

Seufzend wiederholte sie: »Ich weiß, dass du es nicht so gemeint hast.«

»Sag mir, ich weiß, dass du mich unendlich liebst.«

»Ich weiß, dass du mich liebst.«

»Nein, Tania«, erwiderte er rau, »dass du mich *unendlich* liebst.« Er fuhr mit den Lippen über ihre seidigen Augenbrauen.

»Es tut mir Leid, dass ich dich geschlagen habe«, flüsterte Tatiana.

»Es überrascht mich, dass du mich nicht umgebracht hast.«

»Alexander«, fragte sie, »bist du wirklich deswegen hierher gekommen? Wegen deines Geldes?«

Er nahm sie fest in die Arme und erwiderte: »Tania, hör auf. Nein, deswegen bin ich nicht gekommen.«

»Wo hast du denn die amerikanischen Dollar her?«

»Von meiner Mutter. Ich habe dir ja erzählt, dass meine Familie in Amerika sehr reich war. Mein Vater beschloss, nichts in die Sowjetunion mitzunehmen, und meine Mutter stimmte ihm zu, aber heimlich steckte sie dann doch Geld ein. Es war das Letzte, was meine Mutter mir hinterlassen hat, wenige Tage, bevor sie verhaftet wurde. Wir haben die Deckel des Buches ausgehöhlt und die zehntausend Dollar vorne versteckt und hinten viertausend Rubel. Sie dachte, damit könnte ich vielleicht aus dem Land fliehen.«

»Und wo hast du es hingebracht, als du 1936 verhaftet wurdest?«

»Ich habe es in der Stadtbibliothek in Leningrad versteckt. Und dort war es auch, bis ich dir das Buch geschenkt habe.«

»Oh, mein umsichtiger Alexander«, sagte Tatiana, »da hast du es mir aber genau im richtigen Augenblick gegeben! Die Bibliothek hat letztes Jahr im Juli die meisten kostbaren Bücher wegbringen lassen, unter anderem die ganze Puschkin-Sammlung. Die übrigen Bücher haben sie in den Keller geschafft.«

Alexander schwieg.

»Warum hast du es denn gerade mir geschenkt?«

Alexander blickte sie an. »Ich wollte dir von ganzem Herzen vertrauen«, erwiderte er.

»Das Buch war aber nicht die ganze Zeit über in der Bibliothek, oder?«, fragte Tatiana.

Er antwortete nicht.

»Als du 1940 in Finnland gekämpft hast, hast du es mitgenommen, nicht wahr?«

Wieder antwortete er nicht.

»Oh, Alexander.« Tatiana drückte den Kopf an seine Brust. Dann sagte sie: »Schon wieder etwas, was Dimitri dir nicht verzeihen kann. Als du dich auf die Suche nach Stepanows Sohn machtest, hast du Dimitri mitgenommen, weil ihr über Finnland fliehen wolltet, nicht wahr?«

Alexander rührte sich nicht.

»Ihr wolltet durch die Sümpfe nach Vyborg und von da aus nach Helsinki. Und von dort nach Amerika! Dafür hattest du dein Geld mitgenommen. Es war der Augenblick, von dem du seit Jahren geträumt hattest.« Sie gab ihm einen Kuss auf die Brust. »War es nicht so, mein Mann, mein Herz, mein Leben, mein Alexander?« Sie weinte.

Alexander konnte nicht antworten. Er hatte nie mit Tatiana darüber reden wollen.

Ihre Stimme zitterte. »Es war ein großartiger Plan. Ihr wärt einfach verschwunden und nie hätte jemand nach euch gesucht – alle hätten angenommen, ihr wärt umgekommen. Du hast nicht damit gerechnet, dass Jurij Stepanow noch am Leben war. Du dachtest, er sei tot!« Tatiana lachte auf. »Oh, Dimitri war bestimmt äußerst überrascht, als du ihm sagtest, du müsstest Jurij zurückbringen. Er hat bestimmt gesagt, was du dir denken würdest und ob du verrückt seiest. Seit Jahren hättest du von Amerika geträumt und dies sei jetzt deine Chance und seine auch.« Sie schwieg. »Wie nahe bin ich mit meiner Geschichte an der Wahrheit?«

Alexander verbarg sein Gesicht in ihren blonden Haaren und erwiderte fassungslos: »Als ob du dabei gewesen wärst. Woher weißt du das?«

Sie nahm seinen Kopf in ihre Hände. »Weil ich – besser als irgendjemand sonst – weiß, wer du bist.« Tatiana schwieg. »Also seid ihr mit Stepanows Sohn in die Sowjetunion zurückgekehrt und habt auf eine andere Gelegenheit gewartet. Musstest du Dimitri versprechen, dass du ihn auf jeden Fall nach Amerika bringst, wenn du nicht stirbst?«

Alexander schob ihre Hände weg und warf sich auf den

Rücken. »Tania, hör auf. Ich kann nicht darüber reden. Es geht einfach nicht.«

Sie schwieg nur so lange, bis sie ihre Stimme wieder in der Gewalt hatte. »Also, was jetzt?«

»Nichts«, erwiderte Alexander finster. »Jetzt bleibst du hier und ich gehe wieder an die Front. Jetzt ist Dimitri ein Krüppel. Jetzt kämpfe ich um Leningrad. Jetzt *sterbe* ich für Leningrad.«

»Gott! Sag das nicht!« Tatiana umfasste seine Arme und klammerte sich weinend an ihn. »Sag das nicht, Shura, bitte. Bitte, lass mich nicht allein.«

So aufgewühlt hatte Alexander Tatiana noch nie gesehen. Er wusste nicht, was er tun sollte. »Hör auf«, sagte er mit brüchiger Stimme und es zerriss ihm beinahe das Herz. *Hör auf, Tatiana, lieb mich nicht so sehr, lass mich gehen, lass mich los.*

Stunden vergingen. Mitten in der Nacht liebte Alexander sie noch einmal. »Komm, Tatiascha«, flüsterte er, »mach die Beine breit für mich, wie ich es liebe.« Als er sie küsste, schmeckte er ihre Tränen wie Nektar in seinem Mund.

»Versprich mir ...«, sagte er und küsste die gekräuselten blonden Härchen zwischen ihren Beinen, »versprich mir, dass du in Lazarewo bleibst.«

Sie gab nur ein ersticktes Stöhnen von sich.

»Bist du mein braves Mädchen?«, flüsterte er und streichelte sie zärtlich. »Bist du mein liebes Mädchen? Schwör mir, dass du hier bleibst und auf mich wartest. Sei eine gute Ehefrau und warte auf deinen Mann.«

»Ich verspreche es dir, Shura. Ich warte auf dich.«

Später sagte sie: »Ich werde lange hier in Lazarewo einsam auf dich warten müssen.«

Unendlich erleichtert drückte Alexander sie fest an sich und flüsterte: »Einsam vielleicht, aber in Sicherheit.«

Sie merkten gar nicht, wie die nächsten drei Tage vergingen. Verzweifelt drängten sie sich aneinander und versuchten, beieinander Trost zu finden.

22

An dem Morgen, als Alexander gehen musste, konnten sie sich nicht berühren.

Während er packte, saß Tatiana draußen auf der Bank. Alexander zog seine Paradeuniform an, die sie für ihn gewaschen und gebügelt hatte, bürstete sich über die Haare und setzte seine Mütze auf. Dann vergewisserte er sich noch einmal, dass er nichts vergessen hatte. Als er fertig war, stand Tatiana auf, verschwand in der Hütte und kam kurz darauf mit einer Tasse Kaffee mit Milch und Zucker und seinem Frühstück heraus. Schwarzbrot, drei Eier und eine Tomate.

Alexander nahm den Teller entgegen. »Danke«, sagte er mit erstickter Stimme.

Sie presste die Hand auf ihren Bauch und setzte sich schwerfällig wieder hin. »Iss«, sagte sie, »du hast eine lange Reise vor dir.«

Lustlos aß er ein paar Bissen.

»Möchtest du, dass ich dich zum Bahnhof bringe?«

»Nein«, erwiderte er. »Das halte ich nicht aus.«

Tatiana nickte. »Ich auch nicht.«

Alexander stellte den Teller ab. »Ich habe dir doch genug Holz vorbereitet, oder?«, fragte er und wies auf den Schuppen neben der Hütte.

»Ja«, sagte sie. »Es sollte für eine Weile reichen.«

Sanft zog Alexander ihr die weißen Satinbänder aus den Zöpfen. Er kämmte ihre glatten blonden Haare mit seinem Kamm durch und zog dann die seidigen Strähnen durch seine Finger. »Tania, wie soll ich dir am besten meinen Lohn zukommen lassen?«, fragte er. »Ich erhalte im Monat zweitausend Rubel. Das ist viel Geld für dich. Fünfzehnhundert kann ich dir schicken. Für Zigaretten brauche ich nur fünfhundert.«

Sie schüttelte den Kopf. »Tu das nicht. Du bringst dich nur in Gefahr. Leningrad ist nicht Lazarewo, Shura. Pass auf dich auf. Sag niemandem, dass wir verheiratet sind, und nimm den Ring ab. Dimitri sollte es besser nicht erfahren. Ich brauche dein Geld nicht.«

»Doch.«

»Dann schick es mir in deinen Briefen.«

»Das geht nicht. Der Zensor würde es garantiert entwenden.«

»Der Zensor? Dann sollte ich dir also besser nicht in Englisch schreiben?«

»Wenn du willst, dass ich am Leben bleibe, lieber nicht.«

»Das ist das Einzige, was ich will«, erwiderte Tatiana.

»Ich schicke dir das Geld über die Verwaltung in Molotow«, sagte Alexander. »Du kannst einmal im Monat dort nachfragen. Ich sage einfach, dass ich es Daschas Familie zukommen lasse.« Alexander schloss die Augen und drückte Tatiana einen Kuss auf die Haare. »Ich muss jetzt gehen. Es fährt nur ein Zug am Tag.«

Tatiana sagte leise: »Ich bringe dich zur Straße. Hast du alles?«

»Ja.«

Zusammen gingen sie den Waldpfad entlang. Alexander drehte sich noch einmal um und warf einen letzten Blick auf den blauen Fluss, die grünen Lärchen und ihre Holzhütte.

»Schreib mir«, sagte er zu Tatiana, »damit ich weiß, wie es dir geht, und mir keine Sorgen machen muss.«

»Gut.« Sie schlang die Arme um sich. »Aber schreib du auch.«

Als sie zur Straße kamen, drückte sie ihm zärtlich die Hand auf das Herz. »Bleib am Leben für mich, Soldat, hörst du?« Tränen strömten ihr übers Gesicht.

Alexander zog ihre Hand an die Lippen. Sie trug seinen Ring. Er war nicht imstande, etwas zu sagen.

Tatiana legte ihre zitternde Hand auf seine Wange. »Mir geht es gut, Liebster«, flüsterte sie. »Alles wird gut.«

»Sieh mir nicht mehr nach, geh direkt nach Hause«, bat

er sie. »Ich kann nicht weggehen, wenn du hier stehen bleibst.«

Tatiana wandte sich ab. »Na los, ich sehe dir nicht nach.«

Alexander blieb unschlüssig stehen. »Bitte«, sagte er schließlich. »Bitte geh nach Hause.«

»Shura, ich will nicht, dass du gehst.«

»Ich weiß, ich will es auch nicht, aber ich kann nur überleben, wenn ich weiß, dass du in Sicherheit bist. Ich muss jetzt gehen. Sieh mich an und lächle.«

Tatiana wandte ihm ihr tränenüberströmtes Gesicht zu und lächelte. Alexander hob seine zitternde rechte Hand an seine Schläfe, an seine Lippen, an sein Herz.

Wellen der Verzweiflung

1

Tatiana ging zurück in die Hütte und legte sich aufs Bett.

Während sie in einer Art Dämmerzustand verharrte, hörte sie, dass die vier alten Frauen die Hütte betraten. Sie unterhielten sich leise, während sie Tatiana die Decken zurechtzogen, die Kissen aufschüttelten und ihr über das Haar strichen.

Dusia sagte: »Sie muss auf den Herrn vertrauen. Er wird sie retten.«

»Ich habe ihr ja gesagt, dass es nicht gerade gut ist, sich in einen Soldaten zu verlieben. Die brechen einem nur das Herz«, warf Naira ein.

Raisa war anderer Meinung. »Ich glaube, das Problem ist ein anderes: Sie liebt ihn einfach zu sehr!«

Axinja flüsterte: »Du Glückliche« und tätschelte Tatiana den Rücken.

»Was heißt hier glücklich?«, fragte Naira empört. »Wenn sie auf uns gehört hätte, wäre das alles nicht passiert!«

»Wäre sie nur häufiger mit mir in die Kirche gegangen«, klagte Dusia. »Der Herr hätte sie schon zu trösten gewusst.«

»Was denkst du, Taneschka?«, wisperte Axinja. »Glaubst du, dass dich der Herr trösten könnte?«

Naira sagte: »Das nutzt doch alles nichts! Damit ist ihr bestimmt nicht geholfen.«

»Ich habe ihn von Anfang an nicht leiden können!«, verkündete Dusia.

Naira stimmte ihr zu. »Ich auch nicht. Ich habe nie verstanden, was Tania an ihm fand.«

»Sie ist viel zu gut für ihn!«, sagte Raisa.

»Wenn du mich fragst, ist sie überhaupt zu gut für einen Mann.«

Aber Dusia plagte etwas anderes. »Tania sollte öfter zu Gott beten.«

»Und mein Vova ist so ein netter, lieber Junge. *Er* hat sie wirklich gemocht!«, jammerte Naira.

Raisa geiferte: »Ich wette mit euch, dass Alexander nicht wieder herkommt. Er hat sie für immer hier zurückgelassen!«

»Du hast bestimmt Recht. Er hat sie geheiratet ...«

»Sie beschmutzt ...«, fügte Dusia hinzu.

»Und missbraucht!«, ergänzte Raisa.

»Ich habe schon immer gewusst, dass er ein Ungläubiger ist!«

Axinja flüsterte Tatiana heimlich zu: »Nur der Tod wird ihn davon abhalten, zu dir zurückzukommen.«

Tatiana dankte ihr im Stillen für ihr Mitgefühl und schlug die Augen auf. Aber genau davor habe ich Angst, dachte sie.

Die alten Frauen überredeten Tatiana, zu ihnen zurückzukehren. Vova half ihr, die Truhe und die Nähmaschine zu Nairas Haus zu bringen.

Zunächst hangelte Tatiana sich mühsam von einem Tag zum nächsten. Es gab keinen Trost für sie. Alles erinnerte sie an Alexander.

Sie hatte schon oft diese Trennungen durchgemacht. Aber diesmal gab es nichts, was sie hätte ablenken können. Ihr blieb nichts anderes übrig, als die Zähne zusammenzubeißen und gegen den Schmerz anzukämpfen, der sich ihrer bemächtigt hatte.

Nach und nach übernahm sie wieder ihre Pflichten in dem kleinen Haushalt.

Die alten Frauen liebten sie und schätzten ihre Arbeit und das Gefühl, gebraucht zu werden, tröstete Tatiana.

2

Nach drei Wochen traf der erste Brief von Alexander ein.

Tatiascha,

kann es etwas Schlimmeres geben, als von dir getrennt zu sein? Es bereitet mir körperliche Schmerzen, die mich auch nachts nicht verlassen.

Mein einziger Trost in diesen letzten Sommertagen besteht in der Gewissheit, dass du in Sicherheit und bei guter Gesundheit bist. Allein deine schwere Arbeit bei den alten Frauen macht mir Sorge.

Die leichten Holzstapel habe ich ganz nach vorn geschichtet. Die schweren Klötze sind für den Winter bestimmt. Nimm sie erst ganz zuletzt, und wenn du es allein nicht schaffst, lass sie dir von Vova ins Haus bringen. Es ist nicht gut, wenn du so schwer trägst. Pass bitte auf dich auf!

Die Fahrt nach Leningrad war sehr beschwerlich, und kaum war ich angekommen, wurde ich auch schon wieder an die Newa geschickt. Dort waren wir mehrere Tage damit beschäftigt, unseren Angriff zu planen. Wir haben dann in Booten den Fluss überquert. Aber es war zwecklos, wir hatten keine Chance. Die Deutschen haben die Boote mit Mörsergeschützen beschossen. Sie sind alle gesunken. Dabei haben wir tausend Mann verloren. Jetzt suchen wir nach einer anderen Stelle, an der wir den Fluss passieren können. Mir geht es gut, wenn man einmal davon absieht, dass es seit zehn Tagen ununterbrochen regnet und ich die ganze Zeit bis zur Hüfte im Schlamm stehe. An Schlaf ist kaum zu denken. Wir ziehen uns die Mäntel über den Kopf und hoffen, dass der Regen bald aufhört. Alles ist schwarz und nass und es ist schwer, nicht die Hoffnung aufzugeben.

Aber dann rief ich mir ins Gedächtnis, wie es dir während der Blockade ergangen ist. Das hat mir wieder Kraft gegeben, dies alles zu ertragen.

Ich habe mir vorgenommen, diese Strategie nun immer anzuwenden, wenn ich mich schlecht fühle.

In den nächsten Wochen wird es relativ ruhig zugehen. Bis wir erneut angreifen müssen … Gestern ist hier eine Bombe eingeschlagen, direkt in der Nähe des Lagers des Kommandanten. Glücklicherweise hielt er sich gerade woanders auf. Aber die Angst verlässt uns nicht. Wann wird die nächste Bombe fallen?

Zum Zeitvertreib spielen wir Karten und Fußball. Ich rauche zu viel, aber es beruhigt mich. Und ich denke natürlich an dich.

Ich habe dir Geld geschickt. Du solltest deswegen Ende August nach Molotow gehen. Und achte darauf, dass du genug isst! Ich küsse dich,

Alexander

Tatiana las Alexanders Brief unzählige Male und kannte bald jedes Wort auswendig. Sie schlief mit dem Brief unter ihrem Kopfkissen und er gab ihr neue Kraft.

Sie antwortete:

Mein Liebster, mein lieber, lieber Shura,

mach dir keine Sorgen um mich! Du hast es zurzeit ungleich schwerer.

Ich weiß nicht, wie ich den letzten Winter überlebt habe. Aber beinahe wünsche ich mir, ich könnte die Zeit zurückdrehen. Ich habe gelebt, ich hatte so viel Energie – allein, weil du bei mir warst. Damals war ich wenigstens beschäftigt! Wir kämpften ums Überleben, und außerdem musste ich meine Liebe zu dir vor den anderen verbergen.

Aber jetzt wache ich morgens auf und weiß nicht, wie ich den ganzen Tag überstehen soll.

Damit die Zeit schneller vergeht, treffe ich mich mit den Dorfbewohnern. Außerdem kümmere ich mich um Irina Persikowa, die sich in Molotow das Bein abnehmen lassen muss-

te, wegen einer Infektion. Inzwischen ist sie mir richtig ans Herz gewachsen.

Ich denke oft an Dascha und kann es noch immer nicht fassen, dass sie tot ist.

Aber bevor ich einschlafe, sehe ich dein Gesicht vor mir. Du bist mein Halt in dieser schweren Zeit. Ich sehne mich so nach dir!

Wie sollen wir die Trennung nur noch länger aushalten? Ich habe solche Angst, dass dir etwas zustößt! Dieser Gedanke beherrscht mich in jeder wachen Minute. Das Schlimmste ist, dass ich nichts tun kann!

Ich darf gar nicht daran denken, dass du verwundet werden könntest …

Deine Tatiana

Alexanders Antwort ließ nicht lange auf sich warten.

Tatia,

es tut mir Leid, dass du dir solche Sorgen um mich machst. Versuche, dich abzulenken! Du hast es ja geschrieben: Du kannst nichts für mich tun.

Wenn wir in den Kampf ziehen, befiehlt der Kommandant mir, die besten Männer mitzunehmen, die ich habe. Ich gehorche natürlich. Und dann sterben sie. Das ist grausam und schwer zu ertragen. Heute sind wir beschossen worden. Ich kann kaum glauben, dass ich überhaupt noch am Leben bin. Wir haben den Männern am anderen Flussufer Nachschub gebracht, aber während wir hinüberruderten, haben die Deutschen uns von den Hügeln aus beschossen. Normalerweise nehme ich an diesen Aktionen gar nicht teil, aber heute hatten wir nicht genug Männer.

Petrenko ist gefallen. Wir ruderten gerade zurück, als er von einer Splitterbombe getroffen wurde. Es war schlimm, ihn dort liegen zu sehen …

Es war mir wichtig, ihn angemessen zu beerdigen. Ich

begrub ihn also im Wald unter einer kleinen Birke. Er hat mir einmal erzählt, dass er Birken mag. Seinen Helm habe ich ihm mit ins Grab gelegt.

Und weißt du, was ich gedacht habe, als ich wieder im Boot war? Ich muss am Leben bleiben. Meine Tatiascha verzeiht es mir nie, wenn ich sie allein lasse.

Doch wenn mir etwas zustoßen sollte, mach dir keine Sorgen wegen meiner Leiche. Meine Seele wird direkt zu dir fliegen, wo immer du auch bist!

Alexander

3

Das war der letzte Brief von Alexander.

Der August ging unmerklich in den September über und immer noch wartete Tatiana vergeblich. Sie stürzte sich in die Arbeit, lernte Englisch und las John Stuart Mill, was ihr mittlerweile keine Schwierigkeiten mehr bereitete.

Eines Freitags erkundigte sich Irina Persikowa während der täglichen Strickstunde bei Tatiana, ob sie einen Brief von ihrem Liebsten erhalten habe. Tatiana arbeitete gerade an einem Pullover für Alexander.

»Seit einem Monat schon nicht mehr«, antwortete Naira leise an Tatianas Stelle. »Wir reden nicht darüber. Tatiana geht jede Woche nach Molotow zum Sowjetbüro, aber bisher gibt es keine Nachricht.«

Dusia bemerkte: »Auf jeden Fall ist Gott mit ihm!«

»Mach dir keine Sorgen, Tatiascha! Auf die Post ist einfach kein Verlass, das weißt du doch. Die Briefe brauchen immer so lange …«, sagte Axinja herzlich.

»Ich weiß, Axinja«, erwiderte Tatiana, ohne aufzublicken. »Ich mache mir auch gar keine Sorgen.«

»Ich erzähle dir jetzt eine Geschichte, die dir gefallen wird:

Ein paar Monate, bevor du herkamst, wohnte eine Frau namens Olga in unserem Dorf. Ihr Mann war auch an der Front. Sie wartete und wartete, dass endlich ein Brief von ihm käme. Aber vergeblich. Wie du war sie sehr unruhig, aber dann bekam sie zehn Briefe gleichzeitig.«

»Das wäre großartig!«, rief Tatiana. »Zehn Briefe auf einmal!«

»Ja, mein Liebling.« Axinja lächelte. »Also, mach dir keine Gedanken!«

Dusia erinnerte sich ebenfalls an die Geschichte. »Olga ordnete die Briefe in der chronologischen Reihenfolge und begann, sie zu lesen. Neun Briefe stammten von ihrem Mann, aber der zehnte war von einem Kommandanten ...«

Tatiana wurde blass.

»Dusia!«, unterbrach Axinja ihre Freundin. »Um Himmels willen, hast du denn überhaupt keinen Verstand? Hör auf, Tatiana Angst einzujagen!«

Tatiana ließ die Stricknadeln sinken. »Ich fange schon mal an, das Abendessen vorzubereiten.«

Wie betäubt taumelte sie nach Hause und holte den Puschkin aus der Truhe. Alexander hatte ihr gesagt, er habe das amerikanische Geld wieder in den Buchdeckel gelegt. Vorsichtig schnitt Tatiana ihn auf. Da war das Geld! Erleichtert nahm sie es in die Hand und zählte es.

Es waren fünftausend Dollar.

Um sicher zu sein, zählte sie noch einmal nach, schließlich noch ein drittes Mal, weil sie es einfach nicht glauben konnte. Er hatte versprochen, ihr sein gesamtes Vermögen dazulassen, und jetzt musste sie feststellen, dass es nur die Hälfte war.

Warum hatte er fünftausend Dollar mitgenommen?

Sie drückte das Geld an ihre Brust und versuchte, sich über Alexanders Beweggründe klar zu werden.

Als er damals in den Sümpfen nur wenige Meter von der Freiheit entfernt war, hatte er sich dazu entschieden, umzukehren und stattdessen Jurij zu retten. Alexander war ein Mann, der zu seinem Wort stand. Und er hatte schließlich Stepanow sein Wort gegeben.

Aber er hatte auch Dimitri sein Wort gegeben.

Teil vier

Todesmutig

Zermürbt von Angst und Zweifeln

1

Tatiana beschloss, keine Sekunde länger in Lazarewo zu bleiben.

Sie schrieb zehn Briefe an Alexander, entspannte, heitere, tröstende Briefe, die sie dem Wechsel der Jahreszeiten anpasste. Dann bat sie Naira, die Briefe im Laufe der nächsten Zeit in der chronologischen Reihenfolge abzuschicken.

Ihr war klar, dass die alten Frauen sofort mit einem eigenen Brief versuchen würden, zu Alexander Kontakt aufzunehmen, wenn sie ohne ein Wort verschwand. Deshalb erzählte sie ihnen, dass sie in Molotow im Krankenhaus arbeiten würde.

Naira Michailowna fragte daraufhin, warum sie denn die Briefe nicht einfach von Molotow abschickte. Tatiana erklärte ihr, dass es Alexander nicht recht sei, wenn sie Lazarewo verließ. Er würde bestimmt wütend werden, wenn er erführe, dass sie in der Stadt arbeitete. Und da sie ihn nicht beunruhigen wollte, wäre es ihr lieber, er sähe einen vertrauten Stempel auf dem Brief. »Du weißt doch, wie fürsorglich er immer ist, Naira Michailowna.«

»Fürsorglich und unvernünftig!« Naira schüttelte missbilligend den Kopf.

Nachdem Tatiana sich neue Kleider genäht und Wodka und *tuschonka* in ihren Rucksack gepackt hatte, war sie bereit zum Aufbruch. Dusia sprach ein Gebet für sie und Naira weinte. Axinja beugte sich zu ihr und flüsterte: »Du bist verrückt!«

Verrückt nach ihm, dachte Tatiana. Sie trug eine dunkelbraune Hose, braune Strümpfe und Stiefel und einen Wintermantel in der gleichen Farbe. Ihre hellblonden Haare hatte sie unter einem Kopftuch verborgen. Sie wollte so wenig Aufmerksamkeit erregen wie möglich. Das Geld hatte sie in den Saum ihrer Hose eingenäht. Bevor sie aufbrach, zog sie den Ehering vom Finger, schlang ein geflochtenes Band hindurch und hängte ihn sich um den Hals. »So bist du meinem Herzen noch näher, Shura«, flüsterte sie.

Auf dem Weg nach Molotow kam sie an der Lichtung mit der Hütte vorbei. Einen Moment lang hielt sie inne. Aber dann schüttelte sie energisch den Kopf und ging weiter. Sie wollte keine Zeit verlieren.

Seit Vova die Truhe und den Tisch mit der Nähmaschine zu Naira gebracht hatte, war sie nicht mehr zu der Hütte zurückgekehrt. Vova hatte die Fenster wieder zugenagelt und das Holz, das Alexander für sie gesammelt hatte, ebenfalls zu Nairas Haus geschafft.

In Molotow suchte Tatiana zuerst die Kommandantur auf, um nachzufragen, ob Alexanders Geld für September eingetroffen sei. Überraschenderweise war es tatsächlich angekommen. Ein Brief oder ein Telegramm von ihm lag jedoch nicht für sie bereit. Sie steckte die fünfzehnhundert Rubel ein, und während sie noch überlegte, warum Alexander ihr wohl Geld anwies, aber nicht schrieb, fiel ihr wieder ein, wie lange Babuschkas Briefe immer gebraucht hatten. Vielleicht würde sie ja eines Tages wirklich mehrere Briefe auf einmal erhalten.

Am Bahnhof in Molotow erklärte Tatiana dem Beamten, der die Pässe kontrollierte, dass in Leningrad ein Mangel an Krankenschwestern herrsche und sie dorthin fahren wolle, um zu helfen. Sie zeigte ihm den Stempel des Grecheskij-Krankenhauses in ihrem Ausweis. Er brauchte ja nicht zu wissen, dass sie dort lediglich geputzt und Säcke für die Toten genäht hatte. Damit er sie passieren ließ, gab sie ihm eine Flasche Wodka.

Er fragte sie nach dem Schreiben vom Krankenhaus, in dem sie aufgefordert wurde, nach Leningrad zurückzukehren. Überzeugend erklärte sie ihm, es sei verbrannt, sie habe jedoch ihre Arbeitsnachweise vom Grecheskij-Krankenhaus und von ihrem Einsatz als Freiwillige vorzuweisen.

Offenbar reichten ihm diese Auskünfte, denn er stempelte Tatianas Pass und so konnte sie sich eine Fahrkarte kaufen.

Bevor sie in den Zug stieg, lief sie noch schnell zu Sofia, der Frau des Juweliers, die nach schier endlosem Suchen die beiden Hochzeitsfotos hervorkramte. Rasch steckte Tatiana sie ein und rannte zurück zum Bahnhof.

Der Zug, den sie bestieg, war wesentlich komfortabler als der, mit dem sie hergekommen war. Es handelte sich um einen Personenzug.

Als er den Bahnhof verließ, blickte Tatiana auf die Kama und fragte sich, ob sie Lazarewo wohl jemals wiedersehen würde.

Nachdem Tatiana mehrere Tage lang in verschiedenen Zügen das Land durchquert hatte, erreichte sie schließlich völlig übermüdet Lodejnoje Pole, das vierzig Kilometer vom Ladogasee entfernt lag.

In einem Lokal aß Tatiana eine Suppe mit Brot und lauschte der Unterhaltung einiger Lastwagenfahrer am Nebentisch. Offenbar hatten die Deutschen ihre Angriffe auf Leningrad eingestellt und hatten ihre Flieger und die Artillerie fast vollständig an die Front nach Wolkow abgezogen.

Einer der Männer fragte: »Habt ihr von unserer 861. Division gehört? Sie haben den ganzen Tag unter deutschem Feuer gestanden und dabei sind mehr als die Hälfte der Soldaten und alle kommandierenden Offiziere gefallen!«

»Das ist doch noch gar nichts!«, rief ein anderer aus. »Habt ihr nicht gehört, wie viele Männer Meretzkow im August und im September in Wolkow verloren hat? Es gab hundertdreißigtausend Tote, Verwundete und Vermisste!«

»Das soll viel sein?«, ereiferte sich ein anderer. »In Moskau …«

Tatiana hatte genug Schreckliches gehört, aber sie brauchte noch mehr Informationen.

Also mischte sie sich in das Gespräch ein. Dabei erfuhr sie, dass die Boote mit den Lebensmitteln, die über den Ladogasee nach Leningrad fuhren, von einem kleinen Ort namens Sjastroj ablegten, ungefähr zwanzig Kilometer nördlich der Wolkow-Front. Bis nach Sjastroj waren es von Lodejnoje Pole aus noch hundert Kilometer.

Tatiana überlegte kurz, ob sie die Männer bitten sollte, sie mitzunehmen, entschied sich aber dagegen, weil sie ihr nicht gefielen. Außerdem hatte einer sie trotz ihres hässlichen braunen Kopftuchs so seltsam angesehen …

Also bedankte sie sich bei ihnen für die Auskunft und marschierte los. Zum Glück trug sie Alexanders P-38 bei sich.

Für die hundert Kilometer nach Sjastroj brauchte Tatiana drei Tage. Es war Anfang Oktober und schon kalt, aber es war noch kein Schnee gefallen und die Straße war gepflastert. Zahlreiche andere Menschen gingen dieselbe Strecke – Dorfbewohner, Flüchtlinge, herumziehende Bauern und gelegentlich auch Soldaten, die wieder zurück an die Front mussten.

Sie wanderte auch nachts. Dann war es ruhiger und nach elf Uhr fielen auch keine Bomben mehr. Nach ein paar Stunden suchte sich Tatiana immer einen Schuppen, in dem sie schlafen konnte. Eines Abends übernachtete sie bei einer Familie, die ihr etwas zu essen und ihren ältesten Sohn anbot.

Sie nahm das Essen an, lehnte den Sohn ab und gab ihnen stattdessen Geld.

Zehn Kilometer westlich von Sjastroj, am Ufer des Ladogasees, entdeckte Tatiana ein kleines Boot, das zur Überfahrt über den See bereitgemacht wurde. Der Schiffer löste gerade das Seil. Kurz bevor er ablegte, rannte Tatiana auf ihn zu und erzählte ihm, sie habe Nahrungsmittel für ihre Familie in Leningrad dabei. Zum Beweis holte sie fünf Dosen *tuschon-*

ka und eine Flasche Wodka aus ihrem Rucksack. Sehnsüchtig betrachtete der Schiffer den Wodka und Tatiana schlug ihm vor, er könne ihn behalten, wenn er sie mit über den See nähme. Dankbar griff er nach der Flasche. »Aber ich warne dich«, sagte er, »es wird eine schlimme Überfahrt. Wir sind lange unterwegs und die Deutschen bombardieren die Boote ständig.«

»Ich weiß«, erwiderte sie. »Ich bin bereit.« Sie kamen ohne Zwischenfall über den See.

In Osinowetz, nördlich von Kokorewo, bot Tatiana einem Lastwagenfahrer ihre restlichen Lebensmittel an – vier Dosen *tuschonka* und eine Flasche Wodka –, wenn er sie nach Leningrad mitnähme. Er ließ sie vorne neben sich sitzen und gab ihr unterwegs sogar etwas von seinem Brot ab.

Tatiana starrte aus dem Fenster. War sie wirklich in der Lage, wieder in ihre Wohnung in der Fünften Sowjet zurückzukehren? Doch sie hatte gar keine andere Wahl.

Der Fahrer ließ sie am Finnischen Bahnhof im Norden der Stadt aussteigen. Mit der Straßenbahn fuhr sie zum Newskij Prospekt und ging von dort zu Fuß nach Hause.

Leningrad wirkte traurig und leer. Es war Nacht und die Straßen waren nur spärlich beleuchtet, aber zumindest gab es wieder Strom. Bomben fielen keine, aber unterwegs sah Tatiana zahlreiche rauchende Trümmer. Sie hoffte nur, dass ihr Haus in der Fünften Sowjet noch stand.

Und dann war sie da. Das Gebäude sah noch genauso aus wie früher. Entschlossen drehte sie den Türknauf. In dem dunklen Flur roch es nach Urin. Langsam stieg Tatiana die drei Stockwerke zu ihrer Gemeinschaftswohnung hinauf und schloss auf. Der Schlüssel passte noch.

In der Wohnung war es still. In der vorderen Küche war niemand und die Türen zu den Zimmern waren geschlossen. Alle, bis auf Slawins Tür, die nur angelehnt war. Tatiana klopfte und warf einen Blick hinein. Slawin lag auf dem Boden und hörte Radio.

»Wer bist du?«, fragte er mit schriller Stimme.

»Tania Metanowa. Erinnerst du dich noch an mich? Wie geht es dir?« Sie lächelte. Manche Dinge änderten sich nie.

»Warst du während des Kriegs von 1905 hier? Oh, den Japsen haben wir es aber gegeben!« Er wies mit dem Finger auf sein Radio. »Hör nur, hör gut zu!«

Aus dem Gerät drang nur das Schlagen des Metronoms.

Leise machte Tatiana einen Schritt zurück. Die Russen haben diesen Krieg verloren, dachte sie. Slawin blickte auf und sagte: »Du hättest letzten Monat herkommen sollen, Taneschka – es sind nur sieben Bomben auf Leningrad gefallen. Da wärst du sicherer gewesen.«

»Mach dir keine Sorgen«, erwiderte sie. »Ich bin hinten, wenn du etwas brauchst.«

In der hinteren Küche war auch niemand. Zu ihrer Überraschung jedoch war die Tür zu ihrem Flur und ihren beiden Zimmern nicht abgeschlossen. Auf ihrem Sofa im Flur saßen zwei Fremde, ein Mann und eine Frau, und tranken Tee.

Einen Moment lang blieb Tatiana in der Tür stehen. »Wer seid ihr?«, fragte sie schließlich.

Sie stellten sich als Inga und Stanislaw Krakow vor. Beide waren sie in den Vierzigern. Er war dick und fast kahl, sie klein und verhutzelt.

»Und wer bist *du?«*, fragte Stanislaw, ohne sie anzusehen.

Tatiana stellte ihren Rucksack ab. »Das sind meine Zimmer«, erwiderte sie. »Ihr sitzt auf meinem Sofa.«

Inga erklärte ihr, sie hätten auf der Siebten Sowjet, Ecke Suworoskij gewohnt. »Wir hatten eine hübsche Wohnung, eine eigene Wohnung«, sagte sie. »Ein eigenes Badezimmer, Küche und Schlafzimmer.« Offenbar war ihr Haus im August ausgebombt worden und die Stadtverwaltung hatte die beiden einfach in die Zimmer der Metanows einquartiert, weil sie leer standen. »Mach dir keine Sorgen«, sagte Inga, »sie besorgen uns bald wieder eine eigene Wohnung, vielleicht sogar eine mit zwei Zimmern, haben sie gesagt. Nicht wahr, Stanislaw?«

»Nun, ich bin jedenfalls wieder hier«, sagte Tatiana, »und die Zimmer stehen jetzt nicht mehr leer.« Sie blickte sich um. Alexander hatte alles so sorgfältig sauber gehalten, dachte sie traurig.

»Aber wo sollen wir hingehen?«, fragte Stanislaw. »Die Kommandantur hat uns die Zimmer zugewiesen.«

»Was ist mit den anderen Zimmern in der Gemeinschaftswohnung?«, fragte Tatiana. Die anderen Zimmer – in denen *andere* gestorben waren.

»Sie sind alle besetzt«, erwiderte Stanislaw. »Hör zu, hier ist doch genug Platz. Du kannst ein ganzes Zimmer für dich allein haben. Worüber beklagst du dich eigentlich?«

»Mir gehören beide Zimmer«, sagte Tatiana.

»Eigentlich nicht. Die beiden Zimmer gehören der Stadt. Und es herrscht Krieg.«

Er lachte freudlos. »Du bist keine gute Proletarierin, Genossin.«

Inga erklärte: »Stanislaw und ich sind Parteimitglieder.«

»Na, großartig«, erwiderte Tatiana. Sie war plötzlich völlig erschöpft. »Welches Zimmer kann ich nehmen?«

Inga und Stan hatten ihr altes Zimmer mit Beschlag belegt. Dort stand auch der funktionierende Ofen. In Dedas und Babuschkas altem Zimmer war der Ofen kaputt. Aber Tatiana hatte sowieso kein Holz zum Heizen.

»Kann ich wenigstens meine *borsoika* zurückhaben?«, fragte sie.

»Und was sollen wir dann nehmen?«

»Wie heißt du überhaupt?«, fragte Inga.

»Tania.«

Einfältig entgegnete Inga: »Schieb doch einfach die Liege an die Wand, wo auf der anderen Seite unser Ofen steht. Die Wand ist warm. Soll Stanislaw dir dabei helfen?«

»Inga, du weißt doch, dass ich einen schlimmen Rücken

habe«, warf er gereizt ein. »Sie kann die Liege selbst dahin schieben.«

Tatiana verrückte Dedas Sofa so weit, dass Paschas kleine Liege zwischen das Sofa und die Wand passte. Die Wand war tatsächlich warm.

Zugedeckt mit ihrem Mantel und drei Decken schlief Tatiana siebzehn Stunden lang.

Am nächsten Tag ging sie zur Kommandantur. »Warum bist du denn zurückgekommen?«, fragte die Frau hinter dem Schreibtisch unwirsch, während sie die Dokumente für eine neue Lebensmittelkarte ausstellte. »Wir werden immer noch belagert, wie du weißt.«

»Ich weiß«, erwiderte Tatiana. »Aber es gibt zu wenig Krankenschwestern. Und schließlich müssen unsere Soldaten gepflegt werden.«

Die Frau zuckte mit den Achseln und sah sie nicht an. »Im Sommer war es besser«, sagte sie. »Da gab es mehr zu essen. Jetzt wirst du nicht einmal mehr Kartoffeln bekommen.«

»Das ist schon in Ordnung«, erwiderte Tatiana.

Mit ihrer Lebensmittelkarte ging sie zu Elisej am Newskij Prospekt. Es gab um diese Uhrzeit schon kein Brot mehr, aber sie bekam Milch, Bohnen, eine Zwiebel und vier Teelöffel Öl. Für hundert Rubel kaufte sie eine Dose *tuschonka*. Da sie noch nicht arbeitete, standen ihr lediglich dreihundertfünfzig Gramm Brot zu, aber Arbeiter bekamen siebenhundert und Tatiana hatte fest vor, sich Arbeit zu suchen.

Sie suchte auch nach einer *borsoika,* hatte aber kein Glück. Von Alexanders Geld waren ihr noch dreitausend Rubel geblieben und sie hätte liebend gern die Hälfte davon für eine *borsoika* ausgegeben, damit sie es warm im Zimmer hatte, aber sie konnte keine finden. Langsam ging sie über den Newskij am Hotel *Europa* vorbei zur Michailowskaja Ulitsa, überquerte dort die Straße und setzte sich im Italienischen Garten auf die Bank, auf der Alexander ihr von Amerika erzählt hatte.

Selbst als die ersten Bomben fielen, rührte sie sich nicht von der Stelle. Eine Bombe fiel auf die Straße und explodierte in einer schwarzen Flamme. Alexander wäre sehr wütend, wenn er wüsste, dass ich hier bin, dachte Tatiana, als sie endlich aufstand und nach Hause ging. Wenn er überhaupt noch am Leben war …

Sie fand wieder Arbeit im Grecheskij-Krankenhaus. Sie hatte Recht gehabt – die Krankenhäuser brauchten dringend Personal. Der Verwaltungsoffizier sah ihre Papiere an und fragte sie, ob sie Krankenschwester gewesen sei. Tatiana antwortete, sie sei Lernschwester gewesen und sie könne in kürzester Zeit ihre Kenntnisse wieder auffrischen. Sie bat darum, auf der Intensivstation arbeiten zu dürfen. Dort gab man ihr eine weiße Schwesterntracht und eine neunstündige Schicht lang arbeitete sie mit einer Krankenschwester namens Elisaweta zusammen. Darauf folgte eine weitere neunstündige Schicht mit einer Krankenschwester namens Maria.

Nachdem sie zwei Wochen lang jeden Tag achtzehn Stunden gearbeitet hatte, durfte Tatiana schließlich selbständig die Patienten versorgen und bekam sonntagnachmittags frei.

Sie nahm all ihren Mut zusammen, um zur Pawlow-Kaserne zu gehen.

2

Tatiana wollte nur wissen, ob es Alexander gut ging und wo er stationiert war.

Sie kannte den Wachtposten am Tor nicht; sein Name war Viktor Burenitsch. Aber der junge Soldat war freundlich und half ihr bereitwillig. Er schlug im Dienstbuch nach und teilte ihr mit, dass Alexander zurzeit nicht in der Kaserne sei. Leider wisse er auch nicht, wo er sich gerade aufhalte. »Geht es ihm denn wenigstens gut, soweit Sie wissen?«, fragte Tatiana.

Der Wachtposten zuckte mit den Schultern.

Tatiana fragte, ob Dimitri Chernenko noch am Leben sei. Ja, erwiderte der Soldat, das sei er. Er hielte sich zwar im Moment nicht in der Garnison auf, käme aber regelmäßig mit Waren vorbei.

Tatiana überlegte, wen sie sonst noch kannte.

»Ist Anatoli Marasow hier?«, fragte sie schließlich.

Zum Glück war er da und kam sofort zum Tor.

»Tatiana!« Er schien sich zu freuen, sie zu sehen. »Was für eine Überraschung! Alexander hat mir erzählt, dass er Sie mit Ihrer Schwester evakuiert hat.« Er schwieg. »Das mit Ihrer Schwester tut mir Leid.«

»Danke, Leutnant«, erwiderte sie und unwillkürlich traten ihr Tränen in die Augen. Sie war sehr erleichtert, denn wenn Marasow Alexander so beiläufig erwähnte, dann bedeutete das, dass alles in Ordnung war.

»Möchten Sie mit mir spazieren gehen?«, fragte Marasow. »Ich habe ein wenig Zeit.«

Sie schlenderten zum Palastplatz. »Sind Sie hierher gekommen, um Dimitri zu sehen? Er ist nicht mehr in meiner Einheit.«

»Ich ... ich weiß«, log sie stammelnd. »Ich weiß, dass er verwundet war, und habe ihn vor ein paar Monaten in Kobona getroffen.« Zögernd fügte sie hinzu: »Sind Sie immer noch in ... Alexanders Kompanie?«

»Nein. Alexander hat keine Kompanie mehr. Er war verwundet ...« Marasow brach ab, als Tatiana taumelte. »Alles in Ordnung?«

»Ja, tut mir Leid. Ich bin gestolpert«, erwiderte sie und hielt sich den Bauch. Sie hatte das Gefühl, als müsse sie gleich in Ohnmacht fallen, aber sie wollte sich unbedingt zusammenreißen. »Was ist denn passiert?«

»Er hat sich bei einem Angriff im September die Hände verbrannt.«

»Die Hände?«

»Ja. Verbrennungen zweiten Grades. Er konnte wochenlang nicht einmal eine Tasse halten. Jetzt geht es ihm aber wieder besser.«

»Wo ist er?«

»Wieder an der Front.«

Tatiana hielt es nicht mehr aus. »Leutnant, ich glaube, ich muss jetzt wirklich wieder zurück.«

»Ja, gut«, erwiderte Marasow verwirrt. »Warum sind Sie überhaupt nach Leningrad zurückgekommen?«

»Es gibt hier kaum Krankenschwestern und ich möchte gern als Krankenschwester arbeiten.« Sie beschleunigte ihre Schritte. »Stehen Sie in Schlüsselburg?«

»Ja. Wir haben eine neue Kampfbasis für die Leningrader Front, oben in Morosowo …«

»Morosowo? Hören Sie … ich freue mich, dass es Ihnen gut geht. Was steht für Sie als Nächstes auf dem Plan?«

Er zuckte mit den Schultern. »Wir haben so viele Männer verloren, als wir versuchten, die Blockade zu brechen, dass wir ständig neu gruppiert werden. Aber ich glaube, beim nächsten Mal bin ich wieder mit Alexander zusammen.«

»Ach ja?«, erwiderte sie, und ihre Beine gaben fast nach. »Nun, ich hoffe es für Sie. Es war schön, Sie zu sehen.«

»Tania, geht es Ihnen gut?« Marasow sah sie besorgt an. Fast kam es ihr so vor, als wisse er von ihr und Alexander.

Sie rang sich ein kleines Lächeln ab. »Natürlich, mir geht es sehr gut.« Sie legte ihm die Hand auf den Ärmel. »Danke, Leutnant.«

»Soll ich Dimitri erzählen, dass Sie vorbeigeschaut haben?«

»Nein, bitte nicht.«

Er nickte. Als Tatiana schon fast um die Ecke gebogen war, rief er ihr nach: »Soll ich es Alexander erzählen?«

Sie drehte sich um. »Nein, auch das bitte nicht!«, rief sie zurück.

Als Tatiana am nächsten Abend aus dem Krankenhaus nach Hause kam, wartete Dimitri mit Inga und Stanislaw im Flur auf sie.

»Dimitri!«, sagte Tatiana entsetzt. »Was ... wie ... was tust du denn hier?«

»Wir haben ihn hereingelassen, Taneschka«, sagte Inga. »Er sagte, ihr wart letztes Jahr häufig zusammen.«

Dimitri kam auf Tatiana zu und schlang die Arme um sie. Bewegungslos ließ sie seine Umarmung über sich ergehen. »Ich habe gehört, dass du dich nach mir erkundigt hast«, sagte er. »Ich war so gerührt! Sollen wir ins Zimmer gehen?«

»Wer hat dir das gesagt?«

»Burenitsch, die Torwache. Er sagte, ein junges Mädchen sei vorbeigekommen und habe nach mir gefragt. Du hast ihm deinen Namen nicht hinterlassen, aber er hat dich beschrieben. Ich bin wirklich sehr gerührt, Tania. Das waren harte Monate für mich.«

Er sah zusammengesunken und hohläugig aus.

»Dimitri, ich hatte auch keine besonders gute Zeit«, erwiderte sie und warf Inga und Stanislaw einen wütenden Blick zu. Sie wandte sich ab. »Ich bin sehr müde.«

»Du bist doch bestimmt hungrig und möchtest etwas essen.«

»Ich habe im Krankenhaus gegessen«, log Tatiana. »Und außerdem habe ich fast nichts hier.« Wie sollte sie ihn nur dazu bringen, wieder zu gehen? »Ich muss morgen früh um fünf aufstehen und habe dann zwei neunstündige Schichten hintereinander. Ich bin den ganzen Tag auf den Beinen. Ein andermal vielleicht ...«

»Nein, Tania, wer weiß, ob es ein andermal geben wird«, erwiderte Dimitri. »Komm schon. Vielleicht kannst du mir einen Tee machen? Und ein bisschen zu essen? Im Gedenken an die guten, alten Zeiten?«

Tatiana wagte nicht, sich Alexanders Reaktion vorzustellen, wenn er herausfand, dass Dimitri sich mit ihr in einem

Zimmer aufgehalten hatte. Sie wusste nicht, was sie tun sollte. Aber dann dachte sie daran, dass sich auch Alexander immer noch mit ihm auseinandersetzen musste, also würde sie es auch tun. Er ist nicht nur Alexanders Freund, sondern *unser* Freund.

Tatiana briet Dimitri ein paar Sojabohnen auf dem Primuskocher, den sie sich von Slawin geliehen hatte – als Gegenleistung kochte sie Slawin ab und zu etwas. Sie schnitt ein paar kleine Karotten in die Bohnen und auch eine halbe Zwiebel. Dann gab sie ihm noch eine Scheibe Schwarzbrot mit einem Teelöffel Butter.

Als Dimitri sie um einen Wodka bat, behauptete sie, sie habe keinen, weil sie nicht mit ihm allein sein wollte, wenn er betrunken war. Die Küche wurde von einer Kerosinlampe nur schwach beleuchtet; es gab zwar Strom, aber in den Läden konnte man keine Glühbirnen kaufen.

Dimitri hielt den Teller auf den Knien. Tatiana setzte sich ans andere Ende des Sofas.

»Warum ist es so kalt hier drin?«, fragte Dimitri.

»Der Ofen funktioniert nicht«, erwiderte Tatiana. Sie trug immer noch ihre Schwesterntracht und auf ihren Haaren saß das weiße Häubchen.

»Ach, Tania, erzähl mir doch, wie es dir ergangen ist. Du siehst gut aus«, sagte Dimitri. »Gar nicht mehr wie ein Mädchen.« Er lächelte. »Eher wie eine junge Frau. Du hast zugenommen, seit ich dich das letzte Mal gesehen habe …«

Ein Blick von ihr brachte ihn zum Schweigen. »Als du mich das letzte Mal gesehen hast, Dimitri«, erwiderte sie kühl, »war ich in Kobona und habe dich gebeten, mir zu helfen, meine Schwester zu beerdigen. Vielleicht hast du das ja vergessen. Aber ich nicht.«

»Tania, oh, ich weiß«, sagte er und winkte ab. »Wir haben uns völlig aus den Augen verloren! Aber ich habe immerzu an dich gedacht. Es freut mich, dass du aus Kobona herausgekommen bist. Vielen ist das nicht gelungen.«

»Nein, meiner Schwester zum Beispiel nicht.« Tatiana hätte ihn am liebsten gefragt, warum er Alexander wegen Dascha angelogen hatte, aber sie konnte es nicht ertragen, den Namen ihres Mannes in seiner Gegenwart auszusprechen.

»Das mit deiner Schwester tut mir Leid«, erklärte Dimitri. »Meine Eltern sind auch gestorben. Ich weiß also, wie du dich fühlst.« Er schwieg. »Wie bist du nach Leningrad zurückgekommen?«, fragte er dann.

Tatiana erzählte es ihm.

Aber sie wollte nicht von sich reden. Sie wollte sich gar nicht mit ihm unterhalten. Wo war Dascha, wo war Alexander, wo waren Mama und Papa, damit sie nicht mit Dimitri allein sein musste?

Tatiana holte tief Luft und fragte ihn, warum er so schlecht aussähe.

»Ich bin Bote. Weißt du, was das ist?«

Tatiana wusste es zwar, schüttelte aber trotzdem den Kopf. Wenn er über sich redete, stellte er ihr wenigstens keine Fragen.

»Ich bekomme Nachschubmaterial für die Front und für die hinteren Einheiten von Lastwagen, Flugzeugen und Schiffen und verteile es überall ...«

»Wo? Hier in Leningrad?«, fragte sie.

»Ja, hier und an verschiedenen Stellen auf dieser Seite der Newa. Und auch auf der karelischen Seite in der Nähe von Finnland.« Dimitri warf ihr einen Seitenblick zu und sagte: »Verstehst du jetzt, warum ich so unglücklich bin?«

»Natürlich«, erwiderte Tatiana. »Der Krieg ist gefährlich und du möchtest nichts damit zu tun haben.«

»Ich möchte nicht mehr in diesem Land sein«, murmelte Dimitri kaum hörbar.

»Hast du gesagt, du lieferst die Waren bis zur finnischen Front?«, fragte sie.

»Ja, zu den Grenztruppen an der karelischen Meerenge oder auch zu unseren Hauptquartieren für die Operationen an der Newa in Morosowo. Dort steht das Kommando, während wir ...«

»Wo genau an der karelischen Meerenge?«

»Ich weiß nicht, ob du jemals von einem Ort namens Lisiy Nos gehört hast ...«

»Doch«, erwiderte Tatiana und umklammerte die Sofalehne.

»Ach was!« Dimitri lächelte. »Ich bringe auch Waren von Quartier zu Quartier. Weißt du, ich beliefere sogar die Generäle!«, sagte er und zog viel sagend die Augenbrauen hoch.

»Ach ja?« Sie hörte ihm kaum zu. »Ist denn ein interessanter General dabei?«

Dimitri senkte die Stimme. »Ich stehe auf sehr gutem Fuß mit General *Mechlis.*« Er lachte zufrieden. »Ich bringe ihm Papier, Stifte und alles, was ich außer der Reihe bekomme – wenn du weißt, was ich meine. Er braucht mich nie zu bezahlen. Zigaretten, Wodka, alles geht zu ihm. Er freut sich immer schon sehr auf meine Besuche.«

»Oh?«, sagte Tatiana. Sie hatte keine Ahnung, wer Mechlis war. »Mechlis ... was für eine Armee befehligt er?«

»Machst du Witze, Tania?«

»Nein. Warum sollte ich«, erwiderte sie erschöpft.

Flüsternd antwortete Dimitri: »Mechlis kommandiert die NKWD-Armee!« Noch leiser fügte er hinzu: »Er ist Berijas rechte Hand!« Lawrenti Berija war Stalins Volkskommissar und Oberbefehlshaber des NKWD.

Früher einmal hatte Tatiana sich vor Bomben und Hunger und dem Tod gefürchtet. Und noch früher hatte sie sich davor gefürchtet, sich im Wald zu verirren. Und sie hatte sich vor Menschen gefürchtet, die ihr etwas antun wollten. Aber heute Abend hatte Tatiana keine Angst um sich. Als sie Dimitris verschlagenes Gesicht betrachtete, hatte sie Angst um Alexander.

Vor dem heutigen Abend hatte sie von Zeit zu Zeit Gewissensbisse verspürt, weil sie trotz des Versprechens, das sie ihrem Mann gegeben hatte, aus Lazarewo weggegangen war. Aber jetzt war sie überzeugt davon, dass Alexander sie mehr brauchte, als er es selbst für möglich hielt.

Jemand musste Alexander beschützen, und zwar nicht vor einem zufälligen Tod, sondern vor bewusster, absichtlicher Vernichtung.

Nachdenklich musterte sie Dimitri, als er auf einmal näher rückte. »Was willst du?«

»Du bist wirklich kein Kind mehr, Tania«, sagte Dimitri.

Tatiana verzog keine Miene.

»Inga und Stanislaw haben mir gesagt, du wärst immer so lange fort, dass sie annehmen, du triffst dich noch mit einem Arzt aus dem Krankenhaus. Stimmt das?«

»Wenn Inga und Stanislaw es dir erzählt haben, dann wird es wohl auch stimmen«, erwiderte Tatiana sarkastisch. »Kommunisten lügen schließlich nie, Dimitri.«

Nickend rückte Dimitri noch näher.

»Was soll das?« Tatiana stand auf. »Hör mal, es ist schon spät.«

»Ach, Tania, komm. Du bist einsam. Ich bin einsam. Ich hasse mein Leben, ich hasse jede einzelne Minute. Geht es dir manchmal auch so?«

Nur heute Abend, dachte Tatiana. »Nein, Dima. Mir geht es gut. Alles in allem habe ich ein schönes Leben. Ich arbeite, im Krankenhaus werde ich gebraucht. Ich lebe. Ich habe zu essen.«

»Aber du musst doch einsam sein, Tania!«

»Warum soll ich denn einsam sein? Ich bin ständig von Menschen umgeben. Und außerdem denkst du doch, ich treffe mich mit einem Arzt! Komm, lass uns aufhören. Es ist schon spät.«

Er stand auf und trat einen Schritt auf sie zu. Tatiana streckte abwehrend die Hände aus. »Dimitri, jetzt ist Schluss. Wir passen nicht zusammen. Und obwohl du das schon immer gewusst hast, hast du mich trotzdem bedrängt. Warum nur?«

Lachend erwiderte Dimitri: »Vielleicht habe ich gehofft, liebe Tania, dass die Liebe einer anständigen jungen Frau, wie du es bist, einen Kerl wie mich rettet.«

Tatiana blickte ihn kalt an. »Es freut mich, dass du für dich noch Rettung erhoffst.«

Wieder lachte er. »Ach was, Tania, das tue ich ja gar nicht, weil ich nie von einer anständigen jungen Frau wie dir geliebt worden bin.« Leiser fügte er hinzu: »Aber welcher Mann wird schon von solch einer Frau geliebt?«

Tatiana schwieg. Auf einmal wurde ihr bewusst, dass sie an der Stelle stand, wo sich früher ihr Esstisch befunden hatte, bevor Alexander ihn zu Feuerholz zersägte. Zu viele Gespenster in einem kleinen, dunklen Zimmer …

Dimitri funkelte sie an. »Ich verstehe nicht«, sagte er laut, »warum du eigentlich zur Kaserne gekommen bist? Warum hast du dich nach mir erkundigt? Ich dachte, du wolltest, dass ich zu dir komme. Willst du mich an der Nase herumführen?« Seine Stimme wurde noch lauter und er trat noch einen Schritt näher. »In der Armee gibt es ein Wort für solche Mädchen. Wir nennen sie Mütter.« Er lachte.

»Glaubst du wirklich, Dima, dass ich dich nur an der Nase herumführe? Dass ich nicht meine, was ich sage? Hältst du mich im Ernst für so ein Mädchen?«

Er grummelte etwas.

»Das dachte ich mir«, fuhr Tatiana fort. »Nun, ich habe an der Kaserne nach Marasow und dir gefragt, weil ich einfach ein vertrautes Gesicht sehen wollte.«

»Ach, hast du vielleicht auch nach Alexander gefragt? Der ist nämlich nicht in der Garnison. Der ist entweder in Morosowo, wenn er Dienst hat, oder in irgendeinem Bordell in Leningrad, wenn er freihat.«

Tatiana konnte nur hoffen, dass es Dimitri nicht auffiel, wie blass sie wurde. »Ich habe nach allen gefragt, die ich kenne.«

»Nach allen – außer Petrenko«, erwiderte Dimitri. »Obwohl

du doch mit ihm ganz gut befreundet warst, so oft wie du im letzten Jahr vorbeigekommen bist. Warum hast du denn nicht nach deinem Freund Iwan Petrenko gefragt? Bevor er fiel, hat er mir erzählt, dass er dich manchmal zum Rationsladen begleitet hat. Auf Befehl von Hauptmann Below natürlich. Er hat dir und deiner Familie sehr geholfen. Warum hast du denn nicht nach ihm gefragt?«

Sie hatte selbstverständlich nicht nach ihm gefragt, weil sie aus Alexanders Brief wusste, dass er tot war, aber das durfte sie Dimitri gegenüber natürlich nicht zugeben. Tatiana war die ganze Situation auf einmal so leid, dass sie Dimitri am liebsten die Wahrheit gesagt hätte. Aber der Gedanke an die Konsequenzen hielt sie zurück.

Sie richtete sich auf und blickte Dimitri kalt an. Mit fester Stimme sagte sie: »Dimitri, was zum Teufel willst du eigentlich aus mir herauslocken? Hör auf, mich mit deinen Fragen zu manipulieren. Entweder du fragst mich geradeheraus, was du wissen willst, oder du hältst den Mund. Ich bin zu müde für deine Spielchen. Also, du willst wissen, warum ich nicht nach Petrenko gefragt habe? Weil ich zuerst nach Marasow gefragt habe, und als er zum Tor kam, habe ich nicht mehr nach anderen Personen gefragt. Und jetzt reicht es!«

Dimitri starrte sie unbehaglich und überrascht an.

Es klopfte an der Tür. Inga steckte den Kopf herein. »Was ist los?«, fragte sie. »Ihr seid so laut! Ist alles in Ordnung?«

»Ja, danke, Inga«, erwiderte Tatiana und schlug ihr die Tür vor der Nase zu. Mit ihr würde sie später abrechnen.

Dimitri trat auf sie zu und sagte kleinlaut: »Es tut mir Leid, Tania. Ich wollte dich nicht wütend machen. Ich habe nur deine Absichten missverstanden.«

»Ist schon gut, Dimitri. Es ist spät. Du gehst jetzt besser.«

Dimitri wollte sie umarmen, aber sie wich zurück. Achselzuckend sagte er: »Ich habe mir immer gewünscht, dass es mit uns beiden funktionieren würde.«

»Tatsächlich, Dimitri?«, fragte Tatiana. Dann schwieg sie.

Es hatte keinen Sinn, ihm erklären zu wollen, dass es ihm nur um sich selbst ging und nie um irgendjemand anderen. Offenbar jedoch las er diese Antwort in ihren Augen, denn er ließ den Kopf sinken und stammelte: »Ich finde wohl nie die richtigen Worte.«

»Sag einfach gute Nacht«, erwiderte Tatiana kühl.

An der Tür drehte er sich noch einmal um. »Tania, ich glaube, das ist der endgültige Abschied. Ich glaube nicht, dass wir einander wiedersehen.«

»Wenn es so sein soll, sehen wir uns auch wieder.« Tatiana schluckte. Sie fühlte sich wie betäubt und ihre Beine trugen sie kaum noch.

Dimitri flüsterte: »Wo ich hingehe, Tatiana, wirst du mich nie wiedersehen.«

Als er endlich gegangen war, warf sich Tatiana auf ihr Bett und lag dort schlaflos bis zum Morgen.

3

Alexander saß in Morosowo hinter einem Tisch in seinem Offizierszelt, als Dimitri mit Zigaretten und Wodka hereinkam. Alexander trug seinen Mantel und seine verletzten Hände waren gefühllos vor Kälte. Er wäre gern in die Lagerküche gegangen, um sich aufzuwärmen und etwas zu essen, aber er konnte sein Zelt nicht verlassen. Es war Freitag und in einer Stunde kam General Goworow, um mit ihm über den bevorstehenden Angriff auf die Deutschen zu reden.

Es war mittlerweile November und nach vier gescheiterten Versuchen, die Newa zu überqueren, wartete die 67. Armee jetzt ungeduldig darauf, dass der Fluss zufror. Das Kommando in Leningrad war zu dem Schluss gekommen, dass es einfacher war, mit Infanterie anzugreifen als von den Pontonbooten aus, die ein zu leichtes Ziel boten.

Dimitri stellte die Wodkaflaschen, den Tabak und das Zigarettenpapier auf den Tisch und Alexander bezahlte ihn. Er wollte, dass Dimitri gleich wieder ging. Er las gerade einen Brief von Tatiana, der ihn verwirrte. In den Wochen, in denen er im Lazarett gelegen hatte, hatte er ihr nicht geantwortet, obwohl ihm die Krankenschwestern angeboten hatten, die Briefe für ihn zu schreiben. Aber er hatte sich vorgestellt, dass Tatiana vor Sorge wahnsinnig werden würde, wenn sie einen Brief von ihm in einer anderen Handschrift bekam. Also hatte er bis zum Ende des Monats gewartet, bis er selbst wieder einen Stift in der Hand halten konnte.

Er hatte ihr geschrieben, dass Gott ihn durch seine Brandwunden beschützt hatte, weil er dadurch zwei katastrophalen Angriffen im September entgangen sei, die die Truppen in der ersten und zweiten Linie so gründlich dezimiert hatten, dass sie alle Reservekräfte aus der Garnison in Leningrad mobilisieren mussten. Die Wolkow-Front hätte der Leningrad-Front nur zu gern Männer zur Verfügung gestellt, aber es waren kaum noch welche am Leben. Da Hitler Manstein den Befehl gegeben hatte, die Newa und die Blockade um Leningrad um jeden Preis zu halten, gab es in Meretzkows zweiter Armee in Wolkow kaum noch Männer.

Stalingrad war dem Erdboden gleichgemacht worden. In der Ukraine war Hitler einmarschiert und auch Leningrad behauptete sich nur noch mit Mühe. Die Rote Armee war aufs Äußerste geschwächt. Jetzt plante Goworow einen erneuten Angriff auf die Deutschen. Doch Alexander saß an seinem Tisch und grübelte darüber nach, was um alles in der Welt mit seiner Frau nicht stimmte.

Mittlerweile war es November und in keinem ihrer Briefe, die mit schöner Regelmäßigkeit eintrafen, ging sie auch nur mit einem Wort auf seine Verwundung ein. Immer wieder versuchte er, zwischen den Zeilen zu lesen. Aber jetzt stand Dimitri hinter ihm und machte keine Anstalten, wieder zu gehen.

»Alexander, kannst du mir etwas zu trinken geben? Um alter Zeiten willen!«

Widerwillig schenkte Alexander ihm etwas ein. Für sich selbst nahm er auch ein kleineres Glas. Dimitri setzte sich auf den Stuhl ihm gegenüber. Sie redeten über die bevorstehende Invasion und über die schrecklichen Kämpfe mit den Deutschen auf der anderen Seite der Newa.

»Alexander«, fragte Dimitri leise, »wie kannst du hier nur so ruhig sitzen, wo du doch weißt, was dir bevorsteht? Ihr habt schon viermal versucht, die Newa zu überqueren, die meisten unserer Männer sind tot, und ich habe gehört, dass von diesem letzten Angriff niemand zurückkehren darf, bevor die Blockade nicht gebrochen ist. Hast du das auch gehört?«

»Ja, so etwas Ähnliches habe ich auch gehört.«

»Ich kann hier nicht mehr bleiben, ich will es einfach nicht. Es wird zu gefährlich, letzte Woche bin ich beinahe getroffen worden.« Er senkte die Stimme noch mehr. »Alexander, es ist kaum zu glauben, wie ungeschützt das Gebiet um Lisiy Nos zurzeit ist! Ich bringe ja auch Waren zu unseren Grenztruppen und habe gesehen, dass sich nicht mehr als ein Dutzend Finnen in den Wäldern herumtreiben. Du könntest mit mir im Lastwagen dorthin fahren, vor der Grenze lassen wir den Laster stehen und dann ...«

»Dima!«, flüsterte Alexander. »Den Laster stehen lassen? Sieh dich doch an! Du kannst doch kaum laufen. Wir haben im Juni schon darüber geredet ...«

»Nicht nur im Juni. Wir haben immer wieder darüber geredet. Ich bin es leid. Ich bin es auch leid, noch länger abzuwarten. Ich kann nicht mehr warten. Lass uns einfach abhauen, und entweder wir schaffen es oder wir schaffen es nicht und werden erschossen. Was ist da schon der Unterschied? So haben wir zumindest unsere Chance genutzt.«

»Hör mir zu ...«, begann Alexander und stand auf.

»Nein, du hörst *mir* zu! Dieser Krieg hat mich verändert ...«

»Ach ja?«

»Ja! Er hat mir gezeigt, dass ich um mein Leben kämpfen muss. Mit allen Mitteln, die mir zur Verfügung stehen. Bis jetzt hat bloß kein Mittel funktioniert. Weder die Versetzungen von einer Einheit in die andere noch die Schusswunde im Fuß noch die Monate im Krankenhaus und auch nicht das Zwischenspiel in Kobona – nichts! Die Deutschen sind entschlossen, mich umzubringen. Und ich bin entschlossen, es nicht zuzulassen.« Dimitri schwieg und fügte dann leiser hinzu: »Das macht deinen Einsatz für den leider inzwischen verstorbenen Jurij Stepanow rückblickend noch ärgerlicher. Er ist tot und wir sind immer noch hier. Und alles nur, weil du ihn unbedingt zurückbringen wolltest. Wenn du das nicht getan hättest, wären wir jetzt in Amerika.«

Alexander wahrte nur mühsam die Beherrschung. Er baute sich vor Dimitri auf und zischte mit zusammengebissenen Zähnen: »Und ich habe dir damals dasselbe gesagt, was ich dir jetzt sage: Geh. Verschwinde. Hau ab! Ich gebe dir die Hälfte meines Geldes. Du weißt ganz genau, wie du nach Helsinki und von da aus nach Stockholm kommst. Also verschwinde endlich!«

Dimitri wich vor ihm zurück. »Und du weißt ganz genau, dass ich ohne dich nicht gehen kann. Ich spreche kein Wort Englisch.«

»Du brauchst auch nicht Englisch zu sprechen. Geh einfach nach Stockholm und lass dich als Flüchtling registrieren. Sie werden dich schon aufnehmen, Dimitri.«

»Aber jetzt, mit meinem Bein …«

»Vergiss dein Bein. Zieh es hinter dir her, wenn es sein muss. Ich gebe dir die Hälfte meines Geldes …«

»Was zum Teufel redest du da? Wir wollten zusammen fliehen, weißt du nicht mehr? Das war doch unser Plan, oder? Ich gehe nicht allein!«

»Wenn das so ist, dann wirst du eben warten müssen, bis *ich* der Meinung bin, dass der richtige Zeitpunkt gekommen ist. Und jetzt ist es noch nicht so weit. Im Frühling wird …«

»Ich warte nicht noch bis zum Frühling!«

»Was bleibt dir schon anderes übrig? In Wahrheit weißt du doch, dass die Grenztruppen des NKWD Deserteure auf der Stelle erschießen.«

»Bis zum Frühling bin ich so oder so tot!« Dimitri sprang von seinem Stuhl auf und versuchte, sich vor Alexander aufzubauen. »Und du auch! Was ist eigentlich mit dir los? Was zum Teufel ist in dich gefahren? Willst du nicht mehr abhauen? Willst du lieber sterben?«

Alexander antwortete nicht.

Dimitri blickte ihn finster an. »Vor fünf Jahren, als du noch ein Niemand warst, als du mich noch brauchtest, da habe ich dir einen Gefallen getan, Hauptmann der Roten Armee.«

Mit einem raschen Schritt stand Alexander so dicht vor Dimitri, dass dieser erschreckt zurückwich, auf den Stuhl sank und ängstlich zu Alexander aufblickte.

»Ja, das stimmt«, sagte Alexander. »Und ich habe es niemals vergessen.«

»Schon gut, schon gut«, erwiderte Dimitri beschwichtigend. »Mach nicht …«

»Habe ich mich deutlich ausgedrückt? Wir warten auf den richtigen Zeitpunkt.«

»Aber die Grenze bei Lisiy Nos ist *jetzt* ungeschützt!«, rief Dimitri aus. »Worauf wartest du denn, verdammt noch mal? Jetzt ist der ideale Zeitpunkt, um zu verschwinden. Später, wenn der Krieg dort weitergeht, gibt es auf beiden Seiten wieder viel mehr Soldaten …«

»Dimitri, zum letzten Mal, ich gehe jetzt nicht.«

»Wann dann?«

»Das sage ich dir früh genug. Zuerst werden wir die Blockade brechen. Es wird unsere ganze Kraft erfordern, aber wir werden es schaffen, und dann im Frühjahr …«

Dimitri schmunzelte plötzlich. »Vielleicht sollten wir die Blockade von Tania brechen lassen.«

Einen Moment lang dachte Alexander, er hätte sich verhört. Hatte Dimitri gerade Tatiana erwähnt?

»Was hast du gesagt?«, fragte er langsam.

»Ich habe gesagt, vielleicht sollte Tania die Blockade brechen. Sie ist sehr geschickt darin.«

»Wovon redest du?«

»Diese Frau ...«, sagte Dimitri bewundernd. »Die käme sogar bis nach Australien, wenn sie es wollte.« Lachend warf er den Kopf nach hinten. »Ehe wir uns versehen, bringt sie regelmäßig Lebensmittel von Molotow nach Leningrad.«

»Wovon redest du, verdammt noch mal?«

»Ich sage dir lediglich, dass wir die Blockade von Tatiana Metanowa brechen lassen sollten, statt zweihunderttausend Menschenleben zu opfern.«

Alexander drückte seine Zigarette aus und murmelte: »Ich habe keine Ahnung, was du damit sagen willst.«

»Ich habe zu ihr gesagt, ›Tania‹, habe ich gesagt, ›du solltest in die Armee eintreten. Du würdest in kürzester Zeit General werden!‹ Und sie hat geantwortet, eigentlich hätte sie eher überlegt ...«

»Was soll das heißen?«, unterbrach Alexander ihn, »was soll das heißen, du hast zu ihr *gesagt?«*

»Na, vor einer Woche! Sie hat mich zum Essen in der Fünften Sowjet eingeladen. Die Leitungen sind endlich repariert worden. Die Wohnung, na ja, es wohnen völlig fremde Leute darin, aber ...« Dimitri lächelte verträumt. »Sie ist immer noch eine gute Köchin.«

Alexander nahm all seine Kraft zusammen, um gleichmütig zu reagieren.

»Was ist los?«, fragte Dimitri und blickte ihn amüsiert an.

»Nichts. Aber wovon redest du überhaupt, Dima? Ist das wieder eine deiner kleinen Notlügen? Tatiana ist nicht in Leningrad.«

»Alexander, glaub mir, ich würde Tatiana überall erkennen.« Er lächelte. »Sie sieht gut aus! Sie hat mir erzählt, dass sie sich mit einem Arzt trifft.« Er lachte. »Kannst du dir das vorstellen? Unsere kleine Taneschka! Wer hätte gedacht, dass sie als Einzige am Leben bleibt?«

Alexander hätte ihm gern das Wort abgeschnitten, aber er traute seiner Stimme nicht. Stumm umklammerte er die Stuhllehne. Er hatte erst gestern einen Brief von ihr bekommen! Einen Brief!

»Tania hat mich in der Kaserne gesucht. Sie hat mich zum Abendessen eingeladen und erzählt, sie sei seit Mitte Oktober in Leningrad. Nein, und wie sie dort hingekommen ist!« Dimitri lachte herzlich. »Wenn ich mich an dem gerechten Kampf beteilige, möchte ich sie an meiner Seite haben.«

Mit mühsam bewahrter Fassung erwiderte Alexander: »Ach, und wann beteiligst du dich endlich am gerechten Kampf, Dimitri?«

»Sie ist sehr schlau ...«

»Dimitri, es interessiert mich nicht die Bohne. Mir ist im Übrigen gerade aufgefallen, dass ich spät dran bin. Ich habe in ein paar Minuten eine Sitzung mit General Goworow. Entschuldige mich bitte.«

Als Dimitri gegangen war, brach sich Alexanders ohnmächtige Wut Bahn und er zertrümmerte den Stuhl, auf dem Dimitri gesessen hatte. Jetzt wusste er, was mit ihren Briefen nicht stimmte. Ihm wurde übel vor Zorn und nicht einmal während der Sitzung mit Goworow konnte er sich beruhigen.

Anschließend ging er zu Oberst Stepanow.

»Ach du Schreck«, sagte Stepanow und trat um seinen Schreibtisch herum auf ihn zu. »Sie haben schon wieder diesen bestimmten Ausdruck in den Augen, Hauptmann Below.« Er lächelte.

Alexander hielt seine Mütze in der Hand und sagte: »Genosse Oberst, Sie waren immer sehr nett zu mir. Aber ich hatte, seit ich aus Molotow zurückgekommen bin, keinen einzigen freien Tag mehr.«

»Nun, Below, Sie hatten im Sommer schließlich über fünf Wochen Urlaub!«

»Ich bitte Sie nur um ein paar Tage, Genosse Oberst. Ich könnte einen Lastwagen mit Hilfsgütern nach Leningrad fahren, dann tue ich wenigstens zum Teil meine Pflicht.«

»Was ist los, Alexander?«, fragte Stepanow leise.

Alexander schüttelte unmerklich den Kopf. »Es ist alles in Ordnung.«

Stepanow blickte ihn prüfend an. »Hat es etwas mit dem Geld zu tun, das Sie jeden Monat nach Molotow schicken?«

»Ja, Genosse Oberst, wir sollten die Überweisungen einstellen.«

Stepanows Stimme wurde noch leiser. »Hat es etwas mit dem Stempel des Standesamts in Molotow zu tun, den ich in Ihrem Pass gesehen habe?«

Alexander schwieg. »Genosse Oberst, ich habe dringend etwas in Leningrad zu erledigen.« Er rang um Fassung. »Es ist nur für ein paar Tage.«

Stepanow seufzte. »Wenn Sie nicht pünktlich zum Appell um zehn Uhr am Sonntag wieder hier erscheinen ...«

»Genosse Oberst, ich werde da sein. Das ist mehr als genug Zeit, danke. Ich werde Sie nicht enttäuschen. Das vergesse ich Ihnen nicht.«

Als Alexander sich zum Gehen wandte, sagte Stepanow: »Kümmern Sie sich um Ihre persönlichen Angelegenheiten, mein Sohn. Vergessen Sie die Hilfsgüter. Bis wir die Blockade gebrochen haben, werden Sie für Persönliches keine Zeit mehr haben.«

4

Tatiana konnte kaum noch die Füße heben. Sie war immer noch mit den Patienten beschäftigt, obwohl sie schon längst Dienstschluss hatte. Ein bisschen hungrig war sie auch, aber es machte ihr keinen Spaß, für sich allein zu kochen. Und sie zog es vor, auf der Intensivstation zu sein statt zu Hause allein in ihrem Zimmer.

Schließlich aber machte sie doch Feierabend und ging mit gesenktem Kopf langsam durch die Dunkelheit nach Hause.

Als sie in die Gemeinschaftswohnung kam, saß Inga wieder einmal auf dem Sofa im Flur und trank Tee. »Hallo, Inga«, sagte Tatiana müde.

»Es war jemand für dich hier.«

Tatiana reckte sich. »Du hast hoffentlich getan, worum ich dich gebeten habe, und niemanden hereingelassen.«

»Ja«, erwiderte Inga, »aber es hat nichts genutzt. Es war wieder ein Soldat …«

»Und wer? Doch nicht derselbe, der schon …«

»Nein. Er sah anders aus. Er war groß.«

Tatianas Herz machte einen Satz.

»Wo …«, stammelte sie. »Wohin …«

»Ich weiß nicht. Ich habe ihm jedenfalls gesagt, er könne nicht hereinkommen, aber er hat sich nicht darum geschert. Dir laufen ja eine Menge Soldaten hinterher!«

Tatiana ließ ihren Mantel fallen, riss die Tür zu ihrem Zimmer auf – und stand vor Alexander.

»Oh«, keuchte sie. Die Knie wurden ihr weich. »Oh Gott!« Tränen stiegen ihr in die Augen und sie drückte ihr Gesicht in seinen Mantel.

Er legte nicht einmal den Arm um sie. »Lass uns die Tür schließen«, sagte er kühl.

Inga warf ein: »Tania hat mir aufgetragen, niemanden hereinzulassen, Hauptmann. Tania, willst du uns nicht vorstellen?« Sie hatte ihre Teetasse abgestellt.

Wortlos schob Alexander Tatiana ins Zimmer und warf die Tür hinter sich zu. Sofort breitete sie die Arme aus. »Shura …«

Er hob abwehrend seine Hände. »Komm mir nicht zu nahe.«

»Shura, ich bin so froh, dass du hier bist! Wie geht es deinen Händen?«

Er stieß sie weg und sagte laut: »Bleib, wo du bist, Tatiana!«

Er trat ans Fenster. Ihr Bedürfnis, ihn zu berühren, war so übermächtig, dass nichts anderes zählte. Mit brüchiger Stimme fragte sie: »Shura, warum stößt du mich von dir?«

Alexanders Blick war bitter und zornig. »Warum bist du hier?«

»Das weißt du doch«, erwiderte Tatiana. »Du hast mich gebraucht, also bin ich gekommen.«

»Ich brauche dich hier nicht!«, schrie er. Tatiana zuckte zusammen, wich aber nicht von der Stelle. »Ich brauche dich hier nicht«, wiederholte er. »Was ich brauche, ist, dass du in Sicherheit bist.«

»Ich weiß«, erwiderte sie. »Bitte, lass mich dich berühren.«

»Lass mich in Ruhe.«

»Shura, das kann ich nicht! Ich will dir nahe sein!«

»Mir nahe? Offensichtlich nicht, Tatiana«, sagte er gehässig. Es war dunkel im Zimmer und nur von der Straße drang ein schwacher Lichtschein herein, so dass sie sein Gesicht und seine Augen nicht sehen konnte.

»Wie meinst du das?«, fragte sie mit zitternder Stimme. »Natürlich dir nahe. Wem denn sonst?«

»Was denkst du dir eigentlich dabei?«, schrie er sie an. »Gehst einfach zur Kaserne und fragst nach Dimitri!«

»Ich habe nicht nach Dimitri gefragt!«, rief sie aus. »Ich habe nach *dir* gefragt! Ich wusste doch nicht, was mit dir passiert war. Du hast nicht mehr geschrieben.«

»Du hast mir sechs Monate lang nicht geschrieben!«, sagte er böse. »Da hättest du jetzt doch zwei Wochen warten können, oder?«

»Es waren mehr als vier Wochen und ich konnte nicht mehr warten«, erwiderte sie. »Shura, ich bin wegen dir hier.« Sie trat noch einen Schritt näher. »Wegen *dir*. Du hast zu mir gesagt, ich soll mich nie von dir abwenden. Und hier bin. Sieh mir in die Augen und sag mir, was ich empfinde.« Flehend streckte sie ihm die Hände entgegen. »Was empfinde ich, Shura?«, flüsterte sie.

Alexander blinzelte und biss die Zähne zusammen. »Sieh *mir* in die Augen und sag mir, was *ich* empfinde, Tatiana.« Wütend fuhr er fort: »Du hast es mir versprochen! Du hast mir dein Wort gegeben!«

Tatiana blickte ihn an. Sie begehrte ihn so sehr, dass sie sich ganz schwach fühlte. Doch wie immer durchdrang nichts seinen Zorn. »Alexander, mein Mann, ich bin es! Deine Tania.« Sie weinte fast, als sie ihm die Hände hinstreckte. »Shura, bitte.«

Als er nicht antwortete, zog sie sich die Schuhe aus und stellte sich vor ihn ans Fenster. Sie fühlte sich verletzlicher denn je. »Bitte, lass uns nicht streiten. Ich bin so glücklich, dass du hier bist. Ich will doch nur …« Unverwandt blickte sie ihn an. »Shura, bitte, stoß mich nicht von dir.«

Er wandte das Gesicht ab. Tatiana knöpfte ihren Kittel auf und griff nach Alexanders Hand. *»Küss deine Handfläche und leg sie an dein Herz,* hast du mir geschrieben«, flüsterte sie. Sie drückte einen Kuss auf seine Handfläche und legte dann seine große, warme Hand auf ihre entblößte Brust. Stöhnend schloss sie die Augen.

»Oh, mein Gott, Tatiana …« Alexander zog sie an sich und seine Hände glitten über ihren Körper. Er drückte sie auf das Sofa und küsste sie leidenschaftlich. »Was soll ich denn tun?« Er zerrte ihr den Kittel herunter und zog ihr die Unterwäsche aus, so dass sie nur noch ihren Strumpfgürtel anhatte. Dann packte er ihre bloßen Hüften und flüsterte: »Was soll ich denn tun, Tania …«

Tania brachte kein Wort heraus.

»Ich bin so wütend auf dich!« Er küsste sie abermals heftig. »Ist es dir denn egal, dass ich wütend auf dich bin?«

»Es ist mir egal ... lass deine Wut an mir aus«, stöhnte Tatiana. »Komm, lass sie an mir aus, Shura ... jetzt.«

Innerhalb von Sekunden war er in sie eingedrungen. Tatiana packte seinen Kopf und flüsterte: »Halt mir den Mund zu.«

Alexander hatte weder seinen Mantel noch seine Stiefel ausgezogen.

»Tania, ist alles in Ordnung?«, ertönte auf einmal Ingas Stimme von der Tür. Alexander legte Tatiana die Hand über den Mund und schrie: »Geh von der Tür weg, zum Teufel!«

»Halt mir den Mund zu, Shura«, flüsterte Tatiana, die vor Glück weinte. »Oh Gott, halt ihn mir zu ...«

»Nein, geh nicht von mir runter, bitte«, murmelte sie und klammerte sich an seinen Mantel. »Was ist mit deinen Händen?« In der Dunkelheit konnte sie sie nicht sehen, aber sie fühlten sich vernarbt an.

»Alles in Ordnung.«

Tatiana küsste Alexanders Lippen, sein Kinn, seine Bartstoppeln, seine Augen und drückte ihn fest an sich. »Shura, Liebster, geh nicht von mir, bitte. Du hast mir so gefehlt. Bleib, wo du bist ... Geh nicht weg. Spürst du, wie warm ich bin?« Sie versuchte, ihre Tränen zu unterdrücken, aber es gelang ihr nicht. »Hast du mir deshalb nicht geschrieben? Wegen deiner Hände?«

»Ja«, erwiderte Alexander. »Ich wollte nicht, dass du dir Sorgen machst.«

»Konntest du dir nicht denken, dass ich den Verstand verliere, wenn ich nichts von dir höre?«

»Ich hatte gehofft, du würdest einfach abwarten.«

»Liebster, geliebter Mann, hast du Hunger?«, murmelte Tatiana. »Ich kann es kaum glauben, dass du hier bist! Was soll ich dir kochen? Ich habe ein bisschen Schweinefleisch und Kartoffeln. Möchtest du etwas essen?«

»Nein«, erwiderte Alexander und zog sie hoch. »Warum ist es hier so kalt?«

»Der Ofen ist kaputt. Die *borsoika* steht im anderen Zimmer. Slawin lässt mich seinen Primuskocher in der Küche benutzen.« Lächelnd streichelte sie seinen Mantel. »Liebling, Shura, soll ich dir Tee kochen?«

»Tania, du erfrierst hier! Hast du noch etwas zum Anziehen? Etwas Wärmeres?«

»Ach, im Moment verbrenne ich«, erwiderte sie träumerisch. »Mir ist nicht kalt.« Sie klammerte sich an ihn.

»Warum steht eigentlich das Sofa mitten im Zimmer?«

»Mein Bett steht dahinter.«

Alexander nahm eine Decke von der Liege und hängte sie Tatiana um die Schultern. »Warum schläfst du denn zwischen dem Sofa und der Wand?«

Als sie nicht antwortete, fasste Alexander an die Wand. Vorwurfsvoll blickte er sie an. »Warum hast du ihnen das warme Zimmer gegeben?«

»Ich habe es ihnen nicht gegeben, sie haben es sich genommen. Sie sind zu zweit und ich bin allein. Sie sind so traurig und Stanislaw hat einen schlimmen Rücken. Shura, wie wäre es mit einem heißen Bad? Ich lasse dir Wasser einlaufen.«

»Nein. Zieh dich sofort an.« Alexander schloss seine Gürtelschnalle und öffnete die Tür, immer noch im Mantel. Hastig knöpfte Tatiana ihren Kittel zu und folgte ihm. Alexander ging an Inga vorbei in das Zimmer, in dem Stanislaw saß und die Zeitung las, und forderte ihn auf, mit Tatiana das Zimmer zu tauschen. Stanislaw weigerte sich, aber Alexander beharrte darauf. Gemeinsam mit Tatiana räumte er die Sachen der beiden in das ungeheizte Zimmer.

Brummelnd stand Stanislaw mit Inga im Flur, und als Tatiana an ihnen vorbeikam, flüsterte sie: »Stanislaw Stepanitsch, schscht! Bitte, provozier ihn nicht!«

Aber er achtete nicht auf ihre Warnung, sondern trat schäumend auf Alexander zu. »Was glaubst du eigentlich, wer du bist? Du weißt nicht, mit wem du es zu tun hast! Du hast kein Recht, mich so zu behandeln!«

Alexander ließ Stanislaws Truhe, die er gerade in das Zimmer tragen wollte, fallen, packte sein Gewehr und drückte Stanislaw damit an die Wand. »Für wen zum Teufel hältst du dich?«, sagte er laut. »Du weißt wohl nicht, mit wem *du* es zu tun hast! Glaubst du, ich lasse mich von dir einschüchtern, du Bastard? Da bist du an den Falschen geraten! Und jetzt verschwinde in das andere Zimmer und lass mich in Ruhe! Und lass in Zukunft vor allem Tatiana in Ruhe, verstanden?« Alexander drückte ihm das Gewehr noch einmal fest unters Kinn, dann versetzte er der Truhe einen Tritt. »Hier, die kannst du selbst tragen!«

Inga murmelte: »Dich besuchen ja nur Wahnsinnige, Tania! Komm, Stanislaw, wir gehen!«

Stanislaw rieb sich die Kehle und wollte etwas sagen, aber Inga schrie: »Na, komm schon, Stanislaw! Halt den Mund und komm!«

In dem warmen Zimmer zog Tatiana rasch Ingas und Stanislaws Bettwäsche ab und bezog das Bett frisch.

»Das ist doch viel besser, oder nicht?«, stellte Alexander fest. Er setzte sich aufs Sofa und winkte Tatiana zu sich. Sie erwiderte kopfschüttelnd: »Ach, Alexander ... Möchtest du jetzt etwas zu essen?«

»Später. Komm her.«

»Ziehst du denn dieses Mal deinen Mantel aus?«

»Komm her, dann wirst du es schon merken.«

Sie sank in seine Arme. »Lass deinen Mantel an. Lass alles an.«

Tatiana ließ Alexander ein heißes Bad ein, zog ihn aus, seifte ihn ein und wusch ihn. Weinend betrachtete sie seine Hände. Sie fand, dass seine geröteten Finger ziemlich schlimm aussahen, aber Alexander versicherte ihr, dass sie fast ohne dauerhafte Narben verheilen würden. Er trug seinen Ehering genauso wie sie an einem Band um den Hals.

»Ist dir das Wasser warm genug?«

»Ja, es ist gut so, Tania.«

»Ich kann noch einen Kessel aufsetzen.« Sie lächelte. »Und dann komme ich herein und gieße dir das heiße Wasser dazu. Weißt du noch?«

»Ja«, erwiderte er. Aber er lächelte nicht.

Während er sich abtrocknete und anzog, bereitete sie ihm aus allem, was sie dahatte – Kartoffeln, Karotten und etwas Schweinefleisch –, das Abendessen zu, folgte ihm in ihr Zimmer und sah ihm zu, wie er aß. »Ich habe keinen Hunger«, erklärte sie. »Ich habe im Krankenhaus gegessen. Iss nur, Liebling.«

In der Nacht erzählte Tatiana Alexander alles, was Dimitri gesagt hatte – über den NKWD-General, Lisiy Nos und die anderen Anspielungen. Alexander starrte an die Decke. »Soll ich sprechen, noch bevor du mich etwas gefragt hast?«

»Ach«, erwiderte Tatiana. »Ich frage dich doch gar nichts.« Entspannt lag sie in seinen Armen und spielte mit seinem Ehering.

»Ich will hier nicht mit dir über Dimitri reden.«

»Ist schon in Ordnung«, erwiderte Tatiana.

»Hier haben die Wände Ohren.« Alexander schlug mit der Faust an die Wand.

»Nun, sie haben sowieso schon alles gehört.«

Er küsste sie auf die Stirn. »Nichts von dem, was er dir über mich erzählt hat, stimmt.«

»Das weiß ich.« Sie lachte leise. »Sag mir nur, Shura, wie viele Bordelle gibt es denn in Leningrad, und warum musst du in jedes gehen?«

»Tania, sieh mich an. Es ist nicht wahr! Ich …«

»Shura, Liebster – das weiß ich doch.« Sie küsste ihn auf

die Brust und zog zwei Wolldecken über sie beide. »Im Augenblick gibt es nur eine Wahrheit, Alexander.«

»Nur eine«, flüsterte er und blickte sie unverwandt an. »Ach, Tatia.«

»Schscht.«

»Hast du ein Foto von dir? Ich möchte eins mitnehmen.«

»Morgen suche ich dir eins heraus. Wann fährst du wieder?«

»Am Sonntag.«

»So bald schon?«

»Mein Kommandant riskiert jedes Mal seinen Kopf, wenn er mir Sonderurlaub gibt.«

»Er ist ein netter Mann. Sag ihm meinen Dank.«

»Tatiana, irgendwann einmal muss ich dir erklären, was es bedeutet, ein Versprechen zu halten. Weißt du, wenn du dein Wort gibst, musst du auch dazu stehen.« Er strich ihr über die Haare.

»Ich weiß, was es bedeutet, ein Versprechen zu halten.«

»Nein, du weißt offenbar nur, was es heißt, ein Versprechen zu geben. Mit dem Halten hast du ein Problem. Du hast mir versprochen, in Lazarewo zu bleiben.«

Nachdenklich erwiderte Tatiana: »Ich habe es dir versprochen, weil du es von mir erwartet hast. Du hast mir ja keine Wahl gelassen.« Sie drängte sich enger an ihn. »Und als du mir das Versprechen abgenommen hast, da hätte ich dir alles versprochen. Ich tue immer, was du von mir erwartest.«

Alexander streichelte ihren Rücken. »Nein, du tust, was dir gefällt. Du sagst, ja, Shura, natürlich, Shura. Ich verspreche es dir, Shura, ich liebe dich, Shura – aber dann machst du, was du willst.«

»Ich liebe dich, Shura«, sagte Tatiana und Tränen traten ihr in die Augen.

5

Bevor sie am nächsten Morgen auf den Flur hinaustraten, umarmte Tatiana Alexander und sagte zu ihm: »Sei nett zu den beiden.«

»Ich bin immer nett«, erwiderte Alexander.

Stanislaw und Inga saßen im Flur. Stanislaw stand auf, streckte Alexander die Hand entgegen und entschuldigte sich für sein Benehmen. Er bot Alexander sogar eine Zigarette an.

»Das Leben ist im Moment für uns alle hart. Aber es dauert ja nicht ewig. Du weißt ja, was die Partei sagt, Genosse Hauptmann ...« Stanislaw lächelte.

»Nein. Was sagt die Partei denn, Genosse?«

»Das Sein bestimmt das Bewusstsein. Wir leben schon lange so und haben uns daran gewöhnt.«

»Aber Stanislaw«, wandte Inga in klagendem Tonfall ein, »ich möchte aber nicht so leben! Wir hatten so eine schöne Wohnung. Ich möchte wieder dorthin zurück.«

Alexander blickte Stanislaw kühl an. Tatiana warf rasch ein: »Shura, ich habe *kascha*. Möchtest du etwas, Liebster?« Alexander nickte. Der Ausdruck in seinen Augen gefiel ihr gar nicht.

Als Tatiana mit zwei Schüsseln *kascha* und einer Tasse Kaffee für Alexander wieder in den Flur kam, erzählte Stanislaw Alexander gerade, dass er und Inga seit zwanzig Jahren verheiratet seien. Sie seien beide Ingenieure und langjährige Mitglieder der Kommunistischen Partei der Sowjetunion.

Alexander verzog sich mit seinem Frühstück ins Zimmer. Er forderte Tatiana noch nicht einmal auf, mitzukommen.

Sie aß ihr *kascha* bei Inga und Stanislaw, beantwortete allerdings Ingas neugierige Fragen über Alexander nicht. Dann wusch sie das Geschirr ab, machte die Küche sauber und trat zögernd wieder in ihr Zimmer.

Alexander packte gerade ihre Sachen in ihren schwarzen

Rucksack. Er warf Tatiana einen finsteren Blick zu und fragte: »Bist du deshalb wieder hierher zurückgekommen? Hat dir das gefehlt? Fremde, Fremde aus der Kommunistischen Partei, die jedes deiner Worte belauschen? Hat dir das alles gefehlt, Tania?«

»Nein«, erwiderte Tatiana. »*Du* hast mir gefehlt.«

»Hier ist kein Platz für mich«, erwiderte er. »Es ist ja kaum Platz für dich.«

Sie sah ihm für eine Weile zu, dann fragte sie: »Was tust du da eigentlich?«

»Ich packe.«

»Du packst?«, wiederholte sie und schloss leise die Tür hinter sich. »Wohin gehen wir?«

»Über den See. Ich kann dich leicht bis nach Sjastroj bringen und dann setze ich dich in einen Armeelaster nach Wologda. Dort kannst du den Zug nehmen. Wir müssen sofort aufbrechen. Es ist weit und ich muss morgen Abend wieder in Morosowo sein.«

Tatiana schüttelte heftig den Kopf.

»Was ist los?«, fragte Alexander ungeduldig.

»Ich fahre nirgendwohin.«

»Doch.«

»Nein. Das tue ich nicht.«

Alexander hob die Stimme: »Doch, du fährst!«

Leise erwiderte Tatiana: »Schrei mich nicht an.«

Alexander ließ ihren Rucksack zu Boden fallen und trat auf sie zu. »Tatiana, ich werde gleich noch etwas ganz anderes tun.«

Tatiana straffte die Schultern und blickte ihn an, ohne mit der Wimper zu zucken. Leise sagte sie: »Ich habe keine Angst vor dir.«

»Nein!«, stieß er vor. »Offensichtlich nicht. Aber du erschreckst mich zu Tode!«

Er hob den Rucksack wieder auf und Tatiana musste plötzlich daran denken, wie Pascha sich am ersten Tag des Krieges vergeblich dagegen gewehrt hatte, weggeschickt zu werden, und gestorben war.

»Alexander, hör auf. Ich habe gesagt, ich fahre nirgendwohin.«

»Oh doch, Tania«, sagte er. Sein Gesicht war vor Wut ganz verzerrt. »Du fährst nach Wologda, und wenn ich dich selbst dorthin bringen muss.«

»Gut«, erwiderte Tatiana. »Sobald du weg bist, komme ich zurück.«

Alexander schleuderte den Rucksack so fest an die Wand, dass der Putz herunterfiel.

Zitternd wich Tatiana ein wenig zurück.

»Verdammt noch mal!«, schrie Alexander außer sich vor Wut. »Kannst du denn nicht ein einziges Mal auf mich hören und tun, was ich dir sage!« Er packte sie an den Armen und drückte sie gegen die Wand.

»Shura, wir sind hier nicht bei der Armee«, flüsterte Tatiana mit zitternder Stimme.

»Du bleibst nicht hier!«

»Doch«, erwiderte sie leise.

Es klopfte an der Tür. Alexander riss sie auf und schrie: »Was ist?«

Inga murmelte mit hochrotem Gesicht: »Ich wollte nur sehen, ob es Tania gut geht. Tania? Ich habe euch schreien hören ...«

»Es ist alles in Ordnung, Inga«, sagte Tatiana.

»Du wirst noch viel mehr hören, bis wir miteinander fertig sind«, fauchte Alexander Inga an. »Du brauchst bloß an der Wand zu horchen.« Dann schlug er ihr die Tür vor der Nase zu und ging wieder auf Tatiana los, die mit erhobenen Händen vor ihm zurückwich.

»Shura, bitte ...« Aber er ließ sich nicht aufhalten und drückte sie, halb besinnungslos vor Wut, auf das Sofa.

Sie schlug die Hände vors Gesicht, doch er riss sie ihr weg und schrie sie an: »Versteck nicht dein Gesicht vor mir! Mach mich nicht noch wütender!« Tatiana schrie auf und versuchte, ihn wegzustoßen, aber es gelang ihr nicht. »Hör auf!«, keuchte sie. »Hör auf …«

»In Sicherheit – oder tot, Tania!«, sagte er schrill. »Was ziehst du vor? Bist du lieber in Sicherheit oder tot?«

Sie klammerte sich hilflos an seine Arme. *Tot,* hätte sie am liebsten gesagt. *Tot, Shura.*

»Siehst du nicht, was es mir für eine Angst einjagt, dass du hier bist?« Alexander packte sie noch fester. »Doch, das siehst du. Aber es kümmert dich nicht im Geringsten.«

Tatiana gab es auf, sich gegen ihn zur Wehr zu setzen. Ihre Hände sanken hinab. »Bitte«, flüsterte sie. »Bitte, du tust mir weh.«

Alexander lockerte seinen Griff, aber er ließ sie nicht los. Keuchend lag sie unter ihm. Sie bekam kaum Luft. Draußen heulten die Sirenen. »Oh, Shura«, flüsterte sie.

Plötzlich stand Alexander auf und sank vor ihr auf die Knie. »Tatiana«, sagte er mit erstickter Stimme, »ich bitte dich, geh fort von hier. Wenn du auch nur etwas Liebe für mich empfindest, dann geh bitte zurück nach Lazarewo. Bring dich in Sicherheit. Du weißt gar nicht, in welcher Gefahr du schwebst.«

Immer noch völlig außer Atem, setzte sich Tatiana auf und zog Alexander zu sich. Sie konnte es kaum ertragen, ihn so außer sich zu sehen. »Es tut mir so Leid, dass du wütend bist«, sagte sie und umfasste zärtlich sein Gesicht. »Bitte, sei nicht so böse auf mich.«

Alexander schob ihre Hände weg. »Hast du die Bomben gehört? Und siehst du nicht, dass es nichts zu essen gibt?«

»Doch, es gibt etwas zu essen«, erwiderte sie leise. »Ich bekomme siebenhundert Gramm am Tag. Und dazu noch Mittag- und Abendessen im Krankenhaus.« Sie lächelte. »Es ist viel besser als letztes Jahr. Und die Bomben machen mir nichts aus.«

»Tatiana …«

»Shura, hör auf, mich anzulügen. Nicht die Bomben der Deutschen jagen dir Angst ein. Wovor hast du in Wahrheit Angst?«

Von draußen ertönte das Pfeifen der Splitterbomben. Es klang ganz nahe.

Tatiana zog Alexander an sich. »Hör doch«, flüsterte sie und drückte seinen Kopf an ihre Brüste. »Hörst du mein Herz?«

Er schlang die Arme um sie und für eine Weile saßen sie schweigend da. Bitte, lieber Gott, betete sie, lass mich stark sein für ihn. Er braucht meine Stärke so sehr. Dann schob sie ihn sanft weg, stand auf und trat zu ihrer Kommode. »Du hast etwas in Lazarewo zurückgelassen, Shura. Abgesehen von mir.«

Alexander erhob sich mühsam und setzte sich auf das Sofa.

Tatiana holte die fünftausend Dollar aus der Schublade. »Ich habe dir das Geld mitgebracht. Warum hast du denn die Hälfte mitgenommen?«

Alexander schaute sie aus seinen karamellfarbenen Augen voller Liebe und Schmerz an. »Darüber rede ich nicht, wenn Inga an unserer Tür lauscht!«, erwiderte er leise.

»Warum nicht? Alles andere tun wir ja auch, während sie an unserer Tür lauscht.«

Sie blickten einander schweigend an. Dann trat Tatiana auf Alexander zu und drückte seinen Kopf an ihren Bauch. Sie kniete sich vor ihn, drückte sich an ihn und wollte mit ihm verschmelzen. Am Ende weinte sie wieder. Sie hatte keine Kraft mehr.

Als der Fliegeralarm vorüber war, gingen sie nach draußen. »Es ist ziemlich kalt«, sagte Tatiana und drängte sich an Alexander.

»Warum hast du denn keine Mütze auf?«

»Damit du meine Haare sehen kannst. Ich weiß doch, dass sie dir gefallen.« Sie lächelte.

Alexander zog einen Handschuh aus und strich ihr über

den Kopf. »Zieh deinen Schal hoch«, sagte er. »Du wirst dich erkälten.«

»Nein, es ist schon in Ordnung. Dein neuer Mantel gefällt mir. Er ist so groß wie ein Zelt.«

Alexander lächelte. »Nächste Woche habe ich es besser als in einem Zelt. Im Hauptquartier wird neben Stepanow ein Zimmer frei. Das Gebäude wird geheizt. Dann habe ich es richtig warm.«

»Das freut mich«, erwiderte Tatiana. »Hast du denn auch eine Decke?«

»Ich decke mich mit meinem Mantel zu, aber ich habe auch noch eine Decke. Es geht schon, Tania. Und, wo möchtest du jetzt hingehen?«

»Am liebsten mit dir nach Lazarewo«, erwiderte sie. »Aber da das nicht möglich ist, kann es auch der Sommergarten sein.«

Er seufzte schwer. »Also gut, lass uns zum Sommergarten gehen.«

Schweigend liefen sie für eine Weile nebeneinander her. Schließlich holte Tatiana tief Luft. »Alexander, wir sind jetzt allein. Also erzähl mir, warum du die Hälfte des Geldes mitgenommen hast.«

Er schwieg beharrlich. Seufzend wiederholte sie: »Alexander, warum hast du nur die Hälfte des Geldes mitgenommen?« Warum fiel es ihm nur so schwer, darüber zu reden?

»Weil ich dir meine Hälfte dagelassen habe«, sagte er langsam.

»Es gehört doch alles dir! Das ganze Geld gehört dir. Was redest du denn da?«

Schweigen.

»Alexander! Wofür brauchst du denn fünftausend Dollar? Wenn du fliehen willst, brauchst du alles. Wenn nicht, brauchst du gar nichts. Also, warum hast du die Hälfte mitgenommen?«

Er antwortete nicht. Es war wie in Lazarewo. Tatiana fragte etwas, er gab ihr eine knappe Antwort und danach sagte er nichts mehr. Und Tatiana konnte Stunden damit zubringen, sich den Sinn selbst zusammenzureimen.

»Weißt du was?« Verärgert ließ sie seinen Arm los. »Ich habe dieses Spiel satt. Entweder erzählst du mir jetzt die ganze Geschichte oder du drehst dich um, holst deine Sachen und verschwindest. Du hast die Wahl!« Tatiana blieb stehen und verschränkte abwartend die Arme.

Auch Alexander blieb stehen, aber er sagte nichts.

»Überlegst du es dir noch?«, fragte sie. »Ich weiß, Alexander, wenn du deine Uniform trägst, dann glaubst du immer, dass ich mehr Respekt vor dir habe. Aber ich weiß auch, dass du wehrlos bist, wenn wir uns geliebt haben. Das Problem ist nur ...« Ihre Stimme wurde brüchig. »Ich bin nicht mehr so stark. Ich kann mich gegen dich nicht zur Wehr setzen. Und weil du Angst davor hast, mir die Wahrheit zu sagen, schweigst du einfach, weil du glaubst, wenn du sie nicht aussprichst, spüre ich sie auch nicht.« Sie begann zu weinen.

»Bitte, hör auf«, flüsterte Alexander.

»Nun, aber ich *kann* sie spüren, Shura.« Tatiana wischte sich die Tränen ab und ergriff seine Hand. »Du bist deshalb so wütend hierher gekommen, weil du geglaubt hattest, dich in Lazarewo für immer von mir verabschiedet zu haben ...«

»Deshalb bin ich nicht wütend ...«

»Es sieht so aus«, fuhr Tatiana fort, »als müsstest du dich in Leningrad noch einmal von mir verabschieden. Aber du musst es mir ins Gesicht sagen, weißt du?«

Alexander blickte sie gequält an.

»Alexander, glaubst du im Ernst, ich wüsste es nicht? Ich habe nichts anderes zu tun, als über die Dinge nachzudenken, die du mir sagst. Die ganze Zeit über wolltest du nach Amerika fliehen. Das war das Einzige, was dich all die Jahre aufrecht gehalten hat, als wir uns noch nicht kannten – die Hoffnung, dass du eines Tages wieder nach Hause zurückkehren könntest. Habe ich Recht?«

»Du hast Recht, ja«, erwiderte Alexander. »Aber dann habe ich dich kennen gelernt.«

Dann habe ich dich kennen gelernt. *Oh, der Sommer letztes Jahr, die weißen Nächte an der Newa, der Sommergarten, sein lächelndes Gesicht ...*

»Tatiana, es ist für mich zu spät zu fliehen. Mein Vater hat uns alle dem Untergang geweiht, als er beschloss, Amerika zu verlassen. Ich wusste es als Erster – damals schon. Dann wusste es meine Mutter. Mein Vater hat es erst als Letzter begriffen, aber für ihn war es am schlimmsten. Meine Mutter konnte *ihm* die Schuld geben. *Ich* hoffte, ich könnte es verdrängen, indem ich in die Armee eintrat. Aber auf wen konnte *mein Vater* mit dem Finger zeigen?«

Tatiana drängte sich dichter an ihn und Alexander schlang die Arme um sie.

»Tania, als ich dich fand, hatte ich ein oder zwei Stunden lang – bevor Dimitri oder Dascha ins Spiel kamen – das Gefühl, mein Leben könnte wieder ins Lot kommen. Ich verspürte ein Gefühl der Hoffnung, etwas Schicksalhaftes, das ich weder erklären noch verstehen konnte. Doch dann wurde alles kompliziert. Du weißt, dass ich versuchte, dir fernzubleiben – und ich dachte, ich müsse dir fernbleiben. Immer wieder habe ich versucht, eine Distanz zu dir aufrechtzuerhalten.« Er schwieg und fuhr dann kopfschüttelnd fort: »Ich hätte irgendwie versuchen sollen ...«

»Aber ich habe es ja gar nicht gewollt«, warf Tatiana ein.

»Ach, Tania, wäre ich doch nur nicht nach Lazarewo gekommen!«

»Was soll das?«, keuchte sie. »Was sagst du da? Wie kannst du es bedauern ...« Sie brachte den Satz nicht zu Ende. Verwirrt und aschfahl im Gesicht starrte sie ihn an.

Alexander ging gar nicht darauf ein. »Es muss wohl Schicksal gewesen sein. Ich habe dir schon am ersten Tag das Herz gebrochen und, was noch schlimmer ist, ich habe dich in meinen eigenen Untergang mit hineingezogen.« Er schüttelte so heftig den Kopf, dass seine Mütze herunterfiel.

Tatiana hob sie auf, bürstete sie ab und reichte sie ihm wieder. »Was redest du da? Mein Herz gebrochen? Was für ein Unsinn, ich bin doch freiwillig zu dir gekommen! Und was heißt hier Untergang? Ich bin nicht dem Untergang geweiht«, erklärte sie stirnrunzelnd. »Ich bin ein Glückskind.«

»Du bist blind.«

»Dann öffne mir die Augen.« *Wie du es schon einmal getan hast.* Sie schlang sich den Schal fester um den Hals und dachte daran, wie gern sie jetzt in Lazarewo vor dem Feuer säße.

Alexander wandte den Kopf ab und begann, am Kanal entlangzugehen. Ohne sie anzuschauen, sagte er: »Ich habe die fünftausend Dollar mitgenommen, weil ich sie Dimitri geben wollte. Ich habe versucht, ihn zu überreden, dass er allein flieht.«

Tatiana lachte freudlos auf. »Ach, das habe ich mir fast gedacht. Aber hast du wirklich geglaubt, dass dieser Mann allein nach Amerika geht? Dieser Mann, der sich noch nicht einmal einen halben Kilometer weit mit mir aufs Eis getraut hat?« Sie blieb an einer roten Ampel kurz hinter dem Ingenieursschloss stehen. Im letzten Winter war es zu einem Krankenhaus umfunktioniert worden, aber jetzt war es fast bis auf die Grundmauern niedergebombt. »Dimitri würde nie allein gehen«, fuhr Tatiana fort. »Das habe ich dir doch schon gesagt. Er ist ein Feigling und ein Parasit. Du bist sein Mut und sein Wirt. Was denkst du dir denn? Wenn Dimitri merkt, dass du nicht fliehst, dann flieht er auch nicht, doch stattdessen wird er zu seinem neuen Freund Mechlis vom NKWD gehen und du wirst auf der Stelle ...«

Tatiana brach ab und starrte Alexander fassungslos an. Er sah so elend aus! »Du weißt, dass er nie ohne dich fliehen wird.«

Alexander antwortete nicht. Sie gingen weiter, über die halb zerstörte Fontanka-Brücke.

»Was willst du also mit all dem sagen?« Sie zupfte an Alexanders Ärmel und blickte ihn forschend an. Sie konnte sich nicht vorstellen, dass er Angst um sich selbst hatte. Um wen also dann?

Plötzlich war ihr alles ganz klar. Alexander hatte tatsächlich Angst um sie! Er dachte nur an sie. Sie stellte sich vor ihn, so dass er nicht weitergehen konnte. »Sag mir«, bat sie, »was machen sie mit Frauen von Offizieren der Roten Armee, die wegen Hochverrat verhaftet werden? Was machen sie mit Frauen von amerikanischen Männern, die auf der Fahrt ins Gefängnis aus dem Zug springen?«

Alexander antwortete nicht und schloss die Augen.

»Oh, nein, Shura«, flüsterte sie. »Was machen sie mit Frauen von Deserteuren?«

Alexander schwieg noch immer. Er versuchte, an ihr vorbeizukommen, aber sie legte ihm beide Hände auf die Brust. »Weich mir nicht aus«, sagte sie. »Sag mir, was das Volkskommissariat für Innere Angelegenheiten mit den Frauen von Soldaten macht, die desertieren? Was machen sie mit den Frauen, deren Männer sich in den finnischen Wäldern verstecken?«

Alexander schwieg immer noch.

»Shura!«, schrie sie. »Was wird der NKWD mit mir machen? Wie hat Stalin es genannt, ›Schutzhaft‹? Ist das ein Euphemismus dafür, dass man erschossen wird? Ja?« Sie keuchte. Ungläubig sah sie Alexander an. Aber er wandte sein gequältes Gesicht ab und sagte nichts.

Der Schal rutschte von Tatianas Kopf. Wie betäubt rückte sie ihn wieder zurecht. »Kein Wunder, dass du es mir nicht erzählen konntest. Aber warum bin ich nicht früher draufgekommen?«, flüsterte sie.

»Warum? Weil du nie an dich selbst denkst. Und deshalb wollte ich auch, dass du in Lazarewo bleibst, so weit von mir weg wie möglich.«

Tatiana überlief ein Schauer. Sie steckte die Hände in die Manteltaschen. »Und du hast geglaubt«, sagte sie mit kleiner Stimme, »dass ich in Lazarewo in Sicherheit gewesen wäre?« Sie schüttelte den Kopf. »Was denkst du denn, wie lange es gedauert hätte, bis die Ortskommandantur neben dem Badehaus den telegrafischen Befehl bekommen hätte, mir ein paar Fragen zu stellen?«

»Die Ortskommandantur in Lazarewo hat keinen Telegrafen. Verstehst du es jetzt?«

»Ja, jetzt verstehe ich alles.«

»Siehst du auch, dass wir nur eine Möglichkeit haben?«

Tatiana kniff die Augen zusammen und blickte ihn an. Alexander sank auf die Granitbrocken der zerstörten Brücke und schlug die Hände vors Gesicht.

Tatiana hockte sich vor ihn. »Liebling, Soldat, mein Mann ... Oh Gott, Shura, hab keine Angst. Hör mir bitte zu. Sieh mich an. Glaubst du wirklich, dir bleibt nur der Tod? Weißt du noch, was ich dir in Lazarewo gesagt habe? Ich kann den Gedanken daran, dass du stirbst, nicht ertragen. Und ich werde alles daransetzen, was in meinen Kräften steht, um das zu verhindern. Du hast hier in der Sowjetunion keine Chance. Keine. Entweder bringen die Deutschen dich um oder die Kommunisten. Und wenn du stirbst, werde ich auch sterben. Das weißt du.« *Komm, Tania, sei stark.* »Du wolltest, dass ich dich gehen lasse? Nun, Alexander, geh!«, sagte sie eindringlich. »Flieh nach Amerika und blick nie mehr zurück.«

Sie zog ihm die Hände vom Gesicht. Alexander sah sie eine Zeit lang finster an, dann sagte er: »Tatiana, hast du den Verstand verloren? Gerade jetzt kann ich deine albernen Sprüche nicht ertragen. Kannst du denn nicht einmal ernst sein?«

»Shura«, flüsterte Tatiana, »ich hätte nie gedacht, dass ich jemanden so lieben könnte, wie ich dich liebe. Ich würde mein Leben für dich geben. Tu es für mich! Geh! Kehr nach Hause zurück und denk nie wieder an mich!«

»Tania, hör auf, das meinst du doch nicht ernst!«

»Was?«, rief sie aus. »Glaubst du, ich sähe dich lieber tot in der Sowjetunion als lebendig in Amerika? Shura, das ist die einzige Möglichkeit. Ich weiß auf jeden Fall, was ich tun würde, wenn ich du wäre.«

Alexander schüttelte den Kopf. »Was würdest du tun? Würdest du mich sterben lassen? Würdest du mich allein in der Wohnung in der Fünften Sowjet mit Inga und Stanislaw zurücklassen?«

Nervös kaute Tatiana auf ihrer Unterlippe. Jetzt hieß es Wahrheit oder Liebe. Sie entschied sich für die Liebe.

»Ja«, erwiderte sie mit erstickter Stimme. »Ich würde mich für Amerika entscheiden.«

Alexander sackte zusammen. »Komm her, mein verlogenes Weib«, murmelte er und zog sie an sich.

»Shura, hör mir zu«, sagte Tatiana, »wenn ich sowieso nicht gerettet werden kann, dann bitte ich dich, ich bitte dich herzlich ...«

»Tania! Oh Gott, ich will nichts mehr davon hören!«, schrie Alexander und sprang auf. Flehend blickte sie ihn an. »Du kannst gerettet werden, Alexander Barrington. *Du!* Mein Mann. Deines Vaters einziger Sohn. Deiner Mutter einziger Sohn.« Sie streckte ihm die Arme entgegen. »Und ich bin der Preis für das Leben, das dir noch bleibt. Bitte! Es gab eine Zeit, da habe ich mich für dich gerettet. Sieh mich an. Ich knie vor dir.« Sie weinte jetzt. »Bitte, Shura, bitte. Rette nun dein Leben für mich.«

»Tatiana!« Alexander riss sie in seine Arme. »Du wirst nicht der Preis für mein Leben sein! Und jetzt möchte ich nichts mehr davon hören.«

Sie schüttelte den Kopf. »Ich werde nicht nachgeben.«

»Doch. Bitte.« Er drückte sie an sich.

»Wäre es dir denn lieber, wir würden beide zugrunde gehen?«, rief sie unter Tränen. »Wäre dir das wirklich lieber? All das Leid, all diese Opfer und am Ende von allem – nichts?« Sie schüttelte ihn. »Hast du den Verstand verloren? Du *musst* gehen! Geh und bau dir ein neues Leben auf!«

Alexander stieß sie weg. »Wenn du nicht endlich still bist, dann lasse ich dich hier stehen und kehre nie wieder zurück. Das schwöre ich!«

Tatiana nickte. »Genau das will ich. Geh, geh weit weg, Shura«, flüsterte sie.

»Ach, um Himmels willen!«, schrie Alexander. »In was für einer verrückten Welt leben wir eigentlich? Glaubst du, du kannst einfach auf deinen kleinen Flügeln hier vorbeifliegen und dann sagen, gut, Shura, du kannst gehen – und dann gehorche ich dir einfach? Wie soll ich dich denn verlassen? Wie könnte ich das denn jemals tun? Ich konnte ja noch nicht einmal einen sterbenden Fremden im Wald liegen lassen! Wie sollte ich dich denn dann zurücklassen können?«

»Ich weiß es nicht«, erwiderte Tatiana und verschränkte die Arme über der Brust. »Aber du solltest dir etwas überlegen, großer Mann.«

»Hast du eigentlich völlig den Verstand verloren?«, fragte Alexander.

»Ja, ich habe völlig den Verstand verloren. Aber du musst gehen.«

»Tania, ohne dich gehe ich nirgendwohin«, erwiderte er heftig.

»Hör auf. Du musst gehen.«

Er schrie sie an: »Wenn du jetzt nicht still bist ...«

»Alexander!«, schrie sie zurück. »Wenn *du* jetzt nicht aufhörst, gehe ich in die Fünfte Sowjet und erhänge mich über der Badewanne, damit du ohne mich nach Amerika fliehen kannst!«

Sie starrten einander stumm an, dann breitete er die Arme aus und sie warf sich hinein. Alexander hob Tatiana hoch, drückte sie an sich und ließ sie nicht mehr los. Schweigend standen sie auf der Fontanka-Brücke.

Schließlich sagte Alexander: »Lass uns einen Handel abschließen, Tatiascha. Ich verspreche dir, dass ich mein Bestes tue, um am Leben zu bleiben, und du versprichst mir, dass du dich von Badewannen fernhältst.«

»Versprochen.« Tatiana blickte ihn ernst an. »Aber ich muss trotzdem noch einmal betonen, dass ich völlig Recht habe.«

»Nein, du hast überhaupt nicht Recht«, erwiderte Alexander. »Ich habe dir gesagt, dass *manche* Dinge große Opfer erfordern, aber das gehört einfach nicht dazu.«

»Nein, Alexander, du hast gesagt, *alle* großen Dinge sind es wert, dass man große Opfer bringt. Glaubst du denn nicht, dass dein Leben es wert ist …«

»Tania, warum reitest du ständig darauf herum? Versetz dich doch mal eine Sekunde lang in mein Leben und versuch dir vorzustellen, welche Art Leben ich mir in Amerika aufbauen könnte, wenn ich dich hier zurückließe …« Er schüttelte den Kopf. »Der eherne Reiter würde mich zu Recht Tag und Nacht verfolgen!«

»Ja, das wäre eben dein Preis für Licht anstatt Finsternis.«

»Aber ich will ihn nicht bezahlen!«

»Mein Schicksal ist doch so oder so besiegelt«, sagte Tatiana ohne Bitterkeit, »aber du hast jetzt noch die Chance, meine Hand zu küssen und mit Gott zu gehen, weil du für große Dinge ausersehen bist.« Sie holte tief Luft. »Du bist der beste aller Männer.«

»Ganz genau«, erwiderte Alexander und drückte sie fest an sich. »Ich haue nach Amerika ab und lasse meine Frau hier. Ich bin einfach nicht mit Geld zu bezahlen.«

»Du bist unmöglich.«

»*Ich* bin unmöglich?«, flüsterte Alexander und gab sie frei. »Komm, lass uns weitergehen, bevor wir hier festfrieren.« Eng umschlungen gingen sie den Fontanka-Kanal zum Marsfeld entlang. Dort überquerten sie den Mojka-Kanal und betraten den Sommergarten.

Rasch gingen sie an den kahlen Bäumen, den leeren Bänken vorbei, vorbei an der Statue des Saturn, der sein eigenes Kind verschlang. Tatiana dachte daran, wie sehr sie sich, als sie zum ersten Mal hier gesessen hatten, danach gesehnt hatte, dass Alexander sie berührte – und jetzt konnte sie ihn berühren und hatte doch jedes Mal das Gefühl, dass sie nicht verdiente, was ihr zuteil geworden war: ein Leben, in dem ein Mann wie Alexander sie liebte.

Sie verließen den Park durch die vergoldeten Eisentore am Ufer der Newa und gingen schweigend flussaufwärts. Tatiana hielt Alexander zurück und sagte rau: »Ich kann noch nicht einmal mehr durch unsere Straßen mit dir gehen.«

Sie bogen zum Taurischen Garten ab. Als sie an ihrer Bank an der Ulitsa Saltykow-Schtschedrin vorbeikamen, blieben sie stehen und setzten sich für einen Augenblick hin. Zuerst saß Tatiana neben Alexander, aber dann setzte sie sich auf seinen Schoß. Sie legte den Kopf an seine Brust und sagte: »So ist es besser.«

»Ja«, erwiderte er, »so ist es besser.«

»Warum können wir noch nicht einmal so leben wie Inga und Stanislaw? Sie sind schon seit zwanzig Jahren verheiratet und dürfen die ganze Zeit zusammen sein.«

»Weil Inga und Stanislaw Parteispione sind«, erwiderte Alexander. »Weil Inga und Stanislaw ihre Seelen für eine Zweizimmerwohnung verkauft haben, und jetzt haben sie noch nicht einmal mehr die.« Er schwieg. »Du und ich, wir erwarten zu viel von einem Leben in Sowjetrussland.«

»Ich erwarte nicht zu viel«, sagte Tatiana. »Ich will nur dich.«

»Ja, mich und fließendes heißes Wasser und Elektrizität und ein kleines Haus in der Wüste, und eine Regierung, die nicht für diese ›Kleinigkeiten‹ dein Leben fordert.«

»Nein«, erwiderte Tatiana kopfschüttelnd. »Nur dich.«

Alexander zog ihren Schal zurecht und sah sie prüfend an. »Und einen Staat, der nicht *dein* Leben verlangt für meines.«

»Der Staat«, erwiderte sie seufzend, »muss etwas verlangen. Schließlich beschützt er uns vor Hitler.«

»Ja«, sagte Alexander grimmig. »Aber wer beschützt uns beide vor dem Staat?«

Tatiana drückte sich eng an ihn. Auf irgendeine Weise musste sie Alexander helfen. Nur wie? Wie konnte sie ihn retten?

»Verstehst du nicht? Wir leben in unserem ganz eigenen Krieg. Der Kommunismus führt Krieg gegen dich und mich«, erklärte Alexander. »Deshalb wollte ich, dass du in Lazarewo bleibst. Ich habe nur versucht, mein Allerliebstes zu verstecken, bis der Krieg vorbei ist.«

»Du hast es am falschen Platz versteckt«, sagte Tatiana. »Du hast mir doch selbst gesagt, es gäbe in der ganzen Sowjetunion keinen sicheren Ort. Außerdem wird dieser Krieg lange dauern. Wir werden Zeit brauchen, um unsere Seelen zu heilen.«

»Tania, es gab nur einen einzigen Moment …« Alexander verstummte. Dann fuhr er fort: »Einen einzigen Moment, einen Augenblick, in dem ein anderes Leben noch möglich gewesen wäre.« Er küsste sie. »Weißt du, welchen Augenblick ich meine?«

Als Tatiana aufblickte, sah sie, dass ein Soldat sie von der anderen Straßenseite aus anstarrte.

»Ja«, flüsterte Tatiana, »ich weiß, welchen du meinst.«

»Tut es dir Leid, dass ich über die Straße gekommen bin?«

»Nein, Shura«, flüsterte sie. »Bevor ich dich kennen lernte, konnte ich mir kein anderes Leben vorstellen als das, welches meine Eltern, meine Großeltern, Dascha, ich und Pascha geführt haben.« Sie lächelte. »Noch nicht einmal als Kind habe ich von jemandem wie dir geträumt. Du hast mir ein wunderbares Leben nahe gebracht …« Sie blickte ihn an. »Was habe ich dir eigentlich jemals nahe gebracht?«

»Dass es einen Gott gibt«, flüsterte Alexander.

»Ja, es gibt einen Gott«, pflichtete Tatiana ihm bei. »Und du wirst sehen, wir werden es schon schaffen.« Sie drückte

Alexander an sich. »Du wirst schon sehen, wir beide schaffen es.«

»Und wie?«, fragte er.

Tatiana versuchte, so fröhlich wie möglich zu klingen, als sie erwiderte: »Wie, weiß ich noch nicht genau. Wir müssen einfach versuchen, den undurchdringlichen Nebel zu durchqueren. Du, Hauptmann, kämpfst für mich in diesem Krieg und bleibst am Leben, wie du es versprochen hast, und hältst dir Dimitri vom Leib ...«

»Tania, ich könnte ihn umbringen! Glaub nicht, dass ich noch nicht darüber nachgedacht hätte.«

»Kaltblütig? Das könntest du nicht. Und selbst wenn, was glaubst du, wie lange Gott dann noch seine schützende Hand über dich hielte in diesem Krieg? Und wie lange er mich noch beschützen würde?«

»Und was ist jetzt mit dir?«, fragte Alexander. »Ich nehme nicht an, dass du nach Lazarewo zurückkehren willst.«

Tatiana schüttelte lächelnd den Kopf. »Mach dir um mich keine Gedanken. Nachdem ich den letzten Winter in Leningrad überlebt habe, bin ich auf das Schlimmste gefasst. Ich bin hier und ich bleibe hier. Und ich bin zu allem bereit.« Sie zog Alexander an sich. »Tut es dir Leid, dass du dich mir damals genähert hast, Soldat?«

Alexander nahm ihre Hand in beide Hände und erwiderte: »Tania, ich war vom ersten Augenblick an von dir verzaubert. In der Garnison war alles in Aufruhr, die Leute rannten verstört hin und her, hoben ihr Geld ab, kauften ein, meldeten sich freiwillig zur Armee, schickten ihre Kinder in Sommerlager ...« Er brach ab. »Und mitten in diesem Chaos sah ich *dich!* Du hast allein auf dieser Bank gesessen, so jung und blond und atemberaubend schön, und hast so hingebungsvoll an deinem Eis geleckt, mit einer solchen Verzückung, dass ich glaubte, meinen Augen nicht zu trauen. Als ob es nichts anderes auf der Welt gäbe als diesen Sonntag im Sommer. Du in deinen hochhackigen roten Sandalen und deinem schönen Kleid hast so vertrauensvoll auf der Bank gesessen ... Du schienst in dir zu ruhen, du sahst aus, als ob du deinen Weg in jedem Fall finden würdest. Deshalb bin ich über die Straße gekommen, Tatiana. Weil auch ich glaubte, dass du ihn finden würdest. Ich glaubte an *dich.*«

Alexander wischte ihr die Tränen aus den Augen, zog ihr den Handschuh aus und drückte einen Kuss auf ihre Hand.

»Aber wenn du nicht gewesen wärst, wäre ich an diesem Tag mit leeren Händen nach Hause zurückgekommen.«

Er schüttelte den Kopf. »Nein. Du hättest am Ende auch allein alles erreicht. Weißt du, was ich dir bringe?«

»Was?«

Von seinen Gefühlen überwältigt, erwiderte Alexander mit erstickter Stimme: »Opfergaben.«

Lange saßen sie eng aneinandergeschmiegt auf der Bank unter einem grauen Novemberhimmel, während der Wind die letzten toten Blätter von den Bäumen wehte.

Ein Fenster zum Westen

I

Als Alexander wieder fort war, schrieb Tatiana ihm jeden Tag, bis sie keine Tinte mehr hatte. Dann ging sie über die Straße zu Wanja Reschnikow, weil sie gehört hatte, dass er manchmal von seiner Tinte etwas abgab. Doch Wanja saß tot an seinem Schreibtisch. Sein Kopf war auf den Brief gesunken, den er zuletzt geschrieben hatte. Tatiana konnte ihm den Füller nicht mehr aus der starren Hand winden.

Jeden Tag ging sie zur Post, in der Hoffnung, einen Brief von Alexander vorzufinden. Sie konnte die Pausen zwischen den einzelnen Nachrichten kaum ertragen. Alexander schrieb ihr zwar regelmäßig, aber die Post lieferte nur unregelmäßig aus.

Wenn sie nicht arbeitete, blieb sie in ihrem Zimmer und übte Englisch. Während der Fliegerangriffe las sie im Kochbuch ihrer Mutter.

Eines Tages wollte ihr der Postmeister Alexanders Briefe nur noch aushändigen, wenn sie sich entgegenkommend zeigte. In dem Fall erklärte er sich allerdings zusätzlich bereit, ihr einen Sack Kartoffeln zu geben.

Tatiana schrieb Alexander davon, weil sie Angst hatte, dass keiner seiner Briefe sie in Zukunft mehr erreichen würde.

Tania,

bitte geh zur Kaserne und frag nach Leutnant Oleg Kaschnikow. Er tut vermutlich von acht bis sechs Dienst in der Garnison. Er hat drei Kugeln im Bein und kann nicht mehr an der Front kämpfen. Er hat mir damals in Luga geholfen, dich auszugraben. Bitte ihn um Lebensmittel. Ich verspreche dir, dass er keine Gegenleistung von dir verlangen wird. Ach, Tatia …

Gib ihm auch deine Briefe an mich. Er wird sie noch am selben Tag weiterleiten. Bitte, geh nicht mehr zur Post.

Warum schreibst du, dass Inga allein ist? Wo ist Stanislaw?

Warum arbeitest du immer noch so lange? Der Winter wird immer härter.

Du sollst wissen, wie sehr es mich tröstet, dass du nicht so weit von mir entfernt bist. Ich will damit nicht sagen, dass es richtig von dir war, nach Leningrad zurückzukommen, aber … Habe ich dir schon erzählt, dass man uns zehn Tage Sonderurlaub versprochen hat, wenn wir die Blockade gebrochen haben?

Zehn Tage, Tania!

Hoffentlich hältst du noch so lange durch. Aber das hast du mir ja versprochen, nicht wahr?

Mach dir um mich keine Sorgen. Wir werden lediglich Anfang nächsten Jahres Truppen und Munition für unseren Angriff an die Newa verlegen.

Und weißt du was? Ich habe es zwar nicht verdient, aber ich habe nicht nur einen weiteren Orden bekommen, sondern bin auch befördert worden! Vielleicht hat Dimitri ja doch Recht – irgendwie gelingt es mir immer, selbst eine Niederlage in einen Sieg zu verwandeln. Und das kam so: Wir haben das Eis auf der Newa getestet. Eigentlich schien es noch nicht stark genug zu sein. Es trug zwar einen Mann und vielleicht auch eine Katjuscha, aber einen Panzer?

Wir waren uns nicht schlüssig, aber ein Chefingenieur, der die Leningrader Metro entworfen hat, schlug vor, den Panzer auf eine Art hölzerne Schienen zu setzen, so dass die Ketten nicht so einen starken Druck ausüben. Also haben wir diese Schienen gebaut. Als sich keiner bereit erklärte, die ganze Sache auszuprobieren, habe ich mich freiwillig gemeldet.

Am nächsten Tag registrierte mein Kommandant mit Unbehagen, dass auf einmal alle fünf Generäle, einschließlich Dimitris neuem Freund, auftauchten, um sich meine Vorführung anzusehen. Er signalisierte mir, dass ich die Sache auf keinen Fall verderben dürfe.

Ich bin also in unseren besten und schwersten KV-1 gestiegen – kennst du die noch, Tatia? – und habe das Ungetüm aufs Eis hinausgefahren. Mein Kommandant ist neben dem Panzer hermarschiert, die fünf Generäle waren direkt hinter ihm und sagten die ganze Zeit: Gut gemacht, gut gemacht!

Als ich ungefähr hundertfünfzig Meter gefahren war, begann das Eis zu brechen. Ich hörte es und dachte: Oje! Die Generäle forderten meinen Kommandanten auf, sich unverzüglich von der gefährlichen Stelle zu entfernen. Alle liefen weg und der Panzer brach ins Eis ein und sank, na ja, wie ein Panzer eben sinkt.

Und ich mit ihm.

Doch die Turmluke war offen, also bin ich oben ausgestiegen und auf das feste Eis zugeschwommen. Der Kommandant hat mir später einen Schluck Wodka gegeben, damit mir wieder warm wurde.

Und dann erhielt ich den Orden des Roten Sterns und sie haben mich zum Major befördert.

Marasow behauptet, seitdem sei ich unerträglich geworden, weil ich verlange, dass alle auf mein Kommando hören. Aber so bin ich doch gar nicht, oder?

Alexander

Liebster Major Below!

Doch, Major, das passt zu dir. Ich bin sehr stolz auf dich! Wenn das so weitergeht, wirst du bestimmt noch General.

Danke, dass ich Oleg die Briefe geben darf. Er ist sehr nett und höflich und gestern hat er mir sogar Eipulver geschenkt. Ich fand es erst ein bisschen komisch und wusste nicht so recht, was ich damit anfangen sollte. Dann habe ich es mit Wasser gekocht und einfach so gegessen. Es hat ein wenig wie Gummi geschmeckt.

Aber Slawin hat es gemocht. Er sagte, Zar Nikolaus wäre in Swerdlowsk froh gewesen, wenn er so etwas gehabt hätte. Manchmal kenne ich mich mit unserem verrückten Slawin nicht aus.

Alexander, es gibt einen Ort, an dem es mir immer gut gehen wird. Dort kann ich schlafen und aufwachen, dort ist Frieden und Liebe – in deinen Armen.

Tatiana

2

Im Dezember kam das Internationale Rote Kreuz ins Grecheskij-Krankenhaus.

Es gab zu wenige Ärzte in Leningrad. Von den dreitausendfünfhundert, die vor dem Krieg dort gearbeitet hatten, waren nur noch zweitausend da und eine viertel Million Menschen lagen in den Krankenhäusern in der Stadt.

Tatiana lernte Dr. Matthew Sayers kennen, als sie gerade eine Kehlkopfwunde bei einem jungen Obergefreiten auswusch.

Noch bevor der Arzt den Mund aufmachte, hatte Tatiana schon das sichere Gefühl, dass er Amerikaner war. Und er roch so sauber! Er war dünn, klein und dunkelblond und sein Kopf wirkte ein wenig zu groß für seinen Körper, aber er strahlte ein solches Selbstbewusstsein aus, wie Tatiana es noch nie bei einem Mann erlebt hatte – außer bei Alexander. Er schlug das Krankenblatt auf, warf einen Blick auf den Patienten, blickte Tatiana an, schnalzte mit der Zunge, schüttelte den Kopf und sagte dann auf Englisch: »Das sieht ja nicht so gut aus.«

Obwohl Tatiana ihn verstand, blieb sie stumm, weil sie an Alexanders Warnungen dachte.

Also wiederholte der Arzt in gebrochenem Russisch, was er gesagt hatte.

Tatiana erwiderte: »Ich glaube, er wird wieder gesund. Ich habe schon Schlimmeres gesehen.«

Laut auflachend sagte der Arzt: »Das glaube ich Ihnen. Das glaube ich Ihnen ohne weiteres!« Er streckte ihr seine Hand entgegen: »Ich bin vom Roten Kreuz. Dr. Matthew Sayers. Können Sie Sayers sagen?«

»Sayers«, wiederholte Tatiana mit perfekter Aussprache.

»Sehr gut! Was heißt Matthew auf Russisch?«

»Matwej.«

Er ließ ihre Hand los und wiederholte: »Matwej. Gefällt Ihnen das?«

»Ich finde Matthew schöner«, erwiderte sie und widmete sich wieder ihrem Patienten.

Tatiana hatte den Arzt richtig eingeschätzt. Er war kompetent und freundlich und verbesserte die Bedingungen in ihrem schlecht ausgestatteten Krankenhaus beträchtlich, weil er lauter Wunderdinge dabeihatte – Penicillin, Morphium und Blutkonserven. Was den Patienten anging, so hatte Tatiana auch Recht gehabt. Er überlebte.

3

Liebe Tania,

ich habe so lange nichts von dir gehört! Was machst du? Ist alles in Ordnung? Oleg hat mir erzählt, dass er dich schon seit Tagen nicht mehr gesehen hat. Eigentlich habe ich gar keine Zeit, mir um dich Sorgen zu machen, dazu passiert hier zu viel …

Meinen Händen geht es übrigens besser. Was deine angeht, so ist es mir egal, ob sie mittlerweile abgefallen sind – schreib mir sofort einen Brief! Für kurze Zeit verzeihe ich dir noch, dass du mir nicht geschrieben hast, aber ich weiß nicht, wie lange ich noch so nachsichtig sein kann.

Wie du weißt, ist es bald so weit. Ich brauche deinen Rat – wir schicken die beachtliche Vorhut von sechshundert Mann hinaus. Eigentlich ist das keine Vorhut, sondern eine echte Kampftruppe und wir anderen warten im Hintergrund ab, wie sich die Deutschen dagegen verteidigen. Wenn alles gut geht, folgen wir ihnen.

Ich muss nun entscheiden, welches Bataillon gehen soll. Hast du einen Vorschlag?

Alexander

PS: Du hast mir immer noch nicht erzählt, was mit Stanislaw passiert ist.

Lieber Shura,

schick auf keinen Fall deinen Freund Marasow. Kannst du nicht stattdessen irgendwelche Nachschubeinheiten lossenden? Haha, schlechter Witz.

Wir sollten in dem Zusammenhang übrigens ruhig mal einen Gedanken daran verschwenden, dass unser rechtschaffener Alexander Puschkin den Baron George d'Anthes zum Duell gefordert hat. Er hat es nicht überlebt und so konnte er kein Gedicht darüber schreiben. Anstatt nach Rache zu streben, sollten wir uns also lieber nur von denen fernhalten, die uns schaden könnten.

Mir geht es gut. Ich habe im Krankenhaus viel zu tun und bin kaum zu Hause. Dort werde ich ja auch nicht gebraucht. Shura, mach dir bitte keine Sorgen um mich. Ich bin hier und warte – ungeduldig – darauf, dass du endlich wiederkommst.

Bis auf eine Stunde am Nachmittag ist es von morgens bis abends dunkel. Die Gedanken an dich sind jedoch mein Sonnenschein, also scheint bei mir jeden Tag die Sonne.

Tatiana

PS: Stanislaw ist mit der Regierung in Konflikt geraten.

Liebe Tania,

Puschkin brauchte nach Der eherne Reiter *gar nichts mehr zu schreiben. Aber du hast Recht – die Rechtschaffenen erringen nicht immer den Ruhm. Manchmal allerdings doch.*

Mir ist es egal, wie viel Arbeit du hast, du sollst mir mehr schreiben als nur ein paar Zeilen in der Woche.

Alexander

PS: Und du hast Inga und Stanislaw um ihr Leben beneidet ...

Liebste Tatiascha,

wie bist du ins neue Jahr gekommen? Ich hoffe, du hattest etwas Köstliches zu essen. Warst du bei Oleg?

Ich bin nicht glücklich. Ich habe Silvester mit zahlreichen anderen Leuten in der Feldküche verbracht, aber du warst nicht dabei. Du fehlst mir. Manchmal träume ich von einem Leben, in dem wir beide zusammen auf ein neues Jahr anstoßen können. Bei uns gab es etwas Wodka und Zigaretten. Die meisten gehen davon aus, dass das Jahr 1943 besser wird als 1942. Ich habe genickt, dabei aber an den Sommer 1942 gedacht.

Alexander

PS: Wir haben alle sechshundert Mann verloren. Ich habe Tolja nicht mitgeschickt und er sagt, er wird sich bei mir bedanken, wenn der Krieg vorbei ist.

PPS: Wo bist du, verdammt noch mal? Ich habe seit zehn Tagen nichts von dir gehört. Du bist doch nicht etwa nach Lazarewo zurückgegangen, jetzt, wo ich mich endlich dran gewöhnt habe, dass du nur siebzig Kilometer weit entfernt lebst und mir dadurch Kraft gibst? Bitte schreib mir in den nächsten Tagen. Du weißt, dass wir bald fortgehen müssen und erst wieder zurückkommen, wenn Leningrad und Wolkow befreit sind. Ich muss von dir hören, und wenn es nur ein einziges Wort ist.

Geliebter Shura!

Ich bin hier, kannst du mich denn nicht spüren, Soldat?

Ich habe Silvester im Krankenhaus verbracht und du sollst wissen, dass ich jeden Tag in Gedanken mit dir anstoße.

Ich kann dir gar nicht sagen, wie viele Stunden ich gearbeitet habe, wie viele Nächte ich im Krankenhaus geschlafen habe und gar nicht nach Hause gekommen bin …

Shura! Sobald deine Mission beendet ist, musst du sofort zu mir kommen. Abgesehen von den offensichtlichen Gründen muss ich dir dringend etwas Aufregendes, Wundervolles, Fantastisches erzählen, und zwar bald! Du wolltest ein Wort von mir? Ich gebe dir eins mit auf den Weg – das Wort ist HOFFNUNG.

Deine Tania

In sagenumwobenen Schlachten

1

Alexander blickte auf die Uhr. Es war früh am Morgen am 12. Januar 1943 und die Schlacht um Leningrad stand kurz bevor. Auf Befehl von Stalin sollte die deutsche Blockade gebrochen werden.

Alexander hatte die letzten drei Tage und Nächte mit Marasow und sechs Obergefreiten im Holzbunker am Ufer der Newa verbracht. Die Artilleriestellung lag direkt vor der Tür, die schweren Geschütze sorgfältig vor neugierigen Blicken verborgen. An diesem Morgen wartete Alexander ungeduldig darauf, dass der Kampf endlich begann. Sie befanden sich seit zweiundsiebzig Stunden im Bunker. Alexander dachte an Tatianas letzten Brief. Was zum Teufel hatte sie mit »Hoffnung« gemeint? Wie sollte ihm dieses *Wort* denn helfen? Er musste unbedingt zu ihr.

In seinem weißen Tarnanzug spähte er hinaus. Der Fluss hatte sich auch unsichtbar gemacht. In dem grauen Licht sah man das südliche Ufer kaum. Alexander befand sich am Nordufer der Newa, westlich von Schlüsselburg. Seine Artillerieeinheit deckte die äußerste Flanke des Flusses. Zugleich war dies auch die gefährlichste Stelle, weil die Deutschen in Schlüsselburg eine besonders gute Verteidigungslinie aufgebaut hatten. In etwa einem Kilometer Entfernung konnte Alexander die Festung Oreschek an der Mündung des Ladogasees erkennen. Ein paar hundert Meter vor Oreschek lagen die Leichen der sechshundert Männer, die vor sechs Tagen bei dem Überraschungsangriff umgekommen waren. Tapfer waren sie aufs Eis hinausgegangen, doch einer nach dem anderen war niedergemäht worden. Ob sich die Geschichte ihrer wohl erinnern wird?, fragte sich Alexander. Heute würde es passieren. Er spürte es. Sie würden entweder die Blockade brechen oder sterben. Die 67. Armee drängte auf einer Länge von acht Kilometern über den Fluss. Die Strategie für den Angriff ähnelte der von Meretzkows 2. Armee in Wolkow, die gleichzeitig Mansteins Armeegruppe Nord angriff. Artillerie und ein paar leichte Panzer sollten den Fluss überqueren, insgesamt vier Divisionen. Zwei Stunden später sollten drei weitere Artilleriedivisionen mit mittelschweren und schweren Panzern folgen. Darunter befanden sich auch sechs von den Männern, die direkt Alexanders Kommando unterstanden.

Er selbst würde zunächst hinter dem Zenith an der Newa bleiben und dann mit der dritten Welle den Fluss überqueren – in einem T-34, einem mittelschweren Panzer, der über das Eis fahren konnte, ohne einzubrechen.

Es war kurz vor neun. Die Sonne war noch nicht aufgegangen und der Himmel war von einem tiefen Lavendelblau.

»Major«, sagte Marasow, »funktioniert dein Telefon?« Er drückte seine Zigarette aus und trat zu Alexander.

»Das Telefon funktioniert hervorragend, Leutnant. Zurück auf deinen Posten.« Er lächelte Marasow zu, der sein Lächeln erwiderte.

»Wie viele Meilen Feldtelefonkabel hat Stalin von den Amerikanern verlangt?«, wollte Marasow wissen.

»Zweiundsechzigtausend«, erwiderte Alexander und nahm einen letzten tiefen Zug aus seiner Zigarette.

»Ist das nicht ein bisschen übertrieben?«

Alexander warf den Stummel in den Schnee und überlegte, ob ihm wohl noch Zeit blieb, sich eine weitere Zigarette anzuzünden. »Das ist nicht einmal annähernd genug. Die Amerikaner werden uns mit fünfmal so viel versorgen, bevor dieser Krieg vorbei ist.«

»Nun, all die vielen Meter nutzen nichts, wenn das Telefon nicht klingelt …«

»Hab Geduld«, sagte Alexander.

Er fragte sich, ob die Newa wohl breiter war als die Kama. Wahrscheinlich, aber groß konnte der Unterschied nicht sein. Er war in der Kama in fünfundzwanzig Minuten von einem Ufer zum anderen geschwommen. Wie lange würde er wohl brauchen, um die sechshundert Meter über das Eis der Newa unter deutschem Beschuss zurückzulegen? Fünfundzwanzig Minuten waren entschieden zu lang. Es würde schneller gehen müssen, dachte er.

Das Telefon klingelte und die beiden Männer lächelten. »Endlich«, sagte Marasow.

»Das Gute kommt zu dem, der warten kann«, erwiderte Alexander. »Also, Männer!«, rief er dann. »Es geht los.« Er stellte sich hinter seinen Zenith und richtete das Rohr nach oben. »Seid tapfer!«

Zwei Stunden lang ließ das schwere Feuer aus viertausendfünfhundert Gewehren nicht nach. Der Lärm der Mörsergeschütze war ohrenbetäubend. Alexander fand, dass sich die russischen Truppen gut schlugen – besser als erwartet. Durch sein Fernglas sah er zwar zahlreiche Gefallene am anderen Ufer, aber er entdeckte auch viele, die das Ufer hinaufrannten und sich zwischen den Bäumen versteckten.

Drei deutsche Bomber flogen im Tiefflug über sie hinweg, feuerten auf die sowjetischen Soldaten und rissen das Eis auf – weitere Gefahrenpunkte, die die Lastwagen und Soldaten meiden mussten.

Kommt noch ein bisschen tiefer, dachte Alexander und eröffnete das Maschinengewehrfeuer. Ein Flieger explodierte und die zwei anderen schraubten sich rasch höher, damit sie nicht auch getroffen wurden. Alexander schob eine hochexplosive Granate in den Zenith und feuerte wieder. Ein weiteres Flugzeug ging in Flammen auf. Das letzte war jetzt so hoch, dass er es mit seinem Geschütz nicht mehr erreichen konnte. Es flog offenbar zu seinem Stützpunkt zurück. Alexander nickte befriedigt und zündete sich eine Zigarette an.

»Ihr macht das hervorragend!«, schrie er seinen Männern zu, doch sie konnten ihn über dem Geschützdonner nicht hören.

Um elf Uhr dreißig stieg eine grüne Leuchtkugel auf – das Signal für die motorisierte Division, die zweite Angriffswelle zu starten.

Es war eigentlich noch zu früh dafür, aber Alexander hoffte, dass sich das Überraschungsmoment günstig auswirken würde, falls es ihnen gelingen sollte, das Eis rasch genug zu überqueren. Alexander bedeutete Marasow, seine Männer zu sammeln und loszustürmen.

Als dieser kaum dreißig Meter auf dem Eis vorwärts gekommen war, sah Alexander, wie er zu Boden sank. »Oh Gott, Tolja!«, schrie er und blickte nach oben. Ein deutscher Flieger bombardierte Marasow und seine Männer. Bevor er abdrehen konnte, hatte Alexander schon das Rohr seiner Zenith auf ihn gerichtet und feuerte eine Granate ab. Er verfehlte ihn nicht. Das Flugzeug ging in Flammen auf und stürzte ab.

Marasow lag jedoch bewegungslos auf dem Eis. Seine Männer hatten sich um das Feldgeschütz geschart und sahen hilflos zu Alexander herüber. »Oh, verdammte Scheiße!« Alexander befahl einem Feldwebel, seine Zenith zu bedienen, ergriff sein Maschinengewehr und rannte zu Marasow. Den anderen Soldaten schrie er zu, sie sollten ihren Weg über den Fluss fortsetzen. »Los! Geht!«

Marasow lag auf dem Bauch. Alexander kniete sich neben ihn. Er hätte ihn gern umgedreht, aber er hatte Angst, ihn zu berühren. »Tolja«, sagte er keuchend, »Tolja! Halte durch!« Marasow war in den Nacken getroffen worden. Alexander blickte sich verzweifelt nach einem Sanitäter um, der ihm Morphium geben konnte.

Plötzlich stellte er fest, dass ein Arzt über das Eis gelaufen kam. Er trug einen Wollmantel und eine Mütze, aber noch nicht einmal einen Helm! Er rannte zu einer Gruppe von

Männern, die rechts von Alexander neben einem Eisloch zu Boden gesunken waren. Alexander hatte kaum genug Zeit, um sich darüber zu wundern, was für ein Idiot dieser Arzt sein mochte, als hinter ihm Soldaten schrien: »Hinlegen! Hinlegen!« Aber das Geschützfeuer war zu laut. Schwarzer Rauch verdeckte die Sicht. Der Arzt verharrte aufrecht und rief den Soldaten auf Englisch zu: »Was? Was sagt ihr? Was?«

Alexander überlegte nicht eine Sekunde lang. Er sprang auf und schrie, so laut er konnte, auf Englisch: »Leg dich hin, verdammt noch mal!«

Gerade noch rechtzeitig ließ sich der Arzt fallen. Eine zylindrische Bombe flog nur wenige Meter über seinen Kopf und schlug kurz hinter ihm auf. Der Arzt wurde wie ein Geschoss über das Eis geschleudert und landete mit dem Kopf zuerst in einem Eisloch.

Alexander blickte auf Marasow, aus dessen Mund Blut lief. Seine Pupillen waren starr. Er schlug das Kreuzzeichen über ihm, ergriff sein Maschinengewehr und rannte zu dem Wasserloch.

Der Mann trieb bewusstlos im Wasser. Alexander versuchte, ihn herauszuziehen, aber er erreichte ihn nicht. Kurz entschlossen sprang er hinein. Die Kälte machte sofort seinen ganzen Körper gefühllos. Er fasste den Mann unter dem Kinn und schwamm mit ihm zum Rand. Dort hievte er ihn mühsam heraus. Schwer atmend schob er sich anschließend selbst auf das Eis. Stöhnend kam der Mann zu sich. »Mein Gott, was ist passiert?«, fragte er auf Englisch.

»Still«, erwiderte Alexander ebenfalls auf Englisch. »Bleiben Sie liegen. Wir müssen Sie dort drüben zu dem Panzerfahrzeug bringen. Sehen Sie es? Es sind nur zwanzig Meter. Dahinter ist es sicherer. Wir sind hier auf offenem Gelände.«

»Ich kann mich nicht bewegen«, murmelte der Arzt. »Ich bin völlig erstarrt.«

Auch Alexander spürte die bittere Kälte. Er blickte sich um. Die einzige Deckung waren die drei Leichen neben dem

Wasserloch. Auf dem Bauch robbte er dorthin und zerrte eine Leiche zurück zu dem unterkühlten Mann. »Und jetzt bleiben Sie still liegen, halten die Leiche fest und rühren sich nicht!«

Er zog sich ebenfalls eine Leiche auf den Rücken und ergriff seine Waffen und seinen Rucksack. »Sind Sie bereit?«, sagte er auf Englisch zu dem Arzt.

»Ja, Sir.«

»Halten Sie sich unten an meinem Mantel fest. Lassen Sie nicht los. Wir machen jetzt eine kleine Rutschpartie.«

So schnell er konnte, zog Alexander den Arzt mitsamt der Leiche die zwanzig Meter bis zu dem Panzerfahrzeug.

Um ihn herum schlugen die Bomben ein und er hatte das Gefühl, der Kopf müsse ihm platzen.

Das Letzte, woran er sich erinnerte, war ein pfeifendes Geräusch und ein Schlag, der ihn mit dem Helm zuerst gegen den Laster schleuderte. Dann verlor er das Bewusstsein.

2

Es kostete ihn zu viel Kraft, die Augen aufzuschlagen. Er hörte leise Stimmen, leise Geräusche, es roch nach Kampfer und Alkohol. Alexander träumte von seiner ersten Achterbahnfahrt am Revere Beach in Massachusetts. Er träumte vom Sandstrand in Nantucket. Dort gab es eine kurze, hölzerne Strandpromenade, auf der Zuckerwatte verkauft wurde.

Er hörte leise weibliche, manchmal auch männliche Stimmen und einmal fiel etwas scheppernd zu Boden. Dann wieder träumte er davon, wie er als Kind mit seinen Eltern durch die Mojawe-Wüste gefahren war. Im Auto war es stickig und doch war ihm kalt. Warum war ihm kalt?

Und es roch nach irgendetwas in der Wüste. Nicht nach Zuckerwatte, auch nicht nach Salz, es roch nach …

Er schlug die Augen auf. Aber er sah alles nur wie durch einen Nebel und konnte keine Gesichter erkennen. Er nahm nur verschwommene weiße Umrisse wahr. Aber da war dieser Geruch wieder …

Jemand beugte sich über ihn und er hätte schwören können, dass sein Name geflüstert wurde. Alexander. Und jemand umfasste seinen Kopf.

Mehr und mehr erlangte er das Bewusstsein wieder. Er zwang sich erneut, die Augen aufzumachen. Er lag auf dem Bauch. Deshalb konnte er keine Gesichter sehen. Wieder erkannte er verschwommen etwas Kleines, Weißes. Was ist los?, wollte er fragen, aber er bekam kein Wort heraus. Dieser Geruch … Es war ein süßer Hauch direkt an seinem Gesicht.

»Shura, bitte, wach auf«, flüsterte die Stimme. »Alexander, mach die Augen auf! Mach die Augen auf, mein Liebster.« Er spürte weiche Lippen auf seiner Wange.

Alexander öffnete die Augen. Er sah seine Tatiana.

Tränen traten ihm in die Augen, aber er durfte sie nicht wieder schließen. Sie rief ihn … »Shura, mach die Augen auf!«

»Wo bin ich?«

»Im Feldlazarett in Morosowo.«

Er versuchte, den Kopf zu schütteln, konnte sich aber nicht bewegen. »Tatia?«, flüsterte er. »Das kann nicht sein.« Dann schlief er wieder ein.

Alexander lag auf dem Rücken. Ein Arzt stand vor ihm und sprach russisch mit ihm. Alexander konzentrierte sich auf die Stimme. Ja. Ein Arzt. Aber er konnte ihn nicht verstehen. Er konnte kein Russisch mehr verstehen.

Eine Weile später jedoch war das Russische nicht mehr so unverständlich und fremd.

»Ich glaube, er kommt zu sich. Wie fühlen Sie sich?«

Alexander versuchte, sich zu konzentrieren. »Wie steht es um mich?«

»Nicht allzu gut.«

Alexander blickte sich um. Er befand sich in einem rechteckigen Holzgebäude mit ein paar kleinen Fenstern. Die Betten mit den Patienten standen in zwei Reihen, mit einem Gang dazwischen. Zögernd richtete Alexander seinen Blick wieder auf den Arzt und fragte: »Wie lange bin ich schon hier?«

»Vier Wochen.«

»Was ist passiert?«

»Erinnern Sie sich nicht?«

»Nein.«

Der Arzt setzte sich auf die Bettkante und sagte, sehr leise, auf Englisch: »Sie haben mir das Leben gerettet.«

Schwach kehrte die Erinnerung zurück. Das Eis. Das Wasserloch. Die Kälte. Er schüttelte leicht den Kopf. »Bitte, sprechen Sie russisch«, sagte er. »Ich habe Ihnen nicht das Leben gerettet, um meins zu verlieren.«

Nickend erwiderte der Arzt: »Ich verstehe.« Er drückte ihm die Hand. »Ich komme in ein paar Tagen wieder, wenn es Ihnen ein bisschen besser geht. Dann können Sie mir mehr erzählen. Ich werde nicht mehr lange hier bleiben. Aber ich wollte nicht gehen, bevor Sie nicht außer Gefahr sind.«

»Was haben Sie sich eigentlich dabei gedacht ... als Sie einfach so aufs Eis hinausgelaufen sind?«, fragte Alexander.

»Nun, ich bin zum ersten Mal an der Front. Hat man das gemerkt?« Der Arzt lächelte.

»Na, ist unser verschlafener Patient endlich wach geworden?«, fragte eine muntere Krankenschwester mit schwarzen Haaren und schwarzen Knopfaugen. Sie trat lächelnd an sein Bett und fühlte ihm den Puls. »Hallo. Ich bin Ina. Sie haben vielleicht ein Glück gehabt!«

»Tatsächlich?«, erwiderte Alexander. So glücklich kam er sich gar nicht vor ... »Warum habe ich so viel Baumwolle im Mund?«

»Das ist keine Baumwolle. Sie stehen seit einem Monat

unter Morphium. Wir haben erst letzte Woche damit angefangen, die Dosis langsam zu verringern. Sie begannen bereits langsam süchtig zu werden.«

»Wie heißen Sie?«, fragte Alexander den Arzt.

»Matthew Sayers. Ich bin vom Roten Kreuz.« Er schwieg. »Ich war ein Idiot und Sie haben beinahe dafür mit dem Leben bezahlt.«

Alexander schüttelte den Kopf. Er blickte sich im Zelt um. Alles war still. Vielleicht hatte er ja nur geträumt.

Hatte *sie* einfach nur geträumt.

»Direkt hinter uns ist eine Splitterbombe explodiert und Sie sind getroffen worden«, erklärte Dr. Sayers. »Sie wurden gegen den Laster geschleudert und ich konnte Sie nicht von der Stelle bewegen.« In seinem schlechten Russisch fuhr er fort: »Ich habe gewinkt, damit uns jemand zu Hilfe kam. Ich wollte sie nicht allein lassen, aber wir brauchten eine Trage. Eine meiner Krankenschwestern kam auf das Eis gelaufen.« Sayers schüttelte den Kopf. »Sie ist wirklich eine ganz besondere Person. Denn in Wahrheit lief sie natürlich nicht, sondern robbte über das Eis. Ich sagte zu ihr: ›Na, Sie sind dreimal so klug wie ich.‹ Und sie ist nicht nur über das Eis gerobbt, sie hat auch noch Blutplasma dabeigehabt.«

»Was ist das?«

»Blutflüssigkeit ohne Blut. Es ist haltbarer als Blut und man kann es gut einfrieren. Ein Wunder für Verwundete wie Sie – es ersetzt die Flüssigkeit, die Sie verloren haben, bis man Ihnen eine Bluttransfusion geben kann.«

»Brauchte ich ... eine Bluttransfusion?«, fragte Alexander.

Die Krankenschwester tätschelte ihm fröhlich den Arm. »Ja, Major«, erwiderte sie, »das könnte man so sagen.«

»Schwester«, warf Dr. Sayers ein, »in Amerika gilt die Regel, dass man den Patienten nicht aufregen darf. Sind Sie mit dieser Regel vertraut?«

Alexander unterbrach ihn. »Wie schlimm war mein Zustand?«

Sayers erwiderte freundlich: »Es sah nicht besonders gut

aus. Ich ließ die Krankenschwester bei Ihnen, während ich mich auf den Weg machte – robbte«, korrigierte sich der Arzt lächelnd, »um eine Trage zu besorgen. Ich weiß zwar nicht wie, aber sie hat mir anschließend beim Tragen geholfen. Als wir ans Ufer kamen, sah sie so aus, als könnte sie auch etwas Plasma gebrauchen.«

»Waren *Sie* das?«, fragte Alexander die Krankenschwester, um sich bei ihr zu bedanken.

Sie schüttelte den Kopf. »Nein, ich halte mich von der Frontlinie fern. Ich bin nicht beim Roten Kreuz.«

Sayers sagte: »Ich habe meine eigene Krankenschwester aus Leningrad mitgebracht.« Er lächelte. »Sie hat sich freiwillig gemeldet.«

»Oh«, erwiderte Alexander. »In welchem Krankenhaus waren Sie denn dort?« Er hatte das Gefühl, gleich wieder ohnmächtig zu werden.

»Im Grecheskij.«

Unwillkürlich stöhnte Alexander vor Schmerzen auf. Ina gab ihm eine weitere Dosis Morphium.

»Doktor, die Schwester, die Sie begleitet hat ...«

»Ja?«

»Wie heißt sie?«

»Tatiana Metanowa.«

Ein gequälter Laut entrang sich Alexander.

»Wo ist sie jetzt?«

Achselzuckend erwiderte Sayers: »Ich glaube, sie hilft beim Aufbau der Eisenbahn. Wir haben die Blockade gebrochen, wissen Sie. Sechs Tage, nachdem Sie verwundet wurden. Die beiden Fronten sind jetzt vereint. Und sofort haben elfhundert Frauen angefangen, die Eisenbahn wieder aufzubauen. Tatiana hilft auch mit.«

»Na ja, nicht gleich von Anfang an«, warf Ina ein. »Die meiste Zeit war sie bei Ihnen, Major.«

»Ja, aber jetzt, wo es Ihnen wieder besser geht ...« Dr. Sayers lächelte.

»Können Sie die Schwester zu mir bringen, wenn sie zurückkommt?« Alexander schwieg erschöpft. »Wo bin ich getroffen worden, sagen Sie?«

»In Höhe der Nieren. Der tote Kamerad auf Ihrem Rücken hat zwar Schlimmeres verhindert, aber wir haben trotzdem Schwierigkeiten gehabt, Ihre Niere zu retten.« Der Arzt beugte sich vor. »Mit nur einer Niere könnten Sie sich in Zukunft nicht mehr mit den Deutschen einlassen, Major.«

»Danke, Doktor. Und wie sieht es aus? Mein Rücken fühlt sich nicht besonders gut an.«

»Nun, Major, das kann ich mir gut vorstellen. Um die Wunde herum haben Sie Verbrennungen dritten Grades erlitten. Deshalb mussten Sie auch so lange auf dem Bauch liegen.« Sayers tätschelte ihm die Schulter. »Spüren Sie auch Ihren Kopf? Sie sind ziemlich hart auf dem Laster aufgeschlagen. Aber wenn die Wunde und die Verbrennung erst einmal verheilt sind, müsste alles wieder in Ordnung sein. In einem Monat ungefähr können wir Sie entlassen.« Der Arzt musterte Alexander forschend. »Ich würde mich gern noch einmal intensiver mit Ihnen unterhalten.«

»Gut«, murmelte Alexander.

Das Gesicht des Arztes erhellte sich und er sagte: »Aber Sie haben zumindest wieder einen Orden bekommen.«

»Solange er nicht posthum ist ...«

»Und wenn Sie wieder aufrecht stehen können, werden Sie auch erneut befördert, hat man mir gesagt. Ach ja, und einer der Nachschubleute fragt ständig nach Ihnen. Kann es sein, dass er Chernenko heißt?«

»Bringen Sie die Krankenschwester zu mir«, bat Alexander und schloss die Augen.

3

Es verging noch eine Nacht, bevor er Tatiana wiedersah. Alexander wachte auf und sie saß neben ihm. Schweigend blickten sie einander an. Dann sagte Tatiana: »Shura, sei mir nicht böse.«

»Oh, Gott«, erwiderte Alexander nur. »Du bist einfach unermüdlich.«

Tatiana nickte. »Unermüdlich verheiratet.« Sie beugte sich dicht über ihn und flüsterte: »Du hast mich gebraucht, also bin ich gekommen.«

»Ich habe dich hier nicht gebraucht«, flüsterte Alexander zurück. »Wie oft soll ich es dir noch sagen? Ich will nur, dass du in Sicherheit bist.«

»Und wer kümmert sich um deine Sicherheit?« Lächelnd ergriff sie seine Hand. Sie blickte sich um, um sich zu vergewissern, dass niemand in der Nähe war, dann zog sie seine Hand an ihre Lippen und drückte einen Kuss darauf. »Du wirst wieder gesund, großer Mann. Du musst nur durchhalten.«

»Tania, wenn ich hier rauskomme, reiche ich die Scheidung ein.«

Kopfschüttelnd erwiderte sie: »Tut mir Leid. Das geht nicht. Du wolltest ja unbedingt vor Gott getraut werden. Und jetzt hast du die Bescherung.«

»Tatiascha ...«

»Ja, mein Geliebter? Ich bin so froh, deine Stimme wieder zu hören!«

»Sag mir die Wahrheit. Wie schwer war ich verwundet?«

»Nicht besonders schwer«, erwiderte sie lächelnd. Doch ihr Gesicht war blass.

»Was habe ich mir bloß dabei gedacht, zu Marasow zu laufen? Seine Männer hätten sich um ihn kümmern müssen. Aber sie waren wie gelähmt und konnten sich nicht rühren.« Er schwieg. »Armer Tolja.«

Mit traurigem Lächeln sagte Tatiana: »Ich habe ein Gebet für ihn gesprochen.«

»Für mich auch?«

»Nein«, erwiderte sie. »Du lagst ja nicht im Sterben. Ich habe nur für mich gebetet – lieber Gott, bitte hilf mir, ihn gesund zu machen.« Sie hielt seine Hand fest. »Aber, Alexander, du konntest gar nichts anderes tun, als zu Marasow zu laufen und anschließend den Arzt auf Englisch zu retten. Du konntest einfach nicht anders handeln, genauso wie damals bei Jurij Stepanow.«

»Aber ich muss wahnsinnig gewesen sein! Ich habe das Gefühl, mein Rücken stünde in Flammen.« Er lächelte, weil ihm auf einmal das Erlebnis in Luga einfiel. »Sind es nur Schnittwunden, Tania?«

Nach kurzem Zögern erwiderte sie: »Du hast Verbrennungen. Aber du wirst wieder gesund.« Sie drückte ihre Wange an seine Hand. »Schau mir in die Augen. Und dann sag, dass du dich wirklich nicht freust, mich zu sehen.«

»Wenn ich das sagen würde, wäre es eine Lüge.« Alexander strich über Tatianas Sommersprossen und sah sie unverwandt an. Dann ließen ihn die Schmerzen aufstöhnen.

Sie zog eine kleine Phiole mit Morphium aus der Tasche ihres Schwesternkittels und befestigte sie an seiner Infusion.

»Was machst du da?«

Sie flüsterte: »Ich gebe dir einen kleinen intravenösen Morphiumstoß. Damit du deinen Rücken nicht mehr so sehr spürst.« Schon nach wenigen Sekunden ging es Alexander besser. Sie drückte wieder die Wange an seine Hand.

Alexander blickte sie bewundernd an. »Du bist in Wirklichkeit ein vom Himmel gesandter Engel, nicht wahr?«

Tatiana strahlte ihn an. »Dabei weißt du noch nicht einmal alles«, flüsterte sie. »Du weißt ja gar nicht, was deine Tania sich ausgedacht hat.« Sie quietschte beinahe vor Entzücken.

»Was hast du dir ausgedacht? Nein, setz dich nicht auf. Ich möchte dein Gesicht an meiner Hand spüren.«

»Shura, das geht nicht. Ich liege ja schon fast auf dir. Wir müssen sehr vorsichtig sein. Dimitri schleicht die ganze Zeit hier herum. Worüber macht er sich Gedanken? Er war ziemlich überrascht, mich hier anzutreffen.«

»Da ist er nicht der Einzige. Wie bist du hierher gekommen?«

»Das gehört alles zu meinem Plan, Alexander.«

»Was für ein Plan?«

»Bei dir zu sein, wenn ich hochbetagt sterbe«, flüsterte sie.

»Ach, *dieser* Plan ...«

»Shura, ich muss mit dir reden. Aber erst, wenn du wieder bei klarem Verstand bist. Dann musst du mir sehr genau zuhören.«

»Erzähl es mir jetzt.«

»Das kann ich nicht. Ich sagte, bei *klarem* Verstand.« Sie lächelte. »Außerdem muss ich gehen. Ich sitze hier schon seit einer Stunde und warte darauf, dass du endlich wach wirst. Ich komme morgen wieder.« Sie sah sich um. »Ich habe dein Bett ganz an die Wand stellen lassen, damit wir wenigstens ein bisschen für uns sind.«

Sie wies auf das Fenster neben seinem Bett. »Es ist zwar hoch, aber so kannst du doch wenigstens ein bisschen vom Himmel und ein paar Bäume sehen, Shura.«

Sie stand auf. »Der Mann neben dir ist blind und taub. Es wäre ein Wunder, wenn er uns verraten könnte.« Sie lächelte. »Und siehst du das Isolationszelt um ihn herum? Das habe ich natürlich aufgebaut, damit er besser atmen kann, aber es schirmt dich auch vor den übrigen Patienten ab. Fast so privat wie in der Fünften Sowjet, nicht wahr?«

»Wie geht es übrigens Inga?«

Tatiana kaute auf ihrer Unterlippe und erwiderte schließlich: »Sie ist nicht mehr in der Fünften Sowjet.«

»Ach, ist sie endlich umgezogen?«

»Nun, sie ist eher umgezogen *worden.*«

Schweigend blickten sie einander an. Alexander schloss die

Augen. »Tania«, flüsterte er, »stimmt es, dass du aufs Eis hinausgerobbt bist? Mitten in der grässlichen Schlacht um Leningrad?«

Sie gab ihm einen raschen Kuss und flüsterte: »Ja, mein tapferer Herzenssoldat.«

»Tatia«, sagte Alexander müde, »morgen wartest du aber nicht erst eine Stunde, bevor du mich aufweckst.«

4

Alexander konnte es kaum erwarten, dass er sie am nächsten Tag wiedersehen würde. Tatiana kam um die Mittagszeit und brachte ihm zu essen. »Ich füttere ihn, Ina«, sagte sie fröhlich zu der Dienst habenden Schwester. Ina sah zwar nicht besonders erfreut aus, aber Tatiana schenkte ihr keine weitere Beachtung.

»Schwester Metanowa denkt, mein Patient gehört ihr«, sagte Ina frostig, während sie etwas in Alexanders Krankenblatt eintrug.

»Ich gehöre ihr auch, Ina«, bestätigte Alexander. »Schließlich hat sie mir doch das Plasma gebracht.«

»Sie kennen nur einen Teil der Geschichte«, murmelte Ina verdrossen. Sie warf Tatiana einen finsteren Blick zu und ging.

»Was hat sie denn damit gemeint?«, fragte Alexander.

»Ich weiß nicht«, erwiderte Tatiana. »Mach den Mund auf.«

»Tania, ich kann allein essen.«

»Lass doch zu, dass ich mich um dich kümmere«, sagte sie zärtlich. »Lass mich das tun, was ich so schrecklich gern tun möchte.«

»Tania, wo ist mein Ehering? Er hing an einem Band um meinen Hals. Habe ich ihn verloren?«

Lächelnd zog sie das geflochtene Band aus ihrem Kittel. Zwei Ringe baumelten daran. »Ich behalte ihn bei mir, bis wir sie wieder tragen können.«

Seine Gefühle drohten ihn zu überwältigen.

Bevor Tatiana ihm den ersten Löffel in den Mund schieben konnte, kam Oberst Stepanow zu Besuch. »Ich habe gehört, dass Sie aufgewacht sind«, sagte er und warf Tatiana einen Blick zu. »Komme ich ungelegen?«

Tatiana schüttelte den Kopf, legte den Löffel wieder auf das Tablett und stand auf. »Sind Sie Oberst Stepanow?«, fragte sie.

»Ja«, erwiderte er verwirrt. »Und Sie sind …«

Tatiana ergriff die Hand des Oberst mit beiden Händen und schüttelte sie. »Ich bin Tatiana Metanowa«, sagte sie. »Ich wollte Ihnen danken, Oberst, für alles, was Sie für Major Below getan haben.«

Sie ließ seine Hand nicht los und er zog sie auch nicht weg. »Danke, Genosse Oberst«, wiederholte sie.

Alexander hätte seine Frau am liebsten umarmt. »Oberst«, sagte er grinsend, »meine Krankenschwester weiß, dass mein Kommandant sehr gut zu mir war.«

»Sie haben es auch verdient, Major«, erwiderte Stepanow. »Haben Sie Ihren Orden gesehen?« Der Orden hing über der Lehne des Stuhls neben Alexanders Bett.

»Warum hat man denn nicht wenigstens gewartet, bis ich wieder bei Bewusstsein war?«, fragte Alexander.

Stepanow sagte: »Wir wussten nicht, ob …«

»Es ist nicht nur irgendein Orden, Major«, unterbrach Tatiana ihn, »sondern die höchste Auszeichnung, die es gibt. Der Orden eines Helden der Sowjetunion«, fügte sie atemlos hinzu.

Stepanow blickte verwirrt von Alexander zu Tatiana. »Ihre Krankenschwester scheint sehr … stolz auf Sie zu sein, Major.«

»Stimmt, Genosse Oberst.« Alexander versuchte, ein Lächeln zu unterdrücken.

»Wissen Sie was«, sagte Stepanow, »ich komme ein anderes Mal wieder, wenn Sie etwas mehr Zeit haben.«

»Warten Sie, Genosse Oberst«, sagte Alexander hastig. »Wie machen sich unsere Truppen?«

»Sehr gut. Die Männer hatten zehn Tage Sonderurlaub und jetzt versuchen sie gerade, die Deutschen aus Sinjawino hinauszudrängen. Dort gibt es große Probleme, aber nach und nach kommen immer bessere Nachrichten. Letzten Monat hat Paulus in Stalingrad kapituliert.« Stepanow schmunzelte. »Erst zwei Tage zuvor hatte Hitler ihn zum Generalfeldmarschall ernannt. Angeblich hat sich in der Geschichte noch nie ein deutscher Generalfeldmarschall ergeben.«

Alexander lächelte. »Offenbar wollte Paulus Geschichte schreiben. Das sind ja großartige Neuigkeiten! Stalingrad ist gerettet. Die Blockade von Leningrad ist gebrochen. Vielleicht gewinnen wir diesen Krieg ja doch noch.« Er schwieg. »Allerdings wird es ein Pyrrhussieg.«

»In der Tat.« Stepanow schüttelte Alexander die Hand. »Unsere Verluste sind so hoch, dass am Ende noch nicht einmal jemand übrig bleiben wird, um den Pyrrhussieg zu feiern.« Er seufzte. »Ich wünsche Ihnen gute Besserung, Major. Es wartet eine weitere Beförderung auf Sie. Und Sie werden auf jeden Fall nicht mehr an der Front kämpfen müssen.«

»Ich möchte gar nicht weg von der Front, Genosse Oberst.«

Tatiana gab ihm einen Schubs.

»Ich meine – danke, Genosse Oberst.«

Stepanow blickte Alexander und Tatiana an. »Es ist schön, Sie so munter zu sehen, Major. Die ganzen letzten Monate waren Sie nicht besonders ... fröhlich. Offensichtlich bekommt es Ihnen, schwer verwundet zu werden.« Mit diesen Worten verließ er sie.

»Na, du hast den Oberst ganz schön durcheinandergebracht«, sagte Alexander grinsend zu Tatiana.

»Er ist ein netter Mann.« Tatiana blickte Alexander gespielt vorwurfsvoll an. »Du hast ihm nicht in meinem Namen gedankt.«

»Tania, wir sind Männer! Wir schlagen uns nicht dauernd auf die Schulter.«

»Jetzt mach deinen Mund auf.«

»Was hast du mir denn zu essen gebracht?«

Es gab Kohlsuppe mit Kartoffeln und Weißbrot mit Butter.

»Wo hast du nur die ganze Butter her?« Es waren fast zweihundertfünfzig Gramm.

»Verwundete Soldaten bekommen eine Extraportion«, erwiderte sie. »Und du bekommst eine extra Extraportion. Du musst schnell gesund werden.«

»Hast du schon gegessen?«

Tatiana zuckte mit den Schultern. »Wer von uns hat schon Zeit zum Essen?«, meinte sie beiläufig. Sie zog sich den Stuhl näher ans Bett.

Alexander sagte: »Glaubst du, die anderen Patienten haben etwas dagegen, wenn meine Krankenschwester mich küsst?«

»Ja«, erwiderte sie und wich ein wenig zurück. »Sie werden denken, ich küsse jeden.«

Alexander blickte sich um. In der anderen Ecke des Zimmers lag ein Mann, der beide Beine verloren hatte. Man konnte nichts mehr für ihn tun. Neben Alexander rang der Mann im Isolierzelt mit jedem Atemzug um sein Leben.

»Tania«, sagte er leise, »Ina hat mir erzählt, dass ich Plasma gebraucht habe. Wie schlimm ...«

Rasch unterbrach sie ihn: »Du wirst wieder ganz gesund. Du hast ein bisschen Blut verloren, das ist alles.« Ein Schauer überlief sie, aber sie fasste sich rasch wieder. »Hör zu«, flüsterte sie, »hör gut zu ...«

»Warum bist du eigentlich nicht die ganze Zeit bei mir? Warum bist *du* nicht meine Krankenschwester?«

»Na, hör mal! Noch vor zwei Tagen wolltest du, dass ich weit weg bin, und jetzt soll ich auf einmal die ganze Zeit bei dir sein?«

»Ja.«

»Liebster«, erwiderte Tatiana lächelnd, »ich versuche nur, professionelle Distanz einzuhalten. Ina ist eine gute Krankenschwester. Bald wird es dir wieder besser gehen und dann können wir dich auf eine Genesungsstation verlegen.«

»Arbeitest du denn da? Dann geht es mir spätestens in einer Woche schon besser.«

»Nein, Shura. Dort bin ich auch nicht.«

»Wo bist du denn?«

»Hör doch endlich mal zu! Ich muss mit dir reden und du unterbrichst mich ständig.«

»Ich unterbreche dich nicht mehr, wenn du unter der Decke meine Hand hältst.«

Tatiana ergriff seine Hand und verschränkte ihre Finger mit seinen. »Wenn ich so groß und stark wäre wie du«, sagte sie leise, »hätte ich dich hochgehoben und dich selbst vom Eis getragen.«

Er drückte ihre Hand. »Mach mich nicht böse! Dazu bin ich viel zu glücklich. Bitte küss mich.«

»Nein, Shura, du hörst jetzt, was ich dir ...«

»Warum siehst du eigentlich so unglaublich gut aus? So strahlend glücklich? Du hast noch nie besser ausgesehen!«

»Noch nicht einmal in Lazarewo?«, flüsterte Tatiana.

»Hör auf, bring einen erwachsenen Mann nicht zum Weinen. Du strahlst von innen heraus.«

»Du lebst und das macht mich unendlich froh.«

»Und wie bist du an die Front gekommen?«

»Das will ich dir ja schon die ganze Zeit erzählen.« Sie lächelte. »Als ich aus Lazarewo wegging, wusste ich ganz genau, dass ich auf der Intensivstation als Krankenschwester arbeiten wollte. Doch nachdem du mich im November besucht hattest, beschloss ich, mich bei der nächsten Gelegenheit freiwillig zu melden. Ich wollte dorthin, wo du warst – an die Front. Wenn du in die Schlacht um Leningrad ziehen musstest, wollte ich dabei sein.«

»Das war dein Plan?«

»Ja.«

Er schüttelte den Kopf. »Ich bin froh, dass du es mir damals nicht erzählt hast, und auch jetzt habe ich eigentlich nicht die Kraft, es mir anzuhören.«

»Du wirst noch viel mehr Kraft benötigen, wenn du die ganze Geschichte hörst.« Tatiana konnte ihre Erregung kaum verbergen. »Als Dr. Sayers ins Grecheskij kam«, fuhr sie fort, »habe ich ihn sofort gefragt, ob er noch Hilfe bräuchte. Die Rote Armee hat ihn angefordert, weil bei den jüngsten Kämpfen so viele Soldaten verwundet worden sind.« Sie wurde noch leiser. »Ich glaube, die Sowjets unterschätzen die Zahl der Verwundeten. Wir wurden der Flut jedenfalls kaum Herr. Als Dr. Sayers mir sagte, dass er an die Leningrader Front ginge, habe ich ihn gefragt, ob ich mit ihm kommen könnte. Wie sich herausstellte, brauchte er Hilfe, weil die einzige Krankenschwester, die er mitgebracht hatte, krank wurde. Das arme Ding hat Tuberkulose bekommen, was ja im Leningrader Winter keine Überraschung ist.« Tatiana schüttelte den Kopf. »Mittlerweile geht es ihr wieder besser, aber sie ist im Grecheskij geblieben und dort brauchen sie sie auch. Wie dem auch sei, ich kam als zeitweilige Assistentin von Dr. Sayers hierher. Sieh mal«, sagte Tatiana stolz und zeigte Alexander ihre weiße Armbinde mit dem roten Kreuz, »ich bin jetzt keine Krankenschwester der Roten Armee mehr, sondern eine Rotkreuzschwester. Ist das nicht großartig?« Sie strahlte ihn an. Dann fuhr sie fort: »Weißt du, wo Dr. Sayers hergekommen ist?«

»Aus Amerika.«

»Nein, ich meine, woher er mit seinem Rotkreuzjeep gekommen ist?«

»Keine Ahnung.«

»Aus *Helsinki!«,* flüsterte sie. »Und weißt du, wo er bald wieder hinfährt?«

»Nein, wohin?«

»Shura! Nach *Helsinki!*«

Alexander schwieg. Langsam wandte er den Kopf ab und schloss die Augen. Als Tatiana seinen Namen rief, öffnete er die Augen wieder und sah sie an. Ihr Gesicht war leicht gerötet und sie war ganz aufgeregt. Er lachte.

Eine Krankenschwester am anderen Ende des Saales drehte sich um.

»Lach nicht«, sagte Tatiana. »Sei still.«

»Tatia, hör auf. Ich bitte dich.«

»Hörst du mir jetzt endlich weiter zu? Als ich Dr. Sayers kennen lernte, habe ich angefangen nachzudenken.«

»Oh, nein.«

»Doch.«

»Und worüber hast du nachgedacht?«

»Ich habe versucht, einen Plan zu entwickeln ...«

»Oh, nein, nicht noch ein Plan!«

»Ich habe mich gefragt, kann ich Dr. Sayers vertrauen? Ja, dachte ich. Ich kann ihm vertrauen, weil er auf mich den Eindruck eines guten Amerikaners macht. Ich wollte ihm also von dir und mir erzählen und ihn bitten, uns beide irgendwie nach Helsinki zu schaffen, damit du wieder nach Hause kannst. Nur bis nach Helsinki, Alexander. Von dort aus können wir es allein nach Stockholm schaffen.«

»Tania, ich kann das nicht mehr mit anhören.«

»Doch, hör mir zu. Du weißt ja gar nicht, wie sehr Gott mit uns ist! Im Dezember ist ein verwundeter finnischer Pilot ins Grecheskij gekommen. Wir haben versucht, ihn zu retten, aber er hatte zu schwere Kopfverletzungen und ist gestorben. Ich habe seine Uniform und seine Identitätsmarke in Dr. Sayers' Jeep versteckt, in einem Verbandskasten. Und dort wartet beides jetzt auf dich.«

Erstaunt blickte Alexander sie an.

»Ich hatte zunächst Angst davor, Dr. Sayers zu bitten, sein Leben für einen völlig Fremden zu riskieren.« Tatiana gab

Alexander einen Kuss auf die Schulter. »Aber dann hast du ja selbst eingegriffen, mein heldenhafter Mann. Du musstest ja dem Doktor unbedingt das Leben retten. Deshalb wird er dich garantiert hier herausholen – vermutlich sogar, wenn er dich auf dem Rücken tragen muss.«

Alexander war sprachlos.

»Wir stecken dich einfach in die finnische Uniform, du verwandelst dich für ein paar Stunden in Tove Hanssen und wir fahren in Dr. Sayers' Rotkreuzjeep über die finnische Grenze nach Helsinki. Shura! Ich bringe dich aus der Sowjetunion hinaus!«

Alexander konnte immer noch nichts sagen.

Strahlend fuhr Tatiana fort: »Wir haben doch unglaubliches Glück, nicht wahr? Je nachdem, wie kräftig du bist, fahren wir dann entweder mit einem Frachtschiff oder in einem Lastwagenkonvoi nach Stockholm. Schweden ist schließlich neutral. Ist das nicht der beste Plan, den du jemals gehört hast? Viel besser als deine Idee, dich wochenlang in den Sümpfen zu verstecken.«

Verwirrt und ungläubig blickte Alexander sie an. »Wer bist du eigentlich?«

Tatiana stand auf und gab ihm einen leidenschaftlichen Kuss auf den Mund. »Ich bin deine geliebte Frau«, flüsterte sie.

Die Hoffnung besaß eine erstaunliche Heilkraft.

Plötzlich waren die Tage nicht mehr lang genug für Alexander. Er versuchte immer und immer wieder, aufzustehen und sich zu bewegen. Er konnte noch nicht aus dem Bett, aber er trainierte so lange, bis er sich schließlich zumindest allein aufsetzen konnte. Und er lebte für die Minuten, in denen Tatiana ihn besuchen kam.

Die erzwungene Untätigkeit machte ihn schier wahnsinnig. Er bat Tatiana, ihm Holzstückchen und ein Armeemesser zu bringen. Während er Tag für Tag auf sie wartete, schnitzte er stundenlang an dem Holz herum und formte Palmen, Tannen, Messer und Figuren daraus.

Mehrmals am Tag kam Tatiana vorbei, saß an seinem Bett und erzählte ihm aufgeregt von Helsinki und Stockholm und den Wundern, die es dort gab.

Alexander hörte geduldig zu und bearbeitete seine Holzstückchen. Schließlich legte er das Messer fort, nahm Tatiana in die Arme und sagte: »Ja, meine Süße. Das werden wir uns alles ansehen.«

5

»Alexander?« Dr. Sayers zog sich einen Stuhl an sein Bett. »Wenn ich mich leise mit Ihnen unterhalte, darf ich dann englisch sprechen?«

»Natürlich«, erwiderte Alexander auf Englisch, »es tut gut, die Sprache wieder einmal zu hören.«

»Es tut mir Leid, dass ich nicht früher kommen konnte.« Er schüttelte den Kopf. »Ich werde in dieser Hölle der sowjetischen Front aufgerieben. Ich habe fast keine Medikamente mehr, die Hilfsgüter kommen nicht schnell genug, ich schlafe ohne Matratze ... Ich hatte angenommen, ich wäre schon längst wieder weg, aber ich bin immer noch hier. Mein Arbeitstag ist zwanzig Stunden lang. Aber jetzt habe ich endlich ein bisschen Zeit. Wollen wir uns unterhalten?«

Alexander musterte den Arzt. »Woher kommen Sie, Dr. Sayers? Ich meine, ursprünglich.«

Sayers lächelte. »Aus Boston. Kennen Sie Boston?«

Alexander nickte. »Meine Familie war aus Barrington.«

»Ach!«, rief Dr. Sayers aus, »dann kommen wir ja aus derselben Gegend!« Er schwieg. »Also erzählen Sie mal. Oder ist es eine lange Geschichte?«

»Sehr lang.«

»Erzählen Sie sie trotzdem? Ich sterbe vor Neugier, wie aus einem Amerikaner ein Major in der Roten Armee werden konnte.« Schweigend musterte Alexander den Arzt, aber dieser sagte: »Keine Sorge, Sie können mir vertrauen.«

Alexander holte tief Luft und begann zu erzählen. Wenn Tatiana diesem Mann vertraute, dann war es sicher richtig.

Dr. Sayers lauschte aufmerksam. Als Alexander geendet hatte, stellte er fest: »Ein ganz schönes Chaos.«

»Da haben Sie Recht«, erwiderte Alexander.

»Kann ich irgendetwas tun, um Ihnen zu helfen?«

Alexander antwortete nicht.

»Möchten Sie wieder … nach Hause?«

»Ja«, erwiderte Alexander, »ich möchte wieder nach Hause.«

»Was kann ich tun?«, fragte Dr. Sayers.

Alexander blickte ihn an. »Reden Sie mit der Krankenschwester. Sie wird Ihnen sagen, was Sie tun können.«

»Mit Ina?«

»Nein, mit Tatiana.«

»Ach, Tatiana.« Der Arzt lächelte voller Zuneigung. »Sie weiß von Ihnen?«

Angesichts der Miene des Arztes schüttelte Alexander leise lachend den Kopf. »Dr. Sayers, ich sollte Ihnen wirklich rückhaltlos alles anvertrauen. Es geht um zwei Menschenleben. Tatiana ist meine Frau.«

Der Arzt starrte ihn ungläubig an. »Wirklich?«

Amüsiert betrachtete Alexander das Gesicht des Arztes, auf dem sich alle möglichen Emotionen widerspiegelten. »Oh, wie dumm von mir«, sagte Dr. Sayers schließlich. »Tatiana ist Ihre Frau! Ich hätte es wissen müssen. Jetzt wird mir alles klar.« Er holte tief Luft. »Nun ja. Sie sind ein glücklicher Mann.«

»Es weiß niemand außer Ihnen, Doktor. Reden Sie mit ihr. Sie wird Ihnen sagen können, was Sie tun sollen.«

»Oh, daran zweifle ich nicht im Geringsten«, erwiderte Dr.

Sayers. »Ich sehe schon, so bald komme ich hier nicht weg. Gibt es sonst noch jemanden, dem ich helfen soll?«

»Nein, danke.«

Dr. Sayers stand auf und schüttelte Alexander die Hand.

»Ina«, fragte Alexander, »wann werde ich auf die Rekonvaleszentenstation verlegt?«

»Warum haben Sie es denn so eilig? Sie sind doch gerade erst wieder zu Bewusstsein gekommen.«

»Ich habe doch nur ein bisschen Blut verloren. Lassen Sie mich hier raus! Ich gehe auch allein auf die andere Station.«

»Sie haben ein Loch im Rücken, Major Below, so groß wie meine Faust«, erwiderte Ina. »Sie gehen nirgendwohin. Und jetzt drehen Sie sich um, damit ich diese hässliche Wunde versorgen kann.«

Gehorsam drehte sich Alexander auf den Bauch. »Wie hässlich ist sie denn?«

»Sehr hässlich, Major. Es fehlt ein ordentliches Stück Fleisch.«

»Sagen Sie mir die Wahrheit – wie schwer war ich verletzt?«

Ina erwiderte: »Sehr schwer. Hat Schwester Metanowa es Ihnen nicht erzählt? Sie ist unmöglich. Dr. Sayers hat nur einen Blick auf Sie geworfen, nachdem er Sie hierher gebracht hat, und dann erklärt, er glaubte nicht, dass Sie es schaffen. Der Doktor ist zwar ein guter Mann und er wollte Sie retten, da er sich persönlich verantwortlich fühlte. Aber er sagte, Sie hätten zu viel Blut verloren.«

»Bin ich deshalb auf der Intensivstation?«

»Nein, das sind Sie erst jetzt. Sie waren nicht von Anfang an hier.« Ina tätschelte ihm die Schulter. »Zuerst hat man Sie zu den Sterbenden gebracht.«

»Oh.« Alexanders Lächeln erlosch.

»Aber diese Tatiana«, fuhr Ina fort. »Sie ist ... nun ja, ehrlich gesagt, konzentriert sie sich viel zu sehr auf die hoffnungslosen Fälle. Sie sollte eigentlich hier helfen, aber sie ist ständig drüben und versucht, die Sterbenden zu retten.«

Nun wusste er endlich, wo sie beschäftigt war ... »Und gelingt ihr das?«, murmelte Alexander.

»Nicht oft. Aber sie bleibt immer bis zum Schluss bei den Patienten. Und ... ich weiß nicht, wie sie das macht. Sie sterben zwar, aber ...«

»Sie sterben glücklich?«

»Nicht nur glücklich – ach, ich kann es nicht erklären.«

»Ohne Angst?«

»Ja!«, rief sie aus. »Das ist es. Ohne Angst. Ich sage immer zu ihr: ›Tania, sie sterben so oder so, lass sie doch in Ruhe.‹ Und nicht nur ich sage das. Dr. Sayers bittet sie die ganze Zeit, hier bei uns zu arbeiten, aber sie lässt sich nichts sagen.« Sie senkte die Stimme. »Noch nicht einmal vom Doktor.«

Alexander musste lächeln.

»Und sie hat ein Mundwerk, kann ich Ihnen sagen! Ich weiß nicht, warum sich der Arzt das alles von ihr gefallen lässt. Nachdem er Sie hierher gebracht hatte, hat der Doktor Sie untersucht. ›Er hat zu viel Blut verloren‹, sagte er traurig. Man hat gemerkt, dass es ihn sehr mitnahm.«

Alexander wurde blass.

Ina fuhr fort: »›Wir können nichts mehr für ihn tun‹, hat er gesagt.« Sie hielt im Säubern der Wunde inne. »Und wissen Sie, was diese Tatiana ihm antwortete?«

»Keine Ahnung«, erwiderte Alexander. »Was denn?«

Inas Stimme klang ärgerlich. »Ich weiß nicht, für wen sie sich hält. Sie hat sich ganz dicht vor ihn gestellt, ihm direkt in die Augen geblickt und ganz leise gesagt: ›Nun, Doktor, es ist gut, dass er das nicht auch von Ihnen gesagt hat, als Sie bewusstlos im Wasser trieben! Wie gut, dass er Ihnen nicht den Rücken zugewandt hat, als Sie getroffen wurden, Dr. Sayers.‹« Ina lachte gehässig. »Ich habe kaum meinen Ohren getraut. So mit einem Arzt zu reden!«

»Was hat sie sich bloß dabei gedacht?«, murmelte Alexander. Er schloss die Augen und stellte sich seine Tania vor.

»Sie war absolut zu allem entschlossen, als sei Ihre Rettung ihr persönlicher Kreuzzug«, sagte Ina. »Sie gab dem Doktor einen Liter Blut für Sie ...«

»Woher hat sie es denn bekommen?«

»Von sich natürlich! Glücklicherweise hat Schwester Metanowa die passende Blutgruppe.«

Ja, natürlich, dachte Alexander.

»Der Arzt wollte sich nicht darauf einlassen, dass sie noch mehr Blut spendete, weil es ihre eigene Gesundheit gefährden würde. Aber vier Stunden später hat sie ihm noch einmal einen halben Liter gebracht.«

Alexander lag auf dem Bauch und lauschte aufmerksam, während Ina seine Wunde neu verband. Er atmete kaum.

»Der Doktor hat gesagt: ›Tania, Sie verschwenden Ihre Zeit! Sehen Sie sich doch die Verbrennungen an. Er wird sich ganz bald mit einer Entzündung quälen.‹ Wir konnten Ihnen gar nicht genug Penicillin geben, zumal Sie viel zu wenig rote Blutkörperchen hatten.« Ina lachte auf. »Sie werden nicht glauben, was dann passierte. Ich mache spät in der Nacht meine Runde und wen sehe ich da an Ihrem Bett sitzen? Tatiana. Sie hat eine Kanüle im Arm, die an einem Katheter hängt, und der Katheter, ich schwöre es bei Gott, Major, hängt direkt an Ihrer Infusion.« Ina riss die Augen auf. »Sie führt Ihnen über Ihre Infusion ihr Blut zu! Ich renne zu ihr hin und sage: ›Bist du verrückt? Hast du den Verstand verloren?‹ Aber sie sagt mit ihrer Stimme, die keinen Widerspruch duldet: ›Ina, wenn ich es nicht tue, dann stirbt er.‹ Ich habe sie angeschrien und gesagt: ›Auf der Intensivstation liegen dreißig Soldaten, die alle versorgt werden müssen. Warum kümmerst du dich nicht um die? Soll sich doch Gott um die Toten kümmern.‹ Aber sie hat nur erwidert: ›Er ist noch nicht tot. Er lebt noch, und solange er lebt, gehört er mir.‹ Ist das zu fassen, Major? Aber genau das waren ihre

Worte. Am nächsten Morgen habe ich mich bei Dr. Sayers beschwert, dass sich Tatiana nicht an die Vorschriften hält, und habe ihm erzählt, was sie getan hat, und er ist zu ihr gerannt. Und da haben wir sie bewusstlos auf dem Boden neben Ihrem Bett gefunden. Sie war totenbleich, aber bei Ihnen war eine Wendung zum Besseren eingetreten. Und Tatiana stand auf, weiß wie der Tod, und sagte ganz kühl zum Doktor: ›Vielleicht können Sie ihm ja jetzt das Penicillin geben, das er braucht?‹ Der Doktor war außer sich. Aber er hat getan, was sie sagte. Hat Ihnen Penicillin und noch mehr Plasma und zusätzliches Morphium gegeben. Dann hat er Sie operiert, hat die Bombensplitter herausgeholt und Ihre Niere gerettet. Und Sie wieder zusammengeflickt. Und die ganze Zeit über ist Tatiana ihm nicht von der Seite gewichen. Dr. Sayers hat ihr gesagt, dass Ihre Verbände alle drei Stunden gewechselt werden müssten, ebenso wie die Drainage, damit Sie keine Infektion bekämen. Vierzehn Tage und Nächte lang hat Tatiana alle drei Stunden die Verbände gewechselt. Danach sah sie aus wie ein Gespenst. Aber Sie haben es geschafft und dann haben wir Sie auf die Intensivstation verlegt. Ich habe zu ihr gesagt: ›Tania, dieser Mann sollte dich heiraten für das, was du für ihn getan hast‹, und sie hat geantwortet: ›Meinst du?‹« Ina schnalzte missbilligend mit der Zunge. »Geht es Ihnen gut, Major? Warum weinen Sie denn?«

Als Tatiana an diesem Nachmittag mit seinem Essen kam, ergriff Alexander wortlos ihre Hand.

»Was ist los, Liebster?«, flüsterte sie. »Tut dir etwas weh?«

»Mein Herz«, erwiderte er.

Sie beugte sich zu ihm. »Shura, Liebling, komm, ich füttere dich. Nach dir muss ich noch zehn weitere sehr kranke Männer füttern. Einer von ihnen hat keine Zunge mehr. Stell dir das einmal vor! Ich komme heute Abend wieder, wenn ich kann. Ina denkt bestimmt, ich habe mich in dich verliebt.« Tatiana lächelte. »Warum siehst du mich denn so seltsam an?«

Alexander brachte kein Wort heraus.

Später am Abend kam Tatiana wieder. Es war dunkel und alle schliefen. Still setzte sie sich an Alexanders Bett.

»Tatia ...«

Leise erwiderte sie: »Ina ist eine Klatschbase. Ich habe ihr gesagt, sie soll meinen Patienten nicht aufregen. Ich wollte nicht, dass du dir Sorgen machst. Aber sie konnte es wohl nicht für sich behalten.«

»Ich verdiene dich nicht«, sagte er.

»Alexander, was soll das denn heißen? Glaubst du, ich lasse dich sterben, wenn ich doch weiß, dass du dazu bestimmt bist, wieder nach Amerika zu gehen? Ich will dich doch so kurz vor dem Ziel nicht verlieren.«

»Ich verdiene dich nicht«, wiederholte er.

»Shura«, sagte sie, »hast du vergessen, dass du mich in Luga gerettet hast? Und hast du den Winter in Leningrad vergessen? Und Lazarewo? Ich nicht. Mein Leben gehört dir.«

6

Als Alexander aufwachte, saß Tatiana auf dem Stuhl neben ihm. Sie schlief. Ihr Kopf war auf sein Bett gesunken. Es war still und dunkel in dem großen Saal und kalt. Er zog ihr das Häubchen ab und fuhr mit den Fingern über die Haarsträhnen, die ihr in die Augen gefallen waren, berührte ihre Augenbrauen, ihre Sommersprossen, ihre kleine Nase, ihre weichen Lippen. Sie wachte auf. »Hmm«, sagte sie und tätschelte ihn, »ich gehe jetzt besser.«

»Tania ...«, flüsterte er, »wann werde ich wohl endlich vollständig wiederhergestellt sein?«

»Liebster«, erwiderte sie beruhigend, »fühlst du dich denn

noch nicht wiederhergestellt?« Sie nahm ihn in die Arme. »Umarme mich, Shura«, sagte sie, »umarme mich ganz fest.« Flüsternd fügte sie hinzu: »Wie ich es liebe ...«

Alexander schlang die Arme um sie und sie küsste ihn zärtlich. »Erzähl mir was vom letzten Sommer«, flüsterte er.

»Mmm, was möchtest du denn hören?«

»Du weißt schon, was ich hören möchte.«

Sie verteilte leichte Küsse auf seinem Gesicht und hauchte: »Ich erinnere mich, wie ich an einem regnerischen Abend von Naira nach Hause gelaufen kam und unsere Decke vor das Feuer legte und du mich so zärtlich geliebt hast. Du hast mir gesagt, du würdest erst aufhören, wenn ich dich darum bitten würde.« Tatiana lächelte.

»Und habe ich dich gebeten, aufzuhören?«

»Nein«, erwiderte er heiser.

»Und danach bist du auf mir eingeschlafen. Ich war wach und habe dich lange festgehalten. Schließlich bin ich auch eingeschlafen und am Morgen lagst du immer noch auf mir. Weißt du noch?«

»Ja«, erwiderte er und schloss die Augen. »Ich erinnere mich.« *Ich erinnere mich an alles. An jedes Wort, jeden Atemzug, jedes Lächeln, jeden Kuss, jedes Spiel und jeden Kohlkuchen, den du mir gebacken hast. Ich erinnere mich an alles.*

»Und jetzt erzählst du mir was«, flüsterte sie. »Aber leise. Sonst bekommt der blinde Mann da drüben einen Herzanfall.«

Alexander schob ihr die Haare aus der Stirn und lächelte. »Ich erinnere mich, wie Axinja an der Tür zur *banya* stand, während wir allein darin waren, ganz heiß und seifig, und ich habe dir ständig sagen müssen, dass du leise sein sollst.«

»Schscht«, hauchte Tatiana und blickte zu dem schlafenden Mann hinüber. Sie wich ein wenig von Alexander zurück.

»Warte«, sagte er und hielt sie fest. »Ich brauche etwas.«

Sie lächelte. »Was denn?« Sie wusste genau, wovon er sprach. »Du musst doch gesund werden, Soldat.«

»Schneller, als du dir vorstellen kannst.« Er begann, ihre Schwesternuniform aufzuknöpfen, aber Tatiana wich zurück. »Nein, nicht«, flüsterte sie.

»Was soll das heißen? Tatia, mach die Knöpfe auf! Ich muss deine Brüste berühren.«

»Nein, Shura«, erwiderte sie. »Am Ende wacht einer auf und sieht uns und dann bekommen wir Ärger. Das würde noch nicht einmal Dr. Sayers verstehen.«

Alexander ließ ihre Hand jedoch nicht los. »Ich möchte deine Brüste küssen, ich möchte sie an meinem Gesicht spüren, nur eine Sekunde lang. Komm, Tatiascha, beug dich einfach vor, als wolltest du mein Kissen aufschütteln, und lass sie mich spüren.«

Seufzend knöpfte sie ihre Uniform auf. Alexander keuchte so laut auf, als sie sich entblößte, dass sie hastig ihr Hemd wieder herunterzog. Ihre Brüste waren prall und milchweiß. »Tatiana«, stöhnte er, und ehe sie ihm ausweichen konnte, hatte er sie an sich gezogen.

»Shura, hör auf, lass mich los«, sagte sie.

»Tatiana«, wiederholte er. »Oh nein, Tania …«

Sie küsste ihn. »Komm schon, lass mich los«, murmelte sie.

Aber Alexander hielt sie fest. »Oh mein Gott, du bist …«

»Ja, Alexander. Ich bin schwanger.«

Sprachlos starrte er sie an.

»Was um Himmels willen machen wir jetzt?«, fragte er fassungslos.

»Wir werden ein Kind bekommen«, erwiderte Tatiana und küsste ihn. »Und zwar in Amerika. Also werd schnell wieder gesund, damit wir hier wegkommen.«

»Und wie lange weißt du es schon?«, stammelte er.

»Seit Dezember.«

»Du hast es gewusst, bevor du an die Front gekommen bist?«, fragte er ungläubig. »Warum hast du es mir nicht früher erzählt?«

»Shura«, erwiderte sie, »ich kenne dich doch – du hättest dir schreckliche Sorgen um mich gemacht, zumal es dir ja auch selbst nicht gut geht. Du kannst mich doch im Moment nicht beschützen. Aber mir geht es gut«, fügte sie lächelnd hinzu. »Mir geht es besser denn je. Außerdem ist es ja auch noch früh. Das Kind kommt erst im August.«

Alexander legte den Arm über die Augen. Er konnte Tatiana nicht ansehen. Mit erstickter Stimme sagte er: »Ich werde jetzt schlafen. Bitte, komm morgen wieder.« Sie drückte ihm einen Kuss auf den Arm, dann ging sie.

Warum verstand Tatiana bloß seine Ängste nicht? Wie sollte er mit einer schwangeren Frau an den Grenztruppen vorbei durch ein feindliches Finnland fahren? Wo war ihr gesunder Menschenverstand geblieben?

Ich werde meine Frau und mein Kind nie aus Russland hinausschmuggeln können, sagte er sich. Doch dann erschien vor seinem inneren Auge die Gemeinschaftswohnung in der Fünften Sowjet, der Schmutz und die Enge, der Gestank, der Fliegeralarm morgens und abends. Ein Schauer überlief ihn.

Ohnmächtig stöhnte er auf. Er hatte keine wirkliche Wahl.

Als Tatiana am nächsten Morgen kam, um ihm sein Frühstück zu bringen, sagte Alexander leise: »Ich hoffe, du weißt, dass ich nirgendwo mit dir hingehe, solange du schwanger bist.«

»Wovon redest du? Natürlich gehen wir weg.«

»Kommt nicht in Frage.«

»Oh, Shura, genau aus diesem Grund wollte ich es dir nicht erzählen. Ich kenne dich doch.«

»Tatiana«, sagte er hitzig, »was erwartest du denn von mir? Ich kann nicht aufstehen. Ich liege hier machtlos, während meine Frau ...«

»Du bist nicht machtlos!«, rief sie aus. »Du bist immer noch stark. Also hör auf damit! Mut, Soldat! Sieh mal, ich habe Eier für dich bekommen!«

Alexander erschauerte. Fünfhundert Kilometer weit von Helsinki nach Stockholm unter dem Beschuss der Deutschen fahren zu müssen ... In Lastwagen durch Schnee und Eis. Er warf noch nicht einmal einen Blick auf die Eier.

Sie seufzte. »Warum bist du nur so?«, fragte sie. »Warum reagierst du immer so zögerlich? Iss jetzt die Eier, damit du wieder gesund wirst.«

Alexander warf die Gabel auf das Tablett. »Tania, lass es abtreiben«, sagte er heftig. »Dr. Sayers soll sich darum kümmern. Wir werden Kinder bekommen, viele Kinder, ich verspreche es dir, aber das, was wir vorhaben, können wir nicht verwirklichen, wenn du schwanger bist. *Ich* kann es jedenfalls nicht«, fügte er hinzu. Er griff nach ihrer Hand, aber sie entzog sie ihm und stand auf.

»Machst du Witze?«, fragte sie.

»Natürlich nicht. Andere Frauen treiben auch ab.« Er schwieg. »Dascha hat es dreimal getan.« Tatiana blickte ihn entsetzt an.

»War sie von dir schwanger?«, fragte sie.

»Nein, Tatia«, entgegnete er müde und rieb sich die Augen. »Nicht von mir.« Tatiana stieß einen erleichterten Seufzer aus.

Alexander tat das Herz weh. »Es tut mir Leid. Ich dachte, Dascha hätte es dir vielleicht erzählt.«

»Nein, das hat sie nicht«, erwiderte Tatiana. »Über diese Dinge hat sie nie mit mir geredet. Ich wusste zwar, dass meine Mutter ein halbes Dutzend Abtreibungen hinter sich hatte, dass Nina Iglenko achtmal abgetrieben hat, aber davon rede ich gar nicht ...«

»Was ist denn das Problem?«

»Alexander, bei dem, was ich für dich empfinde – glaubst du, da könnte ich jemals abtreiben?«

Alexander presste die Lippen zusammen. »Nein, natürlich nicht. Warum denn auch? Warum solltest du jemals etwas tun, damit ich Frieden finde?«

Ärgerlich flüsterte Tatiana: »Oh, entweder dein Friede oder

dein Kind. Das ist eine schwere Entscheidung.« Sie stellte den Teller mit den Eiern hin und ging.

Sie kam den ganzen Tag nicht wieder. Alexander konnte es nicht ertragen, dass sie böse auf ihn war. Er bat Ina und Dr. Sayers, sie zu rufen, aber offenbar hatte Tatiana zu viel zu tun und konnte nicht kommen. Erst spät am Abend besuchte sie ihn schließlich und brachte ihm eine Scheibe Weißbrot mit Butter. »Du bist wütend auf mich«, stellte Alexander fest, als er das Brot entgegennahm.

»Nicht wütend, nur enttäuscht«, erwiderte sie.

»Das ist noch schlimmer.« Alexander schüttelte resigniert den Kopf. »Tania, sieh mich an. Wir machen alles genau so, wie du es willst. Wie immer.« Er seufzte tief auf.

Lächelnd setzte Tatiana sich auf die Bettkante und zog eine Zigarette aus der Tasche. »Sieh mal, was ich dir mitgebracht habe. Möchtest du rauchen?«

»Nein«, erwiderte Alexander und zog sie an sich. »Ich möchte deine Brüste an meinem Gesicht spüren.« Er küsste sie und knöpfte ihren Kittel auf.

»Und du zuckst auch nicht wieder entsetzt zurück?«

»Komm her. Beug dich über mich.«

Es war dunkel im Krankensaal und alle schliefen. Tatiana zog ihr Hemd hoch. Alexander umfasste ihre vollen, warmen Brüste und drückte sein Gesicht hinein. Tief atmete er ihren Duft ein und küsste sie auf die weiße Haut über ihrem Herzen. »Oh, Tatiascha …«

»Ja?«

»Ich liebe dich.«

»Ich liebe dich auch, Soldat.« Sie rieb ihre Brüste leicht an seinem Gesicht. »Ich muss dich rasieren«, flüsterte sie. »Du bist ziemlich stoppelig.«

»Und du bist ganz weich«, murmelte er und nahm eine ihrer Brustwarzen in den Mund. Sie stöhnte leise auf, dann wich sie zurück und zog ihr Hemd herunter.

»Shura, bitte, erreg mich nicht. Die Männer hier werden alle aufwachen, das garantiere ich dir. Sie riechen das Verlangen.«

»Ich auch«, erwiderte Alexander erstickt.

Tatiana knöpfte sich die Uniform wieder zu und umarmte ihn. »Shura«, flüsterte sie, »verstehst du denn nicht? Unser Kind ist ein Zeichen von Gott. Sieh mal, wie oft haben wir uns in Lazarewo geliebt und nichts ist passiert. Und dann kommst du für zwei Tage nach Leningrad und schon bin ich schwanger.«

Sie blickten einander schweigend an. Alexander wusste, was sie meinte. Sie hatten sich in Leningrad dem Tod so nahe gefühlt, und doch war in der Zeit neues Leben entstanden.

Als ob sie seine Gedanken lesen konnte, fuhr Tatiana fort: »Gott will uns sagen, dass wir weggehen sollen. Spürst du das nicht auch? Er sagt, das ist euer Schicksal! Ich werde nicht zulassen, dass Tatiana etwas passiert, solange sie Alexanders Kind trägt.«

»Ach?« Alexander streichelte zärtlich ihren Bauch. »Sagt Gott das? Warum hast du das denn nicht auch der Frau im Lastwagen auf dem Weg nach Ladoga erzählt, die die ganze Zeit über ihr totes Kind im Arm gehalten hat?«

»Ich fühle mich stärker denn je.« Tatiana ging nicht auf seine Bemerkung ein, sondern umarmte ihn. »Wo bleibt dein Vertrauen, großer Mann?«

7

Alexander wurde mit jedem Tag kräftiger. Mittlerweile konnte er sogar schon aufstehen und ein paar Schritte laufen. Allerdings tat es ihm noch weh, aufrecht zu stehen, denn das Morphium war völlig abgesetzt worden. Er wäre gern auf die Rekonvaleszentenstation verlegt worden, aber Tatiana redete es ihm aus.

»Weißt du«, sagte sie eines Nachmittags zu ihm, »du musst möglichst unauffällig gesund werden. Sonst schicken sie dich doch wieder an die Front zu deinem blöden Granatwerfer.« Sie lächelte ihn an.

Plötzlich sah Alexander, dass Dimitri auf sie zukam. »Pass auf, Tania«, flüsterte er.

»Tatiana! Alexander!«, rief Dimitri aus. »Na, ist das nicht unglaublich! Da sind wir drei wieder zusammen! Jetzt fehlt nur noch Dascha!«

Alexander und Tatiana erwiderten nichts.

»Tania, wie steht es mit den Sterbenden? Ich habe dir noch ein paar Laken mitgebracht.«

»Danke, Dimitri.«

»Gern geschehen. Ach, Alexander, und hier sind ein paar Zigaretten für dich. Mach dir wegen der Bezahlung keine Sorgen, du hast wahrscheinlich gar kein Geld hier. Da fällt mir ein, ich könnte es dir ja holen ...«

»Das brauchst du nicht, Dimitri.«

»Es wäre kein Problem.« Er stand am Fußende von Alexanders Bett und blickte von Alexander zu Tatiana. »Tania, was machst du hier eigentlich auf der Intensivstation?«

»Nun, ich kümmere mich auch um die Patienten, die so weit genesen sind, dass man sie hierher verlegen konnte. Leo in Bett dreißig zum Beispiel. Er fragt ständig nach mir, seit er hier ist.«

Dimitri lächelte. »Tania, nicht nur Leo. Alle fragen nach dir.« Tatiana erwiderte nichts und auch Alexander, der sich auf sein Bett gesetzt hatte, schwieg. Dimitri musterte sie.

»Schön, euch beide zu sehen. Alexander, ich komme dich morgen wieder besuchen, in Ordnung? Tania, bringst du mich hinaus?«

»Nein, ich muss Alexanders Verband wechseln.«

»Oh. Ich meine ja nur, weil Dr. Sayers dich sucht. ›Wo ist

meine Tania?‹, hat er gesagt.« Dimitri lächelte herzlich. »Genau das waren seine Worte. Du hast dich sehr mit ihm angefreundet, nicht wahr?« Er zog fragend die Augenbrauen hoch.

Tatiana reagierte nicht. Sie drehte sich zu Alexander um und sagte: »Leg dich bitte hin.«

»Tania, hast du gehört, was ich gesagt habe?«, beharrte Dimitri.

»Ja«, erwiderte Tatiana, ohne aufzublicken. »Wenn du Dr. Sayers siehst, sag ihm bitte, dass ich gleich zu ihm komme.«

Als Dimitri gegangen war, blickten Alexander und Tatiana einander an. »Was denkst du?«, fragte er.

»Dass ich deinen Verband wechseln und dann gehen muss. Leg dich hin.«

»Möchtest du wissen, was ich denke?«

»Absolut nicht«, erwiderte sie.

Alexander legte sich auf den Bauch und sagte: »Tania, wo ist eigentlich der Rucksack mit meinen Sachen?«

»Ich weiß nicht«, erwiderte sie. »Warum? Wozu brauchst du ihn denn?«

»Ich hatte ihn auf dem Rücken, als ich getroffen wurde.«

»Als wir dich abholten, war er nicht mehr auf deinem Rücken. Wahrscheinlich ist er verloren gegangen, Liebster.«

»Ja ...«, sagte Alexander nachdenklich. »Aber für gewöhnlich sammelt die Nachhut Überreste auf, wenn die Schlacht vorüber ist. Kannst du mal nachforschen?«

»Natürlich«, erwiderte sie. »Ich frage Oberst Stepanow.«

Als Tatiana später an diesem Abend an Alexanders Bett saß, sagte er zu ihr: »Tatiana, du musst mir versprechen, dass du auch dann das Land verlässt, wenn mir etwas zustößt.« Er zog sie an sich.

»Sei nicht albern. Was soll dir denn zustoßen?« Tatiana sah ihn bei diesen Worten nicht an.

»Versuchst du wieder, besonders tapfer zu sein?«

»Überhaupt nicht«, erwiderte sie. »Sobald es dir besser geht, fahren wir. Dr. Sayers ist bereit. Er brennt darauf, endlich wegzukommen. Ihm gefällt es hier überhaupt nicht. Also, was kann schon passieren? Ich lasse nicht zu, dass sie dich wieder an die Front schicken. Und ohne dich fahre ich nicht.«

»Das meine ich ja gerade. Natürlich fährst du auch ohne mich.«

»Natürlich nicht.«

Alexander ergriff ihre Hand. »Hör mir mal zu …«

Tatiana wandte den Kopf ab. »Ich will dir nicht zuhören. Mach mir doch keine Angst, Alexander. Ich versuche doch nur, tapfer zu sein. Bitte.«

»Tania, vieles kann schief gehen. Du weißt, dass immer die Gefahr besteht, dass sie mich verhaften.«

Sie nickte. »Aber wenn Mechlis' Schergen dich verhaften, werde ich warten.«

»Worauf?«, rief er frustriert aus.

Sie ergriff seine Hände und drückte einen Kuss darauf. »Auf dich.«

»Aber wo?«, fragte er.

»In Leningrad, in meiner Wohnung. Stanislaw und Inga sind weg. Ich habe zwei Zimmer und kann dort mit unserem Kind auf dich warten.«

»Die Kommandantur wird dir den Flur und das Zimmer mit dem Ofen wegnehmen.«

»Dann warte ich eben in dem anderen Zimmer.«

»Wie lange?«

Tatiana blickte zu den schlafenden Patienten. Im Krankensaal war es still und man hörte nur leises Atmen. »Ich werde so lange warten, wie es nötig ist«, erwiderte sie.

»Ach, um Gottes willen! Willst du als alte Jungfer in einem kalten Zimmer versauern, statt ein besseres Leben zu führen?«

»Ja«, sagte sie resolut. »Für mich kommt ein anderes Leben ohne dich nicht in Frage.«

»Tania, bitte …«, flüsterte Alexander. »Und was willst du machen, wenn Mechlis dich auch verhaften lässt?«

»Dann werde ich mich meinem Schicksal fügen. Letztendlich wird der Kommunismus scheitern …«

»Bist du dir da sicher?«

»Ja. Und dann werden sie mich freilassen.«

»Oh Gott«, flüsterte Alexander. »Es geht doch gar nicht mehr nur um dich. Du musst auch an unser Kind denken.«

»Was redest du denn da? Dr. Sayers nimmt mich ohne dich nicht mit. Ich habe allein keinen Anspruch auf eine Einreisegenehmigung für Amerika. Alexander, ich würde dir überallhin folgen. Auch in die Mongolei oder in die Wüste Gobi. Aber wenn du hier bleibst, dann bleibe ich auch hier. Ich lasse den Vater meines Kindes nicht in der Sowjetunion zurück!«

Und dann kam Dimitri eines kalten Morgens und hielt Alexanders Rucksack in der Hand. Er hatte einen Arm verbunden und zog sein rechtes Bein nach. Er humpelte auf Alexander zu und reichte ihm den Rucksack. »Ach, ist er endlich gefunden worden«, sagte Alexander. »Und was ist mit deinem Arm passiert?«

»Kannst du dir das nicht denken? Ein paar Kerle … ach, ich weiß nicht, sie waren einfach … nun, sagen wir verärgert. Sieh dir mein Gesicht an. Sie haben behauptet, ich verlange zu viel für die Zigaretten. Nehmt sie, habe ich gesagt, nehmt sie alle. Aber sie haben mich trotzdem zusammengeschlagen.« Dimitri verzog höhnisch das Gesicht. »Na, sie werden nicht lange lachen.« Er zog sich einen Stuhl ans Bett. »Tatiana hat großartige Arbeit geleistet. Sie hat mir gleich den Arm verbunden.« Bei dem Unterton in Dimitris Stimme zog sich Alexanders Magen zusammen. »Sie ist fantastisch, nicht wahr?«

»Ja«, erwiderte Alexander. »Sie ist eine gute Krankenschwester.«

»Eine gute Krankenschwester, eine gute Frau, eine gute ...« Dimitri brach ab.

»Danke für meinen Rucksack«, sagte Alexander mit unbeweglicher Miene.

»Oh, keine Ursache.« Dimitri stand auf, als wolle er gehen, überlegte es sich dann aber anders und setzte sich wieder. »Ich wollte mich vergewissern, dass du alles Nötige darin hast, deine Bücher, Papier und Stifte. Wie sich herausstellte, war kein Papier und auch nichts zum Schreiben darin. Ich hab etwas hineingelegt. Ich meine ja nur, falls du Briefe schreiben willst.« Er lächelte freundlich. »Ich habe auch ein paar Zigaretten und neue Streichhölzer dazugetan.«

Alexander blickte ihn finster an. »Du hast meine Sachen durchwühlt?«

»Oh, ich wollte dir nur helfen.« Wieder tat Dimitri so, als wolle er gehen. »Aber weißt du ... Ich habe etwas sehr Interessantes gefunden.«

Alexander wandte sich ab. Tatianas Briefe hatte er nach langem Zögern verbrannt. Aber etwas konnte er nicht verbrennen. Das musste er bei sich behalten. »Dimitri«, erwiderte er kalt und verschränkte die Arme über der Brust, »was willst du?«

Dimitri griff nach dem Rucksack, machte die Seitenklappe auf und zog Tatianas weißes Kleid mit den roten Rosen heraus.

»Sieh mal, was ich ganz unten gefunden habe.«

»Und?«, erwiderte Alexander ruhig.

»Wie, und? Ach, du hast natürlich Recht. Es ist ganz normal, dass du ein Kleid von der Schwester deiner toten Verlobten mit dir herumschleppst.«

»Überrascht dich das, Dimitri? Nun, *so* groß kann die Überraschung doch nicht gewesen sein«, erwiderte Alexander scharf. »Du hast ja schließlich mein persönliches Eigentum genau deshalb durchsucht.«

»Also – ja und nein«, sagte Dimitri herzlich. »Ich war schon ein bisschen überrascht, muss ich zugeben. Ein wenig ... abgestoßen.«

»Wieso abgestoßen?«

»Na ja, ich dachte, das ist ja interessant! Ein Kleid, Tatiana ist hier und arbeitet mit einem Rotkreuzarzt zusammen und im gleichen Lazarett liegt Alexander. Ich hatte den Verdacht, dass das kein Zufall sein konnte. Ich habe schließlich immer schon angenommen, dass ihr etwas füreinander empfindet.« Er blickte Alexander an. »Von Anfang an. Also ging ich zu Oberst Stepanow, der sich noch an mich erinnerte und sehr freundlich zu mir war. Ich mag diesen Mann wirklich sehr gern. Ich sagte ihm, ich würde dir gern deinen Sold bringen, damit du dir Tabak und Butter und Wodka kaufen kannst. Er schickte mich zur Zahlstelle und da gaben sie mir fünfhundert Rubel, und als ich meiner Verwunderung Ausdruck verlieh, dass du als Major nur fünfhundert Rubel bekommst, weißt du, was sie da zu mir gesagt haben?«

Alexander knirschte mit den Zähnen. »Und, was haben sie dir gesagt?«

»Dass du das übrige Geld an Tatiana Metanowa in der Fünften Sowjet schickst.«

»Ja, stimmt.«

»Ja, sicher, warum auch nicht? Ich ging also zurück zu Oberst Stepanow und sagte: ›Oberst, ist es nicht fantastisch, dass unser Alexander endlich ein nettes Mädchen wie Schwester Metanowa gefunden hat‹, und der Oberst erwiderte, er sei ja selbst überrascht gewesen, dass du in deinem Sommerurlaub in Molotow geheiratet hast, ohne jemandem etwas davon zu erzählen.«

Alexander schwieg.

»Ja!«, rief Dimitri fröhlich aus. »Ich sagte, das sei auch für mich eine Überraschung, weil ich doch dein bester Freund sei, und selbst ich hätte nichts davon gewusst, und der Oberst meinte, nun, du seiest eben besonders verschwiegen, und ich erwiderte: ›Richtig, Oberst, Sie haben ja keine Ahnung, wie verschwiegen er ist.‹«

Dimitri stand auf. »Ich finde es jedenfalls großartig. Ich wollte dir nur gratulieren. Ich gehe jetzt zu Tania und gratuliere ihr auch.«

Später an diesem Nachmittag kam Tatiana zu Alexander. Nachdem er gegessen hatte, holte sie warmes Wasser und Seife. »Tania, du sollst doch nicht so schwer tragen«, sagte er zu ihr.

»Hör auf«, erwiderte sie lächelnd. »Ich trage dein Kind. Glaubst du, dann ist ein Wassereimer zu schwer für mich?«

Während sie ihn wusch und rasierte, schloss er die Augen, damit sie den besorgten Ausdruck darin nicht sah. Schließlich streichelte sie ihm übers Gesicht und seufzte.

»Shura«, sagte sie bedrückt, »Dimitri war heute bei mir. Er war ... Er hat mir erzählt, dass er von dir weiß, dass wir verheiratet sind, und dass er sich für uns freuen würde ...« Wieder seufzte sie. »Wahrscheinlich hätte er es früher oder später sowieso herausgefunden.«

»Das stimmt, Tatiana«, erwiderte Alexander. »Wir haben es vor Dimitri so gut geheim gehalten, wie wir konnten.«

»Ich mag mich ja irren, aber er kam mir entspannter vor als sonst. Als ob ihm unsere Verbindung wirklich nichts mehr ausmachen würde. Was meinst du?«

Glaubst du wirklich, dass der Krieg ihn zu einem menschlicheren Wesen gemacht hat?, hätte Alexander sie am liebsten gefragt. Stattdessen erwiderte er leise: »Wahrscheinlich hast du Recht. Unsere Beziehung macht ihm nichts mehr aus.«

Tatiana räusperte sich und fuhr mit dem Finger über Alexanders glatt rasierte Wange. »Glaubst du, du kannst bald aufstehen?«, flüsterte sie. »Ich will dich ja nicht drängen, aber ich habe gestern gesehen, dass du versucht hast zu laufen. Es tut dir immer noch weh, nicht wahr? Aber dein Rücken heilt gut, Shura. Und wenn du glaubst, dass du so weit bist, dann fahren wir. Und wir brauchen Dimitri nie wieder zu sehen.«

Bevor Alexander etwas erwidern konnte, fuhr Tatiana fort: »Shura, mach dir keine Sorgen. Ich durchschaue Dimitri.«

»Sei vorsichtig in Bezug auf ihn, ja? Und erzähl ihm nichts.«

»Nein, ich werde ihm nichts erzählen.«

Am nächsten Tag kam Dimitri abermals zu Alexander. Er ging nur mühsam und stützte sich auf einen Stock. »Alexander, ich muss mit dir reden. Bist du kräftig genug, um mir zuzuhören?«

»Ja, Dimitri«, erwiderte Alexander, der es kaum ertragen konnte, ihn anzusehen.

»Ich bin wirklich glücklich, dass du und Tania verheiratet seid. Ehrlich, ich freue mich darüber. Aber ich glaube, es gibt etwas, was wir noch nicht miteinander geklärt haben. Ich weiß, dass ihr zwei etwas plant. Ich weiß es einfach, ich spüre es. Ich habe versucht, mit ihr darüber zu reden, aber sie erwidert nur, sie wisse nicht, was ich meine. Aber ich weiß es doch!« Dimitri klang aufgeregt. »Ich kenne dich, Alexander Barrington, und deshalb frage ich mich, ob in euren Plänen vielleicht auch für mich ein Plätzchen ist.«

»Ich weiß nicht, wovon du redest«, erwiderte Alexander. »Dimitri, wir haben keine Pläne.«

»Hmm. Nun ... Weißt du, mir ist auf einmal so vieles klar geworden.« Dimitri lächelte verschlagen. »Du willst sicher wegen Tatiana so schnell wieder gesund werden. Willst du mit ihr weglaufen? Na ja, ich mache dir keinen Vorwurf daraus.« Er räusperte sich. »Aber unter den Umständen sollten wir alle zusammen abhauen.«

»Wir haben keine Pläne«, wiederholte Alexander. »Aber wenn sich etwas ändern sollte, lasse ich es dich wissen.«

Eine Stunde später kam Dimitri schon wieder angehumpelt, dieses Mal mit Tatiana im Schlepptau. Er drückte sie auf den Stuhl und stützte sich auf die Rückenlehne. »Tania, du musst deinem verwundeten Mann Verstand beibringen«, sagte Dimitri zu ihr. »Erklär ihm, dass ihr beide mich aus der Sowjetunion hinausbringen müsst. Etwas anderes habe ich nie gewollt. Ich werde sehr nervös bei dem Gedanken, dass ihr beide hier verschwindet und mich zurücklasst. Mitten im Krieg. Verstehst du das?«

Alexander und Tatiana schwiegen und blickten ihn an.

»Tania, ich bin doch auf eurer Seite! Ich will nicht, dass euch etwas zustößt. Im Gegenteil.« Dimitri lächelte. »Ich wünsche euch nur das Allerbeste. Es ist in diesen Zeiten so schwer, sein Glück zu finden, ich habe es schließlich selbst versucht. Dass es euch beiden gelungen ist, das ist ... na ja, wie ein Wunder. Aber jetzt will ich auch eine Chance und ihr müsst mir dabei helfen.«

»Selbstschutz«, sagte Alexander, »ist ein unveräußerliches Recht.«

»Was?«

»Ach, nichts.«

Tatiana warf ein: »Dimitri, ich weiß wirklich nicht, was das mit mir zu tun haben soll.«

»Aber liebste Taneschka, es hat alles nur mit dir zu tun! Es sei denn natürlich, du hättest vor, mit diesem geschniegelten, gesunden amerikanischen Arzt durchzubrennen und nicht mit deinem verwundeten Ehemann. Du hast doch schon Pläne gemacht, Sayers zu begleiten, wenn er nach Helsinki zurückkehrt, oder?« Niemand antwortete ihm.

»Ich habe keine Zeit für diese Spielchen«, sagte Dimitri kalt und richtete sich auf. »Tania, ich rede mit dir. Entweder nehmt ihr mich mit oder ich muss leider dafür sorgen, dass Alexander hier bei mir in der Sowjetunion bleibt.«

Tatiana blieb unbeeindruckt auf ihrem Stuhl sitzen und hob fragend die Schultern. Alexander drückte ihr so fest die Hand, dass sie leise aufschrie.

»Da!«, rief Dimitri aus. »Genau darauf habe ich gewartet. Sie schafft es immer, dich zu überzeugen. Tatiana, wie gelingt dir das nur? Dein Mann, der die Dinge nicht so klar sieht wie du, kämpft immer gegen dich an, aber letztendlich muss er nachgeben, weil es keine andere Möglichkeit gibt.«

Alexander und Tatiana schwiegen. Dimitri verschränkte die Arme vor der Brust. »Ich gehe hier nicht weg, bevor ihr mir nicht eine Antwort gegeben habt. Tania, was sagst du? Alexander ist seit sechs Jahren mein Freund. Ich mag euch beide. Ich möchte eigentlich keinen Ärger machen.« Dimitri verdrehte die Augen. »Glaubt mir, ich hasse Ärger. Ich möchte doch nur ein wenig an eurem Plan teilhaben. Das ist doch nicht zu viel verlangt, oder? Nur ein winziges Stückchen. Kommst du dir nicht selbstsüchtig vor, Tania, wenn du mir die Chance auf ein neues Leben verwehren willst?«

Gequält sagte Alexander: »Tania, hör nicht auf ihn. Dimitri, lass sie in Ruhe. Das geht nur uns beide etwas an, sie hat damit gar nichts zu tun.« Tatiana streichelte Alexanders Hand und öffnete den Mund, um etwas zu sagen, aber Alexander ließ es nicht zu. »Schweig, Tatiana.«

Dimitri blickte sie auffordernd an. »Sag ruhig, was du zu sagen hast, Tatiana. Aber beeil dich. Ich habe nicht viel Zeit.«

Tatiana stand auf. »Wehe dem«, sagte sie zu Dimitri, »der allein ist, wenn er fällt. Denn es wird niemand ihn aufheben.«

Dimitri zuckte mit den Schultern. »Soll das heißen, dass du …« Er brach ab. »Was? Was sagst du da? Soll das ein Ja sein oder ein Nein?«

Tatiana hielt Alexanders Hand fest und erwiderte: »Mein Mann hat dir ein Versprechen gegeben. Und er hält immer sein Wort.«

»Ja!«, rief Dimitri aus und wollte sie umarmen.

Sie wich vor ihm zurück. Leise fügte sie hinzu: »Dimitri, ich erläutere dir unsere Pläne später. Aber du musst in kürzester Zeit bereit sein. Verstehst du?«

»Ich bin jetzt schon bereit«, erwiderte Dimitri aufgeregt. »Ich möchte so schnell wie möglich aufbrechen.« Er streckte Alexander die Hand entgegen, aber dieser wandte sich ab. Er hatte nicht vor, Dimitri die Hand zu reichen.

Tatiana war es, die ihre Hände zusammenlegte. Mit leicht bebender Stimme sagte sie: »Alles wird gut werden.«

Kurz darauf ging Dimitri.

»Shura, was hätten wir denn tun sollen?«, fragte Tatiana, während sie ihm sein Essen gab. »Es wird schon funktionieren. Wir schaffen das schon.«

Alexander blickte sie schweigend an.

Sie zuckte mit den Schultern. »Er will nur überleben, das hast du selbst einmal gesagt. Und wenn wir ihn mitnehmen, wird er uns schon in Ruhe lassen. Sieh zu, dass du schnell gesund wirst.«

»Lass uns bald fahren, Tania«, erwiderte Alexander. »Sag Dr. Sayers, dass ich jederzeit bereit bin, aufzubrechen.«

Ein Tag verging. Und wieder kam Dimitri.

Er setzte sich auf den Stuhl neben Alexanders Bett, doch Alexander würdigte ihn keines Blickes. Schließlich räusperte sich Dimitri. »Alexander, können wir miteinander reden? Es ist sehr wichtig.«

»Alles ist wichtig«, erwiderte Alexander. »Und ich rede doch ständig mit dir.«

»Es geht um Tatiana.«

»Was ist mit ihr?« Alexander blickte auf seine Infusion. Er brauchte sie eigentlich gar nicht mehr. Tatiana bestand nur darauf, damit er sein Bett auf der Intensivstation nicht verlor.

»Alexander, ich weiß, wie du für sie empfindest ...«

»Ach ja?«

»Natürlich ...«

»Das bezweifle ich. Also, was ist mit ihr?«

»Sie ist krank.«

Alexander schwieg.

»Ja, krank. Du hast ja keine Ahnung. Du siehst ja nicht,

was ich sehe. Sie läuft herum wie ein Gespenst. Ständig fällt sie in Ohnmacht. Kürzlich hat sie Gott weiß wie lange ohnmächtig im Schnee gelegen. Ein Leutnant hat sie schließlich aufgehoben und wir haben sie zu Dr. Sayers gebracht. Sie setzt zwar eine tapfere Miene auf …«

»Woher weißt du, dass sie im Schnee gelegen hat?«

»Ich habe davon gehört. Ich höre alles. Und ich sehe sie ja auch auf der Station der Sterbenden. Wenn sie geht, hält sie sich oft an der Wand fest. Sie hat zu Dr. Sayers gesagt, sie bekäme nicht genug zu essen.«

»Woher weißt du das?«

»Sayers hat es mir erzählt.«

»Ihr werdet richtig gute Freunde, Sayers und du, was?«

»Nein. Ich bringe ihm nur Verbandszeug, Jod und Medikamente. Und dann unterhalten wir uns ein bisschen.«

»Was willst du eigentlich?«

»Wusstest du, dass es ihr nicht so gut geht?«

Alexander war klar, warum Tatiana nicht genug zu essen bekam und warum sie ständig in Ohnmacht fiel, aber das würde er Dimitri ganz gewiss nicht auf die Nase binden. Er schwieg einen Augenblick lang, dann fragte er erneut: »Was willst du eigentlich?«

Dimitri räusperte sich und schob seinen Stuhl näher ans Bett. »Was wir planen … ist gefährlich. Es erfordert Kraft, Mut und Stärke.«

Alexander blickte ihn verächtlich an. »Ach ja? Und was wäre das?«

»Wie soll Tatiana das alles schaffen?«

»Wovon redest du …«

»Alexander! Hör mir doch mal einen Moment lang zu. Sie ist schwach und wir haben einen harten Weg vor uns. Selbst mit Sayers' Hilfe. Es gibt sechs Kontrollpunkte zwischen Lisiy Nos und hier. Sechs! Eine einzige Silbe von ihr und wir sind alle verloren. Alexander … sie kann nicht mitkommen.«

So ruhig er konnte, erwiderte Alexander: »Ich werde kein weiteres Wort mit dir darüber verlieren.«

»Du hörst mir ja gar nicht zu.«

»Da hast du Recht.«

»Sei doch nicht so verbohrt. Du weißt, dass ich …«

»Ich weiß überhaupt nichts!«, rief Alexander aus und ballte die Fäuste. »Ich weiß nur, dass ich ohne sie …« Er brach ab. Was tat er da? Wollte er Dimitri etwa überzeugen? »Ich bin müde«, sagte er. »Wir reden ein anderes Mal darüber.«

»Es gibt kein anderes Mal!«, zischte Dimitri. »Und schrei nicht so. Wir wollen in achtundvierzig Stunden aufbrechen. Ich sage dir, ich habe keine Lust, aufgehängt zu werden, nur weil du die Dinge nicht klar siehst.«

»Kristallklar, Dimitri«, entgegnete Alexander beißend. »Tatiana geht es gut. Und sie kommt mit uns.«

»Nach einem Sechsstundentag auf der Station bricht sie zusammen.«

»Sechs Stunden? Was weißt du denn schon? Sie ist vierundzwanzig Stunden am Tag auf den Beinen. Sie sitzt nicht gemütlich in einem Laster und hat Wodka und Zigaretten bei sich. Sie schläft auf Pappe und isst, was die Soldaten übrig lassen, und sie wäscht sich mit Schnee. Erzähl mir nicht, wie ihr Tag aussieht!«

»Und wenn es einen Zwischenfall an der Grenze gibt? Was ist denn, wenn wir trotz Sayers angehalten und verhört werden? Wir beide werden uns den Weg freischießen müssen.«

»Wir werden das tun, was nötig ist.« Alexander blickte finster auf Dimitris Stock, auf seine zusammengesunkene Gestalt, auf sein übel zugerichtetes Gesicht.

»Ja, aber was wird sie tun? Sie wird in Ohnmacht fallen. Sie wird in den Schnee sinken und du wirst nicht wissen, ob du auf den Grenzsoldaten schießen oder ihr aufhelfen sollst!«

»Ich werde beides tun.«

»Sie kann nicht laufen, nicht schießen, nicht kämpfen. Sie wird bei dem ersten Anzeichen von Schwierigkeiten in Ohnmacht fallen, und glaub mir, wir werden Schwierigkeiten bekommen.«

»Kannst *du* denn laufen, Dimitri?«, fragte Alexander hasserfüllt.

»Ja! Ich bin immer noch Soldat.«

»Was ist mit dem Arzt? Er kann auch nicht kämpfen.«

»Er ist ein Mann. Und ehrlich gesagt mache ich mir um ihn weniger Sorgen als ...«

»Du machst dir also Sorgen um Tatiana? Das freut mich.«

»Ich mache mir Sorgen darüber, was sie tun wird.«

»Ah, das ist ein feiner Unterschied.«

»Ich mache mir Sorgen darüber, dass du vielleicht einen dummen Fehler begehen könntest, weil du dich die ganze Zeit nur um sie kümmerst. Sie wird uns aufhalten und du wirst dir jeden Schritt zweimal überlegen. Der Kontrollpunkt im Wald bei Lisiy Nos ist nur unterbesetzt, nicht unbesetzt.«

»Da hast du Recht. Wir müssen vielleicht für unsere Freiheit kämpfen.«

»Also stimmst du mir zu?«

»Nein.«

»Alexander, hör mir zu. Das ist unsere letzte Chance. Es ist ein perfekter Plan, er könnte so gut funktionieren! Sie ist nicht in der Lage dazu, mitzumachen. Sei doch nicht so dumm!« Dimitri lächelte. »Darauf haben wir doch gewartet! Das Ziel ist zum Greifen nah.«

»Ja«, erwiderte Alexander, »das ist es.« Er schloss kurz die Augen. Am liebsten hätte er sie gar nicht mehr geöffnet.

»Also hör mir zu ...«

»Nein.«

»Doch, du wirst mir zuhören!«, rief Dimitri aus. »Wir beide haben das seit langem geplant. Jetzt ist unsere Chance da. Ich will ja gar nicht sagen, dass wir Tatiana für alle Zeit in der Sowjetunion zurücklassen müssen. Keineswegs. Nur zuerst einmal müssen wir beide heil und lebendig hier herauskommen. Tot nutzt du ihr nichts, Alexander. Außerdem, wenn wir uns in den Sümpfen verstecken …«

»Wir fahren in einem Lastwagen nach Helsinki. Von welchen Sümpfen redest du?«

»Wenn es nötig sein sollte, meine ich ja nur. Drei Männer und ein zartes Mädchen, das sind ganz schön viele Menschen. Wir bitten ja geradezu darum, erwischt zu werden! Wenn Sayers etwas passieren sollte, wenn er getötet wird …«

»Warum sollte denn Sayers getötet werden? Er ist Arzt beim Roten Kreuz.« Alexander musterte Dimitri eindringlich.

»Ach, ich weiß nicht. Aber wenn wir über die Ostsee müssen – über das Eis, zu Fuß oder in Konvoilastern –, nun, zwei Männer können es schaffen, aber drei Personen? Wir fallen viel zu sehr auf. Und Tatiana wird nicht durchhalten.«

»Sie wird es schon schaffen«, sagte Alexander, aber sein Herz brannte vor Ungewissheit. Die Gefahren, auf die Dimitri hinwies, verstärkten Alexanders eigene Ängste derart, dass es ihm den Magen zusammenschnürte. »Es mag alles stimmen, was du sagst«, fuhr er mühsam fort, »aber du vergisst zwei entscheidende Dinge. Was, glaubst du, passiert mit ihr, wenn man merkt, dass ich nicht mehr da bin?«

»Mit ihr? Gar nichts! Sie heißt doch immer noch Tatiana Metanowa.« Dimitri blickte ihn verschlagen an. »Du hast deine Heirat sehr geschickt geheim gehalten. Das zahlt sich jetzt aus.«

»Aber ihr nutzt es nichts.«

»Es weiß doch niemand.«

»Du irrst dich. Ich weiß es.« Alexander biss die Zähne zusammen, um nicht aufzustöhnen.

»Ja, aber du bist dann in Amerika. Du bist wieder zu Hause.«

Gepresst erwiderte Alexander: »Sie kann nicht zurückbleiben.«

»Doch. Es wird ihr schon gut gehen. Alexander, sie kennt doch gar kein anderes Leben als dieses hier …«

»Du auch nicht!«

Ungerührt fuhr Dimitri fort: »Sie wird so weiterleben, als hätte es dich nie gegeben …«

»Wie denn?«

Dimitri lachte. »Ich weiß ja, dass du sehr von dir eingenommen bist, aber sie wird schon über dich hinwegkommen. Das haben andere auch geschafft. Wahrscheinlich hat sie dich sehr gern – aber mit der Zeit wird sie jemand anderen kennen lernen und dich vergessen.«

»Hör auf, solch einen Unsinn zu reden! Man wird sie verhaften. Die Frau eines Deserteurs! Und das weißt du auch. Also erzähl nicht solch einen Unfug!«

»Es weiß doch keiner, wer sie ist!«

»Du hast es ja auch herausgefunden.«

Ohne auf Alexanders Worte einzugehen, fuhr Dimitri fort: »Tatiana Metanowa wird ins Grecheskij-Krankenhaus zurückgehen und ihr Leben in Leningrad wieder aufnehmen. Und wenn du erst einmal in Amerika bist und sie immer noch haben willst, wenn der Krieg vorbei ist, dann schickst du ihr eine Einladung und bittest sie, zu einer kranken oder sterbenden Tante nach Boston zu kommen. Stell dir das Ganze doch als Trennung auf Zeit vor …«

Alexander rieb sich den Nasenrücken. Kann nicht jemand kommen und mich aus dieser Hölle befreien?, fragte er sich verzweifelt. »Dimitri«, sagte er, »du hast zum zweiten Mal in deinem Leben die Chance, etwas Anständiges zu tun – ergreif sie. Das erste Mal war, als du mir geholfen hast, meinen Vater zu sehen. Dir kann es doch egal sein, ob Tatiana mitkommt.«

»Ich muss an mich denken, Alexander. Ich kann nicht meine Zeit damit verschwenden, deine Frau zu beschützen.«

»Du hast doch immer nur an dich selbst gedacht!«

»Im Gegensatz zu dir, was?« Dimitri lachte.

»Nun, Tatiana zumindest hat dir die Hand entgegengestreckt.«

»Um dich zu schützen.«

»Richtig. Aber das ändert nichts an ihrer Geste. Ergreife ihre Hand und du erlangst das, was dir am wichtigsten ist – ein freies Leben ohne Krieg. Dank ihr! Keiner von uns wird untergehen – dank ihr!«

»Wir werden alle umkommen – wegen ihr. Ich weiß es ganz genau – wenn sie mitkommt, werden wir alle sterben«, sagte Dimitri kalt. »Davon bin ich überzeugt.«

Alexander schwieg. Alles um ihn herum wurde dunkel.

»Alexander, sieh es doch einmal so: Wenn du an der Front gefallen oder da draußen auf dem Eis gestorben wärst, dann hätte sie ja auch irgendwie in der Sowjetunion weiterleben müssen, oder etwa nicht? Nun, das ist doch das Gleiche.«

»Das ist etwas völlig anderes.«

»Für sie nicht. So oder so lebt sie ohne dich weiter.«

»Nein.«

Dimitri kniff die Augen zusammen. »Willst du mich eigentlich absichtlich nicht verstehen? Sie *kann* nicht mitkommen.«

Alexander lachte. »Na endlich! Ich habe mich schon gefragt, wie lange es wohl dauert, bis du wieder deine sinnlosen Drohungen ausstößt. Du sagst also, sie kann nicht mitkommen? Dann sage ich dir auch etwas: Ich gehe auch nicht. Die ganze Sache wird abgeblasen. Vorbei. Dr. Sayers fährt nach Helsinki. In drei Tagen gehe ich zurück an die Front. Tania kehrt nach Leningrad zurück. Niemand von uns flieht. Du bist entlassen, Gefreiter. Das Gespräch ist beendet.«

Dimitri blickte Alexander überrascht an. »Soll das heißen, ohne sie gehst du nicht?«

»Hast du mir nicht zugehört?«

»Ich verstehe.« Dimitri schwieg und rieb sich die Hände. Dann stützte er sich auf Alexanders Bett. »Du unterschätzt mich, Alexander. Du willst also nicht vernünftig sein. Na gut. Ich kann auch mit Tania reden und ihr die Situation erklären. Sie ist viel vernünftiger als du. Wenn Tania sieht, dass ihr Mann in großer Gefahr ist, dann wird sie sicher von sich aus anbieten, zurückzubleiben …« Dimitri konnte seinen Satz nicht mehr zu Ende bringen.

Alexander packte ihn am Arm. Dimitri schrie auf und versuchte rasch, seinen anderen Arm wegzuziehen, aber er war zu langsam.

»Hör mir gut zu«, sagte Alexander, wobei er Dimitris Handgelenke eisern umklammert hielt, »es ist mir ganz egal, ob du mit Tania, Stepanow, Mechlis oder der ganzen Sowjetunion redest. Erzähl ihnen alles! Ich gehe nicht ohne sie. Wenn sie bleibt, bleibe ich auch!« Und dann drückte er die Finger zusammen und brach Dimitri den Unterarm. Dimitri schrie auf, aber Alexander ließ nicht los. »Du unterschätzt mich, du verdammter Scheißkerl!« Immer wieder drückte er den Unterarm zusammen, bis der Knochen mehrfach gebrochen die Haut durchbohrte.

Dimitri schrie wie am Spieß. Alexander ballte die Faust und die Wucht des Schlages hätte Dimitris Nase zerquetscht, wenn sich nicht ein Pfleger auf ihn gestürzt und ihn festgehalten hätte.

Keuchend ließ Alexander Dimitri los, der bewegungslos zu Boden sank.

»Runter von mir«, befahl Alexander dem fassungslosen Pfleger. Er hatte sich die Infusion aus der Vene gerissen und jetzt lief ihm das Blut den Arm herunter.

»Was ist hier denn los?« Eine Krankenschwester eilte herbei. »Was soll das? Der Gefreite kommt Sie besuchen – und was tun Sie?«

»Lassen Sie ihn das nächste Mal einfach nicht herein«, erwiderte Alexander und stand auf.

»Gehen Sie sofort wieder ins Bett! Sie dürfen unter keinen Umständen aufstehen. Warten Sie nur, bis Ina zurückkommt. Oh Gott, warum passiert so etwas nur in meiner Schicht?«

Eine halbe Stunde lang herrschte Tumult um Alexander herum, dann hatte man den bewusstlosen Dimitri hinausgetragen und alles aufgewischt.

Alexander lag bewegungslos im Bett. Ihm war klar, dass er Dimitri mit bloßen Händen umgebracht hätte, wenn man ihn nicht davon abgehalten hätte.

Alexander schlief. Als er wieder aufwachte, war früher Abend. An der Tür stand Ina und sprach mit drei Männern in Zivilkleidung. Das hat ja nicht lange gedauert, dachte Alexander.

Bewegungslos blieb er mit dem Rucksack auf dem Schoß liegen. Mit beiden Händen tastete er nach dem weißen Kleid mit den roten Rosen. Er wusste jetzt, welchen Preis er für Tatiana bezahlen wollte.

Am späten Abend kam Oberst Stepanow zu ihm. Er war aschfahl im Gesicht. Alexander grüßte seinen Kommandanten, der sich schwerfällig auf den Stuhl sinken ließ und leise sagte: »Alexander, ich weiß fast nicht, wie ich es Ihnen sagen soll. Ich dürfte gar nicht hier sein und ich bin auch nicht hier als Ihr vorgesetzter Offizier, sondern als …«

Alexander unterbrach ihn sanft. »Genosse Oberst«, sagte er, »Ihre Anwesenheit ist Balsam für meine Seele. Mehr als Sie ahnen. Ich weiß, warum Sie hier sind.«

»Dann stimmt es also? General Goworow ist heute Abend zu mir gekommen und hat gesagt, Mechlis« – Stepanow spie den Namen förmlich aus – »habe ihn darüber informiert, dass Sie vor Jahren als ausländischer Provokateur aus dem Gefängnis geflohen seien. Sie seien Amerikaner.« Stepanow lachte. »Wie kann das sein? Ich habe gesagt, es sei einfach lächerlich …«

»Genosse Oberst, ich habe der Roten Armee sechs Jahre lang stolz gedient.«

»Sie waren ein vorbildlicher Soldat, Major«, stellte Stepanow fest. »Das habe ich denen auch gesagt. Ich habe ihnen erklärt, es könne unmöglich stimmen. Aber wie Sie wissen …« Stepanow brach ab. »Die Anschuldigung reicht schon aus. Erinnern Sie sich noch an Meretzkow? Jetzt befehligt er die Wolkow-Front, aber noch vor neun Monaten hat er in den Kellern des NKWD gesessen und darauf gewartet, dass man ihn an die Wand stellt.«

»Ja, ich kenne Meretzkows Geschichte. Was glauben Sie, wie viel Zeit mir noch bleibt?«

Stepanow schwieg. »Sie kommen heute Nacht«, sagte er schließlich. »Ich weiß nicht, wie vertraut Sie mit ihrem Vorgehen sind ...«

»Leider nur zu vertraut, Genosse Oberst«, erwiderte Alexander, ohne Stepanow anzublicken. »Es läuft alles nur verdeckt ab. Ich wusste gar nicht, dass sie auch hier in Morosowo einen Standort haben.«

»Doch, sie sind überall. Aber Sie haben einen hohen Rang inne, deshalb wird man Sie wahrscheinlich nach Wolkow überstellen.«

Auf der anderen Seite des Sees. »Danke, Genosse Oberst.« Mühsam lächelte Alexander seinen Vorgesetzten an. »Glauben Sie, dass sie mich zuerst zum Oberstleutnant befördern?«

Stepanow keuchte erstickt auf. »Ich hatte mir so viel für Sie erhofft, Major.«

Alexander schüttelte den Kopf. »Ich hatte nicht die geringste Chance, Genosse Oberst. Bitte, tun Sie mir einen Gefallen. Wenn man Sie wegen mir befragt, dann bedenken Sie bitte, dass manche Kämpfe von Anfang an verloren sind.«

»In Ordnung, Major.«

»Solange Sie das verstehen, werden Sie nicht eine Sekunde darauf verschwenden, meine Ehre oder meine militärischen Leistungen zu verteidigen. Distanzieren Sie sich von mir, Genosse Oberst.« Alexander schlug die Augen nieder. »Treten Sie den Rückzug an und nehmen Sie all Ihre Waffen mit.«

Stepanow stand auf.

Zögernd fragte Alexander: »Wissen Sie, ob auch meine ...« Er konnte nicht fortfahren, aber Stepanow verstand ihn auch so. »Nein«, erwiderte er leise, »aber das ist nur eine Frage der Zeit.«

Gott sei Dank. Also wollte Dimitri sie nicht beide fertigmachen. Er brauchte Tatiana noch, um seine Haut zu retten. Er wird dir nicht alles nehmen können, Alexander. Noch gab es Hoffnung.

Stepanow fragte: »Kann ich etwas für sie tun? Soll ich dafür sorgen, dass sie wieder nach Leningrad zurückkehren kann? Oder in ein Krankenhaus nach Molotow? Weg von hier?«

Nach langem Schweigen antwortete Alexander: »Ja, Genosse Oberst, Sie können etwas für meine Frau tun ...«

Alexander hatte nicht viel Zeit zum Nachdenken. Er wusste, dass bald alles vorüber sein würde. Er musste also handeln. Als Stepanow weg war, winkte er Ina zu sich und bat sie, Dr. Sayers zu holen.

»Major«, sagte Ina, »ich weiß nicht, ob Sie heute noch Besuch empfangen dürfen.«

Alexander blickte auf die Männer in Zivilkleidung. »Die Angelegenheit wird bald bereinigt sein, keine Sorge. Tun Sie mir einen Gefallen und erzählen Sie es nicht Schwester Metanowa. Sie wissen ja, wie sie sich immer aufregt.«

»In Ordnung. Aber Sie sollten sich von nun an besser benehmen, sonst erzähle ich es ihr doch noch.«

»Ich werde brav sein, Ina.«

Ein paar Minuten später kam Sayers, setzte sich an sein Bett und sagte fröhlich: »Was war denn los, Major? Was haben Sie denn mit dem Arm von diesem Gefreiten gemacht?«

Achselzuckend erwiderte Alexander: »Er hat beim Armdrücken verloren.«

»Das würde ich auch sagen. Und was war mit der gebrochenen Nase? Beim Nasendrücken verloren?«

»Dr. Sayers, hören Sie mir zu. Vergessen Sie den Gefreiten. Als wir zum ersten Mal über meine Vergangenheit gesprochen ...«

»Reden Sie nicht weiter. Ich weiß schon Bescheid.«

»Sie haben mich gefragt, was Sie tun könnten, um mir zu helfen. Erinnern Sie sich? Und ich antwortete Ihnen, dass Sie mir nichts schuldig seien. Nun, jetzt hat sich herausgestellt, dass ich mich geirrt habe. Ich bin jetzt auf Ihre Hilfe angewiesen.«

Sayers lächelte. »Major Below, ich tue ja schon alles für Sie, was ich kann. Ihre Krankenschwester hat große Überzeugungskraft.«

»Nein, hören Sie gut zu. Ich möchte Sie um eins bitten, nur um eins.«

»Worum geht es?«

Mit letzter Kraft antwortete Alexander: »Bringen Sie meine Frau aus der Sowjetunion hinaus.«

»Aber das habe ich doch vor, Major.«

»Nein, Doktor, ich meine jetzt, sofort. Nehmen Sie meine Frau und nehmen Sie« – er konnte kaum den Namen aussprechen – »nehmen Sie Chernenko, den Kerl mit dem gebrochenen Arm, und bringen Sie sie fort«, flüsterte er.

»Was reden Sie da?«

»Doktor, wir haben nicht mehr viel Zeit. Jede Minute kann Sie hier jemand wegrufen und ich habe keine Möglichkeit mehr, es Ihnen zu erklären.«

»Sie kommen doch mit uns.«

»Nein.«

Erregt rief Sayers auf Englisch aus: »Major, was reden Sie da, zum Teufel?«

»Pst!«, sagte Alexander. »Sie müssen allerspätestens morgen aufbrechen.«

»Und was ist mit Ihnen?«

»Vergessen Sie mich! Dr. Sayers, Tania braucht Ihre Hilfe. Sie ist schwanger – wussten Sie das?«

Fassungslos schüttelte Dr. Sayers den Kopf.

»Und sie wird schrecklich verängstigt sein. Sie müssen sie beschützen. Sie braucht Sie. Bitte, bringen Sie sie fort.«

Alexander wandte den Blick ab. Er dachte an die Kama,

an Tatianas Hände, die sich um seinen Hals schlangen, an ihren warmen Atem an seinem Ohr, an ihre leise Stimme.

»Retten Sie meine Frau!«, flüsterte Alexander.

»Ich verstehe gar nichts mehr«, erwiderte Dr. Sayers.

»Sehen Sie die Männer dort an der Tür? Sie sind vom NKWD. Ich habe Ihnen doch vom NKWD erzählt, Doktor. Wissen Sie noch, was meinen Eltern und mir passiert ist?«

Sayers wurde blass.

»Sie sind wegen mir hier. Morgen werden sie mich schon fortgebracht haben. Und auch Tania ist in großer Gefahr. Sie müssen sie wegbringen«, sagte Alexander.

Der Arzt verstand ihn immer noch nicht. »Alexander, ich rufe persönlich beim amerikanischen Konsulat an. Gleich morgen ...«

Alexander war sich nicht mehr sicher, ob Sayers überhaupt in der Lage sein würde, den Auftrag auszuführen. »Doktor«, sagte er, wobei er nur mühsam die Fassung wahrte, »Sie verstehen mich nicht! Wo ist das amerikanische Konsulat? In Schweden? In England? Bis Sie dort angerufen haben, haben Mechlis' Männer nicht nur mich, sondern auch Tania verhaftet. Tatiana hat keine Verbindung zu Amerika!«

»Sie ist doch Ihre Frau!«

»In meinem Pass steht nur mein russischer Name, unter dem ich sie auch geheiratet habe. Bis die Vereinigten Staaten sich mit dem NKWD in Verbindung gesetzt haben, um die Sache aufzuklären, ist es zu spät für sie. Denken Sie nicht an mich! Kümmern Sie sich um sie!«

»Nein«, erwiderte Sayers widerspenstig. Er konnte nicht mehr ruhig sitzen bleiben und ging um Alexanders Bett herum, um die Decke gerade zu ziehen.

»Doktor!«, rief Alexander aus. »Sie haben keine Zeit, um lange zu überlegen. Was glauben Sie, was mit einem russischen Mädchen geschieht, wenn der Geheimdienst erst einmal herausfindet, dass sie mit einem Amerikaner verheiratet ist, der die Rote Armee infiltriert? Was glauben Sie denn, was das Volkskommissariat dann mit meiner schwangeren Frau anstellt?«

Sayers blieb stumm.

»Ich kann es Ihnen sagen – sie werden sie als Druckmittel gegen mich einsetzen, wenn sie uns verhören. Sagen Sie uns alles oder Ihre Frau wird ›streng bestraft‹. Wissen Sie, was das heißt, Doktor? Ich werde ihnen alles sagen müssen, weil ich gar keine andere Chance habe. Natürlich kann es auch sein, dass sie meine Frau erpressen. Ihrem Mann passiert nichts, wenn Sie uns nur die Wahrheit sagen. Und das wird sie tun. Und dann ...«

Kopfschüttelnd erwiderte Sayers: »Nein. Wir packen Sie sofort in meinen Krankenwagen und bringen Sie nach Leningrad ins Grecheskij. Sofort. Stehen Sie auf. Und von dort aus fahren wir nach Finnland.«

»Gut«, sagte Alexander. »Aber diese Herren« – er wies mit dem Kopf zur Tür – »werden mit uns kommen. Sie werden jeden einzelnen unserer Schritte begleiten. Und dann kann keiner das Land verlassen.«

Sayers verstand immer noch nicht. Er griff nach jedem Strohhalm. »Aber was ist denn mit diesem Chernenko? Ich kenne ihn gar nicht und schulde ihm auch nichts.«

»Sie müssen ihn mitnehmen«, flüsterte Alexander. »Heute Nachmittag hat er endgültig begriffen, dass ich Tania nie opfern würde, um mich zu retten. Er wird ihr helfen und alles andere ist mir egal.«

Dr. Sayers blickte ihn stumm an.

»Doktor«, sagte Alexander sanft, »hören Sie auf, um mich zu kämpfen. Das versucht bereits Tania ständig. Ich möchte nicht, dass sie sich Sorgen um mich macht. Mein Schicksal ist besiegelt, aber sie hat ihr Leben noch vor sich. Kümmern Sie sich um sie.«

Dr. Sayers rieb sich über das Gesicht. »Alexander, glauben Sie denn, dass sie überhaupt ohne Sie mitkommt?«

»Niemals«, erwiderte Alexander. Er liebte Tatiana in diesem Moment mehr, als er jemals für möglich gehalten hätte.

»Oh Gott! Und was soll ich dann tun?«, rief Sayers aus.

»Sie darf nie erfahren, dass ich verhaftet worden bin. Wenn sie es erfährt, folgt sie Ihnen nicht. Deshalb müssen Sie ihr sagen ...«

Alexander erklärte Dr. Sayers seinen Plan.

»Major, das kann ich nicht tun!«, rief Sayers aus.

»Doch, das können Sie. Es sind ja nur Worte, Doktor.«

Sayers schüttelte den Kopf.

»So vieles kann und wird schief gehen«, sagte Alexander. »Es ist kein perfekter Plan. Aber wir haben keine andere Wahl. Wenn er überhaupt gelingen soll, müssen wir alle Waffen nutzen, die wir zur Verfügung haben. Selbst die ohne Munition.«

»Major, Sie sind wahnsinnig. Sie wird mir nie glauben«, sagte Sayers.

Alexander packte den Arzt am Handgelenk. »Nun, das wird von Ihnen abhängen, Doktor. Sie wird nur am Leben bleiben, wenn Sie sie hier rausbringen. Wenn Sie sie nicht überzeugen können, wenn Sie auch nur für den Bruchteil einer Sekunde zeigen, wie Ihnen zumute ist, wird Tatiana nicht mitkommen. Und solange sie denkt, dass ich noch am Leben bin, wird sie hier bleiben und innerhalb weniger Tage werden sie sie verhaften.« Mit brüchiger Stimme fuhr er fort: »Wenn sie mein leeres Bett sieht, wird sie zusammenbrechen und sie wird Sie mit Tränen in den Augen ansehen und sagen: ›Sie lügen. Ich weiß, dass Sie lügen, weil ich spüre, dass er noch lebt.‹ Ihre Trauer wird für Sie kaum zu ertragen sein, aber Sie werden sie trotzdem weiter anlügen müssen, weil Sie sonst Tania und unser Kind zum Tode verurteilen. Merken Sie sich das, Doktor: Wenn Sie ihr die Wahrheit sagen, um sie zu trösten, dann sprechen Sie damit ihr Todesurteil aus.«

Alexander ließ Sayers' Handgelenk los. »Und jetzt gehen Sie. Sehen Sie ihr in die Augen und lügen Sie!« Mit versagender Stimme flüsterte Alexander: »Und wenn Sie sie retten, so haben Sie mir damit geholfen.«

In Dr. Sayers' Augen standen Tränen, als er sich erhob. »Ich hasse dieses Land«, sagte er.

»Ich auch.« Alexander reichte ihm die Hand. »Schicken Sie Tatiana bitte zu mir. Ich muss sie noch ein letztes Mal sehen. Aber kommen Sie mit. In Gegenwart anderer Leute wird sie die nötige Distanz wahren.«

Alexander schloss die Augen. Nach zehn Minuten hörte er Schritte und Tatianas melodische Stimme. »Doktor, ich habe Ihnen doch gesagt, dass er schläft.«

»Major?«, rief Dr. Sayers.

»Major? Bist du wach?«, fragte Tatiana. Er spürte ihre warmen, vertrauten Hände an seinem Kopf. »Er fühlt sich nicht heiß an.«

Alexander legte seine Hand auf ihre, holte tief Luft und schlug die Augen auf. Tatiana blickte ihn so liebevoll an, dass er die Augen sofort wieder schloss und leise sagte: »Ich bin nur müde, Tatia. Wie geht es dir? Wie fühlst du dich?«

»Mach die Augen auf, Soldat«, befahl Tatiana zärtlich und streichelte ihm übers Gesicht.

»Warum hängst du nicht mehr an der Infusion?«, fragte sie dann und griff nach seiner Hand. »Und warum ist deine Hand ganz blau und schwarz, als ob du sie dir selbst herausgerissen hättest? Was hast du heute Nachmittag getrieben, als ich weg war?«

»Ich brauche die Infusion nicht mehr. Mir geht es schon viel besser.«

Sie legte ihm die Hand wieder auf die Stirn. »Er fühlt sich ein bisschen kalt an, Doktor«, stellte sie fest. »Vielleicht sollte ich ihm noch eine Decke holen.«

Als sie weg war, öffnete Alexander die Augen und registrierte den gequälten Gesichtsausdruck des Arztes. »Reißen Sie sich zusammen«, formte er mit den Lippen.

Tatiana kam mit der Decke zurück, breitete sie über Alexander aus und betrachtete ihn. Sie lächelten einander zu. »Geht es dir gut?«, fragte sie. »Ich bringe dir morgen früh dein Frühstück.«

Alexander schüttelte den Kopf. »Nein, das geht nicht. Du errätst nie, wohin ich morgen früh gebracht werde.« Er grinste.

»Wohin denn?«

»Nach Wolkow. Du kannst stolz sein auf deinen Mann, sie befördern mich endlich zum Oberstleutnant.« Alexander warf Dr. Sayers, der nur mühsam die Fassung bewahrte, einen Blick zu.

»Tatsächlich?« Tatiana strahlte.

»Ja. Passend zu meinem Orden als Held der Sowjetunion, weil ich unseren Doktor gerettet habe. Wie findest du das?«

Lächelnd schmiegte sich Tatiana an ihn und sagte glücklich: »Dann wirst du endgültig unerträglich werden. Ich werde jedem deiner Befehle gehorchen müssen.«

»Tania, um dich *dazu* zu bringen, müsste ich schon General sein«, erwiderte Alexander.

Sie lachte. »Wann kommst du zurück?«

»Am Morgen darauf.«

»Warum dann erst? Warum nicht schon morgen Nachmittag?«

»Sie fahren nur ganz früh morgens über den See. Da ist es ein wenig sicherer. Es fallen weniger Bomben.«

Sayers warf leise ein: »Tania, wir müssen gehen.«

Alexander schloss die Augen. Er hörte Tatiana sagen: »Dr. Sayers, kann ich für einen Moment mit Major Below allein sein?«

Nein, dachte Alexander. Er schlug die Augen wieder auf und blickte den Doktor eindringlich an.

»Nein, Tatiana, wir müssen jetzt wirklich gehen. Ich muss noch in drei Sälen Visite machen.«

»Es dauert nur eine Sekunde«, erwiderte sie. »Sehen Sie mal, Leo in Bett dreißig will etwas von Ihnen.«

Der Arzt wandte sich seufzend ab. Er kann ihr nicht einmal die einfachsten Dinge abschlagen, dachte Alexander.

Tatiana beugte sich über ihn. »Heute Abend habe ich wohl gar keine Chance, dich zu küssen, oder?« Sie tätschelte seine Brust. »Aber bald sind wir draußen, Shura.«

»Küss mich trotzdem«, sagte Alexander.

»Wirklich?«

»Wirklich.«

Tatiana stützte sich leicht auf seiner Brust ab und berührte mit ihren Honiglippen sanft Alexanders Mund. Dann drückte sie ihre Wange an seine. »Shura, mach die Augen auf.«

»Nein.«

»Doch, mach sie auf.« Gehorsam tat er, was sie sagte.

Tatiana blickte ihn mit glänzenden Augen an und blinzelte dreimal. Dann richtete sie sich auf, machte ein ernstes Gesicht und salutierte. »Schlaf gut, Major, bis später.«

»Bis später, Tania«, erwiderte Alexander.

Sie wandte sich zur Tür. Nein!, hätte er am liebsten geschrien. Nein, Tania, komm zurück. Doch stattdessen sah er ihr nach, wie sie an den anderen Betten vorbeiging, hier ein Lächeln auf das Gesicht eines Verwundeten zauberte, dort eine Decke gerade zog, ein paar Worte mit Sayers wechselte, lachte. An der Tür blieb sie stehen, drehte sich ein letztes Mal zu Alexander um und aus ihren Augen strahlte die Liebe zu ihm. Und dann war sie weg.

Alexander flüsterte ihr nach: »Tatiana! *Du sollst die Schrecken der Nacht nicht fürchten ... weder den Pfeil am Tag ... noch den Hauch des Bösen in der Dunkelheit, noch die Zerstörung, die im Hellen wütet. Tausende werden neben dir fallen und zehntausend zu deiner Rechten; aber nichts wird dich anfechten.*«

Alexander verschränkte die Arme und begann zu warten.

Barfuß stand Tania vor Alexander stramm, in ihrem gelben Kleid. Ihre goldenen Zöpfe lugten unter seiner Mütze hervor. Sie lächelte ihn strahlend an und salutierte.

»Steh bequem, Tania«, sagte er und salutierte ebenfalls.

»Danke, Hauptmann«, erwiderte sie und stellte sich auf seine Stiefel, um ihn aufs Kinn zu küssen. Er hielt sie mit einer Hand fest.

Dann trat sie ein paar Schritte zurück und wandte Alexander ihren Rücken zu. »Pass auf, ich lass mich fallen. Und du fängst mich auf. Bist du bereit?«

»Ich bin schon seit fünf Minuten bereit. Fall endlich.«

Quietschend ließ sie sich zurückfallen und Alexander fing sie auf und küsste sie. »So«, sagte Tatiana, richtete sich wieder auf und breitete die Arme aus. Fröhlich lachend erklärte sie: »Und jetzt bist du an der Reihe.«

Leb wohl, mein Mondlied und mein Atem, meine weißen Nächte und meine goldenen Tage, mein frisches Wasser und mein Feuer. Lebe wohl. Mögest du ein besseres Leben finden, mögest du wieder Trost finden und dein atemloses Lächeln, und wenn dein geliebtes Gesicht im Sonnenaufgang leuchtet, dann sei gewiss, dass meine Liebe zu dir nicht vergeblich war. Leb wohl und hab Vertrauen, meine Tatiana.

Im bleichen Schein des Mondes

I

Spät am nächsten Morgen kam Tatiana auf die Intensivstation des Feldlazaretts, das einmal eine Schule gewesen war, und fand jemand anderen in Alexanders Bett vor. Sie hatte erwartet, dass sein Bett leer war, aber nicht, dass ein neuer Patient darin lag, ein Mann ohne Arme und Beine.

Verständnislos starrte sie auf den Mann. Warum war Alexanders Bett neu belegt worden?

Ina konnte ihr auch nicht weiterhelfen. Sie wusste lediglich, dass Alexander spät in der Nacht seine Paradeuniform verlangt hatte und dann gegangen war. Vielleicht, vermutete Ina, war er in den Rekonvaleszentenflügel verlegt worden. Auch das überprüfte Tatiana, aber dort war er auch nicht.

Sie lief zurück in sein altes Krankenzimmer und schaute unter Alexanders Bett nach. Sein Rucksack war nicht mehr da und auch der Orden hing nicht mehr über dem Stuhl. Geistesabwesend informierte Tatiana den Verwundeten, dass gleich ein Arzt nach ihm sehen würde, und machte sich dann auf die Suche nach Dr. Sayers.

Sie fand ihn bei den Sterbenden, wo er gerade mit einem Patienten beschäftigt war. »Dr. Sayers«, flüsterte sie, »was ist passiert? Wo ist Major Below?«

Sayers blickte kaum auf. »Würden Sie mir bitte helfen?«, bat er. Tatiana warf einen Blick auf den Patienten. Er hatte nur noch kurze Zeit zu leben. Bereitwillig legte sie ihm die Hand auf die Stirn, während der Arzt seine Wunde vernähte. Nach einer Weile sagte sie: »Er ist tot, Doktor. Sie können aufhören.«

Sie begleitete den Arzt nach draußen. Es war Mitte März

und recht windig. »Hören Sie, Tania«, murmelte Sayers und ergriff ihre Hände. Er war blass. »Es tut mir Leid. Etwas Schreckliches ist passiert.« Seine Stimme klang brüchig und er hatte tiefe Schatten unter den Augen.

Tatiana zog ihre Hände weg. »Was ist passiert, Doktor?«, fragte sie mit bebender Stimme.

»Es tut mir Leid, sehr Leid, aber Alexander ...« Er brach ab. »Sie haben ihn heute früh mit zwei anderen Soldaten nach Wolkow gefahren und ...« Sayers konnte nicht weitersprechen.

Tatiana erstarrte. Tonlos fragte sie: »Und was?«

»Sie fuhren gerade über den See, als feindliches Feuer ... Der Jeep wurde getroffen und ist explodiert.«

»Wo ist Alexander?«

»Es tut mir Leid. Von den fünf Insassen hat ... niemand überlebt.«

Tatiana wandte dem Arzt den Rücken zu. »Woher wissen Sie das, Doktor?«

»Ich wurde an den Ort des Geschehens gerufen. Wir haben versucht, die Männer zu retten, aber der Wagen ist gesunken.« Er flüsterte nur noch.

Tatiana presste die Hände auf ihren Bauch und erbrach sich in den Schnee. Ihr Puls raste. Wie durch einen Nebel hörte sie die Stimme des Arztes: »Tania ... Tania!«

Sie drehte sich nicht um. »Haben Sie ihn gesehen?«, fragte sie keuchend.

»Ja. Es tut mir Leid«, flüsterte er. »Ich habe seine Mütze ...«

»War er noch am Leben?«

»Es tut mir Leid, Tatiana. Nein.«

Ihre Beine gaben nach. Sayers fing sie auf.

»Geben Sie mir seine Mütze«, wisperte Tatiana, aber ihre Hände zitterten so sehr, dass sie sie nicht festhalten konnte. Auch der Totenschein, den Dr. Sayers ihr in die Hand drückte, fiel zu Boden.

»Wo ist er?«, fragte sie mit schwacher Stimme. »Wo ist er jetzt …« Sie brach ab.

»Oh, Tania … was hätten wir denn tun sollen? Wir …«

Sie unterbrach ihn. »Warum haben Sie mich nicht geweckt? Warum haben Sie es mir nicht sofort gesagt?«

»Tania, sehen Sie mich an.« Sayers zog sie hoch. Tränen standen ihm in den Augen. »Ich habe nach Ihnen gesucht, als ich zurückkam. Aber es war sowieso nichts mehr zu machen.« Er erschauerte. »Lassen Sie uns hier verschwinden! Wir müssen dies alles hinter uns lassen! Ich halte es nicht mehr aus, ich muss zurück nach Helsinki. Kommen Sie, wir holen unsere Sachen. Ich sage in Leningrad Bescheid. Ich will heute Abend fahren.« Er schwieg. »*Wir* fahren heute Abend.«

Tatiana antwortete nicht. Fassungslos starrte sie auf die Todesurkunde. Sie war nicht von der Roten Armee, sondern vom Roten Kreuz ausgestellt.

»Tatiana, hören Sie mich?«, fragte Sayers eindringlich.

Sie drehte sich wortlos um und eilte zum Hauptgebäude. Sie musste mit Oberst Stepanow reden! Er war beschäftigt und wollte sie zuerst nicht empfangen, aber sie wartete so lange vor seiner Tür, bis er herauskam.

»Ich muss zur Offiziersmesse. Begleiten Sie mich?« Stepanow sah Tatiana nicht an.

»Genosse Oberst«, sagte Tatiana und eilte hinter ihm her. »Was ist mit Offizier …« Sie brachte es nicht über sich, seinen Namen laut auszusprechen.

Stepanow blieb stehen und drehte sich zu ihr um. »Das mit Ihrem Mann tut mir Leid«, sagte er sanft.

Tatiana ergriff Oberst Stepanows Hand. »Genosse Oberst, Sie sind ein guter Mann und Sie waren sein Vorgesetzter. Bitte sagen Sie mir, was passiert ist.«

»Ich weiß es nicht. Ich war nicht dabei.« Der Oberst seufzte. »Ich weiß nur, dass das Panzerfahrzeug, in dem Ihr Mann, Leutnant Uspenskij, ein Feldwebel und zwei Fahrer saßen, heute Morgen unter feindlichem Beschuss explodiert und gesunken ist.«

»Panzerfahrzeug? Er hat mir gesagt, er führe nach Wolkow, um befördert zu werden«, flüsterte sie.

»Schwester Metanowa«, erwiderte Oberst Stepanow, »der Wagen ist gesunken. Alles andere ist doch gleichgültig.«

Tatiana blickte ihn unverwandt an.

Stepanow nickte. »Es tut mir Leid. Ihr Mann war ...«

»Ich weiß, was er war, Genosse Oberst«, unterbrach ihn Tatiana. Sie hielt die Mütze und den Totenschein an die Brust gedrückt.

Mit bebender Stimme antwortete der Oberst: »Ja. Wir beide wissen es.« Schweigend standen sie voreinander.

»Tatiana!«, sagte Stepanow schließlich aufgewühlt. »Gehen Sie so bald wie möglich mit Dr. Sayers zurück. In Leningrad ist es für Sie leichter und sicherer. Oder vielleicht nach Molotow? Gehen Sie!«

»Er hat Ihren Sohn zurückgebracht«, flüsterte Tatiana.

Stepanow sah zu Boden.

»Und wer wird ihn zurückbringen?«

Sie sank in den Schnee. Der Oberst hob sie auf und tätschelte ihr unbeholfen den Rücken. Tatiana zog ihren Mantel eng um sich und taumelte zurück zum Lazarett.

Die ganze Zeit über hatte sie ihn verbergen müssen, vor Dascha, vor Dimitri, vor dem Tod und jetzt sogar vor sich selbst. Sie hatte das Gefühl, nicht mehr weiterleben zu können.

Sie lief zu Dr. Sayers, der in seinem kleinen Büro saß, und flehte ihn an: »Doktor, sehen Sie mich an, sehen Sie mir in die Augen und schwören Sie, dass er tot ist.«

Dr. Sayers ergriff ihre Hand. »Ich schwöre es. Er ist tot.« Aber er sah sie nicht an.

»Ich kann es nicht glauben. Ich kann den Gedanken nicht ertragen, dass er ohne mich gestorben ist. Verstehen Sie das? Ich kann es nicht ertragen ...« Ihr Flüstern klang herzzerreißend. »Sagen Sie mir, dass der NKWD ihn abgeholt hat, sagen Sie mir, dass sie ihn verhaftet und in die Ukraine oder nach Sibirien verschleppt haben – aber bitte sagen Sie nicht, dass er ohne mich gestorben ist. Alles kann ich ertragen, nur das nicht. Wenn Sie mir die Wahrheit sagen, gehe ich mit Ihnen, ich verspreche es, aber bitte, bitte, sagen Sie mir die Wahrheit.«

»Es tut mir Leid«, erwiderte Dr. Sayers. »Ich konnte ihn nicht retten. Es tut mir von ganzem Herzen Leid, dass ich ihn nicht für Sie retten konnte.«

Tatiana hockte sich an die Wand und barg das Gesicht in den Händen. »Ich gehe nicht weg«, murmelte sie. »Das hat keinen Sinn.«

»Tania! Bitte, meine Liebe, denken Sie doch auch an sein Kind!«

Benommen starrte sie Sayers an. »Er hat Ihnen gesagt, dass ich schwanger bin?«

»Ja.«

»Warum?«

Verlegen erwiderte der Arzt: »Ich weiß nicht.« Er legte die Hand auf ihren Kopf. »Sie sind ganz kalt. Wollen Sie hier bleiben? Bleiben Sie einfach in meinem Büro und warten Sie auf mich. Vielleicht können Sie ja ein wenig schlafen.«

»Nein. Aber bitte gehen Sie. Ich muss allein sein.«

Bis zum Abend saß sie auf dem Boden in Dr. Sayers' Büro, und als sie nicht mehr sitzen konnte, ließ sie sich zur Seite sinken, rollte sich zusammen und blieb bewegungslos liegen.

Schließlich kam Sayers zurück. »Es ist Zeit, Tania. Wir fahren. Ich habe Ihren Rucksack geholt. Es ist doch Ihrer, oder?«

»Ja«, erwiderte sie und stand auf.

»Müssen Sie sonst noch etwas mitnehmen?«

»Nein«, flüsterte Tatiana. »Mehr besitze ich nicht. Fahren wir beide allein?«

Dr. Sayers erwiderte zögernd: »Chernenko ist heute zu mir

gekommen und hat gefragt, ob wir unsere Pläne jetzt geändert hätten ...«

Tatiana sank auf einen Stuhl. »Ich kann nicht in seiner Nähe sein«, sagte sie. »Es geht einfach nicht.«

»Ich möchte ihn eigentlich auch nicht mitnehmen, aber was soll ich machen? Er hat behauptet, dass wir ohne ihn nicht durch den ersten Kontrollpunkt kämen. Ich will Sie von hier fortbringen, Tania. Was bleibt mir denn anderes übrig?«

»Nichts«, erwiderte Tatiana gepresst.

Sie trugen ihre Sachen nach draußen. Das Rotkreuzfahrzeug war ein großer Jeep mit verglaster Fahrerkabine und einer Plane über der Ladefläche. Nicht gerade das sicherste Transportmittel für Verwundete oder Ärzte, aber ein anderes Fahrzeug hatte in Helsinki nicht zur Verfügung gestanden und sie hatten keine Zeit zu warten. Die Rotkreuzzeichen waren auf die Plane aufgenäht.

Dimitri wartete schon auf sie.

Ohne ihn eines Blickes zu würdigen, kletterte Tatiana auf die Ladefläche des Jeeps und verstaute den Verbandskasten und die Kiste mit Plasma.

»Tania ...«, begann Dimitri.

Dr. Sayers wies Dimitri an, auf die Ladefläche zu steigen und sich dann während der Fahrt die finnische Pilotenuniform anzuziehen. »Ich weiß allerdings nicht, wie Sie das mit dem Arm bewerkstelligen wollen ... Tania, wo ist die Uniform?«, fragte er. Dann wandte er sich wieder an Dimitri. »Brauchen Sie Morphium? Wie geht es Ihrem Gesicht?«

»Schrecklich. Ich kann kaum sehen.«

Tatiana musterte Dimitri. Sein rechter Arm lag in Gips und er trug eine Schlinge. Sein Gesicht war schwarz und blau angeschwollen. Sie hätte ihn gern gefragt, was ihm zugestoßen war, schwieg aber.

»Tania?«, rief Dimitri ihr zu. »Ich habe es heute früh gehört. Es tut mir Leid.«

Tatiana zerrte die finnische Uniform aus dem Versteck und warf sie Dimitri zu.

»Tatiana, kommen Sie«, sagte Dr. Sayers. »Ich helfe Ihnen. Wir müssen fahren.« Sie ergriff Sayers' Hand und sprang von der Ladefläche.

»Tania?«, wiederholte Dimitri.

Sie blickte ihn so verächtlich an, dass Dimitri die Augen niederschlug. »Zieh die Uniform an«, zischte sie, »und leg dich hin. Und halt einfach den Mund.«

»Hör mal, es tut mir Leid. Ich weiß, wie du ...«

Mit geballten Fäusten stürzte sich Tatiana auf Dimitri und sie hätte auf ihn eingeprügelt, wenn Dr. Sayers sie nicht festgehalten hätte.

Dimitri wich zurück und stammelte: »Ich habe doch gesagt, es tut ...«

»Ich will deine verdammten Lügen nicht hören!«, schrie sie. »Ich will nie mehr mit dir reden! Verstehst du mich?«

Dimitri murmelte nervös, er verstünde gar nicht, warum sie so wütend auf ihn sei, und stieg auf die Ladefläche.

Dr. Sayers setzte sich hinters Steuer und blickte Tatiana mit großen Augen an.

»Fertig, Doktor. Lassen Sie uns fahren.« Tatiana knöpfte sich ihren Mantel zu und rückte ihr Häubchen zurecht. Sie hatte die Puschkin-Ausgabe mit dem Geld dabei, Alexanders Briefe und ihre Fotos. Sie hatte seine Mütze und seinen Ring.

Dann fuhren sie in die Nacht.

Während der Fahrt über die ungepflasterten, schlammigen Straßen schwieg Tatiana. Dr. Sayers jedoch redete unablässig auf Englisch auf sie ein. »Tania, meine Liebe, es wird alles gut ...«

»Meinen Sie, Doktor?«, erwiderte sie schließlich, ebenfalls auf Englisch. »Und was machen wir mit ihm?«

»Er kann tun, was ihm beliebt, wenn wir erst einmal in Helsinki sind. Ich mache mir absolut keine Gedanken über ihn. Mir geht es nur um Sie. Wir laden in Helsinki Medikamente ab, dann fliegen wir mit dem Roten Kreuz nach Stockholm. Von dort fahren wir mit dem Zug nach Göteborg und nehmen das Schiff nach England. Verstehen Sie?«

»Ja«, erwiderte sie leise. »Ich verstehe.«

»In England muss ich mich eine Weile aufhalten, aber von dort aus brechen wir dann in die Vereinigten Staaten auf. Und wenn Sie erst einmal in New York sind …«

»Matthew, bitte …«, flüsterte Tatiana.

»Ich will doch nur, dass es Ihnen besser geht, Tania. Es wird alles gut.«

Dimitri sagte von hinten: »Tania, ich wusste ja gar nicht, dass du Englisch sprichst.«

»Dimitri«, erwiderte sie laut, »du musst den Mund halten. Du bist Finne. Ich möchte kein einziges russisches Wort mehr von dir hören.«

»Tania«, fragte der Arzt plötzlich, »Sie haben noch nichts gegessen, oder?«

Tatiana schüttelte den Kopf. »Ich kann nicht ans Essen denken«, erwiderte sie.

Mitten in der Nacht hielten sie am Straßenrand. Dimitri hatte sich mittlerweile die finnische Uniform angezogen. »Sie ist viel zu groß«, hörte Tatiana ihn zu Sayers sagen. »Ich hoffe, ich muss nicht aufstehen. Dann sieht jeder, dass sie mir nicht passt. Haben Sie noch etwas Morphium? Ich bin …«

Ein paar Minuten später kam der Arzt zurück. »Wenn ich ihm noch mehr Morphium gebe, stirbt er. Der Arm macht ihm große Probleme.«

»Wie ist das denn passiert?«, fragte Tatiana auf Englisch.

»Jemand hat ihn angegriffen«, antwortete Dr. Sayers ausweichend. »Er hat eine üble offene Fraktur.« Er schwieg. »Vielleicht verliert er den Arm. Ich weiß nicht, wie er überhaupt bei Bewusstsein bleibt. Gestern habe ich noch gedacht, er fällt ins Koma, aber heute läuft er schon wieder herum.«

Tatiana antwortete nicht. Wir alle, jung, stark und gesund,

liegen auf den Knien, dachte sie. Wir werden von unserem Leben in die Knie gezwungen, aber er steht immer noch. Wie kann das sein?

Auf dem Weg nach Lisiy Nos mussten sie ein halbes Dutzend Kontrollstellen passieren. Sayers zeigte den Wachleuten seine Papiere und die seiner Krankenschwester, ausgestellt auf Jane Barrington. Dimitri hatte keine Papiere, nur eine Erkennungsmarke mit dem Namen des toten Piloten. Sayers erklärte, sie brächten ihn im Gefangenenaustausch nach Helsinki. Sechsmal öffnete ein Wachtposten die Plane, leuchtete Dimitri mit der Taschenlampe ins Gesicht und winkte dann den Wagen durch.

»Nicht schlecht, von der Rotkreuzfahne geschützt zu werden«, murmelte Sayers.

Tatiana nickte.

Der Arzt fuhr an den Straßenrand und schaltete den Motor ab. »Ist Ihnen kalt?«, fragte er.

»Nein. Soll ich fahren?«

»Können Sie denn fahren?«

In dem Sommer, bevor sie Alexander kennen lernte, hatte sich Tatiana in Luga mit einem Soldaten angefreundet. Er ließ sie und Pascha den ganzen Sommer über in seinem Jeep herumfahren.

»Ja, ich kann fahren.«

»Dennoch – wir lassen es lieber. Es ist zu dunkel und zu glatt.« Sayers schloss für eine Stunde die Augen.

Tatiana saß still neben ihm. Sie versuchte, sich zu erinnern, wann sie und Alexander sich das letzte Mal geliebt hatten. Es war an einem Sonntag im November gewesen, aber wo genau? Es fiel ihr nicht mehr ein. Was hatten sie gemacht? Hatte Inga an der Tür gelauscht? Waren sie im Badezimmer, auf dem Sofa, auf dem Fußboden gewesen? Sie konnte sich einfach nicht mehr erinnern.

Was hatte Alexander gestern Abend zu ihr gesagt? Er hatte sie geküsst, lächelnd ihre Hand berührt und ihr erzählt, er würde nach Wolkow gebracht und befördert werden. Hatte man ihn angelogen? Hatte er *sie* angelogen?

Er hatte gezittert und sie hatte angenommen, ihm sei kalt.

Tatiana weckte Dr. Sayers und sie fuhren weiter. Um sechs Uhr morgens erreichten sie die Grenze zwischen der Sowjetunion und Finnland.

Alexander hatte Tatiana erklärt, es sei eigentlich keine Grenze, sondern eine Verteidigungslinie mit einem dreißig bis sechzig Meter breiten Streifen zwischen den sowjetischen und finnischen Truppen.

Alles war still und Dr. Sayers äußerte die Hoffnung, dass sie einfach durchfahren konnten und ihre Papiere erst den finnischen Wachtposten zeigen mussten.

Doch plötzlich schrie ihnen jemand zu, sie sollten anhalten. Drei verschlafene NKWD-Grenzsoldaten traten an den Wagen.

Sayers zeigte ihnen die Papiere.

Der NKWD-Posten studierte sie aufmerksam und sagte dann mit einem deutlichen Akzent auf Englisch zu Tatiana: »Kalter Wind, nicht wahr?«

Tatiana erwiderte akzentfrei: »Bitterkalt. Es soll heute noch schneien.«

Der Soldat nickte und die drei Männer gingen nach hinten, um sich Dimitri anzusehen.

Eine Taschenlampe leuchtete auf. »Warte«, hörte Tatiana einen der Männer sagen, »lass mich sein Gesicht noch einmal ansehen.«

Wieder leuchtete die Taschenlampe auf.

Einer der Soldaten lachte und sagte etwas auf Finnisch zu Dimitri. Tatiana sprach nicht finnisch, aber offensichtlich hatte auch Dimitri nicht verstanden, was der Soldat gesagt hatte, denn er antwortete nicht.

Der sowjetische Offizier wiederholte seine Frage.

Dimitri schwieg. Dann murmelte er etwas, was in Tatianas Ohren ebenfalls wie Finnisch klang. Die Männer erwiderten zuerst nichts, dann sagte einer von ihnen auf Russisch: »Steig aus.«

»Oh nein«, flüsterte Dr. Sayers.

»Pst«, machte Tatiana.

Der Soldat wiederholte seinen Befehl, aber Dimitri rührte sich nicht. Dr. Sayers drehte sich um und sagte auf Russisch: »Er ist verwundet. Er kann nicht aufstehen.«

»Wenn er weiterleben will, sollte er besser aufstehen«, sagte der Russe. »Sagen Sie das Ihrem Patienten – in was für einer Sprache auch immer.«

»Doktor«, flüsterte Tatiana, »wenn er sich selbst nicht retten kann, wird er versuchen, uns auch mit ins Verderben zu reißen.«

Die drei NKWD-Soldaten zerrten Dimitri aus dem Jeep und befahlen auch Sayers und Tatiana, auszusteigen. Der Arzt lief um das Auto herum und stellte sich neben Tatiana. Sie hielt sich an seinem Mantel fest, weil ihre Knie schon wieder nachgaben. Dimitri stand ein paar Meter von ihnen entfernt. Man sah deutlich, dass ihm die Uniform viel zu groß war.

Lachend richteten die drei Soldaten ihre Gewehre auf ihn und einer sagte: »So, Finne, wir haben dich gefragt, wer dein Gesicht so zugerichtet hat, und du hast uns geantwortet, du fährst nach Helsinki. Kannst du uns das erklären?«

Dimitri schwieg und blickte flehend zu Tatiana.

Dr. Sayers sagte: »Wir haben ihn in Leningrad aufgegriffen, er war schwer verwundet ...«

Unmerklich stieß Tatiana Dr. Sayers an. »Seien Sie still«, flüsterte sie. »Das gibt nur Ärger.«

»Er mag ja schwer verwundet sein«, stellte der NKWD-Soldat fest, »aber er ist kein Finne.« Die drei Soldaten lachten. Einer der Männer trat auf Dimitri zu. »Chernenko, erkennst du mich nicht?«, sagte er auf Russisch. »Ich bin es, Rasskowskij.« Dimitri ließ seinen gesunden Arm sinken. »Hoch mit dem Arm!«, schrie der Soldat ihn an. Wo mochte Dimitri seine Waffe haben?, fragte sich Tatiana. Hatte er überhaupt eine dabei?

Die beiden anderen Soldaten standen in einigem Abstand zu Dimitri.

»Kennst du ihn?«, fragte einer von ihnen und ließ sein Gewehr sinken.

»Natürlich kenne ich ihn!«, rief Rasskowskij aus. »Chernenko, hast du vergessen, wie viel du mir immer für die Zigaretten abgeknöpft hast? Wie viel ich bezahlen musste, nur weil ich hier was zu rauchen haben wollte?« Er lachte. »Ich habe dich doch vor vier Wochen noch gesehen. Hast du das schon vergessen?«

Dimitri schwieg.

»Hast du geglaubt, ich erkenne dich nicht, weil du so hübsche Farben im Gesicht hast?« Rasskowskij schien sich großartig zu amüsieren. »Chernenko, Schätzchen, kannst du mir erklären, was du in einer finnischen Uniform in einem Rotkreuzjeep machst? Die Sache mit deinem Arm und deinem Gesicht verstehe ich ja. Da war jemand deine überteuerten Preise leid.«

Einer der beiden anderen Soldaten warf ein: »Rasskowskij, fürchtest du, dass unser Lieferant abhauen will?« Sie brüllten vor Lachen.

Dimitri blickte Hilfe suchend zu Tatiana, die seinen Blick nur kurz erwiderte und sich dann abwandte. »Mir ist kalt«, sagte sie zu Dr. Sayers.

»Tatiana«, schrie Dimitri auf Russisch. »Willst du es ihnen sagen? Oder soll ich es tun?«

Rasskowskij drehte sich zu ihr um und sagte: »Tatiana? Eine Amerikanerin, die Tatiana heißt?« Er wandte sich an Sayers. »Was ist hier los? Warum redet er russisch mit ihr? Zeigen Sie mir noch mal ihre Papiere.«

Dr. Sayers reichte ihm Tatianas Papiere, aber sie waren in Ordnung.

Tatiana sah Rasskowskij direkt an und sagte auf Englisch:

»Tatiana? Wovon redet der Mann? Uns hat er gesagt, er sei Finne. Stimmt's, Doktor?«

»Absolut«, erwiderte Dr. Sayers. Er rückte ein paar Schritte von Tatiana ab und legte Rasskowskij freundlich die Hand auf den Rücken. »Hören Sie, ich hoffe, es gibt keinen Ärger. Er ist in unser Krankenhaus gekommen ...«

In diesem Moment zog Dimitri seine Pistole und schoss auf Rasskowskij, der vor Tatiana stand.

Sie war sich nicht sicher, auf wen Dimitri eigentlich gezielt hatte – er schoss mit der linken Hand –, aber sie ließ sich sofort zu Boden fallen. Gut möglich, dass er auf den NKWD-Mann gezielt hatte, aber getroffen hatte er Dr. Sayers. Aber vielleicht war das ja auch Absicht gewesen. Oder er hatte auf sie gezielt und sie verfehlt. Tatiana wollte lieber nicht darüber nachdenken.

Rasskowskij rannte auf Dimitri zu, der abermals feuerte. Dieses Mal traf er Rasskowskij. Im selben Moment eröffneten die beiden anderen Soldaten das Feuer auf Dimitri und durch die Wucht der Schüsse wurde er mehrere Meter weit nach hinten geschleudert. Plötzlich ertönten Schüsse aus dem Wald, aber keine einzelnen Gewehrschüsse, sondern Maschinengewehrfeuer. Der Jeep wurde getroffen und die Windschutzscheibe zerbarst. Die beiden NKWD-Soldaten verschwanden im Wald.

Auch das Seitenfenster zerplatzte und Tatiana spürte einen Schlag an der Wange. Als sie mit der Zunge über die Stelle fuhr, erwischte sie etwas Scharfes. Blut tropfte aus ihrem Mund. Sie hatte jedoch keine Zeit, darüber nachzudenken, sondern kroch unter den Jeep, Dr. Sayers mit sich zerrend. Sie deckte ihn mit ihrem Körper.

Dann sah sie Dimitri auf dem Boden liegen. Bewegte er sich tatsächlich oder sah es im Schein des Mündungsfeuers nur so aus? Nein, er kroch tatsächlich auf den Jeep zu und streckte flehend die Hand nach ihr aus. »Tatiana ... Tatiana ... bitte ...«

Tatiana schloss die Augen. Er wird mir nicht nahe kommen.

Unvermittelt hörte sie ein pfeifendes Geräusch. Ein Blitz zerriss die Dunkelheit und dann detonierte ein Geschoss so dicht neben ihr, dass sie das Bewusstsein verlor.

Als sie wieder zu sich kam, wagte Tatiana zuerst nicht, die Augen zu öffnen. In ihren Ohren rauschte es, aber ihr war warm, als sei sie im heißen Badehaus in Lazarewo. Dr. Sayers lag immer noch halb unter ihr. Sie fuhr wieder mit der Zunge über das scharfe Metallstück in ihrem Mund.

Sayers fühlte sich kalt an. Bestimmt hatte er viel Blut verloren. Tatiana öffnete die Augen und tastete ihn ab. Hinter dem Jeep brannte es. Sie sah in das blasse Gesicht des Arztes. Wo war er getroffen worden? Sie fasste unter seinen Mantel und fand das Einschussloch an seiner Schulter. Ausgetreten war die Kugel offenbar nicht, also drückte sie ihre behandschuhte Hand auf die Stelle, um die Blutung zu stillen. Mittlerweile fielen keine Schüsse mehr.

Sie spürte, wie sie wieder in den schwarzen Abgrund sank. Wie lange würde es dauern, bis sie starb?

Wie durch einen Nebel hörte sie Dr. Sayers stöhnen. »Doktor?« Er schien halb bei Bewusstsein zu sein. Im Wald war es still. Tatiana kroch unter dem Jeep hervor. Ihre Finger waren voller Blut. Sie rieb sich durchs Gesicht. Sie hatte einen großen Glassplitter in der Wange, und als sie versuchte, ihn herauszuziehen, tat es entsetzlich weh. Dennoch fasste sie ihn mit beiden Händen und riss ihn heraus. Es konnte gar nicht weh genug tun.

Vor Schmerz schreiend, sank sie in die Knie. Blut tropfte aus ihrem Gesicht auf den Schnee. Ihre Zunge tat furchtbar weh und war geschwollen. Tatiana kühlte die Wunde mit Schnee, setzte sich dann auf und blickte sich um. Es war unheimlich still. Ein paar Meter von ihr entfernt lag der tote NKWD-Mann in seiner dunkelblauen Uniform. Dimitri war bis auf einen Meter an den Jeep herangekrochen. Noch im

Tod standen seine Augen weit offen und er hatte die Hand nach Tatiana ausgestreckt.

Einen Moment lang betrachtete Tatiana Dimitris erstarrtes Gesicht. Alexander hätte es bestimmt mit Genugtuung vernommen, dass Dimitri vom NKWD erkannt worden war. Dann blickte sie weg.

Alexander hatte Recht gehabt. Dies war eine gute Stelle, um die Grenze zu überqueren. Es gab hier nur wenig Männer und die NKWD-Truppen waren nur leicht bewaffnet. Auch auf der finnischen Seite der Grenze war es ruhig. Waren die Finnen auch alle tot? Tatiana spähte durch die Bäume. Nichts bewegte sich. Was sollte sie tun? Sie musste rasch hier weg.

Entschlossen kroch sie wieder unter den Jeep. »Dr. Sayers«, flüsterte sie. »Matthew, können Sie mich hören?« Er antwortete nicht. Er war in schlechter Verfassung, sein Puls ging nur noch ganz flach. Tatiana zog seinen amerikanischen Pass aus seiner Manteltasche und auch die beiden Reisegenehmigungen, auf denen vermerkt war, dass sich Matthew Sayers und Jane Barrington auf dem Weg nach Helsinki befanden.

Sie kroch wieder unter dem Jeep hervor, setzte sich auf den Fahrersitz und drehte den Zündschlüssel um. Nichts. Es war hoffnungslos. Abermals spähte sie durch den Wald auf die finnische Seite. Dort lagen Leichen im Schnee und dahinter stand ein finnischer Armeelaster, etwas größer als der Rotkreuzjeep. Er sah unversehrt aus.

Tatiana sprang aus dem Fahrerhaus und sagte zu Dr. Sayers: »Ich bin gleich wieder da.«

Er antwortete nicht.

Sie lief über die sowjetisch-finnische Grenze. In dem Laster saß noch ein Soldat, er war tot über dem Steuer zusammengesunken. Tatiana zerrte ihn heraus. Dann startete sie den Wagen und fuhr zu Sayers. Es kostete sie fast übermenschliche Anstrengung, ihn auf die Ladefläche zu hieven. Als sie es schließlich geschafft hatte, fiel ihr Blick auf die Rotkreuzfahne des Jeeps.

Sie hatte keine Ahnung, wie sie das Abzeichen an der Plane des finnischen Lasters befestigen sollte, doch plötzlich fiel ihr der Verbandskasten ein. Rasch holte sie ihn und die Flasche mit dem Plasmavorrat heraus. Sie zog Dr. Sayers den Mantel von der Schulter, legte eine Kanüle in die Vene und schloss die Flasche an. Während das Plasma durchlief, säuberte Tatiana die Wunde und verband sie. Der Arzt hatte offensichtlich Fieber und lag im Delirium. Tatiana drückte sich mit Jod getränkten Verbandsmull auf die Wange. Es brannte wie Feuer.

Anschließend nahm sie Nadel und Faden aus dem Verbandskasten und nähte mühsam das große Rotkreuzsymbol auf die braune Plane des finnischen Lasters. Der dünne Faden riss an mehreren Stellen, aber bis Helsinki würde es halten.

Als sie fertig war, setzte sie sich hinters Steuer, drehte sich noch einmal zu Dr. Sayers um und fuhr los. Dimitri ließ sie einfach liegen.

Vorsichtig und unsicher lenkte Tatiana den Wagen über den sumpfigen Waldweg. Ihre Füße reichten kaum bis an die Pedale und sie umklammerte mit beiden Händen das große Lenkrad. Der Weg war einfach zu finden gewesen, weil es nur den einen gab. Sie musste sich einfach in westlicher Richtung halten.

In Vyborg zeigte sie ihre Rotkreuzdokumente einem Wachtposten, tankte und fragte nach dem Weg nach Helsinki. Offenbar wollte der Mann wissen, was mit ihrem Gesicht passiert sei, aber da Tatiana kein Finnisch sprach, antwortete sie nicht, sondern fuhr einfach los, dieses Mal auf einer breiten, gepflasterten Straße mit acht Kontrollpunkten, an denen sie jedes Mal ihre Papiere und den verwundeten Arzt hinten im Wagen zeigen musste. Nach vier Stunden erreichte sie am späten Nachmittag Helsinki.

Das Erste, was sie entdeckte, war die hell erleuchtete Nikolaus-Marine-Kathedrale, die auf einem Hügel über dem Hafen lag. Mehrere Male hielt Tatiana an, um nach der Universitätsklinik zu fragen, bis sie endlich auf jemanden traf, der so viel Englisch sprach, dass er ihr den Weg erklären konnte. Das Krankenhaus lag direkt hinter der Kirche und Tatiana konnte es gar nicht verfehlen.

Dr. Sayers war bekannt und beliebt in dem Krankenhaus, in dem er seit 1940 arbeitete. Die Krankenschwestern brachten eine Trage für ihn und stellten Tatiana alle möglichen Fragen, die sie nicht verstand.

Dann trat ein anderer amerikanischer Rotkreuzarzt, Sam Leavitt, auf sie zu. Er warf einen Blick auf ihre Wunde in der Wange und erklärte, sie müsse genäht werden. Er wollte die Stelle örtlich betäuben, aber Tatiana lehnte ab.

»Sie brauchen aber ungefähr zehn Stiche«, sagte der Arzt.

»Nur zehn?«

Stumm und bewegungslos saß sie auf dem Krankenhausbett, während er ihr die Wunde nähte. Danach gab er ihr Antibiotika und Schmerztabletten und brachte etwas zu essen. Die Tabletten nahm sie, doch das Essen ließ sie stehen. Sie zeigte auf ihre geschwollene, blutige Zunge. »Morgen«, flüsterte sie, »morgen ist es bestimmt besser. Dann kann ich auch etwas essen.«

Die Krankenschwestern brachten ihr eine neue, viel zu große Schwesterntracht, warme Strümpfe und ein Flanellunterhemd und boten ihr an, ihre alten Sachen zu waschen. Tatiana gab ihnen die Uniform und ihren Mantel, behielt aber die Rotkreuzarmbinde.

Später legte sie sich neben Sayers' Bett auf den Fußboden, bis eine Schwester kam und sie in ein anderes Zimmer führte. Tatiana legte sich gehorsam in ein Bett, doch sobald die Schwester verschwunden war, schlich sie zurück zu Dr. Sayers.

Am nächsten Morgen hatte sich sein Zustand verschlechtert, aber Tatiana ging es besser. Sie bekam ihre eigene Schwesterntracht sauber und gestärkt zurück und es gelang ihr auch, ein paar Bissen zu essen. Den ganzen Tag über hielt sie sich bei Sayers auf und blickte aus dem Fenster auf den Finnischen Meerbusen, den sie hinter den Dächern und kahlen Bäumen sehen konnte. Am späten Nachmittag erschien Dr. Leavitt, um nach ihrer Wunde zu sehen. Er fragte sie, ob sie sich nicht etwas hinlegen wolle. »Warum sitzen Sie hier die ganze Zeit? Warum ruhen Sie sich nicht aus?«

Tatiana antwortete ihm nicht. Sie hatte doch nie etwas anderes getan – sie saß immer bei den Sterbenden.

In der Nacht verschlechterte sich Sayers' Zustand noch mehr. Das Fieber stieg auf fast 42° und er atmete stoßweise. Die Antibiotika schlugen nicht an. Tatiana saß auf dem Stuhl neben seinem Bett, und während sie seine Hand hielt, schlief sie ein.

Mitten in der Nacht erwachte sie plötzlich. Sayers röchelte wie ein Sterbender. Tatiana legte ihm die Hand auf den Kopf und erzählte ihm auf Russisch und auf Englisch von Amerika und was er dort alles sehen und tun würde, wenn es ihm erst wieder besser ginge. Er schlug die Augen auf und sagte mit schwacher Stimme, ihm sei kalt. Sie holte ihm noch eine Decke. Dankbar drückte er ihre Hand. »Es tut mir Leid, Tania«, flüsterte er mühsam.

»Nein, *mir* tut es so Leid«, erwiderte sie leise. »Dr. Sayers, Matthew ... ich bitte Sie, sagen Sie mir, was mit meinem Mann passiert ist. Hat Dimitri ihn verraten? Hat man ihn verhaftet? Wir sind in Helsinki. Ich werde bestimmt nicht mehr in die Sowjetunion zurückkehren. Ich verlange doch nicht viel für mich.« Sie senkte den Kopf. »Ich möchte nur ein wenig Trost.«

»Geh nach ... Amerika, Tania.« Seine Stimme wurde immer schwächer. »Das ist sein Trost.«

»Trösten Sie mich mit der Wahrheit ...«

Der Arzt blickte Tatiana einen Moment lang an, dann

schloss er die Augen. Ein letzter rasselnder Atemzug, dann war es vorbei.

Tatiana hielt seine Hand bis zum Morgen.

Eine Krankenschwester führte Tatiana schließlich sanft aus dem Zimmer. Im Flur nahm sie Tatiana in den Arm und sagte auf Englisch: »Liebes, viele Menschen sterben, auch wenn man sein Bestes für sie gibt. Wir befinden uns im Krieg. Du kannst nicht jeden retten.«

Sam Leavitt trat auf sie zu und fragte, was sie jetzt vorhabe. Tatiana erwiderte, sie wolle nach Amerika zurückkehren. Leavitt starrte sie an und wiederholte verwundert: »Zurück nach Amerika?« Leiser fügte er hinzu: »Hören Sie, ich weiß nicht, wo Matthew Sie kennen gelernt hat. Ihr Englisch ist ziemlich gut, aber so gut ist es nun auch wieder nicht. Sind Sie wirklich Amerikanerin?«

Tatiana wurde blass. Sie nickte.

»Wo ist Ihr Pass? Ohne Pass können Sie nicht zurück.«

Schweigend blickte sie ihn an.

»Außerdem ist es im Moment zu gefährlich. Die Deutschen bombardieren die Ostsee gnadenlos. Viele Schiffe sinken. Warum bleiben Sie nicht bis April hier und arbeiten bei uns, bis das Eis geschmolzen ist? Gleichzeitig kann Ihre Wunde in Ruhe heilen. Wir könnten noch eine Schwester gebrauchen. Bleiben Sie in Helsinki.«

Tatiana schüttelte den Kopf.

»Sie müssen sowieso hier bleiben, bis wir Ihnen einen neuen Pass besorgt haben. Ich bringe Sie später zum amerikanischen Konsulat, aber es wird mindestens einen Monat dauern, bis man Ihnen einen neuen Pass ausgestellt hat. Bis dahin ist der Winter vorbei. Zurzeit ist es sehr schwer, nach Amerika zu kommen.«

Tatiana wusste, dass die amerikanischen Behörden schnell herausfinden würden, dass sie nicht Jane Barrington war. Alexander hatte gesagt, sie dürften auf keinen Fall länger in

Helsinki bleiben, sondern müssten sofort nach Stockholm weiterreisen. Der NKWD hatte einen langen Arm. Ängstlich schüttelte sie den Kopf und wich vor dem Arzt zurück.

Mit ihrem Rucksack, ihrer Schwesterntasche und den Reisepapieren verließ sie das Krankenhaus. Am Südhafen setzte sie sich auf eine Bank und sah zu, wie die Markthändler ihre Stände abbauten und den Platz säuberten.

Da überkam sie plötzlich eine große Ruhe.

Stundenlang saß sie auf der Bank, bis es dunkel wurde. Dann spazierte sie so lange durch den Hafen, bis sie Lastwagen mit der blau-gelben schwedischen Fahne entdeckte, die Bauholz luden. Tatiana wusste, dass Fracht hauptsächlich nachts über die Ostsee gebracht wurde, weil die Schiffe oder Laster dann nicht so leicht auszumachen waren wie tagsüber. Die Deutschen bombardierten zwar normalerweise neutrale Handelsschiffe nicht, aber manchmal passierte es eben doch. Deshalb fuhren jetzt die meisten schwedischen Frachter und Lastwagen nur noch mit Geleitschutz. Das hatte Alexander ihr erzählt.

Sie hörte, wie einer der Männer, die das Holz aufluden, *Stokgolm* sagte, und nahm an, dass die Wagen nach Stockholm fuhren, weil es so ähnlich klang. Kurz entschlossen trat sie zu einem der Fahrer, zeigte ihm ihren Rotkreuzausweis und erklärte auf Englisch, sie sei Krankenschwester und müsse dringend nach Stockholm. Ob er sie wohl für hundert amerikanische Dollar über den Bottnischen Meerbusen bringen könne. »*Stokgolm?*«, wiederholte sie und hielt ihm einen Hundertdollarschein hin. Zufrieden nahm er das Geld entgegen und ließ sie mitfahren.

Er sprach weder Englisch noch Russisch, so dass sie kaum miteinander redeten, was Tatiana erleichtert hinnahm. Sie hing ihren Gedanken nach, dachte daran, wie sie Alexander zum ersten Mal geküsst hatte, damals in den Wäldern von Luga, und darüber schlief sie ein.

Sie fuhren die ganze Nacht hindurch, doch schließlich

kamen sie in Stockholm an. Der Fahrer lenkte seinen Wagen zum Hafen. »*Tack*«, sagte Tatiana zu ihm, »*tack sa mycket.*« Alexander hatte ihr beigebracht, wie man sich auf Schwedisch bedankte. Vorsichtig stieg Tatiana die Granittreppe bis zur gepflasterten Hafenpromenade hinauf. Ich bin in Schweden, dachte sie ungläubig. Langsam wanderte sie durch die leeren Straßen. Es war noch früh am Morgen und die Geschäfte hatten noch nicht geöffnet. Was für ein Tag war heute? Tatiana wusste es nicht. In der Nähe des Industriehafens fand sie eine kleine Bäckerei, die bereits geöffnet hatte. Auf den Regalen lag Weißbrot. Sie zeigte der Verkäuferin ihr amerikanisches Geld, aber die schüttelte den Kopf und erwiderte etwas auf Schwedisch. »*Bank*«, verstand Tatiana, und »*Pengar, Dollars*«.

Tatiana wandte sich zum Gehen. Die Frau rief noch etwas hinter ihr her, aber Tatiana drehte sich nicht mehr um. Sie war schon wieder auf der Straße, als die Frau sie eingeholt hatte und ihr ein warmes, duftendes Weißbrot und einen Becher mit schwarzem Kaffee reichte. »*Tack*«, sagte Tatiana, »*tack sa mycket.*«

»*Varsagod*«, erwiderte die Frau und lehnte kopfschüttelnd das Geld ab, das Tatiana ihr hinhielt.

Tatiana setzte sich auf eine Bank am Hafen, aß den ganzen Brotlaib und trank den Kaffee dazu. Sie starrte blicklos in die Dämmerung. Irgendwo im Osten über dem Eis lag das belagerte Leningrad. Und weit, weit östlich davon lag Lazarewo. Und dazwischen waren der Zweite Weltkrieg und Genosse Stalin.

Als Tatiana alles aufgegessen hatte, ging sie so lange durch die Straßen, bis sie eine Bank fand, die geöffnet hatte und wo Tatiana etwas amerikanisches Geld umtauschen konnte. Ausgerüstet mit ein paar Kronen, kaufte sie sich noch ein Weißbrot und Käse, aber dann fand sie ein Lokal, in dem Frühstück serviert wurde – und dort gab es sogar Schinken! Sie aß drei Portionen und beschloss, dass ihr Frühstück von nun an immer nur aus Eiern und Schinken bestehen würde.

Der Tag war noch lang und Tatiana überlegte, wo sie schlafen sollte. Alexander hatte ihr erzählt, dass es in Schweden Hotels gab, die Zimmer vermieteten, ohne nach dem Pass zu fragen, wie in Polen. Damals hatte sie ihm das nicht geglaubt, aber Alexander hatte natürlich Recht gehabt.

Tatiana nahm sich ein Zimmer in einem Hotel und zu ihrem Erstaunen war der Raum nicht nur warm und hatte ein Bett, sondern es gehörte auch ein eigenes Badezimmer dazu, in dem es eine Dusche gab. Auch davon hatte Alexander erzählt. Mindestens eine Stunde stand sie unter dem dampfenden Strahl, eine schützende Hand auf die verletzte Wange gelegt. Und dann schlief Tatiana vierundzwanzig Stunden lang.

Sie blieb über zwei Monate in Stockholm. Sechsundsiebzig Tage saß sie auf einer Bank am Pier und blickte über die Ostsee nach Russland, während über ihr die Möwen schrien.

Sie und Alexander hatten das Frühjahr in Stockholm verbringen wollen, während sie auf ihre Ausreisepapiere warteten. Sie wollten seinen vierundzwanzigsten Geburtstag am 29. Mai in Stockholm feiern.

Die Wärme machte die strenge Stadt weicher. Tatiana kaufte gelbe Tulpen, aß frisches Obst vom Markt und sogar Fleisch – geräucherten Schinken, Wurst und Schweinefleisch. Sie kaufte sich Eiscreme. Ihre Wunde heilte. Ihr Bauch wurde runder. Sie dachte daran, in Stockholm zu bleiben, in einem Krankenhaus zu arbeiten, ihr Kind in Schweden zu bekommen. Ihr gefielen die Tulpen und die heiße Dusche.

Aber die Möwen schrien ohne Unterlass.

Schließlich fuhr sie mit dem Zug nach Göteborg, von wo aus sie ohne weiteres auf einem Frachtschiff nach Harwich in England gelangte. Auch dieses Schiff war von einem schwer bewaffneten Geleitzug umgeben. Da Norwegen unter deutscher Besatzung stand, gab es häufig Zwischenfälle auf der Nordsee. Doch die Überfahrt verlief reibungslos.

Von Harwich aus fuhr Tatiana mit dem Zug nach Liverpool. Dort verbrachte sie zwei Wochen, bis sie herausfand, dass eine Schifffahrtsgesellschaft namens White Star einmal im Monat nach New York fuhr. Aber sie benötigte ein Visum, um an Bord zu kommen. Dennoch kaufte sie sich ein Zweiter-Klasse-Ticket. Auf der Gangway wurde sie von einem Matrosen nach ihren Papieren gefragt. Tatiana zeigte ihm ihren Rotkreuzausweis, aber er sagte, sie müsse ein Visum und einen Pass haben. Als sie erwiderte, sie habe beides nicht, erklärte er lachend: »Dann kannst du auch nicht aufs Schiff, Schätzchen.«

Tatiana sagte: »Nun, ich habe zwar kein Visum und keinen Pass, aber ich besitze fünfhundert Dollar, die ich Ihnen gern geben würde, wenn Sie mich durchlassen.« Sie hatte sich erkundigt und wusste inzwischen, dass fünfhundert Dollar für einen Seemann ein Jahresgehalt bedeuteten.

Der Matrose nahm das Geld, ohne zu zögern, und brachte Tatiana zu einem kleinen Raum im Bauch des Schiffes, wo sie sich sofort in die oberste Koje legte. Alexander hatte ihr einmal erzählt, dass er in der Kaserne immer in der obersten Koje geschlafen hatte.

Es ging Tatiana nicht besonders gut. Sie trug die größere Schwesterntracht, die man ihr in Helsinki überlassen hatte. Ihre ursprüngliche Tracht passte ihr schon lange nicht mehr und selbst die große ließ sich kaum noch über dem Bauch zuknöpfen.

Die Reise nach New York dauerte zehn Tage, in denen Tatiana ständig übel war. Sie hatte wieder angefangen, Blut zu husten, und ihr Brustkorb schmerzte unerträglich. Ende Juni kam sie in Amerika an. Mitten auf dem Atlantik war Tatiana neunzehn geworden.

Als das Schiff im Hafen von New York anlegte, konnte Tatiana nicht aufstehen. Hustend und fiebrig lag sie in der Koje.

Auf einmal hörte sie Stimmen und zwei weiß gekleidete Männer betraten die Kajüte.

»Oh, nein, was haben wir denn hier?«, stöhnte der kleinere der beiden Männer. »Doch nicht schon wieder einen Flüchtling?«

»Warte mal, sie trägt eine Rotkreuzuniform«, sagte der größere Mann.

»Die hat sie offenbar irgendwo gestohlen. Sie geht ja über dem Bauch gar nicht zu! Die gehört ihr nicht, Edward. Komm, wir gehen. Wir melden sie später der Einwanderungsbehörde. Wir müssen jetzt erst einmal das Schiff räumen.«

Tatiana stöhnte. Der größere Mann musterte sie. »Chris, ich glaube, sie bekommt ein Baby.«

»Was – jetzt?«

»Ich glaube schon.« Der Arzt tastete die Matratze unter ihr ab. »Das Fruchtwasser ist schon abgegangen.«

Chris trat zu Tatiana und legte ihr die Hand auf die Stirn. »Sie glüht ja! Und hör dir mal ihren Atem an, dazu braucht man ja noch nicht einmal ein Stethoskop. Sie hat bestimmt Tuberkulose. Du meine Güte, wie viele dieser Fälle werden wir hier noch aufspüren? Ich garantiere dir, sie ist nicht die Einzige.«

Edward tastete Tatianas Bauch ab. »Sie ist sehr krank«, erwiderte er. »Miss, sprechen Sie englisch?«

Als Tatiana nicht antwortete, maulte Chris: »Siehst du?«

»Vielleicht hat sie ja Papiere? Miss, haben Sie einen Ausweis?«

Als Tatiana immer noch nichts sagte, erklärte Chris: »Ich hab's dir ja gesagt. Ich gehe jetzt.«

Edward wandte ein: »Chris, sie ist krank und sie bekommt ein Kind! Willst du sie hier einfach allein lassen?« Er lachte. »Was bist du eigentlich für ein Arzt?«

»Ein müder und unterbezahlter Arzt. Wo sollen wir sie denn hinbringen?«

»Wir bringen sie ins Quarantäne-Krankenhaus auf Ellis Island. Dort ist Platz und dort kann sie sich erholen.«

»Mit Tuberkulose?«

»Man wird sie vorübergehend isolieren müssen. Nun komm schon!«

»Edward, sie ist ein Flüchtling! Sieh sie dir doch an! Wenn sie bloß krank wäre, würde ich sagen, na gut, aber du weißt genau, wenn sie das Kind auf amerikanischem Boden bekommt, dann hat sie ein Recht darauf, hier zu bleiben. Lass sie das Kind auf dem Schiff bekommen und bring sie anschließend nach Ellis. Sobald es ihr wieder besser geht, wird sie deportiert. Das ist nur fair. Es kommen mittlerweile so viele Leute ohne Visum nach Amerika ... Wenn dieser verdammte Krieg vorbei ist, werden es wahrscheinlich sogar noch mehr. Der gesamte europäische Kontinent wird ...«

»Wovon sprichst du, Chris *Pandolfi?*«

»Na, du kannst dich hier gut aufspielen, Edward *Ludlow.*« Chris winkte ab und ging. In der Tür drehte er sich noch einmal um und sagte: »Wir kommen später noch einmal wieder. Das Baby kommt sowieso noch nicht. Sie liegt ja noch ganz still. Komm, wir gehen.«

In diesem Moment stöhnte Tatiana leise auf. Edward blickte sie aufmerksam an. »Miss?«, sagte er. »Miss?«

Tatiana hob die Hand und legte sie an Edwards Wange. »Helfen Sie mir«, sagte sie auf Englisch. »Ich bekomme ein Kind. Helfen Sie mir bitte!«

Edward Ludlow besorgte eine Trage für Tatiana und brachte sie mit Hilfe des widerstrebenden Chris Pandolfi über die Gangway zu der Fähre, die nach Ellis Island fuhr. Das Krankenhaus auf der kleinen Insel diente als Quarantäne- und Auffangstation für die Immigranten und Flüchtlinge, die in die Vereinigten Staaten strömten.

Auf Ellis wurde Tatiana in ein kleines, spartanisch eingerichtetes Zimmer gebracht. Edward legte sie auf ein Bett mit gestärkten weißen Laken und holte eine Krankenschwester, die sie ausziehen sollte. Nachdem er sie untersucht hatte, blickte er Tatiana überrascht an und sagte: »Ihr Kind ist ja schon fast da. Haben Sie das nicht gespürt?«

Tatiana atmete kaum. Sie krümmte sich zusammen, als der Kopf des Kindes austrat, aber sie spürte die Schmerzen nur wie durch einen Nebel.

Edward hielt das Baby hoch. »Miss, können Sie mich hören? Sehen Sie bitte her. Sie haben einen wunderschönen Jungen!« Der Arzt trat lächelnd näher und zeigte ihr das Baby.

»Ein großer Kerl – dass aus einer so kleinen Frau ein so großes Baby kommen kann! Brenda, sehen Sie mal! Finden Sie das nicht auch ungewöhnlich?« Brenda wickelte das Kind in ein weißes Tuch und legte es neben Tatiana.

»Er ist zu früh gekommen«, hauchte Tatiana und berührte ihr Kind.

»Zu früh?« Edward lachte. »Nein, ich würde sagen, er ist gerade noch rechtzeitig zur Welt gekommen. Wäre er später geboren, hätten Sie ihn in … wo stammen Sie her?«

»Aus der Sowjetunion«, sagte Tatiana leise.

»Ach du meine Güte. Aus der Sowjetunion. Wie haben Sie das denn geschafft?«

»Sie würden es nicht glauben, wenn ich es Ihnen erzählte«, erwiderte Tatiana und schloss die Augen.

»Nun, vergessen Sie jetzt einfach alles«, sagte Edward fröhlich. »Ihr Sohn ist amerikanischer Staatsbürger.« Er setzte sich auf den Stuhl neben ihrem Bett. »Das ist doch gut, oder? Wollten Sie es nicht so?«

Tatiana unterdrückte ein Stöhnen. »Ja«, sagte sie und drückte ihren Sohn an sich. »Genau das wollte ich.« Jeder Atemzug tat ihr weh.

»Sie haben Tuberkulose, aber Sie werden wieder gesund«, sagte der Arzt freundlich. »Alles, was Sie durchgemacht haben, liegt jetzt hinter Ihnen.«

»Davor habe ich ja gerade Angst«, flüsterte Tatiana.

»Aber das ist doch gut!«, rief der Arzt aus. »Sie bleiben hier auf Ellis, werden wieder gesund … Woher haben Sie überhaupt die Rotkreuzuniform? Waren Sie Krankenschwester?«

»Ja.«

»Das ist ja großartig! Sie haben einen guten Beruf und werden jederzeit einen Job finden. Außerdem sprechen Sie ein bisschen englisch, was die meisten Leute, die hierher kommen, nicht können. Allein das hebt Sie schon von den anderen ab, glauben Sie mir.« Er lächelte. »Und jetzt hole ich Ihnen etwas zu essen. Wir haben belegte Brote mit Truthahn …«

»Mit was?«

»Oh, das werden Sie mögen. Truthahn und Käse. Ich hole es Ihnen.«

»Sie sind ein guter Arzt«, sagte Tatiana. »Edward Ludlow heißen Sie?«

»Genau.«

»Edward …«

»Für Sie immer noch Dr. Ludlow!«, rief die Krankenschwester laut.

»Schwester! Sie soll mich ruhig Edward nennen, wenn sie will. Was geht Sie das an?«

Edward wischte Tatiana mit einem kleinen Handtuch die Tränen ab. »Es ist klar, dass Sie traurig sind. All das Neue muss Ihnen ja auch Angst machen. Aber ich habe ein gutes Gefühl bei Ihnen. Es wird alles gut.« Er lächelte. »Das verspreche ich.«

Tatiana sah den Arzt mit ihren traurigen, grünen Augen an und sagte: »Ihr Amerikaner macht gern Versprechungen.«

Edward nickte: »Ja, und wir halten immer unser Wort. Ich hole Ihnen jetzt die Oberschwester. Falls Vikki ein bisschen mürrisch sein sollte, kümmern Sie sich nicht darum. Sie hat einen schweren Tag hinter sich, aber sie hat ein gutes Herz. Sie wird Ihnen die Papiere für die Geburtsurkunde bringen.« Edward betrachtete das Baby liebevoll. »Ein süßer Kerl. Sehen Sie mal, er hat schon ganz viele Haare. Ein Wunder, nicht wahr? Wissen Sie schon einen Namen für ihn?«

»Ja«, erwiderte Tatiana und ihre Tränen tropften auf den schwarzen Haarschopf ihres Kindes, »er soll nach seinem Vater genannt werden. Anthony Alexander Barrington.«

Soldat! Bette deinen Kopf in meinen Schoß und lass mich dein Gesicht streicheln, lass mich deine süßen Lippen küssen und über die Meere weinen und durch die eisige russische Steppe flüstern, wie sehr ich dich liebe ... Luga, Ladoga, Leningrad, Lazarewo ... Alexander, einst hast du mich getragen, jetzt trage ich dich. Trage dich in alle Ewigkeit.

Durch Finnland und Schweden nach Amerika gehe ich und breite die Arme nach dir aus. Dein Herz tröstet mich, es ist meine Wiege und mein Grab.

In Lazarewo wurde meine Seele mit dir erfüllt, mit jedem Tropfen der Kama von der Morgendämmerung bis zum Schein des Mondes. Wenn du nach mir suchst, such mich dort, weil dort werde ich alle Tage meines Lebens sein.

»Shura, ich vermag den Gedanken, dass du sterben könntest, nicht zu ertragen«, sagte Tatiana zu ihm, als sie im taufeuchten Morgen auf der Decke vor dem Feuer lagen. »Ich kann nicht ertragen, dass du einmal nicht mehr atmest auf dieser Welt.«

»Ich denke auch nicht gern daran«, erwiderte Alexander grinsend. »Aber ich sterbe nicht. Das hast du selbst gesagt. Du hast gesagt, ich sei für Großes bestimmt.«

»Du bist für Großes bestimmt«, bestätigte sie. »Aber bleibe auch für mich am Leben, Soldat, weil ich ohne dich nicht weiterleben kann.«

Das sagte sie, sah ihm dabei ins Gesicht und legte ihre Hände auf sein Herz.

Er küsste ihre Sommersprossen. »Du kannst ohne mich nicht weiterleben, meine Rad schlagende Königin vom Ilmensee?« Lächelnd schüttelte er den Kopf. »Du wirst schon einen

Weg finden, wie du ohne mich leben kannst. Einen Weg, um für uns beide zu leben.«

Das sagte Alexander zu Tatiana. Und die Kama floss von den Bergen des Ural durch einen kleinen Ort namens Lazarewo. Damals, als sie noch jung waren und sich liebten.